GAOGAOSKY | 高高 BOOKS

詩經

古义复原版

上

方铭 注译

陕西新华出版传媒集团
陕西人民出版社

图书在版编目（CIP）数据

诗经 ： 古义复原版 / 方铭注译. -- 西安 ： 陕西人民出版社， 2021.7
ISBN 978-7-224-14191-7

Ⅰ.①诗… Ⅱ.①方… Ⅲ.①古体诗—诗集—中国—春秋时代②《诗经》—注释③《诗经》—译文 Ⅳ.①I222.2

中国版本图书馆CIP数据核字(2021)第107991号

髙髙 BOOKS

选题统筹：高　欣
责任编辑：晏　藜　武晓雨
封面设计：髙髙 BOOKS

诗经：古义复原版

注　　译　方　铭
出版发行　陕西新华出版传媒集团　陕西人民出版社
　　　　　（西安市北大街147号　邮编：710003）
印　　刷　北京盛通印刷股份有限公司
开　　本　787毫米×1092毫米　1/16
印　　张　67.5
字　　数　934千字
版　　次　2021年7月第1版
印　　次　2021年7月第1次印刷
书　　号　ISBN 978-7-224-14191-7
定　　价　228.00元（全两册）

孔 子

不学《诗》，无以言。

推荐序

方铭教授殚精竭虑，前后经十年有余，撰成《诗经：古义复原版》一书，出版之际，嘱我作序，幸何如之。作为方铭教授的好友，我能先睹这部著作，并了解了方铭教授撰述的缘由及学术理路，感叹方铭教授用功之勤，学术见解之独到。在这里，我向方铭教授取得的成绩表示钦佩，并致以热烈的祝贺。

方铭教授长期致力于经学、诸子、辞赋研究。1984年，方铭教授师从经学名家武汉大学吴林伯教授攻读硕士研究生，吴先生是大儒马一浮先生的高足弟子，一生致力于六经、诸子及《文心雕龙》研究，其师门传统，遵从孔子，尊重汉学传统。方铭教授在武汉大学求学之时，一代《诗经》学研究宗师黄焯先生即在武汉大学任教，黄焯教授的《诗经》研究，即以遵法《诗序》为特征。研究生毕业后，方铭教授在中国政法大学任教，并从事中国古代文学和法律古籍的整理工作，1991年至1994年，在北京大学师从著名的先秦两汉文学专家、文学史家、教育家褚斌杰教授攻读文学博士学位。近二十年来，方铭教授发扬师门学术传统，成绩卓著，在国内外有广泛影响，受到学术界和同行的好评。

方铭教授秉持师门传统，认为研究《诗经》者，不能背离《诗序》，因此，发愿以《诗序》为纲，探讨《诗经》主旨，其发表的关于《诗经》的有关论文和著作，皆努力复原《诗经》古义。而《诗经：古义复原版》一书，可以看作是他在复原《诗经》古义方面的全面尝试。

《诗经：古义复原版》一书是一部特色鲜明的《诗经》研究著作，其研究思路，继承了马一浮先生的经学理论，以及武汉大学著名学者黄焯先生的《诗经》研究传统，有严格的家法传承。《诗经：古义复原版》以《诗序》为理解《诗经》各篇主旨的纲领，注意挖掘作诗者的本义和作为《诗经》编选者的《诗序》作者的出发点，即把诗的本义与《诗序》所体现的《诗经》编选者所期待的诗的传播和接受意义结合在一起，这不仅有益于挖掘诗义，同时更有利于认识《诗经》的传播史意义。

《诗经：古义复原版》引证丰富，特别注意唐以前的《诗经》研究成果，同时，兼采唐以后及时贤的见解。同时，注释详尽，在众多注解中，又有明确取舍标准，因此，丰富而不繁复。在诗旨的阐发和诗意的训释方面，更多精彩见解，体现了很高的学术价值。

毫无疑问，《诗经：古义复原版》是一部体现传统学术价值与现代学术方法结合的著作，在当代《诗经》学研究中无疑可以独树一帜。相信这部著作的出版，必将推动《诗经》的研究，并为中国的《诗经》文化建设做出重要贡献。

赵敏俐

中国诗经研究会副会长

教育部人文社科基地中国诗歌研究中心主任

前 言

《诗经》是孔子所编六经之一，也是我国最早的一部诗歌总集，收有305篇诗歌，另有6篇笙诗，有目无词。这些诗歌绝大部分是西周时代创作的，但也有部分作品产生于春秋前期和中叶，时间从公元前11世纪一直到公元前6世纪，历时500多年，而如《商颂》等作品，其创作时代应该在商朝，《豳风》的部分作品时代也应该是在周灭商之前。它所涉及的地域，包括今天的陕西、甘肃、山西、河南、河北、山东及湖北北部一带。

《诗经》最初一般被称为《诗》，或者叫《诗》三百、《三百篇》，至《荀子·劝学篇》第一次称诗为经，至汉武帝设立五经博士，正式有了《诗经》之名。

一

周代诗的收集和编辑，有专门的机构和负责的人，《汉书·艺文志》曰："故古有采诗之官，王者所以观风俗、知得失、自考正也。"《汉书·食货志》曰："孟春之月，群居者将散，行人振木铎徇于路以采诗，献之大师，比其音律，以闻于天子。故曰王者不窥牖户而知天下。"《孔丛子·巡狩篇》云："古者天子命史采歌谣，以观民风。"这里提到的采诗之人有采诗之官、行人、国史的区别。西周之际采诗应该是一项重要的工作，国史总其全责，而行人以周游列国的便利成就其事。《诗序》曰："国史明乎得失之迹，伤人伦之废，哀刑政之苛，吟咏情性，以风其上，达于事变而怀其旧俗者也。”就说明国史在采诗活动中的重要地位。汉代设立专门的乐府机构的初衷，应该是为了学习周代的采诗制度。

国史是史官，在记史之时兼记各国产生的诗歌大概也是其职责。《孟子·离娄下》曰：“王者之迹熄而《诗》亡，《诗》亡然后《春秋》作。”春秋中期以后，周天子威仪不再，礼崩乐坏，宗周式微，诸侯国不再把天子放在眼里，史官在诸侯国地位尴尬，“王者之迹熄”，而诗的采集也就消失了。

虽然西周的诗是经过国史、行人、采诗之官采集而来，但不能说这些诗完全来自民间，现存《诗经》中真正出自里巷的歌谣应该并不多。毕竟在那个只有极少数人能够学习文化的时代，民间不可能有大规模的创作活动。从三百篇来看，多数创作者都是有一定文化层次的人。《国语·周语》曰：“天子听政，使公卿至于列士献诗，瞽献曲，史献书，师箴，瞍赋，矇诵。”《国语·晋语》曰：“吾闻古之王者，政德既成，又听于民，于是乎使工诵，谏于朝，在列者献诗，使勿兜，风听胪言于市，辨祆祥于谣……”《左传·襄公十四年》亦有类似记载。周代公卿至于列士献诗、陈诗，诵谏于朝，这些作品之中优秀的作品肯定会保存在《诗经》中，公卿列士所献之诗，相信除了自己的创作外，也有采集自列国的作品。

诗歌收集到中央后，还要经过编辑与整理。从事这一工作的应是王室的乐官。《周礼·春官·大师》曰：大师“教六诗，曰风、曰赋、曰比、曰兴、曰雅、曰颂”。师，就是乐官，他们在传授诗歌时，自然会对诗歌进行整理加工，其中也包括修饰润色等艺术上的加工。至孔子，则对周代收集的诗进一步加工整理。司马迁说孔子不仕，退而修《诗》《书》《礼》《乐》等文献。古者，《诗》三千余篇；及至孔子，去其重，取可施于礼义，上采契、后稷，中述殷、周之盛，至幽、厉之缺，始于衽席，……三百五篇，孔子皆弦歌之。古时诗有三千余首，到孔子时，可能已经不全了。所以，《史记·孔子世家》云：“孔子之时，周室微而《礼》《乐》废，《诗》《书》

缺。”孔子不一定看到过3000多首古诗，他自称：“吾自卫反鲁，然后乐正，《雅》《颂》各得其所。”（《论语·子罕》）可见，孔子对《诗》所做的主要是整理编辑工作。

孔子编辑、删节、整理《诗经》后，用《诗经》作为教材教授子弟，而春秋时代的行人士大夫，多能登高赋诗，所谓“不学《诗》，无以言”。孔子而后，子夏对《诗经》的传播居功甚伟。秦烧书后，在汉朝，有齐人辕固、鲁人申培、燕人韩婴的《诗经》立于学官，称《齐诗》《鲁诗》《韩诗》，为今文经学。后来鲁人毛亨和赵人毛苌治古文经，称为《毛诗》。今天流传的《诗经》是《毛诗》。

在十五《国风》中，《豳风》全部是西周或者殷商后期的作品，其他当为西周和春秋时期的作品。《大雅》是西周的作品，大部分作于西周初期，小部分作于西周末期；《小雅》除少数篇目可能是东周作品外，其余都是西周晚期的作品。《大雅》的作者主要是周王朝的上层贵族，《小雅》的作者包括周王朝的上层贵族，也有诸侯国的贵族和地位低微的下层士大夫。《周颂》是西周初期的诗；《鲁颂》产生于春秋中叶鲁僖公时，都是颂美鲁僖公之作；《商颂》5篇，应该是殷商中后期的作品。

《诗序》还提到变风、变雅的问题，所谓“王道衰，礼义废，政教失，国异政，家殊俗，而变风变雅作矣”。郑玄《诗谱》认为，“二南”属于正风，其他十三《国风》属于变风，《鹿鸣》至《菁莪》16篇为正小雅，《六月》至《何草不黄》58篇为变小雅，《文王》至《卷阿》18篇属于正大雅，《民劳》至《召旻》13篇是变大雅。正风、正雅是歌颂西周先王和盛世的，变风、变雅是在衰乱之世的怨刺淫乱之言。

《国风》的第一篇《关雎》，《小雅》的第一篇《鹿鸣》，《大雅》的第一篇《文王》，《周颂》的第一篇《清庙》，又被称为“四始”，是《诗经》各部分的经典之作。

二

《诗经》是周代礼乐文化的重要表现形式，是先王政典的有机组成部分，是周王朝教育子弟，祭祀、朝聘、宴享等场合所需要经常重温的重要内容，在一般的外交及日常政治、文化交往活动中，也发挥着重要作用。赋诗言志，是当时政治、文化、外交场合必须掌握的基本能力，在《左传》等典籍中，记载古代赋诗言志的例子很多。

现存《诗经》分为风、雅、颂三类。风即国风，共有十五《国风》，即《周南》《召南》《邶风》《鄘风》《卫风》《王风》《郑风》《齐风》《魏风》《唐风》《秦风》《陈风》《桧风》《曹风》《豳风》，凡160篇。有人把“二南”拿出，专门设立“南诗”一类，则只有十三《国风》。又《邶风》《鄘风》《王风》皆王风，《豳风》《秦风》为一国之风，所以又有十一《国风》、九《国风》的说法。雅105篇，有《大雅》《小雅》的分类，《小雅》74篇，《大雅》31篇。颂有40篇，其中《周颂》31篇，《鲁颂》4篇，《商颂》5篇。

根据《孔子诗论》，国风在汉以前的名字应该叫“邦风”，大约是缘于汉以前的诸侯国本来就叫“邦”，只是因为避刘邦讳，所以，经过汉代儒生流传下来的文献，把“邦”改为国，因此才有诸侯“国”的说法。

国风主要反映诸侯国民众的生活，大小雅则以政治讽喻诗为主，颂主要是歌颂先圣王的著作。国风来自诸侯国，是土风，大小雅来自朝廷周天子的近臣，颂来源于国史、大师这样的专业人员。所以，国风应该是王朝采诗官（大师、行人、史、采诗官）所采集，用来反映诸侯国世情民俗的；大小雅中的政治讽喻诗多数为士大夫所献；祭祀、宴享的颂诗应该多数是巫、史所作。

《诗序》说风的意思是“讽”，“下以风刺上，上以风化下，主文而谲谏，言之者无罪，闻之者足以戒”，是周天子了解诸侯国社会状况的重要途径。雅包括大雅、小雅。“雅”又称为“夏”，《诗序》说：“雅者，正也，言王政之所由废兴也。”由于政有大小，所以有大雅、小雅之区分；《大雅》的篇幅较长，《小雅》的篇幅较短；《大雅》多为歌颂祖先与神明的赞美颂扬的诗，《小雅》则更多为对社会的揭露与批判的诗，以及记录贵族生活的诗。又称为“讷”“讼”，《诗序》说颂是“美盛德之形容，以其成功，告于神明者也”。颂一般是用来祭祀祖先和神明时的祭歌，内容多是对祖先功德的歌颂与赞美，也记载了一些农业生产的情况。

《诗经》各篇的主题，历来有不同的争论，要探讨《诗经》各篇的主题，我们不能不考虑《诗经》总体在当时文化氛围中的地位和功能。《诗序》说先王用诗“经夫妇，成孝敬，厚人伦，美教化，移风俗”，这说明《诗经》各篇充满了人文关怀的内涵。

赋、比、兴，是为《诗经》六义之三。但赋、比、兴的内涵究竟是什么，《诗序》并未作出明确的交待。孔颖达《毛诗正义》指出此三者为“诗之所用”，也即今天所谓诗的表现手法。朱熹在《诗集传》中对此的解释在学术界有较大影响，他认为赋是“敷陈其事而直言之者”，比是“以彼物比此物”，兴是“先言他物以引起所咏之词”。

赋是铺陈，是对事、物等的直接的描述。雅、颂等基本上是采用赋的手法，因为赋的描述性使它善于叙事，如《生民》《公刘》等史诗，全篇都是在叙述历史事件。赋也可以写景状物，如《小雅·采薇》曰：“昔我往矣，杨柳依依。今我来思，雨雪霏霏。”将过去的景与现在的景联系在一起，铺叙之中包含着深切沧桑的情感。《卫风·硕人》对庄姜的描绘出神入化：“手如柔荑，肤如凝脂。领如蝤蛴，齿如瓠犀。螓首蛾眉，巧笑倩兮，美目盼兮。”诗句细致地叙写了庄姜美丽的手、皮肤、脖子、牙齿、额头，而最后再写她美丽的微笑，流转的目光，整个美人的形象顿时灵动起来，熠熠生辉。《豳风·七月》是一首叙事诗，诗中即用赋来叙事，如“女执懿筐，遵彼微行，爰求柔桑”等，在其中占大部分篇幅。该诗也用赋来写景，如“春日载阳，有鸣仓庚”，“春日迟迟，采蘩祁祁”，叙事写景相错，充分地体现了赋的作用。《国风》中较多用赋的还有《郑风·溱洧》《卫风·氓》等。

比就是比喻。《诗经》中用比的地方很多，而且比的方式也是多种多样的。明喻如《陈风·出其东门》“出其东门，有女如云”，而《卫风·硕人》“手如柔荑，肤如凝脂。领如蝤蛴，齿如瓠犀。螓首蛾眉”，在铺排赋写的同时又应用了巧妙的比喻。《大雅·烝民》“吉甫作诵，穆如清风”，也是明喻。暗喻如《小雅·正月》“哀今之人，胡为虺蜴”等。有的比喻只出现了被比作的事物，如《邶风·新台》“燕婉之求，籧篨不鲜”，直接将卫宣公称为籧篨，这是借喻。有的比喻将一个事物连续比作多个事物，称为博喻。如《小雅·天保》曰：“天保定尔，以莫不兴。如山如阜，如冈如陵，如川之方至，川莫不增。”连用了五个比喻来形容兴盛的事业。又如《卫风·淇奥》曰：“有匪君子，如切如磋，如琢如磨。”连用了四个比喻来形容君子不同一般的翩翩风度。不但比喻的形式多种多样，喻体的选择也是多样化的，从前面的例子里便可看出，自然界的一切动植物，甚至地理环境、现象等，都可当作喻体，而人的活动，如对玉的切磋、琢磨也可当作喻体。比的多种多样使得诗歌的形象更加明晰，更利于领会理解，诗歌的意象也更为活泼自然。

兴有时容易与比混为一谈。先言他物，他物与下文所咏之词必须有某种内在联系。但两者之间并不是打比方，而是以他物为抒发感情的发端。因此兴常常用在篇首或章首，又称为“起兴”。《国风》比较广泛地采用了兴的手法。如《周南·螽斯》曰：“螽斯羽，诜诜兮。宜尔子孙，振振兮。”先以螽斯（蝗虫）起兴，再由蝗虫成群结队地展动翅膀发出嗡嗡的声音联系到多子多孙，借以祝人子孙满堂。《邶风·凯风》曰：“凯风自南，吹彼棘心。棘心夭夭，母氏劬劳。”温暖和煦的风从南边吹来，以此想到温柔和善的母亲。这首诗不但以凯风南来起兴，还暗将幼子比作“棘心”（酸枣树幼苗），兴中还有比。兴还能描绘景色，烘托全篇气氛。如《周南·桃夭》以鲜艳的桃花起兴，渲染新娘出嫁时的喜气洋洋，《秦风·蒹葭》以萧瑟秋景起兴，烘托主人公的失意迷惘。《邶风·谷风》一开篇“习习谷风，以阴以雨”，勾画出凄凉的气氛来表现女主人公悲愤的心境。赋、比、兴作为三种表现手法，并不是独立存在的，三种手法往往交错为用。一般地说，赋有时可以构成全篇，通篇用比的比较少，而兴则只在篇首或章首了。

《诗经》的语言质朴简单，同时又非常优美典雅，体现了高超的语言艺术。《诗经》里的诗都是可以和乐而歌的，因而浅显易懂。重章复沓之处比较多，使诗歌显得单纯明朗，具有质朴的艺术美。如《周南·芣苢》曰：“采采芣苢，薄言采之。采采芣苢，薄言有之。采采芣苢，薄言掇之。采采芣苢，薄言捋之。采采芣苢，薄言袺之。采采芣苢，薄言襭之。”诗歌描写妇女们采摘车前子时愉快的劳动场面。每章的变化只有动词，语言明白如话。而从动词又可以看出其用词的准确性，“采”“有”“掇”“捋”“袺”“襭”六个动词都是描写采摘的动作，不同的词表现出不同的动作，而且还反映了采摘的进度和采摘的用具，准确而精炼。同时，诗歌的每一句都用“采采”打头，显得轻快活泼，体现了《诗经》语言的又一特点，即大量使用双声、叠韵、叠字来增强语言表达的形象性。《文心雕龙·物色》曰：“诗人感物，联类不穷……故灼灼状桃花之鲜，依依尽杨柳之貌，杲杲为日出之容，瀌瀌拟雨雪之状，喈喈逐黄鸟之声，喓喓学草虫之韵。皎日慧星，一言穷理；参差沃若，两字穷形。并以少总多，情貌无遗矣。”正是这些词的大量使用，使诗歌所表现的形象鲜明准确，而且使音节宛转流畅，即使我们今天朗诵起来，仍是朗朗上口，如出天然。

《诗经》以四言体为主，四言体与早期的二言体相比有了很大的进步，表现在它的容量增大，容纳了丰富的词汇，句式增多，能表达各种语气，有时音节不足四言，就用词头或语气词来补足。如《芣苢》中的“薄言”就是没有实际意义的词头，而《鄘风·柏舟》中的“母也天只，不谅人只”，既补足成了四言，还表达了强烈的语气。四言体之外，杂言体诗的数量也不少。其句式参差不齐，灵活机动，完全由语意来决定句子长短。虽然杂言体形式不整齐，但节奏自然灵活，错落有致，使《诗经》显得比较富于变化。在章节上，《诗经》多是重章叠句的形式。章节复叠的形式很多，有的诗每章都有复沓的部分，有的诗只有部分章节复沓。这种复沓的形式利于歌唱时反复吟诵，增加节奏感且利于记诵。而且在回环往复之中又能深化主题，加强感染力。如《王风·采葛》在反复歌唱中，主要改变的是“三月”“三秋”“三岁”，一章比一章递进深入，相思的心情溢于言表。

《诗经》标志着我国诗歌创作的第一个高峰，它在创作上的成就，使它成了后代诗人学习的典范。《诗经》善于描写社会生活，表现具体的生活场面，并体现出对时政、国家与人民的关心，具有强烈的现实关怀和对自由平等的热烈追求。这一类诗主要在国风和大小雅之中，后人就将这种精神称之为“风雅”。

三

作为六经之一，《诗经》及其阐释，共同构成中国传统文化的核心内容。在《诗经》阐释史上，《诗序》是一个充满了争议的问题。由尊《诗序》到废《诗序》，是《诗经》阐释史的一条基本发展线索。

讨论《诗序》问题，首先面临的是《诗序》的作者问题。《诗序》作者问题争议的起源，在于郑玄的多次貌似矛盾的表述，为后代好疑古者提供了可乘之机，而郑樵《诗辨妄》断言《诗序》“皆是村野妄人所作”，实际上是彻底否定了《诗序》的价值。这种显然不合实际的观点，今天仍然为有些学者所坚持。

我们注意到，虽然关于《诗序》作者的说法不少，但除了汉儒的说法应该来源于师传以外，其余的学说或者是在汉儒的见解之基础上的发挥，或者是纯粹的臆测，没有什么足以打倒汉儒之说的证据。因此，在讨论《诗序》作者的时候，我们首先所应注意的，应该是汉儒的说法。其原因是汉儒去古不远，亲受师说，而汉儒虽经焚书之祸，却最是重视师承。自孔子而后，迄两汉之亡，学者之学，皆守祖训，师弟相传，不绝如缕，如有背叛，不仅不容于师门，亦为君主及博士弟子所不齿。在这样的环境中，一个具有盛名的大儒，是不能信口雌黄的。

汉朝是《诗经》学术繁荣的时期。就汉而论，经师既众，著作也就不少，而其中又各自立门户，号称四家。其中今文学家《齐诗》《鲁诗》《韩诗》三家，西汉初俱在学官，得立为博士，而《毛诗》在汉平帝及王莽时，也在学官。其中盛况，班固《汉书・艺文志》已有著录，而《汉书・儒林传》说，西汉传《诗》而成门派的，《鲁诗》有韦氏之学、张氏之学、唐氏之学、褚氏之学，《齐诗》有翼氏之学、匡氏之学、师氏之学、伏氏之学，《韩诗》有王氏之学、食氏之学、长孙氏之学。东汉之时，传诸家诗者，有高诩、包咸、包福、魏应、伏恭、任末、景鸾、薛汉、杜抚、召驯、杨仁、赵晔、张匡、卫宏等，而大儒郑众、贾逵、马融、郑玄等人传《毛诗》，因此《毛诗》大盛。

汉代治《诗》的学者虽多，著作却基本不存。《诗序》的作者问题，相信在两汉之际并不是需要大家研究的问题，所以。汉代学者几乎没有专门关于这个问题的论述。检索两汉学者的观点，唯有综合今古文经学的大儒郑玄在他的论述中提到了《诗序》的作者问题。其观点如下：第一，《毛诗南陔白华华黍序笺》云子夏作；第二，《诗谱》云子夏、毛公合作。由于子夏作《诗序》及子夏、毛公合作《诗序》的说法皆出自郑玄，因此，子夏所作和子夏、毛公合作的说法应该是两个不相矛盾的版本，其中的歧义应该来源于郑玄说话时的不同语境所突出的侧重点，所以子夏所作和子夏、毛公合作说实际是同一主张。

郑玄之言《诗序》为子夏所作或者子夏、毛公合作，其观点与其说是指子夏或者子夏、毛公作，倒不如说是子夏述《诗序》。陆德明《经典释文・毛诗音义》曰："案郑《诗谱》意，《大序》是子夏作，《小序》是子夏、毛公合作，卜商意有不尽，毛更足成之。"而《毛诗南陔白华华黍序笺》曰："子夏序《诗》，篇义合编，故事虽亡而义犹在也。毛氏《训传》各引《序》冠其篇首，故《序》存而《诗》亡。"《毛诗正义・小雅・棠棣》引《郑志》曰："此《序》子夏所为，亲受圣人，足自明矣。"意即

《诗序》虽为子夏所作，但其基本观点当传自孔子，子夏书诸文字，而毛公为之增益润色。郑玄笺《诗》，“于毛义有未合者，间下己意，或参取三家说之。计异于毛者，无虑数百事”[1]。则郑玄也实在没有故意杜撰出一个大名鼎鼎的子夏作《诗序》来和自己作对的理由。

关于郑玄所述的《诗序》著作权问题，略后于郑玄时代的魏晋六朝及唐代的学者并没有异议，王肃《孔子家语·七十二弟子注》、陆德明《经典释文》、陆玑《毛诗草木鸟兽虫鱼疏》、萧统《昭明文选》、成伯玙《毛诗指说》、魏徵等《隋书·经籍志》皆肯定郑玄所说的《诗序》与子夏的关系。

《诗序》为子夏所作，而其来源为孔子教授弟子的讲义，这应该是没有问题的。但是，孔子的讲义也不应该是凭空杜撰的，成伯玙《毛诗指说》云：“序者绪也，如蚕丝之有绪，申其述作之意也。”则《诗序》的最初作者应该是《诗》的原作者或者整理者，后来被大师引用在教学活动中。孔子之教学活动，常以《诗》为教材，述而不作，必用前人之《序》。如果认为采诗官所收集的诗可能没有诗人的创作背景和创作动机，以六诗教国子和陈诗以观的大师不知道每一首诗的主题，天子在欣赏诗乐舞时不知道所赖以“观风俗、知善恶、自考正”的《风》《雅》的主题，庙堂祭祀者不知所奏音乐的内容，那无疑是荒唐的。所以，王安石云：“《诗序》，诗人所自制。”[2]又云：“世传以为言其义者，子夏也。《诗》上及于文王、高宗、成汤，如《江有汜》之美媵，《那》之为祀成汤，《殷武》之为祀高宗。方其时也，无意以示后世，则虽孔子亦不可得而知，况子夏乎哉？”[3]程颐之主张国史写《小序》之首句，说诗者续补，作诗大义非后代人所可知者，如《二程遗书》卷二十四《伊川先生语十》曰：“《诗大序》孔子所为，其文似《系辞》，其义非子夏所能言也。《小序》国史所为，非后世所能知也。”这种观点，虽出自推测，但与郑玄的主张并不对立。因为郑玄谓子夏

1 黄焯《毛诗郑笺平议》，上海古籍出版社 2008 年版。

2 引自朱彝尊著，翁方纲、罗振玉编《经义考补正校记·卷九十九〈诗一〉》，中国书店 2009 年版。

3 引自吕祖谦著《吕氏家塾读诗记》，吉林出版集团股份有限公司 2005 年版。

受之孔子，而孔子述而不作，信而好古，因此能成功地把诗人或者国史所写的《序》传之后世。当然，如果认为孔子及子夏没有发挥，那是不可能的。所以，《诗序》应该是诗人或者采诗官所记，大师所传，至孔子删诗，有所删正，子夏传之，毛公加以申说。所以，《四库全书总目提要》认为《诗序》包含毛苌以前经师所传的“首两语”，及毛苌以下弟子所附的“续申之词”。虽嫌模糊，却也庶几近之。

可以认为，《诗序》是诗人创作动机及汉代以前的学者研究《诗经》的结晶。而其中浸染的孔子的心得一定不少。《论语》《诗论》与《诗序》的精神相合，而孔子的《诗经》学说远不止此。上海博物馆《孔子诗论》的发布，更加说明《诗序》的可靠性。

郭店楚简《语丛一》曰：“《诗》所以会古今之志也者。”其观点与《诗序》相同。诗者言志，所言之志，当然首先是作诗者之志，而作诗者之志，不能靠后人的推测，所以，作者的第一手阐述是最为重要的。由于《诗序》即是现存最早的关于《诗经》各篇主旨的论述，其中必然包括诗人的阐述和采诗官的解说。今天我们没有充分坚实的证据证明《诗序》是“村野妄人”之杜撰，我们就没有理由怀疑其准确性。

《汉书·艺文志》曰：“《书》曰：诗言志，歌咏言。故哀乐之心感，而歌咏之声发。诵其言谓之诗，咏其声谓之歌。故古有采诗之官，王者所以观风俗，知得失，自考正也。孔子纯取周诗，上采殷，下取鲁，凡三百五篇，遭秦而全者，以其讽诵，不独在竹帛故也。汉兴，鲁申公为《诗》训诂，而齐辕固、燕韩生皆为之传。或取《春秋》，采杂说，咸非其本义。与不得已，鲁最为近之。三家皆列于学官。又有毛公之学，自谓子夏所传，而河间献王好之，未得立。”根据班固的意见，我们可知《毛诗》之学，来源于子夏，而子夏是孔子学生中“文学”一科的代表，《史记·仲尼弟子列传》云：“孔子既没，子夏居西河教授，为魏文侯师。”司马贞《史记》曰：“子夏文学著于四科，序《诗》，传《易》，又孔子以《春秋》属商。又传《礼》，……”《论语·八佾》载有孔子与子夏讨论《诗》的对话，子夏作为《诗》的专家应该是没有问题的。

三家《诗》及《毛诗》皆祖子夏，因此，《诗序》绝不是《毛诗》一家之序。钱大昕《十驾斋养新录》卷一《诗序》云《孟子·万章上》说《北山》之诗意用《小序》；惠栋《后汉书补注》证明东汉的服虔、杨震、李尤、蔡邕皆用《诗序》之言；而朱冠华更指出《礼记·乐记》用《鄘风·桑中序》，《易传·兑卦·象》用《豳风·东山序》，又云三家诗义与《诗序》并无矛盾，与《毛诗》的差别只是解说的水平高下而已。[1]《隋书·经籍志》曰："《齐诗》魏代已亡；《鲁诗》亡于西晋；《韩诗》虽存，无传之者。……又有《业诗》，奉朝请业遵所注，立意多异，世所不行。"三家《诗》消亡的原因，清人陈奂《诗毛氏传疏·叙》说得很清楚："两汉信鲁而齐亡，魏晋用韩而鲁亡，隋唐以迄赵宋称郑而韩亦亡，近代说诗兼习毛郑。"三家是随着《毛诗》与《毛诗故训传笺》的攀升而衰落，并最终消亡，其原因在其自身。正如陈奂所言："三家多采杂说，与《仪礼》《论语》《孟子》《春秋》内、外传论诗往往或不合。三家虽自出于七十子之徒，然而孔子既没，微言已绝，大道多歧，异端共作。又或潜以讽动时君，以正诗为刺诗，违诗人之本志，故齐鲁韩可废，毛不可废。"[2]也就是说，虽然研究《诗经》的学派和著作众多，但在学术发展史上，的确存在一个优胜劣汰的自然发展过程，《毛诗》就是在这个过程中逐渐显示出其强大生命力的。黄焯先生《毛诗郑笺平议·序》云："《诗》自夫子录为三百篇，以授子夏；子夏取其义著之于《序》，数传而至大毛公，作《故训传》。小毛公承其学，故名其诗曰《毛诗》。汉初，《诗》别有齐、鲁、韩三家，说往往与毛异。盖自秦焚弃儒术，三百篇虽以讽诵得传，而于篇义，久之或莫能省记。至取《春秋》，采杂说，而弥失其本义。又以口耳相传，说《诗》者或以作诗之人与赓诗之事兼收并采，记之者乃互有详略，有记作诗之人而遗赓诗之人，记赓诗之事而遗作诗之事者，于是说互歧而派别立。校其朔，则皆出子夏，与

1 参见朱冠华著《关于〈毛诗序〉的作者问题》，《文史》1982 年第 16 期。

2 陈奂《诗毛氏传疏》，中国书店 1984 年版。

《毛传》足互相发明，有未可偏废者，《毛诗》以篇义独完，故详于训故，而于义稍略，于数家中最可依据。故两汉诸大儒多有论述。顾以出稍晚，未得立于学官。”黄焯先生论述三家《诗》及《毛诗》的消长，可谓极其客观。

《序》之渊源久远，但《序》分散入各篇则在汉代。郑玄说毛亨在作《故训传》时把《序》冠于各篇之首，应该是准确的。也正因此，《南陔》等笙诗才能在诗亡以后存有诗意，而安徽阜阳出土的汉简中《诗经》无《序》的情况也可以为郑玄的说法提供证据。可以认为，三家《诗》及《毛诗》等经师，他们在教导学生学习《诗经》时，是没有《序》及注解的版本，而诸家师徒相传，主要是按照《诗序》的线索来解说。也正因此，《诗序》到了子夏所处时代时才有文字版本。这就为《诗经》的普及提供了方便，这也是适应孔子设立“私学”以后，学生和导师增多的现实需要的。毛亨把《诗序》置于《诗经》各诗篇首，更加便于《诗经》的阅读者直接掌握各诗之主旨，相信是在学习《诗经》不依赖于博士讲授以后最有效的方法，这肯定在客观上为《毛诗》的脱颖而出提供了方便。

《诗序》是学习和研究《诗经》诸篇的门径，但并不是说《诗序》的每一句话皆不可怀疑。特别是作诗之人，多用修辞，或比或兴，言多不足实证。如果字字坐实，必然损害诗的整体。在这个时候，坚定对《诗序》的认识，不仅仅关系到某一首诗的正确解读问题，而且关系到对《诗经》传承的价值观的认同问题。《史记·太史公自序》曰：“夫《诗》《书》隐约者，欲遂其志之思也。”《诗》之隐约而微，是适应表现其志的要求的，因此，难于等同于入道见志之书的明白畅晓。扬雄《法言·寡见》云：“说志者莫辨乎《诗》。”《诗》之说志最辨，就在于最为隐晦。《孟子·万章上》曰：“故说《诗》者，不以文害辞，不以辞害志，以意逆志，是为得之。”孟子在解说《北山》诗时，揭橥此一原则，就是强调，不要因为对《诗》的文辞的不同理解而影响对《诗》的主旨的把握，更不能因此成为怀疑《诗序》的口实。正像钱大昕所说：“诗人之志见乎《序》，舍《序》而言《诗》，孟子所不取。后儒去古益远，欲以一人之私意，窥测古人，亦见其惑矣。”[1]黄焯先生指出：“《诗》之本义，皆见于《序》，《序》意乃孔子亲问于大师，以授子夏。使《诗》而无《序》，虽圣人不能知其本义。今试读同时人集，去其前题，而以意测其诗旨云何，犹鲜有当者。况出于古人二千余年以上之诗篇哉。吕氏《读诗记》引程氏曰：‘学《诗》而不求《序》，犹欲入室而不由户也。’《序》间有后人附益，或毛公续作者，然要为周秦旧说，确具师承，皆可依信。”[2]因此，我们研究《诗经》主旨，主要任务不是发明与《诗序》不同的《诗经》主旨，而是应该在《诗序》所确定的框架内，尽力解决看似有“以文害辞”“以辞害志”的地方，真正恢复作《诗》者的本意。

四

本注本以阮元《十三经注疏》为底本，参考其他传世善本，并及出土文献。在注释过程中参考了前修时彦的宏论，尽可能一一标明。对不易理解的诗句，斟加串讲，意图通过探索《诗序》与《诗经》文本的联系，复原《诗经》的本来面貌，给读者一个学习《诗经》的参考范本。

感谢中国屈原学会副会长、中国诗经研究会副会长、教育部人文社科基地中国诗歌研究中心主任赵敏俐教授慨然赐序。感谢高高国际高欣先生对此书出版所做的各种努力，没有高高国际的支持，这本书可能就会一直搁置在电脑之中了。

《诗经：古义复原版》一书，从开始撰写到现在已经经历了十余年的时间了，十余年前，博士研究生和硕士研究生陈静、宋博雅、李梦、林满平、徐伟、郭琦、胡静、殷世宜、许震群、向上、刘勤（马来西亚）、丁海玲、刘娟参加了校注和修改工作，博士后工作人员李燕博士、博士生冯茂民同学先后进行了文字文献校对，工作人员李雁博士校对了清样，在此一并致谢。

1　钱大昕《十驾斋养新录·诗序》，凤凰出版社 2000 年版。

2　引自黄焯著《毛诗郑笺平议·序》，武汉大学出版社 2008 年版。

目录

国风
（160篇）

周南

召南

邶风

鄘风

卫风

王风

郑风

齐风

魏风

唐风

南有嘉鱼之什

鸿雁之什

节南山之什

谷风之什

甫田之什

鱼藻之什

大雅
（31篇）

文王之什

生民之什

荡之什

周颂
（31篇）

清庙之什

臣工之什

鲁颂
（4篇）

商颂
（5篇）

詩經

国风

《国风》共十五部分，所以也称十五《国风》，分别是《周南》11篇，《召南》14篇，《邶风》19篇，《鄘风》10篇，《卫风》10篇，《王风》10篇，《郑风》21篇，《齐风》11篇，《魏风》7篇，《唐风》12篇，《秦风》10篇，《陈风》10篇，《桧风》4篇，《曹风》4篇，《豳风》7篇，共160篇。

《诗序》曰："风，风也，教也，风以动之，教以化之。诗者，志之所之也，在心为志，发言为诗。情动于中而形于言，言之不足，故嗟叹之；嗟叹之不足，故永歌之；永歌之不足，不知手之舞之、足之蹈之也。情发于声，声成文谓之音。治世之音安以乐，其政和；乱世之音怨以怒，其政乖；亡国之音哀以思，其民困。故正得失，动天地，感鬼神，莫近于诗。先王以是经夫妇，成孝敬，厚人伦，美教化，移风俗。故诗有六义焉：一曰风，二曰赋，三曰比，四曰兴，五曰雅，六曰颂。上以风化下，下以风刺上，主文而谲谏，言之者无罪，闻之者足以戒，故曰风。至于王道衰，礼义废，政教失，国异政，家殊俗，而变风、变雅作矣。国史明乎得失之迹，伤人伦之废，哀刑政之苛，吟咏情性，以风其上，达于事变而怀其旧俗者也。故变风发乎情，止乎礼义。发乎情，民之性也；止乎礼义，先王之泽也。是以一国之事，系一人之本，谓之风。"

朱熹《诗集传》曰："国者，诸侯所封之域。而风者，民俗歌谣之诗也。谓之风者，以其被上之化以有言，而其言又足以感人，如物因风之动以有声，而其声又足以动物也。是以诸侯采之以贡于天子。天子受之而列于乐官。予以考其俗，尚之美恶，而知其政治之得失焉。旧说二南为正风，所以用之闺门乡党邦国而化天下也。十三国为变风，则亦领在乐官，以时存肄，备观省而垂鉴戒耳。合之凡十五国云。”

《国风》主要反映诸侯国民众的生活。《国风》来自诸侯国，是土风，应该是王朝采诗官（大师、行人、史、采诗官）所采集，用来反映诸侯国世情民俗的，《国风》所用音乐应该是地方音乐。诗的作者通过诗讽谏君主，周天子通过诗了解诸侯国的社会状况。风的意思是“讽”，即讽喻。《诗序》说：“一国之事，系一人之本，谓之风。”即《国风》是通过一个人的具体遭遇反映诸侯国的民风民俗、社会政治善恶。

郑玄《诗谱序》曰：“诗之兴也，谅不于上皇之世。大庭、轩辕逮于高辛，其时有亡载籍，亦蔑云焉。《虞书》曰：‘诗言志，歌永言，声依永，律和声。’然则《诗》之道放（fǎng音仿）于此乎！有夏承之，篇章泯弃，靡有孑遗。迩及商王，不风不雅。何者？论功颂德所以将顺其美，刺过讥失所以匡救其恶，各于其党，则为法者彰显，为戒者著明。周自后稷播种百谷，黎民阻饥，兹时乃粒，自传于此名也。陶唐之末，中叶公刘亦世修其业，以明民共财。至于大王、王季，克堪顾天。文、武之德，光熙前绪，以集大命于厥身，遂为天下父母，使民有政有居。其时《诗》，风有《周南》《召南》，雅有《鹿鸣》《文王》之属。及成王，周公致太平，制礼作乐，而有颂声兴焉，盛之至也。本之由此风、雅而来，故皆录之，谓之《诗》之正经。后王稍更陵迟，懿王始受谮亨齐哀公。夷身失礼之后，邶不尊贤。自是而下，厉也幽也，政教尤衰，周室大坏，《十月之交》《民劳》《板》《荡》勃尔俱作。众国纷然，刺怨相寻。五霸之末，上无天子，下无方伯，善者谁赏？恶者谁罚？纪纲绝矣。故孔子录懿王、夷王时诗，讫于陈灵公淫乱之事，谓之变风、变雅。以为勤民恤功，昭事上帝，则受颂声，弘福如彼；若违而弗用，则被劫杀，大祸如此。吉凶之所由，忧娱之萌渐，昭昭在斯，足作后王之鉴，于是止矣。夷、厉已上，岁数不明。太史《年表》自共和始，历宣、幽、平王而得春秋次第，以立斯《谱》。欲知源流清浊之所处，则循其上下而省之；欲知风化芳臭气泽之所及，则傍行而观之，此《诗》之大纲也。举一纲而万目张，解一卷而众篇明，于力则鲜，于思则寡，其诸君子亦有乐于是与。”

《国风》分布的地区，包括今甘肃、陕西、河南、山东、山西、河北、湖北一带。在十五《国风》中，《豳风》全部是西周或者殷商后期的作品，其他当为西周和春秋时期的作品。

周南

《周南》是《国风》中最具代表性的一组诗，共十一篇。周南应是地名，其地域位置大约在成周之南的周公采邑，所以称周南。周初，周公和召公分陕而治，陕东由周公治理，陕西由召公治理。周公姬旦，周文王第四子，武王灭商后，周公封于鲁，周公长子就国，周公留周辅政。《诗序》曰："然则《关雎》《麟趾》之化，王者之风，故系之周公。南，言化自北而南也。《鹊巢》《驺虞》之德，诸侯之风也，先王之所以教，故系之召公。《周南》《召南》，正始之道，王化之基，是以《关雎》乐得淑女以配君子，忧在进贤，不淫其色。哀窈窕，思贤才，而无伤善之心焉，是《关雎》之义也。"

孔颖达《毛诗正义》曰："既言系之周、召，又总举'二南'要义。《周南》《召南》二十五篇之诗，皆是正其初始之大道，王业风化之基本也。高以下为基，远以近为始。文王正其家而后及其国，是正其始也。化南土以成王业，是王化之基也。季札见歌《周南》《召南》，曰：'始基之矣，犹未也。'服虔云：'未有《雅》《颂》之成功。'亦谓'二南'为王化基始，《序》意出于彼文也。"

陆德明《经典释文·毛诗音义》曰："《周南》，周者，代名，其地在《禹贡》雍州之域，岐山之阳，于汉属扶风美阳县；南者，言周之德化自岐阳而先被南方，故《序》云'化自北而南也'。《汉广序》又云'文王之道，被于南国'是也。"

朱熹《诗集传》曰："周，国名。南，南方诸侯之国也。周国本在《禹贡》雍州境内岐山之阳。后稷十三世孙古公亶父始居其地，传子王季历，至孙文王昌，辟国寖广。于是徙都于丰，而分岐周故地以为周公旦、召公奭之采邑，且使周公为政于国中，而召公宣布于诸侯。于是德化大成于内，而南方诸侯之国，江沱汝汉之间，莫不从化。盖三分天下而有其二焉。至子武王发，又迁于镐，遂克商而有天下。武王崩，子成王诵立。周公相之，制作礼乐，乃采文王之世风化所及民俗之诗，被之筦弦，以为房中之乐，而又推之以及于乡党邦国，所以著明先王风俗之盛，而使天下后世之修身齐家治国平天下者，皆得以取法焉。盖其得之国中者，杂以南国之诗，而谓之《周南》。言自天子之国而被于诸侯，不但国中而已也。其得之南国者，则直谓之《召南》。言自方伯之国被于南方，而不敢以系于天子也。岐周，在今凤翔府岐山县。丰，在今京兆府鄠县终南山北。南方之国，即今兴元府京西湖北等路诸州。镐，在丰东二十五里。《小序》曰：‘《关雎》《麟趾》之化，王者之风，故系之周公。南，言化自北而南也。《鹊巢》《驺虞》之德，诸侯之风也，先王之所以教，故系之召公。斯言得之矣。’”

关雎

关关雎鸠，在河之洲；[一]
窈窕淑女，君子好逑。[二]
参差荇菜，左右流之。[三]
窈窕淑女，寤寐求之。[四]
求之不得，寤寐思服。[五]

悠哉悠哉，辗转反侧。
参差荇菜，左右采之。
窈窕淑女，琴瑟友之。
参差荇菜，左右芼之。
窈窕淑女，钟鼓乐之。

【注释】

一、关关：鸟类雌雄相应的和声。《毛诗故训传》曰：“和声也”。《玉篇》《广韵》或作“喧喧”，“和鸣也”。雎鸠（jū jiū音居纠）：鸟名，又称鹗，一说为鱼鹰，一说为白鹫。郭璞《尔雅注》曰：“雕类也。今江东呼之为鹗，好在江边沚中，亦食鱼。”《毛诗故训传》曰：“雎鸠，王雎也，鸟挚而有别。”《毛诗故训传笺》曰：“挚之言至也，谓王雎之鸟，雌雄情意至然而有别。”孔颖达《毛诗正义》曰：“谓鸟中雌雄情意至厚而犹能有别，故以兴后妃说乐君子情深，犹能不淫其色。”《淮南子·泰族》曰：“关雎兴于鸟，而君子美之，为其雌雄之不乖居也。”《列女传》曰：“雎鸠之鸟，犹未尝见其乘居而匹游。”王先谦《诗三家义集疏》曰：“不乖居，言不乱耦。罗愿《尔雅翼》引与《淮南》今本同。或改‘乖’为‘乘’，以合《列女传》，非。”洲：三家《诗》作“州”，水中陆地。

二、窈窕（yǎo tiǎo音咬挑）：娴淑的样子。安徽大学藏竹简本《诗经》作“要翟”。《毛诗故训传》曰：“窈窕，幽闲也。淑，善。”王先谦《诗三家义集疏》曰：“鲁说曰：窈窕，好貌。韩说曰：窈窕，贞专貌。”扬雄《方言》曰：“秦晋之间，美心为窈，美状为窕。”逑（qiú音求）：配偶。《毛诗故训传》曰：“逑，匹也。”王先谦《诗三家义集疏》曰：“鲁齐逑作仇。”好逑：佳偶。一说“好”为爱慕之意，一说为“和好”。闻一多《诗经通义》曰：“好字从女从子，其本义动词为相爱，名词为匹耦，形容词为美好，乃其义之引申耳。”《毛诗故训传笺》曰：“怨耦曰仇。言后妃之德和谐，则幽闲处深宫贞专之善女，能为君子和好众妾之怨者。言皆化后妃之德，不嫉妒，谓三夫人以下。”朱熹《诗集传》曰：“周之文王生有圣德，又得圣女姒氏以为之配，宫中之人于其始至，见其有幽闲贞静之德，故作是诗。”王先谦《诗三家义集疏》曰：“（鲁说）又曰：周之康王夫人晏出朝，《关雎》之人豫见，思得淑女以配君子。……韩叙曰：《关雎》，刺时也。”以上四句说：相应和叫着的雎鸠，在大河中的陆地上。娴淑的女子，是君子的好配偶。诗以雎鸠和鸣起兴，表达君子对淑女的追求。闻一多《风诗类钞》讲：“《关雎》，女子采荇于河滨，君子见而悦之。”朱熹《诗集传》曰：“……言彼关关然之雎鸠，则相与和鸣于河洲之上矣。此窈窕之淑女，则岂非君子之善匹乎？言其相与和乐而恭敬，亦若雎鸠之情挚而有别也。……汉匡衡曰：窈窕淑女，君子好逑，言能致其贞淑，不贰其操。情欲之感，无介乎容仪。宴私之意，不形乎动静。夫然后可以配至尊，而为宗庙主。此纲纪之首，王化之端也。可谓善说诗矣。”陈子展《诗经直解》曰：“感彼关雎，求爱之始。”

三、参差（音cēn cī）：长短不齐的样子，双声词。三家《诗》参作槮，参是假借字。《说文》曰：“槮，木长貌。《诗》曰：‘槮荇菜’。”《广雅·释诂》曰：“差，次也。”王先谦《诗三家义集疏》曰：“槮差谓如木有长者次者，槮差然不齐也。”荇（xìng音幸）菜：一种水生植物名，可食用。《毛诗故训传》曰：“荇，接余也。”《说文》作荇。孔颖达《毛诗正义》曰：“《释草》云：莕，接余，其叶苻。陆玑《毛诗草木鸟兽虫鱼疏》云：‘接余，白茎，叶紫赤色，正员，径寸余，浮在水上，根在水底，与水深浅等，大如钗股，上青下白，鬻其白茎，以苦酒浸之，肥美可案酒是也。’定本‘荇，接余也’，俗本荇下有菜字，衍也。”左右：左边和右边。《毛诗故训传笺》曰：“左右，助也。言后妃将共荇菜之菹，必有助而求之者。”朱熹《诗集传》曰：“或左或右，言无方也”。一说指女子的双手，程俊英等《诗经注析》曰：“指采荇菜女子的双手。篆文左右作，象形。”袁梅《诗经译注》曰：“此处指向左边，向右边。形容窈窕淑女采荇菜的情状。”一说指船的左边或右边，褚斌杰《诗经全注》曰：“指船的左边或右边。”流：假借“摎

（liú音留）”，择取。《毛诗故训传》曰：“流，求也。”《尔雅·释诂》曰：“流，择也。”朱熹《诗集传》曰：“顺水之流而取之也。”陈奂《诗毛氏传疏》曰：“三家《诗》或用《释诂》文训流为择。”王先谦《诗三家义集疏》以为“流”与“择”意义相近，为于参差不齐中而择其长成佳美者，有勤勉求之之意。程俊英等《诗经注析》曰：“摎的假借字，摘取。”《广雅》曰：“摎，捋也。”《鲁诗》训流为择，亦通。褚斌杰《诗经全注》曰：“择取，这句形容那个女子择取荇菜时向左向右的情状。”姚际恒《诗经通论》云：“则此处正以荇菜喻其左右无方，随水而流，未即得也。”

四、寤寐（wù mèi音务妹）：醒着、睡着，指日夜不停。《毛诗故训传》曰：寤，觉。寐，寝也。《韩诗》：寐：息也。《说文》曰：“寐觉而有信曰寤。寐，卧也。”《毛诗故训传笺》曰：“言后妃觉寐则常求此贤女，欲与之共己职也。”朱熹《诗集传》曰：“或寤或寐，言无时也。”王先谦《诗三家义集疏》：“寤寐”犹言“不寐”，谓求此淑女，至于不寐也。陈奂《诗毛氏传疏》曰：“寤犹晤，训觉；寐犹昧，训寝。”以上四句说：长短不齐的荇菜，向左向右地去采摘它；娴淑的女子，君子日夜不停地想着追求她。《毛诗故训传》曰：“后妃有《关雎》之德，乃能共荇菜，备庶物，以事宗庙也。”《毛诗故训传笺》云：“言后妃觉寐则常求此贤女，欲与之共已职也。”朱熹《诗集传》曰：“此章本其未得而言。彼参差之荇菜，则当左右无方以流之矣。此窈窕之淑女，则当寤寐不忘以求之矣。盖此人此德，世不常有。”

五、思服：思念。《尔雅·释诂》曰：“服，事也。”一说，思与服为同义复词，意为思念。如《毛诗故训传》曰：“服，思之也。”胡承珙《毛诗后笺》曰：“《康诰》曰：要囚，服念五六日。服念连文，服即念也，念即思也。”一说思为虚词，程俊英等《诗经注析》曰：“语助词，这是用于语中的，还有用于语首的，如《大雅·文王》思皇多士用于语尾的，如《周南·汉广》不可求思。”袁梅《诗经译注》曰：“思与斯一声之转，古通用，故可训斯”。《毛诗故训传笺》云：“服，事也。求贤女而不得，觉寐则思已职事当谁与共之乎！”朱熹《诗集传》曰：“犹怀也。”

六、悠哉：悠长，形容思念深长。《毛诗故训传》曰：“思也”。《毛诗故训传笺》曰：“思之蛓！思之哉！言己诚思之。”《说文》曰：“悠，忧也。”朱熹《诗集传》曰：“悠，长也。”王先谦《诗三家义集疏》曰：“悠哉悠哉，犹悠悠也，二哉字增文以成句。重言之，以见其忧之长。按《邶风·雄雉》悠悠我思，《泉水》我心悠悠皆是”。辗转反侧：翻来覆去，不能安然入睡。陆德明《经典释文》曰：“辗，本亦作展。”三家《诗》辗作展。《说文》无辗字，辗字最初见于晋《字林》。《毛诗故训传笺》曰：“卧而不周曰辗。”《毛诗故训传》训反侧为展转，诗展转与反侧同义。《广雅·释诂》曰：“辗转，反侧也。”朱熹《诗集传》曰：“辗者，转之半；转者，辗之周；反者，辗之过；侧者，转之留。皆卧不安席之意。”以上四句说：追求不得，日夜不停地想念她，思念深远悠长，晚上翻来覆去，不能入睡。《毛诗故训传》曰：“思之甚，至不安斯寢，此所谓哀而不伤。……哀窈窕之不得，思贤才之良质。无伤善之心焉。若苟慕其色，则善心伤也。”孔颖达《毛诗正义》曰：“此章未得荇菜，故助而求之。既得，故四章论采之。采之既得，故卒章言择之。皆是淑女助后妃，故每云左右。此章始求，谓未当祭时，故云将共荇菜。四章琴瑟友之，卒章钟鼓乐之，皆谓祭时，故笺云共荇菜之时也。此云助而求之，谓未祭时亦赞助也。”朱熹《诗集传》曰：“求之不得，则无以配君子，而成其内治之美。故其忧患之深，不能自已至于如此也。”陈子展《诗经直解》曰：“求之不得，哀而不伤。”

七、采：采摘。《说文》曰：“采，捋取也。”《毛诗故训传笺》云：“言后妃既得荇菜，必有助而采之者。”朱熹《诗集传》曰：“取而择之也。”袁梅《诗经译注》曰：“此处指边采集边拣择。比‘流’又进一层。”

八、琴瑟（sè色）：古代乐器名。《毛诗故训传》曰：“宜以琴瑟友乐之。”《毛诗故训传笺》云：“共荇菜之时，乐必作”。孔颖达《毛诗正义》曰：“琴瑟，乐之细者，先言之，见其和亲。”朱熹《诗集传》曰：“琴五弦或七弦；古瑟二十五弦。皆丝属。友者，亲爱之意也。”王先谦《诗三家义集疏》曰：“琴瑟，大祭祀及房中皆用之。笺云共荇菜之时乐必作，是以琴瑟为祭乐。”友：示之友好。《毛诗故训传笺》曰：“同志为友。言贤女之助后妃共荇菜，其情意乃与琴瑟之志同。”孔颖达《毛诗正义》曰：“言友者，亲之如友。”《广雅》曰：“友，亲也。”《汉书·王莽传》颜师古注：“友，爱也。”《释名·释亲属》曰：“友婿，言相亲友也。”以上四句说长短不齐的荇菜，向左向右地去采摘它，娴淑的女子，君子用琴瑟等乐器来表示友好。

九、芼（mào音帽）：择取。《毛诗故训传》曰：“芼，择也。”《毛诗故训传笺》曰：“后妃既得荇菜，必有助而择之者。”《释言》云：“芼，搴也。”郭璞注：“拔取菜也。”孔颖达《毛诗正义》曰：“搴是拔之义。”朱熹《诗集传》曰：“熟而荐之也。”王先谦《诗三家义集疏》曰：“鲁曰：芼，搴也，取也。齐说曰：芼，草覆蔓。韩芼作覒。”《说文》曰：“覒，择也。”褚斌杰《诗经全注》曰：“拔取。流、采、芼，均指采取，但动作有区别，有递进，兼表示感情和追求的程度。”

十、钟鼓：乐器名。《毛诗故训传》曰：“德盛者宜有钟鼓之乐。”《毛诗故训传笺》云：“琴瑟在堂，钟鼓在庭，言共荇菜之时！上下之乐皆作，盛其礼也。”朱熹《诗集传》曰：“钟，金属。鼓，革属。乐之大者也。”王先谦《诗三家义集疏》曰：“《韩诗》作钟鼓，一作鼓钟，知琴瑟与钟皆房中所用，可无祭乐之疑。”乐：使之愉悦。《说文》曰：“乐，五声八音总名。”朱熹《诗集传》曰：“乐，则和平之极也。”马瑞辰《毛诗传笺通释》曰：“乐，古音读劳来之劳，故与芼韵。”朱骏声《说文通训定声》曰：“按五声八音相比而成乐，象形兼会意。”一说此具有引申义。程俊英等《诗经注析》曰：“本义是乐器、音乐之名。引申为喜乐、爱好。这里指淑女快乐，与上章友字都用作动词。”褚斌杰《诗经全注》曰：“这里指钟鼓喧喧热闹的婚礼场面，使男子设想未来结婚的情景。”以上四句说长短不一的荇菜，向左向右地择取它；娴淑的女子，君子用钟鼓等乐器来使她愉悦。朱熹《诗集传》曰：“此章据今始得而言，彼参差之荇菜既得之，则当采择而亨（烹）芼之矣。此窈窕之淑女，既得之，则当亲爱而娱乐之矣。盖此人此德，世不常有。幸而得之，则有以配君子而成内治。故其喜乐尊奉之意，不能自已，又如此云。”陈子展《诗经直解》曰：“得之为欢，乐而不淫。”

【解题】

这是一首表现君子求偶，不追求美色，而重视夫人贤德之诗。《诗序》曰：“《关雎》，后妃之德也。风之始也，所以风天下而正夫妇也，故用之乡人焉，用之邦国焉。……是以《关雎》乐得淑女以配君子，忧在进贤，不淫其色。哀窈窕，思贤才，而无伤善之心焉，是《关雎》之义也。”

孔颖达《毛诗正义》曰：“是以《关雎》之篇，说后妃心之所乐，乐得此贤善之女，以配己之君子；心之所忧，忧在进举贤女，不自淫恣其色；又哀伤处窈窕幽闲之女未得升进，思得贤才之人与之共事。君子劳神苦思，而无伤害善道之心，此是《关雎》诗篇之义也。”

今人多以爱情诗理解此诗，以为《诗序》大谬，其实不然。此诗本与爱情相关，“君子”为周士大夫及天子之称；作者以“窈窕淑女，君子好逑”为核心，告知君子求偶，不求女子貌美，而求品德娴淑。周大师收集国风，目的在于“正得失”，“经夫妇，成孝敬，厚人伦，美教化，移风俗”。周天子是诗的第一读者，周天子读诗，就不能仅仅限于诗的表面内容，而更要关心诗文本身所蕴含的中心意旨。君子阅读此诗，不是为了学习主人公之辗转反侧思美女，而在于辗转反侧寻找娴淑女子。也正因此，《诗序》以为此诗体现后妃之德，而孔子编辑《诗经》也以该诗为“四始”之首，其深思熟虑就在于此。

葛覃

葛之覃兮，施于中谷，维叶萋萋；一

黄鸟于飞，集于灌木，其鸣喈喈。[二]
葛之覃兮，施于中谷，维叶莫莫；[三]
是刈是濩，为絺为绤，服之无斁。[四]
言告师氏，言告言归。[五]
薄污我私，薄浣我衣。[六]
害浣害否？归宁父母。[七]

【注释】

一、葛：一种多年生蔓草，俗名苎麻，纤维可织布。覃：延长、延伸，一说指葛藤。《毛诗故训传》曰：“覃，延也。葛所以为絺绤，女功之事烦辱者。”施（yì音义）：同“移”，蔓延。《毛诗故训传》曰：“施，移也。”中谷：即谷中，山谷之中。《毛诗故训传》曰：“中谷，谷中也。”《毛诗故训传笺》曰：“葛者，妇人之所有事也，此因葛之性以兴焉。”维：发语词。无义。萋萋（qī音七）：茂盛的样子。《毛诗故训传》曰：“萋萋，茂盛貌。”

二、黄鸟：黄鹂。《释鸟》云：“皇，黄鸟。”陆玑《毛诗草木鸟兽虫鱼疏》云：“黄鸟，黄鹂留也。或谓之黄栗留。幽州人谓之黄莺。一名仓庚，一名商庚，一名鵹黄，一名楚雀。齐人谓之抟黍。当葚熟时，来在桑间，故里语曰：黄栗留，看我麦黄葚熟不。”朱熹《诗集传》曰：“黄鸟，鹂也。”喈喈（jiē音皆）：象声词，形容黄鹂相和的叫声。《毛诗故训传》曰：喈喈，和声之远闻也。陈子展《诗经直解》曰：“一章。婚时。葛长莺飞，兴嫁娶之及时也。”以上说：葛藤啊，蔓延在山谷之中，叶子很茂盛；黄鹂飞翔，停在灌木从中，它们的叫声宛转悠扬。孔颖达《毛诗正义》曰：“言葛之渐长，稍稍延蔓兮而移于谷中，非直枝干渐长，维叶则萋萋然茂盛；以兴后妃之生，浸浸日大，而长于父母之家，非直形体日大，其容色又美盛。当此葛延蔓之时，有黄鸟往飞，集于丛木之上，其鸣之声喈喈然远闻；以兴后妃形体既大，宜往归嫁于君子之家，其才美之称亦达于远方也。”《毛诗故训传笺》云：“葛者，妇人之所有事也，此因葛之性以兴焉。兴者，葛延蔓于谷中，喻女在父母之家，形体浸浸日长大也。叶萋萋然，喻其容色美盛。葛延蔓之时，则抟黍飞鸣，亦因以兴焉。飞集藂（古同“丛”）木，兴女有嫁于君子之道。和声之远闻，兴女有才美之称达于远方。”朱熹《诗集传》曰：“赋者，敷陈其事，而直言之者也。盖后妃既成絺绤而赋其事，追叙初夏之时，葛叶方盛，而有黄鸟鸣于其上也。后凡言赋者，放此。”马瑞辰《毛诗传笺通释》曰：“诗以葛之生此而延彼，兴女之自母家而适夫家。”方玉润《诗经原始》曰：“追叙葛之初生，三句为一截，唐人多有此体。”陈子展《诗经直解》曰：“婚时。葛长莺飞，兴嫁娶之及时也。”

三、莫莫，植物茂盛的样子。《毛诗故训传》曰：“莫莫，成就之貌。”《毛诗故训传笺》曰：“成就者，其可采用之时。”

四、刈（yì音义）：刀割。濩（huò音或）：在水中煮。絺（chī音吃）：细，细麻布。绤（xì音细）：粗，粗麻布。斁（yì音义）：厌恶。《毛诗故训传》曰：“濩，煮之也。精曰絺，粗曰绤。斁，厌也。古者王后织玄紞，公侯夫人纮綖，卿之内子大带，大夫命妇成祭服，士妻朝服，庶士以下各衣其夫。”《毛诗故训传笺》云：“服，整也。女在父母之家，未知将所适，故习之以絺绤烦辱之事，乃能整治之无厌倦，是其性贞专。”孔颖达《毛诗正义》曰：“《释训》云：‘是刈是濩，濩，煮之也。’舍人曰：‘是刈，刈取之。是濩，煮治之。’孙炎曰：‘煮葛以为絺绤，以煮之于濩，故曰濩煮，非训濩为煮。’”以上说：葛藤啊，蔓延在山谷之中，叶子很茂盛；用刀割下葛藤将它放在水中煮，用它来做成细麻布和粗麻布，做成衣服穿不厌。孔颖达《毛诗正义》曰：“言葛之渐延蔓兮，所移在于谷中，生长不已，其叶则莫莫然成就。葛既成就，已可采用，故后妃于是刈取之，于是濩煮之。煮治已讫，后妃乃缉绩之，为絺为绤。言后妃整治此葛以为絺绤之时，志无厌倦，是后妃之性贞专也。”朱熹《诗集传》曰：“此言盛夏之时，葛既成矣。于是治以为布，而服之无厌。盖亲执其劳，而知其成之不易。所以心诚爱之，虽极垢弊，而不忍厌弃也。”陈子展《诗经直解》曰：“二章。嫁后。治葛为服，言女功之不怠也。”

五、师氏：教导女子学习女红的人。《毛诗故训传》曰：“师，女师也。古者女师教以妇德、妇言、妇容、妇功。祖庙未毁，教于公宫三月。祖庙既毁，教于宗室。”告，告假。归，出嫁。《毛诗故训传笺》曰：“我告师氏者，我见教告于女师也，教告我以适人之道。重言我者，尊重师教也。公宫、宗室，于族人皆为贵。”

六、薄：语气助词，稍稍的意思。污：用作动词，搓揉以去污。私：指平日所穿的衣服，一说指内衣。《毛诗故训传》曰：“污，烦也。私，燕服也。妇人有副袆盛饰，以朝事舅姑，接见于宗庙，进见于君子。其余则私也。”《毛诗故训传笺》曰：“烦，烦撋（音ruán）之，用功深。浣，谓濯之耳。衣，谓袆衣以下至褖衣。”

七、浣：洗。衣：指见客时穿的礼服。害：同“曷”，何，哪些。《毛诗故训传》曰：“害，何也。私服宜浣，公服宜否。宁，安也。父母在，则有时归宁耳。”《毛诗故训传笺》曰：“我之衣服，今者何所当见浣乎？何所当否乎？言常自洁清，以事君子。”朱熹《诗集传》曰：“言，辞也。师，女师也。薄，犹少也。污，烦撋之，以去其污。犹治乱而曰乱也。浣，则濯之而已。私，燕服也。衣，礼服也。害，何也。宁，安也。谓问安也。”以上说：我要告诉我的师傅，告诉她我要嫁人。洗干净我的内衣，洗干净我的外衣。什么应该洗，什么不应该洗，我有生活能力，我的父母可以安心。归宁：嫁人以使父母安心。朱熹《诗集传》曰：“上章既成𫄨绤之服矣。此章遂告其师氏，使告于君子，以将归宁之意。且曰，盍治其私服之污，而浣其礼服之衣乎。何者当浣，而何者可以未浣乎。我将服之以归宁于父母矣。”陈子展《诗经直解》曰：“三章。归宁。以宁父母，盖言无父母诒（yí音宜）罹乎？”

【解题】

这是一首描写后妃在母家学习勤俭持家之道，多学女红，出嫁后可以使父母安心的诗。《诗序》曰："《葛覃》，后妃之本也。后妃在父母家，则志在于女功之事，躬俭节用，服浣濯之衣，尊敬师傅，则可以归安父母，化天下以妇道也。"《毛诗故训传笺》曰："躬俭节用，由于师傅之教，而后言尊敬师傅者，欲见其性亦自然。可以归安父母，言嫁而得意，犹不忘孝。"孔颖达《毛诗正义》曰："作《葛覃》诗者，言后妃之本性也，谓贞专节俭自有性也。"朱熹《诗集传》曰："此诗后妃所自作，故无赞美之词。然于此可以见其已贵而能勤，已富而能俭，已长而敬，不弛于师傅，已嫁而孝不衰于父母。是皆德之厚，而人所难也。小序以为，后妃之本。庶几近之。"

卷耳

采采卷耳，不盈顷筐。一
嗟我怀人，寘彼周行。二
陟彼崔嵬，我马虺隤。三
我姑酌彼金罍，维以不永怀。四
陟彼高冈，我马玄黄。
我姑酌彼兕觥，维以不永伤！五
陟彼砠矣，我马瘏矣，
我仆痡矣，云何吁矣！六

【注释】

一、采采：采了又采，一说茂盛的样子。《毛诗故训传》曰："卷耳，苓耳也。"孔颖达《毛诗正义》曰："郭璞曰：《广雅》云枲耳，亦云胡枲，江东呼常枲，或曰苓耳。形似鼠耳，丛生似盘。”盈：满。顷筐：一种前低后高的竹筐。《毛诗故训传》曰：“顷筐，畚属。”朱熹《诗集传》曰：“顷，欹也。筐，竹器。”

二、嗟：语气词，马瑞辰《毛诗传笺通释》曰：说助词。寘（zhì音至）：放置。周行：大道，一说周王朝的军用公路，一说朝廷列位。《毛诗故训传》曰：“怀，思。寘，置。行，列也。思君子官贤人，置周之列位。”《毛诗故训传笺》曰：“周之列位，谓朝廷臣也。”高亨《诗经今注》曰：“寘借为徥（chí音迟），行也。周行，往周国去的大道。此句是作者自言在周道上奔走。”以上说：采卷耳，采了又采，却不满竹筐。我想念人啊，把竹筐放在路旁。孔颖达《毛诗正义》曰：“言有人事采此卷耳之菜，不能满此顷筐。”朱熹《诗集传》曰：“后妃以君子不在而思念之。故赋此诗托言。方采卷耳，未满顷筐，而心适念其君子，故不能复采，而寘之大道之旁也。”刘熙载《艺概》曰：“《卷耳》四章，只‘嗟我怀人’一句是点明主意，余者无非做足此句。赋之体约用博，自是开之。”陈子展《诗经直解》曰：“怀人而忘采物，有意在言外之妙。”

三、陟（zhì音至）：升，登。崔嵬（wéi音违）：一说山颠（高亨《诗经今注》），一说山高不平貌（唐莫尧《诗经全译》）。虺隤（huī tuí音灰颓）：三家《诗》作瘣颓，谓马即行无力，足跛不支。《毛诗故训传》曰：“崔嵬，土山之戴石者。虺隤，病也。”《毛诗故训传笺》曰：“我，我使臣也。”孔颖达《毛诗正义》曰：“《释山》云：石戴土谓之崔嵬。与《尔雅》正反者，或传写误也。孙炎曰：虺隤，马罢不能升高之病。”

四、姑：姑且。酌：斟酒。《毛诗故训传笺》曰：“我，我君也。”孔颖达《毛诗正义》曰：“故上句欲君子知其劳，下句欲君子加其赏也。”罍（léi音雷）：酒器。朱熹《诗集传》曰：“罍，酒器，刻为云雷之象，以黄金饰之。”高亨《诗经今注》曰：“盛酒器，形似酒罈，大肚小口。金罍即铜罍。”维：发语词。以上说：骑着马儿登上高山，马儿无力不支，我姑且斟酒在酒器中，借着饮酒来疏解想家之情愫。《毛诗故训传笺》曰：“臣出使，功成而反，君且当设飨燕之礼，与之饮酒以劳之，我则以是不复长忧思也。言且者，君赏功臣，或多于此。”朱熹《诗集传》曰：“此又托言欲登此崔嵬之山，以望所怀之人而往从之，则马罢病而不能进。于是且酌金罍之酒，而欲其不至于长以为念也。”陈子展《诗经直解》曰：“我，怀人者奢想所怀之行人自我也。”

五、冈：山脊。朱熹《诗集传》曰：“玄马而黄，病极而变色也。”一说玄黄意为眼花。闻一多《诗经通义》曰：“眼花者，视物不审，但见玄黄纷错，五色交驰，此即所谓玄黄也。”兕觥（sì gōng音四宫）：角爵，牛角制成，一说亦青铜器。朱熹《诗集传》曰：“兕，野牛，一角，青色，重千斤。觥，爵也，以兕角为爵也。”《毛诗故训传笺》曰：“觥，罚爵也。飨燕所以有之者，礼自立司正之后，旅酬必有醉而失礼者，罚之亦所以为乐。”伤：思。以上说：骑着马儿登上山脊，马儿疲惫异常，我姑且斟酒在酒器中，借着饮酒来不思念。《毛诗故训传笺》云：“此章为意不尽，申殷勤也。”陈子展《诗经直解》曰：“以上两章，作者设为所怀之行人，随所驰驱而怀家。想象入妙。”

六、砠（jū音居）：《齐诗》《韩诗》作岨，《毛诗故训传》说石山戴土曰砠，《尔雅·释山》说土戴石为砠，高亨《诗经今注》说山中险阻之地。瘏（tú音涂）、痡（pū音扑）：病。孔颖达《毛诗正义》曰：“孙炎曰：‘痡，人疲不能行之病。瘏，马疲不能进之病也。’”吁：《鲁诗》作盱（xū音需），忧叹。朱熹《诗集传》曰：“《尔雅注》引此作盱，张目望远也。”陈乔枞《三家诗遗说考》曰：“吁、盱，疑皆忬之假借。”以上说：骑着马儿登上石土山，我的马儿病了，我的仆人也病了，这是何等的忧伤啊。《毛诗故训传笺》云：“此章言臣既勤劳于外，仆马皆病，而今云何乎其亦忧矣，深闵之辞。”陈子展《诗经直解》曰：“想象所怀之行人，怀我远望，忧思已极。作者之怀人更不自道一语，却远较自道者意味深长。于此可悟怀人作诗之一法。”

【解题】

此诗为后妃思念在外远征之君主辛劳的诗歌。《诗序》曰：“《卷耳》，后妃之志也，又当辅佐君子，求贤审官，知臣下之勤劳。内有进贤之志，而无险诐私谒之心，朝夕思念，至于忧勤也。”

孔颖达《毛诗正义》曰：“作《卷耳》诗者，言后妃之志也。后妃非直忧在进贤，躬率妇道，又当辅佐君子，其志欲令君子求贤德之人，审置于官位，复知臣下出使之勤劳，欲令君子赏劳之。内有进贤人之志，唯有德是用，而无险诐不正，私请用其亲戚之心，又朝夕思此，欲此君子官贤人，乃至于忧思而成勤。此是后妃之志也。”

朱熹《诗集传》曰：“此亦后妃所自作。可以见其贞静专一之至矣。岂当文王朝会之时、羑里拘幽之日而作欤？然不可考矣。”明何琇《樵香小记》云：“此必大夫行役，其室家念之诗。”

戴震《诗经补注》曰：“《卷耳》，感念于君子行迈之忧劳而作也。”

今人又有女子思征夫、征夫思家室两种解法。褚斌杰《诗经全注》曰：“这诗写妇人怀念出征在外的丈夫，首章自写，二、三、四章均从对方着笔，写征夫在外服役的劳苦并对自己的思念，含蓄委婉，愈见情笃。”程俊英以为这是“一位妇女想念她远行的丈夫的诗”。孙作云《诗经的错简》认为本篇原为两首诗，此说备考。

樛木

南有樛木，葛藟累之；[一]
乐只君子，福履绥之。[二]
南有樛木，葛藟荒之；[三]

乐只君子，福履将之。四
南有樛木，葛藟萦之；五
乐只君子，福履成之。六

【注释】

一、樛（jiū音鸠）木：弯曲的树枝。《毛诗故训传》曰：“木下曲曰樛。”《韩诗》作“朻”。葛藟（lěi音磊）：葛蔓。孔颖达《毛诗正义》曰：“藟与葛异，亦葛之类也。陆玑《毛诗草木鸟兽虫鱼疏》云：“藟一名巨荒，似燕薁，亦延蔓生，叶艾，白色，其子赤，亦可食，酢（zuò音坐）而不美是也。”朱熹《诗集传》曰：“藟，葛类。”累：缠绕。《毛诗故训传笺》云：“木枝以下垂之故，故葛也藟也得累而蔓之，而上下俱盛。”

二、只：语助词。朱熹《诗集传》曰：“只，语助词。”高亨《诗经今注》曰：“乐只，犹乐哉。”君子：指当时贵族。朱熹《诗集传》曰：“君子，自众妾而指后妃，犹言小君内子也。”履：福禄，履的本义是鞋子，福履的意思是福禄跟随着脚步，引申为福禄。《毛诗故训传》曰：“履，禄。”绥：安宁。《毛诗故训传》曰：“绥，安也。”《毛诗故训传笺》云：“妃妾以礼义相与和，又能以礼乐乐其君子，使为福禄所安。”以上说：南山有树枝弯曲的树，葛藟缠绕着它；和乐的君子，福禄安宁。朱熹《诗集传》曰：“后妃能逮下而无嫉妬之心，故众妾乐其德而称愿之曰：南有樛木，则葛藟累之也，乐只君子，则福履绥之矣。”

三、荒：掩盖。毛《毛诗故训传》曰：“荒：奄。”《说文》：“荒，芜也。一曰草掩地也。”

四、将：大。《毛诗故训传》曰：“将，大也。”一说为扶助。《毛诗故训传笺》云：“此章申殷勤之意。将，犹扶助也。”朱熹《诗集传》曰：“将，犹扶助也。”以上说：南山有树枝弯曲的树，葛藟掩盖着它；和乐的君子，福禄很大。王先谦《诗三家义集疏》曰：“对首言安之，此乃大矣。成则更进。次第如此。”

五、萦（yíng音盈）：盘旋缠绕。毛《毛诗故训传》曰：“萦，旋也。”

六、成：成就。《毛诗故训传》曰：“成，就也。”《尔雅·释诂》曰：“就，成也。”《广雅·释诂》曰：“就，归也。”以上说：南山有树枝弯曲的树，葛藟盘旋缠绕着它；和乐的君子，福禄成就他。方玉润《诗经原始》曰：“三章只易六字，而往复叠咏，殷勤之意自见。”褚斌杰《诗经全注》曰：“上述由绥而将，由将而成，表示福祉日进，越来越福气大。”

【解题】

这是一首赞扬后妃有贤德、君子多福之诗。《诗序》曰：“《樛木》，后妃逮下也。言后妃逮下而无嫉妒之心焉。”《毛诗故训传笺》曰：“后妃能和谐众妾，不嫉妒其容貌，恒以善言逮下而安之。”

孔颖达《毛诗正义》曰：“作《樛木》诗者，言后妃能以恩义接及其下众妾，使俱以进御于王也。后妃所以能恩意逮下者，而无嫉妒之心焉……逮下者，三章章首二句是也。既能逮下，则乐其君子，安之福禄，是由于逮下故也。”

螽斯

螽斯羽，诜诜兮！一
宜尔子孙，振振兮！二
螽斯羽，薨薨兮！三
宜尔子孙，绳绳兮！四

螽斯羽，揖揖兮！五
宜尔子孙，蛰蛰兮！六

【注释】

一、螽（zhōng音中）：蝗虫，繁殖力强，产卵众多，故用来比人之多子。《毛诗故训传》云："螽斯，松蝑也。"郭璞《方言注》曰："江东呼为虴蜢。"朱熹《诗集传》曰："螽斯，蝗属。长而青，长角长股，能以股相切作声。一生九十九子。"马瑞辰《毛诗传笺通释》曰："《毛诗故训传》以螽斯连读，谓即斯螽，则非。螽斯盖柳斯、鹿斯之比以斯为语词耳。"羽：螽斯的翅膀。王先谦《诗三家义集疏》曰："螽蛰群飞，故以羽言。"诜诜（shēn音申）：众多群集的样子。陆德明《经典释文》曰："诜诜，众多也。"《说文》曰："诜，致言也。"朱熹《诗集传》曰："诜诜，和集貌。"

二、宜：多。《毛诗故训传笺》曰："后妃之德宽容不嫉妒，则宜女（rǔ音汝）之子孙，使其无不仁厚。"《说文》曰："宜，所安也。"马瑞辰《毛诗传笺通释》曰："古文宜作冝，窃谓宜从多声，即有多义。宜尔子孙，犹云多尔子孙也。"一曰：适合，用于承上启下。陈奂《诗毛氏传疏》曰："宜字有三义焉，子孙众多也，不嫉妒也，贤也。宜者，承上转下之词。"振振：振奋有为的样子。马瑞辰《毛诗传笺通释》曰："《毛诗故训传》曰：振振，仁厚也。瑞辰按：振振，谓众盛也。"陈奂《诗毛氏传疏》曰："振振，仁厚。与《麟之趾》《殷其雷》传。振振，信厚。各随文训。《礼记·中庸》篇肫肫其仁，郑注云：肫肫，读如诲尔忳忳之忳。忳忳，恳诚貌也。令诗作谆谆，今与振振音同义近。"褚斌杰《诗经全注》曰："奋起群飞的样子。"以上说：蝗虫振动翅膀，众多群集！你众多的子孙，振奋有为！朱熹《诗集传》曰："比者，以彼者比此物也。后妃不妬忌，而子孙众多。故众妾以螽斯之群处和集而子孙众多比之。言其有是德，而宜有是福也。后凡言比者放（fǎng音仿）此。"

三、薨薨：虫群飞时发出的声音。《毛诗故训传》曰："薨薨，众多也。”朱熹《诗集传》曰：“薨薨，群飞声。”程俊英《诗经译注》曰：“昆虫群飞的声音。”

四、绳绳：绵延不绝的样子。《毛诗故训传》曰：“绳绳，戒慎也。”朱熹《诗集传》曰：“绳绳，不绝貌。”程俊英《诗经译注》曰：“多而谨慎的样子。”马瑞辰《毛诗传笺通释》曰：“《毛诗故训传》本《尔雅》绳绳，戒也为训。但以诗意求之，亦为众盛。”以上说：蝗虫振动翅膀，群飞时发出轰轰声！众多的子孙，绵延不绝！

五、揖揖（yī音一）：群聚的样子。《毛诗故训传》曰：“揖揖，会聚也。”朱熹《诗集传》曰：“揖揖，会聚也。”马瑞辰《毛诗传笺通释》曰：“揖盖集之假借。”又云：“是集本为鸟群集，引申为凡聚之称。”王先谦《诗三家义集疏》曰：“揖、辑、集古字通用。”

六、蛰蛰（zhé音哲，袁梅《诗经译注》音zhī）：安静的样子。《毛诗故训传》曰：“蛰蛰，和集也。”《尔雅·释诂》曰：“蛰，静也。”朱熹《诗集传》曰：“蛰蛰，亦多意。”何楷《诗经世本古义》曰：“曰蛰蛰者，安静而各得其所也。”程俊英《诗经译注》曰：“和乐安静的样子。”褚斌杰《诗经全注》曰：“蛰伏的样子，指安静而各得其所。”以上说蝗虫振动翅膀，群聚在一起！你众多的子孙，一团和气！

【解题】

这是一首祝愿多子多孙的诗歌。《诗序》曰：“《螽斯》后妃子孙众多也。言若螽斯不妒忌，则子孙众多也。”

《毛诗正义》曰：“此不妒忌，得子孙众多者，以其不妒忌，则嫔妾俱进，所生亦后妃之子孙，故得众多也。《思齐》云：‘大姒嗣徽音，则百斯男。’传云‘大姒十子，众妾则宜百子’是也。三章皆言后妃不妒忌，子孙众多。既言其多，因说其美，言仁厚、戒慎、和集耳。”

戴震《诗经补注》曰：“《螽斯》，亦下美上也。”

褚斌杰《诗经全注》曰："这是一首祝愿多子多孙、后代昌盛的诗，全篇用比体，是我国早期咏物诗之一。"

陈子展《诗经直解》曰："《螽斯》主题义与《樛木》同。所不同者，一颂多福禄，一颂多子孙。樛木曲木，螽斯害虫，以为比兴，虽若美之，实含刺意。"说含讽刺意，则未必可信。

桃夭

桃之夭夭，灼灼其华。一
之子于归，宜其室家。二
桃之夭夭，有蕡其实。三
之子于归，宜其家室。四
桃之夭夭，其叶蓁蓁。五
之子于归，宜其家人。六

【注释】

一、夭夭：少壮茂盛的样子，《鲁诗》《韩诗》：夭夭作枖枖。《毛诗故训传》曰："兴也。桃有华之盛者，夭夭其少壮。"朱熹《诗集传》曰："夭夭，少好之貌。"一说，形容花之娇好。《毛诗故训传笺》曰："兴者，喻妇人皆得以年盛时行也。"《说文》引《诗》"桃之枖枖"云："枖，木少盛儿。"灼灼（zhuó音卓）：花盛开的样子。《毛诗故训传》曰："灼灼，华之盛也。"孔颖达《毛诗正义》曰："夭夭言桃之少，灼灼言华之盛。桃或少而未华，或华而不少。此诗夭夭、灼灼并言之，则是少而有华者，故辨之。言桃有华之盛者，由桃少故华盛，以喻女少而色盛也。"

二、之子：这个女子，古代子女皆可称子。《毛诗故训传》曰：“之子，嫁子也。”朱熹《诗集传》曰：“之子，是子也。此指嫁者而言也。”于：往也。《毛诗故训传》曰：“于，往也。”马瑞辰《毛诗传笺通释》曰：“尔雅训诂如、适、之、嫁并训为往，《传》以之兴嫁同义，故以之子为嫁子。”归：归于夫家，即出嫁。朱熹《诗集传》曰：“妇人谓嫁曰归。”宜：适宜。《毛诗故训传》曰：“宜以有室家，无踰时者。”《毛诗故训传笺》曰：“宜者，谓男女年时俱当。”朱熹《诗集传》曰：“宜者，和顺之意。”室家：指配偶。《左传·桓公八年》曰：“女有家，男有室。室家谓夫妇也。”一说指家庭。朱熹《诗集传》曰：“室，谓夫妇所居。家，谓一门之内。”以上说桃树少壮茂盛，桃花盛开美丽。这个女子嫁到夫家，适宜她的家庭。孔颖达《毛诗正义》曰：“毛以为少壮之桃夭夭然，复有灼灼然。此桃之盛华，以兴有十五至十九少壮之女亦夭夭然，复有灼灼之美色，正于秋冬行嫁然。是此行嫁之子，往归嫁于夫，正得善时，宜其为室家矣。”朱熹《诗集传》曰：“文王之化，自家而国，男女以正婚姻以时。故诗人因所见以起兴而叹其女子之贤。知其必有以宜其室家也。”陈子展《诗经直解》曰：“以眼前其华之艳起兴，美嫁娶之及时也。”

三、有蕡（fén音坟）：即蕡蕡，果实肥大的样子。《毛诗故训传》曰：“蕡，实貌。非但有华色，又有妇德。”《说文》曰：“蕡，杂香艸也”。朱熹《诗集传》曰：“蕡，实之盛也。”有，用于形容词之前的语助词，和叠词作用相似。有蕡，即蕡蕡。实，果实，指桃子。

四、家室：即室家。以上说桃树少壮茂盛，果实肥大。这个女子嫁到夫家，适宜她的家庭。陈子展《诗经直解》曰：“预祝其实之蕡。”

五、蓁蓁（zhēn音真）：叶子茂盛的样子。《毛诗故训传》曰：“蓁蓁，至盛貌。有色有德，形体至盛也。”

六、家人：家族之人。《毛诗故训传》曰：“一家之人尽以为宜。”《毛诗故训传笺》云：“家人，犹室家也。”以上说桃树少壮茂盛，叶子茂盛。这个女子嫁到夫家，适宜她的家庭。陈奂《诗毛氏传疏》曰：“凡诗三章，有末章与上二章辞同而意异者，若此篇宜其家人。此篇上二章就嫁时言，末章就已嫁时言。”陈子展《诗经直解》曰：“预祝其叶之盛。本来只见其华之艳，其实其叶乃联想所及，叠咏以为祝耳。本来只说室家，家室、室家，乃同义语，变文以趁韵耳。”

【解题】

这是一首贺后妃出嫁之诗。《诗序》曰：“《桃夭》，后妃之所致也。不妒忌，则男女以正，婚姻以时，国无鳏民也。”

《毛诗正义》曰：“作《桃夭》诗者，后妃之所致也。后妃内修其化，赞助君子，致使天下有礼，昏娶不失其时，故曰致也。由后妃不妒忌，则令天下男女以正，年不过限，昏姻以时，行不逾月，故周南之国皆无鳏独之民焉，皆后妃之所致也。此虽文王化使之然，亦由后妃内赞之致，故因上《螽斯》后妃不妒忌后，言其所致也。且言致从家至国，亦自近致远之辞也。男女以正，三章上二句是也。昏姻以时，下二句是也。国无鳏民焉，申述所致之美，于经无所当也。”

魏源《诗古微·诗序集义》云：“《桃夭》，美嫁娶及时也。礼，霜降逆女，冰泮杀止。”姚际恒《诗经通论》曰：“桃花色最艳，故以取喻女子，开千古词赋咏美人之祖。”

兔罝

肃肃兔罝，椓之丁丁。[一]
赳赳武夫，公侯干城。[二]

肃肃兔罝，施于中逵。[三]
赳赳武夫，公侯好仇。[四]
肃肃兔罝，施于中林。[五]
赳赳武夫，公侯腹心。[六]

【注释】

一、肃肃：紧密整齐的样子。《毛诗故训传》曰："敬也。"朱熹《诗集传》曰："整饬貌。"《说文》曰："肃，持事振敬也。"兔罝（jū音居）：捕兔的网。《毛诗故训传》曰："兔罝，兔罟（gǔ音古）也。"王先谦《诗三家义集疏》："鲁曰：兔罝，网也。齐说曰：兔罝之容，不失其敬。"椓（zhuó音浊）：敲打。《说文》曰："椓，击也。"丁丁（zhēng音正）：象声词，敲打木桩的声音。《毛诗故训传》曰："椓杙声也。"

二、赳：勇武的样子。《毛诗故训传》曰："武貌。"王先谦《诗三家义集疏》曰："鲁说曰：赳赳，武也。干，或解为捍卫，或解为盾牌，或解为城池。"《毛诗故训传》曰："干，扞也。"《毛诗故训传笺》曰："干也，城也，皆御难也。"朱熹《诗集传》曰："盾也。"王先谦《诗三家义集疏》："鲁说曰：干，扞也。"又曰："诸侯曰干城，言不敢自专，御于天子也。"以上说捕兔的网紧密整齐，敲打木桩发出丁丁的声音。勇武的武夫，公侯用来捍卫安全的盾牌。朱熹《诗集传》曰："化行俗美贤才众多。虽罝兔之野人，而其才之可用犹如此。故诗人因其所事，以起兴而美之。而文王德化之盛，因可见矣。"陈子展《诗经直解》曰："可为公侯之干城，言勇而忠也。"

三、施：设置。逵：通往各个方向的路口。《毛诗故训传》曰："九达之道。"王先谦《诗三家义集疏》："《韩诗》逵作馗。"薛汉《韩诗章句》曰："中馗，馗中，九交之道也。"《说文》曰："馗，九达道也。从九从首。或作逵。"

四、仇：搭档，伙伴。朱熹《诗集传》曰：“仇与逑同。匡衡引《关雎》亦作仇字。”王先谦《诗三家义集疏》笺曰：“怨耦曰仇。”以上说捕兔的网紧密整齐，设置在通往各个方向的路口。勇武的武夫，公侯的好搭档。朱熹《诗集传》曰：“公侯善匹，犹曰圣人之耦。则非特干城而已，叹美之无已矣。下章放此。”陈子展《诗经直解》曰：“可为公侯之善匹，言勇而良也。”

五、中林：树林中。《毛诗故训传》曰：“中林，林中。”

六、腹心：指亲信，今天称为心腹。《毛诗故训传》曰：“可以制断公侯之腹心。”朱熹《诗集传》曰：“同心同德之谓，非特好仇而已。”以上说捕兔的网紧密整齐，设置在树林中。勇武的武夫，公侯的亲信。姚际恒《诗经通论》云：“干城，好仇，腹心，知一节深一节。”崔述《读风偶识》曰：“余玩其词，似有惋惜之意。”陈子展《诗经直解》曰：“可为公侯之腹心，谓机密之事可与之谋虑，言勇而智也。”

【解题】

这是一首赞扬勇士的诗，《诗序》曰：“《兔罝》，后妃之化也，《关雎》之化行，莫不好德，贤人众多也。”

孔颖达《毛诗正义》曰：“作《兔罝》诗者，言后妃之化也。言由后妃《关雎》之化行，则天下之人莫不好德，是故贤人众多。由贤人多，故兔罝之人犹能恭敬，是后妃之化行也。《经》三章皆言贤人众多之事也。《经》直陈兔罝之人贤，而云多者。《笺》云：罝兔之人，鄙贱之事，犹能恭敬，则是贤人众多。是举微以见著也。《桃夭》言后妃之所致，此言后妃之化，《芣苢》言后妃之美。此三章所美如一，而设文不同者，以《桃夭》承《螽斯》之后，《螽斯》以前皆后妃身事，《桃夭》则论天下昏姻得时，为自近及远之辞，故云所致也。此《兔罝》又承其后，已在致限，故变言之化，明后妃化之使然也。《芣苢》以后妃事终，故总言之美。其实三者义通，皆是化美所以致也。又上言不妒忌，此言《关雎》之化行，不同者，以《桃夭》说昏姻男女，故言不妒忌，此说贤人众多，以《关雎》求贤之事，故言《关雎》之化行。《芣苡》则妇人乐有子，故云和平。《序》者随义立文，其实总上五篇致此三篇。”

程俊英等《诗经注析》曰：“诗人在路上看见英姿威武的猎人正在打椿张网捕兔，联想这些猎人的才力，希望他们能被选拔为保卫国家的武士。”

芣苢

采采芣苢，薄言采之；一
采采芣苢，薄言有之。二
采采芣苢，薄言掇之；三
采采芣苢，薄言捋之。四
采采芣苢，薄言袺之；五
采采芣苢，薄言襭之。六

【注释】

一、采采：采了又采。《毛诗故训传》曰：“采采，非一辞也。”陈奂《诗毛氏传疏》曰：“谓非一采而已之词。”《毛诗故训传》《卷耳》云：“采采，事采之也。”孔颖达《毛诗正义》曰：“言事采之者，言勤事采此菜也。此与《芣苢》俱言采采，彼传云非一辞，与此不同者，此取忧为兴，言勤事采菜，尚不盈筐，言其忧之极，故云事采之；彼以妇人乐有子，明其采者众，故云非一辞。其实采采之义同。”一说，采采为形容词，指花颜色鲜明。陈子展《诗经直解》解释为形形色色。芣苢（fú yǐ音浮以）：野草名，一名车前，大叶长穗，可入药，因其“好生道旁”而得名，又名当道。古人相信它可以治不孕症。薄言：助词，无实义。褚斌杰《诗经全注》曰："薄言二字连用，有急忙、赶快的意思。"薄，发语词，亦有勉力之意。言，语助词。采：采集。孔颖达《毛诗正义》曰："采，取也。"。

二、有：取得。马瑞辰《毛诗传笺通释》曰："孔子弟子冉求字有，正取名字相因，求与有皆取也。"朱熹《诗集传》曰："采，始求之也；有，既得之也。"以上说鲜亮的车前草，采了又采，赶快来采集它；采车前草，采了又采，急忙来取得它。朱熹《诗集传》曰："化行俗美，家室和平，妇人无事，相与采此芣苢，而赋其事以相乐也。采之未详何用。或曰其子治产难。"袁枚《随园诗话》曰："三百篇如采采芣苡，薄言采之之类，均非后人所当效法。今人附会圣经，极力赞叹。"陈子展《诗经直解》曰："诗之用词不嫌于复。有，亦取也。《广雅》：有，取也。"

三、掇：拾的意思，指将已落在地上的芣苢子拾起来。《毛诗正义》曰："掇，拾也。"胡承珙《毛诗后笺》曰："掇是拾其子之既落者，捋是捋其子之未落者。"

四、捋：指将未落的芣苢子捋取下来。《毛诗正义》曰："捋，取也。"马瑞辰《毛诗传笺通释》曰："《说文》曰：捋，取易也。此捋训取之本义，至朱子《集传》捋，取其子也，则以捋为寽字之假借。《说文》曰：寽，五指寽也。"以上说采车前草，采了又采，赶快来拾取它；采车前草，采了又采，急忙来捋取它。陈子展《诗经直解》曰："次则言其取之之事。"

五、袺（jié音洁）：用手捏着衣襟盛东西。孔颖达《毛诗正义》曰："袺，执衽也。"朱熹《诗集传》曰："袺，以衣贮之，而执其衽也。"

六、襭（xié音协）：指把衣襟束到腰间，以盛更多东西。孔颖达《毛诗正义》曰："扱衽曰襭。"朱熹《诗集传》曰："襭，以衣贮之，而扱其衽于带间也。"以上言采车前草，采了又采，赶快来用衣襟兜取它；采车前草，采了又采，急忙将衣襟束到腰间，来盛更多的芣苢。王念孙《广雅疏证》曰："卒乃言既取而盛之以归耳。"

【解题】

这是一首描绘后妃劳动场景与和乐之情的诗歌，表现天下安定，后妃有子。《诗序》曰：“《芣苢》，后妃之美也。和平则妇人乐有子矣。”《毛诗故训传笺》曰：“天下和，政教平也。”

孔颖达《毛诗正义》曰：“若天下乱离，兵役不息，则我躬不阅，于此之时，岂思子也？今天下和平，于是妇人始乐有子矣。经三章，皆乐有子之事也。”

陈子展《诗经直解》曰：“《芣苢》，妇女采车前草之歌。”车前草治不孕，方玉润《诗经原始》曰：“读者试平心静气，涵咏此诗，恍听田家妇女，三三五五，于平原绣野、风和日丽中，群歌互答，余音袅袅，若远若近，忽断忽续，不知其情之何以移，而神之何以旷，则此诗不必细绎而自得其妙焉。……今世南方妇女，登山采茶，结伴讴歌，犹有此遗风云。”同为采集野草，《卷耳》篇中的思妇因忧思而勤采，故愈采愈忧，以致“不盈顷筐”，言忧之极；《芣苢》篇中的妇女因“乐有子”，和乐之中有一点点急迫的喜悦。开始采集继而有之，还要将地上的拾起来，漏掉的捋下来，手提着衣襟不够盛，索性将衣襟束起以便盛得更多，妇女的欢快之情跃然纸上。

汉广

南有乔木，不可休思。一
汉有游女，不可求思。二
汉之广矣，不可泳思！三
江之永矣，不可方思！四
翘翘错薪，言刈其楚。五

之子于归，言秣其马。六
汉之广矣，不可泳思！
江之永矣，不可方思！
翘翘错薪，言刈其蒌。七
之子于归，言秣其驹。八
汉之广矣，不可泳思！
江之永矣，不可方思！

【注释】

一、乔木：高大的树木。《毛诗故训传》曰："兴也。南方之木，美乔上竦也。"上竦则下少枝叶，《淮南子·原道》曰："乔木上竦，少阴之木。"朱熹《诗集传》曰："上竦无枝曰乔。"陈奂《诗毛氏传疏》曰："上竦者，其上曲，其下少叶。"休思：《说文》曰："休，息止也。从人、依木。"孔颖达《毛诗正义》曰："《经》求思之文在游女之下，《传》解乔木之下，先言思，辞，然后始言汉上，疑《经》'休息'之字作'休思'也。何则？诗之大体，韵在辞上，疑'休'、'求'字为韵，二字俱作'思'，但未见如此之本，不敢辄改耳。"

二、汉：汉水。《毛诗故训传笺》曰："汉也，江也，其欲渡之者，必有潜行乘泭（fū竹筏）之道。今以广长之故，故不可也。又喻女之贞絜（洁），犯礼而往，将不至也。"《说文》曰："水出陇西氐道，东至武都为汉。"朱熹《诗集传》曰："汉水出兴元府嶓（bō音波）冢山、至汉阳军大别山入江。"程俊英《诗经译注》曰："源出陕西省西南宁羌县（今宁强县），东流至湖北省汉阳入长江。"游女：出游的女子，此指歌者所倾慕的女子。刘向《列女传》、昭明太子《文选》、嵇康《琴赋》注引薛汉《韩诗章句》曰："游女，汉神也。"可见鲁、韩二家释游女，都指汉水的女神。朱熹《诗集传》曰："江汉之俗，其女好游。汉魏以后犹然。如大堤之曲可见也"。程俊英《诗经译注》曰："游女，潜行水中的女子。"

三、泳：游泳渡过。《尔雅·释水》曰："潜行为泳。"《说文》曰："泳，潜行水中也。"郭璞《尔雅注》曰："水底行也。"

四、江：长江。朱熹《诗集传》曰："江水出永康军岷山、东流与汉水合。东北入海。"永：长。《毛诗故训传》曰："方，泭也。"《鲁诗》："永"作"羕"。《韩诗》："永"作"漾"，云：漾，长也。《尔雅·释诂》曰："永，长也。"方：筏子，这里作动词，指用筏子渡江。《鲁诗》"方"作"舫"。《尔雅·释言》曰："方，泭也。"孙炎曰："方，水中为泭筏也。"《论语》曰："乘桴浮于海。"注云："桴，编竹木，大曰筏，小曰桴。"《方言》云："泭谓之䈶，䈶谓之筏。筏，秦、晋之通语也。"孙炎注："方木置水为柎筏也。郭璞《方言注》："水中䈶筏也。"又云："木曰䈶，竹曰筏，小筏曰泭。"柎、筏，音同伐。樊光注《尔雅》："方"本作"柎"。朱熹《诗集传》曰："方，桴也。"袁梅《诗经译注》曰："方，从旁绕过去。"以上说南方有高大的树木，不能在树下休息。汉水边上有出游的女子，不可求啊。汉水很宽，不可以游泳渡过，长江很长，不可用筏子渡江。《毛诗故训传笺》曰："不可者，本有可道也。木以高其枝叶之故，故人不得就而止息也。兴者，喻贤女虽出游流水之上，人无欲求犯礼者，亦由贞絜使之然。"朱熹《诗集传》曰："文王之化，自近而远，先及于江汉之间，而有以变其淫乱之俗。故其出游之女，人望见之，而知其端庄静一，非复前日之可求矣。因以乔木起兴，江汉为比，而反复咏叹之也。"王先谦《诗三家义集疏》曰："此章乔木、神女、江汉三者皆兴而比也。"陈子展《诗经直解》曰："汉有游女，不可求思。一言女不可求。"

五、翘翘：高高的样子。《毛诗故训传》曰："薪貌。"《韩》《鲁诗》曰："翘翘，众也。"《说文》曰："翘。尾长毛也。"段玉裁注："尾长毛必高举，故凡高举曰翘。"《广雅·释训》曰："翘翘，众也。"朱熹《诗集传》曰："翘翘，秀起之貌。"褚斌杰《诗经全注》曰："高出的样子。"袁梅《诗经译注》曰："高大的样子，又可解为众多貌。"错薪：杂乱的柴草。

《毛诗故训传》曰："错，杂也。"薪，陈奂《诗毛氏传疏》曰："集草与木。"褚斌杰《诗经全注》曰："比喻婚礼。"魏源《诗古微》曰："《三百篇》言取妻者，皆以析薪取兴。盖古者嫁娶必以燎炬为烛，故《南山》之析薪，《车舝》之析柞（zuò音作），《绸缪》之束薪，《豳风》之伐柯，皆与此错薪，刈楚同兴。"刈：割。楚：植物名，孔颖达《毛诗正义》曰："楚亦木名，故《学记》注以楚为荆，《王风》《郑风》并云'不流束楚'，皆是也。"一说为"出众的"。《毛诗故训传笺》曰："楚，杂薪之中尤翘翘者。我欲刈取之，以喻众女皆贞洁，我又欲取其尤高絜者。"

六、于归：女子出嫁。秣（mò音末）马：喂养马匹。《左传·僖公三十三年》曰："郑穆公使视客馆，则束载厉兵秣马矣。"《毛诗故训传》曰："秣，养也。六尺以上曰马。"《毛诗故训传笺》曰："之子，是子也。谦不敢斥其适己，于是子之嫁，我原秣其马，致礼饩（xì音细），示有意焉。秣，莫葛反。"《说文》云："食马谷也。"褚斌杰《诗经全注》曰："用草料喂马。古时用车马迎亲。"《辀人》注：国马谓种、戎、齐、道，高八尺；田马高七尺，驽马高六尺。即《庾人》三等龙、騋、马是也。何休注《公羊》云"七尺以上曰龙"不合《周礼》也。以上说高高杂乱的柴草，割下荆条。这个女子要出嫁，我喂好迎亲的马。汉水很宽，不可以游泳渡过！长江很长，不可用筏子渡江！朱熹《诗集传》曰："以错薪起兴，而欲秣其马，则悦之至。以江汉为比，而叹其终不可求，则敬之深。"陈子展《诗经直解》曰："之子于归，言秣其马。再言女不可求。"

七、蒌：植物名，蒌蒿。《毛诗故训传》曰："草中之翘翘然。"程俊英等《诗经注析》曰："生在水中的草，叶像艾，青白色，今名蒌蒿。"孔颖达《毛诗正义》曰："传以上楚是木，此蒌是草，故言草中之翘翘然。"《尔雅·释草》云："购，蔏蒌。"郭璞《尔雅注》云："蔏蒌，蒌蒿也。生下田，初出可啖，江东用羹鱼也。"陆玑《毛诗草木鸟兽虫鱼疏》云："其叶似艾，白色，长数寸，高丈余。好生水边及泽中，正月根牙生，旁茎正白，生食之，香而脆美。其叶又可蒸为茹。"是也。朱熹《诗集传》曰："蒌，蒌蒿也。叶似艾，青白色。长数寸，生水泽中。”

八、驹：小马。《毛诗故训传》曰：“五尺以上曰驹。”孔颖达《毛诗正义》曰：“《庾人》云：‘八尺以上为龙，七尺以上为騋，六尺以上为马。’”朱熹《诗集传》曰：“驹，马之小者。”以上说：高高杂乱的柴草，割下蒌蒿。这个女子要出嫁，我喂好小马。汉水很宽，不可以游泳渡过！长江很长，不可用筏子渡江！姚际恒《诗经通论》曰：“三章段尾一字不换，此方谓之一唱三叹。”王先谦《诗三家义集疏》曰：“二章三章重举江汉以深致其赞美，长言之不足又咏叹之。”

【解题】

此为江汉流域男慕女之诗，虽然爱慕，但不为拐骗引诱之无礼，以见教化。《诗序》曰：“《汉广》，德广所及也。文王之道被于南国，美化行乎江汉之域，无思犯礼，求而不可得也。”《毛诗故训传笺》曰：“纣时淫风遍于天下，维江、汉之域先受文王之教化。”

孔颖达《毛诗正义》曰：“作《汉广》诗者，言德广所及也。言文王之道，初致《桃夭》《芣苢》之化，今被于南国，美化行于江、汉之域，故男无思犯礼，女求而不可得，此由德广所及然也。此与《桃夭》皆文王之化，后妃所赞，于此言文王者，因经陈江、汉，指言其处为远，辞遂变后妃而言文王，为远近积渐之义。”

朱熹《诗集传》曰：“江汉之俗，其女好游，汉魏以后犹然。如大堤之曲可见也。”王先谦《诗三家义集疏》曰：“江汉之间被文王化之，女有贞洁之德，诗人美之，以乔木、神女、江汉为比。”方玉润《诗经原始》曰：“此诗即为刈楚刈蒌而作，所谓樵唱是也。近世楚、粤、滇、黔间，樵子入山多唱山讴，响应林谷。盖劳者善歌，所以忘劳耳。其词大抵男女相赠答，私心爱慕之情，有近乎淫者，亦有以礼自持者。文在雅俗之间，而音节自然天籁也。当其佳处，往往入神，有学士大夫所不能所及者。”

陈子展《诗经直解》曰：“《汉广》，当为江汉流域民间流传男女相悦之诗。”

汝坟

遵彼汝坟，伐其条枚；
未见君子，惄如调饥。一
遵彼汝坟，伐其条肄；
既见君子，不我遐弃。二
鲂鱼赪尾，王室如毁；
虽则如毁，父母孔迩。三

【注释】

一、遵：循，沿。汝：汝河，源出河南省。坟：水涯，大堤。条：山楸树，一说树干。君子：此指在外服役或为官的丈夫。惄（nì音逆）：饥，一说忧愁。调（zhōu音周）：又作“輖”，《鲁诗》此处作“朝”字，早晨。调饥：早上挨饿。《毛诗故训传》曰：“遵，循也。汝，水名也。坟，大防也。枝曰条，干曰枚。”《毛诗故训传笺》曰：“伐薪于汝水之侧，非妇人之事，以言己之君子贤者，而处勤劳之职，亦非其事。”朱熹《诗集传》曰：“遵，循也。汝水，出汝州天息山，径蔡颍州入淮。坟，大防也。枝曰条，干曰枚。惄，饥意也。调，一作輖。重也。”以上说沿着汝河的大堤，砍那山楸树干；不见我的丈夫，忧愁得像没吃早饭。大意是讲女子思念丈夫。朱熹《诗集传》曰：“汝旁之国，亦先被文王之化者。故妇人喜其君子行役而归，因记其未归之时，思望之情如此，而追赋之也。”陈子展《诗经直解》曰：“不胜未见君子之忧。”

二、肄（yì音义）：树砍后再生的小枝。遐：远。《毛诗故训传》曰："肄，馀也。斩而复生曰肄。"《毛诗故训传笺》曰："已见君子，君子反也，于已反得见之，知其不远弃我而死亡，于思则愈，故下章而勉之。"孔颖达《毛诗正义》曰："不我遐弃，犹云不遐弃我。古之人语多倒，诗之此类众矣。"朱熹《诗集传》曰："斩而复生曰肄。遐，远也。"以上说沿着汝河的大堤，砍那山楸树干再生的枝条，已经见了我的丈夫，他没有抛弃我。朱熹《诗集传》曰："伐其枚而又伐其肄，则踰年矣。至是乃见其君子之归，而喜其不远弃我也。"王先谦《诗三家义集疏》曰："言已之君子伐薪汝侧，为平治水土之用，勤苦备至也。治水需用薪材，汉武帝时，命群臣从官负薪填河，是其证。"陈子展《诗经直解》曰："冀有重见君子之喜。"

三、鲂（fáng音房）鱼：鳊鱼。赪（chēng音称）：浅红色。毁，古本做燬（huǐ音悔）：火，齐人谓火为燬，如火焚一样的颜色。孔，甚。迩：近，此指迫近饥寒之境。《毛诗故训传》曰："赪，赤也，鱼劳则尾赤。燬，火也。"《毛诗故训传笺》曰："君子仕于乱世，其颜色瘦病，如鱼劳则尾赤。所以然者，畏王室之酷烈。是时纣存。"孔颖达《毛诗正义》曰："鲂鱼之尾不赤，故知劳则尾赤。"朱熹《诗集传》曰："鲂，鱼名。身广而薄，少力细鳞。赪，赤也。鱼劳则尾赤。鲂尾本白而今赤，则劳甚矣。王室，指纣所都也。燬，焚也。父母，指文王也。孔，甚。迩，近也。"以上说：鳊鱼尾巴红红的，王室像火一样；虽然像火一样，父母在近处，还有些安慰。马瑞辰《毛氏传笺通释》曰："言虽畏王室而远从行役，独不念父母之甚迩乎？"陈子展《诗经直解》曰："见之矣。闻其劳，又勉其无懈于王事。父母孔迩，迩者何？自是承上文虽则如燬言之。含蓄不露，耐人玩味。"

【解题】

此诗为周南大夫之妻所作悯惜丈夫行役辛苦之诗。《诗序》曰："《汝坟》，道化行也。文王之化行乎汝坟之国，妇人能闵其君子，犹勉之以正也。”《毛诗故训传》曰：“言此妇人被文王之化，厚事其君子。”

孔颖达《毛诗正义》曰：“作《汝坟》诗者，言道化行也。文王之化行于汝坟之国，妇人能闵念其君子，犹复劝勉之以正义，不可逃亡，为文王道德之化行也。”

汉刘向《列女传·贤明传》载：“周南之妻者，周南大夫之妻也。大夫受命，平治水土。过时不来，妻恐其懈于王事，盖与其邻人陈素所与大夫言：国家多难，惟勉强之，无有谴怒，遗父母忧。昔舜耕于历山，渔于雷泽，陶于河滨。非舜之事，而舜为之者，为养父母也。家贫亲老，不择官而仕。亲操井臼，不择妻而娶。故父母在，当与时小同，无亏大义，不罹患害而已。夫凤凰不离于蔚罗，麒麟不入于陷阱，蛟龙不及于枯泽。鸟兽之智，犹知避害，而况于人乎！生于乱世，不得道理，而迫于暴虐，不得行义，然而仕者，为父母在故也。乃作诗曰：‘鲂鱼赪尾，王室如毁，虽则如毁，父母孔迩。’盖不得已也。君子以是知周南之妻而能匡夫也。颂曰：周大夫妻，夫出治土，维戒无怠，勉为父母。凡事远周，为亲之在，作诗鲂鱼，以敕君子。”

今人也有认为是思妇诗，解为妻子挽留久役归来的征夫之作。

麟之趾

麟之趾。振振公子，于嗟麟兮！一
麟之定。振振公姓，于嗟麟兮！二
麟之角。振振公族，于嗟麟兮！三

【注释】

一、麟：古代传说中的瑞兽、信兽、仁兽。陆玑《毛诗草木鸟兽虫鱼疏》

曰："麇身，牛尾，马足，黄色，员蹄，一角，角端有肉。音中钟吕，行中规矩。王者至仁则出。"趾：足。高亨《诗经今注》曰："足有指称趾，无指称蹄。"振振：信厚，一说繁盛。于嗟：叹词，于通吁。以上说麒麟的脚趾啊。信厚的公子，哎，麒麟啊。朱熹《诗集传》曰："文王后妃，德修于身，而子孙宗族皆化于善，故诗人以麟之趾兴公之子。言麟性仁厚，故其趾亦仁厚；文王后妃仁厚，故其子亦仁厚。然言之不足，故又嗟叹之，言是乃麟也，何必麕身牛尾而马蹄，然后为王者之瑞哉。"陈子展《诗经直解》曰："美公子。"

二、定：《毛诗故训传》曰："题也。"指额，《鲁诗》作颋。《毛诗故训传》曰："公姓，公同姓。"此句说麒麟的额头啊。信厚的公孙，哎，麒麟啊。陈子展《诗经直解》曰："美公姓。"

三、《毛诗故训传笺》曰："麟角之末有肉，示有武而不用。"《毛诗故训传》曰："公族，公同祖也。"姚际恒《诗经通论》曰："趾、定、角，由下而及上。子、姓、族，由近而及远。此诗之章法也。"此句说麒麟的犄角啊。信厚的公族，哎，麒麟啊。陈子展《诗经直解》曰："美公族。"

【解题】

本诗以麟起兴，赞美贵族子孙贤德。《诗序》曰："《麟之趾》，《关雎》之应也。《关雎》之化行，则天下无犯非礼。虽衰世之公子，皆信厚如麟趾之时也。"《毛诗故训传笺》曰："《关雎》之时，以麟为应，后世虽衰，犹存《关雎》之化者，君之宗族犹尚振振然，有似麟应之时，无以过也。"

孔颖达《毛诗正义》曰："此《麟趾》处末者，有《关雎》之应也。由后妃《关雎》之化行，则令天下无犯非礼。天下既不犯礼，故今虽衰世之公子，皆能信厚，如古致麟之时，信厚无以过也。《关雎》之化，谓《螽斯》以前。天下无犯非礼，《桃夭》以后也。虽衰世之公子，皆信厚如《麟趾》之时，此篇三章是也。此篇处末，见相终始，故历序前篇，以为此次。既因有麟名，见若致然，编之处末，以法成功也。此篇本意，直美公子信厚似古致麟之时，不为有《关雎》而应之。大师编之以象应，叙者述以示法耳。不然，此岂一人作诗，而得相顾以为终始也？又使天下无犯非礼，乃致公子信厚，是公子难化于天下，岂其然乎！明是编之以为示法耳。”

朱熹《诗集传》曰：“文王后妃德修于身，而子孙宗族皆化于善，故诗人以麟之趾兴公之子。”又言：“《序》以为《关雎》应，得之。”

召南

《召南》有诗十四篇。《召南》是正小雅，召南的地理位置应该在召公所食采邑召（今陕西岐山西南汉水流域）。召公，姬奭，又作邵公、召伯、召康公。召公奭，西周宗室，周武王灭商后，封于燕，长子姬克就国，召伯留在镐京辅佐周天子。《诗序》曰："《周南》《召南》，正始之道，王化之基。"《史记·燕召公世家》曰："召公奭与周同姓，姓姬氏。周武王之灭纣，封召公于北燕。其在成王时，召王为三公：自陕以西，召公主之；自陕以东，周公主之。成王既幼，周公摄政，当国践祚，召公疑之，作《君奭》。《君奭》不说周公。周公乃称'汤时有伊尹，假于皇天；在太戊时，则有若伊陟、臣扈，假于上帝，巫咸治王家；在祖乙时，则有若巫贤；在武丁时，则有若甘般：率维兹有陈，保乂有殷'。于是召公乃说。召公之治西方，甚得兆民和。召公巡行乡邑，有棠树，决狱政事其下，自侯伯至庶人各得其所，无失职者。召公卒，而民人思召公之政，怀棠树不敢伐，歌咏之，作《甘棠》之诗。自召公以下九世至惠侯。燕惠侯当周厉王奔彘，共和之时。"彘在今山西霍县东北。

朱熹《诗集传》曰："召，地名，召公奭之采邑也。旧说扶风雍县南有召亭，即其地。今雍县析为岐山、天兴二县，未知召亭的在何县。"

鹊巢

维鹊有巢，维鸠居之。一
之子于归，百两御之。二
维鹊有巢，维鸠方之。三
之子于归，百两将之。四
维鹊有巢，维鸠盈之。五
之子于归，百两成之。六

【注释】

一、鹊：鸟名，喜鹊。《诗集传》曰：“鹊，鸠皆鸟名，鹊善为巢，其巢最为完备；鸠性拙不能为巢，或有居鹊之成巢者。”鸠：鸟名。《毛诗故训传》曰：“兴也。鸠，鳲鸠，秸鞠也。鳲鸠不自为巢，居鹊之成巢。”《毛诗故训传笺》云：“鹊之作巢，冬至架之，至春乃成，犹国君积行累功，故以兴焉。兴者，鳲鸠因鹊成巢而居有之，而有均壹之德，犹国君夫人来嫁，居君子之室，德亦然。室，燕寝也。”

二、百两：即百辆，形容车辆多。御：迎。《毛诗故训传》曰：“百两，百乘也。诸侯之子嫁于诸侯，送御皆百乘。”《毛诗故训传笺》云：“之子，是子也。御，迎也。是如鳲鸠之子，其往嫁也，家人送之，良人迎之，车皆百乘，象有百官之盛。”朱熹《诗集传》曰：“两，一车也。一车两轮，故谓之两。朱熹《诗集传》曰：“南国诸侯被文王之化，能正心修身以齐其家。其女子亦被后妃之化，而有专静纯一之德。故嫁于诸侯，其家人美之曰‘维鹊有巢，则鸠来居之’，是以之子于归而百两迎之也。此诗之意，犹《周南》之有《关雎》也。”

三、方：占有。《毛诗故训传》曰：“方，有之也。”一说本指两船相并，此指同居一处。王先谦《诗三家义集疏》曰：“《说文》曰：‘方，并船也。’引申之，物相并皆谓之方。此方之，亦谓比并而居也。”

四、将：送。陈奂《诗毛氏传疏》曰：“将训行，送，又行之引申也。”一说保卫。马瑞辰《诗经传笺通释》曰：“《诗》百两皆指迎者而言，将者，奉也，卫也。首章往迎，则曰御之。二章在途，则曰将之。三章既至，则曰成之。此诗之次也。”

五、盈：满。《毛诗故训传》曰：盈，满也。《毛诗故训传笺》云：“满者言重媵侄娣之多，能成百两之礼也。”褚斌杰《诗经全注》曰：“盈，满，暗寓将有很多子女。”

六、成：婚礼完成。

【解题】

这是一首赞扬有德诸侯之妻有德之诗。《诗序》曰：“《鹊巢》，夫人之德也。国君积行累功以致爵位，夫人起家而居有之德，如鳲鸠乃可以配焉。”《诗大序》曰：“《鹊巢》《驺虞》之德，诸侯之风也，先王之所以教，故系之召公。”《毛诗故训传笺》曰：“鹊巢，夫人之德也。国君积行累功，而至爵位。夫人起家而居有之。德如鳲鸠，而可以配焉。”

孔颖达《毛诗正义》曰：“作《鹊巢》诗者，言夫人之德也。言国君积修其行，累其功德，以致此诸侯之爵位，今夫人起自父母之家而来居处共有之，由其德如鳲鸠，乃可以配国君焉，是夫人之德也。经三章皆言起家而来居之。文王之迎大姒，未为诸侯，而言国君者，《召南》诸侯之风，故以夫人国君言之。文王继世为诸侯，而云‘积行累功以致爵位’者，言爵位致之为难，夫人起家而居有之，所以显夫人之德，非谓文王之身始有爵位也。”

方玉润《诗经原始》曰：“取譬只在首二句，余皆敷衍。且美中含刺。不及《关雎》远矣。《二南》皆以昏词为首，如《易》上经首《乾》《坤》，下经首《咸》《恒》，阴阳为道所始也。”

陈子展《诗经直解》曰：“《鹊巢》，言国君夫人婚礼之时。《诗序》说此诗义不为误。”褚斌杰《诗经全注》曰：“这诗写贵族之家嫁女时的迎送场面，表现婚礼仪式的盛大、隆重。”

采蘩

于以采蘩？于沼于沚。一
于以用之，公侯之事。二
于以采蘩？于涧之中，三
于以用之？公侯之宫。四
被之僮僮，夙夜在公。五
被之祁祁，薄言还归。六

【注释】

一、于以：在哪里。《毛诗故训传笺》曰：“犹言往以也。”陈奂《诗毛氏传疏》曰：“予以，犹薄言，皆发声语助也。”马瑞辰《毛诗传笺通释》曰：“《尔雅》曰：爰（yuán音元）、粤，于也。又曰：爰、粤、于，于也。凡诗言于以者，犹言爰以、粤以，皆语词。《毛诗故训传笺》训以往以，失之。”袁梅《诗经译注》曰：“以：台之假，台训何。哪。按：《书·汤誓》曰：夏罪其如台？《史记·殷本纪》曰：有罪其奈何？古书中之‘如台’即后世所云‘奈何’。”程俊英等《诗经注析》曰：“于，在，于字小篆作‘亏’，本义是气之舒，引申之，有往和在等意思。胡承珙《毛诗后笺》曰：‘于又训为往。训为在者，皆由气出之义而引申之，气出必有所往，既往则有所在。’以，何，什么地方。这是疑问代名词。”蘩（fán音凡）：水草名，即蘩草。《毛诗故训传》曰：“蘩，皤蒿也。公侯夫人以执蘩菜以助祭。”《毛诗故训传笺》曰："执蘩菜者，以豆荐蘩菹。"《尔雅》曰："蘩，皤蒿。"陆德明《经典释文》曰："蘩，本亦作繁。"马瑞辰《毛诗传笺通释》曰："蘩为白色，读若老人发白曰皤。"袁梅《诗经译注》曰："蘩：水草名。茎似藻而细，长数寸，生节，叶如松针而繁。故名蘩。又因叶子象蓬草，故又名蓬藻。依古代礼俗，苹、蘩、蕴、藻，都是芼牲的水草。因而本诗中的蘩，是水中所生之蘩。不是山上生的那种蘩（皤蒿、艾蒿、白蒿）。芼牲：把菜蔬加在'牲'上。或用菜杂肉为羹。"沼：水池。沚：小沙滩。《毛诗故训传》曰："沼，池。沚，渚也。"《尔雅》曰："小洲曰陼，小陼曰沚，小沚曰坻。"《释名》曰："沚，止也，小可以止息其上也。"程俊英《诗经译注》曰："沼，池。沚，水塘。"

二、事：指祭祀之事。《毛诗故训传》曰："之事，祭事也。"王先谦《诗三家义集疏》曰："公侯之事者，谓祭公侯之事。蘩虽微物，亦供祭祀。"又"公侯，谓已往之公侯享祭者，非生公侯。知者，下文公侯之宫，是公侯庙寝，则此公侯亦非生者也。杜云：'薄物可荐公侯，享其信，不求其厚'，是谓荐公侯而享之，亦以此诗公侯非生公侯。"以上说在哪里采蘩草？在水池，在小沙滩。把它用在哪里？公侯的祭祀上。朱熹《诗集传》曰："南国被文王之化，诸侯夫人，能尽诚敬，以奉祭祀。而其家人叙其事，以美之也。或曰蘩所以生蚕，盖古者后夫人，有亲蚕之礼，此诗亦犹《周南》之有《葛覃》也。"陈子展《诗经直解》曰："言其事为何事。"

三、涧：山谷中的水流。《毛诗故训传》曰："山夹水曰涧。"

四、宫：宗庙。《毛诗故训传》曰："宫，庙也。"《尔雅》曰："宫谓之云庙也，宫中之一室也。"一说为蚕室，朱熹《诗集传》曰："或曰即记所谓公桑蚕室也。"以上说在哪里采蘩草？在山谷的水流中。把它用在哪里？公侯的宗庙上。陈子展《诗经直解》曰："言其事在何所。"

五、被（pí音皮）：古代妇女的发饰。《毛诗故训传》曰："被，首饰也。"袁梅《诗经译注》曰："即被裼，又作髲鬄（鬄，亦作髢）。髲鬄（pí tì

音皮替）：古代妇女的发饰，是用假发梳理起来的高髻。《仪礼·少牢馈食礼》曰：‘主妇被裼’。注：被裼读为髲鬄，古者或剔贱者刑者之发以被妇人之紒为饰，因名髲鬄焉。《鄘风·君子偕老》曰：‘不屑髢也。’疏：髢，一名髲，髲益发也。言人发少，聚他人发益之也。《礼记·曲礼》曰：‘敛发勿髢。’注：无垂余入髲也。《左传·哀公十七年》：‘初，公自城上见己氏之妻发美，使髡之，以为吕姜髢。’”僮僮（tóng音童）：高耸的样子。《毛诗故训传》曰：“竦敬也。”马瑞辰《毛诗传笺通释》曰：“《广雅·释训》：‘童童，盛也。’《大雅》：‘祁祁如云，’祁祁，盛貌。僮僮、祁祁皆状首饰之盛。《毛诗故训传》说非也。”袁梅《诗经译注》曰：“隐蔽貌。形容高高的蓬松的大发髻很多，象车盖那样（车盖即车篷）。实指女奴众多。按：《三国志·蜀志·先主纪》云：篱上有桑树生，……遥望见童童如小车盖。”夙：早上。《毛诗故训传》曰：“早也。”公：指公桑，即君王的桑田。朱熹《诗集传》曰：“公，公所也。……或曰‘公’，亦即所谓公桑也。”

六、祁祁（qí音齐）：众多的样子，一说舒迟的样子。《毛诗故训传》曰：“舒迟也。去事有仪也。”朱熹《诗集传》曰：“祭义曰，及祭之后，陶陶遂遂，如将复入然，不欲遽去，爱敬之无已也。”袁梅《诗经译注》曰：“众多。在此指梳高髻的女奴很多，有如云集。《豳风·七月》曰：‘采蘩祁祁。’又，《大雅·韩奕》曰：‘诸娣从之，祁祁如云。’祁祁，又作舒迟解，或作徐靓解。”薄言：急忙。袁梅《诗经译注》曰：“薄：发语词。有姑且、聊且之意。言：我，我们。见《尔雅·释诂》曰：‘言，我也。’”程俊英《诗经译注》曰：“有紧迫之意。”还：同“旋”，还归即回去。以上说发饰高耸，从早到晚在君王的桑田。发饰高耸的姑娘很多，急忙回到住所。陈子展《诗经直解》曰：“言其妇人先后为容之不同。”

【解题】

这是一首诸侯夫人为公侯养蚕的诗歌。《诗序》曰：“《采蘩》，夫人不失职也。夫人可以奉祭祀，则不失职矣。”《毛诗故训传笺》曰：“奉祭祀者，采蘩之事也。不失职者，夙夜在公也。”

方玉润《诗经原始》曰：“公侯之事，事者，蚕事也。公侯之宫，宫者，蚕室也。”。

草虫

喓喓草虫，趯趯阜螽；一
未见君子，忧心忡忡；二
亦既见止，亦既觏止，我心则降。三
陟彼南山，言采其蕨；四
未见君子，忧心惙惙；五
亦既见止，亦既觏止，我心则说。六
陟彼南山，言采其薇；七
未见君子，我心伤悲；
亦既见止，亦既觏止，我心则夷。八

【注释】

一、喓喓（yāo音腰）：虫叫声。《毛诗故训传》曰：“喓喓，声也。”草虫：一种虫子。《毛诗故训传》曰：“草虫，常羊也。”孔颖达《毛诗正义》曰：“《释虫》云：‘草虫，负蠜。’郭璞曰：‘常羊也。’陆玑《毛诗草木鸟兽虫鱼疏》云：‘小大长短如蝗也。奇音，青色，好在茅草中。’”朱熹《诗集传》曰：“草虫，蝗属。奇音，青色。”戴震《诗经补注》曰：“阜，大也，如‘四牡孔阜’之阜。草虫则凡小虫草生之通语也。”趯趯（tì替）：跳跃的样子。《毛诗故训传》曰：“趯趯，跃也。”阜螽（zhōng音中）：虫名。《毛诗故训传》曰：“阜螽，蠜也。”《毛诗故训传》曰：“乡大夫之妻，待礼而行，随从君子。”《毛诗故训传笺》云：“草虫鸣，阜螽跃而从之，异种同类，犹男女嘉时以礼相求呼。”

二、忡忡（chōng音冲）：心神不安的样子。《毛诗故训传》曰：“忡忡，犹冲冲也。妇人虽适人，有归宗之义。”《毛诗故训传笺》云：“未见君子者，谓在涂（同途）时也。在涂而忧，忧不当君子，无以宁父母，故心冲冲然。是其不自绝于其族之情。”《尔雅·释训》曰：“忡忡、惙惙，忧也。”《说文》曰：“忡，忧也。”

三、亦：发语词，无意义。止：语助词，相当于之。《毛诗故训传》曰：“止，辞也。”觏（gòu音够）：通“媾”，男女媾和。《毛诗故训传》曰：“觏，遇。”《毛诗故训传笺》曰：“既觏，谓已昏也。”将：放下。《毛诗故训传》曰：“降，下也。”马瑞辰《毛诗传笺通释》曰：“降者，夅之假借。《说文》曰：‘夅，服也。’正与二章‘我心则说’《毛诗故训传》训为服同义。《尔雅·释诂》曰：‘悦，乐也。’又曰：‘悦，服也。’是知夅服亦说义也。今经传夅服字通借作降。”以上说：草虫鸣叫，阜螽跳跃；我没有见到君子，忧心忡忡，等到见了君子，并已媾和，我的心就放下了。孔颖达《毛诗正义》曰：“言喓喓然鸣而相呼者，草虫也。趯趯然跃而从之者，阜螽也。以兴以礼求女者，大夫；随从君子者，其妻也。此阜螽乃待草虫鸣，而后从之，而与相随也。以兴大夫之妻必待大夫呼己而后从之，与俱去也。既已随从君子，行嫁在涂，未见君子之时，父母忧己，恐其见弃，己亦恐不当君子，无以宁父母之意，故忧心冲冲然。亦既见君子，与之同牢而食；亦既遇君子，与之卧息于寝，知其待己以礼，庶可以安父母，故我心之忧即降下也。”

四、陟：登。蕨（jué音绝）：一种野菜。《毛诗故训传》曰：“蕨，鳖也。”朱熹《诗集传》曰：“蕨，鳖也，初生无叶时可食，亦感时物之变也。”齐鲁曰鳖，俗云其初生似鳖脚，故名。

五、惙惙（chuò音绰）：忧心气短的样子。《毛诗故训传》曰："惙惙，忧也。"

六、说：同"悦"，高兴。《毛诗故训传》曰："说，服也。"以上说登上南山，采摘蕨菜，我没有见到君子，忧心忡忡；等到见了君子，并已媾和，我的心就高兴了。孔颖达《毛诗正义》曰："《序》云'大夫妻能以礼自防'，在羔羊之致前，则朝廷之妻大夫，不越境迎女，妇人自所见，明在周也，故云'周南山'。知非召地者，周总百里，虽召地亦属周，不分别采地之周、召也。"

七、薇：一种野菜。《毛诗故训传》曰："薇，菜也。"

八、夷：平静。《毛诗故训传》曰："夷，平也。"马瑞辰《毛诗传笺通释》曰："夷、悦以双声为义。《尔雅·释言》曰：夷，悦也。《风雨》诗云胡不夷，《那》诗亦不夷怿，《毛诗故训传》并训夷为悦。此诗我心则夷对上我心伤悲言，犹云我心则说也，正当训为悦。"以上说登上南山，采摘薇菜；我没有见到君子，忧心忡忡；等到见了君子，并已媾和，我的心就平静了。孔颖达《毛诗正义》曰："解所以伤悲之意，由父母思己，故己悲耳。《曾子问》曰：'嫁女之家，三夜不息烛，思相离。'"

【解题】

此诗言见女子因婚姻所带来的宁静归宿感。《诗序》曰："《草虫》，大夫妻能以礼自防也。"

孔颖达《毛诗正义》曰："作《草虫》诗者，言大夫妻能以礼自防也。经言在室则夫唱乃随，既嫁则忧不当其礼，皆是以礼自防之事。"朱熹《诗集传》曰："南国被文王之化，诸侯大夫行役在外，其妻独居，感时物之变，而思其君子如此。亦若周南之《卷耳》也。"戴震《诗经补注》曰："《草虫》，感念君子行役之诗也。"

陈子展《诗经直解》曰："《草虫》诗今古文、汉宋学间，大有争论。愚见不若以诗解诗，认定此为大夫行役，其室家感念之之诗。"

采蘋

于以采蘋？南涧之滨。一
于以采藻？于彼行潦。二
于以盛之？维筐及筥。三
于以湘之？维锜及釜。四
于以奠之？宗室牖下。五
谁其尸之？有齐季女。六

【注释】

一、蘋：浮萍，一种水草。朱熹《诗集传》曰：“蘋，水上浮萍也。”王先谦《诗三家义集疏》曰：“韩说曰：沉者曰蘋，浮者曰藻。”滨：岸边。《毛诗故训传》曰：“涯也。”

二、藻：水藻。《毛诗故训传》曰：“聚藻也。”朱熹《诗集传》曰：“藻，聚藻也。生水底，茎如钗股，葉如蓬蒿。”行潦（lào音烙）：流动的积水。《毛诗故训传》曰：“行潦，流潦也。”王先谦《诗三家义集疏》曰：“行之为言流也，雨水流行，渟蓄汙下之处，其水无源，故曰行潦。”以上说在哪里采浮萍？南山之涧的岸边。在哪里采水藻？在那流动的积水上。《毛诗故训传笺》云：“古者妇人先嫁三月，祖庙未毁，教于公宫；祖庙既毁，教于宗室。教以妇德、妇言、妇容、妇功。教成之祭，牲用鱼，芼用蘋藻，所以成妇顺也。此祭女所出祖也。法度莫大于四教，是又祭以成之，故举以言焉。蘋之言宾也，藻之言澡也。妇人之行，尚柔顺，自洁清，故取名以为戒。”陈子展《诗经直解》曰：“先言采之。”

三、筐：竹制方形的盛放物品的器具。筥（jǔ音举）：圆形的筐。《毛诗故训传》曰：“方曰筐，圆曰筥。”王先谦《诗三家义集疏》曰：“鲁说曰：

‘方底曰筐，圆底曰筥。’”

四、湘：烹煮。《毛诗故训传》曰：“湘，烹也。”朱熹《诗集传》：“湘，烹也。盖粗熟而淹以为葅也。”王先谦《诗三家义集疏》曰：“韩湘作鬺（shāng音商）。韩说曰：鬺，饪也。”锜（qí音齐）：三足锅。釜：无足的锅。《毛诗故训传》曰：“锜，釜属，有足曰锜，无足曰釜。”以上说：用什么来装它？用方形的筐和圆形的筐。用什么来烹煮它？用三足锅和无足的锅。《毛诗故训传笺》云：“亨（古同“烹”）蘋藻者于鱼湆之中，是鉶羹之芼。”朱熹《诗集传》曰：“此足以见其循序有常，严敬谨饬之意。”陈子展《诗经直解》曰：“次言盛之、湘之。”

五、奠：放置祭品。《毛诗故训传》曰：“奠，置也。”《说文》曰：“奠，置祭也。”宗室：宗庙。《毛诗故训传》曰：“大宗之庙也。”牖（yǒu音有）：天窗。朱熹《诗集传》：“牖下，室西南隅。所谓‘奥’也。”

六、尸：主持。《毛诗故训传》曰：“尸，主。”齐：恭敬貌。《毛诗故训传》曰：“齐，敬。”王先谦《诗三家义集疏》曰：“韩、齐作斋。韩说曰：斋，好也。”季女：少女。《毛诗故训传》曰：“季，少也。古之将嫁女者，必先礼之于宗室，牲用鱼，芼之以蘋藻。”以上说：在什么来放置祭品？在宗庙天窗下。谁来主持祭祀？恭敬的少女。《毛诗故训传笺》云：“主设羹者季女，则非礼也。女将行，父礼之而俟迎者，盖母荐之，无祭事也。祭礼主妇设羹，教成之祭，更使季女者，成其妇礼也。季女不主鱼，鱼俎实男子设之，其粢盛盖以黍稷。”朱熹《诗集传》曰：“祭祀之礼，主妇主荐豆，实以葅醢。少而能敬，尤见其质之美而化之，所从来者远矣。”陈子展《诗经直解》曰：“末言奠之、尸之。文有次第。”

【解题】

这是一首关于女子进行祭祀准备活动的诗。《诗序》曰：“《采蘋》，大夫妻能循法度也。能循法度，则可以承先祖，共祭祀矣。”《毛诗故训传笺》

曰："女子十年不出，姆教婉娩听从，执麻枲，治丝茧，织纴组紃，学女事以共衣服。观于祭祀，纳酒浆笾（biān音边）豆菹醢，礼相助奠。十有五而笄，二十而嫁。此言能循法度者，今既嫁为大夫妻，能循其为女之时所学所观之事以为法度。"

孔颖达《毛诗正义》曰："作《采蘋》诗者，言大夫妻能循法度也。谓为女之时所学所观之法度，今既嫁为大夫妻，能循之以为法度也。言既能循法度，即可以承事夫之先祖，供奉夫家祭祀矣。此谓已嫁为大夫妻，能循其为女时事也。经所陈在父母之家作教成之祭，《经》《序》转互相明也。"

朱熹《诗集传》曰："南国被文王之化，大夫妻能奉祭祀，而其家人叙其事以美之也。"

甘棠

蔽芾甘棠，勿翦勿伐，召伯所茇。一
蔽芾甘棠，勿翦勿败，召伯所憩。二
蔽芾甘棠，勿翦勿拜，召伯所说。三

【注释】

一、蔽芾（fèi音费）：指树叶多而密，浓荫覆盖的样子。《毛诗故训传》曰："蔽芾，小貌。"朱熹《诗集传》曰："蔽芾，盛貌。"王先谦《诗三家义集疏》曰："其本字当为蔽茀（fú音福），借作蔽芾。茀之为言蔽也。《说文》曰：'茀，道多草不可行。'《国语》韦注：'茀，草秽塞路也。'是茀有蔽义。"甘棠：即杜梨，又名棠梨。因为它枝干高大，古代常植于社前，所以称为社木。传说召伯勤政爱民，有政绩，曾南巡至封地召南时，在甘棠树下听讼断狱，受到召南人民的爱戴。翦（jiǎn音减）：同剪。朱熹《诗集传》曰："剪其枝叶也。"伐：砍伐。朱熹《诗集传》曰："伐其条干也。"召（shào音绍）伯：姬姓，名奭（shì音是）。封在"召"的地方，伯爵。茇（bá音拔）：这里名词作动词用，所舍。《毛诗故训传笺》曰："茇，草舍也。"褚斌杰《诗经全注》曰："茇：茅屋，草舍。这里是以树荫为临时之舍的意思。"以上说茂盛的杜梨树，不要剪不要伐，召伯曾经用来做临时住所。《毛诗故训传笺》云："召伯听男女之讼，不重烦劳百姓，止舍小棠之下而听断焉。国人被其德，说其化，思其人，敬其树。"朱熹《诗集传》曰："召伯循行南国，以布文王之政。或舍甘棠之下，其后人思其德，故爱其树而不忍伤也。"陈子展《诗经直解》曰："言斩伐之不可。"

二、败：摧折毁坏。《说文》曰："败，毁也。"朱熹《诗集传》曰："败，折。勿败，则非特勿伐而已。"褚斌杰《诗经全注》曰："摧折毁坏。"憩（qì音气）：休息。《毛诗故训传》曰："憩，息也。"又褚斌杰《诗经全注》曰："憩：停息。"以上说：茂盛的杜梨树，不要剪、不要毁坏，召伯曾经在这里休息。朱熹《诗集传》曰："勿败，则非特勿伐而已。爱之愈久而愈深也，下章放（fǎng音仿）此。"陈子展《诗经直解》曰："言敲击之亦不可。"

三、拜：压弯枝条。《毛诗故训传笺》云："拜之言拔也。"马瑞辰《毛诗传笺通释》曰："《广韵》引诗'勿剪勿扒'，云：'扒，拔也。亦作拜。'……与首章'勿伐'亦同义。作扒者，盖三家《诗》。郑君知拜即扒之假借，故笺以拔释之。"朱熹《诗集传》曰："拜，屈。勿拜，则非特勿败而已。"说：悦。一说音"税"，停留。《毛诗故训传》曰："说，舍也。"一说同"悦"。褚斌杰《诗经全注》曰："说，同悦，此谓曾是召伯所喜爱过的。"以上说：茂盛的杜梨树，不要剪不要压弯它的枝条，召伯曾经在这里停留。袁梅《诗经译注》曰："茇、憩、说，都是指巡行时偶息其间，作暂时滞留。伐、败、拜，都指伤害树木，但程度不同。伐是砍伐，败是折枝，拜是屈枝。"方玉润《诗经原始》曰："他诗炼字一层深一层，此诗一层轻一层，以轻而愈见珍重耳。”陈子展《诗经直解》曰：“言攀爬之亦复不可。于以见诗人思其人犹爱其树之厚意。”

【解题】

这是一首赞扬召伯的诗。《诗序》曰：“《甘棠》，美召伯也。召伯之教，明于南国。”《毛诗故训传笺》曰：“召伯，姬姓，名奭，食采于召，作上公，为二伯，后封于燕。此美其为伯之功，故言‘伯’云。”

孔颖达《毛诗正义》曰：“谓武王之时，召公为西伯，行政于南土，决讼于小棠之下，其教著明于南国，爱结于民心，故作是诗以美之。经三章，皆言国人爱召伯而敬其树，是为美之也。”

《史记·燕召公世家》曰：“召公之治西方，甚得兆民和。召公巡行乡邑，有棠树，决狱政事其下，自侯伯至庶人各得其所，无失职者。召公卒，而民人思召公之政，怀棠树不敢伐，歌咏之，作《甘棠》之诗。”又曰：“太史公曰：召公奭可谓仁矣！甘棠且思之，况其人乎？燕外迫蛮貉，内措齐、晋，崎岖强国之间，最为弱小，几灭者数矣。然社稷血食者八九百岁，于姬姓独后亡，岂非召公之烈邪！”陈子展《诗经直解》曰：“《甘棠》，美召伯听讼之诗。诗义自明，《序》说不误。”

召公伯姓姬名奭，周文王之子，周武王、周公旦之同父异母弟，周成王时，召公任太保，与周公旦分陕而治，“自陕以西，召公主之；自陕以东，周公主之”。支持周公旦摄政当国，是周朝三公（大师、太傅、太保）之一，也是文、武、成、康四朝元老，曾同周公旦一起平定武庚之乱，“成康之治”的形成也有他的功劳。他常巡行乡邑，曾在甘棠树下决狱治事，在他的治下，“自侯伯至庶人各得其所，无失职。”

行露

厌浥行露。一
岂不夙夜？二
谓行多露。三
谁谓雀无角，何以穿我屋？四
谁谓女无家，何以速我狱？五
虽速我狱，室家不足！六
谁谓鼠无牙，何以穿我墉？七
谁谓女无家，何以速我讼？
虽速我讼，亦不女从！八

【注释】

一、厌浥（yì音异）：湿漉漉的样子。《毛诗故训传》曰：“厌浥，湿意也。”《说文》曰：“湆幽，湿也。”《广雅》曰：“湆浥，湿也。”厌：湆之假借，《韩诗》作“湆”。行（háng音杭）：道路。《毛诗故训传》曰：“行，道也。”

二、岂不夙夜：早起赶路。《毛诗故训传》曰：岂不，言有是也。《毛诗故训传笺》曰：“夙，早。夜，莫（古同“暮”）也。”夙夜：早夜，天色将明未明时分。袁梅《诗经译注》曰：“本句是以‘难道不想早起赶路？’喻女子‘难道不想找爱人？’”

三、谓：同“畏”，害怕，畏惧。马瑞辰《毛诗传笺通释》曰：“谓，疑‘畏’之假借。凡诗上言‘岂不’、‘岂敢’者，下句多言‘畏’。《大车》诗：‘岂不怀归？畏此迁怒。岂不怀归？畏此反覆。’僖二十年《左传》引此诗，杜注：‘言岂不欲早暮而行，惧多露濡己。以惧释‘谓’，似亦训为‘畏’。”王引之《经义述闻》则训“畏”为“奈”。袁梅《诗经译注》曰：

“惧怕道上的露水，喻女子怕被坏人所污辱。”以上说：湿漉漉的道路，难道不想早起赶路？害怕这道路布满湿露，早起露浓时行路，会沾湿衣服。这里指举步维艰，陷入困扰境地。《毛诗故训传笺》曰：“厌浥然湿，道中始有露，谓二月中嫁取时也。言我岂不知当早夜成昏礼与？谓道中之露大多，故不行耳。今强暴之男，以此多露之时，礼不足而强来，不度时之可否，故云然。《周礼》仲春之月，令会男女之无夫家者，行事必以昏昕。”朱熹《诗集传》曰：“言道闲之露方湿，我岂不欲早夜而行乎，畏多露之沾濡而不敢尔。盖以女子早夜独行，或有强暴侵陵之患，故托以行多露而畏其沾濡也。”陈子展《诗经直解》曰：“女谓男云，行或多露，而无致我于厌浥之理。以总兴下文或有室家，而无致我于讼狱之理也。兴义隐微，识之难已。”

四、角：鸟雀的嘴。《毛诗故训传》曰：“不思物变而推其类，雀之穿屋，似有角者。”褚斌杰《诗经全注》曰：“指鸟嘴。以其尖利如角，故称。此二句用雀穿破屋而入，比喻横行无忌。”穿：穿透，穿破。

五、女：即汝也，你。《韩诗》作“尔”。《毛诗故训传笺》云：“女，汝。”无家：没有妻室。朱熹《诗集传》曰：“家，谓以媒聘求为室家之礼也。”速：招致。《毛诗故训传》曰：召。狱：获狱。《毛诗故训传》曰：“埆（jué音决）也。”褚斌杰《诗经全注》曰：“指陷害入狱。”

六、室家不足：绝不满足与对方成婚的要求。一说，是指对方要求缔结婚姻的理由不足。《毛诗故训传笺》云：“币可备也。室家不足，谓媒妁之言不和，六礼之来强委之。”以上说：雀虽无角，但可以穿我屋；你已有家室，但强娶我，即使因此给我带来灾难，我也不同意。《毛诗故训传笺》曰：“强暴之男，变异也。人皆谓雀之穿屋似有角，强暴之男，召我而狱，似有室家之道于我也。物有似而不同，雀之穿屋不以角，乃以咮，今强暴之男召我而狱，不以室家之道于我，乃以侵陵。物与事有似而非者，士师所当审也。”朱熹《诗集传》曰：“贞女之自守如此。然犹或见讼，而召致于狱。因自诉而言，人皆谓雀有角，故能穿我屋。以兴人皆谓汝于我尝有求为室家之礼，故能致我于狱。然不知汝虽能致我于狱，而求为室家之礼，初未尝备，如雀虽能穿屋，而实未尝有角也。”陈子展《诗经直解》曰：“雀或有角，而无穿我屋之理。以兴汝或有室家，而无致我于狱之理也。”

七、墉（yōng音拥）：墙。《毛诗故训传》曰：“墉，墙也。视墙之穿，推其类可谓鼠有牙。”孔颖达《毛诗正义》曰：“《释宫》云：‘墙谓之墉。’李巡曰：‘谓垣墙也。’《郊特牲》曰：‘君南乡于北墉下，注云：社内北墙是也。’亦为城，《王制》注云：‘小城曰墉。’《皇矣》云：‘以伐崇墉。义得两通也。’”

八、从：顺从，屈从。不女从：即“不从女”倒文，决不屈服顺从于你。《毛诗故训传》曰：“不从，终不弃礼而随此强暴之男。”以上说：鼠虽无牙，但可以穿我墙；你已有家室，但强娶我，即使因此给我带来灾难，我也不屈服。朱熹《诗集传》曰：“言汝虽能致我于讼，然其求为室家之礼，有所不足，则我亦终不汝从矣。”陈子展《诗经直解》曰：“鼠或有牙，而无穿我墉之理。以兴汝或有室家，而无致我于讼之理也。”

【解题】

这是一首体现贞烈女子反对强暴之人强娶之诗。《诗序》曰：“《行露》，召伯听讼也。衰乱之俗微，贞信之教兴，强暴之男不能侵陵贞女也。”《毛诗故训传笺》曰：“衰乱之俗微，贞信之教兴者，此殷之末世，周之盛德，当文王与纣之时。”

孔颖达《毛诗正义》曰：“作《行露》诗者，言召伯听断男女室家之讼也。由文王之时，被化日久，衰乱之俗已微，贞信之教乃兴，是故强暴之男不能侵陵贞女也。男虽侵陵，贞女不从，是以贞女被讼，而召伯听断之。”朱熹《诗集传》曰：“南国之人遵召伯之教，服文王之化，有以革其前日淫乱之俗。故女子有能以礼自守，而不为强暴所污者，自述己志，作此诗以绝其人。”

陈子展《诗经直解》曰：“《行露》，为一女子拒绝与一已有家室之男子重婚而作。”

羔羊

羔羊之皮，素丝五纶；一
退食自公，委蛇委蛇。二
羔羊之革，素丝五緎；三
委蛇委蛇，自公退食。
羔羊之缝，素丝五总；四
委蛇委蛇，退食自公。

【注释】

一、羔羊之皮：羔羊的皮裘，为大夫官服。郑注《论语》云：“缁衣羔裘，诸侯视朝之服。”《毛诗故训传》曰：“小曰羔，大曰羊。”素丝：白丝。纶（tuó音陀）：丝带，用丝打结作纽。《毛诗故训传》曰：“素，白也。纶，数也。古者素丝以英裘，不失其制，大夫羔裘以居。”孔颖达《毛诗正义》曰：“毛以为召南大夫皆正直节俭，言用羔羊之皮以为裘，缝杀得制，素丝为英饰，其纶数有五。”朱熹《诗集传》曰：“纶，未详。盖以丝饰裘之名也。”王先谦《诗三家义集疏》曰：“首章十丝，次章百丝，三章四百丝……”认为“五纶”是“十丝”的意思。程俊英《诗经译注》曰：“五，象交叉之意，不是数名。纶，缝。下文的緎总，都是缝的意思”陈子展《诗经直解》曰：“言裘面以羔皮为之。”

二、退食自公：从公府回家吃饭。《毛诗故训传笺》曰：“退食，谓减膳也。”《诗集传》曰：“退食，退朝而食于家也。自公，从公门而出也。”程俊英等《诗经注析》曰：“从公家吃饱饭回家。”委蛇：自得的样子。《韩诗》作“逶迤”。《毛诗故训传》曰：“行可从迹也。”《毛诗故训传笺》曰：“退食，谓减膳也。自，从也。从于公，谓正直顺于事也。委蛇，委曲自得之貌，节俭而顺，心志定，故可自得也。”朱熹《诗集传》曰：“委蛇，自得之貌。”

三、革：皮革。《毛诗故训传》曰：“革犹皮也。”緎（yù音域）：一说为缝。《毛诗故训传》曰：“革犹皮也，緎犹缝也。”《说文》曰：“兽皮治去其毛曰革。”陈子展《诗经直解》曰：“言裘里以羔革为之。”朱熹《诗集传》曰：“緎，裘之缝界也。”一说同纥。褚斌杰《诗经全注》曰：“緎，丝绳结成扣套。”

四、缝：《毛诗故训传》曰：“缝，言缝杀之，大小得其制。”朱熹《诗集传》曰：“缝，缝皮合之，以为裘也。”褚斌杰《诗经全注》曰：“缝指缝制的皮袍。”总：将纽和扣结起来。总，数也。

【解题】

这首诗描写的是西周以地方自治为政体、以井田制为基本经济制度下，官员无为而治的轻松生活。官员穿着羔羊皮裘做的官服，白丝打着五个结，悠闲地从官府回家吃饭。《诗序》曰：“《羔羊》，《鹊巢》之功致也。召南之国，化文王之政，在位皆节俭正直，德如羔羊也。”《毛诗故训传笺》曰：“《鹊巢》之君，积行累功，以致此《羔羊》之化，在位卿大夫竞相切化，皆如此《羔羊》之人。”

孔颖达《毛诗正义》曰：“召南大夫皆正直节俭，言用羔羊之皮以为裘，缝杀得制，素丝为英饰，其纥数有五。既外服羔羊之裘，内有羔羊之德，故退朝而食，从公门入私门，布德施行，皆委蛇然，动而有法，可使人踪迹而效之。言其行服相称，内外得宜。”朱熹《诗集传》曰：“南国化文王之政，在位皆节俭正直。故诗人美其衣服有常，而从容自得如此也。”崔述《读风偶识》曰：“此篇特言国家无事，大臣得以优游暇豫，无王事靡盬、政事遗我之忧耳。初无美其节俭正直之意，不得遂以为文王之化也。”

殷其雷

殷其雷，在南山之阳；一
何斯违斯？莫敢或遑；二
振振君子，归哉归哉！三
殷其雷，在南山之侧；
何斯违斯？莫敢遑息；四
振振君子，归哉归哉！
殷其雷，在南山之下；
何斯违斯？莫或遑处；五
振振君子，归哉归哉！

【注释】

一、殷：通“磤”，雷声。其：语助词。雷：籀文作“靁”字。阳：山的南面。《毛诗故训传笺》曰：“雷以喻号令于南山之阳，又喻其在外也。召南大夫以王命施号令于四方，犹雷殷殷然发声于山之阳。”

二、斯：此。前者指此君子，后者指此地。违：去，离开。或：有。马瑞辰《诗经传笺通释》曰：“或，有，古通用。《小尔雅》《广雅》并曰：‘或，有也。’”遑：闲暇。《毛诗故训传笺》曰：“何乎此君子，适居此，复去此，转行远，从事于王所命之方，无敢或闲暇时。闵其勤劳。”

三、振振：诚信貌。《毛诗故训传》曰：“振振：信厚也。”《毛诗故训传笺》曰：“大夫信厚之君子，为君使，功未成，归哉归哉！劝以为臣之义，未得归也。”

四、侧：与阳相对，指山的北面、东面、西面。《毛诗故训传》曰：“亦在其阴与左右也。”息：止，休息。

五、下：指山脚。《毛诗故训传笺》曰："下谓山足。"遑：《韩诗》"遑"作"皇"。处：居，停留。

【解题】

本诗是思念远役家人，劝勉在外能尽君臣之义。《诗序》曰："《殷其雷》，劝以义也。召南之大夫远行从政，不遑宁处。其室家能闵其勤劳，劝以义也。"《毛诗故训传笺》曰："召南大夫，召伯之属。远行，谓使出邦畿。"

孔颖达《毛诗正义》曰："作《殷其雷》诗者，言大夫之妻劝夫以为臣之义。召南之大夫远行从政，施王命于天下，不得遑暇而安处，其室家见其如此，能闵念其夫之勤劳，而劝以为臣之义。言虽劳而未可得归，是劝以义之事也。"

朱熹《诗集传》曰："南国被文王之化，妇人以其君子从役在外而思念之，故作此诗。言殷殷然雷声，则在南山之阳矣。何此君子独去此，而不敢少暇乎。于是又美其德，且冀其早毕事而还归也。"

摽有梅

摽有梅，其实七兮；一
求我庶士，迨其吉兮。二
摽有梅，其实三兮；三
求我庶士，迨其今兮。四
摽有梅，顷筐塈之；五

求我庶士，迨其谓之。六

【注释】

一、摽（biào音鳔）：坠落。《毛诗故训传》曰："兴也。摽，落也。"有：助词。梅：梅树。《毛诗故训传》曰："盛极则隋落者，梅也。尚在树者七。"《毛诗故训传笺》云："兴者，梅实尚馀七未落，喻始衰也。谓女二十，春盛而不嫁，至夏则衰。"朱熹《诗集传》曰："梅，木名，华白，实似杏而酢。"七：七成，表示多数。

二、迨（dài带）：趁着。《毛诗故训传笺》曰："迨，及也。求女之当嫁者之众士，宜及其善时。善时谓年二十，虽夏未大衰。"吉：吉日，即好日子。

三、三：三成，表示少数。《毛诗故训传》曰："在者三也。"《毛诗故训传笺》云："此夏乡（xiàng同"向"）晚，梅之隋落差多，在者余三耳。"

四、今：今天，现在。《毛诗故训传》曰："今，急辞也。"朱熹《诗集传》曰："今，今日也，盖不迨吉矣。"

五、顷筐：簸箕之类的竹筐。塈（jì音既）：取。《毛诗故训传》曰："塈，取也。"《毛诗故训传笺》云："顷筐取之，谓夏已晚，顷筐取之于地。"朱熹《诗集传》曰："顷筐取之，则落之尽也。谓之，则但相告语，而约可定矣。"

六、谓之：说。《毛诗故训传》曰："不待备礼也。三十之男，二十之女，礼未备则不待礼会而行之者，所以蕃育民人也。"《毛诗故训传笺》云："谓勤也。女年二十而无嫁端，则有勤望之忧。不待礼会而行之者，谓明年仲春，不待以礼会之也。时礼虽不备，相奔不禁。"朱熹《诗集传》曰："谓之，则但相告语而约可定矣。"

【解题】

此诗写女子求偶，期望意中人早点求婚。《诗序》曰：“《摽有梅》，男女及时也。召南之国被文王之化，男女得以及时也。”

孔颖达《毛诗正义》曰：“作《摽有梅》诗者，言男女及时也。召南之国，被文王之化，故男女皆得以及时。谓纣时俗衰政乱，男女丧其配耦，嫁娶多不以时。今被文王之化，故男女皆得以及时。”朱熹《诗集传》曰：“南国被文王之化，女子知以贞信自守，惧其嫁不及时，而有强暴之辱也。故言梅落而在树者少，以见时过而太晚矣。求我之众士，其必有及此吉日而来者乎。”

褚斌杰《诗经全注》曰：“诗中以梅实越落越少，比喻青春易逝，希望对方能及时而来。”

小星

嘒彼小星，三五在东；一
肃肃宵征，夙夜在公，寔命不同。二
嘒彼小星，维参与昴；三
肃肃宵征，抱衾与裯，寔命不犹。四

【注释】

一、嘒（huì音会）：亮光微弱的样子。《毛诗故训传》曰：“嘒，微貌。”马瑞辰《毛诗传笺通释》曰：“嘒之言慧也。《方言》曰：‘慧，憭，意精明也。’嘒盖状星之明貌。《云汉》诗有嘒其星同义。《毛诗故训传》于此曰‘微貌’，于彼曰‘众星貌’，不免望文生义。”王先谦《诗三家义集疏》

曰："韩嘒作暳者，《玉篇·日部》暳下云：众星貌。……《说文》曰：'嘒，小声也。'《诗》曰：'嘒彼小星。'《诗》语疑后人妄加。……星本无声，暳从日，以光芒言，韩义为优。"程俊英等《诗经注析》用王筠说："嘒彼，等于叠字嘒嘒。"三五：三三五五，稀疏的样子。《毛诗故训传》曰："三心五噣，四时更见。"《毛诗故训传笺》云："众无名之星，随心、噣在天，犹诸妾随夫人以次序进御于君也。心在东方，三月时也。噣在东方，正月时也。如是终岁列宿更见。"朱熹《诗集传》曰："三五，言其稀，盖初昏或将旦时也。"王先谦《诗三家义集疏》曰："王引之云：此即下章言惟参与昴也。……昴、参相距不远，故得俱见东方。若心、噣，相距甚远，心在冬则噣在西，不得言三五在东矣。三五，举其数也，参昴，著其名也，其实一而已矣。愚按：王说是。据传、笺所云，诗盖即一日夜行所见之星以起兴，并不举终岁更见之列宿，知三心五噣之说不可通矣。"

二、肃肃：匆忙的样子。《毛诗故训传》曰："肃肃，疾貌。"一说恭敬的样子，王先谦《诗三家义集疏》曰："肃肃，敬也。"宵：夜。《毛诗故训传》曰："宵，夜。"征：行，赶路。《毛诗故训传》曰："征，行。"《说文》曰："征，正行也。"寔：是。《毛诗故训传》曰："寔，是也。"《释文》曰："寔，《韩诗》作实，云有也。"王先谦《诗三家义集疏》曰："《说文》曰：'寔，止也。'与是义不合，缘寔、是同声，古书多借寔为是，因亦训为是。《说文》曰：'实，富也。'《易·大有》上九注：大有，丰富之世也。《列子·说符篇》曰：羡施氏只有。注：有，犹富也。是富、有义通。实训富，亦可训有，《韩诗》作实，故就本义引申之，训为有也。"程俊英等《诗经注析》曰："寔，是；指示代词，作此或这用。"命：命运。《毛诗故训传》曰："命不得于列位也。"陈奂《诗毛氏传疏》曰："若以列为夫人之位，其说自误。《礼记》月喻夫人，不闻以星喻夫人。"

三、参（shēn音申）、昴（mǎo音卯）：星座名，二十八星宿之二。《毛诗故训传》曰："参，伐也。昴，留也。"朱熹《诗集传》曰："参、昴，西方二宿之名。"

四、衾（qīn音亲）：被子。《毛诗故训传》曰：“衾，被也。”《说文》曰：“衾，大被也。”裯（chóu音仇）：床帐。《毛诗故训传》曰：“裯，禅被也。”《毛诗故训传笺》曰：“裯，床帐也。”朱熹《诗集传》曰：“兴亦取‘与昴’‘与裯’二字相应。”陈奂《诗毛氏传疏》曰：“《说文》曰：袛裯，短衣也。袛裯连文，与单言裯者不同，而谓之贴身之物，义实不同。”马瑞辰《毛诗传笺通释》曰：“裯，盖袛裯也。……窃以为此诗以裯与衾并举，即袛裯耳。古之夫人御于君，有易燕服之礼，则贱妾亦当易服。裯为亵衣，故与衾同抱。《毛诗故训传》既训衾为被，不宜又以裯为禅被。禅被或为禅襦之讹，即袛裯之一名也。”王先谦《诗三家义集疏》曰：“若训为袛裯，则无缘之短衣，亦未宜与被同抱。……早夜起行，仆夫以被帐之属从，须抱持之，极言寝息不遑之状。”袁梅《诗经译注》曰：“单被。即被单。”褚斌杰《诗经全注》曰：“这句是说，携卧具而不得睡眠。”犹：若。《毛诗故训传》曰：“犹，若也。”朱熹《诗集传》曰：“犹，亦同也。”

【解题】

这首诗是写君夫人不嫉妒，君主忙于公务，星夜舟车辛劳，君夫人让侍妾陪侍君主。《诗序》曰：“《小星》惠及下也。夫人无妒忌之行，惠及贱妾，进御于君。知其命有贵贱，能尽其心矣。”《毛诗故训传笺》曰：“以色曰妒，以行曰忌。命谓礼命贵贱。”

孔颖达《毛诗正义》曰：“作《小星》诗者，言夫人以恩惠及其下贱妾也。由夫人无妒忌之行，能以恩惠及贱妾，令得进御于君，故贱妾亦自知其礼命与夫人贵贱不同，能尽其心以事夫人焉。言夫人惠及贱妾，使进御于君，经二章上二句是也。众妾自知卑贱，故抱衾而往御，不当夕，下三句是也。既荷恩惠，故能尽心述夫人惠下之美，于经无所当也。此贱妾对夫人而言，则总指众妾媵与侄娣皆为贱妾也。”

朱熹《诗集传》曰：“南国夫人承后妃之化，能不妒忌，以惠其下，故其众妾美之如此。盖众妾进御于君，不敢当夕，见星而往，见星而还。故因所见以起兴，其于义无所取，特取在东在公两字之相应耳。逐言其所以如此者，由其所赋之分，不同于贵者。是以深以得御于君为夫人之惠，而不敢致怨于往来之勤也。”后代以“小星”代指如夫人。

江有汜

江有汜，之子归，不我以。一
不我以，其后也悔。二
江有渚，之子归，不我与。三
不我与，其后也处。四
江有沱，之子归，不我过。五
不我过，其啸也歌。六

【注释】

一、汜（sì音四）：江河支流。《毛诗故训传》曰：“兴也。决复入为汜。”《毛诗故训传笺》云：“兴者，喻江水大，汜水小，然得并流，似嫡媵宜俱行。”马瑞辰《毛诗传笺通释》曰：“水决复入为汜者，正兴媵之始见弃而终见收也。二章江有渚，《毛诗故训传》曰水岐成渚，亦喻始分而终合。盖江遇渚则分，过渚复合也。三章江有沱，《毛诗故训传》曰：沱，江之别者。按沱自江水溢出，终复合流于江，其取兴亦同。《毛诗故训传笺》以汜取兴并流，而以渚为喻媵留，失之。”之子：一说指嫡妻。《毛诗故训传笺》曰：“之子，是子也。是子，谓嫡也。”以：用。《毛诗故训传笺》曰：“以，犹与也。”不我以即不以我。归：嫁人。

二、悔：悔恨。《毛诗故训传》曰：“嫡能自悔也。”

三、渚：水中陆地。《毛诗故训传》曰：“渚，小洲也，水岐成渚。……《韩诗》曰：‘水一溢一否为渚。’又曰：‘水一溢而为渚。’”《毛诗故训传笺》曰：“江水流而渚留，是嫡与己异心，使己独留不行。”与：相好。

四、处：停止。《毛诗故训传》曰：“处，止也。”《毛诗故训传笺》云：“嫡悔过自止。”

五、沱（tuó音陀）：江水支流。《毛诗故训传》曰：“沱，江之别者。”《毛诗故训传笺》曰：“岷山道江，东别为沱。”

六、啸：长啸。鲁齐“啸”作“歗”，“歌”作“謌”。韩说曰：“歌无章曲曰啸。”《毛诗故训传笺》曰：“啸，蹙（cù音促）口而出声。嫡有所思而为之，既觉，自悔而歌。歌者，言其悔过，以自解说也。”

【解题】

此诗说嫡妻出嫁，不偕媵而行，媵能不怨，嫡妻后悔改过。《诗序》曰：“《江有汜》，美媵也。勤而无怨，嫡能悔过也。文王之时，江沱之间，有嫡不以其媵备数，媵遇劳而无怨，嫡亦自悔也。”《毛诗故训传笺》曰：“勤者，以己宜媵而不得，心望之。”

孔颖达《毛诗正义》曰：“作《江有汜》诗者，言美媵也。美其勤而不怨，谓宜为媵而不得行，心虽勤劳而不怨于嫡，故嫡亦能自悔过，谓悔其不与俱行也。当文王之时，江、沱之间，有嫡不以其媵备妾御之数，媵遇忧思之劳而无所怨，而嫡有所思，亦能自悔过也。此本为美媵之不怨，因言嫡之能自悔，故美媵而后兼嫡也。”朱熹《诗集传》曰：“陈氏曰：小星之夫人，惠及媵妾尽其心。江沱之嫡，惠不及媵妾，而媵妾不怨。盖父虽不慈，子不可以不孝。各尽其道而已矣。”

陈子展《诗经直解》云：“《江有汜》一诗，今古文家大抵以为：此言嫡妻媵妾间关系之诗。谓媵妾被妒不怨，嫡妻亦能自悔。此亦用作房中乐章之义，瞽矇讽诵之义也。细玩诗意，实为言男女间关系之诗。谓有往来大江汜之间商人乐其新婚而忘其旧姻，其妻抱怨自伤而作也。”

野有死麕

野有死麕，白茅包之；一
有女怀春，吉士诱之。二
林有朴樕，野有死鹿；三
白茅纯束，有女如玉。四
舒而脱脱兮，无感我帨兮，无使尨也吠。五

【注释】

一、麕（jūn音军）：野兽名，俗名獐子。白茅：草名，春夏开白花。王先谦《诗三家义集疏》引《本草图经》曰：“春生芽，布地如针，俗间谓之针。”包：包裹。《毛诗故训传》曰：“包，裹也。”《毛诗故训传笺》云：“乱世之民贫，而强暴之男多行无礼，故贞女之情，欲令人以白茅裹束野中田者所分麕肉，为礼而来。”

二、怀春：思春，指情欲萌动，怀求偶之思。《毛诗故训传》曰：“怀，思也。春，不暇待秋也。”《毛诗故训传笺》云：“有贞女思仲春以礼与男会，吉士使媒人道成之。疾时无礼而言然。”朱熹《诗集传》曰：“怀春，当春而有怀也。”吉士：男子的美称。《毛诗正义》曰：“吉士者，善士也，述女称男之意，故以善士言之。”朱熹《诗集传》曰：“吉士，犹美士也。”王先谦《诗三家义集疏》曰："吉士，犹言善士，男子之美称。"诱：引诱。《毛诗故训传》曰："诱，道也。"《毛诗故训传笺》云："吉士使媒人道成之。"《毛诗正义》曰："言吉士诱之者，女欲令吉士使媒人导达成昏礼也。"马瑞辰《诗经传笺通释》曰："传训诱为道，笺以使媒人道成之，嫌于吉士自相道诱，可谓善申传义。欧阳以挑诱释之，误矣。"

三、朴樕（sù音速）：小木。《毛诗故训传》曰："朴樕，小木也。"王先谦引陈启源云："《尔雅》注皆言朴樕即槲樕。案，槲樕与栎树相类。有二种，小者丛生，大者高丈余。"褚斌杰《诗经全注》曰："朴樕，灌木丛。"袁梅《诗经译注》曰："丛生的小树。一说又名槲樕，灌木，俗称大叶栎。"程俊英等《诗经注析》曰："朴樕，小木，古人结婚时用为烛。"

四、纯束：捆扎。《毛诗故训传》曰："纯束，犹包之也。"《毛诗故训传笺》云："纯读如屯。"《诗经正义》曰："纯读为屯者，以纯非束之义，读为屯，取肉而裹束之，故传云'纯束，犹包之'。"褚斌杰《诗经全注》曰："纯束，捆扎。这里指被白茅草包捆所获鹿肉。"如玉：如美玉。《毛诗故训传》曰："德如玉也。"《毛诗故训传笺》云："如玉者，取其坚而洁白。"朱熹《诗集传》曰："如玉者，美其色也。"

五、舒：慢慢地。《毛诗故训传》曰："舒，徐也。"一说为语助词，马瑞辰《诗经传笺通释》曰："舒，语词。"脱脱（duì音兑，一说为tuì音退）：舒缓的样子。《毛诗故训传》曰："脱脱，舒迟也。"王先谦《诗三家义集疏》曰："三家脱做娧……《说文》曰：娧，好也。《方言》《广雅·释诂》同。舒迟则容仪安好，故娧训为好，重言之曰娧娧，《集韵》引与《诗》合。脱，训'消肉臞'，无'舒迟'义。"感：触动。《毛诗故训传》曰："感，动也。"一说为"撼"，王先谦《诗三家义集疏》曰："《说文》感下云：感，动人心。撼下云：摇也。以手取物，作撼为正。"帨（shuì音税）：佩巾。《毛诗故训传》曰："帨，佩巾也。"《毛诗故训传笺》云："奔走失节，动其佩饰。"一说为女子系在腹前的一块巾，又名蔽膝。马瑞辰《诗经传笺通释》曰："《内则》女子生，设帨于门右及此诗无感我帨，帨皆为褵，因其为女子出嫁时所结，故重言之，非佩巾也。缡为妇人之袆，袆即蔽膝；一名大巾，故又通名帨。”尨（máng音忙）：狗。《毛诗故训传》曰：“尨，狗也。非礼相陵则狗吠。”一说为长毛狗。马瑞辰《诗经传笺通释》曰：“《说文》：尨，犬之多毛者。”

【解题】

此诗写女子不为诱惑所动，而知守礼。《诗序》曰：“《野有死麇》，恶无礼也。天下大乱，强暴相陵，遂成淫风。被文王之化，虽当乱世，犹恶无礼也。”《毛诗故训传笺》曰：“无礼者，为不由媒妁，雁币不至，劫胁以成昏，谓纣之世。”

孔颖达《毛诗正义》曰：“作《野有死麇》诗者，言‘恶无礼’，谓当纣之世，天下大乱，强暴相陵，遂成淫风之俗。被文王之化，虽当乱世，其贞女犹恶其无礼。《经》三章皆恶无礼之辞也。”朱熹《诗集传》曰：“南国被文王之化，女子有贞洁自守，不为强暴所污者。故诗人因所见以兴其事而美之。或曰赋也，言美士以白茅包其死麇，而诱怀春之女也。”

陈子展《诗经直解》曰：“《野有死麇》，无疑为男女恋爱之诗，其词若出女歌手。其男为吉士，为猎者，盖属于当时社会上所谓士之一阶层。”陈说只看到了该诗的表面内容，而《诗序》则着眼于周天子通过诗的表面内容了解召南的民俗之雅。

何彼襛矣

何彼襛矣，唐棣之华；一
曷不肃雝，王姬之车。二

何彼襛矣，华如桃李；三
平王之孙，齐侯之子。四
其钓维何，维丝伊缗；五
齐侯之子，平王之孙。

【注释】

一、襛（nóng音浓）：浓艳的样子。《毛诗故训传》曰："襛犹戎戎也。"马瑞辰《毛诗传笺通释》曰："从农者多有厚意，厚与盛义近，戎戎即盛貌也。"唐棣（dì音帝）：树名，似白杨，花繁果大。又名常棣、棠棣。《毛诗故训传》曰："唐棣，栘（yí音移）也。"孔颖达《毛诗正义》曰："舍人曰：唐棣一名栘。郭璞曰：今白栘也，似白杨，江东呼夫栘。"华：通"花"。《毛诗故训传笺》云："何乎彼戎戎者乃栘之华。兴者，喻王姬颜色之美盛。"

二、曷不：即何不。《毛诗故训传笺》云："曷，何。"肃雝（yōng音雍）：恭敬和睦。《毛诗故训传》曰："肃，敬。雝，和。"《毛诗故训传笺》曰："何不敬和乎，王姬往乘车也。言其嫁时，始乘车则已敬和。"王姬：周王之女。朱熹《诗集传》曰："周王之女，姬姓。故曰王姬。"之：往也。此处可以按倒装结构理解，言王姬往乘车时，是多么地敬和啊！王姬不仅是容貌秀丽，而且在开始乘车时就表现出敬和的美德，孔颖达《毛诗正义》曰："今初乘车时已能敬和，则每事皆敬和矣。"

三、华如桃李：形容女子美丽如桃花李花。《毛诗故训传笺》曰："华如桃李者，兴王姬与齐侯之子颜色俱盛。"朱熹《诗集传》曰："以桃李二物，兴男女二人也。"王先谦《诗三家义集疏》曰："犹桃李之华。唐棣、桃李华俱极盛，故取以为比。华在上者，倒文以合韵。"

四、平王之孙，齐侯之子：平王的孙女，齐侯的女儿。《毛诗故训传》曰："平，正也。武王之女，文王孙，适齐侯之子。"《毛诗故训传笺》云：

“正王者，德能正天下之王。”而马瑞辰《毛诗传笺通释》认为，既然《毛诗故训传》将“平王”训为平正之王，那么“齐侯”也当训为泛指之诸侯。褚斌杰《诗经全注》也认为，此处并非实指，“泛指男女双方均为王族贵胄”。

五、钓：钓鱼。维何：用什么。维，通“惟”，用。维丝伊缗（mín音民）：维、伊为发语词，无义。缗：钓丝。《毛诗故训传》曰：“伊，维。缗，纶也。”朱熹《诗集传》曰：“伊，亦维也。缗，纶也。丝之合而为纶，犹男女之合而为缗也。”《毛诗故训传笺》云：“钓者以此有求于彼。何以为之乎？以丝之为纶，则是善钓也。以言王姬与齐侯之子以善道相求。”孔颖达《毛诗正义》曰：“其钓鱼之法维何以为乎？维以丝为绳，则是善钓。以兴其娶妻之法，亦何以为之乎？维以礼为之，则是善娶。钓者以此有求于彼，执丝纶以求鱼；娶者以己有求于人，用善道而相呼。谁能以善道相求呼者？乃齐侯之子求平王之孙。上章主美王姬适齐侯之子，故先言平王之孙。此章主说齐侯之子以善道求王姬，故先言齐侯之子。”

【解题】

本篇首先赞美王姬的品行。王姬不仅仅是容貌好看，更重要的是，她身为天子之女，下嫁诸侯，不因自己的尊贵而傲慢，举止行为恪守妇道，“事事皆敬和”。接下来讲男女双方皆为王族贵胄，最后指出“王姬与齐侯之子以善道相求”，是非常合乎礼仪的，故赞美之。《诗序》曰：“《何彼襛矣》，美王姬也。虽则王姬亦下嫁于诸侯，车服不系其夫，下王后一等，犹执妇道，以成肃雝之德也。”《毛诗故训传笺》曰：“下王后一等，谓车乘厌翟，勒面缋总，服则褕翟。”

孔颖达《毛诗正义》曰：“作《何彼襛矣》诗者，美王姬也。以其虽则王姬，天子之女，亦下嫁于诸侯。其所乘之车，所衣之服，皆不系其夫为尊卑，下王后一等而已。其尊如是，犹能执持妇道，以成肃敬雍和之德，不以己尊而慢人。”

朱熹《诗集传》曰："王姬下嫁于诸侯，车服之盛如此，而不敢挟贵以骄其夫家。故见其车者，知其能敬且和，以执妇道，于是作诗，以美之曰；'何彼戎戎而盛乎？乃唐棣之华也。此何不肃肃而敬，雝雝而和乎？乃王姬之车也。'此乃武王以后之诗，不可得知其何王之世，然文王太姒之教，久而不衰，亦可见矣。"

方玉润《诗经原始》曰："《何彼襛矣》，讽王姬车服渐侈也。……何彼襛矣，是美其色之极也；曷不肃雝，是疑其德之有未称耳。"此说与本诗主旨不符。

驺虞

彼茁者葭，壹发五豝；一
于嗟乎驺虞！二
彼茁者蓬，壹发五豵；三
于嗟乎驺虞！

【注释】

一、茁：草初生出地的样子。《毛诗故训传》曰："茁，出也。"葭（jiā音家）：芦苇。《毛诗故训传》曰："葭，芦也。"《毛诗故训传笺》云："记芦始出者，著春田之早晚。"壹：发语词，无义。马瑞辰《毛诗传笺通释》曰："壹发五豝，壹发五豵，二壹字，皆发语词。"发：发箭，射箭。朱熹《诗集传》曰："发矢。五：虚数，这里指多。如三、九，都不是实数。豝（bā音八）：母猪。一说小猪也叫豝。《说文》曰："豝，牝也。一曰二岁。"《毛诗故训传》曰："豕牝曰豝。虞人翼五豝，以待公之发。"《毛诗故训传笺》

云：“君射壹发而翼五猪者，战禽兽之命。必战之者，仁心之至。”

二、于嗟乎：赞叹词。于，同吁。《毛诗故训传笺》曰：“于之嗟者，美也。”陈奂《诗毛氏传疏》曰：“于嗟乎，美叹也。”驺虞：一说为野兽名。《毛诗故训传》曰：“驺虞，义兽也。白虎黑文，不食生物，有至信之德则应之。”陆玑《毛诗草木鸟兽虫鱼疏》云：“驺虞，白虎黑文，尾长于躯，不食生物，不履生草，应信而至者也。”一说为古代掌田猎牧事的官。《鲁诗》《韩诗》皆认为是当时的兽官名，指猎手。袁梅《诗经译注》曰：“驺，《说文》曰：厩御也。又，贾谊《礼篇》曰：‘驺者，天子之囿（yòu音又）也；虞者，囿之司兽者也。’虞，《毛诗故训传笺》曰：‘设驱逆之车，则仆人设车，虞人乘以驱禽也。’言驱逆，则驱之逆之皆为驱也。又见《尚书舜典》：‘帝曰：畴若予上下草木鸟兽？曰：益哉！帝曰：俞！咨！益！汝作朕俞！’可见虞是古代统治者狩猎时的随从官员，并兼掌畜牧之事。”朱熹《诗集传》曰：“壹发五豝，犹言中必迭双也。南国诸侯承文王之化，修身齐家，以治其国。而其仁民之余恩，又有以及于庶类。故其春田之际，草木之茂，禽兽之多至于如此。而诗人述其事以美之，且叹之曰，此其仁心自然，不由勉强，是即真所谓驺虞矣。”陈子展《诗经直解》曰：“言射杀葭中豝。”

三、蓬：草名，蓬蒿。《毛诗故训传》曰：“蓬，草名也。”豵（zōng音宗）：小猪。《毛诗故训传》曰：“一岁曰豵。”《毛诗故训传笺》曰：“豕生三曰豵。”孔颖达《毛诗正义》曰：“《大司马职》注云：‘一岁为豵，二岁为豝，三岁为特，四岁为肩，五岁为慎。’故《释兽》云：‘豕生三豵、二师、一特。’郭璞曰：‘猪生子常多，故别其少者。’《郑志》张逸问：‘豕生三曰豵，不知母豕也？豚也？’答曰：‘豚也。’过三以往，犹谓之豵，以自三以上更无名也。故知过三亦为豵。”陈子展《诗经直解》曰：“言射杀中豵。”黄中松《诗疑辩证》曰：“首章言葭，葭高，故二岁之兽藏焉。次章言蓬，蓬低，故一岁之豵藏焉。诗人而不漫举四物也，则此说不可废矣。”方玉润《诗经原始》曰：“末句与于嗟麟兮相似而实不同。彼通章以麟为比，故末句单叹麟兮不为突。此诗发端末题驺虞，不得突出为比，故知驺虞断非兽名也。”

【解题】

这首诗是赞扬驺虞田猎之诗。《诗大序》曰："《鹊巢》《驺虞》之德，诸侯之风也，先王之所以教，故系之召公。"《诗序》又曰："《驺虞》，《鹊巢》之应也。《鹊巢》之化行，人伦既正，朝廷既治，天下纯被文王之化，则庶类蕃殖，蒐田以时，仁如驺虞，则王道成也。"《毛诗故训传笺》曰："应者，应德自远而至。"

孔颖达《毛诗正义》曰："以《驺虞》处末者，见《鹊巢》之应也。言《鹊巢》之化行，则人伦夫妇既已得正，朝廷既治，天下纯被文王之化，则庶类皆蕃息而殖长，故国君蒐田以时，其仁恩之心，不忍尽杀，如驺虞然，则王道成矣。"朱熹《诗集传》曰："文王之化，始于《关雎》，而至于《麟趾》。则其化之入人者深矣。形于《鹊巢》，而及于《驺虞》，则其泽之及物者广矣。盖意诚心正之功不息而久，则其薰蒸透彻融液周遍，自有不能已者，非智力之私所能及也。故《序》以《驺虞》为《鹊巢》之应，而见王道之成，其必有所传矣。"

戴震《诗经补注》曰："《驺虞》，言春蒐之礼也。"陈子展《诗经直解》曰："《驺虞》，为有关春日田猎、驱除害兽、举行一种仪式之诗。"程俊英等《诗经注析》曰："这是一首赞美猎人的诗。"

褚斌杰《诗经全注》曰："这诗赞叹狩猎官高强的本领。古代田猎也是一种典礼，由虞人掌管，这是礼仪上用的赞歌。"

邶风

自《邶风》以下，都是变风。邶、鄘、卫风三部分所处地域，都在卫国境内。卫国是周公少弟卫康公的封地。《邶风》有诗十九篇。

《左传·襄公十九年》曰："吴公子札来聘，……为之歌《邶》《鄘》《卫》。曰：是其卫风乎？"邶、鄘、卫三国风，其地皆在卫国，合称"三卫"。

周武王灭商，封纣的儿子武庚禄父于今河南淇县西北纣古都附近，以古商都之北，即在今河南汤阴县东南建邶；在故商都之南，即今河南汲县东北建鄘，在故商都之东，即今河南淇县附近建卫。并派他的三个弟弟管叔、蔡叔、霍叔分别守卫三个地方，以监督武庚，号为"三监"。武王死后，周公旦摄政为王，管叔等恐周公将不利于成王，与武庚及蔡叔、霍叔叛乱，周公平叛后，合并三地为卫，连同原殷民一起封给康叔，建都殷墟，即今河南淇县。

邶、鄘、卫三诗大部分难确定具体时代，大致说来西周末东周初的诗居多数。邶、鄘二地早已并入卫国，为什么卫诗还冠以邶、鄘之名？有人认为因卫诗有三十九首之多，近风诗的四分之一，所以编者将部分诗编入邶、鄘之下。但今本《诗经》，邶风十九首、鄘风十首、卫风十首，并不平均。可能原本邶、鄘、卫三风，其中应该包括卫康叔之前的诗，但因孔子删诗后，原产邶、鄘之诗都未能保存，才会有今天的面貌。

《史记·卫康叔世家》曰："卫康叔名封，周武王同母少弟也。

其次尚有冉季，冉季最少。武王已克殷纣，复以殷余民封纣子武庚禄父，比诸侯，以奉其先祀勿绝。为武庚未集，恐其有贼心，武王乃令其弟管叔、蔡叔傅相武庚禄父，以和其民。武王既崩，成王少。周公旦代成王治，当国。管叔、蔡叔疑周公，乃与武庚禄父作乱，欲攻成周。周公旦以成王命兴师伐殷，杀武庚禄父、管叔，放蔡叔，以武庚殷馀民封康叔为卫君，居河、淇间故商墟。”卫国地域大致在黄河北岸，太行山脉东麓的今河南省鹤壁、新乡附近。卫康叔的都城在殷商故都朝歌，大概是今河南鹤壁市淇县一带。

郑玄《诗谱·邶鄘卫谱》曰：“邶、鄘、卫者，商纣畿内方千里之地。其封域在《禹贡》冀州大行之东，逾衡漳，东及兖州桑土之野。周武王伐纣，以其京师封纣子武庚为殷后。殷顽民，被纣化日久，未可以建诸侯，乃三分其地，置三监，使管叔、蔡叔、霍叔尹（治理）而教之。自纣城而北谓之邶，南谓之鄘，东谓之卫。武王既丧，管叔及其群弟见周公将摄政，乃流言于国，曰‘公将不利于孺子’。周公避之，居东都二年。秋，大熟未获，有雷电疾风之异。乃后成王悦而迎之，反而遂居摄。成王既黜殷命，杀武庚，复伐三监。更于此三国建诸侯，以殷余民封康叔于卫，使为之长。后世子孙稍并彼二国，混而名之。七世至顷侯，当周夷王时，卫国政衰，变风始作。”

陆德明《经典释文·毛诗音义》曰：“郑云：邶、鄘、卫者，殷纣畿内地名，属古冀州。自纣城而北曰邶，南曰鄘，东曰卫。卫在汲郡朝歌县，时康叔正封于卫。其末子孙稍并兼彼二国，混其地而名之。作者各有所伤，从其本国而异之，故有邶、鄘、卫之诗。王肃同。从此讫《豳·七月》，十二国并变风也。邶，蒲对反，本又作‘鄁’，《字林》方代反。柏音百，字又作‘栢’。”

朱熹《诗集传》曰：“邶一之三。邶、墉、卫，三国名。在禹贡冀州，西阻太行，北逾衡漳，东南跨河，以及兖州桑土之野。及商之季，而纣都焉。武王克商，分自纣城朝歌而北谓之邶，南谓之墉，东谓之卫，以封诸侯。邶、墉不详其始封。卫则武王弟康叔之国也。卫本都河北朝歌之东、淇水之北、百泉之南，其后不知何时并得邶、墉之地。至懿公为狄所灭，戴公东徙渡河，野处漕邑。文王又徙居于楚丘，朝歌故城，在今卫州卫县西二十二里，所谓殷墟。卫故都，即今卫县。漕，楚丘，皆在滑州。大抵今怀卫、澶相、滑濮等州，开封大名府界，皆卫境也。但邶、墉地既入卫。其诗皆为卫事，而犹系其故国之名，则不可晓。而旧说以此下十三国皆为变风焉。”

柏舟

泛彼柏舟，亦泛其流。一
耿耿不寐，如有隐忧。二
微我无酒，以敖以游。三
我心匪鉴，不可以茹。四
亦有兄弟，不可以据。五
薄言往愬，逢彼之怒。六
我心匪石，不可转也。
我心匪席，不可卷也。七
威仪棣棣，不可选也。八
忧心悄悄，愠于群小。九
觏闵既多，受侮不少。十
静言思之，寤辟有摽。十一
日居月诸，胡迭而微？十二

心之忧矣，如匪浣衣。十三
静言思之，不能奋飞。十四

【注释】

一、泛（fàn音范）：漂浮的样子。《毛诗故训传》曰："兴也。泛，流貌。"柏舟：柏木做的舟。《毛诗故训传》曰："柏，木，所以宜为舟也。亦泛泛其流，不以济度也。"《毛诗故训传笺》曰："舟，载渡物者，今不用，而与物泛泛然俱流水中。兴者，喻仁人之不见用，而与群小人并列，亦犹是也。"孔颖达《毛诗正义》曰："言柏木所以宜为舟者，解以舟喻仁人之意，言柏木所以宜为舟，犹仁人所以宜为官，非谓余木不宜也。"朱熹《诗集传》曰："妇人不得于其夫，故以柏舟自比。言以柏为舟，坚致牢实，而不以乘载，无所依薄，但泛然于水中而已。故其隐忧之深如此。"

二、耿耿：烦恼不安的样子。《毛诗故训传》曰："犹儆儆也。"朱熹《诗集传》曰："耿耿，小明，忧之貌也。"隐忧：痛。《毛诗故训传》曰："隐，痛也。"《毛诗故训传笺》云："仁人既不遇，忧在见侵害。"袁梅《诗经译注》说隐为隐藏着，隐忧即难言之痛。程俊英等《诗经注析》曰："隐通殷，痛。有人解释为深忧，亦可。"

三、微：非。《毛诗故训传》曰："非我无酒，可以敖游忘忧也。"朱熹《诗集传》曰："微，犹非也。"敖、游：敖同"遨"，遨、游同义，意为遨游放松。此章旨在起兴，以河中载酒泛舟，不知所往，暗喻自己的处境与遭遇。朱熹《诗集传》因此章以《柏舟》为"妇人之诗"："妇人不得于其夫，故以柏舟自比。言以柏为舟，坚致牢实，而不以乘载，无所依薄，但泛然于水中而已。故其隐忧之深如此。非为无酒可以敖游而解之也。《列女传》以此为妇人之诗。今考其辞气卑顺柔弱，且居变风之首，而与下篇相类。"何楷《诗经世本古义》曰："饮酒遨游，岂妇人之事？"

四、鉴：镜子。《毛诗故训传》曰："鉴，所以察形也。"《毛诗故训传笺》曰："鉴之察形，但知方圆白黑，不能度其真伪。我心非如是鉴，我于众人之善恶外内，心度知之。"茹：容纳。《毛诗故训传》曰："茹，度也。"严粲《诗缉》曰："鉴虽明，而不择妍丑，皆纳其影。我心有知善恶，善则从之，恶则拒之，不能混杂而纳之。"

五、据：依靠。《毛诗故训传》曰："据，依也。"

六、薄言：语助词。程俊英等《诗经注析》曰："此处含有勉强的意思。王夫之《诗经稗疏》曰：'薄言往愬者，心知其不可据而勉往也。'"愬（sù音诉）：同诉，告诉。逢：遭到。彼：指兄弟。朱熹《诗集传》曰："愬，告也。虽有兄弟，而又不可依以为重。故往告之，而反遭其怒也。"这一章是说回家对自己的兄弟诉说愁苦，却遭到他大发脾气。《毛诗故训传笺》曰："兄弟至亲，当相据依。言亦有不相据依以为是者，希耳。责之以兄弟之道，谓同姓臣也。"

七、转：转动。卷：卷起。《毛诗故训传》曰："石虽坚，尚可转。席虽平，尚可卷。"《毛诗故训传笺》曰："言己心志坚平，过于石席。"朱熹《诗集传》曰："言石可转，而我心不可转。席可卷而我心不可卷。"此句指心志坚贞。

八、威仪：指举止仪态。棣棣：悠闲富有的样子。《毛诗故训传》曰："君子望之俨然可畏，礼容俯仰各有威仪耳。棣棣，富而闲习也。物有其容，不可数也。"朱熹《诗集传》曰："赋也。棣棣，富而闲习之貌。"选：退让。程俊英等《诗经注析》曰："选，退让。三家《诗》选作'算'，言不可胜数。"一说指抛弃，褚斌杰《诗经全注》曰："选，遣，指抛弃。"一说指选择，朱熹《诗集传》曰："选，简择也。"此章大意在表明自己心志坚贞，凛然不容侵犯。

九、悄悄：忧愁的样子。《毛诗故训传》曰："悄悄，忧貌。"愠：怒。《毛诗故训传》曰："愠，怒也。"群小：众小人。《毛诗故训传笺》曰："群小，众小人在君侧者。"一说指众妾，朱熹《诗集传》曰："群小，众妾也。言见怒于众妾也。”陈启源《毛诗稽古编》曰：“朱子至谓群小为众妾，尤无典据。呼妾为小，古人安得有此称谓？”褚斌杰《诗经全注》认为“群小”指家族中心术不正的人。

十、觏（gòu音够）：同遘，遭遇。朱熹《诗集传》曰：“觏，见。”闵：痛心，忧患。《毛诗故训传》曰：“闵，病也。”

十一、寤：醒时。辟（bì音必）：拊心，意为以手拍胸。《毛诗故训传》曰：“辟，拊心也。”辟，《韩诗》作“擗”。摽（piào音票）：拊心的样子。《毛诗故训传》曰：“摽，拊心貌。”孔颖达《毛诗正义》曰：“辟既为拊心，即云‘有摽’，故知‘摽，拊心貌’，谓拊心之时，其手摽然。”一说形容拍打的声音。本章意为受小人欺侮，醒时常捶胸自伤。孔颖达《毛诗正义》曰：“言仁人忧心悄悄然，而怨此群小人在于君侧者也。又小人见困病于我既多，又我受小人侵侮不少，故怨之也。既不胜小人所侵害，故我于夜中安静而思念之，则寤觉之中，拊心而摽然，言怨此小人之极也。”

十二、居、诸：语助词。迭：更迭。微：光芒微弱。《毛诗故训传笺》曰：“日，君象也。月，臣象也。微，谓亏伤也。君道当常明如日，而月有亏盈，今君失道而任小人，大臣专恣，则日如月然。”孔颖达《毛诗正义》曰：“《礼器》曰‘大明生于东，月生于西，阴阳之分，夫妇之位’，则日月喻夫妇也。”朱熹《诗集传》曰：“言日当常明，月则有时而亏，犹正嫡当尊众妾当卑。今众妾反胜正嫡，是日月更迭而亏。”程俊英等《诗经注析》认为日月指丈夫。迭而微指丈夫昏聩。

十三、浣：洗。《毛诗故训传》曰：“如衣之不浣矣。”《毛诗故训传笺》曰：“衣之不浣，则愦辱无照察。”

十四、不能奋飞：指不能如鸟奋翼而飞去。《毛诗故训传笺》曰：“臣不遇于君，犹不忍去，厚之至也。”褚斌杰《诗经全注》曰：“奋飞，飞出牢笼，获得自由。”此章大意是表达自己心中苦闷无人能解，无容身之所，恨不能奋翅高飞。

【解题】

此诗写仁者不遇明君，而遭小人侵害，孤立无援，无法容身，内心痛苦挣扎而又无法抒发。《诗序》曰：“《柏舟》，言仁而不遇也。卫顷公之时，仁人不遇，小人在侧。”卫顷公即卫顷侯，卫康叔第七代嫡孙，在位十二年，曾厚贿周夷王，得以把卫国由伯爵提升为侯爵。《毛诗故训传笺》曰：“不遇者，君不受已之志也。君近小人，则贤者见侵害。”

孔颖达《毛诗正义》曰：“《毛诗故训传笺》以仁人不遇，嫌其不得进仕，故言遇者，君不受已之志，以言亦泛其流，明与小人并列也。言不能奋飞，是在位不忍去也。《穀梁传》曰：‘遇者何？志相得。’是不得君志亦为不遇也。二章云薄言往诉，逢彼之怒，是君不受已之志也。四章云覯闵既多，受侮不少，是贤者见侵害也。”

刘向《列女传·贞顺传》曰：“夫人者，齐侯之女也。嫁于卫，至城门而卫君死。保母曰：‘可以还矣。’女不听，遂入，持三年之丧，毕，弟立，请曰：‘卫小国也，不容二庖，愿请同庖。’夫人曰：‘唯夫妇同庖。’终不听。卫君使人愬（同“诉”）于齐兄弟，齐兄弟皆欲与后君，使人告女，女终不听，乃作诗曰：‘我心匪石，不可转也。我心匪席，不可卷也。’厄穷而不闵，劳辱而不苟，然后能自致也，言不失也。然后可以济难矣。诗曰：‘威仪棣棣，又不可选也。’言其左右无贤臣皆顺其君之意也。君子美其贞一，故举而列之于诗也。颂曰：齐女嫁卫，厥至城门，公薨不返，遂入三年。后君欲同，女终不浑，作诗讥刺，卒守死君。”按此处“作诗”，当为“赋诗”而言。此事，当指《鄘风·柏舟》共姜，共姜所作诗，也当是《鄘风·柏舟》诗。

又刘向《列女传·贞顺传》曰：“卫宗二顺者，卫宗室灵王之夫人及其傅妾也。秦灭卫君角，封灵王世家，使奉其祀。灵王死，夫人无子而守寡，傅妾有子。傅妾事夫人八年不衰，供养愈谨。夫人谓傅妾曰：‘孺子养我甚谨。子奉祭祀而妾事我，我不聊也。且吾闻主君之母不妾事人。今我无子，于礼，斥绌之人也，而得留以尽其节，是我幸也。今又烦孺子不改故节，我甚内惭。吾愿出居外，以时相见，我甚便之。’傅妾泣而对曰：‘夫人欲使灵氏受三不祥耶！公不幸早终，是一不祥也；夫人无子而婢妾有子，是二不祥也；夫人欲出居外，使婢子居内，是三不祥也。妾闻忠臣事君无怠倦时，孝子养亲患无日也。妾岂敢以小贵之故变妾之节哉！供养固妾之职也。夫人又何勤乎！’夫人曰：‘无子之人而辱主君之母，虽子欲尔，众人谓我不知礼也。吾终愿居外而已。’傅妾退而谓其子曰：‘吾闻君子处顺，奉上下之仪，修先古之礼，此顺道也。今夫人难我，将欲居外，使我居内，此逆也。处逆而生，岂若守顺而死哉！’遂欲自杀，其子泣而止之，不听。夫人闻之惧，遂许傅妾留，终年供养不衰。君子曰：‘二女相让，亦诚君子。可谓行成于内，而名立于后世矣。’诗云：‘我心匪石，不可转也。’此之谓也。颂曰：卫宗二顺，执行咸固，妾子虽代，供养如故。主妇惭让，请求出舍，终不肯听，礼甚闲暇。”

绿衣

绿兮衣兮，绿衣黄里；
心之忧矣，曷维其已。一
绿兮衣兮，绿衣黄裳；
心之忧矣，曷维其亡。二
绿兮丝兮，女所治兮；三
我思古人，俾无訧兮。四
絺兮绤兮，凄其以风；五
我思古人，实获我心。

【注释】

一、绿：褖（tuàn音彖）之误，褖即褖衣，王后礼服。《周礼·天官·内司服》曰："掌王后之六服：袆衣、揄狄、阙狄、鞠衣、展衣、缘衣，素沙。"郑玄《周礼》注："此缘衣者实作褖衣也。褖衣，御于王之服，亦以燕居。"《毛诗故训传笺》曰："绿当为褖，故作禒，转作绿，字之误也。"《毛诗故训传》曰："绿，间色。黄，正色。"《毛诗故训传笺》曰："褖衣黑，皆以素纱为里。今褖衣反以黄为里，非甚礼制也，故以喻妾上僭（jiàn音见）。"孔颖达《毛诗正义》曰："绿，苍黄之间色。黄，中央之正色。"无论是褖衣还是绿衣，黄里皆非礼制，以喻妾上僭，异曲同工。曷：何。已：止。

二、《毛诗故训传笺》曰："妇人之服，不殊衣裳，上下同色。今衣黑而裳黄，喻乱嫡妾之礼。"亡：《毛诗故训传笺》曰："亡之言忘也"；王引之《经义述闻》曰："犹已也，作忘者假。"

三、《毛诗故训传》曰："绿，末也。丝，本也。"《毛诗故训传笺》曰："女，女妾上僭者。先染丝，后制衣，皆女之所治为也，而女反乱之，亦喻乱嫡妾之礼，责以本末之行。"治：织。朱熹《诗集传》曰：理而织之。毛以染绿为末，郑以制衣为末，但都以本喻嫡、以末喻妾，以示尊卑之乱。一说女通汝，指君子而言，庄姜责备卫庄公乱尊卑。一说女通汝，指亡妻。

四、俾（bǐ音比）：使。訧：通尤，过错。全句话的意思是说，我想古人制礼义、定尊卑，是为了使人行为无过啊。一说古人即故人，指亡妻。

五、凄：寒凉。以：陈子展《诗经直解》解为"为"，程俊英等《诗经注析》解为"似"。《毛诗故训传笺》曰："絺绤所以当暑，今以待寒，喻其失所也。"因此慨叹古之圣人制礼，明贵贱次序，实得我心。

【解题】

此诗为卫夫人庄姜自伤之作。《诗序》曰："《绿衣》，卫庄姜伤已也。

妾上僭，夫人失位而作是诗也。”《毛诗故训传笺》曰：“庄姜，庄公夫人，齐女，姓姜氏。妾上僭者，谓公子州吁之母，母嬖而州吁骄。”

孔颖达《毛诗正义》曰：“必知绿误而禒是者，此绿衣与《内司服》绿衣字同。《内司服》当王后之六服，五服不言色，唯绿衣言色，明其误也。《内司服》注引《杂记》曰：‘夫人复税衣褕翟。’又《丧大记》曰：‘士妻，以禒衣。言禒衣者甚众，字或作税。此緑衣者，实作禒衣也。’以此言之，《内司服》无禒衣，而《礼记》有之，则禒衣是正也。彼绿衣宜为禒衣，故此绿衣亦为禒衣也。诗者咏歌，宜因其所有之服而言，不宜举实无之绿衣以为喻，故知当作禒也。隐三年《左传》曰：‘卫庄公娶于齐东宫得臣之妹，曰庄姜，是齐女，姓姜氏也。’又曰：‘公子州吁，嬖人之子。是州吁之母嬖也。’又曰：‘有宠而好兵。’石碏谏曰：‘宠而不骄，鲜矣！是州吁骄也。’”

《左传·隐公三年》曰：“卫庄公娶于齐东宫得臣之妹，曰庄姜，美而无子，卫人所为赋《硕人》也。又娶于陈，曰厉妫（guī音归），生孝伯，早死。其娣戴妫生桓公，庄姜以为己子。公子州吁，嬖人之子也，有宠而好兵，公弗禁，庄姜恶之。石碏（què音却）谏曰：‘臣闻爱子，教之以义方，弗纳于邪。骄、奢、淫、泆（yì音义），所自邪也。四者之来，宠禄过也。将立州吁，乃定之矣，若犹未也，阶之为祸。夫宠而不骄，骄而能降，降而不憾，憾而能眕（zhěn音枕）者鲜矣。且夫贱妨贵，少陵长，远间亲，新间旧，小加大，淫破义，所谓六逆也。君义，臣行，父慈，子孝，兄爱，弟敬，所谓六顺也。去顺效逆，所以速祸也。君人者将祸是务去，而速之，无乃不可乎？”弗听，其子厚与州吁游，禁之，不可。桓公立，乃老。’”

《春秋经·隐公四年》曰：“四年春王二月，戊申，卫州吁弑其君完。九月，卫人杀州吁于濮。冬十有二月，卫人立晋。”

《左传·隐公四年》曰：“四年春，卫州吁弑桓公而立。公与宋公为会，将寻宿之盟。未及期，卫人来告乱。夏，公及宋公遇于清。宋殇公之即位也，公子冯出奔郑，郑人欲纳之。及卫州吁立，将修先君之怨于郑，而求宠于诸侯以和其民，使告于宋曰：‘君若伐郑以除君害，君为主，敝邑以赋与陈、蔡从，则卫国之愿也。’宋人许之。于是，陈、蔡方睦于卫，故宋公、陈侯、蔡人、卫人伐郑，围其东门，五日而还。公问于众仲曰：‘卫州吁其成乎？’对曰：‘臣闻以德和民，不闻以乱。以乱，犹治丝而棼之也。夫州吁，阻兵而安忍。阻兵无众，安忍无亲，众叛亲离，难以济矣。夫兵犹火也，弗戢（jí音级），将自焚也。夫州吁弑其君而虐用其民，于是乎不务令德，而欲以乱成，必不免矣。’秋，诸侯复伐郑。宋公使来乞师，公辞之。羽父请以师会之，公弗许，固请而行。故书曰‘翚帅师’，疾之也。诸侯之师败郑徒兵，取其禾而还。州吁未能和其民，厚问定君于石子。石子曰：‘王觐为可。’曰：‘何以得觐？’曰：‘陈桓公方有宠于王，陈、卫方睦，若朝陈使请，必可得也。’厚从州吁如陈。石碏使告于陈曰：‘卫国褊小，老夫耄矣，无能为也。此二人者，实弑寡君，敢即图之。’陈人执之而请莅于卫。九月，卫人使右宰丑莅杀州吁于濮，石碏使其宰獳羊肩莅杀石厚于陈。君子曰：‘石碏，纯臣也，恶州吁而厚与焉。大义灭亲，其是之谓乎！’卫人逆公子晋于邢。冬十二月，宣公即位。书曰‘卫人立晋’，众也。”

州吁，卫庄公之子，卫桓公同父异母弟，桓公十六年（公元前719年），州吁借桓公赴周吊贺之机，与石厚合谋，在朝歌西门外设饯，弑杀桓公取而代之。州吁弑兄而立，又穷兵黩武，因此卫人都不爱戴他。于是州吁让石厚请教他的父亲石碏安定君位之策。石碏早想除掉二人，于是将计就计，让二人赴陈求桓公朝觐周天子以定其位。遂与陈国联手，拘留二人，由卫使右宰诛州吁于濮，又使家宰獳羊肩杀掉自己的亲生儿子石厚，为卫国除掉两害。众大夫立桓公弟晋为君，是为宣公。

燕燕

燕燕于飞，差池其羽；一
之子于归，远送于野；二

瞻望弗及，泣涕如雨。[三]
燕燕于飞，颉之颃之；[四]
之子于归，远于将之；[五]
瞻望弗及，伫立以泣。[六]
燕燕于飞，下上其音；[七]
之子于归，远送于南；[八]
瞻望弗及，实劳我心。
仲氏任只，其心塞渊；[九]
终温且惠，淑慎其身；[十]
先君之思，以勖寡人。[十一]

【注释】

一、燕：鸟名。《毛诗故训传》曰："燕燕，鳦（yǐ音乙）也。燕之于飞，必差池其羽。"差池：不齐的样子。《毛诗故训传笺》云："差池其羽，谓张舒其尾翼，兴戴妫将归，顾视其衣服。"朱熹《诗集传》曰："差池，不齐之貌。"姚际恒《诗经通论》曰："燕尾双歧如剪，故曰差池。"

二、之子于归：归，多指女子出嫁，但此处当指送别，即大归。《毛诗故训传》曰："之子，去者也。归，归宗也。远送过礼。于，於也。郊外曰野。"《毛诗故训传笺》云："妇人之礼，送迎不出门。今我送是子，乃至于野者，舒己愤，尽己情。"朱熹《诗集传》曰："之子，指戴妫也。归，大归也。庄姜无子，以陈女戴妫之子完为己子。庄公卒，完即位，嬖人之子州吁弑之，故戴妫大归于陈，而庄姜送之，作此诗也。"

三、瞻：瞻望，远望。《毛诗故训传》曰："瞻，视也。"

四、颉（xié音鞋）：往上飞。颃（háng音杭）：往下飞。《毛诗故训传》曰："飞而上曰颉，飞而下曰颃。"《毛诗故训传笺》曰："颉颃，兴戴妫将归，出入前却。”

五、将：送。《毛诗故训传》曰：“将，行也。”《毛诗故训传笺》云：“将亦送也。”《诗集传》曰：“将，送也。”

六、伫立：久立。《毛诗故训传》曰：“伫立，久立也。”

七、下上其音：飞上飞下地叫着。《毛诗故训传》曰：“飞而上曰上音，飞而下曰下音。”《毛诗故训传笺》曰：“下上其音，兴戴妫将归，言语感激，声有小大。”

八、南：指南郊。

九、仲氏：指戴妫，《毛诗故训传》曰：“仲，戴妫字也。”褚斌杰《诗经全注》曰：“仲氏，古代以孟、仲、季，称排行的大、中、小。诗中出嫁的是作者的女弟，即妹妹，故称之为仲氏。”任：可信任的。《毛诗故训传》曰：“任，大。”《毛诗故训传笺》曰：“任者，以恩相亲信也。”《周礼》：“六行：孝、友、睦、姻、任、恤。”《诗集传》曰：“以恩相信曰任。”塞：实。《毛诗故训传》曰：“塞，瘗（yì音义）。”渊：深。《毛诗故训传》曰：“渊，深也。”

十、温：温和。《毛诗故训传笺》云：“温，谓颜色和也。”惠：慈惠。《毛诗故训传》曰：“惠，顺也。”淑：贤淑。《毛诗故训传》曰：“淑，善也。”慎：谨慎。

十一、勖：勉励。《毛诗故训传》曰：“勖，勉也。”《毛诗故训传笺》云：“戴妫思先君庄公之故，故将归犹劝勉寡人以礼义。寡人，庄姜自谓也。”朱熹《诗集传》曰：“先君，谓庄公也。寡人，寡德之人，庄姜自称也。言戴妫之贤如此，又以先君之思勉我，使我常念之，而不失其守也。杨氏曰：州吁之暴，桓公之死，戴妫之去，皆夫人失位，不见答于先君所致也。而戴妫犹以先君之思勉其夫人，真可谓温且惠矣。”

【解题】

这是庄姜送别之作。《诗序》曰：“《燕燕》，卫庄姜送归妾也。”《毛诗故训传笺》曰：“庄姜无子，陈女戴妫生子名完，庄姜以为己子。庄公薨，完立，而州吁杀之。戴妫于是大归，庄姜远送之于野，作诗见己志。”

孔颖达《毛诗正义》曰：“作《燕燕》诗者，言卫庄姜送归妾也。谓戴妫大归，庄姜送之。经所陈，皆诀别之后，述其送之之事也。”

方玉润《诗经原始》曰：“前三章不过送别情景，末章乃追念其贤，愈觉难舍。且以先君相勖，而竟不能长相保，尤可为悲。语意沉痛，不忍卒读。”

今人也有认为此诗为送嫁之诗。褚斌杰《诗经全注》曰：“诗以双燕飞飞，留恋不舍，表示依依惜别之情；又写伫足观望，临别挥泪，赠言嘱托，一片挚情。这是我国诗史上最早的送别诗，对后世很有影响。”

日月

日居月诸，照临下土；[一]
乃如之人兮，逝不古处；[二]
胡能有定？宁不我顾。[三]
日居月诸，下土是冒；[四]
乃如之人兮，逝不相好；[五]
胡能有定？宁不我报。[六]
日居月诸，出自东方；
乃如之人兮，德音无良；[七]
胡能有定？俾也可忘。[八]

日居月诸，东方自出；
父兮母兮，畜我不卒；九
胡能有定？报我不述。十

【注释】

一、照：《说文》曰：“照，明也。”临：《说文》曰：“临，监临也。”《毛诗故训传》曰：“日乎月乎，照临之也。”《毛诗故训传笺》曰：“日月喻国君与夫人也，当同德齐意以治国者，常道也。”一说为呼告日月来诉苦。朱熹《诗集传》曰：“赋也。日居月诸，呼而诉之也。”

二、乃：竟。褚斌杰《诗经全注》说“乃”如犹“若夫”，为语前提示词。之人：这个人。《毛诗故训传笺》曰：“之人，是人也，谓庄公也。”逝：及。《毛诗故训传》曰：“逝，逮。”一说为发语词，朱熹《诗集传》曰：“逝，发语辞。”王先谦《诗三家义集疏》曰：“逝训往，又训曲折，当是曲折徐往之义。逝之为往，犹渐之为进也。”程俊英等《诗经注析》曰：“逝，及。逝不，倒文，即不逝，指不能及时。一说逝为句首助词，无义，亦通。”古处：“古”同“故”，“古处”即“处故”，即和过去一样。《毛诗故训传》曰：“古，故也。”《毛诗故训传笺》曰：“其所以接及我者，不以故处，甚违其初时。”朱熹《诗集传》曰：“古处，未详。或云，以古道相处也。”陈奂《诗毛氏传疏》曰：“古处，犹言旧所耳。”以“处”为处所，似不如以“处”为动词妥帖。孔颖达《毛诗正义》曰：“言日乎，日以照昼，月乎，月以照夜，故得同曜齐明，而照临下土。以兴国君也，夫人也，国君视外治，夫人视内政，当亦同德齐意以治理国事，如此是其常道。今乃如是人庄公，其所接及我夫人，不以古时恩意处遇之，是不与之同德齐意，失月配日之义也。公于夫妇尚不得所，于众事亦何能有所定乎？适曾不顾念我之言而已，无能有所定也。”又曰：“此本伤君不答于己，言夫妇之道尚如是，于众事何能有所定乎！然则庄公是不能定事之人，郑引不能定事之验，谓庄公不能定完者，隐三年《左传》曰：‘公子州吁有宠而好兵，公不禁。’石碏谏曰：‘将立州吁，乃定之矣。若犹未也，阶之为祸。’是公有欲立州吁之意，故杜预云：‘完虽为庄姜子，然太子之位未定’。是完不为太子也。《左传》唯言庄姜以为己子，不言为太子，而《世家》云‘命夫人齐女子之，立为太子’，非也。”

三、胡：何。《毛诗故训传》曰：“胡，何。”定：《毛诗故训传》曰：“定，止也。”马瑞辰《毛诗传笺通释》曰：“君之行如是，何能有所定乎？曾不顾念我之言，是其所以不能定完也。”一说为“何”。朱熹《诗集传》曰：“胡、宁，皆何也。”马瑞辰《毛诗传笺通释》曰：“《说文》曰：定，安也。从宀，正声。安与止同义。《说文》曰：‘正，是也。从一以（原本作“吕”，音yǐ）止。’故定训止。又训为正。……夫妇有定分，嫡妾有定位，皆正也。”袁梅《诗经译注》曰：“有定，有止境，有定则。”宁，乃。《毛诗故训传笺》云：“宁犹曾也。”马瑞辰《毛诗传笺通释》曰：“宁、乃一声之传，乃古音读仍，宁犹乃也。《诗》中宁字义多为乃，此诗宁不我顾犹云乃不我顾也，宁不我报犹云乃不我报也。”顾：顾念。《毛诗故训传笺》曰：“君之行如是，何能有所定乎？曾不顾念我之言，是其所以不能定完也。”王先谦《诗三家义集疏》曰：“《说文》曰：‘顾，还视也。’引申为回念之义，故《毛诗故训传笺》云：‘顾，念也。’”

四、冒：覆盖《毛诗故训传》曰：“冒，覆。”《毛诗故训传笺》云：“覆犹照临也。”《说文》曰：“冒，蒙而前也。从冃、从目。”

五、相好：相爱。《毛诗故训传》曰：“不及我以相好。”《毛诗故训传笺》云：“其所以接及我者，不以相好之恩情，甚于己薄也。”

六、报：报答。《毛诗故训传》曰：“尽妇道而不得报。”朱熹《诗集传》曰：“报，答也。”程俊英等《诗经注析》曰：“报，答。古代称夫不理妻为不见答。不我报即不见答的意思。”孔颖达《毛诗正义》曰：“言日乎月乎，日之始照，月之盛望，皆出东方。言月盛之时，有与日同，以兴国君也，夫人也，国君之平常，夫人之隆盛，皆秉其国事。夫人之盛时，亦当与君同，如此是其常。今乃如之人庄公，曾无良善之德音以处语夫人，是疏远己，不与之同位，失月配日之义。君之行如是，何能有所定！使是无良之行可忘也。”又曰：“日月虽分照昼夜，而日恒明，月则有盈有阙，不常盛，盛则与日皆出东方。犹君与夫人，虽各听内外，而君恒伸，夫人有屈有伸，伸则与君同居尊位，故《笺》云夫人当盛之时，与君同位。”

七、德音：说话好听。《毛诗故训传》曰：“音，声。”朱熹《诗集传》曰：“德音，美其辞。”陈奂《诗毛氏传疏》曰：“德音，犹善闻令名也。二字连读得义。德之闻于声者为德音。”王先谦《诗三家义集疏》曰：“德音，以使名言，卑奉尊命谓之‘德音’，若后世称‘恩命’矣。”良：善。《毛诗故训传》曰：“良，善也。”朱熹《诗集传》曰：“无良，丑其实也。”陈奂《诗毛氏传疏》曰：“德音无良，言有德我之声，而实无善我之意，故云然。”

八、俾也可忘：使人可以忘记。《毛诗故训传笺》云：“俾，使也。君之行如此，何能有所定，使是无良可忘也。”朱熹《诗集传》曰：“言何独使我为可忘者邪。”王先谦《诗三家义集疏》曰：“忘，不识也。奉使如齐是德音，阴使盗杀则无良矣，然于义当往，胡能止之，使忘君命乎。末二语当连读为一句。”黄焯《毛诗郑笺平议》曰：“《笺》以‘可忘’作忘无良解。胡氏《后笺》云：‘诗意言何时能定，而使我可忘其忧，即《绿衣》‘心之忧矣，曷维其亡’之意，《笺》云：‘亡之言忘也。’不必云忘其无良也。”

九、父兮母兮：父啊母啊，即呼告父母。《毛诗故训传笺》曰：“父兮母兮者，言己尊之如父，又亲之如母，乃反养遇我不终也。”朱熹《诗集传》曰：“盖忧患疾痛之极，必呼父母，人之至情也。”王先谦《诗三家义集疏》曰：“此语释之夫妇，既觉不伦，而己不见答于公，又无追怨父母之理，义至难通，故疏家皆未及之。”黄焯《毛诗郑笺平议》曰：“《笺》以‘父兮母兮’谓尊亲庄公如父母，取与《序》‘伤己不见答于先君’句相应，然终属牵强。《诗本义》云：‘畜我不卒者，谓父母不能畜养我终身，而嫁我于卫，使至困窘也。女无不嫁，其曰畜我不卒者，困窘之人尤怨之辞也。’焯谓欧说较《笺》义为长。盖妇人哀怨之辞，往往如此尔。”畜：养。《毛诗故训传笺》曰：“畜，养。”卒：终。《毛诗故训传笺》曰：“卒，终也。”马瑞辰《毛诗传笺通释》曰：“‘畜我不卒’谓好我不终，即前两章所云‘逝不古处’‘逝不相好’也。《笺》训畜为养，失之。”程俊英等《诗经注析》曰：“不卒，指丈夫爱我不终（用闻一多说）。也有人认为是指父母养我之不终，即《正月》‘父母生我，胡俾我愈’之意。似不如前说。”

十、述：叙述。《毛诗故训传》曰：“述，循也。”《毛诗故训传笺》云：“不循，不循礼也。”朱熹《诗集传》曰：“述，循也。言不循义理也。”又陈奂《诗毛氏传疏》曰：“案此《经》《传》疑皆有误。《尔雅·释训》‘不遹（yù音玉），不迹，不彻，不道也。’”马瑞辰《毛诗传笺通释》曰：“《尔雅》释《诗》皆《经》字在上，古本‘不述’通作‘不遹’，故《尔雅》释之。或谓《尔雅》以‘不遹’释‘不迹’，失之。陈氏硕甫及王尚书皆云：‘不遹’‘不迹’‘不彻’皆见《诗》，故《尔雅》统释之曰‘不道也’。今本《尔雅》‘不遹，不迹也’，衍一也字，遂失其指。’然《尔雅·释训》皆依诗各句为释，未有连三句而统释之者。‘不迹’之义同于‘不道’，固不嫌各为释耳。”袁梅《诗经译注》曰：“述：循着情理做事。”程俊英等《诗经注析》曰：“又方玉润释述为‘称述’，意为他对待我的一切，我都不想再去说它了。恐非诗的原意。”

【解题】

这是卫姜自伤之诗。该诗说结婚之初，丈夫本来对她不错，但是，后来对她冷淡，使她难以忍受。《诗序》曰：“《日月》，卫庄姜伤己也。遭州吁之难，伤己不见答于先君，以至困穷之诗也。”

庄姜是齐国公主，因嫁给卫庄公，人称庄姜。最早出现在《诗经》里的一位美人，是《卫风·硕人》所歌咏的女主人公：“手如柔荑，肤如凝脂，领如蝤蛴，齿如瓠犀，螓首蛾眉。巧笑倩兮，美目盼兮。”但由于婚后无子，遭到冷落，卫庄公后来娶了陈国之女厉妫，再娶了厉妫的妹妹戴妫，对庄姜非常冷漠，因此庄姜自伤嗟叹。

终风

终风且暴，顾我则笑；一
谑浪笑敖，中心是悼。二
终风且霾，惠然肯来；三
莫往莫来，悠悠我思。四
终风且曀，不日有曀；五
寤言不寐，愿言则嚏。六
曀曀其阴，虺虺其雷；七
寤言不寐，愿言则怀。八

【注释】

一、终：既。《毛诗故训传》曰：“终日风为终风。暴，疾也。”王引之《经义述闻》曰：“终，犹既也。”终风且暴：既风且暴。暴：迅疾。《尔雅》曰：“日出而风曰暴。”《说文》引《诗》作“瀑”，云：“瀑，疾雨也。”顾野王《玉篇》云：“瀑，疾风也。”

二、谑（xuè音穴）浪笑敖：《毛诗故训传》曰：“言戏谑不敬。”孔颖达《毛诗正义》曰：“《释诂》云：‘谑浪笑敖，戏谑也。’舍人曰：‘谑，戏谑也。’浪，意明也。笑，心乐也。敖，意舒也。戏笑，邪戏也。谑，笑之貌也。郭璞曰：‘谓调戏也。’此连云笑敖，故为不敬。”

三、霾（mái音埋）：阴雨昏暗。《毛诗故训传》曰：“霾，雨土也。”孔颖达《毛诗正义》曰：“《释天》云：‘风而雨土为霾。’孙炎曰：‘大风扬尘土从上下也。’”惠然：顺从的样子。朱熹《诗集传》曰：“惠，顺也。”肯：可。《毛诗故训传》曰：“言时有顺心也。”《毛诗故训传笺》云：“肯，可也。有顺心然后可以来至我旁，不欲见其戏谑。”

四、莫：不。悠悠：思念绵长的样子。《毛诗故训传》曰：“人无子道以来事己，己亦不得以母道往加之。”《毛诗故训传笺》云：“我思其如是，心悠悠然。”

五、曀（yì音义）：阴云遮空。《毛诗故训传》曰：“阴而风曰曀。”《毛诗故训传笺》云：“有，又也。既竟日风，且复曀不见日矣。而又曀者，喻州吁闇乱甚也。”

六、寤：醒着。言：助词。《毛诗故训传笺》云：“言，我也。”马瑞辰《毛诗传笺通释》曰：“据《考槃》诗独寐寤言，《传》云：在涧独寐，觉而有言，则此言寤言不寐亦当训为觉而有言。下文愿言则嚏、愿言则怀，言并当为言语之言，皆谓欲有所言则止。《笺》并训言为我，失之。王尚书训言为语词，亦非。”不寐：不睡觉。愿：思念。嚏（tì音替）：打喷嚏。《毛诗故训传》曰：“嚏，跲也。”《毛诗故训传笺》云：“嚏当为不敢嚏咳之嚏。我其忧悼而不能寐，汝思我心如是，我则嚏也。今俗人嚏，云：‘人道我’，此古之遗语也。”

七、虺虺（huǐ音悔）：雷声。《毛诗故训传》曰：“暴若震雷之声虺虺然。”

八、怀：感伤。《毛诗故训传》曰：“怀，伤也。”《毛诗故训传笺》云：“怀，安也。”一说为停止。马瑞辰《毛诗传笺通释》曰：“《尔雅》曰：‘怀，止也。’愿言则怀训为止，正与愿言则嚏训跲同义。”

【解题】

这首诗是庄姜自伤之作，体现自己遭遇戏弄，心存懊恼却又不能忘怀。《诗序》曰："《终风》，卫庄姜伤己也。遭州吁之暴，见侮慢而不能正也。"此诗说狂风暴雨都在嘲笑，庄姜希望丈夫能来看她，在阴天雨天不能入睡，希望丈夫能怀念她，愿丈夫打喷嚏能知道她的心思。

孔颖达《毛诗正义》曰："暴与难，一也。遭困穷是厄难之事，故上篇言难。见侮慢是暴戾之事，故此篇言暴。此经皆是暴戾见侮慢之事。"

击鼓

击鼓其镗，踊跃用兵。一
土国城漕，我独南行。二
从孙子仲，平陈与宋。三
不我以归，忧心有忡！四
爰居爰处？爰丧其马？五
于以求之？于林之下。六
死生契阔，与子成说。七
执子之手，与子偕老。八
于嗟阔兮，不我活兮！九
于嗟洵兮，不我信兮！十

【注释】

一、镗（tāng音汤）：击鼓声。《毛诗故训传》曰："镗然，击鼓声也，使众皆踊跃用兵也。”踊跃：跳跃。朱熹《诗集传》曰：“坐作击刺之状也。”王先谦《诗三家义集疏》曰：“用兵时绝地奋迅之状。”兵：兵器。《说文》曰：“兵，械也。”朱熹《诗集传》曰：“兵，谓戈戟之属。”

二、土：做土工，指挖沟筑墙之类。朱熹《诗集传》曰：“土：土功也。”城：筑城。漕：邑名，在今河南滑县境内。

三、孙子仲：率卫国军队南征的统帅。平：平息纠纷，使之和好。朱熹《诗集传》曰：“平，和也。合二国之好也。”

四、以：通“与”。不我以归，就是不与我归，不允许我回国。《毛诗故训传笺》曰：“与我南征，不我与归期。”有忡（chōng音充）：即忡忡，忧愁的样子。《毛诗故训传》曰：“忧心忡忡然。”

五、爰：乃，于是。居：居住。处：停留。丧：丢失。《说文》曰：“丧，亡也。”

六、求：寻找。

七、契阔：相隔遥远。《毛诗故训传》曰：“勤苦也。”朱熹《诗集传》曰：“契阔：隔远之意。”王先谦《诗三家义集疏》曰：“韩说曰：‘契阔：约束也。’”成说：约誓。《毛诗故训传》曰：“说，数也。”朱熹《诗集传》曰：“成说：谓成其约誓之言。”王先谦《诗三家义集疏》曰：“成说，犹成言，谓与之定约相存救也。”

八、子：指战友。偕：一起。《毛诗故训传》曰：“俱也。”孔颖达《毛诗正义》曰：“于是执子之手，殷勤约誓，庶几与子俱得保命以至于老，不在军阵而死。”

九、于嗟：吁嗟，叹词。阔：疏远，遥远。《说文》曰：阔，疏也。朱熹《诗集传》曰：“阔：契阔也。”活：生。《毛诗故训传》曰：“不与我生活兮。”

十、洵：久远，遥远。《毛诗故训传》曰：“洵，远也。”朱熹《诗集传》曰："洵，信也。"王先谦《诗三家义集疏》曰："'鲁''韩''洵''作''敻'，云：敻，远也。"信：信守，指使我不得信守诺言。《毛诗故训传》曰："信，极也。"朱熹《诗集传》曰："信，与申同。"

【解题】

这首诗体现了卫国人民仇恨州吁、反对战争的决心。《诗序》曰："《击鼓》，怨州吁也。卫州吁用兵暴乱，使公孙文仲将而平陈与宋，国人怨其勇而无礼也。"《毛诗故训传笺》曰："将者，将兵以伐郑也。平，成也。将伐郑，先告陈与宋，以成其伐事。《春秋传》曰：宋殇公之即位也，公子冯出奔郑。郑人欲纳之。及卫州吁立，将修先君之怨于郑，而求宠于诸侯，以和其民。使告于宋曰：'君若伐郑，以除君害，君为主，敝邑以赋与陈、蔡从，则卫国之愿也。'宋人许之。于是陈、蔡方睦于卫，故宋公、陈侯、蔡人、卫人伐郑。是也。伐郑在鲁隐四年。"

孔颖达《毛诗正义》曰："作《击鼓》诗者，怨州吁也。由卫州吁用兵暴乱，乃使其大夫公孙文仲为将，而兴兵伐郑，又欲成其伐事，先告陈及宋与之俱行，故国人怨其勇而无礼。怨与刺皆自下怨上之辞。怨者，情所恚恨，刺者，责其愆咎，大同小异耳，故《论语》注云：'怨谓刺上政。'《谱》云'刺怨相寻'是也。言用兵暴乱者，阻兵而安忍，暴虐而祸乱也。古者谓战器为兵，《左传》曰：'郑伯朝于楚，楚子赐之金，曰：无以铸兵。'兵者人所执，因号人亦曰兵。《左传》曰'败郑徒兵'，此《笺》云'将者将兵'是也。然则此《序》云'用兵'者，谓用人兵也。《经》云'踊跃用兵'，谓兵器也。国人怨其勇而无礼，经五章皆陈兵役之怨辞。"又曰："知将兵伐郑者，州吁以隐四年春弑君，至九月被杀，其中唯夏秋再有伐郑之事，此言州吁用兵暴乱，是伐郑可知。时无伐陈、宋之事，而经、序云'平陈与宋'，《传》有告宋使除君害之事，陈侯又从之伐郑，故训平为成也。告陈与宋，成其伐事也。《春秋》曰，以下皆隐四年《左传》文也，引之以证州吁有伐郑先告陈之事也。末言在鲁隐四年者，以州吁之立，不终此年，唯有此伐郑之事，上直引《传》曰，‘其年不明’，故又详之也。宋殇公之即位，公子冯所以出奔郑者。殇公，宋穆公之兄子，公子冯则其子也。穆公致位于殇公，使冯避之，出居于郑也。郑人欲纳之，欲纳于宋以为君也。先君之怨，服、杜皆云‘隐二年郑人伐卫’是也。《谱》依《世家》，以桓公为平王三十七年即位，则郑以先君为桓公矣。服虔云庄公，非也。言求宠于诸侯者，杜预云‘诸侯虽篡弑而立，既列于会，则不得复讨’，欲求此宠也。言以除君害者，服虔云公子冯将为君之害。言以赋与陈、蔡从者，服虔云：赋，兵也。以田赋出兵，故谓之赋。正谓以兵从也。《传》又说卫州吁欲和其民，宋殇公欲除其害，故二国伐郑。所以陈、蔡亦从者，是时陈、蔡方亲睦于卫，故宋公、陈侯、蔡人、卫人伐郑。《春秋》之例，首兵者为主。今伐郑之谋，则吁为首，所以卫人叙于陈、蔡之下者，服虔云‘卫使宋为主，使大夫将，故叙卫于陈、蔡下’。《传》唯云告宋使为主，此《笺》先言告陈与宋者，以陈亦从之卫告可知。但《传》见使宋为主，故不言告陈之事。此言平陈与宋，故《笺》兼言告陈也。”

凯风

凯风自南，吹彼棘心。一
棘心夭夭，母氏劬劳。二
凯风自南，吹彼棘薪。三
母氏圣善，我无令人。四
爰有寒泉，在浚之下。五
有子七人，母氏劳苦。六

睍睆黄鸟，载好其音。[七]

有子七人，莫慰母心。[八]

【注释】

一、凯风：即南风。《毛诗故训传》曰："南风谓之凯风。"《毛诗故训传笺》云："以凯风喻宽仁之母。"朱熹《诗集传》曰："南风，谓之凯风，长养万物者也。"棘：树名。心：一说为树的嫩芽，褚斌杰《诗经全注》曰："棘：酸枣树。心：树的纤细幼芽。"一说为尖刺，马瑞辰《毛诗传笺通释》曰："枣棘初生皆先见尖刺，尖刺即心，心即纤小之义，故难长养。"《毛诗故训传》曰："乐夏之长养，棘难长养者。"《毛诗故训传笺》云："棘犹七子也。"朱熹《诗集传》曰："棘，小木。丛生多刺，难长，而心又其稚弱，而未成者也。"王先谦《诗三家义集疏》曰："凯风喻母，棘子自喻，丛生心赤，兴众子赤心奉母。"

二、夭夭：少壮的样子。《毛诗故训传》曰："夭夭，盛貌。"朱熹《诗集传》曰："夭夭，少好貌。"褚斌杰《诗经全注》曰："夭夭：鲜嫩茁壮的样子。这里用和煦南风的吹拂，小枣树的萌长，比喻慈母对儿女的抚育。"劬（qú音渠）劳：辛苦操劳。《毛诗故训传》曰："劬劳，病苦也。"《毛诗故训传笺》云："夭夭以喻七子少长，母养之病苦也。"王先谦《诗三家义集疏》曰："人烦劳频数则疲劳。"马瑞辰《毛诗传笺通释》曰："劬乃趋字之同音假借。走顾则劳，劳则病。"

三、棘薪：枣树长大。《毛诗故训传》曰："棘薪，其成就者。"王先谦《诗三家义集疏》曰："棘薪，谓棘长大可为薪。"

四、圣善：神圣善良。《毛诗故训传》曰："圣，睿也。"王先谦《诗三家义集疏》曰："圣善，言通于事理，有美德也。"令：美好的。《毛诗故训传》曰："令，善也。"王先谦《诗三家义集疏》曰："我无令人，反己自责也。"朱熹《诗集传》曰："棘可以为薪，则成矣。然非美材，故以兴子之壮大而无善也。复以圣善称其母，而自谓无令人。其自责也深矣。”

五、爰：何处。《毛诗故训传笺》曰：“爰，曰也。”寒泉：清冽的泉水。浚：卫国地名。《毛诗故训传》曰：“浚，卫邑也。在浚之下，言有益于浚。”《毛诗故训传笺》曰：“曰有寒泉者，在浚之下浸润之，使浚之民逸乐，以兴七子不能如也。”

六、劳苦：操劳辛苦。王先谦《诗三家义集疏》曰：“凡勤劳伤病厌恶，皆谓之苦，而苦之本义废。劳苦者，劳极则苦也。言虽七子无益于母，不如寒泉有益于人。”

七、睍睆（xiàn huǎn音现缓）：形容叫声宛转好听。《毛诗故训传》曰：“睍睆，好貌。”《毛诗故训传笺》云：“睍睆以兴颜色说也。”朱熹《诗集传》曰：“睍睆，清和圆转之意。”载：连词。王先谦《诗三家义集疏》曰：“载，词也。”褚斌杰《诗经全注》曰：“载：则，尚且有。”好音：悦耳动听的声音。《毛诗故训传笺》曰：“‘好其音’者，兴其辞令顺也，以言七子不能如也。”

八、慰：安慰。《毛诗故训传》曰：“慰，安也。”朱熹《诗集传》曰：“言黄鸟犹能好其音以悦人，而我七子独不能慰悦母心哉。”褚斌杰《诗经全注》曰：“这两句是用鸟有好音反比做儿女的却未能承欢慰悦母心。”

【解题】

这是一首赞扬孝子的诗。《诗序》曰：“《凯风》，美孝子也。卫之淫风流行，虽有七子之母，犹不能安其室，故美七子能尽其孝道以慰其母心，而成其志尔。”《毛诗故训传笺》曰：“不安其室，欲去嫁也。成其志者，成言孝子自责之意。”

孔颖达《毛诗正义》曰：“作《凯风》诗者，美孝子也。当时卫之淫风流行，虽有七子之母，犹不能安其夫室，而欲去嫁。故美七子能自尽其孝顺之道，以安慰其母之心，作此诗而成其孝子自责之志也。此与孝子之美，以恶母之欲嫁，故云‘虽有七子之母，犹不能安其室’，则无子者不能安室可知也。此叙其自责之由，《经》皆自责之辞。将欲自责，先说母之劳苦，故首章二章上二句皆言母氏之养己，以下自责耳。俗本作‘以成其志’，‘以’字误也。定本‘而成其志’。”又曰：“以《序》云不安其室，不言已嫁，则仍在室，但心不安耳，故知欲去嫁也。此母欲有嫁之志，孝子自责已无令人，不得安母之心；母遂不嫁，故美孝子能慰其母心也。以美其能慰母心，故知成其志者，成言孝子自责之意也。”

雄雉

雄雉于飞，泄泄其羽；一
我之怀矣，自诒伊阻。二
雄雉于飞，下上其音；三
展矣君子，实劳我心。四
瞻彼日月，悠悠我思；五
道之云远，曷云能来？六
百尔君子，不知德行；七
不忮不求，何用不臧？八

【注释】

一、雄雉（zhì音至）：雄山鸡。朱熹《诗集传》曰：“雉，野鸡，雄者有冠长尾，身有文采，善斗。”泄泄（yì音义）：缓缓飞翔的样子。《毛诗故训传》曰："雄雉见雌雉飞，而鼓其翼泄泄然。"《毛诗故训传笺》云："兴者，喻宣公整其衣服而起，奋讯其形貌，志在妇人而已，不恤国之政事。"朱熹《诗集传》曰："泄泄，飞之缓也。"一说为鼓翅舒畅的样子。程俊英等《诗经注析》曰："《左传》隐公元年'其乐也泄泄'，杜预注：'泄泄，舒散也。'"

二、怀：思念。朱熹《诗集传》曰："怀，思。"《毛诗故训传笺》云："怀，安也。"诒：遗留。《毛诗故训传》曰："诒，遗。"伊：语助词，无义。《毛诗故训传》曰："伊，维。"一说为是，《毛诗故训传笺》曰："'伊'当作'繄'，繄犹是也。"阻：阻隔。《毛诗故训传》曰："阻，难也。"朱熹《诗集传》曰："阻，隔也。"《毛诗故训传笺》曰："君之行如是，我安其朝而不去。今从军旅，久役不得归，此自遗以是患难。"朱熹《诗集传》曰："兴也。妇人以其君子从役于外，故言雄雉之飞，舒缓自得如此，而我之所思者，乃从役于外，而自遗阻隔也。"陈子展《诗经直解》曰："言初往之时，远行乃自取。"

三、下上其音：鸣叫着飞上飞下。《毛诗故训传笺》云："下上其音，兴宣公小大其声，怡悦妇人。"

四、展：诚实。《毛诗故训传》曰："展，诚也。"君子：这里指丈夫。《毛诗故训传笺》云："诚矣君子，诉于君子也。君之行如是，实使我心劳矣。君若不然，则我无军役之事。"实：挂念。朱熹《诗集传》曰："兴也。下上其音，言其飞鸣自得也。展，诚也。言诚又言实，所以甚言此君子之劳我心也。"陈子展《诗经直解》曰："言其去渐远，怀想之至。"

五、瞻：看。《毛诗故训传》曰："瞻，视也。"日月：日月更替。《毛诗故训传笺》云："日月之行，迭往迭来。今君子独久行役而不来，使我心悠悠然思之。女怨之辞。"

六、云：语助词。曷：何。《毛诗故训传笺》云："曷，何也。何时能来望之也。"朱熹《诗集传》曰："见日月之往来，而思其君子从役之久也。"

方玉润《诗经原始》曰："言难来之故。"

七、百尔：即凡尔，所有。《毛诗故训传笺》云："尔，女也。"德行：道德品行。《毛诗故训传笺》曰："女众君子，我不知人之德行何如者可谓为德行，而君或有所留，或有所遣，女怨之，故问此焉。"袁梅《诗经译注》说为"行德"，即做好事。

八、不忮（zhì音志）：不忌恨。《毛诗故训传》曰："忮，害。"王先谦《诗三家义集疏》曰："《论语·子罕篇》马注：害也。不疾害，不贪求，何用不为善也。案，很忮则害人，害是引申义。"马瑞辰《毛诗传笺通释》曰："不忮，谓不恨怒于他人也。"不求：不贪婪，不贪。臧（zāng音脏）：善。《毛诗故训传》曰："臧，善也。"王先谦《诗三家义集疏》曰："何用不臧，犹言无往而不利。"朱熹《诗集传》曰："言凡尔君子，岂不知德行乎？若能不忮害，又不贪求，则何所为而不善哉。忧其远行之犯患，冀其善处而得全也。"方玉润《诗经原始》曰："末期自勉，亦以共勖。"

【解题】

这是一首思念丈夫之诗。《诗序》曰："《雄雉》，刺卫宣公也。淫乱不恤国事，军旅数起，大夫久役，男女怨旷，国人患之而作是诗。"国史编辑此诗，以使周天子知卫宣公之无道，而导致卫国多旷男怨女。《毛诗故训传笺》曰："淫乱者，荒放于妻妾，烝（zhēng音征）于夷姜之等。国人久处军役之事，故男多旷，女多怨也。男旷而苦其事，女怨而望其君子。"

孔颖达《毛诗正义》曰："淫，谓色欲过度；乱，谓犯悖人伦，故言'荒放于妻妾'以解淫也，'烝于夷姜'以解乱也。《大司马职》曰：'外内乱，鸟兽行，则灭之。'注引《王霸记》曰：'悖人伦，外内无以异于禽兽。'然则宣公由上烝父妾，悖乱人伦，故谓之乱也。《君子偕老》《桑中》皆云'淫乱'者，谓宣公上烝夷姜，下纳宣姜，公子顽通于君母，故皆为乱也。《南山》刺襄公鸟兽之行，淫于其妹，不言乱者，言鸟兽之行，则乱可知。文势不可言乱于其妹，故言淫耳。若非其匹配，与疏远私通者，直谓之淫。故《泽陂》云‘灵公君臣淫于其国’，《株林》云‘淫于夏姬’，不言乱，是也。言荒放者，放恣情欲，荒废政事，故《鸡鸣》云‘荒淫怠慢’，《五子之歌》云‘内作色荒，外作禽荒’，是也。言烝者，服虔云‘上淫曰烝，’则烝，进也，自进上而与之淫也。《左传》曰：‘文姜如齐，齐侯通焉。’服虔云：‘傍淫曰通。’言傍者，非其妻妾，傍与之淫，上下通名也。《墙有茨》云‘公子顽通于君母’，《左传》曰‘孔悝之母与其竖浑良夫通’，皆上淫也。齐庄公通于崔杼之妻，蔡景侯为太子般娶于楚，通焉，皆下淫也。以此知通者总名，故服虔又云‘凡淫曰通’，是也。又宣公三年《毛诗故训传》曰：‘文公报郑子之妃。’服虔曰：‘郑子，文公叔父子仪也。报，复也，淫亲属之妻曰报’。《汉律》：‘淫季父之妻曰报。’则报与乱为类，亦鸟兽之行也。宣公纳伋之妻，亦是淫乱。《笺》于此不言者，是时宣公或未纳之也。故《匏有苦叶》讥‘雉鸣求其牡’，夫人为夷姜，则此亦为夷姜明矣。由国人久处军役之事，故男多旷，女多怨也。《序》直云‘男女怨旷’，知男旷女怨者，以《书传》云‘外无旷夫，内无怨女’，故谓男为旷，女为怨。旷，空也，谓空无室家，故苦其事。《书传》‘旷夫’谓未有室家者。此男虽有室家，久从军役，过时不归，与无不异，犹《何草不黄》云‘何人不矜’也。此相对，故为男旷女怨，散则通言也。故《采绿》刺怨旷，《经》无男子，则总谓妇人也。《大司徒》云：‘以阴礼教亲则民不怨。’怨者，男女俱兼，是其通也。此男女怨旷，不违于礼，故举以刺宣公。（卫宣公，姬姓，名晋，卫前庄公之子。前719年，石蜡平定州吁之乱后，率众人去邢国接公子晋回国即位。）《采绿》妇人不但忧思而已，乃欲从君子于外，非礼，故并刺妇人也。”

方玉润《诗经原始》曰：“期友不归，思而共勉。”陈子展《诗经直解》曰：“《雄雉》，妇人以其君子久役于外，有所思而作。”

匏有苦叶

匏有苦叶，济有深涉；一
深则厉，浅则揭。二
有瀰济盈，有鷕雉鸣；三
济盈不濡轨，雉鸣求其牡。四
雝雝鸣雁，旭日始旦；五
士如归妻，迨冰未泮。六
招招舟子，人涉卬否；七
人涉卬否，卬须我友。八

【注释】

一、匏（páo音咆）：植物名，葫芦。苦：同“枯”，干枯。一说为味道苦。《毛诗故训传》曰：“匏谓之瓠，瓠叶苦不可食也。”《毛诗故训传笺》云：“瓠叶苦而渡处深，谓八月之时，阴阳交会，始可以为昏礼、纳采、问名。”陆玑《毛诗草木鸟兽虫鱼疏》曰：“匏叶少时可为羹，又可淹煮，极美，故诗曰：‘幡幡（fān音翻）瓠叶，采之亨之’。今河南及扬州人恒食之。八月中，坚强不可食，故云苦叶。”朱熹《诗集传》曰：“匏之苦者，不可食，特可佩以渡水而已，然今尚有叶，则亦未可用之时也。”济：渡水。《毛诗故训传》曰：“济，渡也。”一说为济水。涉：淌水过河。《毛诗故训传》曰：“由膝以上为涉。”

二、厉：穿着衣服下水过河。《毛诗故训传》曰：“以衣涉水为厉，谓由带以上也。”揭：撩起衣服过河。《毛诗故训传》曰：“揭，褰衣也。遭时制宜，如遇水深则厉，浅则揭矣。男女之际，安可以无礼义？将无以自济也。”《毛诗故训传笺》云：“既以深涉记时，因以水深浅喻男女之才性贤与不肖及长幼也。各顺其人之宜，为之求妃耦。”

三、弥：大水。《毛诗故训传》曰："弥，深水也。深水，人之所难也。"盈：满。《毛诗故训传》曰："盈，满也。"《毛诗故训传笺》云："'有弥济盈'，谓过于厉，喻犯礼深也。"鷕（yǎo音咬）：《毛诗故训传》曰："鷕，雌雉声也。卫夫人有淫佚之志，授人以色，假人以辞，不顾礼义之难，至使宣公有淫昏之行。"

四、濡（rú音如）：淹湿。《毛诗故训传》曰："濡，渍也。"轨：车轴的两端。《毛诗故训传》曰："由辀以上为轨。违礼义，不由其道，犹雉鸣而求其牡矣。飞曰雌雄。走曰牝牡。"《毛诗故训传笺》云："渡深水者必濡其轨，言不濡者，喻夫人犯礼而不自知，雉鸣反求其牡，喻夫人所求非所求。"

五、雝雝：雁叫声。《毛诗故训传》曰："雝雝，雁声和也。纳采用雁。"《毛诗故训传笺》云："雁者随阳而处，似妇人从夫，故昏礼用焉。自纳采至请期用昕，亲迎用昏。"始旦：天刚亮。《毛诗故训传》曰："旭日始出，谓大昕之时。"朱熹《诗集传》曰："旭，日初出貌。"

六、归妻：即娶妻。《毛诗故训传笺》云："归妻，使之来归于己，谓请期也。"迨（dài音带）：及。《毛诗故训传》曰："迨，及。"泮（pàn音判）：散。《毛诗故训传》曰："泮，散也。"《毛诗故训传笺》曰："冰未散，正月中以前也，二月可以昏矣。"

七、招招：号召的样子。《毛诗故训传》曰："招招，号召之貌。"舟子：撑船的人。《毛诗故训传》曰："舟子，舟人，主济渡者。"《毛诗故训传笺》云："舟人之子，号召当渡者，犹媒人之会男女无夫家者，使之为妃匹。"卬（áng音昂）：我。《毛诗故训传》曰："卬，我也。"《毛诗故训传笺》曰："人皆从之而渡，我独否。"

八、须：等待。《毛诗故训传》曰："人皆涉，我友未至，我独待之而不涉。以言室家之道，非得所适，贞女不行；非得礼义，昏姻不成。"朱熹《诗集传》曰："舟人招人以渡，人皆从之，而我独否者，待我友之招，而后从之也，以比男女必待其配耦，而相从，而刺此人之不然也。"

【解题】

此诗写女子急切求嫁之情。《诗序》曰：“《匏有苦叶》，刺卫宣公也。公与夫人并为淫乱。”《毛诗故训传笺》曰：“夫人，谓夷姜。”

孔颖达《毛诗正义》曰：“并为淫乱，亦应刺夫人，独言宣公者，以诗者主为规谏君，故举君言之，其实亦刺夫人也。故经首章、三章责公不依礼以娶，二章、卒章责夫人犯礼求公，是并刺之。”又曰：“知非宣姜者，以宣姜本适伋子，但为公所要，故有鱼网离鸿之刺。此责夫人，云‘雉鸣求其牡’，非宣姜之所为，明是夷姜求宣公，故云并为淫乱。”案：此诗应是女子感于卫宣公之淫乱，而欲早嫁，以免发生如宣公烝夷姜、抢劫宣姜、昭伯烝于宣姜一般不伦之事。则郑玄、孔颖达之说，未必是《诗序》本意。

《左传·桓公十六年》曰：“初，卫宣公烝于夷姜，生急子，属诸右公子。为之娶于齐，而美，公取之，生寿及朔，属寿于左公子。夷姜缢。宣姜与公子朔构急子。公使诸齐，使盗待诸莘，将杀之。寿子告之，使行。不可，曰：‘弃父之命，恶用子矣！有无父之国则可也。’及行，饮以酒，寿子载其旌以先，盗杀之。急子至，曰：‘我之求也。此何罪？请杀我乎！’又杀之。二公子故怨惠公。”

《左传·闵公二年》曰：“初，惠公之即位也少，齐人使昭伯烝于宣姜，不可，强之。生齐子、戴公、文公、宋桓夫人、许穆夫人。”

《史记·卫康叔世家》曰：“初，宣公爱夫人夷姜，夷姜生子伋，以为太子，而令右公子傅之。右公子为太子取齐女，未入室，而宣公见所欲为太子妇者好，说而自取之，更为太子取他女。宣公得齐女，生子寿、子朔，令左公子傅之。太子伋母死，宣公正夫人与朔共谗恶太子伋。宣公自以其夺太子妻也，心恶太子，欲废之。及闻其恶，大怒，乃使太子伋于齐而令盗遮界上杀之，与太子白旄，而告界盗见持白旄者杀之。且行，子朔之兄寿，太子异母弟也，知朔之恶太子而君欲杀之，乃谓太子曰：‘界盗见太子白旄，即杀太子，太子可毋行。’太子曰：‘逆父命求生，不可。’遂行。寿见太子不止，乃盗其白旄而先驰至界。界盗见其验，即杀之。寿已死，而太子伋又至，谓盗曰：‘所当杀乃我也。’盗并杀太子伋，以报宣公。宣公乃以子朔为太子。十九年，宣公卒，太子朔立，是为惠公。左右公子不平朔之立也，惠公四年，左右公子怨惠公之谗杀前太子伋而代立，乃作乱，攻惠公，立太子伋之弟黔牟为君，惠公奔齐。卫君黔牟立八年，齐襄公率诸侯奉王命共伐卫，纳卫惠公，诛左右公子。卫君黔牟奔于周，惠公复立。惠公立三年出亡，亡八年复入，与前通年凡十三年矣。”

谷风

习习谷风，以阴以雨。一
黾勉同心，不宜有怒。二
采葑采菲，无以下体。三
德音莫违，及尔同死。四
行道迟迟，中心有违。五
不远伊迩，薄送我畿。六
谁谓荼苦？其甘如荠。七
宴尔新昏，如兄如弟。八
泾以渭浊，湜湜其沚。九
宴尔新昏，不我屑以。十
毋逝我梁，毋发我笱。十一
我躬不阅，遑恤我后。十二
就其深矣，方之舟之。
就其浅矣，泳之游之。十三

何有何亡，黾勉求之。[十四]
凡民有丧，匍匐救之。[十五]
不我能慉，反以我为仇。[十六]
既阻我德，贾用不售。[十七]
昔育恐育鞠，及尔颠覆。[十八]
既生既育，比予于毒。[十九]
我有旨蓄，亦以御冬。
宴尔新昏，以我御穷。[二十]
有洸有溃，既诒我肄。[二十一]
不念昔者，伊余来塈！[二十二]

【注释】

一、习习：轻缓貌。《毛诗故训传》曰："兴也。习习，和舒貌。东风谓之谷风。阴阳和而谷风至，夫妇和则室家成，室家成而继嗣生。"高亨《诗经今注》说习习，为大风声；谷风，山谷中的风。闻一多《诗经通义》曰："此以谷中大风喻夫之暴怒。"

二、黾（mǐn音敏）勉：勉力，《韩诗》《鲁诗》作密勿。

三、《毛诗故训传》曰："葑，须也。菲，芴（wù音勿）也。下体，根茎也。"葑（fēng音丰）：芜菁，一说菘菜。《尔雅·释草》曰："菲，芴也"，又云："菲，莨菜。"郭璞《尔雅注》以芴为土瓜，解莨菜云："菲草，生下湿地，似芜菁，华紫赤色，可食。"《毛诗故训传笺》曰："此二菜者，蔓菁与葍（fú音福）之类也，皆上下可食。然而其根有美时，有恶时，采之者不可以根恶时并弃其叶，喻夫妇以礼义合，颜色相亲，亦不可以颜色衰，弃其相与之礼。"孔颖达《毛诗正义》曰："《坊记》引此诗证君子不尽利于人，故注云'无以其根美则并取之'，与此异也。"体：《韩诗》作"礼"，下体即下礼，指违背礼仪。

四、德音：恩德之言。莫：无。违：违背。及尔同死：与你白头偕老。以上说：她努力兴家，丈夫不顾德行，弃他而去。孔颖达《毛诗正义》曰：“习习然和舒之谷风，以阴以雨而润泽行，百物生矣。以兴夫妇和而室家成，即继嗣生矣。言已黾勉然勉力思与君子同心，以为大妇之道不宜有谴怒故也。言采葑菲之菜者，无以下体根茎之恶，并弃其叶，以兴为室家之法，无以其妻颜色之衰，并弃其德。何者？夫妇之法，要道德之音无相违，即可与尔君子俱至于死，何必颜色斯须之有乎？我之君子，何故以颜色衰而弃我乎？”

五、《毛诗故训传》曰：“迟迟，舒行貌。违，离也。”《毛诗故训传笺》曰：“违，徘徊也。行于道路之人，至将于别，尚舒行，其心徘徊然，喻君子于已不能如也。”姚小鸥《诗经译注》说，行道即道路；迟迟：道路迂曲漫长的样子。一说违为恨，马瑞辰《毛诗传笺通释》曰：“《释文》：‘《韩诗》云：违，很也。’……盖以违为愇之（wěi古同韪）假借，故训为很，很亦恨也。”

六、《毛诗故训传》曰：“畿，门内也。”孔颖达《毛诗正义》曰：“以言畿者，期限之名。”《毛诗故训传笺》曰：“迩，近也。言君子与已诀别，不能远，维近耳，送我裁（同“才”）于门内，无恩之甚。”迩：《鲁诗》作“尔”。

七、荼：苦菜。荠：荠菜。《毛诗故训传笺》曰：“荼诚苦矣，而君子于已之苦毒又甚于荼，比方之，荼则甘如荠。”

八、《毛诗故训传》曰：“宴，安也。”陆德明《经典释文》曰：“宴，本又作燕。”朱熹《诗集传》说：“宴，乐也。”孔颖达《毛诗正义》曰：“君子苦已犹得新昏，故又言安爱汝之新昏，其恩如兄弟也。”以上说：妇人不忍离去，回想新婚之快乐。孔颖达《毛诗正义》曰：“毛以为，妇人既已被弃，追怨见薄，言相与行于道路之人，至将离别，尚迟迟舒行，心中犹有乖离之志，不忍即别，况已与君子犹是夫妇，今弃已诀别之时，送我不远，维近耳，薄送我于门内而已，是恩意不如行路之人也。又说遇己之苦，言人谁谓荼苦乎，以君子遇我之苦毒比之，荼即其甘如荠。君子苦己犹得新昏，故又言安爱汝之新昏，其恩如兄弟也。以夫妇坐图可否，有兄弟之道，故以兄弟言之。”

九、泾：泾水，在陕西中部，渭水支流。渭：渭水，源出甘肃，横贯陕西关中平原，入黄河。孔颖达《毛诗正义》曰：“《禹贡》云：‘泾属渭汭。注云：泾水、渭水发源皆几二千里，然而泾小渭大，属于渭而入于河。’又引《地理志》云：‘泾水出今安定泾阳西开头山，东南至京兆阳陵，行千六百里入渭。’即泾水入渭也。此以泾浊喻旧室，以渭清喻新昏，取相入而清浊异，似新旧相并而善恶别，故云‘泾渭相入’，不言渭水入泾也。”又曰：“妇人既言君子苦己，又本己见薄之由，言泾水以有渭水清，故见泾水浊，以兴旧室以有新昏美，故见旧室恶。”湜湜（shí音时）：水清见底，《毛诗故训传笺》说：“持正貌。”沚：水中小块陆地，《说文》引《诗》作“止”。《毛诗故训传笺》曰：“喻君子得新昏，故谓己恶也。己之持正守初如沚然，不动摇。”

十、《毛诗故训传笺》曰：“屑，洁也。”以：《毛诗故训传笺》曰：“以，用也。言君子不复洁用我当室家。”孔颖达《毛诗正义》曰：“洁者，饰也。谓不洁饰而用己也。”不我屑以：不屑以我，意即不值得听从我。《鲁诗》“以”亦作“已”。

十一、逝：去，往。梁：鱼梁，筑堤堰水，中留缺口以捕鱼。发：乱动。笱（gǒu音苟）：捕鱼器，鱼笼。《毛诗故训传笺》曰：“毋者，谕禁新昏也。女毋之我家，取我为室家之道。”阮元《十三经注疏》认为“毋”当作“无”。

十二、《毛诗故训传》曰：“阅，容也。”《毛诗故训传笺》曰：“躬，身。遑，暇。恤，忧也。我身尚不能自容，何暇忧我后所生子孙也。”三家《诗》“躬”作“今”，“遑”作“皇”。按此处何暇忧我后当指何暇忧我未来生活。此妇人“有所取无所归”，因此，不当去。以上说：丈夫新婚，不及想我未来生活。此说女子无所归，则不当去。孔颖达《毛诗正义》曰：“妇人既言君子苦己，又本己见薄之由，言泾水以有渭水清，故见泾水浊，以兴旧室以有新昏美，故见旧室恶。本泾水虽浊，未有彰见，由泾渭水相入而清浊异，言己颜色虽衰，未至丑恶，由新旧并而善恶别。新昏既驳己为恶，君子益憎恶于己。己虽为君子所恶，尚湜湜然持正守初，其状如沚然，不动摇，可用为室家矣。君子何为安乐汝之新昏，则不复洁饰用我，已不被洁用事，由新昏，故本而禁之。言人无之我鱼梁，无发我鱼笱，以之人梁，发人笱，当有盗鱼之罪，以兴禁新昏，汝无之我夫家，无取我妇事。以之我夫家，取我妇事，必有盗宠之过。然虽禁新昏，夫卒恶己，至于见出。心念所生，己去必困。又追伤遇己之薄，即自诀：言我身尚不能自容，何暇忧我后所生之子孙乎？母子至亲，当相忧念，言已无暇，所以自怨痛之极也。”此处所言“何暇忧我后所生子孙”，当为忧我未来的生活。

十三、方：竹筏、木筏。舟：船。泳：潜行。游：浮游。《毛诗故训传笺》曰：“言深浅者，喻君子之家事无难易，吾皆为之。”

十四、有亡：有无。《毛诗故训传》曰：“有谓富也，亡谓贫也。”《毛诗故训传笺》曰：“君子何所有乎？何所亡乎？吾其黾勉勤力为求之，有求多，亡求有。”“有”“亡”二释义略有差异，但大意相同：无论贫富，都能勤勉持家。

十五、匍匐：爬行，这里有尽力的意思；《鲁诗》《齐诗》皆作扶服。《鲁诗》“救”亦作“捄（jū音居）”。朱熹《诗集传》曰：“匍匐，手足并行，急遽之甚也。”《毛诗故训传笺》曰：“凡于民有凶祸之事，邻里尚尽力往救之，况我于君子家之事难易乎，固当黾勉。以疏喻亲也。”

十六、“不我能慉（xù音序）”：《说文》引《诗》作“能不我慉”，即不能慉我。《毛诗故训传》曰：“慉，养也。”《毛诗故训传笺》曰：“慉，骄也。君子不能以恩骄乐我，反憎恶我。”以上说：妇人勤劳，为家庭做出贡献，此符合“前贫贱后富贵”之不去条件，但丈夫反以我为仇。孔颖达《毛诗正义》曰："毛以为，妇人既怨君子弃己，反追说己本勤劳之事，如人之渡水，若就其深矣，则方之舟之；若就其浅矣，则泳之游之，随水深浅，期于必渡。以兴己于君子之家事，若值其难也，则勤之劳之；若值其易也，即优之游之，随事难易，期于必成。匪直于君子之家事无难易，又于君子之家财业，何所富有乎？何所贫无乎？不问贫富，吾皆勉力求之。所以君子家事已皆勉力者，以其凡民于有丧祸之事，其邻里尚尽力以救之。邻里之疏犹能如是，况我于君子家事难易，何得避之？故己所以尽力也。而君子弃己，故怨之。"

十七、阻：拒斥，高亨《诗经今注》曰："疑惑。"贾（gǔ音古）：卖。用：器具，货物。《毛诗故训传笺》曰："既难却我，隐蔽我之善，我修妇道而事之，觊其察己，犹见疏外，如卖物之不售。"

十八、育、鞫（jū音居）：《毛诗故训传》曰："育，长。鞫，穷也。"颠覆：艰难、患难，与"匍匐"用法相似；一说婚媾。《毛诗故训传笺》曰："'昔育'，育，稚也。及，与也。昔幼稚之时，恐至长老穷匮，故与女颠覆尽力于众事，难易无所辟。"朱熹《诗集传》曰："张子曰：'育恐，谓生于恐惧之中。育鞫，谓生于困穷之际。'亦通。"恐鞫即恐惧。

十九、既：已经。"生""育"意为生儿育女。七去之道，无子其一，此妇人既生既育，不当去。《毛诗故训传笺》曰："生谓财业也。育谓长老也。"恐不妥。以上说：妇人修德，生有子嗣，不当去。孔颖达《毛诗正义》曰："毛以为，妇人云，君子假不能以善道养我，何故反以我为仇乎？既不被恩遇，又为善不报。故言既难却我，而隐蔽我之善德。谓先有善德，已被隐蔽矣。今我更修妇道以事之，觊其察己，而犹见疏外，似卖物之不售。又追说己本勤劳以责之，言我昔日幼稚之时，恐至长而困穷，故我与汝颠覆尽力于家事，难易无所避。今日既生有财业矣，又既长老矣，汝何为视我如虫之毒螫乎？言恶己至甚。不我能慉，当倒之云不能慉我。郑唯不我能慉。"孔颖达以"不我能慉，反以我为仇"断于此段，误，当为上段文字。

二十、旨：美。蓄：储藏的菜，一说干菜、腌菜。御：抵御。《毛诗故训传笺》曰："蓄聚美菜者，以御冬月乏无时也。君子亦但以我御穷苦之时，至于富贵，则弃我如旨蓄。"

二十一、《毛诗故训传》曰："洸洸（guāng音光），武也。溃溃（kuì音愧），怒也。肄，劳也。"诒：给予。高亨《诗经今注》曰："溃，糊涂。"

二十二、伊：发语词。《毛诗故训传》曰："塈（xì音戏），息也。"《毛诗故训传笺》曰："君子忘旧，不念往昔年稚我始来之时安息我。"马瑞辰《毛诗传笺通释》曰："㤅即古文爱字。此诗塈盖㤅之假借。"王引之《经义述闻》说读忾，怒。高亨《诗经今注》说："塈（jì音既）借为摡，除去。"以上说：妇人帮助丈夫脱贫致富，而现在妇人生活无靠，则合于"三不去"之不当去。孔颖达《毛诗正义》曰："妇人怨其恶己，得新昏而见弃，故称人言我有美菜，蓄之亦以御冬月乏无之时，犹君子安乐汝之新昏，本亦但以我御穷苦之时而已。然穷苦取我，至于富贵而见弃，似冬月蓄菜，至于春夏则见遗也。君子既欲弃己，故有洸洸然威武之容，有溃溃然恚怒之色，于我又尽道我以劳苦之事，不复念昔者我幼稚始来之时安息我也。由无恩如此，所以见出，故追而怨之。亦以御冬，言'亦'者，因亦己之御穷。伊，辞也。"

【解题】

这是一首弃妇诗。《诗序》曰："《谷风》，刺夫妇失道也。卫人化其上，淫于新昏而弃其旧室，夫妇离绝，国俗伤败焉。"

孔颖达《毛诗正义》曰："作《谷风》诗者，刺夫妇失其相与之道，以至于离绝。言卫人由化效其上，故淫于新昏，而弃其旧室；是夫妇离绝，致令国俗伤败焉。此指刺夫接其妇不以礼，是夫妇失道，非谓夫妇并刺也。其妇既与夫绝，乃陈夫之弃己，见遇非道，淫于新昏之事。六章皆是。"陈奂《诗毛氏传疏》曰："《左传》称宣公纳子伋之妻，是为宣姜，而夷姜缢。此淫新昏、弃旧室也。国人化之，遂成为风俗。"

《易传·说卦》曰："夫妇之道不可以不久也，故受之以《恒》。恒者，久也。”《大戴礼记·本命》曰：“妇有七去：不顺父母去，无子去，淫去，妒去，有恶疾去，多言去，窃盗去。不顺父母去，为其逆德也；无子，为其绝世也；淫，为其乱族也；妒，为其乱家也；有恶疾，为其不可与共粢盛也；口多言，为其离亲也；盗窃，为其反义也。妇有三不去：有所取无所归，不去；与更三年丧，不去；前贫贱后富贵，不去。”此诗始终把握“七去”之条与“三不去”之条，符合“有所取无所归，不去”“前贫贱后富贵，不去”。而妇人不断言自己德盛、有子，也是不应被“去”的。因此，国史选择这首诗，以为卫国民风写照，可以让周天子看到卫国政治之恶、风俗之坏。

式微

式微，式微，胡不归？一
微君之故，胡为乎中露！二
式微，式微，胡不归？
微君之躬，胡为乎泥中！三

【注释】

一、式：语助词，无义。《毛诗故训传笺》曰：“式，发声也。”朱熹《诗集传》曰：“式，发语辞。”一说为用。《毛诗故训传》曰：“式，用也。”微：幽暗，天色渐黑。《毛诗故训传笺》曰：“‘式微式微’者，微乎微者也。君何不归乎？禁君留止于此之辞。”朱熹《诗集传》曰：“微，犹衰也。再言之者，言衰之甚也。”胡：何。

二、微：非。《毛诗故训传》曰：“微，无也。”朱熹《诗集传》曰：“微，犹非也。”《毛诗故训传笺》曰：“我若无君，何为处此乎？臣又极谏之辞。”中露：一说为卫邑，《毛诗故训传》曰：“中露，卫邑也。”一说为露水中，朱熹《诗集传》曰：“中露，露中也。言有沾濡之辱，而无所芘覆也。旧说以为黎侯失国，而寓于卫，其臣劝之曰：‘衰微甚矣，何不归哉？我若非以君之故，则亦胡为而辱于此哉？’”

三、君：指所等待的人。故：缘故。泥中：一说卫邑。《毛诗故训传》曰：“泥中，卫邑也。”一说困难中，朱熹《诗集传》曰：“泥中，言有陷溺之难，而不见拯救也。”一说泥泞中，褚斌杰《诗经全注》曰：“躬，身，指对方，犹言你这个人。泥中，晚间露水越来越重，以致湿成泥泞，表示等的时间已经很长久了。”

【解题】

这是一首盼望亲人归来的诗。《诗序》曰：“《式微》，黎侯寓于卫，其臣劝以归也。”《毛诗故训传笺》曰：“寓，寄也。黎侯为狄人所逐，弃其国而寄于卫。卫处之以二邑，因安之，可以归而不归，故其臣劝之。”又曰：“黎，力兮反，国名。杜预云：在上党壶关县。”《后汉书·郡国五》曰：“壶关，有黎亭，故黎国。”据《风俗通义》《元和姓纂》《路史》记载，黎国是九黎部落之后，属于蚩尤一族，居于鄄城和郓城之间的雷泽之滨，商时建黎国，周初封建诸侯，迁黎国至今山西长治一带，春秋时黎国迁都于山西黎城县东北的黎侯城，后为晋国所灭。其子孙后以国为氏而姓黎。

孔颖达《毛诗正义》曰：“此经二章，皆臣劝以归之辞。此及《旄丘》皆陈黎臣之辞，而在《邶风》者，盖邶人述其意而作，亦所以刺卫君也。”

方玉润《诗经原始》曰：“语浅意深，中藏无限义理，未许粗心人卤莽读过。”

旄丘

旄丘之葛兮，何诞之节兮！一
叔兮伯兮，何多日也？二
何其处也？必有与也！三
何其久也？必有以也！四
狐裘蒙戎，匪车不东。五
叔兮伯兮，靡所与同。六
琐兮尾兮，流离之子。七
叔兮伯兮，褎如充耳。八

【注释】

一、旄（máo音毛）丘：前高后低的山。《毛诗故训传》曰：“前高后下曰旄丘。”陈奂《诗毛氏传疏》曰：“《尔雅·释丘》曰：‘前高旄丘。’前高者后必下。故《毛诗故训传》必增益其义云‘前高后下’也。高下喻尊卑也。”葛：葛蔓。《毛诗故训传》曰：“诸侯以国相连属，忧患相及，如葛之蔓延，相连及也。”《毛诗故训传笺》曰：“土气缓，则葛生阔节。兴者，喻此时卫伯不恤其职，故其臣于君事亦疏废也。”马瑞辰《毛诗传笺通释》曰：“诗以葛之蔓延不绝，兴诸侯之相连属，《毛诗故训传》说是也。葛蔓生必有所依倚而后盛，喻诸侯必有与国而后能相救，故二章即言‘必有与’‘必有以’，以犹与也。《毛诗故训传笺》说失之。”诞：同“延”，长长的。《毛诗故训传》曰：“诞，阔也。”马瑞辰《毛诗传笺通释》曰：“诞者，延之假借。《尔雅》曰：‘延，间也。’延即诞字之省借。之，犹其也。‘何诞之节’犹云何延其节也。延，长也。阔，长义相近。”王先谦《诗三家义集疏》曰：“葛本蔓延之物，日久则得地愈远，是‘延长’亦‘大’义也。”

二、叔、伯：弟弟、哥哥。王先谦《诗三家义集疏》曰："此'叔伯'亦当训'兄弟'，盖夫人因君不见答，屏置异地，必尝使人诉于卫兄弟，情事宜然。"一说是对爱人的昵称。袁梅《诗经译注》曰："在本诗中是女子对其爱人的昵称。相当于'弟弟、哥哥''阿弟、阿哥'。"何多日也：多日不见。《毛诗故训传》曰："日月以逝而不我忧。"马瑞辰《毛诗传笺通释》曰："诗以葛起兴，春秋之交也。而后言'狐裘蒙戎'，则为严冬。此正诗言'多日'之证。"王先谦《诗三家义集疏》曰："'何多日也'，勤望兄弟之词。"

三、处：安处。朱熹《诗集传》曰："处，安处也。"与：同伴。《毛诗故训传》曰："言与仁义也。"一说指新欢。袁梅《诗经译注》曰："善，爱，指另有所欢。"一说指同盟国。朱熹《诗集传》曰："与，与国也。"王先谦《诗三家义集疏》曰："《笺》曰：'我君何以处于此乎？必以卫有仁义之道故也，责卫今不行仁义。我君何以久留于此乎？必以卫有功德故也，又责卫今不务功德也。'此又自为问答，以明久而不归之义。处，居。与，偕。以，用也。言我所以不去而久处此者，尚冀君之悔悟，必我与，必我以耳。"

四、以：原因。《毛诗故训传》曰："必以有功德。"朱熹《诗集传》曰："以，他故也。"马瑞辰《毛诗传笺通释》曰："《春秋》桓十四年'宋人以齐人、卫人、蔡人、陈人伐郑'，《公羊传》曰：'以者，行其意也。'又僖二十六年：'冬，公以楚师伐齐，取谷。'又《公羊传》云：'能左右之曰以。'是古者用他国之师谓之以，谓可以随其所用也。此诗盖言卫臣之久不来，必乞师于他国，有可为其所以者，即谓以他国之师也。《传》《笺》谓以功德，失之。以、与同义，与谓与国，即下章'靡所与同'之同。《毛诗故训传》谓'与仁义'，亦非。"黄焯《毛诗郑笺平议》曰："古书'与''以'字多通用，此诗'有以'与'有与'同。毛所谓仁义功德者，盖援序而推言之，非以'与''以'二字分属仁义功德也。"

五、蒙戎：蓬松的样子。《毛诗故训传》曰："大夫狐苍裘。蒙戎，以言乱也。"不东：不向东。《毛诗故训传》曰："不东，言不来东也。"朱熹《诗集传》曰："又自言客久而裘弊矣。岂我之车不东告于女乎。但叔兮伯兮不与我同心，虽往告之而不肯来耳。至是始微讽切之。或曰，狐裘蒙戎，指卫答复而讥其愤乱之意。匪车不东，言非其车不肯东来救我也，但其人不肯与俱来耳。”马瑞辰《毛诗传笺通释》曰：“‘匪车不东’即彼车不东也。《笺》训为非。”黄焯《毛诗郑笺平议》曰：“诗中匪字训‘非’者，如《匪风》‘匪风发兮’，《传》云‘发发飘风，非有道之风’，是也。此‘匪车’之匪传无明训。考‘匪’‘彼’古通用，《广雅》云：‘此诗毛意当直云彼车不来东耳。’胡氏《后笺》谓《毛诗故训传笺》词虽婉而义近迂，良然。”程俊英《诗经译注》曰：“疑东方是流亡者居住的地方，故大夫之车不来。”

六、靡：无。与同：聚会。一说指同心。《毛诗故训传》曰：“无救患恤同也。”《毛诗故训传笺》曰：“卫之诸臣行如是，不与诸伯之臣同，言其非之特甚。”

七、琐、尾：细小的东西。《毛诗故训传》曰：“琐尾，少好之貌。”朱熹《诗集传》曰：“琐，细。尾，末也。”马瑞辰《毛诗传笺通释》曰：“琐、尾二字同义。《尔雅·释训》曰：‘琐琐，小也。’尾通作微，微亦小也。古小与好义近，孟喜《易·中孚》注‘好，小也。’是也。《毛诗故训传》以琐尾状流离之少好貌，故以少好释之。《正义》分琐为小，尾为好，失之。”流离：飘散流亡。《毛诗故训传》训为鸟名。《毛诗故训传》曰：“流离，鸟也，少好长丑，始而愉乐，终而微弱。”《毛诗故训传笺》曰：“卫之诸臣，初有小善，终无成功，似流离也。”程俊英等《诗经注析》曰：“流离，双声，飘散流亡。方玉润《诗经原始》曰：‘流离，飘散也。’《毛诗故训传》训流离为鸟名，恐非诗意。流离之子，指诗人自己。”

八、褎（xiù音秀）：华丽的衣服。《毛诗故训传》曰：“褎，盛服也。”充耳：漂亮的装饰品。《毛诗故训传》曰：“充耳，盛饰也。大夫褎然有尊盛之服而不能称也。”《毛诗故训传笺》曰：“充耳，塞耳也。言卫之诸臣颜色褎然，如见塞耳无闻知也。人之耳聋，恒多笑而已。”

【解题】

这首诗谴责卫侯不能保护流离失所的黎候之诗。《诗序》曰："《旄丘》，责卫伯也。狄人迫逐黎侯，黎侯寓于卫，卫不能修方伯连率之职。黎之臣子以责于卫也。"《毛诗故训传笺》曰："卫康叔之封爵称侯，今曰伯者，时为州伯也。周之制，使伯佐牧。《春秋传》曰五侯九伯，侯为牧也。"

孔颖达《毛诗正义》曰："作《旄丘》诗者，责卫伯也。所以责之者，以狄人迫逐黎侯，故黎侯出奔来寄于卫。以卫为州伯，当修连率之职以救于己，故奔之。今卫侯不能修方伯连率之职，不救于己，故黎侯之臣子以此言责卫，而作此诗也。狄者，北夷之号，此不斥其国。宣十五年《左传》伯宗数赤狄路氏之罪云：'夺黎氏地，三也。'服虔曰：'黎侯之国'，此诗之作，责卫宣公。以鲁桓二年卒，至鲁宣十五年，百有余岁，即此时，虽为狄所逐，后更复其国，至宣公之世，乃赤狄夺其地耳，与此不同。彼夺地是赤狄，此唯言狄人迫逐，不必是赤狄也。言方伯连率者，《王制》云：'五国以为属，属有长。十国以为连，连有帅。三十国以为卒，卒有正。二百一十国以为州，州有伯。'注云：'凡长皆因贤侯为之。殷之州长曰伯，虞夏及周皆曰牧。'又曰：'千里之外设方伯。'《公羊传》曰：'上无明天子，下无贤方伯。'方伯皆谓州长，则此方伯亦州长矣。周谓之牧，而云方伯者，以一州之中为长，故云方伯。若牧下二伯，不得云方伯也。连率者，即'十国以为连，连有帅'，是也。不言属、卒者，举其中也。《王制》虽殷法，周诸侯之数与殷同，明亦十国为连。此诗周事，有连率之文。《左传》曰：'晋侯享公，公请属鄫。'是周亦有连、属。此宣公为二伯，非方伯，又非连率，而责不能修之者，以连帅属方伯。若诸侯有被侵伐者，使其连属救之。宣公为州伯，佐方伯，今黎侯来奔之，不使连率救己，是不能修方伯连率之职也。此叙其责卫伯之由，《经》皆责卫之辞也。《经》言叔、伯，则责卫臣矣。言责卫伯者，以卫为方伯，故责其诸臣之废事，由君之不使，亦是责卫伯也。"

简兮

简兮简兮，方将万舞。[一]
日之方中，在前上处。[二]
硕人俣俣，公庭万舞。[三]
有力如虎，执辔如组。[四]
左手执籥，右手秉翟。[五]
赫如渥赭，公言锡爵。[六]
山有榛，隰有苓。[七]
云谁之思？西方美人。[八]
彼美人兮，西方之人兮。

【注释】

一、简：鼓声。一说为大，《毛诗故训传》曰："简，大也。"一说为选择，《毛诗故训传笺》曰："简，择。"一说为不恭敬，朱熹《诗集传》曰："简，简易不恭之意。"马瑞辰《毛诗传笺通释》曰："当从《传》训简为大。下文万为大舞。'硕人俣俣'亦为容貌大，故先略言大以形容之耳。"方将：即将。《毛诗故训传》曰："方，四方也。将，行也。"马瑞辰《毛诗传笺通释》曰："'方将'二字连文，方犹云将也；将，且也。《传》训为四方，失之。"万舞：古代的大型舞蹈。《毛诗故训传》曰："以干（gàn音赣）羽为万舞，用之宗庙山川，故言于四方。"《毛诗故训传笺》云："万舞，干舞也。"《韩诗》云："万，大舞也。"《广雅》曰："万，大也。"马瑞辰《毛诗传笺通释》曰："万舞盖对小舞言，故为大舞，实文武二舞之总名，故《毛诗故训传》云'以干羽为万舞'。"

二、日之方中：日在中天。《毛诗故训传》曰："教国子弟，以日中为期。”在前上处：在最前面的位置。《毛诗故训传》曰：“教国子弟以口中为期。”《毛诗故训传笺》曰：“在前上处者，在前列上头也。《周礼》曰：大胥（xū音需）掌学士之版，以待致诸子，春入学，舍采合舞。”

三、硕人：身材高大的人。朱熹《诗集传》曰：“硕，大。”一说为贤人。《毛诗故训传》曰：“硕人，大德也。”王先谦《诗三家义集疏》曰：“《说文》曰：硕，头大也。引申为大义。《释诂》曰：硕，大也。硕人，犹言大贤。《后汉·周黄徐姜申屠传》注：硕人，谓贤者。是其义也。”俣俣（yǔ音语）：魁梧的样子。《毛诗故训传》曰：“俣俣，容貌大也。”《韩诗》“俣俣”作“扈扈（hù音互）”，云美貌。王先谦《诗三家义集疏》曰：“《说文》曰：俣，大也。从人，吴声。《诗》曰：硕人俣俣。韩作扈扈，云美貌者，《释文》引《韩诗》文。……《释文》曰：俣俣，容貌大也。容貌大即美义也。”《毛诗故训传》曰：“万舞，非但在四方，亲在宗庙、公庭。”

四、辔（pèi音配）：马缰绳。组：丝带。《毛诗故训传》曰：“组，织组也。武力比于虎，可以御乱。御众有文章，言能治众。动于近，成于远也。”《毛诗故训传笺》曰：“硕人有御乱、御众之德，可任为王臣。”

五、籥（yuè音乐）：古乐器名。《毛诗故训传》曰：“籥，六孔。”王先谦《诗三家义集疏》：“鲁说曰：左手执籥，以节众也。韩‘籥’作‘龠’，云：龠，乐之所管，三孔，以和众声也。又曰：秉，执也。鲁说曰：翟羽可执而舞。齐说曰：乐万舞以鸿羽，取其劲轻，一举千里。韩说曰：以夷狄大鸟羽。”秉：拿。翟：野鸡的羽毛。《毛诗故训传》曰：“翟，翟羽也。”朱熹《诗集传》曰：“翟，雉羽也。”《毛诗故训传笺》曰：“硕人多才多艺，又能籥舞，言文武道备。”

六、赫：红色的样子。《毛诗故训传》曰：“赫，赤貌。”渥（wò音握）：湿润。《毛诗故训传》曰：“渥，厚渍也。”三家《诗》“渥”并作“屋”。赭（zhě音者）：红色土。《毛诗故训传》曰：“祭有畀（bì音必）辉胞翟阍寺者，惠下之道。见惠不过一散。”王先谦《诗三家义集疏》曰：“《说文》曰：

赫，火赤貌。渥，霑也。赭，赤土也。赫如渥赭，谓其颜色赫然明盛，如霑渍赤土然也，与《终南》‘颜如渥丹’义同。”公：公侯。锡：赐。爵：古代酒器名。《毛诗故训传笺》曰：“硕人容色赫然如厚傅丹，君徒赐其一爵而已，不知其贤而进用之。散受五升。”

七、榛（zhēn音真）：树名。《毛诗故训传》曰：“榛，木名。”隰（xí音习）：低湿地。《毛诗故训传》曰：“下湿曰隰。”孔颖达《毛诗正义》曰：“以隰者下湿，犹如泽。”苓：草名。《毛诗故训传》曰：“苓，大苦。”《毛诗故训传笺》曰：“榛也、苓也，生各得其所，以言硕人处非其位。”孔颖达《毛诗正义》引陆玑《毛诗草木鸟兽虫鱼疏》曰：“榛，栗属，其子小似杼子，表皮黑，味如栗。”

八、云：语助词。谁之思：心里想着谁。《毛诗故训传笺》曰：“我谁思乎？思周室之贤者，以其宜荐硕人与在王位。彼美人，谓硕人也。”西方：指周王室，周王室在西方。美人：指舞师。《毛诗故训传》曰：“乃宜在王室。”

【解题】

这是一首赞扬宫廷舞师的诗。歌颂盛大的舞蹈和雄壮的舞者。《诗序》曰：“《简兮》，刺不用贤也。卫之贤者仕于伶官，皆可以承事王者也。”《毛诗故训传笺》曰：“伶官，乐官也。伶氏世掌乐官而善焉，故后世多号乐官为伶官。”

孔颖达《毛诗正义》曰：“作《简兮》诗者，刺不能用贤也。卫之贤者仕于伶官之贱职，其德皆可以承事王者，堪为王臣，故刺之。伶官者，乐官之总名。经言‘公庭方舞’，即此仕于伶官在舞职者也。《周礼》掌舞之官有舞师、籥师、旄人、韎（mò音末）师也。”

朱熹《诗集传》曰：“张子曰，为禄仕而抱关击柝，则犹恭其职也。为伶官，则杂于侏儒俳优之间，不恭甚矣。其得谓之贤者，虽其迹如此，而其中固有以过人。又能卷而怀之。是亦可以为贤矣。东方朔似之。”

泉水

毖彼泉水，亦流于淇。一
有怀于卫，靡日不思。二
娈彼诸姬，聊与之谋。三
出宿于泲，饮饯于祢。四
女子有行，远父母兄弟。五
问我诸姑，遂及伯姊。六
出宿于干，饮饯于言。七
载脂载舝，还车言迈。八
遄臻于卫，不瑕有害？九
我思肥泉，兹之永叹。十
思须与漕，我心悠悠。十一
驾言出游，以写我忧。十二

【注释】

一、毖（bì音必）：泉水涌出的样子。《毛诗故训传》曰：“泉水始出，毖然流也。”朱熹《诗集传》曰：“毖，泉始出之貌。”王先谦《诗三家义集疏》曰：“《释文》曰：毖，流貌。《韩诗》作祕。《说文》作䀣，云直视也。”马瑞辰《毛诗传笺通释》曰：“《说文》䀣字注：‘读若诗泌彼泉水’。不作䀣。拟其音，非证其字也。毖者，泌之假借。《说文》曰：‘泌，侠流也。’《文选·魏都赋》李注引《说文》曰：‘泌，水驶（用同“快”）流也。’《尸子》曰：‘黄河龙门驶流如竹箭。’驶流盖疾流之义。”淇（qí音其）：水名。《毛诗故训传》曰：“淇，水名也。”朱熹《诗集传》曰：“淇水，出相州林虑县东流。”

二、怀：怀念。《毛诗故训传笺》曰：“怀，至。靡，无也。以言我有所至念于卫，我无日不思也。”马瑞辰《毛诗传笺通释》曰：“《笺》训怀为至，云有所至念于卫，至与思意正相通。心之所至即为思，犹心之所之谓之志也。思无不至，故《论语》言‘未之思也，夫何远之有’。至即为思，故诗言‘有怀于卫，靡日不思’。”

三、娈：美好的样子。《毛诗故训传》曰：“娈，好貌。”一说为思慕。马瑞辰《毛诗传笺通释》曰：“如郑意，娈当训思慕。《说文》曰：‘娈，慕也。’《楚辞·怀沙》注：‘慕，思也’，是娈与恋同义。”诸姬：陪嫁的女子。《毛诗故训传》曰：“诸姬，同姓之女。”《毛诗故训传笺》曰：“诸姬者，未嫁之女。我且欲略与之谋妇人之礼，观其志意，亲亲之恩也。”朱熹《诗集传》曰：“诸姬，谓侄娣也。”聊：姑且。《毛诗故训传》曰：“聊，愿也。”《毛诗故训传笺》曰：“聊，且略之辞。”王先谦《诗三家义集疏》曰：“《笺》意若云与谋妇礼，则是郑重咨议，不得训聊为且略之词。且为国君夫人归其母家，岂娴习仪文反不如未嫁之女，而欲向彼咨议未闻之礼乎？必不然矣。”马瑞辰《毛诗传笺通释》曰：“《说文》僇字注：一曰且也。字通作憀。《玉篇》引《声类》曰：憀，且也。凡聊训且者，皆僇字之假借。……是知《毛诗故训传》训聊为源者，愿亦且也。”谋：谋划。一说为心里所想，王先谦《诗三家义集疏》曰：“《释言》曰：‘谋，心也。’《论衡·超奇篇》曰：‘心思为谋。’宣于口亦为谋，故谋从言。聊与之谋，犹云相见略道思念而已。”

四、泲（jǐ音挤）：地名。《毛诗故训传》曰：“泲，地名。”马瑞辰《毛诗传笺通释》曰：“《毛传》以下章干、言为所适国郊，正以别乎上章泲祢为卫地。《笺》以泲祢为所嫁国适卫之道，误矣。古者，饯于国郊，泲祢盖卫近郊地。”饯：饯行。《毛诗故训传》曰：“祖而舍軷，饮酒于其侧曰饯，重始有事于道也。”孔颖达《毛诗正义》曰：“卫女思归，言我思欲出宿于泲，先饮饯于祢，而出宿，以飨卫国。先言‘出宿’者，见饮饯为出宿而设，故先言已致其意，疏说是也。知不为来嫁时事者，以下章亦言出宿饮饯，嫁时道远，出宿容有二地，饮饯必无繁文也。”祢（nǐ音你）：卫国地名。

五、行：女子出嫁。马瑞辰《毛诗传笺通释》曰：“女子有行，即女子嫁耳。”一说为道。《毛诗故训传笺》曰：“行，道也。妇人有出嫁之道，远于亲亲，故礼缘人情，使得归宁。”远：远离。朱熹《诗集传》曰：“言始嫁来时，则固已远其父母兄弟矣。”王先谦《诗三家义集疏》曰：“女子归宁无致问兄弟之礼，兄弟相见而退，亦不同坐。《诗》所谓远也。”

六、姑：姑姑。姊：大姐。《毛诗故训传》曰：“父之姊妹称姑。先生曰姊。”《毛诗故训传笺》曰：“宁则又问姑及姊，亲其类也。先姑后姊，尊姑也。”

七、干、言：地名。《毛诗故训传》曰：“干、言，所适国郊也。”《毛诗故训传笺》曰：“干、言犹泲、祢，未闻远近同异。”

八、载：又。脂：油脂，用作动词。用油脂涂抹车轴使之润滑。舝（xiá音霞）：车轴。朱熹《诗集传》曰：“脂，以脂膏涂其舝，使滑泽也。舝，車轴也。不驾则脱之，设之而后行也。”《毛诗故训传》曰：“脂舝其车，以还我行也。”《毛诗故训传笺》曰：“言还车者，嫁时乘来，今思乘以归。”还：归。迈：远行。朱熹《诗集传》曰：“还，回旋也。旋其嫁来之车也。”

九、遄（chuán音船）：迅速。《毛诗故训传》曰：遄，疾。臻（zhēn音真）：至，到达。《毛诗故训传》曰：“臻，至。”瑕：过错。《毛诗故训传》曰：“瑕，远也。”《毛诗故训传笺》曰：“瑕犹过也。”一说为何，疑问词。马瑞辰《毛诗传笺通释》曰：瑕、遐古通用。又说遐之言胡，胡无一声之转，故“胡宁”又为“无宁”。“遐不”犹云“胡不”，信指之词也。易其词则曰“不遐”，“不遐”犹“不无”，疑问之词也。害：害处。一说为何。《毛诗故训传笺》曰：“害，何也。”

十、肥泉：水名。《毛诗故训传》曰：“肥泉，水名。”兹：此。咏叹：长叹。《毛诗故训传笺》云：“兹，此也。自卫而来所渡水，故思此而长叹。”

十一、须、漕：卫国都城名。《毛诗故训传》曰："须、漕，卫邑也。"《毛诗故训传笺》曰："自卫而来所经邑，故又思之。"悠悠：思念绵长的样子。朱熹《诗集传》曰："悠悠，思之长也。"

十二、写：除去。《毛诗故训传》曰："写，除也。"《毛诗故训传笺》曰："既不得归宁，且欲乘车出游，以除我忧。"王先谦《诗三家义集疏》曰："《说文》曰：'写，置物也。' 言唯驾言出游，置我之忧于度外。"

【解题】

这是一首写卫国女子出嫁后思念家乡的诗。《诗序》曰："《泉水》，卫女思归也。嫁于诸侯，父母终，思归宁而不得，故作是诗以自见也。"《毛诗故训传笺》曰："'以自见'者，见己志也。国君夫人，父母在则归宁，没（mò音莫）则使大夫宁于兄弟。卫女之思归，虽非礼，思之至也。"

孔颖达《毛诗正义》曰："此时宣公之世，宣父庄，兄桓。此言父母已终，未知何君之女也。言嫁于诸侯，必为夫人，亦不知所适何国。盖时简札不记，故序不斥言也。四章皆思归宁之事。"

朱熹《诗集传》曰："杨氏曰，卫女思归，发乎情也。其卒也不归，止乎礼义也。圣人著之于经，以示后世。使知适异国者，父母终，无归宁之义，则能自克者，知所处矣。"

北门

出自北门，忧心殷殷。一
终窭且贫，莫知我艰。二

已焉哉，天实为之，谓之何哉。[三]
王事适我，政事一埤益我。[四]
我入自外，室人交徧谪我。[五]
已焉哉，天实为之，谓之何哉。
王事敦我，政事一埤遗我。[六]
我入自外，室人交徧摧我。[七]
已焉哉，天实为之，谓之何哉。

【注释】

一、出自北门：从北门出。《毛诗故训传笺》曰：“自，从也。喻己仕于暗君，忧行而出北门。”朱熹《诗集传》曰：“北门，背阳向阴。”殷殷：忧愁的样子。朱熹《诗集传》曰：“殷殷，忧也。”王先谦《诗三家义集疏》曰：“‘殷殷’又为‘隐隐’。”

二、窭（jù音句）：房屋简陋。一说无礼。《毛诗故训传》曰：“窭者，无礼也。”朱熹《诗集传》曰：“窭者，贫而无以为礼也。”王先谦《诗三家义集疏》曰：“所居窭陋，无以为礼也。”贫：《毛诗正义》曰：“贫者，困于财。”

三、已焉哉：算了吧。谓之何哉：说它又有什么用呢？《毛诗故训传笺》曰：“谓勤也。诗人事君无二志，故自决归之于天。我勤身以事君，何哉？忠之至。”马瑞辰《毛诗传笺通释》曰：“谓，犹奈也。‘谓之何哉’犹云奈之何哉。”朱熹《诗集传》曰：“卫之贤者，处乱世，事暗君，不得其志。故因出北门，而赋以自比。又叹其贫窭人莫知之，而归之于天也。”王先谦《诗三家义集疏》曰：“犹言亦既然矣。天实为之，惟听命于天，安贫之志也。”

四、王事：王室的事。朱熹《诗集传》曰：“王事，王命使为之事也。”王先谦《诗三家义集疏》曰：“卫是侯国，而云‘王事’，知是王命役使之事。”适：《毛诗正义》曰：“适，之。”王先谦《诗三家义集疏》曰：“‘适我’者，谓有王事则必之我。”褚斌杰《诗经全注》曰：“适：投掷。”政事：国政之事。朱熹《诗集传》曰：“政事，其国之政事也。”一：皆。朱熹《诗集传》曰：“一，犹皆也。”埤（pí音皮）：增加。《毛诗故训传》曰：“埤，厚也。”褚斌杰《诗经全注》曰：“埤：益，堆积，增加。”王先谦《诗三家义集疏》曰：“‘一埤益我’，皆以增益于我也。”《毛诗故训传笺》曰：“国有王命役使之事，则不以之彼，必来之我；有赋税之事，则减彼一而以益我。言君政偏，己兼其苦。”

五、室：家。朱熹《诗集传》曰：“室，家。”交徧：轮番，全，都。褚斌杰《诗经全注》曰：“交：轮番。徧：同‘遍’，统统，全。”谪：指责。《毛诗故训传》曰：“谪，责也。”《毛诗故训传笺》曰：“我从外而入，在室之人更迭徧来责我，使己去也。言室人亦不知己志。”朱熹《诗集传》曰：“王事既适我矣。政事又一切以埤益我。其劳如此，而窭贫又甚。室人至无以自安，而交徧谪我，则其困于内外极矣。”

六、敦：迫。王先谦《诗三家义集疏》曰：“《释诂》曰：‘敦，勉也。’勉亦与迫义近。”《毛诗故训传》曰：“敦，厚。”朱熹《诗集传》曰：“敦，犹投掷也。”遗（wèi音位）：加。《毛诗故训传》曰：“遗，加也。”王先谦《诗三家义集疏》曰：“遗，犹益也。”

七、摧：职责。《毛诗故训传》曰：“摧，沮也。《毛诗故训传笺》曰：摧者，刺讥之言。”马瑞辰《毛诗传笺通释》曰：“摧我犹谪我也。”

【解题】

这是一首感慨卫国政治不善、贤人怀才不遇的诗。《诗序》曰：“《北门》，刺仕不得志也。言卫之忠臣不得其志尔。”《毛诗故训传笺》曰：“不得其志者，君不知己志而遇困苦。”

孔颖达《毛诗正义》曰：“谓卫君之暗，不知士有才能，不与厚禄，使之困苦，不得其志，故刺之也。《经》三章皆不得志之事也。言士者，有德行之称。其仕为官，尊卑不明也。”

朱熹《诗集传》曰：“杨氏曰，忠信重禄所以劝士也。卫之忠臣，至于窭贫，而莫知其艰，则无劝士之道矣，仕之所以不得志也。先王视臣如手足。岂有以事投遗之，而不知其艰哉。然不择事而安之，无怼憾之辞。知其无可奈何，而归之于天。所以为忠臣也。”

北风

北风其凉，雨雪其雱。一
惠而好我，携手同行。二
其虚其邪？既亟只且！三
北风其喈，雨雪其霏。四
惠而好我，携手同归。五
其虚其邪？既亟只且！
莫赤匪狐，莫黑匪乌。六
惠而好我，携手同车。七
其虚其邪？既亟只且！

【注释】

一、雱（páng音旁）：雪很大的样子。《毛诗故训传》曰：“雱，盛貌。”《说文》曰：“旁，溥也。”段玉裁注：“篆文从雨，众多如雨意，毛云盛，与许云溥正合。”《毛诗故训传笺》曰：“寒凉之风，病害万物。兴者，喻君政教酷暴，使民散乱。”其：助词，调节韵律，舒缓语气，无实义。

二、惠：爱。《毛诗故训传》曰：“惠，爱。”而：并且。好（hào音号）我：喜爱我。行：道路。《毛诗故训传》曰：“行，道也。”一说出嫁。《鄘风·蝃蝀》《卫风·竹竿》皆云“女子有行，远兄弟父母”，“行”皆指出嫁。《毛诗故训传笺》云：“性仁爱而又好我者，与我相携持同道而去。疾时政也。”

三、虚：同“舒服”，缓慢的样子。《毛诗故训传》曰：“虚，虚也。”朱熹《诗集传》曰：“虚，宽貌。”邪：缓慢，不着急的样子。徐的假借字。《鲁诗》《韩诗》都作“徐”。《毛诗故训传笺》云：“邪读如徐。言今在位之人，其故威仪虚徐宽仁者，今皆以为急刻之行矣，所以当去，以此也。”朱熹《诗集传》曰：“邪，一作徐。缓也。”《尔雅·释训》云：“其虚其徐，威仪容止也。”孙炎注：“虚、徐，威仪谦退也。”虚邪即舒徐，在这里相当于叠韵，意思为缓慢不着急，犹豫不决的样子。亟：同“疾”，快。《毛诗故训传》曰：“亟，急也。”只且（jū音居）：语气助辞，相当于“也哉”。王先谦《诗三家义集疏》曰：“诗人见其同行者从容安雅之状如此，又速之曰：‘既亟只且，犹言事已急矣，尚不速行而为此徐徐之态乎？’”朱熹《诗集传》曰：“言北风雨雪，以比国家危乱将至，而气象愁惨也。故欲与其相好之人，去而避之。且曰是尚可以宽徐乎，彼其祸乱之迫已甚，而去不可不速矣。”

四、喈：北风和鸣之声。《说文》：“喈，鸟鸣声。一曰凤凰鸣声喈喈。”《楚辞》注“喈喈，鸣之和。”一说为疾风。《毛诗故训传》曰：“喈，疾貌。”朱熹《诗集传》曰：“喈，疾声也。”马瑞辰《毛诗传笺通释》曰：“喈，《玉篇》作‘飌’，云：‘疾风也。’喈当作湝，又通凄。《说文》湝字注：一曰湝，水寒也，引《诗》‘风雨湝湝’，即《郑风》‘风雨凄凄’之异文。《邶风》传：‘凄，寒风也。’盖水寒曰湝，风寒亦为湝，其喈犹其凉也。”霏（fēi音非）：大雪纷纷飘落的样子。《毛诗故训传》曰：“霏，甚貌。”朱熹《诗集传》曰：“霏，雨雪分散之状。”《鲁诗》作“雨雪霏霏”。

五、归：女子出嫁。《毛诗故训传》曰："归有德也。"朱熹《诗集传》曰："归者，去而不反之辞也。"

六、莫：无；匪：不。双重否定。不红不为狐，不黑不为乌。《毛诗故训传》曰："狐赤乌黑，莫能别也。"《毛诗故训传笺》曰："赤则狐也，黑则乌也，犹今君臣相承，为恶如一。"孔颖达《毛诗正义》曰："狐色皆赤，乌色皆黑，以喻卫之君臣皆恶也。人于赤狐之群，莫能别其赤而非狐者，言皆是狐；于黑乌之群，莫能别其黑而非乌者，言皆是乌，以喻于卫君臣，莫能别其非恶者，言皆为恶。"朱熹《诗集传》曰："狐，兽名，似犬，黄赤色。乌，鸦，黑色。皆不祥之物，人所恶见者也。所见无非此物，则国将危乱可知。"

七、同车：一同乘车。《毛诗故训传》曰："携手就车。"朱熹《诗集传》曰："同行、同归，犹贱者也。同车、则贵者亦去矣。"

【解题】

这是一首因不能忍受卫国暴政，友朋相约逃离的诗。《诗序》曰："《北风》，刺虐也。卫国并为威虐，百姓不亲，莫不相携持而去焉。"

孔颖达《毛诗正义》曰："作《北风》诗者，刺虐也。言卫国君臣并为威虐，使国民百姓不亲附之，莫不相携持而去之，归于有道也。此主刺君虐，故首章、二章上二句皆独言君政酷暴。卒章上二句乃君臣并言也。三章次二句皆言携持去之，下二句言去之意也。"

静女

静女其姝，俟我于城隅。一

爱而不见，搔首踟蹰。二
静女其娈，贻我彤管。三
彤管有炜，说怿女美。四
自牧归荑，洵美且异。五
匪女之为美，美人之贻。六

【注释】

一、静女：娴静的女子。《毛诗故训传》曰："静，贞静也。女德贞静而有法度，乃可说（yuè音月）也。"朱熹《诗集传》曰："静者，闲雅之意。"姝：美丽。《毛诗故训传》曰："姝，美色也。"俟（sì音四）：等待。《毛诗故训传》曰："俟，待也。"城隅：城角偏僻的地方。《毛诗故训传》曰："城隅，以言高而不可逾。"朱熹《诗集传》曰："城隅，幽僻之处。"《毛诗故训传笺》曰："女德贞静，然后可畜；美色，然后可安。又能服从，待礼而动，自防如城隅，故可爱之。"

二、爱：同"薆"，躲藏。不见：不露面。朱熹《诗集传》曰："不见者，期而不至也。"搔首：用手挠头。踟蹰：徘徊的样子。《毛诗故训传》曰："言志往而行正。"《毛诗故训传笺》曰："志往谓踟蹰，行正谓爱之而不往见。"孔颖达《毛诗正义》曰："言有贞静之女，其美色姝然，又能服从君子，待礼而后动，自防如城隅然，高而不可逾。有德如是，故我爱之，欲为人君之配。心既爱之，而不得见，故搔其首而踟蹰然。"

三、贻（yí音宜）：赠送。彤管：说法不一，一说为红色管状小草，一说为古代乐器名。《毛诗故训传》曰："既有静德，又有美色，又能遗我以古人之法，可以配人君也。古者后夫人必有女史彤管之法，史不记过，其罪杀之。后妃群妾以礼御于君所，女史书其日月，授之以环，以进退之。生子月辰，则以金环退之。当御者，以银环进之，著于左手；既御，著于右手。事无大小，记以成法。"《毛诗故训传笺》曰："彤管，笔赤管也。"朱熹《诗集传》曰：

“彤管，未详何物。盖相赠以结殷勤之意耳。”

四、炜（wěi音伟）：红色的样子。《毛诗故训传》曰：“炜，赤貌。彤管以赤心正人也。”《毛诗故训传笺》曰：“赤管炜炜然，女史以之说释妃妾之德，美之。”说怿（yì音义）：喜爱，“说”同“悦”。《毛诗故训传笺》曰：“‘说怿’当作‘说释’。”女：汝，你，指彤管。孔颖达《毛诗正义》曰：“毛以为，言有贞静之女，其色娈然而美，又遗我以彤管之法，不违女史所书之事，成其妃妾之美。我欲易之，以为人君之妃。此女史彤管能成静女之德，故嘉善此彤管之状有炜炜然，而喜乐其能成女德之美。因静女能循彤管之法，故又悦美彤管之能成静女。王肃云：‘嘉彤管之炜炜然，喜乐其成女美也。’”

五、牧：野外。《毛诗故训传》曰：“牧，田官也。”朱熹《诗集传》曰：“牧，外野也。”归：同“馈”，赠送。朱熹《诗集传》曰：“归，亦贻也。”荑（tí音提）：嫩茅草。《毛诗故训传》曰：“荑，茅之始生也。本之于荑，取其有始有终。”《毛诗故训传笺》曰：“茅，洁白之物也。”洵（xún音寻）：确实。《毛诗故训传笺》云：“洵，信也。自牧田归荑，其信美而异者，可以供祭祀，犹贞女在窈窕之处，媒氏达之，可以配人君。”

六、女：汝，你，指荑。孔颖达《毛诗正义》曰：“毛以为，诗人既爱静女而不能见，思有人归之，言我欲令有人自牧田之所归我以茅荑，信美好而且又异者，我则供之以为祭祀之用，进之于君，以兴我原有人自深宫之所，归我以贞信之女，信美好而又异者，我则进之为人君之妃。又言我所用此女为人君之妃者，由此女之美。我非徒悦其美色，又美此女人之能遗我彤管之法，故欲易之以配人君。郑唯下二句为异，言若有人能遗我贞静之女，我则非此女之为美。言不美此女，乃美此人之遗于我者。爱而不见，冀于得之，故有人遗之，则美其所遗之人也。”

【解题】

这是一首描写女子以礼与男友约会之诗。《诗序》曰："《静女》，刺时也。卫君无道，夫人无德。"《毛诗故训传笺》曰："以君及夫人无道德，故陈静女遗我以彤管之法，德如是可以易之为人君之配。"国史采集此诗，以见虽卫国君主和夫人不知有德有礼，而卫国自有娴淑女子知道以礼自守。

孔颖达《毛诗正义》曰："道德一也，异其文耳。《经》三章皆是陈静女之美，欲以易今夫人也，庶辅贊于君，使之有道也。此直思得静女以易夫人，非谓陈古也，故《经》云俟我、贻我，皆非陈古之辞也。""言静女，女德贞静也。俟我于城隅，是有法度也。女德如是，乃可悦爱，故下云'爱而不见'是也。姝、娈皆连静女，静既为德，故姝为美色也。《东方之日》传：'姝者，初昏之貌。'以彼论初昏之事，亦是美色，故《笺》云：'姝姝然美好之子。'《干旄》传曰：'姝，顺貌。'以贤者告之善道，不以色，故为顺，亦谓色美之顺也。城隅高于常处，以喻女之自防深。故《周礼》曰：'王城高七雉，隅九雉。'是高于常处也。"

新台

新台有泚，河水㳽㳽。一
燕婉之求，籧篨不鲜。二
新台有洒，河水浼浼。三
燕婉之求，籧篨不殄。四
鱼网之设，鸿则离之。五
燕婉之求，得此戚施。六

【注释】

一、泚：《毛诗故训传》曰："泚（cǐ音此），鲜明貌。浼浼，盛貌。水所以洁汙秽，反于河上而为淫昏之行。"泚：三家《诗》作"玼"。浼：《齐诗》作"泮"。

二、燕：《毛诗故训传》曰："燕，安。婉，顺也。"高亨《诗经今注》曰："燕婉，容貌俊俏的人。"燕：《鲁诗》《韩诗》作"嬿"，《齐诗》作"暥"。籧篨（qú chú音渠除）：本指粗竹席，又指病，不能俯者，盖指鸡胸。孔颖达《毛诗正义》曰："但人口柔者，必仰面观人之颜色而为辞，似籧篨不能俯之人，因名口柔者为籧篨。"鲜：《毛诗故训传笺》曰："鲜，善也。伋之妻，齐女，来嫁于卫。其心本求燕婉之人，谓伋也，反得籧篨不善，谓宣公也。"朱熹《诗集传》说："鲜，少也。"

三、洒（cuǐ音璀）：《毛诗故训传》曰："高峻貌。"《韩诗》作"漼"，音同，《释文》云："鲜貌。"王观国《学林》曰："洁静貌，音洗。"高亨《诗经今注》曰："借为铣（xiǎn音显），金色有光泽。"浼（měi音每）：《毛诗故训传》曰："平地也。"《韩诗》作"浘"，音尾。。陆德明《经典释文》云："盛貌。"

四、殄（tiǎn音舔）：善也。《毛诗故训传》曰："殄，绝也。"《毛诗故训传笺》曰："殄当作腆。腆，善也。"孔颖达《毛诗正义》曰："腆与殄，古今字之异，故《仪礼》注云'腆，古文字作殄'，是也。"《诗经今注》曰："殄借为珍，美也。"

五、离：通"罹"，遭遇，遭受；一说通"丽"，朱熹《诗集传》曰："附着"。此即成语"鱼网鸿离"的出处。言"所得非所求"。此句兴而有比，喻齐女本为世子而来，反得宣公。

六、戚施：疾病名，不能仰者，即驼背；一说蟾蜍；《韩诗》亦作"䶑鼋"。《毛诗故训传笺》曰："戚施面柔，下人以色，故不能仰也。""面柔"，指头脸不能仰起之疾，借指形貌丑陋之人。讽刺宣公也。

【解题】

卫宣公为太子伋娶妻，闻太子妻美，遂在黄河筑新台，迎娶太子妻，此诗即是讽刺卫宣公这件事。《诗序》曰："《新台》，刺卫宣公也。纳伋之妻，作新台于河上而要之。国人恶之，而作是诗也。"伋，宣公之世子。

孔颖达《毛诗正义》曰："此诗伋妻盖自齐始来，未至于卫，而公闻其美，恐不从己，故使人于河上为新台，待其至于河，而因台所以要之耳。"朱熹《诗集传》曰："旧说以为，卫宣公为其子伋娶于齐。而闻其美，欲自娶之。乃作新台于河上，而要之。国人恶之，而作此诗以刺之。"

卫宣公纳太子妻之事，《史记·卫康叔世家》曰："初，宣公爱夫人夷姜，夷姜生子伋，以为太子，而令右公子傅之。右公子为太子取齐女，未入室，而宣公见所欲为太子妇者好，说而自取之，更为太子取他女。"

二子乘舟

二子乘舟，泛泛其景。一
愿言思子，中心养养！二
二子乘舟，泛泛其逝。三
愿言思子，不瑕有害？四

【注释】

一、二子：一说指卫宣公之二子伋和寿。《毛诗故训传》曰："二子，伋、寿也。宣公为伋取于齐女而美，公夺之，生寿及朔。朔与其母愬伋于公，公令伋之齐，使贼先待于隘而杀之。寿知之，以告伋，使去之。伋曰：'君命也，不可以逃。’寿窃其节而先往，贼杀之。伋至，曰：‘君命杀我，寿有何罪？’贼又杀之。国人伤其涉危遂往，如乘舟而无所薄，泛泛然迅疾而不碍也。”一说指人。褚斌杰《诗经全注》曰：“子，人，不一定指子女。”泛泛：漂浮的样子。景：同“影”，指舟的影子。朱熹《诗集传》曰：“景，古影字。”

二、愿：思念。一说每次。《毛诗故训传》曰：“愿，每也。养养然忧不知所定。”《毛诗故训传笺》曰：“愿，念也。念我思此二子，心为之忧养养然。”言：语助词。养养：同“洋洋”，忧愁的样子。朱熹《诗集传》曰：“养养，犹漾漾，忧不知所定之貌。”

三、逝：远去。《毛诗故训传》曰：“逝，往也。言二子之不远害。”

四、瑕：过失。《毛诗故训传笺》云：“瑕犹过也。我思念此二子之事，于行无过差，有何不可而不去也？”一说为疑问词。朱熹《诗集传》曰：“不瑕，疑词，瑕何，古音相近，通用。此则见其不归而疑之也。”

【解题】

这是一首纪念卫宣公世子伋及公子寿的诗。《诗序》曰：“《二子乘舟》，思伋、寿也。卫宣公之二子争相为死，国人伤而思之，作是诗也。”卫宣公夺公子伋之妻宣姜，生公子寿与公子朔。宣姜与公子朔谮公子伋于卫宣公，公子伋出使齐国，宣姜与公子朔盗杀伋，公子寿劝阻不成代公子伋死，公子伋闻之，也自动赴死。公子朔即卫惠公。

孔颖达《毛诗正义》曰：“作《二子乘舟》诗者，思伋、寿也。卫宣公之二子伋与寿，争相为死，故国人哀伤而思念之，而作是《二子乘舟》之诗也。二子争相为死，即首章二句是也。国人伤而思之，下二句是也。”

《左传·桓公十六年》曰：“初，卫宣公烝于夷姜，生急子（即子伋），属诸右公子。为之娶于齐，而美，公取之，生寿及朔，属寿于左公子。夷姜缢。宣姜与公子朔构急子。公使诸齐，使盗待诸莘，将杀之。寿子告之，使行。不可，曰：‘弃父之命，恶用子矣！有无父之国则可也。’及行，饮以酒，寿子载其旌以先，盗杀之。急子至，曰：‘我之求也。此何罪？请杀我乎！’又杀之。”

朱熹《诗集传》云：“太史公曰：余读《世家》言，至于宣公之子以妇见诛，弟寿争死以相让，此与晋太子申生不敢明骊姬之过同，俱恶伤父之志。然卒死亡，何其悲也。或父子相杀，兄弟相戮，亦独何哉！”方玉润《诗经原始》曰：“情迫意切，无限事理包孕其中。指点情形，音流简外。”

鄘风

《鄘风》共有诗十篇。陆德明《经典释文·毛诗音义》曰："鄘音容。郑云：纣都以南曰鄘。王云：王城以西曰鄘也。"

郑玄《诗谱·邶鄘卫谱》曰："邶、鄘、卫者，商纣畿内方千里之地。"孔颖达《毛诗正义》曰："王肃、服虔以为鄘在纣都之西。孙毓《毛诗异同评》云：'据《鄘风·定之方中》，楚丘之歌，鄘在纣都之南，相证自明，而城以西无验。其城之西，迫于西山，南附洛邑，檀伯之封，温原樊州皆为列国，《鄘风》所兴，不出于此，郑义为长。'"

柏舟

泛彼柏舟，在彼中河。[一]
髧彼两髦，实维我仪。[二]
之死矢靡它。母也天只！不谅人只！[三]
泛彼柏舟，在彼河侧。
髧彼两髦，实维我特。[四]

之死矢靡慝。母也天只！不谅人只！五

【注释】

一、中河：河中。《毛诗故训传》曰："中河，河中。"《毛诗故训传笺》曰："舟在河中，犹妇人之在夫家，是其常处。"袁梅《诗经译注》曰："比兴这女子与爱人希望朝夕相处，犹如河与舟那样密不可分。"按这句话应该是兴。

二、髧（dàn音旦）：头发下垂的样子。髦：发至眉毛。孔颖达《毛诗正义》曰："髧，两髦之貌。髦者，发至眉，子事父母之饰。"《毛诗故训传笺》曰："两髦之人，谓共伯也，实是我之匹，故我不嫁也。"仪：对象，配偶。《毛诗故训传》曰："仪，匹也。"一说为偶。马瑞辰《毛诗传笺通释》曰："训匹者，仪与偶双声，同在疑母，盖以仪为偶字之假借。"

三、之：至，道。《毛诗故训传》曰："之，至也。"矢：发誓。靡：无。《毛诗故训传》曰："矢，誓。靡，无。至己之死，信无它心。"母也天只，不谅人只：呼告母亲、苍天。《毛诗故训传》曰："谅，信也。母也天也，尚不信我。天谓父也。"孔颖达《毛诗正义》曰："序云'父母欲夺而嫁之'，故知天谓父也。先母后天者，取其韵句耳。"朱熹《诗集传》曰："不及父者，疑时独母在，或非父意耳。"马瑞辰《毛诗传笺通释》曰："诗变父言天，先母后父者，错综其文，以天与人为韵也。《毛传》也、只同训，段玉裁谓如'日居月诸'，居、诸同训乎，是也。序明言'父母欲夺而嫁之'，是古说皆以母天谓母父之称。后儒或谓女惟从母，又谓父死称母。皆臆说也。"

四、特：配偶。《毛诗故训传》曰："特，匹也。"马瑞辰《毛诗传笺通释》曰："特，犹仪也，故《传》亦训匹。"

五、慝（tè音特）：一说为邪。《毛诗故训传》曰："慝，邪也。"朱熹《诗集传》曰："慝，邪也。以是为慝，则其绝之甚矣。"陈奂《诗毛氏传疏》曰："此训慝为邪者，各随文解说也。靡慝，即无邪。上章传所谓信无它心也。”一说同“忒”。马瑞辰《毛诗传笺通释》曰：“慝当为忒之同音假借。”王先谦《诗三家义集疏》曰：“《列女传》云：‘鄁柏舟之诗，君子美其贞一。’贞，正也。一然后贞，有它则为邪矣。之死靡它，故‘靡慝’也。”

【解题】

这是一首体现忠贞爱情的诗歌。《诗序》曰：“《柏舟》，共姜自誓也。卫世子共伯蚤死，其妻守义，父母欲夺而嫁之，誓而弗许，故作是诗以绝之。”《毛诗故训传》曰：“共伯，僖侯之世子。”又曰：“共姜，共伯之妻也，妇人从夫谥。姜，姓也。”

孔颖达《毛诗正义》曰：“作《柏舟》诗者，言其共姜自誓也。所以自誓者，卫世子共伯蚤死，其妻共姜守义不嫁，其父母欲夺其意而嫁之，故与父母誓而不许更嫁，故作是《柏舟》之诗，以绝止父母夺己之意。此誓云己至死无他心，与郑伯誓母云‘不及黄泉，无相见’，皆豫为来事之约，即盟之类也。言卫世子者，依《世家》，共伯之死，时釐（lài音赖）侯已葬，‘入釐侯羡自杀’，则未成君，故系之父在之辞。言世子，以别于众子，《曾子问》曰‘君薨而世子生’之类也。《春秋公羊》之说云：存称世子，君薨称子某，既葬称子。《左氏》之义，既葬称君，与此不同。此诗便文说事，非史策属辞之例也。言共伯者，共，谥；伯，字。以未成君，故不称爵。言早死者，谓早死不得为君，不必年幼也。《世家》武公和篡共伯而立，‘五十五年，卒’。《楚语》曰：‘昔卫武公年九十有五矣，犹箴儆于国。’则未必有死年九十五以后也，则武公即位，四十一二以上，共伯是其兄，则又长矣。其妻盖少，犹可以嫁。《丧服传》曰：‘夫死，妻稚子幼，子无大功之亲，妻得与之适人。’是于礼得嫁，但不如不嫁为善，故云‘守义’。《记》云：‘一与之齐，终身不改。’故夫死不嫁，是夫妻之义也。此叙其自誓之由也。自誓，即下云‘至死矢靡它’，是也。但上四句见己所以不嫁之由，下二句乃追恨父母夺己之意。”

按刘向《列女传·贞顺传·卫寡夫人》曰：“夫人者，齐侯之女也。嫁于卫，至城门而卫君死。保母曰：‘可以还矣。’女不听，遂入，持三年之丧，毕，弟立，请曰：‘卫小国也，不容二庖，愿请同庖。’夫人曰：‘唯夫妇同庖。’终不听。卫君使人愬于齐兄弟，齐兄弟皆欲与后君，使人告女，女终不听，乃作诗曰：‘我心匪石，不可转也。我心匪席，不可卷也。’厄穷而不闵，劳辱而不苟，然后能自致也，言不失也。然后可以济难矣。《诗》曰：‘威仪棣棣，又不可选也。’言其左右无贤臣，皆顺其君之意也。君子美其贞一，故举而列之于诗也。颂曰：齐女嫁卫，厥至城门，公薨不返，遂入三年。后君欲同，女终不浑，作诗讥刺，卒守死君。”按此处卫寡夫人，当指共姜，共姜所作诗，也当指《鄘风·柏舟》，而非《邶风·柏舟》。

墙有茨

墙有茨，不可埽也。[一]
中冓之言，不可道也。[二]
所可道也，言之丑也。[三]
墙有茨，不可襄也。[四]
中冓之言，不可详也。[五]
所可详也，言之长也。[六]
墙有茨，不可束也。[七]
中冓之言，不可读也。[八]
所可读也，言之辱也。[九]

【注释】

一、茨（cí音慈）：野生植物，即蒺藜。《毛诗故训传》曰：“茨，蒺藜也。”马瑞辰《毛诗传笺通释》曰：“《说文》，茨，以茅盖屋也；赍，草多貌；薺，蒺藜也。三者不同。据《毛传》云蒺藜，则当以《说文》引《诗》墙有茨为正。”《毛诗故训传》曰：“墙所以防非常。茨，蒺藜也。欲埽去之，反伤墙也。”《毛诗故训传笺》云：“国君以礼防制一国，今其宫内有淫昏之行者，犹墙之生蒺藜。”埽（sǎo音扫）：同“扫”，扫除。

二、中冓（gòu音够）：宫中内室内。《毛诗故训传》曰：“中冓，内冓也。”《毛诗故训传笺》云：“内冓之言，谓宫中所冓成顽与夫人淫昏之语。”

三、丑：恶。《毛诗故训传》曰：“于君丑也。”朱熹《诗集传》曰：“丑，恶。”

四、襄：同“攘”，除去。《毛诗故训传》曰：“襄，除也。”

五、详：审查。《毛诗故训传》曰：“详，审也。”一说详细。朱熹《诗集传》曰：“详，详言之也。”

六、长：多。《毛诗故训传》曰：“长，恶长也。”

七、束：捆起来丢掉。《毛诗故训传》曰：“束而去之。”

八、读：说出。《毛诗故训传》曰：“读，抽也。”《毛诗故训传笺》云：“抽，犹出也。”

九、辱：侮辱。《毛诗故训传》曰：“辱，辱君也。”

【解题】

这是一首讽刺卫国宫廷淫乱的诗。《诗序》曰：“《墙有茨》，卫人刺其上也。公子顽通乎君母，国人疾之而不可道也。”《毛诗故训传笺》曰：“宣公卒，惠公幼，其庶兄顽烝于惠公之母，生子五人：齐子、戴公、文公、宋桓夫人、许穆夫人。”

孔颖达《毛诗正义》曰：“此注刺君，故以宣姜系于君，谓之君母。《鹑之奔奔》则主刺宣姜与顽，亦所以恶公之不防闲，诗人主意异也。”

《左传·闵公二年》曰：“初，惠公之即位也，少。齐人使昭伯烝于宣姜，不可，强之。生齐子、戴公、文公、宋桓夫人、许穆夫人。文公为卫之多患也，先适齐。及败，宋桓公逆诸河，宵济。卫之遗民男女七百有三十人，益之以共、滕之民为五千人。立戴公以庐于曹。”《春秋左传正义》记载：“昭伯，惠公庶兄，宣公子顽也。卫宣公以鲁隐公四年立，鲁桓公十二年卒，终始二十年耳。即位之后，乃纳急子之妻，生寿及朔。朔既有兄，知其年盖年十五六岁。”

君子偕老

君子偕老，副笄六珈。一
委委佗佗，如山如河，象服是宜。二
子之不淑，云如之何！三
玼兮玼兮，其之翟也。四
鬒发如云，不屑髢也。五
玉之瑱也，象之揥也。六
扬且之皙也。七
胡然而天也？胡然而帝也？八
瑳兮瑳兮，其之展也。九
蒙彼绉絺，是绁袢也。十

子之清扬，扬且之颜也。十一
展如之人兮，邦之媛也？十二

【注释】

一、君子：指士以上的男子。此处指女子的丈夫。朱熹《诗集传》曰：“君子，夫也。”副：首饰。《毛诗故训传》曰：“副者，后夫人之首饰，编发为之。”笄（jī音几）：发簪。《毛诗故训传》曰：“笄，衡笄也。珈笄，饰之最盛者，所以别尊卑。”珈（jiā音家）：笄上的装饰。《毛诗故训传笺》曰：“珈之言加也，副既笄而加饰，如今步摇上饰。”朱熹《诗集传》曰：“笄，衡笄也。垂于副之两旁当耳，其下以紞悬瑱。”褚斌杰《诗经全注》曰：“笄，发簪，古时插发的饰物，俗称簪子。珈，笄上饰有垂珠称珈。有六颗珠，故称六珈。”

二、委委佗佗（tuó音驼）：雍容自得的样子。《毛诗故训传》曰：“委委者，行可委曲踪迹也。佗佗者，德平易也。”朱熹《诗集传》曰：“委委佗佗，雍容自得之貌。”王先谦《诗三家义集疏》曰：“韩说曰：‘委委佗佗’，德之美貌。……盖德不可见，于容见之，内有美德，斯外有美容，行步有仪，举止自得，故曰委委佗佗非谓美丽，四字德容兼释，不可偏举。”如山如河：像山一样庄重，像河一样包容。《毛诗故训传》曰：“山无不容，河无不润。”朱熹《诗集传》曰：“如山，安重也。如河，弘广也。”王先谦《诗三家义集疏》曰：“如山凝然而终，如河渊然而深，皆以状德容之美。”象服：画有鸟羽等的衣服。《毛诗故训传》曰：“象服，尊者所以为饰。”《毛诗故训传笺》曰：“象服者，谓揄翟、阙翟也。人君之象服，则舜所云‘予欲观古人之象、日月星辰’之属。”孔颖达《毛诗正义》曰：“翟而言象者，象鸟羽而画之，故谓之象。以人君之服画日月星辰谓之象，故知画翟羽亦为象也，故引古人之象以证之。”朱熹《诗集传》曰：“象服，法度之服也。”马瑞辰《毛诗传笺通释》曰：“《说文》袆字注引《周礼》曰：‘王后之服袆衣，谓画袍。’画者，画象之义，故诗谓之象服耳。”

三、淑：善。《毛诗故训传》曰：“有子若是，何谓不善乎？《毛诗故训传笺》曰：子乃服饰如是，而为不善之行，于礼当如之何！深疾之。”朱熹《诗集传》曰：“故其服饰之盛如此，而雍容自得，安重宽广，又有以宜其象服。今宣姜之不善乃如此。虽有是服，亦将如之何哉？言不称也。”马瑞辰《毛诗传笺通释》曰：“《释诂》曰：‘淑，善也。’”

四、玼（cǐ音此）：玉色鲜明的样子。《毛诗故训传》曰：“玼，鲜盛貌。”马瑞辰《毛诗传笺通释》曰：“玼与瑳一声之转。……《说文》曰：‘玼，新玉色鲜也。’‘瑳，玉色鲜白也。’……今按：玼与瑳双声，故玼或作瑳。瑳为玉色鲜白，又为衣服好貌。”翟（dí音笛）：本指山鸡，此处指画有山鸡的衣服。《毛诗故训传》曰：“褕翟、阙翟，羽饰衣也。”朱熹《诗集传》曰：“翟，衣，祭服，刻缯为翟雉之形，而彩画之以为饰也。”

五、鬒（zhěn音枕）：黑发。《毛诗故训传》曰：“鬒，黑发也。”如云：言多而美也。马瑞辰《毛诗传笺通释》曰：“《释文》曰：鬒，《说文》云：发稠也。……发多者必黑，故《毛诗故训传》曰黑发，说文曰稠发，其义相成而不相背。”不屑：不洁白。《毛诗故训传》曰：“屑，絜也。”褚斌杰《诗经全注》曰：“不需要，不屑用。”髢（dì音弟）：假发。《毛诗故训传笺》曰：“髢，髲也。不絜者不用髲为善。”朱熹《诗集传》曰：“髢，髲髢也。人少发则以髢益之。发自美，则不絜于髢而用之也。”马瑞辰《毛诗传笺通释》曰：“洪颐煊曰：《周官》絜壶氏，郑注：絜读如絜发之絜，絜与结同义。《字林》曰：‘髻，絜发也’。《毛传》训屑为絜，是‘不屑髢’，即不絜髢也。”

六、瑱（zhèn音镇）：垂在耳旁的玉，装饰品。《毛诗故训传》曰：“瑱，塞耳也。”王先谦《诗三家义集疏》曰：“《释名》曰：‘瑱，镇也，悬当耳旁，不欲使人妄听，自镇重也。’或曰充耳，充塞其耳，亦所以止听也。”揥（tì音替）：搔头的簪子。《毛诗故训传》曰：“揥，所以摘发也。”孔颖达

《毛诗正义》曰："以象骨搔首，因以为饰，名之揥，故云'所以摘发'。"

七、扬：眉上前额。《毛诗故训传》曰："扬，眉上广。"一说指脸色美。程俊英等《诗经注析》曰："扬，形容脸色之美。"皙：白皙。《毛诗故训传》曰："皙，白皙。"孔颖达《毛诗正义》曰："其眉上扬广，且其面之色又白皙。"

八、胡然：为何。《毛诗故训传笺》曰："胡，何也。"《毛诗故训传》曰："尊之如天，审谛如帝。"《毛诗故训传笺》曰："帝，五帝也。何由然女见尊敬如天帝乎？非由衣服之盛，颜色之庄与？反为淫昏之行。"朱熹《诗集传》曰："胡然而天，胡然而帝，言其服饰容貌之美，见者惊犹鬼神也。"马瑞辰《毛诗传笺通释》曰："盖谓充耳以瑱者，宜其填实如天；摘发以揥者，宜其审谛如帝。特言胡然，以示顾名思义之意，令其深思而自得之也。"

九、展：同"襢"，礼服。《毛诗故训传》曰："礼有展衣者，以丹縠为衣。"《毛诗故训传笺》曰："后妃六服之次展衣，宜白。"朱熹《诗集传》曰："展，衣也。以礼见于君及见宾客之服也。"马瑞辰《毛诗传笺通释》曰："展衣，《玉藻》做襢衣。襢之言亶。亶，诚也。……《释名》曰：襢衣，襢，坦也。坦然明白，无文彩也。"

十、蒙：覆盖着。绉絺：皆为细麻布。绁（xiè音泻）袢（fán音烦）：贴身内衣。《毛诗故训传》曰："蒙，覆也。絺之靡者为绉，是当暑袢延之服也。"《毛诗故训传笺》曰："绉絺，絺之蹙蹙者。展衣，夏则里衣绉絺。此以礼见于君及宾客之盛服也。"朱熹《诗集传》曰："蒙，覆也。绉絺，絺之蹙蹙者。当暑之服也。绁袢，束缚意。以展衣蒙絺绤，而为之绁袢，所以自敛饬也。或曰蒙，谓加絺绤于亵衣之上。所谓表而出之也。"马瑞辰《毛诗传笺通释》曰："亵者正字，绁者假借字也。"

十一、清扬：眉目清秀，眼角上扬。《毛诗故训传》曰："清，视清明也。扬，广扬而颜角丰满。"朱熹《诗集传》曰："清，视清明也。扬，眉上广也。颜，额角丰满也。"

十二、展：确实。《毛诗故训传》曰："展，诚也。"媛：美女。《毛诗故训传》曰："美女为媛。"《毛诗故训传笺》曰："媛者，邦人所依倚以为媛助也。疾宣姜有此盛服而以淫昏乱国，故云然。"

【解题】

这是一首讽刺贵夫人的诗。《诗序》曰："《君子偕老》，刺卫夫人也。夫人淫乱，失事君子之道，故陈人君之德、服饰之盛，宜与君子偕老也。"《毛诗故训传笺》曰："夫人，宣公夫人，惠公之母也。人君，小君也。或者'小'字误作'人'耳。"

孔颖达《毛诗正义》曰："作《君子偕老》诗者，刺卫夫人也。以夫人淫乱，失事君子之道也。毛以为，由夫人失事君子之道，故陈别有小君，内有贞顺之德，外有服饰之盛，德称其服，宜与君子偕老者，刺今夫人有淫佚之行，不能与君子偕老。偕老者，谓能守义贞洁以事君子；君子虽死，志行不变，与君子俱至于老也。经陈行步之容、发肤之貌，言德美盛饰之事，能与君子偕老者乃然。故发首言'君子偕老'，以为一篇之总目。《序》则反之，见内有其德，外称其服，然后能与君子偕老。各自为势，所以倒也。郑以为，由夫人失事君子之道，故陈此夫人既有举动之德、服饰之盛，宜应与君子俱至于老。反为淫佚之行，而不能与君子偕老，故刺之。此人君之德，谓宣姜服饰之盛，行止有仪，不谓内有其德也。"又曰："以上篇公子顽通乎君母，母是宣姜，故知此亦为宣公夫人，惠公之母也。以言刺夫人，故知人君为小君。以夫妻一体，妇人从夫之爵，故同名曰人君。《硕人》传曰'人君以朱缠镳'亦谓夫人也。夫人虽理得称人君，而《经》《传》无谓夫人为人君者，故《笺》疑之云：或者小字误作人耳。俗本亦有无此一句者，定本有之。"

朱熹《诗集传》曰："东莱吕氏曰，首章之末云，'子之不淑，云如之何'，责之也。二章之末云，'胡然而天也，胡然而帝也'，问之也。三章之末云，'展如之人兮，邦之媛也'，惜之也。辞益婉而意益深矣。"

桑中

爰采唐矣？沬之乡矣。一
云谁之思？美孟姜矣。二
期我乎桑中，要我乎上宫，送我乎淇之上矣。三
爰采麦矣？沬之北矣。四
云谁之思？美孟弋矣。五
期我乎桑中，要我乎上宫，送我乎淇之上矣。
爰采葑矣？沬之东矣。六
云谁之思？美孟庸矣。七
期我乎桑中，要我乎上宫，送我乎淇之上矣。

【注释】

一、爰：何处。《毛诗故训传》曰："爰，于也。"王先谦《诗三家义集疏》曰："爰，词也。"指句首语气词。唐：蒙，一种草，又名女萝、菟丝。《毛诗故训传》曰："唐蒙，菜名。"《尔雅·释草》云："唐蒙，女萝。女萝，菟丝。"沬（mèi音妹）：卫国的地名。《毛诗故训传》曰："沬，卫邑。"孔颖达《毛诗正义》曰："纣都朝歌，明朝歌即沬也。"朱熹《诗集传》曰："沬，卫邑也。《书》所谓妹邦者也。"马瑞辰《毛诗传笺通释》、王先谦《诗三家义集疏》认为，沬邦指的是牧野，位于朝歌南七十里地。乡：地方。《毛诗故训传》曰："乡，所也。"沬之乡，指沬之所。与以下两章的"沬之北""沬之东"，皆指其所在采之处。《毛诗故训传笺》曰："于何采唐，必沬之乡，犹言欲为淫乱者，必之卫之都。"

二、云：语气词。谁之思：思之谁，所想的人是谁。美：美好，美丽。孟：长（zhǎng音涨）。朱熹《诗集传》曰："孟，长也。"孔颖达《毛诗正义》曰：

“言孟，故知长女。”姜：姜姓。与以下两章的“弋”“庸”皆为列国之姓。孔颖达《毛诗正义》曰：“孟姜、孟弋、孟庸，以孟类之，盖亦列国之长女，但当时列国姓庸、弋者，无文以言之。”《毛诗故训传笺》曰：“淫乱之人谁思乎？乃思美孟姜。孟姜，列国之长女，而思与淫乱。疾世族在位，有是恶行也。”

三、期：会见，会面。《说文》曰：“期，会也。”要：通“邀”，邀约。桑中、上宫：地名。《毛诗故训传》曰：“桑中、上宫，所期之地。”王先谦《诗三家义集疏》曰：“既会而后约，则桑中、上宫非一地。上宫盖孟姜所居，故《易林》云上宫长女也。”淇：卫地水名。《毛诗故训传》曰：“淇，水名也。”《毛诗故训传笺》曰：“此思孟姜之爱厚己也，与我期于桑中，而要见我于上宫，其送我则于淇水之上。”

四、麦：麦子。朱熹《诗集传》曰：“麦，谷名。秋种夏熟者。”

五、弋：姓。

六、葑：植物名。《毛诗故训传笺》曰：“葑，蔓菁。”夏种秋熟。

七、庸：姓。

【解题】

这是一首反映卫国男女私奔的诗。《诗序》曰：“《桑中》，刺奔也。卫之公室淫乱，男女相奔，至于世族在位，相窃妻妾，期于幽远，政散民流而不可止。”《毛诗故训传笺》曰：“卫之公室淫乱，谓宣惠之世，男女相奔，不待媒氏以礼会之也。世族在位，取姜氏、弋氏、庸氏者也。窃，盗也。幽远，谓桑中之野。”

孔颖达《毛诗正义》曰：“作《桑中》诗者，刺男女淫怨而相奔也。由卫之公室淫乱之所化，是故又使国中男女相奔，不待礼会而行之，虽至于世族在位为官者，相窃其妻妾，而期于幽远之处，而与之行淫。时既如此，即政教荒散，世俗流移，淫乱成风而不可止，故刺之也。定本云‘而不可止’，‘止’

下有‘然’字。此男女相奔，谓民庶男女；世族在位者，谓今卿大夫世其官族而在职位者。相窃妻妾，谓私窃而与之淫，故云‘期于幽远’，非为夫妇也。此经三章，上二句恶卫之淫乱之主，下五句言相窃妻妾，‘期我于桑中’，是‘期于幽远’。此叙其淫乱之由，《经》陈其淫乱之辞。言公室淫乱，国中男女相奔者，见卫之淫风，公室所化。故《经》先言卫都淫乱，国中男女相奔，及世族相窃妻妾，俱是相奔之事，故《序》总云‘刺奔’。经陈世族相奔，明民庶相奔明矣。《经》言孟姜之等为世族之妻，而兼言妾者，以妻尚窃之，况于妾乎？故连言以协句耳。谓之窃者，蔽其夫而私相奸，若窃盗人物，不使其主知之然。既上下淫乱，有同亡国，故《序》云‘政散民流而不可止’，是以《乐记》曰：‘桑间濮上之音，亡国之音也。其政散，其民流，诬上行私而不可止。’是也。”又曰：“此惠公之时，兼云宣公者，以其言由公惑淫乱，至于政散民流，则由化者远矣。此直言公室淫乱，不指其人，而宣公亦淫乱，故并言之也。《序》言‘相窃妻妾’，《经》陈相思之辞，则孟姜之辈与世族为妻也，故知世族在位，取姜氏、弋氏、庸氏矣。”

朱熹《诗集传》曰：“《乐记》曰：郑卫之音，乱世之音也，比于慢矣。桑间濮上之音，亡国之音也。其政散，其民流，诬上行私，而不可止也。按《桑间》即此篇。故小序亦用《乐记》之语。”

卫宣公周桓王二年（公元前718年）即位，周桓王二十年（公元前700年）卫惠公即位。《史记·卫康叔世家》曰：“十九年，宣公卒，太子朔立，是为惠公。”

鹑之奔奔

鹑之奔奔，鹊之彊彊。一
人之无良，我以为兄。二

鹊之彊彊，鹑之奔奔。
人之无良，我以为君。三

【注释】

一、鹑（chún音纯）：鹌鹑，鸟类的一种。《说文》云：“禽属也。”《淮南万毕术》及《本草》以为“田鼠化鹑”。郝懿行云：“鹑黄黑杂文，大如秋鸡，无尾。鹑窜伏草间，无常居而有常匹，两雄相值则斗而不释。”鹊：喜鹊、山鹊。奔奔：飞的样子。《左传》作“贲贲”，《鲁诗》《齐诗》同。王先谦《诗三家义集疏》曰：“冯登府云：‘贲与奔通’。”王先谦以为“贲有‘愤’义”，所以《齐诗》训贲贲为争斗貌。另，《说文》云“贲，饰也”，王先谦因鲁说贲贲意以为指鹑黄白交杂的颜色。《鲁诗》《齐诗》皆作“贲贲”，但训不同。彊彊（jiāng音姜）：相随貌。《鲁诗》《齐诗》作“姜姜”。《毛诗故训传》曰：“鹑则奔奔，鹊则彊彊然。”《毛诗故训传笺》云：“奔奔、彊彊，言其居有常匹，飞则相随之貌。刺宣姜与顽非匹偶。”《韩诗》云：“奔奔、彊彊，乘匹之貌。”孔颖达《毛诗正义》曰：“言鹑，则鹑自相随奔奔然；鹊，则鹊自相随彊彊然。各有常匹，不乱其类。今宣姜为母，顽则为子，而与之淫乱，失其常匹，曾鹑鹊之不如矣。又恶顽，言人行无一善者，我君反以为兄，而不禁之也。恶顽而责惠公之辞。”

二、之：《韩诗外传》作“而”。良：善良。《毛诗故训传》曰：“良，善也。”兄：兄长。《毛诗故训传》曰：“兄，谓君之兄。”王先谦《诗三家义集疏》以为谓左公子洩、右公子职等。《毛诗故训传笺》云：“人之行无一善者，我君反以为兄。君谓惠公。”

三、君：国君夫人。《毛诗故训传》曰：“国小君。”《毛诗故训传笺》云：“小君，谓宣姜。”孔颖达《毛诗正义》曰：“夫人对君称小君。以夫妻一体言之，亦得曰君。”而褚斌杰《诗经全注》以为君指国君或一般男性。

【解题】

此诗是讽刺宣姜淫乱的一首诗。《诗序》曰："《鹑之奔奔》，刺卫宣姜也。卫人以为，宣姜，鹑鹊之不若也。"《毛诗故训传笺》曰："刺宣姜者，刺其与公子顽为淫乱行，不如禽鸟。"

孔颖达《毛诗正义》曰："二章皆上二句刺宣姜，下二句责公不防闲也。顽与宣姜共为此恶，而独为刺宣姜者，以宣姜卫之小君，当母仪一国，而与子淫，尤为不可，故作者意有所主，非谓顽不当刺也。今'人之无良，我以为兄'，亦是恶顽之乱。"不妨闲指人不惧谤议，为所欲为。

朱熹《诗集传》曰："范氏曰，宣姜之恶，不可胜道也。国人疾而刺之。或远言焉，或切言焉。远言之者，君子偕老是也。切言之者，鹑之奔奔是也。卫诗至此，而人道尽，天理灭矣。中国无以异于夷狄，人类无以异于禽兽，而国随以亡矣。胡氏曰，杨时有言，诗载此篇，以见卫为狄所灭之因也，故在定之方中之前，因以是说。考于历代，凡淫乱者，未有不至于杀身败国而亡其家者，然后知古诗垂戒之大。而近世有献议乞于经筵，不以《国风》进讲者，殊失圣经之旨矣。"

定之方中

定之方中，作于楚宫。一
揆之以日，作于楚室。二
树之榛栗，椅桐梓漆，爰伐琴瑟。三
升彼虚矣，以望楚矣。四
望楚与堂，景山与京。五
降观于桑，卜云其吉，终然允臧。六

灵雨既零，命彼倌人。七
星言夙驾，说于桑田。八
匪直也人，秉心塞渊，騋牝三千。九

【注释】

一、定：星名，即营室星，北方之宿。《毛诗故训传》曰：“定，营室也。”朱熹《诗集传》曰：“定，北方之宿，营室星也。此星昏而正中，夏正十月也，于是时可以营制宫室，故谓之营室。”方中：天的正中。《毛诗故训传》曰：“方中，昏正四方。”《毛诗故训传笺》曰：“定星昏中而正，于是可以营制宫室，故谓之营室。定昏中而正，谓小雪时，其体与东壁连正四方。”楚宫：楚丘的宫殿。《毛诗故训传》曰：“楚宫，楚丘之宫也。仲梁子曰：‘初立楚宫也。’”《毛诗故训传笺》曰：“楚宫，谓宗庙也。”

二、揆（kuí音葵）：测量，测度。《毛诗故训传》曰：“揆，度也。度日出日入，以知东西。南视定，北准极，以正南北。”室：居室。《毛诗故训传》曰：“室犹宫也。”《毛诗故训传笺》曰：“楚室，居室也。君子将营宫室，宗庙为先，厩库为次，居室为后。”朱熹《诗集传》曰：“楚室，犹楚宫。互文以协韵耳。”

三、榛、栗、椅（yī音衣）、桐、梓、漆：都是树名。《毛诗故训传》曰：“椅，梓属。”朱熹《诗集传》曰：“榛栗，二木，其实榛小栗大，皆可供笾实。椅，梓实桐皮。桐，梧桐也。梓，楸之疎理，白色而生子者。漆，木有液黏，黑可饰器物，四木皆琴瑟之材也。”爰：于是。《毛诗故训传笺》云：“爰，曰也。”朱熹《诗集传》曰：“爰，于也。”《毛诗故训传笺》曰：“树此六木于宫者，曰其长大可伐以为琴瑟。言豫备也。”

四、升：登上。虚：同“墟”，指漕之旧都城。《毛诗故训传》曰：“虚，漕虚也。楚丘有堂邑者。”朱熹《诗集传》曰：“虚，故城也。”楚：楚丘。朱熹《诗集传》曰：“楚，楚丘也。堂，楚丘之旁邑也。”《毛诗故训传》曰："楚丘有堂邑者。"

五、景山：大山。《毛诗故训传》曰："景山，大山。"京：高丘。《毛诗故训传》曰："京，高丘也。"《毛诗故训传笺》曰："自河以东，夹于济水，文公将徙，登漕之虚以望楚丘，观其旁邑及其丘山，审其高下所依倚，乃后建国焉，慎之至也。"

六、桑：木名。朱熹《诗集传》曰："桑，木名，叶可饲蚕者。观之以察其土宜也。"《毛诗故训传》曰："地势宜蚕，可以居民。"卜：占卜。《毛诗故训传》曰："龟曰卜。"允：信。《毛诗故训传》曰："允，信。"《毛诗故训传》曰："建国必卜之，故建邦能命龟，田能施命，作器能铭，使能造命，升高能赋，师旅能誓，山川能说，丧纪能诔，祭祀能语。君子能此九者，可谓有德音，可以为大夫。"

七、灵雨：好雨。《毛诗故训传笺》曰："灵，善。"零：降落。《毛诗故训传》曰："零，落也。"倌人：驾车的人。《毛诗故训传》曰："倌人，主驾者。"

八、星：雨止星见，天晴。言：语助词。夙：早晨。《毛诗故训传笺》云："星，雨止星见。夙，早也。文公于雨下，命主驾者：雨止，为我晨早驾，欲往为辞说于桑田，教民稼穑（sè音色）。务农急也。"

九、匪：非。秉心：用心。《毛诗故训传》曰："秉，操也。"塞：充实。《毛诗故训传笺》云："塞，充实也。"渊：深刻。《毛诗故训传笺》曰："渊，深也。"騋（lái音来）：高大的马。牝（pìn音聘）：母马。《毛诗故训传》曰："马七尺以上曰騋。騋马与牝马也。"《毛诗故训传笺》曰："国马之制，天子十有二闲，马六种，三千四百五十六匹。邦国六闲，马四种，千二百九十六匹。卫之先君兼邶、鄘而有之，而马数过礼制。今文公灭而复兴，徙而能富，马有三千，虽非礼制，国人美之。"闲，马厩。朱熹《诗集传》曰："马七尺以上为騋。"

【解题】

这是赞扬卫文公恢复卫国都城的诗。《诗序》曰："《定之方中》，美卫文公也。卫为狄所灭，东徙渡河，野处漕邑。齐桓公攘戎狄而封之。文公徙居楚丘，始建城市而营宫室，得其时制，百姓说之，国家殷富焉。"《毛诗故训传笺》曰："《春秋》闵公二年冬，'狄人入卫'。卫懿公及狄人战于荧泽而败。宋桓公迎卫之遗民渡河，立戴公以庐于漕。戴公立一年而卒。鲁僖公二年，齐桓公城楚丘而封卫，于是文公立而建国焉。"

孔颖达《毛诗正义》曰："作《定之方中》诗者，美卫文公也。卫国为狄人所灭，君为狄人所杀，城为狄人所入。其有遗馀之民，东徙渡河，暴露野次，处于漕邑。齐桓公攘去戎狄而更封之，立文公焉。文公乃徙居楚丘之邑，始建城，使民得安处。始建市，使民得交易。而营造宫室，既得其时节，又得其制度，百姓喜而悦之。民既富饶，官亦充足，致使国家殷实而富盛焉，故百姓所以美之。言封者，卫国已灭，非谓其有若新造之然，故云封也。言徙居楚丘，即二章升墟、望楚、卜吉、终臧，是也。而营宫室者，而首章'作于楚宫''作于楚室'，是营宫室也。建成市，《经》无其事，因徙居而始筑城立市，故连言之。毛则'定之方中''揆之以日'，皆为得其制。既得其制，则得时可知。郑则'定之方中'得其时，'揆之以日'为得其制，既营室得其时，树木为豫备，雨止而命驾，辞说于桑田，故'百姓说之'。'匪直也人，秉心塞渊'，是悦之辞也。国家殷富，则'騋牝三千'是也。《序》先言徙居楚丘者，先言所徙之处，乃于其处而营宫室，为事之次。而《经》主美宫室得其时制，乃追本将徙观望之事，故与《序》倒也。国家殷富，在文公末年，故《左传》曰：'元年，革车三十乘；季年，乃三百乘。'明其'騋牝三千'亦末年之事也。此诗盖末年始作，或卒后为之。"

《左传·闵公二年》曰："冬十二月，狄人伐卫。卫懿公好鹤，鹤有乘轩者。将战，国人受甲者皆曰：'使鹤，鹤实有禄位，余焉能战！'公与石祁子玦，与宁庄子矢，使守，曰：'以此赞国，择利而为之。'与夫人绣衣，曰：'听于二子。'渠孔御戎，子伯为右，黄夷前驱，孔婴齐殿。及狄人战于荧泽，卫师败绩，遂灭卫。卫侯不去其旗，是以甚败。狄人囚史华龙滑与礼孔以逐卫人。二人曰：‘我，大史也，实掌其祭。不先，国不可得也。’乃先之。至则告守曰：‘不可待也。’夜与国人出。狄入卫，遂从之，又败诸河。初，惠公之即位也少，齐人使昭伯烝于宣姜，不可，强之。生齐子、戴公、文公、宋桓夫人、许穆夫人。文公为卫之多患也，先适齐。及败，宋桓公逆诸河，宵济。卫之遗民男女七百有三十人，益之以共、滕之民为五千人，立戴公以庐于曹。许穆夫人赋《载驰》。齐侯使公子无亏帅车三百乘、甲士三千人以戍曹。归公乘马，祭服五称，牛羊豕鸡狗皆三百，与门材。归夫人鱼轩，重锦三十两。……僖之元年，齐桓公迁邢于夷仪。二年，封卫于楚丘。邢迁如归，卫国忘亡。卫文公大布之衣，大帛之冠，务材训农，通商惠工，敬教劝学，授方任能。元年革车三十乘，季年乃三百乘。”

《史记·卫康叔世家》曰：“懿公即位，好鹤，淫乐奢侈。九年，翟伐卫，卫懿公欲发兵，兵或畔。大臣言曰：‘君好鹤，鹤可令击翟。’翟于是遂入，杀懿公。懿公之立也，百姓大臣皆不服。自懿公父惠公朔之谗杀太子伋代立至于懿公，常欲败之，卒灭惠公之后而更立黔牟之弟昭伯顽之子申为君，是为戴公。戴公申元年卒。齐桓公以卫数乱，乃率诸侯伐翟，为卫筑楚丘，立戴公弟燬为卫君，是为文公。文公以乱故奔齐，齐人入之。初，翟杀懿公也，卫人怜之，思复立宣公前死太子伋之后，伋子又死，而代伋死者子寿又无子。太子伋同母弟二人：其一曰黔牟，黔牟尝代惠公为君，八年复去；其二曰昭伯。昭伯、黔牟皆已前死，故立昭伯子申为戴公。戴公卒，复立其弟燬为文公。文公初立，轻赋平罪，身自劳，与百姓同苦，以收卫民。”

蝃蝀

蝃蝀在东，莫之敢指。一

女子有行，远父母兄弟。[二]
朝隮于西，崇朝其雨。[三]
女子有行，远兄弟父母。[四]
乃如之人也，怀昏姻也。[五]
大无信也，不知命也。[六]

【注释】

一、蝃蝀（dì dōng音帝东）：虹，《鲁诗》《尔雅》作螮蝀。《毛诗故训传》曰："夫妇过礼则虹气盛，君子见戒而惧讳之，莫之敢指。"孔颖达《毛诗正义》曰："此恶淫奔之辞也。……夫妇过礼，谓不以道妄淫行夫妇之事也。"指：指点，指斥。王质《诗总闻》曰："今人犹言不可指，指则手肿。"褚斌杰《诗经全注》曰："古代民俗，认为指虹则手肿。"

二、行：此处指嫁人。《毛诗故训传笺》曰："行，道也。妇人生而有适人之道，何忧于不嫁，而为淫奔之过乎？恶之甚。"

三、隮（jī音机）：《齐诗》作跻，升气，一说虹；高亨《诗经今注》说"借为霋（qī音妻），云行貌"。《毛诗故训传》曰："崇，终也。从旦至食时为终朝。"《毛诗故训传笺》曰："朝有升气于西方，终其朝则雨，气应自然。以言妇人生而有适人之道，亦性自然。"

四、远兄弟父母：高亨《诗经今注》曰："父母，当作母父，传写误倒。父与雨协韵，若作父母则失韵。"此说恐为牵强之论。

五、乃如之人也：《毛诗故训传》曰："乃如是淫奔之人也。"《韩诗》《鲁诗》"也"作"兮"。《毛诗故训传笺》曰："怀，思也。乃如是之人，思昏姻之事乎？言其淫奔之过恶之大。"王先谦《诗三家义集疏》曰："怀盖坏之借字……怀昏姻，言败坏昏姻之正道也。"

六、大：太。命：父母之命，一说天命。《毛诗故训传笺》曰："淫奔之女，大无贞洁之信，又不知昏姻当待父母之命，恶之也。”

【解题】

此诗是批评一个女子没有经过父母之命、媒妁之言而私奔的诗。《诗序》曰：“《蝃蝀》，止奔也。卫文公能以道化其民，淫奔之耻，国人不齿也。”《毛诗故训传笺》曰：“不齿者，不与相长稚。”

孔颖达《毛诗正义》曰：“作《蝃蝀》诗者，言能止当时之淫奔。卫文公以道化其民，使皆知礼法，以淫奔者为耻。其有淫之耻者，国人皆能恶之，不与之为齿列、相长稚，故人皆耻之而自止也。”王先谦《诗三家义集疏》引《韩诗》曰：“刺奔女也。”

《后汉书·杨震传》曰：“光和元年，有虹蜺昼降于嘉德殿前，帝恶之，引赐及议郎蔡邕等入金商门崇德署，使中常侍曹节、王甫问以祥异祸福所在。赐仰天而叹，谓节等曰：‘吾每读《张禹传》，未尝不愤恚叹息，既不能竭忠尽情，极言其要，而反留意少子，乞还女婿。朱游欲得尚方斩马剑以理之，固其宜也。吾以微薄之学，充先师之末，累世见宠，无以报国。猥当大问，死而后已。’乃书对曰：‘臣闻之经传，或得神以昌，或得神以亡。国家休明，则鉴其德；邪辟昏乱，则视其祸。今殿前之气，应为虹蜺，皆妖邪所生，不正之象，诗人所谓蝃蝀者也。’”汉灵帝光和元年为公元178年。赐即杨赐，为东汉儒学大师杨震之孙、杨秉之子。

《朱子语类·理气下·天地下》曰：“雷虽只是气，但有气便有形。如蝃蝀本只是薄雨为日所照成影，然亦有形，能吸水、吸酒。人家有此，或为妖，或为祥。”

相鼠

相鼠有皮，人而无仪！？[一]
人而无仪，不死何为？[二]
相鼠有齿，人而无止！[三]
人而无止，不死何俟？[四]
相鼠有体，人而无礼。[五]
人而无礼，胡不遄死？[六]

【注释】

一、相：看。《毛诗故训传》曰：“相，视也。”仪：威仪。《毛诗故训传》曰：“无礼仪者，虽居尊位，犹为暗昧之行。”《毛诗故训传笺》曰：“仪，威仪也。视鼠有皮，虽处高显之处，偷食苟得，不知廉耻，亦与人无威仪者同。”

二、何为：即“为何”。《毛诗故训传笺》曰：“人以有威仪为贵，今反无之，伤化败俗，不如其死，无所害也。”

三、止：停止。《毛诗故训传》曰：“止，所止息也。”《毛诗故训传笺》曰：“止，容止。《孝经》曰‘容止可观’，无止，则虽居尊，无礼节也。”一说止为“耻”。

四、俟：等待。《毛诗故训传》曰：“俟，待也。”

五、体：肢体。《毛诗故训传》曰：“体，支体也。”

六、遄：快速。《毛诗故训传》曰：“遄，速也。”

【解题】

这是一首讽刺无礼之人的诗。《诗序》曰："《相鼠》，刺无礼也。卫文公能正其群臣，而刺在位承先君之化，无礼仪也。"孔颖达《毛诗正义》曰："作《相鼠》诗者，刺无礼也。由卫文公能正其群臣，使有礼仪，故刺其在位有承先君之化无礼仪者。由文公能化之，使有礼，而刺其无礼者，所以美文公也。《凯风》美孝子而反以刺君，此刺无礼而反以美君，作者之本意然也。在位无礼仪，文公不黜之者，以其承先君之化，弊风未革，身无大罪，不可废之故也。"

《白虎通义·谏诤篇》曰："妻得谏夫者，夫妇荣耻共之。《诗》云：'相鼠有体，人而无礼。人而无礼。胡不遄死？'此妻谏夫之诗也。谏不从不得去之者，本娶妻，非为谏正也，故一与齐，终身不改。此地无去夫之义也。"王先谦《诗三家义集疏》曰："鲁说曰：'妻谏夫也。'"据此知此诗刺"无礼"，是妻刺夫也。

褚斌杰《诗经全注》曰："这是一首讽刺诗，痛斥那些寡廉鲜耻之人，连老鼠都不如，还不如死掉好。语言辛辣，怒斥之声，宛如耳闻。"

卫文公，姬姓，卫氏，初名辟疆，后更名毁。卫国第20代国君，前659年至前635年在位。他是卫宣公之孙、昭伯顽之子，卫戴公之弟，卫成公之父。文公在位期间，节约训农，通商惠工，劝学任能，力求恢复。初年仅有革车三十乘，晚年增至三百乘。

干旄

孑孑干旄，在浚之郊。一
素丝纰之，良马四之。二

彼姝者子，何以畀之？三
孑孑干旟，在浚之都。四
素丝组之，良马五之。五
彼姝者子，何以予之？
孑孑干旌，在浚之城。六
素丝祝之，良马六之。七
彼姝者子，何以告之？八

【注释】

一、孑孑（jié音节）：旗杆高挑的样子。《毛诗故训传》曰：“孑孑，干旄之貌，注旄于干首，大夫之旃（zhān音沾）也。”朱熹《诗集传》曰：“孑孑，特出之貌。”干旄：用牦牛尾装饰旗杆顶端的旗。朱熹《诗集传》曰：“干旄，以旄牛尾注于旗干，而建之车后也。”马瑞辰《毛诗传笺通释》曰：“《孟子》曰：‘庶人以旃，士以旂（qí音奇），大夫以旌。是古者聘贤招士多以弓旌车乘。此诗干旄、干旟（yú音余）、干旌，皆历举召贤者之所建。’”袁梅《诗经译注》曰：“干旄是一种用山鸡羽装饰的，以丝绳作流苏的彩旗。为古代礼仪中的饰物，仪仗，也是婚礼中的一项赠品。一说以牦牛尾装于干首。又说以牦牛尾为之，缀于幢上。”浚（xùn音迅）：卫国城名。《毛诗故训传》曰：“浚，卫邑。”

二、素丝：白色丝。笺：“素丝者，以为缕，以缝纰旌旗之旒縿，或以维持之。”纰（pí音皮）：搓成绳子。《毛诗故训传》曰：“纰，所以织组也。总纰于此，成文于彼，愿以素丝纰组之法御四马也。”良马四之：用四匹好马驾车。《毛诗故训传笺》曰：“浚郊之贤者，既识卿大夫建旄而来，又识其乘善马。四之者，见之数也。”朱熹《诗集传》曰：“四之，两服两骖（cān音参），凡四马以载之也。”王念孙《广雅疏证》曰：“四马，大夫以备赠遗者。下文或五或六，随所见言之，不专是自乘。”

三、姝：美。《毛诗故训传》曰："殊，顺貌。"朱熹《诗集传》曰："姝，美也。"马瑞辰《毛诗传笺通释》曰："顺与美义本相成。姝可训美，又训顺者，犹《说文》训婉为顺，而《郑风》'清扬婉兮'，《传》云'婉然美'也。"畀：给予。《毛诗故训传》曰："畀，予也。"《毛诗故训传笺》曰："时贤者既说此卿大夫有忠顺之德，又欲以善道与之，心诚爱厚之至。"朱熹《诗集传》曰："言卫大夫乘此车马，建此旌旄，以见贤者。彼其所见之贤者，将何以畀之，而答其所见之贤者，将何以畀之，而答其礼意之勤乎。"

四、干旟：画有鹰隼的旗子。《毛诗故训传》曰："鸟隼曰旟。下邑曰都。"《毛诗故训传笺》曰："《周礼》州里建旟，谓州长之属。"朱熹《诗集传》曰："旟，州里所建鸟隼之旗也，上设旌旄，其下系斿，斿下属縿，皆书鸟隼也。"袁梅《诗经译注》曰："干旟也是干旄之属，是州里所建的鸟隼之旗，干首设旌旄，其下系斿（古代旌旗的下垂饰物），斿下又饰以縿（一种丝绳，末端有穗子），都以鸟隼之形饰之。"

五、组：意思同"纰"。《毛诗故训传》曰："总以素丝而成组也。骖马五辔。"《毛诗故训传笺》曰："以素丝缕缝组于旌旗以为之饰。"

六、干旌（jīng音京）：用羽毛装饰旗杆顶的旗子。《毛诗故训传》曰："析羽为旌。城，都城也。"朱熹《诗集传》曰："析羽为旌。干旌，盖析翟羽设于旗干之首也。"袁梅《诗经译注》曰："干旌也是一种仪仗，饰物。这种彩旗以山鸡羽装饰旗干之首。"

七、祝：同"属"，编织。《毛诗故训传》曰："祝，织也。四马六辔。"《毛诗故训传笺》曰："祝当做'属'。属，著也。六之者，亦谓六见之也。"朱熹《诗集传》曰："六之，六马，极其盛而言也。"

八、告：建议。程俊英等《诗经注析》曰："告，建议。《左传·定公九年》曰：'《干旄》何以告之，取其忠也。'杜预注：'取其中心愿告人以善道也。'"一说为讲。褚斌杰《诗经全注》曰："告，讲。指如何向对方表示爱慕之情。"

【解题】

这是一首赞扬卫文公好善好贤的诗。《诗序》曰：“《干旄》，美好善也。卫文公臣子多好善，贤者乐告以善道也。”《毛诗故训传笺》曰：“贤者，时处士也。”

孔颖达《毛诗正义》曰：“作《干旄》诗者，美好善也。卫文公臣子多好善，故处士贤者乐告之以善道也。毛以为，此叙其由臣子多好善，故贤者乐告以善道。《经》三章皆陈贤者乐告以善道之事。郑以三章皆上四句言文公臣子建旌乘马，数往见贤者于浚邑，是好善。见其好善，下二句言贤者乐告以善道也。”又曰：“以臣子好善，贤者告之，则贤者非臣子，故云处士也。士者，男子之大称。言处者，处家未仕为官。《乡饮酒》注云：‘宾介，处士贤者，乡大夫宾之，以献于君。’是未仕也。”

《左传·闵公二年》曰：“卫文公大布之衣，大帛之冠，务材训农，通商惠工，敬教劝学，授方任能。元年革车三十乘，季年乃三百乘。”

《史记·卫康叔世家》曰：“文公初立，轻赋平罪，身自劳，与百姓同苦，以收卫民。”

载驰

载驰载驱，归唁卫侯。一
驱马悠悠，言至于漕。二
大夫跋涉，我心则忧。三
既不我嘉，不能旋反。四
视而不臧，我思不远。五
既不我嘉，不能旋济。六

视而不臧，我思不閟。[七]
陟彼阿丘，言采其蝱。[八]
女子善怀，亦各有行。[九]
许人尤之，众稚且狂。[十]
我行其野，芃芃其麦。[十一]
控于大邦，谁因谁极。[十二]
大夫君子，无有我尤。[十三]
百尔所思，不如我所之。[十四]

【注释】

一、载：语气词。《毛诗故训传》曰：“载，辞也。”一说意为则。《毛诗故训传笺》曰：“载之言则也。”驰：快马赶路。唁：吊唁。《毛诗故训传》曰：“吊失国曰唁。”卫侯：卫戴公。《毛诗故训传笺》曰：“卫侯，戴公也。”

二、悠悠：形容路途遥远。《毛诗故训传》曰：“悠悠，远貌。”漕：卫国都城名。《毛诗故训传》曰：“漕，卫东邑。”《毛诗故训传笺》曰：“夫人愿御者，驱马悠悠乎，我欲至于漕。”

三、跋涉：跋山涉水。《毛诗故训传》曰：“草行曰跋。水行曰涉。”《毛诗故训传笺》曰：“跋涉者，卫大夫来告难于许时。”

四、既：都。嘉：善，嘉许。《毛诗故训传》曰：“不能旋反，我思也。”《毛诗故训传笺》曰：“既，尽。嘉，善也。言许人尽不善我欲归唁兄。”

五、尔：你们。臧：善。《毛诗故训传笺》曰：“尔，女。女，许人也。臧，善也。视女不施善道救卫。”

六、济：渡河。朱熹《诗集传》曰：“济，渡也。自许归卫，必有所渡之水也。”一说为止。《毛诗故训传》曰：“济，止也。”

七、闷（bì音必）：闭塞。《毛诗故训传》曰：“閟，闭也。”

八、陟：登。阿丘：高高的山丘。《毛诗故训传》曰：“偏高曰阿丘。”蝱（méng音蒙）：贝母。《毛诗故训传》曰：“蝱，贝母也。升至偏高之丘，采其蝱者，将以疗疾。”《毛诗故训传笺》曰：“升丘采贝母，犹妇人之适异国，欲得力助，安宗国也。”

九、善：多。怀：思念。行：道路。《毛诗故训传》曰：“行，道也。”《毛诗故训传笺》曰：“善犹多也。怀，思也。女子之多思者有道，犹升丘采其蝱也。”

十、尤：反对。《毛诗故训传》曰：“尤，过也。是乃众幼稚且狂进，取一概之义。”《毛诗故训传笺》曰：“许人，许大夫也。过之者，过夫人之欲归唁其兄。”

十一、芃芃（péng音朋）：茂盛的样子。《毛诗故训传》曰：“原行卫之野，麦芃芃然方盛长。”《毛诗故训传笺》曰：“麦芃芃者，言未收刈，民将困也。”

十二、控：求告。《毛诗故训传》曰：“控，引。”极：至。《毛诗故训传》曰：“极，至也。”《毛诗故训传笺》曰：“今卫侯之欲求援引之力助于大国之诸侯，亦谁因乎？由谁至乎？闵之，故欲归问之。”

十三、大夫君子：许国大臣。《毛诗故训传笺》曰：“君子，国中贤者。无我有尤，无过我也。”

十四、百尔：即凡尔，所有。《毛诗故训传》曰：“不如我所思之笃厚也。”《毛诗故训传笺》曰：“尔，女。女，众大夫君子也。”

【解题】

这是一首体现许穆夫人对故国沦陷表达关切的诗。《诗序》曰："《载驰》，许穆夫人作也。闵其宗国颠覆，自伤不能救也。卫懿公为狄人所灭，国人分散，露于漕邑。许穆夫人闵卫之亡，伤许之小，力不能救，思归唁其兄，又义不得，故赋是诗也。"《毛诗故训传笺》曰："灭者，懿公死也。君死于位曰灭。露于漕邑者，谓戴公也。懿公死，国人分散，宋桓公迎卫之遗民渡河，处之于漕邑，而立戴公焉。戴公与许穆夫人俱公子顽烝于宣姜所生也。男子先生曰兄。"

孔颖达《毛诗正义》曰："此《载驰》诗者，许穆夫人所作也。闵念其宗族之国见灭，自伤不能救之。言由卫懿公为狄人所灭，国人分散，故立戴公，暴露而舍于漕邑。宗国败灭，君民播迁，是以许穆夫人闵念卫国之亡，伤己许国之小，而力弱不能救，故且欲归国而唁其兄。但在礼，诸侯夫人父母终，唯得使大夫问于兄弟，有义不得归，是以许人尤之，故赋是《载驰》之诗而见己志也。定本、《集注》皆云又义不得，则为'有'字者非也。上云许穆夫人作，又云故赋是诗，作赋一也。以作诗所以铺陈其志，故作诗名曰赋。《左传》曰：'许穆夫人赋《载驰》。'是也。此思归唁其兄，首章是也。又义不得，二章以下是也。此实五章，故《左传》叔孙豹、郑子家赋《载驰》之四章，四犹未卒，明其五也。然彼赋《载驰》，义取控引大国，今控于大邦，乃在卒章。言赋四章者，杜预云：'并赋四章以下。赋诗虽意有所主，欲为首引之势，并上章而赋之也。'《左传》服虔注：'《载驰》五章属《鄘风》。许夫人闵卫灭，戴公失国，欲驰驱而唁之，故作以自痛国小，力不能救。在礼，妇人父母既没，不得宁兄弟，于是许人不嘉，故赋二章以喻思不远也。许人尤之，遂赋三章。以卒章非许人不听，遂赋四章，言我遂往，无我有尤也。'服氏既云《载驰》五章，下历说唯有四章者，服虔意以传称四章，义取控于大国，此卒章乃是传之所谓四章也，因以差次章数以当之。首章论归唁之事，其所思之意。下四章为许人所尤而作之，置首章于外，以下别数为四章也。言许大夫不嘉，故赋二章，谓除首章而更有二章，即此二章、三章是也。凡诗之作，首尾接连，未有除去首章，更为次弟者也。服氏此言，无所案据，正以《传》有四章之言，故为此释，不如杜氏并赋之说也。”

《左传·闵公二年》曰：“许穆夫人赋《载驰》。”杜预《春秋左传注》曰：“《载驰》，《诗·卫风》也。许穆夫人痛卫之亡，思归唁之，不可，故作诗以言志。”

《左传·文公十三年》曰：“冬，公如晋，朝，且寻盟。卫侯会公于沓，请平于晋。公还，郑伯会公于棐，亦请平于晋。公皆成之。郑伯与公宴于棐。子家赋《鸿雁》。季文子曰：‘寡君未免于此。’文子赋《四月》。子家赋《载驰》之四章。文子赋《采薇》之四章。郑伯拜。公答拜。”杜预《春秋左传注》曰：“《载驰》，《诗·鄘风》，四章以下，义取小国有急，欲引大国以救助。”孔颖达《春秋左传正义》曰：“《载驰》，许穆夫人闻卫之灭，思归唁兄之诗也。其四章曰：‘陟彼阿丘，言采其虻。女子善怀，亦各有行。许人尤之，众稚且狂。’其五章曰：‘我行其野，芃芃其麦。控于大邦，谁因谁极？大夫君子，无我有尤。百尔所思，不如我所之。’此义取小国有急，控告大国。文在五章，而《传》言四章，故云四章以下，言其并赋五章。”

朱熹《诗集传》曰：“宣姜之女为许穆公夫人。闵卫之亡，驰驱而归，将以唁卫公于漕邑。未至，而许之大夫有奔走跋涉而来者。夫人知其必将以不可归之义来告，故心以为忧也。既而终不果归，乃作此诗，以自言其意尔。”又曰：“事见《春秋传》。旧说，此诗五章，一章六句，二章三章四句，四章六句，五章八句。苏氏合二章三章以为一章。按《春秋传》，叔孙豹赋《载驰》之四章，而取其控于大邦，谁因谁极之意，与苏说合。今从之。范氏曰，先王制礼，父母没（mò音莫）则不得归宁者，义也。虽国灭君死，不得往赴焉，义重于亡故也。”

卫风

《卫风》大部分难以确定具体时代，大致说来西周末东周初的诗居多数。今存十篇。

郑玄《诗谱·邶鄘卫谱》说，周初置三监，使管叔、蔡叔、霍叔尹而教之。自纣城而北谓之邶，南谓之鄘，东谓之卫。当周夷王时，卫国政衰，变风始作。卫在故商都之东，即今河南淇县附近。后周公合并三监之地为卫，连同原殷民一起封给康叔，建都殷墟，在今河南淇县。

淇奥

瞻彼淇奥，绿竹猗猗。[一]
有匪君子，如切如磋，如琢如磨。[二]
瑟兮僩兮，赫兮咺兮。[三]
有匪君子，终不可谖兮。[四]
瞻彼淇奥，绿竹青青。[五]
有匪君子，充耳琇莹，会弁如星。[六]

瑟兮僩兮，赫兮咺兮。
有匪君子，终不可谖兮。
瞻彼淇奥，绿竹如箦。七
有匪君子，如金如锡，如圭如璧。八
宽兮绰兮，猗重较兮。九
善戏谑兮，不为虐兮。十

【注释】

一、淇：淇水，卫国河名。朱熹《诗集传》曰：“淇水也。”奥（yù音玉）：同“澳”，水岸弯曲的地方。《毛诗故训传》曰：“奥，隈也。”马瑞辰《毛诗传笺通释》曰：“奥本隈曲之名。水之内为奥，与水相入为汭同义。”绿竹：绿色的竹子。《毛诗故训传》曰：“绿，王刍也。竹，篇竹也。”朱熹《诗集传》曰：“绿，色也。淇上多竹，汉世犹然。所谓‘淇园之竹’是也。”马瑞辰《毛诗传笺通释》曰：“《尔雅》曰：菉，王刍。《说文》：菉，王刍也，引《诗》‘菉竹猗猗’。《毛诗》作绿者，菉之假借。”猗猗（yī音衣）：美丽而且茂盛的样子。《毛诗故训传》曰：“美盛貌。”朱熹《诗集传》曰：“猗猗，始生柔弱而美盛也。”

二、匪：同“斐”，有文采的样子。《毛诗故训传》曰：“匪，文貌。”朱熹《诗集传》曰：“匪，斐通。文章著见之貌也。”切、磋（cuō音蹉）、琢、磨：句意是对于品德不断磨练。切：指切玉。磋：指削玉。琢：雕玉。磨：研磨抛光。《毛诗故训传》曰：“治骨曰切，象曰磋，玉曰琢，石曰磨。”朱熹《诗集传》曰：“治骨角者，既切以刀斧而复磋以鑢锡，治玉石者，既琢以槌凿而复磨以沙石。言其德之修饬，有进而无已也。”《论语·学而》曰：“子贡曰：‘贫而无谄，富而无骄，何如？’子曰：‘可也。未若贫而乐，富而好礼者也。’子贡曰：‘《诗》云：如切如磋，如琢如磨’，其斯之谓与？子曰：‘赐也，始可与言《诗》已矣。告诸往而知来者。’”

三、瑟：同“瑟”，庄重的样子。《毛诗故训传》曰：“瑟，矜庄貌。”僩（xiàn音现）：一说宽大的样子。《毛诗故训传》曰：“僩，宽大也。”一说威严的样子。朱熹《诗集传》曰：“僩，威严貌。”马瑞辰《毛诗传笺通释》曰：“瑟僩二字义相近，故《大学》《尔雅》并云：瑟兮僩兮者，恂栗也。”赫：光明的样子。《毛诗故训传》曰：“赫，有明德赫赫然。”褚斌杰《诗经全注》曰：“光明的样子。”咺（xuǎn音选）：光明显著的样子。《毛诗故训传》曰：“威仪容止宣著也。”朱熹《诗集传》曰：“咺，宣著貌。”马瑞辰《毛诗传笺通释》曰：“《尔雅》作烜，《释文》曰：烜者，光明宣著。《广雅·释诂》曰：烜，明也。”

四、谖（xuān音宣）：忘记。《毛诗故训传》曰：“谖，忘也。”马瑞辰《毛诗传笺通释》曰：“《说文》曰：‘萱，令人忘忧之草也。或从煖作蘐，或从宣做萱。’引《诗》安得萱草。今《毛诗》作谖草，谖即萱，即蘐、萱之假借。是知凡《诗》作谖、训忘者，皆当为蘐及萱之假借。若谖之本义，自为诈耳。”

五、青青：茂盛的样子。《毛诗故训传》曰：“青青，茂盛貌。”朱熹《诗集传》曰：“青青，坚刚茂盛之貌。”

六、充耳：饰品。《毛诗故训传》曰：“充耳谓之瑱。”褚斌杰《诗经全注》曰：“古代饰物，即在冠的两旁，悬美玉垂于耳边。”琇（xiù音秀）莹：美丽的玉石。《毛诗故训传》曰：“琇莹，美石也。”朱熹《诗集传》曰：“琇莹、美石也。天子玉瑱、诸侯以石。”王先谦《诗三家义集疏》曰：“琇谓石，莹谓玉，言充耳有石、有玉也。”会（kuài音快）：缝隙。弁（biàn音变）：皮帽。《毛诗故训传》曰：“弁，皮弁，所以会发。”《毛诗故训传笺》曰：“会为弁之缝中，饰之以玉，皪皪而处，状似星也。”朱熹《诗集传》曰：“会，缝也。弁，皮弁也。以玉饰皮弁之缝中。如星之明也。”

七、箦（zé音则）：茂密的样子。《毛诗故训传》曰：“箦，积也。”朱熹《诗集传》曰：“箦，栈也。竹之密比，似之则盛之至也。”陈乔枞《三家诗遗说考》云：“毛韩并训箦为积，是以箦为积之假借。”王先谦《诗三家义集疏》曰：“《说文》曰：‘箦，床栈也。’”褚斌杰《诗经全注》曰：“箦，茂盛的样子。”

八、如金如锡、如圭如璧：像金、锡一样精纯，像圭、璧一样治学有成。《毛诗故训传》曰：“金锡练而精，圭璧性有质。”孔颖达《毛诗正义》云：“武公器德已，成炼精如金锡，道业既就，琢磨如圭璧。”朱熹《诗集传》曰：“金、锡，言其锻炼之精纯。圭、璧，言其生质之温润。”褚斌杰《诗经全注》曰：“如金如锡，比喻品德陶冶得精纯如金、锡。如圭如璧，比喻治学有成，已雕琢成美器。”

九、宽：胸襟宽广。《毛诗故训传》曰：“宽能容众。”朱熹《诗集传》曰：“宽，宏裕也。”绰（chuò音啜）：从容的样子。《毛诗故训传》曰：“绰，缓也。”朱熹《诗集传》曰：“绰，开大也。”猗：同“倚”，依靠。孔颖达《毛诗正义》曰：“入相为卿士，倚此重较之车。”王先谦《诗三家义集疏》曰：“三家猗作倚。”一说为叹词。朱熹《诗集传》曰：“猗，叹辞也。”重（chóng音崇）较：一说为卿士之车。《毛诗故训传》曰：“重较，卿士之车。”一说较为车上横木。朱熹《诗集传》曰：“较，两犄上出轼者，谓车两傍也。”

十、戏谑：开玩笑。虐：粗暴。《毛诗故训传》曰：“宽缓弘大，虽则戏谑，不为虐矣。”《毛诗故训传笺》曰：“君子之德，有张有弛，故不常矜庄而时戏谑。”

【解题】

这是一首赞美卫武公的诗。《诗序》曰：“《淇奥》，美武公之德也。有文章，有能听其规谏，以礼自防，故能入相于周，美而作是诗也。”《毛诗故训传笺》曰：“淇，水名。奥，限也。”

孔颖达《毛诗正义》曰：“作《淇奥》诗者，美武公之德也。既有文章，又能听臣友之规谏，以礼法自防闲，故能入相于周为卿士，由此故美之而作是诗也。《沔水》笺云：‘规者，正圆之器也。’《司谏》注云：‘以义正君曰规。’然则方圆者度之准，礼义者德之则。正圆以规，使依度，犹正君以礼，使入德，故谓之规谏。谏，干也，干君之意而告之。卒章《传》曰‘重较，卿士之车’，则入相为卿士也。《宾之初筵》云‘武公既入而作是诗也’，则武公当幽王之时已为卿士矣。又《世家》云：‘武公将兵佐周平戎，甚有功。平王命为公。’则平王之初，未命为公，亦为卿士矣。此云入相于周，不斥其时之王，或幽或平，未可知也。若平王则为公，而云卿士者，卿为典事，公其兼官，故《顾命》注‘公兼官，以六卿为正次’，是也。言‘美武公之德’，总叙三章之义也。‘有文章’，即‘有斐君子’是也。‘听其规谏，以礼自防’，即‘切磋琢磨，金锡圭璧’是也。‘入相于周’，即‘充耳会弁，猗重较兮’是也。其余皆是武公之德从可知也。《序》先言听谏自防，乃言入相于周者，以先说在国之德，乃言入相。《经》亦先言其德盛听谏，后陈卿士之车服为事次也。诸言美者，美所施之政教，此则论质美德盛，学问自修，乃言美其身之德，故叙者异其文也。案《世家》云‘武公以其赂赂士，以袭攻共伯’，而杀兄篡国，得为美者，美其逆取顺守，德流于民，故美之。齐桓、晋文皆篡弑而立，终建大功，亦皆类也。”

朱熹《诗集传》曰：“按《国语》武公年九十有五，犹箴儆于国，曰：自卿以下，至于师长士，苟在朝者，无谓我老耄而舍我。必恪恭于朝，以戒我。遂作懿戒之诗，以自警。而宾之初筵，亦武公悔过之作，则其有文章而能听规谏，以礼自防也，可知矣。卫之他君，盖无足以及此者。故序以此诗为美武公。而今从之也。”

卫武公，周宣王时大臣，周宣王十六年（公元前812年）即位，在位55年。《史记·卫康叔世家》曰：“武公即位，修康叔之政，百姓和集。四十二年，犬戎杀周幽王，武公将兵往佐周平戎，甚有功，周平王命武公为公。五十五年，卒，子庄公扬立。”

考槃

考槃在涧，硕人之宽。一
独寐寤言，永矢弗谖。二
考槃在阿，硕人之薖。三
独寐寤歌，永矢弗过。四
考槃在陆，硕人之轴。五
独寐寤宿，永矢弗告。六

【注释】

一、考槃（pán音盘）：即筑成木屋。方玉润《诗经原始》引黄一正曰：“槃者，架木为室，盘结之义也。”又《毛诗故训传》曰：“考，成。槃，乐也。”马瑞辰《毛诗传笺通释》引顾虞东语：“世固有隐而弗成者，成其乐，乃所以成其隐也。”又朱熹《诗集传》曰：“槃，盘桓之意。言成其隐处之室也。”涧：指夹在两山间的水沟。《毛诗故训传》曰：“山夹水曰涧。”硕：硕人指身材高大的美人，或贤人。《毛诗故训传笺》云：“硕，大也。”王先谦《诗三家义集疏》曰：“硕人，谓贤者。”宽：宽宏。《毛诗故训传笺》曰：“宽然有虚乏之色。”王先谦曰：“心自宽绰。”褚斌杰《诗经全注》曰：“宽：（指所想的男子）宽宏。”把“槃”训为木屋，则释“宽”为宽敞。《毛诗故训传笺》曰：“有穷处，成乐在于此涧者，形貌大人，而宽然有虚乏之色。”王先谦《诗三家义集疏》曰：“硕人，谓贤者，虽处陋陿（xiá音狭），心自宽绰也。”朱熹《诗集传》云：“诗人美贤者隐处涧谷之间，而硕大宽广无戚戚之意。”又可注为：筑成木屋在涧谷之间，贤者也觉得它很宽敞了。

二、独寐寤歌：朱熹《诗集传》云“独寐而寤言”，程俊英《诗经译注》则云独寐、独寤、独言，即独睡、独醒、独自说话。永：长。矢：同“誓”，发誓。《毛诗故训传笺》曰：“永，长。矢，誓。谖，忘也。在涧独寐，觉而独言，长自誓以不忘君之恶，志在穷处，故云然。”朱熹《诗集传》则曰：“虽独寐而寤言，犹自誓其不忘此乐也。”王先谦《诗三家义集疏》亦认为“谓‘不忘其乐’近得之”。

三、阿：山弯曲处。《毛诗故训传》曰：“曲陵曰阿。”王先谦《诗三家义集疏》曰：“谓山曲隈（wēi音危）处也。”薖（kē音科）：《毛诗故训传》曰：“薖，宽大貌。”《毛诗故训传笺》云：“薖，饥意。”朱熹《诗集传》曰：“薖，义未详，或云亦宽大之意也。”

四、弗过：一说不再入朝。《毛诗故训传笺》曰：“弗过者，不复入君之朝也。”一说不和人来往。王先谦《诗三家义集疏》曰：“弗过，谓不与人相过也。”程俊英《诗经译注》亦云：“弗过，不和外人来往。”一说为不忘记。马瑞辰《毛诗传笺通释》曰：“弗过，犹弗谖也，故毛无传。”

五、陆：高而平的地。朱熹《诗集传》曰：“高平曰陆。”轴：车轴。《毛诗故训传》曰：“轴，进也。”《毛诗故训传笺》曰：“轴，病也。”马瑞辰《毛诗传笺通释》曰：“以上二章推之，‘轴’当为强壮貌。”

六、弗告：不告诉。《毛诗故训传》曰：“无所告语也。”《毛诗故训传笺》曰：“不复告君以善道。”又朱熹《诗集传》曰：“弗告者，不以此乐告人也。”

【解题】

这是一首描写卫庄公时贤才隐居生活的诗。《诗序》曰：“《考槃》，刺庄公也。不能继先公之业，使贤者退而穷处。”

孔颖达《毛诗正义》曰：“作《考槃》诗者，刺庄公也。刺其不能继其先君武公之业修德任贤，乃使贤者退而终处于涧阿，故刺之。言先君者，虽今君之先，以通于远，要则不承继者皆指其父，故《晨风》云‘忘穆公之业’，又曰‘弃先君之旧臣’，先君谓穆公也。此刺不能继先君之业，谓武公也。

《经》三章皆是也。”又曰：“不以涧阿为穷处者，以《经》皆贤者怨君之辞，而言成乐在涧，成其乐之所在，是终处之义，故以穷为终也。”

硕人

硕人其颀，衣锦䌹衣。一
齐侯之子，卫侯之妻。二
东宫之妹，邢侯之姨，谭公维私。三
手如柔荑，肤如凝脂。四
领如蝤蛴，齿如瓠犀，螓首蛾眉。五
巧笑倩兮，美目盼兮。六
硕人敖敖，说于农郊。七
四牡有骄，朱幩镳镳，翟茀以朝。八
大夫夙退，无使君劳。九
河水洋洋，北流活活。十
施罛濊濊，鳣鲔发发，葭菼揭揭。十一
庶姜孽孽，庶士有朅。十二

【注释】

一、硕人：美人。郑笺：“硕，大也。”王先谦《诗三家义集疏》曰：“《孟子·尽心篇》曰：充实之谓美，充实而有光辉谓大。大人犹美人，女亦称‘硕’。”颀（qí音其）：身材修长的样子。《毛诗故训传》曰：“颀，长貌。”《毛诗故训传笺》曰：“言庄姜仪表长丽俊好颀颀然。”《说文》曰：

“颀，头佳貌。”段玉裁注：“此本义也，引申为长貌，《卫风》‘硕人其颀’，《齐风》‘颀若长兮’，传皆曰：‘颀，长貌’。其颀，或作颀颀。”衣：动词，穿着。锦：穿着有花纹的衣服。《毛诗故训传》曰：“锦，文衣也。”䌹（jiǒng音囧）衣：古代女子的罩衫，用细麻做成。《鲁诗》《韩诗》褧作䌹。《毛诗故训传》曰：“夫人德盛而尊，嫁则锦衣加褧襜。”《毛诗故训传笺》曰：“褧，禅也。国君夫人翟衣而嫁，今衣锦者，在涂之所服也。尚之以禅衣，为其文之大著。”《说文》曰：“褧，檾衣也。”段玉裁注：“檾者，枲属也。檾为衣，是为褧也。”朱熹《诗集传》曰：“褧，禅也。锦衣而加褧焉，为其文之太着也。”程俊英等《诗经注析》曰：“女子出嫁途中所穿，以蔽尘土。䌹是檾的假借字。檾，同褧。”

二、齐侯：这里指齐庄公。子：女儿。《礼・丧服传》曰：“凡言子者，可以兼男女。”卫侯：这里指卫庄公。

三、东宫：这里指齐太子得臣。因为太子居住东宫，所以东宫成为太子的代称。《毛诗故训传》曰：“东宫，齐大子也。女子后生曰妹。”朱熹《诗集传》曰：“系太子言之者，明与同母，言所生之贵也。”刑侯：刑国的国君。刑，国名，在今河北省刑台县。姨：妻子的姐妹。《毛诗故训传》曰：“妻之姊妹曰姨。”谭公：谭国的国君。谭国在今山东省历城县。《鲁诗》作“覃”，《说文》作“鄿”，鄿是谭的古字，覃是三家《诗》异文。私：古时候称姊妹的丈夫为私。《毛诗故训传》曰：“姊妹之夫曰私。”孔颖达《毛诗正义》曰：“《释亲》云：‘男子谓女子先生为姊，后生为妹。妻之姊妹同出为姨。女子谓姊妹之夫为私。’”《毛诗故训传笺》云：“陈此者，言庄姜容貌既美，兄弟皆正大。”朱熹《诗集传》曰：“邢侯、谭公，皆庄姜姊妹之夫，互言之也。诸侯之女嫁于诸侯，则尊同。故历言之。”

四、荑（tí音提）：初生的白茅草。《毛诗故训传》曰：“如荑之新生。”孔颖达《毛诗正义》曰：“以荑所以柔，新生故也。若久则不柔，故知新生也。”朱熹《诗集传》曰：“芽之始生曰荑。言柔而白也。”《太平御览》引《风俗通义》曰：“诗曰‘手如柔荑’，荑者，茅始孰中穰也，既白且滑。”

凝脂：凝冻的脂膏，形容皮肤洁白。《毛诗故训传》曰：“如脂之凝。”孔颖达《毛诗正义》曰：“以脂有凝有释，散文则膏脂皆总名，对例即《内则》注所云：‘脂，肥凝者。释者曰膏。’”朱熹《诗集传》曰：“凝脂，脂寒而凝者，亦言白也。”

五、领：脖子。《毛诗故训传》曰：“领，颈也。”蝤蛴（qiú qí音求其）：天牛的幼虫，又名木蠹。身长，白色。《毛诗故训传》曰：“蝤蛴，蝎虫也。”《鲁诗》“蝤”作“螬”。孔颖达《毛诗正义》曰：“《尔雅·释虫》云‘蟦蛴，螬。蝤蛴，蝎。’孙炎曰：‘蛴螬谓之蟦蛴，关东谓之蝤蛴，梁益之间谓之蝎。’又曰：‘蝎，蛣蝠。’……以在木中，白而长，故以比颈。”朱熹《诗集传》曰：“蝤蛴，木虫之白而长者。”瓠犀（hù xī音互西）：葫芦籽。《毛诗故训传》曰：“瓠犀，瓠瓣。”《鲁诗》“犀”作“棲”。《尔雅·释草》云：“瓠，栖瓣也。”孙炎曰：“栖瓠，中瓣也。”朱熹《诗集传》曰：“瓠犀，瓠中之子。方正洁白，而比次整齐也。”螓（qín音秦）：一种小蝉，额头广而方正。《毛诗故训传》曰：“螓首，颡广而方。”《毛诗故训传笺》云：“螓谓蜻蜻也。”孔颖达《毛诗正义》曰：“《释虫》云：蚻，蜻蜻。舍人曰：小蝉也。青青者，某氏曰鸣蚻蚻者。孙炎曰：《方言》云有文者谓之螓。郭氏曰如蝉而小，有文是也。”朱熹《诗集传》曰：“螓，如蝉而小，其额广而方正。”三家《诗》螓作頱。《说文》曰：“頱，好貌。”蛾：蚕蛾。其触须细长而弯曲。朱熹《诗集传》曰：“蛾，蚕蛾也。其眉细而长曲。”孔颖达《毛诗正义》曰：“此虫额广而且方，此经手、肤、领、齿，举全物以比之，故言如螓首蛾眉，则指其体之所似，故不言如也。”三家《诗》蛾作娥。

六、巧笑：灵巧地笑。倩：笑的时候脸颊出现酒窝的样子。《毛诗故训传》曰：“倩，好口辅。”朱熹《诗集传》曰：“倩，口辅之美也。”陈奂《诗毛氏传疏》曰：“口辅即靥辅也。”口辅就是今天的酒窝。盼：眼睛转动出现黑白分明的样子。《毛诗故训传》曰：“盼，白黑分。”《毛诗故训传笺》曰：“此章说庄姜容貌之美，所宜亲幸。”《论语·八佾》曰：“子夏问曰：‘巧笑倩兮，美目盼兮，素以为绚兮，何谓也？’子曰：‘绘事后素。’

曰：‘礼后乎？’子曰：‘起予者商也，始可与言《诗》已矣。’”

七、敖敖：身材高的样子。《毛诗故训传》曰：“敖敖，长貌。”《毛诗故训传笺》曰：“敖敖”犹“颀颀”也。孔颖达《毛诗正义》曰：“敖敖然其形貌长美。”程俊英等《诗经注析》曰：敖是赘的省字。《说文》曰：“赘，高也。”说（shuì音税）：停下来整理衣冠。《毛诗故训传笺》曰：“说当作襚。《礼》《春秋》之襚，读皆宜同。衣服曰襚，今俗语然。此言庄姜始来，更正衣服于卫近郊。《鲁诗》作“税”。《文选·上林赋》张揖注引此诗正作税于农郊。”朱熹《诗集传》曰：“说，舍也。”农郊：指卫国都城的郊外。

八、牡：鸟兽的雄性，四牡指驾车的四匹雄马。有骄：即骄骄，矫健的样子。《毛诗故训传》曰：“骄，壮貌。”朱幩（fén音坟）：用红绸缠绕马嚼两旁来做装饰。《毛诗故训传》曰：“幩，饰也。人君以朱缠镳扇汗，且以为饰。”镳镳（biāo音标）：盛美的样子。镳名词作形容词。《毛诗故训传》曰：“镳镳，盛貌。”朱熹《诗集传》曰：“幩，镳饰也。镳者，马衔外铁，人君以朱缠之也。镳镳，盛也。”王先谦《诗三家义集疏》曰：“重言镳镳者，四牡皆有镳，连翩齐骋，故《传》云盛貌。此实字虚诂之例，会意为训也。”《韩诗》作儦儦。《说文》曰：“儦，行貌。”字异义别。褚斌杰《诗经全注》曰：“镳镳，借为飘飘。”翟（dí音笛）：山鸡，在这里指山鸡的羽毛。《毛诗故训传》曰：“翟，翟车也。”茀：古代车上的遮蔽物。《毛诗故训传》曰：“茀，蔽也。”孔颖达《毛诗正义》曰：“茀，车蔽也。妇人乘车不露见，车之前后设障以自隐蔽，谓之茀，因以翟羽为之饰。《巾车》注引《诗》乃云此翟茀，盖厌翟也。厌翟，次其羽，使相迫也。重翟、厌翟，谓蔽，是也。”朱熹《诗集传》曰：“茀，蔽也。妇人之车，前后设蔽。”《韩诗》茀作蔽，《尔雅·释器》曰：“舆革前谓之艮（hén音痕），后谓之茀。竹前谓之御，后谓之蔽。”茀、蔽二字对文则异，散文则通。朝：朝见，这里指庄姜和庄公相见。《毛诗故训传笺》曰：“此又言庄姜自近郊既正衣服，乘是车马以入君之朝，皆用嫡夫人之正礼。今而不答。”

九、夙退：早些退朝。《毛诗故训传》曰：“大夫未退，君听朝于路寝，夫人听内事于正寝。大夫退，然后罢。”《韩诗》：“退，罢也。”《礼记》云：“朝廷曰退。妃曰配。”《玉藻》曰：“君日出而视朝。退适路寝听政。使人视大夫，大夫退然后适小寝释服。”朱熹《诗集传》曰：“夙，早也。”无使君劳：不使卫君过于辛苦。《毛诗故训传笺》云：“庄姜始来时，卫诸大夫朝夕者皆早退，无使君之劳倦者，以君夫人新为妃耦，宜亲亲之故也。”

十、河：古代的河一般专指黄河。洋洋：水势盛大的样子。《毛诗故训传》曰：“洋洋，盛大也。”《鲁诗》作油油，洋、油一声之转，故可假油为洋。北流：黄河在齐西卫东，北流入海。朱熹《诗集传》曰：“河在齐西卫东，北流入海。”活活：水流奔腾的样子，或形容水流声，如象声词“哗哗”。《毛诗故训传》曰：“活活，流也。”程俊英等《诗经注析》曰：“活活，音郭，水流声。”也作湉，《说文》曰：“湉，水流声。”

十一、施：设，撒开。罛（gǔ音古）：渔网。《鲁诗》又作罟，也训为渔网。《尔雅·释器》云：“鱼罟谓之罛。”李巡曰：“鱼罟，捕鱼具也。”濊濊（huò音或）：撒网入水的声音。《毛诗故训传》曰：“濊，施之水中。”朱熹《诗集传》曰：“濊濊，罟入水声也。”一说为大鱼网网目很大的样子。陆德明《经典释文》引马融云：“大鱼网，目大豁豁也。”鳣（zhān音詹）：鲤鱼，一说为黄鱼。《毛诗故训传》曰：“鳣，鲤也。”孔颖达《毛诗正义》曰：“《释鱼》有‘鲤’‘鳣’。舍人曰：‘鲤一名鳣。’郭璞曰：‘鲤，今赤鲤鱼也。鳣，大鱼，似鱏而短鼻，口在颔下，体有邪行甲，无鳞，肉黄，大者长二三丈。今江东呼为黄鱼。’即是也。”朱熹《诗集传》曰：“鳣，鱼似龙，黄色锐头，口在颔下，背上腹下皆有甲，大者千余斤。”鲔（wěi音尾）：鳍鱼，一说为像鳣但是比鳣小的鱼。《毛诗故训传》曰：“鲔，鮥也。”陆玑《诗草木鸟兽虫鱼疏》曰：“鲔，鱼形，似鳣而青黑，头小而尖，似铁兜鍪，口亦在颔下。其甲可以摩姜，大者不过七八尺。”朱熹《诗集传》曰：“鲔，似鳣而小，色青黑。”发发（bō音波）：鱼尾甩水的声音。《毛诗故训传》曰：“发发，盛貌。”陆德明《经典释文》马融云：“鱼著罔尾发发然。”《韩诗》作“鮁”，《鲁诗》作“泼”，《齐诗》作“鲅”。葭（jiā音家）：芦苇。《毛诗故训传》曰："葭，芦。"菼（tǎn音坦）：荻草，芦苇类。《毛诗故训传》曰："菼，薍也。"孔颖达《毛诗正义》曰："《释草》曰：菼，薍。李巡曰：分别苇类之异名。郭璞曰：芦，苇也。薍，似苇而小。……《大车传》曰：菼，鵻也，芦之初生。则毛意以葭、菼为一草也。陆玑云：薍或谓之荻，至秋坚成则谓之萑。其初生三月中，其心挺出，其下本大如箸，上锐而细，扬州人谓之马尾。'"朱熹《诗集传》曰："菼，薍也，亦谓之荻。"揭揭：芦苇修长高大的样子。《毛诗故训传》曰："揭揭，长也。"

十二、庶姜：众位陪嫁的姜姓女子。齐国是姜姓，陪嫁的都是同姓的女子，古人称为姪娣。《毛诗故训传笺》云："庶姜，谓侄娣。"孽孽（niè音聂）：头饰华丽的样子，一说为形容女子长大美丽的样子。《毛诗故训传》曰："孽孽，盛饰。"程俊英等《诗经注析》曰："《韩诗》作巘，与颀颀、敖敖同义，都是形容女子长大美丽貌。"庶士：指齐国护送庄姜的诸臣。《毛诗故训传》曰："庶士，齐大夫送女者。"朱熹《诗集传》曰："庶士，谓媵臣。"朅（qiè音妾）：威武健壮的样子。《毛诗故训传》曰："朅，武壮貌。"《韩诗》作桀。《毛诗故训传笺》曰："此章言齐地广饶，士女佼好，礼仪之备，而君何为不答夫人？"朱熹《诗集传》曰："言齐地广饶，而夫人之来，士女佼好，礼仪盛备如此。亦首章也。"

【解题】

这是一首表达对卫庄公夫人庄姜赞颂和同情的诗。《诗序》曰："《硕人》，闵庄姜也。庄公惑于嬖妾，使骄上僭。庄姜贤而不答，终以无子，国人闵而忧之。"

孔颖达《毛诗正义》曰："嬖妾谓州吁之母。惑者，谓心所嬖爱，使情迷惑，故夫人虽贤，不被答偶。《经》四章皆陈庄姜宜答，而君不亲幸，是为国人闵而忧之。"

王先谦《诗三家义集疏》曰："鲁说曰：傅母者，齐女之傅母也。女为卫庄公夫人，好曰庄姜。姜交好，始往，操行衰惰，有冶容之行淫佚之心。傅母见其妇道不正，谕之曰：‘子之家世世尊荣，当为民法则；子之质聪达，于事当为人表式；仪貌壮丽，不可不自修整。衣锦絅裳，饰在舆马，是不贵德也。’乃作诗曰：‘硕人其颀，衣锦絅衣。齐侯之子，卫侯之妻。东宫之妹，邢侯之姨，谭公维私。’砥厉女之心以高节，以为人君之子弟，为国君之夫人，尤不可有邪僻之行焉。女遂感而自修，君子善傅母之防未然也。”

《列女传·母仪传》曰：“傅母者，齐女之傅母也。女为卫庄公夫人，号曰庄姜。姜交好。始往，操行衰惰，有冶容之行，淫泆之心。傅母见其妇道不正，谕之云：‘子之家，世世尊荣，当为民法则。子之质，聪达于事，当为人表式。仪貌壮丽，不可不自修整。衣锦絅裳，饰在舆马，是不贵德也。’乃作诗曰：‘硕人其颀，衣锦絅衣，齐侯之子，卫侯之妻，东宫之妹，邢侯之姨，谭公维私。’砥厉女之心以高节，以为人君之子弟，为国君之夫人，尤不可有邪僻之行焉。女遂感而自修。君子善傅母之防未然也。庄姜者，东宫得臣之妹也。无子。姆（妹）戴妫之子桓公，公子州吁嬖人之子也。有宠，骄而好兵，庄公弗禁。后州吁果杀桓公。诗曰：‘毋教猱升木。’此之谓也。颂曰：齐女傅母，防女未然，称列先祖，莫不尊荣。作诗明指，使无辱先，庄姜姆妹，卒能修身。”

朱熹《诗集传》曰：“庄姜事见《邶风·绿衣》等篇。《春秋传》曰：‘庄姜美而无子，卫人为之赋《硕人》。’即谓此诗。而其首章，极称其族类之贵，以见其为正嫡小君。所宜亲厚，而重叹庄公之昏惑也。”

氓

氓之蚩蚩，抱布贸丝。一
匪来贸丝，来即我谋。二
送子涉淇，至于顿丘。三

匪我愆期，子无良媒。[四]
将子无怒，秋以为期。[五]
乘彼垝垣，以望复关。[六]
不见复关，泣涕涟涟。[七]
既见复关，载笑载言。[八]
尔卜尔筮，体无咎言。[九]
以尔车来，以我贿迁。[十]
桑之未落，其叶沃若。[十一]
于嗟鸠兮！无食桑葚。[十二]
于嗟女兮！无与士耽。[十三]
士之耽兮，犹可说也。[十四]
女之耽兮，不可说也。
桑之落矣，其黄而陨。[十五]
自我徂尔，三岁食贫。[十六]
淇水汤汤，渐车帷裳。[十七]
女也不爽，士贰其行。[十八]
士也罔极，二三其德。[十九]
三岁为妇，靡室劳矣。[二十]
夙兴夜寐，靡有朝矣。[二十一]
言既遂矣，至于暴矣。[二十二]
兄弟不知，咥其笑矣。[二十三]
静言思之，躬自悼矣。[二十四]
及尔偕老，老使我怨。[二十五]
淇则有岸，隰则有泮。[二十六]
总角之宴，言笑晏晏，信誓旦旦，不思其反。[二十七]

反是不思，亦已焉哉！二十八

【注释】

一、氓（méng音萌）：民，人，一般指外来人，这里指来求婚的男子。《毛诗故训传》曰："民也。"朱熹《诗集传》曰："民也。盖男子而不知其谁何之称也。"孔颖达《毛诗正义》曰："氓，民之一名，对文则异，故《遂人》注云：'变民言甿（同"氓"），异内外也。甿，犹懵懵无知貌。'是其别也。其实通，故下笺云'言民诱己'，是也。"蚩蚩（chī音吃）：敦厚老实的样子。《毛诗故训传》曰："敦厚之貌。"朱熹《诗集传》曰："无知之貌，盖怨而鄙之也。"布：钱币。《毛诗故训传》曰："布，币也。"《毛诗故训传笺》云："币者，所以贸买物也。季春始蚕，孟夏卖丝。"

二、匪：不是。《毛诗故训传笺》曰："匪，非。"匪来贸丝：《毛诗故训传笺》曰："此民非来买丝，但来就我，欲与我谋为室家也。"

三、淇：淇水。位于河南省北部。顿丘：地名。《毛诗故训传》曰："丘一成为顿丘。"朱熹《诗集传》曰："顿丘，地名。"孔颖达《毛诗正义》曰："《释丘》云：'丘一成为敦丘，再成为陶丘，三成为昆仑丘。'孙炎曰：'形如覆敦。敦器似盂。'郭璞曰：'成犹重也。'《周礼》曰：'为坛三成。'又云：'如覆敦者敦丘。'孙炎曰：'丘一成之形象也。'郭璞曰：'敦，盂也，音顿。'与此字异音同。"

四、愆（qiān音千）：延误。《毛诗故训传》曰："愆，过也。"良：好的。《毛诗故训传笺》曰："良，善也。"

五、将：请。《毛诗故训传》曰："将，原也。"《毛诗故训传笺》曰："将，请也。"

六、垝（guǐ音鬼）：毁坏。《毛诗故训传》曰："垝，毁也。"垣（yuán音原）：墙。朱熹《诗集传》曰："墙也。"复关：地名。《毛诗故训传》曰：

“复关，君子所近”。孔颖达《毛诗正义》曰：“复关者，非人之名号，而妇人望之，故知君子所近之地。《笺》又申之犹有廉耻之心，故因其近复关以托号此民，故下云‘不见复关’‘既见复关’，皆号此民为复关。”朱熹《诗集传》曰：“男子之所居也。”

七、复关：用居所名指代居住其中的人，也就是她所等待的男子。朱熹《诗集传》曰：“不敢显言其人，故托言之耳。”涟涟：流泪不止的样子。《毛诗故训传》曰：“涟，泣貌。”《毛诗故训传笺》曰：“用心专者怨必深。”

八、载笑载言：一边笑着一边说话。《毛诗故训传笺》曰：“则笑则言，喜之甚。”

九、尔：你。《毛诗故训传笺》曰：尔，女也。卜：古人用火灼龟甲，根据裂纹来预测吉凶。《毛诗故训传》曰：“龟曰卜。”筮：用蓍草占卜休咎或卜问疑难的事，占卦。《毛诗故训传》曰：“蓍曰筮。”孔颖达《毛诗正义》曰：“《传》以经卜、筮并言，故兼云‘兆卦之体’谓龟兆、筮卦也。”《左传·僖公四年》云：“其繇曰：‘一薰一莸，十年尚犹有臭。’”繇是占卜的文辞，此处是龟之繇。《易》曰：“困于石，据于蒺藜。”是卦之繇也。二者皆有繇辞。体：卦象。《毛诗故训传》曰：“体，兆卦之体。”咎言：灾祸，不幸之事。

十、贿：钱财。这里应该指嫁妆。《毛诗故训传》曰：“贿，财。”迁：这里指出嫁搬至夫家。《毛诗故训传》曰：“迁，徙也。”

十一、沃若：形容桑树叶繁茂莹润的样子。《毛诗故训传》曰：“沃若，犹沃沃然。”朱熹《诗集传》曰：“沃若，润泽貌。”

十二、鸠：鸟名。《毛诗故训传》曰：“鸠，鹘鸠也。”朱熹《诗集传》曰：“鸠，鹘鸠也。似山雀而小、尾短、青黑色、多声。”

十三、耽（dān音担）：玩乐；沉湎。《毛诗故训传》曰：“耽，乐也。女与士耽则伤礼义。”朱熹《诗集传》曰：“耽，相乐也。”孔颖达《毛诗正义》曰：“耽者过礼之乐，则如食桑椹过时矣。女与士耽以过礼，故为伤礼义，则时贤者戒女之过礼，谓己为君子所宠过度，不谓非礼之嫁为耽也。”

十四、说：同“脱”，解脱。《毛诗故训传笺》曰：“说，解也。”

十五、陨：掉落。《毛诗故训传》曰：“陨，惰也。”朱熹《诗集传》曰：“陨，落。”

十六、徂：去，往，指出嫁。《毛诗故训传》曰：“徂，往也。”

十七、汤汤（shāng音商）：江水翻滚奔腾的样子。《毛诗故训传》曰：“汤汤，水盛貌。”渐：溅湿，浸湿。朱熹《诗集传》曰：“渐，渍也。”帷裳：妇人车上的挂饰。《毛诗故训传》曰：“帷裳，妇人之车也。”孔颖达《毛诗正义》曰：“传以大夫之车立乘，有盖无帏裳。此言帷裳者，妇人之车故也。”朱熹《诗集传》曰：“帷裳，车饰，亦名童容，妇人之车则有之。”

十八、爽：差错。《毛诗故训传》曰：“爽，差也。”贰：同“二”，前后行事不一，怀有二心。

十九、罔极：反复无常。罔：无。极：中，中正的准则。《毛诗故训传》曰：“极，中也。”朱熹《诗集传》曰：“极，至也。”二三：作动词，表示反复变化。

二十、靡：没有。《毛诗故训传笺》曰：“靡，无也。”靡室劳矣：不为家室劳神。《毛诗故训传》曰：“无居室之劳，言不以妇事见困苦。”孔颖达《毛诗正义》曰：“为夫所爱，无室家之劳，谓夫不以室家妇事以劳于己。”

二十一、夙：早早地。朱熹《诗集传》曰：“夙，早。”兴：起床。朱熹《诗集传》曰：“兴，起也。”靡有朝矣：没有一天不这样。孔颖达《毛诗正义》曰：“常自早起夜卧，无有一朝一夕而自解惰。”

二十二、言：语助词。遂：长久。《毛诗故训传笺》曰：“言，我也。遂：长久。”《毛诗故训传》曰：“遂犹久也。我既久矣，谓三岁之后。”孔颖达《毛诗正义》曰：“我已三岁之后，在夫家久矣。”朱熹《诗集传》曰：“与而使相媒约之言既遂。”暴：残酷，暴戾。

二十三、咥（xì音细）：笑，讥笑。《毛诗故训传》曰：“咥咥然笑。”《说文》云：“大笑也。”朱熹《诗集传》曰：“咥，笑貌。”

二十四、静：安静地。《毛诗故训传笺》曰：“静，安。”躬：自身。《毛诗故训传》曰：“躬，身也。”悼：哀伤。《毛诗故训传》曰：“悼，伤也。”

二十五、及：与，和。《毛诗故训传笺》曰：“及，与也。”偕老：白头到老，夫妻终生为伴。

二十六、泮：河畔。《毛诗故训传》曰：“泮，坡也。”《毛诗故训传笺》曰：“泮读为畔。畔，涯也。”

二十七、总角：古代未成年人的发髻，头顶有两个头发扎成的角。《毛诗故训传》曰：“总角，结发也。”孔颖达《毛诗正义》曰：“《甫田》云‘总角丱兮，未几见兮，突而弁兮’，是男子总角未冠，则妇人裛角未笄也。故笺云‘我为童女未笄’，《内则》亦云：‘男女未冠笄者，总角，衿缨。’以无笄，直结其发，聚之为两角，故《内则》注云：‘故发结之。’《甫田》传云：‘总角，聚两髦也。’”晏晏：形容笑容和美。《毛诗故训传》曰：“晏晏，和柔也。”《尔雅·释训》云：“晏晏，柔也。”故此云：“晏晏，和柔。”又曰：“晏晏，旦旦，悔爽忒也。”爽忒，差失也。反：违反。《毛诗故训传笺》曰：“反，复也。”《毛诗故训传》曰：“今老而使我怨，曾不念复其前言。”孔颖达《毛诗正义》曰：“今定本云‘曾不念复其前言’，俗本多误。‘复其前言’者，谓前要誓之言，守而不忘，使可反复。今乃违弃，是不思念复其前言也。”

二十八、已：止。焉、哉：感叹语用。表示无奈。《毛诗故训传笺》曰：“已焉哉，谓此不可奈何，死生自决之辞。”

【解题】

这是一首因遇人不淑而导致婚姻破裂的弃妇诗。《诗序》曰："《氓》，刺时也。宣公之时，礼义消亡，淫风大行，男女无别，遂相奔诱。华落色衰，复相弃背。或乃困而自悔，丧其妃耦，故序其事以风焉。美反正，刺淫泆也。"

孔颖达《毛诗正义》曰："言男女无别者，若'外言不入于阃，内言不出于阃'，是有别也。今交见往来，是无别也。奔诱者，谓男子诱之，妇人奔之也。华落、色衰，一也，言颜色之衰，如华之落也。或乃困而自悔者，言当时皆相诱，色衰乃相弃，其中或有困而自悔弃丧其妃耦者，故叙此自悔之事，以风刺其时焉。美者，美此妇人反正自悔，所以刺当时之淫泆也。'复相弃背'以上，总言当时一国之事。'或乃困而自悔'以下，叙此《经》所陈者，是困而自悔之辞也。上二章说女初奔男之事，下四章言困而自悔也。'言既遂矣，至于暴矣'，是其困也。'躬自悼矣'，尽'亦已焉哉'，是自悔也。"

此诗与《邶风·谷风》主题相类似，都是写因为宣公荒淫，而导致卫国风俗好色，男女相约私奔，却不能长守夫妇之道，导致女子色衰被弃，生活没有着落，不合于"七去""三不去"之原则。

朱熹《诗集传》曰："此淫妇为人所弃，而自叙其事，以道其悔恨之意也。夫既与之谋而遂往，又责所无以难其事，再为之约，以坚其志。此其计亦狡矣，以御蚩蚩之氓。宜其有余而不免于见弃。盖一失其身人所贱恶，始虽以欲而迷，后必以时而悟。是以无往而不困耳。士君子立身，一败而万事瓦裂者，何以异此。可不戒哉？"

竹竿

籊籊竹竿，以钓于淇。一

岂不尔思？远莫致之。二
泉源在左，淇水在右。三
女子有行，远兄弟父母。四
淇水在右，泉源在左。
巧笑之瑳，佩玉之傩。五
淇水滺滺，桧楫松舟。六
驾言出游，以写我忧。七

【注释】

一、籊（tì音替）：细长貌。高亨《诗经今注》“光滑的样子”。《毛诗故训传》曰：“籊籊，长而杀也。钓以得鱼，如妇人待礼以成为室家。”此处杀是细小貌。

二、不尔思：即不思尔。致：达到。《毛诗故训传笺》曰：“我岂不思与君子为室家乎？君子疏远己，己无由致此道。”一说“尔”指代故乡和亲人。

三、泉源：即百泉，在卫的西北，东南流入淇水；淇水在卫的西南，东流与泉源合。《毛诗故训传》曰：“泉源，小水之源。淇水，大水也。”《毛诗故训传笺》曰：“小水有流入大水之道，犹妇人有嫁于君子之礼。今水相与为左右而已，亦以喻己不见答。”孔颖达《毛诗正义》曰：“泉源者，泉水初出，故云小水之源。淇则卫地之川，故知大水。”一说作者借家乡的两条河水寄以眷念之情。

四、行：《毛诗故训传笺》曰：“行，道也。女子有道当嫁耳，不以不答而违妇礼。”

五、瑳（cuō音搓）：《毛诗故训传》曰：“巧笑貌。”何楷《诗经世本古义》说“玉色洁白貌”。《说文》云：“瑳，玉色鲜白也。笑而见齿，其色似之。”马瑞辰《毛诗传笺通释》说“借为齹，开口见齿貌”。胡承珙《毛诗后笺》说“疑借为瑳，笑而见齿之貌”。傩（nuó音挪）：行有节度，即婀娜，高亨《诗经今注》说佩玉动有节奏。《毛诗故训传笺》曰：“已虽不见答，犹不恶君子，美其容貌与礼仪也。”朱熹《诗集传》曰：“言二水在卫，而自恨不得笑语游戏于其间也。”陈子展《诗经直解》说本章为回忆嫁前在家习礼时事。

六、滺滺（yōu音优）：水流貌，《鲁诗》作油。桧（guì音贵）：木名，《毛诗故训传》“柏叶松身”。楫：船桨。《毛诗故训传》曰：“舟楫相配，得水而行，男女相配，得礼而备。”《毛诗故训传笺》曰：“此伤己今不得夫妇之礼。”

七、驾：驾船。言：通“焉”。写：宣泄。

【解题】

本诗是写卫女远嫁他国、思念家乡的诗。《诗序》曰：“《竹竿》，卫女思归也。适异国而不见答，思而能以礼者也。”

朱熹《诗集传》曰：“卫女嫁于诸侯，思归宁而不可得，故作是诗。言思以竹竿钓于淇水，而远不可至。”

关于本篇作者，或认为是许穆夫人所作，或疑为媵和夫人之词，皆无确证，当从《诗序》，不必确指。

芄兰

芄兰之支，童子佩觿。一
虽则佩觿，能不我知。二
容兮遂兮，垂带悸兮。三

芄兰之叶，童子佩韘。四
虽则佩韘，能不我甲。五
容兮遂兮，垂带悸兮。

【注释】

一、芄（wán音完）兰：植物名。《毛诗故训传》曰：“兴也。芄兰，草也。君子之德当柔润温良。”《毛诗故训传笺》云：“芄兰柔弱，恒蔓延于地，有所依缘则起。兴者，喻幼稚之君，任用大臣，乃能成其政。”朱熹《诗集传》曰：“芄兰，草，一名萝藦，蔓生，断之有白汁，可啖。”觿（xī音希）：象骨做的小锥，解绳结用，古时候成人的配饰。《毛诗故训传》曰：“觿，所以解结，成人之佩也。人君治成人之事，虽童子犹佩觿，早成其德。”朱熹《诗集传》曰：“觿，锥也，以象骨为之，所以解结，成人之佩，非童子之饰也。”

二、能：而。知：才能。《毛诗故训传》曰：“不自谓无知，以骄慢人也。”《毛诗故训传笺》曰：“此幼稚之君，虽佩觿与，其才能实不如我众臣之所知为也。惠公自谓有才能而骄慢，所以见刺。”一说同“智”，智慧。朱熹《诗集传》曰：“知犹智也，言其才能不足以知于我也。”褚斌杰《诗经全注》说为相知，指男女间相好。

三、容、遂：从容的样子。《毛诗故训传》曰：“容仪可观，佩玉遂遂然垂其绅带，悸悸然有节度。”《毛诗故训传笺》曰：“容，容刀也。遂，瑞也。言惠公佩容刀（装饰性佩刀）与瑞及垂绅带三尺，则悸悸然行止有节度，然其德不称服。”朱熹《诗集传》曰：“容，遂，舒缓放肆之貌。”褚斌杰《诗经全注》曰：“容、遂，从容自若的样子。有大摇大摆的意思。”悸：衣带下垂的样子。《毛诗故训传》曰：“悸，带下垂之貌。”褚斌杰《诗经全注》曰：“悸，本义为心动，引申为抖动的样子，此指男子衣服的垂带摆动，意思是故作姿态。”

四、韘（shè音设）：射箭时用的扳指。《毛诗故训传》曰：“韘，玦也。

能射御则佩韘。”《毛诗故训传笺》曰：“韘之言沓，所以彄（kōu音抠）沓（套戴也）手指。”朱熹《诗集传》曰：“韘，决也。以象骨为之，着右手大指，所以钩弦闿体。郑氏曰：沓也，即大射所谓朱极三是也。以朱韦为之，用以彄沓右手食指、将指、无名指也。”褚斌杰《诗经全注》曰：“韘，射箭用的扳指，戴在右手拇指上，扣弦用。这也是成年男子才有的饰物。”

五、甲：同“狎”，亲昵。《毛诗故训传》曰：“甲，狎也。”《毛诗故训传笺》曰：“此君虽佩韘与，其才能实不如我众臣之所狎习。”一说为长，朱熹《诗集传》曰：“甲，长也。言其才能不足以长于我也”。本书责编崔润西认为：前者“觿”喻文做言“知”，后者“韘”喻武做曰“甲”，此“甲”当为“甲兵”之甲。即“文武皆不如人”也。

【解题】

这是一首讽刺卫惠公的诗。《诗序》曰：“《芄兰》，刺惠公也。骄而无礼，大夫刺之。”《毛诗故训传笺》曰：“惠公以幼童即位，自谓有才能而骄慢。于大臣但习威仪，不知为政以礼。”

孔颖达《毛诗正义》曰：“毛以为，君子当柔润温良，自谓无知。今而不然，是为骄慢，故二章章首一句及第四句是也。下二句言有威仪，是无礼也。次二句言佩觿、佩韘，明虽幼而行成人之事，不当骄慢。郑以为，幼而行成人之事，当任用大臣，不当骄慢，上四句是也。刺之，亦下二句是也。”又曰：“经言童子，则惠公时仍幼童。童者，未成人之称，年十九以下皆是也。闵二年《左传》曰：‘初，惠公之即位也少。’杜预云：‘盖年十五六。’杜氏以传言‘初，卫宣公烝于夷姜，生伋子，为之娶于齐而美，公娶之。生寿及朔。’言为之娶于齐，则宣公已即位也。宣公以隐四年冬立，假令五年即娶齐女，至桓十二年见《经》，凡十九年，而朔尚有兄寿，则宣公即位三四年始生惠公也，故疑为十五六也。且此自谓有才能，则非身幼也。《经》云‘能不我知’，是自谓有才能。刺之而言容遂之美，故知但习威仪，不知为政以礼。”

《左传·庄公五年》曰："冬，伐卫，纳惠公也。"

《左传·庄公六年》曰："夏，卫侯入，放公子黔牟于周，放宁跪于秦，杀左公子泄（一本作"洩"）、右公子职，乃即位。君子以二公子之立黔牟为不度矣。夫能固位者，必度于本末而后立衷焉。不知其本，不谋。知本之不枝，弗强。《诗》云：'本枝百世。'"

卫惠公朔，卫国第十六代国君，公元前699年至公元前697年、公元前686年至公元前669年在位。卫宣公之子，卫懿公之父，卫君黔牟之侄。卫惠公三年（前697年），因无德，被废，其叔公子黔牟为君，惠公亡命齐国。卫君黔牟十年（前686年），齐襄公率领诸侯伐卫，杀卫君黔牟，复立惠公为君，在位十八年。

河广

谁谓河广？一苇杭之。[一]
谁谓宋远？跂予望之。[二]
谁谓河广？曾不容刀。[三]
谁谓宋远？曾不崇朝。[四]

【注释】

一、一苇杭之：用一片苇叶就能渡过河。《毛诗故训传》曰："杭，渡也。"《毛诗故训传笺》曰："谁谓河水广也与？一苇加之则可以渡之，喻狭也。今我之不渡，直自不往耳，非为其广。"《毛诗正义》曰："言一苇者，谓一束也，可以浮之水上而渡，若桴筏然，非一根苇也。此假有渡者之辞，非喻夫人之向宋渡河也。何者？此文公之时，卫已在河南，自卫适宋，不渡河。”朱熹《诗集传》曰：“苇，蒹葭之属。杭，度也。”一说杭同“航”。陈奂《诗毛氏传疏》曰：“《说文》，抗，举也，或作杭。《后笺》云，《广雅》训诂，抗，渡也。疑诗杭，本亦有作抗者。次章曾不容刀，《释文》《正义》皆引《说文》舠字，而于一苇杭之并不及方部之斻。是陆孔皆知杭，非即斻字也。案《初学记》地部，及白居易《六帖》六，两引诗作航，航乃俗字。”

二、跂（qì音气）：踮起脚跟。陈奂《诗毛氏传疏》曰：“《楚辞·九叹》注，引诗作企，跂，企，古通用。”予：而。一说为我。《毛诗故训传笺》曰：“予，我也。谁谓宋国远与？我跂足则可以望见之，亦喻近也。今我之不往，直以义不往耳，非为其远。”

三、曾：竟。刀：同“舠”，小船。《毛诗故训传笺》曰：“不容刀，亦喻狭小。船曰刀。”孔颖达《毛诗正义》曰：“上言一苇桴筏之小，此刀宜为舟船之小，故云‘小船曰刀’。《说文》作‘舠’。舠，小舩也，字异音同。刘熙《释名》云：‘二百斛以上曰艇，三百斛曰刀。江南所谓短而广、安不倾危者也。’”朱熹《诗集传》曰：“小船曰刀。不容刀，言小也。”

四、崇朝（zhāo音招）：终朝。《毛诗故训传笺》曰：“崇，终也。行不终朝，亦喻近。”朱熹《诗集传》曰：“崇，终也。行不终朝而至，言近也。”袁梅《诗经译注》曰：“崇朝，即终朝。指从天亮到吃早饭的一段时间。”

【解题】

这是宋襄公母亲思念宋国之诗。《诗序》曰：“《河广》，宋襄公母归于卫，思而不止，故作是诗也。”《毛诗故训传笺》曰：“宋桓公夫人，卫文公之妹，生襄公而出。襄公即位，夫人思宋，义不可往，故作诗以自止。”

孔颖达《毛诗正义》曰：“作《河广》诗者，宋襄公母，本为夫所出而归于卫。及襄公即位，思欲向宋而不能止，以义不可往，故作《河广》之诗以自止也。《序》言所思之意，《经》二章皆言义不得往之事。”又曰：“《左传》云：‘公子顽烝于宣姜，生文公及宋桓夫人’，故知文公之妹。襄公，桓公之子，故知襄公之母。今定本无‘襄公之母’四字，然子无出母之道，故知当桓公之时，生襄公而出。今系之襄公，言母归者，明思而不止，当襄公时，故云‘襄公即位，夫人思宋’也。所以义不得往者，以夫人为先君所出，其子承父之重，与祖为一体，母出与庙绝，不可以私反，故义不得也。《大戴礼》及《家语》皆云：‘妇有七出：不顺父母出，为逆；无子出，为绝人世；淫佚出，为其乱族；疾妒出，为其乱家；有恶疾出，为其不可供粢盛；多口出，为其离亲；盗窃出，为其反义。有三不去：有所取，无所归，不去；更三年丧，不去；前贫贱，后富贵，不去。’于今令犯七出，虽在三不去之中，若不顺父母与淫、无子亦出。虽古亦应然，以其终不可绝嗣与勃德故也。诸侯之夫人，虽无子不出，以嫔妾既多，不为绝嗣。故《易·同人》注云‘天子诸侯后夫人不出’，是也。知者，以《春秋》鲁夫人无子多矣，皆不出。若犯余六出则去，故《杂记》有出夫人礼。又《春秋》杞伯姬来妇，及此宋桓夫人，皆是也。王后犯出，则废之而已，皆不出，非徒无子，故《易·鼎卦》注云：‘嫁于天子，虽失礼，无出，道远之而已。’以天子天下为家，其后无所出故也。”

朱熹《诗集传》曰：“卫在河北，宋在河南。宣姜之女为宋桓公夫人，生襄公而出归于卫。襄公即位，夫人思之而义不可往，盖嗣君承父之重，与祖为体，母出与庙绝，不可以私反，故作此诗。言谁谓河广乎，但以一苇加之，则可以渡矣。谁谓宋国远乎，但一跂而望，则可以见矣。明非宋远而不可至也，乃义不可而不得往耳。”又曰：“范氏曰，夫人之不往，义也。天下岂有无母之人欤。有千乘之国，而不得养其母，则人之不幸也。为襄公者，将若之何。生则致其孝，没则尽其礼而已。卫有妇人之诗，自共姜至于襄公之母六人焉，皆止于礼义，而不敢过也。夫以卫之政教淫僻，风俗伤败。然而女子乃有知礼而畏义如此者，则以先王之化犹有存焉故也。”

宋桓公，公元前681年至公元前651年在位，宋后湣公（宋闵公）之弟。宋闵公十年（公元前682年），宋大夫南宫（长）万杀闵公子捷，立公子子游为君，诸公子借曹国军队反击，杀子游，立公子御说为君，即宋桓公。子御说生有七子：兹甫、目夷、三种、四鱼、五荡、六鳞、七肸。宋桓公死后，太子兹甫继位，即宋襄公。宋襄公是春秋五霸之一，公元前650年至公元前637年在位，励精图治，曾帮助齐平定内乱，立齐孝公。周襄王十四年（公元前638年）宋与楚战于泓水（今河南柘城西北），宋军大败，宋襄公重伤，翌年卒，其子宋成公王臣继位。

传说公元前661年，北狄灭卫，宋襄公的母亲见国破君亡，意欲归卫抗狄救国，宋桓公不允，宋襄公母亲执意救卫，宋桓公遂遣送归卫。宋襄公的母亲在卫国成功救亡，但她却再无法返回宋国。宋襄公在宋国的西部边境襄邑北城（今商丘）修筑了望母台。公元前638年宋襄公，在望母台行宫驾崩，依其遗嘱葬于望母台上。今睢县有宋襄公公园和望母台遗迹。

伯兮

伯兮朅兮，邦之桀兮。一
伯也执殳，为王前驱。一
自伯之东，首如飞蓬。二
岂无膏沐？谁适为容！三
其雨其雨，杲杲出日。四
愿言思伯，甘心首疾！五
焉得谖草，言树之背？六
愿言思伯，使我心痗！七

【注释】

一、伯：一说为州伯。《毛诗故训传》曰："伯，州伯也。"一说为君子的字。《毛诗故训传笺》曰："伯，君子字也。"朱熹《诗集传》曰："伯，妇人目其夫之字也。"孔颖达《毛诗正义》曰："伯、仲、叔、季、长幼之字，而妇人所称云伯也，宜呼其字，不当言其官也。此在前驱而执兵，则有勇力。为车右，当亦有官，但不必州长为之。"朅（jiē音接）：勇武的样子。《毛诗故训传》曰："朅，武貌。"桀：同"傑"（今作"杰"），杰出。《毛诗故训传》曰："桀，特立也。"《毛诗故训传笺》曰："桀，英杰，言贤也。"朱熹《诗集传》曰："桀，才过人也。"

二、殳（shū音书）：古代兵器名。《毛诗故训传》曰："殳长丈二而无刃。"《毛诗故训传笺》曰："兵车六等，轸也，戈也，人也，殳也，车戟也，酋矛也，皆以四尺为差。"马瑞辰《毛诗传笺通释》曰："殳为戟柄之称。"前驱：前锋。

三、之：往。飞蓬：被风吹起的蓬草，形容头发乱。《毛诗故训传》曰："妇人，夫不在，无容饰。"朱熹《诗集传》曰："蓬，草名，其华如柳絮，聚而飞如乱发也。"膏：润发油。沐：洗头。朱熹《诗集传》曰："膏，所以泽发者。沐，涤首去垢也。"适：《毛诗故训传》曰："适，主也。"一说同"悦"，喜悦。马瑞辰《毛诗传笺通释》曰："《一切经音义》卷六引《三仓》曰：'适，悦也。'此适字正当训悦。女为悦己者容，夫不在，故曰'谁适为容'，即言谁悦为容也。犹《书·盘庚》'民不适有居'，即民不悦有居也。"

四、其：语助词。杲杲（gǎo音搞）：太阳出来，明亮的样子。《毛诗故训传》曰："杲杲然日复出矣。"《毛诗故训传笺》曰："人言其雨其雨，而杲杲然日复出，犹我言伯且来，伯且来，则复不来。"朱熹《诗集传》曰："其者，冀其将然之词。冀其将雨，而杲然日出。以比望其君子之归而不归也。"

五、愿：思念。《毛诗故训传笺》曰："愿，念也。"甘心：一说为厌。《毛诗故训传》曰："甘，厌也。"一说为苦心。马瑞辰《毛诗传笺通释》曰："甘与苦，古以相反为义，故甘草《尔雅》名为大苦。《方言》曰：'苦，快也。'郭《注》曰：'苦而为快者，犹以臭为香，治为乱，徂为存。'以此推之，则甘心亦得训为苦心，犹言忧心、劳心、痛心也。"一说为情愿。褚斌杰《诗经全注》曰："甘心：情愿。"首疾：头疼。《毛诗故训传笺》曰："我念思伯，心不能已。如人心嗜欲所贪，口味不能绝也。我忧思以生首疾。"马瑞辰《毛诗传笺通释》曰："成十三年《左传》'诸侯备闻此言，斯是用痛心疾首'，杜注：'疾，犹痛也。''甘心疾首'与'痛心疾首'文正相类，皆为对举之词。《诗》不言疾首而言首疾者，倒文以为韵也。"

六、焉：何。谖草：即萱草，古人以为得到此草，可以忘忧。《毛诗故训传》曰："谖草令人忘忧。"《毛诗故训传笺》曰："忧以生疾，恐其危身，欲忘之。"孔颖达《正义》曰："谖训为忘，非草名。"马瑞辰《毛诗传笺通释》曰："《说文》曰：'萱，令人忘忧之草也。或从暖作蕿，或从宣作萱。'古人多以同声假借，《毛诗》作谖者，萱字之假借。《尔雅·释训》曰：'萲、谖，忘也。'"树：种植。背：同"北"，北堂。《毛诗故训传》曰："背，北堂也。"马瑞辰《毛诗传笺通释》曰："《说文》曰：'北，茈也。从二人相背。'是北本从背会意。《汉书·高帝纪》'项羽追北'，《注》曰：'服虔曰：师败曰北。韦昭曰：北，古背字也，背去而走也。'背、北古通用，故《毛诗故训传》知背即北堂。"

七、痗（mèi音妹）：病。《毛诗故训传》曰："痗，病也。"

【解题】

这是一首女子思念从周王伐郑的丈夫的诗。《诗序》曰："《伯兮》，刺时也。言君子行役，为王前驱，过时而不反焉。"《毛诗故训传笺》曰："卫宣公之时，蔡人、卫人、陈人从王伐郑伯也。为王前驱走，故家人思之。"

孔颖达《毛诗正义》曰："此言过时者，谓三月一时。《穀梁传》'伐不逾时’，故《何草不黄》《笺》云‘古者师出不逾时，所以厚民之性’，是也。此叙妇人所思之由。经陈所思之辞，皆由行役过时之所致。叙言‘为王前驱’，虽辞出于经，总叙四章，非指一句也。”又曰：“蔡人、卫人、陈人从王伐郑，《春秋》桓五年经也。时当宣公，故云‘卫宣公之时’。服虔云：‘言人者，时陈乱无君，则三国皆大夫也，故称人。’《公羊传》曰：‘其言从王伐郑何？从王，正也。’郑答临硕引《公羊》之文，言诸侯不得专征伐，有从天子及伯者之礼。然则宣公从王为得其正，以兵属王节度，不由于卫君。而以过时刺宣公者，诸侯从王虽正，其时天子微弱，不能使卫侯从己，而宣公自使从之。据其君子过时不反，实宣公之由，故主责之宣公，而云‘刺时’者也。”

王先谦《诗三家义集疏》曰：“伯以卫国大夫，入为王朝之中士，妻从夫在王国，故因行役之久而思之。”

《春秋经·桓公五年》曰：“秋，蔡人、卫人、陈人从王伐郑。”

《左传·桓公五年》曰：“王夺郑伯政，郑伯不朝。秋，王以诸侯伐郑，郑伯御之。王为中军；虢公林父将右军，蔡人、卫人属焉；周公黑肩将左军，陈人属焉。郑子元请为左拒以当蔡人、卫人，为右拒以当陈人，曰：‘陈乱，民莫有斗心，若先犯之，必奔。王卒顾之，必乱。蔡、卫不枝，固将先奔，既而萃于王卒，可以集事。’从之。曼伯为右拒，祭仲足为左拒，原繁、高渠弥以中军奉公，为鱼丽之陈，先偏后伍，伍承弥缝。战于繻（xū音需）葛，命二拒曰：‘旝动而鼓。’蔡、卫、陈皆奔，王卒乱，郑师合以攻之，王卒大败。祝聃射王中肩，王亦能军。祝聃请从之。公曰：‘君子不欲多上人，况敢陵天子乎！苟自救也，社稷无陨，多矣。’夜，郑伯使祭足劳王，且问左右。”

《公羊传·桓公五年》曰：“秋，蔡人、卫人、陈人从王伐郑。其言从王伐郑何？从王正也。”

《谷梁传·桓公五年》曰：“秋，蔡人、卫人、陈人从王伐郑。举从者之辞也。其举从者之辞何也？为天王讳伐郑也。郑，同姓之国也，在乎冀州。于是不服，为天子病矣。”

《史记·周本记》曰：“桓王三年，郑庄公朝，桓王不礼。五年，郑怨，与鲁易许田。许田，天子之用事太山田也。八年，鲁杀隐公，立桓公。十三年，伐郑，郑射伤桓王，桓王去归。”

《史记·郑世家》曰：“二十七年，始朝周桓王。桓王怒其取禾，弗礼也。二十九年，庄公怒周弗礼，与鲁易祊、许田。三十三年，宋杀孔父。三十七年，庄公不朝周，周桓王率陈、蔡、虢、卫伐郑。庄公与祭仲、高渠弥发兵自救，王师大败。祝聸射中王臂。祝聸请从之，郑伯止之，曰：‘犯长且难之，况敢陵天子乎？’乃止。夜令祭仲问王疾。”

朱熹《诗集传》曰：“妇人以夫久从征役，而作是诗。”又曰：“范氏曰，居而相离则思。期而不至则忧。此人之情也。文王之遣戍役、周公之劳归士，皆叙其室家之情、男女之思，以闵之。故其民悦而忘死。圣人能通天下之志。是以能成天下之务。兵者，毒民于死者也。孤人之子，寡人之妻。伤天地之和、召水旱之灾。故圣王重之。如不得已而行，则告以归期。念其勤劳，哀伤惨怛。不啻在己。是以治世之诗，则言其君上闵恤之情，乱世之诗，则录其室家怨思之苦。以为人情不出乎此也。”

鲁桓公五年为公元前707年，周桓王十三年，卫宣公十二年，郑庄公三十七年，蔡桓公八年，陈桓公三十八年。

有狐

有狐绥绥，在彼淇梁。一
心之忧矣，之子无裳。二
有狐绥绥，在彼淇厉。三
心之忧矣，之子无带。四
有狐绥绥，在彼淇侧。五
心之忧矣，之子无服。六

【注释】

一、绥绥：独行的样子。一说为偶行。《毛诗故训传》曰："绥绥，匹行貌。"匹行即偶行。朱熹《诗集传》曰："绥绥，独行求匹之貌。"缓缓行走的样子。马瑞辰《毛诗传笺通释》曰："《齐风》曰：'雄狐绥绥。'《吴越春秋》涂山歌：'绥绥白狐。'皆指一狐言，不得谓绥绥为匹行貌。……绥绥为舒行貌。"梁：河梁。《毛诗故训传》曰："石绝水曰梁。"褚斌杰《诗经全注》曰："在河中垒石，可以过人或者拦水捕鱼。"程俊英等《诗经注析》曰："梁，桥。"

二、之子：这个人。《毛诗故训传》曰："之子，无室家者。"《毛诗故训传笺》曰："之子，是子也。"裳：下衣。《毛诗故训传》曰："在下曰裳，所以配衣也。"《毛诗故训传笺》曰："时妇人丧其妃耦，寡而忧是子无裳，无为作裳者，欲与为室家。"孔颖达《毛诗正义》曰："有狐绥绥然匹行，在彼淇水之梁，而得其所，以兴今卫之男女皆丧妃耦，不得匹行，乃狐之不如。故妇人言心之忧矣，是子无室家，己思欲与之为室家。裳之配衣，犹女之配男，故假言之子无裳，己欲与为作裳，以喻己欲与之为室家。"又曰："以此称妇人之辞。言之子无裳，则谓男子为之子也，故言'之子，无室家者'。直指言无裳，则因事见义，以喻己当配夫，故云'裳，所以配衣'。二章传曰'带，所以申束衣'，则传皆以衣喻夫，以裳带喻妻，宜配之也。故《笺》云是子无裳，欲与为室家之道，申说《传》'裳所以配衣'之义。"

三、厉：河岸。《毛诗故训传》曰："厉，深可厉之旁。"《毛诗故训传笺》曰："列石渡水也。"朱熹《诗集传》曰："厉，深水，可涉处也。"马瑞辰《毛诗传笺通释》曰："古者列与厉双声通用，故笺以列训厉；列又通履。"褚斌杰《诗经全注》曰："厉，高峻的河岸。"程俊英等《诗经注析》曰："濑的假借字，水边有沙石的浅滩。"以上说：一只狐狸慢慢地行走，在淇水边的浅滩上。

四、带：束衣腰带。《毛诗故训传》曰："带，所以申束衣。"申束，犹言。此句说：我心里担忧的是，没有妻子给他做腰带。

五、淇侧：淇水旁。此句说：一只狐狸慢慢地行走在淇水的旁边。

六、服：衣服，上衣。《毛诗故训传》曰："言无室家，若人无衣服。"

【解题】

这是一首表现男子因没有配偶而生活艰难的诗，反映卫国统治者不关心百姓的婚配问题。《诗序》曰："《有狐》，刺时也。卫之男女失时，丧其妃耦焉。古者国有凶荒，则杀礼而多昏，会男女之无夫家者，所以育人民也。"

孔颖达《毛诗正义》曰："作《有狐》诗者，刺时也。以时君不教民随时杀礼（不拘于礼数）为昏（婚），至使卫之男女失年盛之时为昏（婚），而丧失其妃耦，不得早为室家，故刺之。以古者国有凶荒，则减杀其礼，随时而多昏，会男女之无夫家者，使为夫妇，所以蕃育人民。刺今不然，男女失时，谓失男女年盛之时，不得早为室家，至今人而无匹，是丧其妃耦，非先为妃而相弃也。与《氓序》文同而义异。《大司徒》曰：'以荒政十有二，聚万民。十曰多昏。'注云：'荒，凶年也。多昏，不备礼而娶昏者多也。'是凶荒多昏之礼也。《序》意言古者有此礼，故刺卫不为之，而使男女失时。非谓以此诗为陈古也，故《经》皆陈丧其妃耦，不得匹行，思为夫妇之辞。"

朱熹《诗集传》曰："国乱民散，丧其妃耦。有寡妇，见鳏夫而欲嫁之。故托言有狐独行。而忧其无裳也。"

木瓜

投我以木瓜，报之以琼琚。一

匪报也，永以为好也。二

投我以木桃，报之以琼瑶。三

匪报也，永以为好也。

投我以木李，报之以琼玖。四

匪报也，永以为好也。

【注释】

一、投：赠送。木瓜：树名。《毛诗故训传》曰："木瓜，楙（mào音茂）木也，可食之木。"程俊英《诗经译注》曰："木瓜，植物名，落叶灌木，果实形如黄金瓜，亦可供赏玩。"马瑞辰《毛诗传笺通释》曰："《毛诗故训传》以木瓜为楙瓜，而下二章'木桃'、'木李'无他释，盖以木桃、木李即木瓜别称耳。……亦谓三者异名而同类。"王先谦《诗三家义集疏》曰："《毛诗故训传》以'木瓜'为楙，用《尔雅》文，而木桃、木李无训。《尔雅》以瓜不木生，故独释楙为'木瓜'，若桃李皆木，自不必复称为'木'。诗言木桃、木李，因上章'木'字以成文耳。《毛诗故训传》无训，盖即以为桃李。"马瑞辰认为，后面两章中的"木桃""木李"为木瓜的别称，避免重复；王先谦以为就是桃和李，前面加"木"是为了与"木瓜"在形式上统一。盖木瓜、木桃、木李言女子所赠之物之微，而男子回报之物虽重，却仍感觉不足以表达对女子的爱慕。报：报答，回礼。琼琚（qióng jū音穷居）：佩玉名。《毛诗故训传》曰："琼，玉之美者。琚，佩玉名。"褚斌杰《诗经全注》曰："古时男子随身佩带的玉饰。下文琼瑶、琼玖（jiǔ音九）都属佩玉名。"

二、匪：通"非"，不是。《毛诗故训传笺》曰："我非敢以琼琚为报木瓜之惠，欲令齐长以为玩好，结己国之恩也。"王先谦《诗三家义集疏》曰："好，统君臣言之。孟子：'禹恶旨酒，而好善言。'此君好臣也。又'蓄君者，好君也'，注言'臣说（shuì音睡）君谓之好君'，此臣好君也。"孔颖达《毛诗正义》曰："以卫人得齐桓之大功，思厚报之而不能，乃假小事以言。

设使齐投我以木瓜，我则报之而不能，乃假以琼琚。我犹非敢以此琼琚报齐之木瓜，欲令齐长以为玩好，结我以恩情而已。今国家败灭，出处于漕，齐桓救而封我，如此大功，如何以报之。”朱熹《诗集传》：“言人有赠我以微物，我当报之以重宝。而犹未足以为报也。但欲其长以为好而不忘耳。疑亦男女相赠答之辞，如静女之类。”

三、琼瑶：美玉。《说文》云：“美石。”

四、琼玖：玉名。沈廷芳《十三经注疏正字》：“《书》云：‘玉黑色。’”《毛诗注疏》：“孔子曰：‘吾于《木瓜》，见苞苴（包装礼盒）之礼行。’笺云：‘以果实相遗者，必苞苴之。’《尚书》曰：‘厥苞橘柚。’……苴，子余反。橘，均栗反。柚，余救反。正义曰：‘《孔丛》云：孔子读《诗》，自二《南》至于《小雅》，’喟然叹曰：‘吾于二《南》，见周道之所成。于《柏舟》，见匹夫执志之不易。于《淇奥》，见学之可以为君子。于《考槃》，见遁世之士而无闷于世。于《木瓜》，见苞苴之礼行。于《缁衣》，见好贤之至。’是也。传于篇末乃言之者，以《孔丛》所言，总论一篇之事，故篇终言之。《小弁》之引《孟子》亦然。”

【解题】

这是一首赞美齐桓公救助卫国的诗。《诗序》曰：“《木瓜》，美齐桓公也。卫国有狄人之败，出处于漕，齐桓公救而封之，遗之车马器服焉。卫人思之，欲厚报之，而作是诗也。”

孔颖达《毛诗正义》曰：“有狄之败，懿公时也。至戴公，为宋桓公迎而立之，出处于漕，后即为齐公子无亏所救。戴公卒，文公立，齐桓公又城楚丘以封之。则戴也、文也，皆为齐所救而封之也。下总言遗之车马器服，则二公皆为齐所遗。《左传》曰：‘齐侯使公子无亏帅车三百乘以戍漕。归公乘马、祭服五称、牛羊豕鸡狗皆三百，与门材（做门的木材）。归夫人鱼轩、重锦三十两。’是遗戴公也。《外传·齐语》曰：‘卫人出庐于漕，桓公城楚丘以封之。其畜散而无育，齐桓公与之系马三百。’是遗文公也。系马，系于厩之马，言遗其善者也。器服，谓门材与祭服。《传》不言车，文不备。此不言羊豕鸡狗，举其重者言。欲厚报之，则时实不能报也，心所欲耳。经三章皆欲报之辞。”

朱熹《诗集传》曰：“张子曰，卫国地滨大河，其地土薄，故其人气轻浮。其地平下，故其人质柔弱。其地肥饶，不费耕耨，故其人心怠惰。其人情性如此，则其声音亦淫靡。故闻其乐，使人懈慢，而有邪僻之心也。郑诗放此。”

王风

《王风》指产生于成周的诗，共有诗十篇。前人多认为称为王风，是体现对周王室衰落的讥刺。按《诗序》说：“是以一国之事，系一人之本，谓之风。言天下之事，形四方之风，谓之雅。”风是“一国之事，系一人之本”，而雅是“言天下之事，形四方之风”，即国风都是讲通过个人的遭遇体现社会政治风俗的善否，雅则是言天下之事。因此，王风之所以称风，也是源于“系一人之本”，来体现王畿之地百姓的生活状况。

郑玄《诗谱·王城谱》曰：“王城者，周东都王城畿内方六百里之地。其封域在《禹贡》豫州太华、外方之间。北得河阳，渐冀州之南。始，武王作邑于镐京，谓之宗周，是为西都。周公摄政，五年，成王在丰，欲宅洛邑，使召公先相宅。既成，谓之王城，是为东都，今河南是也。召公既相宅，周公往营成周，今洛阳是也。成王居洛邑，迁殷顽民于成周，复还归处西都。至于夷、厉，政教尤衰。十一世幽王嬖褒姒，生伯服，废申后，太子宜臼奔申。申侯与犬戎攻宗周，杀幽王于戏。文侯、郑武公迎宜臼于申而立之，是为平王。以乱，故徙居东都王城。是王室之尊与诸侯无异，其诗不能复雅，故贬之，谓之王国之变风。”以事名地，今临潼有“戏水”“戏亭”，鸿门宴亦在此地。

朱熹《诗集传》曰：“王，谓周东都、洛邑王城，畿内方六百里之地，在《禹贡》豫州大华外方之间。北得河阳，渐冀州之南也。

周室之初，文王居丰，武王居镐，至成王、周公始营洛邑，为时会诸侯之所。以其土中四方来者，道里均故也。自是谓丰镐为西都，而洛邑为东都。至幽王嬖褒姒生伯服，废申后及太子宜臼，宜臼奔申，申侯怒、与犬戎攻宗周，弑幽王于戏。晋文侯、郑武侯迎宜臼于申而立之，是为平王，徙居东都王城，于是王室遂卑，与诸侯无异，故其诗不为雅而为风。然其王号未替也，故不曰周而曰王，其地则今河南府及怀孟等州是也。”

陆德明《经典释文·毛诗音义》曰：“王国者，周室东都王城畿内之地，在豫州，今之洛阳是也。幽王灭，平王东迁，政遂微弱，诗不能复雅。下列称风，以‘王’当国，犹《春秋》称王人。”

黍离

彼黍离离，彼稷之苗。[一]
行迈靡靡，中心摇摇。[二]
知我者，谓我心忧，[三]
不知我者，谓我何求。[四]
悠悠苍天，此何人哉！[五]
彼黍离离，彼稷之穗。[六]
行迈靡靡，中心如醉。[七]
知我者，谓我心忧，
不知我者，谓我何求。
悠悠苍天，此何人哉！
彼黍离离，彼稷之实。[八]

行迈靡靡，中心如噎。[九]
知我者，谓我心忧，
不知我者，谓我何求。
悠悠苍天，此何人哉！

【注释】

一、黍（shǔ音属）：一种谷物的名称，一说为黄米，一说为小米。朱熹《诗集传》曰："黍，谷名，苗似芦高丈余。"程俊英等《诗经注析》曰："黍，糜子，今称小米。"袁梅《诗经译注》曰："黍和稷是两种农作物，都是粟类，穗像稻穗，而籽粒小（如粟粒）。黍米是黏的，稷米是不黏的。"离离：一行行，长得密密麻麻的样子。朱熹《诗集传》曰："离离，垂貌。"王先谦《诗三家义集疏》曰："'离离'又作'穲穲'，《广韵》曰：'穲穲，黍稷行列也。'又作'缅缅'，《楚词·离骚》'索胡绳之缅缅'，缅缅蓋绳罗列之貌，王逸训为'好貌'，失之。"稷：粟，即黄米，一说为高粱。朱熹《诗集传》曰："稷，亦谷也，一名穄，似黍而小，或曰粟也。"马瑞辰《毛诗传笺通释》曰："按诸家说黍稷者不一，程瑶田《九谷考》谓黍今之黄米，稷今之高粱，其说是也。稷以春种，黍以夏种，而诗言'黍离离稷尚苗'者，稷种在黍先，秀在黍后故也。"《毛诗故训传笺》云："宗庙宫室毁坏，而其地尽为禾黍。我以黍离离时至，稷则尚苗。"

二、行迈：远行。《毛诗故训传》曰："迈，行也。"《毛诗故训传笺》云："行，道也。道行，犹行道也。"《说文》曰："迈，远行也。"一说为行走不止，犹"行行重行行"。马瑞辰《毛诗传笺通释》曰："行迈连言，犹古诗云'行行重行行'也。"靡靡：缓慢的样子。《毛诗故训传》曰："靡靡，犹迟迟也。"孔颖达《毛诗正义》曰："靡靡，行舒之意，故言犹迟迟也。"陈奂《诗毛氏传疏》曰："靡、迟，一声之转。"中心：即心中。摇摇：忧虑没有办法诉说。《毛诗故训传》曰："摇摇，忧无所诉。"三家

《诗》作愮，摇是愮的假借字。一说为恍惚不安，无所适从之义。朱熹《诗集传》曰：“摇摇，无所定也。”

三、知：了解。《毛诗故训传笺》云：“知我者，知我之情。”

四、求：指奢求，非分之求。《毛诗故训传笺》曰：“谓我何求，怪我久留不去。”

五、悠悠：遥远、高远。《毛诗故训传》曰：“悠悠，远意。”苍天：青天。《毛诗故训传》曰：“苍天，以体言之。尊而君之，则称皇天；元气广大，则称昊天；仁覆闵下，则称旻（mín音民）天；自上降鉴，则称上天；据远视之苍苍然，则称苍天。”《毛诗故训传笺》云：“远乎苍天，仰诉欲其察己言也。此亡国之君，何等人哉！疾之甚。”《尔雅》云：“春为苍天。”《庄子》云：“天之苍苍，其正色邪？”。孔颖达《毛诗正义》曰：“《释天》云：‘春为苍天，夏为昊天，秋为旻天，冬为上天。’”朱熹《诗集传》曰：“苍天者，据远而视之，苍苍然也。”《韩诗》作仓。此何人哉：这是谁造成的啊？此指悲痛的处境，人指周平王。一说此指苍天。人读为仁，意思是苍天不仁爱。问而不答，给读者留白，想象空间充足。

六、穗：秀。《毛诗故训传》曰：“穗，秀也。诗人自黍离离见稷之穗，故历道其所更见。”《说文》作莯，“莯，成秀也。”

七、如醉：心中忧愁，好像喝了酒一样烦乱。《毛诗故训传》曰：“醉于忧也。”朱熹《诗集传》曰：“稷穗下垂，如心之醉，故以起兴。”

八、实：指庄稼结籽成熟。《毛诗故训传》曰：“自黍离离见稷之实。”褚斌杰《诗经全注》曰：“苗、穗。实表示时间的推移，终年在外流浪。”

九、如噎（yē音椰）：忧愁深重，就像食物塞住喉咙，让人喘不上气来。《毛诗故训传》曰：“噎，忧不能息也。”孔颖达《毛诗正义》曰：“噎者，咽喉蔽塞之名，而言中心如噎，故知忧深，不能喘息，如噎之然。”朱熹《诗集传》曰：“噎，忧深不能喘息。如噎之然。稷之实、如心之噎。故以起兴。”褚斌杰《诗经全注》曰：“摇摇、如醉、如噎递进，表示忧愁与日俱增，愈发沉重难释。”

【解题】

这是一首叹息宗周倾覆的诗。《诗序》曰：“《黍离》，闵宗周也。周大夫行役至于宗周，过故宗庙宫室，尽为禾黍。闵周室之颠覆，彷徨不忍去，而作是诗也。”《毛诗故训传笺》曰：“宗周，镐（hào音浩）京也，谓之西周。周王城也，谓之东周。幽王之乱而宗周灭，平王东迁，政遂微弱，下列于诸侯，其诗不能复雅，而同于国风焉。”

孔颖达《毛诗正义》曰：“作《黍离》诗者，言闵宗周也。周之大夫行从征役，至于宗周镐京，过历故时宗庙宫室，其地民皆垦耕，尽为禾黍。以先王宫室忽为平田，于是大夫闵伤周室之颠坠覆败，彷徨省视，不忍速去，而作《黍离》之诗以闵之也。言‘过故宗庙’，则是有所适，因过旧墟，非故诣宗周也。周室颠覆，正谓幽王之乱，王室覆灭，致使东迁洛邑，丧其旧都。虽作在平王之时，而志恨幽王之败，但主伤宫室生黍稷，非是追刺幽王，故为平王诗耳。又宗周丧灭，非平王之咎，故不刺平王也。‘彷徨不忍去’，叙其作诗之意，未必即在宗周而作也。言‘宗周宫室，尽为禾黍’，章首上二句是也。‘闵周颠覆，彷徨不忍去’，三章下八句是也。言‘周大夫行役至于宗周’，叙其所伤之由，于《经》无所当也。”又曰：“郑先为《笺》而复作《谱》，故此《笺》与《谱》大同。《周语》云：‘幽王三年，西周三川皆震。’是镐京谓之西周也，即知王城谓之东周也。《论语》孔子曰：‘如有用我者，吾其为东周乎。’注云：‘据时东周则谓成周为东周’者，以敬王去王城而迁于成周，自是以后，谓王城为西周，成周为东周。故昭二十二年，王子猛入于王城，《公羊传》曰：‘王城者何？西周也。’二十六年，天王入于成周，《公羊传》曰：‘成周者何？东周也。’孔子设言之时，在敬王居成周之后，且意取周公之教顽民，故知其为东周，据时成周也。此在敬王之前，王城与镐京相对，故言王城谓之东周也。《周本纪》云：‘平王东徙洛邑，避戎寇。平王之时，周室微弱，诸侯以强并弱，齐、楚、秦、晋始大，政由方伯。’是平王东迁，政遂微弱。《论语》注云‘平王东迁，政始微弱’者，始者，从下本上之辞，遂者，从上向下之称。彼言十世希不失矣，据末而本初，故言始也。此言天子当为雅，从是作风，据盛以及衰，故言遂也。下列于诸侯，谓化之所及，才行境内，政教不加于诸侯，与诸侯齐其列位，故其诗不能复更作大雅、小雅，而与诸侯同为国风焉。”

朱熹《诗集传》曰：“周既东迁，大夫行役，至于宗周，过故宗庙宫室，尽为禾黍，闵周室之颠覆，彷徨不忍去。故赋其所见黍之离离与稷之苗，以兴行之靡靡心之摇摇。既叹时人莫识己意，又伤所以致此者，果何人哉，追怨之深也。”

又《太平御览》卷九百二十三《羽族十·伯劳》曰：“陈思王植《贪恶鸟论》曰：国人以伯劳鸟献诸庭者，王召见之。侍臣谓曰：‘世同恶伯劳之鸣，何谓也？’王曰：‘《月令》曰：仲夏，鵙始鸣。《诗》云：七月鸣鵙。七月，夏之五月。鵙则博劳也。昔尹吉甫信后妻之谗，而杀孝子伯奇，其弟伯封求而不得，作《黍离》之诗。俗传云：吉甫后悟，追伤伯奇，出游于田，见异鸟鸣于桑，其声噭然。吉甫心动，曰：‘无乃伯奇乎？’鸟乃拊翼，其声尤切。吉甫曰：‘果吾子也。’乃顾曰：‘伯奇劳乎？是吾子，栖吾舆；非吾子，飞勿居。’言未卒，鸟寻声而栖其盖。归入门，集于井干之上，向室而号。吉甫命后妻载，弩射之，遂射杀后撇馘谢之。故俗恶伯劳鸣，言所鸣之家必有尸也。好事附名为之说，令俗人恶之，其实否也。伯劳以五月鸣，应阴气之动。阴为仁养，阴为残贼。伯劳，盖贼害之鸟也。屈原曰：‘鵙鴂之先鸣，使百草为之不芳。其声鵙鵙，故以音名也。’”王先谦《诗三家义集疏》曰：“吉甫放逐，伯奇出亡，自是西周之事，年岁无考，存殁不知。盖有传其亡在王城者，及平王东迁，伯封过之，求兄不得，揣其已殁，忧而作诗，情事分明。”

《史记·周本纪》曰：“平王立，东迁于洛邑，辟戎寇。平王之时，周室衰微，诸侯强并弱，齐、楚、秦、晋始大，政由方伯。……五十一年，平王崩，太子泄父蚤死，立其子林，是为桓王。桓王，平王孙也。”

周平王，东周第一代天子，西周幽王之子，名宜臼，公元前770年至前720年在位。母亲乃申侯之女，幽王之王后。公元前771年，周幽王被犬戎所杀，西周都城镐京（今陕西西安西南）残破，太子宜臼在西申（今陕西宝鸡）即位，是为平王。为避犬戎，平王把都城从镐京东迁至洛邑（今河南省洛阳），史称东周。从此周室衰微，诸侯间的兼并愈演愈烈，中国历史进入春秋时期。平王死后，太子洩父早死，太孙林即位，是为周桓王。

君子于役

君子于役，不知其期，曷至哉？一
鸡栖于埘，日之夕矣，羊牛下来。二
君子于役，如之何勿思！
君子于役，不日不月，曷其有佸？三
鸡栖于桀，日之夕矣，羊牛下括。四
君子于役，苟无饥渴？五

【注释】

一、君子：古时候对男子的美称，这里指女子的丈夫。朱熹《诗集传》曰："君子，妇人目其夫之辞。"于役：从事兵役或徭役。期：归期。曷：何。《毛诗故训传笺》曰："曷，何也。君子往行役，我不知其反期，何时当来至哉！思之甚。"

二、埘（shí音时）：凿垣为鸡窝曰埘。亦指在墙上凿的鸡窝。《毛诗故训传》曰："凿墙而栖曰埘。"《毛诗故训传笺》曰："鸡之将栖，日则夕矣，羊牛从下牧地而来。言畜产出入，尚使有期节，至于行役者，乃反不也。”朱熹《诗集传》曰：“日夕则羊先归，而牛次之。大夫久役于外，其室家思而赋之曰：君子行役，不知其反还之期，且今亦何所至哉？鸡则栖于埘矣，日则夕矣，牛羊则下来矣。是则畜产出入，尚有旦暮之节，而行役之君子，乃无休息之时，使我如何而不思也哉。”

三、佸（huó音活）：会面，聚会。《毛诗故训传》曰：“佸，会也。”《毛诗故训传笺》曰：“行役反无日月，何时而有来会期。”

四、桀（jié音杰）：亦作“榤”，小木桩。《毛诗故训传》曰：“鸡栖于杙为桀。”括：至。《毛诗故训传》曰：“括，至也。”

五、苟：且。《毛诗故训传笺》曰：“苟，且也。且得无饥渴，忧其饥渴也。”

【解题】

这是一首写大夫因平王东迁，长期在途，西归无望，而生忧愁之诗。《诗序》曰：“《君子于役》，刺平王也。君子行役无期度，大夫思其危难以风焉。”

孔颖达《毛诗正义》曰：“大夫思其危难，谓在家之大夫，思君子僚友在外之危难。君子行役无期度，二章上六句是也。思其危难，下二句是也。”按此处君子，当指平王，孔颖达《毛诗正义》曰：“以君子为大夫僚友，误。”庄有可《毛诗说》曰：“刺东迁也。君子，指平王也。或统其时当国公卿言之。行役，谓东迁也。期，归期也。既东下不复西，故不知其期也。”

《史记·周本纪》曰：“四十六年，宣王崩，子幽王宫涅立。幽王二年，西周三川皆震。伯阳甫曰：‘周将亡矣。夫天地之气，不失其序；若过其序，民乱之也。阳伏而不能出，阴迫而不能蒸，于是有地震。今三川实震，是阳失其所而填阴也。阳失而在阴，原必塞；原塞，国必亡。夫水土演而民用也。土无所演，民乏财用，不亡何待！昔伊、洛竭而夏亡，河竭而商亡。今周德若二代之季矣，其川原又塞，塞必竭。夫国必依山川，山崩川竭，亡国之征也。川竭必山崩。若国亡不过十年，数之纪也。天之所弃，不过其纪。’是岁也，三川竭，岐山崩。

“三年，幽王嬖爱褒姒。褒姒生子伯服，幽王欲废太子。太子母申侯女，而为后。后幽王得褒姒，爱之，欲废申后，并去太子宜臼，以褒姒为后，以伯服为太子。周太史伯阳读史记曰：‘周亡矣。’昔自夏后氏之衰也，有二神龙止于夏帝庭而言曰：‘余，褒之二君。’夏帝卜杀之，与去之，与止之，莫吉。卜请其漦而藏之，乃吉。於是布币而策告之，龙亡而漦在，椟而去之。夏亡，传此器殷。殷亡，又传此器周。比三代，莫敢发之，至厉王之末，发而观之。漦流于庭，不可除。厉王使妇人裸而譟之。漦化为玄鼋，以入王后宫。后宫之童妾既龀而遭之，既笄而孕，无夫而生子，惧而弃之。宣王之时童女谣曰：‘檿弧箕服，实亡周国。’于是宣王闻之，有夫妇卖是器者，宣王使执而戮之。逃于道，而见向者后宫童妾所弃妖子出于路者，闻其夜啼，哀而收之，夫妇遂亡，奔于褒。褒人有罪，请入童妾所弃女子者于王以赎罪。弃女子出于褒，是为褒姒。当幽王三年，王之后宫见而爱之，生子伯服，竟废申后及太子，以褒姒为后，伯服为太子。太史伯阳曰：‘祸成矣，无可奈何！’

“褒姒不好笑，幽王欲其笑万方，故不笑。幽王为烽燧大鼓，有寇至则举烽火。诸侯悉至，至而无寇，褒姒乃大笑。幽王说之，为数举烽火。其后不信，诸侯益亦不至。

“幽王以虢石父为卿，用事，国人皆怨。石父为人佞巧善谀好利，王用之。又废申后，去太子也。申侯怒，与缯、西夷犬戎攻幽王。幽王举烽火征兵，兵莫至。遂杀幽王骊山下，虏褒姒，尽取周赂而去。于是诸侯乃即申侯而共立故幽王太子宜臼，是为平王，以奉周祀。

“平王立，东迁于洛邑，辟戎寇。平王之时，周室衰微，诸侯强并弱，齐、楚、秦、晋始大，政由方伯。

“五十一年，平王崩，太子洩父蚤死，立其子林，是为桓王。桓王，平王孙也。”

漦为口涎，玄鼋为蜥蜴，类龙也。

君子阳阳

君子阳阳，左执簧，右招我由房，其乐只且！一
君子陶陶，左执翿，右招我由敖，其乐只且！二

【注释】

一、《毛诗故训传》曰："阳阳，无所用其心也。簧，笙也。由，用也。国君有房中之乐。"《毛诗故训传笺》曰："由，从也。君子禄仕在乐官，左手持笙，右手招我，欲使我从之于房中，俱在乐官也。我者，君子之友自谓也，时在位，有官职也。"马瑞辰《毛诗传笺通释》曰："由、游，古同声通用。……房与放，古音亦相近，由房当读为游放。"其乐只且：《毛诗故训传笺》曰："君子遭乱，道不行，其且乐此而已。"朱熹《诗集传》曰："阳阳，得志之貌。"马瑞辰《毛诗传笺通释》曰："阳与养古同声。《广雅·释诂》曰：'养，乐也。'阳阳亦乐意。"高亨《诗经今注》曰："阳阳，即洋洋，喜也。只且，犹也哉，均是语气词。"《韩诗》"只"作"旨"。

二、《毛诗故训传》曰："陶陶，和乐貌。翿（dào音到），纛也，翳也。"《毛诗故训传笺》曰："陶陶，犹阳阳也。翳，舞者所持，谓羽舞也。君子左手持羽，右手招我，欲使我从之于燕舞之位，亦俱在乐官也。"敖：游也（陆德明《经典释文》）；一说舞位（朱熹《诗集传》）。马瑞辰《毛诗传笺通释》曰："遨，犹游遨也。由房与由遨亦当同义，皆谓相招为游戏耳。"

【解题】

这是一首表现隐士歌舞生活的诗。《诗序》曰："《君子阳阳》，闵周也。君子遭乱，相招为禄仕，全身远害而已。"

孔颖达《毛诗正义》曰："作《君子阳阳》之诗者，闵周也。君子之人，

遭此乱世，皆畏惧罪辜，招呼为禄仕，冀安全己身，远离祸害，已不复更求道行，故作诗以闵伤之。”苏辙《诗集传》曰：“君子以贱为乐，则其贵者不可居也。虽有贵位而君子不居，则周不可辅矣。此所以闵周也。”

朱熹《诗集传》曰：“此诗疑亦前篇妇人所作。盖其夫既归，不以行役为劳，而安于贫贱以自乐，其家人又识其意而深叹美之，皆可谓贤矣。岂非先王之泽哉！”高亨《诗经今注》认为这是描写统治阶级奏乐跳舞的诗。

扬之水

扬之水，不流束薪。一
彼其之子，不与我戍申。二
怀哉怀哉，曷月予还归哉？三
扬之水，不流束楚。四
彼其之子，不与我戍甫。五
怀哉怀哉，曷月予还归哉？
扬之水，不流束蒲。六
彼其之子，不与我戍许。七
怀哉怀哉，曷月予还归哉？

【注释】

一、扬：激扬。扬之水即激扬的流水。《毛诗故训传》曰：“兴也。扬，激扬也。”《毛诗故训传笺》曰：“激扬之水至湍迅，而不能流移束薪。兴者，喻平王政教烦急，而恩泽之令不行于下民。”一说指水流缓慢的样子。朱熹《诗集传》曰："扬，悠扬也，水缓流之貌。"束薪：一捆柴草，与下文之"束楚""束蒲"义同。

二、戍（shù音树）：守。《毛诗故训传》曰："戍，守也。"《毛诗故训传笺》曰："之子，是子也。彼其是子，独处乡里，不与我来守申，是思之言也。'其'或作'记'，或作'已'。"朱熹《诗集传》曰："彼其之子，戍人指其室家而言也。戍，屯兵以守也。"申：国名。《毛诗故训传》曰："申，姜姓之国，平王之舅。"朱熹《诗集传》曰："申，姜姓之国，平王之母家也，在今邓州信阳军之境。"

三、怀：一说为安。《毛诗故训传笺》曰："怀，安也。思乡里处者，故曰今亦安不哉，安不哉！何月我得归还见之哉！思之甚。"一说为思念。朱熹《诗集传》曰："怀，思。"

四、楚：木。《毛诗故训传》曰："楚，木也。"

五、甫：国名。《毛诗故训传》曰："甫，诸姜也。"朱熹《诗集传》曰："甫，即吕也，亦姜姓。《书》'吕刑'，《礼记》作'甫刑'。而孔氏以为'吕侯'，后为'甫侯'，是也。当时盖以申故而并戍之。今未知其国之所在，计亦不远于申、许也。"

六、蒲：一说为草名，一说为树名。《毛诗故训传》曰："蒲，草也。"《毛诗故训传笺》曰："蒲，蒲柳。"孙毓《毛诗异同评》云："蒲草之声不与戍、许相协，笺义为长。今则二蒲之音，未详其异耳。"朱熹《诗集传》曰："《春秋传》云：'董泽之蒲'，杜氏云'蒲，杨柳，可以为箭'者是也。"

七、许：国名。《毛诗故训传》曰："许，诸姜也。"朱熹《诗集传》曰："许，国名，亦姜姓，今颍昌府许昌县是也。"

【解题】

这是一首批评周平王时社会动荡的诗，《诗序》曰：“《扬之水》，刺平王也。不抚其民，而远屯戍于母家，周人怨思焉。”《毛诗故训传笺》曰：“怨平王恩泽不行于民，而久令屯戍，不得归，思其乡里之处者。言周人者，时诸侯亦有使人戍焉，平王母家申国，在陈、郑之南，迫近强楚，王室微弱，而数见侵伐，王是以戍之。”

孔颖达《毛诗正义》曰：“‘不抚其民’，三章章首二句是也。‘屯戍母家’，次二句是也。思者，下二句是也。此三章，皆是所怨之思，俱出民心，故以怨配思而总之。”又曰：“此刺平王，不嫌非是周人，而特言周人者，时诸侯亦有使人戍焉，故言周人以别之。诸侯之戍，亦由于王，诸侯之人所以不怨者，时王政不加于诸侯，诸侯自使戍耳。假有所怨，自怨其君，故周人独怨王也。”

朱熹《诗集传》曰：“平王以申国近楚，数被侵伐，故遣畿内之民戍之。而戍者怨思，作此诗也。”又曰：“申侯与犬戎攻宗周而弑幽王，则申侯者，王法必诛不赦之贼，而平王与其臣庶不共戴天之仇也。今平王知有母而不知有父，知其立己为有德，而不知其弑父为可怨，至使复仇讨贼之师，反为报施酬恩之举，则其忘亲逆理，而得罪于天已甚矣。又况先王之制，诸侯有故，则方伯连帅以诸侯之师讨之；王室有故，则方伯连帅以诸侯之师救之。天子乡遂之民，供贡赋，谓王室而已。今平王不能行其威令于天下，无以保其母家，乃劳天子之民远为诸侯戍守，故周人之戍申者又以非其职而怨思焉。则其衰懦微弱而得罪于民，又可见矣。呜呼！‘《诗》亡而后《春秋》作’，其不以此也哉！”

方玉润《诗经原始》曰：“平王此时不申、甫、许之是戍而何戍耶？其所以致民怨嗟，见诸歌咏而不已者，以征调不均，瓜代（属官更迭）又难必耳。夫征调不均则劳逸异势，瓜代难必则生聚无期，不惟小民怨咨，亦足见秉国者之措置乖方，筹谋未善。若宗周形胜，则岂虑是哉？此东都之不再振而西辙之难归者有由然矣。”

褚斌杰《诗经全注》曰："这是一首戍卒思念故乡、怀想妻室的诗。戍卒被王室派往姜姓之国驻守，久滞不归，心有不满，唱出这首充满怨情之歌。扬之水：激扬的水流。"

中谷有蓷

中谷有蓷，暵其干矣。[一]
有女仳离，嘅其叹矣。[二]
嘅其叹矣，遇人之艰难矣！[三]
中谷有蓷，暵其修矣。[四]
有女仳离，条其啸矣。[五]
条其啸矣，遇人之不淑矣！[六]
中谷有蓷，暵其湿矣。[七]
有女仳离，啜其泣矣。[八]
啜其泣矣，何嗟及矣！[九]

【注释】

一、中谷：谷中。一说为语气词。马瑞辰《毛诗传笺通释》曰："《毛诗故训传》盖由误以'中谷'为谷中，不知'中谷'之中只为语词。"蓷（tuī音推）：草药，又名益母草。暵（hàn音汉）：干燥。《毛诗故训传》曰："蓷，雕也。暵，菸貌。陆草生于谷中，伤于水。"《毛诗故训传笺》曰："兴者，喻人居平安之世，犹雕之生于陆，自然也。遇衰乱凶年，犹雕之生谷中，得水则病将死。"朱熹《诗集传》曰："蓷，雕也。叶似萑，方茎白华，华生节间，即今益母草也。暵，燥也。”马瑞辰《毛诗传笺通释》曰：“其实暵义止为暵燥，即干貌耳，不必如《毛诗故训传》以为伤于水也。”

二、仳（pǐ音匹）：别。《毛诗故训传》曰：“仳，别也。”嘅（kǎi音凯）：叹息声。《毛诗故训传笺》曰：“有女遇凶年而见弃，与其君子别离，嘅然而叹，伤己见弃，其恩薄。”朱熹《诗集传》曰：“嘅，叹声。”

三、艰难：穷厄。《毛诗故训传》曰：“艰亦难也。”《毛诗故训传笺》曰：“所以慨然而叹者，自伤遇君子之穷厄。”朱熹《诗集传》曰：“艰难，穷厄也。”

四、修：本指肉干，此处指草干枯。《毛诗故训传》曰：“修，且干也。”朱熹《诗集传》曰：“修，长也。或曰，干也，如脯之谓修也。”陈奂《诗毛氏传疏》曰：“《说文》曰：‘修，脯也。’‘脯，干肉也。’干肉谓之脯，亦谓之修，因之凡干皆曰修矣。”

五、条：长。啸：蹙口出声。《毛诗故训传》曰：“条条然啸也。”朱熹《诗集传》曰：“条，条然啸貌。啸，蹙口出声也。悲恨之深，不止于叹矣。”陈奂《诗毛氏传疏》曰：“条条然者，啸声也。”程俊英等《诗经注析》曰：“条，长。条其，即条条，形容长啸。”

六、淑：善。《毛诗故训传笺》曰：“淑，善也。君子于己不善也。”朱熹《诗集传》曰：“淑，善也。古者谓死丧饥馑，皆曰不淑。盖以吉庆为善事，凶祸为不善事，虽今人语犹然也。”

七、湿：湿。《毛诗故训传》曰：“鵻遇水则湿。”《毛诗故训传笺》曰：“鵻之伤于水，始则湿，中而修，久而干。有似君子于己之恩，徒用凶年深浅为薄厚。”朱熹《诗集传》曰：“暵湿者，旱甚则草之生于湿者亦不免也。”褚斌杰《诗经全注》说通“㬤（qì音泣）”，暴晒将干。

八、啜（chuò音绰）：哭泣的样子。《毛诗故训传》曰：“啜，泣貌。”朱熹《诗集传》曰：“啜，泣貌。何嗟及矣，言事已至此，末如之何，穷之甚也。”

九、嗟：叹息声。《毛诗故训传笺》曰：“及，与也。泣者伤其君子弃己，嗟乎，将复何与为室家乎！此其有余厚于君子也。”马瑞辰《毛诗传笺通释》曰：“胡承珙：‘《韩诗外传》二引诗虽作‘何嗟及矣’，然引孔子曰：‘嗟乎，虽悔何及矣！’是正义‘何及’二字相连为义。今本毛、《韩诗》皆误倒’今按胡说是也。《小尔雅》曰：‘嗟，发声也。’嗟字自当在句首耳。”

【解题】

这是一首感叹周道沦丧、夫妻大难临头分崩离析，讽刺夫妇之道不长久的诗。《诗序》曰：“《中谷有蓷》闵周也。夫妇日以衰薄，凶年饥馑，室家相弃尔。”

孔颖达《毛诗正义》曰：“作《中谷有蓷》诗者，言闵周也。平王之时，民人夫妇之恩日日益以衰薄，虽薄未至弃绝，遭遇凶年饥馑，遂室家相离弃耳。夫妇之重逢，遇凶年薄而相弃，是其风俗衰败，故作此诗以闵之。‘夫妇日以衰薄’，三章章首二句是也。‘凶年饥馑，室家相弃’，下四句是也。夫妇衰薄，以凶年相弃，假陆草遇水而伤，以喻夫恩薄厚。蓷之伤于水，始则湿，中则修，久而干，犹夫之于妇，初已衰，稍而薄，久而甚，甚乃至于相弃。妇既见弃，先举其重，然后倒本其初，故章首二句先言干，次言修，后言湿，见夫之遇己，用凶年深浅为薄厚也。下四句言妇既被弃，怨恨以渐而甚，初而叹，次而啸，后而泣。既叹而后乃啸，艰难亦轻于不淑，‘何嗟及矣’，是决绝之语，故以为篇终。虽或逆或顺，各有次也。”

朱熹《诗集传》曰：“范氏曰：世治，则室家相保者，上之所养也；世乱，则室家相弃者，上之所残也。其使之也勤，其取之也厚，则夫妇日以衰薄，而凶年不免于离散矣。伊尹曰：匹夫匹妇，不获自尽，民主罔与成厥功。故读诗者，于一物失所，而知王政之恶。一女见弃，而知人民之困。周之政荒民散，而将无以为国，于此亦可见矣。”

兔爰

有兔爰爰，雉离于罗。一
我生之初，尚无为。二
我生之后，逢此百罹，尚寐无吪！三
有兔爰爰，雉离于罦。四
我生之初，尚无造。五
我生之后，逢此百忧，尚寐无觉！
有兔爰爰，雉离于罿。六
我生之初，尚无庸。七
我生之后，逢此百凶，尚寐无聪！八

【注释】

一、爰爰：缓慢的样子。《毛诗故训传》曰："兴。爰爰，缓意。言为政有缓有急，用心之不均。"《毛诗故训传笺》云："有缓者，有所听纵也；有急者，有所躁蹙也。"罗：网。《毛诗故训传》曰："鸟网为罗。"孔颖达《毛诗正义》曰："《释训》云：'爰爰，缓也。'《释器》云：'鸟罟谓之罗。'李巡曰：'鸟飞，张网以罗之。'此《经》兔言缓，则雉为急矣；雉言在罗，则兔无拘制矣。举一缓一急之物，故知喻政有缓急，用心之不均也。"马瑞辰《毛诗传笺通释》曰："狡兔以喻小人，雉，耿介之鸟，以喻君子。'有兔爰爰'以喻小人之放纵，'雉离于罗'以喻君子之获罪。又按《华严经音义》《一切经音义》并引《韩诗》'爰，发踪之貌'，当作'爰爰，发踪之貌。'胡承珙曰：'踪当作纵，发踪谓解放之，即《毛诗故训传笺》听纵之义。'其说是也。今按《毛诗故训传》'爰爰，缓意'，义本《尔雅·释训》。缓谓宽缓之，对操急而言，非谓行之缓也。是毛、韩义并相同。"

二、尚：尚且。《毛诗故训传》曰：“尚无成人为也。”《毛诗故训传笺》曰：“尚，庶几也。言我幼稚之时，庶几于无所为，谓军役之事也。”

三、罹（lí音离）：忧。《毛诗故训传》曰：“罹，忧。”吪（é音俄）：动。《毛诗故训传》曰：“吪，动也。”《毛诗故训传笺》曰：“我长大之后，乃遇此军役之多忧。今但庶几于寐，不欲见动，无所乐生之甚。”孔颖达《毛诗正义》曰：“言有兔无所拘制，爰爰然而缓。有雉离于罗网之中而急。此二者缓急之不均，以喻王之为政，有所听纵者则缓，有所躁蹙者则急。此言王为政用心之不均也，故君子本而伤之。言我生初幼稚之时，庶几无此成人之所为。言其冀无征役之事也。今我生之后，年已长大，乃逢此军役之百忧，既不能杀身，庶几服寐而无动耳。言不乐其生也。”

四、罦（fú音浮）：覆车，捕鸟的网。《毛诗故训传》曰：“罦，覆车也。”朱熹《诗集传》曰：“罦，覆车也，可以掩兔。”马瑞辰《毛诗传笺通释》曰：“《月令郑注》曰：‘兽罟曰罝罘。’考《庄子释文》曰：‘罘，本又作罦。’是罦、罘亦可通用。《诗》盖以罗、罦、罿可兼取兔雉，而纵兔取雉，以喻王政之不均也。”

五、造：为。《毛诗故训传》曰：“造，伪也。”朱熹《诗集传》曰：“造，亦为也。”

六、罿（chōng音冲）：捕鸟网。《毛诗故训传》曰：“罿，罬也。”孔颖达《毛诗正义》曰：“下传‘罿，罬’与此一也。《释器》云：‘繴谓之罿。罿，罬也。罬谓之罦。罦，覆车也。’孙炎曰：‘覆车，网可以掩兔者也。一物五名，方言异也。’郭璞曰：‘今之翻车也。有两辕，中施罥以捕鸟。’辗转相解，广异语也。”

七、庸：劳。《毛诗故训传》曰：“庸，用也。”《毛诗故训传笺》曰：“庸，劳也。”马瑞辰《毛诗传笺通释》曰：“《说文》曰：‘庸，用也。从用庚。庚，更事也。’用力者劳，更事者亦劳，用与劳义正相成。《尔雅·释诂》曰：‘庸，劳也。’‘劳，病也。’对下‘百凶’言之，庸训劳，义亦为病。”

八、百凶：多种灾难。《毛诗故训传笺》曰：“百凶者，王构怨连祸之凶。”聪：听到。《毛诗故训传》曰：“聪，闻也。”

【解题】

这是一首闵周道沦丧、讽刺生逢乱世、祸患连连之诗。《诗序》曰：“《兔爰》，闵周也。桓王失信，诸侯背叛，构怨连祸，王师伤败，君子不乐其生焉。”《毛诗故训传笺》曰：“不乐其声者，寐不欲觉之谓也。”

孔颖达《毛诗正义》曰：“作《兔爰》诗者，闵周也。桓王失信于诸侯，诸侯背叛之。王与诸侯交构怨恶，连结殃祸，乃兴师出伐诸侯。诸侯御之，与之交战，于是王师伤败，国危役赋不息，使君子之人皆不乐其生焉，故作此诗以闵伤之也。《左传·隐公三年》曰：郑武公、庄公为平王卿士。王贰于虢，郑伯怨王，王曰‘无之’。故周、郑交质。王子狐为质于郑，郑公子忽为质于周。王崩，周人将畀虢公政。四月，郑祭（zhài音债）足帅师取温之麦。秋，又取成周之粟。周、郑交恶。君子曰：‘信不由中，质无益也。’是桓王失信之事也。《左传·桓公五年》曰：‘王夺郑伯政，郑伯不朝。’是诸侯背叛也。传又曰：‘秋，王以诸侯伐郑。王为中军；虢公林父将右军，蔡人、卫人属焉；周公黑肩将左军，陈人属焉。’郑伯御之，‘曼伯为右拒，祭仲足为左拒，原繁、高渠弥以中军奉公，为鱼丽之陈。战于繻葛。蔡、卫、陈皆奔，王卒乱，郑师合以攻之，王卒大败。祝聃射王中肩。’是王师伤败之事也。传称‘射王中肩’，自是矢伤王身。此言‘师败’，正谓军败耳。据《邶·谷风》序云‘国俗伤败’，止言俗败，则知此云伤败，亦止言师败，非谓王身伤也。《序》云君子不乐其生之由，三章下五句皆言不乐其生之事，章首二句言王政有缓有急，君子亦为此而不乐。序不言，略之也。”

《史记·周本纪》载：“平王立，东迁于洛邑，辟戎寇。平王之时，周室衰微，诸侯强并弱，齐、楚、秦、晋始大，政由方伯。四十九年，鲁隐公即位。五十一年，平王崩，太子洩父蚤死，立其子林，是为桓王。桓王，平王孙也。桓王三年，郑庄公朝，桓王不礼。五年，郑怨，与鲁易许田。许田，天子之用事太山田也。八年，鲁杀隐公，立桓公。十三年，伐郑，郑射伤桓王，桓王去归。二十三年，桓王崩，子庄王佗立。”

朱熹《诗集传》曰：“周室衰微，诸侯背叛。君子不乐其生，而作此诗。言张罗本以取兔。今兔狡得脱，而雉以耿介，反离于罗。以比小人致乱而以巧计幸免，君子无辜而以忠直受祸也。为此诗者，盖犹及见西周之盛。故曰，方我生之初，天下尚无事。及我生之后，而逢时之多难如此。然既无如之何，则但庶几寐而不动以死耳。或曰，兴也。以兔爰兴无为，以雉离兴百罹也。”

周桓王，公元前720年至公元前697年在位。名林，为太子泄父之子，周平王之孙。平王病死，太子姬狐正居于郑国为人质。郑庄公和周公黑肩迎狐回朝继位。狐因哀伤过度，不久病死。其子林便被郑伯和周公黑肩立为天子。即位后，周郑交恶，大战于繻葛，怀王为郑大夫伤左肩，周天子颜面扫地，所以《诗序》说“桓王失信，诸侯背叛”。

葛藟

绵绵葛藟，在河之浒。一
终远兄弟，谓他人父。二
谓他人父，亦莫我顾。三
绵绵葛藟，在河之涘。四
终远兄弟，谓他人母。
谓他人母，亦莫我有。五
绵绵葛藟，在河之漘。六

终远兄弟，谓他人昆。七
谓他人昆，亦莫我闻。八

【注释】

一、绵绵：长而不绝的样子。《毛诗故训传》曰：“绵绵，长不绝之貌。”葛藟（lěi音累）：蔓生植物。《毛诗故训传笺》云：“葛也藟也，生于河之厓，得其润泽，以长大而不绝。兴者，喻王之同姓，得王之恩施，以生长其子孙。”褚斌杰《诗经全注》曰：“一种蔓生植物，藤蔓绵长。”浒（hǔ音虎）：水边崖岸。《毛诗故训传》曰：“水厓曰浒。”孔颖达《毛诗正义》曰：“《释水》云：‘浒，水厓。’李巡曰：‘浒，水边地，名厓也。’”朱熹《诗集传》曰：“岸上曰浒。”褚斌杰《诗经全注》曰：“水边。”

二、终：既。远：远离。《毛诗故训传》曰：“兄弟之道已相远矣。”《毛诗故训传笺》曰：“兄弟，犹言族亲也。王寡于恩施，今已远弃族亲矣，是我谓他人为己父。族人尚亲亲之辞。”朱熹《诗集传》曰：“今乃终远兄弟，而谓他人为己父，己虽谓彼为父，而彼亦不我顾，则其穷也甚矣。”马瑞辰《毛诗传笺通释》曰：“终犹既也，传意谓兄弟之道已相远，是言族亲本与兄弟相远也。”

三、顾：照顾。《毛诗故训传笺》曰：“谓他人为己父，无恩于我，亦无顾眷我之意。”以上说：葛藟在河边生长得茂盛，宗族之间相互亲爱，家族才能繁盛。兄弟族亲之间不再亲爱，虽称呼他人为父兄，却不能得到照顾和帮助。

四、涘（sì音四）：水边崖岸。《毛诗故训传》曰：“涘，厓也。”孔颖达《毛诗正义》曰：“《释丘》云：‘涘为厓。’李巡曰：‘涘一名厓。’郭璞曰：‘谓水边也。’”朱熹《诗集传》曰：“水涯曰涘。”

五、有：存在。《毛诗故训传笺》曰：“有，识有也。”一说为相亲。王先谦《诗三家义集疏》曰："《广雅疏证》云：'古者谓相亲曰有。'"一说同"友"，友爱，亲爱。

六、漘（chún音纯）：水边崖岸。《毛诗故训传》曰："漘，水溓也。"孔颖达《毛诗正义》曰："《释丘》云：'夷上洒下不漘。'李巡曰：'夷上，平上；洒下，峭下，故名漘。'孙炎曰：'平上峭下故名曰漘。不者，盖衍字。'郭璞曰：'厓上平坦而下水深者为漘。不，发声也。'此在河之漘，即彼漘也。《释山》云：'重甗，隒。'孙炎曰：'山基有重岸也。'隒是山岸，漘是水岸，故云'水隒'。"朱熹《诗集传》曰："夷上洒下曰漘。漘为言唇也。"王先谦《诗三家义集疏》曰："《说文》曰：'漘，厓也。'"

七、昆：兄长。《毛诗故训传》曰："昆，兄也。"

八、闻：听闻。《毛诗故训传笺》曰："不与我相闻命也。"一说同"问"。马瑞辰《毛诗传笺通释》曰："闻、问古通用。闻当读如恤问之问。"

【解题】

这是一首讽刺周平王的诗。周平王时，动迁洛邑，无暇他顾，镐京宗族失散，流离失所，生活无着。《诗序》曰："《葛藟》，王族刺平王也。周室道衰，弃其九族焉。"《毛诗故训传笺》曰："九族者，据己上至高祖，下及玄孙之亲。"

孔颖达《毛诗正义》曰："弃其九族者，不复以族食族燕之礼叙而亲睦之，故王之族人作此诗以刺王也。此叙其刺王之由，经皆陈族人怨王之辞。定本云'刺桓王'，义虽通，不合郑《谱》。"

朱熹《诗集传》曰："世衰民散，有去其乡里家族而流离失所者，作此诗以自叹。"

采葛

彼采葛兮，一日不见，如三月兮。一
彼采萧兮，一日不见，如三秋兮。二
彼采艾兮，一日不见，如三岁兮。三

【注释】

一、彼：指示代词，那个。葛：植物名。《毛诗故训传》曰："葛所以为絺绤。"絺绤，指葛布衣服。《毛诗故训传》云："精曰絺，粗曰绤。"褚斌杰《诗经全注》曰："一种藤本植物，纤维可以织布。"《毛诗故训传笺》曰："以采葛喻臣以小事使出。"孔颖达《毛诗正义》曰："彼采葛草以为絺绤兮，以兴臣有使出而为小事兮。其事虽小，犹惧于谗，一日不得见君，如三月不见君兮，日久情疏，为惧益甚，故以多时况少时也。"朱熹《诗集传》曰："盖淫奔者托以行也。故因以指其人，而言思念之深。未久而似久也。"

二、萧：古时候用来祭祀的一种植物。《毛诗故训传》曰："萧所以共祭祀。"朱熹《诗集传》曰："萧，荻也。白叶茎粗，科生（丛生也）有香气。祭则焫（点燃）以报气（告报于神灵）。"褚斌杰《诗经全注》曰："一种蒿草，有香气，古时供祭祀用。"《毛诗故训传笺》曰："彼采萧者，喻臣以大事使出。"秋：季。褚斌杰《诗经全注》曰："指季。"朱熹《诗集传》曰："曰三秋，则不止三月矣。"

三、艾：植物名，艾蒿。《毛诗故训传》曰："艾所以疗疾。"《毛诗故训传笺》曰："彼采艾者，喻臣以急事使出。"朱熹《诗集传》曰："艾，蒿属。干之可灸，故采之。"褚斌杰《诗经全注》曰："菊科植物，又叫艾蒿，有香气，可入药。"岁：年。朱熹《诗集传》曰："曰三岁，则不止三秋矣。"马瑞辰《毛诗传笺通释》曰："《毛诗故训传》《毛诗故训传笺》并以采葛、采萧、采艾为惧谗者托所采以自况。……以萧艾为谗佞进仕之喻。此诗采葛、采萧、采艾，盖皆喻人主之信谗。”

【解题】

这是一首很容易被看作表达思念之情的诗，实际上是讽刺周桓王时谗言当道，贤臣不得重用，不能与君王沟通之诗。《诗序》曰：“《采葛》，惧谗也。”《毛诗故训传笺》曰：“桓王之时，政事不明，臣无大小使出者，则为谗人所毁，故惧之。”小人当道，君子一日不见君王，就很容易被疏远，如三月、三秋、三岁之久。

孔颖达《毛诗正义》曰：“三章如此次者，既以葛、萧、艾为喻，因以月、秋、岁为韵。积日成月，积月成时，积时成岁，欲先少而后多，故以月、秋、岁为次也。臣之惧谗于小事大事，其忧等耳，未必小事之忧则如月，急事之忧则如岁。设文各从其韵，不由事大忧深也。年有四时，时皆三月，三秋谓九月也。设言三春三夏，其义亦同，作者取其韵耳。”

按朱熹《诗集传》以为“淫奔”之诗，姚际恒《诗经通论》以为当作“怀友”之诗，虽皆可通，然《诗经》乃先王政典，国史采以教育天子及胄子，非专谓儿女子私情。

大车

大车槛槛，毳衣如菼。一
岂不尔思？畏子不敢。二
大车哼哼，毳衣如璊。三
岂不尔思？畏子不奔。四

穀则异室，死则同穴。五
谓予不信，有如皦日！六

【注释】

一、大车：大夫坐的车子。《毛诗故训传》曰："大车，大夫之车。"褚斌杰《诗经全注》说为古时乘人载物的牛车。槛槛（kǎn音砍）：车行声，即车轮滚动的声音。《毛诗故训传》曰："槛槛，车行声也。"毳（cuì音翠）衣：由鸟兽皮毛制成的衣服。《毛诗故训传》曰："毳衣，大夫之服。"《毛诗故训传笺》曰："古者，天子大夫服毳冕以巡行邦国，而决男女之讼，则是子男入为大夫者。毳衣之属，衣缋而裳绣，皆有五色焉，其青者如鵻。"《说文》曰："毳，兽细毛也。"朱熹《诗集传》曰："毳衣，天子大夫之服。"一说，毳衣，细毛布制作的车衣，车衣即车上蔽风雨的车篷帷帐。菼（tǎn音坦）：初生的芦荻，在此用来形容嫩绿色。《毛诗故训传》曰："菼，鵻也。芦之初生者也。"《毛诗故训传笺》曰："菼，薍也。"孔颖达《毛诗正义》曰："'菼，鵻'，《释言》文。郭璞曰：'菼，草色如鵻，在青白之间。'《传》以《经》云'如菼'，以衣冠比菼色，故先解菼色，又解草，言菼是芦之初生。《释草》云'葭，芦'，'菼，薍'。孙炎、郭璞皆以芦、薍为二草，李巡、舍人、樊光以芦、薍为一草。此《传》菼为芦之初生，则意同李巡之辈以芦、菼为一也。"朱熹《诗集传》曰："菼、芦之始生也。毳衣之属，衣绘而裳绣，五色皆备，其青者如菼。"

二、岂不尔思：即岂不思尔。尔指车上穿着毳衣的男子，与下句的"子"指的是同一人，是女子爱恋的男子。朱熹《诗集传》曰："尔，淫奔者相命之词也。"畏：担心，担忧。

三、啍啍（tūn音吞）：车行又重又缓慢的样子。《毛诗故训传》曰："啍啍，重迟之貌。"孔颖达《毛诗正义》曰："啍啍，行之貌，故为重迟。上言行之声，此言行之貌，互相见也。"褚斌杰《诗经全注》曰："一说，啍啍，车行时发出的沉重声音。”璊（mén音门）：本义为红玉，这里指红色。《毛诗故训传》曰：“璊，赪也。”孔颖达《毛诗正义》曰：“《释器》云：‘一染谓之缇，再染谓之赪。’郭璞云：‘浅赤也。’《说文》云：‘璊，玉赤色。’故以璊为赪。”朱熹《诗集传》曰：“璊，玉赤色，五色备则有赤。”《鲁诗》《齐诗》作“毛”，璊是毛的假借字。陈奂《诗毛氏传疏》曰：“玉色如虋（xìn音信）曰璊。衣色如虋曰璊，犹上章之以菼色作喻也。毳为兽，故璊字从毛会意。毳衣有赤色，故璊声读如赤苗之虋。”

四、奔：私奔。

五、穀（gǔ音谷）：生，活着。《毛诗故训传》曰：“穀，生。”陈奂《诗毛氏传疏》曰：“凡穀皆训善，唯此穀字与下句死字作对文，故又训生也。”异室：不能（生活）在一起。穴：坟墓。《毛诗故训传》曰：“生在于室，则外内异，死则神合，同为一也。”《毛诗故训传笺》云：“穴，谓冢圹（kuàng音矿）中也。”朱熹《诗集传》曰：“穴，圹。”

六、信：守信，指信守承诺。如：像，就像。皦（jiǎo音角）：白。《毛诗故训传》曰：“皦，白也。”陆德明《经典释文》曰：“皦，本又作‘皎’。”孔颖达《毛诗正义》曰：“皦者，明白之貌，故为白也。”《毛诗故训传笺》曰：“此章言古之大夫听讼之政，非但不敢淫奔，乃使夫妇之礼有别。今之大夫不能然，反谓我言不信。我言之信，如白日也。刺其暗于古礼。”朱熹《诗集传》曰：“民之欲相奔者，畏其大夫，自以终身不得如其志也。故曰生不得相奔以同室，庶几死得合葬以同穴而已。谓予不信，有如皦日，约誓之辞也。”褚斌杰《诗经全注》曰：“这句是说，有天上的太阳可以作证。指日为证，是古时立誓时常说的话。”

【解题】

这是一首讽刺周礼毁坏，周大夫因而不能制止男女私奔之诗。《诗序》曰：“《大车》，刺周大夫也。礼义陵迟，男女淫奔，故陈古以刺今大夫不能听男女之讼焉。”

孔颖达《毛诗正义》曰：“《经》三章，皆陈古者大夫善于听讼之事也。陵迟，犹陂陀，言礼义废坏之意也。男女淫奔，谓男淫而女奔之也。《檀弓》曰：‘合葬，非古也。自周公以来，未之有改。’然则周法始合葬也。《经》称‘死则同穴’，则所陈古者，陈周公以来贤大夫。”

朱熹《诗集传》曰：“周衰，大夫犹有能以刑政治其私邑者。故淫奔者畏而歌之如此。然其去二南之化则远矣。此可以观世变也。”

丘中有麻

丘中有麻，彼留子嗟。[一]
彼留子嗟，将其来施施。[二]
丘中有麦，彼留子国。[三]
彼留子国，将其来食。[四]
丘中有李，彼留之子。[五]
彼留之子，贻我佩玖。[六]

【注释】

一、丘：土丘。麻：植物名，可用来纺织。朱熹《诗集传》曰：“谷名，子可食，皮可织为布者。”留子嗟：周王朝的大夫，留为氏，子嗟为字。《毛诗故训传》曰：“留，大夫氏。子嗟，字也。丘中垸埆之处，尽有麻、麦、草、木，乃彼子嗟之所治。”《毛诗故训传笺》曰：“子嗟放逐于朝，去治卑贱之职而有功，所在则治理，所以为贤。”马瑞辰《毛诗传笺通释》曰：“留、刘古通用，薛尚功《钟鼎款识》有刘公簠，《积古斋钟鼎款识》作留公篁。”褚斌杰《诗经全注》曰：“嗟，句末语气词。与《小雅·节南山》‘憯（cǎn音惨）莫惩嗟’之‘嗟’作用相同。”

二、彼：那个。将：发语词。高亨《诗经今注》曰：“将，发语词。”一说为愿，希望。朱熹《诗集传》曰：“将，愿也。”一说为请。程俊英等《诗经注析》曰：“请。”施施（yì音义）：缓行的样子。《毛诗故训传》曰：“难进之意。”《毛诗故训传笺》曰：“舒行，伺闲独来见己之貌。”一说为喜悦的样子。朱熹《诗集传》曰：“施施，喜悦之意。”王先谦《诗三家义集疏》曰：“《颜氏家训·书证篇》云‘将其来施施’，《韩诗》亦重为‘施施’，河北毛诗皆云‘施施’，江南旧本悉单为‘施’。愚案：二义皆通。单言‘施’者，《学记》注云‘施，犹教也。’《晋语》注：‘施，施德也。’左禧二十四年传注：‘施功劳也。’”

三、子国：子嗟的父亲。《毛诗故训传》曰：“子嗟父。”《毛诗故训传笺》曰：“言子国使丘中有麦，著其世贤。”一说为语助词。姚际恒《诗经通论》曰：“子嗟、子国，‘子’字即下‘之子’之‘子’，之子既非人名，则子嗟、子国亦非人名。嗟、国只是助词。盖诗人意中必先有麻、麦而后以此协其韵也。”

四、食：饮食。《毛诗故训传》曰：“子国复来，我乃得食。”《毛诗故训传笺》曰：“言其将来食，庶其亲己，己得厚待之。”一说同“饲”。高亨《诗经今注》曰：“通饲，给人以食物吃。”

五、李：李树。之子：留氏之子。《毛诗故训传笺》曰：“丘中而有李，又留氏之子所治。”朱熹《诗集传》曰：“并指前二人也。”马瑞辰《毛诗传笺通释》曰：“诗以子国为子嗟父，则此‘彼留之子’，宜为子嗟之子。”

六、贻，赠送。陆德明《经典释文》作“诒”：“诒，遗也。”玖：美玉。《说文》曰：“石之次玉，墨色者。”《毛诗故训传》曰：“玖，石次玉者。言能遗我美宝。”《毛诗故训传笺》曰：“留氏之子，于思者则朋友之子，庶其敬己而遗己也。”

【解题】

这是一首讽刺周庄王昏庸而贤才不得重用、国人思念贤才归来之诗。《诗序》曰："《丘中有麻》，思贤也。庄王不明，贤人放逐，国人思之，而作是诗也。"《毛诗故训传笺》曰："思之者，思其来，己得见之。"

孔颖达《毛诗正义》曰："毛以为，放逐者，本在位有功，今去，而思之。郑以为，去治贱事，所在有功，故思之。意虽小异，三章俱是思贤之事。"又曰："《笺》以为'施施'为见己之貌，'来食'谓己得食之，故以'思之'为'思其来，己得见之'。毛以'来食'为'子国复来，我乃得食'，则思其更来在朝，非徒思见而已，其意与郑小异。子国是子嗟之父，俱是贤人，不应同时见逐。若同时见逐，当先思子国，不应先思其子。今首章先子嗟，二章乃言子国，然则贤人放逐，止谓子嗟耳。但作者既思子嗟，又美其弈世有德，遂言及子国耳。故首章《传》曰'麻、麦、草、木，乃彼子嗟之所治'，是言麦亦子嗟所治，非子国之功也。二章《笺》言'子国使丘中有麦，著其世贤'，言著其世贤，则是引父以显子，其意非思子国也。卒章言'彼留之子'，亦谓子嗟耳。"

《史记·周本纪》曰："二十三年，桓王崩，子庄王佗立。庄王四年，周公黑肩欲杀庄王而立王子克。辛伯告王，王杀周公。王子克奔燕。十五年，庄王崩，子釐王胡齐立。"

周庄王，名佗，公元前696年至公元前682年在位。周桓王林之子，东周第三任君主。

郑风

周宣王二十二年（公元前806年），封其弟姬友于郑，郑地域大体在今河南中部一带。《郑风》今存诗二十一篇，是《诗经》十五国风中篇数最多的。郑国和卫国在成周洛邑附近，郑卫之地其俗轻薄，孔子视“郑卫之音”为淫声，从其中可见一斑。

《史记·郑世家》载：郑桓公友者，周厉王少子而宣王庶弟也。宣王立二十二年，友初封于郑。封三十三岁，百姓皆便爱之。幽王以为司徒。和集周民，周民皆说，河洛之间，人便思之。为司徒一岁，幽王以褒后故，王室治多邪，诸侯或畔之。于是桓公问太史伯曰：“王室多故，予安逃死乎？”太史伯对曰：“独洛之东土，河济之南可居。”公曰：“何以？”对曰：“地近虢、郐，虢、郐之君贪而好利，百姓不附。今公为司徒，民皆爱公，公诚请居之，虢、郐之君见公方用事，轻分公地。公诚居之，虢、郐之民皆公之民也。”公曰：“吾欲南之江上，何如？”对曰：“昔祝融为高辛氏火正，其功大矣，而其于周未有兴者，楚其后也。周衰，楚必兴。兴，非郑之利也。”公曰：“吾欲居西方，何如？”对曰：“其民贪而好利，难久居。”公曰：“周衰，何国兴者？”对曰：“齐、秦、晋、楚乎？夫齐，姜姓，伯夷之后也，伯夷佐尧典礼。秦，嬴姓，伯翳之后也，伯翳佐舜怀柔百物。及楚之先，皆尝有功于天下。而周武王克纣后，成王封叔虞于唐，其地阻险，以此有德与周衰并，亦必兴矣。”桓公曰：“善。”于是卒言王，东徙其民洛东，而虢、郐果献十邑，竟国之。

陆德明《经典释文·毛诗音义》曰："郑者，国名，周宣王母弟桓公友所封也。其地，《诗谱》云：'宗周圻内咸林之地，今京兆郑县是其都也。'《汉书·地理志》云：'京兆郑县，周宣王弟郑桓公邑'，是也。至桓公之子武公滑突，随平王东迁，遂灭虢、郐而居之，即史伯所云'十邑之地，右洛左济，前华后河，食溱、洧焉'。今河南新郑是也，在荥阳宛陵县西南。"

《毛诗正义》说：《缁衣序》云："父子并为周司徒。"则桓公之死，武公即代为司徒，故得辅平王以东迁。是先为卿士，后并十邑。但郑先说得国之由，故云"又作卿士"。其实作卿士在并十邑之前也。《序》又云："善于其职，国人宜之，故美其德。"是国人宜之而作变风也。对上《郐风》已作，故云"又作"。案《左传》及《郑世家》，武公生庄公。庄公娶邓曼，生太子忽，是为昭公。又娶宋雍氏女，生公子突，是为厉公。又生公子亹、公子仪。《春秋》桓十一年夏五月，庄公卒，而昭公立。其年九月，昭公奔卫，而厉公立。桓十五年夏，厉公奔蔡。六月，昭公入。桓十七年，高渠弥弑昭公，而立子亹。十八年，齐人杀子亹，郑人立公子仪。庄十四年，傅瑕杀子仪，而纳厉公。厉公前立四年而出奔，至此而复入。至庄二十一年卒，前后再在位，凡十一年。厉公卒，子文公踕立，四十五年卒。此其君世之次也。《诗·缁衣序》云"美武公"，则武公诗也。《将仲子》《叔于田》《大叔于田》序皆云"刺庄公"，而《清人》之下有《羔裘》《遵大路》《女曰鸡鸣》。《遵大路》序云"庄公失道"，则此三篇通上《将仲子》等六篇，皆庄公诗也。《有女同车》《山有扶苏》《萚兮》《狡童》及《扬之水》皆云"刺忽"，则《褰裳》《丰》《东门之墠》《风雨》《子衿》在其间，皆为昭公诗也。忽于桓十一年以太子而承正统，虽未逾年，要君于其国。《有女同车序》云"至于见逐"，则为被逐而作，是忽前立时事也。《山有扶苏》《萚兮》《狡童》刺忽所美非贤，权臣擅命。忽之前立时月既浅，则此三篇盖后立时事也。《褰裳》"思见正"，言突（忽之子，即厉公）篡国之事，是突前篡之事，国人欲以邻国正之。《春秋》之义，君虽篡弑而立，已列于会，则成为君。案突以桓十一年篡，十二年公会郑伯，盟于武父。自是以后，频列于会，则成为郑君，国人不应思大国之见正，《褰裳》宜是初田事也。《丰》《东门之墠》《风雨》《子衿》直云“刺乱世耳”，不指君事。或当突篡之时，或当忽入之后，其时难知。要是忽为其主，虽当突前篡时，亦宜系忽，故《序》于《扬之水》又言忽以明之。《扬之水》言“无忠臣良士，终以死亡”，《经》云“终鲜兄弟”，则兄弟已争，是后立之事。《出其东门序》云“公子五争”，《野有蔓草序》云“民穷于兵革”，《溱洧序》云“兵革不息”，三篇相类，皆三公子既争之后事也。公子五争，突最在后得之，则此三篇，厉公诗也。《清人》刺文公，文公诗也。文公，厉公之子，《清人》当处卷末，由烂脱失次，厕于庄公诗内。所以得错乱者，郑答赵商云：“诗本无文字，后人不能尽得其弟（次第），录者直录其义而已。”如《志》之言，则作序乃始杂乱，故《羔裘》之序从上《大叔于田》为庄公之诗也。

朱熹《诗集传》曰：“郑，邑名，本在西都畿内咸林之地，宣王以封其弟友为采地，后为幽王司徒，而死犬戎之难，是为桓公。其子武公掘突，定平王于东都，亦为司徒，又得虢、桧之地，乃徙其封，而施旧号于新邑，是为新郑。咸林，在今华州郑县，新郑，即今之郑州是也。”

缁衣

缁衣之宜兮，敝，予又改为兮。[一]

适子之馆兮，还，予授子之粲兮。[二]

缁衣之好兮，敝，予又改造兮。
适子之馆兮，还，予授子之粲兮。
缁衣之蓆兮，敝，予又改作兮。三
适子之馆兮，还，予授子之粲兮。

【注释】

一、《毛诗故训传》曰：“缁，黑色，卿士听朝之正服也。改，更也。有德君子，宜世居卿士之位焉。”敝：破，坏。改为、改造、改作，均指重新做。

二、适：往。粲：餐。朱熹《诗集传》曰：“或曰，粲，粟之精凿者”；闻一多《风诗类钞》说新衣。《毛诗故训传笺》曰：“卿士所之之馆，在天子宫，如今之诸庐也。自馆还在采地之都，我则设餐以授之。爱之，欲饮食之。”

三、蓆（xí音席）：大；《韩诗》云“储也”；《说文》云“广多”。

【解题】

这是一首郑国人赞美郑桓公、郑武公父子为周司徒之德行。《诗序》曰：“《缁衣》，美武公也。父子并为周司徒，善于其职，国人宜之，故美其德，以明有国善善之功焉。”《毛诗故训传笺》曰：“父，谓武公父，桓公也。司徒之职掌十二教，善善者，治之有功也。郑国之人皆谓桓公、武公居司徒之官，正得其宜。”

《礼记·缁衣》曰：“子曰：好贤如《缁衣》，恶恶如《巷伯》，则爵不渎而民作愿，刑不试而民咸服。《大雅》曰：仪刑文王，万国作孚。”

孔颖达《毛诗正义》曰：“作《缁衣》诗者，美武公也。武公之与桓公，父子皆为周司徒之卿，而善于其卿之职，郑国之人咸宜之，谓武公为卿，正得其宜。诸侯有德，乃能入仕王朝。武公既为郑国之君，又复入作司徒，已是其善，又能善其职，此乃有国者善中之善，故作此诗，美其武公之德，以明有邦国者善善之功焉。《经》三章，皆是国人宜之，美其德之辞也。‘以明有国善善之功焉’，叙其作诗之意，于《经》无所当也。又曰：‘以桓公已作司徒，武公又复为之，子能继父，是其美德，故兼言父子，所以盛美武公。’《周礼·大司徒职》曰：‘因民常而施十有二教焉：一曰以祀礼教敬，则民不苟；二曰以阳礼教让，则民不争；三曰以阴礼教亲，则民不怨；四曰以乐教和，则民不乖；五曰以仪辨等，则民不越；六曰以俗教安，则民不愉（tōu同偷）；七曰以刑教中，则民不暴；八曰以誓教恤，则民不怠；九曰以度教节，则民知足；十曰以世事教能，则民不失职；十有一曰以贤制爵，则民慎德；十有二曰以庸制禄，则民兴功。’是司徒职掌十二教也。祀礼，谓祭祀之礼，教之恭敬，则民不苟且。阳礼，谓乡射、饮酒之礼，教之谦让，则民不争斗。阴礼，谓男女昏姻之礼，教之相亲，则民不怨旷。乐，谓五声八音之乐，教之和睦，则民不乖戾。仪，谓君南面，臣北面，父坐子伏之属，辨其等级，则民不逾越。俗，谓土地所生习，教之安存，则民不愉惰（即偷安怠惰）。刑，谓刑罚，教之中正，则民不残暴。誓，谓戒敕，教之相忧，则民不懈怠。度，谓宫室衣服之制，教之节制，则民知止足。世事，谓士农工商之事，教之各能其事，则民不失业。以贤之大小，制其爵之尊卑，则民皆谨慎其德，相劝为善，以功之多少，制其禄之数量，则民皆兴立功效，自求多福。司徒之职，所掌多矣。此十二事，是教民之大者，故举以言焉。此与《淇隩》国人美君有德，能仕王朝，是其一国之事，故为风。苏公之刺暴公，吉甫之美申伯，同寮之相刺美，乃所以刺美时王，故为雅。作者主意有异，故所系不同。”

朱熹《诗集传》曰：“旧说郑桓公武公相继为周司徒，善于其职。周人爱之。故作是诗。”

高亨《诗经今注》说“郑国某一统治贵族遇有贤士来归，则为他安排馆舍，供给衣食”；袁梅《诗经译注》说是“对爱人衣着的关怀体贴”。

郑桓公，周厉王少子，周宣王异母弟，名友，称姬友、郑友、郑伯友、王子友，为周司徒，封于郑，公元前806年至公元前771年在位。公元前774年迁都新郑。公元前771年死于犬戎破镐京之战。

郑武公，名掘突，郑桓公之子。周幽王被杀后，联合秦、晋、卫勤王，击退犬戎，受封卿士，护送周平王迁都洛邑，灭郐、虢国，公元前744年去世。

将仲子

将仲子兮，无踰我里，无折我树杞。[一]
岂敢爱之？畏我父母。[二]
仲可怀也，父母之言，亦可畏也。[三]
将仲子兮，无踰我墙，无折我树桑。[四]
岂敢爱之？畏我诸兄。
仲可怀也，诸兄之言，亦可畏也。
将仲子兮，无踰我园，无折我树檀。[五]
岂敢爱之？畏人之多言。
仲可怀也，人之多言，亦可畏也。

【注释】

一、将（qiāng音枪）：请。《毛诗故训传》曰："将，请也。"仲子：一说为祭仲。《毛诗故训传》曰："仲子，祭仲也。"一说为男子的字。朱熹《诗集传》曰："仲子，男子之字也。"一说为亲密称呼。褚斌杰《诗经全注》曰："古时称兄弟排行第二个为'仲'，'子'是对男子的美称。仲子，犹言'老二'，是亲密的称呼。"逾（yú音于）：越过。《毛诗故训传》曰："逾，越。"里：古时候以二十五家为一里。《毛诗故训传》曰："里，居也。二十五家为里。”褚斌杰《诗经全注》说里在此指城墙。折：折断。《毛诗故训传》曰：“折，言伤害也。”杞（qǐ音起）：木名。《毛诗故训传》曰：“杞，木名也。”朱熹《诗集传》曰：“杞，柳属也，生水傍，树如柳，叶粗而白色，理微赤，盖里之地域沟树也。”

二、子：指仲子，一说指树。《毛诗故训传笺》曰：段将为害，我岂敢爱之而不诛与？以父母之故，故不为也。褚斌杰《诗经全注》曰：“之：指仲子。一说树，恐非。”

三、怀：怀念。《毛诗故训传笺》曰：“怀私曰怀。言仲子之言可私怀也。我迫于父母，有言不得从也。”

四、桑：桑树。《毛诗故训传》曰：“桑，木之众也。”朱熹《诗集传》曰：“古者树墙下以桑。”

五、园：园子。《毛诗故训传》曰：“园所以树木也。”《周礼·大宰》云：“园圃，毓草木。”朱熹《诗集传》曰：“园者圃之蕃，故其内可以种木也。”檀：木名。《毛诗故训传》曰：“檀，强韧之木。”朱熹《诗集传》曰：“檀，皮青，滑泽，材强韧，可为车。”

【解题】

这是一首讽刺郑庄公的诗。郑庄公与弟弟争权，殃及其母，诗人作为此诗，以劝阻太叔段。《诗序》曰：“《将仲子》，刺庄公也。不胜其母，以害其弟，弟叔失道而公弗制，祭仲谏而公弗听，小不忍以致大乱焉。”《毛诗故训传笺》曰：“庄公之母，谓武姜。生庄公及弟叔段，段好勇而无礼。公不早为之所，而使骄慢。”

孔颖达《毛诗正义》曰：“作《将仲子》诗者，刺庄公也。公有弟名段，字叔。其母爱之，令庄公处之大都。庄公不能胜止其母，遂处段于大都，至使骄而作乱，终以害其亲弟。是公之过也。此叔于未乱之前，失为弟之道，而公不禁制，令之奢僭。有臣祭仲者，谏公，令早为之所，而公不听用。于事之小，不忍治之，以致大乱国焉，故刺之。《经》三章，皆陈拒谏之辞。‘岂敢爱之？畏我父母’，是小不忍也。后乃兴师伐之，是致大乱也。”

《毛诗正义》又曰：“此事见于《左传》隐元年。传曰：‘郑武公娶于申，曰武姜，生庄公及共叔段。庄公寤生，惊姜氏，故名曰寤生，遂恶之。爱共叔段，欲立之。亟请于武公，公不许。及庄公即位，为之请制。公曰：“制，岩邑也，虢叔死焉。他邑唯命。”请京，使居之，谓之京城大叔。祭仲曰：“都，城过百雉，国之害也。今京不度，非制也，君将不堪。”公曰：“姜氏欲之，焉辟害？”对曰：“姜氏何厌之有！不如早为之所，无使滋蔓！蔓，难图也。蔓草犹不可除，况君之宠弟乎？”公曰：“多行不义，必自毙，子姑待之。”既而大叔命西鄙、北鄙贰于己。公子吕曰：“国不堪贰，君将若之何？欲与大叔，臣请事之；若不与，则请除之。”公曰：“无庸，将自及。”大叔又收贰以为己邑，至于廪延。子封曰：“可矣。厚将得众。”公曰：“不义，不昵。厚将崩。”大叔完聚，缮甲兵，具卒乘，将袭郑，夫人将启之。公闻其期，曰：“可矣。”命子封帅车二百乘以伐京。京叛大叔段。段入于鄢。公伐诸鄢。大叔出奔共。’是谓共城大叔。是段骄慢作乱之事也。《大叔于田序》曰：‘叔多才而好勇。’是段勇而无礼也。”

何楷《诗经世本古义》引《齐诗》曰：“郑庄公欲陷弟段，授以大邑，祭仲谏，阳拒之，大夫原其情而刺之。此诗为祭仲谏太叔事而作，语意昭然，无可疑者。”

《左传·隐公元年》曰：“初，郑武公娶于申，曰武姜，生庄公及共叔段。庄公寤生，惊姜氏，故名曰‘寤生’，遂恶之。爱共叔段，欲立之。亟请于武公，公弗许。及庄公即位，为之请制。公曰：‘制，岩邑也，虢叔死焉。佗邑唯命。’请京，使居之，谓之京城大叔。祭仲曰：‘都，城过百雉，国之害也。先王之制：大都，不过参国之一；中，五之一；小，九之一。今京不度，非制也，君将不堪。’公曰：‘姜氏欲之，焉辟害？’对曰：‘姜氏何厌之有？不如早为之所，无使滋蔓！蔓，难图也。蔓草犹不可除，况君之宠弟乎？’公曰：‘多行不义，必自毙，子姑待之。’既而大叔命西鄙、北鄙贰于已。公子吕曰：‘国不堪贰，君将若之何？欲与大叔，臣请事之；若弗与，则请除之，无生民心。’公曰：‘无庸，将自及。’大叔又收贰以为己邑，至于廪延。子封曰：‘可矣，厚将得众。’公曰：‘不义不暱，厚将崩。’大叔完聚，缮甲兵，具卒乘，将袭郑，夫人将启之。公闻其期，曰：‘可矣！’命子封帅车二百乘以伐京。京叛大叔段，段入于鄢，公伐诸鄢。五月辛丑，大叔出奔共。书曰：‘郑伯克段于鄢。’段不弟，故不言弟；如二君，故曰克；称郑伯，讥失教也：谓之郑志。不言出奔，难之也。遂寘姜氏于城颍，而誓之曰：‘不及黄泉，无相见也。’既而悔之。颍考叔为颍谷封人，闻之，有献于公，公赐之食，食舍肉。公问之，对曰：‘小人有母，皆尝小人之食矣，未尝君之羹，请以遗之。’公曰：‘尔有母遗，繄（yī音衣）我独无！’颍考叔曰：‘敢问何谓也？’公语之故，且告之悔。对曰：‘君何患焉？若阙地及泉，隧而相见，其谁曰不然？’公从之。公入而赋：‘大隧之中，其乐也融融！’姜出而赋：‘大隧之外，其乐也泄泄！’遂为母子如初。君子曰：‘颍考叔，纯孝也，爱其母，施及庄公。’《诗》曰‘孝子不匮，永锡尔类。’‘其是之谓乎！’”

朱熹《诗集传》曰：“莆田郑氏曰，此淫奔者之辞。”

方玉润《诗经原始》说：“此诗难保非采自民间闾巷、鄙夫妇相爱慕之辞，然其义有合于圣贤守身大道，故太史录之，以为涉世法。夫使人心无所畏，则富贵功名孰非可怀而可爱？惟能以理制其心，孰能以礼慎其守。故或非义之当前，心虽不能无所动，而惕以人言可畏，即父母兄弟有所不敢欺，则欲念顿消，而天理自在，是善于守身法也。”

郑庄公，名寤生，郑国第三代国君，公元前743年至公元前701年在位，祖父郑桓公乃周宣王之弟，受封于郑（今陕西华县东），周幽王时任司徒，在西周末骊山之难时为幽王护驾，被犬戎所杀。父亲郑武公在平定犬戎之乱、迎立周平王及护驾周平王东迁时有大功，封为周朝卿士，其间兼并郐（今河南密县东南）和东虢（今河南荥阳东北），建立郑国，并设关筑城，郑自此逐渐强大。郑庄公继位后，仍为周卿士。

叔于田

叔于田，巷无居人。一
岂无居人？不如叔也。洵美且仁。二
叔于狩，巷无饮酒。三
岂无饮酒？不如叔也。洵美且好。四
叔适野，巷无服马。五
岂无服马？不如叔也。洵美且武。六

【注释】

一、叔：一说为大叔段。《毛诗故训传》曰："叔，大叔段也。"孔颖达《毛诗正义》曰："《左传》及下篇皆谓之大叔，故传辨之，以明叔与大叔一人，其字曰叔，以宠私过度，时呼为大叔，《左传》谓之京城大叔。是由宠而异其号也。此言'叔于田'，下言'大叔于田'，作者意味，无他义也。"一说指女子所爱之人。田：田猎。《毛诗故训传》曰："田，取禽也。"《毛诗故训传笺》曰："叔往田，国人注心于叔，似如无人处。"孔颖达《毛诗正义》曰："田者，猎之别名，以取禽于田，因名曰田，故云'田，取禽也'。"巷：街巷。《毛诗故训传》曰："巷，里涂也。"孔颖达《毛诗正义》曰："《丰》曰'俟我乎巷'，谓待我于门外，知巷是里内之途道也。"巷无居人：街巷好像没有人。

二、洵：确实。仁：善良。《毛诗故训传笺》曰："洵，信也。言叔信美好而又仁。"孔颖达《毛诗正义》曰："'洵，信'，《释诂》文。仁是行之美名，叔乃作乱之贼，谓之信美好而又仁者，言国人悦之辞，非实仁也。"朱熹《诗集传》曰："仁，爱人也。段不义而得众，国人爱之，故作此诗。言叔出而田，则所居之巷若无居人矣。非实无居人也，虽有而不如叔之美且仁，是以若无人耳。或疑此亦民间男女相悦之词也。"程俊英等《诗经注析》曰：

“信，确实。”王先谦《诗三家义集疏》曰：“叔之为人，未必知行仁道，盖其初至京城，或多小惠，故国人以‘仁’称之。”

三、狩：冬天打猎。《毛诗故训传》曰：“冬猎曰狩。”马瑞辰《毛诗传笺通释》曰：“狩又为田猎之通称，于狩犹于田也。”饮酒：饮酒的人。《毛诗故训传笺》曰：“饮酒，谓燕饮也。”

四、好：好酒量。褚斌杰《诗经全注》曰：“好，指好酒量，有豪气。”一说和好团结。程俊英《诗经译注》曰：“好，和好团结。”

五、适：去，往。野：郊外。《毛诗故训传笺》曰：“适，之也。郊外曰野。”《毛诗正义》曰：“《释地》曰：‘郊外谓之牧，牧外谓之野。’是野在郊外也。”服马：乘马。《毛诗故训传笺》曰：“服马，犹乘马也。”《毛诗正义》曰：“《易》称‘服牛乘马’，俱是驾用之义，故云服马犹乘马。夹辕两马谓之服马。何知此非夹辕之马，而云‘犹乘马’者，以上章言无居人，无饮酒，皆是人事而言，此不宜独言无马，知正谓叔既往田，巷无乘马之人耳。”马瑞辰《毛诗传笺通释》曰：“服者，备之假借。《易·系辞》‘服牛乘马’，《说文》引作‘备牛乘马’，《玉篇》曰：‘备，犹服也，以鞍装马也。’”

六、武：用武有节制。《毛诗故训传笺》曰：“武，有武节。”孔颖达《毛诗正义》曰：“文武者，人之技能。今言美且武，悦其为武，则合武之要，故云有武节。言其不妄为武。”袁梅《诗经译注》曰：“武，英武。一说指用武有节，不妄为武。”

【解题】

这是一首赞扬共叔段有杰出才能的诗，以讽刺郑庄公不能容纳弟弟。《诗序》曰：“《叔于田》，刺庄公也。叔处于京，缮甲治兵，以出于田，国人说而归之。”

孔颖达《毛诗正义》曰：“此皆悦叔之辞。时人言叔之往田猎也，里巷之内全似无复居人。岂可实无居人乎，有居人矣，但不如叔也信美好而且有仁德。国人注心于叔，悦之若此，而公不知禁，故刺之。”

朱熹《诗集传》曰：“段不义而得众，国人爱之，故作此诗。言叔出而田，则所居之巷，若无居人矣。非实无居人也。虽有而不如叔之美且仁。是以若无人耳。或疑此亦民闲男女相悦之词也。”

大叔于田

叔于田，乘乘马。[一]
执辔如组，两骖如舞。[二]
叔在薮，火烈具举。[三]
襢裼暴虎，献于公所。[四]
“将叔无狃，戒其伤女。”[五]
叔于田，乘乘黄。[六]
两服上襄，两骖雁行。[七]
叔在薮，火烈具扬。[八]
叔善射忌，又良御忌。[九]
抑磬控忌，抑纵送忌。[十]
叔于田，乘乘鸨。[十一]
两服齐首，两骖如手。[十二]
叔在薮，火烈具阜。[十三]
叔马慢忌，叔发罕忌。[十四]

抑释掤忌，抑鬯弓忌。十五

【注释】

一、叔：在家中排行第三的男子，此指猎手。一说指公叔段。朱熹《诗集传》曰：“叔，亦段也。”于：往。田：田猎。《毛诗故训传》曰：“叔之从公田也。”乘：驾驶。乘（shèng音剩）马：古时候四马驾驶一车称为乘。

二、辔：马缰绳。如组：像织布时丝线分明，有条不紊。形容马术高超。《毛诗故训传笺》曰：“如组者，如织组之为也。”骖：驾车时位于两旁的马。《毛诗故训传》曰：“骖之与服，和谐中节。”《毛诗故训传笺》曰：“在旁曰骖。”朱熹《诗集传》曰：“车衡外两马曰骖。”如舞：指有节奏。孔颖达《毛诗正义》曰：“织组者，总纰于此，成文于彼。御者执辔于手，马骋于道，如织组之为，其两骖之马与两服马和谐，如人舞者之中于乐节也。”朱熹《诗集传》曰：“如舞，谓谐和中节，皆言御之善也。”马瑞辰《毛诗传笺通释》曰：“舞者必有行列，‘两骖如舞’谓如舞者有行列，与二章‘两骖雁行’同义。《说文》曰：‘翻，次第驰也。’正谓驰有行列。”

三、薮（sǒu音叟）：多草木的沼泽地。《毛诗故训传》曰：“薮，泽，禽之府也。”火烈具举：烈火齐烧。烈：一说为同“列”，列人。《毛诗故训传》曰：“烈，列。”一说为炽盛的样子。朱熹《诗集传》曰：“烈，炽盛貌。”具：同“俱”，都。《毛诗故训传》曰：“具，俱也。”《毛诗故训传笺》曰：“列人持火俱举，言众同心。”朱熹《诗集传》曰：“火，焚而射也。”

四、襢（tǎn音毯）裼（xī音希）：脱衣露出上身。《毛诗故训传》曰：“襢裼，肉袒也。”孔颖达《毛诗正义》曰：“李巡曰：‘襢裼，脱衣见体曰肉袒。’”暴虎：空手与虎搏斗。《毛诗故训传》曰：“暴虎，空手以搏之。”孔颖达《毛诗正义》曰：“《释训》又云：‘暴虎，徒搏也。’舍人曰：‘无兵，空手搏之。’”马瑞辰《毛诗传笺通释》曰：“暴、搏一声之转。《孟子》‘冯妇善搏虎’，而赵岐《章指》云：‘犹若冯妇暴虎’，是暴即搏也。

《广雅》曰：‘暴、搏，击也。’”献于公所：献给君。《毛诗故训传笺》曰：“献于公所”。进于君也。

五、将：请。狃（niǔ音扭）：习惯。《毛诗故训传》曰：“狃，习也。”《毛诗故训传笺》曰：“狃，复也。请叔无复者，爱也。”孔颖达《毛诗正义》曰：“《释言》云：‘狃，复也。’孙炎曰：‘狃伏前事复为也。’复亦贯习之意，故《传》以狃为习也。”戒：戒备。女：汝，你。

六、黄：黄马，马名。《毛诗故训传》曰：“四马皆黄。”

七、两服：驾车时位于中间的马。《毛诗故训传笺》曰：“两服，中央夹辕者。”襄：通“驤”。昂，仰起。《说文》曰：“驤，马之低仰也。”一说为驾，《毛诗故训传笺》曰：“襄，驾也。上驾者，言为众马之最良也。”马瑞辰《毛诗传笺通释》曰：“王尚书《经义述闻》曰：‘上者，前也。上襄，犹言前驾，谓并驾于前，即下章之‘两服齐首’也。”雁行：形容骖马跑起来后于服马，前后次序，好像大雁成行。《毛诗故训传笺》曰：“雁行者，言与中服相次序。”。朱熹《诗集传》曰：“雁行者，骖少次服后，如雁行也。”孔颖达《毛诗正义》曰：“《曲礼》注云：‘雁行者，与之并差退。’此四马同驾，其两服则齐首，两骖与服马雁行，其首不齐，故《左传》云：‘如骖之有靳。’”“靳”或作“革引”，马引车向前的皮带。

八、扬：起。《毛诗故训传》曰：“扬，扬光也。”孔颖达《毛诗正义》曰：“言举火而扬其光耳，非训扬为光也。”朱熹《诗集传》曰：“扬，起也。”

九、忌：语气词。《毛诗故训传》曰：“忌，辞也”《毛诗故训传笺》曰：“良亦善也。忌，读如‘彼己之子’之‘己’。”

十、抑：发语词。磬（qìng音庆）控：驰马止马。《毛诗故训传》曰：“骋马曰磬，止马曰控。”孔颖达《毛诗正义》曰：“马之进退，唯骋止而已，故知骋马曰磬，止马曰控。今止马犹谓之控，是古遗语也。”一说为形容止马时身体向前弯曲的样子。胡承珙《毛诗后笺》云：“磬即磬折之谓。礼凡言‘磬折’者，皆谓屈身如磬之折杀。凡骋马时，人之立于车中者，身必稍曲向前，故谓之磬。”纵送：射箭追逐禽。《毛诗故训传》曰：“发矢曰纵。从禽曰送。”孔颖达《毛诗正义》曰：“纵谓放纵，故知发矢。送谓逐后，故知从禽。”一说为御者驰马追逐的样子。马瑞辰《毛诗传笺通释》曰：“磬控双声字，纵送叠韵字，不当如《毛诗故训传》字各为义。磬控，纵送，皆言御者驰逐之貌。上文兼言射御，而下独承御言者，犹下章‘叔马慢忌，叔发罕忌’兼言马射。”

十一、鸨（bǎo音宝）：毛黑白相杂的马。《毛诗故训传》曰：“骊白杂毛曰鸨。”

十二、齐首：马头整齐。《毛诗故训传》曰：“齐首，马首齐也。”如手：如左右手。《毛诗故训传》曰：“如手，进止如御者之手。”《毛诗故训传笺》曰：“如人左右手之相佐助也。”朱熹《诗集传》曰：“齐首、如手，两服并首在前，而两骖在旁，稍次其后，如人之两手也。”马瑞辰《毛诗传笺通释》曰：“齐者等也，等者同也，同即如也。此与下句‘两骖如手’皆以人身为喻，言两服前出入如人之首，两骖稍次如人之手，与首章‘两服如组，两骖如舞’文法正同。变‘如’言‘齐’者，错文以见义也。《毛诗故训传》以为马首齐，失之。”

十三、阜（fù音父）：旺盛。《毛诗故训传》曰：“阜，盛也。”

十四、慢：迟。发：放箭。罕：稀少。《毛诗故训传》曰：“慢，迟。罕，希也。”《毛诗故训传笺》曰：“田事且毕，则其马行迟，发矢希。”

十五、掤（bīng音兵）：箭筒盖。《毛诗故训传》曰：“掤，所以覆矢。”鬯（chàng音唱）：通“韔”，弓袋。《毛诗故训传》曰：“鬯弓，弢弓。”《毛诗故训传笺》曰：“射者盖矢弢弓，言田事毕。”

【解题】

这是一首赞扬太叔段勇武善战的诗，以此讽刺郑庄公不知教诲亲弟，而致共叔段身败名裂。《诗序》曰：“《大叔于田》，刺庄公也。叔多才而好勇，不义而得众也。”

孔颖达《毛诗正义》曰：“叔负才恃众，必为乱阶，而公不知禁，故刺之。《经》陈其善射御之等，是多才也；‘襢裼暴虎’，是好勇也；‘火烈具举’，是得众也。”

朱熹《诗集传》曰：“国人戒之曰，请叔无习此事。恐其或伤汝也。盖叔多材好勇，而郑人爱之如此。”

马瑞辰《毛诗传笺通释》曰：“《唐石经》、相台本、《正义》本皆作‘大叔于田’。《释文》云：‘叔于田，本或作大叔于田者，误。’阮宫保《校勘记》云：‘此诗三章，共十言叔，不应一句独言大叔。或名篇自异，诗文则同……援《序》入《经》耳。当以《释文》本为长。’《经》但云‘叔之从公田也’，此经文无大字之证。窃谓篇名《大叔于田》，当读如大小之大。古通以长为大，谓此诗较前《叔于田》，长篇者加大为别。《释文》大音泰，《正义》以大字入经，如京城大叔之大，失名篇之意矣。”

清人

清人在彭，驷介旁旁。一
二矛重英，河上乎翱翔。二
清人在消，驷介麃麃。三
二矛重乔，河上乎逍遥。四
清人在轴，驷介陶陶。五

左旋右抽，中军作好。六

【注释】

一、清人：高克统帅的青邑士兵。《毛诗故训传》曰："清，邑也。"《毛诗故训传笺》曰："清者，高克所帅众之邑也。"朱熹《诗集传》曰："清，邑名。清人，清邑之人也。"彭：郑国地名。《毛诗故训传》曰："彭，卫之河上，郑之郊也。"朱熹《诗集传》曰："彭，河上地名。"驷介：四马披甲。《毛诗故训传》曰："介，甲也。"《毛诗故训传笺》曰："驷，四马也。"朱熹《诗集传》曰："驷介，四马而被甲也。"旁旁：一说驰驱不停的样子。朱熹《诗集传》曰："旁旁，驰驱不息之貌。"一说强盛的样子。马瑞辰《毛诗传笺通释》曰："彭、旁古声义并同。《广雅》曰：'彭彭、旁旁，盛也。'"褚斌杰《诗经全注》曰："旁旁，强壮有力的样子。"

二、矛：古兵器。《毛诗故训传笺》曰："酋矛、夷矛，各有画饰。"马瑞辰《毛诗传笺通释》曰："《考工记》言车六等之数，有酋矛，无夷矛。《说文》曰：'矛，酋矛也。兵车所建，长二丈。'是知兵车所建惟酋矛耳。…则此诗'二矛'亦谓酋矛有二。"重英：装饰两层英（即"缨"）。《毛诗故训传》曰："重英，矛有英饰也。"马瑞辰《毛诗传笺通释》曰："《说文》曰：'緟，增益也。'又曰：'矛，象形。'段玉裁曰：'直者象其柲，左右象其英。'是重英宜谓矛有重饰。"翱翔：游戏的样子。朱熹《诗集传》曰："翱翔，游戏之貌。"褚斌杰《诗经全注》曰："本指鸟飞，这里指驾车闲游。"

三、消：郑国地名。《毛诗故训传》曰："消，河上地也。"麃麃（biāo音标）：威武的样子。《毛诗故训传》曰："麃麃，武貌。"

四、乔：矛柄靠近矛头结缨处。《毛诗故训传》曰："重乔，累荷也。"《毛诗故训传笺》："乔，矛矜近上及室题，所以悬毛羽。"一说乔通"鷮"，指野鸡毛做成的矛缨。马瑞辰《毛诗传笺通释》曰："是知《毛诗故训传笺》训‘悬毛羽’者，正本《韩诗》读乔为鷮，以鷮羽为饰，因名其饰曰乔耳。参阅陈子展《诗经直解》、程俊英《诗经译注》。”

五、轴：郑国地名。《毛诗故训传》曰：“河上地也。”陶陶：驰驱的样子。《毛诗故训传》曰：“陶陶，驱驰之貌。”朱熹《诗集传》曰：“陶陶，乐而自适之貌。”

六、旋：回旋。《毛诗故训传》曰：“左旋，讲兵。右抽，抽矢以射。居军中为容好。”《毛诗故训传笺》曰：“左，左人，谓御者。右，车右也。中军，谓将也。高克之为将，久不得归，日使其御者习旋车，车右抽刃，自居中央，为军之容好而已。兵车之法，将居鼓下，故御者在左。”作好：作乐。《毛诗故训传笺》曰：“为军之容好而已。”朱熹《诗集传》曰：“东莱吕氏曰：‘言师久而不归，无所聊赖，姑游戏以自乐’。”

【解题】

这是一首讽刺郑文公迫害高克的诗。《诗序》曰：“《清人》，刺文公也。高克好礼而不顾其君，文公恶而欲远之，不能，使高克将兵而御狄于竟。陈其师旅，翱翔河上，久而不召，众散而归，高克奔陈。公子素恶高克进之不以礼，文公退之不以道，危国亡师之本，故作是诗也。”

孔颖达《毛诗正义》曰：“作《清人》诗者，刺文公也。文公之时，臣有高克者，志好财利，见利则为，而不顾其君。文公恶其如是，而欲远离之，而君弱臣强，又不能以理废退。适值有狄侵卫，郑与卫邻国，恐其来侵，文公乃使高克将兵御狄于竟。狄人虽去，高克未还，乃陈其师旅，翱翔于河上。日月经久，而文公不召，军众自散而归，高克惧而奔陈。文公有臣郑之公子名素者，恶此高克进之事君不以礼也，又恶此文公退之逐臣不以道，高克若拥兵作乱则是危国，若将众出奔则是亡师。公子素谓文公为此，乃是危国亡师之本，故作是《清人》之诗以刺之。《经》三章唯言‘陈其师旅，翱翔河上’之事耳，序则具说翱翔所由。作诗之意，二句以外，皆于《经》无所当也。”

《毛诗正义》又曰：“《春秋》闵公二年冬十二月，‘狄入卫，郑弃其师’。《左传》曰：‘郑人恶高克，使帅师次于河上，久而不召，师溃而归，高克奔陈。郑人为之赋《清人》。’是于时有狄侵卫也。卫在河北，郑在河南，恐其渡河侵郑，故使高克将兵于河上御之。《春秋》经书‘入卫’，而笺言‘侵’者，狄人初实侵卫，卫人与战而败，后遂入之。此据其初侵，故言侵也。案襄十九年，晋侯使士匄侵齐，闻齐侯卒乃还。《左传》称为‘礼也’，《公羊传》亦云‘大夫以君命出，进退在大夫’，然则高克礼当自还，不须待召。而文公不名，久留河上者，其战伐进退，自由将帅。若罢兵还国，必须君命，故不召不得归也。传善士匄不伐丧耳，其得反国，亦当晋侯有命，故善之。”

朱熹《诗集传》曰：“郑文公恶高克，使将清邑之兵，御狄于河上。久而不召，师散而归。郑人为之赋此诗。言其师出之久，无事而不得归，但相与游戏如此，其势必至于溃散而后已尔。”

《左传·闵公二年》曰：“郑人恶（wù音误）高克，使帅师次于河上，久而弗召。师溃而归，高克奔陈。郑人为之赋《清人》。”

郑文公，春秋时郑国国君，姬姓，名捷，郑厉公子。文公十八年，背齐桓公而亲楚。次年，齐、鲁等国攻郑，楚出兵围许以救郑。三十六年，晋公子重耳出亡过郑，文公弗礼。重耳即位为晋文公，于是秦晋共围郑，乃使烛之武说秦穆公罢兵，与郑盟。文公之子子兰入晋，得晋文公爱幸，遂从晋意。以子兰入郑为太子，晋亦罢兵。在位四十五年。

郑文公有三个夫人，六个儿子，被他设计杀了五个，剩下一个子兰逃到晋国才活下来。

羔裘

羔裘如濡，洵直且侯。一
彼其之子，舍命不渝。二
羔裘豹饰，孔武有力。三
彼其之子，邦之司直。四
羔裘晏兮，三英粲兮。五
彼其之子，邦之彦兮。六

【注释】

一、羔裘：羔羊皮袍。《毛诗故训传笺》曰："缁衣、羔裘，诸侯之朝服也。"朱熹《诗集传》曰："羔裘，大夫服也。"如濡：润泽。《毛诗故训传》曰："如濡，润泽也。"孔颖达《毛诗正义》曰："如似濡湿，故言润泽，谓皮毛光色润泽也。"程俊英《诗经译注》曰："如，同'而'。濡，柔而有光泽。"洵（xún音寻）：确实。《毛诗故训传》曰："洵，均。"朱熹《诗集传》曰："洵，信。"马瑞辰《毛诗传笺通释》曰："洵当读如《叔于田》'洵美且仁'之洵。洵者，恂之假借。《说文》曰：'恂，信心也。'《释诂》曰：'询，信也。'询亦恂之假借。《韩诗外传》作恂，乃正字耳。"褚斌杰《诗经全注》曰："洵，确实。"直：正直。朱熹《诗集传》曰："直，顺。"褚斌杰《诗经全注》曰："直，正直。"侯：《毛诗故训传》曰："侯，君也。"《毛诗故训传笺》曰："言古朝廷之臣，皆忠直且君也。君者，言正其衣冠，尊其瞻视，俨然人望而畏之。"朱熹《诗集传》曰："侯，美也。"马瑞辰《毛诗传笺通释》曰："古字训君者多有美意。侯为君，又为美。"

二、彼：那，那个。其：语助词。朱熹《诗集传》曰："其，语助词。"之子：那个人。《毛诗故训传笺》曰："之子，是子也。"褚斌杰《诗经全注》曰："之子：是子，那人。彼其之子，犹言他那个人。"舍：舍弃。《毛诗故训传笺》曰："舍，犹处也。"褚斌杰《诗经全注》曰："舍命：舍弃生命。"渝：改变。《毛诗故训传》曰："渝，变也。"孔颖达《毛诗正义》曰："言古之君子，在朝廷之上服羔皮为裘，其色润泽，如濡湿之。然身服此服，德能称之，其性行均直，且有人君之度也。彼服羔裘之是子，其自处性命，躬行善道，至死不变。刺今朝廷无此人。"马瑞辰《毛诗传笺通释》曰："古人服其服，则必其德能称之。……此诗'羔裘如濡'即言'洵直且侯'，二章'羔裘豹饰'即言'孔武有力'，盖以羊有五善，豹有力而勇猛，亦取德称其服之义。"

三、豹饰：以豹皮为装饰。《毛诗故训传》曰："豹饰，缘以豹皮也。"朱熹《诗集传》曰："饰，缘袖也。"褚斌杰《诗经全注》曰："豹饰：羊羔皮袍袖口上装饰着豹皮。这是武臣的装束。"孔：很。《毛诗故训传》曰："孔，甚也。"武：威武。孔颖达《毛诗正义》曰："言古之君子服羔皮为裘，以豹皮为袖饰者，其人甚武勇且有力，可御乱也。"

四、邦：邦国，国家。司直：主持公道。《毛诗故训传》曰："司，主也。"马瑞辰《通释》曰："司，主也。直，正也。正其过阙也。"褚斌杰《诗经全注》曰："司，主持。直，正直公道。"一说为官名。程俊英《诗经译注》曰："司直，官名。掌管劝谏君主过失。"王先谦《诗三家义集疏》曰："上章'洵直'，是君子之直己；此章'司直'，言君子能直人也。"

五、晏：鲜盛的样子。《毛诗故训传》曰："晏，鲜盛貌。"马瑞辰《毛诗传笺通释》曰："裘取其温，晏之义当为温燠。至下句'三英粲兮'，乃言裘之鲜盛耳。"三英：三德。《毛诗故训传》曰："三英，三德也。"《毛诗故训传笺》曰："三德，刚克、柔克、正直也。"一说为裘饰。朱熹《诗集传》曰："三英，裘饰也。未详其制。"马瑞辰《毛诗传笺通释》曰："三英当指裘饰。……古者衣以章身，即以表德。《毛诗故训传》云'三英，三德'者，盖谓以象三德耳。"王先谦《诗三家义集疏》曰："上二章次句皆指人言，则以'三英'为裘饰者非是。"粲：鲜明灿烂。《毛诗故训传笺》曰："粲，众意。"朱熹《诗集传》曰："粲，光明也。"孔颖达《毛诗正义》

曰："言古之君子，服羔皮为裘，其色晏然而鲜盛兮，其人有三种英俊之德，粲然而众多兮。"

六、彦：士的美称。《毛诗故训传》曰："彦，士之美称。"褚斌杰《诗经全注》曰："彦：士之美称，指有文采的俊杰之士。"

【解题】

这是一首赞美好官吏而讽刺郑国朝廷无人的诗。《诗序》曰："《羔裘》，刺朝也。言古之君子以风其朝焉。"《毛诗故训传笺》曰："言，犹道也。郑自庄公，而贤者陵迟，朝无忠正之臣，故刺之。"

孔颖达《毛诗正义》曰："作《羔裘》诗者，刺朝也。以庄公之朝无正直之臣，故作此诗，道古之在朝君子有德有力，故以风刺其今朝廷之人焉。经之所陈，皆古之君子之事也。此主刺朝廷之臣。朝无贤臣，是君之不明，亦所以刺君也。笺'言犹'至'刺之'。正义曰：言，谓口道说。诸序之言字，义多为道，就此一释，余皆从之。下篇之序犹言庄公，则此庄公诗也，故言庄公以明之。以桓、武之世，朝多贤者，陵迟自庄公为始，故言自也。"

朱熹《诗集传》曰："盖美其大夫之词。然不知其所指矣。"

遵大路

遵大路兮，掺执子之袪兮！一
无我恶兮，不寁故也。二
遵大路兮，掺执子之手兮！
无我魗兮，不寁好也！三

【注释】

一、遵：沿着、顺着。《毛诗故训传》曰：“遵，循。”路：道路。《毛诗故训传》曰：“路，道。”据王引之云：“此章路字当作道。与下文手、魗、好为韵。道犹路也，变文换韵耳。”马瑞辰《毛诗传笺通释》曰：“凡《诗》次章全变首章之韵，则第一句先变韵。今按王说是也。《齐诗·还》次章以道与茂、牡、好为韵，正与此诗同。诗盖因首章作路，遂相承误也。”掺：拉着。《毛诗故训传》曰：“掺，揽。”孔颖达《毛诗正义》曰：“以掺字从手，又与执共文，故为揽也。”朱熹《诗集传》曰：“掺，擥（lǎn古同揽）。”一说为“操”。程俊英等《诗经注析》曰：“疑为‘操’之伪，《说文》曰：‘操，把持也。’”袁梅《诗经译注》曰：“魏晋见，避曹操讳，改为掺。捧，握。”袪（qū音区）：袖口。《毛诗故训传》曰：“袪，袂（mèi音妹）也。”《毛诗故训传笺》曰：“思望君子，于道中见之，则欲揽持其袂而留之。”孔颖达《毛诗正义》曰：“《丧服》云：‘袂属幅。袪尺二寸。’则袂是袪之本，袪为袂之末。《唐·羔裘》传云：‘袪，袂末。’则袂、袪不同。此云‘袪，袂’者，以袪、袂俱是衣袖，本末别耳，故举类以晓人。”

二、无我恶：即无恶我。恶：厌恶。寁（zǎn音攒）：《毛诗故训传》曰：“寁，速也。”陈奂《诗毛氏传疏》曰：“《行露》传‘速’训‘召’，此传‘速’亦当训为‘召’。”一说速绝、速去。朱熹《诗集传》曰：“寁，速。”马瑞辰《毛诗传笺通释》曰：“寁字训速，速当读同《孟子》‘可以速则速’之速。赵注《孟子》曰：‘速，速去也。’速对久言，久为迟留，故知速为速去。”故：故人。陆德明《经典释文》曰“故也”，一本作“故兮”。后“好也”亦尔。朱熹《诗集传》曰：“故，旧也。”一说指旧情。（见褚斌杰《诗经全注》）《毛诗故训传笺》云：“子无恶我揽持子之袂，我乃以庄公不速（作约束，自律解）于先君之道使我然。”

三、魗（chǒu音丑）：即今天的丑字，指丑恶。《毛诗故训传》曰：“魗，弃也。”《毛诗故训传笺》曰：“魗亦恶也。”孔颖达《毛诗正义》曰：

“䰼与魗（今作丑）古今字。丑恶，可弃之物，故传以为弃。言子无得弃遗我。《笺》准上章，故云‘䰼亦恶’，意小异耳。《说文》曰：‘丑，可恶也。’”朱熹《诗集传》曰：“䰼，与丑同。欲其不以己为丑而弃之也。”一说指容貌不美。（见褚斌杰《诗经全注》）一说䰼应作𣪠，shōu音收，或chóu音筹。马瑞辰《毛诗传笺通释》曰：“按《说文》‘𣪠，弃也’《毛诗》原作𣪠，𣪠与䰼音近通用。据《说文》曰：‘魗，可恶也。’则知《毛诗故训传笺》云‘䰼，亦恶也。’正以𣪠为䰼之假借。其《经》文字仍作䰼。故《释文》引或云郑音为魗。若《经》文作䰼，则亦魗之或体，《释文》不得言郑音魗矣。《说文》有魗无䰼，今《经》文做䰼，皆误从《毛诗故训传笺》义以改《经》字。”好：相好。《毛诗故训传笺》曰：“好犹善也。子无恶我，我乃以庄公不速（作约束，自律解）于善道使我然。”朱熹《诗集传》曰：“好，情好也。”

【解题】

这是一首讥刺庄公无道而思念君子之诗。《诗序》曰：“《遵大路》，思君子也。庄公失道，君子去之，国人思望焉。”

孔颖达《毛诗正义》曰：“思望君子，假说得见之状，言己循彼大路之上兮，若见此君子之人，我则揽执君子之衣袪兮。君子若忿我留之，我则谓之云：无得于我之处怨恶我留兮，我乃以庄公不速于先君之道故也。言庄公之意，不速于先君之道，不爱君子，令子去之，我以此固留子。”

朱熹《诗集传》曰：“淫妇为人所弃。故于其去也，揽其袪而留之曰，子无恶我而不留。故旧不可以遽绝也。宋玉赋有‘遵大路兮，揽子袪’之句，亦男女相说之词也。”

〔南宋〕马和之《豳风·七月》

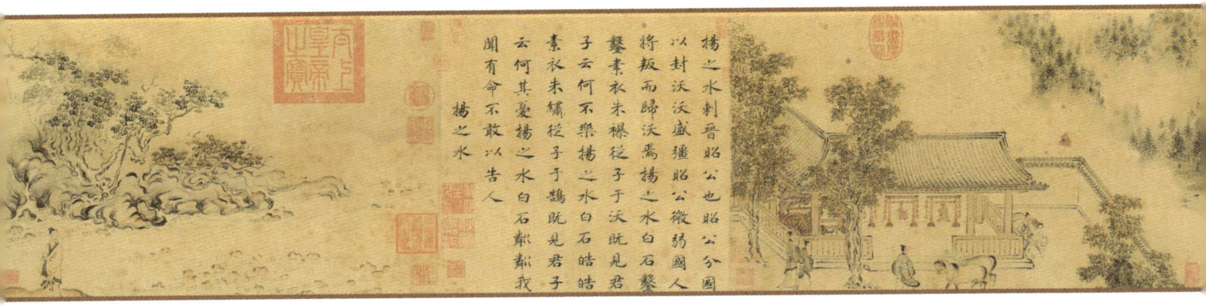
揚之水刺晉昭公也昭公分國
以封沃沃盛彊昭公微弱國人
將叛而歸沃焉揚之水白石鑿
鑿素衣朱襮從子于沃既見君
子云何不樂揚之水白石皓皓
素衣朱繡從子于鵠既見君子
云何其憂揚之水白石粼粼我
聞有命不敢以告人
揚之水

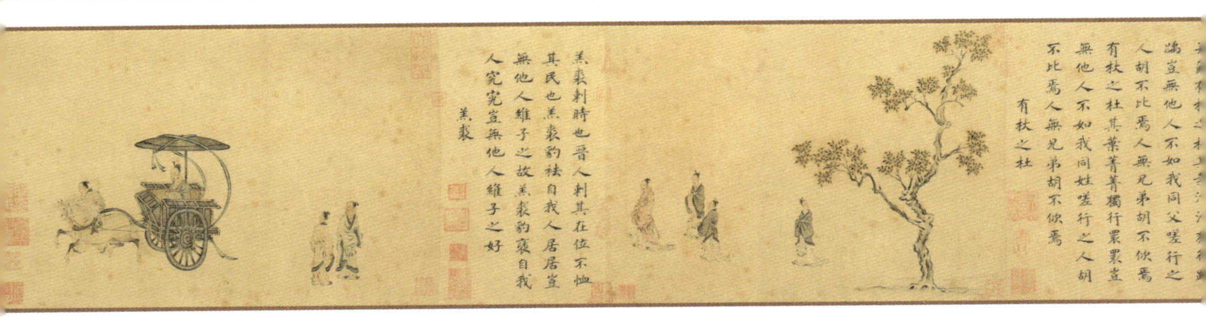
踽豈無他人不如我同父嗟行之
人胡不比焉人無兄弟胡不佽焉
有杕之杜其葉菁菁獨行睘睘豈
無他人不如我同姓嗟行之人胡
不比焉人無兄弟胡不佽焉
有杕之杜
羔裘刺時也晉人刺其在位不恤
其民也羔裘豹袪自我人居居豈
無他人維子之故羔裘豹褎自我
人究究豈無他人維子之好
羔裘

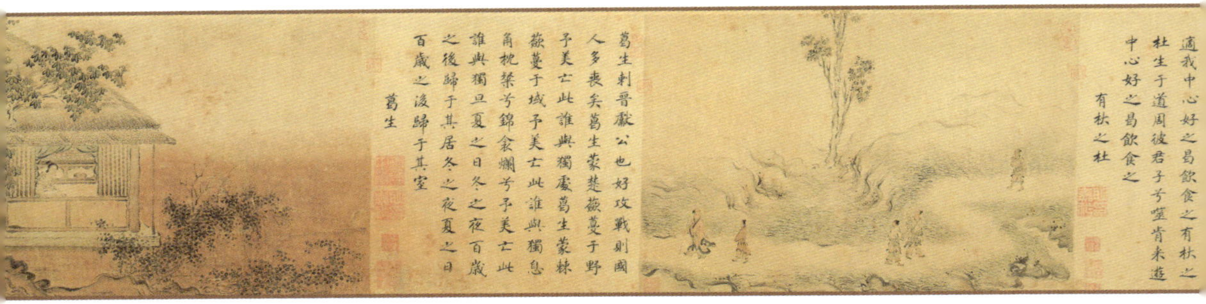
適我中心好之曷飲食之有杕之
杜生于道周彼君子兮噬肯來遊
中心好之曷飲食之
有杕之杜
葛生刺晉獻公也好攻戰則國
人多喪矣葛生蒙楚蘞蔓于野
予美亡此誰與獨處葛生蒙棘
蘞蔓于域予美亡此誰與獨息
角枕粲兮錦衾爛兮予美亡此
誰與獨旦夏之日冬之夜百歲
之後歸于其居冬之夜夏之日
百歲之後歸于其室
葛生

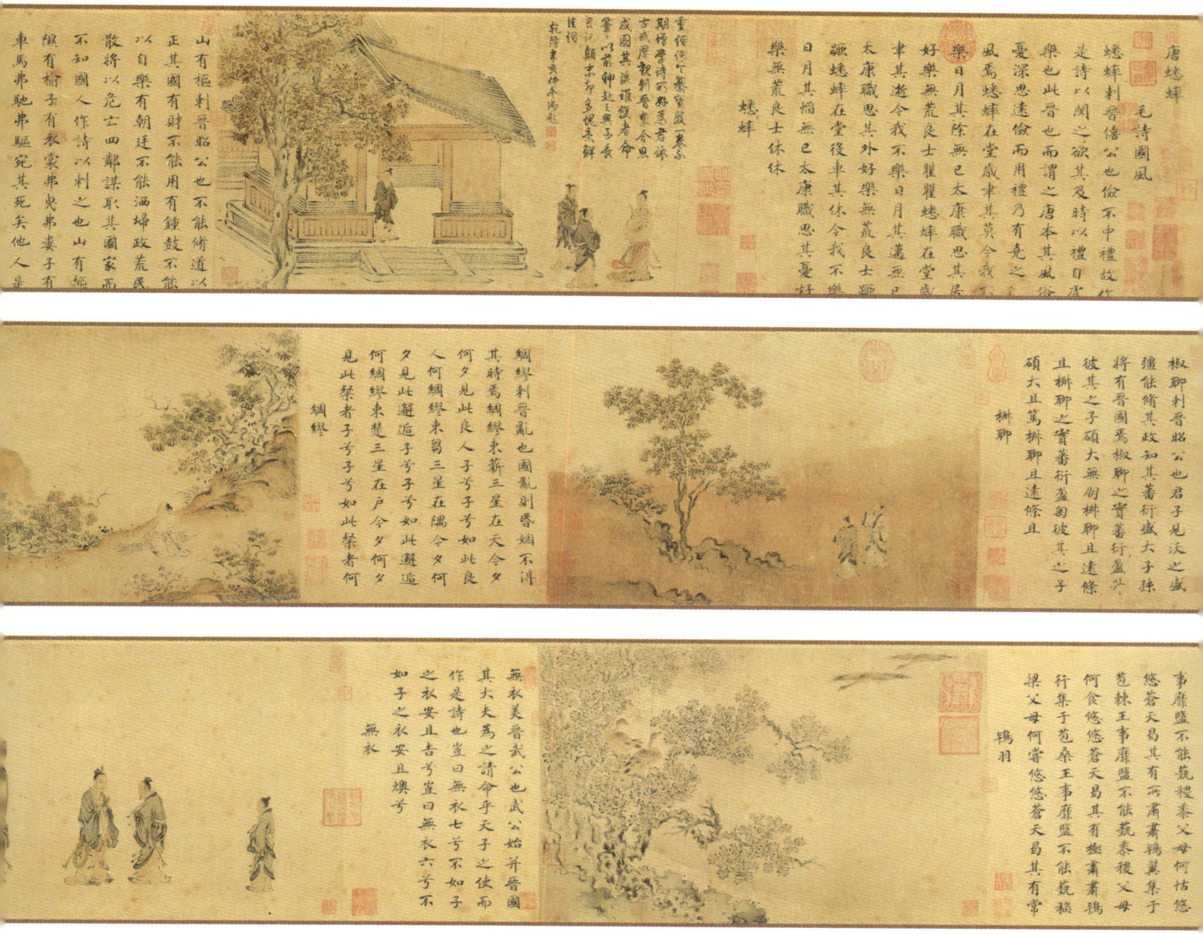

〔南宋〕马和之《唐风图》（局部）

〔南宋〕马和之《小雅·采薇》

〔南宋〕马和之《小雅·巷伯》

〔南宋〕马和之《小雅·何人斯》

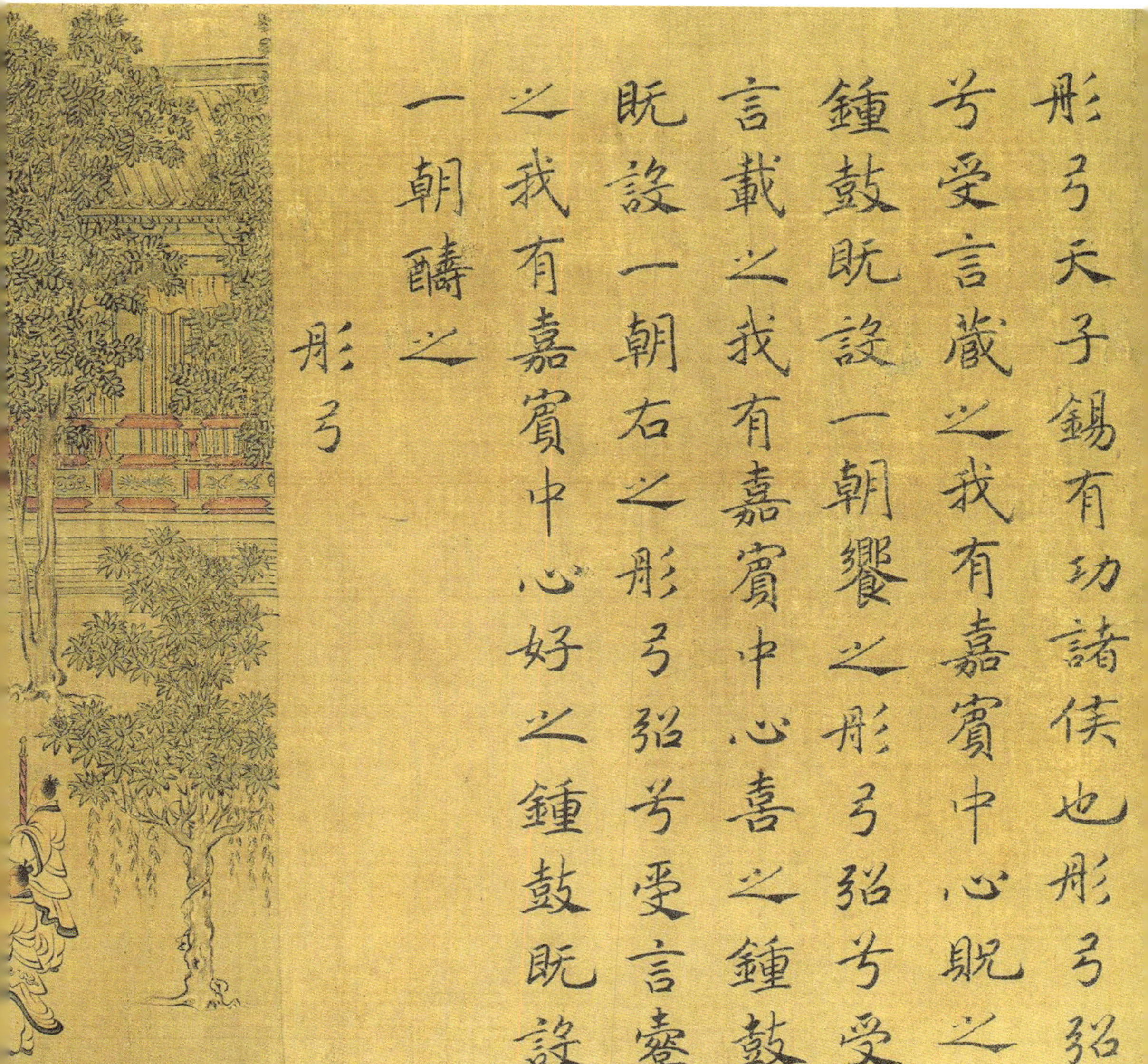
彤弓天子錫有功諸侯也彤弓弨
兮受言藏之我有嘉賓中心貺之
鍾鼓既設一朝饗之彤弓弨兮受
言載之我有嘉賓中心喜之鍾鼓
既設一朝右之彤弓弨兮受言櫜
之我有嘉賓中心好之鍾鼓既設
一朝醻之
彤弓

〔南宋〕马和之《小雅·彤弓》

〔南宋〕马和之《小雅·节南山》

〔南宋〕马和之《小雅·小宛》

〔南宋〕马和之《小雅·鸿雁》

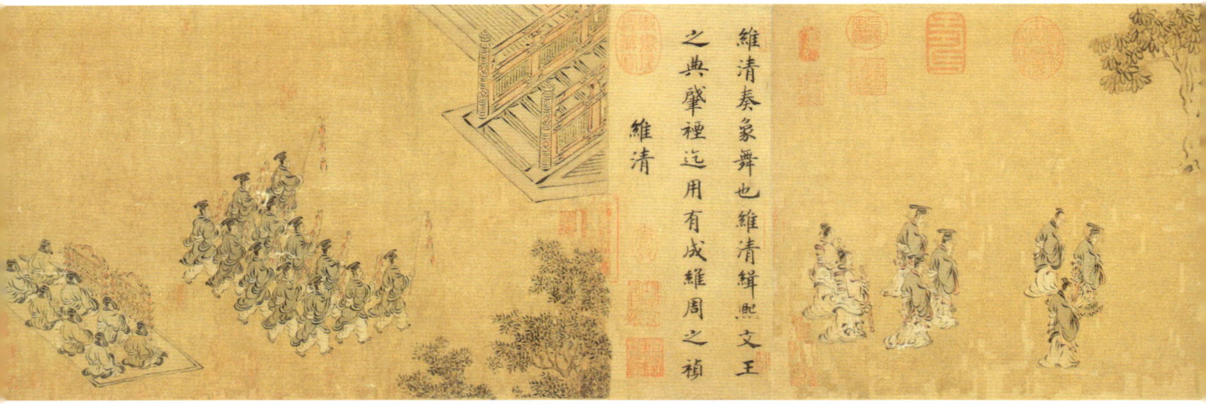
維清奏象舞也維清緝熙文王
之典肇禋迄用有成維周之禎
維清

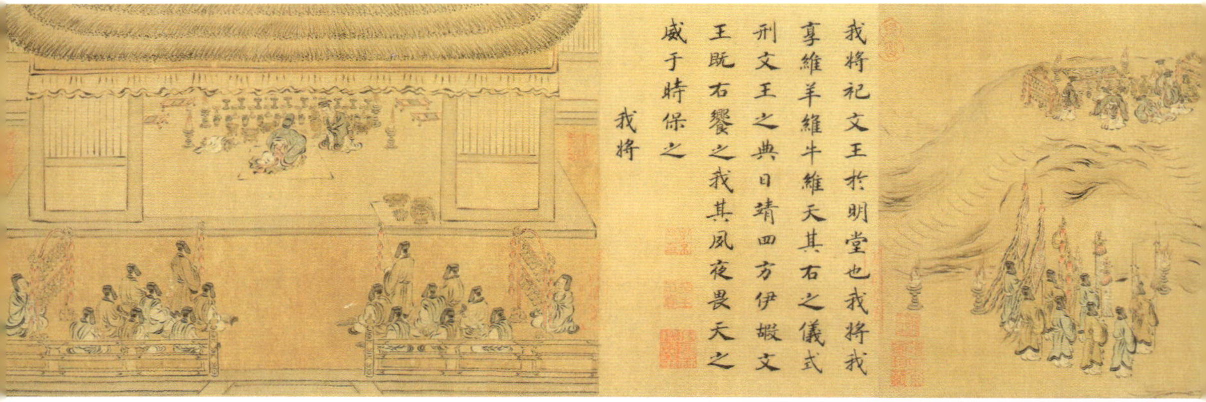
我将祀文王於明堂也我将我
享維羊維牛維天其右之儀式
刑文王之典日靖四方伊嘏文
王既右饗之我其夙夜畏天之
威于時保之
我将

〔南宋〕马和之《周颂·清庙之什》（局部）

〔南宋〕马和之《鲁颂·駉》（局部）

女曰鸡鸣

女曰鸡鸣，士曰昧旦。一
子兴视夜，明星有烂。二
将翱将翔，弋凫与雁。三
弋言加之，与子宜之。四
宜言饮酒，与子偕老。五
琴瑟在御，莫不静好。六
知子之来之，杂佩以赠之。七
知子之顺之，杂佩以问之。八
知子之好之，杂佩以报之。九

【注释】

一、士：男子的通称。孔颖达《毛诗正义》曰：“士者，男子之大号。”昧旦：天快亮的时候。《说文》曰：“昧爽，旦明也。”段玉裁注：“且明者，将明未全明也。”《毛诗故训传笺》曰：“此夫妇相警觉以夙兴，言不留色也。”朱熹《诗集传》曰：“昧，晦。旦，明也。昧旦，天欲旦晦明未辩之际也。”马瑞辰《毛诗传笺通释》曰：“昧旦，犹昧爽。”高亨《诗经今注》曰：“又解：昧，当作未。未旦，天未亮。”

二、子：此夫妇之子。王先谦《诗三家义集疏》曰：“谓君子。”兴：起。程俊英等《诗经注析》曰：“这里指睡着起来。”视夜：看夜色。程俊英等《诗经注析》曰：“看看夜色。”明星：启明星。《释天》曰：“明星谓之启明。”王先谦《诗三家义集疏》曰：“此诗‘明星’及《东门之杨》‘明星煌煌’，皆谓启明之星。”朱熹《诗集传》曰：“明星，启明之星先日而出者也。”烂：明亮、灿烂。《说文》曰：“烂，火孰也。”程俊英等《诗经注析》曰："本义为烂熟，灿烂明亮是引申义。"

三、将，助词。翱、翔：本指鸟飞，此处指人外出。《释名》曰："翱，敖也，言敖游也。""翔，佯也，言仿佯也。"《毛诗故训传》曰："闲于政事，则翱翔习射。"程俊英等《诗经注析》曰："翱翔，本为形容鸟飞貌，这里借指人出外游逛。"弋（yì音艺）：用带丝绳的箭来射。《毛诗故训传笺》曰："弋，缴射也。言无事则往弋射凫雁，以待宾客为燕具。"朱熹《诗集传》曰："弋，缴射，谓以生丝系矢而射也。"程俊英等《诗经注析》曰："古时以生丝作绳，系在箭上来射鸟，称为'弋'。"高亨《诗经今注》曰："弋，射之一种，箭尾系有丝绳。"凫（fú音浮）：野鸭子。朱熹《诗集传》曰："凫，水鸟，如鸭，青色，背上有纹。"孔颖达《毛诗正义》曰："言古之贤士不留于色，夫妻同寝，相戒夙兴。其女曰鸡鸣矣，而妻起；士曰已昧旦矣，而夫起。夫起即子兴也。此子于是同兴，而视夜之早晚，明星尚有烂然，早于别色之时；早朝于君，君事又早，终闲暇无事，将翱翔以学习射事。弋射凫之与雁，以待宾客为饮酒之羞。古士好德不好色如此。而今人不好有德，唯悦美色，故刺之。"

四、言：语助词。一说为我。《毛诗故训传笺》曰："我也。"程俊英等《诗经注析》曰："言，助词。"高亨《诗经今注》曰："言，读为焉，而也。"加：加之。《毛诗故训传笺》曰："所弋之凫雁，我以为加豆之实（四豆之实之三），与君子共肴也。"《周礼·醢人》曰："加豆之实，菭菹雁醢。"朱熹《诗集传》曰："加，中也。《史记》所谓'以弱弓为缴加诸凫雁之上'是也。"高亨《诗经今注》曰："加，箭加于鸟身，即射中。"子：《毛诗故训传笺》曰："谓宾客也。"

五、宜：可口。《毛诗故训传》曰："肴也。"程俊英等《诗经注析》曰："宜，烹调菜肴。此处作动词用。"

六、御：弹奏。琴瑟：古乐器名。《毛诗故训传》曰："君子无故不扯琴瑟。"《曲礼》云："大夫无故不彻悬（钟磬类乐器），士无故不彻琴瑟。"

注云："故，谓灾难丧病。"褚斌杰《诗经全注》曰："琴、瑟：皆弦乐器，琴瑟和鸣。"静：程俊英等《诗经注析》曰："靖的假借字。《尔雅·释诂》曰：'靖，善也。'静好，指和睦友好。"琴瑟静好，此处指宾主和乐安好。孔颖达《毛诗正义》曰："此又申上弋射之事。弋取凫雁，我欲为加豆之实，而用之与子宾客作肴羞之馔，共食之。宜乎我以燕乐宾客而饮酒，与子宾客俱至于老。言相亲之极，没身不衰也。于饮酒之时，琴瑟之乐在于侍御。有肴有酒，又以琴瑟乐之，则宾主和乐，又莫不安好者。古之贤士亲爱有德之宾客如是，刺今不然。"

七、杂佩：古时候用玉组成的配饰。《毛诗故训传》曰："杂佩者，珩、璜、琚、瑀、冲牙之类。"陈奂《诗毛氏传疏》："集诸玉石以为佩，谓之杂佩。"赠：送。《毛诗正义》曰："赠之者，以物与之。"

八、顺：顺从。《毛诗故训传笺》曰："谓与己和顺。"问：赠送。《毛诗故训传》曰："遗也。"孔颖达《毛诗正义》曰："《曲礼》云'凡以苞苴箪笥问人者'，哀二十六年《左传》云'卫侯使以弓问子贡'，皆遗人物谓之问，故云'问，遗也'。问之者，即出几之意，施遗前人。"

九、好：喜爱。《毛诗故训传笺》曰："谓与己同好。"报：报答。孔颖达《毛诗正义》曰："报之者，彼能好我，报其恩惠。"孔颖达《毛诗正义》曰："古者之贤士与异国宾客燕饮相亲，设辞以愧谢之。我若知子之今日必来之，我当豫储杂佩，去则以赠送之。若知子之与我和顺之，当豫储杂佩，去则以问遗之。若知子之与我和好之，当豫储杂佩，去则以报答之。正为不知子之来，愧无此物。亲爱有德之甚。言此以致厚意，刺今不然。"

【解题】

这是一首讽刺郑国领导人好色而国人亦好色之诗。《诗序》曰："《女曰鸡鸣》，刺不说德也。陈古义以刺今，不说德而好色也。"《毛诗故训传笺》曰："赠，送也。我若知子之必来，我则豫储杂佩，去则以送子也。与异国宾客燕时，虽无此物，犹言之，以致其厚意。其若有之，固将行之。士大夫以君命出使，主国之臣必以燕礼乐之，助君之欢。”

孔颖达《毛诗正义》曰：“作《女曰鸡鸣》诗者，刺不说德也。以庄公之时，朝廷之士不悦有德之君子，故作此诗。陈古之贤士好德不好色之义，以刺今之朝廷之人，有不悦宾客有德，而爱好美色者也。《经》之所陈，皆是古士之义，好德不好色之事。以时人好色不好德，故首章先言古人不好美色，下章乃言爱好有德，但主为不悦有德而作，故序指言‘刺不悦德也’。”

有女同车

有女同车，颜如舜华。一
将翱将翔，佩玉琼琚。二
彼美孟姜，洵美且都！三
有女同行，颜如舜英。四
将翱将翔，佩玉将将。五
彼美孟姜，德音不忘！六

【注释】

一、舜：木槿，《鲁诗》作“蕣”。华：花。

二、将翱将翔：阜阳汉简作“将皋将羊”。孔颖达《毛诗正义》曰：“其将翱将翔之时，所佩之玉是琼琚之玉，言其玉声和谐，行步中节也。”琼：美玉。琚：佩玉名。

三、孟姜：齐姜长女。洵：确实，实在。都：娴淑美好。

四、行，一作“堂”。英：花。

五、将将：即锵锵，象声词，《鲁诗》作“锵”。

六、德音：德行声誉。不忘：《毛诗故训传》曰：“后世传其道德也。”

【解题】

这是一首讽刺郑太子忽不娶于齐国而失大国之助的诗。《诗序》曰：“《有女同车》，刺忽也。郑人刺忽之不昏于齐。太子忽尝有功于齐，齐侯请妻之。齐女贤而不取，卒以无大国之助，至于见逐，故国人刺之。”

孔颖达《毛诗正义》曰：“作《有女同车》诗者，刺忽也。郑人刺忽之不婚于齐，对齐为文，故言郑人。既总叙经意，又申说之。此太子忽尝有功于齐，齐侯喜得其功，请以女妻之。此齐女贤，而忽不娶。由其不与齐为婚，卒以无大国之助，至于见逐，弃国出奔，故国人刺之。忽宜娶齐女，与之同车，而忽不娶，故《经》二章皆假言郑忽实娶齐女，与之同车之事，以刺之。”

郑太子忽（昭公）不娶齐女，后为祭仲所逐而立突（厉公）。《毛诗故训传笺》曰：“郑人刺忽不取齐女，亲迎与之同车，故称同车之礼，齐女之美。”朱熹疑为淫奔之诗。陈子展《诗经直解》说此诗为刺忽“如陈逆妇妫，不昏于齐而作”。

《史记·郑世家》曰：“三十八年，北戎伐齐，齐使求救，郑遣太子忽将兵救齐。齐釐公欲妻之，忽谢曰：‘我小国，非齐敌也。’时祭仲与俱，劝使取之，曰：“君多内宠，太子无大援将不立，三公子皆君也。”所谓三公子者，太子忽、其弟突、次弟子亹也。四十三年，郑庄公卒。初，祭仲甚有宠於庄公，庄公使为卿；公使娶邓女，生太子忽，故祭仲立之，是为昭公。”祭仲受郑庄公信任，郑庄公去世后，祭仲先后立郑庄公的四个儿子为君，包括郑昭公、郑厉公、郑子亹和郑子婴，掌握政权数十年，不断废立君主。

山有扶苏

山有扶苏，隰有荷华。一
不见子都，乃见狂且。二
山有乔松，隰有游龙，三
不见子充，乃见狡童。四

【注释】

一、扶苏：一说为小树。《毛诗故训传》曰："扶苏、扶胥，小木也。"一说为大树。褚斌杰《诗经全注》曰："扶苏：枝叶纷披的大树。"荷华：即荷花，华同花。《毛诗故训传》曰："荷华，扶渠也，其华菡萏。言高下大小各得其宜也。"《毛诗故训传笺》曰："兴者，扶胥之木生于山，喻忽置不正之人于上位也。荷华生于隰，喻忽置有美德者于下位。此言其用臣颠倒，失其所也。"

二、子都：古代美男子。《毛诗故训传》曰："子都，世之美好者也。"朱熹《诗集传》曰："子都，男子之美称也。"狂：狂妄之人。《毛诗故训传》曰："狂，狂人也。"且（jū音居）：语助词。《毛诗故训传》曰："且，辞也。"《毛诗故训传笺》曰："人之好美色，不往睹子都，乃反往睹狂丑之人，以兴忽好善不任用贤者，反任用小人，其意同。"

三、桥：同"乔"，高大。朱熹《诗集传》曰："上竦（企立高耸）无枝曰桥，亦作乔。"松：木名。《毛诗故训传》曰："松，木也。"游：枝叶放纵。龙：水草名。《毛诗故训传》曰："龙，红草也。"孔颖达《毛诗正义》曰："《释草》云：'红，茏古，其大者蘬。'舍人曰：'红名茏古，其大者名蘬。'是龙、红一草而列名，故云'龙，红草也。'陆玑《疏》云：'一名马蓼，叶大而赤白色，生水泽中，高丈馀。'"朱熹《诗集传》曰："游，枝叶放纵也。龙，红草也。一名马蓼，叶大而色白，生水泽中，高丈余。"《毛诗故训传笺》曰："游龙，犹放纵也。乔松在山上，喻忽无恩泽于大臣也。红草放纵枝叶于隰中，喻忽听恣小臣。此又言养臣，颠倒失其所也。"

四、子充：同"子都"。《毛诗故训传》曰："子充，良人也。"朱熹《诗集传》曰："子充，犹子都也。"狡童：狡猾之人。一说指昭公。《毛诗故训传》曰："狡童，昭公也。"《毛诗故训传笺》曰："人之好忠良之人，不往睹子充，乃反往睹狡童。狡童有貌而无实。"朱熹《诗集传》曰："狡童，狡狯之小儿也。"

【解题】

这是一首讽刺郑公子忽所喜欢的人不是应该喜欢的人。《诗序》曰："《山有扶苏》，刺忽也。所美非美然。"《毛诗故训传笺》曰："言忽所美之人，实非美人。"

孔颖达《毛诗正义》曰："《笺》以子都谓美丽闲习者也，都是美好，则狂是丑恶，举其见好丑为言，则是假外事为喻，非朝廷之上有好丑也，故知此以人之好美色，不往睹美，乃往睹恶，兴忽之好善，不任贤者，反用小人，其意与好色者同。"

方玉润《诗经原始》曰："夫天下妍媸莫辨，是非颠倒，以至覆家亡国而自杀其身者，亦岂鲜哉？诗人不过泛言流弊，举以为戒。故藉草木起兴，以见山之高，固有扶苏，亦有桥松；隰之卑，故有荷华，亦有游龙。大小互见，美恶杂陈，要在采之者辨之而已。子都、子充之美，与狂童、狂且较其妍媸，宜若易辨也。然有时亦见狂童、狂且为美，而不见子都、子充之美者，则何以故？是非混则妍媸莫辨耳。"

褚斌杰《诗经全注》曰："这是写一个女子对情人的戏谑，反复调侃，爽朗泼辣，实际上表现的是一种挚爱而亢奋的心情。"

萚兮

萚兮萚兮，风其吹女。一
叔兮伯兮，倡予和女。二
萚兮萚兮，风其漂女。三
叔兮伯兮，倡予要女。四

【注释】

一、萚（tuò音拓）：落地之草木皮叶。《毛诗故训传》曰：“萚，槁也。人臣待君倡而后和。”《毛诗故训传笺》曰：“槁，谓木叶也。木叶槁，待风乃落。兴者，风喻号令也，喻君有政教，臣乃行之。言此者，刺今不然。”马瑞辰《毛诗传笺通释》曰：“‘萚兮萚兮’盖将落未落之辞。”女：汝，指落叶。朱熹《诗集传》曰：“女，指萚而言也。”

二、叔、伯：古代长子称孟或伯，次子称仲，以下称叔。次子也可称为叔。此处指众青年男子。朱熹《诗集传》曰：“叔、伯，男子之字也。”一说指群臣。《毛诗故训传》“叔、伯言群臣长幼也。君倡臣和也。”《毛诗故训传笺》曰：“叔伯，群臣相谓也。群臣无其君而行，自以强弱相服。女倡矣，我则将和之。言此者，此其自传也。叔伯，兄弟之称。”倡：带头唱。和：应和唱。朱熹《诗集传》曰：“此淫女之词，言萚兮萚兮，则风将吹女矣；叔兮伯兮，则盖倡予，而予将和女矣。”王先谦《诗三家义集疏》曰：“郑欲显刺意，然诗但言君臣倡和，刺在言外也。”黄焯《毛诗郑笺平议》：“案《左传》鲁隐公谓公子驱为叔父，晋景公谓荀林父为伯氏，安在叔伯之称，君不可施于臣乎？张汝霖云：《笺》于‘风其吹女’以风喻号令，则是以萚喻群臣，既以萚喻群臣，则所谓‘风其吹女’者，女臣也，而‘倡予和女’之女又为群臣相女，不如毛说之安。今谓此三说皆可正《笺》义之失。”

三、漂：同“飘”，吹。《毛诗故训传》曰：“漂，犹吹也。”

四、要（yāo音邀）：成。《毛诗故训传》曰："要，成也。"

【解题】

这是一首讽刺郑昭公忽的诗。郑昭公时期，君权旁落，大臣强悍，国将不国。《诗序》曰："《萚兮》，刺忽也。君弱臣强，不倡而和也。"《毛诗故训传笺》曰："不倡而和，君臣各失其礼，不相倡和。"

孔颖达《毛诗正义》曰："落叶谓之萚。诗人谓此萚兮萚兮，汝虽将坠于地，必待风其吹女，然后乃落，以兴谓此臣兮臣兮，汝虽职当行政，必待君言倡发，然后乃和。汝郑之诸臣，何故不待君倡而后和？又以君意责群臣，汝等叔兮伯兮，群臣长幼之等，倡者当是我君，和者当是汝臣，汝何不待我君倡而和乎？"

狡童

彼狡童兮，不与我言兮。一
维子之故，使我不能餐兮！二
彼狡童兮，不与我食兮。
维子之故，使我不能息兮！三

【注释】

一、狡童：狡猾的男子。孔颖达《毛诗正义》曰："狡好之幼童。"一说指昭公。《毛诗故训传》曰："昭公有壮狡之志。"马瑞辰《毛诗传笺通释》曰："《说文》曰：'狡，少犬也。'狡本少犬之名，引申为狡好，又为矫健。《广雅》曰：‘狡，健也。’狡诵作佼，《月令》‘养壮佼’，《淮南子》高《注》‘壮佼，多力之士’是也。童古作僮，为未冠之称，又为僮昏之称。《褰裳诗》‘狂童’，《毛诗故训传》曰：‘狂行童昏所化也。’《广雅》曰：‘僮，痴也。’狡童犹狂童，谓其壮狡而僮昏也。《史记》箕子《麦秀歌》‘彼狡童兮，不与我好兮’，所谓狡僮者，纣也。《诗》刺昭公为狡童，与箕子刺纣为狡童正同。《正义》谓‘狡好之幼童’，失之。”钱大昕云：“古本‘狡’当为‘佼’，《山有扶苏》笺云：‘狡童有貌而无实。’孙毓申之，以为‘佼好’之佼，非如后世解为‘狡狯’也。……则佼童止是小年通称，非甚不美之名。卫武公刺厉王云：于乎小子。古人质朴，不以为嫌。”胡承珙《毛诗后笺》云：“姣、狡、佼三字古通。《释文》并云：‘佼，本作狡。’昭公志在自夺，而所与图者非其人呢，故惟有壮佼之志，而图于事机，终将及祸，愈使人思其故而忧之，至不能食息焉。然则谓《毛诗故训传》以狡童目昭公为悖理者，皆不达古人之文意者也。”不与我言兮：《毛诗故训传笺》曰：“不与我言者，贤者欲与忽图国之政事，而忽不能受之，故云言。”

二、维：为。子：你。故：原因。不能餐：吃不下饭。《毛诗故训传》曰：“忧惧不遑餐也。”

三、息：休息。《毛诗故训传》曰：“忧不能息也。”一说为呼吸。马瑞辰《毛诗传笺通释》曰：“息对餐言，谓喘息也。人之气，急曰喘，舒曰息，浑言则喘亦为息。故《说文》曰：‘息，喘也。从心自会意。’自者，鼻也。心气必从鼻出，故从心自。《说文》又曰：‘喘，疾息也。’‘齂（xiè音谢），卧息也。’”王先谦《诗三家义集疏》曰：“不能息，谓气息不利也。昭公少立威望，意似有为，然祭仲善为谋而不能用，视其擅权而不能制，知高渠弥之恶而不能去，厉公偪（逼）居栎而不能讨，任用非人，众贤扼腕，盖知其危亡在即，而未如之何矣。”

【解题】

这是一首讽刺郑昭公忽不能任用贤才而致奸臣当道的诗。《诗序》曰："《狡童》，刺忽也。不能与贤人图事，权臣擅命也。"《毛诗故训传笺》曰："权臣擅命，祭仲专也。"

孔颖达《毛诗正义》曰："桓十一年《左传》称'祭仲为公娶邓曼，生昭公。故祭仲立之'。是忽之前立，祭仲专政也。其年，宋人诱祭仲而执之，使立突。祭仲逐忽立突，又专突之政，故十五年传称'祭仲专，郑伯患之，使其婿雍纠杀之。祭仲杀雍纠，厉公奔蔡'。祭仲又迎昭公而复立。是忽之复立，祭仲又专。此当是忽复立时事也。"

褰裳

子惠思我，褰裳涉溱。一
子不我思，岂无他人。狂童之狂也且。二
子惠思我，褰裳涉洧。三
子不我思，岂无他士。狂童之狂也且。四

【注释】

一、惠：爱。《毛诗故训传》曰："惠，爱也。"褰（qiān音千）：提起。王先谦《诗三家义集疏》曰："《释文》褰，本或作搴。《说文》褰下云'袴也'，攐下云'抠衣也，从手，褰声。'则褰、搴皆攐之借字。"《毛诗正义》曰："本或作'搴'，非。"朱熹《诗集传》曰："褰，提起。"裳：裙，男子的下衣。溱（zhēn音真）：水名。《毛诗故训传》曰："溱，水名也。”朱熹《诗集传》曰：“溱，郑水名。”

二、狂童：轻狂的人。《毛诗故训传》曰：“狂行，童昏所化也。”《毛诗故训传笺》曰：“言他人者，先向齐晋宋卫，后之荆楚，狂童之人，日为狂行，故我使言此也。”孔颖达《毛诗正义》曰：“此狂童，斥突也。狂童，谓狂顽之童稚。狂童之狂也，且言其日益为狂，故《传》解其益狂之意。言突以狂行童昏，其所风化于人，人又从之，徒众渐多，所以益为狂行，作乱不已，故郑人思欲告急也。狂行，谓篡其国，是疏狂之行。童昏，谓年在幼童，昏暗无知。郑突时年实长，以其志似童幼，故以童名之。”朱熹《诗集传》曰：“狂童，犹狂且狡童也。”且：语气词。朱熹《诗集传》曰：“且，语辞也。”

三、洧（wěn音韦）：水名。《毛诗故训传》曰：“水名也。”朱熹《诗集传》曰：“洧，亦郑水名。”

四、士：人，此指男子。《毛诗故训传》曰：“士，事也。”《毛诗故训传笺》曰：“他士，犹他人也。”朱熹《诗集传》曰：“士，未娶者之称。”

【解题】

这是一首讽刺郑昭公时国政混乱而没有人能帮助改正的诗。郑国混乱，国人希望请求大国帮助，端正国家。大国的卿士有不肯帮助的，便转向他国请求帮助。溱洧都是郑国的河流，渡过河流就是到外国请求帮助。《诗序》曰：“《褰裳》，思见正也。狂童恣行，国人思大国之正己也。”《毛诗故训传笺》曰：“狂童恣行，谓突与忽争国，更出更入，而无大国正之。”

孔颖达《毛诗正义》曰：“作《褰裳》诗者，言思见正也。所以思见正者，见者，自彼加己之辞。以国内有狂悖幼童之人，恣极恶行，身是庶子，而与正适（当作嫡）争国，祸乱不已，无可奈何。是故郑国之人思得大国之正己，欲大国以兵征郑，正其争者之是非，欲令去突而定忽也。《经》二章皆上四句思大国正己，下句言狂童恣行。《序》以由狂童恣行，故思大国正己。

《经》先述思大国之言，乃陈所思之意，故复言狂童之狂，所以《经》《序》倒也。”

丰

子之丰兮，俟我乎巷兮，悔予不送兮。一
子之昌兮，俟我乎堂兮，悔予不将兮。二
衣锦褧衣，裳锦褧裳。三
叔兮伯兮，驾予与行。四
裳锦褧裳，衣锦褧衣。
叔兮伯兮，驾予与归。

【注释】

一、子：此指男子。《毛诗故训传笺》曰："子，谓亲迎者。"丰：丰满。《毛诗故训传》曰："丰，丰满也。"孔颖达《毛诗正义》曰："丰者，面色丰然，故为丰满也。"程俊英《诗经译注》曰："丰，指容颜丰满美好。"俟（sì音四）：等候。我：此指女子。《毛诗故训传笺》曰："我，我将嫁者。"巷：门外。《毛诗故训传》曰："巷，门外也。"王先谦《诗三家义集疏》曰："巷，即门外之里涂。"马瑞辰《毛诗传笺通释》曰："此谓'俟我乎巷兮'，正当谓巷为居室。"马瑞辰认为，巷为所居之宅，非街巷之巷，在门内不在门外。悔：后悔，懊悔。《毛诗故训传笺》曰："悔乎我不送是子而去也。时不送，则为异人之色，后不得耦而思之。"孔颖达《毛诗正义》曰："言往日有男子之颜色丰然丰满，是善人兮，来迎我出门，而待我于巷中兮。予当时别为他人，不肯共去，今日悔恨，我本不送是子兮。所为留者，亦不得为耦，由此故悔也。”

二、昌：盛壮的样子。《毛诗故训传》曰：“昌，盛壮貌。”褚斌杰《诗经全注》曰：“昌：盛壮，容光焕发。”堂：客堂。将：送。《毛诗故训传笺》曰：“将亦送也。”

三、衣、裳：皆作动词用，穿衣裳。衣锦䌹（jiǒng音迥）衣，裳锦䌹裳：《毛诗故训传》曰：“衣锦、䌹裳，嫁者之服。”程俊英《诗经译注》曰：“锦，古代女子出嫁时，内穿锦缎制的衣裳。䌹衣，用绢或麻纱制的单罩衫，以避尘土。”褚斌杰《诗经全注》曰：“锦：花纹。䌹衣：古时女子出嫁在途中穿的罩衫，用细麻制成。”叔、伯：《毛诗故训传》曰：“叔伯，迎己者。”陈奂《诗毛氏传疏》曰：“传云叔伯迎己者，谓壻之从者也。迎己者当不止一人，故或呼叔呼伯。”孔颖达《毛诗正义》曰：“言己衣裳备足，可以行嫁，乃呼彼迎者之字云：叔兮伯兮，若复驾车而来，我则与之行矣。”

四、归：回夫家。褚斌杰《诗经全注》曰：“归：同归。指归于夫家。”《说文》曰：“归，女嫁也。”

【解题】

这是一首郑国礼教崩坏、婚姻关系混乱、夫妇不能夫唱妇随的诗。《诗序》曰：“《丰》，刺乱也。婚姻之道缺，阳倡而阴不和，男行而女不随。”

孔颖达《毛诗正义》曰：“阳倡阴和，男行女随，一事耳。以夫妇之道，是阴阳之义，故相配言之。《经》陈女悔之辞。上二章悔己前不送男，下二章欲其更来迎己，皆是男行女不随之事也。”

朱熹《诗集传》曰：“妇人所期之男子已俟乎巷，而妇人以有异志不从，既则悔之，而作是诗也。”

东门之墠

东门之墠，茹藘在阪。一
其室则迩，其人甚远！二
东门之栗，有践家室。三
岂不尔思？子不我即！四

【注释】

一、墠（shàn音善）：平坦的场地。《毛诗故训传》曰："墠，除地町町者。"孔颖达《毛诗正义》曰："遍检诸本，字皆作'坛'，《左传》亦作'坛'。其《礼记》《尚书》言坛、墠者，皆封土者谓之坛，除地者谓之墠。坛、墠字异，而作此'坛'字，读音曰墠，盖古字得通用也。今定本作'墠'。"陈乔枞《三家诗遗说考》曰："町町，言除地使之平坦。"茹藘（rú lǘ音如率）：茜草，其根可作绛色燃料。《毛诗故训传》曰："茹藘，茅搜也。"孔颖达《毛诗正义》曰："'茹藘，茅搜'，《释草》文。李巡曰：'茅搜，一名茜，可以染绛。'陆玑《疏》云：'一名地血，齐人谓之茜，徐州人谓之牛蔓。'然则今之蒨草是也。"阪（bǎn音版）：山坡。朱熹《诗集传》曰："陂者，曰阪。"《毛诗故训传》曰："男女之际，近则如东门之墠，远而难则茹藘在阪。"朱熹《诗集传》曰："门之旁有墠，墠外有阪，阪之上有草。识其所与淫者之居也。"程俊英等《诗经注析》曰："这二句点名他邻居情人的住处。"

二、其室：其人之室，指情人的家。迩（ěr音耳）：近。《毛诗故训传》曰："迩，近也。得礼则近，不得礼则远。"其人：那个人，指爱恋的人。《毛诗故训传笺》云："其室则近，谓所欲奔男之家。望其来迎己而不来，则为远。"孔颖达《毛诗正义》曰："室与人相对，则室谓宅，人居室内，而云室近人远。此刺女不待礼，故知以礼为送近。"朱熹《诗集传》曰："室迩人远者，思之而未得见之词也。”

三、栗：栗树。《毛诗故训传》曰：“栗，行上栗也。”《毛诗故训传笺》曰：“栗而在浅家室之内，言易窃取。栗，人所啗食而甘耆，故女以自喻也。”践：浅陋的样子，一说为成行成列的样子，一说为善。《毛诗故训传》曰：“践，浅也。”陈奂《诗毛氏传疏》曰：“践，即浅陋之意。”朱熹《诗集传》曰：“践，行列貌。门之旁有栗，栗之下有成行列之家室，亦识其处也。”程俊英等《诗经注析》曰：“践，善。有践，即践践。《韩诗》践作靖。”王先谦《诗三家义集疏》曰：“《韩》践作靖，云善也。……有靖家室，犹今谚云好好人家也。”

四、岂不尔思：即岂不思尔。岂：难道。尔：你，这里指那个男子。子不我即：即子不即我。即：接近。《毛诗故训传》曰：“即，就也。”《毛诗故训传笺》云：“我岂不思望女乎，女不就迎我而俱去耳。”

【解题】

这是一首讽刺郑国男女关系混乱，而不守礼教的诗。《诗序》曰：“《东门之墠》，刺乱也。男女有不待礼而相奔者也。”《毛诗故训传笺》曰：“城东门之外有墠，墠边有阪，茅搜生焉。茅搜之为难浅矣，易越而出。此女欲奔男之辞。”

孔颖达《毛诗正义》曰：“东门之坛，除地町町，其践履则易。茹藘在阪，则为碍阻，其登陟则难。言人之行者，践东门之坛则易，登茹藘在阪则难越；以兴为婚姻者，得礼则易，不得礼则难。婚姻之际，非礼不可。若得礼，其室则近，人得相从易，可为婚姻。若不得礼，则室虽相近，其人甚远，不可为婚矣。是男女之交，不可无礼。今郑国之女，有不待礼而奔男者，故举之以刺当时之淫乱也。”

风雨

风雨凄凄，鸡鸣喈喈。一
既见君子，云胡不夷？二
风雨潇潇，鸡鸣胶胶。三
既见君子，云胡不瘳？四
风雨如晦，鸡鸣不已。五
既见君子，云胡不喜？

【注释】

一、凄凄：指风雨寒冷凄凉。孔颖达《毛诗正义》曰：“《四月》云‘秋日凄凄’，寒凉之意，言雨气寒也。”陈奂《诗毛氏传疏》曰：“凄凄，寒凉之意。”三家《诗》“凄”作“湝”。《说文》曰：“湝，寒也。《诗》曰：‘风雨湝湝’。”《广韵》曰：“皆、湝，户皆切，风雨不止。”喈喈：鸡鸣之声。《说文》曰：“喈，鸟鸣声也。”

二、云：语气助词。胡：何，为什么。夷：喜悦、高兴。《释言》曰：“夷，悦也。”《毛诗故训传》曰：“夷，说也。”王逸《楚辞章句》注：“《诗》云：‘既见君子，我心则夷。’夷，喜也。”唐莫尧《诗经全译》曰：“通怡，高兴。”程俊英等《诗经注析》曰：“夷，平，指心境由忧思而平静。”褚斌杰《诗经全注》曰：“夷：平，指心情平静。”

三、潇潇：风雨之声。《毛诗故训传》曰：“暴疾也。”段玉裁注：“《说文》无‘潇’字，有‘潚’字，云：‘水清深也。’”王先谦《诗三家义集疏》曰：“《广韵·屋萧韵》皆有‘潚’字，无‘潇’字。毛诗‘风雨潚潚’，是凄清之意。”陈奂《诗毛氏传疏》曰：“明时《诗经》旧本，作潚潚为是。”唐莫尧《诗经全译》曰：“潚潚，犹肃肃，疾貌。”程俊英等《诗经注析》曰："潇潇，亦作'潚潚'，风雨猛疾貌。"胶胶：鸡鸣之声。《毛诗故训传》曰："犹喈喈也。"三家《诗》作"嘐"。陈奂《诗毛氏传疏》曰："此三家《诗》有作'嘐嘐'者。《毛诗》作'胶胶'，假借字。嘐嘐为鸡鸣声，故云犹喈喈也。"褚斌杰《诗经全注》曰："象声词，鸡受惊高叫声。"

四、瘳（chōu音抽）：疾病痊愈。《毛诗故训传》曰："瘳，愈也。"朱熹《诗集传》曰："言积思之病至此而愈也。"

五、如：语气助词。陈奂《诗毛氏传疏》曰："如，有而也。"晦：天色昏暗。《毛诗故训传》曰："晦，昏也。"陈奂《诗毛氏传疏》曰："僖十五年《公羊传》：'晦，昼冥也。'云昏者，昼冥之意。《尔雅》所谓'雾'也。"《说文》曰："晦，月尽也。"段玉裁注："引申为凡光尽之称。"已：停止。《毛诗故训传》曰："已，止也。鸡不为如晦而止不鸣。"

【解题】

这是一首在乱世思念有道君子的诗。《诗序》曰："《风雨》，思君子也。乱世则思君子，不改其度焉。"《毛诗故训传》曰："兴也。风且雨，凄凄然，鸡犹守时而鸣，喈喈然。"《毛诗故训传笺》云：兴者，喻君子虽居乱世，不变改其节度。"

孔颖达《毛诗正义》曰："言风雨且雨，寒凉凄凄然。鸡以守时而鸣，音声喈喈然。此鸡虽逢风雨，不变其鸣，喻君子虽居乱世，不改其节。今日时世无复有此人。若既得见此不改其度之君子，云何而得不悦？言其必大悦也。"

子衿

青青子衿，悠悠我心。[一]
纵我不往，子宁不嗣音？[二]
青青子佩，悠悠我思。[三]
纵我不往，子宁不来？
挑兮达兮，在城阙兮。[四]
一日不见，如三月兮！[五]

【注释】

一、青青：青色。一说美盛（朱广祁《论稿》）。衿：衣领。悠悠：思长貌。《毛诗故传训》曰："青衿，青领也，学子之所服。"《毛诗故训传笺》曰："学子而俱在学校之中，己留彼去，故随而思之耳。《礼记·深衣》：'具父母，衣纯以青。'"

二、纵：纵使。宁：难道。《毛诗故训传》曰："嗣，习也。古者教以诗乐，诵之歌之，弦之舞之。"《毛诗故训传笺》曰："嗣，续也。女曾不传声问我，以恩责其忘己。"《韩诗》《鲁诗》"嗣"作"诒"。陆德明《经典释文》曰："诒，寄也，曾不寄问也。"

三、佩：玉也，一作"珮"。《毛诗故训传》曰："佩，佩玉也。士佩瓀（ruǎn音软）珉而青组绶。"孔颖达《毛诗正义》曰："《玉藻》云：'古之君子必佩玉，君子于玉比德焉。'故知子佩为佩玉也。礼不佩青玉，而云'青青子佩'者，佩玉以组绶带之。士佩瓀珉而青组绶，故云青青为组绶也。"

四、挑、达：走来走去。《毛诗故训传》曰："挑、达，往来相见貌。乘城而见阙。"《毛诗故训传笺》曰："国乱，人废学业，但好登高见于城阙，以候望为乐。"挑，《说文》引作"叏兮达兮"。叏，滑也。朱熹《诗集传》

曰：“挑，轻儇跳跃之貌。达，放恣也。”

五、一日不见如三月兮：指久不在学，学业荒废。《毛诗故训传》曰：“言礼乐不可一日而废。”《毛诗故训传笺》曰：“君子之学，以文会友，以友辅仁。独学而无友，则孤陋而寡闻，故思之甚。”

【解题】

这是一首讽刺郑国不重教化、乡校被毁、贤才流失的诗。《诗序》曰：“《子衿》，刺学校废也。乱世则学校不修焉。”《毛诗故训传笺》曰：“郑国谓学为校，言可以校正道艺。”

孔颖达《毛诗正义》曰：“郑国衰乱，不修学校，学者分散，或去或留，故陈其留者恨责去者之辞，以刺学校之废也。”

高亨《诗经今注》说此诗主题为女子思念恋人。

扬之水

扬之水，不流束楚。[一]
终鲜兄弟，维予与女。[二]
无信人之言，人实迋女。[三]
扬之水，不流束薪。
终鲜兄弟，维予二人。
无信人之言，人实不信。[四]

【注释】

一、扬：激扬。扬之水：激扬的流水。《毛诗故训传》曰："扬，激扬也。激扬之水，可谓不能流漂束楚乎？"《毛诗故训传笺》曰："激扬之水，喻忽政教乱促。"楚：树名，即荆条。束：捆。《毛诗故训传笺》曰："不流束楚，言其政不行于臣下。"褚斌杰《诗经全注》曰："楚，荆树，一种小灌木，俗称荆条。不流束楚，冲漂不走成捆的荆条。古时常用'束楚''束薪'比婚姻，这里妻子自谓不受外力动摇。"

二、终：既。鲜：少。《毛诗故训传笺》曰："鲜，寡也。忽兄弟争国，亲戚相疑，后竟寡于兄弟之恩，独我与女有耳。作此诗者，同姓臣也。"朱熹《诗集传》曰："兄弟，婚姻之称，《礼》所谓'不得嗣为兄弟'是也。"褚斌杰《诗经全注》曰："终鲜兄弟，是说娘家缺少亲族，没有兄弟依靠。"予：我。女：汝，你。朱熹《诗集传》曰："予、女，男女自相谓也。"

三、迋（guàng音逛）：通"诳"，欺骗。《毛诗故训传》曰："迋，诳也。"无信人之言：不要以他人之言为信。

四、不信：不诚实。

【解题】

这是一首讽刺郑昭公忽没有忠臣良士之诗。《诗序》曰："《扬之水》，闵无臣也。君子闵忽之无忠臣良士，终以死亡，而作是诗也。"

孔颖达《毛诗正义》曰："《经》二章，皆闵忽无臣之辞。忠臣、良士，一也。言其事君则为忠臣，指其德行则为良士，所从言之异耳。'终以死亡'，谓忽为其臣高渠弥所弑也。作诗之时，忽实未死，《序》以由无忠臣，意以此死，故闵之。"

方玉润《诗经原始》曰："窃意此诗不过兄弟相疑，始因谗间（jiàn音见），继乃悔悟，不觉愈加亲爱，遂相劝勉：以为根本之间不可自残，譬彼弱水难流束薪。兄弟相猜，本实先拔，又况骨肉无多，‘维予与女’，何堪再离？女岂谓人言可信哉？他言虽亲，难胜骨肉。‘人实迋女’，以遂其私而已矣。慎无信人之言，而致疑于骨肉间也。语虽寻常，义实深远。故圣人存之，以为世之凡为兄弟者戒。若必求其人其事以实之，则当阙疑以俟知者。”

褚斌杰《诗经全注》曰：“这是劝谕对方不要轻信离间者的闲言的诗。有人称二人是兄弟或朋友间的关系，有人称是夫妻或情人关系，从诗中‘束楚’‘束薪’的比喻看，应是妻子向丈夫倾诉衷情。”

出其东门

出其东门，有女如云。一
虽则如云，匪我思存。二
缟衣綦巾，聊乐我员。三
出其闉阇，有女如荼。四
虽则如荼，匪我思且。五
缟衣茹藘，聊可与娱。六

【注释】

一、如云：形容女子像云一样多而美丽。《毛诗故训传》曰：“如云，众多也。”《毛诗故训传笺》曰：“有女，谓诸见弃者也。如云者，如云从风东西南北，心无有定。”朱熹《诗集传》曰：“如云，美且众也。”

二、匪：非，不是。思存：想念之所在。《毛诗故训传》曰：“思不存乎相救急。”《毛诗故训传笺》曰：“匪，非也。此如云者，皆非我思所存也。”

三、缟（gǎo音搞）衣：白色的衣服。《毛诗故训传》曰：“缟衣，白色，男服也。”綦（qí音奇）巾：青黑色的佩巾。《毛诗故训传》曰：“綦巾，苍艾色，女服也。愿室家得相乐也。”《毛诗故训传笺》曰：“缟衣綦巾，己为作者之妻服也，时亦弃之，迫兵革之难，不能相畜。心不忍绝，故言且留乐我员。此思保其室家，穷困不得有其妻，而以衣巾言之，思不忍斥之。綦，綦文也。”《毛诗正义》曰：“《笺》亦以綦为青色，但綦是文章之色，非染缯之色，故云‘綦，綦文’，谓巾上为此苍文，非全用苍色为巾也。”朱熹《诗集传》曰：“缟衣綦巾，女服之贫陋者，此人自目其室家也。员，与云同，语词也。人见淫奔之女而作此诗。以为此女虽美且众，而非我思之所存，不如己之室家，虽贫且陋，而聊可自乐也。是时淫风大行，而其间乃有如此之人，亦可谓能自好而不为习俗所移矣。羞恶之心，人皆有之，岂不信哉。”聊：足以。乐我：使我喜欢。员：同“云”，语助词。孔颖达《毛诗正义》曰：“云、员古今字，助句辞也。”马瑞辰《毛诗传笺通释》曰：“员当读如‘婚姻孔云’之‘云’，彼《毛诗故训传笺》云：‘云，犹友也。’友与有同。《广雅·训诂》员、云并曰‘有也’。《诗》言不相亲者云‘亦莫我有’，则言其相亲有者宜曰‘聊乐我员’矣。《正义》以员为助句词，失之。”黄焯《毛诗郑笺平议》曰：“《毛诗故训传笺》以‘缟衣綦巾’专属之作者之妻。且云，作者之妻时亦弃之，心不忍绝，将弃复留，恐非诗人当日所咏之情事也。”袁梅《诗经译注》曰：“聊可自足自乐，即爱悦之意。”

四、闉（yīn音因）：曲城。阇（dū音都）：城台。《毛诗故训传》曰：“闉，曲城也。阇，城台也。”《毛诗故训传笺》曰：“阇读当如‘彼都人士’之‘都’，谓国外曲城之中市里野。”

五、荼：一种植物。《毛诗故训传》曰：“荼，英荼也。言皆丧服也。”《毛诗故训传笺》曰：“荼，茅秀，物之轻者，飞行无常。”马瑞辰《毛诗传笺通释》曰：“‘如荼’与‘如云’皆取众多之义。”袁梅《诗经译注》曰：“荼茅，是一种开白花的植物，在此形容女子多而美。”且（jū音居）：语助词。（程俊英等《诗经注析》认为读 cú）。《毛诗故训传笺》曰：“‘匪我思且’，犹‘非我思存’也。”袁梅《诗经译注》曰：“助词。”程俊英等《诗经注析》曰：“且，徂之假借，和存同义。《尔雅》‘徂，在，存也。’”

六、《毛诗故训传》曰：“茹藘，茅搜之染女服也。娱，乐也。”《毛诗故训传笺》曰：“茅搜，染巾也。”朱熹《诗集传》曰：“茹藘，可以染绛，故以名衣服之色。”袁梅《诗经译注》曰：“即茜草。其根可染红色。在此茹藘，代称红色佩巾。”袁梅《诗经译注》曰：“缟衣綦巾、缟衣茹藘，均借衣饰之特征以代称其人。这类象征性的修辞方法，在《诗》中不乏其例。”娱：娱乐。《毛诗故训传笺》曰：“且可留与我为乐。心欲留之言也。”

【解题】

这是一首讽刺郑昭公时郑国政局混乱的诗。《诗序》曰：“《出其东门》，闵乱也。公子五争，兵革不息，男女相弃，民人思保其室家焉。”《毛诗故训传笺》曰：“‘公子五争’者，谓突再也，忽子、亹子、仪各一也。”

孔颖达《毛诗正义》曰：“作《出其东门》诗者，闵乱也。以忽立之后，公子五度争国，兵革不得休息，下民穷困，男女相弃，民人迫于兵革，室家相离，思得保其室家也。兵谓弓矢干戈之属。革谓甲胄之属，以皮革为之。保者，安守之义。男以女为室，女以男为家，若散则通。民人分散乖离，故思得保有室家，正谓保有其妻，以妻为室家。《经》二章皆陈男思保妻之辞，是思保室家也。其公子五争，兵革不息，叙其相弃之由，于《经》无所当也。俗本云‘五公子争’，误也。”

野有蔓草

野有蔓草，零露漙兮。一
有美一人，清扬婉兮。二
邂逅相遇，适我愿兮。三
野有蔓草，零露瀼瀼。四
有美一人，婉如清扬。
邂逅相遇，与子皆臧。五

【注释】

一、蔓：蔓延。《毛诗故训传》曰："蔓，延也。"一说为草名，蔓草。马瑞辰《毛诗传笺通释》曰："曼之假借。"《说文》曰："蔓，葛属也。""曼，引也。"《尔雅》曰："引、延，长也。"是蔓为草名，曼字古只作曼。《毛诗故训传》训延，犹《说文》训引也。今《经》《传》通借蔓为曼。零：降落。《毛诗故训传笺》曰："零，落也。蔓草而有露，谓仲春之时，草始生，霜为露也。"孔颖达《毛诗正义》曰："灵作零字，故为落也。仲春、仲秋俱是昼夜等温凉中。九月霜始降，仲秋仍有露，则之正月犹有霜，二月始有露，故云蔓草生而有露，谓仲春时也。所引《周礼·地官·媒氏》有其事，取其意，不全取文，与彼小异。郑以仲春为媒月，故引以证此为记时。言民思此时而会者，为此时是婚月故也。"漙（tuán音团）：露多貌。《毛诗故训传》曰："漙，漙然盛多也。"一说为露珠圆貌。马瑞辰《毛诗传笺通释》曰："《释文》曰：'本又作团。'《文选》李善注引《毛诗》曰：'零露团兮。'与《释文》所引一本合。"高亨《诗经今注》："漙，露珠圆圆的状态。"

二、清扬：明目清秀。《毛诗故训传》曰："清扬，眉目之间婉然美也。"马瑞辰《毛诗传笺通释》曰："清、扬皆指目之美。此诗'清扬婉兮'，义与彼不同，不必如《毛传》以扬为扬眉而指眉目之间也。《方言》

‘好目谓之顺，或谓之扬。’是好目为扬之证。盖目以清明为美，扬亦明也。《淮南子·览冥训》高注：‘扬，明也。’是其证矣。《说文》曰：‘婉，顺也。’顺与美同义。《玉篇》《集韵》引《诗》‘清扬婉兮’，皆后人增益之字。”婉（wǎn音晚）：温顺的样子。

三、邂逅（xiè hòu音谢后）：不期而遇。《毛诗故训传》曰：“邂逅，不期而会。”适：适合。愿：心愿。孔颖达《毛诗正义》曰：“毛以为，郊外野中有蔓延之草，草之所以能蔓延者，由天有陨落之露，漙漙然露润之兮，以兴民所以得蕃息者，由君有恩泽之化养育之兮。今君之恩泽不流于下，男女失时，不得婚娶，故于时之民，乃思得有美好之一人，其清扬眉目之间婉然而美兮，不设期约，邂逅得与相遇，适我心之所愿兮。由不得早婚，故思相逢遇。是君政使然，故陈以刺君。”

四、瀼瀼（ráng音瓤）：露浓的样子。《毛诗故训传》曰：“瀼瀼，盛貌。”

五、子：你。偕：一起。臧：美好。王先谦《诗三家义集疏》曰：“偕臧，谓偕之于善，有互相劝勉意。”

【解题】

这是一首讽刺郑国战乱不断、男女无由相会之诗。《诗序》曰：“《野有蔓草》，思遇时也。君之泽不下流，民穷于兵革，男女失时，思不期而会焉。”《毛诗故训传笺》曰：“不期而会，谓不相与期而自俱会。”

孔颖达《毛诗正义》曰：“作《野有蔓草》诗者，言思得逢遇男女合会之时，由君之恩德润泽不流及于下，又征伐不休，国内之民皆穷困于兵革之事，故述其事以刺时也。‘男女失时’，谓失年盛之时，非谓婚之时月也。毛以为，君之润泽不下流，二章首二句是也。‘思不期而会’，下四句是也。郑以《经》皆是思不期而会之辞，言君之润泽不流下，叙男女失时之意，于《经》无所当也。”

溱洧

溱与洧，方涣涣兮。一
士与女，方秉蕑兮。二
女曰观乎？士曰既且。三
且往观乎？
洧之外，洵訏且乐。四
维士与女，伊其相谑，赠之以勺药。五
溱与洧，浏其清矣。六
士与女，殷其盈矣。
女曰观乎？士曰既且。
且往观乎？
洧之外，洵訏且乐。
维士与女，伊其将谑，赠之以勺药。

【注释】

一、溱洧：古水名。《毛诗故训传》曰：“溱洧，郑两水名。”涣涣：春水多的样子。《毛诗故训传》曰：“春水盛也。”《毛诗故训传笺》曰：“仲春之时，冰以释水，则涣然。”朱熹《诗集传》曰：“涣涣，春水盛貌，盖冰解而水散之时也。”

二、秉：拿着。蕑（jiān音间）：兰草的一种。《韩诗》云：“秉，执也。”《毛诗故训传》曰：“蕑，兰也。”朱熹《诗集传》曰：“蕑，兰也，其茎叶似泽兰广而长节，节中赤，高四五尺。”

三、既：已经。且：同“徂”，往，去。

四、洵：确实。《毛诗故训传笺》曰：“女曰观乎？欲与士观与宽闲之处。既，已也。士曰已观矣，未从之也。洵，信也。女情急，故劝男，使欲观于洧之外，言其土地信宽大又乐也，于是男则往也。”訏（xū音虚）：大。《毛诗故训传》曰：“訏，大也。”

五、勺药：香草名。《毛诗故训传》曰：“勺药，香草也。”朱熹《诗集传》曰：“勺药，亦香草也，三月开花，芳色可爱。”伊：语助词。《毛诗故训传笺》曰：“伊，因也。士女往观，因相戏谑，行夫妇之事。其别，则送女以芍药，结恩情也。”褚斌杰《诗经全注》曰：“伊，语助词，无实义。”

六、浏：水深而清澈的样子。《毛诗故训传》曰：“浏，深貌。”马瑞辰《毛诗传笺通释》曰：“《说文》曰：‘浏，流清貌。’”

【解题】

这是一首写郑国男女约会之诗。国史收录此诗，以讽刺郑国社会混乱、兵革不息、男女相奔。《诗序》曰：“《溱洧》，刺乱也。兵戈不息，男女相弃，淫风大行，莫之能救焉。”《毛诗故训传笺》曰：“救，犹止也。乱者，士与女合会溱、洧之上。”

孔颖达《毛诗正义》曰：“郑国淫风大行，述其为淫之事。言溱水与洧水，春冰既泮，方欲涣涣然流盛兮。于此之时，有士与女方适野田，执芳香之兰草兮。既感春气，托采香草，期于田野，共为淫泆。士既与女相见，女谓士曰：‘观于宽闲之处乎？’意愿与男俱行。士曰：‘已观矣。’止其欲观之事，未从女言。女情急，又劝男云：‘且复更往观乎？我闻洧水之外，信宽大而且乐，可相与观之。’士于是从之。维士与女，因即其相与戏谑，行夫妇之事。及其别也，士爱此女，赠送之以勺药之草，结其恩情，以为信约。男女当以礼相配，今淫泆如是，故陈之以刺乱。”

齐风

齐国是西周初年重臣姜太公的封地，位置在今山东沿海一带。《齐风》即齐地之诗，共十一篇。姜太公以智谋见长，而齐人住在沿海地区，因此形成了独特的风俗。周秦时期人常说"齐风""齐俗""齐气"的概念，大体上，就是一种狡诈之气。所以汉代有"齐人多诈"之说。

《史记·齐太公世家》曰：太公望吕尚者，东海上人。其先祖尝为四岳，佐禹平水土甚有功。虞夏之际封於吕，或封於申，姓姜氏。夏商之时，申、吕或封枝庶子孙，或为庶人，尚其后苗裔也。本姓姜氏，从其封姓，故曰吕尚。

吕尚盖尝穷困，年老矣，以渔钓奸周西伯。西伯将出猎，卜之，曰："所获非龙非彨（古同"螭"），非虎非罴；所获霸王之辅。"于是周西伯猎，果遇太公于渭之阳，与语大说，曰："自吾先君太公曰'当有圣人适周，周以兴'。子真是邪？吾太公望子久矣。"故号之曰"太公望"，载与俱归，立为师。

或曰，太公博闻，尝事纣。纣无道，去之。游说诸侯，无所遇，而卒西归周西伯。或曰，吕尚处士，隐海滨。周西伯拘羑里，散宜生、闳夭素知而招吕尚。吕尚亦曰："吾闻西伯贤，又善养老，盍往焉。"三人者为西伯求美女奇物，献之于纣，以赎西伯。西伯得以出，反国。言吕尚所以事周虽异，然要之为文武师。

周西伯昌之脱羑里归，与吕尚阴谋修德以倾商政，其事多兵权与奇计，故后世之言兵及周之阴权皆宗太公为本谋。周西伯政平，及断虞芮之讼，而诗人称西伯受命曰文王。伐崇、密须、犬夷，大作丰邑。天下三分，其二归周者，太公之谋计居多。

文王崩，武王即位。九年，欲修文王业，东伐以观诸侯集否。师行，师尚父左杖黄钺，右把白旄以誓，曰："苍兕苍兕，总尔众庶，与尔舟楫，后至者斩！"遂至盟津。诸侯不期而会者八百诸侯。诸侯皆曰："纣可伐也。"武王曰："未可。"还师，与太公作此《泰誓》。

居二年，纣杀王子比干，囚箕子。武王将伐纣，卜龟兆，不吉，风雨暴至。群公尽惧，唯太公强之劝武王，武王於是遂行。十一年正月甲子，誓於牧野，伐商纣。纣师败绩。纣反走，登鹿台，遂追斩纣。明日，武王立于社，群公奉明水，卫康叔封布采席，师尚父牵牲，史佚策祝，以告神讨纣之罪。散鹿台之钱，发钜桥之粟，以振贫民。封比干墓，释箕子囚。迁九鼎，修周政，与天下更始。师尚父谋居多。

于是武王已平商而王天下，封师尚父於齐营丘。东就国，道宿行迟。逆旅之人曰："吾闻时难得而易失。客寝甚安，殆非就国者也。"太公闻之，夜衣而行，犁（通"黎"）明至国。莱侯来伐，与之争营丘。营丘边莱。莱人，夷也，会纣之乱而周初定，未能集远方，是以与太公争国。

太公至国，修政，因其俗，简其礼，通商工之业，便鱼盐之利，而人民多归齐，齐为大国。及周成王少时，管蔡作乱，淮夷畔周，乃使召康公命太公曰："东至海，西至河，南至穆陵，北至无棣，五侯九伯，实得征之。"齐由此得征伐，为大国。都营丘。

盖太公之卒百有余年，子丁公吕伋立。丁公卒，子乙公得立。乙公卒，子癸公慈母立。癸公卒，子哀公不辰立。

哀公时，纪侯谮之周，周烹哀公而立其弟静，是为胡公。胡公徙都薄姑，而当周夷王之时。

哀公之同母少弟山怨胡公，乃与其党率营丘人袭攻杀胡公而自立，是为献公。献公元年，尽逐胡公子，因徙薄姑都，治临菑。

陆德明《经典释文·毛诗音义》曰：“齐者，大师吕望所封之国也。其地少昊爽鸠氏之墟，在《禹贡》青州岱岭之阴，潍淄之野，都营丘之侧。《礼记》云：‘太公封于营丘。’是也。”

《齐谱》曰：“齐者，古少皞之世，爽鸠氏之墟。周武王伐纣，封大师吕望于齐，是谓齐太公。地方百里，都营丘。周公致太平，敷定九畿，复夏禹之旧制。在《禹贡》青州岱山之阴，潍淄之野。其子丁公嗣位于王官。后五世，哀公政衰，荒淫怠慢，纪侯谮之于周懿王，使烹焉。齐人变风始作。”

朱熹《诗集传》曰：“齐，国名。本少昊时，爽鸠氏所居之地。在禹贡为青州之域，周武王以封太公望，东至于海，西至于河，南至于穆陵，北至于无棣。太公，姜姓，本四岳之后，既封于齐。通工商之业，便鱼盐之利，民多归之，故为大国，今青、齐、淄、潍、德、棣等州，是其地也。”

鸡鸣

鸡既鸣矣，朝既盈矣。一
匪鸡则鸣，苍蝇之声。二
东方明矣，朝既昌矣。三
匪东方则明，月出之光。四
虫飞薨薨，甘与子同梦。五
会且归矣，无庶予子憎。六

【注释】

一、既：已经。朝：朝廷。盈：满。程俊英《诗经译注》曰："盈，满，指上朝的人到齐了。"《毛诗故训传》曰："鸡鸣而夫人作，朝盈而君作。"孔颖达《毛诗正义》曰："言古之夫人与君寝宿，至于将旦之时，乃言曰：'鸡既为鸣声矣，朝上既以盈满矣。'"朱熹《诗集传》曰："欲令君早起而视朝也。"王先谦《诗三家义集疏》曰："此言常朝之节如此，刺今日晏起之失时。"

二、匪：通"非"。不是。则：之。程俊英《诗经译注》曰："则，之、的。下章'匪东方则明'句中的'则'，亦作'之'解。"《毛诗故训传》曰："苍蝇之声，有似远鸡之鸣。"《毛诗故训传笺》曰："夫人以蝇声为鸡鸣，则起早于常礼，敬也。"朱熹《诗集传》曰："然其实非鸡之鸣也，乃苍蝇之声也。盖贤妃当夙兴之时，心常恐晚。故闻其似者，而以为真。非其心存警畏，而不留于逸欲，何以能此。故诗人叙其事，而美之也。"马瑞辰《毛诗传笺通释》曰："古者鸡鸣而起。蝇于天将明时始鸣，实在鸡鸣之后。……诗盖托为夫人戒君早朝，恐其晏起之词。始曰鸡鸣朝盈，可以起矣；继则曰匪鸡鸣也，蝇声也，言不止鸡鸣，天已将明也。"

三、昌：盛。朱熹《诗集传》曰："昌，盛也。"孔颖达《毛诗正义》曰："夫人言：东方既已明矣，朝上既已盛矣。"

四、《毛诗故训传》曰："东方明，则夫人缅笄（xǐ jī音喜几，指束发加簪）而朝，朝已昌盛，则君听朝。"孔颖达《毛诗正义》曰："夫人言东方明矣之时，非是东方则实已明，乃是月出之光耳。"朱熹《诗集传》曰："此再告也。"马瑞辰《毛诗传笺通释》曰："二章继前章言之，曰'东方明矣，朝既昌矣'，可以视朝矣；继又曰'匪东方则明'，乃月出也，言不止天明也。"王先谦《诗三家义集疏》曰："'匪东'二句，虽明尚疑未明，以致失时。就喻意言，臣下盼朝日之升，不料东方未明。月出皎兮，阴光有耀，阳不能升也。"

五、薨薨（hōng音轰）：众多的样子。王先谦《诗三家义集疏》曰：“薨薨，众多也。”一说虫儿群飞的声音。程俊英《诗经译注》曰：“薨薨，虫儿群飞声。”甘：喜欢。朱熹《诗集传》曰：“甘，乐。”《毛诗故训传笺》曰：“虫飞薨薨，东方且明之时，我犹乐与子卧而同梦。”孔颖达《毛诗正义》曰：“心非愿欲早起也。”

六、会：朝会。《毛诗故训传》曰：“会，会于朝也。”朱熹《诗集传》曰：“会，朝也。”庶：众。《毛诗故训传笺》曰：“庶，众也。”马瑞辰引《尔雅》认为庶即幸，无庶是庶无的倒文，无庶即无也。孔颖达《毛诗正义》曰：“子谓君也。君若与我同卧，不早听朝，则事不速讫，罢朝必晚，众臣憎君，是由我故，故欲令君早起，无使见恶于夫人。”朱熹《诗集传》曰：“言当此时，我岂不乐与子同寝而梦哉。然群臣之会于朝者，俟君不出，将散而归矣。无乃以我之故，而并以子为憎乎。”

【解题】

这是一首讽刺齐哀公荒淫的诗。《诗序》曰：“《鸡鸣》，思贤妃也。哀公荒淫怠慢，故陈贤妃贞女夙夜警戒相成之道焉。”

孔颖达《毛诗正义》曰：“作《鸡鸣》诗者，思贤妃也。所以思之者，以哀公荒淫女色，怠慢朝政。此由内无贤妃以相警戒故也。君子见其如此，故作此诗，陈古之贤妃贞女，夙夜警戒于去，以相成益之道焉。二章，首上二句陈夫妇可起之礼，下二句述诸侯夫人之言，卒章皆陈夫人之辞。以哀公荒淫，无夫人兴戒，君子使不留色怠慢，故陈人君早朝，戒君子使不惰于政事，皆是与夫相警相成之事也。云荒淫者，谓废其政事，淫于女色，由淫而荒，故言荒淫也。贤妃即贞女也，论其配夫则为贤妃，指其行事则为贞女，所从言之异耳。相成者，以夫妻为耦，义在交益，妻能成夫，则妻亦成矣，故以相成言之。《车辇》思得贤女，乃思得其人以配王。此思贤妃，直思其相成之道，不言思得其人，作者之意异也。”

朱熹《诗集传》曰："言古之贤妃御于君所，至于将旦之时必告君曰，鸡既鸣矣，会朝之臣，既已盈矣。欲令君早起而视朝也，然其实非鸡之鸣也，乃苍蝇之声也，盖贤妃当夙兴之时，心常恐晚。故闻其似者，而以为真。非其心存警畏，而不留于逸欲，何以能此。故诗人叙其事而美之也。"

还

子之还兮，遭我乎猺之闲兮。一
并驱从两肩兮，揖我谓我儇兮。二
子之茂兮，遭我乎猺之道兮。三
并驱从两牡兮，揖我谓我好兮。四
子之昌兮，遭我乎猺之阳兮。五
并驱从两狼兮，揖我谓我臧兮。六

【注释】

一、还：通"旋"，敏捷的样子。《毛诗故训传》曰："还，便捷之貌。"《齐诗》作"营"，营是嫙的假借字，美好貌，与《毛诗》训异。《韩诗》作"嫙"。遭：相遇，遇见。猺（náo音挠）：山名，在齐国境内，在今山东省临淄县南。《毛诗故训传》曰："猺，山名。"《说文》云："猺山，在齐。"孔颖达《毛诗正义》曰："崔《集注》本作'嶩'。"《毛诗故训传笺》云："子也，我也，皆士大夫也，俱出田猎而相遭也。"

二、并驱：并驾齐驱。从：追逐。《毛诗故训传》曰："从，逐也。"《说文》曰："从，随行也。"段玉裁注："《齐风》曰：'并驱从两肩兮'，传曰'从，逐也。'逐亦随也。"肩：三岁的野兽。《毛诗故训传》曰："兽三岁曰肩。"《说文》云："三岁豕，肩相及者。"《鲁诗》作"猏"，猏是后出字。《说文》引此句诗作"豜"，王念孙《广雅疏证》曰："豜，与肩通。"揖：拱手作揖，谦逊有礼，表示佩服和尊敬。儇（xuān音宣）：敏捷利落。《毛诗故训传》曰："儇，利也。"《韩诗》作"婘"，好貌。陈奂《诗毛氏传疏》曰："传训儇为利者，利犹间也，间于驰逐也。"《毛诗故训传笺》曰："并，併也。子也，我也，并驱而逐禽兽。子则揖耦我，谓我儇，誉之也。誉之者，以报前言还也。"朱熹《诗集传》曰："猎者交错于道路，且以便捷轻利，相称誉如此，而不自知其非也，则其俗之不美可见，而其来亦必有所自矣。"

三、茂：本义为草木茂盛，引申为美，夸奖猎手技艺完美。《毛诗故训传》曰："茂，美也。"陈奂《诗毛氏传疏》曰："美者，谓习于田猎也。"道：道路，这里指山径。

四、牡：雄性的禽兽。好：美好，这里指打猎技艺高超。《毛诗故训传笺》曰："郑誉之言好者，以报前言茂也。"

五、昌：力气大，《毛诗故训传》曰："昌，盛也。"一说貌美，《毛诗故训传笺》云："昌，佼好貌。"阳：山的南边。

六、狼：兽名，犬科；耳竖立，毛黄色或灰褐色，尾下垂，栖息山林中；性凶残。《毛诗故训传》曰："狼，兽名。"朱熹《诗集传》曰："狼似犬锐头白颊、高前广后。"胡承珙《毛诗后笺》云："首章举其大者言之。《秦风》'奉时辰牡'则田猎贵牡，故次章举所贵者言之。《陆疏》云狼猛捷，自是难获之兽。此所以互相夸誉，以为戏乐。"臧：善，这里指技艺好。

【解题】

这是一首赞美猎手的诗。国史收录于此，以讽刺齐哀公荒淫无度，好田猎，而致齐国政务荒废。《诗序》曰：“《还》，刺荒也。哀公好田猎，从禽兽而无厌。国人化之，遂成风俗，习于田猎谓之贤，闲于驰逐谓之好焉。”

孔颖达《毛诗正义》曰：“作《还》诗者，刺荒也。所以刺之者，以哀公好田猎，从逐禽兽而无厌。是在上既好，下亦化之，遂成其国之风俗。其有惯习于田猎之事者，则谓之为贤；闲于驰逐之事者，则谓之为好。君上以善田猎为贤、好，则下民皆慕之，政事荒废，化之使然，故作此诗以刺之。《经》三章，皆士大夫相答之辞，是遂成风俗，谓之贤、好之事。”

著

俟我于著乎而。一
充耳以素乎而，尚之以琼华乎而。二
俟我于庭乎而。三
充耳以青乎而，尚之以琼莹乎而。四
俟我于堂乎而。五
充耳以黄乎而，尚之以琼英乎而。六

【注释】

一、俟：等待。《尔雅·释诂》曰：“俟，待。”我：出嫁女子的自称。《毛诗故训传笺》曰：“嫁者自谓也。”著：大门与屏风之间的地方。《毛诗故训传》曰：“门屏之间曰著。”孔颖达《毛诗正义》曰：“著与宁音义同。”《尔雅·释宫》曰：“门屏之间谓之宁。”李巡注：“门屏之间，谓正门内两塾间名宁。”孙炎注：“门内屏外，人君视朝所宁立处也。”高亨《诗经今注》曰：“古代富贵者的宅院，大门内有屏风，大门和屏风之间叫做著。”乎而：语气助词。

二、充耳：饰品名。程俊英等《诗经注析》曰：“充耳，古代男子的一种冠饰。从冠两旁垂下，悬在耳边。将充耳系在冠上的杂色线称‘紞’，丝线垂到耳边打成一个结像绵球称‘纩’，纩下垂着玉称‘瑱’。紞、纩、瑱三部分组成充耳。”素：白色。褚斌杰《诗经全注》曰：“素：白色。”指悬玉的丝绳“紞”是白色的。下两章的“青”“黄”也是形容丝线的颜色。毛公认为“素”描述的是充耳之玉，即“瑱”。《毛诗故训传》曰：“象瑱。”《淇澳》传：“充耳谓之瑱。”陈奂《诗毛氏传疏》曰：“天子玉瑱，诸侯以石，然则士以象矣。士亲迎，爵弁绣裳缁袘，其瑱以象为饰。”《国语·楚语》称：“白子张骤谏灵王，王病之，曰：‘子复语，不谷虽不能用，吾置之于耳。’对曰：‘赖君之用也，故言。不然，巴浦之犀牦兕象，其可尽乎？其又以绳为瑱。’”韦昭云：“瑱所以塞耳，言四兽之牙角可以为瑱。”尚：装饰。《毛诗故训传笺》曰：“尚犹饰也。”一说同“上”。陈奂《诗毛氏传疏》曰：“尚与上通。《广雅》曰：‘尚，加也。’”段玉裁《说文解字注》：“尚，上也，皆积累加高之义。”琼华：与下两章琼莹、琼英都是描写瑱。《毛诗故训传》曰：“琼华，美石，士之服也。”《毛诗故训传笺》曰：“琼华，石色似琼也。”朱熹《诗集传》曰：“琼华，美石似玉者，即所以为瑱也。”程俊英等《诗经注析》曰：“华，光华。”姚际恒《诗经通论》曰：“琼，赤玉，贵者用之。华、莹、英取协韵，以赞其玉之色泽也。”孔颖达《毛诗正义》曰：“毛以为，士亲迎，夫既受妇于堂，导之而出。妻见其夫衣冠之饰。此陈其辞也。妻言：君子待我于门内之著乎而，我见君子塞耳之瑱以素象为之乎而。又见其身之所佩，饰之以琼华之石乎而。言士亲迎，妻见其服饰。今不亲迎，故举以刺之也。郑以为，总言人臣亲迎，其妻见其冠饰。君子待我于著之时，我见君子充耳以素丝为之，其末饰之以琼华之石。言用素丝为紞，以悬琼华之石为瑱也。”

三、庭：厅堂。高亨《诗经今注》曰：“屏风和正房之间一块平地叫做庭。”一说庭院。朱熹《诗集传》曰：“在大门之内，寝门之外。”

四、青：青玉。《毛诗故训传》曰：“青，青玉。”认为卿大夫以青玉为瑱。《毛诗故训传笺》曰：“青，纨之青。”琼莹：《毛诗故训传》曰：“石似玉，卿大夫之服也。”《毛诗故训传笺》曰：“石色似琼、似莹也。”《说文》曰：“莹，玉色也。一曰石之次玉者。”程俊英等《诗经注析》曰：“莹，晶莹。”

五、堂：泛指房屋的正厅。高亨《诗经今注》曰：“正房的中间宽大明敞叫做堂。”陈奂《诗毛氏传疏》曰：“堂为人君路寝之堂。”

六、黄：黄玉。《毛诗故训传》曰：“黄玉。”《毛诗故训传笺》曰：“黄，纨之黄。”琼英：《毛诗故训传》曰：“美石似玉者，人君之服也。”《毛诗故训传笺》曰：“琼英犹琼华也。”孔颖达《毛诗正义》曰：“《释草》云：‘木谓之花，草谓之荣，荣而不实者谓之英。’然则英是华之别名，故言‘琼英犹琼华’。”陈奂《诗毛氏传疏》曰：“英者，瑛之假借字。”《说文》曰：“瑛，玉光也。”

【解题】

这是一首描写女子仔细打扮以等待娶亲者亲迎之诗。国史收此诗于此，以讽刺齐国婚姻道丧，娶亲不亲迎。《诗序》曰：“《著》，刺时也。时不亲迎也。”《毛诗故训传笺》曰：“时不亲迎，故陈亲迎之礼以刺之。”

孔颖达《毛诗正义》曰：“作《著》诗者，刺时也。所以刺之者，以时不亲迎，故陈亲迎之礼以刺之也。毛以为，首章言士亲迎，二章言卿大夫亲迎，卒章言人君亲迎，俱是受女于堂，出而至庭、至著，各举其一，以相互见。郑以为，三章共述人臣亲迎之礼，虽所据有异，俱是陈亲迎之礼，以刺今之不亲迎也。”

东方之日

东方之日兮，彼姝者子，在我室兮。一
在我室兮，履我即兮。二
东方之月兮，彼姝者子，在我闼兮。三
在我闼兮，履我发兮。四

【注释】

一、《毛诗故训传》曰：“兴也。日出东方，人君明盛，无不照察也。姝者，初昏之貌。”《毛诗故训传笺》曰：“言东方之日者，诉之乎耳。有姝姝美好之子，来在我室，欲与我为室家，我无如之何也。日在东方，其明未融。兴者，喻君不明。”东方之日：一说喻貌美，下章“东方之月”仿此。

二、履：礼。即：就。《毛诗故训传》意指婚姻之正礼。《毛诗故训传笺》曰：“在我室者，以礼来，我则就之，与之去也。言今者之子，不以礼来也。”陈子展《诗经直解》说“履”意为踩，“即”为“膝”之借字。高亨《诗经今注》说“即”借为“第（zǐ音子）”，指竹席。

三、《毛诗故训传》曰：“月盛于东方。君明于上，若日也。臣察于下，若月也。闼，门内也。”《毛诗故训传笺》曰：“月以兴臣，月在东方，亦言不明。”高亨《诗经今注》说：“闼，夹室，寝室左右的小屋。”

四、发：行。《毛诗故训传笺》曰：“以礼来，则我行而与之去。”陈子展《诗经直解》说“履”为踩，“发”为足。高亨《诗经今注》说“发”借为“筏”，指苇席。

【解题】

这是一首爱情诗。国史收录于此，以讽刺齐国婚姻混乱的现象。《诗序》曰：“《东方之日》，刺衰也。君臣失道，男女淫奔，不能以礼化也。”

孔颖达《毛诗正义》曰：“毛以为，东方之日兮，犹言明盛之君兮。日出东方，无不鉴照，喻君德明盛，无不察理。此明德之君，能以礼化民，民皆依礼嫁娶。故其时之女言，彼姝然美好之子，来在我之室兮。此子在我室兮，由其以礼而来，故我往就之兮。言古人君之明盛，刺今之昏暗。言婚姻之正礼，以刺今之淫奔也。郑以为，当时男女淫奔，假为女拒男之辞，以刺时之衰乱。有女以男逼己，乃诉之言：东方之日兮，以喻告不明之君兮，由君不明，致此强暴。今有彼姝然美好之子，来在我之室兮，欲与我为室家，我无奈之何。又言己不从之意，此子在我室兮，若以礼而来，我则欲就之兮。今不以礼来，故不得从之。不能以礼化民，至使男淫女诉，故刺之。”

高亨《诗经今注》以为是幽会诗，袁梅《诗经译注》说男子忆往日与爱人的欢乐。

东方未明

东方未明，颠倒衣裳。[一]
颠之倒之，自公召之。[二]
东方未晞，颠倒裳衣。[三]
倒之颠之，自公令之。[四]
折柳樊圃，狂夫瞿瞿。[五]
不能辰夜，不夙则莫。[六]

【注释】

一、衣：上衣。裳：古代称下身穿的衣裙，男女皆服。《毛诗故训传》曰：“上曰衣，下曰裳。”《毛诗故训传笺》曰：“挈壶氏失漏刻之节，东方未明而以为明，故群臣促遽颠倒衣裳。群臣之朝，别色始入。”

二、自：从。召：征召。《毛诗故训传笺》曰：“自，从也。群臣颠倒衣裳，而朝人又从君所来而召之，漏刻失节，君又早兴。”朱熹《诗集传》曰：“群臣之朝，别色始入。”

三、晞（xī音西）：拂晓，天亮。《毛诗故训传》曰：“晞，明之始升。”

四、令：号令。《毛诗故训传》曰：“令，告也。”朱熹《诗集传》曰：“令，号令也。”

五、柳：落叶乔木或灌木，枝条柔韧，叶子狭长，种子有毛。种类很多，有垂柳、旱柳等。《毛诗故训传》曰：“柳，桑脆之木。”朱熹《诗集传》曰：“柳，杨之下垂者，柔脆之木也。”樊：同“藩”，篱笆。《毛诗故训传》曰：“樊，藩也。”一说用作动词，编篱笆。圃：菜园。《毛诗故训传》曰：“圃，菜园也。折柳以为藩园，无益于禁矣。”瞿瞿（jù音句）：惊貌，惊视貌。《毛诗故训传》曰：“瞿瞿，无守之貌。古者，有挈壶氏以水火分日夜，以告时于朝。”《毛诗故训传》曰：“瞿瞿，惊顾之貌。”《毛诗故训传笺》曰：“柳木之不可以为藩，犹是狂夫不任挈壶氏之事。”

六、辰：时。一说同“晨”。夙：早。莫：同“暮”，晚。《毛诗故训传笺》曰：“辰，时。夙，早。莫，晚也。”《毛诗故训传笺》曰：“此言不任其事者，恒失节数也。”褚斌杰《诗经全注》曰：“辰，通‘晨’。不能辰夜，犹言不辨辰夜。不夙则莫，不是起早就是贪黑，犹言没个定时，令人劳累不堪，不得安生。”朱熹《诗集传》曰：“折柳樊圃虽不足恃，然狂夫见之犹惊顾而不敢越。以比辰夜之限甚明，人所易知，今乃不能知，而不失之早，则失之莫也。”

【解题】

这是一首讽刺齐国领导人荒淫无度、政事无有常态之诗。《诗序》曰：“《东方未明》，刺无节也。朝廷兴居无节，号令不时，挈壶氏不能掌其职焉。”《毛诗故训传笺》曰：“号令，犹召呼也。挈壶氏，掌漏刻者。”

孔颖达《毛诗正义》曰：“作《东方未明》诗者，刺无节也。所以刺之者，哀公之时，朝廷起居，或早或晚，而无常节度，号令召呼不以其时。人君置挈壶氏之官，使主掌漏刻，以昏明告君。今朝廷无节，由挈壶氏不能掌其职事焉，故刺君之无节，且言置挈壶氏之官不得其人也。朝廷是君臣之总辞，此则非斥言其君也。兴，起也。居，安坐也。言君之坐起无时节也。由起居无节，故号令不时，即《经》上二章是也。挈壶氏不能掌其职，卒章是也。”

朱熹《诗集传》曰：“此诗人刺其君兴居无节，号令不时。言东方未明而颠倒其衣裳，则既早矣，而又已有从君所而来召之者焉，盖犹以为晚也。或曰，所以然者，以有自公所而召之者故也。”

方玉润《诗经原始》曰：“为政无节，缓急均有所害。盖奉令莫知所从，则玩心生，而怠气亦乘，政于是乎不可为矣。不然未明而起，为政之常，何刺之有？诗固详言其急，而缓自见焉耳。惟‘折柳’二句插入不伦，故姚氏以为难详。”

褚斌杰《诗经全注》曰：“这首诗描写官府向百姓拉差派伕（fū音夫）时的凶暴态度。差官上门催逼去服役，刻不容缓，不分昼夜。稍有迟慢，就像狂夫般折篱入圃闯进家门，弄得人连衣服都来不及穿。”

南山

南山崔崔，雄狐绥绥。一

鲁道有荡，齐子由归。二
既曰归止，曷又怀止？三
葛屦五两，冠緌双止。四
鲁道有荡，齐子庸止。五
既曰庸止，曷又从止？六
蓺麻如之何？衡从其亩。七
取妻如之何？必告父母。八
既曰告止，曷又鞠止？九
析薪如之何？匪斧不克。十
取妻如之何？匪媒不得。十一
既曰得止，曷又极止？十二

【注释】

一、南山：齐南山。《毛诗故训传》曰："南山，齐南山也。"崔崔：高大的样子。《毛诗故训传》曰："崔崔，高大也。"绥绥：缓慢行走的样子。一说求匹的样子。朱熹《诗集传》曰："绥绥，求匹之貌。"《毛诗故训传》曰："国君尊严，如南山崔崔然。雄狐相随，绥绥然无别，失阴阳之匹。"《毛诗故训传笺》曰："雄狐行求匹耦于南山之上，形貌绥绥然。兴者，喻襄公居人君之尊，而为淫泆之行，其威仪可耻恶如狐。"黄焯《毛诗郑笺平议》曰："孔颖达《毛诗正义》曰："申《传》，谓雄狐为二雄相随，非也。"《笺》谓'兴者喻襄公居人君之尊，而为隐泆之行，其威仪可耻恶如狐'，实合《经》《传》之意，惟谓雄狐行求匹偶于南山之上，则于《经》意无当也。"

二、鲁道：通往鲁国的路。有荡：平坦。《毛诗故训传》曰："荡，平易也。"齐子：指文姜。由归：由此出嫁。《毛诗故训传》曰："齐子，文姜也。"《毛诗故训传笺》曰："妇人谓嫁曰归。言文姜既以礼从此道嫁于鲁侯也。"

褚斌杰《诗经全注》曰："由归，由此路经过出嫁。归，于归，指嫁于鲁国。"

三、曷：何。怀：怀念。《毛诗故训传》曰："怀，思也。"《毛诗故训传笺》曰："怀，来也。言文姜既曰嫁于鲁侯矣，何复来为乎？非其来也。"褚斌杰《诗经全注》曰："怀，怀念不忘。这里是说，文姜既已出嫁，为何齐襄公还私情不断地想她。"

四、葛屦（jù音句）：葛做的鞋。《毛诗故训传》曰："葛屦，服之贱者。"两：两只。朱熹《诗集传》曰："两，二屦也。"《毛诗故训传笺》曰："葛屦五两，喻文姜与侄娣及傅姆同处。"马瑞辰《毛诗传笺通释》曰："两者，緉之省借。……《礼》'纯帛无过五两'，故屦亦以五两为多耳。诗盖因古亲迎有送屦之礼，故去葛屦五两为喻。"袁梅《诗经译注》曰："葛鞋的系带交午纠结。五：午的借字。午，交午之意。实则午、五本是一字异体。"冠緌（rú音如）：古代帽带的下垂部分。《毛诗故训传》曰："冠緌，服之尊者。"《毛诗故训传笺》曰："冠緌，喻襄公也。五人奇，而襄公往，从而双之。冠緌不宜同处，犹襄公、文姜不宜为夫妇之道。"《毛诗正义》曰："屦以两只为具，五为数之奇，言葛屦服之贱，虽有五两，其数为奇，以襄公往配而双之，亦非其宜，以喻文姜是襄公之妹，虽与侄娣傅姆有五人矣，其数虽奇，以襄公往配而双之，亦非其宜。"

五、庸：用。《毛诗故训传》曰："庸，用也。"孔颖达《毛诗正义》曰："鲁之道路有荡然平易，齐子文姜用此道以归鲁止。既曰用此道以归鲁止，彼自有夫，襄公何为复从双止？责其复从文姜为淫泆之行。"马瑞辰《毛诗传笺通释》曰："《诗·君子阳阳》传：'由，用也。'庸训为用，即为由矣，谓由之以嫁于鲁也。"程俊英等《诗经注析》曰："此言用鲁道而嫁于鲁桓公。"

六、从：跟从。《毛诗故训传笺》曰："此言文姜既用此道嫁于鲁侯，襄公何复送而从之，为淫泆之行？"王先谦《诗三家义集疏》曰："从者，言又从鲁侯而如齐。"程俊英等《诗经注析》曰："从，跟从。"

七、蓺（yì音义）：种植。衡从：同"横纵"，东西为横，南北为纵，指种田有章法。《毛诗故训传》曰："蓺，树也。衡猎之，从猎之，种之然后得麻。"上古之时，野兽遍野，垦荒之前必田猎之。《毛诗故训传笺》曰："树麻者必先耕治其田，然后树之，以言人君取妻必先议于父母。"

八、告：告诉。《毛诗故训传》曰："必告父母庙。"《毛诗故训传笺》曰："取妻之礼，议于生者，卜于死者，此之谓告。"

九、鞠（jū音居）：生养，抚育。《毛诗故训传》曰："鞠，穷也。"《毛诗故训传笺》曰："鞠，盈也。鲁侯女既告父母而取，何复盈从令至于齐乎？非鲁桓。"朱熹《诗集传》曰："欲树麻者，必先纵横耕治其田亩。欲娶妻者，必先告其父母。今鲁桓公既告父母而娶矣，又曷为使之得穷其欲而至此哉？"

十、克：能。《毛诗故训传》曰："克，能也。"《毛诗故训传笺》曰："此言析薪必待斧乃能也。"

十一、《毛诗故训传笺》曰："此言取妻必待媒乃得也。"

十二、极：到。《毛诗故训传》曰："极，至也。"《毛诗故训传笺》曰："女既以媒得之矣，何不禁制，而恣极其邪意，令至齐乎？又非鲁桓。"《毛诗正义》曰："言析薪之法如之何乎？非用斧不能斫之，以兴娶妻之法如之何乎？非使媒不能得之。鲁桓既曰使媒得之止，宜以妇道禁之，何为穷极邪意而至齐止？又责鲁桓不禁制文姜也"王先谦《诗三家义集疏》曰："极犹鞠也，婚姻之事不可道说，至于此极也。"

【解题】

这是一首讽刺齐襄公乱伦之诗。《诗序》曰："《南山》，刺襄公也。鸟兽之行，淫乎其妹，大夫遇是恶，作诗而去之。"《毛诗故训传笺》曰："襄公之妹，鲁桓公夫人文姜也。襄公素与淫通。及嫁，公谪之。公与夫人如齐，夫人诉之襄公。襄公使公子彭生乘公而搤杀之，夫人久留于齐。庄公即位后乃来，犹复会齐侯于禚，于祝丘，又如齐师。齐大夫见襄公行恶如是，作诗以刺之。又非鲁桓公不能禁制夫人而去之。”

孔颖达《毛诗正义》曰：“作《南山》诗者，刺襄公也。以襄公为鸟兽之行。鸟兽淫不避亲，襄公行如之，乃淫于己之亲妹，人行之恶，莫甚于此。齐国大夫逢遇君有如是之恶，故作诗以刺君。其人耻事无道之主，既作此诗，遂弃而去之。此妹既嫁于鲁襄公，犹尚淫之。亦犹鲁桓不禁，使之至齐，故作者既刺襄公，又非鲁桓。《经》上二章刺襄公淫乎其妹，下二章责鲁桓纵恣文姜。《序》以主刺襄公，故不言鲁桓。大夫遇是恶，作诗而去之，言作诗之意，以见君恶之甚，于《经》无所当也。”

朱熹《诗集传》曰：“言南山有狐。以比襄公居高位而行邪行。且文姜既从此道归于鲁矣，襄公何为而复思之乎？”又曰：“春秋桓公十八年，公与夫人姜氏如齐。公薨于齐。《传》曰，公将有行，遂与姜氏如齐。申缟曰，女有家，男有室，无相渎也。谓之有礼。易此必败。公会齐侯于泺。遂及文姜如齐。齐侯通焉。公谪之。以告。夏四月享公。使公子彭生乘公，公薨于车。此诗前二章刺齐襄，后二章刺鲁桓也。”

鲁桓公夫人与其兄齐襄公私通，桓公因此被齐襄公害死之事。《左传·桓公十八年》曰：“十八年春，公将有行，遂与姜氏如齐。申繻曰：‘女有家，男有室，无相渎也，谓之有礼。易此，必败。’

《左传·桓公十八年》曰：公会齐侯于泺，遂及文姜如齐。齐侯通焉。公谪之，以告。夏四月丙子，享公。使公子彭生乘公，公薨于车。鲁人告于齐曰：‘寡君畏君之威，不敢宁居，来修旧好，礼成而不反，无所归咎，恶于诸侯。请以彭生除之。’齐人杀彭生。”

《史记·鲁周公世家》曰：“十八年春，公将有行，遂与夫人如齐。申繻谏止，公不听，遂如齐。齐襄公通桓公夫人。公怒夫人，夫人以告齐侯。夏四月丙子，齐襄公飨公，公醉，使公子彭生抱鲁桓公，因命彭生折其胁，公死于车。鲁人告于齐曰：‘寡君畏君之威，不敢宁居，来修好礼。礼成而不反，无所归咎，请得彭生除丑于诸侯。’齐人杀彭生以说鲁。立太子同，是为庄公。庄公母夫人因留齐，不敢归鲁。”

甫田

无田甫田，维莠骄骄。一
无思远人，劳心忉忉。二
无田甫田，维莠桀桀。三
无思远人，劳心怛怛。四
婉兮娈兮，总角丱兮。五
未几见兮，突而弁兮！六

【注释】

一、无：勿。田：动词，耕种。朱熹《诗集传》曰："田，谓耕治之也。"甫：大。甫田即大块的田地。《毛诗故训传》曰："甫，大也。大田过度，而无人功，终不能获。"《毛诗故训传笺》曰："兴者，喻人君欲立功致治，必勤身修德，积小以成高大。"维：语助词。莠（yǒu音有）：草名。田间常见杂草。生禾粟下，似禾非禾，秀而不实。因其穗形像狗尾，故俗名狗尾草。王先谦《诗三家义集疏》曰："《说文》曰：'莠，禾粟下扬生莠也。莠能乱苗，不去莠则苗不殖。'"骄骄：茂密壮实。《说文》曰："骄骄者，扬生挺起之状。"朱熹《诗集传》曰："骄骄，张王之意。"张王指草盛且高。

二、忉忉（dāo音刀）：忧愁的样子。《毛诗故训传》曰："忉忉，忧劳也。"胡承珙《毛诗后笺》曰："忉当通作惆，《庄子释文》引《字林》惆作忉，忉又怊字之省。"《毛诗故训传笺》云："言无德而求诸侯，徒劳其心忉忉耳。"孔颖达《毛诗正义》曰："上田谓垦耕，下田谓土地。以襄公所求非道，故设辞以戒之。言人治田，无得田此大田，若大田过度，力不充给，田必芜秽，维有莠草骄骄然。以喻公无霸德，思念远人，若思彼远人。德不致物，人必不至，维其劳心忉忉然。言人之欲种田求谷，必准功治田，谷乃可获，喻人君欲立功治，必勤身修德，功乃可立。无德而求诸侯，徒劳其心也。责襄公之妄求诸侯也。”

三、桀桀：高高的样子。《毛诗故训传》曰：“桀桀，犹骄骄也。”马瑞辰《毛诗传笺通释》曰：“上章之骄骄，《法言》作乔乔。《尔雅》曰：‘乔，高也。’胡承珙言骄骄即乔乔之借字，是也。今按《说文》曰：‘揭，高举也。’此章桀桀即揭揭之假借，义亦为高，故《毛诗故训传》云‘桀桀犹骄骄也。’”

四、怛怛（dá音达）：悲伤愁苦的样子。

五、婉娈：年少貌美。《毛诗故训传》曰：“婉娈，少好貌。”《说文》曰：“婉，顺也。”总角：古时小孩将头发束成两个髻，左右各一，像两个角。《毛诗故训传》曰：“总角，聚两髦也。”总，束发。亦指束发之带。丱（guàn音贯）：古时儿童束发成上翘的两只角辫。《毛诗故训传》曰：“丱，幼稚也。”朱熹《诗集传》曰：“丱，两角貌。”

六、未几：不久。弁（biàn音变）：古代贵族的一种帽子，通常穿礼服时用之。《毛诗故训传笺》云：“人君内善其身，外修其德，居无几何，可以立功。犹是婉娈之童子，少自修饰，丱然而稚，见之无几何，突而加冠为成人也。”王先谦《诗三家义集疏》曰：“方见总角，突然加冠，言襄公以童稚无知之人，忽有求诸侯之大志也。”

【解题】

这是一首讽刺齐襄公不守礼义而求有大功，必然徒劳的诗。《诗序》曰：“《甫田》，大夫刺襄公也。无礼义而求大功，不修德而求诸侯，志大心劳，所以求者非其道也。”

孔颖达《毛诗正义》曰：“《甫田》诗者，齐之大夫所作以刺襄公也。所以刺之者，以襄公身无礼义，而求己有大功；不能自修其德，而求诸侯从己。有义而后功立。惟德可以来（lài音赖）人。今襄公无礼义、无德，诸侯必不从之。其志望大，徒使心劳，而公之所求者非其道也。大夫以公求非其道，故作诗以刺之。”

卢令

卢令令，其人美且仁。一
卢重环，其人美且鬈。二
卢重镅，其人美且偲。三

【注释】

一、卢：田犬。《毛诗故训传》曰：“卢，田犬。”令令：猎犬颈下系的环铃声。《毛诗故训传》曰：“缨环声。”朱熹《诗集传》曰：“令令，犬颔下环声。”马瑞辰《毛诗传笺通释》曰：“令即玲之省借，故正义即以铃铃释之。《广雅·释训》亦云：‘铃铃，声也。’《说文》引《诗》作獜獜，云‘獜，健也’，盖本三家《诗》。《玉篇》曰：‘獜獜，声也。亦作辚。’则獜与铃声义并同。”以上说：猎狗脖子上的环铃响叮当，漂亮又有仁德的是古代的圣王。

二、重环：子母环，大环套小环。《毛诗故训传》曰：“子母环也。”孔颖达《毛诗正义》曰：“重环，谓环相重；子母环，谓大环贯一小环也。”鬈（quán音全）：头发好的样子。《毛诗故训传》曰：“好貌。”朱熹《诗集传》曰：“鬈，须鬓好貌。”《说文》曰：“鬈，发好貌。”因通为凡好之称。一说为勇壮。《毛诗故训传笺》曰：“鬈当读为权。权，勇壮也。”

三、重镅（méi音梅）：谓一大环贯二小环的子母环。《毛诗故训传》曰：“镅，一环贯二环也。”孔颖达《毛诗正义》云：“重镅与重环别，一环贯二，谓一大环贯二小环也。”偲（cāi音猜）：《毛诗故训传》曰：“偲，才也。”《毛诗故训传笺》曰：“才，多才也。”一说偲为多须之貌。朱熹《诗集传》曰：“偲，多须之貌。”以上说：猎犬脖子上的是镅环，漂亮又多才的是古代的圣王。

【解题】

这是一首赞美猎人的诗。国史收录此诗，以讽刺齐襄公不务正业，荒淫于田猎。《诗序》曰：“《卢令》，刺荒也。襄公好田猎毕戈而不修民事，百姓苦之，故陈古以风焉。”

孔颖达《毛诗正义》曰：“作《卢令》诗者，刺荒也。所以刺之者，以襄公性好田猎，用毕以掩兔，用弋以射雁。好此游田逐禽，而不修治民之事，国内百姓皆患苦之，故作是诗，陈古者田猎之事，以风刺襄公焉。”

敝笱

敝笱在梁，其鱼鲂鳏。一
齐子归止，其从如云。二
敝笱在梁，其鱼鲂鲔。
齐子归止，其从如雨。
敝笱在梁，其鱼唯唯。三
齐子归止，其从如水。

【注释】

一、敝：破烂。朱熹《诗集传》曰：“敝，坏。”褚斌杰《诗经全注》曰：“敝：破烂。”笱（gǒu音苟）：竹制的捕鱼器，鱼笼。《毛诗故训传》曰：“取鱼器也。”朱熹《诗集传》曰：“笱，罟也。”程俊英《诗经译注》曰：“笱，竹制的捕鱼笼。”梁：断水捕鱼的堰。程俊英《诗经译注》曰：“梁，鱼梁。在河中筑成堤坝，中留空缺，把笱嵌在空处，鱼游进去，就出不来。”鲂鳏（fáng guān音房关）：一说为两种鱼名。《毛诗故训传笺》曰：“鲂也、鳏也，鱼之易制者。”一说为大鱼。孔颖达《毛诗正义》曰：“是鳏为大鱼也。传以鳏为大鱼，则以大为喻。”朱熹《诗集传》曰：“鲂鳏，大鱼也。”下章“鲂鱮（xù音绪）”《毛诗故训传》亦训为大鱼。

二、齐子：指文姜。褚斌杰《诗经全注》曰：“指齐文姜，襄公妹，鲁桓公夫人。”归：回齐国。朱熹《诗集传》曰：“归，归齐也。”褚斌杰《诗经全注》曰：“归：回娘家。”止：语助词。从：随从。《毛诗故训传笺》曰：“其从，侄娣之属。”如云：像云一样多。《毛诗故训传》曰：“如云，言盛也。”形容随从非常多。下文“如雨”“如水”意思差不多，形容众多。孔颖达《毛诗正义》曰：“毛以为，弊败之笱在于鱼梁，其鱼乃是鲂鳏之大鱼，非弊败之笱所能制，以喻微弱之君为其夫婿，其妻乃是强盛之齐女，非微弱之夫所能制，刺鲁桓之微弱，不能之文姜也。”朱熹《诗集传》曰：“齐人以敝笱不能制大鱼，比鲁庄公不能防闲文姜。故归齐而从之者众也。”

三、唯唯：鱼游来游去的样子。《毛诗故训传》曰：“唯唯，出入不制。”程俊英《诗经译注》曰：“唯唯，瀢瀢的假借，亦作遗遗，形容鱼自由地游来游去。”孔颖达《毛诗正义》曰：“上二章言鱼名，此章言鱼貌，令其上下相充也。唯唯，正是鱼行相随之貌耳。”

【解题】

这是一首讽刺文姜的诗。文姜不守妇道，与亲兄襄公淫乱，而致鲁桓公之亡。《诗序》曰："《敝笱》，刺文姜也。齐人恶鲁桓公微弱，不能防闲文姜，使至淫乱，为二国患焉。"

孔颖达《毛诗正义》曰："作《敝笱》诗者，刺文姜也。所以刺之者，文姜是鲁桓夫人，齐人恶鲁桓公为夫微弱，不能防闲文姜，使至于齐，与兄淫乱，为二国之患焉，故刺之也。文姜淫乱，由鲁桓微弱使然。《经》三章，皆是恶鲁桓以刺文姜之辞。"

朱熹《诗集传》曰："按《春秋·鲁庄公二年》夫人姜氏会齐侯于禚。四年夫人姜氏享齐侯于祝丘。五年夫人姜氏如齐师。七年夫人姜氏会齐侯于防。又会齐侯于谷。"

载驱

载驱薄薄，簟茀朱鞹。[一]
鲁道有荡，齐子发夕。[二]
四骊济济，垂辔沵沵。[三]
鲁道有荡，齐子岂弟。[四]
汶水汤汤，行人彭彭。[五]
鲁道有荡，齐子翱翔。[六]
汶水滔滔，行人儦儦。[七]
鲁道有荡，齐子游敖。[八]

【注释】

一、载：发语词，无义，一说为且，或者乃。驱：车马奔驰。薄薄：车马奔驰的声音。《毛诗故训传》曰："薄薄，疾驱声也。"簟（diàn音电）：竹席。《毛诗故训传》曰："簟，方文席也。"孔颖达《毛诗正义》曰："簟字从竹，用竹为席，其文必方，故云方文席也。"茀：车帘，一说车篷。《毛诗故训传》曰："车之蔽曰茀。"孔颖达《毛诗正义》曰："车之蔽曰茀，谓车之后户也。"朱鞹（kuò音括）：染红的皮革做的车盖。朱：红色，这里指红漆；鞹：皮革。《毛诗故训传》曰："诸侯之路车，有朱革之质而羽饰。"《毛诗故训传笺》云："此车襄公乃乘焉，而来与文姜会。"《说文》云："鞹，革也。"孔颖达《毛诗正义》曰："兽皮治去毛曰革，鞹是革之别名。此说齐君之车，而云朱鞹，故云诸侯之路车有朱革之质而羽饰。谓以皮革为本质，其上又以翟羽为之饰也。"朱熹《诗集传》曰："朱，朱漆也。鞹，兽皮之去毛者。盖车革质而朱漆也。"程俊英等《诗经注析》曰："这样的车子是当时诸侯所乘，名为路车。"

二、鲁道：通往鲁国的道路。有荡：即荡荡，宽阔平坦义。齐子：齐侯之子，指文姜。发夕：即发于夕，意为连夜出发。《毛诗故训传》曰："发夕，自夕发至旦。"《毛诗故训传笺》云："襄公既无礼义，乃疾驱其乘车以入鲁竟。鲁之道路平易，文姜发夕由之往会焉，曾无惭耻之色。"孔颖达《毛诗正义》曰："此言发夕，谓夕时发行，故为发夕至旦。"陈奂《诗毛氏传疏》曰："发夕，夕发也。《毛诗故训传》云自夕发至旦，以言终夕在道也。"一说，发夕为离开所住的宫室。夕指宿、住处。朱熹《诗集传》曰："夕，犹宿也。发夕，谓离于所宿之舍。"另一说发为旦、早之义，发夕即早晚、一整天之义。《韩诗》云："发，旦也。"王先谦《诗三家义集疏》曰："韩说曰：发，旦也，齐子旦夕，犹言朝见暮见，即久处之义。"又，袁梅《诗经译注》认为：古代以日入之后、日出之前通谓之夕，天将明而日未出谓之发夕，亦曰夕发。

三、骊（lí音离）：纯黑色的马。《毛诗故训传》曰："四骊，言物色盛也。"孔颖达《毛诗正义》曰："《夏官·校人》云：'凡军事，物马而颁之。'注云：'物马齐其力。'言四言骊，道其物色俱盛也。"济济：整齐的样子。陈奂《诗毛氏传疏》曰："济济犹齐齐也。"一说为美盛的样子。《毛诗故训传》曰："济济，美貌。"垂辔：下垂的马缰绳。《毛诗故训传》曰："垂辔，辔之垂者。"泲泲（nǐ音你）：柔软的样子。朱熹《诗集传》曰："弥弥，柔貌。"一说为众多的样子。《毛诗故训传》曰："泲泲，众也。"《毛诗故训传笺》云："此又刺襄公乘是四骊而来，徒为淫乱之行。"

四、岂弟（kǎi tì音凯替）：又作"恺悌"，和乐平易，喜乐安舒的样子。《毛诗故训传》曰："岂弟，言文姜于是乐易。"朱熹《诗集传》曰："岂弟，乐易也。言无忌惮羞耻之意也。"一说，岂弟通闿圛（yǔ音与），义和发夕同。《毛诗故训传笺》云："此岂弟犹言发夕也。岂读当为闿。弟，《古文尚书》以弟为圛。圛，明也。"孔颖达《毛诗正义》曰："《释言》云：'恺悌，发也。'舍人、李巡、孙炎、郭璞皆云'闿，明。发，行'。"王先谦《诗三家义集疏》曰："谓齐子留连久处之后，至开明乃发行耳。"

五、汶（wèn音问）水：水名，古时为齐鲁两国之间的界河，即今山东省境内的汶河。《毛诗故训传笺》曰："汶水之上盖有都焉，襄公与文姜时所会。"汤汤（shāng音商）：水势浩大的样子。《毛诗故训传》曰："汤汤，大貌。"彭彭（bāng音帮）：行人众多的样子。《毛诗故训传》曰："彭彭，多貌。"朱熹《诗集传》曰："彭彭，多貌。言行人之多，亦以见其无耻也。"

六、翱（áo音熬）翔：自由来往。《毛诗故训传》曰："翱翔，犹彷徉也。"

七、滔滔：义同汤汤。《毛诗故训传》曰："滔滔，流貌。"儦儦（biāo音彪）：行走的样子。《说文》云："儦，行貌。"一说，众多的样子。《毛诗故训传》曰："儦儦，众貌。"

八、游敖：敖与遨同，即遨游，与翱翔同义。

【解题】

这是一首讽刺齐襄公与其亲妹私通而不知羞耻之诗。《诗序》曰："《载驱》，齐人刺襄公也。无礼义故，盛其车服，疾驱于通道大都，与文姜淫播其恶于万民焉。"

孔颖达《毛诗正义》曰："《载驱》诗者，齐人所作以刺襄公也。刺之者，襄公身无礼义之故，乃盛饰其所乘之车与所衣之服，疾行驱驰于通达之道，广大之都，与其妹文姜淫通，播扬其恶于万民焉，使万民尽知情，无惭耻，故刺之也。国人刺君，乃是常事，诸序未有举国之名言其民刺君。此独云'齐人刺襄公'者，以文姜鲁之夫人，襄公往入鲁境，以其齐、鲁交错，须言齐以辨嫌。"

猗嗟

猗嗟昌兮，颀而长兮。一
抑若扬兮，美目扬兮。二
巧趋跄兮，射则臧兮。三
猗嗟名兮，美目清兮。四
仪既成兮，终日射侯，不出正兮。五
展我甥兮。六
猗嗟娈兮，清扬婉兮。七
舞则选兮，射则贯兮，四矢反兮，以御乱兮。八

【注释】

一、猗嗟：赞叹语气词。《毛诗故训传》曰："叹辞。"马瑞辰《毛诗传笺通释》曰："猗者，美之辞。嗟，语词。"昌：美好健壮的样子。《毛诗故训传》曰："昌，盛也。"王先谦《诗三家义集疏》曰："昌，姣好貌。"马瑞辰《毛诗传笺通释》曰："昌之本意为美言，引申为凡美盛之称。"颀：身材高长貌。《毛诗故训传》曰："长貌。"王先谦《诗三家义集疏》曰："孔颖达《毛诗正义》曰：'若，犹然也。'引《史记》'颀然而长'为证。又云：今定本云'颀而长兮'，'而'与'若'义并通也。是孔颖达《毛诗正义》曰：原作'颀若长兮'，与下文'抑若扬兮'句法相类，今从定本作'而'，非孔本之旧。"

二、抑：通"懿"，美好的样子。《毛诗故训传》曰："抑，美色。"王先谦《诗三家义集疏》曰："韩作'印若阳兮'。案，懿、抑古通。'抑'《诗外传》作'懿'。"扬：《毛诗故训传》曰："扬，广扬。"《毛诗正义》曰："扬是颡之别名，抑为扬之貌，故知抑为美色。"又《毛诗正义》曰：'美目扬兮'，目扬俱美，《传》欲辨扬是眉，故省其文言'好目扬眉'。"王先谦《诗三家义集疏》曰："皮嘉祐云：'毛释此篇数扬字义各异，既曰'广扬'，又曰'扬眉'，又以眉目释'清扬'。其说游移无定，令读者莫知所从，不如韩训'眉上'之确。对于扬字，各种解释不同。陈奂《诗毛氏传疏》："云'扬，广扬'者，谓广阔扬起颡额之际也。盖扬之为言上也，于目曰扬目，于眉曰扬眉，又引申之，则眉以上皆得称扬矣。"这一句，前一扬字，当指额头宽广高扬；后一扬字，当指扬目，目光炯炯有神。

三、跄（qiāng音枪）：疾走时的姿态。《毛诗故训传》曰："跄，巧趋貌。"巧趋：灵巧地疾走。王先谦《诗三家义集疏》曰："《说文》'跄，动也。'于举足见疾行之巧，扬目巧趋，正其射时之仪状。"臧：好，指射箭的技术好。

四、名：三章句首具言男子威仪美貌。《毛诗故训传》曰："目上为名。”朱熹《诗集传》曰：“名，犹称也。言其威仪技艺之可名称也。”马瑞辰《毛诗传笺通释》曰：“名、明古通用，名当读明，明亦昌盛之义。”这里当指射箭之时明净美好貌。清：眼睛清澈有神。《毛诗故训传》曰：“目下为清。”朱熹《诗集传》曰：“清，目清明也。”

五、仪：射箭时的威仪姿态。陈奂《诗毛氏传疏》曰：“仪，容仪，射五善之一也。”程俊英等《诗经注析》曰：“仪，射手在射箭之前先表演的各种姿态。”侯：箭靶。正：箭靶的中心。《毛诗故训传》曰：“正，所以射于侯中者，天子五正，诸侯三正，大夫二正，士一正。”古时射礼，大射用皮侯，宾射用布侯，将兽皮或布置于木架上做靶子，靶心用彩画，称为正，或的、鹄，占全靶的三分之一。

六、展：诚然，确实。《毛诗故训传》曰：“展，诚也。”甥：姊妹的子女。如按《诗序》所言，这里即指庄公，为齐之甥。《毛诗故训传》曰：“外孙曰甥。”《毛诗故训传笺》曰：“姊妹之子曰甥。”古代亦称女婿为甥，如《孟子·万章下》曰：“帝馆甥于贰室。”贰室即别室。

七、娈：美好的样子。《毛诗故训传》曰：“娈，壮好貌。”清扬：眉扬目清的样子。婉：秀美之态。《毛诗故训传》曰：“婉，好眉目也。”朱熹《诗集传》曰：“婉，亦好貌。”

八、选：一解为齐，按古代射箭时有跳舞这一环节，指跳舞的步伐与音乐节奏一致整齐相合。《毛诗故训传》曰：“选，齐。”《韩诗》作“纂”，薛汉《韩诗章句》：“言其舞应雅乐也”。另一解为出众，《毛诗故训传笺》曰：“选者，谓于伦等最上。”朱熹《诗集传》曰：“选，异于众也。”贯：箭射中靶心。《毛诗故训传》曰：“贯，中也。”朱熹《诗集传》曰：“贯，中而贯革也。”矢：箭。反：指连续射中靶心同一地方。《毛诗故训传笺》曰：“反，复也。礼射三而止。每射四矢，皆得其故处，此之谓复射。必四矢者，象其能御四方之乱也。”

【解题】

这是一首讽刺鲁庄公的诗。作者通过对鲁庄公的英武的赞美，感叹鲁庄公虽有威仪技艺，却不能在其父死后以礼防其母做出淫乱之事，失子之道。《诗序》曰："《猗嗟》，刺鲁庄公也。齐人伤鲁庄公有威仪技艺，然而不能以礼防闲其母，失子之道，人以为齐侯之子焉。"

孔颖达《毛诗正义》曰："见其母与齐淫，谓为'齐侯种胤'，是其可耻之甚，故齐人作此诗以刺之也。礼，妇人夫死从子，子当防母奸淫。庄公不能防禁，是失为人子之道。《经》言猗嗟，是叹伤之言也。言其形貌之长，面目之美，善于趋步，是有威仪也。言其善舞善射，是有技艺也。言'展我甥兮'，拒时人以为齐侯之子也。以其齐人所作，故系之于齐。襄公淫之，故为襄公之诗也。"

朱熹《诗集传》曰："或曰，子可以制母乎。赵氏曰，夫死从子，通乎其下。况国君乎。君者，人神之主，风教之本也。不能正家，如正国何。若庄公者，哀痛以思父，诚敬以事母，威刑以驭下，车马仆从莫不俟命。夫人徒往乎。夫人之往也，则公哀敬之不至，威命之不行耳。东莱吕氏曰，此诗三章、讥刺之意皆在言外。嗟叹再三，则庄公所大阙者，不言可见矣。"

有人认为从诗的内容来看，都是夸赞之辞，赞美男子貌美身强、善射能舞，因此否定《诗序》的看法，显然是没有了解作此诗者隐含的深意。

鲁庄公，鲁国第十六任君主，他为鲁桓公与文姜之子，在位三十二年。

魏风

《魏风》共有诗七篇。《史记·魏世家》说：魏之先，毕公高之后也，与周同姓，武王伐纣，封于毕。后毕万事晋献公。魏风的地域大体在山西南部一带，春秋时属晋。《魏风》是《晋风》。

陆德明《经典释文·毛诗音义》曰："案《魏世家》及《左氏传》云：'姬姓国也。'《诗谱》云：'周以封同姓，其地虞舜、夏禹所都之域，地在古冀州雷首之北，析城之西，南枕河曲，北涉汾水。'"

郑玄《诗谱·魏谱》曰："魏者，虞舜、夏禹所都之地，在《禹贡》冀州雷首之北，析城之西，周以封同姓焉。其封域南枕河曲，北涉汾水。昔舜耕于历山，陶于河滨。禹菲饮食而致孝乎鬼神，恶衣服而致美乎黻冕，卑宫室而尽力乎沟洫。此一帝一王，俭约之化，于时犹存。及今魏君，啬且褊急，不务广修德于民，教以义方。其与秦、晋邻国，日见侵削，国人忧之。当周平、桓之世，魏之变风始作。至春秋鲁闵公元年，晋献公竟灭之，以其地赐大夫毕万。自尔而后，晋有魏氏。"

朱熹《诗集传》曰："魏，国名，本舜、禹故都，在禹贡冀州雷首之北，析城之西，南枕河曲，北涉汾水。其地陋隘而民贫俗俭，盖有圣贤之遗风焉，周初以封同姓。后为晋献公所灭，而取其地，今河中府解州即其地也。苏氏曰：'魏地入晋久矣。'其诗疑皆为晋而作。故列于唐风之前。犹邶、墉之于卫也。今按：篇中公行、公路、公族，皆晋官，疑实晋诗，又恐魏亦尝有此官，盖不可考矣。"

安徽大学藏战国竹简《诗经》中有《侯风》六篇，皆在今本《魏风》中。而今本《唐风》中的大部分诗篇又在安大简的《魏风》中。这说明今本《魏风》和《唐风》的地域是一致的。

葛屦

纠纠葛屦，可以履霜？一
掺掺女手，可以缝裳？二
要之襋之，好人服之。三
好人提提，宛然左辟，佩其象揥。四
维是褊心，是以为刺。五

【注释】

一、纠纠：《毛诗故训传》“犹缭缭也”，纠缠交错貌；一说缭戾寒凉之意。葛屦（jù音巨）：用葛麻编的鞋。《毛诗故训传》曰：“夏葛屦，冬皮屦。葛屦非所以履霜。”

二、掺掺（xiān音先）：《毛诗故训传》曰：“犹纤纤也。”《韩诗》作纤纤，一作攕攕（xiān音先）；《说文》作攕，“好手貌”。《毛诗故训传》曰：“妇人三月庙见，然后执妇功。”《毛诗故训传笺》曰：“言女手者，未三月未成为妇。裳，男子之下服，贱，又未可使缝。魏俗使未三月妇缝裳者，利其事也。”

三、要：通褄，陈子展《诗经直解》“《说文》无褄字，胡承珙据《玉篇》《广韵》《集韵》训褄为衣襻，为衣系，谓犹今人言纽”；一说读为腰，作动词，高亨《诗经今注》认为是缝裙子的腰。襋（jí音集）：衣领；一说底襟，作动词，高亨《诗经今注》认为是缝裙子的底襟。好人：《毛诗故训传》："好女手之人"；一说美人。《毛诗故训传笺》曰："服，整也。褼也领也在上，好人尚可使整治之。谓属着之。"一说"服"意即"穿"。

四、提提：安舒、审谛貌，《鲁诗》作媞媞；一说借为徥徥，高亨《诗经今注》认为：走路一蹩一踮的样子。宛然左辟：三家《诗》作"宛如左僻"。辟同避；一说借为躄，高亨《诗经今注》认为：足跛也。象揥（tì音替）：象牙制的簪。《毛诗故训传》曰："妇至门，夫揖而入，不敢当尊，宛然而左辟。"《毛诗故训传笺》曰："妇新至，慎于威仪。如是使之，非礼。"

五、维：表原因，《鲁诗》作"惟"。褊心：心胸狭隘。

【解题】

这是一首讽刺魏国领导人吝啬懒惰、不劳而获、机巧趋利、民风不纯之诗。《诗序》曰："《葛屦》，刺褊也。魏地陿隘，其民机巧趋利，其君俭啬褊急，而无德以将之。"《毛诗故训传笺》曰："险啬而无德，是其所以见侵削。"

孔颖达《毛诗正义》曰："作《葛屦》诗者，刺褊也。所以刺之者，魏之土地既以狭隘，故其民机心巧伪以趋于利，其君又俭啬且福急，而无德教以将抚之，令魏俗弥趋于利，故刺之也。言魏地狭隘者，若地广民稀，则情不趋利；地狭民稠，耕稼无所，衣食不给，机巧易生。人君不知其非，反覆俭啬褊急，德教不加于民，所以日见侵削，故举其民俗君情以刺之。"

朱熹《诗集传》曰："魏地陿隘，其俗俭啬而褊急。故以葛屦履霜起兴，而刺其使女缝裳，又使治其要襋，而遂服之也。此诗疑即缝裳之女所作。"

今人也有其他说法，一说缝衣女工讽刺女主人；一说妾刺嫡妻；一说妻（妾）怨夫。

汾沮洳

彼汾沮洳，言采其莫。一
彼其之子，美无度。二
美无度，殊异乎公路。三
彼汾一方，言采其桑。
彼其之子，美如英。四
美如英，殊异乎公行。五
彼汾一曲，言采其藚。六
彼其之子，美如玉。
美如玉，殊异乎公族。七

【注释】

一、汾：水名。《毛诗故训传》曰：“汾，水也。”朱熹《诗集传》曰：“汾，水名，出太原府晋阳山，西南入河。”沮（jū音居）：同“渐”。马瑞辰《毛诗传笺通释》曰：“《仓颉》篇：‘沮者，渐也。’”洳（rù音入）：低湿的地方。《毛诗故训传》曰：“沮洳，其渐洳者。”朱熹《诗集传》曰：“沮洳，水浸处下湿之地。”莫：野菜的一种。《毛诗故训传》曰：“莫，菜也。”朱熹《诗集传》曰：“莫，菜也，似柳叶，厚而长，有毛刺，可为羹。”《毛诗故训传笺》曰：“于彼汾水渐洳之中，我采其莫以为菜，是俭以能勤。”

二、子：男子的美称。无度：无法衡量。《毛诗故训传笺》曰：“之子，是子也。是子之德，美无有度，言不可尺寸。”

三、公路：官名，掌管车。路：车。《毛诗故训传》曰：“路，车也。”《毛诗故训传笺》曰：“是子之德，美信无度矣。虽然，其采莫之事，则非公路之礼也。公路，主君之軞（máo音毛）车，庶子为之，晋赵盾为軞车之族是也。”朱熹《诗集传》曰：“公路者，掌公之路车，晋以卿大夫之庶子为之。此亦刺俭不中礼之诗。言若此人者，美则美矣，然其俭啬褊急之态，殊不似贵人也。”方玉润《诗经原始》说“殊异”是美词，非刺词，上下文语意方贯。

四、英：花。朱熹《诗集传》曰：“英，华也。”一说形容人多。《毛诗故训传笺》曰：“万人为英。”

五、公行：官名。《毛诗故训传》曰：“公行，从公之行也。”《毛诗故训传笺》曰：“从公之行者，主君兵车之行列。”朱熹《诗集传》曰：“公行，即公路也，以其主兵车之行列，故以谓之公行也。”闻一多《风诗类钞》曰：“公路、公行，皆公车尉，以公族为之。”

六、曲：水流弯曲处。朱熹《诗集传》曰：“一曲，谓水曲流处。”藚（xù音续）：草名，又名泽泻。多年生草本植物，生浅水中。中医入药，亦可食用。《毛诗故训传》曰：“藚，水舄（xì音细）也。”朱熹《诗集传》曰：“藚，水舄也，叶如车前草。”

七、公族：贵族。朱熹《诗集传》曰：“公族，掌公之宗族，晋以卿大夫之适子为之。”

【解题】

这是一首讽刺魏国君主吝啬之诗。《诗序》曰：“《汾沮洳》，刺俭也。其君俭以能勤，刺不得礼也。”

孔颖达《毛诗正义》曰：“作《汾沮洳》诗者，刺俭也。其君好俭而能勤，躬自采菜，刺其不得礼也。”

朱熹《诗集传》曰：“此亦刺俭不中礼之诗。言若此人者，美则美矣。然其俭啬褊急之态殊不似贵人也。”

褚斌杰《诗经全注》曰：“这是一个女子夸赞其情人的诗。称赞他一表人才，美得无法衡量，而对那些宫廷显贵们，她一个也看不上。”

园有桃

园有桃，其实之殽。一
心之忧矣，我歌且谣。二
不我知者，谓我士也骄。三
彼人是哉，子曰何其！四
心之忧矣，其谁知之？五
其谁知之，盖亦勿思！六
园有棘，其实之食。七
心之忧矣，聊以行国。八
不我知者，谓我士也罔极。九
彼人是哉，子曰何其！
心之忧矣，其谁知之？
其谁知之，盖亦勿思！

【注释】

一、实：果实。殽（yáo音肴）：同“肴”，食。朱熹《诗集传》曰：“殽，食也。”马瑞辰《毛诗传笺通释》曰：“《说文》曰：‘肴，啖也。’凡非谷食曰肴，亦通称食为肴。殽者，肴之假借。”《毛诗故训传》曰：“兴也。园有桃，其实之食。国有民，得其力。”《毛诗故训传笺》曰：“魏君薄公税，省国用，不取于民，食园桃而已。不施德教民，无以战，其侵削之由，由是也。”《毛诗正义》曰：“魏君薄于公税，乃是人君美事，而刺之者，公家税民有常，不得过度。”

二、歌：和着曲乐歌唱。谣：歌唱。《毛诗故训传》曰：“曲和乐曰歌，徒歌曰谣。”《毛诗故训传笺》曰：“我心忧君之行如此，故歌谣以写我忧矣。”

三、士：对男子的通称。骄：骄傲。《毛诗故训传笺》曰：“士，事也。不知我为歌谣之意者，反谓我于君事骄逸故。”朱熹《诗集传》曰：“诗人忧其国小而无政，故作是诗。言园有桃，则其实之殽矣。心有忧，则我歌且谣矣。然不知我之心者，见其歌谣而反以为骄。且曰：彼之所为已是矣，而子之言独何为哉？盖举国之人莫觉其非，而反以忧之者为骄也。于是忧者重嗟叹之，以为此之可忧，初不难知，彼之非我，特未之思耳。诚思之，则将不暇非我而自忧矣。”马瑞辰《毛诗传笺通释》曰：“‘我士’与‘彼人’对称，彼人谓所刺之人，我士即诗人自谓也。‘谓我士也骄’，设言旁人以我指斥时事为过甚，有似于骄。”

四、彼人：一说指君主，《毛诗故训传笺》曰：“彼人，谓君也。”一说指上句指责他的人。《毛诗故训传》曰：“夫人谓我欲何为乎。”《毛诗故训传笺》曰：“不知我所为忧者，既非责我，又曰：君俭而啬，所行是其道哉。子于此忧之，何乎？”马瑞辰《毛诗传笺通释》曰：“‘彼人是哉’，设为不我知者之言，言其君所行未为非也。‘子曰何其’，谓子忧之，何乎。何其，即何居也。”

五、其：语助词。朱熹《诗集传》曰：“其，语辞。”《毛诗故训传笺》曰：“如是则众臣无知我忧所为也。”袁梅《诗经译注》曰：“谁知之。其字无实义。”

六、盖：何。《毛诗故训传笺》曰：“无知我忧所为者，则宜无复思念之以自止也。众不信我，或时谓我谤君，使我得罪也。”马瑞辰《毛诗传笺通释》曰：“犹云何勿思也。”

七、棘：木名，即酸枣树。《毛诗故训传》曰："棘，枣也。"朱熹《诗集传》曰："棘，枣之短者。"

八、聊：姑且。行国：在国中流浪。《毛诗故训传笺》曰："聊，且，略之辞也。聊出行于国中，观民事以写忧。"朱熹《诗集传》曰："聊，且略之辞，歌谣之不足，则出游于国中，而写忧也。"袁梅《诗经译注》曰："姑且到处流浪求生。"

九、罔：无。极：至。《毛诗故训传》曰："极，中也。"《毛诗故训传笺》曰："见我聊出行于国中，谓我于君事无中正。"袁梅《诗经译注》曰："无极。或指无限度地乱想。极，终极。"褚斌杰《诗经全注》曰："罔，无，没有。极，准则。此句谓别人诬称他放纵自恣，没有准谱儿。"

【解题】

这是一首表现诗人忧虑魏国国小而君主吝啬、君主不知道施惠于民、国家危亡、自己的忠心不被理解的苦闷之诗。《诗序》曰："《园有桃》，刺时也。大夫忧其君国小而迫，而俭以啬，不能用其民，而无德教，日以侵削，故作是诗也。"

孔颖达《毛诗正义》曰："俭啬不用其民，章首二句是也。大夫忧之，下十句是也。由无德教，数被攻伐，故连言国小而迫，日以侵削，于《经》无所当也。"

朱熹《诗集传》曰："诗人忧其国小而无政，故作是诗。言园有桃，则其实之殽矣。心有忧，则我歌且谣矣。然不知我之心者，见其歌谣，而反以为骄。且曰，彼之所为已是矣。而子之言独何为哉。盖举国之人，莫觉其非，而反以忧之者为骄也。于是忧者重嗟叹之，以为此之可忧，初不难知。彼之非我，特未之思耳。诚思之，则将不暇非我而自忧矣。"

陟岵

陟彼岵兮，瞻望父兮。一
父曰："嗟，予子！行役夙夜无已。
上慎旃哉！犹来无止。"二
陟彼屺兮，瞻望母兮。三
母曰："嗟，予季！行役夙夜无寐。
上慎旃哉！犹来无弃。"四
陟彼冈兮，瞻望兄兮。五
兄曰："嗟，予弟！行役夙夜必偕。
上慎旃哉！犹来无死。"六

【注释】

一、陟：登上。岵（hù音互）：多草木的山。《毛诗故训传》曰："山无草木曰岵。"孔颖达《毛诗正义》曰："《释山》云：'多草木岵，无草木屺。'传言'无草木曰岵'，下云'有草木曰屺'，与《尔雅》正反，当是转写误也。定本亦然。"瞻望：远望。《毛诗故训传笺》曰："孝子行役，思其父之戒，乃登彼岵山，以遥瞻望其父所在之处。"

二、夙夜：早晚。《毛诗故训传笺》曰："夙，早。夜，莫也。"无已：不停止。《毛诗故训传笺》曰："无已，无解倦。"上：同"尚"，含有希望的意思。《毛诗故训传笺》曰："上者，谓在军事作部列时。"朱子《集传》曰："上，犹尚也。"《毛诗传笺评议》："郑释'上'义殊滞。胡氏《后笺》云，《隶释》载石经残碑作尚，是《鲁诗》本作尚。尚者，庶几也。《毛诗》以'上'为'尚'之假借。《仪礼·乡射礼》'上握焉'，注：'今文上作尚。'《觐礼》'尚左'，注：'古文作上。'此可见古文多借上为尚。

《论语》‘草上之风’，《孟子》作尚。《论语》亦古文也，又足为《毛诗》多古文之证。苏氏《诗传》训‘上’为尚，《吕记》《朱传》从之，是也。”慎：谨慎。旃：语助词。《毛诗故训传》曰：“旃，之也。”马瑞辰《毛诗传笺通释》曰：“之，旃一声之转，又为‘之焉’之合声，故旃训之，又训焉。上者，尚之假借。《汉石经》《鲁诗》作尚，是本字。”犹来：可以回来。《毛诗故训传》曰：“犹，可也。”止：停留。孔颖达《毛诗正义》曰：“孝子在役之时，以亲戚离散而思念之。言已登彼岵山之上兮，瞻望我父所在之处兮。我本欲行之时，而父教戒我曰：‘嗟汝我子也，汝从军行役在道之时，当早起夜寐，无得已止。’又言：‘若至军中，在部列之上，当慎之哉，可来乃来，无止军事而来。若止军事，当有刑诛。’故深戒之。”朱熹《诗集传》曰：“犹可以来归，无止于彼而不来也。盖生则必归，死则止而不来矣。或曰，止，获也。言无为人所获也。”王先谦《诗三家义集疏》曰：“言庶几慎之哉，可以归来，无致为敌所止也。”

三、屺（qǐ音起）：不长草木的山。《毛诗故训传笺》曰：“此又思母之戒，而登屺山而望之也。”

四、季：幼子。《毛诗故训传》曰：“季，少子也。”弃：弃尸在外。马瑞辰《毛诗传笺通释》曰：“无弃与无死同义……后人亦通称死为弃世。”

五、冈：山冈。瞻望兄兮。

六、偕：一同。《毛诗故训传》曰：“偕，俱也。”朱熹《诗集传》曰：“必偕，言与其侪同作同止，不得自如也。”马瑞辰《毛诗传笺通释》曰：“《传》训偕为俱者，谓行役必兼夙夜，犹上章‘无已’‘无寐’，皆兼夙夜言之也。《集传》谓‘必与其侪同作同止’，似非诗义。”

【解题】

这是一首小国官员行役在外，国家危亡，孝子思念父母之诗。《诗序》曰：

“《陟岵》，孝子行役，思念父母也。国迫而数侵削，役乎大国，父母兄弟离散，而作是诗也。”《毛诗故训传笺》曰：“役乎大国者，为大国所征发。”

孔颖达《毛诗正义》曰：“首章望父，二章望母，卒章望兄。叙言其思念之由，《经》陈思念之事。《经》无弟，而《序》言之者，《经》以父母与兄，己所尊敬，故思其戒。其实弟亦离散，故《序》言之以协句。今定本云‘国迫而数侵削’，义亦通也。”

十亩之间

十亩之间兮，桑者闲闲兮，行与子还兮。一
十亩之外兮，桑者泄泄兮，行与子逝兮。二

【注释】

一、闲闲：悠闲的样子。《毛诗故训传》曰：“闲闲，男女无别往来之貌。或行来者，或来还者。”朱熹《诗集传》曰：“闲闲，往来者自得之貌。”《毛诗故训传笺》曰：“古者一夫百亩，今十亩之间，往来者闲闲然，削小之甚。”马瑞辰《毛诗传笺通释》曰：“井田之法，一夫百亩。魏虽削小，未必仅止十亩。又古者野田不得树桑，此则诗‘十亩’，盖指公田十亩及庐舍二亩半也。”行：将。朱熹《诗集传》曰：“行，犹将也。”还：归来。朱熹《诗集传》曰：“还，犹归也。”以上说：十亩大的公田里，采桑的人寥寥无几。民众愿意去邻国居住，返回的人很少。

二、泄泄：人多的样子。《毛诗故训传》曰：“泄泄，多人之貌。”逝：往。朱熹《诗集传》曰：“逝，往也。”以上说：十亩大的公田之外，采桑的人摩肩接踵。民众乐于去邻国居住，相约出走的人很多。

【解题】

这是一首描写采桑者生活之诗。诗人感到国家日益危亡，生活越来越艰难，所以以此诗讽刺时事。《诗序》曰："《十亩之间》，刺时也。言其国削小，民无所居焉。"

孔颖达《毛诗正义》曰："《经》二章，皆言十亩一夫之分，不能百亩，是为削小。无所居，谓土田狭隘，不足耕垦以居生，非谓无居宅也。"

伐檀

坎坎伐檀兮，置之河之干兮，河水清且涟猗。一

不稼不穑，胡取禾三百廛兮？二

不狩不猎，胡瞻尔庭有县貆兮？三

彼君子兮，不素餐兮。四

坎坎伐辐兮，置之河之侧兮，河水清且直猗。五

不稼不穑，胡取禾三百亿兮？六

不狩不猎，胡瞻尔庭有县特兮？七

彼君子兮，不素食兮。

坎坎伐轮兮，置之河之漘兮，河水清且沦猗。八

不稼不穑，胡取禾三百囷兮？九

不狩不猎，胡瞻尔庭有县鹑兮？十

彼君子兮，不素飧兮。十一

【注释】

一、坎坎：伐檀发出的声音。《毛诗故训传》曰："坎坎，伐檀声。"朱熹《诗集传》曰："坎坎，用力之声。"檀（tán音谈）：木名。朱熹《诗集传》曰："檀，木可为车者。"褚斌杰《诗经全注》曰："檀：檀树，本质坚硬，古时用以造车。"寘：同"置"，放置。《毛诗故训传》曰："寘，置也。"干：河岸。褚斌杰《诗经全注》曰："干：河岸。"涟：风吹水面泛起的波纹。猗（yī音衣）：通"漪"，水波纹。一说助词，犹"兮"，相当于"啊"，用于句末，表示语气。朱熹《诗集传》曰："涟，风行水成文也。猗，与兮同，语辞也。"《毛诗故训传》曰："伐檀以俟世用，若俟河水清且涟。"马瑞辰《毛诗传笺通释》曰："诗义盖以河水之清，喻君子之廉洁，有异在位之贪鄙，非如《传》言俟河之清也。"王先谦《诗三家义集疏》曰："伐木置河间，以喻有材无用。"

二、稼穑：耕种叫稼，收割叫穑，皆为农事。"不稼不穑"指不从事农事活动。《毛诗故训传》曰："种之曰稼。敛之曰穑。"胡：为什么。《毛诗故训传笺》曰："胡，何也。"取：索取。廛（chán音蝉）：《毛诗故训传》曰："一夫之居曰廛。"孔颖达《毛诗正义》曰："一夫之居曰廛，谓一夫之田百亩也。"马瑞辰《毛诗传笺通释》曰："孙诒让《周礼正义》遂人：'《诗》所云三百廛兮者，自是三百家之税。'此三百廛言其多，不一定是确数。下章的'三百亿''三百囷（qūn音逡）'同此。"三百廛、三百亿、三百囷极言索取的数目之多，以喻贪婪。

三、狩猎：泛指打猎。《毛诗故训传笺》曰："冬猎曰狩，宵田曰猎。"瞻：望见。庭：庭院。县：通"悬"，悬挂。貆（huán音还）：幼小的貉。《毛诗故训传》曰："貉子曰貆。"

四、彼：那些。素：空。《毛诗故训传》曰："素，空也。"餐：朱熹《诗集传》曰："餐，食也。"素餐，无功而食禄。

五、辐：车轮中凑集于中心毂上的直木。《毛诗故训传》曰："辐，檀辐也。”朱熹《诗集传》曰：“辐，车也，伐木以为辐也。”褚斌杰《诗经全注》曰：“辐：车辐与轮间的直木。”侧：河岸。直猗：直的波纹。《毛诗故训传》曰：“直，直波也。”朱熹《诗集传》曰：“直，波文之直也。”

六、亿：此处言多。

七、特：三岁的兽。《毛诗故训传》曰：“兽三岁曰特。”

八、轮：车轮。《毛诗故训传》曰：“檀可以为轮。”朱熹《诗集传》曰：“轮，车轮也，伐木以为轮也。”漘：同上两章的“干”“侧”，指河边。沦：水的小波纹。亦谓水起小波纹，或使起波纹。《毛诗故训传》曰：“小风，水成文，转如轮也。”程俊英《诗经译注》曰：“沦，微波。”褚斌杰《诗经全注》曰：“沦：环形水纹。”

九、囷：圆形谷仓。《毛诗故训传》曰：“囷，圆仓。”程俊英《诗经译注》曰：“囷，圆形的粮仓。”

十、鹑：鹌鹑。《毛诗故训传》曰：“鹑，鸟也。”

十一、飧（sūn音孙）：熟食。与上两章的“餐”“食”同义。

【解题】

这是一首讽刺领导人贪婪的诗，号召领导人学习君子的不尸位素餐。《诗序》曰：“《伐檀》，刺贪也。在位贪鄙，无功而受禄，君子不得进仕尔。”

孔颖达《毛诗正义》曰：“在位贪鄙者，《经》三章皆次四句是也。君子不得进仕者，首章三句是也。《经》《序》倒者，《序》见由在位贪鄙，令君子不得仕，如其次以述之；《经》先言君子不仕，乃责在位之贪鄙，故章卒二句皆言君子不素飧，以责小人之贪，是终始相结也。此言在位，则刺臣。明是君贪而臣效之，虽责臣，亦所以刺君也。”

硕鼠

硕鼠硕鼠，无食我黍！[一]
三岁贯女，莫我肯顾。[二]
逝将去女，适彼乐土。[三]
乐土乐土，爰得我所！[四]
硕鼠硕鼠，无食我麦！
三岁贯女，莫我肯德。[五]
逝将去女，适彼乐国。
乐国乐国，爰得我直！[六]
硕鼠硕鼠，无食我苗！
三岁贯女，莫我肯劳。[七]
逝将去汝，适彼乐郊。
乐郊乐郊，谁之永号！[八]

【注释】

一、硕鼠：肥大的老鼠。安徽大学藏竹简本《诗经》作“石鼠”。石，大也。《毛诗故训传笺》云：“硕，大也。大鼠大鼠者，斥其君也。”一说硕同“鼫”，即田鼠，一说为昆虫蝼蛄。马瑞辰《毛诗传笺通释》认为硕是鼫的假借字，硕鼠即鼫鼠。郭璞《尔雅注》曰：“大鼠，头似兔，尾有毛青黄色，好在田中食粟豆，关西呼鼩音瞿鼠。”无食我黍：《毛诗故训传笺》曰：“女无复食我黍，疾其税敛之多也。”黍与下文的麦、苗均泛指农作物。

二、三岁：泛指多年的意思，在古代三、六、九这样的数字通常都不是确指，而是泛指多的意思。孔颖达《毛诗正义》曰：“以古者三岁大比，民或于是迁徙，故以三岁言之。”朱熹《诗集传》曰：“三岁，言其久也。”贯：

侍奉，养活。《毛诗故训传》曰："贯，事也。"一说为宦之通借。《鲁诗》作宦，《汉石经》残碑作宦。贯是宦的假借字。《国语·越语》曰："与范蠡入宦于吴。"韦昭注："宦，为臣隶也。"这里引申为事。朱熹《诗集传》曰："贯，习。"女：通汝，即你，指鼠，剥削者。《韩诗》作"汝"。莫肯我顾：即莫肯顾我。顾：体谅，顾念。《毛诗故训传笺》曰："我事女三岁矣，曾无教令恩德来眷顾我，又疾其不修政也。"朱熹《诗集传》曰："顾，念。"

三、逝：远去。《毛诗故训传笺》云："逝，往也。往矣将去女，与之诀别之辞。"袁梅《诗经译注》认为：逝为"什么"之义。又有人认为逝是誓的假借字，表示坚决之意，亦通。适：往、到。乐土：为人们想象中的没有剥削的安乐之地。与下文的乐国、乐郊义同。《毛诗故训传笺》曰："乐土，有德之国。"朱熹《诗集传》曰："乐土，有道之国也。"乐土乐土：《韩诗》重句仍作"适彼乐土"；下章"乐国乐国""乐郊乐郊"，《韩诗》均重句作"适彼乐国""适彼乐郊"。胡承珙《毛诗后笺》曰："严缉云'连称乐土者，喜谈乐道于彼，以见其厌苦于此也。'今谓古人叠句乃长言嗟叹之意，只叠乐土二字，尤是悲歌促节，不必改毛从韩。"

四、爰：乃，就。《毛诗故训传笺》云："爰，曰也。"朱熹《诗集传》曰："爰，于也。"一说，爰为"何处"之义。袁梅《诗经译注》曰："见《邶风·击鼓》'爰居爰处？爰丧其马，于以求之？于林之下。'按：何处之意。爰，或为'于以'合呼。《击鼓》篇，上用'爰'，下用'于以'，是变文避复，且又能补足下句。足证爰、于以都是'何处'之义。"所：处所。

五、德：恩德，这里用作动词，施加恩德。《毛诗故训传笺》云："不肯施德于我。"朱熹《诗集传》曰："德，归恩也。"

六、直：通"值"，价值。《毛诗故训传》曰："直，得其直道。"《毛诗故训传笺》云："直犹正也。"朱熹《诗集传》曰："直，犹宜也。"一说，或为职之假，袁梅《诗经译注》曰："职犹所，'爰得我直'犹'爰得我所’，异章互文。”

七、劳：慰劳。《毛诗故训传笺》云：“不肯劳来我。”朱熹《诗集传》曰：“劳，勤苦也。谓不以我为勤劳也。”

八、谁之永号：谁还会长吁短叹呢？《毛诗故训传》曰：“号，呼也。”《毛诗故训传笺》云：“之，往也。永，歌也。乐郊之地，谁独当往而歌号者。言皆喜说（yuè音岳）无忧苦。”孔颖达《毛诗正义》曰：“言彼有德之乐郊，谁往而独长歌号呼？言往释皆歌号，喜乐得所，故我欲往也。”朱熹《诗集传》曰：“永号，长呼也。言既往乐郊，则无复有害己者。当复为谁而永号乎。”一说谁也没有去过乐土，只能长吁短叹了。

【解题】

这是一首讽刺魏国君主不劳而获、横征暴敛的诗。《诗序》曰：“《硕鼠》，刺重敛也。国人刺其君重敛，蚕食于民，不修其政，贪而畏人，若大鼠也。”

孔颖达《毛诗正义》曰：“蚕食者，蚕之食桑，渐渐以食，使桑尽也。犹君重敛，渐渐以税，使民困也。言贪而畏人，若大鼠然，解本以硕鼠为喻之意，取其贪且畏人，故序因倒述其事。《经》三章，皆上二句言重敛，次二句言不修其政。由君重敛，不修其政，故下四句言将弃君而去也。”

唐风

西周在唐尧故地封唐叔虞，称唐国。后改称晋侯。唐在晋国，《唐风》也是《晋风》，今有诗十二篇。出土安大简今本《唐风》各诗在《魏风》中。

陆德明《经典释文·毛诗音义》曰："唐者，周成王之母弟叔虞所封也。其地，帝尧、夏禹所都之墟，汉曰太原郡，在古冀州太行、恒山之西，太原、太岳之野。其南有晋水，叔虞之子燮父因改为晋侯。至六世孙僖侯名司徒，习尧俭约遗化，而不能以礼节之，今诗本其风俗，故云唐也。"

郑玄《诗谱·唐谱》曰："唐者，帝尧旧都之地，今曰太原晋阳，是尧始居此，后乃迁河东平阳。成王封母弟叔虞于尧之故墟，曰唐侯。南有晋水，至子燮改为晋侯。其封域在《禹贡》冀州太行、恒山之西，太原、太岳之野。至曾孙成侯，南徙居曲沃，近平阳焉。昔尧之末，洪水九年，下民其咨，万国不粒。于时杀礼以救艰厄，其流乃被于今。当周公、召公共和之时，成侯曾孙僖侯甚啬爱物，俭不中礼，国人闵之，唐之变风始作。其孙穆侯又徙于绛云。"

朱熹《诗集传》曰："唐，国名。本帝尧旧都。在禹贡冀州之域、大行恒山之西、大原大岳之野、周成王以封弟叔虞为唐侯。南有晋水、至子爕乃改国号曰晋。后徙曲沃。又徙居绛。其地土瘠民贫、勤俭质朴、忧深思远。有尧之遗风。其诗不谓之晋而谓之唐，盖仍其始封之旧号耳。唐叔所都，在今大原府，曲沃及绛，皆在今绛州。"

蟋蟀

蟋蟀在堂，岁聿其莫。[一]
今我不乐，日月其除。[二]
无已大康，职思其居。[三]
好乐无荒，良士瞿瞿。[四]
蟋蟀在堂，岁聿其逝。[五]
今我不乐，日月其迈。[六]
无已大康，职思其外。[七]
好乐无荒，良士蹶蹶。[八]
蟋蟀在堂，役车其休。[九]
今我不乐，日月其慆。[十]
无已大康，职思其忧。[十一]
好乐无荒，良士休休。[十二]

【注释】

一、蟋蟀：虫名，又叫蛐蛐儿。《毛诗故训传》曰："蟋蟀，蛩也。九月在堂，聿遂除去也。"孔颖达《毛诗正义》曰："《释虫》曰：'蟋蟀，蛬。'李巡：'蛬，一名蟋蟀。蟋蟀，蜻蛚也。'郭璞：'今趋织也。'陆玑《疏》云：'蟋蟀似蝗而小，正黑有光泽如漆，有角翅。一名蛬，一名蜻蛚，楚人谓之王孙，幽州人谓之趋织，里语曰：'趋织鸣，懒妇惊'，是也。"朱熹《诗集传》曰："蟋蟀，虫名。似蝗而小，正黑，有光泽如漆，有角翅。或谓之促织，九月在堂。"在堂：在户内。唐莫尧《诗经全译》曰："蟋蟀本在野，入于堂，说明天寒岁暮。"程俊英《诗经译注》曰："周代建子，以农历十月为岁暮（农历十一月即为次年的正月），'在堂'指的是农历九月。"

《豳风·七月》曰："七月在野，八月在宇，九月在户，十月蟋蟀入我床下。""在户"即为此处的"在堂"。聿：语助词，遂，就。陈奂《诗毛氏传疏》曰："聿者，遂之词，为全诗聿通训也。聿与曰通，其义皆可训遂，遂亦词也。"莫：暮，晚，指年末天寒岁暮。《毛诗正义》曰："时当九月，岁末为暮，而言岁聿其莫者，言其过此月后，则岁遂将暮耳。"一说，暮是是指国君年岁已老。陈奂《诗毛氏传疏》曰："言君之年岁已晚也。"

二、我：这里指晋国的国君僖公。《毛诗故训传笺》曰："我，僖公也。"日月：岁月，光阴，时间。除：逝去。段玉裁《说文解字注》曰："殿陛谓之除。因凡去就更新皆曰除，取拾级更易之义也。"《毛诗故训传笺》曰："蛩在堂，岁时之候，是时农功毕，君可以自乐矣。今不自乐，日月且过去，不复暇为之。谓十二月，当复命农计耦耕事。"

三、已：过于。《毛诗故训传》曰："已，甚。"陈奂《诗毛氏传疏》曰："已者，甚之词也。"大康：康，《释诂》曰："康，乐。"程俊英等《诗经注析》曰："大同'泰'。泰康，安乐。"职：《尔雅·释诂》曰："职，主。"一说，尚，还要。马瑞辰《毛诗传笺通释》曰："《尔雅·释诂》曰'职，常也。'常从尚声，故职又通作尚。"俞樾《群经平议》曰："《尔雅》职有二训，一曰常也，一曰主也。职思，职当训为常，犹曰常思其居耳。"居：处，所处的地位、职务。《毛诗故训传笺》曰："谓国中政令。"《毛诗正义》曰："以礼乐自居。"程俊英等《诗经注析》曰："指自己担任的职位。"

四、荒：大。《毛诗故训传》曰："荒，大也。"《毛诗正义》曰："荒为广远之言，故为大也。"一说为废乱。《毛诗故训传笺》曰："荒，废乱也。"良：善。《毛诗故训传笺》曰："良，善也。"瞿瞿：警惕的样子。程俊英《诗经译注》曰："惊顾貌，含有警惕之意。"《毛诗故训传》曰："瞿瞿然顾礼义也。"《尔雅·释训》曰："瞿瞿、休休，俭也。"李巡注："皆良士顾礼节之俭也。"《毛诗正义》曰："此《传》云'顾礼义'，下《传》云'休休，乐道之心'，皆谓治身俭约，故能乐道顾礼也。"《毛诗正义》

曰："毛以为，僖公俭不中礼，诗人戒之，欲令及时自乐。言九月之时，蟋蟀之虫在于室堂之上矣。是岁晚之候，岁遂其将欲晚矣。此时农功已毕，人君可以自乐。今我君僖公不于此时自乐，日月其将过去，农事又起，不得闲暇。而为之君，何不及时自乐乎？既劝君自乐，又恐其过礼。君今虽当自乐，又须用礼为节。君若自乐，无甚太乐，当主思其所居之事，当以礼乐自居，无得忽忘之也。又戒僖公，君若好乐，无得太好之，当如善士瞿瞿然顾于礼义，勿使逾越于礼也。"

五、逝：去，流逝。

六、迈：与前句的"除"同义。《毛诗故训传》曰："迈，行也。"

七、外：职务以外的事情。《毛诗故训传》曰："礼乐之外。"《毛诗故训传笺》曰："外谓国外至四境。"唐莫尧《诗经全译》曰："外，指职务以外的事。"袁梅《诗经译注》认为，外指意外的事。

八、蹶蹶（jué音绝）：动而敏捷的样子。《毛诗故训传》曰："蹶蹶，动而敏于事。"《尔雅·释诂》曰："蹶，动也。"《尔雅·释训》曰："蹶蹶，敏也。"

九、役车：这里指收纳农作物所用的车。褚斌杰《诗经全注》曰："一种载重的车子。"《周礼·春官·巾车》曰："庶人乘役车。"郑玄注云："役车方箱，可载任器以供役。"孔颖达《毛诗正义》曰："收纳禾稼亦用此车，故役车休息，是农功毕，无事也。"休：停止。

十、慆（tāo音滔）：过。《毛诗故训传》曰："过也。"程俊英等《诗经注析》曰："慆，滔的假借字。《说文》曰：'滔，水漫漫大貌。'马瑞辰《通释》曰：'大则易失之过，故过又大义之引申也。'"

十一、忧：需要担忧的事。《毛诗故训传》曰："忧，可忧也。"《毛诗故训传笺》曰："忧者，谓邻国侵伐之扰。"

十二、休休：安闲的样子。朱熹《诗集传》曰："休休，安闲之貌。乐而有节，不至于淫，所以安也。”。《毛诗故训传》曰：“乐道之心。”高亨《诗经今注》曰：“休休，安闲自得、乐而有节貌。”

【解题】

这是一首讽刺晋僖公的诗。《诗序》曰：“《蟋蟀》，刺晋僖公也。俭不中礼，故作是诗以闵之，欲其及时以礼乐自虞乐也。此晋也，而谓之唐，本其风俗，忧深思远，俭而用礼，乃有尧之遗风焉。”《毛诗故训传笺》曰：“忧深思远，谓宛其死矣，百岁之后之类也。”

孔颖达《毛诗正义》曰：“作《蟋蟀》诗者，刺晋僖公也。由僖公太俭逼下，不中礼度，故作是《蟋蟀》之诗以闵伤之，欲其及岁暮闲暇之时，以礼自娱乐也。以其太俭，故欲其自乐。乐失于盈，又恐过礼，欲令节之以礼，故云以礼自娱乐也。”

朱熹《诗集传》曰：“唐俗勤俭。故其民闲，终岁劳苦，不敢少休。及其岁晚务闲之时，乃敢相与燕饮为乐而言。今蟋蟀在堂，而岁忽已晚矣。当此之时，而不为乐，则日月将舍我而去矣。然其忧深而思远也。故方燕乐，而又遽相戒曰，今虽不可以不为乐，然不已过于乐乎。盍亦顾念其职之所居者，使其虽好乐而无荒。若彼良士之长虑而却顾焉，则可以不至于危亡也。盖其民俗之厚，而前圣遗风之远如此。”

山有枢

山有枢，隰有榆。一
子有衣裳，弗曳弗娄。二

子有车马，弗驰弗驱。三
宛其死矣，他人是愉。四
山有栲，隰有杻。五
子有廷内，弗洒弗扫。六
子有钟鼓，弗鼓弗考。七
宛其死矣，他人是保。八
山有漆，隰有栗。九
子有酒食，何不日鼓瑟？十
且以喜乐，且以永日。十一
宛其死矣，他人入室。十二

【注释】

一、枢（ōu音欧）：木名，又名刺榆；《鲁诗》作蓲。隰：低湿之地。《毛诗故训传》曰："国君有财货而不能用，如山隰不能自用其财。"一说以草木各得其所喻，夫妇各得其宜。

二、曳：拖，扯。娄：同曳，牵；《鲁诗》《韩诗》作"搂"。

三、驰、驱：均指驾车疾走。

四、宛：假如。愉：乐；一说读为偷，《毛诗故训传笺》曰："取也。"《鲁诗》《齐诗》作"媮"。"他人是愉"指他人高兴。

五、栲（kǎo音考）：木名，山樗。杻（niǔ音纽）：木名，檍树。

六、廷内：指庭院和堂室。洒扫：淋水扫地。

七、鼓：击鼓。考：击，也指击打钟鼓。

八、保：居，占有；一说安。《毛诗故训传》曰："保，安也。"《毛诗故训传笺》曰："保，居也。""他人是保"指家由他人居住。

九、漆：木名。栗：树名。

十、何：《鲁诗》作“胡”。日鼓瑟：天天鼓瑟。《毛诗故训传》曰：“君子无故琴瑟不离于侧。”

十一、且：姑且。永日：长日，指整天。《毛诗故训传》曰：“永，引也。”“且以永日”意近消磨时间。

十二、他人入室：指家被别人居住或占有。

【解题】

这是一首讽刺晋昭公的诗。《诗序》曰：“《山有枢》，刺晋昭公也。不能修道以正其国，有财不能用，有钟鼓不能以自乐，有朝廷不能洒扫，政荒民散，将以危亡。四邻谋取其国家而不知，国人作诗以刺之也。”

孔颖达《毛诗正义》曰：“有财不能用者，三章章首二句是也。此二句总言昭公不能用财耳。其《经》之所陈，言昭公有衣裳、车马、钟鼓、酒食不用之，是分别说其不能用财之事也。有钟鼓不能以自乐者，二章云“子有钟鼓，弗击弗考”是也。有朝廷不能洒扫者，二章云“子有廷内，弗洒弗扫”是也。《经》先言廷内，《序》先言钟鼓者，廷内，人君治政之处，其事大。钟鼓者，娱乐己身，其事小。《经》责昭公先重后轻，故先言廷内。《序》既言有财不能用，钟鼓亦货财之事，故因即先言之。衣裳、车马亦是有财，《序》独言钟鼓者，据娱乐之大者言之也。《经》先言衣裳、后车马者，衣裳附于身，车马则差远，故先言衣裳也。四邻谋取其国家者，三章下二句是也。四邻，即桓叔谋伐晋是也，故下篇刺昭公，皆言沃所并。沃虽一国，即四邻之一，故以四邻言之。”

朱熹《诗集传》曰：“此诗盖以答前篇之意而解其忧，故言山则有枢矣，隰则有榆矣。子有衣裳车马而不服不乘，则一旦宛然以死，而他人取之以为己乐矣。盖言不可不及时为乐，然其忧愈深，而意愈蹙矣。”

关于诗旨，另有多种说法：一说劝谏贵族及时行乐；一说为怨妇刺征人、

“怨刺当时统治者发动的不义之战”；一说讽刺贵族的贪吝。

晋昭公，姬姓，晋氏，名夷，晋平公之子，公元前531年至公元前526年在位。周景王十六年（公元前529年）昭公为恢复霸业，与齐国争夺霸主，召开平丘之会，会见刘子、齐侯、宋公、卫侯、郑伯、曹伯、莒子、邾娄子、滕子、薛伯、杞伯、小邾娄子等十多国代表。昭公死后，六卿强而公室弱，国家大权旁落至赵、魏、韩、智、范、中行六家手中。

扬之水

扬之水，白石凿凿。一
素衣朱襮，从子于沃。二
既见君子，云何不乐？三
扬之水，白石皓皓。四
素衣朱绣，从子于鹄。五
既见君子，云何其忧？
扬之水，白石粼粼。六
我闻有命，不敢以告人。七

【注释】

一、凿凿：鲜明的样子。《毛诗故训传》曰：“兴也。凿凿然，鲜明貌。”《毛诗故训传笺》曰：“激扬之水，激流湍疾，洗去垢浊，使白石凿凿然。兴者，喻桓叔盛强，除民所恶，民得以有礼义也。”

二、襮（bó音博）：绣有黼（fǔ音斧）形花纹的衣领。《毛诗故训传》曰：

“襮，领也。诸侯绣黼丹朱中衣。”《毛诗故训传笺》曰：“绣当为‘绡’，绡黼丹朱中衣，中衣以绡黼为领，丹朱为纯也。国人欲进此服，去从桓叔。”从：跟从。子：一说指桓叔。朱熹《诗集传》曰：“子，指桓叔也。”一说指女子情人。褚斌杰《诗经全注》曰：“子，你，指女子情人。”沃：曲沃，地名。《毛诗故训传》曰：“沃，曲沃也。”

三、云何：为何。褚斌杰《诗经全注》曰：“犹为何。”

四、皓皓：洁白的样子。《毛诗故训传》曰：“皓皓，洁白也。”

五、绣：用彩色线在布帛上刺成花、鸟、图案等。《毛诗故训传》曰：“绣，黼也。”朱熹《诗集传》曰：“朱绣，即朱襮也。”褚斌杰《诗经全注》曰：“朱绣，绣着红色彩纹。”鹄：地名。《毛诗故训传》曰：“鹄（hú音胡），曲沃邑也。”

六、粼粼：水清澈的样子。《毛诗故训传》曰：“粼粼，清澈也。”

七、命：一说为政命。《毛诗故训传》曰：“闻曲沃有善政命，不敢以告人。”《毛诗故训传笺》曰：“不敢以告人而去者，畏昭公谓已动民心。”一说为命令。褚斌杰《诗经全注》曰：“有命：指对方对她的召唤，令她来相聚。”朱熹《诗集传》曰：“比也。粼粼，水清石见之貌。闻其命而不敢以告人者，为之隐也。桓叔将以倾晋，而民为之隐，盖欲其成矣。李氏曰：古者不轨之臣欲行其志，必先施小惠以收众情，然后民翕（xī音西）然从之。田氏之于齐亦犹是也，故其召公子阳生于鲁，国人皆知其已至而不言，所谓‘我闻有命，不敢以告人’也。”

【解题】

这是一首讽刺晋昭公的诗。《诗序》曰：“《扬之水》，刺晋昭公也。昭公分国以封沃，沃盛强，昭公微弱，国人将叛而归沃焉。”《毛诗故训传笺》曰：“封沃者，封叔父桓叔于沃也。沃，曲沃，晋之邑也。”

孔颖达《毛诗正义》曰："作《扬之水》诗者，刺晋昭公也。昭公分其国地以封沃国，谓封叔父桓叔于曲沃之邑也。桓叔有德，沃是大都，沃国日以盛强。昭公国既削小，身又无德，其国日以微弱，故晋国之人皆将叛而归于沃国焉。昭公分国封沃，已为不可，国人将叛，又不能抚之也，故刺之。此刺昭公，《经》皆陈桓叔之德者，由昭公无德而微弱，桓叔有德有盛强，国人叛从桓叔，昭公之国危矣。而昭公不知，故陈桓叔有德，民乐从之，所以刺昭公也。"

朱熹《诗集传》曰："晋昭侯封其叔父成师于曲沃，是为桓叔。其后沃盛强而晋微弱，国人将叛而归之，故作此诗。言水缓弱而石巉岩，以比晋衰而沃盛。故欲以诸侯之服从桓叔于曲沃，且自喜其见君子而无不乐也。"

方玉润《诗经原始》曰："诗人讽刺他人多意在言外，不肯明言。况此诗发人隐谋，有关君国祸福，岂敢直言，自取灭亡？"

褚斌杰《诗经全注》曰："这是一首女子投奔所爱之人的诗。以白石激水，比喻路多险阻，相从不易。接着写会面的喜悦心情，并庆幸命运成全了他们和怕人察觉的担心。"

椒聊

椒聊之实，蕃衍盈升。一
彼其之子，硕大无朋。二
椒聊且，远条且。三
椒聊之实，蕃衍盈匊。四
彼其之子，硕大且笃。五
椒聊且，远条且。

【注释】

一、椒：木名。即花椒。聊：语助词。《毛诗故训传》曰："兴也。椒聊，椒也。"《毛诗故训传笺》曰："椒之性芬香而少实，今一捄之实，蕃衍满升，非其常也。兴者，喻桓叔晋军之支别耳，今其子孙众多，将日以盛也。"朱熹《诗集传》曰："椒，树，似茱萸，有针刺，其实味辛而香烈。聊，语助也。"袁梅《诗经译注》曰："椒，花椒。树枝繁密多刺，叶对生，结实累累成穗，有芳香，色红。按：椒、交同音双关。交，情好之意。聊，助词。或训草木之实攒聚曰聊。一说'聊'是指山楂。椒聊并提，也许因二者果实形状近似，仅大小有异。"蕃：繁盛。衍：繁衍。一说为蔓延。程俊英等《诗经注析》曰："蕃衍，亦做蔓延。"

二、之子：一说指桓叔，《毛诗故训传笺》曰："之子，是子也。谓桓叔也。"一说指此女子。褚斌杰《诗经全注》曰："之子：这位女子，指受贺的新婚女子。"硕大：健壮高大。《毛诗故训传笺》曰："硕，谓壮貌，佼好也。大谓德美广博也。"朋：比。《毛诗故训传》曰："朋，比也。"《毛诗故训传笺》曰："无朋，平均，不朋党。"《毛诗正义》曰："朋，党也。比谓阿比，朋亦比之义，故以朋为比也。"袁梅《诗经译注》曰："彼其之子，指那位采摘花椒的姑娘。本诗诗意椒聊蕃衍，比况之子硕大。"

三、且：叹词。朱熹《诗集传》曰："且，叹词。"远条：枝条伸远，即枝条长。《毛诗故训传》曰："条，长也。"《毛诗故训传笺》曰："椒之气日益远长，似桓叔之德弥广博。"朱熹《诗集传》曰："远条，长枝也。"

四、匊（jū音居）：两手所捧；满握。《毛诗故训传》曰："两手曰匊。"

五、笃：厚。笃：《毛诗故训传》曰："笃，厚也。"

【解题】

这是一首讽刺晋昭公的诗。《诗序》曰："《椒聊》，刺晋昭公也。君子见沃之盛强，能修其政，知其蕃衍盛大，子孙将有晋国焉。”

孔颖达《毛诗正义》曰：“作《椒聊》诗者，刺晋昭公也。君子之人，见沃国之盛强，桓叔能修其政教，知其后世稍复蕃衍盛大，子孙将并有晋国焉。昭公不知，故刺之。此《序》序其见刺之由，《经》二章，皆陈桓叔有美德，子孙蕃衍之事。”

朱熹《诗集传》曰：“椒之蕃盛，则采之盈升矣。彼其之子则硕大而无朋矣。椒聊且远条且，叹其枝远而实益蕃也。此不知其所指。《序》亦以为沃也。”

绸缪

绸缪束薪，三星在天。一
今夕何夕，见此良人？二
子兮子兮，如此良人何？三
绸缪束刍，三星在隅。四
今夕何夕，见此邂逅？五
子兮子兮，如此邂逅何？
绸缪束楚，三星在户。六
今夕何夕，见此粲者？七
子兮子兮，如此粲者何？

【注释】

一、绸缪（móu音谋）：缠绵。《毛诗故训传》曰：“绸缪，犹缠绵也。”

马瑞辰《毛诗传笺通释》曰："绸缪二字叠韵。《广雅》曰：'绸缪，缠绵也。'义本《毛诗故训传》。"束薪：与"束刍""束楚"意思相同，都是用紧束的柴草比喻夫妇结合。《毛诗故训传》曰："男女待礼而成，若薪刍待人事而后束也。"马瑞辰《毛诗传笺通释》曰："诗人多以薪喻婚姻。《汉广》'翘翘错薪'以喻'之子于归'，《南山诗》'析薪如之何'以喻娶妻。此诗'束薪''束刍''束楚'，《毛诗故训传》谓以喻男女待礼而成，是也。《毛诗故训传笺》谓作诗者束薪于野，失之。"三星：即参星。《毛诗故训传》曰："三星，参也。"《毛诗故训传笺》曰："三星，心星也。"马瑞辰《毛诗传笺通释》曰："《传》以秋冬嫁娶为正，故谓三星为参星，而以'在天''在户''在隅'为得时。《笺》以仲春嫁娶为正，故谓三星为心星，而以'在天''在户''在隅'为失时。窃据《经》文'今夕何夕"似谓失时，则上言'三星在天''在户''在隅'必为得时，《传》说是。《传》以三星见为嫁娶正时，兴'今夕何夕'为失时。孔《疏》谓'今夕何夕'言'今此三星在天之夕"，非《传》恉也。参之言三也。《史记·天官书》'参三星，直者为衡石。'古者自九月霜降逆女，至二月冰判，为婚姻之期，正值参在天、在隅、在户之时，故嫁娶以参为候。参、辰二星不相比，辰伏则参出，《夏小正》'八月辰则伏'，则者始辞，谓始伏也。《小正》又言'九月内火'，《传》谓大火。辰之伏以九月，则参之见亦以九月，以为始嫁娶之候，与《荀子·大略篇》'霜降逆女'正合。"在天：出现在天空，说明已经黄昏时分了。《毛诗故训传》曰："在天，谓始见东方也。"朱熹《诗集传》曰："在天，昏始见于东方，建辰之月也。"

二、夕：黄昏。良人：好人，心爱的人。妻子称丈夫为良人。《毛诗故训传笺》曰："今夕何夕者，言此夕何月之夕乎，而女以见良人。言非其时。"

三、子兮子兮：指代良人，犹言你啊你啊。如此良人何：形容见到良人时喜悦的心情，不知如何是好。朱熹《诗集传》曰："国乱民贫，男女有失其时，而后得遂其婚姻之礼者。诗人叙其妇语夫之词曰，方绸缪以束薪也，而仰见三星之在天。今夕不知其何夕也，而忽见良人之在此。既又自谓曰，子兮子兮，其将奈此良人何哉？喜之甚而自庆之词也。”一说为感叹不能见良人。孔颖达《毛诗正义》曰：“此句嗟叹己身不得见良人也。子兮子兮，自嗟叹也。兹，此也。嗟叹此身不得见良人，言己无奈此良人何。”

四、隅：角落。《毛诗故训传》曰：“隅，东南隅也。”《毛诗故训传笺》曰：“心星在隅，谓四月之末，五月之中。”

五、邂逅：相遇。《毛诗故训传》曰：“邂逅，解说之貌。”马瑞辰《毛诗传笺通释》曰：“其实此诗邂逅亦为遇合。《说文》无邂逅字，古邂只作解，逅只作遘，或作构及觏。此诗设为旁观见人嫁娶之辞。‘见此良人’，见其夫也；‘见此粲者’，见其女也；‘见此邂逅’，见其夫妇相会合也。”

六、在户：直照门户。《毛诗故训传》曰：“参星正月中直户也。”《毛诗故训传笺》曰：“心星在户，谓之五月之末，六月之中。”朱熹《诗集传》曰：“户，室户也。户必南出，昏见之星至此，则夜分矣。”

七、粲者：美人。一说指三女。朱熹《诗集传》曰：“粲，美也。此为夫语妇之词也。或曰，女三为粲，一妻二妾也。”《毛诗故训传》曰：“三女为粲。大夫一妻二妾。”

【解题】

这是一首讽刺晋国混乱、婚姻不得其时的诗。《诗序》曰：“《绸缪》，刺晋乱也。国乱则婚姻不得其时焉。”《毛诗故训传笺》曰：“不得其时，谓不及仲春之月。”

孔颖达《毛诗正义》曰：“毛以为，不得初冬、冬末、开春之时，故陈婚姻之正时以刺之。郑以为，不得仲春之正时，四月五月乃成婚，故直举失时之事以刺之。毛以为，婚之月自季秋尽于孟春，皆可以成婚。三十之男，二十之女，乃得以仲春行嫁。自是之外，余月不得为婚也。今此晋国之乱，婚姻失于正时。三章皆举婚姻正时以刺之。三星者，参也。首章言在天，谓始见东方，十月之时，故王肃述毛云：‘三星在天，谓十月也。’在天既据十月，二章‘在隅’，谓在东南隅，又在十月之后也，谓十一月、十二月也。卒章‘在户’，言参星正中直户，谓正月中也。故《月令》孟春之月，‘昏参中’，是参星直户，在正月中也。此三章者，皆婚姻之正时。晋国婚姻失此三者之时，故三章各举一时以刺之。毛以季秋之月，亦是为婚之时。今此篇不陈季秋之月者，以不得其时，谓失于过晚。作者据其失晚，追陈正时，故近举十月以来，不复远言季秋也。郑以为，婚姻之礼，必在仲春，过涉后月，则为不可。今晋国之乱，婚姻皆后于仲春之月，贤者见其失时，指天候以责娶者。三星者，心也，一名火星。凡嫁娶者，以二月之昏，火星未见之时为之。首章言‘在天’，谓昏而火星始见东方，三月之末、四月之中也。二章言“在隅”，又晚于‘在天’，谓四月之末、五月之中也。卒章言“在户”，又晚于“在隅”，谓五月之末、六月之中。故《月令》季夏之月，‘昏火中’，是六月之中，心星直户也。此三者皆晚矣，失仲春之月。三章历言其失，以刺之。”

朱熹《诗集传》曰：“国乱民贫，男女有失其时而后得遂其婚姻之礼者。诗人叙其妇语夫之词曰：方绸缪以束薪也，而仰见三星之在天，今夕不知其何夕也。而忽见良人之在此，既又自谓曰：子兮子兮，其将奈此良人何哉？喜之甚而自庆之词也。”

杕杜

有杕之杜，其叶湑湑。一
独行踽踽，岂无他人？不如我同父。二
嗟行之人，胡不比焉。三
人无兄弟，胡不佽焉。四

有杕之杜，其叶菁菁。五
独行睘睘，岂无他人？不如我同姓。六
嗟行之人，胡不比焉。
人无兄弟，胡不佽焉。

【注释】

一、杕（dì音地）：树木孤立的样子。杜：木名。即杜梨，也叫棠梨。一种野生梨。《毛诗故训传》曰：“杕，特也。杜，赤棠也。”湑湑：茂盛的样子。《毛诗故训传》曰：“湑湑，枝叶不相比也。”朱熹《诗集传》曰：“湑湑，盛貌。”马瑞辰《毛诗传笺通释》曰：“二章‘菁菁’，《传》云‘叶盛’，则首章‘湑湑’亦当为叶盛貌。《说文》湑字注：‘一曰，露貌也。’露之浓貌为湑，木之盛貌为湑湑，其义一也。”

二、踽踽（jǔ音举）：孤零零的样子。《毛诗故训传》曰：“踽踽，无所亲也。”他人：别的亲人。《毛诗故训传笺》曰：“他人，谓异姓也。言昭公远其宗族，独行于国中踽踽然。此岂无异姓之臣乎？顾恩不如同姓亲亲也。”同父：同父兄弟。朱熹《诗集传》曰：“同父，兄弟也。”陈奂《诗毛氏传疏》曰：“我之同父于高祖者也，皆可谓之我同父。”

三、比：辅助。《毛诗故训传笺》曰：“比，辅也。”

四、佽（cì音次）：助。《毛诗故训传》曰：“佽，助也。”陈奂《诗毛氏传疏》曰：“次、且一声之转，故佽可训助。比、次古音义正同。”以上说：有单独生长的赤棠，枝叶茂盛。君主一个人治理国家，孤零零，哪里是没有帮手，只不过他们不如族亲。感叹同行的路人啊，怎么不帮助他。君主没有兄弟辅助，大臣为什么不帮助他。

五、菁菁（jīng音京）：树叶茂盛。《毛诗故训传》曰：“菁菁，叶盛也。”《毛诗故训传笺》曰：“菁菁，希少之貌。”睘睘（qióng音穷）：孤独无依的样子。《毛诗故训传》曰："无所依也。"陈奂《诗毛氏传疏》曰："《说文》曰：'赹，独行也。读若茕。'此诗'睘睘'之正字。《说文》曰：'睘，目警视也。从目，袁声。'今省作睘，此赹之同音假借。"

六、同姓：同族兄弟。《毛诗故训传》曰："同姓，同族也。"以上说：孤零零的赤棠，枝叶茂盛。君主治理国家，孤零零独行，不是没有帮手，只不过不是同姓的亲族。感叹君主的无助啊，兄弟们为什么不帮助他。

【解题】

这是一首讽刺晋国君主孤立无助的诗。《诗序》曰："《杕杜》，刺时也。君不能亲其宗族，骨肉离散，独居而无兄弟，将为沃所并尔。"

孔颖达《毛诗正义》曰："不亲宗族者，章首二句是也。独居而无兄弟者，次三句是也。下四句戒异姓之人，令辅君为治，亦是不亲宗族之言，故《序》略之。"

朱熹《诗集传》曰："此无兄弟者自伤其孤特，而求助于人之词。言杕然之杜，其叶犹湑湑然。人无兄弟，则独行踽踽。曾杜之不如矣。然岂无他人之可与同行也哉。特以其不如我兄弟，是以不免于踽踽耳。于是嗟叹。行路之人，何不闵我之独行而见亲，怜我之无兄弟而见助乎。"

羔裘

羔裘豹袪，自我人居居。一
岂无他人？维子之故！二
羔裘豹褎，自我人究究。三

岂无他人？维子之好！[四]

【注释】

一、袪（qū音区）：袖口。《毛诗故训传》曰：“袪，袂也。”《毛诗正义》曰：“袂，末也。”王先谦《诗三家义集疏》引王逸《楚辞·哀时命》注曰：“袪，袖也。”褚斌杰《诗经全注》曰：“袪：袖口。”自：对于。我人：我们。居居：态度傲慢。《毛诗故训传》曰：“居居，怀恶不相亲比之貌。”马瑞辰《毛诗传笺通释》曰：“《尔雅》曰：‘居居、究究，恶也。’恶读如爱恶之恶，释《诗》义，非诂《诗》辞，盖言恶在位者徒有此盛服而不恤其民，非训‘居居’‘究究’为恶也。”程俊英《诗经译注》曰：“居居，借为倨倨，态度傲慢。”《毛诗故训传笺》曰：“羔裘豹袪，在位卿大夫之服也。”《毛诗正义》曰：“言以羔皮为裘，豹皮为袪，裘袪异皮，本末不同，以兴民欲在上忧己，在上疾恶其民，是上下之意亦不同也。”

二、维：同“惟”，只。子：你。《毛诗故训传笺》曰：“故云岂无他人可归往者乎？我不去者，乃念子故旧之人。”马瑞辰《毛诗传笺通释》曰：“故旧（之人）谓之故，能爱好其故旧之人亦谓之故，‘维子之故’犹言维子之好也。”

三、褎：同袖。究究：傲慢貌，一说。《毛诗故训传》曰：“褎同袪，究究犹居居也。”

四、好：喜好。维子之好：《毛诗故训传笺》曰：“我不去而归往他人者，乃念子而爱好之也。”

【解题】

这是一首讽刺晋国领导人不体恤人民之诗。《诗序》曰：“《羔裘》，刺时也。晋人刺其在位，不恤其民也。”

孔颖达《毛诗正义》曰："刺其在位不恤其民者，谓刺朝廷卿大夫也。以在位之臣，辅君为政，当助君忧民，而怀恶于民，不忧其民，不与相亲比，故刺之。"

鸨羽

肃肃鸨羽，集于苞栩。一
王事靡盬，不能蓺稷黍，父母何怙？二
悠悠苍天！曷其有所？三
肃肃鸨翼，集于苞棘。四
王事靡盬，不能蓺黍稷，父母何食？
悠悠苍天！曷其有极？五
肃肃鸨行，集于苞桑。六
王事靡盬，不能蓺稻粱，父母何尝？七
悠悠苍天！曷其有常？八

【注释】

一、鸨：鸟名，似雁而略大，脚上没有后趾，一说为野雁。陆德明《经典释文》曰："似雁而大，无后指。"陆玑《毛诗草木鸟兽虫鱼疏》曰："鸨连蹄，性不树止。"朱熹《诗集传》曰："鸨，鸟名。似雁而大，无后趾。"肃肃：鸟扇动翅膀的声音。《毛诗故训传》曰："肃肃，鸨羽声也。"集：鸟停在树上，栖息。《毛诗故训传》曰："集，止。"《说文》曰："集，群鸟在木上也。"苞：丛生，茂盛。《毛诗故训传》曰："苞，稹。"孔颖达《毛诗正义》曰：“‘苞，稹’，《释言》文。孙炎曰：‘物丛生曰苞，齐人名曰稹。’郭璞曰：‘今人呼物丛致者为稹。’”《毛诗故训传笺》云：“稹者，根相迫迮梱致貌，亦谓丛生也。”栩：树名，柞树。《毛诗故训传》曰：“栩，杼也。鸨之性不树止。”孔颖达《毛诗正义》曰：“‘栩，杼’，《释木》文。郭璞曰：‘柞树也。’陆玑《疏》云：‘今柞栎也，徐州人谓栎为杼，或谓之为栩。其子为皂，或言皂斗，其壳为斗，可以染。皂，今京洛及河内多言杼斗。谓栎为杼，五方通语也。’”朱熹《诗集传》曰：“栩，柞栎也。其子为皂斗。壳可以染皂者是也。”《毛诗故训传笺》云：“兴者，喻君子当居安平之处，今下从征役，其为危苦，如鸨之树止然。稹者，根相迫迮梱致也。”孔颖达《毛诗正义》曰：“鸨鸟连蹄，性不树止，树止则为苦，故以喻君子从征役为危苦也。”

二、王事：朝廷之事，泛指官差徭役。靡：无，没有。盬（gǔ音古）：休止。《毛诗故训传》曰：“盬，不攻致也。”马瑞辰《毛诗传笺通释》曰：“《尔雅·释诂》曰：‘栖、憩、休、苦、息也。’苦即盬之假借。”蓺：种树。《毛诗故训传笺》云：“蓺，树也。”稷：粟的一种，米不黏，一说稷指高粱。黍：粟的一种，其米黏，又叫黄米。这里用稷、黍泛指庄稼。怙（hù音户）：依靠。《毛诗故训传》曰：“怙，恃也。”《说文》曰：“怙，恃也。恃，赖也。”孔颖达《毛诗正义》曰：“《蓼莪》云‘无父何怙，无母何恃’，怙、恃义同。言父母当何恃食，故下言‘何食’‘何尝’，与此相接成也。”《毛诗故训传笺》曰：“我迫王事，无不攻致，故尽力焉。既则罢倦，不能播种五谷，今我父母将何怙乎？”

三、曷：同何。《毛诗故训传笺》云：“曷，何也。何时我得其所哉？”所：处所，安居的地方。朱熹《诗集传》曰：“民从征役，而不得养其父母。故作此诗。言鸨之性，不树止，而今乃飞集于苞栩之上。如民之性，本不便于劳苦，今乃久从征役，而不得耕田以供子职也。悠悠苍天、何时使我得其所乎。”

四、棘：酸枣树。陈奂《诗毛氏传疏》曰：“苞棘，犹丛棘。”

五、极：尽头。《毛诗故训传笺》云：“极，已也。”指这种痛苦的日子何时才是尽头？

六、行（háng音杭）：犹羽，因为鸟翮排成行列，故称行。《毛诗故训传》曰：“行，翮也。”《尔雅》云：“羽本谓之翮。”孔颖达《毛诗正义》曰：“以上言羽翼，明行亦羽翼，以鸟翮之毛有行列，故称行也。”一说行列。朱熹《诗集传》曰：“行，列也。”马瑞辰《毛诗传笺通释》曰：“鸨行，犹雁行也。雁之飞有行列，而鸨似之。”

七、尝：俗作尝，食。何尝，吃什么。朱熹《诗集传》曰：“尝，食也。”

八、常：正常。朱熹《诗集传》曰：“常，复其常也。”

【解题】

这是一首讽刺晋昭公的诗。《诗序》曰：“《鸨羽》，刺时也。昭公之后，大乱五世，君子下从征役，不得养其父母，而作是诗也。”

《毛诗故训传笺》曰：“大乱五世者，昭公、孝侯、鄂侯、哀侯、小子侯。”

孔颖达《毛诗正义》曰：“言下从征役者，君子之人当居平安之处，不有征役之劳。今乃退与无知之人共从征役，故言下也。定本作‘下从征役’。《经》三章，皆上二句言君子从征役之苦，下五句恨不得供养父母之辞。”

朱熹《诗集传》曰：“民从征役而不得养其父母。故作此诗。言鸨之性，不树止，而今乃飞集于苞栩之上。如民之性，本不便于劳苦，今乃久从征役，而不得耕田以供子职也。悠悠苍天，何时使我得其所乎？”

无衣

岂曰无衣？七兮。一
不如子之衣，安且吉兮！二
岂曰无衣？六兮。三
不如子之衣，安且燠兮！四

【注释】

一、七：七命、七章。《毛诗故训传》曰：“侯伯之礼七命，冕服七章。”《毛诗故训传笺》曰：“我岂无是七章之衣乎？晋旧有之，非新命之服。”孔颖达《毛诗正义》曰：“晋唐叔之封爵称侯，侯伯之礼，冕服七章，故请七章之衣。《周礼·春官·典命》云：‘侯伯七命。其国家、宫室、车旗、衣服、礼仪皆以七为节。’《周礼·秋官·大行人》云：‘诸侯之礼，执信圭七寸，冕服七章。’”

二、此句是讲晋武公只有得到周天子所赐的新服才能心安。《毛诗故训传》曰：“诸侯不命于天子则不成为君。”《毛诗故训传笺》曰：“武公初并晋国，心未自安，故以得命服为安。”孔颖达《毛诗正义》曰：“诸侯者，天子之所建，不受命于天子则不成为君，故不得衣则不安也。必请衣者，文元年，天王使毛伯来锡公命，《公羊传》曰：‘锡者何？赐也。命者何？加我服也。’是王命诸侯，必皆以衣赐之，故请衣也。”孔颖达《毛诗正义》曰：“此皆请命之辞。晋大夫美武公能并晋国，而未得命服，故为之请于天子之使曰：‘我晋国之中，岂曰无此衣之七章兮？晋旧有之矣！但不如天子之衣。我若得之，则心安而且又吉兮！天子命诸侯，必赐之以服，故请其衣。就天子之使，请天子之衣，故云子之衣也。诸侯不命于天子，则不成为国君。武公并晋，心不自安，故得王命服则安且吉兮。’”

三、六：六命、六章。《毛诗故训传》曰：“天子之卿六命，车旗、衣服以六为节。”孔颖达《毛诗正义》曰：“《典命》云：‘王之三公八命，其卿六命。其国家、宫室、车旗、衣服、礼仪亦如之。’是毛所据之文也。云车旗者，盖谓卿从车六乘，旌旗六旒。衣服者，指谓冠弁也，饰则六玉，冠则六辟积。”《毛诗故训传笺》曰：“变七言六者，谦也。不敢必当侯伯，得受六命之服，列于天子之卿，犹愈乎不。”孔颖达《毛诗正义》曰：“今晋实侯爵之国，非天子之卿，所以请六章衣者，谦不敢必当侯伯之礼，故求得受六命之服，次列于天子之卿，犹愈乎不。愈犹胜也，言己若得六章之衣，犹胜不也。”

四、燠（yù音玉）：暖和。《释言》曰：“燠，暖也。”《说文》曰：“燠，热在其中也。”

【解题】

这是一首赞扬晋武公的诗。《诗序》曰：“《无衣》，美晋武公也。武公始并晋国，其大夫为之请命乎天子之使，而作是诗也。”《毛诗故训传笺》曰：“天子之使，是时使来者。”

孔颖达《毛诗正义》曰：“作《无衣》诗者，美晋武公也。所以美之者，晋昭公封叔父成师于曲沃，号为桓叔。桓叔生庄伯，庄伯生武公，继世为曲沃之君，常与晋之正适（古通嫡）战争不息。及今武公，始灭晋而有之。其大夫为之请王赐命于天子之使，而作是《无衣》之诗以美之。其大夫者，武公之下大夫也。曲沃之大夫美其能并晋国，故为之请命。此序其请命之事。《经》二章，皆请命之辞。”

朱熹《诗集传》曰：“史记曲沃桓叔之孙武公伐晋灭之。尽以其宝器，赂周釐王。王以武公为晋君，列于诸侯。此诗盖述其请命之意。言我非无是七章之衣也。而必请命者，盖以不如天子之命服之为安且吉也。盖当是时周室虽衰，典刑犹在。武公既负弑君篡国之罪，则人得讨之，而无以自立于天地之闲。故赂王请命，而为说如此。然其倨慢无礼，亦已甚矣。釐王贪其宝玩，而不思天理民彝之不可废。是以诛讨不加，而爵命行焉，则王纲于是乎不振，而人纪或几乎绝矣。呜呼痛哉！”

晋武公，公元前679年至公元前677年在位，姓姬名称，曲沃桓叔成师之孙、曲沃庄伯鳝之子，在吞并晋国前称曲沃武公。晋侯缗二十八年（公元前679年），曲沃出兵灭晋，曲沃武公把晋的宝器献给周釐王，釐王封他为晋的国君，并列为诸侯，曲沃武公改称为晋武公，两年后去世。

有杕之杜

有杕之杜，生于道左。一
彼君子兮，噬肯适我？二
中心好之，曷饮食之？三

有杕之杜，生于道周。四
彼君子兮，噬肯来游？五
中心好之，曷饮食之？

【注释】

一、道左：《毛诗故训传笺》曰：“道左，道东也。日之热恒在日中之后，道东之杜，人所宜休息也。今人不休息者，以其特生，阴寡也。兴者，喻武公初兼其宗族，不求贤者与之在位，君子不归，似乎特生之杜然。”一说杕杜喻孤身一人的女子。

二、噬：孰，谁。《毛诗故训传》曰：“逮也。”《鲁诗》作遾，《韩诗》作逝，陆德明《经典释文》：“逝，及也。”高亨《诗经今注》说犹发语词“斯”。《毛诗故训传笺》曰：“肯，可。适，之也。彼君子之人，至于此国，皆可求之我君所。君子之人，义之与比。其不来者，君不求之。”朱熹《诗集传》曰：“噬，发语辞。”

三、中心：心中。好：喜爱。《毛诗故训传笺》曰：“曷，何也。言中心诚好之，何但饮食之，当尽礼极欢以待之。”

四、周：路边。《毛诗故训传》曰：“曲也；《韩诗》作右。”

五、游：观看。

【解题】

这是一首讽刺晋武公的诗。《诗序》曰：“《有杕之杜》，刺晋武公也。武公寡特，兼其宗族，而不求贤以自辅焉。”寡特指专任己身，不与贤人图事，孤寡特立。这是一首讽刺晋武公兼并其宗族，却不求贤以辅助之诗。诗中表现了求贤之意，反复强调“中心好之，曷饮食之？”表达了对贤才的渴望。

孔颖达《毛诗正义》曰：“言寡特者，言武公专在己身，不与贤人图事，孤寡特立也。兼其宗族者，昭侯以下为君于晋国者，是武公之宗族，武公兼有之也。武公初兼宗国，宜须求贤，而不求贤者，故刺之。《经》二章，皆责君不求贤人之事也。”

朱熹《诗集传》曰：“此人好贤，而恐不足以致之。故言此杕然之杜生于道左，其荫不足以休息。如己之寡弱，不足恃赖，则彼君子者，亦安肯顾而适我哉。然其中心好之，则不已也。但无自而得饮食之耳。夫以好贤之心如此，则贤者安有不至。而何寡弱之足患哉？”

葛生

葛生蒙楚，蔹蔓于野。[一]
予美亡此，谁与独处？[二]
葛生蒙棘，蔹蔓于域。[三]
予美亡此，谁与独息？
角枕粲兮，锦衾烂兮。[四]
予美亡此，谁与独旦？[五]
夏之日，冬之夜。[六]
百岁之后，归于其居。[七]
冬之夜，夏之日。
百岁之后，归于其室。[八]

【注释】

一、葛：葛藤，植物名。蒙：覆盖。蔹（liǎn音脸）：蔓草。陆玑《毛诗草木鸟兽虫鱼疏》云："似栝楼，叶盛而细，子正黑如燕薁，不可食。"朱熹《诗集传》曰："蔹，草名，似括楼，叶盛而细。"蔓：蔓延。朱熹《诗集传》曰："蔓，延也。"《毛诗故训传》曰："兴也。葛生延而蒙楚，蔹生蔓于野，喻妇人外成于他家。"

二、予美：指女子的丈夫。朱熹《诗集传》曰："予美，妇人指其夫也。妇人以其夫久从征役而不归，故言葛生而蒙于楚，蔹生而蔓于野，各有所依托。而予之所美者，独不在是，则谁与而独处于此乎？"《毛诗故训传笺》曰："予，我。亡，无也。言我所美之人无于此，谓其君子也。吾谁与居乎？独处家耳。从军未还，未知死生，其今无于此。"与：相与。独处：独住。

三、域：一说指营地，《毛诗故训传》曰："域，营域也。"一说指墓地。褚斌杰《诗经全注》曰：“域，指墓地。《广雅·释丘》曰：‘茔、域，葬地也。’”

四、角枕：方枕。粲：华美鲜明的样子。朱熹《诗集传》曰：“粲、烂，华美鲜明之貌。”锦衾：覆盖尸体的彩色单被。《毛诗故训传》曰：“齐则角枕锦衾。《礼》曰：‘夫不在，敛枕箧衾席，韣（dú音独）而藏之。’”《毛诗故训传笺》曰：“夫虽不在，不失其祭也。摄主，主妇犹自齐（zhāi音斋）而行事。旦，明也。我君子无于此，吾谁与齐乎？独自洁明。”

五、独旦：独处到天亮。《毛诗故训传笺》曰：“旦，明也。我君子无于此，吾谁与齐乎？独自洁明。”朱熹《诗集传》曰：“独旦，独处至旦也。”

六、夏之日，冬之夜：夏天的白日，冬天的黑夜。夏季昼长夜短，冬季昼短夜长，这里表明岁月难熬。《毛诗故训传》曰：“言长也。”《毛诗故训传笺》曰：“思者于昼夜之长时尤甚，故极之以尽情。”

七、百岁之后：死后。居：坟墓。下“堂”同。《毛诗故训传笺》曰：“居，坟墓也。言此者妇人专一，义之至，情之尽。”朱熹《诗集传》曰：“夏日永，冬夜永。夏日冬夜，独居忧思，于是为切。然君子之归无期，不可得而见矣，要死而相从耳。苏氏曰：‘思之深而无异心，此《唐风》之厚也。’”

八、室：坟墓。《毛诗故训传》曰：“室犹居也。《毛诗故训传笺》曰：室犹冢圹。”

【解题】

这是一首讽刺晋献公的诗。《诗序》曰：“《葛生》，刺晋献公也。好攻战，则国人多丧矣。”《毛诗故训传笺》曰：“丧，弃亡也。夫从征役弃亡不反，则其妻居家而怨思。”

孔颖达《毛诗正义》曰：“数攻他国，数与敌战，其国人或死行陈，或见囚虏，是以国人多丧，其妻独处于室，故陈妻怨之祸以刺君也。《经》五章，皆妻怨之辞。献公以庄十八年立，僖九年卒。案《左传》庄二十八年传称‘晋伐骊戎，骊戎男女以骊姬’。闵元年传曰：‘晋侯作二军，以灭耿、灭霍、灭魏。’二年传云：‘晋侯使太子申生伐东山皋落氏。’僖二年，‘晋师灭下阳’。五年传曰：‘八月，晋侯围上阳。冬，灭虢。又执虞公。’八年传称‘晋里克败狄于采桑’。见于传者已如此，是其好攻战也。”

方玉润《诗经原始》曰：“（四、五章）二章句法只一互换，觉时光流转，晌息百年，人生几何，能不伤心？”

褚斌杰《诗经全注》曰：“这是一首悼念亡夫的诗。丈夫长眠荒野，自己过着孤独无依的生活。哀思难忘，岁月难熬，只望百岁之后，同归一穴，共眠于地下。至情流露，哀婉感人，为后世悼亡诗之祖。”

采苓

采苓采苓，首阳之巅。[一]
人之为言，苟亦无信。[二]
舍旃舍旃，苟亦无然。[三]
人之为言，胡得焉？[四]
采苦采苦，首阳之下。[五]
人之为言，苟亦无与。[六]
舍旃舍旃，苟亦无然。
人之为言，胡得焉？
采葑采葑，首阳之东。[七]
人之为言，苟亦无从。[八]

舍旃舍旃，苟亦无然。
人之为言，胡得焉？

【注释】

一、苓：草药名。《毛诗故训传》曰：“苓，大苦也。”首阳：山名。《毛诗故训传》曰：“首阳，山名也。”《毛诗故训传》曰：“采苓，细事也。首阳，幽辟也。细事，喻小行也。幽辟，喻无征也。”《毛诗故训传笺》曰：“采苓采苓者，言采苓之人众多非一也，皆云采此苓于首阳山之上，首阳山之上信有苓矣。然而今之采者未必于此山，然而人必信之。兴者，喻事有似而非。”巅：山顶。朱熹《诗集传》曰：“巅，山顶也。”

二、为：同“伪”，假话。《毛诗故训传笺》曰：“为言，谓为人为善言以称荐之，欲使见进用也。”马瑞辰《毛诗传笺通释》曰：“《笺》谓‘为人为善言’，非诗义也。诗既戒以‘无信’‘无兴’‘无从’，有重以‘舍旃舍旃，苟亦无然’，皆极言伪言之不可听。《笺》以为‘谤讪人，欲使见贬退’，亦非也。末言‘人之为言’，亦当从《正义》作‘伪言’。”苟：确实。《毛诗故训传》曰：“苟，诚也。”《毛诗故训传笺》曰：“苟，且也。”亦：语助词。信：诚信。马瑞辰《毛诗传笺通释》曰：“《传》曰：‘苟，诚也。’《笺》曰：‘苟，且也。’段玉裁曰：‘此谓苟，即果之双声假借也。’瑞辰按：《说文》‘苟，草也。’训诫，又训且，训假，皆双声假借也。苟，假双声，苟与姑亦双声。训且者，以苟为姑之假借。此诗苟字当从《笺》训且，谓姑置之勿信，勿与，勿从也。”

三、旃：之，焉。马瑞辰《毛诗传笺通释》曰：“旃之言焉也。舍之焉，舍之焉，谓谤讪人，欲使见贬退也。此二者且无信，受之且无答然。”无然：勿然，不要信以为真。

四、人之为言：《毛诗故训传笺》曰：“人以此言来，不信，受之不答。然之从后察之。或时见罪，何所得。”胡得焉：何所得。马瑞辰《毛诗传笺通释》曰："得之言中也。"袁梅《诗经译注》曰："何所取。德，取。胡得，舍之，均指谗言不足取。"褚斌杰《诗经全注》曰："胡得，何所得。指假言无实，令人无所得。"

五、苦：苦菜。《毛诗故训传》曰："苦，苦菜也。"《毛诗正义》曰："此荼也。陆玑《毛诗草木鸟兽虫鱼疏》曰：'苦菜生山田及泽众，得霜恬脆而美，所谓堇荼如饴（yí音宜）。《内则》云'濡豚包苦'，用苦菜是也。'"

六、无与：不用。《毛诗故训传》曰："无与，勿用也。"褚斌杰《诗经全注》曰："与，认可，相信。"

七、葑：植物名。即芜菁。《毛诗故训传》曰："葑，菜名也。"陈奂《诗毛氏传疏》曰："《邶·谷风》'采葑采菲，无以下体'，传，葑，须从也。下体，根茎也。葑之根茎不可食，其叶有可食，故此传又云菜名也。"

八、从：听信。朱熹《诗集传》曰："从，听也。"

【解题】

这是一首讽刺晋献公好听谗言的诗。《诗序》曰："《采苓》，刺晋献公也。献公好听谗焉。"

孔颖达《毛诗正义》曰："以献公好听用谗之言，或见贬退贤者，或进用恶人，故刺之。《经》三章，皆上二句刺君用谗，下六句教君止谗，皆是好听谗之事。"

朱熹《诗集传》曰："此刺听谗之诗。言子欲采苓于首阳之巅乎，然人之为是言以告子者，未可遽以为信也，姑舍置之，而无遽以为然。徐察而审听之，则造言者无所得，而谗止矣。"

晋献公听信骊姬谗言之事，《左传·僖公四年》载："初，晋献公欲以骊姬为夫人，卜之，不吉；筮之，吉。公曰：'从筮。'卜人曰：'筮短龟长，不如从长。且其繇曰："专之渝，攘公之羭。一薰一莸，十年尚犹有臭。"必不可。’弗听，立之。生奚齐，其娣生卓子。及将立奚齐，既与中大夫成谋，姬谓大子曰：‘君梦齐姜，必速祭之。’大子祭于曲沃，归胙于公。公田，姬置诸宫六日。公至，毒而献之。公祭之地，地坟（即凸起）。与犬，犬毙。与小臣，小臣亦毙。姬泣曰：‘贼由大子。’大子奔新城。公杀其傅杜原款。或谓大子：‘子辞，君必辩焉。’大子曰：‘君非姬氏，居不安，食不饱。我辞，姬必有罪。君老矣，吾又不乐。’曰：‘子其行乎！’大子曰：‘君实不察其罪，被此名也以出，人谁纳我？’十二月戊申，缢于新城。姬遂谮二公子曰：‘皆知之。’重耳奔蒲。夷吾奔屈。”

秦风

古秦在西犬丘，即今甘肃天水南部。秦襄公送周平王东迁有功，秦始列诸侯，都雍，即今陕西凤翔。《秦风》有诗十篇，其地域即在陕西、甘肃一带。

《史记·秦本纪》曰：秦之先，帝颛顼之苗裔孙曰女修。女修织，玄鸟陨卵，女修吞之，生子大业。大业取少典之子，曰女华。女华生大费，与禹平水土。已成，帝锡玄圭。禹受曰："非予能成，亦大费为辅。"帝舜曰："咨尔费，赞禹功，其赐尔皂游（即斿，同旒）。尔后嗣将大出。"乃妻之姚姓之玉女。大费拜受，佐舜调驯鸟兽，鸟兽多驯服，是为柏翳。舜赐姓嬴氏。

大费生子二人：一曰大廉，实鸟俗氏；二曰若木，实费氏。其玄孙曰费昌，子孙或在中国，或在夷狄。费昌当夏桀之时，去夏归商，为汤御，以败桀于鸣条。大廉玄孙曰孟戏、中衍，鸟身人言。帝太戊闻而卜之使御，吉，遂致使御而妻之。自太戊以下，中衍之后，遂世有功，以佐殷国，故嬴姓多显，遂为诸侯。

秦嬴生秦侯。秦侯立十年，卒。生公伯。公伯立三年，卒。生秦仲。

秦仲立三年，周厉王无道，诸侯或叛之。西戎反王室，灭犬丘大骆之族。周宣王即位，乃以秦仲为大夫，诛西戎。西戎杀秦仲。秦仲立二十三年，死于戎。有子五人，其长者曰庄公。周宣王乃召庄公昆弟五人，与兵七千人，使伐西戎，破之。于是复予秦仲后，及其先大骆地犬丘并有之，为西垂大夫。

陆德明《经典释文·毛诗音义》曰：“秦者，陇西谷名也，在雍州鸟鼠山之东北。昔皋陶之子伯翳，佐禹治水有功，舜命作虞，赐姓曰嬴。其末孙非子，为周孝王养马于汧、渭之间，封为附庸，邑于秦谷。及非子之曾孙秦仲，周宣王又命为大夫。仲之孙襄公，讨西戎救周，周室东迁，以岐、丰之地赐之，始列为诸侯。春秋时称秦伯。崔云：秦在虞、夏、商为诸侯，至周为附庸。”

郑玄《诗谱·秦谱》曰：“秦者，陇西谷名，于《禹贡》近雍州鸟鼠之山。时有伯翳者，实皋陶之子，佐禹治水。水土既平，舜命作虞官，掌上下草木鸟兽，赐姓曰嬴。”周孝王使其末孙非子养马于汧、渭之间。孝王为伯翳能知禽兽之言，子孙不绝，故封非子为附庸，邑之于秦谷。至曾孙秦仲，宣王又命作大夫，始有车马礼乐侍御之好。国人美之，翳之变风始作。遂横有周西都宗周畿内八百里之地。封域东至迆山，在荆岐终南惇物之野。至玄孙德公又徙于雍云。

朱熹《诗集传》曰：“秦，国名，其地在《禹贡》雍州之域，近鸟鼠山。初伯益佐禹治水有功，赐姓嬴氏，其后中潏居西戎，以保西垂。六世孙大骆生成及非子，非子事周孝王，养马于汧渭之间，马大繁息。孝王封为附庸，而邑之秦。至宣王时，犬戎灭成之族。宣王遂命非子曾孙秦仲为大夫，诛西戎不克，见杀。及幽王为西戎犬戎所杀，平王东迁。秦仲孙襄公以兵送之，王封襄公为诸侯，曰：‘能逐犬戎，即有岐丰之地。’襄公遂有周西都畿内八百里之地。至玄孙德公，又徙于雍。秦，即今之秦州，雍，今京兆府兴平县是也。”

车邻

有车邻邻，有马白颠。[一]
未见君子，寺人之令。[二]
阪有漆，隰有栗。[三]
既见君子，并坐鼓瑟。[四]
今者不乐，逝者其耋！[五]
阪有桑，隰有杨。
既见君子，并坐鼓簧。[六]
今者不乐，逝者其亡！[七]

【注释】

一、邻邻：车轮声。《毛诗故训传》曰：“邻邻，众车声也。”陆德明《经典释文》曰：“邻，本亦作昤，又作辚。”马瑞辰《毛诗传笺通释》曰：“《汉书·地理志》引诗作辚，张参《五经文字》辚字注云‘《诗》本亦作邻’，《说文》有邻无辚，《新附》有之，是古本作邻，辚乃后人增益之字。三家《诗》或有作辚者，遂并改《毛诗》作辚耳。《广雅》曰：‘辚辚，声也。’雷声谓之辚辚，车声谓之邻邻，其义同。”白颠：马额上长白色的毛。《毛诗故训传》曰：“白颠，旳颡。”朱熹《诗集传》曰：“白颠，额有白毛，今谓之的颡。”

二、寺人：侍人。《毛诗故训传》曰：“寺人，内小臣也。”《毛诗故训传笺》曰：“欲见国君者，必先令寺人使传告之。时秦仲又始有此臣。”孔颖达《毛诗正义》曰：“《天官·序官》云：‘内小臣，奄上士四人。寺人，王之正内五人。’则天子之官，内小臣与寺人别官也。”王先谦《诗三家义集疏》曰：“寺、侍古字通。”正义曰：“此美秦仲初有车马、侍御之好。言秦仲有车众多，其声邻邻然。有马众多，其中有白颠之马。车马既多，又有侍御之臣，未见君子秦仲之时，若欲见之，必先有寺人之官令请之，使寺人传告秦仲，然后人得见之。”之令：是令。朱熹《诗集传》曰：“令，使也。”

三、阪：山坡。漆：漆树。栗：栗树。《毛诗故训传》曰：“兴也。陂者曰陂，下湿曰隰。”《毛诗故训传笺》曰：“兴者，喻秦仲之君臣所有，各得其宜。”

四、既见君子，并坐鼓瑟：见到了君子，一起坐下弹琴。《毛诗故训传》曰：“又见其礼乐焉。”《毛诗故训传笺》曰：“既见，既见秦仲也。并坐鼓瑟，君臣以闲暇燕饮相安乐也。”

五、逝者：时光流逝。耋（dié音叠）：老年。《毛诗故训传》曰：“耋，老也。八十曰耋。”《毛诗故训传笺》曰：“今者不于此君之朝自乐，谓仕焉。而去仕他国，其徒自使老，言将后宠禄也。”孔颖达《毛诗正义》曰：“《易·离卦》云‘大耋之嗟’，《注》云：‘年踰七十。’僖九年《左传》曰‘伯舅耋老’，服虔云：‘七十曰耋。’此言‘八十曰耋’者，耋有七十、八十无正文也。”孔颖达《毛诗正义》曰：“言陂上有漆木，隰中有栗木，各得其宜，以兴秦仲之朝，上有贤君，下有贤臣，上下各得其宜。既见此君子秦仲，其君臣闲暇无为，燕饮相乐，并坐鼓瑟也。既见其善政，则愿仕焉。我今者不于此君之朝仕而自乐，若更之他国者，其徒自使老。言将后于宠禄，无有得乐之时。美秦仲之贤，故人皆欲仕也。”

六、簧：乐器里有弹性的薄片，用竹箬或铜片制成。此指笙等乐器。《毛诗故训传》曰：“簧，笙也。”一说为笙人。陈奂《诗毛氏传疏》云：“《燕礼》曰：‘小臣坐，授瑟乃降。工歌《鹿鸣》《四牡》《皇皇者华》。’此升歌三终也。‘笙人，立于县中，奏《南陔》《白华》《华黍》’此笙三终也。上章‘鼓瑟’是升歌，此章‘鼓簧’是笙人。”

七、亡：丧弃。《毛诗故训传》曰：“亡，丧弃也。”黄焯《毛诗郑笺平议》：“此诗为秦仲始有车马礼乐，秦人极言其乐之辞。逝谓年岁之逝，言时易去而老也。古人言乐者，每及日月易逝，寿命无常，后世《乐府》诗辞中亦多有之。《毛诗故训传笺》以乐为‘仕’，以逝为‘去国’，盖诗有‘未见’‘即见’之辞，而未审其徒为形容语耳。”

【解题】

这是一首赞扬秦王先祖秦仲的诗。《诗序》曰：“《车邻》，美秦仲也。秦仲始大，有车马礼乐侍御之好焉。”

孔颖达《毛诗正义》曰：“作《车邻》诗者，美秦仲也。秦仲之国始大，又有车马礼乐侍御之好焉，故美之也。”

朱熹《诗集传》曰：“是时秦君始有车马及此寺人之官，将见者，必先使寺人通之。故国人创见而夸美之也。”

秦仲，秦公伯之子，嬴姓。公元前845至公元前822年在位。周宣王五年（公元前823年）以秦仲为大夫，令其进攻西戎，次年秦仲因战败而死。有子五人，其长子其即位，是为秦庄公。

驷驖

驷驖孔阜，六辔在手。一
公之媚子，从公于狩。二
奉时辰牡，辰牡孔硕。三
公曰左之，舍拔则获。四
游于北园，四马既闲。五
輶车鸾镳，载猃歇骄。六

【注释】

一、驖（tiě音铁）：铁黑色的马。《毛诗故训传》曰：“驷驖，骊。”马瑞辰《毛诗传笺通释》曰：“《说文》曰：‘驖，马赤黑色。’‘骊，马深黑色。’《鲁颂》《毛诗故训传》曰：‘纯黑曰骊。’是驖与骊有别。而此传以驖为骊者，盖对文异，散文通也。”孔：很。朱熹《诗集传》曰：“孔，甚也。”阜：大。《毛诗故训传》曰：“阜，大也。”《韩诗》训阜为肥。肥、壮、大一类之词，其义无异。六辔：六根驾驭马的缰绳。《毛诗故训传笺》曰：“四马六辔。六辔在手，言马之良也。”朱熹《诗集传》曰：“六辔者，两服两骖，各两辔，而骖马两辔，纳之于觼，故惟六辔在手也。”

二、媚子：爱子。《毛诗故训传》曰：“能以道媚于上下者。”《毛诗故训传笺》曰：“媚于上下，谓使君臣和合也。此人从公往狩，言襄公亲贤也。”朱熹《诗集传》曰：“媚子，所亲爱之人也。”狩：打猎。亦特指古代君主冬猎。《毛诗故训传》曰：“冬猎曰狩。”马瑞辰《毛诗传笺通释》曰：“《说文》曰：‘狩，犬田也。从犬，守声。’诗‘载猃歇骄’，正田用犬之证，故《说文》以狩从犬。”

三、时：是。《毛诗故训传》曰：“时，是。”辰：时。《毛诗故训传》曰：“辰，时也。冬献狼，夏献麋，春秋献鹿豕群兽。”一说同“麎（chén音辰）”，大鹿。牡：雄兽。朱熹《诗集传》曰：“牡，兽之牡者也。”

四、拔：同“栊”，箭括。《毛诗故训传》曰：“拔，矢末也。”《毛诗故训传笺》曰：“舍拔则获，谓公善射。”朱熹《诗集传》曰：“拔，矢括也。曰左之而舍拔，无不获者，言兽之多，而射御之善也。”获：获取。指猎取到野兽。

五、闲：闲暇。《毛诗故训传》曰：“闲，习也。”朱熹《诗集传》曰：“闲，调习也。”《毛诗故训传笺》曰：“公所以田则克获者，乃游于北园之时，时则已习其四种之马。”

六、輶（yóu音由）车：轻车。《毛诗故训传》曰：“輶，轻也。”马瑞辰

《毛诗传笺通释》曰："轻车古为战车，田时盖以为副车。"鸾（luán音峦）：铃。镳：马嚼子。与衔合用，衔在口中，镳在口旁。青铜制或铁制，也有用骨、角制的，上面可系銮铃。《毛诗故训传笺》曰："置鸾于镳，异于乘车也。"朱熹《诗集传》曰："鸾，铃也，效鸾鸟之声。镳，马衔也。"载：开始。《毛诗故训传笺》曰："载，始也。始田犬者，谓达其搏噬，始成之也。"猃（xiǎn音险）：尖嘴巴的猎犬。歇骄：歇同"猲"，短嘴巴的猎犬。《毛诗故训传》曰："猃、歇骄，田犬也。长喙曰猃，短喙曰歇骄。"

【解题】

这是一首赞美秦襄公的诗。《诗序》曰："《驷驖》，美襄公也。始命有田狩之事，园囿之乐焉。"《毛诗故训传笺》曰："始命，命为诸侯也。秦始附庸也。"

孔颖达《毛诗正义》曰："作《驷驖》诗者，美襄公也。秦自非子以来，世为附庸，未得王命。今襄公始受王命为诸侯，有游田狩猎之事，园囿之乐焉，故美之也。"

秦襄公，西周末秦国君主。公元前778至公元前766年在位。庄公长子世父之弟。周幽王之乱时，犬戎进攻镐，秦襄公以兵救周。周平王东迁，秦襄公出兵护送，以功封诸侯。东迁后，平王又把王室无力控制的岐山以西的土地赐予秦国，为日后秦国强大打下了基础。

小戎

小戎俴收，五楘梁辀。一
游环胁驱，阴靷鋈续。二

文茵畅毂，驾我骐馵。[三]
言念君子，温其如玉。[四]
在其板屋，乱我心曲。[五]
四牡孔阜，六辔在手。[六]
骐骝是中，騧骊是骖。[七]
龙盾之合，鋈以觼軜。[八]
言念君子，温其在邑。[九]
方何为期，胡然我念之。[十]
俴驷孔群，厹矛鋈錞。[十一]
蒙伐有苑，虎韔镂膺。[十二]
交韔二弓，竹闭绲縢。[十三]
言念君子，载寝载兴。[十四]
厌厌良人，秩秩德音。[十五]

【注释】

一、小戎：兵车。褚斌杰《诗经全注》曰：“小戎：兵车。古代大兵车称大戎或元戎，走在前面，将帅所乘。小兵车称小戎，兵士所乘。”俴（jiàn音健）：浅。收：车轸。《毛诗故训传》曰：“收，轸也。”朱熹《诗集传》曰：“收，轸也。谓车前后两端横木，所以收敛所载者也。”褚斌杰《诗经全注》曰：“收：车轸，车的厢板，人上下时可放下。”五楘（mù音木）：车辕上用来加固的皮带，引申为装饰。《毛诗故训传》曰：“五，五束也。”孔颖达《毛诗正义》曰：“五楘是辕上之饰，故以五为五束，言以皮革五处束之。楘，历录者，谓所束之处，因以为文章历录然。历录，盖文章之貌也。”梁辀（zhōu音舟）：车辕。朱熹《诗集传》曰：“梁辀，从前轸以前，稍曲而上至衡，则向下钩之横衡于辀下。而辀形穹隆，上曲如屋之梁。”程俊英《诗经译注》曰：

“梁辀，车辕。古时马车一根辕，形状有些弯曲，像房屋上的栋梁，又像船，所以叫做梁辀。”

二、游环、胁驱：马具，皆由皮革制成。用来节制骖马的位置。阴靷（yǐn音隐）、鋈（wù音物）续：阴，车轼前的横板。靷，引车前进，《毛诗故训传》曰：“靷，所以引也。”鋈，白金。续，《毛诗故训传》曰：“续，续靷也。”马瑞辰《毛诗传笺通释》：“靷盖系于轴上而见于軓（fàn音饭，车前挡板）前，乃设环以续靷而以白金饰之。”

三、文茵：指虎皮做的垫子。畅毂：指长出车轴而露在外的车毂。《毛诗故训传》曰：“文茵，虎皮也。畅毂，长毂也。”骐馵（zhù音住）：马匹。骐，青黑色有花纹。馵，《毛诗故训传》曰：“左足白曰馵。”

四、言：指我，或者是语助词，无实义。《毛诗故训传笺》曰：“念君子之性，温然如玉。”朱熹《诗集传》曰：“君子，妇人目其夫也。温其如玉，美之之词也。”如玉，温和润泽如玉之高贵华美。

五、板屋：指西部边陲戎狄民居，代指西戎，言君子（丈夫）出征在西戎。乱：搅乱。心曲：《毛诗故训传笺》曰：“心之委曲也。”前面极言兵车之盛、马匹之美、马具之精良，以此征伐西戎，本不必担忧。后两句却笔锋一转，悯其君子，表达牵挂之私情。

六、牡：公马，与“牝”相对。孔：《羔裘》篇“孔武有力”，《毛诗故训传》训为“甚”。阜：肥大。

七、中：中间的马，叫做服马。骖：两边的马。驷马驾车，中间的两匹叫中服，两旁的称作骖。《毛诗故训传》曰：“中，中服也。骖，两騑（fēi音非）也。”骝（liú音留），《毛诗故训传笺》曰：“赤身黑鬣（liè音列）曰骝。”䯄（guā音瓜），《毛诗故训传》曰：“黄马黑喙曰䯄。”骊，黑色的马。

八、龙盾：画着龙的盾牌。合：《毛诗故训传》曰：“合而载之。”程俊英《诗经译注》曰：“两只盾合在一处放在车上。”褚斌杰《诗经全注》引严粲《诗缉》曰："以为车之前蔽也。"觼（jué音决），马具，有舌的环，用来系軜。軜（nà音那），骖马靠里边的缰绳。

九、邑：驻扎在西戎的邑里。《毛诗故训传》曰："在敌邑也。"

十、方何为期：马瑞辰《毛诗传笺通释》曰："方之言将也。'方何为期'犹云将何为期也。"期：归期。胡然：为什么这样。念：想念。之：他。

十一、俴驷：挂着薄青铜甲的四匹马，《毛诗故训传笺》曰："俴，浅也，谓以薄金为介之札。介，甲也。"孔：甚。群：合群。厹（qiú音求）矛：三棱矛头的长矛。錞（duì音对）：矛柄下端的金属套。

十二、蒙：庞杂。《毛诗故训传》曰："蒙，讨羽也。"《毛诗故训传笺》训"讨"为"杂"，马瑞辰认为"蒙之训讨"没有根据。伐：盾的别名，指中等大小的盾。苑：花纹，朱熹《诗集传》曰："苑，文貌。"虎韔（chàng音唱）：虎皮做的弓袋。镂膺（yīng音英）：刻有金饰的马带。《毛诗故训传》曰："虎，虎皮也。韔，弓室也。膺，马带也。"

十三、交韔二弓，将两支弓交错放在弓袋里，朱熹《诗集传》曰："交韔，交二弓于韔中，谓颠倒安置之。必二弓，以备坏也。"竹闭，褚斌杰认为是竹制的为防弓变形的器具。闭，又写作"柲"，马瑞辰云"字当以柲为正"，"柲之言辅弼也"。绲（gǔn音滚）：绳子。縢（téng音腾）：捆绑。此二句是说用绳子把竹闭捆绑在一起，保护弓。

十四、载寝载兴：马瑞辰认为"载""再"古通用，即载就是一而再的意思，一会儿躺下，一会儿起来，一而再再而三，朱熹《诗集传》云："言思之深，而起居不宁也。"

十五、厌厌：安静的样子。良人：好人，指丈夫。秩秩：有智慧，指懂得进退有节。德音：美好的声誉。作者按：诗分三章，每章皆先铺陈军队之威武、兵器战备之精良，然后极言丈夫的德行之美，自豪之情溢于言辞，隐隐中却透出丝丝悲凉之感，刻画思念者矛盾的内心活动。

【解题】

这是一首赞美秦襄公的诗。《诗序》曰："《小戎》，美襄公也。备其兵甲，以讨西戎。西戎方强，而征伐不休，国人则矜其车甲，妇人能闵其君子焉。"《毛诗故训传笺》曰："矜，夸大也。国人夸大其车甲之盛，有乐之意也。妇人闵其君子恩义之至也。作者叙外内之志，所以美君政教之功。"

孔颖达《毛诗正义》曰："作《小戎》诗者，美襄公也。襄公能备具其兵甲，以征讨西方之戎。于是之时，西戎方渐强盛，而襄公征伐不休，国人应苦其劳，妇人应多怨旷。襄公能说以使之，国人忘其军旅之苦，反矜夸其车甲之盛；妇人无怨旷之志，则能闵念其君子，皆襄公使之得所，故序外内之情以美之。"

朱熹《诗集传》曰："西戎者，秦之臣子所与不共戴天之仇也。襄公上承天子之命，率其国人往而征之。故其从役者之家人，先夸车甲之盛如此，而后及其私情。盖以义兴师，则虽妇人，亦知勇于赴敌而无所怨矣。"

蒹葭

蒹葭苍苍，白露为霜。一
所谓伊人，在水一方。二
溯洄从之，道阻且长。三
溯游从之，宛在水中央。四
蒹葭萋萋，白露未晞。五
所谓伊人，在水之湄。六
溯洄从之，道阻且跻。七
溯游从之，宛在水中坻。八

蒹葭采采，白露未已。[九]
所谓伊人，在水之涘。
溯洄从之，道阻且右。[十]
溯游从之，宛在水中沚。[十一]

【注释】

一、蒹葭（jiān jiā音兼加）：芦苇。《毛诗故训传》曰：“蒹，薕。葭，芦也。”朱熹《诗集传》曰：“蒹，似萑而细，高数尺。又谓之薕。葭，芦也。”孔颖达《毛诗正义》曰：“‘蒹，薕’，‘葭，芦’，《释草》文。郭璞曰：‘蒹似萑而细，高数尺。芦，苇也。’陆玑《疏》云：‘蒹，水草也。坚实，牛食之令牛肥强，青、徐州人谓之薕，兖州、辽东通语也。’”苍苍：青苍色。一说为茂盛的样子。《毛诗故训传》曰：“苍苍，盛也。”白露为霜：白露凝结成霜。《毛诗故训传》曰：“白露凝戾为霜，然后岁事成；国家待礼，然后兴。”《毛诗故训传笺》云：“蒹葭在众草之中苍苍然强盛，至白露凝戾为霜则成而黄。兴者，喻众民之不从襄公政令者，得周礼以教之则服。”朱熹《诗集传》曰：“蒹葭未败，而露始为霜。秋水时至，百川灌河之时也。”陈奂《诗毛氏传疏》曰：“白露为霜，乃在九月已后。”

二、伊人：那人，指男子心爱的人。《毛诗故训传》曰：“伊，维也。”朱熹《诗集传》曰：“伊人，犹言彼人也。”一说，伊，是，指示代词。《毛诗故训传笺》曰：“伊当作繄，繄犹是也。”陈奂《诗毛氏传疏》曰：“伊、维一声之转。伊其即维其，伊何即维何，伊人即维人。……维，是也，犹言‘是人’也。”一方：另一边。《毛诗故训传》曰：“一方，难至矣。”《毛诗故训传笺》曰：“所谓是知周礼之贤人，乃在大水之一边，假喻以言远。”朱熹《诗集传》曰：“一方，彼一方也。”一说，一方，为一旁。马瑞辰《毛诗传笺通释》曰：“方、旁古通用，一方即一旁也。”

三、溯洄（sù huí音速回）：逆流而上。《毛诗故训传》曰：“逆流而上曰溯洄。”《说文》曰：“溯，逆流而上曰溯洄，溯，向也。水欲下违之而上也。”《尔雅·释水》云：“逆流而上曰溯洄，顺流而下曰溯游。”孙炎注：“逆渡者，逆流也。顺渡者，顺流也。”从：跟随，找寻。阻：险阻难行。长：漫长。《毛诗故训传》曰：“逆礼则莫能以至也。”《毛诗故训传笺》云：“此言不以敬顺往求之，则不能得见。”

三、溯游：《毛诗故训传》曰：“顺流而涉曰溯游。顺礼求济，道来迎之。”

四、宛：宛然，仿佛，好像。《毛诗故训传笺》云：“宛，坐见貌。以敬顺求之则近耳，易得见也。”朱熹《诗集传》曰：“宛然，坐见貌。在水之中央，言近而不可至也。”

五、萋萋：又作凄凄，义与苍苍同。《毛诗故训传》曰：“萋萋，犹苍苍也。”一说，凄凄，湿润的样子。《说文》曰：“凄，云雨起也。”程俊英等《诗经注析》曰：“这句意为，霜露渐渐融化，沾湿了草叶。”晞：干。《毛诗故训传》曰：“晞，干也。”《毛诗故训传笺》云：“未晞，未为霜。”孔颖达《毛诗正义》曰：“《湛露》云‘匪阳不晞’，言见日则干，故知晞为干也。彼言露晞，谓露尽干。此篇上章言白露为霜，则此言未晞谓未干为，霜与彼异，故笺云‘未晞，未为霜也。’”

六、湄（méi音没）：水岸。

七、跻（jī音基）：登高，升。《毛诗故训传》曰：“跻，升也。”《毛诗故训传笺》云：“升者，言其难至，如升阪。”陆德明《经典释文》曰：“跻，本又作‘隮’。”

八、坻（chí音池）：水中的小块陆地。《毛诗故训传》曰：“坻，小渚也。”孔颖达《毛诗正义》曰：“《释水》云：‘小洲曰渚。小渚曰沚。小沚曰坻。’然则坻是小沚，言小渚者，渚、沚皆水中之地，小大异也。以渚易知，故系渚言之。”

九、采采：一说，同萋萋、苍苍。《毛诗故训传》曰："采采，犹萋萋也。"一说，采摘。朱熹《诗集传》曰："采采，言其盛而可采也。"未已：未止。《毛诗故训传》曰："未已，犹未止也。"

十、右：迂回弯曲。《毛诗故训传》曰："右，出其右也。"《毛诗故训传笺》云："右者，言其迂回也。"朱熹《诗集传》曰："右，不相直而出其右也。"马瑞辰《毛诗传笺通释》曰："周人尚左，故《毛诗故训传笺》以右为迂回也。"

十一、沚：水中的小沙滩。《毛诗故训传》曰："小渚曰沚。"《尔雅·释名》曰："止息也。可以止息其上。"顾野王《玉篇》曰："或作洔。"

【解题】

这是一首讽刺秦襄公不能用周礼而致缺少贤才的诗。因此，诗人发出求贤之音。《诗序》曰："《蒹葭》，刺襄公也。未能用周礼，将无以固其国焉。"《毛诗故训传笺》曰："秦处周之旧土，其人被周之德教日久矣。今襄公新为诸侯，未习周之礼法，故国人未服焉。"

孔颖达《毛诗正义》曰："作《蒹葭》诗者，刺襄公也。襄公新得周地，其民被周之德教日久，今襄公未能用周礼以教之。礼者为国之本，未能用周礼，将无以固其国焉，故刺之也。《经》三章，皆言治国须礼之事。"

朱熹《诗集传》曰："言秋水方盛之时，所谓彼人者，乃在水之一方，上下求之而皆不可得。然不知其何所指也。"

终南

终南何有？有条有梅。一
君子至止，锦衣狐裘。二
颜如渥丹，其君也哉。三
终南何有？有纪有堂。四
君子至止，黻衣绣裳。五
佩玉将将，寿考不忘。六

【注释】

一、终南：山名，亦名南山，在今陕西境内。条：木名，山楸树，落叶乔木。《毛诗故训传》曰：“条，槄（tāo音涛）。”《尔雅·释木》云：“槄，山榎（jiǎ或作榎）。”李巡注：“山榎一名槄也。”孙炎注：“《诗》云‘有条有梅’，条，槄也。”郭璞注：“今之山楸也。”朱熹《诗集传》曰：“条，山楸也，皮叶白，色亦白，材理好，宜为车板。”梅：梅树。

二、君子：指秦公。至止：到终南山来。止：语气词。锦衣狐裘：朱熹《诗集传》曰：“锦衣狐裘，诸侯之服也。”

三、渥丹：脸色红润得像涂了厚厚的一层赤色。《毛诗故训传笺》曰：“渥，厚渍也。颜色如厚渍之丹，言赤而泽也。其君也哉，仪貌尊严也。”王先谦《诗三家义集疏》曰：“韩‘丹’作‘沰’，曰：沰，赭也，亦作赭。”其君也哉：仪貌堂堂的君子就是这样吧。《毛诗故训传》曰：“仪貌尊严也。”朱熹《诗集传》曰：“言容貌衣服称其为君也，此秦人美其君之词。”

四、纪、堂：纪：杞之假借，杞柳。堂，棠之假借，棠梨树。马瑞辰《毛诗传笺通释》曰：“纪，当读为‘杞梓’之‘杞’。堂，当读为‘甘棠’之‘棠’。纪、棠，皆假借字。”不过《毛诗故训传》和《诗集传》有不同解释。《毛诗故训传》曰："纪，基也。堂，毕道平如堂也。"孔颖达《毛诗正义》曰："案《集注》本作'屺'，定本作'纪'，以下文有堂，故以为基，谓山基也。"朱熹《诗集传》曰："纪，山之廉角也。堂，山之宽平处也。"

五、黻（fú音服）：黑青花纹相间的衣服。绣裳：绘有五彩花纹的下裳。《毛诗故训传》曰："黑与青谓之黻。五色备谓之绣。"古代常黼黻连用，指礼服上所绣的花纹。

六、将将：《鲁诗》作"锵锵"，佩玉发出的声响。寿考：长寿。考：老。寿考不忘，到老了也不要忘记，有劝诫之意。

【解题】

这是一首劝诫秦襄公的诗。《诗序》曰："《终南》，戒襄公也。能取周地，始为诸侯，受显服，大夫美之故作是诗，以戒劝之。"

孔颖达《毛诗正义》曰："美之者，美以功德，受显服。戒劝之者，戒令修德无倦，劝其务立功业也。既见受得显服，恐其惰于为政，故戒之而美之。戒劝之者，章首二句是也。美之者，下四句是也。《常武》美宣王有常德，因以为戒。彼先美后戒，此先戒后美者，《常武》美宣王，因以为戒，此主戒襄公，因戒言其美。主意不同，故《序》异也。"

关于此诗究竟是美还是戒，前人亦意见不一。《诗序》的总体评价是"戒襄公也"，而朱熹《诗集传》认为"此秦人美其君之词"，姚际恒亦肯定"有美无戒"，方玉润则以为此诗"美中寓戒，非专颂祷"，现在也有研究者认为是终南山的女子对进山的男子表示爱慕的诗作。

黄鸟

交交黄鸟，止于棘。[一]
谁从穆公？子车奄息。[二]
维此奄息，百夫之特。[三]
临其穴，惴惴其栗。[四]
彼苍者天，歼我良人！[五]
如可赎兮，人百其身！[六]
交交黄鸟，止于桑。[七]
谁从穆公？子车仲行。[八]
维此仲行，百夫之防。[九]
临其穴，惴惴其栗。
彼苍者天，歼我良人！
如可赎兮，人百其身！
交交黄鸟，止于楚。[十]
谁从穆公？子车针虎。[十一]
维此针虎，百夫之御。[十二]
临其穴，惴惴其栗。
彼苍者天，歼我良人！
如可赎兮，人百其身！

【注释】

一、交交：小。《毛诗故训传》曰：“小貌”；朱熹《诗集传》曰：飞而往来之貌；一说鸟鸣声。黄鸟：黄雀。《毛诗故训传》曰：“黄鸟以时往来得其所，人以寿命终亦得其所。”棘：酸枣树。《毛诗故训传笺》曰：“黄鸟止于棘，以求安己也，此棘若不安则移。兴者，喻臣之事君亦然。今穆公使臣从死，刺其不得黄鸟止于棘之本意。”

二、从：从死，殉葬。穆公：春秋五霸之一的秦穆公。子车奄息：秦大夫，子车为姓，奄息为名。《史记》作子舆。

三、特：匹，一说杰出。百夫之特：《毛诗故训传》曰：“乃特百夫之德。”《毛诗故训传笺》曰：“百夫之中最雄俊也。”

四、穴：指墓坑。惴惴：恐惧貌。栗：战栗。《毛诗故训传笺》曰：“秦人哀伤此奄息之死，临视其圹，皆为之悼栗。”朱熹《诗集传》曰：“盖以所见起兴，‘临穴而惴慄，盖生纳之圹中也’。”

五、歼：灭。

六、赎：代替，替换。兮：《鲁诗》作“也”。人百其身：《毛诗故训传笺》曰：“如此奄息之死，可以他人赎之者，人皆百其身。谓一身百死犹为之，惜善人之甚。”

七、桑：桑树

八、子车仲行：子车氏第二子，仲行为字。

九、防：当也，比也。《毛诗故训传》曰：“防，比也。”《毛诗故训传笺》曰：“防犹当也。言此一人当百夫。”

十、楚：灌木。

十一、子车针虎：子车氏第三子，针虎为名。

十二、御：当也。

【解题】

这是一首讽刺秦穆公以三良殉葬的诗。《诗序》曰：“《黄鸟》，哀三良也。国人刺穆公以人从死，而作是诗也。”《毛诗故训传笺》曰：“三良，三善臣也，谓奄息、仲行、针虎也。从死，自杀以从死。”

孔颖达《毛诗正义》曰：“文六年《左传》云：‘秦伯任好卒，以子车氏之三子奄息、仲行、针虎为殉，皆秦之良也。国人哀之，为之赋《黄鸟》。’服虔云：‘子车，秦大夫氏也。杀人以葬，璇环其左右曰殉。’又《秦本纪》云：‘穆公卒，葬于雍，从死者百七十人。’然则死者多矣。主伤善人，故言‘哀三良也’。杀人以殉葬，当是后有为之，此不刺康公，而刺穆公者，是穆公命从己死，此臣自杀从之，非后主之过。故《笺》辩之云：‘从死，自杀以从死。’”

朱熹《诗集传》曰：“秦穆公卒，以子车氏之三子为殉，皆秦之良也。国人哀之，为之赋《黄鸟》。事见《春秋传》，即此诗也。言‘交交黄鸟，则止于棘矣。谁从穆公，则子车奄息’也。盖以所见起兴也。临穴而惴惴，盖生纳之圹中也。三子皆国之良，而一旦杀之。若可贸以他人，则人皆愿百其身以易之矣。”

《诗集传》又曰：“《春秋传》曰，君子曰，秦穆公之不为盟主也，宜哉。死而弃民，先王违世，犹贻之法，而况夺之善人乎？今纵无法以遗后嗣，而又收其良以死，难以在上矣。君子是以知秦之不复东征也。愚按：穆公于此，其罪不可逃矣。但或以为，穆公遗命如此，而三子自杀以从，则三子亦不得为无罪。今观临穴惴慄之言，则是康公从父之乱命，迫而纳之于圹，其罪有所归矣。又按《史记》，秦武公卒，初以人从死，死者六十六人。至穆公遂用百七十七人，而三良与焉。盖其初特出于戎狄之俗，而无明王贤伯以讨其罪。于是习以为常，则虽以穆公之贤而不免。论其事者，亦徒闵三良之不幸，而叹秦之衰。至于王政不纲，诸侯擅命，杀人不忌，至于如此，则莫知其为非也。呜呼俗之弊也久矣。其后始皇之葬，后宫皆令从死，工匠生闭墓中，尚何怪哉？”

《左传·文公六年》曰：“秦伯任好卒，以子车氏之三子奄息、仲行、针虎为殉，皆秦之良也。国人哀之，为之赋《黄鸟》。”《史记·秦本纪》曰：“缪公卒，葬雍。从死者百七十七人，秦之良臣子舆氏三人名曰奄息、仲行、针虎，亦在从死之中。”有人认为此诗反对殉葬制度，但对三良以外的其他殉葬者却未置一词。另外，三良之“从死”是自杀还是被杀也是有争议的问题。

秦穆公，一作秦缪公，嬴姓，名任好，公元前659至公元前621年在位，谥号穆。在部分史料中被认定为春秋五霸之一。秦穆公非常重视人才，其任内获得了百里奚、蹇叔、丕豹、公孙支等贤臣的辅佐，曾协助晋文公回到晋国夺取君位。周襄王时出兵攻打蜀国和其他位于函谷关以西的国家，开地千里，因而周襄王任命他为为西方诸侯之伯，遂称霸西戎。

晨风

鴥彼晨风，郁彼北林。一
未见君子，忧心钦钦。二
如何如何，忘我实多。三
山有苞栎，隰有六驳。四
未见君子，忧心靡乐。五
如何如何，忘我实多。
山有苞棣，隰有树檖。六
未见君子，忧心如醉。七
如何如何，忘我实多。

【注释】

一、鴥（yù音玉）：疾飞的样子。《毛诗故训传》曰："鴥，疾飞貌。"晨风：猛禽名。《毛诗故训传》曰："晨风，鹯（zhān音沾）也。"陆玑《毛诗草木鸟兽虫鱼疏》云："似鹞，青色。"郁：茂盛的样子。《毛诗故训传》曰："郁，积也。"朱熹《诗集传》曰："郁，茂盛貌。"北林：林名。《毛诗故训传》曰："北林，林名也。先君招贤人，贤人往之，驶疾如晨风之飞入北林。"《毛诗故训传笺》曰："先君谓穆公。"朱熹《诗集传》曰："君子，指其夫也。"

二、钦钦：忧愁的样子。《毛诗故训传》曰："思望之，心中钦钦然。"《毛诗故训传笺》曰："言穆公始未见贤者之时，思望而忧之。"朱熹《诗集传》曰："钦钦，忧而不忘之貌。"

三、实多：实在太多。《毛诗故训传》曰："今则忘之矣。"《毛诗故训传笺》曰："此以穆公之意责康公。如何如何乎？女忘我之事实多。"朱熹《诗集传》曰："妇人以夫不在，而言鴥彼晨风，则归于郁然之北林矣。故我未见君子，而忧心钦钦也。彼君子者，如之何而忘我之多乎？此与《扊（yǎn音演）扅（yí音移）之歌》同意，盖秦俗也。"闻一多《诗选与校笺》曰："多犹甚也。"褚斌杰《诗经全注》曰："这句是说，把我抛到脑后太久了。"

四、栎（lì音力）：树名。《毛诗故训传》曰："栎，木也。"驳，古本作駮（bó音博）传说中能食虎豹的猛兽。《毛诗故训传》曰："驳如马，倨牙，食虎豹。"《毛诗故训传笺》曰："山之栎，隰之驳，皆其所宜有也。以言贤者亦国家所宜有之。"陆德明《经典释文》曰："驳，兽名。"一说为树名。陆玑《毛诗草木鸟兽虫鱼疏》云："驳马，木名，梓榆也。"朱熹《诗集传》曰："驳，梓榆也。其皮青白如驳。山则有苞栎矣，隰则有六驳矣，未见君子则忧心靡乐矣。靡乐则忧之甚也。"

五、靡：无，没有。

六、棣：木名。又名棠棣。《毛诗故训传》曰："棣，唐棣也。"檖（suì音遂）：果木名，又叫山梨，古代的一种野生梨。《毛诗故训传》曰：“檖，赤罗也。”朱熹《诗集传》曰：“檖，赤罗也，实似梨而小，酢可食。”

七、如醉：如同喝醉酒一样，形容思念深。朱熹《诗集传》曰：“如醉，则忧又甚矣。”

【解题】

这是一首讽刺秦康公的诗。《诗序》曰：“《晨风》，刺康公也。忘穆公之业，始弃其贤臣焉。”

褚斌杰《诗经全注》曰：“这是女子思念情人的诗。心上人多时没来了，女子很着急烦恼，担心对方变了心，连呼‘如何’，语质情深。”

秦康公，嬴姓，名罃（yīng音英）。秦穆公和夫人穆姬所生之子，是晋文公的外甥，康公送晋公子重耳回国，送到渭阳，作诗：“我送舅氏，曰到渭阳。”后人以渭阳喻甥舅关系。

无衣

岂曰无衣？与子同袍。一
王于兴师，修我戈矛，与子同仇！二
岂曰无衣？与子同泽。三
王于兴师，修我矛戟，与子偕作！四
岂曰无衣？与子同裳。
王于兴师，修我甲兵，与子偕行！五

【注释】

一、袍：战袍。《毛诗故训传》曰：“兴也。袍，襺（jiǎn音简）也。上与百姓同欲，则百姓乐致其死。”《毛诗故训传笺》曰：“此责康公之言也。君岂尝曰：‘女无衣，我与女同袍乎？’言不与民同欲。”黄焯《毛诗郑笺平议》曰：“然《序》所云，是推本诗人之意，不必定为诗辞所有，盖诗为反言，《序》则正言也。”

二、兴师：发兵打仗。戈矛：古代兵器名。《毛诗故训传》曰：“戈长六尺六寸，矛长二丈。天下有道，则礼乐征伐自天子出。仇，匹也。”《毛诗故训传笺》曰：“于，于也。怨耦曰仇。君不与我同欲，而于王兴师，则云：修我戈矛，与子同仇，往伐之。刺其好攻战。”《毛诗正义》曰：“《传》既以此为兴，又言‘上与百姓同欲，则百姓乐致其死’，则此《经》所言朋友相与同袍，以兴上与百姓同欲。”朱熹《诗集传》曰：“王于兴师，以天子之命而兴师也。”褚斌杰《诗经全注》曰：“同仇，共同对敌人。”

三、泽：汗衣，内衣。后作“襗”。《毛诗故训传》曰：“泽，润泽也。”《毛诗故训传笺》曰：“泽，亵衣，近污垢。”《毛诗正义》曰：“衣服之暖于身，犹甘雨之润于物，故言与子同泽，正谓同袍、裳是公润泽也。《笺》以上袍下裳，则此亦衣名。”朱熹《诗集传》曰：“泽，裹衣也。以其亲肤，近于垢泽，故谓之泽。”陈奂《诗毛氏传疏》曰：“传以润泽释泽，双字释单字之例。润泽，古语。与子同泽，谓与百姓同此润泽之衣也，此章泛言衣也。”马瑞辰《毛诗传笺通释》曰：“《释名》曰：‘汗衣，近身受汗垢之衣也。《诗》谓之泽，受汗泽。’”

四、戟（jǐ音济）：兵器名。《毛诗故训传笺》曰：“戟，车戟常也。”《毛诗正义》曰：“‘车载常’，《考工记·庐人》文。常长丈六。”偕作：一起作战。《毛诗故训传》曰：“作，起也。”褚斌杰《诗经全注》曰：“偕作，一齐奋起去作战。”

五、偕行：一起出发。《毛诗故训传》曰：“行，往也。”

【解题】

这是一首讽刺秦人好战的诗。《诗序》曰：“《无衣》，刺用兵也。秦人刺其君好攻战，亟用兵，而不与民同欲焉。”

孔颖达《毛诗正义》曰：“康公以文七年立，十八年卒。案《春秋》文七年，晋人、秦人战于令狐。十年，秦伯伐晋。十二年，晋人、秦人战于河曲。十六年，楚人、秦人灭庸。见于《经》《传》者已如是，是其好攻战也。《葛生》刺好攻战，序云‘刺献公’，此亦刺好攻战。不云刺康公，而云‘刺用兵’者，《葛生》以君好战，故‘国人多丧’，指刺献公，然后追本其事。此指刺用兵，《序》顺《经》意，故云刺用兵也。不与民同欲，章首二句是也。好攻战者，下三句是也。《经》《序》倒者，《经》刺君不与民同欲、与民同怨，故先言不同欲，而后言好攻战。《序》本其怨之所由，由好攻战而不与民同欲，故民怨。各自为次，所以倒也。”

朱熹《诗集传》曰：“秦俗强悍，乐于战斗。故其人平居而相谓曰，岂以子之无衣，而与子同袍乎。盖以王于兴师，则将修我戈矛，而与子同仇也。其欢爱之心足以相死如此。苏氏曰，秦本周地。故其民犹思周之盛时，称先王焉。”

渭阳

我送舅氏，曰至渭阳。一
何以赠之？路车乘黄。二
我送舅氏，悠悠我思。三
何以赠之？琼瑰玉佩。四

【注释】

一、舅氏：指重耳。《毛诗故训传笺》曰："母之昆弟曰舅。"朱熹《诗集传》曰："舅氏，秦康公之舅，晋公子重耳也。出亡在外，穆公召而纳之，时康公为太子，送之渭阳，而作此诗。"渭：渭水。阳：山南水北曰阳。《毛诗故训传》曰："渭阳，水名。"《毛诗故训传笺》曰："渭，水名也。秦是时都雍，至渭阳者，盖东行送舅氏于咸阳之地。朱熹《诗集传》曰："渭，水名。秦时都雍，至渭阳者盖东行，送之于咸阳之地也。"

二、何以：用什么。赠：送。《毛诗故训传》曰："赠，送也。"路车：诸侯坐的车。朱熹《诗集传》曰："路车，诸侯之车也。"乘（shèng音剩）黄：四匹黄马。《毛诗故训传》曰："乘黄，四马也。"朱熹《诗集传》曰："乘黄，四马皆黄也。"

三、悠悠：思念悠长。朱熹《诗集传》曰："悠悠，长也，《序》以为时康公之母穆姬已卒，故康公送其舅，而念母之不见也。或曰，穆姬之卒，不可考，此但别其舅而怀思耳。"

四、琼瑰：美玉。《毛诗故训传》曰："琼瑰，石而次玉。"一说玉佩。《毛诗正义》曰："琼者，玉之美名，非玉名也。瑰是美石之名也。以佩玉之制，唯天子用纯，诸侯以下则玉石杂用。此赠晋侯，故知琼瑰是美石，次玉。成十七年《左传》称'声伯梦涉洹，或与己琼瑰食之，泣而为琼瑰盈其怀，惧不敢占。'后三年而言，'言之，至莫而卒'。服虔云：'声伯恶琼瑰赠死之物，故畏而不言。'然则琼瑰是赠死之玉，康公以赠舅者，玉之所用，无生死之异。丧礼饭含用玉，声伯梦见食之，故恶之耳。"

【解题】

这是一首表现秦康公思念母亲的诗。《诗序》曰："《渭阳》，康公思母也。康公之母，晋献公之女。文公遭丽姬之难，未反，而秦姬卒。穆公纳文公，康公时为大子，赠送文公于渭之阳，念母之不见也。我见舅氏，如母存焉。及其即位，思而作是诗也。”

孔颖达《毛诗正义》曰：“作《渭阳》诗者，言康公念母也。康公思其母，自作此诗。秦康公之母，是晋献公之女。文公者，献公之子，康公之舅。献公嬖丽姬，谮文公，献公欲杀之。文公遭此丽姬之难，奔，未得反国，而康公母秦姬已卒。及穆公纳文公为晋君，于是康公为太子，赠送文公至于渭水之阳，思念母之不见，舅归也。康公见其舅氏，如似母之存焉，于是之时，思慕深极。及其即位为君，思本送舅时事，而作是《渭阳》之诗，述己送舅念母之事也。”

朱熹《诗集传》曰：“序以为时康公之母穆姬已卒。故康公送其舅，而念母之不见也。或曰，穆姬之卒，不可考。”

权舆

于我乎，夏屋渠渠，今也每食无余。一
于嗟乎，不承权舆。二
于我乎，每食四簋，今也每食不饱。三
于嗟乎，不承权舆。

【注释】

一、夏：大。《毛诗故训传》曰：“夏，大也。”屋：具。《鲁诗》曰：“夏，大屋也。”《毛诗故训传笺》曰：“屋，具也。”马瑞辰《毛诗传笺通释》曰：“《尔雅·释言》曰：‘握，具也。’郭注：‘谓备具。’《笺》本《尔雅》，以夏屋为礼食大具，其说是也。”渠渠：盛多的样子。《毛诗故训传笺》曰："渠渠，犹勤勤也。"马瑞辰《毛诗传笺通释》曰："《广雅》曰：'渠渠，盛也。'夏屋渠渠，正状其礼食大具之盛。《笺》训为勤勤，失之。"

二、承：继承。《毛诗故训传》曰："承，继也。"权舆：开始。《毛诗故训传》曰："权舆，始也。"马瑞辰《毛诗传笺通释》曰："权舆即蘿蕍之假借。蘿蕍本蒹葭始生之称，因而凡草之始生通曰权舆。"以上说：感叹自己先前与现在的生活。当初君主给自己丰盛的饮食，现在却仅仅是够吃而已。

三、簋（guǐ音轨）：古代祭祀宴享时盛黍稷的器皿。四簋指食物丰盛。《毛诗故训传》曰："四簋，黍稷稻粱。"朱熹《诗集传》曰："簋，瓦器，容斗二升，方曰簠，圆曰簋，簠盛稻粱，簋盛黍稷。四簋，礼食之盛也。"马瑞辰《毛诗传笺通释》曰："谨按《玉藻》云少牢'五俎四簋'，是四簋为食大夫之礼。"以上说：君主先前对于自己加以礼遇，现在却让自己经常挨饿。感叹君主不能善始善终。

【解题】

这是一首讽刺秦康公好贤有始无终的诗。《诗序》曰："《权舆》，刺康公也。忘先君之旧臣，与贤者有始而无终也。"

孔颖达《毛诗正义》曰："作《权舆》诗者，刺康公也。康公遗忘其先君穆公之旧臣，不加礼饩，与贤者交接，有始而无终，初时殷勤，后则疏薄，故刺之。《经》二章，皆言礼待贤者有始无终之事。"

朱熹《诗集传》曰："此言其君始有渠渠之夏屋，以待贤者，而其后礼意寖衰，供亿寖薄。至于贤者每食而无余。于是叹之。言不能继其始也。"

陈风

西周初年，封舜后妫满于陈，后写为陈。妫满是周文王陶正遏父之子，周成王长女太姬的丈夫。陈国都株野，在今河南商丘柘城胡襄镇。妫满又称胡公满、妫陈公、陈胡公，后迁都宛丘，在今河南淮阳一带，辖地包括今河南东部和安徽西北部。《陈风》十篇，是产生于陈的诗。

陆德明《经典释文·毛诗音义》曰："陈者，胡公妫满之所封也。其先虞舜之胄有虞遏父者，为周陶正。武王赖其器用，与其神明之后，故妻以元女。其子满乃封于陈，以备三恪。其地宓牺之墟，在古豫州之界，宛丘之侧。"

郑玄《诗谱·陈谱》曰："陈者，大皞虙戏氏之墟。帝舜之胄有虞阏父者，为周武王陶正。武王赖其利器用，与其神明之后，封其子妫满于陈，都于宛丘之侧，是曰陈胡公，以备三恪。妻以元女太姬。其封域在《禹贡》豫州之东，其地广平，无名山大泽，西望外方，东不及明（mèng音孟）诸。大姬无子，好巫觋祷祈鬼神歌舞之乐，民俗化而为之。五世至幽公，当厉王时，政衰，大夫淫荒，所为无度，国人伤而刺之，陈之变风作矣。"

朱熹《诗集传》曰："陈，国名。大皞伏羲氏之墟，在禹贡豫州之东，其地广平，无名山大川，西望外方，东不及孟诸。周武王时，帝舜之胄，有虞阏父为周陶正，武王赖其利器用，与其神明之后，以元女大姬妻其子满，而封之于陈，都于宛丘之侧。与黄帝帝尧之后共为三恪，是为胡公。大姬妇人尊贵，好乐巫觋歌舞之事，其民化之，今之陈州即其地也。”

宛丘

子之汤兮，宛丘之上兮。[一]
洵有情兮，而无望兮。[二]
坎其击鼓，宛丘之下。[三]
无冬无夏，值其鹭羽。[四]
坎其击缶，宛丘之道。[五]
无冬无夏，值其鹭翿。[六]

【注释】

一、子：大夫，这里指幽公。汤：同“荡”，游荡。马瑞辰《毛诗传笺通释》曰：“汤、荡古通用。”宛丘：四方高中间低的地方。《毛诗故训传》曰：“四方高，中央下，曰宛丘。”另有一说宛丘在陈国都城东南处。

二、洵：确实，《毛诗故训传》训为信，《毛诗故训传笺》云：“此君信有淫荒之情，其威仪无可观望而则傚。”马瑞辰认为，望指望祀、望衍，曰：“是古者巫之降神必有望祭。诗刺陈风好巫，随时为之，以巫为戏，初无望祀、望衍之礼，故曰‘洵有情兮，而无望兮’。”

三、坎：拟声词，击鼓的声音。

四、无冬无夏：指一年到头，三家《诗》云：“无冬无夏，言其恒也。”值：持，举着。鹭羽：《毛诗故训传》云：“鹭鸟之羽，可以为翳。”《毛诗故训传笺》曰："翳，舞者所持以指麾。"

五、缶：瓦器，古时做打击乐器。

六、翿：犹"翳"，舞具。

【解题】

这是一首讽刺陈幽公荒淫无度之诗。《诗序》曰："《宛丘》，刺幽公也。淫荒昏乱，游荡无度焉。"

孔颖达《毛诗正义》曰："淫荒，谓耽于女色。昏乱，谓废其政事。游荡无度，谓出入不时，声乐不倦，游戏放荡，无复节度也。游荡，自是翱翔戏乐，非独淫于妇人，但好声好色俱是荒废，故以淫荒总之。毛以此《序》所言是幽公之恶，《经》之所陈是大夫之事，由君身为此恶，化之使然，故举大夫之恶以刺君。郑以《经》之所陈，即是幽公之恶，《经》《序》相符也。"

朱熹《诗集传》曰："国人见此人常游荡于宛丘之上，故叙其事以刺之。言虽信有情思而可乐矣，然无威仪可瞻望也。"

陈幽公，即妫宁，陈慎公之子，承袭陈慎公担任该国君主，公元前854年至公元前832年在位。

东门之枌

东门之枌，宛丘之栩。一
子仲之子，婆娑其下。二
縠旦于差，南方之原。三
不绩其麻，市也婆娑。四

穀旦于逝，越以鬷迈。五
视尔如荍，贻我握椒。六

【注释】

一、枌（fén音坟）：树名，白榆树。《毛诗故训传》曰："枌，白榆也。"《尔雅·释木》云："榆白，枌。"孙炎曰："榆白者，名枌。"郭璞曰："枌，榆，先生叶却着荚，皮色白。"栩：柞树。《毛诗故训传》曰："栩，杼也。"《毛诗故训传》曰："国之交会，男女之所聚。"孔颖达《毛诗正义》曰："序云：'亟会于道路。'知此二木是国之道路交会，男女所聚之处也。"

二、子仲：当时的一个姓氏。《毛诗故训传》曰："子仲，陈大夫氏。"孔颖达《毛诗正义》曰："此云'子仲之子'，犹云'彼留之子'。举氏姓言之，明子仲是大夫之氏姓也。《公羊传》曰：'孙以王父字为氏。'此人上祖必有字子仲者，故氏子仲也。"子：女儿。朱熹《诗集传》曰："子仲之子，子仲之女也。"孔颖达《毛诗正义》曰："《序》云男女弃业，则经之所陈，有男有女。下云绩麻，是女，知此之子是男子也。定本云'之子，是子也'。"王先谦《诗三家义集疏》引黄山云："诗'婆娑其下'与'市也婆娑'，即是一人。下章言'不绩其麻'，则'子仲之子'，亦犹'齐侯之子''厥父之子'，明是女子。"一说，男子。《毛诗故训传笺》云："之子，男子也。"婆娑（suō音缩）：舞姿优美活泼。《毛诗故训传》曰："婆娑，舞也。"孔颖达《毛诗正义》曰："'婆娑，舞也'《释训》文。李巡曰：'婆娑，盘辟舞也。'孙炎曰：'舞者之容婆娑然。'"

三、穀旦：吉日，好日子。《毛诗故训传》曰："穀，善也。"《毛诗故训传笺》云："旦，明。穀：美好。"于：语气助词，无义。《毛诗故训传笺》曰："于，曰。"一说，于，往。差：选择。《毛诗故训传笺》曰："差，择也。"高亨《诗经今注》曰："差，读为徂，往也。"袁梅《诗经译注》曰："古吁与讶多省作于，嗟或省作差，于差，或为吁嗟之省，叹词。《韩诗》作于嗟。"原：高而平坦的地方，指歌舞的地方。一说，为姓氏。《毛诗故训传》曰："原，大夫氏。"《毛诗故训传笺》曰："朝日善明曰相择矣，以南方原氏之女可以为上处。"孔颖达《毛诗正义》曰："言陈国男女弃其事业，候良辰美景而歌舞淫泆。见朝日善明，无阴云风雨，则曰可以相择而行乐矣。彼南方之原氏有美女，国中之最上处可以从之也。男既如是，彼原氏之女即不复绩麻于市也，与男子聚会，婆娑而舞，是其可疾之甚。……《春秋》庄二十七年，'季友如陈，葬原仲'。是陈有大夫姓原氏也。"

四、绩（jī音基）麻：纺麻。《毛诗故训传笺》云："绩麻者，妇人之事也，疾其今不为。"市：街市。朱熹《诗集传》曰："既差择善旦，以会于南方之原。于是弃其业，以舞于市，而往会也。"

五、逝：往。《毛诗故训传》曰："逝，往。"越以：相当于"犹以"，有从而的意思。《毛诗故训传笺》曰：越，于。陈奂《诗毛氏传疏》曰："越，读同粤。《尔雅》曰：'粤，于也。'《采蘩》《采苹》《击鼓》云'于以'，此云'越以'，皆合二字为发语之词。"鬷（zōng音宗）：屡次，多次。《毛诗故训传》曰："鬷，数。"《毛诗故训传笺》曰："鬷，总也。朝旦善明曰往矣，谓之所会处也，于是以总行，欲男女合行。"孔颖达《毛诗正义》曰："鬷谓麻缕，每数一升而用绳纪之，故鬷为数。王肃云：'鬷数，绩麻之缕也。'"迈：前往。《毛诗故训传》："迈，行也。"

六、荍（qiáo音乔）：植物名，一名荆葵，开紫色的花。《毛诗故训传》曰："荍，芘芣也。"孔颖达《毛诗正义》曰："'荍，芘芣'，《释草》文。舍人曰：'荍，一名蚍衃。'郭璞曰：'今荆葵也，似葵，紫色。'谢氏云：'小草，多华少叶，叶又翘起。'陆玑《疏》云：'芘芣，一名荆葵，似芜菁，华紫，绿色可食，微苦。'是也。"程俊英等《诗经注析》认为是锦葵。这句话的意思是男子夸女子美得像荆葵花。贻：赠送。握：一把。椒：花椒，香料。《毛诗故训传》曰："椒，芬香也。"孔颖达《毛诗正义》曰："椒之实芬香，故以相遗也。"朱熹《诗集传》曰："椒，芬芳之物也。"袁梅《诗经译注》曰：“椒、交音同，或为双关之廋词。这诗中女子赠椒予属意之人，正是以挚情相交之信物而定情。”程俊英《诗经译注》曰：“据屈原《离骚》曰：‘巫咸将夕降兮，怀椒糈而要之。’王逸注：‘椒，香物，所以降神。’据此，这位子仲家的姑娘可能兼作女巫。她跳舞时带着花椒降神，顺便就用这当做赠送情人的礼物。”《毛诗故训传笺》云：“男女交会而相说，曰我视女之颜色美如芘芣之华然，女乃遗我一握之椒，交情好也。此本淫乱之所由。”朱熹《诗集传》曰：“言又以善旦而往。于是以其众行，而男女相与道，其慕悦之诗曰，我视尔颜色之美，如芘芣之华。于是遗我以一握之椒。而交情好也。”

【解题】

这是一首讽刺陈幽公之诗。《诗序》曰：“《东门之枌》，疾乱也。幽公淫荒，风化之所行，男女弃其旧业，亟会于道路，歌舞于市井尔。”

孔颖达《毛诗正义》曰：“男弃其业，子仲之子是也。女弃其业，不绩其麻是也。会于道路者，首章上二句是也。歌舞于市井者，婆娑是也。《经》先言歌舞之处，然后责其弃业。《序》以弃业而后敖游，故先言弃业，所以《经》《序》倒也。此实歌舞于市，而谓之市井者。《白虎通》云：‘因井为市，故曰市井。’应劭《风俗通》云：‘市，恃也。养赡老少，恃以不匮也。俗说市井，谓至市者当于井上洗濯其物香洁，及自严饰，乃到市也。谨案：古者二十亩为一井，因为市交易，故称市井。’然则由本井田之中交易为市，故国都之市亦因名市井。案：礼制九夫为井，应劭二十亩为井者，劭依《汉书·食货志》一井八家，家有私田百亩，公田十亩，余二十亩以为井灶庐舍。据其交易之处在庐舍，故言二十亩耳。因井为市，或如劭言。三章皆述淫乱之事。首章独言男婆娑于枌栩之下。下二章上二句言女子候善明之日，从男子于会处，下二句陈男女相说之辞。明歌舞之处，皆男女相从，故男女互见之。”

朱熹《诗集传》曰：“此男女聚会歌舞，而赋其事以相乐也。”

衡门

衡门之下，可以栖迟。一
泌之洋洋，可以乐饥。二
岂其食鱼，必河之鲂？三
岂其取妻，必齐之姜？四
岂其食鱼，必河之鲤？
岂其取妻，必宋之子？五

【注释】

一、衡门：以横木为门，言居住简陋。《毛诗故训传》曰："衡，横也。"《毛诗正义》曰："衡门，横木为门，言浅陋也。"栖迟：居住，止息。《毛诗故训传》曰："栖迟，游息也。"王先谦《诗三家义集疏》曰："《尔雅·释诂》曰：栖迟，息也。"

二、泌（bì音毕）：水名，在今河南西南唐河上游。一说为泉水，《毛诗故训传》曰："泌，泉水也。"陈奂《诗毛氏传疏》曰："《泉水传》云：'泉水始出，毖然流也。'毖与泌通。"洋洋：水流盛大的样子。《毛诗故训传》曰："洋洋，广大也。"朱熹《诗集传》曰："洋洋，水流貌。"乐饥：乐于其道而忘记饥饿。《毛诗故训传》曰："乐饥，可以乐道忘饥。"朱熹《诗集传》曰："泌水虽不可饱，然亦可以玩乐而忘饥也。"

三、岂其：难道。鲂：一种鱼，外形像鳊鱼而较宽，味美。

四、齐之姜：齐国姜姓之女，大国之女。

五、宋之子：宋国子姓之女。

【解题】

这是一首鼓励陈僖公过简朴生活的诗。《诗序》曰："《衡门》，诱僖公也。愿而无立志，故作是诗以诱掖其君也。"《毛诗故训传笺》曰："诱，进也；掖，扶持也。"

孔颖达《毛诗正义》曰："作《衡门》诗者，诱僖公也。以僖公懿愿而无自立之志，故国人作是《衡门》之诗以诱导扶持其君，诱使自强行道，令兴国致理也。《经》三章，皆诱之辞。"

这首诗从内容上看主要表达了一种安贫乐道的生活态度。朱熹《诗集传》言："此隐居自乐而无求者辞。"房屋简陋，有栖身之地即可；饮食简单，自得其乐可忘饥。吃鱼难道就一定要吃美味的鲂鱼或鲤鱼？娶妻难道一定要娶贵族的齐国姜姓之女或宋国子姓之女。只要自己满足于当前，依然可以从中得到安乐。

东门之池

东门之池，可以沤麻。一
彼美淑姬，可与晤歌。二
东门之池，可以沤纻。三
彼美淑姬，可与晤语。
东门之池，可以沤菅。四
彼美淑姬，可与晤言。

【注释】

一、池：池塘，一说护城河。沤（òu音怄）：浸渍使柔。《毛诗故训传笺》曰："兴者，喻贤女能柔顺君子，成其德教。"

二、淑姬：女子美称；陆德明《经典释文》淑作叔，一说姬家三姑娘，王先谦《诗三家义集疏》曰："叔字，姬姓，'彼美叔姬'，犹言'彼美孟姜'耳。"《毛诗故训传》曰："晤，遇也。"《毛诗故训传笺》曰："晤犹对也，言淑姬贤女，君子宜与对歌相切化也。"

三、纻（zhù音注）：苎麻。

四、菅（jiān音兼）：菅草。

【解题】

这是一首追求贤淑女子的诗。国史以此诗讽刺陈国君臣荒淫好色。《诗序》曰："《东门之池》，刺时也。疾其君之淫昏，而思贤女以配君子也。"

孔颖达《毛诗正义》曰："此实刺君，而云刺时者，由君所化，使时世皆淫，故言刺时以广之。欲以配君，而谓之君子者，妻谓夫为君子，上下通称。据贤女为文，故称'以配君子'。《经》三章，皆思得贤女之事。疾其君之淫昏，《序》其思贤女之意耳，于《经》无所当也。"

朱熹《诗序辨说》认为此诗为淫奔之诗；高亨《诗经今注》认为是情歌，表达了男子对女子的爱慕之情；陈子展《诗经直解》认为此诗为池边沤麻之劳动妇女妒羡彼冶容游荡之贵族女子之词。

东门之杨

东门之杨，其叶牂牂。一
昏以为期，明星煌煌。二
东门之杨，其叶肺肺。三
昏以为期，明星晢晢。四

【注释】

一、牂（zāng音脏）：多的样子。《毛诗故训传》曰：“兴也。牂牂然，盛貌。言男女失时，不逮秋冬。”《毛诗故训传笺》曰：“杨叶牂牂，三月中也。兴者，喻时晚也，失仲春之月。”一说风吹树叶的声音。闻一多《风诗类钞》曰：“牂牂、肺肺，皆风在叶中之声。”

二、昏以为期：相约黄昏的时候见面。明星：启明星。朱熹《诗集传》曰：“明星，启明也。”煌煌：十分明亮的样子。朱熹《诗集传》曰：“煌煌，大明貌。”《毛诗故训传》曰：“期而不至也。”《毛诗故训传笺》曰：“亲迎之礼以昏时，女留他色，不肯时行，乃至大星煌煌然。”朱熹《诗集传》曰：“此亦男女期会而有负约不至者，故因其所见以起兴也。”

三、肺肺（pèi音配）：同牂牂。《毛诗故训传》曰：“肺肺，犹牂牂也。”

四、晢晢（zhé音哲）：同煌煌。《毛诗故训传》曰：“晢晢，犹煌煌也。”

【解题】

这是一首讽刺陈国婚姻失时之诗。《诗序》曰：“《东门之杨》，刺时也。婚姻失时，男女多违。亲迎女犹有不至者也。”

孔颖达《毛诗正义》曰：“毛以昏姻失时者，失秋冬之时。郑以为失仲春之时。言'亲迎，女犹不至'，明不亲迎者相违众矣，故举不至者，以刺当时之淫乱也。言相违者，正谓女违男，使昏姻之礼不成。是男女之意相违耳，非谓男亦违女也。《经》二章，皆上二句言昏姻失时，下二句言亲迎而女不至也。"

朱熹《诗集传》曰："此亦男女期会，而有负约不至者。故因其所见，以起兴也。"

方玉润《诗经原始》曰："辞意闪烁，似古迎神曲，非淫词，亦非昏姻诗也。"

褚斌杰《诗经全注》曰："这是些男女约会的诗。在久候中，夜阑人静，对方仍没有来，候人者只闻风吹树叶之声，但见明星煌煌之光，其焦灼、失望之情，殆可想见。"

墓门

墓门有棘，斧以斯之。一
夫也不良，国人知之。二
知而不已，谁昔然矣。三
墓门有梅，有鸮萃止。四
夫也不良，歌以讯之。五
讯予不顾，颠倒思予。六

【注释】

一、墓门：墓道之门。《毛诗故训传》曰："墓门，墓道之门。"棘：木名，即酸枣树。朱熹《诗集传》曰："墓门，凶僻之地，多生荆棘。"斯：砍。《毛诗故训传》曰："斯，析也。幽间希行，用生此棘薪，维斧可以开析之。”《毛诗故训传笺》曰：“兴者，喻陈佗由不睹贤师良傅之训道，至陷于诛绝之罪。”马瑞辰《毛诗传笺通释》曰：“《天问》王逸注曰：‘晋大夫解居父聘吴，过陈之墓门。’墓门盖陈之城门，犹《左传》言‘秦师过周北门’。王尚书曰：‘襄三十年《左传》“晨自墓门之渎人”，杜注：‘墓门，郑城门。’墓门盖亦陈之城门，若鲁有鹿门，齐亦有鹿门；齐有扬门，宋亦有扬门。’其说是也。《传》以为墓道之门，失之。”袁梅《诗经译注》曰：“棘，荆棘丛生墓门，比喻坏人当道。斯，析。砍伐树木使之析离。”

二、夫：代词，一说指傅相。《毛诗故训传》曰：“夫，傅相也。”也不良：《毛诗故训传笺》曰：“良，善也。陈佗之师傅不善，群臣皆知之。言其罪恶着也。”一说指所刺之人。朱熹《诗集传》曰：“夫，指所刺之人也。”

三、谁昔：往昔，由来已久。《毛诗故训传》曰：“昔，久也。”《毛诗故训传笺》曰：“已犹去也。谁昔，昔也。国人皆知其有罪恶，而不诛退，终致祸难，自古昔之时常然。”朱熹《诗集传》曰：“言墓门有棘，则斧以斯之矣。此人不良，则国人知之矣。国人知之而犹不自改，则自畴昔而已然，非一日之积矣。所谓不良之人，亦不知其何所指也。”

四、鸮（xiāo音肖）：鸟名，又名猫头鹰。《毛诗故训传》曰：“鸮，恶声之鸟也。”萃：聚集。《毛诗故训传》曰：“萃，集也。”《毛诗故训传笺》曰：“梅之树善恶自有，徒以鸮集其上而鸣，人则恶之，树因恶矣。以喻陈佗之性本未必恶，师傅恶，而陈佗从之而恶。”马瑞辰《毛诗传笺通释》曰：“前章言棘，后章言梅，二木美恶大小不相类，非诗取兴之旨。”

五、歌：作诗。讯：警告。《毛诗故训传》曰：“讯，告也。”《毛诗故训传笺》曰：“歌，谓作此诗也。既作，又使工歌之，是谓之告。”袁梅《诗经译注》曰：“讯，读suì。按，讯当为谇之假借。谇，谏诤、斥责、警告、诘问。讯之，应作讯止。”

六、颠倒：狼狈的样子。朱熹《诗集传》曰：“颠倒，狼狈之状。”思予：《毛诗故训传笺》曰：“予，我也。歌以告之，汝不顾念我言，至于破灭。颠倒之急，乃思我之言。言其晚也。”王先谦《诗三家义集疏》曰：“《列女传》《离骚》王注作‘讯’，而《玉篇·言部》引《韩诗》曰‘歌以谇之’。‘谇’，谏也。《广韵·六至》云：‘谇，告也。’引诗‘歌以谇止’。洪兴祖《楚辞补注》亦作‘歌以谇止’。王氏《广雅疏正》云：‘讯字古读若‘谇’，故《经》《传》二字通用，或以训为谇之伪，非也。’胡承珙《后笺》辨之尤悉。‘鲁韩之作止’者，《列女传》作‘歌以训止’是据《鲁诗》。《广韵》《楚词补注》同作‘谇止’，当是《韩诗》文。此章以二‘止’字相应为语词，犹上章以二‘之’字相应为语词也。毛作‘之’字，误。‘训予’，犹言‘予训’。我告汝而犹不顾，及颠倒而思予。言亦无及矣，宜解大夫服而释之也。”程俊英等《诗经注析》曰：“这两句的意思为，我作诗警告你，你却不理睬，等到国家出了乱子，再想起我的忠告，就来不及了。”

【解题】

这是一首讽刺陈佗的诗。《诗序》曰：“《墓门》，刺陈佗也。陈佗无良师傅，以至于不义，恶加于万民焉。”《毛诗故训传笺》曰：“不义者，谓弑君而自立。”

孔颖达《毛诗正义》曰：“陈佗身行不义，恶加万民，定本直云‘民’，无‘万’字。由其师傅不良，故至于此。既立为君，此师傅犹在，陈佗乃用其言，必将至诛绝。故作此诗以刺佗，欲其去恶傅，而就良师也。《经》二章，皆是戒佗，令去其恶师之辞。”

朱熹《诗集传》曰：“言墓门有棘，则斧以斯之矣。此人不良，则国人知之矣。国人知之，犹不自改，则自畴昔而已然。非一日之积矣。所谓不良之人，亦不知其何所指也。”

按陈佗之事，《左传·桓公五年》载：“‘五年春正月，甲戌，己丑，陈侯鲍卒’，再赴也。于是陈乱，文公子佗杀大子免而代之。”注曰：“公疾病而乱作，国人分散，故再赴。”《左传·桓公六年》又载：“六年春正月，寔来。夏四月，公会纪侯于成。”“秋八月壬午，大阅。……蔡人杀陈佗。”“九月丁卯，子同生。”“冬，纪侯来朝。”

防有鹊巢

防有鹊巢，邛有旨苕。一
谁侜予美？心焉忉忉！二
中唐有甓，邛有旨鹝。三
谁侜予美？心焉惕惕。四

【注释】

一、防：堤岸，堤坝。《毛诗故训传》曰：“防，邑也。”朱熹《诗集传》曰：“防，人所筑以捍水者。”有鹊巢：马瑞辰《毛诗传笺通释》曰：“《召南》以鹊巢喻人君之有国家，此诗以鹊巢喻太子之应得国家，其义一也。”邛（qióng音穷）：小土山。《毛诗故训传》曰：“邛，丘也。”一说为地名。王先谦《诗三家义集疏》曰：“《说文》曰：‘邛’，地名，在济阴。”苕：草名。《毛诗故训传》曰：“苕（tiáo音条），草也。”孔颖达《毛诗正义》曰：“《苕之华》传云：‘苕，陵苕。’此直云‘苕，草’。彼陵苕之草好生下湿，此则生于高丘，与彼异也。陆玑《疏》云：‘苕，苕饶也。幽州人谓之翘饶。蔓生，茎如劳豆而细，叶似蒺藜而青，其茎叶绿色，可生食，如小豆藿也。’”朱熹《诗集传》曰：“苕，苕饶也，茎如劳豆而细，叶似蒺藜而青，其茎叶绿色，可生食。如小豆藿也。”《毛诗故训传笺》曰：“防之有鹊巢，邛之有美苕，处势自然。兴者，喻宣公信多言之人，故致此谗人。”

二、侜（zhōu音周）：蒙蔽，欺骗。《毛诗故训传》曰："侜，张诳也。"朱熹《诗集传》曰："侜，侜张也，犹郑风之所谓迋也。"予美：我心爱之人。忉忉：忧愁的样子。《毛诗故训传笺》曰："谁，谁谗人也。女众谗人，谁侜张诳，欺我所美之人乎？使我心忉忉然。所美谓宣公也。"《毛诗正义》曰："言防邑之中有鹊鸟之巢，邛丘之上有美苕之草，处势自然。以兴宣公之朝有谗言之人，亦处势自然。何则？防多树木，故鹊鸟往巢焉。邛丘地美，故旨苕生焉。以言宣公信谗，故谗人集焉。公既信此谗言，君子惧己得罪，告语众谗人辈，汝等是谁诳欺我所美之人宣公乎？而使我心忉忉然而忧之。"

三、中：中庭。唐：庭堂前或宗庙内的大路。甓（pì音僻）：砖。《毛诗故训传》曰："中，中庭。唐，堂涂也。甓，瓴甋（líng dì音零弟）也。"鹝（yì音义）：草名，绶草。《毛诗故训传》曰："鹝，绶草也。"孔颖达《毛诗正义》曰："'鹝，绶'，《释草》文。郭璞曰：'小草有杂色，似绶也。'陆玑《疏》云：'鹝五色作绶文，故曰绶草。'"

四、惕惕：担心害怕的样子。《毛诗故训传》曰："惕惕犹忉忉也。"

【解题】

这是一首讽刺陈宣公信谗的诗。《诗序》曰："《防有鹊巢》，忧谗贼也。宣公多信谗，君子忧惧焉。"

孔颖达《毛诗正义》曰："忧谗贼者，谓作者忧谗人，谓为谗以贼害于人也。《经》二章，皆上二句言宣公致谗之由，下二句言己忧谗之事。"

朱熹《诗集传》曰："此男女之有私，而忧或间之之词。故曰，防，则有鹊巢矣。卬，则有旨苕矣。今此何人，而侜张予之所美，使我忧之而至于忉忉乎。"

陈宣公，即妫杵臼，陈庄公胞弟，承袭陈庄公担任该国君主，在位期间为公元前692年至公元前648年。

月出

月出皎兮，佼人僚兮。一
舒窈纠兮，劳心悄兮。二
月出皓兮，佼人懰兮。三
舒忧受兮，劳心慅兮。四
月出照兮，佼人燎兮。五
舒夭绍兮，劳心惨兮。六

【注释】

一、皎（jiǎo音角）：洁白。《毛诗故训传》曰："皎，月光也。"王先谦《诗三家义集疏》曰："《说文》曰：'皎，月之白也。'"佼：同"姣"，朱熹《诗集传》曰："佼人，美人也。"马瑞辰《毛诗传笺通释》曰："《方言》《说文》并曰：'姣，好也。'"僚：美好的样子。《毛诗故训传》曰："僚，好貌。"马瑞辰《毛诗传笺通释》曰："《说文》曰：'僚，好儿。''嫽，女字也。'《方言》曰：'嫽，好也。'……是僚本又嫽之证。"

二、舒：舒缓。《毛诗故训传》曰："舒，迟也。"马瑞辰《毛诗传笺通释》曰："舒者，发声字，犹逝为语词也。"窈纠：走路舒缓的样子。《毛诗故训传》曰："舒之姿也。"马瑞辰《毛诗传笺通释》曰："窈纠，犹窈窕，皆叠韵，与下'忧受''夭绍'同为形容美好之词。"劳：忧思。马瑞辰《毛诗传笺通释》曰："高诱《淮南子·精神训》注曰：'劳，忧也。'凡诗言'劳心'，皆忧心。"悄：暗自忧愁。《毛诗故训传》曰："悄，忧也。"《毛诗故训传笺》曰："思而不见则忧。"以上说：月光明亮，美人漂亮。姿态窈窕，想她想得很忧愁。

三、皓：明亮。马瑞辰《毛诗传笺通释》曰：“皓者，晧之俗。《尔雅》曰：‘晧，光也。’《说文》曰：‘晧，日出貌。’此言‘月出皓兮’，借日以形月之光盛。”懰（liǔ音柳）：美好的样子。马瑞辰《毛诗传笺通释》曰：“懰与刘皆嬼之假借。《玉篇》曰：‘嬼，姣嬼也。’即取诗义。《广韵》曰：‘嬼，美好。’”

四、忧受：忧思。朱熹《诗集传》曰：“忧受，忧思也。”慅（cǎo音草）：忧愁。朱熹《诗集传》曰：“慅，犹悄也。”王先谦《诗三家义集疏》曰：“《巷伯》诗‘劳人草草’，《尔雅》作‘慅慅’，单言之曰‘慅’，是慅亦忧也。”以上说：月光明亮如同太阳，美人漂亮。姿态美好，想她想得我苦恼。

五、燎：明。朱熹《诗集传》曰：“燎，明也。”王先谦《诗三家义集疏》曰：“燎者，言其光明，与上‘照’同意。”

六、夭绍：纠紧。朱熹《诗集传》曰：“夭绍，纠紧之意。”马瑞辰《毛诗传笺通释》曰：“《文选·西京赋》‘要绍修态’，注：‘要绍，谓婵娟作姿容也。’”王先谦《诗三家义集疏》曰：‘状其心体制宽安也。”惨：忧。朱熹《诗集传》曰：“惨，忧也。”马瑞辰《毛诗传笺通释》曰：“《说文》曰：‘懆（cǎo音草），愁不安也。’《尔雅》《广雅》并曰：‘惨，忧也。’释诗者当曰：‘惨，读若懆。’”以上说：月光明亮，美人漂亮。姿态美好，想她想得心烦恼。

【解题】

这是一首讽刺陈国领导人好色的诗。《诗序》曰：“《月出》，刺好色也。在位不好德，而说美色焉。”

孔颖达《毛诗正义》曰：“人于德、色，不得并时好之。心既好色则不复好德，故《经》之所陈唯，唯言好色而已。《序》言不好德者，以见作诗之意耳，于《经》无所当也。《经》三章，皆言在位好色之事。”

也有主张是怀人之诗。朱熹《诗集传》曰："此亦男女相悦而相念之词。言月出则皎然矣。佼人则僚然矣。安得见之，舒窈纠之情乎。是以为之劳心而悄然也。"

株林

胡为乎株林，从夏南？一
匪适株林，从夏南！二
驾我乘马，说于株野。
乘我乘驹，朝食于株。三

【注释】

一、株林：陈国的邑名，大夫夏征舒的封邑。时夏征舒年幼，随母亲夏姬食于株林。夏姬貌美，陈灵公常常去往株林，淫于夏姬。马瑞辰认为，株是邑名，林是野的意思，株林即株邑的郊外。从：跟。夏南：即夏征舒，夏征舒字子南。马瑞辰《毛诗传笺通释》曰："不言夏姬言夏南者，上二句诗人故设为问辞，若不知其淫于夏姬者，以为从夏南游耳。下二句当连读，谓其非适株林从夏南也，言外见其实淫于夏姬，此诗人立言之妙。"

二、匪：通"非"。适：往，去。王先谦《诗三家义集疏》曰："言适株林，则株林必有游览之乐；从夏南，则夏南当为就见之臣。而株林无可观，夏南非有见也。故国人又言曰：我知君非适株林，亦非从夏南也。讽刺意在言外。"

三、乘：乘马、乘驹之乘（shèng音胜）为量词，一车驷马为一乘。说（shuì音税）：停留。朝食，吃早饭。古代天子乘的马曰龙，高七尺以上；诸侯乘的马曰马，高六尺以上；大夫、士乘的马曰驹，高五尺以上。这里言陈灵公又乘马，又乘驹，变易车乘，以至株林。或停留嬉戏于郊野，或吃早饭于株邑。王先谦《诗三家义集疏》曰："灵公初往夏氏，必托言游株林。自株林至株野，乃税（作"息"解）其驾，然后微服入株邑，朝食于夏氏。此诗乃实赋其事也。"马瑞辰认为，"乘驹"指随行的大夫。冯梦龙《东周列国志》记载，陈灵公与大夫孔宁、仪行父三人同淫于夏氏。

【解题】

这是一首讽刺陈灵公荒淫之诗。《诗序》曰："《株林》，刺灵公也。淫乎夏姬，驱驰而往，朝夕不休息焉。"《毛诗故训传笺》曰："夏姬，陈大夫妻，夏征舒之母，郑女也。征舒字子南，夫字御叔。"

孔颖达《毛诗正义》曰："作《株林》诗者，刺灵公也。以灵公淫于夏氏之母，姬姓之女，疾驱其车马，驰走而往，或早朝而至，或向夕而至，不见其休息之时，故刺之也。《经》二章，皆言灵公往淫夏姬朝夕不息之事。"

朱熹《诗集传》曰："灵公淫于夏征之母，朝夕而往夏氏之邑。故其民相与语曰，君胡为乎株林乎。曰，从夏南耳。然则非适株林也。特以从夏南故耳。盖淫乎夏姬不可言也。故以从其子言之。诗人之忠厚如此。"

按《史记·陈杞世家》载："灵公十四年，灵公与其大夫孔宁、仪行父皆通于夏姬，衷其衣以戏于朝。泄冶谏曰：'君臣淫乱，民何效焉？'灵公以告二子，二子请杀泄冶，公弗禁，遂杀泄冶。十五年，灵公与二子饮于夏氏。公戏二子曰：'征舒似汝。'二子曰：'亦似公。'征舒怒。灵公罢酒出，征舒伏弩厩门射杀灵公。孔宁、仪行父皆奔楚，灵公太子午奔晋。征舒自立为陈侯。征舒，故陈大夫也。夏姬，御叔之妻，舒之母也。成公元年冬，楚庄王为夏征舒杀灵公，率诸侯伐陈。谓陈曰：'无惊，吾诛征舒而已。'已诛征舒，因县陈而有之，群臣毕贺。申叔时使于齐来还，独不贺。庄王问其故，对曰：

‘鄙语有之，牵牛径人田，田主夺之牛。径则有罪矣，夺之牛，不亦甚乎？今王以征舒为贼弑君，故征兵诸侯，以义伐之，已而取之，以利其地，则后何以令于天下！是以不贺。’庄王曰：‘善。’乃迎陈灵公太子午于晋而立之，复君陈如故，是为成公。孔子读史记至楚复陈，曰：‘贤哉楚庄王！轻千乘之国而重一言。’”

泽陂

彼泽之陂，有蒲与荷。一
有美一人，伤如之何！二
寤寐无为，涕泗滂沱。三
彼泽之陂，有蒲与蕳。四
有美一人，硕大且卷！五
寤寐无为，中心悁悁。六
彼泽之陂，有蒲菡萏。七
有美一人，硕大且俨。八
寤寐无为，辗转伏枕。九

【注释】

一、陂（bēi音杯）：水岸。《毛诗故训传》曰：“陂，泽障也。”孔颖达《毛诗正义》曰：“泽障，谓泽畔障水之岸。《说文》曰：‘陂，阪也。一曰池也。’《玉篇》曰：‘泽障也。’《汉书·礼乐志》：‘腾雨师洒路陂。’注：‘路陂。路旁也。’”蒲：水草名，一说为菖蒲。《毛诗故训传笺》云：

“蒲，柔滑之物。”朱熹《诗集传》曰：“蒲，水草可为席者。”荷：荷花，或称莲花。《毛诗故训传》曰：“荷，芙蕖也。”《毛诗故训传笺》曰：“芙蕖之茎曰荷，生而佼大。”孔颖达《毛诗正义》曰：“《释草》云：‘荷，芙蕖。其茎茄，其叶蕸，其本蔤，其华菡萏，其实莲，其根藕，其中的，的中薏。’李巡曰：‘皆分别莲茎叶华实之名。菡萏，莲华也。的，莲实也。薏，中心也。’郭璞曰：‘蔤，茎下白蒻在泥中者。今江东人呼荷华为芙蓉，北方人便以藕为荷，亦以莲为荷。蜀人以藕为茄。或用其母为华名，或用根子为母叶号。此皆名相错，习俗传误，失其正体者也。’陆玑《疏》云：‘莲青皮里白子为的，的中有青为薏，味甚苦。’”程俊英等《诗经注析》曰：“荷，这里指荷叶，与下文的‘莲’指莲蓬、‘菡萏’指荷花各有不同。后来这三个名称和‘芙蕖’‘夫容’都可以通用。”《毛诗故训传笺》曰：“兴者，蒲以喻所说男之性，荷以喻所说女之容体也。正以陂中二物兴者，喻淫风由同姓生。”

二、伤：思念。《毛诗故训传》曰：“伤无礼也。”《毛诗故训传笺》曰：“伤，思也。我思此美人，当如之何而得见之。”

三、无为：不知如何是好，一说苦于无法达到目的。《毛诗故训传笺》云：“寤，觉也。”涕：眼泪。泗：鼻涕。《毛诗故训传》曰：“自目曰涕，自鼻曰泗。”滂沱（pāng tuó音乓驼）：原指多雨的样子，这里指鼻涕眼泪流不止。

四、蕑（jiān音肩）：兰草。《毛诗故训传》曰：“蕑，兰也。”《毛诗故训传笺》曰：“蕑当作‘莲’。莲，芙蕖实也。莲以喻女之言信。”孔颖达《毛诗正义》曰：“以上下皆言蒲、荷，则此章亦当为荷，不宜别据他草。且兰是陆草，非泽中之物，故知兰当作‘莲’，莲是荷实，故喻女言信实。《鲁诗》《韩诗》作‘莲’。”

五、硕大：身材修长的样子。卷（quán音全）：通“婘”，美丽、漂亮的样子。《毛诗故训传》曰：“卷，好貌。”《释文》曰：“卷，本又作婘。”一说为鬓发美丽的样子。朱熹《诗集传》曰："卷，鬓发之美也。"

六、悁悁（yuān音渊）：忧郁，悲伤的样子。《毛诗故训传》曰："悁悁，犹悒悒也。"王先谦《诗三家义集疏》曰："悁悁，盖悲哀不舒之意。"

七、菡萏（hàn dàn音汉旦）：荷花。《毛诗故训传》曰："菡萏，荷华也。"《毛诗故训传笺》云："华以喻女之颜色。"《释文》曰："菡，本又作'莟'，又作'欿'。"

八、俨（yǎn音掩）：端庄的样子。《毛诗故训传》曰："俨，矜庄貌。"《韩诗》作"嬒（ǎn音俺）"，指脸颊与颌下肌肤丰腴。

九、辗转：《鲁诗》《韩诗》作"展"，意为翻来覆去。见《关雎》注。朱熹《诗集传》曰："辗转伏枕，卧而不寐，思之深且久也。"

【解题】

这是一首讽刺陈灵公荒淫而感伤陈国社会风气大坏之诗。《诗序》曰："《泽陂》，刺时也。言灵公君臣淫于其国，男女相说，忧思感伤焉。"《毛诗故训传笺》曰："君臣淫于国，谓与孔宁、仪行父也。感伤，谓涕泗滂沱。"

孔颖达《毛诗正义》曰："作《泽陂》诗者，刺时也。由灵公与孔宁、仪行父等君臣并淫于其国之内，共通夏姬，国人效之，男女递相悦爱，为此淫泆（yì音义）。毛以为，男女相悦，为此无礼，故君子恶之，忧思感伤焉。"

朱熹《诗集传》曰："此诗之旨，与《月出》相类。言彼泽之陂，则有蒲与荷矣。有美一人，而不可见，则虽忧伤，而如之何哉。寤寐无为。涕泗滂沱而已矣。"

陈灵公（？—前599年），妫姓，陈氏，名平国，乃陈共公朔之子，周顷王六年嗣位。春秋时期陈国的第十九任国君，在位时间是公元前613至公元前599年。

桧风

郐国又称作会国、桧国，在今河南新郑一带。《桧风》共四篇。西周初，封妘姓之后于郐，为郐国。公元前767年，郑武公灭郐，郐并入郑国，所以《桧风》也可以认为是《郑风》。

陆德明《经典释文·毛诗音义》曰：“桧，本又作‘郐’，古外反。桧者，高辛氏之火正祝融之后，妘姓之国也。其封域在古豫州外方之北，荧波之南，居溱、洧之间，祝融之故墟，是子男之国。后为郑武所并焉。王云：“周武王封之于济、洛、河颍之间，为桧子。”

《桧谱》曰：“桧者，古高辛氏火正祝融之墟。桧国在《禹贡》豫州外方之北，荥波之南，居溱、洧之间。祝融氏名黎，其后八姓，唯妘姓桧者处其地焉。周夷王、厉王之时，桧公不务政事，而好洁衣服，大夫去之，于是桧之变风始作。其国北邻于虢。”

朱熹《诗集传》曰：“桧，国名。高辛氏火正祝融之墟，在禹贡豫州外方之北，荥波之南，居溱、洧之间。其君妘姓，祝融之后，周衰为郑桓公所灭，而迁国焉，今之郑州即其地也。苏氏以为桧诗皆为郑作。如邶墉之于卫也，未知是否。”

羔裘

羔裘逍遥，狐裘以朝。一
岂不尔思？劳心忉忉！二
羔裘翱翔，狐裘在堂。三
岂不尔思？我心忧伤！
羔裘如膏，日出有曜。四
岂不尔思？中心是悼！五

【注释】

一、羔裘：羔羊皮袍。狐裘：狐皮袍。古人穿衣亦有礼。《毛诗故训传》曰："羔裘以游燕，狐裘以适朝。"大夫平时穿羔裘，朝见天子时穿狐裘。逍遥：自由任意游乐。陈奂《诗毛氏传疏》曰："燕者，安也。《传》以游燕释逍遥，《序》云逍遥游燕，此四字同义。"王先谦《诗三家义集疏》曰："愚案：《楚辞·九章》王注：'逍遥，游戏也。'"

二、岂不尔思：岂不思尔。尔：你。劳心：忧心。忉忉：忧心的样子。《毛诗故训传笺》曰："思君如是，心忉忉然。"陈奂《诗毛氏传疏》曰："劳心，心劳也。《齐·甫田》传：'忉忉，忧劳也。劳，亦忧也。'"

三、翱翔：朱熹《诗集传》曰："翱翔，犹逍遥也。"本指鸟儿展开翅膀回旋飞翔的样子，这里指引申义，悠闲自由游乐的样子，义同"逍遥"。堂：公堂，朝堂，大夫朝见君主的地方。孔颖达《毛诗正义》曰："上言'以朝'，谓日出视朝，此云'在堂'，谓正寝之堂。"

四、膏：油脂。曜：同"耀"，日光。陈奂《诗毛氏传疏》曰："《传》云：'日出照耀，然后见其如膏'，此倒句也。"这里指羔裘在阳光照耀下，闪亮润泽如涂了一层油脂一样。

五、悼：哀伤。《毛诗故训传》曰：“悼，动也。”孔颖达《毛诗正义》曰：“哀悼者，心神震动，故为动也。与笺‘哀伤’同。”

【解题】

桧国大夫因其国君治国不以其道，无奈离去，因此作此诗以讽谏。《诗序》曰：“《羔裘》，大夫以道去其君也。国小而迫，君不用道，好洁其衣服，逍遥游燕，而不能自强于政治，故作是诗也。”《毛诗故训传笺》曰：“以道去其君者，三谏不从，待放于郊，得玦乃去。”

孔颖达《毛诗正义》曰：“作《羔裘》诗者，言大夫以道去其君也。谓桧之大夫，见君有不可之行，乃尽忠以谏。谏而不从，即待放于郊，得玦乃去。此是以道理去君也。由桧既小，而迫于大国，君不能用人君之道以理其国家，而徒好修洁其衣服，逍遥游戏而燕乐，而不能用心自强于政治之事。大夫见其如是，故谏之，而不从，故去之。臣之将去，待放于郊。当待放之时，思君之恶而作是《羔裘》之诗，言己去君之意也。《序》言‘以道去其君’，既已舍君而去，《经》云‘岂不汝思’，其意犹尚思君，明己弃君而去，待放未绝之时，作此诗也。大夫去君，必是谏而不从。诗之所陈，即谏君之意。”

朱熹《诗集传》曰：“缁衣羔裘，诸侯之朝服。锦衣狐裘，其朝天子之服也。旧说，桧君好洁其衣服，逍遥游宴，而不能自强于政治。故诗人忧之。”

现代有些学者看法不同，程俊英、唐莫尧等人认为这是一首怀人诗，褚斌杰先生则指出这诗是写一个妇女对她丈夫整日忙于官事和在外游乐的不满，在孤独中黯然自伤。

素冠

庶见素冠兮，棘人栾栾兮，劳心慱慱兮！[一]
庶见素衣兮，我心伤悲兮！聊与子同归兮。[二]
庶见素韠兮，我心蕴结兮！聊与子如一兮。[三]

【注释】

一、庶：幸而。素冠：白色丧帽。棘：《毛诗故训传》曰：急也；一说瘠。马瑞辰《毛诗传笺通释》曰：“棘为瘠之假借”。栾栾：瘦瘠貌，《鲁诗》作脔脔。慱慱（tuán音团）：忧劳貌。《毛诗故训传笺》曰：“丧礼既祥，祭而缟冠素纰，时人皆解缓，无三年之恩于其父母，而废其丧礼，故觊幸一见素冠，急于哀感之人，形貌栾栾然瘦瘠也。”

二、素衣：白布丧服。同归：《毛诗故训传》曰：“原见有礼之人，与之同归。”《毛诗故训传笺》曰：“聊犹且也。且与子同归，欲之其家，观其居处。”马瑞辰《毛诗传笺通释》认为，同归意为同样，一致。

三、韠（bì音必）：蔽膝，朝觐或祭祀用以遮蔽在裳前。蕴结：郁结。聊与子如一：《毛诗故训传笺》曰：“且欲与之居处，观其行也。”孔颖达《毛诗正义》曰：“愿与子行如一。”

【解题】

这是一首讽刺孝子不能守三年之丧的诗。《诗序》曰：“《素冠》，刺不能三年也。”《毛诗故训传笺》曰：“丧礼：子为父，父卒为母，皆三年。时人恩薄礼废，不能行也。”

孔颖达《毛诗正义》曰：“《丧服》曰：子为父斩衰三年。父卒，为母齐衰三年。此言不能三年，不言齐斩之异，故两举以充之。丧礼：诸侯为（wèi）

天子，父为长子，妻为夫，妾为君，皆三年。此笺独言父母者，以诗人所责，当责其尊亲至极而不能从礼耳，故知主为父母。父母尚不能三年，其余亦不能三年可知矣。首章传曰‘素冠，练冠’，礼三年之丧，十三月而练，则此练冠是十三月而练服也。二章传曰‘素冠，故素衣’，则素衣与冠同时，亦既练之衣。是上二章同思既练之人。卒章‘庶见素韠’，案丧服斩衰，有衰裳绖带而已，不言其韠。《檀弓》说既练之服云‘练衣黄里、縓缘、要绖、绳屦、角瑱、鹿裘’，亦不言有韠，则丧服始终皆无韠矣。礼，大祥祭服，朝服缟冠。朝服之制，缁衣素裳。礼，韠从裳色。素韠，是大祥祭服之韠。然则毛意亦以卒章思大祥之人也。作者以时人皆不能行三年之丧，故从初向末而思之，有不到大祥者。故上二章思既练之人皆不能三年，故卒章思祥祭之人，事之次也。郑以首章思见既祥之后素缟之冠，下二章思见祥祭之服素裳与韠，以时人不能行三年之丧，先思长远之服，故先思祥后，却思祥时也。”

朱熹《诗集传》曰：“按丧礼为父为君，斩衰三年。昔宰予欲短丧，夫子曰：‘子生三年，然后免于父母之怀。夫三年之丧，天下之通丧也，予也有三年之爱于其父母乎。’传曰，子夏三年之丧毕，见于夫子。援琴而弦，衎衎（kàn音看）而乐。作，而曰：‘先王制礼，不敢不及。’夫子曰：‘君子也。’闵子骞三年之丧毕，见于夫子。援琴而弦，切切而哀。作，而曰：‘先王制礼，不敢过也。’夫子曰：‘君子也。’子路曰：‘敢问何谓也？’夫子曰：‘子夏哀已尽，能引而致之于礼，故曰君子也。闵子骞哀未尽，能自割以礼，故曰君子也。夫三年之丧，贤者之所轻，不肖者之所勉。’”

高亨《诗经今注》认为是赞美孝子；蓝菊荪《诗经国风今译》认为是姑娘想与孝子出奔；程俊英《诗经译注》认为是妇女愿与亡夫共死；唐莫尧《诗经全译》认为是对居丧者的同情。

隰有苌楚

隰有苌楚，猗傩其枝。一
夭之沃沃，乐子之无知。二
隰有苌楚，猗傩其华。
夭之沃沃，乐子之无家。三
隰有苌楚，猗傩其实。
夭之沃沃，乐子之无室。

【注释】

一、苌（cháng音长）楚：植物名，又名羊桃。《毛诗故训传》曰："兴也。苌楚，铫（yáo音谣）弋也。"朱熹《诗集传》曰："苌楚，铫弋，今羊桃也，子如小麦，亦似桃。"猗（yī音衣）傩（nuó音挪）：同"婀娜"，柔美。《毛诗故训传》曰："猗傩，柔顺也。"《毛诗故训传笺》曰："铫弋之性，始生正直，及其长大，则其枝猗傩而柔顺，不妄寻蔓草木。兴者，喻人少而端悫，则长大无情欲。"

二、夭：小的样子。《毛诗故训传》曰："夭，少也。"朱熹《诗集传》曰："夭，少好貌。"沃沃：壮。《毛诗故训传》曰："沃沃，壮佼也。"一说有光泽的样子。朱熹《诗集传》曰："沃沃，光泽貌。"《毛诗故训传笺》曰："知，匹也。疾君之恣，故于人年少沃沃之时，乐其无妃匹之意。"朱熹《诗集传》曰："子，指苌楚也。政烦赋重，人不堪其苦，叹其不如草木之无知而无忧也。"

三、无家：无家室之累。下文"无室"同。《毛诗故训传笺》曰："无家，谓无夫妇室家之道。"朱熹《诗集传》曰："无家，言无累也。"

【解题】

这是一首桧人痛恨君主荒淫之诗。《诗序》曰："《隰有苌楚》，疾恣也。国人疾其君之淫恣而思无情欲者也。"

孔颖达《毛诗正义》曰："作《隰有苌楚》诗者，主疾恣也。桧国之人，疾其君之淫邪，恣极其情意，而不为君人之度，故思乐见无情欲者。定本直云'疾其君之恣'，无'淫'字。《经》三章，皆是思其无情欲之事。"

朱熹《诗集传》曰："政烦赋重，人不堪其苦，叹其不如草木之无知而无忧也。"

方玉润《诗经原始》曰："此必桧破民逃，自公族子姓以及小民之有家有室者，莫不扶老携幼、挈妻抱子、相与号泣路歧，故有家不如无家之好，有知不如无知之安也。而公族子姓之为室家累者则尤甚。合观前二篇，当是为公室发者居多。如杜老之《哀王孙》《哀江头》等篇，举其重而轻者自见耳。"

褚斌杰《诗经全注》曰："这诗写身处乱世，生活困顿，不堪其苦，反羡慕不如草木之无知无累。"

匪风

匪风发兮，匪车偈兮。一
顾瞻周道，中心怛兮。二
匪风飘兮，匪车嘌兮。三
顾瞻周道，中心吊兮。四
谁能亨鱼？溉之釜鬵。五
谁将西归？怀之好音。六

【注释】

一、匪：同“彼”，那。发：飘扬的样子。《毛诗故训传》曰：“发发飘风，非有道之风。偈偈疾驱，非有道之车。”孔颖达《毛诗正义》曰：“《蓼莪》云‘飘风发发’，下云‘匪风飘兮’，知发发为飘风。偈偈，轻举之貌，故为疾驱。伤周道之灭，而云‘匪车’‘匪风’，故知非有道之风，非有道之车。车者，人所乘驾也。时世无道，人无节度，可得随时改易。风乃天地之气，亦为无道变者。”朱熹《诗集传》曰：“发，飘扬貌。”马瑞辰《毛诗传笺通释》曰：“古匪字盖借为邪彼之彼，又借为彼我之彼。”袁梅《诗经译注》曰：“匪，彼之借字。匪，彼，古可互假。发，飘扬的样子。形容风疾而寒。犹‘发发’。”偈（jié音杰）：疾驰貌。朱熹《诗集传》曰：“偈，疾驱貌。”

二、怛（dá音达）：悲伤。《毛诗故训传》曰：“怛，伤也。下国之乱，周道灭也。”周道：大道，一说到周的路。《毛诗故训传笺》曰：“周道，周之政令也。回首曰顾。”朱熹《诗集传》曰：“周道，适周之路也。周室衰微，贤人郁叹而作此诗。言常时风发而车偈，则中心怛然。今非风发也，非车偈也，特顾瞻周道而思王室之陵迟，故中心为之怛然耳。”马瑞辰《毛诗传笺通释》曰：“谓《诗》以大路之坦平喻王道之正直则可，若遂以为周之政令，则非。”程俊英等《诗经注析》曰：“周道，大路。”

三、飘：回风。《毛诗故训传》曰：“回风为飘。”《毛诗正义》曰：“‘回风为飘’，《释天》文。李巡曰：‘回风，旋风也，一曰飘风，别二名。’此章言风名，上章言发发，谓飘风行疾，是一风也。上章言疾车，此言无节度，车之迟速，当有鸾和之节，由疾，故无节，亦与上同。”朱熹《诗集传》曰：“回风曰飘。”嘌（piāo音飘）：摇摆晃动的样子。《毛诗故训传》曰：“嘌嘌，无节度也。”朱熹《诗集传》曰：“嘌，漂摇不安之貌。”

四、吊：伤。《毛诗故训传》曰：“吊，伤也。”袁梅《诗经译注》曰：“吊，形容六神无主，心象悬在半空，忧伤不安的样子。”

五、溉（gài音盖）：洗，洗涤。《毛诗故训传》曰："溉，涤也。"釜（fǔ音抚）：锅子。鬵（zèng音憎）：大锅。古同"甑"。《毛诗故训传》曰："鬵，釜属。亨（古同"烹"）鱼烦则碎，治民烦则散，知亨鱼则知治民矣。"《毛诗故训传笺》曰："谁能者，言人偶能割亨者。"

六、怀：携带。《毛诗故训传》曰："周道在乎西。怀，归也。"《毛诗故训传笺》曰："谁将者，亦言人偶能辅周道治民者也。桧在周之东，故言西归。有能西仕于周者，我则怀之以好音，谓周之旧政令。"朱熹《诗集传》曰："谁能亨鱼乎，有则我愿与之溉其釜鬵。谁将西归乎，有则我愿慰之以好音。以见思之之甚，但有西归之人，即思有以厚之也。"褚斌杰《诗经全注》曰："怀，携带，捎去。"

【解题】

这是一首桧大夫怀念周道之诗。《诗序》曰："《匪风》，思周道也。国小政乱，忧及祸难，而思周道焉。"

孔颖达《毛诗正义》曰："作《匪风》诗者，言思周道也。以其桧国既小，政教又乱，君子之人忧其将及祸难，而思周道焉。若使周道明盛，必无丧亡之忧，故思之。上二章言周道之灭，念之而怛伤。下章思得贤人，辅周兴道。皆是思周道之事。"

朱熹《诗集传》曰："周室衰微，贤人忧叹，而作此诗。言常时风发，而车偈，而中心怛然。今非风发也，非车偈也，特顾瞻周道，而思王室之陵迟。故中心为之怛然耳。"

曹风

武王灭商，封周文王嫡六子振铎于曹国，都陶丘，在今山东菏泽定陶一带。《曹风》即产生于曹地的诗，共有四篇。

陆德明《经典释文·毛诗音义》曰："曹者，武王之弟叔振铎所封之国也。爵为伯。其封域在兖州陶丘之北，菏泽之野，今济阴定陶是也。"

《曹谱》曰："曹者，《禹贡》兖州陶丘之北，地名。周武王既定天下，封弟叔振铎于曹，今曰济阴定陶是也。其封域在雷夏、菏泽之野。"

朱熹《诗集传》曰："曹，国名，其地在禹贡兖州陶丘之地，雷夏菏泽之野，周武王以封其弟振铎。今之曹州即其地也。昔尧尝游成阳，死而葬焉。舜渔于雷泽，民俗始化，其遗风重厚，多君子，务稼穑，薄衣食以致畜积。夹于鲁、卫之间，又寡于患难，末时富而无教，乃更骄侈。当周惠王时，政衰，昭公好奢而任小人，曹之变风始作。"

蜉蝣

蜉蝣之羽，衣裳楚楚。一
心之忧矣，于我归处。二
蜉蝣之翼，采采衣服。三
心之忧矣，于我归息。
蜉蝣掘阅，麻衣如雪。四
心之忧矣，于我归说。五

【注释】

一、蜉（fú音福）蝣（yóu音由）：昆虫名。《毛诗故训传》曰："蜉蝣，渠略也，朝生夕死，犹有羽翼以自修饰。"朱熹《诗集传》曰："蜉蝣，渠略也，似蛣蜣，身狭而长角，黄黑色，朝生暮死。"楚楚：鲜明的样子。《毛诗故训传》曰："楚楚，鲜明貌。"《毛诗故训传笺》曰："兴者，喻昭公之朝，其群臣皆小人也。徒整饰其衣裳，不知国之将胁迫，群臣死亡无日，如渠略然。"

二、归：归处。《毛诗故训传笺》曰："归，依归。君当于何依归乎？言有危亡之难，将无所就往。"孔颖达《毛诗正义》曰："言蜉蝣之虫，有此羽翼，以兴昭公君臣有此衣裳楚楚也。蜉蝣之小虫，朝生夕死，不知己之姓名死亡在近，有此羽翼以自修饰，以兴昭公之朝廷皆小人，不知国将胁迫，死亡无日，犹整饰此衣裳以自修洁。君任小人，又奢如是，故将灭亡。诗人之言，我心绪为之忧矣。此国若亡，于我君之身当何所归处乎？"王先谦《诗三家义集疏》曰："言在朝之臣，其心不知忧国，不思国亡而身无所托也。我不敢自谓忧国，此心之忧在于我依止之地，不胜其顾虑耳，彼群臣独何心乎？"

三、采采：众多的样子。《毛诗故训传》曰："采采，众多也。"《毛诗正义》曰："以《卷耳》《芣苢》言'采采'者，众多非一之辞，知此'采采’亦为众多。‘楚楚’于‘衣裳’之下，是为衣裳之貌。今‘采采’在‘衣服’上，故知言多有衣服，非衣裳之貌也。”

四、掘：挖掘。阅：洞穴。掘阅指昆虫始出，穿穴而出。《毛诗故训传》曰：“掘阅，容阅也。”《毛诗故训传笺》曰：“掘阅，掘地解阅，谓其始生时也。以解阅喻君臣朝夕变易衣服也。”麻衣：蜉蝣翅上有斑纹，称其为麻衣。一说为朝服。《毛诗故训传笺》曰：“麻衣，深衣。诸侯之朝服，朝夕则深衣也。”陈奂《诗毛氏传疏》云：“麻衣，朝服也。凡布幅广二尺二寸，八十缕为升，朝服用十五升，缌则去朝服之半，二者精细不同，用麻则一，故朝服与缌服皆得谓之麻衣。首、次章言群臣，三章兼君臣言之，其忧心更为切至。”如雪：洁白如雪。《毛诗故训传》曰：“如雪，言鲜洁。”

五、说：同“税”，止。《毛诗故训传笺》曰：“说犹舍息也。”

【解题】

这是一首批评曹昭公奢侈而无道的诗。《诗序》曰：“《蜉蝣》，刺奢也。昭公国小而迫，无法以自守，好奢而任小人，将无所依焉。”

孔颖达《毛诗正义》曰：“作《蜉蝣》诗者，刺奢也。昭公之国既小，而迫胁于大国之间，又无治国之法以自保守，好为奢侈而任用小人，国家危亡无日，君将无所依焉，故君子忧而刺之也。”

朱熹《诗集传》曰：“此诗盖以时人有玩细娱而忘远虑者，故以蜉蝣为比而刺之。言蜉蝣之羽翼，犹衣裳之楚楚可爱也。然其朝生暮死，不能久存。故我心忧之，而欲其于我归处耳。《序》以为刺其君。或然，而未有考也。”

《春秋·僖公七年》：“曹伯班卒。”又曰：“冬，葬曹昭公。”

曹昭公（？—前653年），春秋曹国国君。曹僖公夷之子，继曹僖公而立，在位时间公元前662年至公元前653年。

候人

彼候人兮，何戈与祋。一
彼其之子，三百赤芾。二
维鹈在梁，不濡其翼。三
彼其之子，不称其服。四
维鹈在梁，不濡其咮。五
彼其之子，不遂其媾。六
荟兮蔚兮，南山朝隮。七
婉兮娈兮，季女斯饥。八

【注释】

一、候人：古代在边境上负责迎送宾客的官。《毛诗故训传》曰：“候人，道路送迎宾客者。”朱熹《诗集传》曰：“候人，道路迎送宾客之官。”何：同“荷”“负荷”，背着。《毛诗故训传》曰：“何，揭。”《毛诗注疏》云：“戈祋须人担揭，故以‘荷’为‘揭’也。”褚斌杰《诗经全注》曰：“何，同荷，背着，肩扛。”祋（duì音对）：古代杖属兵器，即殳。《毛诗故训传》曰：“祋，殳也。”马瑞辰《毛诗传笺通释》曰：“殳即杖，以积竹为之。《说文》曰：‘殳，以杖殊人也。’……《说文》曰：‘祋，殳也。’或说城郭市里高悬羊皮，有不当入而欲入者，暂下以警牛马。”王先谦《诗三家义集疏》曰：“《卢人》曰：‘戈六尺有六寸，殳长寻有四寸。’戈、殳俱是短兵相类故也。”彼：指示代词。《毛诗故训传》曰：“彼，彼曹朝也。”

二、赤芾（fú音福）：通“韨”。古诸侯官服上的蔽膝。《毛诗故训传》曰：“芾，韠也。一命缊芾黝珩，再命赤芾黝珩，三命赤芾葱珩。大夫以上赤芾乘轩。”朱熹《诗集传》曰：“芾，冕服之韠也。”褚斌杰《诗经全注》

曰："赤芾，红皮革做的蔽膝。"以上说：曹共公疏远贤人，亲近小人。贤人做官，最高也只是候人之类的小官，而能够成为大夫的，却有很多。

三、鹈（tí音提）：鹈鹕，水鸟名。《毛诗故训传》曰："鹈，洿泽水鸟也。"梁：为拦截鱼而在水中筑的坝。《毛诗故训传》曰："梁，水中之梁。"

四、称：相配。《毛诗故训传笺》曰："不称者，言德薄而服尊。"以上说：鹈鸟停留在梁上，连翅膀没有沾湿。那些处在尊位的小人啊，你们的品德能够对得起自己的朝服吗？

五、咮（zhòu音宙）：鸟嘴。《毛诗故训传》曰："咮，喙也。"王先谦《诗三家义集疏》曰："《玉篇》曰：'咮，喙也。'"

六、遂：称心如意。《毛诗故训传笺》曰："遂，犹久也。"朱熹《诗集传》曰："遂，称。"媾：男女交合。《毛诗故训传》曰："媾，厚也。"朱熹《诗集传》曰："媾，宠也。"一说同"称"，马瑞辰《毛诗传笺通释》曰："媾盖韝字之假借。《说文》曰：'韝，臂衣也。'《乡射礼》'袒决遂'，郑注：'遂，射韝也。以朱韦为至，着左臂，所以遂弦也。'佩韝而不能射御，是谓'不遂其媾'，与'不称其服'同意。"以上说：鹈鸟落在河梁上，嘴巴都没有沾湿。在尊位的小人们，不懂得射箭，怎么对得起自己佩戴的皮韝啊。

七、荟、蔚：草木茂盛的样子。《毛诗故训传》曰："荟、蔚，云兴貌。"朱熹《诗集传》曰："荟蔚，草木盛多之貌。"王先谦《诗三家义集疏》曰："荟兮蔚兮者，言山云如草莽也。…《说文》曰：'荟，草多貌。'…《文选西都赋》注引《苍颉篇》云：'蔚，草木盛貌也。'此'荟蔚'本义，诗借以状云兴之盛。"南山：地名。《毛诗故训传》曰："南山，曹南山也。"隮（jī音机）：升腾的云气。《毛诗故训传》曰："隮，升云也。"朱熹《诗集传》曰："朝隮，云气升腾也。"王先谦《诗三家义集疏》曰："隮，当做跻，《说文》无隮字。"

八、婉、娈：美丽的样子。《毛诗故训传》曰："婉，少貌。娈，好貌。”季女：少女。《毛诗故训传》曰：“季，人之少子也。女，民之弱者。”以上说：山里的云气非常兴盛，如同是小人得势，美丽大方的少女却不能吃饱饭，如同贤者处在卑贱。

【解题】

这是一首讽刺曹国君主奢侈而近小人之诗。《诗序》曰：“《候人》，刺近小人也。共公远君子而好近小人焉。”

孔颖达《毛诗正义》曰：“首章上二句言其远君子，以下皆近小人也。此诗主刺君近小人。以君子宜用而被远，小人应疏而却近，故《经》先言远君子也。”

朱熹《诗集传》曰：“此刺其君远君子而近小人之词。言彼候人而何戈与祋者宜也。彼其之子，而三百赤芾何哉。晋文公入曹，数其不用僖负羁，而乘轩者三百人。其谓是欤。”

《左传·僖公二十三年》曰，晋文公“及曹，曹共公闻其骈胁，欲观其裸。浴，薄而观之。僖负羁之妻曰：‘吾观晋公子之从者，皆足以相国。若以相，夫子必反其国。反其国，必得志于诸侯。得志于诸侯而诛无礼，曹其首也。子盍蚤自贰焉。’乃馈盘飧，置璧焉。公子受飧反璧。”

《左传·文公九年》曰：“秋八月，曹伯襄卒。九月癸西，地震。冬，楚子使椒来聘。秦人来归僖公，成风之禭。葬曹共公。”

曹共公（？—前618年），名襄，春秋曹国国君。曹昭公班之子，在位时间公元前653年至公元前618年。

鸤鸠

鸤鸠在桑，其子七兮。一

淑人君子，其仪一兮。[二]
其仪一兮，心如结兮。[三]
鸤鸠在桑，其子在梅。
淑人君子，其带伊丝。
其带伊丝，其弁伊骐。[四]
鸤鸠在桑，其子在棘。
淑人君子，其仪不忒。
其仪不忒，正是四国。[五]
鸤鸠在桑，其子在榛。
淑人君子，正是国人。
正是国人，胡不万年。

【注释】

一、鸤（shī音尸）鸠：布谷鸟，《毛诗故训传》云："兴也。鸤鸠之养其子，朝从上下，莫（暮）从下上，平均如一。"《毛诗故训传笺》云："兴者，喻人君之德，当均一于下也。以刺今在位之人不如鸤鸠。"七，虚数，言其数量之多。

二、淑：善。仪：言行仪表，马瑞辰《毛诗传笺通释》曰："人之立木为表曰仪，人之为民表则亦曰仪。"

三、结：坚定，固结。朱熹《诗集传》云："如物之固结而不散也。"

四、带：衣带。伊：是。弁（biàn音变）：皮帽。骐：青黑色花纹的马，这里用来形容帽子的饰物。《毛诗故训传笺》云："大带用素丝，有杂色饰焉。……言此带弁者，刺不称其服。"

五、忒（tè音特）：差错，疑惑。《毛诗故训传》训疑，褚斌杰、程俊英训为“偏差”。正：使动用法，使……正，匡正。四国，四方邦国。

【解题】

这是一首讽刺曹国统治者不能专心治国之诗。《诗序》曰：“《鸤鸠》，刺不壹也。在位无君子，用心之不壹也。”

孔颖达《毛诗正义》曰：“《经》云‘正是四国’‘正是国人’，皆谓诸侯之身，能为人长，则知此云‘在位无君子’者，正谓在人君之位无君子之人也。在位之人既用心不壹，故《经》四章皆美用心均壹之人，举善以驳时恶。首章‘其子七兮’，言生子之数。下章云‘在梅’‘在棘’，言其所在之树。见鸤鸠均壹养之，得长大而处他木也。鸤鸠常言‘在桑’，其子每章异木，言子自飞去，母常不移也。”

朱熹《诗集传》曰：“诗人美君子之用心均平专一。故言鸤鸠在桑，则其子七矣。淑人君子，则其仪一矣。其仪一，则心如结矣。然不知其何所指也。陈氏曰，君子动容貌，斯远暴慢。正颜色，斯近信，出辞气，斯远鄙倍。其见于威仪动作之闲者，有常度矣，岂固为是拘拘者哉。盖和顺积中，而英华发外，是以由其威仪一于外，而心如结于内者，从可知也。”

下泉

洌彼下泉，浸彼苞稂。一
忾我寤叹，念彼周京。二
洌彼下泉，浸彼苞萧。三
忾我寤叹，念彼京周。

冽彼下泉，浸彼苞蓍。四
忾我寤叹，念彼京师。
芃芃黍苗，阴雨膏之。五
四国有王，郇伯劳之。六

【注释】

一、冽：寒冷。《毛诗故训传》曰：“冽，寒也。”孔颖达《毛诗正义》曰：“《七月》云‘二之日栗冽’，字从冰，是遇寒之意，故为寒也。”程俊英等《诗经译注》曰：“按洌应作冽。严粲《诗缉》曰：‘列旁三点者，从水也，清也、洁也。旁二点者，从冰也，寒也。’按《七月》云‘二之日栗冽’，《大东》‘有冽氿泉’，皆作冽，无作洌者。”下泉：从地下涌出的泉水。《毛诗故训传》曰：“下泉，泉下流也。”苞：丛生。《毛诗故训传》曰：“苞，本也。”朱熹《诗集传》曰：“苞，草丛生也。”稂：又称童粱。生而不结实的草，即莠草。《毛诗故训传》曰：“童粱。非溉草，得水而病也。”《毛诗故训传笺》曰：“兴者，喻共公之施政教，徒困病其民。稂当作‘凉’，凉草，萧蓍之属。”孔颖达《毛诗正义》曰：“‘稂，童粱’，《释草》文。舍人曰：‘稂，一名童粱。’郭朴曰：‘莠类也。’陆玑《疏》云：‘禾秀为穗而不成，崱嶷然，谓之童粱。今人谓之宿田翁，或谓宿田也。《大田》云‘不稂不莠’，《外传》曰‘马不过稂莠’，皆是也。’此稂是禾之秀而不实者，故非灌溉之草，得水而病。”

二、忾（kài音慨）：叹息。《毛诗故训传笺》云：“忾，叹息之意。”《说文》云：“大息也。”《鲁诗》作慨，《韩诗》作嘅。《毛诗故训传笺》曰：“寤，觉也。”周京：周天子居住的都城。《公羊传》云：“京师者何？天子之居也。京者何？大也。师者何？众也。天子之居，必以‘大’‘众’言之。”是说天子之都名为京师也。《毛诗故训传笺》曰：“念周京者，思其先王之明者。”程俊英等《诗经注析》：“下章的‘京周’‘京师’和‘周京’

同义。”朱熹《诗集传》曰：“王室陵夷，而小国困弊。故以寒泉下流，而苞稂见伤为比，遂兴其忾然以念周京也。”

三、萧：蒿草。《毛诗故训传》曰：“萧，蒿也。”《尔雅》曰：“萧、荻。”郝懿行《尔雅义疏》曰：“令人所谓荻蒿也。或云牛尾蒿。”

四、蓍（shī音诗）：草名，古代常用它的茎占卜，也叫筮草。《毛诗故训传》曰：“蓍，草也。”朱熹《诗集传》曰：“蓍，筮草也。”一说，蓍为蒿一类的草。陈奂《诗毛氏传疏》曰：“《淮南子·说山训》曰：‘上有从蓍，下有伏龟。’是蓍为丛生之草矣。”

五、芃芃：草木茂盛的样子。《毛诗故训传》曰：“芃芃，美貌。”膏（gào音告）：滋润。

六、四国：四方诸侯国。有王：以周天子为王。《毛诗故训传笺》云：“有王，谓朝聘于天子也。”郇（xún音寻）伯：《毛诗故训传》曰：“郇侯也。诸侯有事，二伯述职。”《毛诗故训传笺》曰：“郇侯，文王之子，为州伯，有治诸侯之功。”《左传》云：“小有述职，大有巡功。”服虔注云：“诸侯适天子曰述职。”朱熹《诗集传》曰：“言黍苗既芃芃然矣，又有阴雨以膏之，四国既有王矣，而又有郇伯以劳之。伤今之不然也。”

【解题】

这是一首讽刺曹共公侵刻下民、贪婪无耻的诗。《诗序》曰：“《下泉》，思治也。曹人疾共公侵刻下民，不得其所，忧而思明王贤伯也。”

孔颖达《毛诗正义》曰：“此谓思上世明王贤伯治平之时，若有明王贤伯，则能督察诸侯，共公不敢暴虐，故思之也。上三章皆上二句疾共公侵刻下民，下二句言思古明王。卒章思古贤伯。上三章说共公侵刻，而思古明王能纪理诸侯，使之不得侵刻。卒章言贤伯劳来诸侯，则明王亦能劳来诸侯，互相见。”

豳风

豳，也作邠，其地大体在今甘肃庆阳市、陕西彬县、旬邑县一带，是周先祖不窋、公刘等人所居之地。《豳风》也有诗七首，其中部分诗篇写作于商代后期。

陆德明《经典释文·毛诗音义》曰："豳者，戎狄之地名也。夏道衰，后稷之曾孙公刘，自部而出居焉。其封域在雍州岐山之北，原隰之野，于汉属右扶风郇邑。周公遭流言之难，居东都，思公刘、大王为豳公，忧劳民事，以此叙己志而作《七月》《鸱鸮》之诗。成王悟而迎之，以致太平，故大师（太师）述其诗为豳国之风焉。"

《豳谱》曰："豳者，后稷之曾孙曰公刘者，自部而出，所徙戎狄之地名，今属右扶风栒邑。公刘以夏后太康时失其官守，窜于此地，犹修后稷之业，勤恤爱民，民咸归之，而国成焉。其封域在《禹贡》雍州岐山之北，原隰之野。至商之末世，太王又避戎狄之难，而入处于岐阳，民又归之。公刘之出，太王之入，虽有其异，由有事难之故，皆能守后稷之教，不失其德。成王之时，周公避流言之难，出居东都二年。思公刘、太王居豳之职，忧念民事至苦之功，以比序己志。后成王迎之反之，摄政，致大平。其出入也，一德不回，纯似于公刘、太王之所为。太师大述其志，主意于豳公之事，故别其诗以为豳国变风焉。"

朱熹《诗集传》曰："豳，国名。在《禹贡》雍州岐山之北，原隰之野。虞夏之际，弃为后稷，而封于邰。及夏之衰，弃稷不务，弃子不窋失其官守，而自窜于戎狄之间，不窋生鞠陶，鞠陶生公刘，能复修后稷之业，民以富实，乃相土地之宜，而立国于豳之谷焉。十世而大王徙居岐山之阳，十二世而文王始受天命，十三世而武王遂为天子。武王崩，成王立，年幼不能莅阼，周公旦以冢宰摄政，乃述后稷公刘之化，作诗一篇，以戒成王，谓之豳风。而后人又取周公所作，及凡为周公而作之诗，以附焉。豳，在今邠州三水县。邰，在今京兆府武功县。”

豳诗的产生时代应该是在周灭商之前。

七月

七月流火，九月授衣。一
一之日觱发，二之日栗烈。二
无衣无褐，何以卒岁？三
三之日于耜，四之日举趾。四
同我妇子，馌彼南亩，田畯至喜！五
七月流火，九月授衣。
春日载阳，有鸣仓庚。六
女执懿筐，遵彼微行，爰求柔桑。七
春日迟迟，采蘩祁祁。八
女心伤悲，殆及公子同归。九
七月流火，八月萑苇。十
蚕月条桑，取彼斧斨，十一
以伐远扬，猗彼女桑。十二

七月鸣鵙，八月载绩。[十三]
载玄载黄。[十四]
我朱孔阳，为公子裳。[十五]
四月秀葽，五月鸣蜩。[十六]
八月其获，十月陨萚。[十七]
一之日于貉，取彼狐狸，为公子裘。[十八]
二之日其同，载缵武功。[十九]
言私其豵，献豣于公。[二十]
五月斯螽动股，六月莎鸡振羽。[二十一]
七月在野，八月在宇，九月在户，[二十二]
十月蟋蟀入我床下。
穹室熏鼠，塞向墐户。[二十三]
嗟我妇子，曰为改岁，入此室处。[二十四]
六月食郁及薁，七月亨葵及菽。[二十五]
八月剥枣，十月获稻。[二十六]
为此春酒，以介眉寿。[二十七]
七月食瓜，八月断壶，九月叔苴，[二十八]
采荼薪樗，食我农夫。[二十九]
九月筑场圃，十月纳禾稼。[三十]
黍稷重穋，禾麻菽麦。[三十一]
嗟我农夫，我稼既同，上入执宫功。[三十二]
昼尔于茅，宵尔索绹。[三十三]
亟其乘屋，其始播百谷。[三十四]
二之日凿冰冲冲，三之日纳于凌阴。[三十五]
四之日其蚤，献羔祭韭。[三十六]

九月肃霜，十月涤场。[三十七]
朋酒斯飨，曰杀羔羊。[三十八]
跻彼公堂，称彼兕觥，万寿无疆！[三十九]

【注释】

一、七月：夏历（即今日所称阴历）七月，下文所称四月至十月，均指夏历。周正建子，殷正建丑，夏正建寅，周人兼用夏历。流：向下移动。《毛诗故训传》曰："流，下也。"火：星名，大火星。每年夏历五月的黄昏，此星出现在天空的正南方，位置最高，六月以后，就偏向西行了。《毛诗故训传笺》曰："大火者，寒暑之候也。"流火：七月大火星渐渐向西方斜行，是夏去秋来，暑退将寒的时候。授衣：夏历九月，天气转寒，可以把裁制冬衣的活交给妇女们去做了。《毛诗故训传》曰："九月霜始降，妇功成，可以授冬衣矣。"马瑞辰《毛诗传笺通释》曰："《周官·典妇功》曰：'掌妇式之法，以授嫔妇，及内人女工之事齐。'《典丝》曰：'颁丝于外内功，皆以物授之'……凡言'授'者，皆授使为之也。此诗'授衣'，亦授冬衣使为之，盖九月妇功成，丝麻之事已毕，非谓九月冬衣已成，授衣之人也。"

二、一之日：一月的日子。这里指周历一月，夏历十一月。下文"二之日""三之日""四之日"，可依此类推。觱发（bì bō音毕拨）：同"滭泼"，指风寒。马瑞辰《毛诗传笺通释》曰："'滭泼'盖本字，《毛传》作'觱发'，假借字也。"褚斌杰《诗经全注》曰："形容寒风劲吹，触物有声。"栗烈：犹言凛冽，谓寒气逼人。烈，古本或作"冽"。《毛诗故训传》曰："栗烈，寒气也。"

三、无衣无褐，何以卒岁：《毛诗故训传笺》曰："褐，毛布也。卒，终也。此二正之月，人之贵者无衣，贱者无褐，将何以终岁乎？是故八月则当绩也。"褐：粗麻制的衣服。以上说：连粗布衣服都没有，怎么过冬呢？

四、于耜（sì音四）：修整耒耜。《毛诗故训传》曰："于耜，始修耒耜也。”于：为，这里指修理。耜：古文耒耜常连言，陈奂《诗毛氏传疏》曰：“传云‘耒耜’，凡耜必兼耒言。”指古代一种像今天犁的农具。举趾：指举足下田耕种。朱熹《诗集传》曰：“举趾，举足而耕也。”《齐诗》“趾”作“止”，王先谦《诗三家义集疏》曰：“趾、止今古文之异。”

五、妇子：妻子和孩子。馌（yè音叶）：馈食，送饭。《毛诗故训传》曰：“馌，馈也。”陈奂《诗毛氏传疏》曰：“馌，馈。《尔雅·释诂》文。《说文》曰：馌，饷（xiǎng音响）田也。周人谓饷曰饟（xiǎng音响）。饷，馈也。馈，饷也。馌、饷、饟、馈，四字同义。”南亩：南边的田地，这里泛指田间。胡承珙《毛诗后笺》曰：“古之治田者，大抵因地势水势而为之。其在南者，谓之南亩。”也有人将“南亩”释为向阳的田地。田畯：管理田间事务的农官。《毛诗故训传》曰：“田畯，田大夫也。”朱熹《诗集传》曰：“田畯，田大夫，劝农之官也。”至喜：甚喜，十分高兴。

六、载阳：载，语助词，无义。《毛诗故训传笺》曰：“载之言则也。阳，温也。”朱熹《诗集传》释“载”为“始也”，亦通。指春日阳光温暖。仓庚：黄鹂，也叫黄莺，鸣禽。《毛诗故训传》曰：“仓庚，离黄也。”朱熹《诗集传》曰：“仓庚，黄鹂也。”

七、懿（yì音义）筐：深筐，大篮子。《毛诗故训传》曰：“懿筐，深筐也。”遵：沿着。微行：小路。《毛诗故训传》曰：“微行，墙下径也。”朱熹《诗集传》曰：“微行，小径也。”爰：于是。柔桑：柔嫩的桑叶。《毛诗故训传》曰：“柔桑，稺桑也。蚕始生，宜稺桑。”稺桑，幼禾也，嫩桑叶。王先谦《诗三家义集疏》曰：“《采薇传》曰：‘柔，始生也。’求柔桑以饲初出之蚕也。”

八、迟迟：舒缓，这里指春日舒长貌。《广雅》曰：“迟迟，长也。”朱熹《诗集传》曰：“迟迟，日长而暄也。”蘩：白蒿。《毛诗故训传》曰：“蘩，白蒿也，所以生蚕。”据程俊英等《诗经注析》所言：“一说蘩可饲幼蚕，一说蘩可制蚕箔，一说以蘩水洗蚕子，使之易出。以上三说，未知孰是。”张自烈《正字通》曰：“蚕未出，煮蘗以沃之，则易出。”高亨《诗经今注》：“可扎蚕山供蚕结茧。”祁祁：众多的样子。《毛诗故训传》曰：“祁祁，众多也。”

九、殆：大概，推测之词。这两句的意思是，采桑女心里伤悲，估计要随着公主出嫁了。归：女子嫁人。朱熹《诗集传》曰：“故其许嫁之女，预以将及公子同归，而远其父母为悲也。”《毛诗故训传》的解释不同：“殆，始。及，与也。豳公子躬率其民，同时出，同时归也。”《毛诗故训传笺》曰：“春女感阳气而思男，秋士感阴气而思女，是其物化，所以悲也。悲则始有与公子同归之志，欲嫁焉。”

十、萑（huán音环）苇：荻草和芦苇，可以制蚕箔。《毛诗故训传》曰：“乱为萑。葭为苇。豫畜萑苇，可以为曲也。”以上说：八月预备好荻芦，以供明年作曲（蚕箔之类饲蚕器具）。

十一、蚕月：养蚕之月，指夏历三月。条桑：修剪桑枝。此处条用作动词。《毛诗故训传笺》曰：“条桑，枝落采其叶也。”王先谦《诗三家义集疏》曰：“韩‘条’作‘挑’者，《玉篇·手部》曰：‘挑，拨也。《诗》曰“蚕月挑桑”，枝落之采其叶。’”斧斨（qiāng音枪）：柄孔方形的斧头。《毛诗故训传》曰：“斨，方銎也。”斧头柄孔方形的叫斨，椭圆形的称斧。陈奂《诗毛氏传疏》曰：“斧孔曰銎，方孔者则曰斨也。”

十二、远扬：指又长又高的桑树枝。《毛诗故训传》曰：“远，枝远也。扬，条扬也。”朱熹《诗集传》的解释稍有不同，即“远扬，远枝扬起者”，指高远处上扬的树枝。王先谦《诗三家义集疏》曰：“远扬，长枝去人远扬起者，则取椭銎之斧、方銎之斨以伐之。”猗：此处当为“掎”之假借字，牵拉。王先谦《诗三家义集疏》曰：“《节南山》传：‘猗，长也。’《说文》曰：‘掎，偏引也。’诸家盖读‘猗’为‘掎’。”朱熹《诗集传》则认为“猗”是指将小桑枝的叶子取下留下枝条。“取叶存条曰猗。女桑，小桑也。小桑不可条取，故取其叶而存其条，猗猗然尔。”女桑：嫩桑枝。《毛诗故训传》曰："女桑，荑桑也。"《毛诗故训传笺》曰："女桑，少枝，长条不枝落者，束而采之。"

十三、鵙（jú音局）：鸟名。《毛诗故训传》曰："鵙，伯劳也。"绩：绩麻，纺织。《毛诗故训传》曰："载绩，丝事毕而麻事起矣。"

十四、载：语助词。玄：黑色中带点红。《毛诗故训传》曰："玄，黑而有赤也。"黄：黄色。这里均指绩麻时所染的颜色。王先谦《诗三家义集疏》曰："《易·下系》曰：'黄帝尧舜垂衣裳，盖去诸乾坤。'注云：'乾为天，坤为地，天色玄，地色黄，故以玄为衣，黄以为裳。'"

十五、朱：红色。《毛诗故训传》曰："朱，深纁也。"孔：很，非常。阳：鲜明。《毛诗故训传》曰："阳，明也。"陈奂《诗毛氏传疏》曰："诂阳为明者，色鲜明也。"

十六、秀：不开花而结果实。《毛诗故训传》曰："不荣而实曰秀葽。"葽（yāo音邀）：《毛诗故训传》曰："葽，草也。"植物名，今名远志，可入药。蜩（tiáo音条）：蝉。《毛诗故训传》曰："蜩，螗（táng音堂）也。"《尔雅·释虫》曰："蜩，蜋蜩，螗蜩。"注曰："皆蝉也。方语不同，三辅以西为蜩，梁宋以东谓蜩为蝘，楚地谓之蟪蛄。"

十七、获：收获。《毛诗故训传》曰："获，禾可获也。"陨萚：坠落，此指草木枝叶脱落。《毛诗故训传》曰："陨，坠。萚，落也。"陈奂《诗毛氏传疏》曰："陨萚，谓草木坠落也。《说文》云：'草木凡皮叶落陊地为萚。'"

十八、于貉（hè音和）：前往猎取野兽皮毛为衣。与下句"取彼狐狸，为公子裘"都是指前去打猎取兽皮做衣。于：往。貉：兽名，似狐。《毛诗故训传》曰："于貉，谓取狐狸皮也。狐貉之厚以居，孟冬天子始裘。"《说文》曰："貉，北方豸种。从豸，各声。""貈，似狐，善睡兽。"

十九、同：会合。《毛诗故训传笺》曰："其同者，君臣及民因习兵俱出田也。”王先谦《诗三家义集疏》曰：“马瑞辰云：‘同之言会合也。’《广雅》：‘集、合，同也。’谓冬田大合众也。”缵（zuǎn音纂）：继续。《毛诗故训传》曰：“缵，继。”朱熹《诗集传》曰：“习而继之也。”武功：武事，这里指狩猎。《毛诗故训传》曰：“功，事也。”陈奂《诗毛氏传疏》曰：“武功，田猎之事也。”

二十、言：句首助词，无义。私：私有，私人占有。豵（zōng音宗）：本指小猪，这里泛指小兽。豜（jiān音兼）：大兽。《毛诗故训传》曰：“豕一岁曰豵，三岁曰豜。大兽公之，小兽私之。”公：公家。以上说：打猎所得的小兽归私人所有，大兽献给公家。

二十一、斯螽：蝗类昆虫。《毛诗故训传》曰：“斯螽，蚣蝑也。”王夫之《诗经稗疏》曰：“《尔雅》谓之蜇螽，《方言》《广雅》谓之舂黍。郭璞曰：‘江东呼蚱蜢。’今按蚱蜢似螳螂，项稍短而无斧，六七月间好入人葛衣中，闽粤人生啖之。”动股：指斯螽发出鸣声。古人认为是其摩擦大腿发出的声音。朱熹《诗集传》曰：“动股，始跃而以股鸣也。”莎（suō音缩）鸡：即今天的纺织娘。陆玑《毛诗草木鸟兽虫鱼疏》曰：“莎鸡如蝗而班色，毛翅数重，其翅正赤，或谓之天鸡。六月中飞而振羽，索索作声，幽州人谓之蒲错，是也。”振羽：振动翅膀发出声音。朱熹《诗集传》曰：“能飞而以翅鸣也。”

二十二、在野：指蟋蟀在野。在宇：在屋宇内。在户：在门内。《毛诗故训传笺》曰：“自七月在野，至十月入我床下，皆谓蟋蟀也。言此三物之如此，着将寒有渐，非卒来也。”随着天气转寒，蟋蟀由野外渐渐转至屋内。

二十三、穹（qióng音穷）窒（zhì音至）：堵住孔隙。《毛诗故训传》曰：“穹，穷。窒，塞也。”熏鼠：点火熏烧老鼠，使其无法存身。陈奂《诗毛氏传疏》曰：“然则古有熏鼠之事，穹窒熏者，言穷尽鼠穴，而塞之灼之也。”向：北面的窗户。《毛诗故训传》曰：“向，北出牖也。”墐（jìn音近）户：用泥把门缝涂满，以御寒风。《毛诗故训传》曰：“墐，涂也。”《毛诗故训传笺》曰："为此四者以备寒。"穹窒、熏鼠、塞向、墐户，皆以防寒。

二十四、曰：《韩诗》作"聿"，语助词。改岁：更改年岁，指过年，接上文十月，夏历十一月当是周历正月。《毛诗故训传笺》曰："'曰为改岁'者，岁终，而'一之日觱发，二之日栗烈'，当避寒气，而入所穹窒墐户之室而居之。至此而女功止。"马瑞辰《毛诗传笺通释》曰："聿为改岁，犹言岁之将改，乃先时教戒之语，非谓改岁然后入室也。"以上说：快要过年了，都进这屋子吧。

二十五、郁（yù音玉）：植物名，果如李子。《毛诗故训传》曰："郁，棣属。"孔颖达《毛诗正义》曰："'郁，棣属'者，是唐棣之类属也。刘稹《毛诗义问》云：'其树高五六尺，其实大如李，正赤，食之甜。'"薁（yù音玉）：蘡薁，野葡萄。《毛诗故训传》曰："薁，蘡薁也。"孔颖达《毛诗正义》曰："薁蘡者，亦是郁类而小别耳。"亨：同"烹"，煮。葵：葵菜。朱熹《诗集传》曰："葵，菜名。"菽（shū音书）：大豆。朱熹《诗集传》曰："菽，豆也。"

二十六、剥（pū音扑）：敲打。剥枣，即打枣。孔颖达《毛诗正义》曰："枣当剥击取之。"陈奂《诗毛氏传疏》曰："今山东人于枣熟时，男女持竿击枣，谓之扑枣。"

二十七、春酒：冬天酿造，春天食用的酒。《毛诗故训传》曰："春酒，冻醪也。"孔颖达《毛诗正义》曰："醪是酒之别名，此酒冻时酿之，故称冻醪。"陈奂《诗毛氏传疏》曰："疑即今作白酒酿。"介：助。眉寿：豪眉。长寿的人常生长眉，故称眉寿。《毛诗故训传笺》曰："介，助也。既以郁下及枣助男功，又获稻而酿酒以助其养老之具，是谓豳雅。"朱熹《诗集传》曰："介眉寿者，颂祷之辞也。"意为以此春酒，祝祷人长寿。王先谦和陈奂则都认为"介，大也，酒所以养老也。"

二十八、断壶：割葫芦。《毛诗故训传》曰："壶，瓠也。"王先谦《诗三家义集疏》曰："壶，瓠也。楚南人谓之'瓠瓜'。古食瓠叶，亦断瓠为菹。叔苴（jū音居）：拾麻子。《毛诗故训传》曰："叔，拾也。苴，麻子也。"《说文》曰："叔，拾也。汝南名收芋为叔。"王先谦《诗三家义集疏》曰："苴，麻实，可食。"

二十九、荼：苦菜。樗（chū音出）：臭椿。《毛诗故训传》曰："樗，恶木也。"薪樗：砍伐臭椿以作薪柴。王先谦《诗三家义集疏》曰："樗，即臭椿，但可为薪，皆以给食农夫也。"食（sì音似）：把食物给人吃，养活。

三十、筑场圃：把菜园修筑成晒谷场。《毛诗故训传》曰：九月筑场圃，春夏为圃，秋冬为场。《毛诗故训传笺》曰：场圃同地耳，物生之时，耕治之以种菜茹，至物尽成熟，筑坚以为场。纳：收进谷仓。王先谦《诗三家义集疏》曰："纳，内也。治于场而内之囷仓也。"禾稼：犹今之庄稼，泛指农作物。朱熹《诗集传》曰："禾者，谷连藁秸之总名。禾之秀实而在野者曰稼。"

三十一、黍：小米。稷：高粱。重：晚熟的作物叫重。三家《诗》作"种"，即穜字，先种后熟的谷。穋（lù音路）：早熟的作物叫穋。三家《诗》作"稑"。《毛诗故训传》曰："十月纳禾稼，黍稷重穋，禾麻菽麦。后熟曰重，先熟曰穋。"

三十二、同：聚拢，指把谷物都聚拢收集至谷仓。朱熹《诗集传》曰："同，聚也。"上：同"尚"，还要。执：从事。宫：宫室。功：事，指还要从事宫室劳役。朱熹《诗集传》曰："或曰，公室官府之役也。古者用民之力，岁不过三日，是也。"

三十三、昼：白天。尔：语助词。于：往取。这句话意思是白天就去拾取茅草。宵：夜晚。索绹（táo音逃）：搓绳。王引之《经义述闻》曰："索者，纠绳之名。绹即绳也，'索绹'犹言纠绳，与'于茅'文正相对。"

三十四、亟：《毛诗故训传笺》曰："亟，急。"乘屋：登屋顶修理。朱熹《诗集传》曰："乘，升也。"其始播百谷：要开始播种。陈奂《诗毛氏传疏》曰："始，岁始也。周十一月岁始，故于十月中豫筹之。"

三十五、冲冲：凿冰的声音。《毛诗故训传》曰："冰盛水腹，则命取冰于山林。冲冲，凿冰之意。"朱熹《诗集传》曰："周礼，正岁十二月令斩冰是也。"纳：朱熹《诗集传》曰："纳，藏也，所以备暑也。"凌阴：冰室。朱熹《诗集传》曰："凌阴，冰室也。豳土寒多，正月风未解冻，故冰犹可藏也。"孔颖达《毛诗正义》曰："《月令》'仲春，天子乃献羔开冰，先荐寝庙。'《周礼》凌人之职，'夏，颁冰掌事。秋，刷'。上章备寒，故此章备暑。""刷"指清理冰窖。

三十六、蚤：同"早"，《齐诗》《鲁诗》均作"早"，指早朝。献羔祭韭：古代一种仪式，开冰时献上羔羊和韭菜用以祭庙。《礼记·月令》曰："仲春，天子乃献羔开冰，先荐寝庙。"

三十七、肃霜：指九月秋季结霜，天气肃杀。《毛诗故训传》曰："肃，缩也。霜降而收缩万物。"朱熹《诗集传》曰："肃霜，气肃而霜降也。"涤场：指农事已毕，打扫谷场。《毛诗故训传》曰："涤，扫也，场功毕入也。"

三十八、朋酒：两樽酒。《毛诗故训传》曰："两樽曰朋。"斯：句中助词。飨：宴飨，一起喝酒。《毛诗故训传》曰："飨者，乡人饮酒也。"《毛诗故训传笺》曰："十月，民事男女俱毕，无饥寒之忧，国君闲于政事而飨群臣。"

三十九、跻：登上。朱熹《诗集传》曰："跻，升也。"公堂：《毛诗故训传》曰："公堂，学校也。"朱熹《诗集传》曰："公堂，君之堂也。"王先谦则认为"此公堂谓大学也"。古代的学校又称乡学，不仅用于教育，也是公众集会的场所，释为君主之堂也通，这里的公堂当指一个集会场所。称：举起。王先谦《诗三家义集疏》曰："称彼兕觥者，'称'乃'偁'之借字。《尔雅》曰：'偁，举也。'"兕觥：用犀牛角制成的酒器。《毛诗故训传》曰："觥，所以誓众也。"这里指举起酒器在众人面前颂祝词。万寿无疆：祝颂词，大寿无边。《广雅》曰："万，大也。"《毛诗故训传》曰："疆，竟也。"

【解题】

这是先周时期的一首由关农事活动的诗。周公诵于成王，希望成王能认识到生生之不易。《诗序》曰：“《七月》，陈王业也。周公遭变故，陈后稷先公风化之所由，致王业之艰难也。”《毛诗故训传笺》曰：“周公遭变者，管、蔡流言，辟居东都。”

孔颖达《毛诗正义》曰：“作《七月》诗者，陈先公之风化，是王家之基业也。毛以为，周公遭管、蔡流言之变，举兵而东伐之。忧此王业之将坏，故陈后稷及居豳地之先公，其风化之所由，缘致此王业之艰难之事。先公遭难，乃能勤行风化；己今遭难，亦欲勤修德教，所以陈此先公之事，将以比序己志。《经》八章，皆陈先公风化之事。此诗主意于豳之事，则所陈者，处豳地之先公公刘、大王之等耳，不陈后稷之教。今辄言后稷者，以先公修行后稷之教，故以后稷冠之。艰亦难也，但古人之语字重耳。《无逸》亦云‘不知稼穑之艰难’，与此同也。郑以为，周公遭流言之变，避居东都，非征伐耳。其文义则同。”

朱熹《诗集传》曰：“周公以成王未知稼穑之艰难，故陈后稷公刘风化之所由，使瞽蒙朝夕讽诵以教之。此章首言，七月暑退将寒。故九月而授衣以御之。盖十一月以后，风气日寒。不如是，则无以卒岁也。正月则往修田器，二月则举趾而耕。少者既皆出而在田，故老者率妇子而饷之。治田早而用力齐，是以田畯至而喜之也。此章前段言衣之始，后段言食之始。二章至五章，终前段之意。六章至八章，终后段之意。”又曰：“周礼籥章，中春昼击土鼓，龡豳诗，以逆暑，中秋夜迎寒亦如之，即谓此诗也。王氏曰，仰观星日霜露之变，俯察昆虫草木之化，以知天时，以授民事。女服事乎内，男服事乎外。上以诚爱下，下以忠利上。父父子子，夫夫妇妇。养老而慈幼，食力而助弱。其祭祀也时，其燕飨也节。此七月之义也。”

农业生产在周代社会生活中具有极为重要的意义，《尚书·无逸》曰：“周公曰：‘呜呼！君子所，其无逸。先知稼穑之艰难，乃逸，则知小人之依。相小人，厥父母勤劳稼穑，厥子乃不知稼穑之艰难，乃逸乃谚。既诞，否则侮厥父母曰：昔之人无闻知。’”

鸱鸮

鸱鸮鸱鸮！[一]
既取我子，无毁我室。[二]
恩斯勤斯，鬻子之闵斯！[三]
迨天之未阴雨，彻彼桑土，绸缪牖户。[四]
今女下民，或敢侮予！[五]
予手拮据，予所捋荼，予所蓄租，
予口卒瘏，曰予未有室家！[六]
予羽谯谯，予尾翛翛，予室翘翘。[七]
风雨所漂摇，予维音哓哓！[八]

【注释】

一、鸱（chī音吃）鸮：鸟名，《毛诗故训传》曰：鸺鹠也，猫头鹰；朱熹《诗集传》："恶鸟，攫鸟子而食者也。"

二、关于这两句的意思，《毛诗故训传》曰："宁亡二子（指管叔、蔡叔），不可以毁我周室。"《毛诗故训传笺》曰：成王不知周公摄政之意，而多罪其属党；"兴者，喻此诸臣乃世臣之子孙，其父祖以勤劳有此官位土地，今若诛杀之，无绝其位，夺其土地。"

三、恩：《毛诗故训传》曰："恩，爱。鬻，稚。闵，病也。稚子，成王也。"孔颖达《毛诗正义》曰："毛以为，'周公言已甚爱此、甚惜此二子，但为我稚子成王之病，以此之故，不得不诛之也。'"《毛诗故训传笺》曰："以喻诸臣之先臣，亦殷勤于此，成王亦宜哀闵之。"《鲁诗》"恩"作"殷"。鬻：朱熹《诗集传》曰："养。"

四、迨：及，趁着。彻：剥取。土：《韩诗》作"杜"，树根；《释文》

曰："《字林》作菽，桑皮也。"绸缪：《毛诗故训传笺》"犹缠绵也"，指鸱鸮修缮巢室。

五、孔颖达《毛诗正义》曰："毛以为，先公先王亦世修其德，积其勤劳，乃得成其王业。致此王功甚难若是，今汝下民管、蔡之属，何由或敢侮慢我周室而作乱乎？故不得不诛之。"《毛诗故训传笺》曰："我至苦矣，今女我巢下之民，宁有敢侮慢欲毁之者乎？意欲恚怒之，以喻诸臣之先臣固定此官位土地，亦不欲见其绝夺。"

六、拮据：撠挶（jǐ jū音戟居），抓住，握持；高亨《诗经今注》："手病不能屈伸自如。"荼：《毛诗故训传》曰萑苕也，白茅花、芦苇花等。租：《毛诗故训传》曰为；《释文》又作祖，如字。《韩诗》云：积也；王先谦《诗三家义集疏》读如蒩，白茅草。卒：通悴，马瑞辰《毛诗传笺通释》曰："卒当读为顇，《尔雅》曰：'顇，病也。'字通作悴。"瘏（tú音图）：疲病，困乏。孔颖达《毛诗正义》曰："《传》以'曰'者称它人……管、蔡意谓我稚子未有室家之道，故轻侮之。"《毛诗故训传笺》曰："我作之至苦如是者，曰我未有室家之故。"

七、谯谯（jiāo音交）：《释文》"本或作燋"；《毛诗故训传》"杀也"，指羽毛干枯。翛翛（xiāo音消）：《毛诗故训传》："敝也。"翘翘：高举而危。

八、摇：三家《诗》作飖，音下有之字。哓哓（xiāo音消）：恐惧。孔颖达《毛诗正义》曰："毛以为，以喻王业虽成，今成王幼弱，而为凶人所振荡，周室将毁，故周公言已亦哓哓然而危惧。由管、蔡作乱使忧惧若此，故不得不诛之意也。"《毛诗故训传笺》曰："以喻今我子孙不肖，故使我家道危也。风雨喻成王也。"

【解题】

这是周公为周成王作的诫勉诗。《诗序》曰："《鸱鸮》，周公救乱也。

成王未知周公之志，公乃为诗以遗王，名之曰《鸱鸮》焉。”《毛诗故训传笺》曰：“未知周公之志者，未知其欲摄政之意。”

孔颖达《毛诗正义》曰：毛以为“成王仍惑管、蔡之言，未知周公之志，疑其将篡，心益不悦。故公乃作诗，言不得不诛管、蔡之意，以贻遗成王”；郑以为“于时成王未知周公有摄政成周道之志，多罪其属党。故公乃为诗，言诸臣先祖有功，不宜诛绝之意，以怡悦王心”。

朱熹《诗集传》曰：“武王克商，使弟管叔鲜、蔡叔度监于纣子武庚之国。武王崩成王立，周公相之。而二叔以武庚叛。且流言于国曰，周公将不利于孺子。故周公东征二年，乃得管叔武庚而诛之。而成王犹未知周公之意也。公乃作此诗，以贻王。托为鸟之爱巢者，呼鸱鸮而谓之曰：鸱鸮鸱鸮，尔既取我之子矣，无更毁我之室也。以我情爱之心，笃厚之意，鬻养此子，诚可怜悯。今既取之，其毒甚矣，况又毁我室乎。以比武庚既败管蔡，不可更毁我王室也。”

管叔、蔡叔乱政之事，《尚书·金縢》曰：“武王既丧，管叔及其群弟乃流言于国，曰：‘公将不利于孺子。’周公乃告二公曰：‘我之弗辟，我无以告我先王。’周公居东二年，则罪人斯得。于后，公乃为诗以贻王，名之曰《鸱鸮》。王亦未敢诮公。秋，大熟，未获，天大雷电以风，禾尽偃，大木斯拔，邦人大恐。王与大夫尽弁以启金滕之书，乃得周公所自以为功代武王之说。二公及王乃问诸史与百执事。对曰：‘信。噫！公命我勿敢言。’王执书以泣，曰：‘其勿穆卜！昔公勤劳王家，惟予冲人弗及知。今天动威以彰周公之德，惟朕小子其新逆，我国家礼亦宜之。’王出郊，天乃雨，反风，禾则尽起。二公命邦人凡大木所偃，尽起而筑之。岁则大熟。”

周蒙、冯宇《诗经百首译释》称前说不可信，认为当是一首寓言诗。

东山

我徂东山，慆慆不归。一
我来自东，零雨其濛。二
我东曰归，我心西悲。三
制彼裳衣，勿士行枚。四
蜎蜎者蠋，烝在桑野。五
敦彼独宿，亦在车下。六
我徂东山，慆慆不归。
我来自东，零雨其濛。
果赢之实，亦施于宇。七
伊威在室，蠨蛸在户。八
町畽鹿场，熠耀宵行。九
不可畏也，伊可怀也。十
我徂东山，慆慆不归。
我来自东，零雨其濛。
鹳鸣于垤，妇叹于室。十一
洒埽穹室，我征聿至。十二
有敦瓜苦，烝在栗薪。十三
自我不见，于今三年。
我徂东山，慆慆不归。
我来自东，零雨其濛。
仓庚于飞，熠耀其羽。十四
之子于归，皇驳其马。十五
亲结其缡，九十其仪。十六

其新孔嘉，其旧如之何？十七

【注释】

一、慆慆：同“滔滔”，形容久。《毛诗故训传》曰：“慆慆，言久也。”

二、零雨：下雨。朱熹《诗集传》曰：“零，落也。”一说为小雨。褚斌杰《诗经全注》曰：“零雨，小雨。”濛（méng音萌）：小雨的样子。《毛诗故训传》曰：“濛，雨貌。”《毛诗故训传笺》曰：“此四句者，序归士之情也。我往之东山既久劳矣，归又道遇雨濛濛然，是尤苦也。”

三、西悲：西向悲伤。《毛诗故训传》曰：“公族有辟，公亲素服，不举乐，为之变，如其伦之丧。”《毛诗故训传笺》曰：“我在东山，常曰归也。我心则念西而悲。”

四、裳衣：普通的衣服，指换下战袍。朱熹《诗集传》曰：“裳衣，平居之服也。”士：同“事”，从事，作动词。《毛诗故训传》曰：“士，事。”枚：古代行军时士卒衔于口用以禁止喧哗的器具，形如箸。《毛诗故训传》曰：“枚，微也。”《毛诗故训传笺》曰：“勿犹无也。女制彼裳衣而来，谓兵服也。亦初无行陈衔枚之事，言前定也。《春秋》《毛诗故训传》曰：‘善用兵者不陈。’”郑注《周礼》云：“枚如箸，横衔之于口，为繣洁于项中。”朱熹《诗集传》曰：“枚，如箸衔之，有繣结项中以止语也。”

五、蜎蜎（yuān音冤）：蠕动的样子。《毛诗故训传》曰：“蜎蜎，蠋貌。”朱熹《诗集传》曰：“蜎蜎，动貌。”蠋（zhú音烛）：鳞翅目昆虫的幼虫。《毛诗故训传》曰：“蠋，桑虫也。”烝：处在。《毛诗故训传》曰：“烝，寘也。”《毛诗故训传笺》曰：“蠋蜎蜎然特行久处桑野，有似劳苦者。古者声寘、填、尘同也。”

六、敦：形容卷曲成一团。一说为独处不移的样子。朱熹《诗集传》曰：

“敦，独处不移之貌。”《毛诗故训传笺》曰：“敦敦然独宿于车下，此诚有劳苦之心。”

七、果蠃（luǒ音裸）：植物名，即瓜蒌。《毛诗故训传》曰：“果蠃，栝楼也。”施（yì音义）：延续，延伸。朱熹《诗集传》曰：“施，延也。蔓生延施于宇之下。”宇：屋檐。

八、伊威：土鳖虫。《毛诗故训传》曰：“伊威，委黍也。”朱熹《诗集传》曰：“伊威，鼠妇也。室不扫则有之。”蠨（xiāo音肖）蛸（shāo音烧）：长脚蜘蛛。《毛诗故训传》曰：“蠨蛸，长踦也。”朱熹《诗集传》曰：“蠨蛸，小蜘蛛也，户无人出入则结网当之。”

九、町（tīng音听）畽（tuǎn音团）：院旁空地。《毛诗故训传》曰：“町畽，鹿迹也。”朱熹《诗集传》曰：“町畽，舍旁隙地也。无人焉，故鹿以为场也。”熠（yì音义）燿（yào音要）：光亮闪烁的样子。《毛诗故训传》曰：“熠燿，燐也。燐，萤火也。”朱熹《诗集传》曰：“熠耀，明不定貌。”宵行：即磷火。一说为虫名。朱熹《诗集传》曰：“宵行，虫名，如蚕，夜行，喉下有光如萤也。”《毛诗故训传笺》曰：“此五物者，家无人则然，令人感思。”

十、伊：是。怀：怀念。《毛诗故训传笺》曰：“‘伊’当作‘緊’。緊犹是也。怀，思也。室中久无人，故有此五物，是不足可畏，乃可为忧思。”朱熹《诗集传》曰：“章首四句言其往来之劳，在外之久，故每章重言，见其感念之深。遂言已东征而室庐荒废至于如此，亦可畏矣。然岂可畏而不归哉！亦可怀思而已。此则述其归未至而思家之情也。”

十一、鹳（guàn音贯）：水鸟名。《毛诗故训传笺》曰：“鹳，水鸟也，将阴雨则鸣。行者于阴雨尤苦，妇念之则叹于室也。”朱熹《诗集传》曰：“鹳，水鸟，似鹤者也。”垤（dié音叠）：蚁冢。《毛诗故训传》曰：“垤，螘冢也。将阴雨，则穴处先知之矣。鹳好水，长鸣而喜也。”

十二、穹：洞。《毛诗故训传》曰：“穹，穷。”朱熹《诗集传》曰：

“穹，空隙也。”窒：堵塞。《毛诗故训传》曰：“窒，塞。”《毛诗故训传笺》曰：“穹窒，鼠穴也。而我君子行役，述其日月，今且至矣。言妇望也。”聿：虚词，有“将”的意思。褚斌杰《诗经全注》曰：“聿，虚词，有‘将’的意思。严粲《诗缉》曰：‘聿者，将遂之辞，实未至也。’‘我征聿至’，我那出征之人就将回来了。这是想象中妻子的言语。”

十三、有敦：即敦敦，圆圆的样子。《毛诗故训传》曰：“敦犹专专也。”苦：苦涩。《毛诗故训传》曰：“言我心苦，事又苦也。”《毛诗故训传笺》曰：“此又言妇人思其君子之居处。专专如瓜之系缀焉。瓜之瓣有苦者，以喻其心苦也。”一说同“瓠”，褚斌杰《诗经全注》曰：“苦，借为瓜瓠，瓜苦：即瓠瓜，也就是葫芦。古代礼俗，结婚时要将瓠瓜剖为两半，夫妻各执一瓢，舀酒漱口，称合卺（jǐn音紧）之礼。故这里提到瓠瓜。”烝：放置。一说众多。《毛诗故训传》曰：“烝，众也。”《毛诗故训传笺》曰：“烝，尘。”栗：一说为栗木，一说为劈。《毛诗故训传笺》曰：“栗，析也。言君子又久见使析薪，于事尤苦也。古者声栗、裂同也。”朱熹《诗集传》曰：“将阴雨，则穴处者先知，故蚁出垤而鹳就食之，遂鸣于其上也。行者之妻亦思其夫之劳苦而叹息于家，于是洒扫穹窒以待其归，而其夫之行忽已至矣。因见苦瓜系于栗薪之上，而曰：‘自我之不见此，亦已三年矣。’栗，周土所宜木，与苦瓜皆微物也。见之则喜，则其行久而感深可知矣。”

十四、仓庚：黄莺。《毛诗故训传笺》曰：“仓庚仲春而鸣，嫁取之候也。熠燿其羽，羽鲜明也。归士始行之时，新合昏礼，今还，故极序其情以乐之。”朱熹《诗集传》曰：“仓庚飞，昏姻时也。”

十五、皇：黄色。驳：杂色。《毛诗故训传》曰：“黄白曰皇。骝白曰驳。”《毛诗故训传笺》曰：“之子于归，谓始嫁时也。皇驳其马，车服盛也。”

十六、缡（lí音离）：古代女子所用之佩巾。后因称结婚为结缡。《毛诗故训传》曰：“缡，妇人之袆也。母戒女施衿结帨，九十其仪，言多仪也。”

《毛诗故训传笺》曰："女嫁，父母既戒之，庶母又申之。九十其仪，喻丁宁之多。"

十七、新：指新婚。孔：很。嘉：善。《毛诗故训传》曰："言久长之道也。"《毛诗故训传笺》曰："嘉，善也。其新来时甚善，至今则久矣，不知其如何也。又极序其情乐而戏之。"朱熹《诗集传》曰："赋时物以起兴，而言东征之归士未有室家者，及时而昏姻，既甚美矣。其旧有室家者，相见而喜，当如何邪！"朱熹《诗集传》云："《序》曰：'一章言其完也，二章言其思也，三章言其室家之望女也，四章乐男女之得及时也。君子之于人，序其情而闵其劳，所以说也。"说以使民，民忘其死"，其唯《东山》乎？'愚谓'完'谓全师而归，无死伤之苦。'思'谓未至而思，有怆恨之怀。至于'室家望女''男女及时'，亦皆其心之所愿而不敢言者。上之人乃先其未发而歌咏以劳苦之，则其欢欣感激之情为如何哉！盖古之劳诗皆如此。其上下之际，情志交孚，虽家人父子之相语，无以过之。此其所以维持巩固数十百年，而无一旦土崩之患也。"

【解题】

这是周公所作记录东征辛勤的诗。《诗序》曰："《东山》，周公东征也。周公东征，三年不归，劳归士，大夫美之，故作是诗也。一章言其完也，二章言其思也，三章言其室家之望女也，四章乐男女之得及时也。君子之于人，序其情而闵其劳，所以说也。'说以使民，民忘其死'，其唯《东山》乎？"《毛诗故训传笺》曰："成王既得《金縢》之书，亲迎周公。周公归，摄政。三监及淮夷叛，周公乃东伐之，三年而后归耳。分别章意者，周公于是志伸，美而详之。"

孔颖达《毛诗正义》曰："作《东山》诗者，言周公东征也。周公摄政元年，东征三监淮夷之等，于三年而归，劳此征归之士，莫不喜悦，大夫美之，而作是《东山》之诗。《经》四章，虽皆是劳辞，而每章分别意异，又历序之。”

朱熹《诗集传》曰：“成王既得《鸱鸮》之诗，又感风雷之变，始悟而迎周公。于是周公东征已三年矣。既归，因作此诗以劳归士。盖为之述其意而言曰：‘我之东征既久，而归途又有遇雨之劳。’因追言其在东而言归之时，心已西向而悲。于是制其平居之服，而以为自今可以勿为行陈衔枚之事矣。及其在涂，则又睹物起兴而自叹曰：‘彼蜎蜎者蠋，其在彼桑野矣，此敦然而独宿者，则亦在此车下矣。’”

褚斌杰《诗经全注》曰：“这是一首长期征战的士卒在归途中抒发思乡之情的诗。他想象久别的家园和与妻子即将重逢时的种种情景，表达了对和平生活的渴望。”

破斧

既破我斧，又缺我斨。
周公东征，四国是皇。
哀我人斯，亦孔之将。
既破我斧，又缺我锜。
周公东征，四国是吪。
哀我人斯，亦孔之嘉。
既破我斧，又缺我銶。
周公东征，四国是遒。
哀我人斯，亦孔之休。

【注释】

一、斨：斧的一种，古代指装柄的孔为方形者。《毛诗故训传》曰：“椭銎曰斧。斧斨，民之用也。礼义，国家之用也。”《毛诗故训传笺》曰：“四国流言，既破毁我周公，又损伤我成王。以此二者为大罪。”朱熹《诗集传》曰：“椭銎曰斧，方銎曰斨，征伐之用也。”

二、四国：指管、蔡、商、奄。《毛诗故训传》曰：“四国，管、蔡、商、奄也。”《毛诗故训传笺》曰：“周公既反，摄政，东伐此四国，诛其君罪，正其民人而已。”一说四国指四方之国。朱熹《诗集传》曰：“四国，四方之国也。”皇：匡，正。《毛诗故训传》曰：“皇，匡也。”

三、哀：哀叹。将：大。《毛诗故训传》曰：“将，大也。”《毛诗故训传笺》曰：“此言周公之哀我民人，其德亦甚大也。”朱熹《诗集传》曰：“从军之士以前篇周公劳己之勤，故言此以答其意。曰，东征之役，既破我斧而缺我斨，其劳甚矣。然周公之为此举，盖将使四方莫敢不一于正而后已。其哀我人也，岂不大哉？然则虽有破斧缺斨之劳，而义有所不得辞矣。夫管蔡流言以谤周公，而公以六军之众往而征之，使其心一有出于自私，而不在于天下，则抚之虽勤，劳之虽至，而从役之士岂能不怨也哉？今观此诗，固足以见周公之心大公至正，天下信其无有一毫自爱之私。抑又有以见当是之时，虽披坚执锐之人，亦皆能以周公之心为心，而不自为一身一家之计，盖亦莫非圣人之徒也。学者于此熟玩而有得焉，则其心正大，而天地之情真可见矣。”袁梅《诗经译注》曰：“亦孔之将，意思是，死里逃生，也算是大幸了。孔，甚，大。将，大。引申为大幸。将又有扶、助之意。”

四、锜（qí音奇）：古代武器名。《毛诗故训传》曰：“凿属曰锜。”孔颖达《毛诗正义》曰：“此与下传云‘木属曰銶’，皆未见其文，亦不申其状也。”

五、吪（é音俄）：感化，教化。《毛诗故训传》曰：“吪，化也。”袁梅《诗经译注》曰：“吪，动，化。义犹皇。”

六、嘉：善。《毛诗故训传笺》曰："嘉，善也。"

七、銶（qiú音求）：古代一种凿子。一说独头斧。《毛诗故训传》曰："木属曰銶。"

八、遒（qiú音求）：坚固。《毛诗故训传》曰："遒，固也。"《毛诗故训传笺》曰："遒，敛也。"《毛诗正义》曰："遒训为紧，亦坚固之义，故为固也。言使四国之民心坚固也。《笺》以为不安，故易之。《释诂》云：'遒、敛，聚也。'"

九、休：美。《毛诗故训传》曰："休，美也。"陈奂《诗毛氏传疏》曰："休，美，《训诂》文。民劳以为王休，《毛诗故训传》亦云'休，美也'。美与善同意，故休谓之美，亦谓之善。犹嘉谓之美，亦谓之善矣。"

【解题】

这是一首赞扬周公的诗。《诗序》曰："《破斧》，美周公也。周大夫以恶四国焉。"《毛诗故训传笺》曰："恶四国者，恶其流言毁周公也。"

孔颖达《毛诗正义》曰："三章上二句恶四国，下四句美周公。《经》《序》倒者，《经》以由四国之恶，而周公征之，故先言四国之恶，后言周公之德。《序》以此诗之作，主美周公，故先言美周公也。"

朱熹《诗集传》曰："范氏曰，象日以杀舜为事，舜为天子也，则封之。管蔡启商以叛，周公之为相也，则诛之。迹虽不同，其道则一也。盖象之祸，及于舜而已，故舜封之。管蔡流言，将危周公以闲王室，得罪于天下，故周公诛之。非周公诛之，天下之所当诛也。周公岂得而私之哉。"

伐柯

伐柯如何？匪斧不克。一
取妻如何？匪媒不得。二
伐柯伐柯，其则不远。三
我觏之子，笾豆有践。四

【注释】

一、柯：树木的枝干。一说为斧柄。《毛诗故训传》曰：“柯，斧柄也。礼义者，亦治国之柄。”克：能。《毛诗故训传笺》曰：“克，能也。伐柯之道，唯斧乃能之。此以类求其类也。以喻成王欲迎周公，当使贤者先往。”孔颖达《毛诗正义》曰：“斧喻周公，柄喻礼义。斧能伐得柯，喻周公能得礼。柯所以供家用，犹礼可以供国用。故云礼义者，治国之柄，是以柯喻礼，则知斧喻周公。虽以斧喻周公，斧不能自伐得柯，必人持之，是人与斧共喻周公已然。人执斧能伐柯，既伐得柯，人又执柯以营家用，喻周公能得礼，既能得礼，周公又能执礼以治国，此以美周公也。”

二、媒：媒人。《毛诗故训传》曰：“媒，所以用礼也。治国不能用礼则不安。”《毛诗故训传笺》曰：“媒者，能通二姓之官，定人室家之道。以喻王欲迎周公，当先使晓王与周公之意者又先往。”孔颖达《毛诗正义》曰：“传以下文‘笾豆有践’，笾豆，礼器，则此亦礼事，故《传》以上《经》与此皆喻礼也。正以媒为兴者，媒所以用礼，喻周公能用礼。娶妻不以媒则不能得妻，喻治国不用礼则不能安国，言周公能用礼以安，而王不知，故刺之。”

三、则：法则。不远：不用去远处寻求。《毛诗故训传》曰：“以其所愿乎，上交乎下，以其所愿乎，下事乎上，不远求也。”《毛诗故训传笺》曰：“则，法也。伐柯者必用柯，其大小长短近取法于柯，所谓不远求也。王欲迎周公使还，其道亦不远，人心足以知之。”

四、觏：婚媾。之子：这个人。《毛诗故训传笺》曰："觏，见也。之子，是子也，斥（在此作'指'解）周公也，王欲迎周公，当以飨燕之馔行至，则欢乐以说之。"笾：古代祭祀和宴会时盛果脯的竹器，形状像木制的豆。豆：木质食具。践：排列成行。《毛诗故训传》曰："践，行列貌。"

【解题】

这是一首赞扬周公的诗。《诗序》曰："《伐柯》，美周公也。周大夫刺朝廷之不知也。"《毛诗故训传笺》曰："成王既得雷雨大风之变，欲迎周公，而朝廷群臣犹惑于管、蔡之言，不知周公之圣德，疑于王迎之礼，是以刺之。"

孔颖达《毛诗正义》曰："作《伐柯》诗者，美周公也。毛以为，周公摄政，东征四国。既定，仍在东土。已作《鸱鸮》之后，未得雷风之前，群臣皆知周公有成就周道之志，而成王犹未知之，故周大夫作诗美周公，以刺朝廷之不知。即《经》二章皆刺成王不知周公之辞。郑以为，周公避居东都，三年之秋，得雷风之后，启金縢之前，王意稍悟，欲迎周公，而朝廷大夫犹有不知周公之志，故周大夫作此诗以美周公，刺彼朝廷大夫之不知也。《经》二章皆言王当以礼迎周公，刺彼群臣不知之也。"

朱熹《诗集传》曰："言伐柯而有斧，则不过即此旧斧之柯，而得其新柯之法。娶妻而有媒，则亦不过即此见之，而成其同牢之礼矣。东人言此，以比今日得见周公之易，深喜之之词也。"

九罭

九罭之鱼，鳟鲂。一

我觏之子，衮衣绣裳。二
鸿飞遵渚，公归无所，于女信处。三
鸿飞遵陆，公归不复，于女信宿。四
是以有衮衣兮，无以我公归兮，无使我心悲兮。五

【注释】

一、九罭（yù音玉）：渔网。《毛诗故训传》曰："九罭，緵罟，小鱼之网也。"马瑞辰《毛诗传笺通释》曰："《尔雅》曰：'緵罟谓之九罭。九罭，鱼网也。'緵本或作总。总、数一声之转，即《孟子》所谓'数罟'，赵岐注'数罟，密网也'是也。…是知九罭非谓九囊，盖以九者数之究极，甚言其密小耳。"鳟（zūn音尊）鲂：鱼名。《毛诗故训传》曰："鳟鲂，大鱼。"朱熹《诗集传》曰："鳟，似鳝而鳞细眼赤。鲂，已见上，皆鱼之美者也。"

二、觏：见。王先谦《诗三家义集疏》曰："觏，见也。"衮（gǔn音滚）衣：古代帝王及上公穿的绘有卷龙的礼服。孔颖达《毛诗正义》曰："画龙于衣谓之衮，故云衮衣卷龙。"绣裳：五彩绣裙。《毛诗故训传》曰："衮衣，卷龙也。"《毛诗故训传笺》曰："上公之服。"马瑞辰《毛诗传笺通释》曰："《尔雅》曰：'衮，黻也。'盖训此诗。'衮衣绣裳'犹《终南》诗'黻衣绣裳'也。…古者龙画于衣，黻绣于裳。"以上说：用细小的网，来捕捉鳟鱼鲂鱼，是不对的。周公这样的圣贤，不被朝廷重视，是不应该的。我见到的周公，穿着尊贵的衮衣。

三、鸿：大雁。《毛诗故训传笺》曰："鸿，大鸟也。"马瑞辰《毛诗传笺通释》曰："《说文》曰：'鸿，鸿鹄也。'"褚斌杰《诗经全注》曰："鸿，大雁。"遵：沿着。渚：水中小洲。朱熹《诗集传》曰："遵，循也。渚，小洲也。"信宿：再宿。《毛诗故训传》曰："再宿曰信。"一说为确实。《毛诗故训传笺》曰："信，诚也。"胡承珙《毛诗后笺》曰："鸿不宜遵渚，谓公不宜居东也。不宜则公应归矣，而未有所也，故犹于东信处耳。"

以上说：大雁沿着小渚飞翔，是不正常的。周公也应该回到王都，却不能回去。只好一再停留在东方。

四、陆：陆地。《毛诗故训传》曰：“陆非鸿所宜止。”《韩诗》说：“高平无水曰陆。”信宿：同信处。《毛诗故训传》曰：“宿，犹处也。”以上说：鸿雁沿着水中小块陆地飞，是不应该的。周公不能回到王都恢复原来的职位，只好一再停留在东方。

五、无以：勿使。《毛诗故训传笺》曰：“是，是东都也。东都之人欲周公留之为君，故云‘是以有兖衣’。谓成王所赍来兖衣，原其封周公于此。以兖衣命留之，无以公西归。”以上说：天子送给周公衮衣，表示不希望周公回到王都。不过我心里还是希望周公能够回到王都，希望天子不要让我伤心失望。

【解题】

这是一首赞扬周公的诗。《诗序》曰：“《九罭》，美周公也。周大夫刺朝廷之不知也。”

孔颖达《毛诗正义》曰：“作《九罭》诗者，美周公也。周大夫以刺朝廷之不知也。此序与《伐柯》尽同，则毛亦以为刺成王也。周公既摄政而东征，至三年，罪人尽得。但成王惑于流言，不悦周公所为。周公且止东方，以待成王之召。成王未悟，不欲迎之，故周大夫作此诗以刺王。《经》四章，皆言周公不宜在东，是刺王之事。郑以为，周公避居东都三年，成王既得雷雨大风之变，欲迎周公，而朝廷群臣犹有惑于管、蔡之言，不知周公之志者。及启金縢之书，成王亲迎，周公反而居摄，周大夫乃作此诗美周公，追刺往前朝廷群臣之不知也。此诗当作在归摄政之后。首章言周公不宜居东，王当以衮衣礼迎之，所陈是未迎时事也。二章、三章陈往迎周公之时，告晓东人之辞。卒章陈东都之人欲留周公，是公反后之事。既反之后，朝廷无容不知。《序》云美周公者，则四章皆是也。其言刺朝廷之不知者，唯首章耳。”

朱熹《诗集传》曰："此亦周公居东之时，东人喜得见之而言，九罭之网，则有鳟鲂之鱼矣。我遘之子，则见其衮衣绣裳之服矣。"

狼跋

狼跋其胡，载疐其尾。一
公孙硕肤，赤舄几几。二
狼疐其尾，载跋其胡。
公孙硕肤，德音不瑕。三

【注释】

一、跋（bá音拔）：《毛诗故训传》训躐，踩、践踏的意思。胡：朱熹《诗集传》云："颔下悬肉。"载：又的意思。疐（dì音地）：《毛诗故训传》训跲（jiá音夹），绊倒。《毛诗故训传》云："老狼有胡，进则躐其胡，退则跲其尾，进退有难，然而不失其猛。"

二、公孙：对当时贵族的称呼，一说为成王。《毛诗故训传》云："成王也，豳公之孙也。"马瑞辰《毛诗传笺通释》按："《序》言'美周公不失其圣'，则公孙当指周公。周公亦豳公之孙，故称公孙。"硕：大的意思。肤：《毛诗故训传》训美。另一说，硕肤是肥胖的意思，如褚斌杰《诗经全注》训为年老后皮肤松弛，马瑞辰《毛诗传笺通释》亦言"硕肤者，心广体胖之象"。赤舄：红色而以金为饰的鞋子，《毛诗故训传》云："人君之盛履也。"几几：朱熹《诗集传》云："安重貌。"言举步安详。另马瑞辰认为"皆拟其音，非释其义也"。

三、德音：好名声。瑕：瑕疵，有毛病。另外马瑞辰认为，瑕通“假”，“已”的意思，《毛诗故训传》《毛诗故训传笺》训瑕为瑕疵，失之。

【解题】

这是一首赞美周公的诗。《诗序》曰：“《狼跋》，美周公也。周公摄政，远则四国流言，近则王不知周。大夫美其不失其圣也。”《毛诗故训传笺》曰：“不失其圣者，闻流言不惑，王不知不怨，终立其志，成周之王功，致太平，复成王之位，又为之太师，终始无愆，圣德著焉。”

孔颖达《毛诗正义》曰：“作《狼跋》诗者，美周公也。毛以为，周公摄政之时，其远则四国流言，谤毁周公，言‘将不利于孺子’；其近则成王不知其心，谓周公实欲篡夺己位。周公进退有难如此，卒诛除四国，成就周道，使天下大平，而圣著明。故周大夫作此诗，美进退有难而能不失其圣也。《经》二章，皆言进退有难之事。美其不失圣者，本其美周公之意耳，于《经》无所当也。郑以周公将摄政时，远则四国流言，而周公不惑，不息摄政之心；近则成王不知，而周公不怨，不生忿怼之意，卒得遂其心志，成就周道，是进有难也。及致政成王之后，欲老而自退，成王又留为太师，令辅弼左右，是退有难也。知此进退有难，而圣德著明，终无愆过，故周大夫美其不失其圣也。”

朱熹《诗集传》曰：“周公虽遭疑谤，然所以处之，不失其常。故诗人美之。言狼跋其胡，则疐其尾矣，公遭流言之变，而其安肆自得乃如此。盖其道隆德盛，而安土乐天，有不足言者，所以遭大变而不失其常也。夫公之被毁，以管蔡之流言也，而诗人以为此非四国之所为，乃公自让其大美，而不居耳。盖不使谗邪之口，得以加乎公之忠圣。此可见其爱公之深，敬公之至。而其立言亦有法矣。”

詩經

小雅

《小雅》，上海博物馆藏《孔子诗论》称为《小夏》，其写作时代大体包括商周两个时期，如《豳风》是周人在豳时的作品，这应该是商朝后期。《小雅》七十四篇，其中前十六篇为正小雅，《六月》以下五十八篇为变小雅。

《诗序》曰："至于王道衰，礼义废，政教失，国异政，家殊俗，而变风、变雅作矣。国史明乎得失之迹，伤人伦之废，哀刑政之苛，吟咏情性，以风其上，达于事变而怀其旧俗者也。故变风发乎情，止乎礼义。发乎情，民之性也；止乎礼义，先王之泽也。是以一国之事，系一人之本，谓之'风'。言天下之事，形四方之风，谓之'雅'。雅者，正也，言王政之所由废兴也。政有小大，故有小雅焉，有大雅焉。"大小雅都与周代政治密切相关。

《毛诗故训传》曰："陆曰：从《鹿鸣》至《菁菁者莪》，凡二十二篇，皆正小雅。六篇亡，今唯十六篇。从此至《鱼丽》十篇，是文、武之小雅。先其文王以治内，后其武王以治外，宴劳嘉宾，亲睦九族，事非隆重，故为'小雅'。皆圣人之迹，故谓之'正'。"

《小大雅谱》曰："小雅、大雅者，周室居西都丰、镐之时诗也。始祖后稷，由神气而生，有播种之功于民。公刘至于太王、王季，历及千载，越异代而别，世载其功业，为天下所归。文王受命，武王遂定天下。盛德之隆，大雅之初，起自《文王》，至于《文王有声》，据盛隆而推原天命，上述祖考之美。小雅自《鹿鸣》至于《鱼丽》，先其文所以治内，后其武所以治外。此二雅逆顺之次，要于极贤圣之情，著天道之助，如此而已矣。又大雅《生民》下及《卷阿》，小雅《南有嘉鱼》下及《菁菁者莪》，周公、成王之时诗也。传曰‘文王基之，武王凿之，周公内之’，谓其道同，终始相成，比而合之，故大雅十八篇、小雅十六为正经。其用于乐，国君以小雅，天子以大雅，然而飨宾或上取，燕或下就。何者？天子飨元侯，歌《肆夏》，合《文王》。诸侯歌《文王》，合《鹿鸣》。诸侯于邻国之君，与天子于诸侯同。天子、诸侯燕群臣及聘问之宾，皆歌《鹿鸣》合乡乐。此其著略，大校见在书籍，礼乐崩坏，不可得详。大雅《民劳》、小雅《六月》之后，皆谓之变雅，美恶各以其时，亦显善惩过，正之次也。问者曰：‘《常棣》闵管、蔡之失道，何故列于文王之诗？’曰：‘闵之闵之者，闵其失兄弟相承顺之道，至于被诛。若在成王、周公之诗，则是彰其罪，非闵之，故为隐。推而上之，因文王有亲兄弟之义。’又问曰：‘小雅之臣何以独无刺厉王？’曰：‘有焉。《十月之交》《雨无正》《小旻》《小宛》之诗是也。汉兴之初，师移其第耳。乱甚焉。既移文，改其目，义顺上下，刺幽王亦过矣。’”

鹿鸣之什

陆德明《经典释文·毛诗音义》曰："什音十。什者，若五等之君有诗，各系其国，举'周南'即题《关雎》。至于王者施教，统有四海，歌咏之作，非止一人，篇数既多，故以十篇编为一卷，名之为什。"

鹿鸣

呦呦鹿鸣，食野之苹。[一]
我有嘉宾，鼓瑟吹笙。[二]
吹笙鼓簧，承筐是将。[三]
人之好我，示我周行。[四]
呦呦鹿鸣，食野之蒿。[五]
我有嘉宾，德音孔昭。[六]
视民不恌，君子是则是效。[七]
我有旨酒，嘉宾式燕以敖。[八]
呦呦鹿鸣，食野之芩。[九]

我有嘉宾，鼓瑟鼓琴。
鼓瑟鼓琴，和乐且湛。[十]
我有旨酒，以燕乐嘉宾之心。[十一]

【注释】

一、呦呦（yōu音忧）：鹿叫的声音。《说文》曰："呦，鹿鸣声也。"朱熹《诗集传》曰："呦呦，声之和也。"苹：草名，一说为浮萍。《毛诗故训传》曰："苹，荓也。一说为赖蒿。"《毛诗故训传笺》云："苹，藾萧。"朱熹《诗集传》曰："苹，藾萧也。青色，白茎如筋。"孔颖达《毛诗正义》曰："'苹，藾萧'，《释草》文。郭璞曰：'今藾蒿也。初生亦可食。'陆玑《疏》云：'叶青白色，茎似箸而轻脆，始生香，可生食，又可烝食。'是也。易传者，《尔雅》云：'苹，荓。'其大者为苹，是水中之草。《召南·采苹》云'于以采苹，南涧之滨'者也，非鹿所食，故不从之。"一说为扫帚草，褚斌杰《诗经全注》说鹿觅得食物后，即呼叫同类，一起享用。故两句以鹿鸣起兴，表示诚恳招饮之情。《毛诗故训传》曰："兴也。鹿得荓，呦呦然鸣而相呼，恳诚发乎中。以兴嘉乐宾客，当有恳诚相招呼以成礼也。"

二、嘉：善，好。嘉宾：贵宾。朱熹《诗集传》曰："宾所燕之客，或本国之臣，或诸侯之使也。"鼓瑟（sè音色）：弹瑟。鼓，动词，弹；瑟，古弹拨乐器。笙：古代的一种簧管乐器，用竹和匏制成。王先谦《诗三家义集疏》曰："鲁说曰：'笙长四寸，十三簧，像凤之身也。'"朱熹《诗集传》曰："瑟笙，燕礼所用之乐也。"

三、鼓簧（huáng音黄）：即吹笙，鼓动簧片而发声。《毛诗故训传》曰："簧，笙也。吹笙而鼓簧矣。"簧：笙中的舌片。《楚辞·九叹》王逸注："笙中有舌曰簧。"承：捧着。《毛诗故训传笺》云："承犹奉也。"筐：指用来盛币、帛礼品的竹器。《毛诗故训传》曰：筐，篚属，所以行币帛也。《毛诗故训传笺》曰："《书》曰：'篚厥玄黄'。"将：送。《尔雅·释言》曰："将，送也。"朱熹《诗集传》曰："将，行也。"承筐是将：即捧着盛币帛礼品的筐送给嘉宾。朱熹《诗集传》曰："奉筐而行币帛。饮则以酬宾送酒，食则以侑宾劝饱也。"

四、人：客人，指嘉宾。好我：喜爱我。《毛诗故训传笺》曰："好犹善也。"示：告诉，指示。《毛诗故训传笺》云："'示'当作'寘'。寘，置也。"周行：大道，引申为治国的道理。《毛诗故训传》曰："周，至。行，道也。"《毛诗故训传笺》曰："周行，周之列位也。"《毛诗故训传笺》曰："人有以德善我者，我则置之于周之列位。言已维贤是用。"朱熹《诗集传》曰："周行，大道也，古者于旅也语。故欲于此闻其言也。"

五、蒿：青蒿。《毛诗故训传》曰："蒿，菣（qìn音沁）也。"孔颖达《毛诗正义》曰："孙炎曰：'荆楚之间谓蒿为菣。'郭璞曰：'今人呼青蒿香中炙啖者为菣。'陆玑《毛诗草木疏》曰：'蒿，青蒿也。荆、豫之间，汝南、汝阴皆云菣也'。本或云'牡菣'者，'牡'衍字。牡菣乃是蔚，非蒿也。"

六、德音：美誉。一说为道德之教。《毛诗故训传笺》云："德音，先王道德之教也。"于省吾《泽螺居诗经新证》谓此处应作"德言，即人内在之德性与外在之言语。"此说亦可。孔：很，大。《毛诗故训传笺》曰："孔，甚。"昭：明。《毛诗故训传笺》曰："昭，明也。"

七、视：同"示"。《毛诗故训传笺》曰："视，古示字也。三家《诗》均作'示'。"恌（tiāo音挑）：同佻，偷薄，刻薄，轻佻。《毛诗故训传》曰："恌，愉也。"《鲁诗》作偷，孔颖达《毛诗正义》曰："愉音臾，《说文》酬为薄也。昭十年《左传》引此诗，服虔亦云'示民不愉薄'，是也。定本作'愉若然'。"朱熹《诗集传》曰："恌，偷薄也。"君子：贵族，一般的统治者。则：法则。效，古本作"傚"（xiào音效）：仿效。三家《诗》或作"效"。《毛诗故训传》曰："是则是效，言可法效也。"《毛诗故训传笺》曰："饮酒之礼，于旅也语。嘉宾之语先王德教甚明，可以示天下之民，使之不愉于礼义。是乃君子所法效，言其贤也。"朱熹《诗集传》曰："言嘉宾之德音甚明、足以示民使不偷薄。而君子所当则效，则亦不待言语之闲，而其所以示我者深矣。”

八、旨酒：美酒。式：语助词，无义。燕：通“宴”，宴饮。一说，燕，安也，即安适。敖：通“遨”，游玩。《毛诗故训传》曰：敖，游也。一说，敖，舒畅快乐。马瑞辰《毛诗传笺通释》曰：“《尔雅》舍人注云：‘敖，意舒也。’凡人乐则意舒，是知敖有乐意。犹《南有嘉鱼》诗‘嘉宾式燕以乐’、《车舝》诗‘式燕且喜’‘式燕且誉’也。”

九、芩（qín音秦）：草名，蒿草的一种。《毛诗故训传》曰：“芩，草也。”孔颖达《毛诗正义》曰：“《说文》云：‘蒿也。’陆玑《毛诗草木疏》曰：‘茎如钗股，叶如竹蔓，生泽中下地咸处，为草贞实，牛马亦喜食之。’”一说为黄芩。

十、湛（zhàn音占）：深，长久。《毛诗故训传》曰：“湛，乐之久。”一说，湛是“女甚”的假借字。《说文》曰：“女甚，乐也。”一说，湛为耽的假借字。

十一、燕：安。《毛诗故训传》曰：“燕，安也。夫不能致其乐，则不能得其志；不能得其志，则嘉宾不能竭其力。”马瑞辰《毛诗传笺通释》曰：“燕乐，犹上言式燕以敖耳。”

【解题】

这是一首描写天子燕群臣宾客之诗。《诗序》曰：“《鹿鸣》，燕群臣嘉宾也。既饮食之，又实币帛筐篚，以将其厚意，然后忠臣嘉宾得尽其心矣。”《毛诗故训传笺》曰：“饮之而有币，酬币也。食之而有币，侑币也。”侑，佐，助也。

孔颖达《毛诗正义》曰：“作《鹿鸣》诗者，燕群臣嘉宾也。言人君之于群臣嘉宾，既设飨以饮之，陈馔以食之，又实币帛于筐篚而酬侑之，以行其厚意，然后忠臣嘉宾佩荷恩德，皆得尽其忠诚之心以事上焉。明上隆下报，君臣尽诚，所以为政之美也。言群臣嘉宾者，群臣，君所飨燕，则谓之宾。《序》发首云‘燕群臣’，则此诗为燕群臣而作。”

朱熹《诗集传》曰：“此燕飨宾客之诗也。盖君臣之分，以严为主，朝廷之礼，以敬为主。然一于严敬，则情或不通，而无以尽其忠告之益。故先王因其饮食聚会，而制为燕飨之礼，以通上下之情，而其乐歌又以鹿鸣起兴，而言其礼意之厚如此。庶乎人之好我，而示我以大道也。《记》曰，‘私惠不归德，君子不自留焉。’盖其所望于群臣嘉宾者，唯在于示我以大道，则必不以私惠为德而自留矣。呜呼！此其所以和乐而不淫也与。”又曰：“按序以此为燕群臣嘉宾之诗。而燕礼亦云，工歌《鹿鸣》《四牡》《皇皇者华》。即谓此也。乡饮酒用乐亦然。而《学记》言，大学始教宵雅肄三。亦谓此三诗，然则又为上下通用之乐矣。岂本为燕群臣嘉宾而作，其后乃推而用之乡人也与。然于朝曰君臣焉，于燕曰宾主焉，先王以礼使臣之厚，于此见矣。范氏曰，食之以礼，乐之以乐，将之以实，求之以诚。此所以得其心也。贤者岂以饮食币帛为悦哉？夫婚姻不备，则贞女不行也。礼乐不备，则贤者不处也。贤者不处，则岂得乐而尽其心乎？”

马瑞辰《毛诗传笺通释》曰：“此诗三章，文法参差，而义实相承。首章前六局言我敬宾，后二句言宾之善我。二章前六句即承首章人好我言，后二句乃言我之乐宾。三章即接言宾之乐，后二句又申我之乐宾，以明宾之乐实我有以致之也。”

四牡

四牡騑騑，周道倭迟。岂不怀归？一

王事靡盬，我心伤悲。二

四牡骓骓，啴啴骆马。岂不怀归？[三]
王事靡盬，不遑启处。[四]
翩翩者鵻，载飞载下，集于苞栩。[五]
王事靡盬，不遑将父。[六]
翩翩者鵻，载飞载止，集于苞杞。[七]
王事靡盬，不遑将母。
驾彼四骆，载骤骎骎。岂不怀归？[八]
是用作歌，将母来谂。[九]

【注释】

一、四牡：牡：公马。褚斌杰《诗经全注》曰："古时用四马驾车，故说四牡。"骓骓（fēi音非）：马不停息奔走疲惫的样子。《毛诗故训传》曰："骓骓，行不止之貌。"《广雅》曰："骓骓，疲也，行不止则疲也。"周道：大路。《毛诗故训传》释"周道"为"歧周之道也"，朱熹《诗集传》曰："周道，大路也。"皆通。倭（wēi音微）迟：道路曲折遥远的样子。《毛诗故训传》曰："倭迟，历远之貌。"王先谦《诗三家义集疏》曰："齐'倭迟'作'郁夷'。《韩诗》曰：'周道威夷'。韩说曰：'威夷，险也。'"陈奂《诗毛氏传疏》曰："'倭'与'委'俱顺随之义，'迟'有远义，故传以'历远'释'倭迟'也。"

二、王事：王家之事。王先谦《诗三家义集疏》曰："案，'王'谓殷王纣也。《左》襄公四年传：'文王帅殷之叛国以事纣。'使命频烦，趋公奉职，周室之事，亦皆'王事'也。"靡盬（gǔ音古）：没有止息。盬：《毛诗故训传》曰："盬，不坚固也。思归者，私恩也。靡盬者，公义也。伤悲者，情思也。"《毛诗故训传笺》曰："无私恩，非孝子也。无公义，非忠臣也。君子不以私害公，不以家事辞王事。"《毛诗正义》曰：《传》以靡盬为公义，故以思归为私恩，以我心伤悲出自其情，故曰情思。情思即私恩，主谓念忆父母。

三、啴啴（tān音摊）：喘息的样子。《毛诗故训传》曰："啴啴，喘息之貌。马劳则喘息。"《说文》曰："啴啴，喘息也。"朱熹《诗集传》曰："啴啴，众盛之貌。"据诗文之义，当从《毛诗故训传》。骆马：白色黑鬃的马。《毛诗故训传》曰："白马黑鬣曰骆。"

四、不遑：没有闲暇。《毛诗故训传》曰："遑，暇。"启：跪。处：居，坐。《毛诗故训传》曰："启，跪。处，居也。"褚斌杰《诗经全注》曰："古人席地而坐，跪，即双腿着地，上身挺直；坐，则臀部下垂，坐在脚掌上。启处，指休息。"

五、翩翩：朱熹《诗集传》曰："翩翩，飞貌。"鵻（zhuī音追）：鸟名。《毛诗故训传》曰："鵻，夫不也。"《毛诗正义》曰："《释鸟》云：'鵻其，夫不。'舍人曰：'鵻，一名夫不。'李巡曰：'夫不，一名鵻。今楚鸠也。'某氏引《春秋》云：'祝鸠氏，司徒。祝鸠，鵻，夫不，孝，故为司徒。'郭璞曰：'今鹁鸠也。'"朱熹《诗集传》曰："鵻，夫不也，今鹁鸠也，凡鸟之短尾者皆隹属。"载：句首语气词，可释为或。集：栖止。《说文》曰："集，群鸟在木上也。"苞：草木茂盛。《尔雅·释言》曰："苞，稹。"孙炎注："物丛生曰苞，齐人名曰稹。"栩（xǔ音许）：栎树，又叫柞树。

六、将：侍养。《毛诗故训传》曰："将，养也。"孔颖达《毛诗正义》曰："汝从劳役，其言曰：王家之事，无不坚固，我坚固王事，所以不暇在家，以养父母。"

七、止：停止。杞：《毛诗故训传》曰："杞，枸檵（jì音继）也。"郭璞《尔雅注》："今枸杞也。"

八、四骆：陈奂《诗毛氏传疏》曰："四骆，四马皆骆也。"骤：奔跑。《说文》曰："马疾步也。"骎骎（qīn音亲）：奔驰的样子。《毛诗故训传》曰："骎骎，骤貌。"

九、谂（shěn音沈）：思念。《毛诗故训传》曰：“谂，念也。”陈奂《诗毛氏传疏》曰：“谂，念。《释言》文。谂读与念同。谂从念声，念从今声，古声同也。”来：陈奂《诗毛氏传疏》曰：“来，语词。是用作歌，将母来谂。言使臣念母，乃作歌以劳之。与首章‘我心伤悲’同意。歌念母者，孝子于母情尤笃也。”

【解题】

这是一首写使臣在外思念父母的诗作。《诗序》曰：“劳使臣之来也。有功而见知则说矣。”《毛诗故训传笺》曰：“文王为西伯之时，三分天下有其二，以服事殷。使臣以王事往来于其职，于其来也，陈其功苦以歌乐之。”

孔颖达《毛诗正义》曰：“作《四牡》诗者，谓文王为西伯之时，令其臣以王事出使于其所职之国，事毕来归，而王劳来之也。言凡臣之出使，唯恐其君不知己功耳。今臣使反，有功，而为王所见知，则其臣忻悦矣。故文王所述其功苦以劳之，而悦其心焉。此《经》五章，皆劳辞也。其有功见知，则悦矣，总述劳意，于《经》无所当也。”

朱熹《诗集传》曰：“此劳使臣之诗也。夫君之使臣，臣之事君，礼也。故为臣者，奔走于王事，特以尽其职分之所当为而已。何敢自以为劳哉？然君之心，则不敢以是而自安也。故燕飨之际，叙其情而闵其劳。言驾此四牡，而出使于外，其道路之回远如此。当是时岂不思归乎？特以王事不可以不坚固，不敢徇私以废公。是以内顾而伤悲也。臣劳于事而不自言，君探其情而代之言。上下之间，可谓各尽其道矣。《传》曰，思归者，私恩也。靡盬者，公义也。伤悲者，情思也。无私恩，非孝子也。无公义，非忠臣也。君子不以私害公，不以家事辞王事。范氏曰，臣之事上也，必先公而后私。君之劳臣也，必先恩而后义。”又曰：“按序言，此诗所以劳使臣之来。甚协诗意。故《春秋传》亦云，而《外传》以为章使臣之勤。所谓使臣，虽叔孙之自称，亦正合其本事也。但仪礼亦以为上下通用之乐。疑亦本为劳使臣而作，其后乃移以他用耳。”

诗人借四马奔驰劳累，道路漫长无尽，写自身远离家乡、终日劳顿。在外行役，岂不怀归，但王事靡盬，在公事面前，私情只能暂放一旁。鸟儿犹得栖息，自己却不能停止这苦差归家奉养父母，我心伤悲，不可绝也。

皇皇者华

皇皇者华，于彼原隰。一
駪駪征夫，每怀靡及。二
我马维驹，六辔如濡。三
载驰载驱，周爰咨诹。四
我马维骐，六辔如丝。五
载驰载驱，周爰咨谋。六
我马维骆，六辔沃若。七
载驰载驱，周爰咨度。八
我马维骃，六辔既均。九
载驰载驱，周爰咨询。十

【注释】

一、皇皇：犹煌煌，颜色鲜明貌；《鲁诗》作葟葟。华：花。原：高平之地。隰：低湿之地。《毛诗故训传》曰："忠臣奉使，能光君命，无远无近，如华不以高下易其色。"

二、駪（shēn音身）駪：《鲁诗》作侁，《韩诗》作莘；《毛诗故训传》作众多之貌；高亨《诗经今注》作急急忙忙。征夫：行人。《毛诗故训传》曰："每，虽。怀，和也。"孔颖达《毛诗正义》曰："王肃云：'使臣之行，必有上介，众介虽多，内怀中和之道，犹自以无所及，是以驱驰而咨诹之。’”《毛诗故训传笺》曰：“《春秋外传》曰：‘怀和为每怀也。’和当为私。行夫既受君命当速行，每人怀其私相稽留，则于事将无所及。”每怀靡及：一说众多私事顾不及。一说怀：思。朱熹《诗集传》曰：“此駪駪然之征夫，则其所怀思，常若有所不及矣。”

三、驹：《释文》云本亦作骄，古称六尺高的马。辔：缰绳。濡：鲜艳润泽。

四、周：忠信。爰：于。《毛诗故训传》曰：“访问于善为咨。咨事为诹。”《毛诗故训传笺》曰：“大夫出使，驰驱而行，见忠信之贤人，则于之访问，求善道也。”《国语·鲁语》曰：“叔孙穆子曰：‘咨才为诹，咨事为谋，咨议为度，咨亲为询。’”

五、骐：有青黑斑纹的马。

六、咨谋：《毛诗故训传》曰：“咨事之难易为谋。”《鲁诗》“谋”作“谟”。

七、沃若：光泽貌。

八、咨度：《毛诗故训传》曰：“咨礼义所宜为度。”

九、骃：肚皮有白色杂毛的黑马。均：调和。《毛诗故训传》曰：“阴白杂毛曰骃。均，调也。”

十、咨询：《毛诗故训传》曰：“亲戚之谋为询。”金启华《诗经全译》引林义光说：以他人亲历之事咨于其人为询。

【解题】

这是君主送别使臣之诗。《诗序》曰：“《皇皇者华》，君遣使臣也。送之以礼乐，言远而有光华也。”《毛诗故训传笺》曰：“言臣出使，能扬君之美，延其誉于四方，则为不辱命也。”

孔颖达《毛诗正义》曰：“作《皇皇者华》诗者，言君遣使臣也。君遣使臣之时，送之以礼乐，教以若将不及，驱驰而行于忠信之人，咨访于五善。言臣出使，当扬君之美，使远而有光华焉。送之以礼乐，即首章下二句尽卒章是也。此谦虚访善，直为礼耳。而并言乐者，以礼乐相将，既能有礼敏达，则能心和乐易，故兼言焉。远而有光华，即首章上二句是也。《经》《序》倒者，《经》以君遣使臣，主敕使有光华。所以得光华者，当驱驰访善，故为此次也。《序》以君本送之以礼乐，欲使之远有光华，为文之势，故与《经》不同也。”

朱熹《诗集传》曰：“此遣使臣之诗也。君之使臣，固欲其宣上德而达下情。而臣之受命，亦惟恐其无以副君之意也。故先王之遣使臣也，美其行道之勤，而述其心之所怀，曰彼煌煌之华，则于彼原隰矣。此駪駪然之征夫，则其所怀思，常若有所不及矣。盖亦因以为戒。然其辞之婉而不迫如此。诗之忠厚亦可见矣。”又曰：“按《序》以此诗为君遣使臣。春秋内外传皆云，君教使臣。其说已见前篇。仪礼亦见《鹿鸣》。疑亦本为遣使臣而作，其后乃移以他用也。然叔孙穆子所谓，君教使臣曰，每怀靡及，诹谋度询，必咨于周，敢不拜教。可谓得诗之意矣。范氏曰，王者遣使于四方，教之以咨诹善道，将以广聪明也。夫臣欲助其君之德，必求贤以自助。故臣能从善，则可以善君矣。臣能听谏，则可以谏君矣。未有不自治，而能正君者也。”

常棣

常棣之华，鄂不韡韡。一
凡今之人，莫如兄弟。二
死丧之威，兄弟孔怀。三

原隰裒矣，兄弟求矣。[四]
脊令在原，兄弟急难。[五]
每有良朋，况也永叹。[六]
兄弟阋于墙，外御其务。[七]
每有良朋，烝也无戎。[八]
丧乱既平，既安且宁。
虽有兄弟，不如友生？[九]
傧尔笾豆，饮酒之饫。[十]
兄弟既具，和乐且孺。[十一]
妻子好合，如鼓瑟琴。[十二]
兄弟既翕，和乐且湛。[十三]
宜尔室家，乐尔妻帑。[十四]
是究是图，亶其然乎？[十五]

【注释】

一、常棣：树名，即棠梨。《毛诗故训传》曰：“常棣，棣也。”孔颖达《毛诗正义》曰：“‘常棣，棣’，《释木》文也。舍人曰：‘常棣，一名棣。’郭璞曰：‘今关西有棣树，子如樱桃，可食。’是也。与此唐棣异木，故《尔雅》别释。”朱熹《诗集传》曰：“常棣，棣也，子如殷桃，可食。”鄂：同“萼”，花萼。《毛诗故训传》曰：“鄂犹鄂鄂然，言外发也。”朱熹《诗集传》曰：“鄂，鄂然外见之貌。”韡韡（wěi音伟）：光明盛大的样子。《毛诗故训传》曰：“韡韡，光明也。”《毛诗故训传笺》曰：“承华者曰鄂，不当作拊。拊，鄂足也。鄂足得华之光明，则韡韡然盛。兴者，喻弟以敬事兄，兄以荣覆弟，恩义之显亦韡韡然。古声不、拊同。”《韩诗》作“炜”。

二、《毛诗故训传》曰：“闻常棣之言为今也。”《毛诗故训传笺》

曰："闻常棣之言，始闻常棣华鄂之说也。如此，则人之恩亲，无如兄弟之最厚。"

三、威：害怕。怀：思念。《毛诗故训传》曰："威，畏。怀，思也。"《毛诗故训传笺》曰："死丧可畏怖之事，维兄弟之亲甚相思念。"

四、原隰：平原洼地。裒（póu音抔）：聚集。《毛诗故训传》曰："裒，聚也。"求：寻找。《毛诗故训传》曰："求矣，言求兄弟也。"《毛诗故训传笺》曰："原也隰也，以相与聚居之故，故能定高下之名，犹兄弟相求，故能立荣显之名。"朱熹《诗集传》曰："言死丧之祸，它人所畏恶，惟兄弟为相恤耳。至于积尸裒聚于原野之间，亦惟兄弟为相求也。此诗盖周公既诛管、蔡而作。故此章以下，专以死丧急难斗阋之事为言。其志切，其情哀，乃处兄弟之变，如孟子所谓'其兄关弓而射之，则己垂涕而道之'者。《序》以为'闵管、蔡之失道'者得之。而又以为文武之诗，则误矣。大抵旧说《诗》之时世，皆不足信，举此自相矛盾者以见其一端，后不能悉辩也。"

五、脊令：鸟名。《毛诗故训传》曰："脊令，雍渠也，飞则鸣，行则摇，不能自舍耳。"朱熹《诗集传》曰："脊令，雍渠，水鸟也。"急难：遇难急忙相救。《毛诗故训传》曰："急难，言兄弟之相救于急难。"《毛诗故训传笺》曰："雍渠，水鸟，而今在原，失其常处，则飞则鸣，求其类，天性也。犹兄弟之于急难。"

六、每：虽。《毛诗故训传笺》曰："每，虽也。"况：增加。《毛诗故训传》曰："况，兹。"一说发语词。朱熹《诗集传》曰："况，发语词，或曰当作'怳'。"永：长。《毛诗故训传》曰："永，长也。"《毛诗故训传笺》曰："当急难之时，虽有善同门来，兹对之长叹而已。"朱熹《诗集传》曰："脊令飞则鸣，行则摇，有急难之意。故以起兴。而言当此之时，虽有良朋，不过为之长叹息而已，力或不能相及。东莱吕氏曰：'疏其所亲，而亲其所疏，此失其本心者也。故此诗反复言朋友之不如兄弟，盖示之以亲疏之分，使之反循其本也。本心既得，则由亲及疏，秩然有序。兄弟之亲既笃，而朋友之义亦敦矣，初非薄于朋友也。苟杂施而不孙，虽曰厚于朋友，如无源之水，朝满夕除，胡可保哉！或曰：人之在难，朋友亦可以坐视欤？曰：每有良朋，况也永叹，则非不忧悯，但视兄弟急难为有差等耳。诗人之词容有抑扬，然《常棣》周公作也，圣人之言，小大高下皆宜，而前后左右不相悖。’”

七、阋（xì音细）：争吵，争斗。《毛诗故训传》曰：“阋，很也。”朱熹《诗集传》曰：“阋，斗狠也。”务：同“侮”，侮辱。《毛诗故训传笺》曰：“务，侮也。兄弟虽内阋而外御侮也。”烝：一说窴。《毛诗故训传》曰：“烝，窴也。”一说为发语词。朱熹《诗集传》曰：“烝，发语词。”

八、戎：帮助。《毛诗故训传》曰：“戎，相也。”《毛诗故训传笺》曰：“当急难之时，虽有善同门来，久也犹无相助己者，古声填、窴、尘同。”朱熹《诗集传》曰：“言兄弟设有不幸斗狠于内，然有外侮，则同心御之矣。虽有良朋，岂能有所助乎？富辰曰：‘兄弟虽有小忿，不废懿亲。’”

九、友生：友人。《毛诗故训传》曰：“兄弟尚恩怡怡然，朋友以义切切然。”《毛诗故训传笺》曰：“平犹正也。安宁之时，以礼义相琢磨，则友生急。”朱熹《诗集传》曰：“上章言患难之时，兄弟相救非朋友可比。此章遂言安宁之后，乃有视兄弟不如友生者，悖理之甚也。”

十、傧：陈列。《毛诗故训传》曰：“傧，陈。”饫（yù音玉）：满足。朱熹《诗集传》曰：“饫，餍。”一说为私。《毛诗故训传》曰：“饫，私也。不脱屦升堂谓之饫。”《毛诗故训传笺》曰：“私者，图非常之事。若议大疑于堂，则有饫礼焉。听朝为公。”

十一、既俱：一起到来。朱熹《诗集传》曰：“具，俱也。”孺：属，相亲相爱。《毛诗故训传》曰：“孺，属也。王与亲戚燕则尚毛。”《毛诗故训传笺》曰：“属者，以昭穆相次序。”朱熹《诗集传》曰：“孺，小儿之慕父母也。言陈笾豆以醉饱，而兄弟有不具焉，则无与共享其乐矣。”

十二、好合：情投意合。《毛诗故训传笺》曰：“好合，志意合也。合者，如鼓瑟琴之声相应和也。王与族人燕，则宗妇内宗之属亦从后于房中。”

朱熹《诗集传》曰："言妻子如合如琴瑟之和，而兄弟有不合焉，则无以久其乐矣。"

十三、翕：和合，聚合。《毛诗故训传》曰："翕，合也。"

十四、帑（nú音奴）：通"孥"，儿女的通称。《毛诗故训传》曰："帑，子也。"《毛诗故训传笺》曰："族人和，则得保乐其家中之大小。"究：深究。《毛诗故训传》曰："究，深。"图：图谋。《毛诗故训传》曰："图，谋。"

十五、亶（dǎn音胆）：诚然。《毛诗故训传》曰："亶，信也。"《毛诗故训传笺》曰："女深谋之，信其如是。"朱熹《诗集传》曰："宜尔室家者，兄弟具而后乐且孺也。乐尔妻帑者，兄弟翕而后乐且湛也。兄弟于人，其重如此。试以是究而图之，岂不信其然乎？东莱吕氏曰：'告人以兄弟之当亲，未有不以为然者也。苟非是究是图，实从事于此，则亦未有诚知其然者也。不诚知其然，则所知者特其名而已矣。凡学，盖莫不然。'"

【解题】

这是一首表现兄弟亲情的诗。《诗序》曰："《常棣》，燕兄弟也。闵管、蔡之失道，故作《常棣》焉。"《毛诗故训传笺》曰："周公吊二叔之不咸，而使兄弟之恩疏。召公为作此诗，而歌之以亲之。"

孔颖达《毛诗正义》曰："作《常棣》诗者，言燕兄弟也。谓王者以兄弟至亲，宜加恩惠，以时燕而乐之。周公述其事，而作此诗焉。兄弟者，共父之亲。推而广之，同姓宗族皆是也。故《经》云：'兄弟既具，和乐且孺。'则远及九族宗亲，非独燕同怀兄弟也。《序》又说所以作此燕兄弟之诗者，周公闵伤管叔、蔡叔失兄弟相承顺之道，不能和睦，以乱王室，至于被诛，使己兄弟之恩疏，恐天下见在上既然皆疏兄弟，故作此《常棣》之诗，言兄弟不可不亲，以敦天下之俗焉。"

朱熹《诗集传》曰："此燕兄弟之乐歌。故言常棣之华，则其鄂然而外见者，岂不韡韡乎？凡今之人，则岂有如兄弟者乎？”

朱熹《诗集传》云：“此诗章首略言至亲莫如兄弟之意。次章乃以意外不测之事言之，以明兄弟之情其切如此。三章但言急难，则浅于死丧矣。至于四章，则又以其情义之甚薄，而犹有所不能已者言之。其《序》若曰不待死丧，然后相收，但有急难，便当相助。言又不幸而至于或有小忿，犹必共御外侮。其所以言之者，虽若益轻以约，而所以着夫兄弟之义者，益深且切矣。至于五章，遂言安宁之后，乃谓兄弟不如友生，则是至亲反为路人，而人道或几乎息矣。故下两章乃复极言兄弟之恩，异形同气，死生苦乐无适而不相须之意。卒章又申告之，使反复穷极而验其信然，可谓委曲渐次，说尽人情矣。读者宜深味之。”

方玉润《诗经原始》曰：“第五章有两解：朱子以为反言，姚氏以为追思，皆通。然追思较反言有意，读之令人酸鼻，是周公当日情景，故从之。须看其全诗作法。首章虚冒，次章双题，三四章以良朋陪，后二章以妻子陪，此章是一转笔作中间枢纽。六章乃甚言兄弟之乐，以起末二章耳。此八段古文作法也。”

褚斌杰《诗经全注》曰：“这是一首歌咏兄弟亲情的诗，在家庭宴饮时所唱。诗中用棠棣花之花萼相依比喻兄弟之间的亲密；又用与‘良朋’的对比，说明手足之情更值得珍视，是一篇动人的兄弟友爱之歌。”

伐木

伐木丁丁，鸟鸣嘤嘤。一
出自幽谷，迁于乔木。二
嘤其鸣矣，求其友声。三
相彼鸟矣，犹求友声。四

矧伊人矣，不求友生？[五]
神之听之，终和且平。[六]
伐木许许，酾酒有藇。[七]
既有肥羜，以速诸父。[八]
宁适不来，微我弗顾。[九]
於粲洒扫，陈馈八簋。[十]
既有肥牡，以速诸舅。[十一]
宁适不来，微我有咎。[十二]
伐木于阪，酾酒有衍。[十三]
笾豆有践，兄弟无远。[十四]
民之失德，干糇以愆。[十五]
有酒湑我，无酒酤我。[十六]
坎坎鼓我，蹲蹲舞我。[十七]
迨我暇矣，饮此湑矣。[十八]

【注释】

一、丁丁（zhēng音争）：伐木声。《毛诗故训传》曰：“丁丁，伐木声也。”嘤嘤：鸟和鸣声。《毛诗故训传笺》曰：“丁丁，嘤嘤，相切直也。言昔日未居位，在农之时，与友生于山岩，伐木为勤苦之事，犹以道德相切正也。嘤嘤，两鸟声也。其鸣之志，似于有友道然，故连言之。”朱熹《诗集传》曰：“丁丁，伐木声。嘤嘤，鸟声之和也。”

二、幽谷：深谷。迁：迁徙。乔：高大。《毛诗故训传》曰：“幽，深。乔，高也。”《毛诗故训传笺》曰：“迁，徙也。谓乡时之鸟，出从深谷，今移处高木。”

三、求：呼求。《毛诗故训传》曰：“君子虽迁于高位，不可以忘其朋友。”《毛诗故训传笺》曰：“嘤其鸣矣，迁处高木者。求其友声，求其尚在深谷者。其相得，则复鸣嘤嘤然。”

四、相：看。《毛诗故训传笺》曰：“相，视也。”

五、矧（shěn音审）：况且，而且。《毛诗故训传》曰：“矧，况也。”《毛诗故训传笺》曰：“鸟尚知居高木呼其友，况是人乎，可不求之？”

六、神之听之：凝神听。终：既。《毛诗故训传笺》曰：“以可否相增减，曰和平齐等也。此言心诚求之，神若听之，使得如志，则友终相与和而齐功也。”

七、许许（hǔ音虎）：象声词，伐木发出的声音。《毛诗故训传》曰：“许许，柿貌。”朱熹《诗集传》曰：“许许，众人共力之声。《淮南子》曰：‘举大木者呼邪许。’盖举重劝力之歌也。”酾（lí音离）酒：薄酒。《毛诗故训传》曰：“以筐曰酾。以薮曰湑。”朱熹《诗集传》曰：“酾酒者，或以筐或以草，泲之而去其糟也。《礼》（指《礼记》）所谓缩酌用茅是也。”藇（xù音序）：美酒。《毛诗故训传》曰：“藇，美貌。”《毛诗故训传笺》曰：“此言前者伐木许许之人，今则有酒而酾之，本其故也。”

八、羜（zhù音住）：出生五个月的小羊，亦泛指未长大的小羊。《毛诗故训传》曰：“羜，未成羊也。”速：召。诸父：父亲的同族兄弟们。《毛诗故训传》曰：“天子谓同姓诸侯，诸侯谓同姓大夫，皆曰父。异性则称舅。国君友其贤臣，大夫士友其宗族之仁者。”《毛诗故训传笺》曰：“速，召也。有酒有羜，今以召族人饮酒。”朱熹《诗集传》曰：“速，召也。诸父，朋友之同姓而尊者也。”

九、宁：宁可。微：无。《毛诗故训传》曰：“微，无也。”《毛诗故训传笺》曰：“宁召之，适自不来，无使言我不顾念也。”

十、於（wū音乌）：感叹词。粲：明净的样子。《毛诗故训传》曰：“粲，鲜明貌。”洒扫：打扫。陈：陈设。馈：食物。簋：古代祭祀宴享时盛黍稷的器皿。《毛诗故训传》曰："圆曰簋。天子八簋。"《毛诗故训传笺》曰："粲然已洒拚（fèn音奋）矣，陈其黍稷矣，谓为食礼。"

十一、诸舅：母亲的兄弟们。朱熹《诗集传》曰："诸舅，朋友之异姓而尊者也。先诸父而后诸舅者，亲疏之杀也。"

十二、咎：过失。《毛诗故训传》曰："咎，过也。"

十三、阪：山坡。衍：溢出。《毛诗故训传》曰："衍，美貌。"《毛诗故训传笺》曰："此言伐木于阪，亦本之也。"

十四、践：陈列整齐的样子。无远：勿远。《毛诗故训传笺》曰："践，陈列貌。兄弟，父之党，母之党。"朱熹《诗集传》曰："无远，皆在也，先诸舅而后兄弟者，尊卑之等也。"

十五、干3hóu音侯）：干粮。《毛诗故训传》曰："糇，食也。"朱熹《诗集传》曰："干糇，食之薄者也。"愆：过错。《毛诗故训传笺》曰："民尚以干糇获愆过于人，况天子之馔，反可以恨兄弟乎？故不当远之。"

十六、湑（xǔ音许）：将酒滤清。《毛诗故训传》曰："湑，莤（sù音素）之也。"酤（gū音估）：买酒。《毛诗故训传》曰："酤，一宿酒也。"一宿酒指一夜之酿。《毛诗故训传笺》曰："酤，买也。此族人陈王之恩也。王有酒则泲莤之，王无酒酤买之，要欲厚于族人。"

十七、坎坎：击鼓的声音。朱熹《诗集传》曰："坎坎，击鼓声。"蹲蹲：跳舞的样子。《毛诗故训传》曰："蹲蹲，舞貌。"《毛诗故训传笺》曰："为我击鼓坎坎然，为我兴舞蹲蹲然，谓以乐乐己。"

十八、迨：及。暇：闲暇。《毛诗故训传笺》曰："迨，及也。此又述王意也。王曰：及我今之闲暇，共饮此湑酒（清酒）。欲其无不醉之意。"朱熹《诗集传》曰："言人之所以至于失朋友之义者，非必有大故。或但以干糇之薄，不以分人，而至于有愆耳。故我于朋友，不计有无，但及闲暇，则饮酒以相乐也。"

【解题】

这是一首表现朋友亲情的诗。《诗序》曰：“《伐木》，燕朋友故旧也。自天子至于庶人，未有不须友以成者。亲亲以睦，友贤不弃，不遗故旧，则民德归厚矣。”

孔颖达《毛诗正义》曰：“作《伐木》诗者，燕朋友故旧也。又言所燕之由，自天子至于庶人，未有不须友以成者。王者既能内亲其亲，以使和睦，又能外友其贤而不弃，不遗忘久故之恩旧而燕乐之，以此化民于上，民则效之于下，则民德皆归于惇厚，不浇薄矣。朋是同门之称，友为同志之名，故旧即昔之朋友也，然则朋友新故通名，故旧唯施久远。此云朋友可以兼故旧，而并言之者，此说文王新故皆燕，故异其文。友贤不弃，燕朋友也。不遗故旧，是燕故旧也。旧则不可更释，新交则非贤不友，故变朋友云友贤也。”

天保

天保定尔，亦孔之固。[一]
俾尔单厚，何福不除。[二]
俾尔多益，以莫不庶。[三]
天保定尔，俾尔戬穀。[四]
罄无不宜，受天百禄。[五]
降尔遐福，维日不足。[六]
天保定尔，以莫不兴。[七]
如山如阜，如冈如陵。[八]
如川之方至，以莫不增。[九]

吉蠲为饎，是用孝享。[十]
禴祠烝尝，于公先王。[十一]
君曰卜尔，万寿无疆。[十二]
神之吊矣，诒尔多福。[十三]
民之质矣，日用饮食。[十四]
群黎百姓，遍为尔德。[十五]
如月之恒，如日之升。[十六]
如南山之寿，不骞不崩。[十七]
如松柏之茂，无不尔或承。[十八]

【注释】

一、保：保佑。《毛诗故训传笺》曰：“保，安。”定尔：即尔定，尔，你。《毛诗故训传笺》曰：“尔，女也。女，王也。”亦：语助词。孔：很。固：坚固。《毛诗故训传》曰：“固，坚也。”《毛诗故训传笺》曰：“天之安定女，亦甚坚固。”

二、俾：使。《毛诗故训传》曰：“俾，使。”单：信。《毛诗故训传》曰：“单，信也。或曰：单，厚也。”马瑞辰《毛诗传笺通释》曰：“单者，亶之假借。《说文》曰：‘亶，多谷也。’亶之本义为多谷，引伸之为信厚。”厚：富有。除：赐予。《毛诗故训传》曰：“除，开也。”《毛诗故训传笺》曰：“天使女尽厚天下之民，何福而不开！皆开出以予之。”朱熹《诗集传》曰：“除，除旧而生新也。”马瑞辰《毛诗传笺通释》曰：“开犹启也，启犹起也，起犹与也。天所启即天所兴，则此‘何福不除’训开，开亦为兴，犹下章‘以莫不兴’耳。又按：《毛诗故训传》止训除为开，而《毛诗故训传笺》言‘开出以予之’者，除、余古通用，余、予古今字，余通为予我之予，即可通为赐予之予。”

三、庶：多。《毛诗故训传》曰：“庶，众也。”《毛诗故训传笺》曰：“使女每物益多，以是故无不众也。”《毛诗正义》曰：“此章言福，谓王得福也。下章乃言臣民受天禄耳。王能爱厚下民，德当天意，然后天降之福。但王能布德，亦天为之，故云‘天使汝尽厚天下之民，何福不开’。言‘何’，广辞，故云‘皆开出予之’。言开者，若有闭藏蓄积，今开出之。然此云‘开出予之’，据天授与王。下言‘受天百禄’，据臣受天禄，亦相通也。”

四、戬（jiǎn音简）：幸福，吉祥。《毛诗故训传》曰：“戬，福。”穀（gǔ音古）：禄。特指以谷物计的官俸，如“百石”“千石”。《毛诗故训传》曰：“穀，禄。”

五、罄：尽。《毛诗故训传》曰：“罄，尽也。”《毛诗故训传笺》曰：“天使女所福禄之人，谓群臣也。其举事尽得其宜，受天之多禄。”王先谦《诗三家义集疏》曰：“言俾尔之福禄尽得其宜，即推之尔受于天之多禄，天降于尔之远福，尚维日不足也。颂祝之词，不以重复为嫌，《经》似未言及群臣。”

六、遐：远。《毛诗故训传笺》曰：“遐，远也。”维：只。日不足。《毛诗故训传笺》曰：“天又下予女以广远之福，使天下溥蒙之，汲汲然如日且不足也。”《毛诗正义》曰：“言天安定汝之王位，故使汝所福禄之人，朝廷群臣等，尽无有不宜，其举事皆得其所，而受天百禄。群臣之外，天又下与汝广远之福及天下之民。汲汲而欲下之，惟恐日日不足。言天之使汝民俱受天福，是安定汝也。群臣受王爵位，故谓群臣为汝所授福禄之人。”

七、兴：盛。《毛诗故训传笺》曰：“兴，盛也。无不盛者，使万物皆盛，草木畅茂，禽兽硕大。”

八、如山如阜，如冈如陵：《毛诗故训传》曰：“言广厚也。高平曰陆，大陆曰阜，大阜曰陵。”《毛诗故训传笺》曰：“此言其福禄委积高大也。”

九、川之方至：像大河正在涌来。《毛诗故训传笺》曰：“川之方至，谓其水纵长之时，万物之收皆增多也。”

十、吉：好的。《毛诗故训传》曰：“吉，善。”蠲（juān音娟）：洁净，使清洁。《毛诗故训传》曰：“蠲，洁也。”饎（chì音赤）：酒食。《毛诗故训传》曰：“饎，酒食也。”享：献。《毛诗故训传》曰：“享，献也。”《毛诗故训传笺》曰：“谓将祭祀也。”马瑞辰《毛诗传笺通释》曰：“《尔雅》曰：‘享，孝也。’《释名》引《孝经说》曰：‘孝，畜也。畜，养也。’《广雅》曰：‘享，养也。’是孝、享二字同义，故享祀亦称孝祀。”

十一、禴（yuè音月）：古代祭祀名，夏祭。祠：春祭。烝：冬祭。尝：秋祭。《毛诗故训传》曰：“春曰祠，夏曰禴，秋曰尝，东曰烝。”公：事。《毛诗故训传》曰：“公，事也。”一说先公。《毛诗故训传笺》曰：“公，先公。”朱熹《诗集传》曰：“公，先公也。谓后稷以下至公叔祖类也。”

十二、君：先君。卜尔：赐予你。《毛诗故训传》曰：“君，先君也。尸所以象神。卜，予也。”《毛诗故训传笺》曰：“‘君曰卜尔’者，尸嘏（gǔ音古）主人，传神辞也。”朱熹《诗集传》曰：“君，通谓先公先王也。卜，犹期也。此尸传神意，以嘏主人之词。文王时，周未有曰先王者，此必武王以后所作也。”

十三、吊：至。诒：给。《毛诗故训传》曰：“吊，至。诒，遗也。”《毛诗故训传笺》曰：“神至者，宗庙致敬，鬼神著矣，此之谓也。”朱熹《诗集传》曰：“吊，至也，神之至矣，犹言祖考来格也。”

十四、质：质朴。《毛诗故训传》曰：“质，成也。”《毛诗故训传笺》曰：“成，平也。民事平，以礼饮食相燕乐而已。”朱熹《诗集传》曰：“质，实也，言其质实无伪，日用饮食而已。”马瑞辰《毛诗传笺通释》曰：“《广雅》曰：‘常，质也。’此诗质即为常，谓民安其常，惟日用饮食。”

十五、群黎：众民。《毛诗故训传笺》曰：“黎，众也。”百姓：古代指贵族。《毛诗故训传》曰：“百姓，百官族姓也。”遍为尔德：《毛诗故训传笺》曰：“群众百姓，遍为女之德，言则而象之。”《毛诗正义》曰：“此承上厚人事神之后，反而本之。言王已致神之来至矣，遗汝王以多福。又使民之事平矣，日用相与饮食为乐。其群众百姓之臣，遍皆为汝之德，言法效之。汝既人定事治，群下乐德，是为天安定王业，使君圣臣贤，上下皆善也。”

十六、恒（gèng音更）：月上弦之貌。《毛诗故训传》曰：“恒，弦。”《毛诗故训传笺》曰：“月上弦而就盈，日始出而就明。”马瑞辰《毛诗传笺通释》曰：“《释文》曰：‘恒，本亦作緪。’瑞辰按：恒及緪、絚、搄，古通用。《考工记》‘恒角而短’，《说文》曰：‘緪，大索也。一曰急也。’又曰：‘搄，引急也。’《广韵》曰：‘緪，急张。亦作絚。’是緪为急张弦之貌，故以状月之上弦也。”

十七、骞（qiān音千）：亏损。《毛诗故训传》曰：“骞，亏也。”

十八、或：语助词。承：继承。《毛诗故训传笺》曰：“或之言有也。如松柏之枝叶，常茂盛青青，相承无衰落也。”《毛诗正义》曰：“上章天安王位。此章说坚固之状。言王德位日隆，有进无退，如月之上弦稍就盈满，如日之始出稍益明盛。王既德位如是，天定其基业长久，且又坚固，如南山之寿，不骞亏，不崩坏，故常得隆盛，如松柏之木，枝叶恒茂。无不于尔有承，如松柏之叶，新故相承代，常无凋落，犹王子孙世嗣相承，恒无衰也。”

【解题】

这是一首赞扬君主礼贤下士的诗。《诗序》曰：“《天保》，下报上也。君能下下以成其政，臣能归美以报其上焉。”《毛诗故训传笺》曰：“下下，谓《鹿鸣》至《伐木》皆君所以下臣也。臣亦宜归美于王，以崇君之尊而福禄之，以答其歌。”

孔颖达《毛诗正义》曰：“作《天保》诗者，言下报上也。谓臣下作诗，歌君之美。言天保神佑，福禄所钟，君虽实然，由臣所咏，是臣下归美以报其上。《序》又申之，言君能下其臣下，燕飨遣劳，谓《鹿鸣》至《伐木》之歌，以成其国之政教，故臣亦宜归美于君，作《天保》之歌，以报答其上焉。然诗者，志也，各自吟咏。六篇之作，非是一人而已。刺为答上篇之歌者，但圣人示法，义取相成，比《鹿鸣》至《伐木》于前，此篇继之于后以着义，非此故答上篇也。何则？上五篇非一人所作，又作彼者不与此计议，何相报之有？郑云亦宜者，示法者，非故报也。此篇六章皆言王受多福，是归美之事。”

采薇

采薇采薇，薇亦作止。一
曰归曰归，岁亦莫止。二
靡室靡家，猃狁之故。三
不遑启居，猃狁之故。四
采薇采薇，薇亦柔止。五
曰归曰归，心亦忧止。六
忧心烈烈，载饥载渴。七
我戍未定，靡使归聘。八
采薇采薇，薇亦刚止。九
曰归曰归，岁亦阳止。十
王事靡盬，不遑启处。十一
忧心孔疚，我行不来。十二
彼尔维何，维常之华。十三
彼路斯何，君子之车。十四
戎车既驾，四牡业业。十五
岂敢定居，一月三捷。十六
驾彼四牡，四牡骙骙。十七

君子所依，小人所腓。[十八]
四牡翼翼，象弭鱼服。[十九]
岂不日戒，猃狁孔棘。[二十]
昔我往矣，杨柳依依。[二十一]
今我来思，雨雪霏霏。[二十二]
行道迟迟，载饥载渴。[二十三]
我心伤悲，莫知我哀。

【注释】

一、薇：菜名，也称野豌豆。《毛诗故训传》曰：“薇，菜。”褚斌杰《诗经全注》曰：“就是野豌豆，嫩苗可食。”作：初生。《毛诗故训传》曰：“作，生也。”朱熹《诗集传》曰：“作，生出地也。”止：语助词。褚斌杰《诗经全注》曰：“止，语助词。”

二、莫：同“暮”，年终。朱熹《诗集传》曰：“莫，晚。”

三、靡：无。《毛诗故训传笺》曰：“靡，无。”猃（xiǎn音显）狁（yǔn音允）：周代对北方少数民族的称呼。《毛诗故训传》曰：“猃狁，北狄也。”《毛诗故训传笺》曰：“北狄，今之匈奴也。”

四、遑（huáng音黄）：闲暇。《毛诗故训传笺》曰：“遑，暇。”启居：跪坐。《毛诗故训传笺》曰：“启，跪也。”褚斌杰《诗经全注》曰：“启居，跪坐，这里指休息。”以上说：采摘薇菜啊，采摘薇菜，薇菜刚刚长出芽来。说回家呀，说回家，说到岁末还回不能回。离开家人来到这里，都是因为防御猃狁。没有空闲时间休息，都是为了防备猃狁。

五、柔：柔嫩。《毛诗故训传》曰：“柔，始生也。”《毛诗故训传笺》曰：“柔，谓脆脕（wèn音问）之时。”朱熹《诗集传》曰：“柔，始生而弱也。”

六、忧：担心。《毛诗故训传笺》曰：“忧其归期将晚也。”

七、烈烈：忧愁的样子。《毛诗故训传笺》曰：“烈烈，忧貌。”

八、定：止。《毛诗故训传笺》曰：“定，止也。”聘：问。《毛诗故训传》曰：“聘，问也。”以上说：采摘薇菜啊，采摘薇菜，薇菜逐渐长起来。说回家呀，说回家，说得自己很忧愁。心里忧愁，又饥又渴。征战没有停止，没办法问候家里人啊。

九、刚：坚硬。《毛诗故训传》曰：“少而刚也。”《毛诗故训传笺》曰：“刚，谓少坚忍时。”朱熹《诗集传》曰：“刚，既成而刚也。”

十、阳：指夏历十月。《毛诗故训传》曰：“阳，历阳月也。”《毛诗故训传笺》曰：“十月为阳，时坤用事，嫌于无阳，故以名此月为阳。”

十一、盬（gǔ音古）：止息。

十二、疚：病。《毛诗故训传》曰：“疚，病。”来：到。《毛诗故训传》曰：“来，至也。”《毛诗故训传笺》曰：“来，犹反也，据家曰来。”以上说：采摘薇菜啊，采摘薇菜，薇菜长得很茂盛。说回家呀说回家，说到十月还没回。公家的事情，不能安定，哪里有时间休息。忧愁越来越厉害，我来了之后就不曾回去。

十三、尔：通“薾”，花盛貌。《毛诗故训传》曰：“尔，华盛貌。”马瑞辰《毛诗传笺通释》曰：“《说文》曰：‘薾，华盛。’……是尔与薾音义同。”常：常梨，即常棣，棠棣，树名。《毛诗故训传》曰：“常，常棣也。”《毛诗故训传笺》曰：“常棣之华，以兴将军车马服饰之盛。”

十四、路：同“辂”，车高大的样子。胡承珙《毛诗后笺》：“路当为车大之貌，非车名可知。”《尔雅·释诂》曰：“路，大也。”马瑞辰《毛诗传笺通释》曰：“至殷时车盖通名路。《论语》‘乘殷之辂’，辂即路也。”

十五、业业：强壮的样子。《毛诗故训传》曰：“业业然，壮也。”

十六、定：止。《毛诗故训传笺》曰：“定，止也。将率之志，往至所征之地，不敢止而居处自安也。”三捷：多次胜利。《毛诗故训传》曰：“捷，胜也。”马瑞辰《毛诗传笺通释》曰：“古者言数之多，每曰‘三’与‘九’，盖九者数之究，三者数之成，不必数之国皆三九也。”以上说：那些繁盛的花是什么，是常棣之华。那高大的车啊，是将军的座车。车在行驶，驾车的四匹马个比个的强壮。哪里有空留下来休息，一月就打赢了很多次。

十七、骙骙（kuí音葵）：马强壮的样子。《毛诗故训传》曰：“骙骙，强也。”马瑞辰《毛诗传笺通释》曰：“《说文》曰：‘骙，马行威仪也。’《广雅》曰：‘骙骙，盛也。’业业，翼翼，彭彭，《广雅》并训为盛，是知此诗‘四牡业业’‘四牡骙骙’‘四牡翼翼’义并相同。”

十八、腓（féi音肥）：小腿肚。《毛诗故训传》曰：“腓，辟也。”《毛诗故训传笺》曰：“腓当作芘。此言戎车者将率之所依乘，戍役之所芘倚。”朱熹《诗集传》曰：“腓，犹芘也。程子曰：‘腓，随动也。如足之腓，足动则随而动也。’”

十九、翼翼：行列整齐的样子。朱熹《诗集传》曰：“翼翼，行列整治之状。”象弭：用象牙装饰弓的两端。《毛诗故训传》曰：“象弭，弓反末也，所以解结也。”朱熹《诗集传》曰：“象弭，以象骨饰弓弰也。”马瑞辰《毛诗传笺通释》曰：“象弭特以象牙为饰，弓之有缘者缴束而漆之，其弭不露，故谓之弓；无缘者其弭外见，故谓之弭。”鱼服：指用沙鱼皮制作的箭袋。《毛诗故训传》曰：“鱼服，鱼皮也。”《毛诗故训传笺》曰：“矢服也。”

二十、戒：戒备。《毛诗故训传笺》曰：“戒，警戒军事也。”孔：很。《毛诗故训传笺》曰：“孔，甚。”棘：同“急”。《毛诗故训传笺》曰：“棘，急也。”以上说：驾车的四匹马，一个比一个强壮。将军用车来作战，士兵用来掩护自己。四匹马，一个个都强壮，弓和箭袋都装饰得漂亮。哪一天敢不警戒呢，猃狁的侵犯很紧急。

二十一、杨柳：树名。《毛诗故训传》曰：“杨柳，蒲柳也。”依依：柳条随风摆动的样子。马瑞辰《毛诗传笺通释》曰：“依、殷古同声，依依犹殷殷，殷亦盛也。”

二十二、思：语助词。褚斌杰《诗经全注》曰：“句尾语助词。”霏霏：雪很大的样子。《毛诗故训传》曰：“霏霏，甚也。”朱熹《诗集传》曰：“霏霏，雪甚貌。”《毛诗故训传笺》曰：“我来戍止，而谓始反时也。上三章言戍役，次二章言将率之行，故此章重序其往反之时，极言其苦以说之。”

二十三、迟迟：长远。《毛诗故训传》曰：“迟迟，长远也。”《毛诗故训传笺》曰：“行反在于道路，犹饥渴，言至苦也。”以上说：当初我来的时候，蒲柳还长得很茂盛。现在我回去，已经大雪纷纷。征战的路途没有穷尽，我又饥又渴。

【解题】

这是一首描写北征的诗。《诗序》曰：“《采薇》，遣戍役也。文王之时，西有昆夷之患，北有猃狁之难。以天子之命，命将率遣戍役，以守卫中国。故歌《采薇》以遣之，《出车》以劳还，《杕杜》以勤归也。”《毛诗故训传笺》曰：“文王为西伯，服事殷之时也。昆夷，西戎也。天子，殷王也。戍，守也。西伯以殷王之命，命其属为将率，将戍役御西戎及北狄之难，歌《采薇》以遣之。《杕杜》勤归者，以其勤劳之故，于其归，歌《杕杜》以休息之。”

孔颖达《毛诗正义》曰：“作《采薇》诗者，遣戍役也。戍，守也。谓遣守卫中国之役人。文王之时，西方有昆夷之患，北方有猃狁之难，来侵犯中国。文王乃以天子殷王之命，命其属为将率，遣屯戍之役人，北攘猃狁，西伐西戎，以防守扞卫中国，故歌此《采薇》以遣之。”

朱熹《诗集传》曰：“此遣戍役之诗。以其出戍之时，采薇以食，而念归期之远也。故为其自言，而以采薇起兴曰，采薇采薇，则薇亦作止矣。曰归曰归，则岁亦莫止矣。然凡此所以使我舍其室家，而不暇启居者，非上之人故为是以苦我也。直以猃狁侵陵之故，有所不得已而然耳。盖叙其勤苦悲伤之情，而又风以义也。程子曰，毒民不由其上，则人怀敌忾之心矣。又曰，古者戍役，两期而还。今年春莫行，明年夏代者至。复留备秋至。过十一月而归。又明年中春至。春莫遣次戍者。每秋与冬初，两番戍者皆在疆圉。如今之防秋也。”

出车

我出我车，于彼牧矣。[一]
自天子所，谓我来矣。[二]
召彼仆夫，谓之载矣。[三]
王事多难，维其棘矣。[四]
我出我车，于彼郊矣。
设此旐矣，建彼旄矣。[五]
彼旟旐斯，胡不旆旆？[六]
忧心悄悄，仆夫况瘁。[七]
王命南仲，往城于方。[八]
出车彭彭，旂旐央央。[九]
天子命我，城彼朔方。[十]
赫赫南仲，猃狁于襄。[十一]
昔我往矣，黍稷方华。[十二]
今我来思，雨雪载涂。[十三]
王事多难，不遑启居。[十四]
岂不怀归，畏此简书。[十五]
喓喓草虫，趯趯阜螽。[十六]

未见君子，忧心忡忡。
既见君子，我心则降。十七
赫赫南仲，薄伐西戎。十八
春日迟迟，卉木萋萋。十九
仓庚喈喈，采蘩祁祁。二十
执讯获丑，薄言还归。二十一
赫赫南仲，猃狁于夷。二十二

【注释】

一、我：人称代词，自指。《毛诗故训传笺》云：“上我，我殷王也；下我，将率自谓也。”牧：朱熹《诗集传》训为郊外，马瑞辰引《尔雅》云：“邑外谓之郊，郊外谓之牧。”

二、自：从也。天子：周王也。《毛诗故训传笺》云：“有人从王所来，谓我来矣。”马瑞辰引《广雅》曰：“谓，使也。”谓我来：即使我来。《毛诗故训传笺》云：“谓以王命召己，将使为将率也。”

三、仆夫：御车的人。载：装载，把车装备起来。

四、王事：王朝的事，指国事。难：指外患。棘：同“急”，紧急。朱熹《诗集传》云：“此劳还率之诗，追言其始受命出征之时。出车于郊外，而语其人曰：我受命于天子之所而来。于是乎召御夫，使之载其车以行，而戒之曰：王事多难，是行也不可以缓矣。”

五、设：陈列。旐（zhào音兆）：古代一种画有龟蛇图案的旗。建：竖起。旄：干旄，一种旗竿顶端饰旄牛尾的曲柄旗。

六、旟：鸟隼为旟，古代画着鸟隼图案的旗。斯：语气词。胡不：岂不。旆旆（pèi音配）：随风飘扬的样子。

七、悄悄：指忧愁的样子，朱熹《诗集传》曰：“悄悄，忧貌。”况：一说为兹，《毛诗故训传笺》云：“况，兹也。”一说为情绪低沉，失意的样子。朱熹《诗集传》曰：“或云，当作怳（huǎng音恍）。”瘁（cuì音脆）：憔悴的意思。马瑞辰《毛诗传笺通释》：“况、瘁皆为病，与殄瘁、尽瘁同义皆二字平列。《笺》训况为兹益之兹，失之。”《毛诗故训传笺》云：“将率既受命，行而忧，临事而惧也。御夫则兹益憔悴，忧其马之不正。”

八、南仲：当时的大将或大臣的名字，亦称南中。城：作动词用，指筑城。方：朔方，指北方。

九、彭彭：《毛诗故训传》云：“四马貌。”马瑞辰《毛诗传笺通释》引《广雅》“彭彭、旁旁，盛也”云：“《传》云‘四马貌’者，亦谓马盛。”旂：交龙为旂，指古代一种画有蛟龙的旗。央央：鲜明的样子，同“英英”，英、央古同声，通用。马瑞辰《毛诗传笺通释》：“云之鲜明曰英英，旂之鲜明曰英英，其义一也。”

十、朔方：指北方。

十一、赫赫：《毛诗故训传》云“盛貌”，威名显赫的样子。襄：指驱除，《毛诗故训传》训为除，通“攘”。

十二、昔：昔日，往日。往：指出征。黍稷方华：黍稷正在开花，《毛诗故训传笺》云：“黍稷方华，朔方之地六月时也。”

十三、思：语尾助词。载：充满。涂：泥浆。朱熹《诗集传》曰：“冻释而泥涂也。指春冻始释的时节。”

十四、不遑：不暇，顾不上。启居：安居，休息。

十五、岂不怀归：难道我不想回家吗？畏：害怕。简书：王先谦《诗三家义集疏》云：“凡邻国有急难之事，则书之于简，谓之‘简书’。”《毛诗故训传》云：“简书，戒命也。邻国有急，以简书相告，则奔命救之。”

十六、喓喓（yāo音腰）：虫叫的声音。趯趯（tì音替）：跳跃的样子。阜螽：

虫子名，指蚱蜢。

十七、君子：指南仲。忡忡：忧虑不安的样子。降：放下，指放下心了。

十八、薄：语首发语词，有勉励、赶紧的意思。

十九、春日：春天的白昼。迟迟：指白天变长了。卉：花。《毛诗故训传》训为草。萋萋：茂盛的样子。

二十、仓庚：鸟名，黄莺。喈喈：鸟叫声。蘩：水草名。祁祁：众多的样子。

二十一、执：捉拿。讯，朱熹《诗集传》云："讯，其魁，首当讯问者也。"丑：《毛诗故训传笺》训为众。《大雅·皇矣》篇训"馘（guó音国）"为"获也。不服者，杀而献其左耳曰馘"，陈奂《诗毛氏传疏》认为："此诗获即馘之假借。生者训之，杀者则馘之也。"薄：语助词，有勉励、赶紧的意思。还归：凯旋回家。

二十二、夷：指平定，《毛诗故训传》云："平也。"

【解题】

这是一首慰劳出征将士归来的诗。《诗序》曰："《出车》，劳还率也。"《毛诗故训传笺》曰："遣将率及戍役，同歌同时，欲其同心也。反而劳之，异歌异日，殊尊卑也。《礼记》曰：'赐君子小人不同日。'此其义也。"

孔颖达《毛诗正义》曰："作《出车》诗者，劳还帅也。谓文王所遣伐猃狁、西戎之将帅，以四年春行，五年春反，于其反也，述其行事之苦以慰劳之。六章皆劳辞也。"

杕杜

有杕之杜，有睆其实。一
王事靡盬，继嗣我日。二
日月阳止，女心伤止，征夫遑止！三
有杕之杜，其叶萋萋。四
王事靡盬，我心伤悲。
卉木萋止，女心悲止，征夫归止！五
陟彼北山，言采其杞。六
王事靡盬，忧我父母。
檀车幝幝，四牡痯痯，征夫不远！七
匪载匪来，忧心孔疚。八
期逝不至，而多为恤。九
卜筮偕止，会言近止，征夫迩止！十

【注释】

一、睆（huǎn音缓）：即睆睆，果实浑圆的样子。《毛诗故训传》曰：“睆，实貌。杕杜犹得其时蕃滋，役夫劳苦，不得尽其天性。”《说文》无“睆”字。

二、继嗣：继续，延长。《毛诗故训传笺》云：“嗣，续也。王事无不坚固，我行役续嗣其日。言常劳苦，无休息。”马瑞辰《毛诗传笺通释》曰：“此诗戍役，盖以春行，至杕杜成实，已近秋时。过期不返，故曰继嗣我日。”我日：指回归之日。一说垂日。袁梅《诗经译注》曰：“我，古‘垂’字。垂训传，自先而后往下留传。垂日：日复一日连续不断，此指王事繁重，没有尽期。《说文》曰：我，施身自谓也，从戈，或说古垂字。”徐锴曰：

“从戈者，取戈自持也。”

三、日月阳止：日子一天天过去，已经到了十月。阳指十月。《毛诗故训传笺》云：“十月为阳。一说阳为夏秋之间。”程俊英等《诗经注析》曰：“日月阳止，旧说以为指十月，但北方夏历十月，树木亦当凋零，与杕杜结实时节不合，疑指夏秋之间。”女：指征夫的妻子。《毛诗故训传笺》曰：“遑，暇也。妇人思望其君子，阳月之时已忧伤矣。征夫如今已闲暇且归也，而尚不得归，故序其男女之情以说之。阳月而思望之者，以初时云‘岁亦莫止’。”

四、萋萋：朱熹《诗集传》曰：“萋萋，盛貌。春将暮之时也。”

五、卉木萋止：此句承上章，说明时间转换，触景伤情。《毛诗故训传》曰：“室家逾时则思。”陈奂《诗毛氏传疏》曰：“上章为冬，此章为春。诗人历道其所经，此所谓踰时也。”

六、陟：登。言：发语词，无义。杞：枸杞。《毛诗故训传笺》云：“杞非常菜也，而升北山采之，托有事以望君子。”朱熹《诗集传》曰：“登山采杞，则春已暮，而杞可食矣。盖托以望其君子，而念其以王事诒父母之忧也。”

七、檀车：檀木做的车。《毛诗故训传》曰：“檀车，役车也。”孔颖达《毛诗正义》曰：“此戍役之妻说君子所乘役车也，以檀木为车。《伐檀》曰‘坎坎伐檀兮’，又曰‘伐轮’‘伐辐’，是檀可为车之轮、辐。”幝幝（chǎn音产）：破败的样子。《毛诗故训传》曰：“幝幝，敝貌。”幝，《说文》云：“车敝也。从巾、单。”《韩诗》作“缕（chǎn音产）”，偏缓也。马瑞辰《毛诗传笺通释》曰：“物敝则缓，义正相通。”痯痯（guǎn音管）：疲病的样子。《毛诗故训传》曰：“痯痯，罢貌。”征夫不远：《毛诗故训传笺》云：“不远者，言其来，喻路近。”这句是思妇猜测之辞，车敝马疲，征夫服役日久，他或许归期不远了。姚际恒《诗经通论》曰：“末三句，想象甚妙。”

八、匪：通“非”。《毛诗故训传笺》曰：“匪，非。”朱熹《诗集传》

曰："言征夫不装载而来归。固已使我念之而甚病矣。"疚：病，这里指忧愁伤心。《毛诗故训传笺》曰："疚，病也。君子至期不装载，意不为来。我念之，忧心甚病。"

九、期：归期，《鲁诗》作"胡"。逝：往，已过。《毛诗故训传》曰："逝，往。"《鲁诗》作"誓"。不至：不到来。而多为恤：即而为多恤，又使我的忧愁增加。《毛诗故训传》曰："恤，忧也。远行不必如期，室家之情以期望之。"

十、卜筮：占卜。卜：用龟甲占吉凶；筮：用蓍草占吉凶。偕：俱，一起，在这指卜筮俱用。《毛诗故训传笺》曰："偕，俱。"朱熹《诗集传》曰："归期已过，而犹不至，则使我多为忧恤，宜如何哉？故且卜且筮。范氏曰：'以卜筮终之，言思之切，而无所不为也。'"会言近止：综合卜筮的结果，都说征夫已近了。《毛诗故训传笺》曰："会，合也。或卜之，或筮之，俱占之，合言于繇为近，征夫如今近耳。"朱熹《诗集传》曰："相袭俱作，合言于繇，而皆曰近矣，则征夫其亦迩而将至矣。"迩：近。《毛诗故训传》曰："迩，近也。"方玉润《诗经原始》曰："始终望归而未归，故作此猜疑无定之词耳。"

【解题】

这是一首迎接远征之人的诗。《诗序》曰："《杕杜》，劳还役也。"孔颖达《毛诗正义》曰："文王劳还役，言汝等在外，妻皆思汝。言有杕然特生之杜，犹得其时，有睆然其实，蕃滋得所。我君子独行役劳苦，不得安於室家，以尽天性而生子孙，乃杕杜之不如。所以然者，由王之事理皆当，无不攻致，使我君子行役。继续我所行之日，朝行明去，不得休息。至于此日月阳止十月之时，尔室家妇人之心忧伤矣。以为征夫而今已闲暇，且应归矣，而尚不归，所以忧伤。"

朱熹《诗集传》曰："郑氏曰，遣将帅及戍役，同歌同时，欲其同心也。

反而劳之，异歌异日，殊尊卑也。《记》曰，‘赐君子小人不同日’，此其义也。王氏曰，出而用兵，则均服同食，一众心也。入而振旅，则殊尊卑，辨贵贱，定众志也。范氏曰，出车劳率，故美其功。杕杜劳众，故极其情。先王以己之心为人之心，故能曲尽其情，使民忘其死，以忠于上也。”

鱼丽

鱼丽于罶，鲿鲨。一
君子有酒，旨且多。二
鱼丽于罶，鲂鳢。三
君子有酒，多且旨。
鱼丽于罶，鰋鲤。四
君子有酒，旨且有。五
物其多矣，维其嘉矣！六
物其旨矣，维其偕矣！七
物其有矣，维其时矣！八

【注释】

一、丽：《毛诗故训传》曰：“历也。”程俊英等《诗经注析》曰：“状鱼的跳动。”陈奂《诗毛氏传疏》曰：“言鱼在罶录录历历然也。”一说，通“罹”。高亨《诗经今注》曰：“丽，通罹，遭遇，落入。”罶（liǔ音柳）：捕鱼的竹笼子。《毛诗故训传》曰：“曲梁也，寡妇之笱（gǒu音狗）也。”《释训》曰：“凡曲者为罶。”《释器》曰：“嫠妇之笱谓之罶。”孙炎注：“罶，曲梁。其功易，故谓之寡妇之笱。”鲿：《毛诗故训传》曰：“杨也。”《说文》曰：“鲿，扬也。”段玉裁注：“扬，各本从‘木’者误。”《草木疏》曰：“今江东呼黄鲿鱼，尾微黄，大者长尺七八寸许。”陆玑《毛诗草木鸟兽虫鱼疏》云：“鲿，一名黄颊鱼是也。似燕头鱼，身形厚而长大，颊骨正黄。鱼之大而有力解飞者，徐州人谓之杨黄颊，通语也。”鲨：《释鱼》曰：“鲨，鮀也。”孔颖达《毛诗正义》曰：“今吹沙小鱼也，体圆而有黑点文。”陆玑《毛诗草木鸟兽虫鱼疏》曰：“鱼狭而小，常张口吹沙，故曰吹沙。”

二、旨：美味，此处形容酒美味。陈奂《诗毛氏传疏》曰：“旨，美也。”多：此处指鱼多。马瑞辰《毛诗传笺通释》曰：“‘旨且多’‘多且旨’‘旨且有’，自专指酒言之。下章‘物其多矣’，又承上章而推及众物，《序》所云‘美万物胜多也’。《笺》以此属鱼，非。”孔颖达《毛诗正义》曰：“言武王之时，万物殷盛。时捕鱼者施笱于水中，则鱼丽历于罶者，是鲿鲨之大鱼。非直有此大鱼，又君子有酒矣。其鱼酒如何？酒既旨美，且鱼复众多。鱼酒多矣，如是，是万物盛多，能备礼也。”

三、鲂：程俊英等《诗经注析》曰：“鲂，今名鳊鱼。”鳢：程俊英等《诗经注析》曰：“鳢，今名黑鱼。”《释鱼》曰：“鳢，鲩。”郭璞《尔雅注》：“鳢，鲖。”马瑞辰《毛诗传笺通释》曰：“鲩、鲱古今字，即今俗称鲱子鱼。郭云‘鲖’，今乌鱼也。”陈藏器《本草拾遗》曰：“鲩鱼似鲤，生江湖间。”

四、鰋：程俊英等《诗经注析》曰：“鰋，今名鲶鱼。”郭璞《尔雅注》：“鰋，今鰋额白鱼也。鲇，别名鳀。”

五、有：多。朱熹《诗集传》曰：“有，犹多也。”

六、物：万物。其：语气助词。维：发语词。嘉：善，好。

七、偕：齐备。《说文》曰：“偕，俱也。”一说，与“嘉”同义，善、美好。陈奂《诗毛氏传疏》曰：“皆与协古字通。”《广雅》曰：“皆，嘉也。”

八、时：应时。高亨《诗经今注》曰：“时，得时也。饮食物品应时而有。”一说，时与上章“嘉”“偕”同，意为善、美好。

【解题】

这是一首赞扬祭祀时尽礼的诗。《诗序》曰：“《鱼丽》，美万物盛多，能备礼也。文、武以《天保》以上治内，《采薇》以下治外，始于忧勤，终于逸乐，故美万物盛多，可以告于神明矣。”《毛诗故训传笺》曰：“内，谓诸夏也。外，谓夷狄也。告于神明者，于祭祀而歌之。”

孔颖达《毛诗正义》曰：“作《鱼丽》诗者，美当时万物盛多，能备礼也。谓武王之时，天下万物草木盛多，鸟兽五谷鱼鳖皆得所，盛大而众多，故能备礼也。礼以财为用，须则有之，是能备礼也。又说所以得万物盛多者，文王、武王以《天保》以上六篇燕乐之事以治内之诸夏，以《采薇》以下三篇征伐之事治外之夷狄。文王以此九篇治其内外，是始于忧勤也。今武王承于文王治平之后，内外无事，是终于逸乐。由其逸乐，万物滋生，故此篇承上九篇，美万物盛多，可以告于神明也。文、武并有者，以此篇武王诗之始，而武王因文王之业，欲见文治内外而忧勤，武承其后而逸乐，由是万物盛多，能备礼也。‘可以告于神明’，极美之言，可致颂之意，于《经》无所当也。”

朱熹《诗集传》曰：“按《仪礼·乡饮酒》及《燕礼》，前乐既毕，皆间歌《鱼丽》，笙《由庚》；歌《南有嘉鱼》，笙《崇丘》；歌《南山有台》，笙《由仪》。间，代也。言一歌一吹也。然则此六者，盖一时之诗，而皆为燕飨宾客、上下通用之乐。毛公分《鱼丽》以足前什。而说者不察，遂分《鱼丽》以上为文武诗，《嘉鱼》以下为成王诗。其失甚矣。”

南陔（笙诗）

白华（笙诗）

华黍（笙诗）

【解题】

此三篇有目无词，属于“笙诗”。《诗序》曰：“《南陔》，孝子相戒以养也。《白华》，孝子之洁白也。《华黍》，时和岁丰，宜黍稷也。有其义而亡其辞。”根据《诗序》，这三篇似应有文字，应是已佚亡了。

《毛诗故训传笺》曰：“此三篇者，《乡饮酒》《燕礼》用焉，曰‘笙入，立于县中，奏《南陔》《白华》《华黍》’，是也。孔子论《诗》，雅、颂各得其所，时俱在耳。篇第当在于此，遭战国及秦之世而亡之，其义则与众篇之义合编，故存。至毛公为《诂训传》，乃分众篇之义，各置于其篇端，云又阙其亡者，以见在为数，故推改什首，遂通耳，而下非孔子之旧。”

《毛诗正义》曰：“此二句，毛氏著之也。言有其诗篇之义，而亡其诗辞，故置其篇义于本次，后别著此语记之焉。郑见三篇亡其诗辞，乃迹其所用亡之早晚。此三篇者，《乡饮酒》及《燕礼》二处皆用焉。何者是用之也？曰‘笙入立于县中，奏《南陔》《白华》《华黍》’，是用之也。此虽总言《乡饮酒》《燕礼》用焉，其言‘笙入立于县中’，直《燕礼》文耳。《乡饮酒》则云：‘笙入堂下，磬南北面，歌《南陔》《白华》《华黍》。’是文不同也。郑据一而言之耳。孔子归鲁，论其《诗》，今雅、颂各得其所。此三篇时俱在耳。篇之次第，当在于此。知者，以子夏得为立序，则时未亡。以《六月》序知次在此处也。孔子之时尚在，汉氏之初已亡，故知战国及秦之世而亡之也。战国，谓六国韩、魏、燕、赵、齐、楚用兵力战，故号战国。六国之灭，皆秦并之。始皇三十四年而燔《诗》《书》，故以为遭此而亡之。又解篇亡而义得存者，其义则以众篇之义合编，故得存也。至毛公为《诂训传》，乃分别众篇之义，各置于其篇端。此三篇之序，无诗可属，故连聚置于此也。既言毛公分之，则此诗未亡之时，什当通数焉。今在什外者，毛公又阙其亡者，以见在为数，推改什篇之首，遂通尽小雅云耳。是以亡者不在数中，从此而下，非孔子之旧矣。言'以下非'，则止《鹿鸣》一什是也。此云有其义，而《乡饮酒》《燕礼》注皆云'今亡，其义未闻'。《郑志》答炅模云：'为《记注》时就卢君耳。先师亦然。后乃得毛公传。既古书义又当然，《记注》已行，不复改之。'是注《礼》之时，未见此序，故云'义未闻'也。彼注又云：'后世衰微，幽、厉尤甚，礼乐之书稍废弃。'以为孔子之前，六篇已亡，亦为不见此序故也。案《仪礼》郑注解《关雎》《鹊巢》《鹿鸣》《四牡》之等，皆取《诗序》为义，而云未见《毛诗故训传》者，注述大事，更须研精，得《毛诗故训传》之后，大误者追而正之，可知者不复改定故也。据《六月》之序，《由庚》本第在《华黍》之下，其义不备论。于此而与《崇丘》同处者，以其是成王之诗，故下从其类。"

陆德明《经典释文·毛诗音义》曰："此三篇，盖武王之时，周公制礼，用为乐章，吹笙以播其曲。孔子删定在三百一十一篇内，遭战国及秦而亡。子夏序《诗》，篇义合编，故诗虽亡而义犹在也。毛氏《训传》，各引序冠其篇首，故序存而诗亡。

GAOGAOSKY | 高高 BOOKS

詩經

古义复原版

下

方铭 注译

陕西新华出版传媒集团
陕西人民出版社

梁启超

现存先秦古籍，真赝杂糅，几乎无一书无问题，
其真金美玉，字字可信者，《诗经》其首也。

南有嘉鱼之什

陆德明《经典释文·毛诗音义》曰："自此至《菁菁者莪》六篇，并亡篇三，是成王、周公之小雅。成王有雅名，公有雅德，二人协佐，以致太平，故亦并为正也。"

南有嘉鱼

南有嘉鱼，烝然罩罩。[一]
君子有酒，嘉宾式燕以乐。[二]
南有嘉鱼，烝然汕汕。[三]
君子有酒，嘉宾式燕以衎。[四]
南有樛木，甘瓠累之。[五]
君子有酒，嘉宾式燕绥之。[六]
翩翩者鵻，烝然来思。[七]
君子有酒，嘉宾式燕又思。[八]

【注释】

一、南：《毛诗故训传》云：“江、汉之间，鱼所产也。”烝然：《毛诗故训传笺》云：“尘然，犹言久如也。”朱熹《诗集传》：“发语词。”袁梅《诗经译注》：“众多貌。”罩：《毛诗故训传》云：篧（zhuó音酌，又音huò）也，捕鱼竹器；《韩诗》作“淖”。罩罩：高亨《诗经今注》：“《说文》作䲨，当是鱼摆尾的状态”。按：毛、郑之意以捕鱼起兴，喻在位之君子以至诚之心期待在野之贤人，与之共立于朝。

二、式：《毛诗故训传笺》曰：“式，用也。用酒与贤者燕饮而乐也。”燕：《鲁诗》“燕”作“讌”。《韩诗》“燕”作“宴”。

三、汕汕：《毛诗故训传》云“樔也”；《毛诗故训传笺》云“撩罟”，一种渔网；《说文》云“鱼游水貌”；《齐诗》《韩诗》汕作浐。

四、衎：乐。

五、樛（jiū音纠）：树木向下弯曲。累：蔓，缠绕。《毛诗故训传笺》曰：“君子下其臣，故贤者归往也。”

六、绥：《毛诗故训传笺》曰：“绥，安也。与嘉宾燕饮而安之。”

七、鵻（zhuī音锥）：鸟名，《毛诗故训传》云“壹宿之鸟”；《毛诗故训传笺》“壹意于其所宿之木也”。又《毛诗故训传笺》曰：“喻贤者有专壹之意于我，我将久如而来，迟之也。”思：语气词。

八、又：《毛诗故训传笺》曰：“又，复也。以其壹意，欲复与燕，加厚之。”一说又为劝酒，陈奂《诗毛氏传疏》：“读为右，《彤弓》传：‘右，劝也。’”朱熹《诗集传》曰：“或曰：又思，言其又思念而不忘也。”

【解题】

《诗序》曰：“《南有嘉鱼》，乐与贤也。太平之君子至诚，乐与贤者共之也。”《毛诗故训传笺》曰：“乐得贤者，与共立于朝，相燕乐也。”

孔颖达《毛诗正义》曰：“作《南有嘉鱼》之诗者，言乐与贤也。当周公、成王太平之时，君子之人已在位有职禄，皆有至诚笃实之心，乐与在野有贤德者共立于朝而有之，原俱得禄位，共相燕乐，是乐与贤也。”一说为贵族宴乐诗。陈子展疑为刺诗。

朱熹《诗集传》曰：“此又燕飨通用之乐。故其辞曰，南有嘉鱼，则必烝然而罩罩之矣。君子有酒，则必与嘉宾共之，而式燕以乐矣。此亦因所荐之物，而道达主人乐宾之意也。”

南山有台

南山有台，北山有莱。一
乐只君子，邦家之基。二
乐只君子，万寿无期。三
南山有桑，北山有杨。
乐只君子，邦家之光。四
乐只君子，万寿无疆。
南山有杞，北山有李。
乐只君子，民之父母。
乐只君子，德音不已。五
南山有栲，北山有杻。六
乐只君子，遐不眉寿？七
乐只君子，德音是茂。

南山有枸，北山有楰。[八]
乐只君子，遐不黄耇。[九]
乐只君子，保艾尔后。

【注释】

一、台：草名，即薹，多年生草本植物，生于水田，叶扁而长，可制蓑衣。又名莎草。《毛诗故训传》曰："台，夫须也。"孔颖达《毛诗正义》曰："'台，夫须'，《释草》文。舍人曰：'台，一名夫须。'陆玑《疏》云：'旧说夫须，莎草也，可为蓑笠。'《都人士》云：'台笠缁撮。'《传》云：'台所以御雨。'是也。"朱熹《诗集传》曰："台，夫须，即莎草也。"莱（lái音来）：草名，即藜。《毛诗故训传》曰："莱，草也。"孔颖达《毛诗正义》曰："《十月之交》曰：'田卒污莱。'又《周礼》云：'莱五十亩。'莱为草之总名，非有别草名之为莱。陆玑《疏》云：'莱，草名，其叶可食。今兖州人烝以为茹，谓之莱烝。'以上下类之，皆指草木之名，其义或当然矣。"朱熹《诗集传》曰："莱，草名，叶香可食者也。"《毛诗故训传笺》曰："兴者，山之有草木，以自覆盖，成其高大，喻人君有贤臣，以自尊显。"

二、只：语助词。《毛诗故训传笺》曰："只，之，言是也。"君子：指宾客。《毛诗故训传笺》曰："君子，指宾客也。"基：基石。《毛诗故训传》曰："基，本也。"

三、无期：无止期。《毛诗故训传笺》曰："人君既得贤者，置之于位又尊敬，以礼乐乐之，则能为国家之本，得寿考之福。"朱熹《诗集传》曰："此亦燕飨通用之乐。故其辞曰：南山则有台矣，北山则有莱矣。乐只君子，则邦家之基矣。乐只君子，则万寿无期矣。所以道达主人尊宾之意，美其德而祝其寿也。"

四、光：明。《毛诗故训传笺》曰："光，明也。政教明，有荣曜。"

五、德音：好名声。不已：不止。《毛诗故训传笺》曰："已，止也。不止者，言长见称颂也。"

六、栲（kǎo音考）：木名，山樗。《毛诗故训传》曰："栲，山樗。"杻（niǔ音扭）：木名，檍（yì音义）树。《毛诗故训传》曰："杻，檍也。"

七、遐：同"何"。《毛诗故训传笺》曰："遐，远也。"朱熹《诗集传》曰："遐，何通。"眉寿：长寿。《毛诗故训传》曰："眉寿，秀眉也。"《毛诗故训传笺》曰："远不眉寿者，言其近眉寿也。"

八、枸：木名。《毛诗故训传》曰："枸，枳枸。"朱熹《诗集传》曰："枸，枳枸，树高大似白杨，有子着枝端，大如指，长数寸，啖（dàn音但）之甘美如饴，八月熟，亦名木蜜。"楰（yú音于）：木名，鼠梓。《毛诗故训传》曰："楰，鼠梓。"朱熹《诗集传》曰："楰，鼠梓，树叶木理如楸（qiū音秋），亦名苦楸。"

九、黄：黄发。耇（gǒu音狗）：老。《毛诗故训传》曰："黄，黄发也。耇，老。"朱熹《诗集传》曰："黄，老人发白复黄也。耇，老人面冻梨色，如浮垢也。"保：保佑。《毛诗故训传》曰："保，安。"艾：抚养。《毛诗故训传》曰："艾，养也。"方玉润《诗经原始》曰："三诗未必同出一时，不过后王用以入乐，其词义先后重轻适如其《序》焉云尔。"

【解题】

这是一首赞扬君主得到贤才的诗。《诗序》曰："《南山有台》，乐得贤也。得贤，则能为邦家立太平之基矣。"《毛诗故训传笺》曰："人君得贤，则其德广大坚固，如南山之有基趾。"

《毛诗正义》曰："言南山所以得高峻者，以南山之上有台，北山之上有莱，以有草木而自覆盖，故能成其高大。以喻人君所以能令天下太平，以人君所任之官有德，所治之职有能，以有贤臣，各治其事，故能致太平。言山以草木高大，君以贤臣尊显，贤德之人光益若是，故我人君以礼乐乐是有德之君子，置之于位而尊用之，令人君得为邦家太平之基。以礼乐乐是有德君子，又使我国家得万寿之福，无有期竟，所以乐之也。”

由庚（笙诗）

崇丘（笙诗）

由仪（笙诗）

【解题】

此三篇亦为“笙诗”。《诗序》曰：“《由庚》，万物得由其道也。《崇丘》，万物得极其高大也。《由仪》，万物之生各得其宜也。有其义而亡其辞。”据《诗序》这三篇也本应有文字，应是已佚亡了。

《毛诗故训传笺》曰：“此三篇者，《乡饮酒》《燕礼》亦用焉，曰‘乃间歌《鱼丽》，笙《由庚》；歌《南有嘉鱼》，笙《崇丘》；歌《南山有台》，笙《由仪》’。亦遭世乱而亡之。《燕礼》又有‘升歌《鹿鸣》，下管《新宫》’。《新宫》亦诗篇名也。辞义皆亡，无以知其篇第之意。”

《毛诗正义》曰：“此郑亦本其所用所亡之事也。此三篇，《乡饮酒》《燕礼》亦用焉，亦者，亦《南陔》等也，即言其事之用曰：‘乃间歌《鱼丽》，笙《由庚》；歌《南有嘉鱼》，笙《崇丘》；歌《南山有台》，笙《由仪》。’《乡饮酒》《燕礼》二篇俱有此辞也。言间歌者，堂上与堂下递歌，不比篇而间取之。笙者，在笙中吹之。所以亡者，亦遭乱而亡，亦如《南陔》

等遭战国及秦之乱而失之也。因此亡诗事终，更述《燕礼》又有‘升歌《鹿鸣》，下管《新宫》’，亦诗篇名也，以对《鹿鸣》而入管用，故知诗篇名也。辞义皆亡，今无以知其篇第所在之意也。篇第所在，皆当言处，云‘之意’者，以无意义可推寻而知，故云意也。案《鱼丽》，武王诗也，而与《嘉鱼》间歌。《南陔》等三篇亦武王诗也，乃在堂下笙歌之。是武王之诗得下管用之也。《新宫》制礼所用，必在礼前而作，不知武王诗也？成王诗也？此《笺》因亡诗事终而言之耳，不谓当在成王诗中，故曰“无以知其篇第之意也”。案《礼·射义》，诸侯以《貍首》为节。以彼类之，当在《召南》。但《召南》无亡诗之比，故郑于此言“辞义皆亡”者，对六篇有义无辞。《新宫》并义亦无，故言‘皆亡’。不谓已为作《序》，与《经》俱亡。若子夏为之作《序》，何由辞及目篇并‘六月’连《序》并无存者？以此知孔子录而不得，子夏不为之序也。《左传》昭二十五年，宋公享昭子，赋《新宫》。计孔子时年三十余矣，所以录不得者，诗之逸亡，必有积渐。当孔子之时，道衰乐废，自宋公赋《新宫》至孔子定《诗》，三十余年，其间足得亡之也。圣人虽无所不知，不得以意录之也。”

陆德明《经典释文·毛诗音义》曰：“此三篇义与《南陔》等同。依《六月》序，《由庚》在《南有嘉鱼》前，《崇丘》在《南山有台》前。今同在此者，以其俱亡，使相从耳。”

蓼萧

蓼彼萧斯，零露湑兮。一
既见君子，我心写兮。二
燕笑语兮，是以有誉处兮。三
蓼彼萧斯，零露瀼瀼。四

既见君子，为龙为光。五
其德不爽，寿考不忘。六
蓼彼萧斯，零露泥泥。七
既见君子，孔燕岂弟。八
宜兄宜弟，令德寿岂。九
蓼彼萧斯，零露浓浓。十
既见君子，鞗革冲冲。十一
和鸾雍雍，万福攸同。十二

【注释】

一、蓼（lù音路）：长大貌。朱熹《诗集传》曰：“蓼，长大貌。”一说为草名，蒿。《毛诗故训传》曰：“蓼，蒿也。”萧：草名，艾蒿。《毛诗故训传笺》曰：“萧，香物之微者，喻四海之诸侯，亦国君之贱者。”零：落。露：露水。《毛诗故训传笺》曰：“露者，天所以润万物。喻王者恩泽，不为远国则不及也。”湑：艾蒿上露水的样子。《毛诗故训传》曰：“湑湑然，萧上露貌。”

二、写：宣泄。《毛诗故训传》曰：“输写其心也。”《毛诗故训传笺》曰：“既见君子者，远国之君朝见于天子也。我心写者，输其情意，无留恨也。”

三、燕：宴乐。朱熹《诗集传》曰：“燕，谓燕饮。”是以：因此。誉：一说为好名声，一说同“豫”，安乐。朱熹《诗集传》曰：“誉，善声也。苏氏曰：‘誉，豫通。凡诗之誉，皆言乐也。’亦通。”《毛诗故训传笺》曰：“天子与之燕而笑语，则远国之君各得其所，是以称扬德美，使声誉常处天子。”

四、瀼瀼（ráng音瓤）：露浓貌。《毛诗故训传》曰：“瀼瀼，露蕃貌。”

五、龙：同“宠”，宠爱。《毛诗故训传》曰：“龙，宠也。”《毛诗故训传笺》曰：“为宠为光，言天子恩泽光耀，被及己也。”

六、不爽：不差。《毛诗故训传》曰：“爽，差也。”《毛诗正义》曰：“言远国之君，蒙王恩泽，今皆来朝。既得见君子之王者，为君所宠遇，为君所光荣，得其恩意，又燕见笑语，使四海称颂之不忘也。”

七、泥泥：浓湿的样子。《毛诗故训传》曰：“泥泥，沾濡也。”朱熹《诗集传》曰：“泥泥，露濡貌。”

八、孔燕：很安乐。《毛诗故训传笺》曰：“孔，甚。燕，安也。”岂弟：即“恺悌”，安乐平易。《毛诗故训传》曰：“岂，乐。弟，易也。”

九、宜：适合。《毛诗故训传》曰：“为兄亦宜，为弟亦宜。”寿岂：长寿和乐。《毛诗正义》曰：“远国之君既朝见君子，为君子所接遇，故皆甚安，而情又喜乐以怡易也。君子既接，远国得所，而又燕见，以尽其欢，是君子为人之能，宜为人兄，宜为人弟。随其所为，皆得其宜，故能有善德之誉，寿凯乐之福也。”

十、浓浓：露水厚的样子。《毛诗故训传》曰：“浓浓，厚貌。”

十一、鞗（tiáo音条）革：马笼头上的物品，特指马缰绳。《毛诗故训传》曰：“鞗，辔也。革，辔首也。”冲冲：饰品下垂的样子。《毛诗故训传》曰：“冲冲，垂饰貌。”朱熹《诗集传》曰：“鞗，辔也。革，辔首也，马辔所把之外，有余而垂者也。”和鸾：车马上的铃铛。《毛诗故训传》曰：“在轼曰和。在镳曰鸾。”《毛诗故训传笺》曰：“此说天子之车饰者，诸侯燕见天子，天子必乘车迎于门，是以云然。”朱熹《诗集传》曰：“和鸾，皆铃也。在轼曰和，在镳曰鸾，皆诸侯车马之饰也。庭燎，亦以君子目诸侯，而称其鸾旗之美，正此类也。”

十二、雍雍：形容铃铛声音悦耳。

【解题】

这是一首体现四海和平的诗。《诗序》曰："《蓼萧》，泽及四海也。"《毛诗故训传笺》曰："九夷、八狄、七戎、六蛮，谓之四海，国在九州之外，虽有大者，爵不过子。《虞书》曰：'州十有二师，外薄四海，咸建五长。'"

孔颖达《毛诗正义》曰："作《蓼萧》诗者，谓时王者恩泽被及四海之国也，使四海无侵伐之忧，得风雨之节。《书传》称越常氏之译曰：'吾受命，吾国黄老曰："久矣，天之无烈风淫雨。"'意中国有圣人，远往朝之，是泽及四海之事。《经》四章，皆上二句是泽及四海。由其泽及，故其君来朝，王燕乐之，亦是泽及之事，故《序》总其目焉。《经》所陈，是四海君蒙其泽而《序》漫言四海者，作者以四海诸侯朝王而得燕庆，故本其在国蒙泽，说其朝见光宠。序以王者恩及其君，不可遗其臣，见其通及上下，故直言四海以广之。"

朱熹《诗集传》曰："诸侯朝于天子，天子与之燕，以示慈惠。故歌此诗。"

湛露

湛湛露斯，匪阳不晞。一
厌厌夜饮，不醉无归。二
湛湛露斯，在彼丰草。三
厌厌夜饮，在宗载考。四
湛湛露斯，在彼杞棘。
显允君子，莫不令德。五
其桐其椅，其实离离。六

岂弟君子，莫不令仪。

【注释】

一、湛湛（zhàn音占）：露水浓的样子。《毛诗故训传》曰："湛湛，露茂盛貌。"阳：日。《毛诗故训传》曰："阳，日也。"马瑞辰《毛诗传笺通释》曰："《说文》曰：'旸，日出也。'阳即旸之假借。"晞（xī音西）：干。《毛诗故训传》曰："晞，干也。露虽湛湛然，见阳则干。"《毛诗故训传笺》曰："兴者，露之在物湛湛然，使物柯叶低垂。喻诸侯受燕爵，其仪有似醉之貌。诸侯旅酬之则犹然。唯天子赐爵则貌变，肃敬承命，有似露见日而晞也。"

二、厌：同"餍"，满足。《毛诗故训传》曰："厌厌，安也。夜饮，私燕也。宗子将有事，则族人皆侍。不醉而出，是不亲也。醉而不出，是渫（亵慢也）宗也。"《毛诗故训传笺》曰："天子燕诸侯之礼亡，此假宗子与族人燕为说尔。族人犹群臣也，其醉不出；不醉出，犹诸侯之仪也。饮酒至夜，犹云'不醉无归'，此天子于诸侯之义。燕饮之礼，宵则两阶及庭门皆设大烛焉。"

三、丰：茂盛。《毛诗故训传》曰："丰，茂也。"《毛诗故训传笺》曰："丰草，喻同姓诸侯也。载之言则也。"

四、在宗：同宗族之内。载：语助词。考：老。一说意为成。《毛诗故训传笺》曰："考，成也。夜饮之礼，在宗室同姓诸侯则成之，于庶姓其让之则止。昔者，陈敬仲饮桓公酒而乐，桓公命以火继之。敬仲曰：'臣卜其昼，未卜其夜。'于是乃止。此之谓不成也。"

五、显：光明。允：诚信。朱熹《诗集传》曰："显，明。允，信也。"

六、桐：梧桐。椅（yī音一）：木名，又称山桐子。离离：果实累累的样子。《毛诗故训传》曰："离离，垂也。"《毛诗故训传笺》曰："桐也，椅也。同类而异名，喻二王之后也。其实离离，喻其荐俎礼物多于诸侯也。”

【解题】

这是一首天子燕诸侯的诗。《诗序》曰：“《湛露》，天子燕诸侯也。”《毛诗故训传笺》曰：“燕，谓与之燕饮酒也。诸侯朝觐会同，天子与之燕，所以示慈惠。”

孔颖达《毛诗正义》曰：“作《湛露》诗者，天子燕诸侯也。诸侯来朝，天子与之燕饮，美其事而歌之。《经》虽分别同姓庶姓二王之后，皆是天子燕诸侯之事也。《蓼萧》序不云天子，此及《彤弓》独言天子者，此及《彤弓》燕赐诸侯之身，既言诸侯，不得不言天子以对之。《蓼萧》序不言诸侯，文无所对，故不言天子也。四章虽皆说天子燕诸侯之事，而皆首章见天子于诸侯之义，下三章见诸侯于天子之事。首章言王燕诸侯，虽至于夜，留与饮燕，无问同姓异姓，皆不醉不归，是天子恩厚之义也。下三章乃分说之。二章言同姓则成夜饮之礼，非同姓让之则止。三章言庶姓。卒章言二王之后不得成其夜饮，故云善德善仪，言其不至于醉也。首章直言‘湛湛露斯’，不指所在之物，总下章云草木也，故下章各言草木以充之。以同姓一类，故广举丰草。庶姓非一族之人，喻以异类之木。二王之后，同为天子所尊，譬之同类之木。各取其所象也。丰草、杞棘言露在，桐、椅不言露在，承上露在，可知天子燕诸侯之义备于此矣。不言异姓与三恪者，兄弟甥舅礼不同，要夜饮之义，非宗不可，则异姓从庶姓礼也。三恪卑于二代，其亦在异姓中。”

朱熹《诗集传》曰：“《春秋传》宁武子曰，诸侯朝正于王，王宴乐之。于是赋《湛露》。曾氏曰，前两章言厌厌夜饮，后两章言令德令仪。虽过三爵，亦可谓不继以淫矣。”

彤弓

彤弓弨兮，受言藏之。[一]
我有嘉宾，中心贶之。[二]
钟鼓既设，一朝飨之。[三]
彤弓弨兮，受言载之。[四]
我有嘉宾，中心喜之。[五]
钟鼓既设，一朝右之。[六]
彤弓弨兮，受言櫜之。[七]
我有嘉宾，中心好之。[八]
钟鼓既设，一朝酬之。[九]

【注释】

一、彤弓：朱红色的弓。《毛诗故训传》曰："彤弓，朱弓也，以讲德习射。"褚斌杰《诗经全注》曰："彤弓，朱红色的弓。古代佩弓是按颜色分等级的。《荀子·大略》曰：'天子雕弓，诸侯彤弓，大夫黑弓。'"弨（chāo音超）：松弛的样子。《毛诗故训传》曰："弨，弛貌。"褚斌杰《诗经全注》曰："弨，放松弓弦的样子。"言：我。《毛诗故训传》曰："言，我也。"《毛诗故训传笺》曰："言者，谓王策命也。王赐朱弓，必策其功以命之。受出藏之，乃反入也。"一说为语助词。褚斌杰《诗经全注》曰："言，语助词，有'而'意。"

二、中心：心中。贶（kuàng音况）：赏赐。《毛诗故训传》曰："贶，赐也。"《毛诗故训传笺》曰："贶者，欲加恩惠也。"马瑞辰《毛诗传笺通释》曰："《广韵》曰：'况，善也。'中心贶之正谓中心善之，犹《觐礼》云'予一人嘉之'，嘉亦善也。贶之与下章'好之''善之'同义。"

三、一朝：早朝。《毛诗故训传笺》曰："一朝，犹早朝。"孔颖达《毛诗正义》曰："言一朝者，言王殷勤于宾，早朝而即行礼，故云'一朝，犹早朝'。以燕如至夜，飨则如其献数，礼成而罢，故以朝言之。"朱熹《诗集传》曰："一朝飨之，言其速也，以王府宝藏之弓，一朝举以畀人，未尝有迟留顾惜之意也。"褚斌杰《诗经全注》曰："一朝，犹言就在这一天。"程俊英等《诗经注析》曰："一朝，一个上午。"袁梅《诗经译注》曰："一朝，终朝。"飨（xiǎng音想）：宴飨。《毛诗故训传笺》曰："大饮宾曰飨。"

四、载：装载。《毛诗故训传》曰："载以归也。"《毛诗故训传笺》曰："出载之车也。"

五、喜：乐。《毛诗故训传》曰："喜，乐也。"

六、右：劝。《毛诗故训传》曰："右，劝也。"《毛诗故训传笺》曰："右之者，主人献之，宾受爵，奠于荐右。既祭俎，乃席末坐，卒爵之谓也。"朱熹《诗集传》曰："右，劝也，尊也。"与此正同。是右为侑之假借。右之、酬之，当主侑币、酬币为义。"马瑞辰《毛诗传笺通释》曰："古者食礼有侑，飨礼有酬……是酬礼同曰侑也。《尔雅》酬、侑并训为报。"

七、櫜（gāo音高）：箭袋。《毛诗故训传》曰："櫜，韬也。"褚斌杰《诗经全注》曰："櫜，箭袋，作动词，指放入袋中。"

八、好：悦。《毛诗故训传》曰："好，说（悦）也。"

九、酬：酬谢。《毛诗故训传》曰："酬，报也。"《毛诗故训传笺》曰："饮酒之礼，主人献宾，宾酢主人。主人又饮而酌宾，谓之酬。酬犹厚也，劝也。"

【解题】

这是一首天子赐诸侯功臣的诗。大意是讲述周王宴请有功劳的诸侯，赐予彤弓，表示允许他代替周王征伐。《诗序》曰："天子锡有功诸侯也。"《毛诗故训传笺》曰：“诸侯敌王所忾而献其功，王飨礼之，于是赐彤弓一、彤矢百、旅（lú音卢）弓矢千。凡诸侯，赐弓矢然后专征伐。”彤弓为诸侯将帅用弓。旅弓为士兵用黑色弓。

孔颖达《毛诗正义》曰：“作《彤弓》诗者，天子赐有功诸侯。诸侯有征伐之功，王以弓矢赐之也。《经》三章，上二句言诸侯受王彤弓，是赐之事，下四句言王设乐飨酬而行飨，亦是赐之事，故云‘锡’以兼之。”

朱熹《诗集传》曰：“《春秋传》宁武子曰，诸侯敌于所忾而献其功。于是乎赐之彤弓一、彤矢百、旅弓矢千，以觉报宴。注曰，忾，恨怒也。觉，明也。谓诸侯有四夷之功，王赐之弓矢，又为歌彤弓，以明报功宴乐。郑氏曰，凡诸侯赐弓矢、然后专征伐。东莱吕氏曰，所谓专征者，如四夷入边，臣子篡弑，不容待报者；其它则九伐之法，乃大司马所职，非诸侯所专也。与后世强臣，拜表辄行者异矣。”

菁菁者莪

菁菁者莪，在彼中阿。[一]
既见君子，乐且有仪。[二]
菁菁者莪，在彼中沚。[三]
既见君子，我心则喜。
菁菁者莪，在彼中陵。[四]
既见君子，锡我百朋。[五]
泛泛杨舟，载沉载浮。[六]
既见君子，我心则休。[七]

【注释】

一、菁菁：指草木茂盛的样子，《毛诗故训传》曰：“菁菁，盛貌。”莪（é音俄）：蒿草的一种，又称萝蒿。《毛诗故训传》曰：“莪，萝蒿也。”中阿：即阿中，阿为山的幽曲处。《毛诗故训传》云：“中阿，阿中也。大陵曰阿。君子能长育人材，如阿之长莪菁菁然。”

二、乐：喜乐。仪：礼仪。《毛诗故训传笺》云：“见则心既喜乐，又以礼仪见接。”

三、中沚：同上“中阿”，沚中也。沚：水中小陆地、小洲。

四、中陵：陵中也。陵：丘陵。

五、锡：通“赐”。百朋：《毛诗故训传笺》云：“古者货贝，五贝为朋。”百朋，言其多，故有喜色。

六、泛泛：漂浮的样子。杨舟：杨木的船。载：则，且，又。《毛诗正义》云：“言泛泛然杨木之舟，则载其沉物，则载其浮物，俱浮水上。以兴当时君子，用其文者，又用其武者，俱致在朝。”

七、休：指安定、踏实下来。《毛诗故训传笺》云：“休者，休休然。”

【解题】

这是一首赞扬人才重要的诗。《诗序》曰：“菁菁者莪，乐育材也。君子能长育人材，则天下喜乐之矣。”《毛诗故训传》曰：“《六月》，宣王北伐也。《鹿鸣》废则和乐缺矣。《四牡》废则君臣缺矣。《皇皇者华》废则忠信缺矣。《常棣》废则兄弟缺矣。《伐木》废则朋友缺矣。《天保》废则福禄缺矣。《采薇》废则征伐缺矣。《出车》废则功力缺矣。《杕杜》废则师众缺矣。《鱼丽》废则法度缺矣。《南陔》废则孝友缺矣。《白华》废则廉耻缺矣。《华黍》废则蓄积缺矣。《由庚》废则阴阳失其道理矣。《南有嘉鱼》废则贤者不安，下不得其所矣。《崇丘》废则万物不遂矣。《南山有台》废则为国之基队（zhuì坠的本字）矣。《由仪》废则万物失其道理矣。《蓼萧》废则恩泽乖矣。《湛露》废则万国离矣。《彤弓》废则诸夏衰矣。《菁菁者莪》废则无礼仪矣。小雅尽废，则四夷交侵，中国微矣。”

孔颖达《毛诗正义》曰：“作《菁菁者莪》诗者，乐育材也。言君子之为人君，能教学而长育其国人，使有材而成秀进之士，至于官爵之。君能如此，则为天下喜乐矣，故作诗以美之。《经》四章，言长养、成就、赐之官爵，皆是育材之事也。”

六月

六月栖栖，戎车既饬。一
四牡骙骙，载是常服。二
猃狁孔炽，我是用急。三
王于出征，以匡王国。四
比物四骊，闲之维则。五
维此六月，既成我服。六
我服既成，于三十里。七
王于出征，以佐天子。八
四牡修广，其大有颙。九
薄伐猃狁，以奏肤公。十
有严有翼，共武之服。十一
共武之服，以定王国。十二

猃狁匪茹，整居焦获。[十三]
侵镐及方，至于泾阳。[十四]
织文鸟章，白旆央央。[十五]
元戎十乘，以先启行。[十六]
戎车既安，如轾如轩。[十七]
四牡既佶，既佶且闲。[十八]
薄伐猃狁，至于大原。[十九]
文武吉甫，万邦为宪。[二十]
吉甫燕喜，既多受祉。[二十一]
来归自镐，我行永久。
饮御诸友，炰鳖脍鲤。[二十二]
侯谁在矣，张仲孝友。[二十三]

【注释】

一、六月：指出征的月份。《毛诗故训传笺》云："记六月者，盛夏出兵，明其急也。"朱熹《诗集传》曰："六月，建未之月也。"一说，古代兵法惯例，夏天不出兵，但因猃狁入侵，边事紧急，所以在六月出兵抵抗。孔颖达《毛诗正义》曰："王所以六月检阅出兵者，由猃狁之寇来侵甚炽，我王是用之故，须急行也。"栖栖（xī音西）：往来不停而匆忙的样子。《毛诗故训传》曰："栖栖，简阅貌。"孔颖达《毛诗正义》曰："以栖栖非六月之状，故为简阅貌也。"一说，不安的样子。朱熹《诗集传》曰："栖栖，犹皇皇，不安之貌。"戎车：兵车。《毛诗故训传笺》曰："戎车，革辂之等也，其等有五。"朱熹《诗集传》曰："戎车，兵车也。"饬：休整。《毛诗故训传》曰："饬，正也。"朱熹《诗集传》曰："饬，整也。"

二、四牡：驾车的四匹公马。骙骙（kuí音葵）：马强壮有力的样子。载：

装载。常服：平时作战穿的衣服，即兵服。《毛诗故训传》曰："日月为常。服，戎服也。"《毛诗故训传笺》曰："戎车之常服，韦弁服也。"《周礼·春官·司服》云："凡兵事韦弁服。"注云："韦弁以韎韦为弁，又以为衣裳。"孔颖达《毛诗正义》曰：《周礼志》云："韦弁、皮弁服皆素裳白舄。"《左传》闵公二年，梁馀子养曰："帅师者有常服矣。"杜预注："韦弁服，军之常也。"孔颖达据此考证，认为将帅的上衣和帽子都以浅赤色兽皮制成，下裳和鞋都是白色的。朱熹《诗集传》曰："常服，戎事之常服。以韎韦为弁，又以为衣，而素裳白舄也。"一说为车上的旗帜。袁梅《诗经译注》曰："常服：常，古代旗帜名（九旗之一）。《周礼·春官·司常》曰：'日月为常。'按：指旗上绘饰日月之象，服：姚氏《诗经通论》曰：'服，属也，言常之属也。'按：服，又可理解为"箙"之借字，即矢箙（盛箭之器）。"

三、炽：盛，气焰嚣张。《毛诗故训传》曰："炽，盛也。"《毛诗故训传笺》云："此序吉甫之意也。北狄来侵甚炽，故王以是急遣我。"我是用急：即我用是急。是：语气助词，无义。用：因此。急：紧急，危急。桓宽《盐铁论》引《诗》作"我用是戒"。谢灵运《征赋》作"我用是棘"。陈奂《诗毛氏传疏》云："当作棘。"《释文》曰："悈，本或作极，有作亟。"极，当为恆。《说文》曰："恆，急性也。"马瑞辰《毛诗传笺通释》曰："恆、急、戒、悈。棘等字，皆同声，故通用。"

四、王：周天子，指周宣王。于：同曰，语气助词。《毛诗故训传笺》云："于，曰。"一说，于，之，往。出征：指北征猃狁。一说周天子亲征；一说周天子并非亲征，他只是决策者，发号施令者。孔颖达《毛诗正义》曰："郑以王不自亲征，吉甫述王之辞，故言'其曰'。毛氏于《诗》言'于'者，多为'于'为'往'，所以为王自征耳。"匡：救助。《毛诗故训传笺》曰："匡，正也。"马瑞辰《毛诗传笺通释》曰："匡当读为'匡抚寡君'之匡。匡者，助也。'以匡王国'犹云以佐天子也。按匡的本义为筥，《说文》曰：'匡，饭器，筥也。'段注：'匡之引申假借为匡正。《小雅》"王于出征”，以匡王国。’《毛诗故训传》曰：‘匡，正也。’盖正其不正曰匡。”

五、比物：将毛色相同的马配比在一起。比（bì音必）：同，齐，统一。物：马。《毛诗故训传》曰：“物，毛物也。”《周礼·夏官·校人》云：“凡大事：祭祀、朝覲、会同，毛马而颁之。凡军事，物马而颁之。注云：‘毛马，齐其色。物马，齐其力。’”孔颖达《毛诗正义》曰：“是毛、物之文也。《传》以直言物则难解，故连言‘毛物’，以晓人也。”朱熹《诗集传》曰：“毛马齐其色，物马齐其力。吉事尚文，武事尚强也。”四骊：四匹纯黑色的马，说明同色同力。孔颖达《毛诗正义》曰：“然则比物者，比同力之物。戎车齐力尚强，不取同色。而言四骊者，虽以齐力为主，亦不厌其同色也。”闲：通“娴”，娴熟；一说为训练。则：法则。《毛诗故训传》曰：“则，法也。言先教战然后用师。”

六、维：发语词，无义。服：军服、戎服。姚际恒《诗经通论》曰：“‘我服’，戎服也。观上云‘维此六月’，其亦夏时之戎服，故曰‘既成’与？何玄子谓‘两服’之服，与上句不接。”

七、于三十里：行走三十里。于：往。《毛诗故训传》曰：“师行三十里。”《毛诗故训传笺》曰：“王既成我戎服，将遣之，戒之曰：‘日行三十里，可以舍息。’”朱熹《诗集传》曰：“三十里，一舍也。古者吉行日五十里，师行日三十里。”陈奂《诗毛氏传疏》曰：“《汉书》贾捐之、陈汤、王吉传及《白虎通·丧服篇》并云师行三十里，与《传》同。”

八、佐：辅佐。《毛诗故训传》曰：“出征以佐其为天子也。”《毛诗故训传笺》云：“王曰：令女出征伐，以佐助我天子之事。御北狄也。”

九、修广：高大。《毛诗故训传》曰：“修，长。广，大也。”颙（yóng音喁）：大的样子。《毛诗故训传》曰：“颙，大貌。”《说文》曰：“颙，大头也。引申为大。有颙即颙颙。”

十、薄：发语词，无义。一说为迫近。以奏肤公：以成大功。《毛诗故训传》曰：“奏为肤大公功也。”奏：完成。肤：大。公：通“功”，战功。朱熹《诗集传》曰："奏，荐。肤，大。公，功。"

十一、有严：即严严，威严的样子。《毛诗故训传》曰："严，威严也。"有翼；即翼翼，谨慎恭敬的样子。《毛诗故训传》曰："翼，敬也。整齐的样子。"《毛诗故训传笺》曰："言今师之群帅，有威严者，有恭敬者，而共典是兵事。言文武之人备。"朱熹《诗集传》曰："言将帅皆严敬，以共武事也。"一说，整齐的样子。褚斌杰《诗经全注》曰："这里指出征将士的军容体貌。"共：共同。一说，共与供同。朱熹《诗集传》曰："共，与供同。"一说，共通"恭"，意为恭谨。马瑞辰《毛诗传笺通释》曰："军事以敬为主。《左氏传》所谓'不共是惧也。'共武之服即言敬武之事，正承上'有严有翼'，言之。严、翼皆恭也。"武：出征打仗。服：事。《毛诗故训传笺》曰："事也。"《说文》亦训"事"。

十二、定：安定，使安定。《毛诗故训传笺》云："定，安也。"

十三、匪：不。《毛诗故训传笺》曰："匪，非。"茹：柔弱。《广雅》曰："茹，柔也。"马瑞辰《毛诗传笺通释》曰："匪茹，言非柔弱，即上章'猃狁孔炽'也。故下接言'整居焦获，侵镐及方，至于泾阳。皆甚言其强恣。'"一说，茹训为"度"，为不自量力之义。《毛诗故训传笺》曰："茹，度也。"整：整队。居：处，居住。孔颖达《毛诗正义》曰："整齐而处之者，言其居周之地无所畏惮也。"一说，整居为全盘占据。焦获：古代泽薮名。《毛诗故训传》曰："焦获，周地，接于猃狁者。"《尔雅·释地》云："周有焦获。"郭璞《尔雅注》曰："今扶风池阳县瓠中是也。其泽薮在瓠中，而薮外犹焦获，所以接于猃狁也。"孙炎曰："周，岐周也。以焦获继岐周言之，则于镐京为西北矣。以北狄言之，故为北方耳。"《鲁诗》作"焦获"。朱熹《诗集传》曰："焦获，地名。焦，未详所在。获，郭璞以为瓠中。则今在耀州三原县也。"

十四、镐方：地名。《毛诗故训传笺》曰："镐也，方也，皆北方地名。"孔颖达《毛诗正义》曰："以北狄所侵，故知镐也、方也，皆北方地名也。”朱熹《诗集传》曰：“镐、方，皆地名。镐，刘向以为千里之镐。则非镐京之镐矣。亦未详其所在也。方，疑即朔方也。”镐：一说为周王朝的都城镐京。孔颖达《毛诗正义》引王肃“以为镐京”。一说镐非镐京，而是北方的一个地方，孔颖达《毛诗正义》引王基驳曰：“据下章云‘来归自镐，我行永久’，言吉甫自镐来归。犹《春秋》‘公至自晋’‘公至自楚’，亦从晋、楚归来也。”刘向《讼甘延寿疏》曰：“千里之镐，犹以为远。”孔颖达《毛诗正义》曰：“镐去京师千里，长安、洛阳代为帝都，而济阴有长安乡，汉有洛阳县，此皆与京师同名者也。孙毓亦以《笺》义为长。”方：一说为朔方。孔颖达《毛诗正义》曰：“毛不解镐、方之文，而《出车》《毛诗故训传》曰：‘朔方，近猃狁之国。’”一说不是朔方。王夫之《诗经稗疏》云：“且此猃狁之归路从大原出塞；则其来路当从鄜（fū音夫）延渡河而西，非自宁夏入塞而东，尤不应至朔方。疑此方者，唐之坊州地，在鄜州之南，故方叔御之，渡河东追至太原而止。焦获，周之大泽薮，水草所便，虏既屯聚于此，或北蹂鄜、坊。南掠丰、镐，不得远及西北边戎之境。若《出车》之诗：‘往城于方’，则以伐西戎而言也。《序》曰：‘西有昆夷之患，北有猃狁之难。’故备纪其控御之功而杂言。之要非城朔方以捍猃狁。盖猃狁在大同塞外，则以太原为边；昆夷在河洮、秦、巩之外，则以朔方为边。两寇地形相去千里，隔以大河，不得混而为一也。”泾（jīng音经）阳：泾水北岸。《毛诗故训传笺》曰：“来侵至泾水之北。言其大恣也。”孔颖达《毛诗正义》曰：“水北曰阳，故言泾水之北。”陈奂《诗毛氏传疏》曰：“甘肃省平凉西南有汉泾阳故城，或即此地。”朱熹《诗集传》曰：“泾阳，泾水之北，在丰镐之西北。言其深入为寇也。”

十五、织：徽记。《毛诗故训传笺》云：“织，徽织也。”一说通“帜”，意为旗帜。孔颖达《毛诗正义》曰：“言徽织者，以其在军为徽号之织。《史记》《汉书》谓之旗帜。帜与织字虽异，音实同也。”马瑞辰《毛诗传笺通释》曰：“按《周官司常》贾《疏》两引《诗》皆作‘识文鸟章’。识为正字，今作织者，假借字，或通作帜。《史记·汉高本纪》曰：‘旗帜皆赤’，帜亦识也。”文：通“纹”，花纹。鸟章：指军旗，上面画有鸟隼的图案。《毛诗故训传》曰：“鸟章，错革鸟为章也。”《毛诗故训传笺》曰：“鸟章，鸟隼之文章，将帅以下衣皆著焉。”《释天》云：“错革鸟曰旟。”孙炎曰：“错，置也。革，急也。画急疾之鸟于縿也。”《郑志》答张逸亦云：“画急疾之鸟隼。”是也。故《毛诗故训传笺》曰：“鸟隼之文章。”正知隼者，以《司常》云“鸟隼为旗”。章：花纹。白旆：白色旗下端的飘带。《毛诗故训传》曰：“白旆，继旐者也。”孔颖达《毛诗正义》曰：“《释天》云‘继旐曰旆’，故云‘白茷，继旐者也’。茷与旆，古今字也，故定四年《左传》曰‘蒨茷、旃旌’，亦旆也，以其继旐垂之，因以为状，故曰‘胡不旆旆’。此旟而言旐者，散则通名。”一说，白通帛，白旆，即帛旆，《鲁诗》作帛旆。旆亦有两义，意为古时候旗帜末端状如燕尾的垂旆；一为旌旗。央央：鲜明的样子。《鲁诗》作英英。《毛诗故训传》曰：“央央，鲜明貌。”见《出车》注。

十六、元戎：大的战车。《毛诗故训传》曰：“元，大也。夏后氏曰钩车先正也，殷曰寅车先疾也，周曰元戎先良也。”乘（shèng音胜）：四马驾一车，称为一乘。陈奂《诗毛氏传疏》曰：“《司马法》，‘兵车一乘，甲士十人。’然则甲士二五为一乘，十乘百人，即甲士百人。”启行（háng音杭）：开道，冲锋。《毛诗故训传笺》云：“二者及元戎，皆可以先前启突敌陈之前行。其制之同异未闻。”朱熹《诗集传》曰：“启，开。行，道也。犹言发程也。”《史记·三王世家》集解引《韩诗章句》曰：“元戎，……名曰陷军之车。所以冒突先启敌家之行伍也。”又王夫之《诗经稗疏》云：“马融《论语》注曰：‘前曰启，后曰殿。……而《左传》又有先驱、申驱，又在启前。此所云‘元戎十乘，以启先行’，先启而行，即所谓先驱。已盖前部，居大队之前，与左右中后为五部，而先驱在大队外，远坛寇势，犹今所谓哨马撒拨者（分散侦察者也）是，启未行而此先之。”又方玉润《诗经原始》云：“启，开也。行，道也。前锋先开道而先行也。”

十七、安：安稳，指驾驭兵车安稳。轾（zhì音至）：车顶前倾之貌。《毛诗故训传》曰："轾，挚。"顾野王《玉篇》曰："前顿曰輊，后顿曰轩。"又《淮南子·人间训》曰："道者，置之前而不輊，错之后而不轩。"《毛诗故训传笺》云："戎车之安，从后视之如挚，从前视之如轩，然后适调也。"轩：车子前高后低貌。这里指兵车在前进时俯仰自如，没有损坏。

十八、佶（jí音吉）：健壮的样子。《毛诗故训传》曰："佶，正也。"《毛诗故训传笺》曰："佶，壮健之貌。"闲：驯习。胡承珙《毛诗后笺》曰："上二句言车之善，下二句言马之善。车以平均适调为善，马以整齐驯习为善。佶者，整齐，闲者，驯习。"一说，闲、娴习。

十九、大原：地名。在今甘肃庆阳境，是现存最大的黄土高原残缺平原。程俊英等《诗经注析》曰："顾炎武《日知录》谓在今甘肃平凉，胡渭《禹贡锥指》谓在今宁夏固原附近，陈奂谓在平凉北、固原东。三人所说的地相差不远，但绝非山西的太原。这句指出驱逐敌人而不穷追。"

二十、吉甫：尹吉甫。《毛诗故训传》曰："吉甫，尹吉甫也。有文有武。"《毛诗故训传笺》曰："宪，法也。"朱熹《诗集传》曰："吉甫，尹吉甫。此时大将也。"宪：法。《毛诗故训传》曰："宪，法也。"

二十一、祉（zhǐ音止）：福。《毛诗故训传》曰："祉，福也。"《毛诗故训传笺》曰："吉甫既伐猃狁而归，天子以燕礼乐之，则欢喜矣，又多受赏赐也。"

二十二、饮御：饮酒进食。《毛诗故训传》曰："御，进也。"一说为陪饮的人。《毛诗故训传笺》曰："御，侍也。王以吉甫远从镐地来，又日月长久，今饮之酒，使其诸友恩旧者侍之。又加其珍美之馔，所以极劝也。"炰（páo音刨）：烹煮。脍（kuài音快）：细切为脍，亦泛指切割。

二十三、侯：发语词。《毛诗故训传》曰："侯，维也。"张仲：周名臣。《毛诗故训传》曰："张仲，贤臣也。"《毛诗故训传笺》曰："张仲，吉甫之友，其性孝友。"孝友：美德。《毛诗故训传》曰："善父母为孝，善兄弟为友，使文武之臣征伐，与孝友之臣处内。"

【解题】

这是一首描写周宣王北伐的诗。《诗序》曰：“《六月》，宣王北伐也。”《毛诗故训传笺》曰：“《六月》言周室微而复兴，美宣王之北伐也。”

孔颖达《毛诗正义》曰：“此《经》六章，皆在北伐之事。《序》又广之，言宣王所以北伐者，由于前厉王小雅尽废，致令四夷交侵，以故泛叙所废之事焉。”

朱熹《诗集传》曰：“成康既没，周室寖衰。八世而厉王胡暴虐。周人逐之，出居于彘。猃狁内侵，逼近京邑。王崩，子宣王靖即位。命尹吉甫帅师伐之。有功而归。诗人作歌，以叙其事如此。”

《史记·周鲁公世家》曰：“召公、周公二相行政，号曰‘共和’。共和十四年，厉王死于彘。太子静长于召公家，二相乃共立之为王，是为宣王。宣王即位，二相辅之，修政，法文、武、成、康之遗风，诸侯复宗周。十二年，鲁武公来朝。宣王不修籍（亲耕籍田）于千亩，虢文公谏曰不可，王弗听。三十九年，战于千亩，王师败绩于姜氏之戎。宣王既亡南国之师，乃料民（人口清查）于太原。仲山甫谏曰：‘民不可料也。’宣王不听，卒料民。四十六年，宣王崩，子幽王宫湦立。”

周宣王（？—前782年），姬姓，名静，一作靖，周厉王之子，西周第十一代君主，前827至前782年在位，是西周中兴之君，曾发动南北战争。

周宣王四年（前824年），周宣王任命秦仲为大夫，帅兵征伐西戎。周宣王六年（前822年），秦仲战败身亡，周宣王命秦仲之子秦庄公等兄弟五人讨伐西戎。秦庄公击败西戎后，被封秦庄公为西垂（在今甘肃天水一带）大夫，加封大骆犬丘（甘肃天水礼县一带）。周宣王二十三年（前805年），晋穆侯攻打条戎（今山西夏县西南）。周宣王二十六年（前802年），晋穆侯在千亩（今山西介休南）击戎。周宣王三十八年（前790年），晋穆侯在汾水、隰水击败北戎。

周宣王五年（前823年）六月，猃狁再次进攻西周，进占泾水流域之焦获（今陕西泾阳西北)，抵达泾阳（今陕西泾阳境内）。周宣王命尹吉甫率军反攻，在彭衙（今陕西白水东北）击败猃狁，继而追击至大原（今甘肃庆阳附近）。周宣王又派南仲率兵至朔方筑城设防。缓解了猃狁的威胁。周宣王十二年（前816年），周宣王派虢季子白率军攻打猃狁，在洛水北岸大败猃狁，并追击败退至洛水的猃狁。此战过后西周解除了猃狁之患，周宣王在太庙举行仪式表彰虢季子白，赏赐马匹、弓箭、彤矢和斧钺，并赐予其征讨蛮夷的权力。

采芑

薄言采芑，于彼新田，呈此菑亩。一
方叔莅止，其车三千，师干之试。二
方叔率止，乘其四骐，四骐翼翼。三
路车有奭，簟茀鱼服，钩膺鞗革。四
薄言采芑，于彼新田，于此中乡。五
方叔涖止，其车三千，旂旐央央。六
方叔率止，约軝错衡，八鸾玱玱。七
服其命服，朱芾斯皇，有玱葱珩。八
鴥彼飞隼，其飞戾天，亦集爰止。九
方叔涖止，其车三千，师干之试。
方叔率止，钲人伐鼓，陈师鞠旅。十
显允方叔，伐鼓渊渊，振旅阗阗。十一
蠢尔蛮荆，大邦为仇。十二
方叔元老，克壮其犹。十三
方叔率止，执讯获丑。十四

戎车啴啴，啴啴焞焞，如霆如雷。十五
显允方叔，征伐猃狁，蛮荆来威。十六

【注释】

一、芑（qǐ音起）：一种野菜。《毛诗故训传》曰："芑，菜也。"陆玑《毛诗草木鸟兽虫鱼疏》曰："采芑，似苦菜也，茎青白色，摘其叶，白汁出，肥可生食，亦可烝为茹。青州人谓之芑，西河、雁门芑尤美。胡人恋之，不出塞。"新田、菑（zī音姿）：新垦的田。褚斌杰《诗经全注》曰："新田，新垦两年的田。菑，初垦的田。"《毛诗故训传》曰："田一岁曰菑，二岁曰新田，三岁曰畬（shē音奢）。"孙炎曰："始菑杀其草木也。新田，新成柔田也。畬，和也，田舒缓也。"一说，休耕的田。陈奂《诗毛氏传疏》曰："新、菑为休耕之田。至畬而出耕。"

二、方叔：周宣王的大臣，出征蛮荆的主帅。《毛诗故训传》曰："卿士也，受命而为将也。"莅（lì音立）：来临。《毛诗故训传》曰："涖，临。"师：《毛诗故训传》曰："师，众。"干：《毛诗故训传》曰："干，扞。"一说，干为武器盾。马瑞辰《毛诗传笺通释》曰："此诗干，当读干戈之干，谓盾也。"试：《毛诗故训传》曰："试，用也。"朱熹《诗集传》曰："试，肄习也。"《毛诗故训传笺》曰："方叔临视此戎车三千乘，其士卒皆有佐师扞（hàn音捍）敌之用尔。"

三、率：率领。止：语气词。骐：青黑色的良马。翼翼：健壮的样子。《毛诗故训传笺》曰："壮健貌。"一说，朱熹《诗集传》曰："翼翼，顺序貌。"褚斌杰《诗经全注》云："整齐的样子。"

四、路车：大车，这里指兵车。朱熹《诗集传》曰："路车，戎路也。"奭：朱红色。《毛诗故训传》曰："赤貌。"簟茀：竹簟席、织有方纹的车上的蔽席。朱熹《诗集传》曰："以方文竹簟为车蔽也。"《毛诗故训传笺》曰："茀之言蔽也，车之蔽饰，象席文也。"鱼服：鱼皮所制的箭袋。《毛诗故训传笺》曰：“鱼服，矢服也。”钩膺：程俊英等《诗经注析》曰：“指马胸前的皮带，有丝条下垂为饰（即樊缨），其上又有青铜饰物。钩，一种青铜饰物。膺，胸。革在马胸前，故谓之膺。”陈奂《诗毛氏传疏》曰：“人之缨在颔下，马之缨在胸前。”朱熹《诗集传》曰：“马娄颔有钩，而在膺有樊有缨也。樊，马大带。缨，鞅也。”《毛诗故训传》曰：“樊缨也。”《周礼注疏·巾车》注“钩，娄颔之钩也”；“樊，读如鞶（pán音盘）带之鞶，谓今马大带”；“其樊及缨，以五采罽饰之而九成。”《毛诗正义》言：“人须芑为菜，我薄采此芑于何处乎？当于彼新田，于此灾亩之中。以新田、灾亩，谓己和耕其田，生长其芑必肥美可食，故于此采之也。以兴须人为军士，我薄取人于何处乎？当于彼蒙教、于此被育之家，以蒙教、被育，己和治其家，养育其身，士必勇武可用，故于彼取之也。既于新美被养处召得军士，而大将方叔临视之。其车众之多，中有三千乘矣。其士皆有佐师扞敌之用，是取之得人也。大将方叔率之以行，乃自乘其四骐之马。此四骐之马，翼翼然甚壮健矣。又此所驾路车，有奭然而赤。其车以方文竹簟之席为之蔽饰。其上所载，有鱼皮为矢服之器。其马娄颔有钩，在膺有樊缨之饰，又以鞗皮为辔首之革而垂之。方叔既率士众，乘是车马往征之。”

五、中乡：处所。《毛诗故训传》曰：“乡，所也。”一说，民居。朱熹《诗集传》曰：“民居，其田犹治。”一说，乡间。褚斌杰《诗经全注》曰：“即乡中，乡间。”

六、旂：古代的一种绘有蛟龙、上端有铃的旗。程俊英等《诗经注析》曰：“绘有交龙，上有铃。”《周礼》曰：“交龙为旂。”《尔雅》曰：“有铃曰旂。”旐：古代一种绘有龟蛇的旗。《毛诗故训传笺》曰：“龟蛇为旐。”央央：褚斌杰《诗经全注》曰：“鲜明的样子。”

七、约軧（dǐ音底）：约，约束。约軧，用皮革缠在车毂上并涂上朱红色的漆。朱熹《诗集传》曰：“以皮继系兵车之毂而朱之也。”軧：《毛诗故训传》曰：“軧，长毂之軧也，朱而约之。”《广雅》曰：“毂軝。”《说文》曰：“軧，长毂也。”错衡：绘有花纹的车辕前段的横木。错，花纹。衡，车辕前段的横木。《毛诗故训传》曰："错衡，文衡也。"朱熹《诗集传》曰："错，文也。"鸾：马铃。朱熹《诗集传》曰："铃在镳曰鸾。马口两旁各一，四马故八也。"玱玱（qiāng音枪）：象声词，在此形容銮铃的声音。《毛诗故训传》："玱玱，声也。"

八、命服：天子赐给军队将领的衣服。《毛诗故训传笺》曰："命服者，命为将，受王命之服也。朱芾：朱红色的蔽膝。程俊英等《诗经注析》曰："芾，蔽膝，约似今之围裙，但较窄，用皮制成。"《毛诗故训传》曰："朱芾，黄朱芾也。"《毛诗故训传笺》曰："朱芾，天子纯朱，诸侯黄朱。."皇：熠熠生光的样子。《毛诗故训传》曰："犹煌煌也。"玱：玉佩的声音。《毛诗故训传》曰："珩声也。"葱：《毛诗故训传》曰："苍也。"朱熹《诗集传》曰："苍色如葱者也。"珩（héng音横）：褚斌杰《诗经全注》曰："玉佩两段的长方形玉称'珩'。"《毛诗正义》曰："言方叔为将，即率戎车，将率而行，乃乘金车，以朱缠约其毂之軝，错置文王于车之上。衡车行动，其四马八鸾之声玱玱然；其身则服其受王命之服，黄朱之芾于此煌煌然鲜美；又有玱玱然之声，所佩苍玉之珩。以此车服之美而往征伐也。"

九、鴥：鸟快速飞行的样子。隼：《毛诗故训传笺》曰："急疾之鸟也。"《毛诗正义》曰："《释鸟》云：'鹰隼丑，其飞也翚。'舍人曰：'谓隼鹞之属。翚翚，其飞疾羽声也。'郭璞云：'鼓翅翚翚然疾，是急疾之鸟也。《说文》曰：'隼，鸷鸟也。'陆玑《疏》云：'隼，鹞属也。齐人谓之击征，或谓之题肩，或谓之雀鹰，春化为布谷者是也。'"戾：《毛诗故训传》曰："戾，至也。"集：聚集。爰：在，于。《毛诗故训传笺》曰："爰，于也。"

十、钲（zhēng音争）：用来使军队停止；鼓用来使军队前进。《说文》曰："钲，铙也，似铃，柄中上下通。"《鼓人》曰："以金铙止鼓。"《大司马》曰："鸣铙且却，闻钲而止。"《毛诗故训传》曰："钲以静之，鼓以动之。""钲人伐鼓"一句互文，意思是：钲人击钲，鼓人伐鼓。陈：陈列。鞠：训告，宣誓。《毛诗故训传》曰："鞠，告也。"师、旅：行军单位。

《毛诗故训传笺》曰："二千五百人为师，五百人为旅。""陈师告旅"，互文。

十一、渊渊：形容击鼓的声音。《毛诗故训传》曰："渊渊，鼓声也。"朱熹《诗集传》曰："鼓声，平和不暴怒也。"振旅：战争停止后回军整顿叫做"振旅"。朱熹《诗集传》曰："振，止。旅，众也。言战罢而止其众以入也。"《春秋传》曰："出曰治兵，入曰振旅，其礼一也。"《毛诗正义》曰："征伐之时，出军至对陈用治兵礼，战止至还归用振旅法，名异而礼同也。以此出当用之，故以修治兵事为名；入则休息，故以整众为名。"阗阗（tián音田）：鼓声。《毛诗正义》曰："鴥然而疾者，彼飞隼之鸟也，其飞乃高至天。虽能高飞，亦集其所止之处，不妄飞。以兴彼勇武之众，其勇能深入于敌。虽则勇劲，亦禀于将帅之命，不妄动也。以此劲勇之征伐，故方叔临视之行，其车之众，有三千乘，皆有佐师扞敌之用。方叔既临视，乃率之以行也。未战之前，则陈阅军士，则有钲人击钲以静之，鼓人伐鼓以动之。至于临陈欲战，乃陈师陈旅，誓而告之，以赏罚使之，用命明信之。方叔既誓师众，当战之时，身自伐鼓，率众以作，其气渊渊然。为众用力，遂败蛮荆。及至战止将归，又敛陈振旅，伐鼓阗阗然。由将能如此，所以克胜也。"

十二、蠢：妄动而不谦逊。《毛诗故训传》曰："蠢，动也。"《尔雅·释训》曰："蠢，不逊也。"郭璞《尔雅注》："蠢动为恶，不谦逊也。"朱熹《诗集传》曰："动而无知之貌。"蛮荆：蛮荒的荆州。朱熹《诗集传》曰："蛮荆，荆州之蛮也。"大邦：中原大国，这里是周王朝自称。仇：仇怨。

十三、元老：《毛诗故训传》曰："元，大也。五官之长，出于诸侯，曰天子之老。"克：能够。壮：大，此处用作动词，发扬光大。《毛诗故训传》曰："壮，大。"犹：治兵的谋略。《毛诗故训传笺》曰："犹，谋也。谋，兵谋也。"

十四、执：抓获。讯：审讯。丑：敌军。

十五、啴啴：兵车行进的声音。《毛诗故训传》曰："众也。"褚斌杰《诗经全注》曰："车行的声音。"焞焞（tūn音吞）：形容车声宏大。《毛诗故训传》曰："盛也。"霆：迅雷。朱熹《诗集传》曰："霆，疾雷也。"

十六、蛮荆来威：使蛮荆之国来畏服于周天子的威严。《毛诗正义》曰："上章未言所伐之国，故于此本之。言我所伐者，乃蠢蠢尔不逊之蛮荆，不逊王命，侵伐邻国，动为寇害，与大邦为仇怨。列国之大，尚到仇怨，其傍小国，侵害多矣，故我方叔，天子之大老，能光大其军谋之道以讨之。既得克胜，方叔乃率其士众，执其可言问、所获敌人之众以还归也。方叔士众所乘戎车，啴啴然众，焞焞然盛，如霆之发，如雷之声可畏。言方叔善于用众，虽久不劳也。如此明信之方叔，其功大矣。昔日共吉甫已征猃狁之国，今又特往征伐蛮荆，皆使之来服于宣王之威，言其每有大功也。"

【解题】

这是描写周宣王南征的诗。《诗序》曰："《采芑》，宣王南征也。"

孔颖达《毛诗正义》曰："谓宣王命方叔南征蛮荆之国。上言伐，此云征，便辞耳，无义例也。言伐者，以彼有罪，伐而讨之，犹执斧以伐木。言征者，已伐而正其罪。故或并言征伐，其义一也。"

按周宣王南征，指征淮夷和楚蛮。周厉王时，南淮夷（又称淮南夷或南夷）曾攻击西周。周宣王时，淮夷再次反叛，周宣王命召穆公征讨。据《师寰簋铭文》记载，师寰统领统帅齐、杞、莱等国军队，消灭了淮夷的冉、翼、铃、达四位首领，淮夷从此臣服于西周。

周宣王时，命卿士南仲和太师皇父在太祖庙整顿周六师，然后亲率大军与太师皇父、司马程伯休父征讨位于淮水流域的徐夷。

周宣王五年（前823年）八月，周宣王命方叔率兵车三千攻楚，以惩戒楚国的独立倾向。晋穆侯墓出土楚公逆编钟，被认为是此战的战利品。

车攻

我车既攻，我马既同，一
四牡庞庞，驾言徂东。二
田车既好，四牡孔阜，三
东有甫草，驾言行狩。四
之子于苗，选徒嚣嚣。五
建旐设旄，搏兽于敖。六
驾彼四牡，四牡奕奕。七
赤芾金舄，会同有绎。八
决拾既佽，弓矢既调。九
射夫既同，助我举柴。十
四黄既驾，两骖不猗。十一
不失其驰，舍矢如破。十二
萧萧马鸣，悠悠旆旌，十三
徒御不惊，大庖不盈。十四
之子于征，有闻无声，十五
允矣君子，展也大成。十六

【注释】

一、攻：《毛诗故训传》曰“坚”，程俊英《诗经注析》曰“修缮”。同：《毛诗故训传》曰：“齐也。宗庙齐毫，尚纯也。戎事齐力，尚强也。田猎齐足，尚疾也。”

二、庞庞：《毛诗故训传》曰“充实也”，高大健壮。言：语助词。徂：

往。东：东都洛邑，一说东面。

三、田车：畋猎用的车。既好：已经准备好。朱熹《诗集传》曰：“好，善也。”孔：很，甚。阜：高大肥壮。

四、甫：《毛诗故训传》曰“大也”；一说甫田，三家《诗》作圃，古泽薮名，在今河南开封中牟西北。

五、之子：《毛诗故训传》曰“有司也”，一说指周宣王。于：往。苗：夏猎。选：通算，计数。徒：指田猎众人。嚣嚣：《毛诗故训传》：“声也。维数车徒者，为有声也。”马瑞辰《毛诗传笺通释》曰：“此言选徒亦谓具卒徒，嚣嚣为卒徒众多之貌。”高亨《诗经今注》说“选徒指经过选择的猎士”。

六、旐：绘有龟蛇图案的旗。旄：用牦牛尾作竿饰的旗。搏兽：猎取禽兽。敖：地名。

七、奕奕：《齐诗》作“驈驈（yù音玉）”，形容马行疾而从容，高亨《诗经今注》说“高大美盛貌”。

八、芾（fú音福）：《鲁诗》作“绋（fú音福）”，通“韨”，古诸侯官服上的蔽膝。金舄：《毛诗故训传》说“达屦也”，指有金饰的朱色鞋。会同：《毛诗故训传》曰：“时见曰会，殷见曰同。”绎：《毛诗故训传》曰“陈也”，高亨《诗经今注》作“有顺序的样子”；一说络绎不绝。

九、决：通“抉”，《毛诗故训传》曰“钩弦也”，古代用象牙、骨等制成的扳指圈，套在右手大拇指上，用以钩弦。拾：《毛诗故训传》曰“遂也”，射箭时穿的臂衣。佽（cì音次）：《鲁诗》作“次”，《毛诗故训传》曰“利也”，《毛诗故训传笺》曰“谓手指相佽比也”。调：《毛诗故训传笺》曰“谓弓强弱与矢轻重相得”。

十、柴：《鲁诗》作胔，《齐诗》《韩诗》作𦍩；《毛诗故训传》作积也；高亨《诗经今注》借为胔（zì音字），打死的禽兽。《毛诗故训传笺》曰：

“既同，已射，同复将射之位也。虽不中必助中者，举积禽也。”同：协同，一说会合。

十一、骖：驾车时位于两边的马。猗：通倚，依；一说偏。《毛诗故训传》曰：“言御者之良也。”

十二、《毛诗故训传》曰：“言习于射御法也。”《毛诗故训传笺》曰：“御者之良，得舒疾之中。射者之工，矢发则中，如椎破物也。”

十三、萧萧：马鸣声。悠悠：高亨《诗经今注》作旌旗摆动貌；一说旗帜下垂貌，形容军容严肃。朱熹《诗集传》曰：“萧萧、悠悠，皆闲暇之貌。”《毛诗故训传》曰：“言不讙哗也。”

十四、徒：《毛诗故训传》曰“辇也”，一说步卒。御：《毛诗故训传》曰“御马”，一说御夫。庖：厨房。不：“反其言，美之也。”《毛诗故训传笺》曰：“不惊，惊也。不盈，盈也。”一说为否定词。朱熹《诗集传》曰：“不惊，言比卒事不喧哗也。……不盈，言取之有度，不极欲也。”一说语助词；一说通“丕”，大也，甚也。惊：机警。

十五、征：行，王先谦《诗三家义集疏》：“从王行归也。”《毛诗故训传》曰：“有善闻而无喧哗之声。”

十六、允：《毛诗故训传笺》曰：“允，信。展，诚也。大成，谓致太平也。”高亨《诗经今注》：“允读为骏，大也。”

【解题】

这是一首赞扬周宣王的诗。《诗序》曰：“《车攻》，宣王复古也。宣王能内修政事，外攘夷狄，复文、武之境土。修车马，备器械，复会诸侯于东都，因田猎而选车徒焉。”

孔颖达《毛诗正义》曰：“以诗次有义，故序者每乘上篇而详之。言内修政事，外攘夷狄者，由内事修治，故能外平强寇，即上二篇南征、北伐是也。不言蛮，言夷者，总名也。既攘去夷狄，即是复竟土，是为复古也。案：《王制》注以为，武王因殷之地，中国三千，海隅五千。至周公、成王斥大九州之界，乃中国七千，海隅万里。彼注者，据文而言耳，其实武王与成王之时，土境不甚相远也。何则？武王崩后，王室流言，四国皆叛，不暇外讨。三监既定，即为大平，制礼便云大界。以此知其境土广狭不得相悬也。《王制》据其初伐纣言耳。武王之末，境应稍大。言复文、武之境土，以文、武，周之先王，举以言之。此当复成、康之时也。何则？文王未得天下，其境与武王不同，而配武言之，明为先王而言也。成初武末，土境略同，故举文、武而言大界，《王制》之法，据礼为正耳。不然，岂周公数年摄政，能使三倍大于武王？宣王攘去夷狄，仍小成王三倍？且宣王，中兴明君，美其复古，比诸成、康才四分之一，则展也大成，徒虚言耳。若宣王复古，始广三千，则厉王之末，当城坏压境，以文逆意，理在不然，故知复古，复成、康之时。以文、武先生，举而言之耳。”

朱熹《诗集传》曰：“周公相成王营洛邑为东都，以朝诸侯。周室既衰，久废其礼。至于宣王，内修政事、外攘夷狄复文武之境土，修车马、备器械，复会诸侯于东都。因田猎而选车徒焉。故诗人作此以美之。”

周宣王复古，主要体现在恢复封建传统，伐楚后，在南方建立申国，镇抚南方。又改封吕国于申国以西，以为申国之应。封韩侯于韩城，建立韩国，镇抚北方。公元前806年，封弟友于郑（今陕西华县东），建立郑国。在樊（今陕西长安区东南）建立樊国，在杨（今山西洪洞东南），建立杨国。又命仲山甫在齐国筑城，加强东方防御。又恢复兴畋狩之礼，在东都洛邑（今河南洛阳）大会诸侯。

吉日

吉日维戊，既伯既祷。[一]
田车既好，四牡孔阜。
升彼大阜，从其群丑。[二]
吉日庚午，既差我马。
兽之所同，麀鹿麌麌。[三]
漆沮之从，天子之所。[四]
瞻彼中原，其祁孔有。[五]
儦儦俟俟，或群或友。
悉率左右，以燕天子。[六]
既张我弓，既挟我矢。
发彼小豝，殪此大兕。
以御宾客，且以酌醴。[七]

【注释】

一、戊：古人以天干地支纪日。《毛诗故训传》曰：“维戊，顺类乘牡也。”《毛诗故训传笺》曰：“戊，刚日也，故乘牡为顺类也。”伯：古代祭名。祭祀马神。《毛诗故训传》曰：“伯，马祖也。重物慎微，将用马力，必先为之祷其祖。”朱熹《诗集传》曰：“伯，马祖也。谓天驷房星之神也。”《尔雅·释天》曰：“‘既伯既祷’，马祭也。”郭璞《尔雅注》：“伯，祭马祖也。”一说伯通“祃”（mà音骂），古代行军于所止处祭神。

二、丑：众。《毛诗故训传笺》曰：“丑，众也。田而升大阜，从禽兽之群众也。”朱熹《诗集传》曰：“丑，众也，谓禽兽之群众也。”

三、差：选派。《毛诗故训传》曰：“外事以刚日。差，择也。”麀（yōu

音悠）：牝鹿，即雌鹿。《毛诗故训传笺》曰："鹿牝曰麀。"麌麌（yǔ音雨）：群聚貌。《毛诗故训传》曰："麌麌，众多也。"《毛诗故训传笺》曰："同犹聚也。麇（jūn音均）牡曰麌。麌复麌，言多也。"

四、漆、沮：水名。《毛诗故训传》曰："漆沮之水，麀鹿所生也。从漆沮驱禽，而致天子之所。"朱熹《诗集传》曰："漆沮，水名，在西都王畿内，泾渭之北，所谓洛水。今自盐韦流入鄜坊，至同州入河也。戊辰之日既蹈矣，越二日庚午，遂择其马而乘之，视兽之所聚，麀鹿最多之处而从之，于漆沮之旁为盛，宜为天子田猎之所也。"

五、祁：广大。《毛诗故训传》曰："祁，大也。"《毛诗故训传笺》曰："'祁'当作'麎'。麎（chén音辰），麋牝也。中原之野甚有之。"

六、儦儦（biāo音标）：野兽奔跑的样子。俟俟（sì音四）：停止或慢行。《毛诗故训传》曰："趋则儦儦，行则俟俟。"群：成群。友：成双。《毛诗故训传》曰："兽三曰群，二曰友。"燕：乐。朱熹《诗集传》曰："燕，乐也。言从王者视彼禽兽之多，于是率其同事之人各共其事，以乐天子也。"

七、发：发矢。朱熹《诗集传》曰："发，发矢也。"豝（bā音巴）：母猪。《毛诗故训传笺》曰："豕牝曰豝。"殪（yì音义）：杀死。《毛诗故训传》曰："殪，壹发而死。言能中微而制大也。"兕：野牛。朱熹《诗集传》曰："兕，野牛也。言能中微而制大也。"御：进。朱熹《诗集传》曰："御，进也。"醴（lǐ音里）：泛指酒。《毛诗故训传》曰："飨醴，天子之饮酒也。"《毛诗故训传笺》曰："御宾客者，给宾客之御也。宾客谓诸侯也。酌醴，酌而饮群臣，以为俎实也。"朱熹《诗集传》曰："醴，酒名。《周官》五齐，'二曰醴齐'。《注》曰：'醴成而汁滓相将，如今甜酒也。'言射而获禽以为俎实，进于宾客而酌醴也。"

【解题】

这是一首赞扬周宣王的诗。《诗序》曰："《吉日》，美宣王田也。能慎微接下，无不自尽以奉其上焉。"

孔颖达《毛诗正义》曰："作《吉日》诗者，美宣王田猎也。以宣王能慎于微事，又以恩意接及群下，王之田猎能如是，则群下无不自尽诚心以奉事其君上焉。由王如此，故美之也。慎微，即首章上二句是也。接下，卒章下二句是也。四章皆论田猎，言田足以总之。时述此慎微接下二事者，以天子之务，一日万机，尚留意于马祖之神，为之祈祷，能谨慎于微细也。人君游田，或意在适乐，今王求禽兽，唯以给宾，是恩隆于群下也。二者，人君之美事，故时言之也。下无不自尽以奉其上，述宣王接下之义，于《经》无所当也。"

朱熹《诗集传》曰："东莱吕氏曰《车攻》《吉日》所以为复古者，何也？盖搜狩之礼可以见王赋之复焉，可以见军实之盛焉，可以见师律之严焉，可以见上下之情焉，可以见综理之周焉。欲明文武之功业者，此亦足以观矣。"

方玉润《诗经原始》曰："此宣王猎于西都之诗，不过畿内岁时举行之典，与《车攻》之复古制大不相侔。"

鸿雁之什

鸿雁

鸿雁于飞，肃肃其羽。一
之子于征，劬劳于野。二
爰及矜人，哀此鳏寡。三
鸿雁于飞，集于中泽。四
之子于垣，百堵皆作。五
虽则劬劳，其究安宅。六
鸿雁于飞，哀鸣嗷嗷。七
维此哲人，谓我劬劳。八
维彼愚人，谓我宣骄。九

【注释】

一、鸿雁：大雁。《毛诗故训传》曰："大曰鸿，小曰雁。"孔颖达《毛诗正义》曰："鸿、雁俱是水鸟，故连言之。其形鸿大而雁小，嫌其同鸟雌雄之异，故传辨之云'大曰鸿，小曰雁'也。"肃肃：拍打翅膀的声音。《毛诗故训传》曰："兴也。肃肃，羽声也。鸿雁知辟阴阳寒暑。"《毛诗故训传笺》曰："兴者，喻民知去无道，就有道。"《毛诗正义》曰："知避阴阳寒暑者，春则避阳暑而北，秋则避阴寒而南，故并言之。此以所避，兴民避恶，既有所避，自然归善。故笺云‘喻民知去无道，就有道。’离散不得所，是无道。明君安集之，是有道也。言去无道之离散，就有道之安集，所兴一事耳。不谓以厉王无道去之，宣王有道就之，何则？民离散者，岂能逃出中国，远避厉王也？”

二、之子：指服役者。《毛诗故训传》曰：“之子，侯伯卿士也。”《毛诗故训传笺》曰：“侯伯卿士，谓诸侯之伯与天子卿士也。是时民既离散，邦国有坏灭者，侯伯久不述职，王使废于存省，诸侯于是始复之，故美焉。”征：出征。劬劳：辛苦劳累。《毛诗故训传》曰：“劬劳，病苦也。”野：野外。

三、爰：语助词。《毛诗故训传笺》曰：“爰，曰也。”及：加给。矜人：可怜之人。《毛诗故训传》曰：“矜，怜也。”鳏（guān音关）：成年无妻或丧妻的人。寡：指女丧夫。《毛诗故训传》曰：“老无妻曰鳏，偏丧曰寡。”《毛诗故训传笺》曰：“王之意，不徒使此为诸侯之事，与安集万民而已。王曰：当及此可怜之人，谓贫穷者，欲令赒饩之，鳏寡则哀之，其孤独者收敛之，使有所依附。”

四、中泽：泽中。《毛诗故训传》曰：“中泽，泽中也。”《毛诗故训传笺》曰：“鸿雁之性，安居泽中，今飞又集于泽中，犹民去其居而离散，今见还定安集。”

五、垣（yuán音原）：墙。堵：墙。《毛诗故训传》曰：“一丈为版，五版为堵。”《毛诗故训传笺》曰：“侯伯卿士，又于坏灭之国，征民起屋舍，筑墙壁，百堵同时而起。言趋事也。《春秋传》曰：‘五版为堵，五堵为雉。’雉长三丈，则版六尺。”作：修筑。

六、究：究竟。《毛诗故训传》曰：“究，穷也。”宅：住宅。《毛诗故训传笺》曰：“此劝万民之辞，女今虽病劳，终有安居。”《毛诗正义》曰：“言鸿雁性好居泽，今往飞而集于泽中，得其志也。以兴万民亦情乐处家，今还归而止于家中，亦得其欲也。万民得以安处者，其是子侯伯卿士，又于坏灭之国，征民起筑垣墙，令百堵俱起，由是得还定也。又言侯伯卿士劝己万民曰：筑作兴造，虽则今劬劳，其于久得安居，欲使不惮劳也。民喜王使之劝己，故陈辞而美之。”

七、嗷嗷（áo音熬）：哀鸣声。《毛诗故训传》曰：“未得所安集则嗷嗷然。”《毛诗故训传笺》曰：“此之子所未至者。”

八、维：只有。哲人：明理之人。《毛诗故训传笺》曰：“此哲人谓知王之意及之子之事者。”

九、宣骄：放纵。《毛诗故训传》曰：“宣，示也。”《毛诗故训传笺》曰：“谓我役作，众民为骄奢。”

【解题】

这是一首赞美周宣王的诗。《诗序》曰：“《鸿雁》，美宣王也。万民离散，不安其居，而能劳来还定安集之，至于矜寡，无不得其所焉。”《毛诗故训传笺》曰：“宣王承厉王衰乱之敝，而起兴复先王之道，以安集众民为始也。《书》曰：‘天将有立父母，民之有政有居。’宣王之为是务。”

孔颖达《毛诗正义》曰：“作《鸿雁》诗者，美宣王也。由厉王衰乱，万民分离逃散，皆不安止其居处。今宣王始立，能遣侯伯卿士之使，皆就而劳来，今还归本宅安止，安慰而集聚之，使复其居业，为筑宫室。又至于矜寡孤独皆蒙周赡，无不得其所者，由是故美之也。”

朱熹《诗集传》曰：“旧说，周室中衰万民离散，而宣王能劳来还定安集之，故流民喜之而作此诗。”

庭燎

夜如何其？夜未央，庭燎之光。一
君子至止，鸾声将将。二
夜如何其？夜未艾，庭燎晣晣。三
君子至止，鸾声哕哕。四
夜如何其？夜乡晨，庭燎有辉。五
君子至止，言观其旂。六

【注释】

一、夜如何其：夜色是什么时辰？《毛诗故训传笺》曰：“此宣王以诸侯将朝，夜起曰：‘夜如何其？’问早晚之辞。”夜未央：夜未尽，即天没亮。《毛诗故训传》曰：“央，旦也。”《毛诗故训传笺》曰：“夜未央，犹言夜未渠央也。”庭燎：宫廷中用来照明的火烛。《毛诗故训传》曰：“庭燎。大烛。”马瑞辰《毛诗传笺通释》曰：“按：《燕礼》‘宵则庶子执烛于阼阶上，司宫执烛于西阶上，甸人执大烛于庭，阍人为大烛于门外。’《注》‘庭大烛，为位广也。’‘阍人’句内，《唐石经》无大字，王尚书及严学博可均皆以为无大字为是。今按：庭位广，故特用大烛，足见其余皆不用大烛。《毛传》以大烛释庭燎，正庭用大烛之证。今烛以苇为心，灌以脂膏，古烛只用樵薪，或以麻秸为之。《说文》‘蒸析麻中秆’也。《弟子职》‘蒸间容蒸’。《毛诗传》‘氏蒸尽撤屋而继之’皆古烛用麻蒸之证。《周礼·司烜氏》‘共坟烛庭燎’，故书坟为蕡，当从郑司农说，以蕡烛为麻烛。郑康成以坟烛为大烛，因谓‘树于门外曰大烛’，其说非也。此诗《正义》据之，以证大烛与庭燎散文则通，亦误。”

二、君子：朝臣。《毛诗故训传》曰：“君子，谓诸侯也。”止：语气词。鸾声：车铃声。将将：铃声。《毛诗故训传》曰：“将将，鸾镳声也。”

《毛诗故训传笺》曰："夜未央，犹言夜未渠央也，而于庭设大烛，使诸侯早来朝，闻鸾声将将然。"《毛诗正义》曰："宣王以诸侯将朝，遂夜起问左右曰：夜如何其？其，语辞。言夜今早晚如何乎？王问之时，夜犹未渠央矣，而已见庭燎之光。言于时即是庭设大烛，以待诸侯。其君子诸侯以庭燎已设，皆来至止，人闻其鸾声将将然。王勤政事，诚可美矣，而不正其官，失人君之道，故箴之。"

三、艾：尽。朱熹《诗集传》曰："艾，尽。"《毛诗故训传笺》曰："芟末曰艾，以言夜先鸡鸣时。"

四、晣晣（zhì音至）：光亮，亮光。《毛诗故训传》曰："晣晣，明也。"哕哕（huì音会）：有节奏。《毛诗故训传》曰："哕哕，徐行有节也。"

五、乡（xiàng音向）晨：将明。《毛诗故训传笺》曰："晨，明也。"朱熹《诗集传》曰："乡晨，近晓也。"辉（xūn音熏）：火烛将尽时烟光相杂的样子。《毛诗故训传》曰："辉，光也。"朱熹《诗集传》曰："辉，火气也，天欲明，而见其烟光相杂也。"

六、旂：古代画有两龙并在竿头悬铃的旗。《毛诗故训传笺》曰："上二章闻鸾声尔。今夜乡明，我见其旂，是朝之时也。朝礼，别色始入。"

【解题】

这是一首赞美周宣王的诗。《诗序》曰："《庭燎》，美宣王也。因以箴之。"《毛诗故训传笺》曰："诸侯将朝宣王，以夜未央之时，问夜早晚。美者，美其能自勤以政事。因以箴者，王有鸡人之官，凡国事为期，则告之以时，王不正其官，而问夜早晚。"

孔颖达《毛诗正义》曰："因以箴之者，言王虽可美，犹有所失。此失须治，若病之须箴。三章皆美其勤于政事，讥其不正其官，是美而因箴之事也。宣王既在变诗，此言美而箴之，以下规诲为衰失之渐。而首则《六月》《采芑》，末则《斯干》《无羊》，并不言美者，叙以示法。见宣王中兴，置《斯干》《无羊》于末，见终善以隐之。诗承刺后，不可复言其美，故去美以示意。既末不言美，故首亦去美，令始终相准，且见宣王贤君，其诗可以次正，故终始不言美。其间则各从其实也。以此王勤政事，而不正其官，美大过小，得中有失，故美而因箴之。”

沔水

沔彼流水，朝宗于海。[一]
鴥彼飞隼，载飞载止。[二]
嗟我兄弟，邦人诸友。[三]
莫肯念乱，谁无父母。[四]
沔彼流水，其流汤汤。[五]
鴥彼飞隼，载飞载扬。[六]
念彼不迹，载起载行。[七]
心之忧矣，不可弭忘。[八]
鴥彼飞隼，率彼中陵。[九]
民之讹言，宁莫之惩。[十]
我友敬矣，谗言其兴。[十一]

【注释】

一、沔（miǎn音免）：流水很满很大的样子。《毛诗故训传》曰：“沔，水流满也。”马瑞辰《毛诗传笺通释》曰：“沔、衍声相近。”《说文》曰：

“衍，水朝宗于海貌也。”《广韵》引《字统》曰：“衍，水朝宗于海，故从水行。”沔盖衍字之假借。朝宗：《毛诗故训传》曰：“水犹有所朝宗。”《毛诗故训传笺》曰：“水流而入海，小就大也。喻诸侯朝天子亦犹是也。诸侯春见天子曰朝，夏见曰宗。”马瑞辰《毛诗传笺通释》曰：“是古说‘朝宗于海’谓海潮上迎，来受尊礼。”褚斌杰《诗经全注》曰：“本指诸侯朝见天子。这里借指百川所归。”

二、鴥：疾飞貌。隼（sǔn音损）：鹰类猛禽。载：则。《毛诗故训传笺》曰：“载之言则也。言隼欲飞则飞，欲止则止，喻诸侯之自骄恣，欲朝不朝，自由无所在心也。”王先谦《诗三家义集疏》曰：“陈奂云：‘海之朝宗，隼之飞止，两喻皆兴诸侯朝天子。首章言朝，次章言不朝。’愚按：如陈说是。言隼已飞而仍止，飞者遭厉王之乱，止者因宣王之兴也。”

三、嗟：哀叹。

四、莫：不。《毛诗故训传笺》曰：“莫，无也。”念：忧念。《毛诗故训传笺》曰：“无肯念此，于礼法为乱者。”一说为止。马瑞辰《毛诗传笺通释》曰：“念有止义。莫肯念乱，犹言莫肯止乱也。”谁无父母：《毛诗故训传笺》曰：“女谁无父母乎？言皆生于父母也。臣之道，资于事父以事君。”马瑞辰《毛诗传笺通释》曰：“昊天子天子，天子子天下，故《传》以父母为京师，犹《论语》云‘父母之邦’，《孟子》云‘父母之国’也……若泛言父母，则与规宣王无涉。”

五、汤汤：水流浩大的样子。《毛诗故训传》曰：“言放纵无所入也。”《毛诗故训传笺》曰：“汤汤，波流盛貌。喻诸侯奢僭，既不朝天子，复不事侯伯。”

六、载飞载扬：则飞则扬。《毛诗故训传》曰：“言无所定止也。”《毛诗故训传笺》曰：“则飞则扬，喻诸侯出兵，妄相侵伐。”

七、不迹：不按照道路。《毛诗故训传》曰：“不迹，不循道也。”载起载行：则起则走。褚斌杰《诗经全注》曰：“谓坐立不安，彷徨无主。”

八、弭：消除。《毛诗故训传》曰：“弭，止也。”王先谦《诗三家义集疏》曰：“《周语》贾逵注：‘弭，忘也。’是忘与弭同义。”

九、率：沿着。《毛诗故训传笺》曰：“率，循也。隼之性，待鸟雀而食。飞循陵阜者，是其常也。喻诸侯之守职，顺法度者，亦是其常也。”

十、讹：假的。《毛诗故训传笺》曰：“讹，伪也。”宁：为什么。王先谦《诗三家义集疏》曰：“宁，犹胡叶。言民之伪言，胡不禁止之也。”惩：止。《毛诗故训传》曰：“惩，止也。”马瑞辰《毛诗传笺通释》曰：“惩古通作征……杜注：‘征，审也。’征又通证……此诗前二章皆言忧诸侯之不共职，三章乃言诸侯本循其职，而以为不率职者，实王误听伪言之故，故言飞隼犹率其常，而民之伪言乃莫之审，疾王不能察谗也。”

十一、敬：警戒。《毛诗故训传笺》曰：“言诸侯有敬其职、顺法度者。”马瑞辰《诗三家义集疏》曰：“敬者，戒也。”兴：兴起。马瑞辰《毛诗传笺通释》曰：“言苟不知戒则谗言之兴无已。”

【解题】

这是一首规劝周宣王的诗。宣王时诸侯不朝天子，互相侵伐，宣王不能禁止，朝廷之中谗言四起，宣王不能明察。《诗序》曰：“《沔水》，规宣王也。”《毛诗故训传笺》曰：“规者，正圆之器也。规主仁恩也，以恩亲正君曰规。《春秋传》曰：‘近臣尽规。’”

孔颖达《毛诗正义》曰：“作《沔水》诗者，规宣王也。圆者周匝之物，以比人行周备。物有不圆匝者，规之使成圆。人行有不周者，规之使周备，是匡谏之名。刺者，责其为恶。言宣王政教多善，小有不备，今欲规之使备，故言规之，不言刺也。《经》云诸侯不朝天子，妄相侵伐，又谗言将起，王不禁之。欲王治诸侯，察谮佞，皆规王使为善也。”

朱熹《诗集传》曰：“此忧乱之诗。”

鹤鸣

鹤鸣于九皋，声闻于野。[一]
鱼潜在渊，或在于渚。[二]
乐彼之园，爰有树檀，其下维萚。[三]
它山之石，可以为错。[四]
鹤鸣于九皋，声闻于天。
鱼在于渚，或潜在渊。
乐彼之园，爰有树檀，其下维榖。[五]
它山之石，可以攻玉。[六]

【注释】

一、皋：沼泽。九皋，言沼泽极其曲折深远。《毛诗故训传笺》云："鹤在（皋泽）中鸣焉，而野闻其鸣声。兴者，喻贤者虽隐居，人咸知之。"

二、潜：深藏。渊：比较深的水。渚：比较浅的水。《毛诗故训传笺》云："此言鱼之性寒则逃于渊，温则见于渚，喻贤者世乱则隐，治平则出，在时君（同伺，等候也）也。"

三、乐：喜爱。之：《毛诗故训传笺》释为往。爰：《毛诗故训传笺》训为曰，相当于"人们说""或曰"，褚斌杰、程俊英认为是语助词。树檀：有树名檀树，以之喻贤人。萚：枯落的枝叶，以之喻小人，马瑞辰《毛诗传笺通释》则认为，"下章的榖为木名，则此章的萚亦木名，不得泛指落木，疑当读为檡（zhái音宅）"。

四、它山：别的山，指异国。错，"厝"的假借字，《毛诗故训传》云："错，石也，可以琢玉。"指磨石、砺石，雕刻玉的工具。

五、榖：亦称楮树，喻小人。《毛诗故训传》云："榖，恶木也。"

六、攻：同上一章的"错"。

【解题】

这是一首规劝周宣王的诗，劝宣王重视求贤。《诗序》曰："鹤鸣，诲宣王也。"《毛诗故训传笺》曰："诲，教也。教宣王求贤人之未仕者。"

孔颖达《毛诗正义》曰："上言规，此言诲者，规谓正其已失，诲谓教所未知。彼诸侯专恣，是已然之事，故谓之规。此求贤者未是已失，直以意教，故谓之诲。叙者观经而异文。"

朱熹《诗集传》曰："此诗之作，不可知其所由。然必陈善纳诲之辞也。"

祈父

祈父，予王之爪牙。一
胡转予于恤，靡所止居？二
祈父，予王之爪士。三
胡转予于恤，靡所厎止？四
祈父，亶不聪。五
胡转予于恤，有母之尸饔！六

【注释】

一、祈父：官名，也称司马，掌管兵马。一说为掌管边境兵马，一说为掌管都城禁卫兵。《毛诗故训传》曰：“祈父，司马也，职掌封圻之兵甲。”《毛诗故训传笺》曰：“此司马也，时人以其职号之，故曰祈父。《书》曰：‘若畴圻父。’谓司马。司马掌禄士，故司士属焉。又有司右，主勇力之士。”程俊英《诗经译注》曰：“祈父，指掌管都城禁卫的长官，亦称司马，相当于后世的卫戍司令。”祈：圻的假借字。《尚书·酒诰》“圻父薄违”，《左传》引《诗》也作圻父。圻为边境之意，也作畿。祈、圻、畿三字通。孔颖达《毛诗正义》曰：“此职掌封畿兵甲，当作‘畿’字，今作‘圻’，故解之。古者祈、圻、畿同字，得通用，故此作‘祈’，《尚书》作‘圻’。”父：古代对男子的尊称，《鲁诗》作“甫”。予：我。《毛诗故训传笺》云：“予，我。”《韩诗》作“维”。爪牙：本是鸟兽用来保护自己的，这里指卫士，一说指祈父。孔颖达《毛诗正义》曰：“鸟用爪，兽用牙，以防卫己身。此人自谓王之爪牙，以鸟兽为喻也。当为王闲守之卫者，谓防闲守御之卫也。”朱熹《诗集传》曰：“爪牙，鸟兽所用以为威者也。”程俊英《诗经译注》曰：“武将，这里指祈父。”褚斌杰《诗经全注》曰：“用兽的爪、牙，喻卫士的职责。”

二、胡：何，为何，为什么。转：辗转，陷入。一说为移，《毛诗故训传笺》曰：“转，移也。”恤：忧患，一说指忧患的处所。《毛诗故训传》曰：“恤，忧也。宣王之末，司马职废，姜戎为败。”程俊英《诗经译注》曰：“指可忧的战地。”靡：无，没有。所：住所，一说为语中助词，无义。止居：停息安居的地方。《毛诗故训传笺》曰：“此勇力之士责司马之辞也。我乃王之爪牙，爪牙之士当为王闲守之卫，女何移我于忧，使我无所止居乎？谓见使从军，与姜戎战于千亩而败之时也。六军之士，出自六乡，法不取于王之爪牙之士。”朱熹《诗集传》曰：“军士怨于久役。故呼祈父而告之曰：予乃王之爪牙，汝何转我于忧恤之地，使我无所止居乎？”

三、爪士：爪牙之士，即卫士。《毛诗故训传》曰：“士，事也。”马瑞辰《毛诗传笺通释》曰：“按爪士犹言虎士，《周官》（指《周礼·天官》）：‘虎贲氏属有虎士八百人’，即此。《说苑·杂事篇》曰：‘虎豹爱爪’故虎士亦云爪士。虎贲为宿卫之臣，故以移于战争为怨耳。《传》训士为事，失之。”

四、厎（zhǐ音纸）止：停息。《毛诗故训传》曰：“厎，至也。”《尔雅·训诂》曰：“厎，至也。”郝懿行《尔雅义疏》曰：“《释言》云：‘厎，致也。’致亦为至。《书》曰：‘乃言厎可绩’，马融注：‘厎，定也。’定亦为止。《诗》曰：‘靡所厎止，伊于胡厎’，传笺并云：‘厎，至也。’”

五、亶：诚然，确实。《毛诗故训传》曰：“亶，诚也。”不聪：不明，昏庸；一说不聪即不闻，不了解下情。林义光《诗经通解》曰：“不聪，谓不闻人民疾苦。”

六、之：则，就。尸：陈列。《毛诗故训传》曰：“尸，陈也。”一说为失，《白虎通·崩薨篇》曰：“尸之为言失也。”马瑞辰《毛诗传笺通释》曰：“尸饔即谓失饔，谓奉养不能具也。古尸字通借作尸，尸字从尸从死。死、亡同义，亡即失也，故尸亦得训失。”一说，尸是主持、主管的意思，尸饔是主管炊食劳作之事。高亨《诗经选注》：尸与乞，古音相近，且形体相近，“乞”或借或讹作“尸”，故尸饔即乞食之意。饔（yōng音拥）：熟食，一说为祭祀用的熟饭，《韩诗》作“雍”。《毛诗故训传》曰：“熟食曰饔。”许慎《五经异义》引此诗曰：“‘有母之尸饔’，谓陈饔以祭。”陈奂《诗毛氏传疏》曰：“有母之尸饔，有母二字当逗读，‘之’犹则也。言我从军以出，有母不得终养，归则惟陈饔以祭，是可忧也。”《韩诗外传》曰：“往而不可还者，亲也；至而不可加者，年也。是故孝子欲养而亲不待也，木欲直而时不待也。”下引《诗》曰：“有母之尸饔。”《毛诗故训传笺》云：“已从军，而母为父陈馔饮食之具，自伤不得供养也。”朱熹《诗集传》曰：“言不得奉养，而使母反主劳苦之事也。”

【解题】

这是一首讽谏周宣王用人不当的诗。《诗序》曰："《祈父》，刺宣王也。"《毛诗故训传笺》曰："刺其用祈父不得其人也。官非其人则职废。祈父之职，掌六军之事，有九伐之法。祈、圻、畿同。"

孔颖达《毛诗正义》曰："《经》二章皆勇力之士，责祈父之辞，举此以刺王也。"

朱熹《诗集传》曰："《序》以为刺宣王之诗。说者又以为宣王三十九年，战于千亩，王师败绩于姜氏之戎，故军士怨而作此诗。东莱吕氏曰：太子晋谏灵王之词曰：自我先王厉、宣、幽、平而贪天祸，至于今未弭。宣王中兴之主也。至与幽、厉并数之，其词虽过，观是诗所刺，则子晋之言，岂无所自欤？但今考之诗文，未有以见其必为宣王耳。"

程俊英《诗经译注》曰："这是一位王都卫士斥责司马的诗。原来卫士是保卫都城王宫，现在让他出征抵抗戎人，所以怨愤而作此诗。"

白驹

皎皎白驹，食我场苗。一
絷之维之，以永今朝。二
所谓伊人，于焉逍遥？三
皎皎白驹，食我场藿。四
絷之维之，以永今夕。
所谓伊人，于焉嘉客？五
皎皎白驹，贲然来思。六
尔公尔侯，逸豫无期？七

慎尔优游，勉尔遁思。[八]
皎皎白驹，在彼空谷。[九]
生刍一束，其人如玉。[十]
毋金玉尔音，而有遐心。[十一]

【注释】

一、皎皎：洁白的样子。驹：小马。朱熹《诗集传》曰：“驹，马之未壮者，谓贤者所乘也。”高亨《诗经今注》曰：“马六尺为驹。”场：菜圃。《毛诗正义》曰：“《七月》注云：‘春夏为圃，秋冬为场。’《场人》注云：‘场，筑地为墠，季秋除圃中为之。’此宜云圃，而言场者，以场、圃同地耳，对则四时异名，散则继其本地，虽夏亦名场也。”陈奂《诗毛氏传疏》曰：“场、圃同地，场即圃也。”

二、絷（zhí音执）：拴住马足。维：系，拴缚。程俊英等《诗经注析》曰：“絷，用绳子拴住马足。”“维，把马缰绳系在树上。”《毛诗故训传》曰：“絷，绊。维，系也。”《毛诗正义》曰：“僖二十八年《左传》曰：‘羁靮鞅靽。’杜预云：‘在后曰靽。’则絷之谓绊其足，维之谓系靮也。”朱熹《诗集传》曰：“絷，绊其足，维，系其靷也。”永：延长。《毛诗故训传笺》曰：“永，久也。”一说，尽。

三、焉：哪里。逍遥：悠游自乐的样子。《毛诗正义》曰：“宣王之末，不能用贤，有贤人乘皎皎然白驹而去者。我原其乘此白驹而来，食我场中之苗。我则絷绊之，维持之。谓绊絷其马，留其人，以久今日之朝。既思而不来，又述而言曰：所谓是乘白驹而去之贤人，今于何处逍遥游息乎？不知所适，言思见之甚也。以久今朝者，得贤人与之言话，则今日可长久。”

四、藿（huò音或）：豆叶，嫩时可食。《毛诗故训传》曰：“藿犹苗也。”程俊英等《诗经注析》曰：“藿，豆叶。”

五、嘉客：程俊英等《诗经注析》曰：“快乐地作客。”《尔雅·释诂》曰：“嘉，乐也。”

六、贲（bēn音奔）：黄白色，形容骑马者的服侍。《易·序卦》曰：“贲，饰。”《易·象》曰：“山下有火，贲。”《毛诗正义》曰：“贲卦离下艮上，艮为山，离为火，故言山下有火，以火照山之石，故黄白色也。其卦名曰贲者，郑云：‘离为日，日，天文也。艮为石，地文也。天文在下，地文在上，天地之文，交相而成，贲贲然是也。’此贲贲必为贤者之貌。《笺》《传》不言貌，此思贤者，当以车服表之。皎皎为马之貌，贲不宜为人之貌，盖谓其衣服之饰也。”朱熹《诗集传》曰：“贲然，光彩之貌也。或以为来之疾也。”一说，贲通“奔”，指马迅速地奔跑。马瑞辰《毛诗传笺通释》曰：“《释文》曰：‘贲，徐音奔。’奔、贲古通用。”

七、逸：安逸。豫：快乐。《尔雅·释诂》曰：“豫，乐也。”一说，大。《说文》曰：“豫，象之大者。”段玉裁注：“引申之，凡大皆称豫。”无期：没有期限。

八、慎：《毛诗故训传》曰：“慎，诚也。”勉：勉励。遁：遁逃，遁隐。《毛诗正义》曰：“言有贤人乘皎皎然白驹而去者，其服贲然而有盛饰。已原其来，思而得见之也。既愿而来，即责之：公侯之尊，可得逸豫。若非公侯，无逸豫之理。尔岂是公也？尔岂是侯也？何为亦逸豫无期以反乎？思而不来，设言与之诀。汝诚在外优游之，事勉力行，汝遁思之志，勿使不终也。极而与之自诀之辞也。”

九、空谷：空，大。《毛诗故训传》曰：“空，大也。”程俊英的《诗经注析》曰：“空，穹的假借字。空谷，深大的山谷。《文选》班固《西都赋》，曹操《苦寒行》注引《韩诗》作‘在彼穹谷。’《尔雅·释诂》曰：‘穹，大也。’”

十、生刍（chú音除）：鲜草也。刍：喂牲畜的草。

十一、金玉：此处用作动词，珍惜。王先谦《诗三家义集疏》曰：“金玉者，珍重爱惜之意，恐其别后不通音问。”遐：疏远。《毛诗正义》曰：“言有乘皎皎然白驹而去之贤人，今在彼大谷之中矣。思而不见，设言形之。汝于彼所至，主人礼饩待汝虽薄，止有其生刍一束耳，当得其人如玉者而就之，不可以贪饩而弃贤也。又言我思汝甚矣，汝虽不来，当传书信，毋得金玉汝之音声于我。谓自爱音声，贵如金玉，不以遗开我，而有疏远我之心。已与之有恩，恐遂疏己，故以恩责之，冀音信不绝。”

【解题】

这是一首讽谏周宣王不能任用贤人的诗。《诗序》曰：“白驹，大夫刺宣王也。”《毛诗故训传笺》曰：“刺其不能留贤也。”

朱熹《诗集传》曰：“为此诗者，以贤者之去而不可留也，故托以其所乘之驹，食我场苗，而絷维之，庶几以永今朝，使其人得以于此逍遥而不去。若后人留客，而投其辖于井中也。”

黄鸟

黄鸟黄鸟，无集于穀，无啄我粟。一
此邦之人，不我肯穀。二
言旋言归，复我邦族。三
黄鸟黄鸟，无集于桑，无啄我粱。
此邦之人，不可与明。四
言旋言归，复我诸兄。五
黄鸟黄鸟，无集于栩，无啄我黍。六

此邦之人，不可与处。[七]
言旋言归，复我诸父。[八]

【注释】

一、榖：楮树。《毛诗故训传》曰：“兴也。黄鸟，宜集木啄粟者。”《毛诗故训传笺》曰：“兴者，喻天下室家不以其道而相去，是失其性。”高亨《诗经今注》：此句用鸟的吃粮食比喻地主的剥削。

二、榖：善，好。如“榖旦”。不我肯榖：《毛诗故训传笺》：“不肯以善道与我。”

三、言旋言归：回旋还归。言：助词，《毛诗故训传笺》：我，高亨《诗经今注》：于是。复：返回。邦族：邦国族人。

四、不可与明：《毛诗故训传》：“不可与明夫妇之道。”《毛诗故训传笺》：明当为盟，信也。

五、诸兄：同族兄弟。《毛诗故训传》曰：“妇人有归宗之义。”《毛诗故训传笺》曰：“宗，谓宗子也。”

六、栩：栎树。

七、处：居，相处。

八、诸父：同族叔伯。

【解题】

这是一首讽刺周宣王后期不能用贤，社会渐趋混乱，民不聊生的诗。《诗序》曰：“《黄鸟》，刺宣王也。”《毛诗故训传笺》曰：“刺其以阴礼（女礼也）教亲而不至，联兄弟之不固。”

孔颖达《毛诗正义》曰：“《笺》解妇人自为夫所出，而以刺王之由。刺其以阴礼教男女之亲，而不至笃联结其兄弟。夫妇之道不能坚固，令使夫妇相弃，是王之失教，故举以刺之也。”

朱熹《诗集传》曰：“民适异国，不得其所，故作此诗。”又曰：“东莱吕氏曰，宣王之末，民有失所者，意他国之可居也。及其至彼，则又不若故乡焉，故思而欲归。使民如此，亦异于还定安集之时矣。今按诗文，未见其为宣王之世。”

我行其野

我行其野，蔽芾其樗。[一]
昏姻之故，言就尔居。[二]
尔不我畜，复我邦家。[三]
我行其野，言采其蓫。[四]
昏姻之故，言就尔宿。
尔不我畜，言归斯复。
我行其野，言采其葍。[五]
不思旧姻，求尔新特。[六]
成不以富，亦祇以异。[七]

【注释】

一、蔽：遮蔽。芾（fú音福）：草木茂盛的样子。樗：木名，即臭椿。《毛诗故训传》曰：“樗，恶木也。”《毛诗故训传笺》曰：“樗之蔽芾始生，谓仲春之时，嫁取之月。”

二、昏：同“婚”。《毛诗故训传笺》曰：“妇之父，婿之父，相谓昏姻。”《召南·摽有梅》曰：“求我庶士，迨其谓之。”朱熹《诗集传》曰：“但相告语而约可定矣。”故：缘故。《毛诗故训传笺》曰：“我乃以此二父之命，故我就女居。我岂其无礼来乎！责之也。”

三、畜：养。《毛诗故训传》曰：“畜，养也。”《毛诗故训传笺》曰：“宣王之末，男女失道，以求外昏，弃其旧姻而相怨。”

四、蓫（chù音处）：植物名，又叫羊蹄菜。《毛诗故训传》曰：“蓫，恶菜也。”《毛诗故训传笺》曰：“蓫，牛蘈也，亦仲春时生，可采也。”朱熹《诗集传》曰：“蓫，牛蘈，恶菜也，今人谓之羊蹄菜。”

五、葍（fú音福）：草名。《毛诗故训传》曰：“葍，恶菜也。”《毛诗故训传笺》曰：“葍，䕬也，亦仲春时生，可采也。”

六、特：配偶。朱熹《诗集传》曰：“特，匹也。”《毛诗故训传》曰：“新特，外昏也。”《毛诗故训传笺》曰：“婿之父曰姻。我采葍之时，以礼来嫁女。女不思女老父之命而弃我，而求女新外昏特来之女。责之也，不以礼嫁，必无肯媵之。”

七、成：确实。《毛诗故训传笺》曰：“女不以礼为室家，成事不足以得富也。亦适以此自异于人道，言可恶也。”朱熹《诗集传》曰：“言尔之不思旧姻，而求新匹也。虽实不以彼之富而厌我之贫，亦只以其新而异于故耳。此见诗人责人忠厚之意。”朱熹《诗集传》云：“王氏曰：先王躬行仁义以道民，厚矣。犹以为未也，又建官置师，以孝、友、睦、姻、任、恤六行教民。为其有父母也，故教以孝。为其有兄弟也，故教以友。为其有同姓也，故教以睦。为其有异姓也，故教以姻。为邻里乡党相保相爱也，故教以任。相赒（zhōu音周）相救也，故教以恤。以为徒教之或不率也，于是乎有不孝、不睦、不姻、不弟、不任、不恤之刑焉。方是时也，安有如此诗所刺之民乎！”

【解题】

这是一首讽刺周宣王后期德衰，婚俗淫乱的诗。《诗序》曰：“《我行其野》，刺宣王也。”《毛诗故训传笺》曰：“刺其不正嫁取之数而有荒政，多淫昏之俗。”

孔颖达《毛诗正义》曰：“凡嫁娶之礼，天子诸侯一娶不改。其大夫以下，其妻或死或出，容得更娶。非此亦不得更娶。此为嫁娶之数，谓礼数也。昭三年《左传》子大叔谓梁丙、张趯说朝聘之礼。张趯曰：‘善哉，吾得闻此数。’是谓礼为数也。今宣王之末，妻无犯七出之罪，无故弃之更昏，王不能禁，是不能正其嫁娶之数。《大司徒》曰：‘以荒政十有二，聚万民。十曰多昏。’注曰：‘荒，凶年也。郑司农云：“多昏，不备礼而娶，昏者多也。”’彼谓国家凶荒，民贫不能备礼，乃宽之，使不备礼物，而民多得昏。今宣王之时，非是凶年，亦不备礼多昏。丰年而有此俗，故刺王也。《经》云‘求尔新特’，言其不以礼来，不肯媵。是当时不备礼而昏也。诗所述者，一人而已。但作者总一国之事而为辞，故知此不以礼昏成风俗也。”

朱熹《诗集传》曰：“民适异国，依其婚姻而不见收恤，故作此诗。言我行于野中，依恶木以自蔽，于是思婚姻之故。而就尔居，而尔不我畜也，则将复我之邦家矣。”又曰：“王氏曰，先王躬行仁义，以道民厚矣。犹以为未也。又建官置师，以孝、友、睦、姻、任、恤六行教民。为其有父母也，故教以孝。为其有兄弟也，故教以友。为其有同姓也，故教以睦。为其有异姓也，故教以姻。为邻里乡党相保相爱也，故教以任。相赒相救也，故教以恤。以为徒教之或不率也，故使官师以时书其德行而劝之。以为徒劝之或不率也，于是乎有不孝、不睦、不姻、不弟、不任、不恤之刑焉。方是时也，安有如此诗所刺之民乎？”

方玉润《诗经原始》曰：“说见前篇《黄鸟》，而词较迫，以人愈亲而情愈见其薄耳。”

斯干

秩秩斯干，幽幽南山。[一]
如竹苞矣，如松茂矣。[二]
兄及弟矣，式相好矣，无相犹矣。[三]
似续妣祖，筑室百堵，西南其户。[四]
爰居爰处，爰笑爰语。[五]
约之阁阁，椓之橐橐。[六]
风雨攸除，鸟鼠攸去，君子攸芋。[七]
如跂斯翼，如矢斯棘，如鸟斯革。[八]
如翚斯飞，君子攸跻。[九]
殖殖其庭，有觉其楹。[十]
哙哙其正，哕哕其冥，君子攸宁。[十一]
下莞上簟，乃安斯寝。[十二]
乃寝乃兴，乃占我梦。[十三]
吉梦维何？维熊维罴，维虺维蛇。[十四]
大人占之，维熊维罴，男子之祥；维虺维蛇，女子之祥。[十五]
乃生男子，载寝之床，载衣之裳，载弄之璋。[十六]
其泣喤喤，朱芾斯皇，室家君王。[十七]
乃生女子，载寝之地，载衣之裼，载弄之瓦。[十八]
无非无仪，唯酒食是议，无父母诒罹。[十九]

【注释】

一、秩秩：有序的样子。《毛诗故训传》曰："秩秩，流行也。"朱熹

《诗集传》曰："秩秩，有序也。"斯：此。干：同"涧"，山涧流水。《毛诗故训传》曰："干，涧也。"幽幽：深远的样子。《毛诗故训传》曰："幽幽，深远也。"《毛诗故训传笺》曰："兴者，喻宣王之德，如涧水之源，秩秩流出，无极已也。国以饶富，民取足焉，如于深山。"南山：终南山。朱熹《诗集传》曰："南山，终南之山也。"

二、苞：丛生；茂密。《毛诗故训传》曰："苞，本也。"朱熹《诗集传》曰："苞，丛生而固也。"《毛诗故训传笺》曰："言时民殷众，如竹之本生矣；其佼好，又如松柏之畅茂矣。"

三、式：语助词，无义。犹：欺诈。《毛诗故训传》曰："犹，道也。"《毛诗故训传笺》曰："'犹'当做'瘉（yù音玉）'。瘉，病也。言时人骨肉用是相爱好，无相诟病也。"朱熹《诗集传》曰："犹，谋。"

四、似：同"嗣"，继。《毛诗故训传》曰："似，嗣也。"《毛诗故训传笺》曰："似读如巳午之巳。"妣（bǐ音比）祖：称祖母和祖母辈以上的女性祖先。朱熹《诗集传》曰："妣先于祖者，协下韵尔。或曰，谓姜嫄、后稷也。"《毛诗故训传笺》曰："巳续妣祖者，谓巳成其宫庙也。妣，先妣姜嫄也。祖，先祖也。"堵：古代筑墙的计量单位名。古以版筑法筑土墙，一版之长，五版之高，为堵。西南其户：门户向西开，向南开。《毛诗故训传》曰："西乡（xiàng音向）户，南乡户也。"《毛诗故训传笺》曰："此筑室者，谓筑燕寝也。百堵，百堵一时起也。天子之寝有左右房，西其户者，异于一房者之室户也。又云南其户者，宗庙及路寝，制如明堂，每室四户，是室一南户尔。"

五、爰：语助词。《毛诗故训传笺》曰："爰，于也。于是居，于是处，于是笑，于是语。言诸寝之中，皆可安乐。"《毛诗正义》曰："居，处义同。以寝非一，散言之耳。此文虽承燕寝之下，理亦兼有路寝。《周礼》注云：'王路寝一，小寝五。'下云：'后六宫。'此文亦可兼之，故云'诸寝之中，皆可安乐。'"

六、约：捆。《毛诗故训传》曰："约，束也。"《毛诗故训传笺》曰："约谓缩板也。"阁阁：象声词。《毛诗故训传》曰："阁阁，犹历历也。橐橐（tuó音驼），用力也。"椓（zhuó音卓）：敲打，槌击。《毛诗故训传笺》曰："椓谓擣土也。"橐橐：象声词。朱熹《诗集传》曰："橐橐，杵声也。"

七、攸（yōu音忧）：语助词。除：除去。朱熹《诗集传》曰："除，亦去也。"去：离开。芋：屋子。《毛诗故训传》曰："芋，大也。"《毛诗正义》曰："孙毓云：'宫室既成，君子处之，所以为自光大。'"

八、跂（qǐ音企）：同"企"，耸立。朱熹《诗集传》曰："跂，竦立也。"翼：端庄的样子。《毛诗故训传》曰："如人之跂竦翼尔。"棘：同"急"。朱熹《诗集传》曰："棘，急也。"一说为武器名。《毛诗故训传》曰："棘，棱廉也。"《毛诗故训传笺》曰："棘，戟也，如人挟弓矢戟其肘，如鸟夏暑希张其翼时。"革：翅膀。《毛诗故训传》曰："革，翼也。"

九、翚（huī音灰）：五彩山雉。跻（jī音激）：升登，达到。《毛诗故训传》曰："跻，升也。"《毛诗故训传笺》曰："伊洛而南，素质，五色皆备成章，曰翚。此章四如者，皆谓廉隅之正。"《毛诗正义》曰："此言'攸跻'，则是君子升下登上之辞。王所尊者，唯宗庙耳。故知此章主宗庙，言祭祀之时；下章主寝室，言燕息之时。"

十、殖殖：平正的样子。《毛诗故训传》曰："殖殖，言平正也。"有觉：高大的样子。《毛诗故训传》曰："有觉，言高大也。"《毛诗故训传笺》曰："觉，直也。"《毛诗正义》曰："觉之为训，为大为直，故《礼记》注云'觉，大也，直也。'《传》以屋之为美，在于高大，《笺》以柱之为善，贵于调直，故异训也。"朱熹《诗集传》曰："觉，高大而直也。"楹：柱子。朱熹《诗集传》曰："楹，柱也。"

十一、哙哙（kuài音快）：明亮的样子。《毛诗故训传笺》曰："哙哙，犹快快也。"正：白天。《毛诗故训传》曰："正，长也。"《毛诗故训传笺》曰："正，昼也。"哕哕：言室大且深，故幽暗的样子。朱熹《诗集传》曰：

“哕哕，深广之貌。”马瑞辰《毛诗传笺通释》曰：“哕哕犹昧昧，是状其室之深暗。”冥：晚上。《毛诗故训传》曰：“冥，幼也。”《毛诗故训传笺》曰：“哕哕，犹煟煟也。冥，夜也。言居之昼日则快快然，夜则煟煟然，皆宽明之貌。”

十二、莞（guān音关）：草席。簟：供坐卧铺垫用的苇席或竹席。《毛诗故训传笺》曰：“莞，小蒲之席也。竹苇曰簟。寝既成，乃铺席与群臣安燕为欢以落之。”

十三、兴：起来。《毛诗故训传》曰：“言善之应人也。”《毛诗故训传笺》曰：“兴，夙兴也。有善梦则占之。”

十四、维何：怎么样。罴（pí音皮）：熊的一种。俗称人熊或马熊。虺（huǐ音悔）：蜥蜴类动物。《毛诗故训传笺》曰：“熊罴之兽，虺蛇之虫，此四者，梦之吉祥也。”《毛诗正义》曰：“宣王命人下铺莞蒲，上施簟席，乃与群臣安燕为欢乐于此寝室之中。欢乐已讫，乃于其中寝寐焉。至晨乃兴起焉。于寐时有梦，乃占我所梦之事。其吉梦维何事乎？维梦见熊罴与虺蛇耳。言乃占我梦者，王自言己梦，命人占之。下云‘大人占之’，乃是他人为王占梦也。言吉梦者，当时未有吉凶，据后占之为吉，故探言焉。此‘乃安斯寝’之下无《传》，毛氏为燕以否，未可明也。”朱熹《诗集传》曰：“罴，似熊而长头高脚，猛憨多力，能拔树。虺，蛇属，细颈大头，色如文绶，大者长七八尺。”

十五、大人：占卜之人。祥：吉祥。《毛诗故训传笺》曰：“大人占之，谓以圣人占梦之法占之也。熊罴在山，阳之祥也，故为生男。虺蛇穴处，阴之祥也，故为生女。”《毛诗正义》曰：“以占梦之官，中士耳，而言大人占之，明其法大人所为，故云‘圣人占梦之法占之’。圣人有法解则占之，故《左传》文公之梦，子犯占之；简子之梦，问诸史墨，不必要占梦之官乃得占也。”朱熹《诗集传》曰：“熊罴，阳物，在山，强力壮毅，男子之祥也。虺蛇，阴物，穴处，柔弱隐伏，女子之祥也。”

十六、载：语助词。衣：穿。裳：下裙。弄：玩弄。璋：玉器。《毛诗故训传》曰："半珪曰璋。裳，下之饰也。璋，臣之职也。"《毛诗故训传笺》曰："男子生而卧于床，尊之也。裳，昼日衣也。衣以裳者，明当主于外事也。玩以璋者，欲其比德焉。正以璋者，名成之有渐。"

十七、喤喤（huáng音黄）：象声词。芾（fú音福）：通"韨"。古诸侯官服上的蔽膝。皇：同"煌"，辉煌。《毛诗故训传笺》曰："皇犹煌煌也。芾者，天子纯朱，诸侯黄朱。室家，一家之内。宣王将生之子，或且为诸侯，或且为天子，皆将佩朱芾煌煌然。"孔颖达《毛诗正义》曰："《笺》以下章与此相对。以下女子寝之地，明男子生而卧之床，尊之也。以下'载衣之裼'，裼是夜卧之衣，故云'裳，昼日衣'也。一昼一夜，明取内外为义，故知男子衣以裳、命玩以璋者，亦男子之所有事。君子于玉比德焉，故知以璋欲其比德也。玉不用圭而以璋者，明成人之由渐。璋是圭之半，故言渐也。下句乃言'其泣喤喤'，则此所陈，皆在孩幼。"

十八、瓦：古代泥土烧制的纺锤。《毛诗故训传》曰："裼，褓也。瓦，纺砖也。"《毛诗故训传笺》曰："卧于地，卑之也。褓，夜衣也。明当主于内事。纺砖，习其一有所事也。"

十九、无非无仪：没有礼仪。罹（lí音离）：忧惧；忧惧的事，苦难。《毛诗故训传》曰："妇人质无威仪也。罹，忧也。"《毛诗故训传笺》曰："仪，善也。妇人无所专于家事，有非非妇人也，有善亦非妇人也。妇人之事，惟议酒食尔，无遗父母之忧。"

【解题】

这是一首周宣王庆祝宫庙建成的诗。《诗序》曰："《斯干》，宣王考室也。"《毛诗故训传笺》曰："考，成也。德行国富，人民殷众，而皆佼好，骨肉和亲。宣王于是筑宫庙群寝，既成而衅之，歌《斯干》之诗以落之。此之谓成室。宗庙成，则又祭祀先祖。"

孔颖达《毛诗正义》曰："作《斯干》诗者，宣王考室也。考，成也。宣王既德行民富，天下和亲，乃筑庙寝成，而与群臣安燕而乐之。此之谓成室也。人之所居曰室，宫寝称室，是其正也。但君子将营宫室，宗庙为先，故郑以为亦修宗庙，室是总称，言室足以兼之。毛传不言庙。王肃云：'宣王修先祖宫室，俭而得礼。'孙毓云：'此宣王考室之诗，无作宗庙之言。'孙、王并云述毛，则毛意此篇不言庙也。筑室必先修庙，但作者言不及耳。《经》虽皆是考室之事，正指其文，则'乃安斯寝'是也。故《笺》云：'寝既成，乃铺席与群臣安燕为欢以乐之。'是考室之事也。宣王中兴，贤君其所以作者，非欲崇饰奢侈、妨害民务，国富民丰乃造之耳。故首章言天下亲富，二章乃作之，三章言作之攻坚，四章言得其形制，五章言庭室宽明，六章乃言考之也。既考之后，居而寝宿。下至九章，言其梦得吉祥，生育男女，贵为王公，庆流后裔，因考室而得然，故考室可以兼之也。"

朱熹《诗集传》曰："旧说厉王既流于彘，宫室圮坏。故宣王即位，更作宫室，既成而落之。今亦未有以见其必为是时之诗也。或曰，仪礼下管新宫。《春秋传》宋元公赋新宫，恐即此诗。然亦未有明证。"

无羊

谁谓尔无羊？三百维群。一
谁谓尔无牛？九十其犉。二
尔羊来思，其角濈濈。三
尔牛来思，其耳湿湿。四
或降于阿，或饮于池，或寝或讹。五
尔牧来思，何蓑何笠，或负其糇。六

三十维物，尔牲则具。[七]

尔牧来思，以薪以蒸，以雌以雄。[八]

尔羊来思，矜矜兢兢，不骞不崩。[九]

麾之以肱，毕来既升。[十]

牧人乃梦，众维鱼矣，旐维旟矣。[十一]

大人占之，众维鱼矣，实维丰年；旐维旟矣，室家溱溱。[十二]

【注释】

一、三百：虚数，表明多。黄焯《毛诗郑笺平议》：“此诗言羊‘三百维群’，牛之犉者‘九十’，亦为虚数，《毛诗故训传笺》谓羊三百头，牛九十头，恐非诗旨。”维：为。

二、犉（chún音纯）：身长七尺的牛，泛指大牛。《毛诗故训传》曰：“黄牛黑唇曰犉。”《毛诗故训传笺》曰：“宣王复古之牧法，汲汲于其数，故歌此诗以解之也。谁谓女无羊？今乃三百头为一群。谁谓女无牛？今乃犉者九十头。言其多矣，足如古也。”朱熹《诗集传》曰：“黄牛黑唇曰犉，羊以三百为群，其群不可数也。牛之犉者九十，非犉者尚多也。”马瑞辰《毛诗传笺通释》曰：“《尔雅》又云‘牛七尺为犉’，诗义取此，极言肥大者之多尔。下章明言‘三十维物’，若云黄牛黑唇者有九十，则与‘三十维物’句不合。”

三、思：语助词。濈濈（jí音及）：同“戢戢”，聚集。《毛诗故训传》曰：“聚其角而息，濈濈然。”《毛诗故训传笺》曰：“言此者，美畜产得其所。”

四、湿湿：牛反刍时耳朵动的样子。《毛诗故训传》曰：“呞而动其耳湿湿然。”

五、阿：小山坡。讹：通“吪”，行动、移动。《毛诗故训传》曰：“讹，动也。”《毛诗故训传笺》曰：“言此者，美其无所惊畏也。”

六、何：同“荷”，披戴。蓑：蓑衣。负：背着。糇：干粮。《毛诗故训传》曰：“何，揭也。蓑所以备雨，笠所以御暑。”《毛诗故训传笺》曰：“言此者，美牧人寒暑饮食有备。”

七、物：颜色。牲：供祭祀、盟誓和食用的家畜。《毛诗故训传》曰：“异毛色者三十也。”《毛诗故训传笺》曰：“牛羊之色异者三十，则女之祭祀，索则有之。”《毛诗正义》曰：“《经》言‘三十维物’，则每色之物皆有三十，谓青赤黄白黑，毛色别异者各三十也。祭祀之牲，当用五方之色，故《毛诗故训传笺》曰：‘女之祭祀，索则有之。’”

八、薪：粗柴火。蒸：细柴火。《毛诗故训传笺》曰：“此言牧人有余力，则取薪蒸、搏禽兽以来归也。粗曰薪，细曰蒸。”雌、雄：指捕捉到的禽兽。朱熹《诗集传》曰：“雌雄，禽兽也。”

九、矜矜兢兢：坚强的样子。《毛诗故训传》曰：“矜矜兢兢，以言坚强也。”褚斌杰《诗经全注》：小心谨慎的样子。骞：亏损，羊不肥。一说走失。崩：羊有病。一说为走散。《毛诗故训传》曰：“骞，亏也。崩，群疾也。”褚斌杰《诗经全注》曰：“骞：亏损，走失。崩：散群，走散。”王先谦《诗三家义集疏》曰：“胡承珙云：‘骞，谓羊不肥。崩，谓羊有疾。’《齐民要术》曰：‘羊有疾，辄相污。’又云：‘羊有疥者，间别之，不别相污，或能合群致死。’”

十、麾：同“挥”，谓举起。肱（gōng音公）：手臂。《毛诗故训传》曰：“肱，臂也。”毕：全。既：都。朱熹《诗集传》曰：“既，尽也。”升：入圈。《毛诗故训传》曰：“升，升入牢也。”《毛诗故训传笺》曰：“此言扰驯从人意也。”

十一、众：同“螽”，蝗虫。维：语助词。旐：古代画有龟蛇图象的旗。旟：古代画有鸟隼图象的军旗。《毛诗故训传笺》曰：“牧人乃梦见人众相与捕鱼，又梦见旐与旟。占梦之官得而献之于宣王，将以占国事也。”

十二、大人：占卜之人。溱溱（zhēn音真）：多。《毛诗故训传》曰：

"溱溱，众也。旐旟所以聚众也。"《毛诗故训传笺》曰："溱溱，子孙众多也。"《毛诗正义》曰："牧人所牧既服，乃复为王兴梦。梦见众人维相与捕鱼矣，又梦见旐维旟矣。牧人既为此梦，以告占梦之官，占梦之官又献之于王。王乃令以大人占梦之法占之。梦见众维鱼矣者，'实维丰年'，是岁熟相供之祥。梦见旐维旟矣者，'室家溱溱'，是男女众多之象。岁熟民滋，是国之休庆也。"

【解题】

这是一首周宣王赞扬牧人称职之诗。《诗序》曰："《无羊》，宣王考牧也。"《毛诗故训传笺》曰："厉王之时，牧人之职废。宣王始兴而复之，至此而成，谓复先王牛羊之数。"

孔颖达《毛诗正义》曰："作《无羊》诗者，言宣王考牧也。谓宣王之时，牧人称职，牛羊复先王之数，牧事有成，故言考牧也。《经》四章，言牛羊得所，牧人善牧，又以吉梦献王，国家将有休庆，皆考牧之事也。"又曰："此美其新成，则往前尝废，故本厉王之时。今宣王始兴而复之，选牧官得人，牛羊蕃息，至此而牧事成功，故谓之考牧。又解成者，正谓复先王牛羊之数也。言至此而成者，初立牧官，数未即复，至此作诗之时而成也。"

节南山之什

陆德明《经典释文·毛诗音义》曰："从此至《何草不黄》，凡四十四篇，前儒申毛，皆以为幽王之变小雅。郑以《十月之交》以下四篇，是厉王之变小雅。汉兴之初，师移其篇次，毛为《诂训》，因改其第焉。"

节南山

节彼南山，维石岩岩。一
赫赫师尹，民具尔瞻。二
忧心如惔，不敢戏谈。三
国既卒斩，何用不监！四
节彼南山，有实其猗。五
赫赫师尹，不平谓何。六
天方荐瘥，丧乱弘多。七
民言无嘉，憯莫惩嗟。八
尹氏大师，维周之氐；九

秉国之均，四方是维。[十]
天子是毗，俾民不迷。[十一]
不吊昊天，不宜空我师。[十二]

弗躬弗亲，庶民弗信。[十三]
弗问弗仕，勿罔君子。[十四]
式夷式已，无小人殆。[十五]
琐琐姻亚，则无膴仕。[十六]
昊天不佣，降此鞠讻。[十七]
昊天不惠，降此大戾。[十八]
君子如届，俾民心阕。[十九]
君子如夷，恶怒是违。[二十]
不吊昊天，乱靡有定。[二十一]
式月斯生，俾民不宁。[二十二]
忧心如酲，谁秉国成？[二十三]
不自为政，卒劳百姓。[二十四]
驾彼四牡，四牡项领。[二十五]
我瞻四方，蹙蹙靡所骋。[二十六]
方茂尔恶，相尔矛矣。[二十七]
既夷既怿，如相酬矣。[二十八]
昊天不平，我王不宁。[二十九]
不惩其心，覆怨其正。[三十]
家父作诵，以究王讻。[三十一]
式讹尔心，以畜万邦。[三十二]

【注释】

一、节：山势高峻的样子。《毛诗故训传》曰："节，高峻貌。"王先谦《诗三家义集疏》曰："韩说曰：'节，视也。'陈乔枞云：'韩训节为视者，节有省义，省节为省，省视亦为省，故节得训视。'"岩岩：山石重叠的样子。《毛诗故训传》曰："岩岩，积石貌。"《毛诗故训传笺》曰："喻三公之位，人所尊严。"

二、赫赫：显盛的样子。《毛诗故训传》曰："赫赫，显盛貌。"师尹：大师（太师）。《毛诗故训传》曰："师，大师（太师），周之三公也。尹，尹氏，为大师（太师）。"具：俱。《毛诗故训传》曰："具，俱。"瞻：看。《毛诗故训传》曰："瞻，视。"

三、惔（tán音谈）：火烧。《毛诗故训传》曰："惔，燔（fán音凡）也。"《毛诗故训传笺》曰："《韩诗》作'炎'。"马瑞辰《毛诗传笺通释》曰："段玉裁谓《说文》引《诗》释'惔'从'炎'之义，当作'忧心如炎'，是也。"戏谈：戏谑谈论。《毛诗故训传笺》曰："又畏女之威，不敢相戏而言语。疾其贪暴，胁下以形辟也。"

四、卒：尽。斩：斩断。《毛诗故训传》曰："卒，尽。斩，断。"《毛诗故训传笺》曰："天下之诸侯日相侵伐，其国已尽绝灭。"监：看。《毛诗故训传》曰："监，视也。"王先谦《诗三家义集疏》曰："韩说曰：'监，领也。'……胡承珙云：'监者，临也。'《华严经音义》引《国语》贾注云：'临，治也。'领亦治也，《礼·乐记》《仲尼燕居》注并云'领'犹'治'。韩训监为领，犹训监为临，义取理治也。……言国祚已尽灭断绝，彼尹氏何以不起而临治之。"

五、实：满。《毛诗故训传》曰："实，满。"猗：长。《毛诗故训传》曰："猗，长也。"《毛诗故训传笺》曰："猗，倚也。言南山既能高峻，又以草木平满其旁倚之畎（quǎn音犬）谷，使之齐均也。"马瑞辰《毛诗传笺通释》曰："猗、阿古同音通用。王尚书谓：'猗当读阿。阿，曲隅也。'实，广大貌。有实其阿者，言南山之阿实然广大也。今按王说是也。”

六、谓何：还有什么可以说。《毛诗故训传笺》曰：“责三公之不均平，不如山之为也。谓何，犹‘云何’也。”朱熹《诗集传》曰：“节彼南山，则有实其猗矣。赫赫师尹，而不平其心，则谓之何哉。苏氏曰：‘为政者不平其心，则下之荣瘁劳佚，有大相绝者矣。’是以神怒而重之以丧乱，人怨而谤讟其上，然尹氏曾不惩创咨磋，求所以自改也。”

七、荐：加。《毛诗故训传》曰：“荐，重。”瘥（cuó音嵯）：病，疫病。《毛诗故训传》曰：“瘥，病。”《毛诗故训传笺》曰：“天气方今又重以疫病。”《尔雅》曰：“瘥，病也。”弘：大。《毛诗故训传》曰：“弘，大也。”

八、憯：副词，犹曾、竟然。《毛诗故训传》曰：“憯，曾也。”马瑞辰《毛诗传笺通释》曰：“《尔雅·释言》曰：‘憯，曾也。’《说文》曰：‘朁，曾也。’……毛诗作憯，即朁字之假借。至憯之本义，则《说文》自训为痛耳。”惩：惩戒。嗟：叹词。《毛诗故训传笺》曰：“惩，止也。天下之民皆以灾害相吊唁，无一嘉庆之言，曾无以恩德止之者，嗟乎奈何！”马瑞辰《毛诗传笺通释》曰：“嗟，当从王尚书《释词》亦为句末语助，‘憯莫惩嗟’即言曾莫惩也……《笺》云嗟乎何及，失之。”

九、氐（dǐ音底）：本，根本。《毛诗故训传》曰：“氐，本。”《毛诗故训传笺》曰：“氐，当作桎鎋之桎。”胡承珙《毛诗后笺》：“君相皆为国本，犹后人言中书为政本也，尹氏以贵族世秉国政，非所谓国本欤。”

十、均：古代制造陶器的转轮。一说为平。《毛诗故训传》曰：“均，平。”《毛诗故训传笺》曰：“持国政之平。”马瑞辰《毛诗传笺通释》曰：“《汉书》《文选注》引诗皆作秉国之钧。《汉志》曰：‘钧者，钧也。’……盖钧本称物之名，后遂通亦为平均之称。”维：维系。《毛诗故训传笺》曰：“维制四方。”朱熹《诗集传》曰：“维，持。”

十一、毗（pí音皮）：辅佐。《毛诗故训传》曰：“毗，厚也。”《毛诗故训传笺》曰："毗，辅也。"俾：使。《毛诗故训传笺》曰："下教化天下，使民无迷惑之忧。"孔颖达《毛诗正义》曰："施行教化当使下民无迷惑之忧。"

十二、吊：善。《毛诗故训传》曰："吊，至。"《毛诗故训传笺》曰："至犹善也。不善乎昊天，诉之也。"马瑞辰《毛诗传笺通释》曰："吊有善意……不吊昊天，谓此不善之昊天。"空：困乏。《毛诗故训传》曰："空，穷也。"《毛诗故训传笺》曰："不宜使此人居尊官，困穷我之众民也。"

十三、《毛诗故训传笺》曰："此言王之政不躬而亲之，则恩泽不信于众民矣。"

十四、仕：察。《毛诗故训传笺》曰："仕，察也。"罔：欺骗。《毛诗故训传》曰："勿罔上而行也。"朱熹《诗集传》曰："罔，欺也。"马瑞辰《毛诗传笺通释》曰："勿、末古通用。……然以末罔二字连读，义终未洽。王尚书《释词》以勿为语词，勿罔即罔……其说是也。"

十五、夷：平。《毛诗故训传》曰："夷，平也。用平则己，无以小人之言至于危殆也。"《毛诗故训传笺》曰："为政当用平正之人，用能纪理其事者。"马瑞辰《毛诗传笺通释》曰："两式字与下章式月斯生皆语词，《传》《笺》并训为用，非也。夷与已对言。夷谓平其心，即下章君子如夷也。已谓知所止，即下章君子如届也。"殆：危殆。《毛诗故训传》曰："无以小人之言至于危殆也。"《毛诗故训传笺》曰："殆，近也。"马瑞辰《毛诗传笺通释》曰："此从笺说为允。殆与几同义。《尔雅》曰：'几、殆，危也。'又：'几，近也。'殆为危又为近，犹几为危，又为近耳。"

十六、琐琐：小的样子。《毛诗故训传》曰："琐琐，小貌。"姻亚：亲属。《毛诗故训传》曰："两婿相谓曰亚。"《毛诗故训传笺》曰："婿之父曰姻。"王先谦《诗三家义集疏》曰："陈奂云：'此诗刺幽王，而《经》言尹氏为政不平，欲王躬亲，则所谓姻亚，当即指尹氏。'"膴（wǔ音五）：美厚，引申谓高官厚禄。《毛诗故训传》曰："膴，厚也。"《毛诗故训传笺》

曰：“无厚任用之，置之大位，重其禄也。”

十七、佣：公平。《毛诗故训传》曰：“佣，均。”马瑞辰《毛诗传笺通释》曰：“《说文》曰：‘佣，均也，直也。’”鞠：通“鞫”。穷；极。讻：凶，祸害。《毛诗故训传》曰：“鞠，盈。讻，讼也。”《毛诗故训传笺》曰：“盈犹多也。师氏为政不均，乃下此多讼之俗。”朱熹《诗集传》曰：“鞠，穷。讻，乱。言昊天不均，而降此穷极之乱。”

十八、戾：暴戾。《毛诗故训传笺》曰：“戾，乖也。为不和顺之行，乃下此乖争之化。”

十九、君子：在位者。《毛诗故训传笺》曰：“斥在位者。”届：到。《毛诗故训传》曰：“届，极。”《毛诗故训传笺》曰：“届，至也。如行至诚之道。”朱熹《诗集传》曰：“君子无所苟，而用其至，则必躬必亲。”阕（què音却）：止息，终了。《毛诗故训传》曰：“阕，息。”《毛诗故训传笺》曰：“民鞠讻之心息。”

二十、夷：平。《毛诗故训传》曰：“夷，易。”《毛诗故训传笺》曰：“如行平易之政。”违：离开。《毛诗故训传》曰：“违，去也。”《毛诗故训传笺》曰：“民乖争之情去。”

二十一、吊：至。《毛诗故训传笺》曰：“吊，至也。至犹善也。”靡：没有。定：止。《毛诗故训传笺》曰：“定，止。”

二十二、式：用。《毛诗故训传笺》曰：“式，用也。”一说为语助词。不宁：不安宁。《毛诗故训传笺》曰：“使民不得安。”

二十三、酲（chéng音成）：病酒。酒醉后神志不清。《毛诗故训传》曰：“病酒曰酲。”马瑞辰《毛诗传笺通释》曰：“酲正醉而未觉之称，当从《玉篇》作‘醉未觉’为是。”成：平。《毛诗故训传》曰：“成，平也。”《毛诗故训传笺》曰：“观此君臣，谁能持国之平乎？言无有也。”马瑞辰《毛诗传笺通释》曰：“古成、平二字互训。”

二十四、卒：同“瘁”，终。《毛诗故训传笺》曰：“卒，终也。昊天不自出政教，则终穷苦百姓。”马瑞辰《毛诗传笺通释》曰：“卒者，瘁之假借，卒亦劳也。”

二十五、四牡：四匹公马。《毛诗故训传笺》曰：“四牡者，人君所乘驾。”项领：马颈粗。《毛诗故训传》曰：“项，大也。”《毛诗故训传笺》曰：“今但养大其领，不肯为用。喻大臣自恣，王不能使也。”马瑞辰《毛诗传笺通释》曰：“刘向《新序》引诗‘驾彼四牡，四牡项领’而释之曰：‘夫久驾而长不得行，项领不亦宜乎？《易》曰：‘臀无肤，其行趑趄。’此之谓也。’其意盖谓久驾而不行，则马颈将有肿大之病，其说当本《韩诗》，与《笺》言‘养大其领’异义。”

二十六、蹙蹙：短小的样子。《毛诗故训传笺》曰：“蹙蹙，缩小之貌。我视四方土地，日见侵削于夷狄蹙蹙然。”骋：驰骋。《毛诗故训传》曰：“骋，极也。”《毛诗故训传笺》曰：“驰骋。”

二十七、茂：多。《毛诗故训传》曰：“茂，勉也。”朱熹《诗集传》曰：“茂，盛。”褚斌杰《诗经全注》曰：“正在作恶多端。”相：看。《毛诗故训传笺》曰：“相，视也。方争讼自勉于恶之时，则视女矛矣。言欲战斗相杀伤矣。”朱熹《诗集传》曰：“言方盛其恶以相加，则视其矛戟，如欲战斗。”

二十八、怿：喜悦。《毛诗故训传》曰：“怿，服也。”《毛诗故训传笺》曰：“夷，说也。”相酬：相互劝酒。《毛诗故训传笺》曰：“言大臣之乖争，本无大仇，其已相和顺而说怿，则如宾主饮酒相酬酢也。”

二十九、宁：安宁。《毛诗故训传笺》曰：“昊天乎！师尹为政不平，使我王不得安宁。”

三十、《毛诗故训传》曰：“正，长也。”《毛诗故训传笺》曰：“女不惩止女之邪心，而反怨憎其正也。”褚斌杰《诗经全注》曰：“不去惩戒自己的邪恶之心，反而怨恨纠正他行为的人。”

三十一、家父：周大夫。《毛诗故训传》曰："家父，大夫也。"《毛诗故训传笺》曰："大夫家父作此诗而为王诵也。"究：追究。《毛诗故训传笺》曰："究，穷也。以穷极王之政所以致多讼之本意。"马瑞辰《毛诗传笺通释》曰："以究王之凶恶，犹云以究王慝也。"

三十二、讹：通"吪"，动。《毛诗故训传笺》曰："讹，化。畜，养也。"朱熹《诗集传》曰："冀其改心易虑，以畜养万邦也。"

【解题】

这是一首讽刺周幽王无道的诗。《诗序》曰："《节南山》，家父刺幽王也。"《毛诗故训传笺》曰："家父，字，周大夫也。"

孔颖达《毛诗正义》曰："家父吉甫，诗辞自有名字。其余有名者，他《书》《传》记有之。《左传》引《桑柔》，谓之周芮良夫之诗。是也，故叙得据之。而言其不言者，皆不知也。或云大夫者，止知是大夫所作，不得姓名，故不言也。"

朱熹《诗集传》曰："序以此为幽王之诗。而春秋桓十五年，有家父来求车。于周为桓王之世，上距幽王之终已七十五年，不知其人之同异。大抵《序》之时世皆不足信。今姑阙焉可也。"

周幽王宫湦（前795年？—前771年），一名宫生，周宣王之子，前782年—前771年在位。荒淫无道，被犬戎所杀。

正月

正月繁霜，我心忧伤。一

民之讹言，亦孔之将。[二]
念我独兮，忧心京京。[三]
哀我小心，癙忧以痒。[四]
父母生我，胡俾我瘉？
不自我先，不自我后。[五]
好言自口，莠言自口。[六]
忧心愈愈，是以有侮。[七]
忧心茕茕，念我无禄。[八]
民之无辜，并其臣仆。[九]
哀我人斯，于何从禄？[十]
瞻乌爰止，于谁之屋？[十一]
瞻彼中林，侯薪侯蒸。[十二]
民今方殆，视天梦梦。[十三]
既克有定，靡人弗胜。[十四]
有皇上帝，伊谁云憎？[十五]
谓山盖卑，为冈为陵。[十六]
民之讹言，宁莫之惩。[十七]
召彼故老，讯之占梦。[十八]
具曰予圣，谁知乌之雌雄？[十九]
谓天盖高？不敢不局。
谓地盖厚？不敢不蹐。[二十]
维号斯言，有伦有脊。[二十一]
哀今之人，胡为虺蜴？[二十二]
瞻彼阪田，有菀其特。[二十三]
天之扤我，如不我克。[二十四]

彼求我则，如不我得。[二十五]
执我仇仇，亦不我力。[二十六]
心之忧矣，如或结之。
今兹之正，胡然厉矣？[二十七]
燎之方扬，宁或灭之？
赫赫宗周，褒姒威之！[二十八]
终其永怀，又窘阴雨。[二十九]
其车既载，乃弃尔辅。[三十]
载输尔载，将伯助予。[三十一]
无弃尔辅，员于尔辐。[三十二]
屡顾尔仆，不输尔载。[三十三]
终逾绝险，曾是不意！[三十四]
鱼在于沼，亦匪克乐。[三十五]
潜虽伏矣，亦孔之炤。[三十六]
忧心惨惨，念国之为虐。[三十七]
彼有旨酒，又有嘉殽。[三十八]
洽比其邻，昏姻孔云。[三十九]
念我独兮，忧心殷殷。[四十]
佌佌彼有屋，蔌蔌方有谷。[四十一]
民今之无禄，天夭是椓。[四十二]
哿矣富人，哀此茕独！[四十三]

【注释】

一、正（zhèng音政）月：即谓农历四月。陈奂《诗毛氏传疏》云：“《汉书·五行志》引古左氏说：正月，谓周六月，夏四月，正阳纯乾之月也。”正阳纯乾之月，简称正月。繁，多也。夏历四月一般进入夏季，忽而多霜，气象不正常，故心为之忧伤。

二、讹：《毛诗故训传笺》云：“讹，伪也。”讹言，指谣言。孔、将，都是“大”的意思。

三、独：独自一个人。《毛诗故训传笺》云：“‘念我独兮’者，言我独忧此政也。”京京：《毛诗故训传》曰：“京京，忧不去也。”指忧愁无法排除的样子。以上说：一想到就我独自一人为国担忧，心里的忧愁就无法排除。

四、小心：谨小慎微，胆小怕事的样子。癙（shǔ音鼠）、痒（yáng音羊）：《毛诗故训传》释为病，马瑞辰按：“忧与病义本相成，然诗言‘癙忧以痒’，痒既为病，则‘癙忧’连言，癙亦当训忧，不得言癙痒皆病也。”

五、胡：疑问词，为何。俾：使。瘉（yù音玉）：《毛诗故训传》训为病。自：从也。《毛诗故训传笺》云：“天使父母生我，何故不长遂我，而使我遭此暴虐之政而病。此何不出我之前，居我之后？”

六、莠言：跟“好言”相对，恶言。

七、愈愈：《毛诗故训传》云：“愈愈，忧惧也。”有日益加重的意思。是以：因此。有侮：见侮，遭受侮辱。

八、茕茕（qióng音穷），古本作“惸惸”，《毛诗故训传》训忧意也，指忧虑的样子。无禄：指没有福气，不幸运。《毛诗故训传笺》云：“无禄者，言不得天禄，自伤值今生也。”朱熹《诗集传》云：“无禄犹言不幸尔。”

九、辜：罪也。臣仆：奴仆、奴隶、俘虏。马瑞辰按“并其臣仆”曰：“人臣犹隶圉也。仆犹臣也。古以罪人为臣仆，诗言‘并其臣仆’，谓使无罪者并为臣仆，在罪人之列，非谓己为臣仆又从而罪及之也。”

十、斯：《毛诗故训传笺》训为此，或认为是语气词。于何从禄：《毛诗故训传笺》云：“哀乎！今我民人见遇如此，当与何从得天禄，免于是难。”

马瑞辰则认为《毛诗故训传笺》之谓失之，并引《广雅》云：“‘从，就也。’‘禄，善也。’此承上‘民之无辜’二句，言民无辜而获罪，是善不足劝，更于何而从善也？”也有认为“禄”指官职、土地、爵位、俸禄等。

十一、瞻：视、看的意思。爰：语助词。以上说：看看乌鸦停落的地方，都是谁家的屋顶啊？《毛诗故训传笺》云：“视乌集于富人之屋，以言今民亦当求明君而归之”。朱熹《诗集传》则云：“未知将复从何人而受禄，如视乌之飞，不知其将止于谁之屋也。”马瑞辰按：“言举世皆将穷困，不知乌何所止耳。”

十二、中林：林中也。侯：唯有。薪：粗一些的柴枝。蒸：细一些的柴枝。《毛诗故训传》云：“薪、蒸，言似而非。”《毛诗故训传笺》云：“林中大木之处，而维有薪蒸尔。喻朝廷宜有贤者，而但聚小人。”这二句以林中只有柴枝而没有大材，比喻朝廷中小人充斥而无贤者。

十三、殆：危殆，指百姓处境困难。梦梦：朱熹《诗集传》云“不明也”，指昏暗不明的样子。

十四、克：能够。定：马瑞辰曰：“‘定’当读如‘乱靡有定’之‘定’，定犹止也。”靡：否定词，无，不。

十五、皇：朱熹训为大。有皇：光明伟大。伊：《毛诗故训传笺》云：“伊，读当为繄。繄犹是也。”云：语助词。憎：憎恨。谁憎：即憎谁。马瑞辰《毛诗传笺通释》按：“言天如有止乱之心，则此讹言之小人无不能胜之者。乃天能胜人而不肯止乱，不知天意果谁憎乎？此诗人念天之降乱，反复推测而故作不解之词。”

十六、卑：低。冈、陵：山冈、山陵，皆言其高。马瑞辰按：“诗意盖谓讹言以山为卑，而其实乃为高冈，为高陵，以证其言之不实。”

十七、宁：乃。惩：朱熹《诗集传》训为止也，马瑞辰《通释》认为当读为“无征不信”之征，征验的意思。

十八、召：召问。故老：元老。讯：讯问。占梦：官名，掌管梦的吉凶灾异之事。

十九、具曰予圣：指故老和占梦俱说自己是圣人，所见最高明。谁知乌之雌雄：指众说纷纭，难辨真假。

二十、局：《毛诗故训传》训“曲”也，指弯着腰走路。蹐（jí音级）：小步走路。此两句互文，言虽然天高地厚、天地广阔，但还是不得不小心谨慎。

二十一、维：发语词。号：呼号。斯言：指上面的四句话。伦、脊：《毛诗故训传》训为“道”和“理”，指上面四句话既有道理又符合事实。

二十二、胡为：为何成了。虺（huǐ音悔）蜴：指蜥蜴之类的动物。《毛诗故训传笺》云：“虺蜴之性，见人则走。哀哉！今之人何为如是？伤时政也。”

二十三、阪田：山坡上的田。有菀（wǎn音晚）：茂盛的样子。特：特出，指禾苗壮盛。《毛诗故训传笺》云：“阪田，崎岖硗埆（qiāo què音敲却）之处，而有菀然茂特之苗，喻贤者在闲辟隐居之时。”

二十四、扤（wù音勿）：折磨。《毛诗故训传》云动也，指摇动、摧残折磨。克：制胜、制伏。

二十五、则：朱熹《诗集传》以“法则”释之，马瑞辰《毛诗传笺通释》认为是句末语助词，朱熹注有失诗意。如：如恐、唯恐。我得：即得我。

二十六、执：得到，到手。仇仇：《毛诗故训传》云犹謷謷也，指傲慢而妄言。不我力：即不我用，也就是不重用我。

二十七、结：缠结。正：《毛诗故训传笺》训为长，指众人之长官；朱熹《诗集传》云“正者，政也”，二者皆通。胡然：何以如此。厉：《毛诗故训传》训为“恶”，指暴虐、残暴。

二十八、燎：《毛诗故训传笺》云“火田为燎”，指大火。方：正在。扬：旺盛。宁：乃。赫赫：兴盛的样子。宗周：周王室镐京。褒姒：西周末年幽王的宠妃，诸侯国褒国的女子。据载周幽王宠幸褒姒，怠于政事，以致亡国。

二十九、终：既。窘：仍。马瑞辰《毛诗传笺通释》按："终，犹既也。怀，犹伤也。诗言既其永为忧伤，又仍忧于阴雨。"《毛诗故训传笺》云："阴雨喻君有泥陷之难。"

三十、弃：抛弃。辅：大车两旁的栏板。《毛诗故训传笺》云："以车之载物，喻王之任国事也。弃辅，喻远贤也。"

三十一、载：句首的为语助词。输：堕，掉下来。将（qiāng音枪）：请求。伯：长的意思。《毛诗故训传笺》云："弃女车辅，则堕女之载，乃请长者见助，以言国危而求贤者，已晚矣。"

三十二、员（yùn音运）：《毛诗故训传》训为"益"，指加大。辐：车辐条。

三十三、屡：数次。顾：《毛诗故训传笺》云："顾犹视也，念也。"仆：驾车的人。

三十四、踰：同"逾"，度过。是：代词，指上面提到的措施，宾语前置。不意：意外。或云不在意。马瑞辰《毛诗传笺通释》认为意谓测度。《毛诗正义》曰："此连上章以商事为喻，但反之，教王求贤耳。"《毛诗故训传笺》云："女不弃车之辅，数顾女仆，终用是逾度陷绝之险。女曾不以是为意乎？以商事喻治国也。"

三十五、沼：鱼池。匪，通"非"。克：能够。

三十六、潜虽伏：即"虽潜伏"，虽然深藏水底。孔：大大的意思。炤：同"昭"，明显。朱熹《诗集传》云："其潜虽深，然亦照然而易见。"《毛诗故训传笺》云："以喻时贤者在朝廷，道不行无所乐，退而穷处，又无所止也。"

三十七、惨惨：犹戚戚也。虐：暴虐黑暗。

三十八、旨酒：指美酒。嘉殽：即佳肴。

三十九、洽、比：融洽、和谐的意思。朱熹《诗集传》云："洽比，皆合也。”马瑞辰按：“合，音读同协。”邻：近亲。云：《毛诗故训传》训为“旋”，《毛诗故训传笺》曰：“云犹友也。”褚斌杰《诗经全注》认为，以上二句指当权者既享受美酒佳食，又勾结亲眷，往来周旋，朋比为奸。

四十、慇慇（yīn音殷）：痛心的样子。

四十一、佌佌（cǐ音此）：细小的样子，喻小人。蔌蔌（sù音肃）：鄙陋的样子，指王所用之小人。谷：俸禄。《毛诗故训传笺》云：“此言小人富，而窭陋将贵也。”

四十二、夭夭：朱熹《诗集传》云：“夭，祸。”指天灾。椓（zhuó音琢），打击。《毛诗故训传笺》云：“言遇害甚也。”另《韩诗》作“夭夭”。蔡邕《释晦》云“夭夭是”。马瑞辰《毛诗传笺通释》认为夭夭为盛貌，椓为谮诬，云：“诗盖以四句相对成文，言彼佌佌小人富而有屋者，虽蔌蔌卑陋，而方以谷禄授之；此民之贫而无禄者，虽夭夭盛美，而不免受谮于人也。”

四十三、哿（gě音葛）：快乐。惸独：孤独无依靠的人。

【解题】

这是一首讽刺周幽王无道的诗。《诗序》曰：“正月，大夫刺幽王也。”

孔颖达《毛诗正义》曰：“诗人见朝无贤者，言我心之忧矣，如有结之者。言忧不离心，如物之缠结也。所以忧者，今此之君臣，为人之长，何一然为恶如是矣！言君臣俱恶，无所差别也。君臣恶极，国将灭亡。言燎火方奋扬之时，炎炽熛怒，宁有能灭息之者！以喻宗周方隆盛之时，王业深固，宁有能灭亡之者！言此二者皆盛，不可灭亡也。然此燎虽炽盛，而水能灭之，则水为甚矣。以兴周国虽盛，终将褒姒灭之，则褒姒恶甚矣。此二文互相发明，见难之而能，所以为甚也。故《传》曰：灭之者，以水以反之。于时宗周未灭，诗人明得失之迹，见微知著，以褒姒淫妒，知其必灭周也。”

朱熹《诗集传》曰：“此诗亦大夫所作。”

十月之交

十月之交，朔月辛卯。[一]
日有食之，亦孔之丑。[二]
彼月而微，此日而微。[三]
今此下民，亦孔之哀。[四]
日月告凶，不用其行。[五]
四国无政，不用其良。[六]
彼月而食，则维其常。[七]
此日而食，于何不臧。[八]
烨烨震电，不宁不令。[九]
百川沸腾，山冢崒崩。[十]
高岸为谷，深谷为陵。[十一]
哀今之人，胡憯莫惩！[十二]
皇父卿士，番维司徒，[十三]
家伯维宰，仲允膳夫。[十四]
棸子内史，蹶维趣马，[十五]
楀维师氏，艳妻煽方处。[十六]
抑此皇父！岂曰不时，[十七]
胡为我作，不即我谋！[十八]
彻我墙屋，田卒污莱。[十九]
曰“予不戕，礼则然矣。”[二十]
皇父孔圣，作都于向。[二十一]
择三有事，亶侯多藏。[二十二]
不慭遗一老，俾守我王。[二十三]

择有车马，以居徂向。[二十四]
黾勉从事，不敢告劳。[二十五]
无罪无辜，谗口嚣嚣。[二十六]
下民之孽，匪降自天。[二十七]
噂沓背憎，职竞由人。[二十八]
悠悠我里，亦孔之痗。[二十九]
四方有羡，我独居忧。[三十]
民莫不逸，我独不敢休。[三十一]
天命不彻，我不敢效我友自逸。[三十二]

【注释】

一、十月：指周历十月，夏历八月。《毛诗故训传笺》云："周之十月，夏之八月也。"交：交会，日与月交会，指日食或月食。《毛诗故训传》曰："之交，日月之交会。"一说，交为刚开始进入之义。褚斌杰《诗经全注》曰："交：正交十月开头，即刚进入十月的意思。"朔（shuò音硕）月：即月朔，初一，有的本子作"朔日"，误。《毛诗故训传笺》曰："八月朔日，日月交会而日食，阴侵阳，臣侵君之象。日辰之义，日为君，辰为臣。"辛卯：古人以干支纪日，周幽王六年十月初一这一日，即为辛卯日。《毛诗故训传笺》曰："辛，金也。卯，木也。又以卯侵辛，故甚恶也。"

二、食：即蚀，即辛卯日发生了日食，这是我国历史上关于日蚀的最早记载，与后来很多天文学家的推算结果吻合。阮元《研经室集·十月之交四篇属幽王说》曰："梁虞广，隋张胄元，唐傅仁均、一行，元郭守敬并推定此日食在周幽王六年，十月建酉，辛卯朔日入食限（日、月、地相对位置的界限），载在史志。今以雍正癸卯上推之，幽王六年十月辛卯朔（公元前776年9月6日），正入食限。"孔：很。丑：凶恶，意为这是很凶恶的征兆。《毛诗故训传》曰："丑，恶也。"

三、微：昏暗不明。朱熹《诗集传》曰："微，亏也。月微指月食。"《毛诗故训传》曰："月，臣道。"日微：日蚀。《毛诗故训传》曰："日，君道。"《毛诗故训传笺》曰："微谓不明也。彼月则有微，今此日反微，非其常，为异尤大也。"朱熹《诗集传》曰："彼月则宜有时而亏矣。此日不宜亏而今亦亏，是乱亡之兆也。"

四、下民：天下百姓。哀：悲哀，指将遭遇灾祸，陷于悲惨的境地。《毛诗故训传笺》曰："君臣失道，灾害将起，故下民亦甚可哀。"

五、告凶：预示凶兆，指日月食。《毛诗故训传笺》云："告凶，告天下以凶亡之征也。"《鲁诗》告作鞠，古鞠、告通用。不用：不由，不遵循。行：轨道。《毛诗故训传笺》曰：行，道度也。不用之者，谓相干犯也。

六、四国：四方之国，指全国，一说指诸侯。无政：政治混乱无序。良：贤良。《毛诗故训传笺》曰："四方之国无政治者，由天子不用善人也。"

七、维：是。常：平常。这句话的意思是说，比起日食，月食是平常的事。马瑞辰《毛诗传笺通释》曰："考《春秋经》书日食三十次有六，而月食则不书，此古人重日食而轻月食之证。"

八、于何：如何，奈何，为什么。一说于为吁的借字，叹词。俞樾《群经平议》曰："于即吁字。于何不臧，犹言吁嗟乎何其不臧。"臧：善，吉利。《毛诗故训传笺》云："臧，善也。"孔颖达《毛诗正义》曰："犹言一何不善，为不善之大，是凶亡之征也。"

九、烨烨（yè音叶）：电光闪闪的样子。《毛诗故训传》曰："烨烨，震电貌。"《说文》段玉裁注："凡光之盛曰爗。"震电：雷电。《毛诗故训传》曰："震，雷也。"褚斌杰《诗经全注》释作地震前发出的地声和地光。令：善。宁：安。《毛诗故训传笺》云："雷电过常，天下不安，政教不善之征。"

十、百川：众河流。沸腾：水涌起泛滥的样子。《毛诗故训传》曰：“沸，出。腾，乘也。”冢：山顶。《毛诗故训传》曰：“山顶曰冢。”崒（zú音族）：碎的假借字。崒崩：碎裂崩塌。《毛诗故训传笺》云：“崒者，崔嵬。”马瑞辰《毛诗传笺通释》曰：“按山顶已为高，不必复言崔嵬，崒崩二字当连读，与上文沸腾相对成文，即碎崩之假借。……《释文》崒本亦作卒，卒亦碎字之省借。”又《经义述闻》曰：“卒，当读为猝。猝，急也，暴也，言山冢猝然崩坏也。卒崩与沸腾相对。若训卒为崔嵬，而以山冢连读，则与上句文义不伦矣。”崒又借作“卒”，尽。

十一、高岸为谷，深谷为陵：指高岸崩陷为深谷，深谷隆起为丘陵。阮元《研经室集》云：“《诗》‘百川沸腾，山冢崒崩。高岸为谷，深谷为陵’，此灾异之大者。《国语》曰：‘幽王二年，西周三川皆震，……岐山崩，十一年幽王乃灭。’《史记·周本纪》载幽王二年事正相同。”

十二、胡：何。憯：曾。一说憯即曶，或作惨。胡憯：怎么，一说何曾。惩：警戒，一说其意为止。《毛诗故训传笺》云：“憯，曾。惩，止也。变异如此，祸乱方至，哀哉！今在位之人，何曾无以道德止之。”

十三、皇父：人名。程俊英等《诗经注析》曰：“陈奂据《国语·郑语》，疑皇父即周幽王所宠之大臣虢石父。”卿士：官名，掌管朝政，类似后代的宰相。陈奂《诗毛氏传疏》曰：“士，事也。主掌六卿之事，谓之卿士，卿士，三公中执朝政者，幽王时则皇父也。宣王之时，皇父为大师（太师）。与此皇父必是二人。《郑语》，史伯曰：‘夫虢石父谗陷巧从之人也，而立以为卿士’，云云。按：史伯说幽王时事，与此诗正同。疑皇父即虢石父，或皇父徂向，更以虢石父代之，世远年湮，讫无考证。”番（pó音婆）：姓。《齐诗》作皮，《韩诗》作繁。《释文》曰：“本或作潘。”程俊英等《诗经注析》曰：“古代番音波，与皮（古读如婆）、繁、潘音近，故通用，后作樊。《广韵》曰：‘周宣王风仲山甫于樊，后因代焉。’”维：是。司徒：官名，掌管土地和人民。《毛诗故训传笺》曰：“司徒之职，掌天下土地之图、人民之数。”

十四、家伯：人名。宰：官名，掌管王室内部事务，一说掌管国家的典籍。《毛诗故训传笺》曰：“冢宰掌建邦之六典，皆卿也。”仲允：人名。《齐诗》作中术。膳夫：官名，掌管国王饮食。《毛诗故训传笺》曰：“膳夫，上士也，掌王之饮食膳羞。”

十五、聚（zōu音邹）：人名。一说为姓氏。《齐诗》作掫。内史：掌管爵禄、赏罚等。《毛诗故训传笺》曰：“内史，中大夫也，掌爵禄废置、杀生予夺之法。”蹶（guì音贵）：姓氏。趣马：官名，掌管王的马匹。《毛诗故训传笺》曰：“趣马，中士也，掌王马之政。”

十六、楀（jǔ音举）：姓氏。《齐诗》作万，《鲁诗》作踽。师氏：官名，掌管监察之职。《毛诗故训传笺》曰：“师氏，亦中大夫也，掌司朝得失之事。”程俊英等《诗经注析》：掌管教育，教导国王和贵族子弟。艳妻：美妻，指受周幽王宠幸的褒姒。《毛诗故训传》曰：“艳妻，褒姒。美色曰艳。”艳：《鲁诗》作暗，《齐诗》作剡。马瑞辰《毛诗传笺通释》曰：“暗、剡皆艳字之同音假借。”煽：炽盛，指正得势，气焰嚣张。《鲁诗》作扇，《韩诗》作偏。《说文》作“偏”，云：“炽盛也。”方处：并处，指与上述七人勾结一起，同居高位，把持国政。《毛诗故训传笺》曰：“厉王淫于色，七子皆用。后嬖宠方炽之时，并处位。言妻党盛，女谒行之甚也。”程俊英等《诗经注析》：方为正，处为居，言褒姒受宠正盛，正居于王之左右。

十七、抑：叹词，同“噫”。《毛诗故训传笺》云：“抑之言噫。‘噫是皇父’，疾而呼之。”《韩诗》云：“意也。”岂：难道。时：适时。朱熹《诗集传》曰：“时，农隙之时也。”马瑞辰《毛诗传笺通释》曰：“时当读为‘使民以时’之时。下言‘田卒污莱’是夺其民时之证。岂曰不时，言其使民役作不自以为不时也。”

十八、胡为：即为胡，为何，为什么。我作：即作我，役使我工作。作：役作。《毛诗故训传笺》曰：“女岂曰我所为不是乎？言其不自知恶也。”即：就，接近。谋：商量。《毛诗故训传笺》曰：女何为役作我，不先就与我谋。

十九、彻：拆掉。卒：完全。污：积水。孔颖达《毛诗正义》曰：“污者，池停水之名，故《礼记》曰‘污其宫而潴焉’，是也。”污又作洿，古汙、洿、污通用。《说文》曰：“洿，浊水不流也。”莱：野草，一说指荒芜。孔颖达《毛诗正义》曰：“莱者，草秽之名，《楚茨》云‘田莱多荒’，是也。下田可以种稻，无稻则为池；高田可以种禾，无禾则生草，故下则污，高则莱。”

二十、戕（qiāng音枪）：残害。《毛诗故训传笺》云：“戕，残也。”礼：礼法，制度。《毛诗故训传笺》曰：“言皇父既不自知不是，反云：我不残败女田业。礼，下供上役，其道当然。言文过也。”

二十一、孔：很。圣：聪明。这是反语讽刺。《毛诗故训传》曰：“皇父甚自谓圣。”《毛诗故训传笺》云：“专权足己，自比圣人。”作：建造，修建。都：指封邑中的都城。《周礼·载师》郑注：“家邑，大夫之采地。小都，卿之采地。大都，公之采地。”向：地名。朱熹《诗集传》曰：“向，地名。在东都畿内，今孟州河阳县是也。”程俊英等《诗经注析》曰：“据《左传》，东周畿内有二向，一为隐公十一年桓王与郑之邑，在今河南省济源县西南。一为襄公十一年诸侯伐郑师于向，在今河南省尉氏县西南。济源之向，周初为苏子邑，桓王与郑，尚系之苏忿生，其前不得别封他人。则皇父所在当为尉氏之向。详王先谦《集疏》”。

二十二、择：选择。三有事：三有司。《毛诗故训传》曰：“有司，国之三卿。”孔颖达《毛诗正义》曰：“三卿者，依周制而言，谓立司徒兼冢宰之事，立司马兼宗伯之事，立司空兼司寇之事。”姚际恒《诗经通论》：“三有事，即后篇之三事大夫。”亶：确实。侯：是，维。藏：畜。多藏：即由很多财产，意为这都是些贪官。《毛诗故训传》曰：“国之三卿，信维贪淫多藏之人也。”孔颖达《毛诗正义》曰：“作都立三卿，皆取聚敛之臣。言不知厌也。”顾炎武《日知录》曰：“王室方骚，人心危惧。皇父以柄国志大臣而营邑于向，于是三有事之多藏者随之而去矣，庶民之有车马者随之而去矣。盖亦知西戎之已逼，而王室之将倾也。”

二十三、憖（yìn音印）：宁愿，愿意，肯。《尔雅》云：“愿也，强也，且也。”《韩诗》云：“暗也。”遗：留下。一老：一个老臣，一说指作者自己。《毛诗故训传笺》云：“憖者，心不欲自强之辞也。言尽将旧在位之人与之皆去，无留卫王。”守：守卫。朱熹《诗集传》曰：“言皇父自以为圣，而作都则不求贤，而但取富人以为卿。又自强留一人以卫天子，但有车马者，则悉与俱往，不忠于上，而但知贪利以自私也。”

二十四、有：拥有。居：语助词，无义。于省吾《泽螺居诗经新证》曰：“以居徂向即徂向以居，特倒文以兴藏、王为韵耳。”《毛诗故训传笺》云：“又择民之富有车马者，以往居于向。”

二十五、黾勉：努力。又作“僶勉励”。《释文》曰：“黾，本亦作僶。黾勉，犹勉勉也。”《尔雅·训诂》曰：“劻，勉也。”《释文》曰：“劻，本作僶，又作黾。”《说文》劻作愐，云：“愐，勉也。”可见，黾与“僶”异体，与“劻”“愐”通假。一说，黾为蟾蜍，而黾勉即像蟾蜍爬行那样努力。《鲁诗》作“密勿”，陈奂《诗毛氏传疏》曰：“黾勉、密勿一声之转。”告劳：诉说劳苦。《毛诗故训传笺》云：“诗人贤者，见时如是，自勉以从王事，虽劳不敢自谓劳，畏刑罚也。”

二十六、辜：过失。谗口：指进谗言之人。嚣嚣（áo音敖）：众口毁谤的样子。《毛诗故训传笺》云：“嚣嚣，众多貌。时人非有辜罪，其被谗口见椓谮嚣嚣然。”《汉书·刘向传》引作“谗口嗷嗷”，《潜夫论·贤难》作“谗口敖敖”。

二十七、孽：灾害。《毛诗故训传笺》云：“孽，妖孽，谓相为灾害也。下民有此害，非从天堕也。”孔颖达《毛诗正义》曰：“在上既信谗言，下民竞相谗慝，言使下民之有妖孽，相与为灾害者，非降从天堕也。”

二十八、噂（zǔn）：聚。《毛诗故训传》曰：“噂犹噂噂。”沓（tà音踏）：合。《毛诗故训传》曰："沓犹沓沓。"噂沓：当面谈笑。背：背后。憎：憎恨。《毛诗故训传笺》曰："噂噂沓沓相对谈语，背则相憎。"朱彬《经传考证》曰："屈原《天问》曰：'天何所沓'，王逸注：'沓，合也。'诗言小人之情，聚则相合，背则相憎。"职：只。《毛诗故训传》曰："职，主也。"竞：争。《毛诗故训传笺》曰："逐为此者，主由人也。"陈奂《诗毛氏传疏》曰："由，从也。'由人'与'自天'对文。职竞由人，言不从天降，而主从人之竞为恶也。"

二十九、悠悠：忧思深长的样子。《毛诗故训传》曰："悠悠，忧也。"里：借作悝，忧思。《毛诗故训传》曰："里，居也。"《尔雅·释诂》曰："悝，忧也。"郭璞《尔雅注》引《诗》"悠悠我悝"。顾野王《玉篇》曰："瘇，病也。"引《诗》作"悠悠我瘇"。程俊英等《诗经注析》曰："按瘇同里，都是悝的假借。"痗（mèi音妹）：心病，积忧成疾。《毛诗故训传》曰："痗，病也。"孔颖达《毛诗正义》曰："悠悠乎，我居今之世，亦甚困病。"一说痛苦。

三十、羡：富裕。《毛诗故训传》曰："羡，馀也。"一说欣喜。马瑞辰《毛诗传笺通释》曰："按《文选》李注引《韩诗》《薛君章句》曰：'羡，愿也。'《说文》：'羡，贪欲也。'《广雅》：'羡，愿欲也。'愿羡有欣喜之义。《皇矣》诗：'无然歆羡'，羡亦歆也。训羡为愿，正与忧相对成文。犹'我独不敢休'，自言其劳，与'民莫不逸'为对文也。《传》训为余，未若《韩诗》训愿为允。"居：处于，一说语助词。居忧：处于忧愁。《毛诗故训传笺》云："四方之人尽有饶余，我独居此而忧。"

三十一、逸：安逸。《毛诗故训传笺》云："逸，逸豫也。"休：休息。

三十二、彻：道。《毛诗故训传》曰："彻，道也。"《毛诗故训传笺》云："不道者，言王不循天之政教。"陈奂《诗毛氏传疏》曰："《尔雅·释训》曰：'不彻，不道也。'《传》释彻为道，正本《尔雅》，天命不道，谓天之令不循道而行，遂有日食震电之变。"一说公平，朱熹《诗集传》：

“彻，均也”。傚：效法。我友：指诗人的同僚，一说指皇父等七人。姚际恒《诗经通论》曰：“我友自逸，皆指七子辈也。”陈奂《诗毛氏传疏》曰：“我，亲属之臣自我也。亲属之臣，心不能已，故不敢效友志逸豫。所谓敬天之怒，无敢戏豫。”自逸：自求安逸。《毛诗故训传》曰：“亲属之臣，心不能已。”孔颖达《毛诗正义》曰：“民莫不得优游自逸，我独不敢休息。以王之教命不循昊天之道，臣有离散去者，我不敢效我友自放逸而去也。其友与王无亲，故舍王而去。己则王之亲属，故不敢效之。”

【解题】

这是一首批评周幽王时君臣无道、天下混乱，导致作者忧心的诗。《诗序》曰：“《十月之交》，大夫刺幽王也。”《毛诗故训传笺》曰：“当为刺厉王。作《诂训传》时移其篇第，因改之耳。《节》刺师尹不平，乱靡有定。此篇讥皇父擅恣，日月告凶。《正月》恶褒姒灭周。此篇疾‘艳妻煽方处’。又幽王时，司徒乃郑桓公友，非此篇之所云‘番’也。是以知然。”

孔颖达《毛诗正义》曰：“毛以为刺幽王，郑以为刺厉王。《经》八章皆刺王之辞。此下及《小宛序》皆刺幽王。郑以为本刺厉王，毛氏移之。事既久远，不审实然以否。纵其实然，毛既移其篇第，改厉为幽，即以为幽王说之，故下传曰‘艳妻褒姒’，是为幽王之事，则四篇皆如之。今各从其家而为之义，不复强为与夺。”

雨无正

浩浩昊天，不骏其德。一
降丧饥馑，斩伐四国。二

昊天疾威，弗虑弗图。[三]
舍彼有罪，既伏其辜。[四]
若此无罪，沦胥以铺。[五]
周宗既灭，靡所止戾。[六]
正大夫离居，莫知我勚。[七]
三事大夫，莫肯夙夜。[八]
邦君诸侯，莫肯朝夕。[九]
庶曰式臧，覆出为恶。[十]
如何昊天，辟言不信。[十一]
如彼行迈，则靡所臻。[十二]
凡百君子，各敬尔身。[十三]
胡不相畏，不畏于天？[十四]
戎成不退，饥成不遂。[十五]
曾我暬御，憯憯日瘁。[十六]
凡百君子，莫肯用讯。[十七]
听言则答，谮言则退。[十八]
哀哉不能言！匪舌是出，维躬是瘁。[十九]
哿矣能言！巧言如流，俾躬处休。[二十]
维曰于仕，孔棘且殆。[二十一]
云不可使，得罪于天子。
亦云可使，怨及朋友。[二十二]
谓尔迁于王都，曰予未有室家。[二十三]
鼠思泣血，无言不疾。[二十四]
昔尔出居，谁从作尔室。[二十五]

【注释】

一、浩浩：朱熹《诗集传》曰：“浩浩，广大也。昊天：指天。朱熹《诗集传》曰：“昊，亦广大之意。”骏：长，恒久。《毛诗故训传》曰：“骏，长也。”不骏其德，意为不经常施恩德于人民。

二、丧：死亡。饥馑：饥荒。《毛诗故训传》曰：“谷不熟曰饥，蔬不熟曰馑。”斩伐：残害。四国：四方诸侯之国。《毛诗故训传》以为，诗人告幽王言：浩浩然广大之昊天，以王不能继长其德，承顺行之，故下死丧饥馑之灾，由此致斩伐绝灭四方之国也。

三、旻天：苍天。陈奂《诗毛氏传疏》曰：“旻天当依定本作昊天。此篇三言皆作昊天，作旻者，因《小旻》《召旻》致误。《逸周书·祭公》篇亦云：‘昊天疾威’可证。”疾威：暴虐。朱熹《诗集传》曰：“疾威，犹暴虐也。”马瑞辰《毛诗传笺通释》曰：“《广雅》曰：‘暴，疾也’。疾、威二字平列。”弗：不。王先谦《诗三家义集疏》曰：“《鲁》‘弗’作‘不’。”虑、图：图谋，考虑。《毛诗故训传笺》云：“虑、图皆谋也。”这里指都不为臣民着想。

四、舍：《毛诗故训传》曰：“舍，除。”既：尽，全。伏：隐瞒。王引之《经义述闻》曰：“伏者，藏也，隐也。”辜：罪过。以上说：放过那些有罪的人，隐瞒他们的罪状。

五、沦：率。朱熹《诗集传》曰：“沦，陷。”胥：相。《毛诗故训传笺》曰：“胥，相。”沦胥：相继陷入。铺：《毛诗故训传笺》训为“遍”，遍及地。或通“痡”，病。王先谦《诗三家义集疏》曰：“《韩》‘沦’作‘勋’，‘铺’作‘痡’。《鲁》《齐》‘沦’作‘薰’。”以上说无罪的人相继遭受刑罚的痛苦。这一章主要讲上天降下灾祸，国君昏庸，刑罚不平，天灾人祸并行的惨状。

六、周宗既灭：指周已不为天下所宗。孔颖达《毛诗正义》曰：“毛以为，周室为天下所宗，今可宗之道，谓先王之法，既以灭亡矣。”马瑞辰《毛诗传笺通释》曰："'周宗'当为'宗周'传写误倒。宗周指王室言之，周宗则指周之同姓。《左传》昭公十六年引《诗》正作'宗周'。"靡所止戾：无所定居。《毛诗故训传》曰："戾，定也。"

七、正大夫：指天子六卿长官大夫。《毛诗故训传笺》曰："正，长也。"孔颖达《毛诗正义》曰："大夫而言长官者，大夫是公卿之总名，皆佐王治民者也。"离居：离开居住之地。勚（yì音义）：劳苦。《毛诗故训传》曰："勚，劳也。"

八、三事大夫：指三公。按周以大师（太师）、大傅、大保为三公。夙夜：早晚。

九、邦君诸侯：指各诸侯国的君主。以上说：周王朝的三公大夫，没有肯早晚操劳国事的；各诸侯国的君主，没有肯朝夕为国事着想的。孔颖达《毛诗正义》曰："又三事大夫无肯早起夜卧以勤国事者，国君之诸侯无肯朝夕在公而敬事王者。"

十、庶：庶几。《尔雅·释言》曰："庶，幸也。"表示希望。曰：语助词。式：用。臧：善。覆：反。出：《毛诗故训传笺》曰："谓出教令。"以上说：本来希望王能够改过任用善人，但没想到王反而出教令为恶。孔颖达《毛诗正义》曰："我庶几曰：王今国危如此，当改用善人。而王反出为恶政，以害天下。言其恶，所以当亡也。"

十一、辟言：法度之言。《毛诗故训传》曰："辟，法也。"这两句，《毛诗故训传笺》曰："如何乎昊天！痛而诉之也。为陈法度之言不信之也。"以上说：该如何是好啊，我陈述法度之言却不被信任。

十二、行迈：远行。臻：至。靡所臻：指不知道该去哪里。《毛诗故训传笺》曰："我之言不见信，如行而无所至也。"

十三、凡百君子：指众臣百官。《毛诗故训传笺》曰："凡百君子，谓众在位者。"敬：恭谨、慎重。各敬尔身：各自自重，是自己恭谨严肃。

十四、以上说：为何不相畏惧？难道也不畏于天吗？《毛诗故训传笺》曰："各敬慎女之身，正君臣之礼，何为上下不相畏乎？上下不相畏，是不畏于天。"这一章刺王不用善人，不听正言，大臣不畏天命。

十五、戎：《毛诗故训传》曰："戎，兵。"这里指兵祸。成：形成。退：消退。遂：《毛诗故训传》曰："遂，安也。"这里指饥荒已形成，人民因其而不安。陈奂《诗毛氏传疏》曰："饥不安者，天降饥馑，民无所安定也。"

十六、朁（xiè音谢）御：《毛诗故训传》曰："朁御，侍御也。"朱熹《诗集传》曰："朁御，近侍也。《国语》曰：'居寝有朁御之箴。'盖如汉侍中之官也。"左右侍奉之臣。憯憯：《唐石经》作"惨惨"，忧伤的样子。朱熹《诗集传》曰："憯憯，忧貌。"瘁：憔悴，病。《毛诗故训传》曰："瘁，病也。"

十七、讯：《毛诗故训传笺》曰："讯，告也。"《鲁诗》"讯"作"谇"。谇：告。以上说：众在位者，没有人愿意把戎、饥之事告知王。

十八、谮言：谗言。马瑞辰《毛诗传笺通释》曰："《广韵》曰：'谮，毁也。'"退：斥退。以上说：众在位者因为王对顺言就进纳，对谏诤的话却斥退，因此各人为明哲保身而不告王实情。孔颖达《毛诗正义》曰："其凡众在位之君子，虽知其危，无肯用此事以告王者。而王又好信浅近，受用谗佞。若有道听非法之言，闻则应答而受之。若有谮毁之言，云此人不可任，则用其言而罪退之。言以谗言进退人也。王政如是，所以将危亡也。"

十九、出：褚斌杰《诗经全注》和程俊英《诗经注析》皆认为"出"通"拙"。瘁：病。以上说：哀叹贤人不能进言，不是因为他的舌头笨拙说不出来，而是因为说出话自身会遭受害处。孔颖达《毛诗正义》曰："毛以为，幽王信谗，贤者不能从俗，不敢发言，故云可哀伤哉，不能言之。贤者意虽欲言，言则忤物。其欲言者，当今非我此舌是所可出。若出是舌，维其身是病。言小人恶，直将共害之可矣。"

二十、哿（gě音葛）：可，喜。《毛诗故训传》曰：“哿，可也。”与上文哀相对。以上说：小人巧言如流，而使自身处于安乐。讽刺这种现象。孔颖达《毛诗正义》曰：“小人之所不忌，使身得居安休休然。言世虽谗胜，贤有巧拙，亦有能免之者，见乱世欲其顺说。”

二十一、维：语助词。于仕：往做官。棘：《毛诗故训传笺》曰：“棘，急也。”殆：危险。以上说：前往做官是促迫而危险的。

二十二、以上说：为官进退两难，不从天子不正之令而直言，则会得罪于天子；顺从天子之令，则会遭到朋友的埋怨。

二十三、尔：指离居之正大夫。朱熹《诗集传》曰：“尔，谓离居者。”曰予未有室家：离居之正大夫推脱王都没有室家。

二十四、鼠：通“癙”，病，忧思。《毛诗故训传笺》云：“鼠，忧也。”朱熹《诗集传》曰：“鼠思，犹言癙忧也。”泣血：无声哭泣至泪尽血出，形容极度痛苦。孔颖达《毛诗正义》曰：“《说文》云：‘哭，哀声也’。‘泣，无声出泪也。’则无声谓之泣矣。连言血者，以泪出于目，犹血出于体，故以泪比血。”无言不疾：没有一句话不引起离开王都之人的嫉恨。《毛诗故训传》曰：“无所言而不见疾也。”

二十五、以上说：从前你迁出王都的时候，谁跟随你而为你建造屋室？

【解题】

这是一首讽刺周幽王时政令繁复、不得民心，周天子政乱的诗。《诗序》曰：“《雨无正》，大夫刺幽王也。雨自上下者也，众多如雨，而非所以为政也。”《毛诗故训传笺》曰：“亦当为刺厉王。王之所下教令甚多而无正也。”

孔颖达《毛诗正义》曰：“《经》无此‘雨无正’之字，作者为之立名，叙又说名篇及所刺之意。雨是自上下者也，雨从上而下于地，犹教令从王而下于民。而王之教令众多如雨，然事皆苛虐，情不恤民，而非所以为政教之道，故作此诗以刺之。既成而名之曰《雨无正》也。《经》七章皆刺王之辞。郑以为‘刺厉王’为异。”

此诗“雨无正”的含义历来说法不一。《诗序》曰：“雨，自上下者，众多如雨，而非所以为政也。”《毛诗故训传笺》、孔颖达《毛诗正义》曰：从之。朱熹《诗集传》引刘元城云：“尝读《韩诗》有《雨无极》篇，《序》云‘《雨无极》，正大夫刺幽王也。’至其诗之文，则比《毛诗》篇首多‘雨无其极，伤我稼穑’八字。”又云“愚按：刘说似有理，然第一二章本皆十句，今遽增之，则长短不齐，非诗之例。”另有人认为纵观全诗，似与雨无正无关，诗名当与诗无关。姚际恒《诗经通论》曰：“此篇名《雨无正》，或误，不必强论。”另外，关于这首诗的创作时间也有争议。《诗序》言刺幽王；《毛诗故训传笺》却认为是刺厉王被逐之后的情况；又有学者根据诗中“周宗既灭”，认为是西周之后所作。迄今无定论。全诗抒情成分甚多，怨刺之感尤重。感天命无常，又批国君暴虐昏庸，致国危亡，哀伤悲痛之情，溢于言表。

小旻

旻天疾威，敷于下土。一
谋犹回遹，何日斯沮？二
谋臧不从，不臧覆用。三
我视谋犹，亦孔之邛？四
潝潝訿訿，亦孔之哀。五
谋之其臧，则具是违。
谋之不臧，则具是依。

我视谋犹，伊于胡厎！[六]
我龟既厌，不我告犹。[七]
谋夫孔多，是用不集。[八]
发言盈庭，谁敢执其咎？[九]
如匪行迈谋，是用不得于道。[十]
哀哉为犹，匪先民是程，匪大犹是经。
维迩言是听，维迩言是争！[十一]
如彼筑室于道谋，是用不溃于成。[十二]
国虽靡止，或圣或否。[十三]
民虽靡膴，或哲或谋，或肃或艾。[十四]
如彼泉流，无沦胥以败！[十五]
不敢暴虎，不敢冯河。[十六]
人知其一，莫知其他。[十七]
战战兢兢，如临深渊，如履薄冰。[十八]

【注释】

一、旻：幽远。敷：布，施。《毛诗故训传笺》曰：“旻天之德，疾王者以刑罚威恐万民，其政教乃布于下土。言天下徧知。”

二、谋犹：谋略，“犹”同“猷”。回：邪。遹：辟，《齐诗》作“穴”，《韩诗》作“欥”，又作“泬”。沮：《毛诗故训传》作“坏”，《毛诗故训传笺》作“止”。《毛诗故训传笺》曰：“犹道沮止也。今王谋为政之道，回辟不循旻天之德，已甚矣。心犹不悛，何日此恶将止？”

三、臧：善。覆：反。《毛诗故训传笺》曰：“谋之善者不从，其不善者反用之。”

四、邛：病。《毛诗故训传笺》曰："我视王谋为政之道，亦甚病天下。"

五、《释文》曰："《尔雅》云：'潝潝、訿訿（zǐ音紫），莫供职也。'《韩诗》云：'不善之貌。'"潝（xī音西）：《韩诗》作"翕"；《鲁诗》作"翕"，又作"歙"。潝潝：朱熹《诗集传》作"相和"；一说借为"喋喋"，高亨《诗经今注》作"巧言"。訿：《鲁诗》又作"呰"。訿訿：朱熹《诗集传》作"相诋"；孔颖达《毛诗正义》曰："毛以为，幽王时，小人在位，皆潝潝然自作威福，患苦其上。又訿訿然竞营私利，不思称于上。"《毛诗故训传笺》曰："臣不事君，乱之阶也，甚可哀也。"

六、伊：助词，高亨《诗经今注》作"推"。底：至也。四库本作"底"，王先谦《诗三家义集疏》亦作"底"。《毛诗故训传笺》曰："于，往。底，至也。谋之善者俱背违之，其不善者依就之。我视今君臣之谋道，往行之将何所至乎？言必至于乱。"

七、犹：《毛诗故训传》"犹，道也"；《毛诗故训传笺》"犹，图也"。《毛诗故训传笺》曰："卜筮数而渎龟，龟灵厌之，不复告其所图之吉凶。言虽得兆，占繇不中。"

八、集：《韩诗》作"就"；《毛诗故训传》"集，就也"。是用：是以，因此。《毛诗故训传笺》曰："谋事者众，而非贤者；是非相夺，莫适可从，故所为不成。"

九、庭：朝廷。《毛诗故训传》曰："谋人之国，国危则死之，古之道也。"《毛诗故训传笺》曰："谋事者众，讻讻满庭，而无敢决当是非。事若不成，谁云已当其咎责者？言小人争知而让过。"

十、匪：《毛诗故训传笺》曰："匪，非也。君臣之谋事如此，与不行而坐图远近，是于道路无进于跬步何以异乎？"《左传·襄公八年》引此二句，杜预《春秋左传注》："匪，彼也。行迈谋，谋于路人也。不得于道，众无适从。"

十一、《毛诗故训传》曰：“古曰在昔，昔曰先民。程，法。经，常。犹，道。迩，近也，争为近言。”《毛诗故训传笺》曰：“哀哉！今之君臣谋事，不用古人之法，不循大道之常，而徒听顺近言之同者，争近言之异者。言见动轫则泥陷，不至于远也。”马瑞辰《毛诗传笺通释》：“争谓争取其言也”。

十二、溃：《毛诗故训传》曰：“溃，遂也。”《毛诗故训传笺》曰：“如当路筑室，得人而与之谋所为，路人之意不同，故不得遂成也。”

十三、靡止：《毛诗故训传》曰：“靡止，言小也。”《毛诗故训传笺》曰：“靡，无。止，礼。……言天下诸侯，今虽无礼，其心性犹有通圣者，有贤者。”朱熹《诗集传》：国虽靡止，“止，定也”；“国论虽不定”。

十四、哲：《齐诗》“哲”作“悊”。艾（yì音义）：治理。膴：《韩诗》作“腜”；《毛诗故训传笺》作“法也”，《释文》引王肃作“大也”。朱熹《诗集传》训“大也，多也”。《毛诗故训传笺》曰：“民虽无法，其心性犹有知者，有谋者，有肃者，有艾者。王何不择焉，置之于位而任之为治乎？”

十五、沦：《毛诗故训传笺》曰：“沦，率也。王之为政，当如原泉之流，行则清。无相牵率为恶，以自浊败。”沦胥：沉没。

十六、暴虎：徒手搏虎。冯（píng音平）河：徒步涉河。

十七、《毛诗故训传笺》曰：“人皆知暴虎、冯河立至之害，而无知当畏慎小人能危亡也。”

十八、《毛诗故训传》曰：“战战，恐也。兢兢，戒也。”如临深渊：如同面临深渊而恐坠。如履薄冰：如同走在薄冰上而恐陷。

【解题】

这是一首讽刺周幽王时政令繁复、不得民心的诗。《诗序》曰：“《小旻》，大夫刺幽王也。”《毛诗故训传笺》曰：“所刺列于《十月之交》《雨无正》为小，故曰小旻。亦当为刺厉王。”

孔颖达《毛诗正义》曰：“《经》言‘旻天’，天无小义。今谓之‘小旻’，明有所对也。故言所刺者，此列于《十月之交》《雨无正》，则此篇之事为小，故曰‘小旻’也。《十月之交》言日月告凶，权臣乱政；《雨无正》言宗周坏灭，君臣散离，皆是事之大者。此篇唯刺谋事邪僻，不任贤者，是其事小于上篇。与上别篇，所以得相比者，此四篇文体相类，是一人之作，故得自相比校，为之立名也。毛氏虽幽、厉不同，其名篇之意或亦然之。”

朱熹《诗集传》曰：“苏氏曰：小旻、小宛、小弁、小明四诗，皆以小名篇，所以别其为小雅也。其在小雅者，谓之小。故其在大雅者，谓之召旻、大明、独宛、弁阙焉。意者孔子删之矣。虽去其大，而其小者，犹谓之小，盖即用其旧也。”

小宛

宛彼鸣鸠，翰飞戾天。一
我心忧伤，念昔先人。二
明发不寐，有怀二人。三
人之齐圣，饮酒温克。四
彼昏不知，壹醉日富。五
各敬尔仪，天命不又。六
中原有菽，庶民采之。七
螟蛉有子，蜾蠃负之。八
教诲尔子，式穀似之。九

题彼脊令，载飞载鸣。十
我日斯迈，而月斯征。十一
夙兴夜寐，毋忝尔所生。十二
交交桑扈，率场啄粟。十三
哀我填寡，宜岸宜狱。十四
握粟出卜，自何能穀？十五
温温恭人，如集于木。十六
惴惴小心，如临于谷。十七
战战兢兢，如履薄冰。十八

【注释】

一、宛：小的样子。《毛诗故训传》曰：“宛，小貌。”鸣鸠：鸟名。《毛诗故训传》曰：“鸣鸠，鹘雕。”朱熹《诗集传》曰：“鸣鸠，斑鸠也。”翰：《毛诗故训传》曰：“翰，高。”戾：至。《毛诗故训传》曰：“戾，至也。行小人之道，责高明之功，终不可得。”

二、先人：祖先。《毛诗故训传》曰：“先人，文、武也。”

三、明发：天亮。《毛诗故训传》曰：“明发，发夕至明。”朱熹《诗集传》曰：“明发，谓将旦而光明开发也。”二人：父母。朱熹《诗集传》曰：“二人，父母也。此大夫遭时之乱，而兄弟相戒以免祸之诗。故言彼宛然之小鸟，亦翰飞而至于天矣，则我心之忧伤，岂能不念昔之先人哉？是以明发不寐，而有怀乎父母也。言此以为相戒之端。”

四、齐：正。《毛诗故训传》曰：“齐，正。”朱熹《诗集传》曰：“齐，肃也。圣，通明也。”克：胜。《毛诗故训传》曰：“克，胜也。”《毛诗故训传笺》曰：“中正通知之人，饮酒虽醉，犹能温藉自持以胜。”

五、壹醉：一旦醉了。日富：整日夸耀富有。《毛诗故训传》曰：“醉而日富矣。”《毛诗故训传笺》曰：“童昏无知之人，饮酒一醉，自谓日益富，夸淫自恣，以财骄人。”朱熹《诗集传》曰：“富，犹甚也；又复也。言齐圣之人，虽醉犹温恭自持以胜，所谓不为酒困也。彼昏然而不知者，则一于醉而日甚矣。”

六、敬：敬重。又：复。《毛诗故训传》曰：“又，复也。”《毛诗故训传笺》曰：“今女君臣，各敬慎威仪，天命所去，不复来也。”朱熹《诗集传》曰：“于是言各敬谨尔之威仪，天命已去，将不复来，不可以不恐惧也。时王以酒败德，臣下化之，故此兄弟相戒，首以为说。”

七、中原：原中，即原野中。《毛诗故训传》曰：“中原，原中也。”菽：豆类的总称。《毛诗故训传》曰：“菽，藿也，力采者则得之。”《毛诗故训传笺》曰：“藿生原中，非有主也，以喻王位无常家也，勤于德者则得之。”朱熹《诗集传》曰：“菽，大豆也。”庶民：众民。

八、螟蛉：螟蛾的幼虫。一种蛀食稻心的害虫。《毛诗故训传》曰：“螟蛉，桑虫也。”朱熹《诗集传》曰：“螟蛉，桑上小青虫也，似步屈。”蜾蠃：一种细腰的土蜂。《毛诗故训传》曰：“蜾蠃，蒲卢也。”朱熹《诗集传》曰：“蜾蠃，土蜂也，似蜂而小腰，取桑虫负之，于木空中七日，而化为其子。”《毛诗故训传笺》曰：“蒲卢取桑虫之子，负持而去，煦妪养之，以成其子。喻有万民不能治，则能治者将得之。”

九、式：发语词。穀：善。《毛诗故训传笺》曰：“式，用。穀，善也。今有教诲女之万民用善道者，亦似蒲卢言将得而子也。”朱熹《诗集传》曰：“中原有菽，则庶民采之矣。以兴善道人皆可行也。螟蛉有子，则蜾蠃负之，以兴不似者可教而似也。教诲尔子，则用善而似之可也。善也，似也，终上文两句所兴而言也。戒之以不惟独善其身，又当以教其子使为善也。”

十、题：通“睇”，视。脊令：鸟名，即鹡鸰。《毛诗故训传》曰：“题，视也。脊令不能自舍，君子有取节尔。”《毛诗故训传笺》曰：“题之为言视睇也。载之言则也。则飞则鸣，翼也口也，不有止息。”

十一、迈：远行。《毛诗故训传笺》曰：“我，我王也。迈、征皆行也。王日此行，谓日视朝也。而月此行，谓月视朝也。先王制此礼，使君与群臣议政事，日有所决，月有所行，亦无时止息。”而：你。朱熹《诗集传》曰：“而，汝。”

十二、忝（tiǎn音舔）：辱。《毛诗故训传》曰：“忝，辱也。”朱熹《诗集传》曰：“辱也。视彼脊令，则且飞而且鸣矣。我既日斯迈，则汝亦月斯征矣。言当各务努力，不可暇逸取祸，恐不及相救恤也。夙兴夜寐，各求无辱于父母而已。”

十三、交交：小的样子。《毛诗故训传》曰：“交交，小貌。”一说为往来飞翔的样子。朱熹《诗集传》曰：“交交，往来之貌。”桑扈：鸟名。《毛诗故训传》曰：“桑扈，窃脂也。言上为乱政，而求下之治，终不可得也。”《毛诗故训传笺》曰：“窃脂肉食，今无肉而循场啄粟，失其天性，不能以自活。”朱熹《诗集传》曰：“桑扈，窃脂也，俗称青觜（zī音姿），肉食，不食粟。”

十四、填：同“瘨”（diān音巅），病苦。朱熹《诗集传》曰：“填，与‘瘨’同，病也。”一说为尽。《毛诗故训传》曰：“填，尽。”宜：乃。《毛诗故训传笺》曰：“仍得曰宜。”岸：讼。《毛诗故训传》曰：“岸，讼也。”朱熹《诗集传》曰：“岸，亦狱也，《韩诗》作‘犴’（àn音岸），乡亭之系曰‘犴’，朝廷曰‘狱’。”

十五、握：拿着。自：从。穀：吉利。《毛诗故训传笺》曰：“穀，生也。”《毛诗故训传笺》曰：“可哀哉！我穷尽寡财之人，仍有狱讼之事，无可以自救，但持粟行卜，求其胜负，从何能得生？”朱熹《诗集传》曰：“扈不食粟，而今则率场啄粟矣。病寡不宜岸狱，今则宜岸宜狱矣。言王不恤鳏寡，喜陷之于刑辟也。然不可不求所以自善之道，故握持其粟，出而卜之曰，何自而能善乎？言握粟，以见其贫窭之甚。”

十六、温温：柔和的样子。《毛诗故训传》曰：“温温，和柔貌。”如集于木：如停在树上。《毛诗故训传》曰："恐坠也。"

十七、惴惴：小心的样子。临：近。《毛诗故训传》曰："恐陨也。"《毛诗故训传笺》曰："衰乱之世，贤人君子虽无罪犹恐惧。"

十八、履：踏。朱熹《诗集传》云："此诗之词最为明白，而意极恳至。说者必欲为刺王之言，故其说穿凿破碎，无理尤甚。今悉改定，读者详之。"

【解题】

这是一首讽刺周幽王谋事邪僻、不任贤者的诗。《诗序》曰："《小宛》，大夫刺幽王也。"《毛诗故训传笺》曰："亦当为刺厉王。"周厉王胡（？—前828年），名又作"㝬"。周夷王燮（xiè音谢）之子，西周第十任君主，前878至前842年在位。在位时热衷聚敛，限制批评，被放逐于彘（今山西霍州）。

孔颖达《毛诗正义》曰："毛以作《小宛》诗者，大夫刺幽王也。政教为小，故曰'小宛'。宛是小貌，刺宣王政教狭小宛然。《经》云'宛彼鸣鸠'，不言名曰'小宛'者，王才智卑小似小鸟然。《传》曰'小鸟'，是也。郑'刺厉王'为异。"

方玉润《诗经原始》认为此诗一章思亲，二章慨世，三章教子，四章戒弟，五章自卜，六章自警。

小弁

弁彼鸒斯，归飞提提。一
民莫不穀，我独于罹。二

何辜于天？我罪伊何？三
心之忧矣，云如之何！四
踧踧周道，鞫为茂草。五
我心忧伤，惄焉如擣。六
假寐永叹，维忧用老。七
心之忧矣，疢如疾首。八
维桑与梓，必恭敬止。九
靡瞻匪父，靡依匪母。十
不属于毛，不罹于里。十一
天之生我，我辰安在？十二
菀彼柳斯，鸣蜩嘒嘒。十三
有漼者渊，萑苇淠淠。十四
譬彼舟流，不知所届。十五
心之忧矣，不遑假寐。十六
鹿斯之奔，维足伎伎。十七
雉之朝雊，尚求其雌。十八
譬彼坏木，疾用无枝。十九
心之忧矣，宁莫之知！二十
相彼投兔，尚或先之。二十一
行有死人，尚或墐之。二十二
君子秉心，维其忍之。二十三
心之忧矣，涕既陨之！二十四
君子信谗，如或酬之。二十五
君子不惠，不舒究之。二十六
伐木掎矣，析薪扡矣。二十七

舍彼有罪，予之佗矣！[二十八]
莫高匪山，莫浚匪泉。[二十九]
君子无易由言，耳属于垣。[三十]
无逝我梁，无发我笱。[三十一]
我躬不阅，遑恤我后。[三十二]

【注释】

一、弁（pán音盘）：快乐。《毛诗故训传》曰："弁，乐也。"鸒：乌鸦。朱熹《诗集传》曰："鸒，雅乌也。小而多群，腹下白，江东呼为鸭乌。"提提：悠闲的样子。朱熹《诗集传》曰："提提，群飞安闲之貌。"一说多的样子。《毛诗故训传》曰："提提，群貌。"《毛诗故训传笺》曰："乐乎！彼雅乌出食在野，甚饱，群飞而归提提然。兴者，喻凡人之父子兄弟，出入宫庭，相与饮食，亦提提然乐。伤今太子独不。"

二、穀：善。罹：苦难。《毛诗故训传》曰："幽王取申女，生大子宜咎。又说褒姒生子伯服，立以为后，而放宜咎，将杀之。"《毛诗故训传笺》曰："穀，养。于，曰。罹，忧也。天下之人，无不父子相养者。我太子独不，曰以忧也。"

三、辜：罪，冒犯。《毛诗故训传》曰："舜之怨慕，日号泣于旻天，于父母。"

四、云：发语词。朱熹《诗集传》曰："旧说幽王太子宜臼被废而作此诗。言弁彼鸒斯，则归飞提提矣。民莫不善，而我独于忧，则鸒斯之不如也。何辜于天，我罪伊何者，怨而慕也。舜号泣于旻天曰，父母之不我爱，于我何哉。盖如此矣，心之忧矣，云如之何，则知其无可奈何，而安之之词也。"

五、踧踧（dí音敌）：道路平坦的样子。《毛诗故训传》曰："踧踧，平易也。"周道：大道。《毛诗故训传》曰："周道，周室之通道。"鞫：穷究。《毛诗故训传笺》曰："鞫，穷也。"又曰："此喻幽王信褒姒之谗，乱其德政，使不通于四方。"一说同"鞠"，生满。《尔雅·释言》曰："鞠，生也。"

六、惄（nì音逆）：忧思，忧伤。捣：捶击，舂捣。《毛诗故训传》曰："惄，思也。捣，心疾也。"

七、假寐：和衣而睡。《毛诗故训传笺》曰："不脱冠衣而寐曰假寐。"维：发语词。用老：因而衰老。

八、疢（chèn音趁）：烦热，疾病。《毛诗故训传笺》曰："疢犹病也。"孔颖达《毛诗正义》曰："太子放逐，由王信馋所致。言踧踧然平易者，周室之通道也，今曰穷尽为茂草矣。茂草生于道则荒。道路以喻通达者，天子之德政也，今曰王政穷尽为褒姒矣。褒姒干王政则败王德。今王尽信褒姒之馋，太子所以放逐。王行如此，故我心为之忧伤，惄焉悲闷，如有物之捣心也。又假寐之中，长叹此事，维是忧而用致于老矣，以成疢病，如人之疾首者。疾首，谓头痛也。"

九、维：语助词。桑、梓：树名。朱熹《诗集传》曰："桑、梓，二木，古者五亩之宅，树之墙下，以遗子孙，给蚕食，具器用者也。"褚斌杰《诗经全注》曰："桑与梓：树名。这两种树古人常栽于庭中，以供后人养蚕、作器具之用。故古人又用'桑梓'喻家园、故乡。"止：之，指桑、梓。《毛诗故训传》曰："父之所树，己尚不敢不恭敬。"

十、靡：没有。瞻：敬仰。朱熹《诗集传》曰："瞻者，尊而仰之。"匪：非，不。

十一、属（zhǔ音主）：继续，联接。朱熹《诗集传》曰："属，连也。"毛：毛发。朱熹《诗集传》曰："毛，肤体之余气末属也。"离：同"丽"，附属。朱熹《诗集传》曰："离，丽也。"里：与"毛"相对。朱熹《诗集传》曰："里，心腹也。"《毛诗故训传》曰："毛在外阳，以言父。里在内阴，以言母。"《毛诗故训传笺》曰："此言人无不瞻仰其父取法则者，无不依恃其母以长大者。今我独不得父皮肤之气乎？独不处母之胞胎乎？何曾无恩于我？”

十二、辰：时辰。《毛诗故训传》曰：“辰，时也。”《毛诗故训传笺》曰：“此言我生所值之辰，安所在乎？谓六物之吉凶。”朱熹《诗集传》曰：“言桑梓父母所植，尚且必加恭敬。况父母至尊至亲，宜莫不瞻依也。然父母之不我爱，岂我不属于父母之毛乎？岂我不离于父母之里乎？无所归咎，则推之于天曰，岂我生时不善哉？何不祥至是也。”

十三、菀（yù音玉）：茂盛。朱熹《诗集传》曰：“菀，茂盛貌。”蜩）：蝉。《毛诗故训传》曰：“蜩，蝉也。”嘒嘒：蝉鸣声。《毛诗故训传》曰：“嘒嘒，声也。”

十四、漼（cuǐ音璀）：水深貌。《毛诗故训传》曰：“漼，深貌。”萑（huán音环）：芦类植物。初生名“菼”，幼小时叫“蒹”，长成后称“萑”。淠淠（pì音僻）：茂盛的样子。《毛诗故训传》曰：“淠淠，众也。”《毛诗故训传笺》曰：“柳木茂盛则多蝉，渊深而旁生萑苇。言大者之旁，无所不容。”

十五、届：止。《毛诗故训传笺》曰：“届，至也。言今太子不为王及后所容，而见放逐，状如舟之流行，无制之者，不知终所至也。”

十六、《毛诗故训传笺》曰：“遑，暇也。”《毛诗正义》曰：“譬彼舟之流行，而无维制之者，不知终当所至，以此故我心之忧矣。”朱熹《诗集传》曰：“菀彼柳斯，则鸣蜩嘒嘒矣。有漼者渊，萑苇淠淠矣。今我独见弃逐，如舟之流于水中，不知其何所至乎。是以忧之之深，昔犹假寐而今不暇也。”

十七、奔：奔跑。维：语助词。伎伎（qí音其）：快速奔跑的样子。《毛诗故训传》曰：“伎伎，舒貌。谓鹿之奔走，其足伎伎然舒也。”《毛诗故训传笺》曰：“鹿之奔走，其势宜疾，而足伎伎然舒，留其群也。”朱熹《诗集传》曰：“伎伎，舒貌。宜疾而舒，留其群也。”《毛诗正义》曰：“此鹿斯与鸒斯、柳斯，斯皆辞也。言鹿之奔走，其势宜疾，今乃维足伎伎然，安舒而稽留，以待其牝鹿而俱走也。雄雉之于朝旦雊然而鸣，犹为求其雌雉而并飞也。鹿、雉犹得偶以俱游，太子之见放逐，弃其妃匹，不得俱去，是鸟兽之不如。譬彼内伤病之木，以内疾之故，是用无枝也。犹太子无匹之故，不得生子，故我心之忧矣，曾无知之者。"朱熹《诗集传》曰："鹿斯之奔，则足伎伎然。雉之朝雊，亦知求其妃匹。今我独见弃逐，如伤病之木，憔悴而无枝，是以忧之，而人莫之知也。"

十八、雉：山鸡。雊（gòu音够）：山鸡叫。尚：尚且。《毛诗故训传笺》曰："雊，雉鸣也。尚，犹也。雉之鸣，犹知求其雌，今太子之放弃，其妃匹不得与之去，又鸟兽之不如。"

十九、坏木：伤病的木。《毛诗故训传》曰："坏，瘣也，谓伤病也。"疾用：即"用疾"。无枝：没有枝条。

二十、宁：乃。《毛诗故训传笺》曰："宁犹曾也。太子放逐而不得生子，犹内伤病之。木内有疾，故无枝也。"莫之知：即"莫知之"。

二十一、相：看。《毛诗故训传笺》曰："相，视。"投兔：投到网中的兔子。《毛诗故训传笺》曰："投，掩。"或：有人。先之：开网放开它。马瑞辰《毛诗传笺通释》曰："先之，即开其所塞也。"

二十二、行：道路。《毛诗故训传笺》曰："行，道也。"墐：通"殣"，掩埋。《毛诗故训传》曰："墐，路冢也。"《毛诗故训传笺》曰："视彼人将掩兔，尚有先驱走之者。道中有死人，尚有覆掩之成其墐者。言此所不知，其心不忍。"朱熹《诗集传》曰："相彼被逐而投人之兔，尚或有哀其穷，而先脱之者。道有死人，尚或有哀其暴露，而埋藏之者。盖皆有不忍之心焉。今王信谗弃逐其子，曾视投兔死人之不如，则其秉心亦忍矣，是以心忧而涕陨也。"

二十三、秉：持。维其：何其。忍：残忍。《毛诗故训传笺》曰："秉，执也。言王之执心，不如彼二人。"

二十四、陨：落。《毛诗故训传》曰：“陨，坠也。”

二十五、酬：劝酒，敬酒。《毛诗故训传笺》曰：“酬，旅酬也。如酬之者，谓受而行之。”

二十六、惠：爱心。舒究：慢慢考察。《毛诗故训传笺》曰：“惠，爱。究，谋也。王不爱太子，故闻谗言则放之，不舒谋也。”

二十七、掎（jǐ音挤）：牵引，拖住。析薪：劈柴。扡（chǐ音耻）：顺着纹理劈开。《毛诗故训传》曰：“伐木者掎其巅，析薪者随其理。”《毛诗故训传笺》曰：“掎其巅者，不欲妄踣之。扡，谓观其理也。必随其理者，不欲妄挫折之。以言今王之遇太子，不如伐木析薪也。”

二十八、舍：抛开。佗（tuò音拓）：加。《毛诗故训传》曰：“佗，加也。”《毛诗故训传笺》曰：“舍褒姒谗言之罪，而妄加我太子。”朱熹《诗集传》曰：“言王惟谗是听，如受酬爵得即饮之。曾不加惠爱舒缓，而究察之。夫苟舒缓而究察之，则谗者之情得矣。伐木者尚倚其巅，析薪者尚随其理，皆不妄挫折之。今乃舍彼有罪之谮人，而加我以非其罪，曾伐木析薪之不若也。此则兴也。”

二十九、浚（jùn音俊）：深。《毛诗故训传》曰：“浚，深也。”《毛诗故训传笺》曰：“山高矣，人登其巅。泉深矣，人入其渊。以言人无所不至，虽逃避之，犹有默存者焉。”

三十、易：轻易。由：用。垣：墙。《毛诗故训传笺》曰：“由，用也。王无轻用谗人之言，人将有属耳于壁而听之者，知王有所受之，知王心不正也。”

三十一、逝：去。梁：断水捕鱼的堰。发：乱动。笱：竹制的捕鱼器，鱼笼。《毛诗故训传笺》曰：“逝，之也。之人梁，发人笱，此必有盗鱼之罪。以言褒姒淫色来嬖于王，盗我太子母子之宠。”

三十二、躬：身。不阅：不容。遑：何。恤：顾及。《毛诗故训传》

曰："念父，孝也。高子曰：'《小弁》，小人之诗也。'孟子曰：'何以言之？'曰：'怨乎。'孟子曰：'固哉夫，高叟之为诗也！有越人于此，关弓而射弓，我则谈笑而道之，无他，疏之也。兄弟关弓而射我，我则垂涕泣而道之，无他，戚之也。然则《小弁》之怨，亲亲也。亲亲，仁也。固哉夫，高叟之为诗！'曰：'《凯风》何以不怨？'曰：'《凯风》，亲之过小者也；《小弁》，亲之过大者也。亲之过大而不怨，是愈疏也；亲之过小而怨，是不可矶（激怒，触犯）也，愈疏。'"《毛诗故训传笺》曰："念父，孝也。大子念王将受谗言不止，我死之后，惧复有被谗者，亦无如之何，故自决云：'我身尚不能自容，何暇乃忧我死之后也？'"

【解题】

这是一首讽刺周幽王欲谋害太子宜咎的诗。《诗序》曰："《小弁》，刺幽王也。大子之傅作焉。"《毛诗正义》曰："王既信谗，而加罪于大子，仍有杀太子之心，谓人不知，故告之。"周幽王宠信褒姒，放逐太子宜咎，其傅知太子无罪，所以以诗讽谏。宜咎即宜臼，周幽王之子，母申后为申侯之女。周幽王娶褒姒，生伯服，遂废太子宜臼，立伯服为太子。宜臼逃亡申国，申侯联合缯国和犬戎杀周幽王与郑桓公。公元前770年，宜臼即位，迁都洛邑。宜臼即周平王，公元前770年至公元前720年在位。

朱熹《诗集传》曰："幽王娶于申，生太子宜臼。后得褒姒而惑之。生子伯服，信其谗，黜申后逐宜臼。而宜臼作此以自怨也。《序》以为太子之傅述太子之情，以为是诗。不知其何所据也。"

巧言

悠悠昊天，曰父母且。[一]
无罪无辜，乱如此幠。[二]
昊天已威，予慎无罪。[三]
昊天泰幠，予慎无辜。[四]
乱之初生，僭始既涵。[五]
乱之又生，君子信谗。[六]
君子如怒，乱庶遄沮。[七]
君子如祉，乱庶遄已。[八]
君子屡盟，乱是用长。[九]
君子信盗，乱是用暴。[十]
盗言孔甘，乱是用餤。[十一]
匪其止共，维王之邛。[十二]
奕奕寝庙，君子作之。[十三]
秩秩大猷，圣人莫之。[十四]
他人有心，予忖度之。[十五]
跃跃毚兔，遇犬获之。[十六]
荏染柔木，君子树之。[十七]
往来行言，心焉数之。[十八]
蛇蛇硕言，出自口矣。[十九]
巧言如簧，颜之厚矣。[二十]
彼何人斯，居河之麋。[二十一]
无拳无勇，职为乱阶。[二十二]
既微且尰，尔勇伊何？[二十三]

为犹将多，尔居徒几何？二十四

【注释】

一、悠悠：远大的样子。朱熹《诗集传》曰："悠悠，远大之貌。"《毛诗故训传笺》曰："悠悠，思也。"昊天：苍天。曰：维，是。且：语气词。

二、幠（hū音乎）：覆盖，引申为大。《毛诗故训传》曰："幠，大也。"马瑞辰《毛诗传笺通释》曰："《尔雅·释诂》曰：'幠，大也。'《说文》曰：'幠，覆也。'覆与大义正相成。《尔雅·释言》曰：'怃，傲也。'傲者大义之引伸，字亦以作幠为正。《唐石经》《相台》本并作幠，用本字；明监本、毛本作怃者，假借字。若怃之本义，则《方言》《说文》并训为爱。下文'昊天太怃'，亦幠之借字。"《毛诗故训传笺》曰："始者言其为民之父母，今乃刑杀无罪无辜之人，为乱如此，甚傲慢无法度也。"

三、已威：甚威。《毛诗故训传》曰："威，畏。"慎：确实。《毛诗故训传》曰："慎，诚也。"

四、泰幠：太大的祸乱。《毛诗故训传笺》曰："已、泰皆言甚也。昊天乎，王甚可畏。王甚傲慢，我诚无罪而罪我。"

五、僭：同"谮"，谗言。僭始既涵：《毛诗故训传》曰："僭，数（shǔ音属）也。意为数落、责备。"《毛诗故训传笺》曰："僭，不信也。"马瑞辰《毛诗传笺通释》曰："僭，从《传》训数为允。据《释文》云'僭，毛侧荫反'，《传》盖以僭为谮之假借。《说文》曰：'谮，诉也。''谗，谮也。'诉、数义近。涵，亦从《传》训容为允，谓言未信而姑容之也。涵、咸古同声通用，《韩诗》作减者，咸之假借。又按《一切经音义》卷五引诗'谮始既涵'，是僭即谮之证。"涵：容纳。《毛诗故训传》曰："涵，容也。"《毛诗故训传笺》曰："既，尽。涵，同也。王之初生乱萌，群臣之言不信与信尽同之，不别也。"

六、君子：在位者。《毛诗故训传笺》曰：“君子，斥在位者也。在位者信谗人之言，是复乱之所生。”

七、如：如果。怒：斥责。庶：差不多。遄：快速。《毛诗故训传》曰：“遄，疾。”沮：制止。《毛诗故训传》曰：“沮，止也。”《毛诗故训传笺》曰：“君子见谗人如怒责之，则此乱庶几可疾止也。”

八、祉：福。《毛诗故训传》曰：“祉，福也。”《毛诗故训传笺》曰：“福者，福贤者。谓爵禄之也。”已：止。

九、屡盟：多次结盟。用：因此。长：延长。《毛诗故训传》曰：“凡国有疑，会同则用盟而相要也。”《毛诗故训传笺》曰：“屡，数也。盟之所以数者，由世衰乱多相背违。时见曰会，殷见曰同，非此时而盟谓之数。”

十、信：相信。盗：像强盗一样的人。《毛诗故训传》曰：“盗，逃也。”《毛诗故训传笺》曰：“盗，谓小人也。《春秋传》曰：‘贱者穷诸盗。’”暴：猛烈。朱熹《诗集传》曰：“君子不能疾谗而信盗以为虐则乱是用暴。”

十一、餤（tán音谈）：进食。《毛诗故训传》曰：“餤，进也。”马瑞辰《毛诗传笺通释》曰：“《说文》无‘餤’有‘啖’，云：‘啖，噍啖也。一曰，噉。’《玉篇》《广韵》皆正作‘噉’，云：‘啖，同。’是噉、啖一字。‘餤’盖亦‘啖’字之别体。《尔雅·释诂》曰：‘餤，进也。’《荀子·王霸篇》‘啖啖常欲人之有’，《注》曰：‘啖啖，并吞之貌。’是啖本甘食贪噉之貌，引伸其义为进。《诗》‘乱是用餤’正承上‘盗言孔甘’言之，故以啖食为喻耳。《释文》曰：‘餤，沈音谈。’啖、谈双声，沈重盖亦读餤为啖。”

十二、止：阻止。共：共同，一说为恭敬。《释文》曰：“共，音恭，本又作恭。”王：王朝。邛：毛病，弊病。《毛诗故训传笺》曰：“邛，病也。小人好为谗谄，既不共其职事，又为王作病。”

十三、奕奕：高大的样子。《毛诗故训传》曰：“奕奕，大貌。”寝庙：宗庙。作：兴建。

十四、秩秩：宏大的样子。《毛诗故训传》曰：“秩秩，进知也。”一说为有序的样子。朱熹《诗集传》曰：“秩秩，序也。”大猷（yóu音由）：大谋略。莫：通“谟”，谋，谋划。《毛诗故训传》曰：“莫，谋也。”马瑞辰《毛诗传笺通释》曰：“《说文》曰：‘谟，议谋也。’《毛诗故训传》谓‘莫’即‘谟’之省借。据《释诂》‘谟，伪也’，邵晋涵读‘伪’为‘作为’之‘为’，‘为’与‘行’同义，则‘莫’‘谟’皆当训‘为’，与上文‘君子作之’同义。《广雅》‘莫，漠也’，又以‘莫’为‘漠’之借字。《尔雅·释言》曰：‘漠、察，清也。’郭注：‘皆清明。’‘漠’与‘谟’义亦相成。”

十五、忖度：揣度。马瑞辰《毛诗传笺通释》曰：“《说文》无忖字，忖度即刌剫（cǔn duó音忖夺）之假借。《说文》曰：‘刌，切也。’‘剫，判也。’《广雅》曰：‘刌，断也。’《汉书·元帝纪》曰：‘分刌节度。’刌度谓代为判断之，如切物之度其长短也。《玉藻》‘瓜祭上环’，郑注：‘上环，头忖也。’《释文》曰：‘忖，本又作刌，切也。’是忖即为刌之证。古亦省作寸，此诗《释文》‘忖，本又作寸’，《尔雅》‘木谓之剫’，郭注引《左传》‘山有木，工则剫之’，今《左传》作度，是度即为剫之证。”

十六、跃跃：跳跃的样子。《韩诗》作“趯趯”，云：“趯趯，往来之貌。”毚（chán音蝉）兔：狡兔。《毛诗故训传》曰：“毚兔，狡兔也。”遇犬：田犬。《毛诗故训传笺》曰：“遇犬，犬之驯者，谓田犬也。”《毛诗正义》曰：“谗人为谗，自谓深密。此言已能知之。言奕奕然高大之寝庙，君子之人所能制作之。秩秩然进智之大道，圣德之人能谋立之。彼他人而有谗佞之心，我能忖度而知之。跃跃然者跳疾之狡兔，遇值犬则能获得之。”戴震《毛诗补传》云：“国家宗庙宫室故在，皆君子之为也。典章法度具刌，皆圣人所定也。彼谗人者有心破坏之，我安得不忖度其故。忖度之则情状得，譬如狡兔之跃，遇犬则获矣。”

十七、荏（rěn音忍）染：柔弱的样子。也作“荏苒”。《毛诗故训传》曰：“荏染，柔意也。柔木，椅、桐、梓、漆也。”《毛诗故训传笺》曰：“此言君子树善木，如人心思数善言而出之。”树：种植。马瑞辰《毛诗传笺通释》曰：“树者，尌之假借，《说文》：‘尌，立也。’……《乡射礼》‘君国中射则皮树中’，注：‘今文皮树为繁竖。’是树、竖通用之证。《广雅》曰：‘树，立也。’亦假借字。树之谓植立之也。”

十八、往来行言：流言蜚语。《毛诗故训传笺》曰：“善言者，往亦可行，来亦可行，于彼亦可，于此亦可，是之谓行也。”朱熹《诗集传》曰：“行言，行道之言也。”一说为言。马瑞辰《毛诗传笺通释》曰：“《尔雅·释诂》曰：‘行，言也。’郭注：‘今江东通谓语为行。’是行言二字平列而同义，犹云语言耳。《毛诗故训传笺》以往来皆可行为行言，失之。”数：算计。

十九、蛇蛇（yí音仪）：弯弯曲曲。《毛诗故训传》曰：“蛇蛇，浅意也。”马瑞辰《毛诗传笺通释》曰：“蛇蛇即訑訑之假借。《孟子》曰：‘则人将曰訑訑’，赵注：‘訑訑者，自足其智，不嗜善言之貌。’《音义》引张氏曰：‘訑訑，盖言辞不正，欺罔于人，自夸大之貌。’《广雅》曰：‘詑（tuó音驼），欺也。’《玉篇》曰：‘訑，诡言也。’詑即訑也。字亦作虵，虵虵盖大言欺世之貌。”硕：大。《毛诗故训传笺》曰：“硕，大也。”

二十、簧：乐器里有弹性的薄片，用竹箬或铜片制成，作为发声的振动体。亦指簧片振动发出的声音。颜之厚：厚颜无耻。《毛诗故训传笺》曰：“颜之厚者，出言虚伪而不知惭于人。”《毛诗正义》曰：“言荏染柔忍之木，君子之人所树之也。言君子树木，必身简择，取善木然后树之。喻往来可行之言，亦君子口所出之也。言君子出言，必心焉思数，知善而后出之。小人则不然，蛇蛇人浅意之大言，徒出自口矣，都不由于心。得言即言，必不思数也。巧为言语，结构虚辞，速相待合，如笙中之簧，声相应和，见人不知惭愧，其颜面之容甚厚矣。君子树之，不言择木；心焉数之，不言出口，虽相对而文互也。”

二十一、彼何人斯：《毛诗故训传笺》曰："何人，斥谗人也。贱而恶之，故曰'何人'。"居河之麋（mí音迷）：通"湄"，水边。《毛诗故训传》曰："水草交谓之麋。"

二十二、拳：力。《毛诗故训传》曰："拳，力也。"《毛诗故训传笺》曰："言无力勇者，谓易诛除也。"职：专主。《毛诗故训传笺》曰："职，主也。"乱阶：祸乱的由来。《毛诗故训传笺》曰："此人主为乱作阶，言乱由之来也。"

二十三、微：小腿生湿疮。尰（zhǒng音肿）：指足部水肿。《毛诗故训传》曰："骭疡为微，肿足为尰。"《毛诗故训传笺》曰："此人居下湿之地，故生微肿之疾。"尔勇伊何：《毛诗故训传笺》曰："人憎恶之，故言女勇伊何，何所能也。"

二十四、犹：谋。将：大。《毛诗故训传笺》曰："犹，谋。将，大也。女作谗佞之谋大多。"居：居住。《毛诗故训传笺》曰："女所居之众，几何人素然能乎！"一说居为语助词。马瑞辰《毛诗传笺通释》曰："居为语助辞。'尔居徒几何？'即言尔徒几何也。"

【解题】

这是一首讽刺周幽王听信谗言的诗。《诗序》曰："《巧言》，刺幽王也。大夫伤于谗，故作是诗也。"《毛诗故训传笺》曰："始者言其且为民之父母，今乃刑杀无罪无辜之人，为乱如此，甚敖慢无法度也。"

朱熹《诗集传》曰："大夫伤于谗，无所控告，而诉之于天曰，悠悠昊天，为人之父母。胡为使无罪之人，遭乱如此其大也。昊天之威已甚矣，我审无罪也。昊天之威甚大矣，我审无辜也。此自诉而求免之词也。"

高亨《诗经今注》曰："这首诗是周王朝的官吏所作，讽刺周王听信谗言，酿成乱事；同时斥责馋人厚颜无耻。旧说作于幽王时代，可从。"

何人斯

彼何人斯？其心孔艰。一
胡逝我梁，不入我门？二
伊谁云从？维暴之云。三
二人从行，谁为此祸？四
胡逝我梁，不入唁我？五
始者不如今，云不我可！六
彼何人斯？胡逝我陈？七
我闻其声，不见其身。八
不愧于人？不畏于天？九
彼何人斯？其为飘风。十
胡不自北？胡不自南？十一
胡逝我梁，祇搅我心？十二
尔之安行，亦不遑舍。十三
尔之亟行，遑脂尔车。十四
壹者之来，云何其盱？十五
尔还而入，我心易也。十六
还而不入，否难知也。十七
壹者之来，俾我祇也。十八
伯氏吹埙，仲氏吹篪。十九
及尔如贯，谅不我知！二十
出此三物，以诅尔斯！二十一
为鬼为蜮，则不可得。二十二
有靦面目，视人罔极。二十三

作此好歌，以极反侧。二十四

【注释】

一、何人：朱熹《诗集传》曰："何人，亦若不知其姓名也。"王先谦《诗三家义集疏》曰："明知其人而言彼何人者，甚恶之。"孔艰：很艰难。《毛诗故训传笺》曰："孔，甚。艰，难。其持心甚难知。"王先谦《诗三家义集疏》曰："孔艰者，谓其心深而难察。"

二、逝：到。《毛诗故训传笺》曰："逝，之也。"梁：捕鱼的坝。《毛诗故训传笺》曰："梁，鱼梁也，在苏国之门外。今过我国，何故近之我梁，而不入见我乎？"王先谦《诗三家义集疏》曰："胡为至我国门外鱼梁之上，而不入我之国门乎？"

三、云：说。《毛诗故训传》曰："云，言也。"《毛诗故训传笺》曰："谮我者，是言从谁生乎？乃暴公之所言也。"暴：地名。王夫之："苏、暴二国，境土犬牙相入，故嫌忌而相谤。"胡承珙《毛诗后笺》曰："暴，辛公采地，郑邑也，一云隧。"

四、二人：《毛诗故训传笺》曰："二人者，谓暴公与其侣也。"祸：祸患。《毛诗故训传笺》曰："谁作我是祸乎？"王先谦《诗三家义集疏》曰："此祸者，盖苏被僭得罪，卒至失国。"

五、唁（yàn音燕）：慰问。《毛诗故训传笺》曰："何故近之我梁，而不入吊唁我乎？"《毛诗正义》曰："今苏公被罪之后，而在国见何人之其梁陈，是不夺其国，明是谴责而已，未加刑杀也。言唁者，虽不夺国，以被罪当吊之。吊生曰唁，不必失国也。"朱熹《诗集传》曰："唁，吊失位也。"

六、始者：昔者，过去。《毛诗故训传笺》曰："女始者于我甚厚，不如今日也。今日云我所行，有何不可者乎？何更于已薄也？"褚斌杰《诗经全注》曰："不我可，即不可我，不跟我要好。"

七、陈：堂前的通道。《毛诗故训传》曰：“陈，堂涂也。”《毛诗故训传笺》曰：“堂涂者，公馆之堂涂也。”王先谦《诗三家义集疏》曰：“《释名》曰：‘陈，堂涂也，谓宾主相迎陈列之处也。’涂乃堂下本名，谓之陈者，涂之别名也。”

八、身：身影。《毛诗故训传笺》曰：“何故近之我馆庭，使我得闻女之音声，不得睹女之身乎？”

九、愧：羞愧。《毛诗故训传笺》曰：“女今不入唁我，何所愧畏乎？皆疑之，未察之辞。”朱熹《诗集传》曰：“不愧于人，则以人为可欺也。天不可欺，女独不畏于天乎？奈何其谮我也。”

十、飘风：旋风。《毛诗故训传》曰：“飘风，暴起之风。”《毛诗故训传笺》曰：“何人乎，女行来而去疾如飘风，不欲入见我？”朱熹《诗集传》曰：“飘风，暴风也。言其往来之疾，若飘风然。”

十一、自北、自南：《毛诗故训传笺》曰：“何不乃从我国之南，不则乃从我国之北？”

十二、衹（zhǐ音指）：适，恰，正。《毛诗故训传笺》曰：“衹，适也，何近之我梁，适乱我之心，使我疑女？”搅：扰乱。朱熹《诗集传》曰：“搅，扰乱也。”

十三、安行：慢行。朱熹《诗集传》曰：“安，徐。”马瑞辰《毛诗传笺通释》曰：“安行对疾行言，即缓行。”遑：暇。《毛诗故训传笺》曰：“遑，暇。女可安行乎？则何不暇舍息乎？”

十四、亟：快。《毛诗故训传笺》曰：“亟，疾。”脂：以油膏涂物。《毛诗故训传笺》曰：“女当疾行乎？则又何暇脂女车乎？”马瑞辰《毛诗传笺通释》曰：“脂音支，即支字之假借。支与榰通。《尔雅》曰：‘榰，柱也。’……脂尔车即榰尔车……诗盖言尔之缓行且不遑舍息，尔之急行岂暇榰（以木桩支撑也）尔车以止之。遑，正言不遑也。旧训脂车为膏车，失之。”

十五、盱：通“吁”，病，忧愁。《毛诗故训传笺》曰：“盱，病也。极其情，求其意，终不得一者之来见我，于女亦何病乎。”朱熹《诗集传》曰：“何不一来见我，如何使我望汝之切乎。”

十六、还：返回。《毛诗故训传笺》曰：“还，行反也。”易：悦。《毛诗故训传》曰：“易，说。”《毛诗故训传笺》曰：“女行反入见我，我则解说（舒解欢悦）也。”马瑞辰《毛诗传笺通释》曰：“《释文》曰：‘易，《韩诗》作施。施，善也。’瑞辰按：易、施古音不同部，而义近。”

十七、否：不入门。《毛诗故训传笺》曰：“否，不通也。”马瑞辰《毛诗传笺通释》曰：“《笺》读否字如否塞之否，义甚迂曲。今按否犹不也，盖语助词，否难知言难知也。诗盖谓还而不入，则其情叵测难知。朱子《集传》但曰‘尔之心我不得而知矣’，不释经文否字，盖亦以否为语助。”

十八、祇：病。《毛诗故训传》曰：“祇，病也。”《毛诗故训传笺》曰：“祇，安也。”马瑞辰《毛诗传笺通释》曰：“此承壹者之来言之，当以《笺》义为允。”

十九、伯、仲：兄弟排行老大、老二。《毛诗故训传笺》曰：“伯仲喻兄弟也。”埙（xūn音熏）：古代一种陶制吹奏乐器。篪（chí音池）：古代竹制的管乐器之一。《毛诗故训传》曰：“土曰埙，竹曰篪。”《毛诗故训传笺》曰：“我与女恩如兄弟，其相应和如埙篪。以言俱为王臣，宜相亲爱。”

二十、及：和。《毛诗故训传笺》曰：“及，与。”贯：泛指串其他东西的绳索。《毛诗故训传笺》曰：“我与女俱为王臣，其相比次，如物之在绳索之贯也。”谅：确实。《毛诗故训传笺》曰：“谅，信也。今女心诚信，而我不知。”朱熹《诗集传》曰：“岂诚不我知而谮我哉。”

二十一、三物：祭祀用的鸡、犬、豕。《毛诗故训传》曰：“三物，豕、犬、鸡也。民不相信则盟诅之。君以豕，臣以犬，民以鸡。”

二十二、蜮（yù音玉）：短狐，相传一种能含沙射人为害的动物。《毛诗故训传》曰："蜮，短狐也。"《毛诗故训传笺》曰："使女为鬼为蜮也，则女诚不可得见也。"《毛诗正义》曰："《洪范·五行传》云：'蜮如鳖，三足，生于南越。南越妇人多淫，故其地多蜮，淫女或乱之气所生也。'陆玑《疏》云：'一名射影，江淮水皆有之。人在岸上，影见水中，投人影则杀之，故曰射影。南人将入水，先以瓦石投水中，令水浊，然后入。或曰含沙射人皮肌，其疮如疥。'是也。"

二十三、靦（tiǎn音忝）：面目貌。《毛诗故训传》曰："靦，姡也。"《毛诗故训传笺》曰："姡然有面目，女乃人也。"朱熹《诗集传》曰："靦，面见人之貌也。靦然有面目与人相视，无穷极之时，岂其情终不可测哉。"

二十四、好：善。《毛诗故训传笺》曰："好犹善也。"反侧：反复无常。《毛诗故训传》曰："反侧，不正直也。"《毛诗故训传笺》曰："反侧，辗转也。作八章之歌，求女之情。女之情反侧极于是也。"

【解题】

这是一首周王室卿士苏公讽刺同僚卿士暴公进谗的诗。《诗序》曰："《何人斯》，苏公刺暴公也。暴公为卿士而谮苏公焉，故苏公作是诗以绝之。"苏、暴都是周王畿内国名。《毛诗故训传笺》曰："暴也、苏也，皆畿内国名。"

孔颖达《毛诗正义》曰："《何人斯》者，苏公所作以刺暴公也。暴公为王卿士，而于王所谗谮苏公，令使获谴焉，故苏公作是《何人斯》之诗以绝之。言暴公不复与交也。"

朱熹《诗集传》曰："旧说暴公为卿士，而谮苏公。故苏公作诗以绝之。"又曰："此诗与上篇文意相似。疑出一手。但上篇先刺听者。此篇专责谗人耳。王氏曰：暴公不忠于君，不义于友，所谓大故也。故苏公绝之。然其绝之也，不斥暴公，言其从行而已。不着其谮也，示以所疑而已。既绝之矣，而犹告以壹者之来，俾我祇也。盖君子之处己也忠、其遇人也恕，使其由此悔悟更以善意从我，固所愿也。虽其不能如此，我固不为已甚。岂若小丈夫哉。一与人绝，则丑诋固拒，唯恐其复合也。”

巷伯

萋兮斐兮，成是贝锦。[一]
彼谮人者，亦已大甚！[二]
哆兮侈兮，成是南箕。[三]
彼谮人者，谁适与谋？[四]
缉缉翩翩，谋欲谮人。[五]
慎尔言也，谓尔不信。[六]
捷捷幡幡，谋欲谮言。[七]
岂不尔受，既其女迁。[八]
骄人好好，劳人草草。[九]
苍天苍天！视彼骄人，矜此劳人！[十]
彼谮人者，谁适与谋？
取彼谮人，投畀豺虎。[十一]
豺虎不食，投畀有北。
有北不受，投畀有昊。[十二]
杨园之道，猗于亩丘。[十三]
寺人孟子，作为此诗。[十四]
凡百君子，敬而听之。[十五]

【注释】

一、萋、斐：《毛诗故训传》云文章相错也，指花纹交错的样子。是，指示代词。贝锦，有贝壳花纹的锦缎。《毛诗故训传笺》认为这是“兴”的手法，“喻谗人集作己过，以成于罪，犹女工之集采色，以成锦文”。朱熹认为是“比”的手法，“以比谗人者因人之小过，而饰成大罪也”。

二、僭：进谗言，诬陷他人。大甚：太甚。《毛诗故训传笺》云：“谓使己得重罪也。”

三、哆（chi音侈）：大也。侈同哆，亦大之意。马瑞辰《毛诗传笺通释》曰：“故诗人以喻谗言，哆、侈皆状箕星舌广之貌，犹萋斐为文章相错貌。”南箕（jī音基）：指箕星，共四星，其形状就像张大的口，古人认为其主宰人间的口舌是非。

四、适：往也。《毛诗故训传笺》云：“谁往就女谋乎？怪其言多且巧。”

五、缉缉：窃窃私语貌。翩翩：花言巧语貌。《毛诗故训传》云：“往来貌。”马瑞辰《毛诗传笺通释》认为《毛诗故训传》之解错误：“诗言缉缉者，言之密也；翩翩者，言之巧也。”

六、慎：谨慎，慎重。尔：你，指馋人。朱熹《诗集传》云：“谮人者，自以为得意矣。然不慎尔言，听者有时而悟。且将以尔为不信矣。”

七、捷捷：同缉缉，窃窃私语貌。幡幡：同翩翩，花言巧语貌。《毛诗故训传》云：“捷捷，犹缉缉也。幡幡，犹翩翩也。”

八、岂不尔受：即岂不受尔。既：既而，很快。迁：离去。女迁：即迁汝，女：汝。避开你的意思，即人们会很快知道受骗而避开你。

九、骄人：指谗言者。好好：指得意的样子。《毛诗故训传》云：“喜也。”劳人：失意的人，指被谗者。草草：指忧愁苦闷的样子。《毛诗故训传》云：“劳心也。”

十、视：视察。矜：怜悯。《毛诗正义》曰：“故仰告苍天，苍天何不视察彼人之虚妄，而矜哀此劳人。”

十一、投畀：投给。畀：给，给以。

十二、有北：指非常北的地方，《毛诗故训传》云：“北方寒凉而不毛。”有昊：即昊天，《毛诗故训传笺》云：“付与昊天制其罪也。”

十三、杨园：园名。亩丘：丘名。猗（yī音衣）：靠近、连接的意思。《毛诗故训传》曰：“加也。”《毛诗故训传笺》云：“欲之杨园之道，当先历亩丘，以言此谗人欲谮大臣，故从近小者始。”

十四、寺人：宫内小臣，或者阉人。孟子：人名。

十五、凡：所有。百：言其多。君子：在位之朝官。

【解题】

这是一首讽刺周幽王的诗。《诗序》曰：“巷伯，刺幽王也。寺人伤于谗，故作是诗也。”《毛诗故训传笺》曰：“巷伯，奄官。寺人，内小臣也。奄官上士四人，掌王后之命，于宫中为近，故谓之巷伯，与寺人之官相近。谗人谮寺人，寺人又伤其将及巷伯，故以名篇。”

孔颖达《毛诗正义》曰：“此《经》无巷伯之字，而名篇曰《巷伯》，故《序》解之云：‘巷伯，奄官。’言奄人为此官也。官下有‘兮’，衍字。定本无‘巷伯奄官’四字，于理是也。以俗本多有，故解之。”

朱熹《诗集传》曰：“巷，是宫内道名。秦、汉所谓永巷，是也。伯，长也。主宫内道官之长，即寺人也。故以名篇。班固司马迁赞云，迹其所以自伤悼，小雅巷伯之伦。其意亦谓，巷伯本以被谮而遭刑也。而杨氏曰：寺人，内侍之微者出入于王之左右，亲近于王而日见之，宜无闲之可伺矣。今也亦伤于谗，则疎远者可知。故其诗曰，凡百君子，敬而听之，使在位知戒也。其说不同，然亦有理，姑存于此云。”

谷风之什

谷风

习习谷风，维风及雨。一
将恐将惧，维予与女。二
将安将乐，女转弃予！三
习习谷风，维风及颓。四
将恐将惧，寘予于怀。五
将安将乐，弃予如遗！六
习习谷风，维山崔嵬。七
无草不死，无木不萎。八
忘我大德，思我小怨。九

【注释】

一、习习：连续不断的风声。《毛诗故训传笺》云：“习习，和调之貌。”谷风：来自山谷的大风。《毛诗故训传笺》曰：“东风谓之谷风。”孔颖达《毛诗正义》曰：“风类多矣，正取谷风为喻者。谷风，生长之风，取其朋友相长益故也。”姚际恒《诗经通论》曰：“严氏曰：‘来自山谷之风，大风也。又习习然连续不断，继之以雨，喻连变恐惧之时，犹后人以“震风、凌雨”喻不安也。二章言“维风及颓”，颓，暴风也。三章言草木萎死，无生长之意。’”维：是，一说发语词。风及雨：风雨交加，在此比喻生活中有大变故。《毛诗故训传》曰：“风雨相感，朋友相须。”《毛诗故训传笺》曰：“兴者，风而有雨则润泽行，喻朋友同志则恩爱成。”

二、将：又。《毛诗故训传笺》曰：“将，且也。”陈奂《诗毛氏传疏》曰：“将犹方也。”恐惧：恐、惧，喻遭厄难勤苦之事也。一说为新婚时激动心情。维：独。与：本义为“党与”，隐身为好、爱的意思。程俊英等《诗经注析》《毛诗故训传笺》曰：“当此之时，独我与女尔。谓同其忧务。”马瑞辰《毛诗传笺通释》曰：“‘与’与‘弃’对言。恐惧时独我好汝，以见昔之后。安乐时汝转弃予，以见今之薄。”

三、将安将乐，女转弃予：安乐时，你抛弃了我。《毛诗故训传》“言朋友趋利，穷达相弃。”《毛诗故训传笺》云：“朋友无大故则不相遗弃。今女以志达而安乐，弃恩忘旧，薄之甚。”

四、颓：暴风。《毛诗故训传》曰：“颓，风之焚轮者也。风薄相扶而上，喻朋友相须而成。”《释天》云：“焚轮谓颓，扶摇谓之猋。”李巡注曰：“焚轮，暴风从上来降，谓之颓。颓，下也。扶摇，暴风从下升上，故曰猋。猋，上也。”孙炎注曰：“回风从上下曰颓，回风从下上曰猋。”王先谦《诗三家义集疏》曰：“焚轮与扶摇皆风之名词，焚喻其暴，轮喻其回，合言之，即纷纶棼乱之状。”

五、寘（zhì音至）：放，这句是说，把我放在怀里保护。《毛诗故训传笺》云：“寘，置也。置我于怀，言至亲己也。”

六、遗：忘记。《毛诗故训传笺》云：“如遗者，如人行道遗忘物，忽然不省存也。”

七、崔嵬：山高峻的样子。《毛诗故训传》曰：“崔嵬，山巅也。”陈奂《诗毛氏传疏》曰：“崔嵬，山巅巉岩之状。”

八、无草不死，无木不萎：没有草是不死的，没有树是不会枯萎的。比喻受丈夫的摧残。《毛诗故训传》曰："盛夏万物茂壮，草木无有不死叶萎枝者。"《毛诗故训传笺》云："此言东风生长之风也，山巅之上，草木犹及之。然而盛夏养万物之时，草木枝叶犹有萎槁者。以喻朋友虽以恩相养，亦安能不时有小讼乎？"

九、忘我大德，思我小怨：忘记了我的大美德，只想着我的小缺点。《毛诗故训传笺》云："大德切瑳，以道相成之谓也。"大德：大好处，美德；小怨：小缺点。

【解题】

这是一首讽刺周幽王无道而导致天下浇薄、友道丧绝的诗。《诗序》曰："《谷风》，刺幽王也。天下俗薄，朋友道绝焉。"

孔颖达《毛诗正义》曰："作《谷风》诗者，刺幽王也。以人虽父生师教，须朋友以成。然则朋友之交，乃是人行之大者。幽王之时，风俗浇薄，穷达相弃，无复恩情，使朋友之道绝焉。言天下无复有朋友之道也。此由王政使然，故以刺之。《经》三章，皆言朋友相弃之事。"

蓼莪

蓼蓼者莪，匪莪伊蒿。一
哀哀父母，生我劬劳。二
蓼蓼者莪，匪莪伊蔚。三
哀哀父母，生我劳瘁。四

瓶之罄矣，维罍之耻。[五]
鲜民之生，不如死之久矣。[六]
无父何怙，无母何恃。[七]
出则衔恤，入则靡至。[八]
父兮生我，母兮鞠我。[九]
拊我畜我，长我育我。[十]
顾我复我，出入腹我。[十一]
欲报之德，昊天罔极。[十二]
南山烈烈，飘风发发。[十三]
民莫不穀，我独何害。[十四]
南山律律，飘风弗弗。[十五]
民莫不穀，我独不卒。[十六]

【注释】

一、蓼蓼（lù音路）：长大的样子。《毛诗故训传》曰：“蓼蓼，长大貌。”莪：莪蒿，又称抱娘蒿。马瑞辰《毛诗传笺通释》曰：“莪蒿即茵陈蒿之类，常抱宿根而生，有子依母之象，故诗以喻不能终养。”匪：不是。伊：是。朱熹《诗集传》曰：“言昔谓之莪，而今非莪也，特蒿而已。以比父母生我以为美材，可赖以终其身，而今乃不得其养以死。”

二、哀哀：悲伤可叹。《毛诗故训传笺》曰：“哀哀者，恨不得终养父母，报其生长己之苦。”劬劳：辛劳。

三、蔚：牡蒿。《毛诗故训传》曰：“蔚，牡菣（qìn音沁）。”孔颖达《毛诗正义》曰：“《释草》文。舍人曰：‘蔚，一名牡菣。’某氏曰：‘江河间曰菣。’陆玑《疏》云：‘牡蒿也，三月始生。七月华，华似胡麻华而紫赤。八月为角，角似小豆角，锐而长，一名马薪蒿。’”这两句的喻意同上。

四、劳瘁：因劳累而憔悴生病。朱熹《诗集传》曰：“瘁，病也。”

五、罄（qìng音庆）：尽，空。《毛诗故训传》曰：“罄，尽也。”罍（léi音雷）：古代盛酒或水的青铜器。瓶小罍大。以上说：小小的瓶都空空，罍更是什么都没有，喻子女无力终养父母，备感耻辱。朱熹《诗集传》曰：“言瓶资于罍而罍资瓶，犹父母与子女相依为命也。故瓶罄矣乃罍之耻，犹父母不得其所乃子之责。”

六、鲜民：寡民，孤子。《毛诗故训传》曰：“鲜，寡也。”马瑞辰《毛诗传笺通释》曰：“孤、寡一声之转，寡民犹言孤子。”不如死之久矣：不如早点死了好。以上说：孤子独活于世，不能终养父母，生不如死。

七、怙、恃：都是依靠的意思。马瑞辰《毛诗传笺通释》曰：“《释言》曰：‘怙，恃也。’《说文》曰：‘怙，恃也。’‘恃，赖也。’是‘怙’与‘恃’散文通，对文异。”

八、衔恤：含忧，心怀忧愁。《毛诗故训传笺》曰：“恤，忧。”入：进门，指回家。靡至：无至，指回到家中和没回家一样，没有着落。

九、鞠：养育。《毛诗故训传》曰：“鞠，养。”

十、拊（fǔ音斧）：抚爱。蓄：养育。

十一、顾：看顾。《毛诗故训传笺》曰：“顾，旋视也。”复：庇护。《毛诗故训传笺》曰：“复，反覆也。”腹：抱在怀里。《毛诗故训传笺》曰：“腹，怀抱也。”

十二、昊天：苍天。罔极：无常，没有准则。这里强烈地表现心中的遗憾痛苦之情，苍天不公，父母早丧，自己不得报答养育之恩。

十三、烈烈：山高大险峻。《毛诗故训传》曰：“烈烈然，至难也。”朱熹《诗集传》曰：“烈烈，高大貌。”王先谦《诗三家义集疏》曰：“‘烈烈’为山之高峻，故《毛诗故训传》以为‘至难’。”飘风：暴风。发发：大风呼啸的样子。《毛诗故训传》曰：“发发，疾貌。”《毛诗故训传笺》曰：

“发发然寒且疾也。”

十四、穀：善，指能养父母。《毛诗故训传笺》曰：“穀，养也。言民皆得养其父母，我独何故，睹此寒苦之害。”

十五、律律：山高耸突起的样子。《毛诗故训传》曰：“律律，犹烈烈也。”弗弗：大风发出的声音。《毛诗故训传》曰：“弗弗，犹发发也。”

十六、卒：终。《毛诗故训传笺》曰：“卒，终也。我独不得终养父母，重自哀伤也。”

【解题】

这是一首讽刺周幽王无道、人民劳苦之诗。《诗序》曰：“《蓼莪》，刺幽王也。民劳苦，孝子不得终养尔。”《毛诗故训传笺》曰：“不得终养者，二亲病亡之时，时在役所，不得见也。”

孔颖达《毛诗正义》曰：“民人劳苦，致令孝子不得于父母终亡之时而侍养之。民人劳苦，五章、卒章上二句是也。不得终养，卒章卒句是也。其余皆是孝子怨不得终养之辞。”

朱熹《诗集传》曰：“人民劳苦，孝子不得终养，而作此诗。”这是一首人民苦于劳役，不得终养父母的悲痛悼念之诗。全诗共六章，首二章起兴，以抱娘蒿为喻，自恨辜负父母之恩，没能成为有用之人、好好孝养父母，白费了父母一生辛劳养育自己。第三章更是将悲痛之情深切地表达出来，呼天落泪，父母离去，自己没能好好报答，生不如死。第四章则用了九个形象的动词形容父母辛勤抚养子女，将伟大的父母形象刻画得真实感人。最后两章回环往复，写自己生活的艰辛，怨苍天不公，自己独不得善养父母，悲惨不幸的命运，令人闻之哀叹。

大东

有饛簋飧，有捄棘匕。[一]
周道如砥，其直如矢。[二]
君子所履，小人所视。[三]
睠言顾之，潸焉出涕。[四]
小东大东，杼柚其空。[五]
纠纠葛屦，可以履霜。[六]
佻佻公子，行彼周行。[七]
既往既来，使我心疚。[八]
有冽氿泉，无浸获薪。[九]
契契寤叹，哀我惮人。[十]
薪是获薪，尚可载也。[十一]
哀我惮人，亦可息也。[十二]
东人之子，职劳不来。[十三]
西人之子，粲粲衣服。[十四]
舟人之子，熊罴是裘。[十五]
私人之子，百僚是试。[十六]
或以其酒，不以其浆。[十七]
鞙鞙佩璲，不以其长。[十八]
维天有汉，监亦有光。[十九]
跂彼织女，终日七襄。[二十]
虽则七襄，不成报章。[二十一]
睆彼牵牛，不以服箱。[二十二]
东有启明，西有长庚。[二十三]

有捄天毕，载施之行。[二十四]
维南有箕，不可以簸扬。
维北有斗，不可以挹酒浆。[二十五]
维南有箕，载翕其舌。[二十六]
维北有斗，西柄之揭。[二十七]

【注释】

一、饛（méng音萌）：食物装满器皿。簋（guǐ音轨）：古代祭祀宴享时盛黍稷的器皿；一般为圆腹，侈口，圈足；无耳或有耳。飧（sūn音孙）：《毛诗故训传》：“熟食，谓黍稷也。”捄（qiú音求）：长而曲貌。马瑞辰《毛诗传笺通释》曰：“捄者，觓之假借。《说文》曰：‘觓，角貌。’”棘匕：酸枣木做的勺。《毛诗故训传笺》曰：“兴者，喻古者天子施予之恩于天下厚。”

二、砥：质地较细的磨刀石。如砥，喻贡赋平均。如矢，喻赏罚不偏。

三、《毛诗故训传笺》曰：“此言古者天子之恩厚也，君子皆法效而履行之；其如砥矢之平，小人又皆视之、共之无怨。”

四、睠（juàn音眷）：回视，反顾。潸（shān音山）：泪流。言：词尾，一说“我”。《毛诗故训传笺》曰：“此二事者，在乎前世过而去矣，我从今顾视之，为之出涕，伤今不如古。”

五、《毛诗故训传笺》曰：“小也、大也，谓赋敛之多少也。小亦于东，大亦于东，言其政偏，失砥矢之道也。”朱熹《诗集传》说：“小东、大东，东方小大之国也。”杼柚（zhù zhóu音柱轴）：代指织机。杼：梭子。柚：借为轴。

六、葛屦：葛做的鞋。

七、佻佻：《鲁诗》作“苕苕”；《毛诗故训传》作“独行貌”；《韩诗》作“嬥”，《释文》作“往来貌”；朱熹作“轻薄不奈劳苦之貌”；高亨《诗经今注》作“安逸貌”，或曰“美好貌”；唐莫尧《诗经全译》作“大摇大摆貌”。公子：《毛诗故训传》曰“谭公子”也；朱熹《诗集传》曰“诸侯之贵臣”。《毛诗故训传笺》曰：“葛屦，夏屦也。周行，周之列位也。言时财货尽，虽公子衣屦不能顺时，乃夏之葛屦，今以履霜。送转餫（yùn音运），因见使行。周之列位者而发币焉，言虽困乏，犹不得止。”

八、《毛诗故训传笺》曰：“既，尽。疚，病也。言谭人自虚竭餫送而往，周人则空尽受之，曾无反币复礼之惠，是使我心伤病也。”一说既，助词。

九、洌：寒冷。氿（guǐ音轨）泉：泉水上涌受阻，从旁流出的泉。获：收割；古本作“穫”，借作“樓”，即“榔榆”，称“落”。《毛诗故训传》曰：“洌，寒意也。侧出曰氿泉。获，艾也。”《毛诗故训传笺》曰：“樓，落，木名也。”

十、契契：忧苦。惮：辛劳。《毛诗故训传笺》曰：“今谭大夫契契忧苦而寤叹，哀其民人之劳苦者，亦不欲使周之赋敛小东大东极尽之。极尽之，则将困病，亦犹是也。”

十一、载：《毛诗故训传》曰：“载，载乎意也。”孔颖达《毛诗正义》曰：“又言薪畜是获刈之薪者，尚以为可存载于意，当餫而掌之，以为家用，故不欲氿泉之所浸也。”《毛诗故训传笺》曰：“尚，庶几也。庶几析（按：劈开意）是获薪，可载而归，蓄之以为家用。”

十二、惮人：劳苦之人。《毛诗故训传笺》曰：“哀我劳人，亦可休息，养之以待国事。”

十三、东人：《毛诗故训传》曰谭人也，一说东方各国人。职：《毛诗故训传笺》曰“主也”，高亨《诗经今注》作“只”。来：慰劳；高亨《诗经今注》借为“赉”，赏赐之意。

十四、西人：《毛诗故训传》曰：“西人，京师人也。粲粲，鲜盛貌。”《毛诗故训传笺》曰：“东人劳苦而不见谓勤。京师人衣服鲜洁而逸豫。言王政偏甚也。”

十五、舟人：《毛诗故训传》曰：“舟人，舟楫之人。熊罴是裘，言富也。”孔颖达《毛诗正义》曰：“毛以为，‘王既政偏如是，又上下无制，致舟楫之人之子，以熊罴之皮是为衣裘，言贱人逾制而奢富也。’”《毛诗故训传笺》曰：“舟当作周，裘当作求，声相近故也。周人之子，谓周世臣之子孙，退在贱官，使搏熊罴，在冥氏、穴氏之职。”高亨《诗经今注》舟读为畴，“世世代代相承做同样的官称畴人”。

十六、私人：《毛诗故训传》曰：“私人，私家人也。是试，用于百官也。”《毛诗故训传笺》曰：“此言周衰，群小得志。”

十七、或：有的人。浆：薄酒。《毛诗故训传》曰：“或醉于酒，或不得浆。”朱熹《诗集传》“言东人或馈之以酒，而西人曾不以为浆”。

十八、鞙鞙（xuàn音炫）：《鲁诗》作“琄琄”，《齐诗》《韩诗》作“绢绢”；佩玉成串貌。佩：《齐诗》《韩诗》“佩”作“珮”。璲（suì音岁）：瑞玉。《毛诗故训传笺》曰：“居其官职，非其才之所长也。徒美其佩，而无其德，刺其素餐。”朱熹《诗集传》曰“东人或与之以鞙然之佩，而西人曾不以为长”。一说长：剩余，多余。唐莫尧《诗经全译》“不以其长”意为“有的东人连西人所多余的玉佩也无”。

十九、汉：银河。《毛诗故训传》曰：“汉，天河也。有光而无所明。”监：通“鉴”，镜也。《毛诗故训传笺》曰：“监，视也。喻王阖置官司，而无督察之实。”唐莫尧《诗经全译》曰：“监同鉴，照。”

二十、织女：星宿名。跂：《毛诗故训传》作“隅貌”；高亨《诗经今注》曰：“通歧，分歧。”襄：《毛诗故训传》作反也，孔颖达《毛诗正义》曰：“谓从旦至暮七辰而复反于夜也”；《毛诗故训传笺》曰：“襄，驾也。驾谓更其肆也。从旦至莫七辰，辰一移，因谓之七襄。”

二十一、报章：指织锦时纬丝一来一往，组织成文。《毛诗故训传笺》曰：“织女有织名尔，驾则有西无东，不如人织相反报成文章。”

二十二、睆（huǎn音缓）：明亮貌。牵牛：星宿名。服：驾。箱：车厢。孔颖达《毛诗正义》曰：“知服牝服者，以连箱言之，为牛所用，故牝服也。《车人》言‘大车牝服二柯，又三分柯之二’。注云：‘大车，平地载任之车。牝服长八尺，谓较也。’今俗为平较。两较之内谓之箱。《甫田》曰：‘乃求万斯箱。’《书传》曰‘长几充箱’，是谓车内容物之处为箱。言大车者，以《经》有牵牛之文，故知大车箱也。”

二十三、启明、长庚：《毛诗故训传》曰：“日旦出谓明星为启明，日既入谓明星为长庚。庚，续也。”《毛诗故训传笺》曰：“启明、长庚皆有助日之名，而无实光也。”

二十四、毕：星宿名，以其分布之状像古代田猎用的毕网，故名。《毛诗故训传》曰：“捄，毕貌。毕所以掩兔也，何尝见其可用乎？”《毛诗故训传笺》曰：“祭器有毕者，所以助载鼎实。今天毕则施于行列而已。”

二十五、箕，斗：星宿名。挹：舀。

二十六、翕：《韩诗》作“”吸；《毛诗故训传》作“合”；《毛诗故训传笺》作“引”。

二十七、揭：高举，指斗的柄高举向西。

【解题】

这是一首讽刺社会混乱、人民疾苦的诗。《诗序》曰：“《大东》，刺乱也。东国困于役而伤于财，谭大夫作是诗以告病焉。”《毛诗故训传笺》曰：“谭国在东，故其大夫尤苦征役之事也。鲁庄公十年，齐师灭谭。”

孔颖达《毛诗正义》曰：“作《大东》之诗者，刺乱也。时东方之国，偏于赋役，而损伤于民财，此谭之大夫作是《大东》之诗告于王，言己国之病困焉。困民财役以至于病，是为乱也。言乱者，政役失理之谓，总七章之言皆是也。”

朱熹《诗集传》曰：“《序》以为，东国困于役，而伤于财。谭大夫作此以告病。”

四月

四月维夏，六月徂暑。一
先祖匪人，胡宁忍予？二
秋日凄凄，百卉具腓。三
乱离瘼矣，爰其适归？四
冬日烈烈，飘风发发。五
民莫不穀，我独何害？六
山有嘉卉，侯栗侯梅。七
废为残贼，莫知其尤！八
相彼泉水，载清载浊。九
我日构祸，曷云能穀？十
滔滔江汉，南国之纪。十一
尽瘁以仕，宁莫我有？十二
匪鹑匪鸢，翰飞戾天。十三
匪鳣匪鲔，潜逃于渊。十四
山有蕨薇，隰有杞桋。十五
君子作歌，维以告哀。十六

【注释】

一、徂：往。《毛诗故训传》曰："徂，往也。六月，火星中，暑盛而往矣。"一说为开始。《毛诗故训传笺》曰："徂，犹始也。四月立夏矣。至六月乃始盛暑，兴人为恶，亦有渐，非一朝一夕。"

二、匪：非，不是。胡宁：为什么。《毛诗故训传笺》曰："匪，非也。宁，犹曾也。我先祖非人乎？人则当知患难，何为曾使我当此难世乎？"

三、凄凄：风凉。《毛诗故训传》曰："凄凄，凉风也。"卉：草。《毛诗故训传》曰："卉，草也。"腓：病害、枯萎，多指草木。《毛诗故训传》曰："腓，病也。"《毛诗故训传笺》曰："凉风用事，而众草皆病。兴贪残之政行，而万民困病。"

四、离：遭受，遭遇。后多作"罹"。《毛诗故训传》曰："离，忧。"瘼（mò音莫）：病痛。泛指困苦。《毛诗故训传》曰："瘼，病。"爰：何。《毛诗故训传笺》曰："爰，曰也。"朱熹《诗集传》曰："爰，何。"适：往。《毛诗故训传》曰："适，之也。"《毛诗故训传笺》曰："今政乱，国将有忧病者矣。曰此祸其所之归乎？言忧病之祸，必自之归为乱。"朱熹《诗集传》曰："秋日凄凄，则百卉俱腓矣。乱离瘼矣，则我将何所适归乎哉！"

五、烈烈：天气寒冷的样子。《毛诗故训传笺》曰："烈烈，犹栗烈也。"发发：象声词，狂风呼啸的声音。《毛诗故训传笺》曰："发发，疾貌。言王为酷虐惨毒之政，如冬日之烈烈矣。其亟急行于天下，如飘风之疾也。"

六、穀：善。《毛诗故训传笺》曰："穀，养也。民莫不得养其父母者，我独何故睹此寒苦之害？"朱熹《诗集传》曰："夏则暑，秋则病，冬则烈，言祸乱日进，无时而息也。"

七、嘉：好。《毛诗故训传笺》曰："嘉，善。"侯：维，是。《毛诗故训传笺》曰："侯，维也。山有美善之草，生于梅栗之下，人取其实，蹂践而害之，令不得蕃茂。喻上多赋敛，富人财尽，而弱民与受困穷。”

八、废：败落，沉沦。《毛诗故训传》曰：“废，忕（shì音是）也。”忕，习惯，惯于。一说为变。朱熹《诗集传》曰：“废，变。”尤：过。《毛诗故训传笺》曰：“尤，过也。言在位者贪残，为民之害，无自知其行之过者，言忕于恶。”朱熹《诗集传》曰：“山有嘉卉，则维栗与梅矣。在位者变为残贼，则谁之过哉！”

九、相：看。载：则，有时候。《毛诗故训传笺》曰：“‘相，视也。’我视彼泉水之流，一则清，一则浊。刺诸侯并为恶，曾无一善。”朱熹《诗集传》曰：“载，则。”

十、日：每天。构：同“遘”，遇见，遇到。《毛诗故训传》曰：“构，成。”《毛诗故训传笺》曰：“构，犹合集也。”曷：何。《毛诗故训传》曰：“曷，逮也。”《毛诗故训传笺》曰：“曷之言何也。”榖：善。《毛诗故训传笺》曰：“榖，善也。言诸侯日作祸乱之行，何者可谓能善？”朱熹《诗集传》曰：“相彼泉水，犹有时而清，有时而浊。而我乃日日遭害，则曷云能善乎！”

十一、滔滔：水大的样子。《毛诗故训传》曰：“滔滔，大水貌。其神足以纲纪一方。”江汉：长江、汉水。南国：南方各河流。纪：纲纪。朱熹《诗集传》曰：“纪，纲纪也，谓经带包络之也。”《毛诗故训传笺》曰：“江也、汉也，南国之大水，纪理众川，使不壅滞。喻吴、楚之君，能长理旁侧小国，使得其所。”

十二、瘁：病。《毛诗故训传笺》曰：“瘁，病。”仕：通“事”，谓从事于某种工作或事业。《毛诗故训传笺》曰：“仕，事也。今王尽病其封畿之内，以兵役之事，使群臣有土地曾无自保有者，皆惧于危亡也。吴、楚旧名贪残，今周之政乃反不如。”朱熹《诗集传》曰：“滔滔江汉，犹为南国之纪。今也尽瘁以仕，而王何其不我有哉！”

十三、鹑（chún音纯）：鸟名；本指羽毛有斑的鹌鹑，后亦混称鹌鹑。《毛诗故训传》曰："鹑，雕也。雕鸢，贪残之鸟也。"鸢（yuān音冤）：鸟名。鸷鸟。朱熹《诗集传》曰："鸢，亦鸷鸟也，其飞上薄云汉。"翰：高。戾：至，到达。《毛诗故训传笺》曰："翰，高。戾，至。"

十四、鳣：即鲟鳇鱼。《毛诗故训传笺》曰："鳣，鲤也。"鲔：鲟鱼。朱熹《诗集传》曰："鳣、鲔，大鱼也。"《毛诗故训传》曰："大鱼能逃处渊。"《毛诗故训传笺》曰："言雕鸢之高飞，鲤鲔之处渊，性自然也。非雕鸢能高飞，非鲤鲔能处渊，皆惊骇辟害尔。喻民性安土重迁，今而逃走，亦畏乱政故。"朱熹《诗集传》曰："鹑鸢则能翰飞戾天，鳣鲔则能潜逃于渊。我非是四者，则亦无所逃矣。"

十五、蕨薇：蕨菜和薇菜。杞：枸杞。《毛诗故训传》曰："杞，枸檵也。"桋（yí音宜）：木名，即赤梀（sè音色）。《毛诗故训传》曰："桋，赤梀也。"《毛诗故训传笺》曰："此言草木尚各得其所，人反不得其所，伤之也。"朱熹《诗集传》曰："桋，赤梀也，树叶细而岐锐，皮理错戾，好丛生山中，中为车辋。"

十六、告哀：诉说悲哀。《毛诗故训传笺》曰："告哀，言劳病而诉之。"朱熹《诗集传》曰："山则有蕨薇，隰则有杞桋。君子作歌，则维以告哀而已。"

【解题】

这是一首讽刺周幽王的诗。周幽王无道，当道大臣贪婪残暴，各诸侯国祸乱不断，民不聊生，怨恨暴乱四起。《诗序》曰："《四月》，大夫刺幽王也。在位贪残，下国构祸，怨乱并兴焉。"

孔颖达《毛诗正义》曰："《四月》诗者，大夫所作以刺幽王也。以幽王之时，在位之臣皆贪暴而残虐，下国之诸侯又构成其祸乱，结怨于天下，由此致怨恨、祸乱并兴起焉。是幽王恶化之所致，故刺之也。"

朱熹《诗集传》曰："此亦遭乱自伤之诗。言四月维夏，则六月徂暑矣。

我先祖岂非人乎，何忍使我遭此祸也？无所归咎之词也。”

方玉润《诗经原始》眉批曰：一章“冒暑而行”。二三章“历经三时”。四章“获罪之冤，实为残贼人所挤”。五章“召祸之由”。六章“远谪南国”。七章“祸无可逃，妙以譬喻出之”。八章“结始点明。”

北山

陟彼北山，言采其杞。[一]
偕偕士子，朝夕从事。[二]
王事靡盬，忧我父母。[三]
溥天之下，莫非王土。[四]
率土之滨，莫非王臣。[五]
大夫不均，我从事独贤。[六]
四牡彭彭，王事傍傍。[七]
嘉我未老，鲜我方将。[八]
旅力方刚，经营四方。[九]
或燕燕居息，或尽瘁事国。[十]
或息偃在床，或不已于行。[十一]
或不知叫号，或惨惨劬劳。[十二]
或栖迟偃仰，或王事鞅掌。[十三]
或湛乐饮酒，或惨惨畏咎。[十四]
或出入风议，或靡事不为。[十五]

【注释】

一、陟：登。北山：北方的山。言：我。杞：植物名，枸杞。《毛诗故训传笺》曰："言，我也。登山而采杞，非可食之物，喻己行役不得其事。"

二、偕偕：强壮的样子。《毛诗故训传》曰："偕偕，强壮貌。"士子：《毛诗故训传》曰："士子，有王事者也。"一说指诗人。朱熹《诗集传》曰："士子，诗人自谓也。"朝夕从事：从早到晚。《毛诗故训传笺》曰："朝夕从事，言不得休止。"

三、靡：《毛诗故训传笺》曰："靡，无也。不坚固也。王事无不固，故我当尽力。勤劳于役，久不得归，父母思己而忧。"《毛诗正义》曰："言有人登彼北山之上者，云我采其杞菜之叶也。此杞叶非可食之物，而登山以采之，非宜矣。以兴大夫循彼长远之路者，云我从其劳苦之役也。此劳役非贤者之职，而循路以从之，非其事矣。"朱熹《诗集传》曰："大夫行役而作此诗自言，陟彼北山而采杞以食者，皆强壮之人，而朝夕从事者也。盖以王事不可以不勤，是以贻我父母之忧耳。"

四、溥：大。《毛诗故训传》曰："溥，大。"一说同"普"，全、都。莫非：莫不是，即都是。

五、率：自。滨：水边。臣：臣民。《毛诗故训传》曰："率，循。滨，涯也。"《毛诗故训传笺》曰："此言王之土地广矣，王之臣又众矣，何求而不得，何使而不行！"

六、不均：不公平。贤：劳苦。《毛诗故训传》曰："贤，劳也。"《毛诗故训传笺》曰："王不均大夫之使，而专以我有贤才之故，独使我从事于役。自苦之辞。"《毛诗正义》曰："以此大夫怨己劳于事，故以贤为劳。《笺》以贤字自道，故《易传》言王专以我有贤才之故乎？何故独使我也？王肃难云：'王以已有贤才之故，而自苦自怨，非大臣之节，斯不然矣。此大夫怨王偏役于已，非王实知其贤也。'王若实知其贤，则当任以尊官，不应劳以苦役。此从事独贤，犹下云'嘉我未老，鲜我方将'，恨而问王之辞，非王实知其贤也。”朱熹《诗集传》曰：“言土之广，臣之众，而王不均平，使我从事独劳也。不斥王而曰大夫，不言独劳，而曰独贤，诗人之忠厚如此。”

七、彭彭：不得休息的样子。傍傍：紧急繁忙不止的样子。《毛诗故训传》曰：“彭彭然不得息，傍傍然不得已。”

八、嘉：嘉许。鲜：称美。《毛诗故训传笺》曰：“嘉、鲜皆善也。王善我年未老乎？善我方壮乎？何独久使我也？”将：强壮。《毛诗故训传》曰：“将，壮也。”

九、旅力：旅通“膂（lǚ音吕）”，膂力即力气、体力。朱熹《诗集传》曰：“旅，与膂同。”一说为众。《毛诗故训传》曰：“旅，众也。”刚：强健。经营：奔走。《毛诗故训传笺》曰：“王谓此事众之气力方盛乎？何乃劳苦使之经营四方？”朱熹《诗集传》曰：“言王之所以使我者，善我之未老而方壮，旅力可以经营四方耳。犹上章之言独贤也。”

十、或：有的人。燕燕：安逸的样子。《毛诗故训传》曰：“燕燕，安息貌。”居息：在家休息。瘁：劳。《毛诗故训传》曰：“尽力劳病，以从国事。”

十一、偃：卧。不已：不止。《毛诗故训传笺》曰：“不已，犹不止也。”行：道路。朱熹《诗集传》曰：“言役使之不均也。”

十二、叫号：呼喊号叫。《毛诗故训传》曰：“叫，呼号也。号，召也。”朱熹《诗集传》曰：“不知叫号，深居安逸，不闻人声也。”惨惨：忧虑不安的样子。劬劳：劳累。

十三、栖迟：同“居息”。偃仰：仰卧，形容自在的样子。马瑞辰《毛诗传笺通释》曰：“偃仰犹息偃，甚乐之类，皆二字同义，偃亦仰也。”鞅掌：忙碌的样子。《毛诗故训传》曰：“鞅掌，失容也。”《毛诗故训传笺》曰：“鞅，犹何也。掌，谓捧之也。负何捧持以趋走，言促遽也。”朱熹《诗集传》曰：“鞅掌，失容也。言事烦劳，不暇为仪容也。”

十四、湛（dān音单）：沉溺，过度。咎：罪过。《毛诗故训传笺》曰：“咎，犹罪过也。”

十五、风议：发议论。《毛诗故训传笺》曰：“风，犹放也。”一说风为凭空。褚斌杰《诗经全注》曰：“风议：空发议论。”靡：无。《毛诗正义》曰：“《传》以鞅掌为烦劳之状，故云‘失容’。言事烦鞅掌然，不暇为容仪也。今俗语以职烦为鞅掌，其言出于此《传》也，故郑以鞅掌为事烦之实，故言‘鞅，犹荷也’。鞍读如马鞅之鞅，以负荷物则须鞅持之，故以鞅表负荷也。以手而掌执物，是捧持之。负荷捧持以趋走也。促遽亦是失容，但本意与《传》异耳。”朱熹《诗集传》曰：“出入风议，言亲信而从容也。”

【解题】

这是一首讽刺周幽王无道的诗。周幽王时期，劳役无度，不能爱民，使民以时，导致人民因官废私，不能孝奉父母。《诗序》曰：“《北山》，大夫刺幽王也。役使不均，己劳于从事，而不得养其父母焉。”

孔颖达《毛诗正义》曰：“《经》六章，皆怨役使不均之辞。若指文则‘大夫不均，我从事独贤’，是役使不均也。‘朝夕从事’，是己劳于从事也。‘忧我父母’，是由不得养其父母，所以忧之也。《经》《序》倒者，作者恨劳而不得供养，故言‘忧我父母’，《序》以由不均而致此怨，故先言役使不均也。”

无将大车

无将大车，祇自尘兮。一

无思百忧，祇自疧兮。二
无将大车，维尘冥冥。三
无思百忧，不出于颎。四
无将大车，维尘雝兮。五
无思百忧，祇自重兮。六

【注释】

一、将：用手推车。《毛诗故训传笺》曰：“将，犹扶进也。”大车：用牛拉的载重的车。《毛诗故训传》曰：“大车，小人之所将也。”朱熹《诗集传》曰：“大车，平地任载之车，驾牛者也。”祇：只。尘：动词，招致尘土。《毛诗故训传笺》曰：“鄙事者，贱者之所为也。君子为之，不堪其劳。以喻大夫而进举小人，适自作忧累，故悔之。”程俊英《诗经译注》曰：“大车本用牛拉，如用人推，非但无效，且惹灰尘。比喻徒劳无功。”

二、百：多。疧（qí音其）：病。《毛诗故训传》曰：“疧，病也。”《毛诗故训传笺》曰：“百忧者，众小事之忧也。选举小人，使得居位，不任其职，愆负及己，故以众小事为忧，适自病也。”《毛诗正义》曰：“言君子之人，无得将此大车。若将此大车，适自尘蔽于己。以兴后之君子，无得扶进此小人，适自忧累于己。小人居职，百事不干，己之所举，必助忧之。故又戒后人言：无思百众小事之忧，若思此忧，适自病害于己。”朱熹《诗集传》曰：“此亦行役劳苦，忧思者之作。言将大车，则尘污之，思百忧则病及之也。”

三、维：发语词。冥冥：昏暗的样子。《毛诗故训传笺》曰：“冥冥者，蔽人目明，令无所见也。犹进举小人，蔽伤己之功德也。”

四、颎（jiǒng音囧）：光明。《毛诗故训传》曰：“颎，光也。”《毛诗故训传笺》：“思众小事以为忧，使人蔽暗，不得出于光明之道。”一说为忧愁；心烦耳热。朱熹《诗集传》：“颎，与耿同，小明也。在忧中耿耿然不能出也。”马瑞辰《毛诗传笺通释》：“颎音义与耿正同。《毛诗故训传笺》谓‘不出于光明之道’，失之。《集传》谓‘忧中耿耿然不能出’，是也；以颎谓小明，亦似未确。”

五、雍：通“壅”，堵塞，遮蔽。《毛诗故训传笺》曰：“雍，犹蔽也。”马瑞辰《毛诗传笺通释》曰：“《说文》有雍无壅，古壅蔽字只作雍。《释文》‘雍，字又作壅’，日本和刻本足利本作壅，皆后人从俗习增改。”

六、重：累。《毛诗故训传笺》曰：“重，犹累也。”马瑞辰《毛诗传笺通释》曰：“重之言肿也。《说文》曰：‘瘤，肿也。’又曰：‘痤，小肿也。’肿亦为病，与‘祇自疷兮’同义。《笺》云‘重犹累’者，《说文》‘痤’字注：‘一曰族累病。’累亦病也。”

【解题】

这是一首讽刺周幽王时小人多、周大夫后悔提携小人的诗。《诗序》曰：“《无将大车》，大夫悔将小人也。”《毛诗故训传笺》曰：“周大夫悔将小人。幽王之时，小人众多。”

孔颖达《毛诗正义》曰：“作《无将大车》诗者，谓时大夫将进小人，使有职位，不堪其任，愆负及己，故悔之也。以将进小人，后致病累，可以为戒，以示将来，足明时政昏昧，朝多小人，亦所以刺王也。若然，此大夫作诗，则贤者也，自当择交。既进而悔者，知人则哲，尧尚难之；孔子以圣人之隽，尚改观于宰我；子文以诸侯之良，犹未知于子玉，况大夫非圣，能无悔乎？《经》三章，皆悔辞也。”

小明

明明上天，照临下土。[一]
我征徂西，至于艽野。[二]
二月初吉，载离寒暑。[三]
心之忧矣，其毒大苦。[四]
念彼共人，涕零如雨。[五]
岂不怀归？畏此罪罟。[六]
昔我往矣，日月方除。[七]
曷云其还？岁聿云莫。[八]
念我独兮，我事孔庶。[九]
心之忧矣，惮我不暇。[十]
念彼共人，睠睠怀顾。[十一]
岂不怀归？畏此谴怒。[十二]
昔我往矣，日月方奥。[十三]
曷云其还？政事愈蹙。[十四]
岁聿云莫，采萧获菽。[十五]
心之忧矣，自诒伊戚。[十六]
念彼共人，兴言出宿。[十七]
岂不怀归？畏此反覆。[十八]
嗟尔君子！无恒安处。[十九]
靖共尔位，正直是与。[二十]
神之听之，式穀以女。[二十一]
嗟尔君子！无恒安息。[二十二]
靖共尔位，好是正直。[二十三]

神之听之，介尔景福。[二十四]

【注释】

一、此句意为上天察照世间万物。《毛诗故训传笺》曰："明明上天，喻王者当光明。如日之中也。照临下土，喻王者当察理天下之事也。据时幽王不能然，故举以刺之。"

二、征：出征。《毛诗故训传笺》曰："征，行。"徂：往。《毛诗故训传笺》曰："徂，往也。"艽（qiú音求）野：荒远之地。《毛诗故训传》曰："艽野，远荒之地。"《毛诗故训传笺》曰："我行往之西方，至于远荒之地。"马瑞辰《毛诗传笺通释》曰："《说文》曰：'艽，远荒也。'《玉篇》曰：'远荒之野曰艽。'义本此诗。"

三、初吉：初一。《毛诗故训传》曰："初吉，朔日也。"《毛诗故训传笺》曰："二月朔日。"马瑞辰《毛诗传笺通释》曰："二月当谓周正之二月，为夏正之十二月，即下二章所云日月方除、日月方奥也。除即《尔雅》'十二月为涂'之涂。"戴震《诗经补注》曰："《广韵》'涂，直鱼切'，与除同音通用。"载：则。一说语助词。袁梅《诗经译注》曰："语首助词。"离：经历。《毛诗故训传笺》曰："更夏暑冬寒矣，尚未得归。"

四、毒：上古称药为毒，药之物恒多毒。《毛诗故训传笺》曰："忧之甚，心中如有药毒也。"

五、共人：同"恭人"，恭敬的人，指诗人的朋友，后文的"君子"。《毛诗故训传笺》曰："共人，靖共尔位以待贤者之君。"朱熹《诗集传》曰："共人，僚友之处者也。"马瑞辰《毛诗传笺通释》曰："共、恭古通用……是知共人即恭人，诗人以念居者，犹下言君子也。《笺》读共为供具之供，以共人为供具爵位之人君，失之。"

六、怀：思念。《毛诗故训传笺》曰："怀，思也。我诚思归。"罟：

网。《毛诗故训传》曰："罟，网也。"《毛诗故训传笺》曰："畏此刑罪罗网，我故不敢归尔。"马瑞辰《毛诗传笺通释》曰："《说文》曰：'罪，捕鱼竹网。''罟，网也。'……此诗罪罟二字平列，犹云网罟，与下章'畏此谴怒''畏此反覆'语同，盖罪字之本义。"

七、除：除旧。《毛诗故训传》曰："除，除陈生新也。"《毛诗故训传笺》曰："四月为除。"朱熹《诗集传》曰："除，除旧生新也。谓二月初吉也。"

八、《毛诗故训传笺》曰："何言其还，乃至岁晚，尚不得归。"褚斌杰《诗经全注》曰："云，语助词。聿，语助词。莫，通'暮'，指年底。"

九、孔庶：很多。《毛诗故训传笺》曰："孔，甚。庶，众也。我事独甚众。"朱熹《诗集传》曰："身独而事众。"

十、惮：通"瘅"，劳苦。《毛诗故训传》曰："惮，劳也。"《毛诗故训传笺》曰："劳我不暇，皆言王政不均，臣事不同也。"朱熹《诗集传》曰："身独而事众，是以勤劳而不暇也。"

十一、睠睠：回视，返顾。《毛诗故训传笺》曰："睠睠，有往仕之志也。"褚斌杰《诗经全注》认为同"眷眷"，依恋不舍的样子。

十二、谴怒：责问，谴责。朱熹《诗集传》曰："谴怒，罪责也。"

十三、奥（yù音玉）：同"燠"，暖。《毛诗故训传》"奥，暖也。"

十四、愈：更加。《毛诗故训传笺》曰："愈，犹益也。"蹙：急促。《毛诗故训传》曰："蹙，促也。"《毛诗故训传笺》曰："何言其还，乃至于政事更益促急。"

十五、萧：蒿类植物的一种，即艾蒿。菽：豆类的总称。《毛诗故训传笺》曰："岁晚乃至采萧获菽尚不得归。"袁梅《诗经译注》曰："采黄蒿，收大豆。袁按：收获豆类的季节已是秋冬之交，足见征戍日久。"

十六、诒：留下。《毛诗故训传笺》曰："诒，遗也。"戚：忧伤。《毛诗故训传》曰："戚，忧也。"《毛诗故训传笺》曰："我冒乱世而仕，自遗此忧。悔仕之辞。"

十七、兴：起来。《毛诗故训传笺》曰："兴，起也。夜卧起宿于外，忧不能宿于内也。"一说为发语词。马瑞辰《毛诗传笺通释》曰："按兴言犹言薄言，皆语词也。《尔雅》'虚，闲也。'虚伪舒之假借。兴玉虚双声，故舒又可假为兴。《笺》训为起，失之。《抑》诗'兴迷乱与政'，兴亦语词，不为义，《笺》训为尊尚，亦非。"

十八、反覆：随意加罪。《毛诗故训传笺》曰："反覆，谓不以正罪见罪。"朱熹《诗集传》曰："反复，倾侧无常之意也。"袁梅《诗经译注》曰："反复无常，指不测之祸，犹上文之罪罟、谴怒。"

十九、君子：诗人之友。《毛诗故训传笺》曰："谓其友未仕者也。"恒：常。《毛诗故训传笺》曰："恒，常也。人之居，无常安之处。谓当安安而能迁。"

二十、靖：谋划。共：同"恭"，敬。《毛诗故训传》曰："靖，谋也。"与：亲近。《毛诗故训传笺》曰："有明君谋具女之爵位，其志在于与正直之人为治。"朱熹《诗集传》曰："当靖共尔位，惟正直之人是助。"《毛诗故训传》曰："正直为正，能正人之曲曰直。"

二十一、式：用。穀：善。《毛诗故训传笺》曰："式，用。穀，善也。神明若祐而听之，其用善人，则必用女。是使听天乎命，不汲汲求仕之辞。言女位者，位无常主，贤人则是。"

二十二、息：处。《毛诗故训传》曰："息，犹处也。"

二十三、好：喜爱。《毛诗故训传笺》曰："好，犹与也。"

二十四、介：助，赐予。景：大。《毛诗故训传》曰："介、景皆大也。"《毛诗故训传笺》曰："介，助也。神明听之，则将助女以大福。谓遭是明君，道施行也。"

【解题】

这是一首描写周大夫后悔化于乱世，讽刺周幽王时社会的诗。《诗序》曰：“《小明》，大夫悔仕于乱世也。”《毛诗故训传笺》曰：“名篇曰《小明》者，言幽王日小其明，损其政事，以至于乱。”

孔颖达《毛诗正义》曰：“《小明》诗者，牧伯大夫所作，自悔仕于乱世。谓大夫仕于乱世，使于远方，令己劳苦，故悔也。”

鼓钟

鼓钟将将，淮水汤汤，忧心且伤。一
淑人君子，怀允不忘。二
鼓钟喈喈，淮水湝湝，忧心且悲。三
淑人君子，其德不回。四
鼓钟伐鼛，淮有三洲，忧心且妯。五
淑人君子，其德不犹。六
鼓钟钦钦，鼓瑟鼓琴，笙磬同音。七
以雅以南，以籥不僭。八

【注释】

一、鼓：敲。将将：象声词，即“锵锵”，和谐悦耳的鼓声。淮水：指淮河。汤汤（shāng音伤）：水盛而奔腾貌。《毛诗故训传》云：“幽王用乐，不与德比，会诸侯于淮上，鼓其淫乐，以示诸侯。贤者为之忧伤。”

二、淑：善，有贤德。怀：思念。允：确实，诚然。不忘：难以忘怀。

《毛诗故训传笺》云："古者，善人君子，其用礼乐，各得其宜，至信不可忘。"

三、喈喈：犹将将。湝湝（jiē音皆）：水流貌。悲：犹伤也。

四、回：邪，不正直。不回：正直不阿。

五、伐：敲击。鼛（gāo音高）：古时用于召集人的大鼓。《毛诗故训传》云："大鼓也。"洲：水中陆地。妯（chōu音抽）：《毛诗故训传笺》云"妯之言悼也"，指伤悼。

六、犹：《毛诗故训传笺》曰："犹当作瘉。瘉，病也。"指缺点、毛病。

七、钦钦：象声词，悠扬的钟声。笙、磬：都是乐器，《毛诗故训传》云"东方之乐也"。同音：音调和谐，《毛诗故训传笺》曰："同音者，谓堂上堂下八音和谐。"

八、以：为，演奏。雅：雅音，京师附近的音乐，属于正乐。南：南国的音乐。籥：古代管乐器名。僭：乱。

【解题】

这是一首讽刺周幽王时淑人君子不得其时的诗。《诗序》曰："鼓钟，刺幽王也。"

孔颖达《毛诗正义》曰："毛以刺鼓其淫乐，以示诸侯。郑以为作先王正乐于淮水之上。毛、郑虽其意不同，俱是失所，故刺之。《经》四章，毛、郑皆上三章是失礼之事，卒章陈正礼责之。此刺幽王明矣。郑于《中候》《握河》注云'昭王时，《鼓钟》之诗所为作'者，郑时未见《毛诗》，依三家为说也。"

朱熹《诗集传》曰："此诗之义，有不可知者。"

楚茨

楚楚者茨，言抽其棘。[一]
自昔何为？我蓺黍稷。[二]
我黍与与，我稷翼翼。[三]
我仓既盈，我庾维亿。[四]
以为酒食，以享以祀。[五]
以妥以侑，以介景福。[六]
济济跄跄，洁尔牛羊，以往烝尝。[七]
或剥或亨，或肆或将。[八]
祝祭于祊，祀事孔明。[九]
先祖是皇，神保是飨。[十]
孝孙有庆，报以介福，万寿无疆！[十一]
执爨踖踖，为俎孔硕，或燔或炙。[十二]
君妇莫莫，为豆孔庶，为宾为客。[十三]
献酬交错，礼仪卒度，笑语卒获。[十四]
神保是格，报以介福，万寿攸酢！[十五]
我孔熯矣，式礼莫愆。[十六]
工祝致告："徂赉孝孙，[十七]
苾芬孝祀，神嗜饮食。[十八]
卜尔百福，如几如式。[十九]
既齐既稷，既匡既敕。[二十]
永锡尔极，时万时亿。"[二十一]
礼仪既备，钟鼓既戒。[二十二]
孝孙徂位，工祝致告。[二十三]

神具醉止，皇尸载起。[二十四]
鼓钟送尸，神保聿归。[二十五]
诸宰君妇，废彻不迟。[二十六]
诸父兄弟，备言燕私。[二十七]
乐具入奏，以绥后禄。[二十八]
尔殽既将，莫怨具庆。[二十九]
既醉既饱，小大稽首。[三十]
“神嗜饮食，使君寿考。[三十一]
孔惠孔时，维其尽之。[三十二]
子子孙孙，勿替引之。”[三十三]

【注释】

一、楚楚：从生茂盛的样子。《毛诗故训传》曰：“楚楚，茨棘貌。”茨：蒺藜。《毛诗故训传笺》云：“茨，蒺藜也。”孔颖达《毛诗正义》曰：“‘茨，蒺藜’，《释草》文也。郭璞曰：‘布地蔓生，细叶，子有三角刺。’”王先谦《诗三家义集疏》曰：“《说文》‘茨’下云：‘以茅草盖屋。’‘荠’下云：‘蒺藜也。’《玉篇》‘资，蒺藜也。’《说文》训“草多貌”，是荠正字，鲁、毛借字。”抽：拔掉，除去。《毛诗故训传》曰：“抽，除也。”《毛诗故训传笺》曰：“茨言楚楚，棘言抽，互辞也。”棘：刺。

二、昔：从前。何为：为什么呢？《毛诗故训传笺》曰：“伐除蒺藜与棘，自古之人，何乃勤苦为此事乎？”蓺（yì音艺）：种植。黍稷：农作物。详注见《黍离》。《毛诗故训传笺》曰：“我将得黍稷焉。言古者先生之政以农为本。”

三、与与、翼翼：生长茂盛的样子。《毛诗故训传笺》曰：“黍与与，稷翼翼，蕃廡貌。”褚斌杰《诗经全注》认为翼翼为禾苗叶子伸展摆动的样子。

四、仓：粮仓。盈：满。庾：粮囤。《毛诗故训传》曰："露积曰庾。"马瑞辰《毛诗传笺通释》曰："庾，盖今俗所谓囤者，其形圆，以席为之，但露其上，故《毛诗故训传》以露积释之。"维：是。亿：满。《毛诗故训传》曰："万万曰亿。"《毛诗故训传笺》曰："阴阳和，风雨时，则万物成。万物成，则仓庾充满矣。仓言盈，庾言亿，亦互辞，喻多也。十万曰亿。"马瑞辰《毛诗传笺通释》曰："亿，《说文》作意，云：'意，满也。一曰十万曰意。'是亿之本义训满，与盈同义。王尚书《经义述闻》曰：'亿亦盈也，语之转耳，此盈字但取盈满之义，非纪其数，与万亿及秭之意不同。'其说是也。"

五、以：用。这句是说用它（指粮食）来酿酒和做成食物。享：或作"飨"，献，上供。《毛诗故训传笺》云："享，献。"此句是说把它作为献神祭祀的祭品。

六、妥：安坐。《毛诗故训传》曰："妥，安坐也。"侑（yòu音又）：劝。古代祭祀，以人代神主，称"尸"。这里指请神主"尸"坐在受祭的座位上，并向其劝食劝饮。《毛诗故训传》曰："侑，劝也。"《毛诗故训传笺》曰："又迎尸，使处神坐而食之。为其嫌不饱，祝以主人之辞劝之，所以助孝子受大福也。"介：助词。《毛诗故训传笺》曰："介，助。"景：大。《毛诗故训传笺》曰："景，大也。以黍稷为酒食，献之以祀先祖。既又迎尸，使处神坐而食之。为其嫌不饱，祝以主人之辞劝之，所以助孝子受大福也。"方玉润《诗经原始》眉批曰："首章总冒，先从稼穑言起，由垦辟而有收成，有收成而得享祀，由享祀而获福禄。盖力于农事者，所以为神飨，致其诚也。是祭前一段文字。"

七、济济：庄严恭敬的样子。跄跄：走路有节奏的样子。《毛诗故训传》曰："济济跄跄，言有容也。"《毛诗故训传笺》云："有容，言威仪敬慎也。"洁：原作絜（jié音洁），同"洁"，作动词，洗干净。一说，絜为挈之假借。程俊英等《诗经注析》曰："《说文》曰：'挈，悬持也。'此处指拿着。"以：用。往：去，送去。烝尝：祭祀的名称。《毛诗故训传笺》曰：

“冬祭曰烝，秋祭曰尝。”

八、或：有的人。剥：剥除，指剥掉祭祀用的牛羊的皮。亨：同烹，煮熟。《毛诗故训传》曰：“亨，饪之也。”肆：陈列。《毛诗故训传》曰：“肆，陈。”袁梅《诗经译注》指将牲体先盛到鼎里。将：奉上。《毛诗故训传》曰：“将，齐也。”朱熹《诗集传》曰：“将，奉持而进之也。”《毛诗故训传》曰：“或陈于与，或齐其肉。”《毛诗故训传笺》曰：“祭祀之礼，各有其事。有解剥其皮者，有煮熟之者，有肆其骨体于俎者，或奉持而进之者。”

九、祝：古代掌管祭祀礼仪的人。祊（bēng音崩）：宗庙门内设祭的地方。《毛诗故训传》曰：“祊，门内也。”孔：很。《毛诗故训传笺》云：“孔，甚也。”明：完备。《毛诗故训传笺》曰：“明，犹备也，洁也。孝子不知神之所在，故使祝博求之平生门内之旁，待宾客之处，祀礼于是甚明。”

十、皇：通“廷”。一说，大。《毛诗故训传》曰：“皇，大。”一说为归，《毛诗故训传笺》云：“皇，暀（wàng音旺）也。先祖以孝子祀礼甚明之故，精气归暀之，其鬼神又安而享其祭祀。”一说为往。程俊英等《诗经注析》曰：“《信南山》《毛诗故训传笺》曰：‘皇之言往也。’”。马瑞辰《毛诗传笺通释》曰：“按《说文》，此诗承‘祝祭于祊’言之。皇之言徨，谓先祖所彷徨，即暀也。《释训》，暀暀、皇皇。美也。《说文》，暀，光美也。暀，本义为美，又借为归往之往。《小尔雅》，徨，往也。《信南山》，‘先祖是皇’，《毛诗故训传笺》，皇之言往也。”神保：祖先神名。《毛诗故训传》曰：“保，安也。”朱熹《诗集传》曰：“神保，盖尸之嘉号。楚词所谓灵保。亦以巫降神之称也。”马瑞辰《毛诗传笺通释》曰：“保者，守也，依也。神之所依为神保，与先祖对举，当以神保连读，神保为神之嘉称。犹《楚辞》或言灵，或言灵保。灵保，亦灵也。诗既言先祖，又言神保者，亲之为先祖，尊之则为神保。……五章，神具醉止，皇尸载起。《白虎通》引之谓尸醉若神之醉。下云，鼓钟送尸，神保聿归。亦因尸归知神之归。神保聿归，与上神具醉止无异，是知神保即神，非谓尸也。又按，保与宝同音，古通用。《金滕》，无坠天之降宝命。郑注，宝犹神也。则知钟、保二字同义，保亦神耳。”姚际恒《诗经通论》曰：“‘神保是飨’，此迎神初献也。”飨：享受祭祀。《说文》段玉裁注：“献于神曰享，神食其所享曰飨。”

十一、孝孙：后代嫡孙，一说指周王，一说指典礼的主祭人。有庆：获得赏赐。《毛诗故训传笺》曰：“庆，赐也。”一说，福祥，程俊英等《诗经注析》曰：“庆，《说文》曰：‘行贺人也。’引申为优可贺之事，指福祥。”报：报酬。一说为报祭，袁梅《诗经译注》：古代祭典之一，是为报恩德而举行的祭祀。郭沫若《由周代农事诗论到周代社会》：“我的看法是‘报’乃报祭之报，《国语·鲁语》曰：‘凡禘、郊、报、宗、报，此五者国之典祀也。’‘介’字假为㐨，求也。金文中用此字。因而‘报以介福’即是报祭先祖以求幸福。”介福：大福。

十二、爨（cuàn音篡）：灶。《毛诗故训传》曰：“爨，饔爨、廪爨也。”执爨：掌灶的人。朱熹《诗集传》曰：“爨，灶也。”踖踖（jí音及）：恭谨而敏捷的样子。《毛诗故训传》曰：“踖踖，言爨灶有容也。”马瑞辰《毛诗传笺通释》曰：“《尔雅》曰：‘踖踖，敏也。’踖踖，盖执爨恭敏之貌。”俎（zǔ音阻）：礼器名，古代祭祀时用来盛生肉。孔硕：很大。孔颖达《毛诗正义》曰：“其为俎之牲体甚博大。”燔：烧肉。炙：烤肉。

十三、君妇：主祭者的妻子，这里指周王后。《毛诗故训传笺》曰：“君妇，谓后也。凡适妻称君妇，事舅姑之称也。”一说指天子诸侯的妻子，嫡妇的意思。莫莫：清净恭敬的样子。《毛诗故训传》曰：“莫莫，言清静而敬至也。”一说为勤勉的样子，《说文》曰：“勉也。”豆：盛食物的器具，这里指代菜肴。《毛诗故训传》曰：“豆，谓肉羞、庶羞也。”马瑞辰《毛诗传笺通释》曰：“天子庶羞百有二十品，豆即庶羞之豆，故曰孔庶。”孔庶：很多。《毛诗故训传笺》曰：“庶，膎也。祭祀之礼，后夫人主共笾豆，必取肉物肥膎美者也。”宾、客：指参加祭祀的助祭者。一说为宾客。

十四、献：敬酒。酬：回敬酒。《毛诗故训传笺》云：“始主人酌宾为献。宾既酌主人，主人又自饮酌宾曰酬。”交错：交相往来。《毛诗故训传》曰：“东西为交，邪行为错。”《毛诗故训传笺》曰：“至旅而爵交错以遍。”度：法度。《毛诗故训传》曰：“度，法度也。”卒获：守规矩，恰到好处。《毛诗故训传》曰：“获，得时也。”《毛诗故训传笺》曰：“卒，尽也，古者于旅也语。”

十五、格：至，降临。《毛诗故训传》曰：“格，来。”姚际恒《诗经通论》曰：“君妇，后也。以祖考故称‘妇’。言君妇，则知亚献也。言宾客献酬，则知三献毕也。故曰‘神保是格。’”攸：是。酢：本义为客人回敬主人酒，这里引申为神对主人的报答。《毛诗故训传》曰：“酢，报也。”

十六、熯（hàn音汉）：恭敬。《毛诗故训传》曰：“熯，敬也。”孔颖达《毛诗正义》曰：“言我孝子甚能恭敬矣。”式：发语词。一说法。《毛诗故训传笺》曰：“式，法。”礼：礼仪。愆：差错。《毛诗故训传笺》曰：“愆，过。”这句话是说礼仪没有差错。

十七、工祝：官祝，指太祝。《毛诗故训传》曰：“善其事曰工。”马瑞辰《毛诗传笺通释》曰：“按《少牢·馈食礼》，皇尸命工祝。郑注，工，官也。《周颂》，嗟嗟臣工。《毛诗故训传》，工，官也。《皋陶谟》，百工，即百官。工祝，正对皇尸为君尸言之，犹《书》言官占也。《毛诗故训传》谓善其事曰工，失之。”致告：传告，即传达神的旨意。孔颖达《毛诗正义》曰：“孝子既能如此，工善之祝以此之故，于是致神之意以告主人，令之受嘏。以下九句皆太祝将神的旨意告诉周王。”徂：往。《毛诗故训传笺》曰：“徂，往也。”赉（lài音赖）：赏赐。《毛诗故训传》曰：“赉，予也。”《毛诗故训传笺》曰：“孝孙甚敬矣，于礼法无过者。祝以此故致神意造主人使受嘏。既而以嘏之物往予主人。”

十八、苾（bì音必）芬：香味浓郁，即今芬芳。《说文》曰：“苾，馨香也。芬，草初生香分布也。”孝：享。孝祀：即享祀，意为神灵来享受祭祀。《尔雅·释诂》曰：“孝，享。”嗜：喜爱。

十九、卜：赐予。《毛诗故训传笺》云："卜，予也。"尔：指祭祀的孝孙。百福：即多福。几：期的假借字。《毛诗故训传》曰："几，期。"如几：符合期望。式：法度。《毛诗故训传》曰："式，法也。"这句话是说神灵将按期照例赐予福禄。《毛诗故训传笺》曰："苾苾芬芬有馨香矣，女之以孝敬享祀也，神乃歆嗜女之饮食。今予女之百福，其来如有期矣，多少如有法矣。此皆嘏辞之意。"

二十、齐：恭敬严肃的样子。《毛诗故训传笺》曰："齐，减取也。"稷：急速，敏捷。《毛诗故训传》曰："稷，疾。"《毛诗故训传笺》曰："稷之言即也。"马瑞辰谓"稷"是"亟"的假借。匡：匡正。敕：通"饬"，严正。《毛诗故训传》曰："敕，固也。"陈奂《诗毛氏传疏》曰："齐、稷、匡、敕皆祭祀肃敬之意。"永：永，长。锡：赐。极：至。《毛诗故训传笺》曰："极，中也。"

二十一、时：是。万、亿：都指极多。姚际恒《诗经通论》曰："'我孔熯矣，式礼莫愆'，以此二句写祭者，见祭事将毕，下及祝嘏之事也。是夹叙法。……古人于祭，虑其不极诚敬则神不飨，故祝词以'神嗜饮食'告之，而下诸父、昆弟亦告之以此语出。"《毛诗故训传笺》曰："嘏之礼，祝遍取黍稷牢肉鱼擩于醢以授尸，孝孙前就尸受之。天子使宰夫受之以筐，祝则释嘏辞以敕之。又曰：长赐女以中和之福，是万是亿。言多无数。"

二十二、戒：告。《毛诗故训传笺》云："钟鼓既戒，戒诸在庙中者，以祭礼毕。"一说准备好，陈奂《诗毛氏传疏》曰："戒，亦备也。"

二十三、徂位：指主人回到原来的位置上。《毛诗故训传笺》曰："以祭礼毕，孝孙往位堂下西面位也。"

二十四、具：都。止：语助词。这句话是说众神灵已经享用了祭品，酒足饭饱了。皇：伟大。《毛诗故训传》曰："皇，大也。"《毛诗故训传笺》曰："皇，君也。"尸：至祭祀时代祖先受祭的人。《毛诗故训传笺》曰："尸，节神者也。"载：则，于是。《毛诗故训传笺》曰："载之言则也。"

起：起来告辞。

二十五、鼓钟：指钟鼓齐奏。一说作“钟鼓”。袁梅《诗经译注》曰：“此处实指奏《肆夏》，应是有钟有鼓。如作‘鼓钟’，似为单纯地击钟。”《毛诗故训传笺》曰：“神醉而尸谡，送尸而神归。尸出入奏《肆夏》。尸称君，尊之也。”聿：乃，于是。王先谦《诗三家义集疏》曰：“《白虎通·祭祀篇》，祭所以有尸者何？鬼神听之无声，视之无形。升自阼阶，仰视榱桷，俯视几筵，其器存，其人亡。虚无寂寞，思慕哀伤无所写泄。故坐尸而食之，毁损其馔，欣然若亲之饱，尸醉若神之醉矣。《诗》云：神具醉止，皇尸载起。此《鲁》说。”朱熹《诗集传》曰：“鬼神无形，言其醉而归者，诚敬之至，加见之也。”此句是说神灵也随着尸回去了。《毛诗故训传笺》曰：“神安归者，归于天也。”

二十六、宰：官名。孔颖达《毛诗正义》曰：“案《特牲》《少牢礼》尸出之后乃飨，乃阳厌，寻亦彻之，故此系于尸起也。而诸宰彻去诸馔，君妇笾豆而已者，以《周礼·九嫔》云‘凡祭祀，赞后荐彻豆笾’，知君妇笾豆而已，馀馔诸宰彻之也。……言诸宰者，以膳夫是宰之属官，宰、膳皆食官之名，故系之宰。言诸者，《序官》‘膳夫上士二人，中士四人，下士八人’，故言诸也。”袁梅《诗经译注》曰：“古官名。殷始置，西周沿置。如冢宰（即太宰）、邑长、家臣等，均谓之宰。冢宰：掌管王家内外事务，为百官之长，在王之左右而赞王命，掌邦治。邑长：卿大夫所属私邑的长官。家臣：掌管家务和家奴的小臣。又，宰大也称宰，但又有二义：一音，指《周礼》天官之属，掌治朝之法的官。一者，指膳夫，即庖丁。在此，是膳夫。古制，膳夫上士二人、中士四人、下士八人。故诗称诸宰。祭毕，他们负责彻胙俎诸馔。君妇负责彻笾豆。所以，先言诸宰，后云君妇。”废：去。《毛诗故训传笺》云：“废，去也。”彻：通撤，撤掉。《毛诗故训传笺》曰：“尸出而可彻，诸宰彻去诸馔，君妇笾豆而已。”不迟：不延迟，很快。《毛诗故训传笺》曰：“不迟，以疾为敬也。”此句是说快速地撤掉祭品。

二十七、诸父：同姓长辈。兄弟：同姓同辈。备：尽，完全。言：语助词。燕：通宴。燕私即私宴。《毛诗故训传》曰："燕而尽其私恩。"《毛诗故训传笺》云："祭祀毕，归宾客之俎，同姓则留与之。燕所以尊宾客，亲骨肉也。"

二十八、乐：乐工。具：俱，全，都。入：进入后殿。奏：演奏。孔颖达《毛诗正义》曰："以上章云'备言燕私'，故此即陈燕私之事。以祭时在庙，燕当在寝，故言祭时之乐皆复来入于寝而奏之，以安其从今以后之福禄。"绥：安，安逸享受祭祀后的福禄。《毛诗故训传》曰："绥，安也。安然后受福禄也。"《毛诗故训传笺》云："燕而祭时之乐复皆入奏，以安后日之福禄。骨肉欢而君之福禄安。"

二十九、殽：通"肴"，泛指菜肴。将：美味。马瑞辰《毛诗传笺通释》曰："《广雅·释诂》曰：'将，美也。'"一说形容菜肴多，丰盛。《毛诗故训传》曰："将，行也。"陈奂《诗毛氏传疏》曰："《既醉篇》'尔殽既将'，《毛诗故训传》亦云'将，行也。'《毛诗故训传》两行字皆读如行列之行。《伐柯》'笾豆有践'、《毛诗故训传》'践，行列貌'是其义也。"莫怨：无怨。具庆：都欢庆。此句是说参加宴会的人没有抱怨的，都很欢乐。《毛诗故训传笺》曰："女之殽羞已行，同姓之臣无有怨者，而皆庆君，是其欢也。"

三十、大小：长幼。《毛诗故训传笺》云："小大，犹长幼也。"稽首：叩头，跪拜礼。

三十一、考：老，与"寿"同义。《毛诗故训传笺》曰："同姓之臣，燕已醉饱，皆再拜稽首曰：神乃歆嗜君之饮食，使君寿且考。此其庆辞。"

三十二、孔惠孔时：即甚顺甚时。孔：甚。惠：顺。时：善。此句是说祭祀合乎礼、顺乎时。《毛诗故训传笺》云："惠，顺也。甚顺于礼，甚得其时。"陈奂《诗毛氏传疏》曰："孔，甚。惠，顺。甚顺者，无不顺。"维：只有。《毛诗故训传笺》曰："维君德能尽之。"孔颖达《毛诗正义》曰："唯君德其能尽此顺时之美。"

三十三、勿：不要。替：废止。引：延长。之：指祭祀。《毛诗故训传》曰："替，废。引，长也。"《毛诗故训传笺》曰："愿子孙勿废而长行之。"孔颖达《毛诗正义》曰："《释训》云：'子子孙孙，引无极也。'舍人曰：'子孙长行美道，引无极也。'郭璞曰：'世世昌盛，长无穷，是勿废长行之。'"

【解题】

这是一首讽刺周幽王时赋税繁重，人民生活饥寒交迫、礼教丧失的诗。《诗序》曰："《楚茨》，刺幽王也。政烦赋重，田莱多荒，饥馑降丧，民卒流亡，祭祀不飨，故君子思古焉。"诗人怀念周初圣王政简赋轻、年丰民乐，鬼神不为后灾，以见今日天怨人怒。

孔颖达《毛诗正义》曰："作《楚茨》诗者，刺幽王也。以幽王政教既烦，赋敛又重，下民供上，废阙营农，故使田莱多荒，而民皆饥馑。天又降丧病之疫，民尽皆弃业，流散而逃亡。祭祀又不为神所歆飨，不与之福。故当时君子，思古之明王，而作此诗。意言古之明王，能政简敛轻，田畴垦辟，年有丰穰，时无灾厉，下民则安土乐业，祭祀则鬼神歆飨。以明今不然，故刺之。"

朱熹《诗集传》曰："此诗述公卿有田禄者之于农事，以奉其宗庙之祭。"又曰："吕氏曰，《楚茨》极言祭祀所以事神受福之节，致详致备。所以推明先王致力于民者尽，则致力于神者详。观其威仪之盛、物品之丰，所以交神明逮群下，至于受福无疆者。非德盛政修，何以致之。"

信南山

信彼南山，维禹甸之。一
畇畇原隰，曾孙田之。二
我疆我理，南东其亩。三
上天同云，雨雪雰雰，益之以霢霂。四
既优既渥，既霑既足，生我百谷。五
疆埸翼翼，黍稷彧彧。六
曾孙之穑，以为酒食。七
畀我尸宾，寿考万年。八
中田有庐，疆埸有瓜。九
是剥是菹，献之皇祖。十
曾孙寿考，受天之祜。十一
祭以清酒，从以骍牡，享于祖考。十二
执其鸾刀，以启其毛，取其血膋。十三
是烝是享，苾苾芬芬。十四
祀事孔明，先祖是皇。十五
报以介福，万寿无疆。十六

【注释】

一、信：通“伸”，延伸貌。马瑞辰《毛诗传笺通释》曰：“‘信彼南山’与‘节彼南山’‘倬（zhuō音桌）彼甫田’句法相类。节、倬皆为貌，则信亦南山貌也。古伸字借作信。”一说信当是高峻貌，高亨《诗经今注》曰：“信与崒一音之转，《说文》曰：‘崒，危高也。’”南山：终南山。维：是。甸：治理。古代传说，中国的名山大川都经过大禹的治理。《毛诗故训传》曰："甸，治也。"《毛诗故训传笺》云："信乎彼南山之野，禹治而丘甸之。"

二、畇畇（yún音云）：开垦田地使之整齐平整。《毛诗故训传》曰："畇畇，垦辟貌。"原：高平之地。隰：低湿之地。曾孙：周王主祭者对祖神的自称。朱熹《诗集传》曰："曾孙，主祭者之称。曾，重也。自曾祖以至无极，皆得称之也。"田：这里用作动词，开垦田地。马瑞辰《毛诗传笺通释》曰："《经》必上甸下田者，变文以协韵也。"

三、疆：皆指划分田地的疆界。理：治理田垄田沟。《毛诗故训传》曰："疆，画经界也。理，分地理也。"朱熹《诗集传》曰："疆者，为之大界也。理者，定其沟涂也。"南东其亩：纵横开成田垄。高亨《诗经今注》曰："周人称南北陇为南其亩，称东西陇为东其亩。"《毛诗故训传》曰："或南或东。"孔颖达《毛诗正义》曰："或南或东地纵横开成田亩。"

四、同云：阴云密布。《说文》曰："同，会合也。"朱熹《诗集传》曰："同云，云一色也。将雪之候如此。"王先谦《诗三家义集疏》曰："韩说'雪云'为'同云'……《初学记》曰：'同云，谓阴云竟天，同为一色。'"雰雰（fēn音分）：犹纷纷，雪花飘落的样子。《毛诗故训传》曰："雰雰，雪貌。丰年之冬，必有积雪。"王先谦《诗三家义集疏》曰："三家雰作纷者，《白帖》二两引诗'雨雪纷纷'，与毛异。"陈奂《诗毛氏传疏》曰："雰雰犹纷纷。《御览·天部八》引《诗》作'纷纷'。《说文》雨部无雰字，疑古毛诗本作'分分'，后人加雨尔。"益：加也。霡霂（mài mù音卖木）：《毛诗故训传》曰："小雨曰霡霂。"《尔雅·释天》曰："小雨谓之霡霂。"

五、既：已经。优：指雨水充沛。陈奂《诗毛氏传疏》曰："《说文》'瀀，泽多也'，引《诗》作'瀀'。《玉篇》'瀀'今作'优'。"渥：润泽。《说文》曰："渥，霑也。"霑：浸湿。足：充足。一说为湿润。陈奂《诗毛氏传疏》曰："浞，濡也。足即浞之假借字。"朱熹《诗集传》曰：

“优、渥、霑、足，皆饶洽之意也。冬有积雪，春而益之，以小雨润泽，则饶洽矣。”

六、疆埸（yì音义）：田间界限。《毛诗故训传》曰：“埸，畔也。”《说文》曰：“畔，田界也。”陈奂《诗毛氏传疏》曰：“埸训畔。”翼翼：整齐的样子。朱熹《诗集传》曰：“整饬貌。”彧彧（yù音玉）：茂盛的样子。《毛诗故训传》曰：“彧彧，茂盛貌。”

七、穑：收获的庄稼。《说文》：“谷可收曰穑。”《尚书·盘庚》“若农服田力穑，乃亦有秋。”《疏》曰：“种之曰稼，歛之曰穑，穑是秋收之名。”《毛诗故训传笺》曰：“歛税曰穑。”这里指的是以所收之赋税用来供祭祀之用。

八、畀：给。《毛诗故训传笺》曰：“畀，予也。”尸：祭祀时扮作神主的人。宾：宾客，指助祭的人。这句说以酒食祭祀祖先，招待宾客。寿考：长寿。寿考万年：这句是祭者希望祖先神灵保佑的话。《毛诗故训传笺》曰：“尊尸与宾，所以敬神也。敬神则得寿考万年。”

九、中田：田中。《毛诗故训传笺》曰：“中田，田中也。”庐：农民建在田中临时居住的屋子。《毛诗故训传笺》曰：“农人作庐焉，以便其田事。”孔颖达《毛诗正义》曰：“古者宅在都邑，田于外野，农时则出而就田，须有庐舍，故言中田，谓农人于田中作庐，以便其田事。于田中种谷，于畔上种瓜，亦所以便地也。”

十、剥：剖开。菹（zū音租）：腌制的酸菜或切碎的肉菜，腌菜，酸菜。朱熹《诗集传》曰：“菹，酢菜也。”《毛诗故训传》曰：“剥瓜为菹也。”孔颖达《毛诗正义》曰：“民以瓜新熟，献于天子。天子得之，乃剥削淹渍以为菹，欲以供祭祀，贵四时之异物故也。”

十一、祜（hù音户）：福。朱熹《诗集传》曰：“祜，福也。”

十二、从：跟着献上。骍（xīn音心）牡：赤色的公牛。《毛诗故训传笺》

曰："清，谓玄酒也。酒，郁鬯五齐三酒也。祭之礼，先以郁鬯降神，然后迎牲。"

十三、鸾刀：一说为刻铸凤凰花纹的刀。《毛诗故训传》曰："鸾刀，刀有鸾者，言割中节也。"一说为带铃的刀。朱熹《诗集传》曰："鸾刀，刀有铃也。"以启其毛：指用鸾刀割开牺牲的皮毛。膋（liáo音聊）：脂膏。《毛诗故训传笺》曰："膋，脂膏也。"孔颖达《毛诗正义》曰："既纳以告神，乃令卿大夫执持其鸾铃之刀，以此刀开其牲之皮毛，取牲血与脂膏之膟膋，而退毛以告纯，血以告杀，膋以升臭，合馨香以荐神。各有其人，皆肃其事。"程俊英等《诗经注析》曰："按周代祭祀之礼，献牲血以示新杀。又取脂膏合上黍稷放在艾蒿上燔烧，使香气上升。"

十四、烝：进献。《尔雅·释诂》曰："烝，进也。"一说为冬祭名。朱熹《诗集传》曰："烝，进也。或曰冬祭名。"苾苾芬芬：指香气浓郁的样子。《鲁诗》"苾"作"馥"。《尔雅》曰："馥馥芬芬，香也。"

十五、孔明：非常周全。皇：光明。

十六、介：大。

【解题】

这是一首讽刺周幽王不能学习夏禹和周朝先圣王治理天下之诗。《诗序》曰："《信南山》，刺幽王也。不能修成王之业疆理天下以奉禹功，故君子思古焉。"

孔颖达《毛诗正义》曰："作《信南山》诗者，刺幽王也。刺其不能修成王之事业，疆界分理天下之田亩，使之勤稼，以奉行大禹之功，故其时君子思古成王焉，所以刺之。《经》六章，皆陈古而反以刺今。"

朱熹《诗集传》曰："此诗大指与《楚茨》略同。"

甫田之什

甫田

倬彼甫田，岁取十千。[一]
我取其陈，食我农人，自古有年。[二]
今适南亩，或耘或耔，黍稷薿薿。[三]
攸介攸止，烝我髦士。[四]
以我齐明，与我牺羊，以社以方。[五]
我田既臧，农夫之庆。[六]
琴瑟击鼓，以御田祖，以祈甘雨。[七]
以介我稷黍，以穀我士女。[八]
曾孙来止，以其妇子，馌彼南亩。[九]
田畯至喜，攘其左右，尝其旨否。[十]
禾易长亩，终善且有。[十一]
曾孙不怒，农夫克敏。[十二]
曾孙之稼，如茨如梁。[十三]
曾孙之庾，如坻如京。[十四]
乃求千斯仓，乃求万斯箱。[十五]
黍稷稻粱，农夫之庆。[十六]

报以介福，万寿无疆！[十七]

【注释】

一、倬：一作菿；大，显著。甫田：大田，《毛诗故训传》“谓天下田也”；《毛诗故训传笺》：“甫之言丈夫也。明乎彼大古之时，以丈夫税田也。岁取十千，于井田之法，则一成之数也。九夫为井，井税一夫，其田百亩。”十千：《毛诗故训传》：“言多也。”

二、《毛诗故训传》曰：“尊者食新，农夫食陈。”孔颖达《毛诗正义》曰：“我取其陈者以食农人，使一家之内尊老得食其新粟，卑稚食其陈粟。是为老壮之别，孝养之义也。自古太平有丰年，其时如此。”《毛诗故训传笺》曰：“仓廪有馀，民得赊贳取食之，所以纾官之蓄滞，亦使民爱存新谷。自古者丰年之法如此。”

三、《毛诗故训传笺》曰：“今者，今成王之法也。”耘：《齐诗》作“芸”，除草。耔（zǐ音紫）：《齐诗》作“芓”，给植物根部培土。薿薿：《齐诗》作“儗儗”，茂盛貌。

四、攸：助词，高亨《诗经今注》：犹乃也。介：大；《毛诗故训传笺》作舍；一说读为愒（qì音气），休息。止：安止；《毛诗故训传笺》曰：“止息之处。”烝：进。髦：俊。孔颖达《毛诗正义》曰：“毛以为，收获既多，国用充足，所以成大功，所以自安止，又得进我民人成为髦俊之士。由仓廪实，知礼节，故丰年多获，髦士所以得进也。而幽王不修之，故举以刺焉。”《毛诗故训传笺》曰：“礼，使民锄作耘耔，闲暇则于庐舍及所止息之处，以道艺相讲肄，以进其为俊士之行。”

五、《毛诗故训传》曰：“器实曰‘齐’，在器曰‘盛’。社，后土也。方，迎四方气于郊也。”《释文》曰：“齐，本又作‘赍’，又作‘齍’，同音‘资’。”则“齐”通“粢”，指祭祀用的黍稷。明：清洁。朱熹《诗集传》曰："齐，与粢同。《曲礼》曰：'稷曰明粢。'此言粢明，便文以协韵耳。"牺羊：纯色的羊。《毛诗故训传笺》曰："以洁齐丰盛，与我纯色之羊，秋祭社与四方，为五谷成熟，报其功也。"

六、《毛诗故训传笺》曰："臧，善也。我田事已善，则庆赐农夫。谓大蜡（zhà音乍）之时，劳农以休息之也。年不顺成，则八蜡不通。"庆：朱熹《诗集传》作"福"；唐莫尧《诗经全译》作"亲善、友善"，指农夫对曾孙的从顺。

七、击鼓：古乐器名，即柷（zhù音祝），类似于摇鼓。御：《毛诗故训传笺》作"迎"；一说同"御"，高亨《诗经今注》作"祭祀"。田祖：始耕田者，若神农。

八、介：大；《毛诗故训传笺》作"助"；高亨《诗经今注》借为"丐"，祈求。榖：《毛诗故训传》作"善"；《毛诗故训传笺》作"养"。士女：泛指男女，于省吾《诗经新证》作"奴隶"。《毛诗故训传笺》曰："设乐以迎祭先啬，谓郊后始耕也。以求甘雨，佑助我禾稼，我当以养士女也。"

九、曾孙：指成王，朱熹《诗集传》作主祭者之称。来止：指出观农事。以其妇子：《毛诗故训传笺》曰："亲与后、世子行，使知稼穑之艰难也。"孔颖达《毛诗正义》说是农夫的妻子儿女。馌：馈食，往田野送饭。

十、田畯：司啬，即田官。孔颖达《毛诗正义》曰："毛以为，'其田畯之官典田大夫既至，见其勤劳，则喜乐其事矣。即教农夫以间暇之时攘除田之左右，辟其草莱，尝其气旨土地和美与否也。'"《毛诗故训传笺》曰："攘读当为饷，馈也；喜读为饎，酒食也；'司啬至，则又加之以酒食，饷其左右从行者。成王亲为尝其馈之美否，示亲之也。'"攘：朱熹《诗集传》作"取"，高亨《诗经今注》作"让"。

十一、《毛诗故训传》曰："易，治也。长亩，竟亩也。"孔颖达《毛诗正义》曰："毛以为，'故使禾生易而治理长，而次列遍竟亩中，终至成善，且收而大有。”一说“易”通“移”，茂盛貌。马瑞辰《毛诗传笺通释》曰：“易与移一声之转。《说文》曰：‘移，禾相倚移也。’”高亨《诗经今注》一说“易”犹“延”也，向前延展。有：多。

十二、克：能。敏：疾，敏捷。《毛诗故训传笺》曰：“禾治而竟亩，成王则无所责怒，谓此农夫能自敏也。”

十三、稼：未收割的禾谷。茨：茅草屋的顶。梁：《毛诗故训传》作“车梁”，高亨《诗经今注》一说“水上的大堤”。

十四、庾：露天的谷堆或谷仓。《毛诗故训传笺》曰：“露积谷也。”坻：水中高地。京：高丘。

十五、斯：助词。箱：车厢。《毛诗故训传笺》曰：“成王见禾谷之税，委积之多，于是求千仓以处之，万车以载之，是言年丰收入逾前也。”

十六、《毛诗故训传笺》曰：“庆，赐也。年丰则劳赐，农夫益厚，既有黍稷，加以稻粱。”

十七、《毛诗故训传笺》曰：“报者为之求福，助于八蜡之神，万寿无疆竟也。”一说介：大。

【解题】

这是一首讽刺周幽王无道，人民困苦的诗。《诗序》曰：“《甫田》，刺幽王也。君子伤今而思古焉。”《毛诗故训传笺》曰：“刺者，刺其仓廪空虚，政烦赋重，农人失职。”诗人回忆周成王时农人的幸福生活和丰收的喜悦，古今对比，以警醒幽王。

孔颖达《毛诗正义》曰：“《经》言成王庾稼，千仓万箱，是仓廪实；反明幽王之时，仓廪虚也。言适彼南亩，耘耔黍稷，是农人得职；反明幽王之时，农人失职也。”

朱熹《诗集传》曰：“此诗述公卿有田禄者，力于农事，以奉方社田祖之祭。”

高亨《诗经今注》认为：“这篇是西周农奴主的作品，歌唱他田地的广阔、农奴的劳动、庄稼的茂盛、粮谷的丰收以及祭祀的情况等。”陈子展《诗经直解》“当是王者春夏祈谷于上帝，祭方（四方之神）、祭社（后土之神）、祭田祖（先农之神）以及时雩旱祷诸神之乐歌”。

大田

大田多稼，既种既戒，既备乃事。[一]
以我覃耜，俶载南亩。[二]
播厥百谷，既庭且硕，曾孙是若。[三]
既方既皁，既坚既好，不稂不莠。[四]
去其螟螣，及其蟊贼，无害我田稚。[五]
田祖有神，秉畀炎火。[六]
有渰萋萋，兴雨祈祈。[七]
雨我公田，遂及我私。[八]
彼有不获稚，此有不敛穧，彼有遗秉，
此有滞穗，伊寡妇之利。[九]
曾孙来止，以其妇子。
馌彼南亩，田畯至喜。[十]
来方禋祀，以其骍黑，与其黍稷。[十一]
以享以祀，以介景福。[十二]

【注释】

一、大田：广大的农田。《毛诗故训传笺》曰："大田，谓地肥美，可垦耕，多为稼，可以授民者也。"《毛诗故训传笺》曰："将稼者，必先相地之宜，而择其种。季冬，命民出五种，计耦耕事，修耒耜，具田器，此之谓戒，是既备矣。至孟春，土长冒橛，陈根可拔而事之。"种：选种子。戒：同"械"，修理农具。朱熹《诗集传》曰："种，择其种也。戒，饬其具也。"既：已经。乃事：这些事。

二、覃（yǎn音演）：通"剡"，锐利。《毛诗故训传》曰："覃，利也。"俶（chù音触）：始，开始；最早，最初。朱熹《诗集传》曰："俶，始。"载：从事工作。朱熹《诗集传》曰："载，事。"《毛诗故训传笺》曰："俶读为炽。载读为菑栗之菑。时至，民以其利耜，炽菑发所受之地，趋农急也。田一岁曰菑。"

三、播：播种。厥：其。庭：同"挺"，挺直。《毛诗故训传》曰："庭，直也。"硕：大。《毛诗故训传笺》曰："硕，大。"若：顺。《毛诗故训传笺》曰："若，顺也。"《毛诗故训传笺》曰："民既炽菑，则种其众谷。众谷生，尽条直茂大。成王于是则止力役，以顺民事，不夺其时。"朱熹《诗集传》曰："苏氏曰：'田大而种多，故于今岁之冬，具来岁之种，戒来岁之事，凡既备矣，然后事之。取其利耜，而始事于南亩，既耕而播之。其耕之也勤，而种之也时，故其生者皆直而大，以顺曾孙之所欲。'此诗为农夫之词，以颂美其上，若以答前篇之意也。"

四、方（fáng音房）：通"房"，谷物初生尚未结实之谓。《毛诗故训传笺》曰："方，房也，谓孚甲始生而未合时也。"皂：谷物尚未坚实。《毛诗故训传》曰："实未坚者曰皂。"稂（láng音狼）：莠一类的草，对禾苗有害。《毛诗故训传》曰："稂，童粱也。"莠（yǒu音有）：草名，田间常见杂草。《毛诗故训传》曰："莠，似苗也。"《毛诗故训传笺》曰："尽生房矣，尽成实矣，尽坚熟矣，尽齐好矣，而无稂莠。择种之善，民力之专，时气之和所致之。”

五、螟（míng音明）：螟蛾的幼虫，一种蛀食稻心的害虫。螣（tè音特）：吃苗叶的害虫。蟊：吃苗根的害虫。贼：一种专食苗节的害虫。《毛诗故训传》曰：“食心曰螟，食叶曰螣，食根曰蟊，食节曰贼。”《毛诗故训传笺》曰：“此四虫者，恒害我田中之稚禾，故明君以正己而去之。”稚：嫩。朱熹《诗集传》曰：“稚，幼禾也。”

六、田祖：农神。秉：拿。畀：给予，付与。炎火：大火。《毛诗故训传》曰：“炎火，盛阳也。”《毛诗故训传笺》曰：“螟螣之属，盛阳气嬴则生之。今明君为政，田祖之神不受此害，持之付与炎火，使自消亡。”朱熹《诗集传》曰：“言其苗既盛矣，又必去此四虫，然后可以无害田中之禾。然非人力所及也，故愿田祖之神，为我持此四虫，而付之炎火之中也。姚崇遣使捕蝗，引此为证。夜中设火，火边掘坑，且焚且瘗，盖古之遗法如此。”

七、有渰（yǎn音演）：即“渰渰”，阴云密布的样子。《毛诗故训传》曰：“渰，云兴貌。”萋萋：同“凄凄”，天气清冷的样子。《毛诗故训传》曰：“萋萋，云行貌。”朱熹《诗集传》曰：“萋萋，盛貌。云欲盛，盛则多雨。雨欲徐，徐则入土。”祁祁：徐徐，慢慢地，指绵绵细雨。《毛诗故训传》曰：“祁祁，徐也。”《毛诗故训传笺》曰：“古者阴阳和，风雨时，其来祁祁然而不暴疾。”

八、雨：动词，下雨。私：私田。《毛诗故训传笺》曰：“其民之心，先公后私，令天主雨于公田，因及私田尔。此言民怙君德，蒙其余惠。”朱熹《诗集传》曰：“公田者，方里而井，井九百亩，其中为公田，八家皆私百亩，而同养公田也。言农夫之心，先公后私，故望此云雨而曰：天其雨我公田，而遂及我之私田乎？”

九、获：收割。秉：把。《毛诗故训传》曰：“秉，把也。”滞：遗留。朱熹《诗集传》曰：“滞，亦遗弃之意也。”伊：是。利：好处。《毛诗故训传笺》曰：“成王之时，百谷既多，种同齐孰，收刈促遽，力皆不足，而有不获不敛，遗秉滞穗，故听矜寡取之以为利。”《诗集传》曰：“冀怙君德而蒙其余惠，使收成之际，彼有不及获之稚禾，此有不及敛之穧束，彼有遗弃之禾把，此有滞漏之禾穗，而寡妇尚得取之以为利也。此见其丰成有余而不尽取，又与鳏寡共之，既足以为不费之惠，而亦不弃于地也。不然则粒米狼戾，不殆于轻视天物而慢弃之乎！”

十、“曾孙来止”四句见《甫田》注九、十。

十一、方：古代祭祀名，指秋祭四方之神。禋（yīn音因）：祭名，升烟祭天以求福。骍（xīng音星）：赤色马，亦指赤色牛羊等。《毛诗故训传》曰：“骍，牛也。”黑：黑色的猪、羊。《毛诗故训传》曰：“黑，羊、豕也。”《毛诗故训传笺》曰：“成王之来，则又禋祀四方之神，祈报焉。阳祀用骍牲，阴祀用黝牲。”

十二、介：祈求。景：大。朱熹《诗集传》云：“前篇有‘击鼓以御田祖’之文，故或疑此《楚茨》《信南山》《甫田》《大田》四篇即为《豳雅》。其详见于《豳风》之末，亦未至其是否也。然前篇上之人以‘我田既臧’为‘农夫之庆’，而欲报之以介福。此篇农夫以‘雨我公田，遂及我私’，而欲其享祀‘以介景福’。上下之情，所以相赖而相报者如此，非盛德其孰能之？”

【解题】

这是一首讽刺周幽王的诗。《诗序》曰：“《大田》，刺幽王也。言矜寡不能自存焉。”《毛诗故训传笺》曰：“幽王之时，政烦赋重，而不务农事，虫灾害谷，风雨不时，万民饥馑，矜寡无所取活，故时臣思古以刺之。”

孔颖达《毛诗正义》曰：“四章皆陈古善，反以刺王之辞。《经》唯言寡妇，《序》并言矜者，以无妻为矜，无夫为寡，皆天民之穷，故连言之。由此而言孤独老疾，亦矜寡之类，其文可以兼之矣。”

方玉润《诗经原始》眉批认为一章追叙方春始种一层。二章顺叙夏耘除害一层。三章秋成收获一层。描摹多嫁，纯从庞面烘托，闲情别致，令人想见田家乐趣，有画图所不能到者。四章此乃省敛正面，一路顺写，与前篇局势不同。前篇详于察与省，而略于耕；此篇详于敛与耕，而略于省与察。

瞻彼洛矣

瞻彼洛矣，维水泱泱。一
君子至止，福禄如茨。二
韎韐有奭，以作六师。三
瞻彼洛矣，维水泱泱。
君子至止，鞸琫有珌。四
君子万年，保其家室。五
瞻彼洛矣，维水泱泱。
君子至止，福禄既同。六
君子万年，保其家邦。七

【注释】

一、瞻：看。《毛诗故训传笺》曰：“瞻，视也。”洛：洛水。《毛诗故训传》曰：“洛，宗周溉浸水也。”朱熹《诗集传》曰：“洛，水名，在东都，会诸侯之处也。”维：其。泱泱：水深广的样子。《毛诗故训传》曰：“泱泱，深广貌。”《毛诗故训传笺》曰：“我视彼洛水，灌溉以时，其泽浸润，以成嘉谷。兴者，喻古明王恩泽加于天下，爵命赏赐，以成贤者。”

二、君子：指周王。朱熹《诗集传》曰：“君子，指天子也。”至：

到。止：语气词。茨：茅屋的顶盖，比喻深厚。《毛诗故训传笺》曰："君子至止者，谓来受爵命者也。爵命为福，赏赐为禄。茨，屋盖也。如屋盖，喻多也。"

三、韎（mèi音妹）韐（gé音格）：染色的蔽膝。《毛诗故训传》曰："韎韐者，茅搜染草也。一曰韎韐，所以代韠也。"《毛诗故训传笺》曰："韎韐者，茅搜染也。茅搜，韎韐声也。韎韐，祭服之韠，合韦为之。其服爵弁服，纣衣纁裳也。"朱熹《诗集传》曰："韎，茅搜所染色也。韐，韠也，合韦为之。周官所谓韦弁，兵事之服也。"奭（hè音贺）：通"赩"，赤色。作：兴，号令。朱熹《诗集传》曰："作，犹起也。"六师：六军。《毛诗故训传》曰："天子六军。"陈奂《诗毛氏传疏》曰："《周礼·夏官》曰：'凡制军，万有二千五百人为军，王六军。'襄十四年《左传》曰：'周为六军。'又襄十一年《谷梁传》曰：'古者天子六师。'是六师即六军也。"《毛诗故训传笺》曰："此诸侯世子也。除三年之丧，服士服而来，未遇爵命之时，时有征伐之事。天子以其贤，任为军将，使代卿士将六军而出。"孔颖达《毛诗正义》曰："言我视彼宗周之洛水矣，维此洛水则泱泱然深而广大，能灌溉以时，浸润以成嘉谷。以喻我视彼古昔之明王矣，维此明王，则仁而宽爱，能爵赏以理，赐命以成贤者，是王恩之深厚也。故君子诸侯之至止，来见于王，则王爵命之以福，又赏赐之以禄。其聚积多大，如屋盖之茨也。又言诸侯世子，初除父丧，服士服来至京师，正值有征伐之事。王以其贤，命代卿士之任，服韎韐之韨，有奭然而赤，以作六师之将。其贤如是，故得福禄也。今王不能爵赏诸侯之贤者，故举以刺之。"朱熹《诗集传》曰："此天子会诸侯于东都，以讲武事，而诸侯美天子之诗。言天子至此洛水之上，御戎服而起六师也。"

四、鞞（bǐng音饼）：刀剑鞘。琫（běng音绷）：佩刀鞘上近口处的饰物。珌（bì音必）：古代刀鞘末端的装饰。《毛诗故训传》曰："鞞，容刀鞞也。琫，上饰；珌，下饰。"《汉书·王莽传上》曰："于是莽稽首再拜，受绿韨衮冕衣裳，玚琫玚珌。"一说指剑柄与剑身相接处的玉饰。《毛诗故训传笺》曰："此人世子之贤者也，既受爵命赏赐，而加赐容刀有饰，显其能制断。"

五、家室：家族。《毛诗故训传笺》曰："德如是，则能长安，其家室亲。家室亲，安之尤难，安则无篡杀之祸也。"

六、同：聚。朱熹《诗集传》曰："同，犹聚也。"《毛诗故训传笺》曰："此人世子之能继世位者也。其爵命赏赐，尽与其先君受命者同，而无所加也。"

七、家邦：国家。

【解题】

这是一首讽刺周幽王不能按照周礼封建的诗。《诗序》曰："《瞻彼洛矣》，刺幽王也。思古明王能爵命诸侯，赏善罚恶焉。"诗人通过对周天子封功建爵意思的赞颂，批评周幽王不能封建诸侯和赏善罚恶的罪过。

孔颖达《毛诗正义》曰："作《瞻彼洛矣》诗者，刺幽王也。以幽王不能爵命赏罚，故思古之明王能爵命诸侯，赏善罚恶焉，以刺今之不能也。爵命即赏善之事，但爵命之外，犹别有赏赐，故叙分之。《经》三章，皆言爵命赏善之事。既能有赏，必当有罚，故连言罚恶耳，于《经》无所当也。"

裳裳者华

裳裳者华，其叶湑兮。一
我觏之子，我心写兮。二
我心写兮，是以有誉处兮。三
裳裳者华，芸其黄矣。四
我觏之子，维其有章矣。五

维其有章矣，是以有庆矣。[六]
裳裳者华，或黄或白。[七]
我觏之子，乘其四骆。[八]
乘其四骆，六辔沃若。[九]
左之左之，君子宜之。[十]
右之右之，君子有之。[十一]
维其有之，是以似之。[十二]

【注释】

一、裳裳：同“堂堂”，明艳的样子。《毛诗故训传》曰：“裳裳，犹堂堂也。”朱熹《诗集传》曰：“裳裳，犹堂堂。董氏云：‘古本作常。常棣也。’”马瑞辰《毛诗传笺通释》曰：“裳与常同字，《说文》曰：‘常，或作裳’是也。《广雅》曰：‘常常，盛也。’盖本三家《诗》。”华：花。湑：茂盛的样子。《毛诗故训传》曰：“湑，盛貌。”《毛诗故训传笺》曰：“华堂堂于上，喻君也。叶湑然于下，喻臣也。明王贤臣，以德相承而治道兴，则谗谄远矣。”

二、觏：遇见，看见。《毛诗故训传笺》曰：“觏，见也。”写：宣泄。

三、誉：通“豫”，欢愉，安乐。处：居住的地方。《毛诗故训传笺》曰：“言我得见古之明王，则我心所忧，写而去矣。我心所忧既写，是则君臣相与，声誉常处也。忧者，忧谗谄并进。”《毛诗正义》曰：“诗人遇谗绝世，伤今思古。言彼堂堂然光明者华也，在于上。又叶湑然而茂盛兮，在于下。华叶相与，共成荣茂。以兴显著者，君也，在于上。美德者，臣也，佐于下。君臣相承，共兴国治。古之明王，政治如此。我得见古之是子明王，则我心所忧谗谄之事，写除而去兮。我心之忧既已写兮，则仕于彼朝，君臣相得，是以有声誉之美而处之兮。言常处此声誉之美兮，已由谗见绝，故忧而思之，以刺今也。”王先谦《诗三家义集疏》曰：“言贤者功臣世泽之盛，如此华叶之茂也。‘之子’指世禄者。言我见之子，则我心为之输写也。我心为之输写兮，是以众口交推，常安乐而处之兮。”

四、芸：花叶多的样子。《毛诗故训传》曰：“芸，黄盛也。”一说为深黄色。褚斌杰《诗经全注》曰：“芸：深黄色。”《毛诗故训传笺》曰：“华芸然而黄，兴明王德之盛也。不言叶，微见无贤臣也。”孔颖达《毛诗正义》曰：“芸是黄盛之状，故笺云‘华芸然而黄’也。此华亦以黄为盛，谓草木之有黄华者也。《苕之华》紫赤而繁，黄则衰矣，与此不同也。”

五、章：文采，才华。

六、庆：喜庆。《毛诗故训传笺》曰：“章，礼文也。言我得见古之明王，虽无贤臣，犹能使其政有礼文法度。政有礼文法度，是则我有庆赐之荣也。”朱熹《诗集传》曰：“章，文章也。有文章，斯有福庆矣。”

七、或：有的。《毛诗故训传笺》曰：“华或有黄者，或有白者，兴明王之德，时有驳而不纯。”王先谦《诗三家义集疏》曰：“‘或黄或白’，言杂色俱极其盛，非有所贬抑也。”

八、骆：黑鬃黑尾的白马。六辔：六根驾驭马的缰绳。

九、沃若：光润的样子。《毛诗故训传》曰：“言世禄也。”《毛诗故训传笺》曰：“我得见明王德之驳者，虽无庆誉，犹能免于谗谄之害，守我先人之禄位，乘其四骆之马，六辔沃若然。”《毛诗正义》曰：“喻取其象既以黄色，兴明王德纯，故以异色喻其不纯。或有黄者，或有白者，华自有杂色与纯者，二章各举以喻，非此华本黄而变白，又非白即衰也。华一时而黄白杂色，以兴明王亦一时而善恶不纯，非先盛而后衰为不纯也。故言时有驳而不纯者，言时有善多而恶少，非善恶半也。若恶与善等，则是暗君，不得为明王矣。”王先谦《诗三家义集疏》曰：“我觏世禄之子，得乘四骆之马，其六辔润泽而沃然，我则居此世为可幸也。”

十、左：与下句的“右”一样，都指辅佐的人。之：语气词。《毛诗故训传》曰：“左，阳道，朝祀之事。右，阴道，丧戎之事。”马瑞辰《毛诗传笺通释》曰：“左之，右之，宜从钱澄之说，谓左辅右弼。”君子：一说为上三章的“之子”。程俊英《诗经译注》认为指古之明王。《毛诗故训传笺》曰：“君子，斥其先人也。多才多艺，有礼于朝，有功于国。”马瑞辰《毛诗传笺通释》曰：“‘君子’对《序》‘小人在位’言之，谓古之明王。”

十一、有：获得。马瑞辰《毛诗传笺通释》曰：“《广雅》曰：‘有，取也。’有之谓取之也。古之明王能取用辅弼之贤，是以能使世禄者嗣其先祖耳。”

十二、似：同“嗣”，继承。《毛诗故训传笺》曰：“维我先人，有是二德，故先王使之世禄，子孙嗣之。今遇谗谄并进，而见弃绝也。”

【解题】

这是一首讽刺周幽王重用小人，不重视世卿世禄功臣的诗。《诗序》曰：“《裳裳者华》，刺幽王也。古之仕者世禄。小人在位则谗谄并进，弃贤者之类，绝功臣之世焉。”《毛诗故训传笺》曰：“古者，古昔明王时也。小人，斥今幽王也。”诗人通过赞扬古明王重视功臣忠臣的例子，批评周幽王的倒行逆施。

孔颖达《毛诗正义》曰：“作《裳裳者华》诗者，刺幽王也。以其古之仕于朝者，皆得世袭其禄，今用小人。幽王在于天子之位，则有谗佞谄谀之人并进于朝，既为佞以蔽之王，又进谗以害贤，而王信受之，弃去贤者之胤类，绝灭功臣之世嗣，故时臣思古以刺之也。”

朱熹《诗集传》曰：“此天子美诸侯之词。盖以答《瞻彼洛矣》也，言堂裳者华，则其叶湑然而美盛矣。我觏之子，则其心倾写而悦乐之矣。夫能使见者悦乐之如此，则其有誉处宜矣。此章与《蓼萧》首章文势全相似。”

桑扈

交交桑扈，有莺其羽。[一]
君子乐胥，受天之祜。[二]
交交桑扈，有莺其领。[三]
君子乐胥，万邦之屏。[四]
之屏之翰，百辟为宪。[五]
不戢不难，受福不那。[六]
兕觥其觩，旨酒思柔。[七]
彼交匪敖，万福来求。[八]

【注释】

一、交交：飞来飞去的样子。《毛诗故训传笺》曰：“交交，犹佼佼，飞往来貌。”一说为小小的样子。一说为鸟鸣声。程俊英《诗经译注》曰：“交交，小小的样子。一说，鸟鸣声。”桑扈：鸟名。《毛诗故训传笺》曰：“桑扈，窃脂也。”有莺：即莺莺，有文采的样子。《毛诗故训传》曰：“莺然有文章。”《毛诗故训传笺》曰：“窃脂飞而往来有文章，人观视而爱之。喻君臣以礼法威仪升降于朝廷，则天下亦观视而仰乐之。”

二、胥：语气词。《毛诗故训传》曰：“胥，皆也。”《毛诗故训传笺》曰：“胥，有才知之名也。”朱熹《诗集传》曰：“胥，语词。”马瑞辰《毛诗传笺通释》曰：“皆、嘉一声之转，《广雅·释言》曰：‘皆，嘉也。’乐胥犹言乐嘉、乐岂，嘉亦乐也。《毛诗故训传》训胥为皆，正以皆有嘉谊，犹训胥为嘉也。若训为乐皆则不词……《笺》以胥为谞及惰字之假借，《说文》谞及惰字皆曰‘知也’，亦未确。”祜：福，大福。《毛诗故训传笺》曰：“祜，福也。天予之以福禄。”马瑞辰《毛诗传笺通释》曰：“天与大同义，故祜为天之福，又为大福。”

三、领：颈，脖子。《毛诗故训传》曰：“领，颈也。”

四、屏：屏障。《毛诗故训传》曰：“屏，蔽也。”《毛诗故训传笺》曰：“王者之德，乐贤知在位，则能为天下蔽捍四表患难矣。蔽捍之者，谓蛮夷率服，不侵畔。”

五、之：是。陈奂《诗毛氏传疏》曰：“之，犹是也。”翰：同“干（gàn音淦）”古代筑墙时，竖在夹板两边起固定作用的木柱。《毛诗故训传》曰：“翰，干。”朱熹《诗集传》曰：“翰，干也。所以当墙两边障土者也。”袁梅《诗经译注》曰：“翰当作干。干训垣，与屏对举。”辟：天子，君主。《毛诗故训传笺》曰：“辟，君也。”宪：法度。《毛诗故训传》曰：“宪，法也。”

六、不：语助词。戢（jí音级）：收敛，止息。《毛诗故训传》曰：“戢，聚也。不戢，戢也。”《毛诗故训传笺》曰：“不自敛以先王之法。”马瑞辰《毛诗传笺通释》曰：“戢，当读为濈，《说文》曰：‘濈，和也。’又与辑通，《尔雅·释诂》曰：‘辑，和也。’《说文》曰：‘辑，车和辑也。’《传》训戢为聚，聚与和义相成。”难：一说为“戁”，意为恭敬。马瑞辰《毛诗传笺通释》曰：“难当读为戁，《说文》曰：‘戁，敬也。’不戢不难，言和且敬也。两不字皆语词，戢与难皆省借字。”一说同“傩”，意为守礼节。程俊英《诗经译注》曰：“难，通‘傩’。《颜氏家训》引这句诗作‘傩’，守礼节的意思。”《毛诗故训传》曰：“不难，难也。”《毛诗故训传笺》曰：“不自难以亡国之戒。”不：语气词。马瑞辰《毛诗传笺通释》曰：“不为语词，受福不那，犹云降福孔多。”那：多。《毛诗故训传》曰：“那，多也。”《毛诗故训传笺》曰：“不自敛以先王之法，不自难以亡国之戒，则其受福禄亦不多也。”

七、兕觥：犀牛角制的酒杯。《毛诗故训传笺》曰：“兕觥，罚爵也。古之王者与群臣燕饮，上下无失礼者，其罚爵徒觩然陈设而已。”袁梅《诗经译注》曰："古代有兽头形盖的青铜酒器。兕，犀牛。兕觥，一说为犀牛角制的酒器。"觩（qiú音求）：角弯曲的样子。朱熹《诗集传》曰："觩，角上曲貌。"旨酒：美酒。《毛诗故训传笺》曰："美酒。"思：语气词。朱熹《诗集传》曰："思，语词也。"柔：柔和。《毛诗故训传笺》曰："思得柔顺中和与共其乐。"马瑞辰《毛诗传笺通释》曰："柔之义为嘉善……旨酒思柔犹云饮酒孔嘉。"

八、彼：一说指那。《毛诗故训传笺》曰："彼，彼贤者也。"一说同"匪"，不。交：交往，交际。一说同"姣"，侮慢。褚斌杰《诗经全注》曰："交：借为'姣'，侮慢。《广雅》曰：'姣，侮也。'"敖：同"傲"，傲慢。《毛诗故训传笺》曰："与人交必以礼。"朱熹《诗集传》曰："敖，傲通。交际之闲，无所傲慢。"求：《毛诗故训传笺》曰："万福之禄就而求之，谓登用爵命，加以庆赐。"朱熹《诗集传》曰："则我无事于求福、而福反来求我矣。"一说同"逑"，聚。马瑞辰《毛诗传笺通释》曰："王尚书曰：'求，读与逑同。逑，聚也。谓福禄来聚。'其说是也。"

【解题】

这是一首讽刺周幽王无道，不守礼仪的诗。《诗序》曰："《桑扈》，刺幽王也。君臣上下，动无礼文焉。"《毛诗故训传笺》曰："动无礼文，举事而不用先王礼法威仪也。"诗人希望周天子君臣能改非为是，守礼仪，讲羞耻，造福人民。

孔颖达《毛诗正义》曰："以其时君臣上下，升降举动皆无先王礼法威仪之文焉，故陈当有礼文以刺之，即上二章上二句是也。三章言其君为百辟所法而受福。卒章言臣能燕饮得礼而不傲慢。皆是君臣礼文之事，故总之。此与《宾之初筵·序》皆言君臣上下，以君臣即有上下之礼，故并言以见义。"

朱熹《诗集传》曰："此亦天子燕诸侯之诗。言交交桑扈，则有莺其羽矣。君子乐胥，则受天之祜矣。颂祷之词也。"

鸳鸯

鸳鸯于飞，毕之罗之。一
君子万年，福禄宜之。二
鸳鸯在梁，戢其左翼。三
君子万年，宜其遐福。四
乘马在厩，摧之秣之。五
君子万年，福禄艾之。六
乘马在厩，秣之摧之。
君子万年，福禄绥之。七

【注释】

一、鸳鸯：匹鸟，指成对的鸟。《毛诗故训传笺》云：“匹鸟，言其止则相耦，飞则为双，性驯，耦也。”于：语助词。毕：有长柄的捕鸟小网。罗：支在地上无柄的捕鸟大网。

二、君子：《毛诗故训传笺》云“谓明王也”，指天子。宜：安享。

三、梁：《毛诗故训传笺》云“石绝水之梁”，指拦鱼的水坝。戢：一说为收敛，另一说是鸳鸯休息时把嘴插在翅膀里。《毛诗故训传》曰：“言休息也。”《毛诗故训传笺》曰：“鸳鸯休息于梁，明王之时，人不惊骇，敛其左翼，以右翼掩之，自若无恐惧。”朱熹《诗集传》引张子曰：“禽鸟并栖一正一倒，戢其左翼以相依于内，舒其右翼以防患于外。盖左不用而右便故也。”

四、遐：《毛诗故训传笺》曰：“遐，远也。远犹久也。”遐福即久福。

五、乘（shèng音胜）马：指四匹马，古时四匹马拉一车，称一乘。厩，马棚。摧：通“莝（cuò音错）”，指铡草喂马。秣（mò音末）：谷物，这里指以谷喂马。

六、艾：《毛诗故训传》云“养也”，另外马瑞辰认为“艾”可训“养”也，可训为“助”。

七、绥：同“宜”，意为安享。

【解题】

这是一首讽刺周幽王无道的诗。《诗序》曰：“《鸳鸯》，刺幽王也。思古明王，交于万物有道，自奉养有节焉。”《毛诗故训传笺》曰：“交于万物有道，谓顺其性，取之以时，不暴夭也。”诗人批评周幽王不守古制，奉养过度，希望周幽王能养德性，不奢靡。

孔颖达《毛诗正义》曰：“作《鸳鸯》诗者，刺幽王也。以幽王残害万物，奉养过度，是以思古明王交接于天下之万物鸟兽虫鱼皆有道，不暴夭也。其自奉养有节度，不奢侈也。今不能然，故刺之。交于万物有道，即上二章上二句是也。自奉养有节，即下二章上二句是也。见明王急于万物而缓于己，故先言交万物，而后言自奉养也。”

朱熹《诗集传》曰：“此诸侯所以答《桑扈》也。鸳鸯于飞，则毕之罗之矣。君子万年，则福禄宜之矣。亦颂祷之词也。”

頍弁

有頍者弁，实维伊何？一
尔酒既旨，尔殽既嘉，二
岂伊异人？兄弟匪他。三

茑与女萝，施于松柏。[四]
未见君子，忧心弈弈。[五]
既见君子，庶几说怿。[六]
有頍者弁，实维何期？[七]
尔酒既旨，尔殽既时。[八]
岂伊异人？兄弟具来。
茑与女萝，施于松上。
未见君子，忧心怲怲；[九]
既见君子，庶几有臧。[十]
有頍者弁，实维在首。[十一]
尔酒既旨，尔殽既阜。[十二]
岂伊异人？兄弟甥舅。[十三]
如彼雨雪，先集维霰。[十四]
死丧无日，无几相见。[十五]
乐酒今夕，君子维宴。[十六]

【注释】

一、頍（kuǐ音跬）：昂首戴帽的样子。《毛诗故训传》曰：“兴也。頍，弁貌。”《说文》曰：“頍，举头也。”陈奂《诗毛氏传疏》曰：“非形容皮弁之貌，乃形容其戴弁之貌。”一说有棱角的样子。林义光《诗经通解》曰：“按毛《大东》传云：‘跂’，隅貌。頍犹跂也，谓弁顶尖锐，其上有隅也。”弁（biàn音变）：帽子。《毛诗故训传》曰：“弁，皮弁也。”孔颖达《毛诗正义》曰：“弁者，冠之大名，称弁者多矣。但爵弁则士之祭服，韦弁则服以即戎，冠弁则服以从禽，非常服也。唯皮弁，上下通服之，故知皮弁也。”实：这，代词。《毛诗故训传笺》云：“实，犹是也。”伊：语助词。伊何：

为什么。《毛诗故训传笺》曰："言幽王服是皮弁之冠，是维何为乎？言其宜以宴而弗为也。礼，天子诸侯朝服以宴天子之朝，皮弁以日视朝。"以上两句用了"兴"的手法，以皮帽戴在头上比喻周王是全国的元首。陈奂《诗毛氏传疏》曰："僖八年《谷梁传》曰：'弁冕虽旧，必加于首；周室虽衰，必先诸侯。'然则王者之在上位，犹皮弁之在人首，故以为喻也。"

二、尔：指主人。旨：甘美。殽：菜肴。嘉：好，味美。《毛诗故训传笺》云：'旨、嘉皆美也。女酒已美矣，女殽已美矣，何以不用与族人宴也？言其知具其礼而弗为也。"

三、岂：难道。异人：他人，外人。匪：非，不是。他：他人。《毛诗故训传笺》云："此言王当所与宴者，岂有异人疏远者乎？皆兄弟与王。无他，言至亲。又刺其弗为也。"

四、茑（niǎo音鸟）：蔓生植物名。《毛诗故训传》曰："茑，寄生也。"孔颖达《毛诗正义》曰："'茑'，《释草》无文。寄生者，毛以时事言之耳。陆玑《疏》云：'茑，一名寄生，叶似当卢子，如覆盆，子赤黑，恬美。'"一说不为寄生，牟应震《毛诗物名考》曰："茑，茑萝也。细蔓袅娜，盘罗如织，叶细分如松针，花长蒂五瓣，赤如丹砂，子如大麦而黑。解者以为木上寄生。木上寄生皆作条，与诗文施字不符。"女萝：一说又名菟丝，是一种蔓生植物，又叫松萝。《毛诗故训传》曰："女萝，菟丝、松萝也。"孔颖达《毛诗正义》曰："《释草》云：'唐蒙，女萝。女萝，菟丝。'毛意以菟丝为松萝，故言松萝也。"一说菟丝和松萝并不是一种植物，陆玑《诗草木鸟兽虫鱼疏》云："今菟丝蔓连草上生，黄赤如金，今合药菟丝子是也，非松萝。松萝自蔓松上生，枝正青，与菟丝殊异事。"一说为松萝，牟应震《毛诗物名考》曰："女萝，松萝也。蔓延松上，色青而细长，无杂蔓。故《楚辞》云，被辟荔兮带女萝。言其长如带也。而《诗》下文亦云，施于松上，其为松萝无疑也。"施（yí音移）：蔓延。以上两句用茑和女萝攀附于松柏，比喻对主人的依附。《毛诗故训传》曰："喻诸公非自有尊，托王之尊。"《毛诗故训传笺》云："托王之尊者，王明则荣，王衰则微。刺王不亲九族，孤特自恃，不知己之将危亡也。”孔颖达《毛诗正义》曰：“我所以欲王之亲燕者，以茑与女萝施于松柏之上，非自有根，依于松柏之根；故松柏存而茂，松柏殒而亡，是存亡在松柏。以兴同姓与九族附于王者之侧，非自有尊，托王之尊；故王政明而荣，王政衰而微，是兴衰由于王政，所以欲王之明也。”

五、弈弈（yì音亦）：心神不安的样子。《毛诗故训传》曰：“弈弈然无所薄也。”孔颖达《毛诗正义》曰：“弈弈，忧之状。忧则心游不定，故为无所薄也。”

六、庶几：差不多。说：通“悦”。悦怿：欢快。《毛诗故训传笺》云：“君子，斥幽王也。幽王久不与诸公宴，诸公未得见幽王之时，惧其将危亡，己无所依怙，故忧而心弈弈然。故言我若已得见幽王谏正之，则庶几其变改，意解怿也。”

七、期：语气词。何期：即“伊何”，意为“为什么”。《毛诗故训传笺》云：“何期，犹伊何也。期，辞也。”

八、时：好。《毛诗故训传笺》曰：“时，善。”

九、怲怲（bǐng音丙）：忧愁的样子。《毛诗故训传》曰：“怲怲，忧盛满也。”

十、臧：善，好处。

十一、在首：戴在头上。

十二、阜（fù父）：多。《毛诗故训传笺》云：“阜，犹多也。”

十三、甥舅：泛指异姓亲戚。《尔雅·释亲》曰：“谓吾舅者，吾谓之甥。”孔颖达《毛诗正义》曰：“此诸公而及甥舅，以甥舅王之外亲，皆是缘王兴衰，故亦欲从王燕之也。”

十四、雨：动词，降，下。集：密集。霰（xiàn音现）：小雪珠。《毛诗故训传笺》云：“将大雨雪，始必微温。雪自上下，遇温气而抟，谓之霰，久而寒胜，则大雪矣。喻幽王之不亲九族，亦有渐自微至甚，如先霰后大雪。”《鲁诗》作“霓”。

十五、无日：不知哪一天。无几：没有多久。

十六、乐酒今夕，君子维宴：今晚痛快地喝酒，享受安逸的生活。宴：安乐。《毛诗故训传笺》云：“王政既衰，我无所依怙，死亡无有日数，能复几何与王相见也？且今夕喜乐此酒，此乃王之宴礼也。刺幽王将丧亡，哀之也。”此二句之意，一说表示周王朝即将灭亡，一说比喻人年老死之将至。

【解题】

这是一首讽刺周幽王暴虐、不亲九族的诗。《诗序》曰：“《頍弁》，诸公刺幽王也。暴戾无亲，不能宴乐同姓，亲睦九族，孤危将亡，故作是诗也。”《毛诗故训传笺》曰：“戾，虐也。暴虐，谓其政教如雨雪也。”

孔颖达《毛诗正义》曰：“作《頍弁》诗者，时同姓之诸公刺幽王也。以王之政教酷暴而戾虐，又无所亲，不能燕乐其同姓，亲睦其九族，孤特倾危，将至丧亡，故同姓诸公作是《頍弁》之诗以刺之。”

朱熹《诗集传》曰：“此亦燕兄弟亲戚之诗。”

陈廷杰《诗序解》曰：“此诗写王者燕兄弟亲戚，其情颇相通。而优柔纡舒，甚有悲凉之慨。非涵泳浸渍，何能得其音哉？诸家多拘于大小序之说，刺幽刺厉，辄乖戾不当，以是知三百篇之厄于传疏。信然。”

车舝

间关车之舝兮，思娈季女逝兮。一
匪饥匪渴，德音来括。二

虽无好友，式燕且喜。[三]
依彼平林，有集维鷮。[四]
辰彼硕女，令德来教。[五]
式燕且誉，好尔无射。[六]
虽无旨酒，式饮庶几。[七]
虽无嘉肴，式食庶几。[八]
虽无德与女，式歌且舞。[九]
陟彼高冈，析其柞薪。[十]
析其柞薪，其叶湑兮。[十一]
鲜我觏尔，我心写兮。[十二]
高山仰止，景行行止。[十三]
四牡騑騑，六辔如琴。[十四]
觏尔新昏，以慰我心。[十五]

【注释】

一、间关：象声词，设置车辖的声音。《毛诗故训传》曰：“设辖也。”《毛诗正义》曰：“以连言辖兮，故知‘间关，设辖貌’。辖无事则脱，行乃设之，故言设辖也。”程俊英等《诗经注析》作车轮转动时车辖发出的声音。辖：古本作舝（xiá音霞），车轴两头的铁键。朱熹《诗集传》曰：“辖，车轴头之铁也。无事则脱，行则设之。”程俊英等《诗经注析》曰：“车轴两端的金属键。周时多用青铜制成。”思：发语词。娈：容貌美好。《毛诗故训传》曰：“娈，美貌。”一说娈是爱慕的意思。《说文》曰：“娈，慕也。”季女：谓有齐季女也。程俊英等《诗经注析》曰：“季女，少女。”逝：往，前往迎娶。《毛诗故训传笺》曰：“逝，往也。”

二、匪：不。德音：美德与名誉。这里指周天王的美德与名誉。括：《毛诗故训传》曰："括，会也。"此处指齐季女与来与周天子相会。

三、式：《毛诗故训传笺》曰："式，用也。"一说，发语词。燕：宴饮。《毛诗正义》曰："周人恶褒姒嫉妒，谗佞在朝，欲得贤女以代之，故言已欲间关然以设车之辖兮，思得娈然美好斋庄之少女，往迎之兮。若有此女，可得往迎，其于行道虽饥非以为饥，虽渴非以为渴。所以然者，觊望此女以令德善音来发教谏于王，使施行德泽，会合离散之人。凡人之喜乐，须贤友共之。我若迎得此女，虽无同好之贤友，犹用是得贤女之故，燕饮酒相庆而且喜乐。疾褒姒之甚，思贤女之切，虽无朋友，亦将独喜也。"

四、依：茂盛的样子。《毛诗故训传》曰："茂木貌。"平林：平原上的树林。《毛诗故训传》曰："林木之在平地者也。"集：聚集，栖息。维：语助词。鷮（jiāo音交）：雉的一种。尾长，走且鸣，性勇健，肉鲜美，羽可为饰。程俊英等《诗经注析》曰："野鸡类的鸟，其尾可用作装饰品。"《毛诗故训传》曰："雉也。"《说文》曰："鷮，走鸣长尾雉。乘舆尾为防釳，着马头上。"陆玑《毛诗草木鸟兽虫鱼疏》曰："鷮，微小于翟也，走而且鸣，曰鷮鷮。其尾长，肉甚美，故林虑山下人语曰：'四足之美有麃（páo音袍），两足之美有鷮。'麃者，似鹿而小，是也。"《毛诗正义》曰："此鷮是雉中之别名，雉性耿介，故《笺》谓之耿介之鸟。《士相见》注云：贽用雉者，取其耿介，交有时，别有伦，雉必用死，为其不可生服，是耿介也。"

五、辰：时。《毛诗故训传》曰："时也。"褚斌杰《诗经全注》曰："时，正当年，指年轻。"一说，美好。高亨《诗经今注》曰："辰，读为珍。《释诂》曰：'珍，美也。'"硕：大，此处指女子美德之大。一说，指女子身材高大。程俊英等《诗经注析》曰："古代以身材高大为美。"令：善、好。

六、誉：此处用作动词，指称赞周王的声誉。一说，誉通"豫"，欢乐。尔：汝，指代周王，是女子对周王的称呼。《毛诗故训传》曰："女，王也。"射：满足，厌足。《毛诗故训传》曰："射，厌也。"《毛诗正义》曰："既思贤女，欲以配王，又欲王有美德，致此贤女。故言依然而茂盛者，彼平林之木，有往集之者，维为鷮雉也。此鷮雉乃耿介之鸟，由平林之木茂，故往集焉。唯有茂美之德者，君子之身。有来配之者，维为硕女也。此硕女有斋庄之德，由君子之身美则来配焉，是美德能致硕女也。如此，则王若有茂美之德，则其时彼有美大之贤女，以令善之德来配于王，与王相训，令王改修德教。我用是之故，则燕而饮酒，且称王之声誉，又爱好汝王无有厌倦也。”

七、旨：美味。庶几：表示愿望的词。

八、嘉：美，好。

九、女：通“汝”，你。《毛诗故训传笺》曰：“诸大夫觊得贤女以配王，于是酒虽不美犹用之此燕饮，殽虽不美犹食之。人皆庶几于王之变改，得辅佐之，虽无其德，我与女用是歌舞，相乐喜之至也。”

十、陟：登。《毛诗故训传》曰：“登高岗者，必析其木以为薪。析其木以为薪者，为其叶茂盛，蔽冈之高也。”析：砍、劈。柞：栎树。

十一、湑：形容枝叶茂盛的样子。朱熹《诗集传》曰：“湑，盛也。”

十二、鲜：美好。《毛诗故训传笺》曰：“鲜，善也。”觏：见。《毛诗故训传笺》曰：“觏，见也。”写：通“泻”，宣泄。《毛诗正义》曰：“言有人登彼高冈之上，当必析伐其柞木以为薪。析伐其柞木以为薪者，以此柞木其叶湑湑然茂盛兮，为其蔽冈之高，故我伐而去之。以兴有贤女居彼王后之位，则必辟除褒姒以为贱。辟除褒姒以为贱者，以此褒姒，其恶众多，为其蔽王之明，故除而去之。善乎！我得见汝之新昏贤女，辟除褒姒，如是则我心中之忧写除而去兮，喜之至也。”

十三、景行：远大、明智之行。景：《毛诗故训传》曰：“大也。”《尔雅·释诂》曰：“景，大。”《毛诗故训传笺》曰：“明也。”《毛诗正义》曰：“《笺》必易之为明者，以行须行之，故以为明。见其明白可法，明亦大也。”一说，景行的意思是大道、大路。行：效法而行。

十四、騑騑（fēi音非）：马走不停的样子。程俊英等《诗经注析》曰：“马走不停貌。”辔：马缰绳。如琴：琴，琴瑟。朱熹《诗集传》曰：“谓六辔调和如琴瑟也。”一说，琴，琴弦。高亨《诗经今注》曰：“此句指六条马缰绳协调有如琴弦。”

十五、昏：同“婚”。慰：安。《毛诗故训传》曰：“慰，安也。”《毛诗正义》曰：“毛以为，若得贤女在王后之位，则谏王使之为善，庶几于古人有高显之德如山者则慕而仰之，有远大之行者则法而行之。既慕德行善，则调御有法，如善御者，使四牡之马骓骓行而不息，进止有度，执其六辔，缓急调和，如琴瑟之相应也。喻王法仰高大，善御群臣，使有礼法，成其文章，如六辔之御四马也。得贤女则令王如是，我所以原（用同愿）见之也。我若得见尔之新昏，使王改修也如是，则以安慰我心，除其忧矣。”

【解题】

这是一首讽刺周幽王荒淫好色之诗。《诗序》曰：“《车辖》，大夫刺幽王也。褒姒嫉妒，无道并进，谗巧败国，德泽不加于民。周人思得贤女以配君子，故作是诗也。”

孔颖达《毛诗正义》曰：“《车辖》诗者，周大夫所作，以刺幽王也。以当时褒姒在王后之位，情性嫉妒。由物类相感，而小人道长，故使无道之辈并进于朝，谗佞巧言倾败国家，令王之德泽不加于民，使致下民离散。周人见其如此，乃思得贤女以配君子幽王，欲令代去褒姒，教幽王改修德教，故作《车辖》之诗以刺之。上言大夫，下言周人，见大夫所作，述众人之意故也。”

朱熹《诗集传》曰：“此燕乐其新昏之诗。”

青蝇

营营青蝇，止于樊。[一]
岂弟君子，无信谗言。[二]
营营青蝇，止于棘。[三]
谗人罔极，交乱四国。[四]
营营青蝇，止于榛。[五]
谗人罔极，构我二人。[六]

【注释】

一、营营：苍蝇的叫声。一说苍蝇飞来飞去的样子。《毛诗故训传》曰："往来貌。"三家《诗》作謍，《说文》曰："小声也。"樊：《齐诗》作藩；《鲁诗》作藩，亦作蕃；《韩诗》作楙；篱笆。《毛诗故训传笺》曰："兴者，蝇之为虫，污白使黑，污黑使白，喻佞人变乱善恶也。言止于藩，欲外之，令远物也。"

二、岂弟：同"恺悌"，平易和乐。

三、棘：酸枣树。

四、人：《鲁诗》作"言"。罔极：无休无止。高亨《诗经今注》"没有法则"。交：俱。

五、榛：木名，幼时植以为藩。

六、构：《毛诗故训传笺》"合也。合，犹交乱也"；高亨《诗经今注》训为"诽谤"。二人：指作者与听者。

【解题】

这是一首讽刺周幽王不听劝谏而信宠褒姒之诗。《诗序》曰：“《青蝇》，大夫刺幽王也。”

朱熹《诗集传》曰：“诗人以王好听谗言，故以青蝇飞声比之，而戒王以勿听也。”

魏源《诗古微》认为此诗刺幽王听信褒姒谗言而废后放子。今人解诗多认为是劝谏统治者不要听信谗言，未必刺幽王。

宾之初筵

宾之初筵，左右秩秩。[一]
笾豆有楚，殽核维旅。[二]
酒既和旨，饮酒孔偕。[三]
钟鼓既设，举酬逸逸。[四]
大侯既抗，弓矢斯张。[五]
射夫既同，献尔发功。[六]
发彼有的，以祈尔爵。[七]
籥舞笙鼓，乐既和奏。[八]
烝衎烈祖，以洽百礼。[九]
百礼既至，有壬有林。[十]
锡尔纯嘏，子孙其湛。[十一]
其湛曰乐，各奏尔能。[十二]
宾载手仇，室人入又。[十三]

酌彼康爵，以奏尔时。[十四]
宾之初筵，温温其恭。[十五]
其未醉止，威仪反反。[十六]
曰既醉止，威仪幡幡。[十七]
舍其坐迁，屡舞仙仙。[十八]
其未醉止，威仪抑抑。[十九]
曰既醉止，威仪怭怭。[二十]
是曰既醉，不知其秩。[二十一]
宾既醉止，载号载呶。[二十二]
乱我笾豆，屡舞僛僛。[二十三]
是曰既醉，不知其邮。[二十四]
侧弁之俄，屡舞傞傞。[二十五]
既醉而出，并受其福。[二十六]
醉而不出，是谓伐德。[二十七]
饮酒孔嘉，维其令仪。[二十八]
凡此饮酒，或醉或否。[二十九]
既立之监，或佐之史。[三十]
彼醉不臧，不醉反耻。[三十一]
式勿从谓，无俾大怠。[三十二]
匪言勿言，匪由勿语。[三十三]
由醉之言，俾出童羖。[三十四]
三爵不识，矧敢多又。[三十五]

【注释】

一、筵（yán音颜）：以竹篾、枝条和蒲苇等编织成的席子，古代用来铺地作坐垫。《毛诗故训传笺》曰："筵，席也。"初筵即初入席就坐之时。朱熹《诗集传》曰："初筵，初即席也。"左右：筵席的左右。《毛诗故训传笺》曰："左右，谓折旋揖让也。"朱熹《诗集传》曰："左右，筵之左右也。"程俊英《诗经译注》曰："左右，指筵席的东西两边。主人的坐位在东，客人的坐位在西。"秩秩：恭敬而有秩序的样子。《毛诗故训传》曰："秩秩然肃敬也。"《毛诗故训传笺》曰："秩秩，知也。先王将祭，必射以择士。大射之礼，宾初入门，登堂即席，其趋翔威仪甚审知，言不失礼也。射礼有三：有大射，有宾射，有燕射。"朱熹《诗集传》曰："秩秩，有序也。"

二、笾：古代祭祀和宴会时盛果脯的竹器。豆：古代食器。有楚：即楚楚，整齐排列的样子。《毛诗故训传》曰："楚，列貌。"殽：通"肴"，带骨的熟肉。《毛诗故训传》曰："殽，豆实也。"核：指有核的果品。《毛诗故训传》曰："核，加笾也。"旅：陈列。《毛诗故训传》曰："旅，陈也。"《毛诗故训传笺》曰："豆实，菹醢也。笾实，有桃梅之属。凡非谷而食之曰殽。"

三、和旨：醇正味美。《毛诗故训传笺》曰："和旨，酒调美也。"孔：很。《毛诗故训传笺》曰："孔，甚也。"偕：普遍。朱熹《诗集传》曰："偕，齐一也。"《毛诗故训传笺》曰："王之酒已调美，众宾之饮酒又威仪齐一，言主人敬其事，而众宾肃慎。"

四、酬：劝酒，敬酒。朱熹《诗集传》曰："举酬，举所奠之酬爵也。"逸逸：一说往来有序的样子。《毛诗故训传》曰："逸逸，往来次序也。"一说从容有序的样子。王夫之《诗经稗疏》曰："逸逸，缓词也。"朱熹《诗集传》曰："大射，乐人宿县，厥明将射，乃迁乐位于下，以避射位是也。"《毛诗故训传笺》曰："钟鼓于是言既设（提前设置好的）者，将射故县也。"

五、大侯：箭靶，以兽皮或画上兽形的布为之。程俊英《诗经译注》曰：“侯，箭靶。古人射箭时，用兽皮或布制成皮侯或布侯，将侯张在木架上，侯上加上圆形或方形的布块，叫做‘的’，或叫做‘质’‘鹄’‘正’，即箭靶的中心，射者以中‘的’为胜。大侯，周王大射时用的箭靶，用虎、熊、豹三种皮制成。”一说大侯为君侯。《毛诗故训传》曰：“大侯，君侯也。”《毛诗故训传笺》曰：“天子诸侯之射皆张三侯，故君侯谓之大侯。”朱熹《诗集传》曰：“大侯，君侯也。天子熊侯，白质；诸侯麋侯，赤质；大夫布侯，画以虎豹；士布侯，画以鹿豕。天子侯身一丈，其中三分居一，白质画熊，其外则丹地，画以云气。”抗：举起。《毛诗故训传》曰：“抗，举也。有燕射之礼。”《毛诗故训传笺》曰：“举者，举鹄而栖之于侯也。《周礼·梓人》‘张皮侯而栖鹄’。”斯：乃。张：安上弓弦或拉紧弓弦。《毛诗故训传笺》曰：“大侯张，而弓矢亦张节也。将祭而射，谓之大射。下章言‘烝衎烈祖’，其非祭与？”朱熹《诗集传》曰：“抗，张也。凡射，张侯而不系左下网，中掩束之。至将射，司马命张侯，弟子脱束，遂系下网也。大侯张也而弓矢亦张，节也。”

六、射夫：射手。《毛诗故训传笺》曰：“射夫，众射者也。”同：会齐。献：表现。发：射箭。功：本领。《毛诗故训传笺》曰：“献，犹奏也。既比众耦，乃诱射，射者乃登射，各奏其发矢中的之功。”朱熹《诗集传》曰：“‘射夫既同’，比其耦也。射礼，选群臣为三耦，三耦之外其余各自取匹，谓之众耦。献，犹奏也。发，发矢也。”

七、有：语助词。祈：祈求。《毛诗故训传》曰：“祈，求也。”爵：古代一种盛酒礼器，像雀形，比尊彝小，受一升；亦用为饮酒器。朱熹《诗集传》曰：“爵，射不中者饮丰上之觯（zhì音志）也。”《毛诗故训传笺》曰：“发，发矢也。射者与其耦拾发。发矢之时，各心竞云：‘我以此求爵女。’爵，射爵也。射之礼，胜者饮不胜，所以养病也，故《论语》曰：‘下而饮，其争也君子。’”朱熹《诗集传》曰：“卫武公饮酒悔过作此诗。此章言因射而饮者，初筵礼仪之盛。酒既调美而饮者齐一，至于设钟鼓，举酬爵，抗大侯，张弓矢，而众耦拾发，各心竞云，我以此求爵汝也。”

八、籥：古管乐器。籥舞即拿着籥起舞。《毛诗故训传笺》曰：“籥，管也。殷人先求诸阳，故祭祀先奏乐，涤荡其声也。”朱熹《诗集传》曰：“籥舞，文舞也。”笙鼓：吹笙敲鼓。笙为管乐器名。《毛诗故训传》曰：“秉籥而舞，与笙鼓相应。”

九、烝：进献祭品。《毛诗故训传笺》曰：“烝，进。”衎：乐；欢乐。《毛诗故训传笺》曰：“衎，乐。”烈祖：有光辉业绩的祖先。《毛诗故训传笺》曰：“烈，美。”洽：配合。《毛诗故训传笺》曰：“洽，合也。奏乐和，必进乐其先祖，于是又合见天下诸侯所献之礼。”

十、至：周全。壬：大。林：多。《毛诗故训传》曰：“壬，大。林，君也。”朱熹《诗集传》曰：“壬，大。林，盛也。言礼之盛大也。”《毛诗故训传笺》曰：“壬，任也，谓卿大夫也。诸侯所献之礼既陈于庭，有卿大夫，又有国君，言天下徧至，得万国之欢心。”

十一、锡：赐。朱熹《诗集传》曰：“锡，神锡之也。”纯嘏：大福。《毛诗故训传》曰：“嘏，大也。”《毛诗故训传笺》曰：“纯，大也。嘏，谓尸与主人以福也。”朱熹《诗集传》曰：“嘏，福。”湛：乐。《毛诗故训传笺》曰：“湛，乐也。王受神之福于尸，则王之子孙皆喜乐也。”

十二、曰：语助词。奏：献。《毛诗故训传笺》曰：“子孙各奏（同“献”）尔能者，谓既湛之后，各酌献尸，尸酢而卒爵也。士之祭礼，上嗣举奠，因而酌尸。天子则有子孙献尸之礼。《文王世子》曰：‘其登馂献受爵则以上嗣。’是也。”

十三、载：则。手：选取。《毛诗故训传》曰：“手，取也。”仇：匹偶，这里指对手；可以相匹敌、匹比的人。室人：主人。《毛诗故训传》曰：“室人，主人也。”一说为侍从。《毛诗故训传笺》曰：“室人，有室中之事者，谓佐食也。”入：加入。又：再。《毛诗故训传笺》曰：“又，复也。宾手挹酒，室人复酌为加爵。”一说同“侑”，褚斌杰《诗经全注》曰：“又：

通‘侑’，《说文》曰：‘侑，偶也。’这句是说，宾客配对比赛，主人也加入进来，配对儿比赛。”《毛诗故训传》曰：“主人请射于宾，宾许诺，自取其匹而射。主人亦入于次，又射以耦宾也。”

十四、酌：斟酒。康爵：一说康，意为大，康爵即大杯。一说康，意为安。《毛诗故训传》曰：“酒所以安体也。”朱熹《诗集传》曰：“康，安也。酒所以安体也。或曰康读曰抗。《记》曰：‘崇坫康圭。’此亦谓坫上之爵也。”奏：进酒。时：射中者。《毛诗故训传》曰：“时，中者也。”《毛诗故训传笺》曰：“时，谓心所尊者也。加爵之间，宾与兄弟交错相酬。卒爵者，酌之以其所尊，亦交错而已，又无次也。”一说为时祭。朱熹《诗集传》曰：“时，时祭也。苏氏曰：‘时物也。’此言因祭而饮者，始时礼乐之盛如此也。”

十五、温温：温和有礼。《毛诗故训传笺》曰：“温温，柔和也。”《毛诗故训传笺》曰：“此复言初筵者，既祭，王与族人燕之筵也。王与族人燕，以异姓为宾。”

十六、止：语气词。反反：庄重谨慎的样子。《毛诗故训传》曰：“反反，言重慎也。”朱熹《诗集传》曰：“反反，顾礼也。”

十七、幡幡：举止不庄重的样子。《毛诗故训传》曰：“幡幡，失威仪也。”朱熹《诗集传》曰：“幡幡，轻数也。”

十八、舍：舍弃，离开。坐：同“座”，座位。迁：移动。《毛诗故训传》曰：“迁，徙。”此句指离开座位到处走动。屡：屡次。《毛诗故训传》曰：“屡，数也。”仙仙：舞态轻盈的样子。朱熹《诗集传》曰：“仙仙，轩举之状。”《毛诗故训传笺》曰：“此言宾初即筵之时，能自敕戒以礼。至于旅酬，而小人之态出。言王既不得君子以为宾，又不得有恒之人，所以败乱天下率如此也。”

十九、抑抑：谨慎而严密的样子。《毛诗故训传》曰：“抑抑，慎密也。”

二十、怭怭（bì音必）：轻慢轻侮的样子。《毛诗故训传》曰："怭怭，媟（xiè音谢）嫚也。"

二十一、秩：秩序，规矩。《毛诗故训传》曰："秩，常也。"一说秩与"失"通，意为过失。朱熹《诗集传》曰："此言凡饮酒者常始乎治，而卒乎乱也。"

二十二、载：则。号（háo音豪）：大声呼叫。呶（náo音挠）：喧闹，喧哗。《毛诗故训传》曰："号、呶，号呼，欢呶也。"

二十三、乱：搅乱。僛僛（qī音欺）：摇曳倾侧貌。《毛诗故训传》曰："僛僛，舞不能自正也。"

二十四、邮：通"尤"，过失，罪过。《毛诗故训传笺》曰："邮，过。"朱熹《诗集传》曰："邮，与'尤'同，过也。"

二十五、侧弁（biàn音变）：歪戴帽子。《毛诗故训传笺》曰："侧，倾也。"俄：倾斜。《毛诗故训传笺》曰："俄，倾貌。"傞傞（suō音缩）：舞个不停。《毛诗故训传》曰："傞傞，不止也。"《毛诗故训传笺》曰："此更言宾既醉而异章者，着为无筭爵以后也。"

二十六、出：离开。《毛诗故训传笺》曰："出，犹去也。"并：一并。

二十七、伐德：败德。朱熹《诗集传》曰："伐，害。"

二十八、孔：很。嘉：好。令仪：好礼仪。《毛诗故训传笺》曰："孔，甚。令，善也。宾醉则出，与主人俱有美誉。醉至若此，是诛伐其德也。饮酒而诚得嘉宾，则于礼有善威仪。武公见王之失礼，故以此言箴之。"朱熹《诗集传》曰："此章极言醉者之状。因言宾醉而出，则与主人俱有美誉。醉至若此，是害其德也。饮酒之所以甚美者，以其有令仪尔，今若此，则无复有仪也。"

二十九、凡此：这些。《毛诗故训传笺》曰："'凡此'者，凡此时天下之人也。"饮酒：饮酒的人。或：有的，否：没有。

三十、监：酒监。佐：辅佐。《毛诗故训传》曰：“立酒之监，佐酒之史。”《毛诗故训传笺》曰：“饮酒于有醉者，有不醉者，则立监使视之，又助以史，使督酒，欲令皆醉也。彼醉则已不善，人所非恶，反复取未醉者，耻罚之。言此者，疾之也。”朱熹《诗集传》曰：“监、史，司正之属。燕礼，乡射恐有懈倦失礼者，立司正以监之察仪法也。”

三十一、臧：善。不醉反耻：反而以喝酒不醉为耻。

三十二、式：发语词。勿从谓：不要听从他们酒后的话。《毛诗故训传笺》曰：“式读曰慝。勿，犹无也。”朱熹《诗集传》曰：“谓，告。”俾：使。《毛诗故训传笺》曰：“俾，使。”大怠：严重懈怠。

三十三、匪：非。以上说：不该说的话不要说，没有由来的话不要说。《毛诗故训传笺》曰：“武公见时人多说醉者之状，或以取怨致仇，故为设禁。醉者有过恶，女无就而谓之也，当防护之，无使颠仆至于怠慢也。其所陈说，非所当说，无为人说之也，亦无从而行之也，亦无以语人也，皆为其闻之将恚怒也。”

三十四、由：从。《毛诗故训传笺》曰：“由，从也。”童：牛羊等未生角或无角。羖（gǔ音古）：黑色的公羊，亦泛指公羊。《毛诗故训传》曰：“羖，羊不童也。”《毛诗故训传笺》曰：“女从行醉者之言，使女出无角之羖羊，胁以无然之物，使戒深也。羖羊之性，牝牡有角。”朱熹《诗集传》曰：“童羖，无角之羖羊，必无之物也。”

三十五、三爵：三杯。《毛诗故训传笺》曰：“三爵者，献也，酬也，酢也。”不识：不知。矧：况且，何况。《毛诗故训传笺》曰：“矧，况。”《毛诗故训传笺》曰：“当言我于此醉者，饮三爵之不知，况能知其多复饮乎？”朱熹《诗集传》曰：“言饮者或醉或不醉，故既立监而佐之以史。则彼醉者所为不善而不自知，使不醉者反为之羞愧也。安得从而告之，使勿至于大怠乎？告之若曰：‘所不当言者勿言，所不当从者勿语。醉而妄言，则将罚女使出童羖矣，设言必无之物以恐之也。女饮至三爵已昏然无所记矣，况敢又多饮乎？’又丁宁以戒之也。”朱熹《诗集传》云：“毛氏《序》曰：‘卫武公刺幽王也。’韩氏《序》曰：‘卫武公饮酒悔过也。’今按此诗意，与《大雅·抑》戒相类，必武公自悔之作，当从韩义。”

【解题】

这是一首讽刺周幽王时期君臣荒淫之诗。《诗序》曰：“《宾之初筵》，卫武公刺时也。幽王荒废，媟近小人，饮酒无度，天下化之，君臣上下沉湎淫泆。武公既入而作是诗也。”《毛诗故训传笺》曰：“淫泆者，饮酒时情态也。武公入者，入为王卿士。”

孔颖达《毛诗正义》曰：“《宾之初筵》诗者，卫武公所作，以刺时也。以幽王政教荒乱而惰废，乃媟慢亲近小人，与之饮酒，无有节度。令使天下化而效之，致天下诸侯君臣上下亦效而行之，沈酗于酒，湎齐颜色，淫液不止，遂成风俗。卫武公既入为王之卿士，见其如此，而作是诗以刺之也。”

朱熹《诗集传》曰：“毛氏序曰，卫武公刺幽王也。韩氏序曰，卫武公饮酒悔过也。今按此诗，意与大雅抑戒相类。必武公自悔之作。当从韩义。”

方玉润《诗经原始》认为一章将言燕饮之失仪，先举射饮祭饮不失仪者作起。开局既觉宏广，宴饮亦非偏废，是高一层起法。二章上章先饮后射，此章先祭后饮。三章至此乃入燕饮，不然即与首章犯复。第三、四章描摹醉客失仪状，可谓穷形尽相。“然上章由未醉写到既醉，次由失仪回顾令仪，回环变换，绝不呆板。五章末章总收，归重悔过，是为本旨。”

鱼藻之什

鱼藻

鱼在在藻，有颁其首。一
王在在镐，岂乐饮酒。二
鱼在在藻，有莘其尾。三
王在在镐，饮酒乐岂。
鱼在在藻，依于其蒲。四
王在在镐，有那其居。五

【注释】

一、鱼在在藻：褚斌杰《诗经全注》认为应是“鱼在？在藻”，此为自问、自答句。有颁（fén音坟）：大头。《毛诗故训传》曰：“颁，大首貌。鱼以依蒲藻为得其性。”《毛诗故训传笺》曰：“藻，水草也。鱼之依水草，犹人之依明王也。明王之时，鱼何所处乎？处于藻。既得其性则肥充，其首颁然。此时人物皆得其所，正言鱼者以潜逃之类，信其著见。”

二、镐：镐京。褚斌杰《诗经全注》曰：“王在？在镐：亦为自问自答句。犹言周王在何处，居住在镐京。”岂（kǎi同凯）：同“恺”，和乐。《毛诗故训传笺》曰：“岂亦乐也。天下平安，万物得其性，武王何所处乎？处于镐京，乐八音之乐，与群臣饮酒而已。今幽王惑于褒姒，万物失其性，方有危亡之祸，而亦岂乐饮酒于镐京，而无悛心，故以此刺焉。”《毛诗正义》曰：“言明王之时，鱼何所在乎？在于藻也。然藻者是水中之草，乃是鱼之常处，既得其性，故能肥充，有颁然其大首也。鱼之潜逃，尚得其性，则水陆之物莫不尽然，是万物皆得其所矣。既万物得所，天下无事，尔时武王何所在乎？在于镐京，乐此八音之乐，与群臣饮酒而已。今幽王方有危亡之祸，将以丧灭镐京，反亦恺乐饮酒，故刺之。”朱熹《诗集传》曰：“此天子燕诸侯，而诸侯美天子之诗也。言鱼何在乎？在乎藻也，则有颁其首矣。王何在乎？在乎镐京也，则岂乐饮酒矣。”

三、有莘（shēn音身）：长。《毛诗故训传》曰：“莘，长貌。”

四、依：依傍。蒲：水生植物名。

五、有那（nuó音挪）：即那那，安闲的样子。《毛诗故训传笺》曰：“那，安貌。天下平安，王无四方之虞，故其居处那然安也。”《毛诗正义》曰：“那然为安之状，故‘寒，安貌’也。‘无四方之广’，昭四年《左传》文。”马瑞辰《毛诗传笺通释》曰：“那与难双声，古通用。”

【解题】

这是一首讽刺周幽王无道、众生不得其所、民不聊生的诗。《诗序》曰：“《鱼藻》，刺幽王也。言万物失其性，王居镐京，将不能以自乐，故君子思古之武王焉。”

《毛诗故训传笺》曰：“物失其性者，王政教衰，阴阳不和，群生不得其所也。将不能以自乐，言必自是有危亡之祸。”

孔颖达《毛诗正义》曰：“作《鱼藻》诗者，刺幽王也。言时王政既衰，致令天下万物失其生育之性，而不得其所。由此王居镐京，将有危亡之祸，将不能以自燕乐，故诗人君子睹微知著，思古之武王焉。以武王之时，万物得所，能以自乐。今万物失性，祸乱将起，不以为忧，亦安而自乐，故作此《鱼藻》之诗，陈武王之乐，反以刺之。幽王之诗，思古多矣，皆不陈武王。此独言之者，此言将丧镐京。其居镐京，武王为始，刺王将丧其业，故特陈武王也。既言思古，故反《经》以序之。”

采菽

采菽采菽，筐之筥之。[一]
君子来朝，何锡予之？[二]
虽无予之，路车乘马。[三]
又何予之？玄衮及黼。[四]
觱沸槛泉，言采其芹。[五]
君子来朝，言观其旂。[六]
其旂淠淠，鸾声嘒嘒。[七]
载骖载驷，君子所届。[八]
赤芾在股，邪幅在下。[九]
彼交匪纾，天子所予。[十]
乐只君子，天子命之。[十一]
乐只君子，福禄申之。[十二]
维柞之枝，其叶蓬蓬。[十三]
乐只君子，殿天子之邦。[十四]
乐只君子，万福攸同。[十五]
平平左右，亦是率从。[十六]
泛泛杨舟，绋缡维之。[十七]

乐只君子，天子葵之。十八
乐只君子，福禄膍之。十九
优哉游哉，亦是戾矣。二十

【注释】

一、菽：豆类的总称。《毛诗故训传笺》曰：“菽，大豆也。采之者，采其叶以为藿。三牲牛、羊、豕芼以藿。王飨宾客，有牛俎，乃用铏羹（肉类食物佐餐的调味汁），故使采之。”筐：方形的盛物竹器。筥：圆形的盛物竹器。《毛诗故训传》曰：“兴也。菽所以芼大牢而待君子也。羊则苦，豕则薇。”苦、薇均为调味用的野菜。

二、君子：诸侯。《毛诗故训传》曰：“君子，谓诸侯也。”朝：朝见周王。锡：赐。马瑞辰《毛诗传笺通释》曰：“锡与赐双声。《尔雅·释诂》曰：‘锡，赐也。’锡即赐之假借。《说文》曰：‘赐，予也。’锡予即赐予耳。《仪礼·燕礼注》云：‘古文赐作锡。’《觐礼注》又曰：‘今文赐皆作锡。’”予：给予。

三、路车：古代诸侯出行时坐的车。乘马：四匹马。《毛诗故训传笺》曰：“赐诸侯以车马，言‘虽无予之’，尚以为薄。”朱熹《诗集传》曰：“路车，金路以赐同姓，象路以赐异姓也。”

四、玄：黑色。衮：古代帝王及上公穿的绘有卷龙的礼服。黼（fǔ音斧）：古代礼服上白黑相间的花纹，取斧形，象临事决断。《毛诗故训传》曰：“玄衮，卷龙也。白与黑谓之黼。”《毛诗故训传笺》曰：“玄衮，玄衣而画以卷龙也。黼，黼黻，谓绨衣也。诸公之服自衮冕而下，侯伯自鷩冕而下，子男自毳冕而下。王之赐，维用有文章者。”朱熹《诗集传》曰：“黼，如斧形，刺之于裳也。周制，诸公衮冕九章，已见《九罭》篇。侯伯鷩冕七章，则自华虫以下，子男毳冕五章，衣自宗彝以下，而裳黼黻，孤卿绨冕三章，则衣粉米，而裳黼黻，大夫玄冕，则玄衣黻裳而已。”

五、觱沸：泉水涌出像沸水的样子。《毛诗故训传》曰："觱沸，泉出貌。"槛（jiàn音见）：通"滥"，涌。《毛诗故训传》曰："槛，泉正出也。"言：语助词，一说为我。《毛诗故训传笺》曰："言，我也。"芹：蔬菜名，即水芹。《毛诗故训传笺》曰："芹，菜也，可以为菹，亦所用待君子也。我使采其水中芹者，尚洁清也。《周礼》'芹菹雁醢'。"马瑞辰《毛诗传笺通释》曰："觱沸二字叠韵。泉出之貌曰觱沸。《说文》曰：'滥，泛也。一曰，濡上及下也。'又沸字注：'毕沸，滥泉也。'当作'滥泉貌'。《玉篇》'潷，泉水出貌。'槛泉，《尔雅》《说文》《释名》并作滥。《毛诗》作槛，亦假借字。《释水》'滥泉正出。正出，涌出也。'涌谓上涌。《说文》'涌，縢也。''縢，水超涌也。'觱沸正泉水縢涌之貌。"

六、旂：古代画有两龙并在竿头悬铃的旗。马瑞辰《毛诗传笺通释》曰："《周官·司常》'交龙为旂，熊虎为旗'，二者异制。旗又为旌旗之总名，凡《说文》泛言旌旗者，皆作旗，不作旂。此诗'言观其旂'亦是泛言旌旗，作旂者，盖作旗则与上文'言采其芹'韵不相谐，故必改旗为旂。古音旂从斤声，读如邻，方与芹协也。据《觐礼》'公侯伯子男皆就其旂而立'，《大戴·朝事篇》亦曰'建其旌旂'，则旌旂以为通称耳。《周官》，上公建旂九旒，侯伯七旒，子男五旒。观其所建旌旂，则诸侯之尊卑等级判焉。"

七、淠淠（pèi音配）：飘动的样子。《毛诗故训传》曰："淠淠，动也。"鸾：车铃。嘒嘒：象声词，指铃声。《毛诗故训传》曰："嘒嘒，中节也。"

八、载：则，就。一说语助词。骖：同驾一车的三匹马。驷（sì音四）：古代一车套四马，因以称驾一车之四马或四马所驾之车。届：到来。《毛诗故训传笺》曰："届，极也。诸侯来朝，王使人迎之，因观其衣服车乘之威仪，所以为敬，且省（xǐng音醒）祸福也。诸侯将朝于王，则骖乘乘四马而往。以此服饰，君子法制之极也，言其尊，而王今不尊也。"马瑞辰《毛诗传笺通释》曰："君子谓诸侯，骖驷亦指诸侯之车，谓诸侯将朝于王，乘此骖驷以往也。"

九、芾（fú音福）：通“韨”，古诸侯官服上的蔽膝。《毛诗故训传》曰：“诸侯赤芾。”《毛诗故训传笺》曰：“芾，大古蔽膝之象也。冕服谓之芾，其他服谓之韠。以韦为之，其制上广一尺，下广二尺，长三尺，其颈五寸，肩革带，博二寸。”股：大腿。《毛诗故训传笺》曰：“胫本曰股。”邪幅：《毛诗故训传》曰：“邪幅，偪也，偪所以自偪束也。”《毛诗故训传笺》曰：“邪幅，如今行縢也，偪束其胫，自足至膝，故曰在下。”

十、交：马瑞辰《毛诗传笺通释》通“侥”，侥幸。褚斌杰《诗经全注》通“绞”，急切。纾：缓。《毛诗故训传》曰：“纾，缓也。”《毛诗故训传笺》曰：“彼与人交接，自偪束如此，则非有解怠纾缓之心，天子以是故赐予之。”

十一、只：语助词。褚斌杰《诗经全注》将“命之”解释为：下令颁赏他们。一说为策命。程俊英《诗经译注》曰：“古代帝王对臣下封土、授爵或赏赐，将命令写在简册上然后宣读。”

十二、申：重复。《毛诗故训传》曰：“申，重也。”《毛诗故训传笺》曰：“只之言是也，古者天子赐诸侯也，以礼乐乐之，乃后命予之也。天子赐之，神则以福禄申重之，所谓‘人谋鬼谋’也。刺今王不然。”

十三、维：语助词。柞：木名。蓬蓬：茂盛的样子。《毛诗故训传》曰：“蓬蓬，盛貌。”《毛诗故训传笺》曰：“此兴也。柞之干，犹先祖也。枝，犹子孙也。其叶蓬蓬，喻贤才也。正以柞为兴者，柞之叶新，将生；故乃落于地。以喻继世以德相承者明也。”

十四、殿：镇抚。《毛诗故训传》曰：“殿，镇也。”

十五、攸：所。同：聚。

十六、平平：《毛诗故训传》曰：“平平，辩治也。”褚斌杰《诗经全注》曰：“平平，《韩诗》作‘便便’，《尔雅》曰：‘便便，辩也。’《广雅·释诂》曰：‘辩，慧也。平平即明慧之意。’”左右：指左右臣子。率：

遵循。从：顺从。《毛诗故训传笺》曰："率，循也。诸侯之有贤才之德，能辩治其连属之国，使得其所，则连属之国亦循顺之。"

十七、泛泛：漂浮的样子。绋：系船的麻绳。缡（lí音离）：拉船用的竹索。《毛诗故训传》曰："绋，繂也。缡，緌也。明王能维持诸侯也。"维：系。《毛诗故训传笺》曰："杨木之舟，浮于水上，泛泛然东西无所定。舟人以绋系其緌以制行之，犹诸侯之治民，御之以礼法。"

十八、葵：通"揆"，测度，度量。《毛诗故训传》曰："葵，揆也。"一说，葵谓庇荫。

十九、膍（pí音皮）：厚。

二十、优：闲暇，悠然自得。戾：一说止。《毛诗故训传笺》曰："戾，止也。诸侯有盛德者亦悠游，自安止于是，言思不出其位。"马瑞辰《毛诗传笺通释》曰："《说文》曰：'戾，曲也。从犬出户下。犬出户下为戾者，身曲戾也。'段玉裁曰：'曲必有所至，故引申为止，为待，又为定。'"一说善。《广雅·释诂》曰："戾，善也。"

【解题】

这是一首讽刺周幽王轻慢诸侯不守信义之诗。《诗序》曰："《采菽》，刺幽王也。侮慢诸侯。诸侯来朝，不能锡命以礼，数征会之，而无信义。君子见微而思古焉。"《毛诗故训传笺》曰："幽王征会诸侯，为合义兵，征讨有罪。既往而无之，是于义事不信也。君子见其如此，知其后必见攻伐，将无救也。"

孔颖达《毛诗正义》曰："作《采菽》诗者，刺幽王也。以幽王侮慢，诸侯来朝，不能锡命以礼数，征召而会聚之，而无诚信之义事，无故召之，而无信义，后若实有义事，将召而不来。诗人见其微，知其著，而思古昔明王焉，故作《采菽》之诗，言古之明王能敬待诸侯，锡命以礼，反以刺幽王也。《序》皆反

《经》为义。侮慢诸侯，首章上二句是也。不能锡命以礼，首章下四句是也。其余皆是锡命之事，序总而略之。君子见微而思古，叙其作诗之意，于《经》无所当也。”

角弓

骍骍角弓，翩其反矣。
兄弟昏姻，无胥远矣。
尔之远矣，民胥然矣。
尔之教矣，民胥效矣。
此令兄弟，绰绰有裕。
不令兄弟，交相为瘉。
民之无良，相怨一方。
受爵不让，至于已斯亡。
老马反为驹，不顾其后。
如食宜饇，如酌孔取。
毋教猱升木，如涂涂附。
君子有徽猷，小人与属。
雨雪瀌瀌，见晛曰消。
莫肯下遗，式居娄骄。
雨雪浮浮，见晛曰流。
如蛮如髦，我是用忧。

【注释】

一、骍骍：调和的样子。《毛诗故训传》曰：“骍骍，调利也。”朱熹《诗集传》曰：“骍骍，弓调和貌。”角弓：用牛角装饰的弓。朱熹《诗集传》曰：“角弓，以角饰弓也。”翩：通“偏”，反过来弯曲的样子。《毛诗故训传》曰：“不善绁檠巧用则翩然而反。”《毛诗故训传笺》曰：“兴者，喻王与九族，不以恩礼御待之。”朱熹《诗集传》曰：“翩，反貌。弓之为物，张之则内向而来，弛之则外反而去。有似兄弟昏姻亲疏远近之意。”

二、昏姻：即婚姻。胡承珙《毛诗后笺》曰：“此诗主言兄弟而连及婚姻，并宜‘无远’。”胥：互相。《毛诗故训传笺》曰：“胥，相也。骨肉之亲，当相亲信，无相疏远。相疏远，则以亲亲之望，易以成怨。”

三、尔：你。《毛诗故训传笺》曰：“尔，女，女幽王也。”胥：都。《毛诗故训传笺》曰：“胥，皆也。言王，女不亲骨肉，则天下之人皆如之。”

四、效：效法，模仿。《毛诗故训传笺》曰：“见女之教令，无善无恶。所尚者，天下之人皆学之。言上之化下，不可不慎。”马瑞辰《毛诗传笺通释》曰：“诗以教与远对言，远为不善，则教当为善。上二句见民化于不善，下二句言民皆化于善也……又按傚古止作效，左氏昭六年传引诗正作‘民胥效矣’。”

五、令：善。《毛诗故训传笺》曰：“令，善也。”绰绰（chuò音啜）：宽缓的样子。《毛诗故训传》曰：“绰绰，宽也。”裕：宽裕。《毛诗故训传》曰：“裕，饶。”袁梅《诗经译注》曰：“此友善兄弟，则绰绰有裕而宽厚相待。”

六、瘉：病。《毛诗故训传》曰：“瘉，病也。”褚斌杰《诗经全注》曰：“此句指互相诟病残害。”

七、良：善。《毛诗故训传笺》曰：“良，善也。”一方：对方。《毛诗故训传笺》曰：“则徙居一处，怨恚之。”王先谦《诗三家义集疏》曰：“韩说曰：‘言王者所谓无有善者，各相与一方而怨之。’”

八、受爵：受爵禄。不让：不谦让。《毛诗故训传》曰：“爵禄不以相让，故怨祸及之。比周而党愈少，鄙争而名愈辱，求安而身愈危。”朱熹《诗集传》曰：“况兄弟相怨相谗，以取爵位，而不知逊让，终亦必亡而已矣。”

九、《毛诗故训传》曰：“已老矣，而孩童慢之。”《毛诗故训传笺》曰：“此喻幽王见老人反侮慢之，遇之如幼稚，不自顾念。后至年老，人之遇己亦将然。”朱熹《诗集传》曰：“言其但知谗害人以取爵位，而不知其不胜任。如老马惫矣，而反自以为驹。不顾其后，将有不胜任之患也。”马瑞辰《毛诗传笺通释》曰：“《学记》云：‘始驾马者反之，车在马前。’此言教驹则然。今老马，反以教驹者教之，以喻教之过迟，不顾其后即车在马前之义。”褚斌杰《诗经全注》曰：“老马反为驹：老马反而自以为是少壮的马驹。比喻无自知之明。不顾其后：不顾念以后的事。”程俊英《诗经译注》曰：“这句说把老臣当青年使用，压以重担。”

十、饇（yù音玉）：饱。《毛诗故训传》曰：“饇，饱也。”《毛诗故训传笺》曰：“王如食老者，则宜令之饱。”孔取：多取。《毛诗故训传笺》曰：“如饮老者，则当孔取。孔取，谓度其所胜多少。”马瑞辰《毛诗传笺通释》曰：“此诗言饮老者甚其所取，即无酌数之义。”

十一、毋：无。《毛诗故训传笺》曰：“毋，禁辞。”一说为发语词。马瑞辰《毛诗传笺通释》曰：“毋为发语词，与无通。此诗‘毋教猱升木’亦谓教猱升木，与‘如涂涂附’同义。”猱（náo挠）：兽名，猿类，身体便捷，善攀援。《毛诗故训传》曰：“猱，猨属。”升木：爬树。《毛诗故训传笺》曰：“猱之性善登木，若教使其为之，必也。”涂：涂抹泥土。附：依附。《毛诗故训传笺》曰：“附，木桴也。涂之性善者，若以涂附，其着亦必也。以喻人之心皆有仁义，教之则进。”

十二、徽：善。《毛诗故训传》曰：“徽，美也。”猷：谋略，方法。《毛诗故训传笺》曰：“猷，道也。君子有美道以得声誉。”属：依附。朱熹《诗集传》曰：“属，附也。苟王有美道，则小人将反为善以附之。”

十三、瀌瀌（biāo音标）：雪很大的样子。朱熹《诗集传》曰："瀌瀌，盛貌。"晛（xiàn音县）：日气。《毛诗故训传》曰："晛，日气也。"《毛诗故训传笺》曰："雨雪之盛瀌瀌然，至日将出，其气始见，人则皆称曰雪今消释矣。喻小人虽多，王若欲兴善政，则天下闻之，莫不曰小人今诛灭矣。其所以然者，人心皆乐善，王不启教之。"

十四、莫：无。《毛诗故训传笺》曰："莫，无也。"遗：一说同"随"，顺。《毛诗故训传笺》曰："遗读曰随。"一说为遗弃。朱熹《诗集传》曰："遗弃。"一说为加给。褚斌杰《诗经全注》曰："下遗：加给下面之人的意思。"娄：同"屡"，屡次。一说为敛。《毛诗故训传笺》曰："娄，敛也。今王不以善政启小人之心，则无肯谦虚，以礼相卑下，先人而后己，用此自居处，敛其骄慢之过者。"《毛诗正义》曰："《释诂》云：'娄、敛，聚也。'俱训为聚，则义得通，故云'娄，敛也'。"

十五、浮浮：同"瀌瀌"。《毛诗故训传》曰："浮浮，犹瀌瀌也，流流而去也。"流：雪融化成水。朱熹《诗集传》曰："流，流而去也。"

十六、蛮：指南方的部族。髦：古代西南少数民族。《毛诗故训传》曰："蛮，南蛮也。髦，夷髦也。"是用：因此。《毛诗故训传笺》曰："今小人之行如夷狄，而王不能变化之，我用是为大忧也。"

【解题】

这是一首讽刺周幽王不顾九族的诗。《诗序》曰："《角弓》，父兄刺幽王也。不亲九族，而好谗佞，骨肉相怨，故作是诗也。"《尚书·尧典》说："克明俊德，以亲九族；九族既睦，平章百姓；百姓昭明，协和万邦。黎民于万世雍。"修身齐家是治国平天下的基础。

孔颖达《毛诗正义》曰："《角弓》诗者，王之宗族父兄所作以刺幽王也。以王不亲九族之骨肉，而好谗佞之人，令骨肉之内自相憎怨，使人效之，故父兄作此《角弓》之诗以刺之也。"

朱熹《诗集传》曰："此刺王不亲九族，而好谗佞，使宗族相怨之诗。"

菀柳

有菀者柳，不尚息焉。一
上帝甚蹈，无自暱焉。二
俾予靖之，后予极焉。三
有菀者柳，不尚愒焉。四
上帝甚蹈，无自瘵焉。五
俾予靖之，后予迈焉。六
有鸟高飞，亦傅于天。七
彼人之心，于何其臻？八
曷予靖之，居以凶矜？九

【注释】

一、菀（yù音玉）：通"菀"，作"枯萎"解。尚：《毛诗故训传笺》、朱熹《诗集传》皆训为"庶几也"，程俊英《诗经注析》、褚斌杰《诗经全注》等人亦释"不尚"为"不可"，马瑞辰《毛诗传笺通释》则引《说文》"尚，曾也"曰："'不尚息焉'犹云'不曾息耳'。"马氏又云："诗盖以枯柳之不可止息，兴王朝之不可依倚也。"

二、上帝：双关语，借指幽王。蹈：《毛诗故训传》训为动，马瑞辰《毛诗传笺通释》、王先谦《诗三家义集疏》引用《韩诗外传》认为，"蹈"即"陶"，变动无常之意。暱（nì音溺）：近也，亲近。无自暱，妥安坐也。此句说，不要自讨无趣。

三、俾：使。靖：谋划，治理，《毛诗故训传笺》云：“靖，谋。”之：指国事。后：之后。极：《毛诗故训传笺》云：“诛也，放逐之意。”《毛诗故训传笺》云：“后反诛放我。是言王刑罚不中，不可朝事也。”

四、愒：犹“息”也，指休息。

五、瘵（zhài音债）：病，祸患。此句说，不要自招祸患。

六、迈：指流放。《毛诗故训传笺》云：“迈，行也。行亦放也。”

七、傅：至、到，《毛诗故训传笺》曰：“傅、臻皆至也。”

八、彼人：指周幽王。臻：至。《毛诗故训传笺》曰：“幽王之心，于何所至乎？言其转侧无常，人不知其所届。”言周幽王变化无常，不着边际，难测所至。

九、曷：为什么。矜：《毛诗故训传》训“危也”。凶矜：即凶险、危险的境地。朱熹《诗集传》云：“居，犹徒然也。凶矜，遭凶祸而可怜也。鸟之高飞，极至于天耳。彼王之心，于何所极乎。言其贪纵无极，求责无已，人不知其所至也。如此则岂予能靖之乎，乃徒然自取凶矜耳。”

【解题】

这是一首讽刺周幽王暴虐无亲众叛亲离的诗。《诗序》曰：“《菀柳》，刺幽王也。暴虐无亲，而刑罚不中，诸侯皆不欲朝。言王者之不可朝事也。”

孔颖达《毛诗正义》曰：“《经》三章，毛、郑虽有小异，皆以上二章次二句为暴虐，下二句及卒章下二句为刑罚不中。其上二章上二句及卒章上四句言王无美德，心无所至，言王者不可朝事之意，总三章之义也。”

朱熹《诗集传》曰：“王者暴虐，诸侯不朝，而作此诗。”

都人士

彼都人士，狐裘黄黄。[一]
其容不改，出言有章。[二]
行归于周，万民所望。[三]
彼都人士，台笠缁撮。[四]
彼君子女，绸直如发。[五]
我不见兮，我心不说。[六]
彼都人士，充耳琇实。[七]
彼君子女，谓之尹吉。[八]
我不见兮，我心苑结。[九]
彼都人士，垂带而厉。[十]
彼君子女，卷发如虿。[十一]
我不见兮，言从之迈。[十二]
匪伊垂之，带则有余。[十三]
匪伊卷之，发则有旟。[十四]
我不见兮，云何盱矣！[十五]

【注释】

一、都：美。马瑞辰《毛诗传笺通释》曰："是'都人'乃美士之称。……美色谓之都，美德亦谓之都。都人，犹言美人也。《诗》以都人士与君子女相对成文。君子女，谓女有君子之行者，犹《大雅》曰：'釐尔女士'。《笺》谓'女而有士行者'。是知都人士，亦谓士有都人之德者。《笺》训都为都邑，失之。"一说，都为京都。《毛诗故训传笺》云："城郭之域曰都。"方玉润在《诗经原始》引《诗集传》题解之后，复中之曰：

“……然则此又东迁以后诗也。况曰‘彼都’，曰‘归周’，明是京都人指西都而言矣。《诗》全篇只咏服饰之美，而其人之风度端凝，仪容秀美自见，即其人之品望优隆与世族之华贵，亦因之而见。故曰‘万民所望也’。”狐裘：指身穿狐狸皮袍。黄黄：颜色黄亮的样子。一说，为古代贵族裘衣上罩着的黄衫，是诸侯之衣服。《白虎通·衣裳篇》曰：“诸侯狐黄。”《礼记·玉藻》曰：“狐裘黄衣以裼之。”《毛诗故训传笺》曰：“古明王时，都人之有士行者，冬则衣狐裘黄黄然，取温裕而已。”

二、容：容貌举止。《毛诗故训传笺》曰：“其动作容貌既有常。”章：有系统的辞藻，有文采。《毛诗故训传笺》曰：“吐口言语又有法度文章。”

三、行：将。周：周的都城镐京。一说周为忠信。《毛诗故训传》曰：“周，忠信也。”《毛诗故训传笺》曰：“都人之士所行，要归于忠信。”望：仰望。

四、台笠：莎草编的草帽。台：通“薹”，莎草。《毛诗故训传》曰：“台所以御暑，笠所以御雨也。”缁撮：黑色的丝带。一说为黑色的丝带做成的小帽。《毛诗故训传》曰：“缁撮，缁布冠也。”马瑞辰《毛诗传笺通释》曰：“此诗以‘台笠’与‘缁撮’对举，宜如《笺》以为一物。”陈奂《诗毛氏传疏》云：“《无羊篇》‘尔收来思，何蓑何笠’。牧人何蓑笠，则台笠不专属庶人。《郊特牲》‘大罗氏，天子之掌鸟兽者也。诸侯贡属焉，草笠而至，尊野服也’。郑注云，诸侯于蜡，使使者戴草笠，贡鸟兽也。……郑或本三家《诗》。”

五、君子女：贵族之女。《毛诗故训传笺》云：“彼君子女者，谓都人之家女也。”绸直如发：即发如绸直，意为头发像丝绸一样密直。《毛诗故训传》曰：“密直如发也。”胡承珙《毛诗后笺》曰：“绸，丝也。言绸直如其发，倒文成义。”一说，形容女子的操守好。《毛诗故训传笺》曰：“其情性密致，操行正直，如发之本末无隆杀也。”

六、说：通“悦”，高兴。

七、充耳：古代冠两旁的饰物，一般用玉石制成，亦名“瑱”，塞耳。《毛诗故训传笺》云：“言以美石为瑱。瑱，塞耳。”琇：美石。《毛诗故训传》曰：“琇，美石也。”《说文》云：“琇，美石次玉也。”实：指美石的质地很好，坚实。孔颖达《毛诗正义》曰：“今定本毛无‘实’字，《说文》直云‘琇，石次玉’，则实非玉名。”

八、尹、吉：一说为姓。《毛诗故训传笺》曰：“吉读为姞。尹氏、姞氏，周室昏姻之旧姓也。人见都人之家女，咸谓之尹氏、姞氏之女，言有礼法。”王夫之《诗经稗硫》曰：“吉姓亡考，字或作姞，南燕之姓，国在今胙城县。然南燕未闻入仕于周，亦未闻与王室为婚姻，盖周之庶姓，非贵族也。或此称尹吉者，即吉甫之后孙，以王父字为氏。古之赐姓者，或以字。吉甫位望重，因赐其诸孙力尹吉氏，以别于诸尹，而世吉甫之禄位，故曰尹古。”一说指正而善的美德。《毛诗故训传》曰：“尹，正也。”陈奂《诗毛氏传疏》曰：“王肃云：尹吉，正而吉也。按，吉，善也。……此章言其德之美也。”

九、苑（yù音郁）结：即郁结，忧闷抑郁。《毛诗故训传笺》云：“苑犹屈也，积也。”

十、垂带：下垂的冠带。而：如。《毛诗故训传笺》曰：“而亦如也。”王先谦《诗三家义集疏》曰：“而作如。鲁而作若。”《毛诗传笺通释》曰：“《内则》郑注引《诗》‘垂带如厉’。《淮南子·汜论训》高注引《诗》‘垂带若厉’。而、如、若，古声近，通用。厉与裂，古亦同声通用。”厉：绸布的残余，垂而有余，比喻冠带长。《毛诗故训传笺》曰：“而厉，如鞶（pán音盘）厉也。鞶必垂厉以为饰，厉字当作‘裂’。”王先谦《诗三家义集疏》曰：“对文则厉为垂带之名，散文则厉亦带也。”陈奂《诗毛氏传疏》曰：“古厉、烈声相通。《尔雅》，‘烈，余也’。烈谓之余，厉亦谓之余。‘垂带而厉’即下章言‘匪伊垂之，带则有余’也。《说文》，‘裂，缯余也’。《广雅》，‘裂，余也’。《玉篇》，‘裂，帛余也’。”

十一、虿：蝎子，尾部曲而上翘，此用来形容女子发梢高高翘起的样子。

《毛诗故训传笺》曰："虿，螫虫也。尾末揵然，似妇人发末曲上卷然。"服虔《通俗文》云："长尾为虿，短尾为蝎。"

十二、言：发语词。迈：行，走。《毛诗故训传笺》云："言亦我也。迈，行也。我今不见士女此饰，心思之，欲从之行。言已忧闷，欲自杀，求从古人。"

十三、匪：彼。一说为非。伊：是。一说语助词，无义。有余：冠带很长的样子。《毛诗故训传笺》云："此言士非故垂此带也，带于礼自当有余也。"

十四、卷：卷发。旟：高高扬起的样子。《毛诗故训传》曰："旟，扬也。"《毛诗故训传笺》曰："女非故卷此发也，发于礼自当有旟也。旟，枝旟。扬，起也。"朱熹《诗集传》曰："女之发，非故卷之也。发自有旟耳。言其自然闲美，不假修饰也。"

十五、云：语助词。何：多么。盱：忧伤的样子。《毛诗故训传笺》云："盱，病也。思之甚，云：'何乎，我今已病也！'"

【解题】

这是一首封讽刺周天子无道而导致周服饰文化沦丧之诗。《诗序》曰："《都人士》，周人刺衣服无常也。古者长民，衣服不贰，从容有常，以齐其民，则民德归壹。伤今不复见古人也。"《毛诗故训传》曰："服谓冠弁衣裳也。古者，明王时也。长民，谓凡在民上倡率者也。变易无常谓之贰。从容，谓休燕也。休燕犹有常，则朝夕明矣。壹者，专也，同也。"

孔颖达《毛诗正义》曰："《都人士》诗者，周人所作，刺其时人所着之服无常也。以古者在上长率其民，所衣之服不变贰，虽从容休燕之处，其容貌亦有常，不但公朝朝夕而已。身自行此，以齐正其人，则下民皆为一德。谓其德如一，与上齐同，亦衣服不贰，从容有常也。伤今不复见古之人，故作诗反以刺之。”又曰：“左襄十四年《左传》引此诗‘行归于周，万民所望。’二句，服虔曰：‘逸诗也。’《都人士》首章有之。《礼·缁衣》郑注云，毛诗有之，三家则亡。今《韩诗》实无此首章，细味全诗，二、三、四、五章士女对文，此章单言士，并不及女，其词不类。且首章言‘出言有章’，言‘行归于周，万民所望。’后四章无一语照应，是明明逸诗孤章。毛以首二句相类，强装篇首。观其取《缁衣》文作序亦无甚矣。”

朱熹《诗集传》曰：“乱离之后，人不复见昔日都邑之盛，人物仪容之美，而作此诗，以叹惜之也。”

王先谦《诗三家义集疏》曰：“此诗毛氏五章，三家皆止四章。”

采绿

终朝采绿，不盈一匊。一
予发曲局，薄言归沐。二
终朝采蓝，不盈一襜。三
五日为期，六日不詹。四
之子于狩，言韔其弓。五
之子于钓，言纶之绳。六
其钓维何？维鲂及鲊。七
维鲂及鲊，薄言观者。八

【注释】

一、绿：即菉，草名，可以染黄。盈：满。匊（jū音居）：同“掬”，两手所捧；满握。《毛诗故训传》曰："兴也。自旦及食时为终朝。两手曰匊。"《毛诗故训传笺》曰："绿，王刍也，易得之菜也。终朝采之而不满手，怨旷之深，忧思不专于事。"

二、曲局：头发卷曲蓬乱。薄言：语助词。归：回家。沐：洗头发。《毛诗故训传》曰："局，卷也。妇人，夫不在则不容饰。"《毛诗故训传笺》曰："言，我也。礼，妇人在夫家笄象笄。今曲卷其发，忧思之甚也。有云君子将归者，我则沐以待之。"朱熹《诗集传》曰："局，卷也。犹言首如飞蓬也。妇人思其君子，而言终朝采绿，而不盈一匊者，思念之深，不专于事也。又念其发之曲局，于是舍之，而归沐以待其君子之还也。"

三、蓝：植物名，有多种，如蓼蓝、松蓝、木蓝、马蓝等，叶可制蓝色染料。襜（chān音掺）：系在衣服前面的围裙。《毛诗故训传》曰："衣蔽前谓之襜。"朱熹《诗集传》曰："衣蔽前谓之襜，即蔽膝也。"

四、詹：至，到。《毛诗故训传》曰："詹，至也。妇人五日一御。"《毛诗故训传笺》曰："妇人过于时乃怨旷。五日、六日者，五月之日、六月之日也。期至五月而归，今六月犹不至，是以忧思。"一说詹同"瞻"，意为见。朱熹《诗集传》曰："詹，与瞻同。五日为期，去时之约也。六日不詹，过期而不见也。"

五、之子：指丈夫。《毛诗故训传笺》曰："之子，是子也，谓其君子也。"于狩：去打猎。《毛诗故训传笺》曰："于，往也。"言：语助词。韔（chàng音唱）：弓袋；此为动词，指把箭装入弓袋。

六、纶（lún音轮）：丝线。此处用为动词，指整理丝线。《毛诗故训传笺》曰："纶，钓缴也。君子往狩与，我当从之，为之韔弓。其往钓与，我当从之，为之绳缴。今怨旷，自恨初行时不然。"

七、维：是。鲂：鱼名。鳊鱼的古称。鱮：即鲢鱼。

八、者：同"诸"，之乎二字的合音。《毛诗故训传笺》曰："此美其君子之有技艺也。钓必得魴、鲊，魴鲊是云其多者耳。其众杂鱼，乃众多矣。”

【解题】

这是一首讽刺周幽王无道、多旷男怨女之诗。《诗序》曰：“《采绿》，刺怨旷也。幽王之时，多怨旷者也。”《毛诗故训传笺》曰：“怨旷者，君子行役过时之所由也。而刺之者，讥其不但忧思而已，欲从君子于外，非礼也。”

孔颖达《毛诗正义》曰：“谓妇人见夫行役，过时不来，怨己空旷而无偶也。妇人之怨旷，非王政，而录之于《雅》者，以怨旷者为行役过时，是王政之失，故录之以刺王也。《经》上二章言其忧思，下二章恨本不从君子，皆是怨旷之事。欲从外则非礼，故刺之。”

黍苗

芃芃黍苗，阴雨膏之。一
悠悠南行，召伯劳之。二
我任我辇，我车我牛。三
我行既集，盖云归哉！四
我徒我御，我师我旅。五
我行既集，盖云归处！六
肃肃谢功，召伯营之。七
烈烈征师，召伯成之。八
原隰既平，泉流既清。九

召伯有成，王心则宁。

【注释】

一、芃芃：草茂盛貌。膏：润泽。《毛诗故训传笺》曰：“兴者，喻天下之民如黍苗然，宣王能以恩泽育养之，亦如天之有阴雨之润。”朱熹《诗集传》曰：“言芃芃黍苗，则惟阴雨能膏之；悠悠南行，则惟召伯能劳之也”。

二、悠悠：远行貌。劳：慰劳。《毛诗故训传笺》曰：“宣王之时，使召伯营谢邑，以定申伯之国。将徒南行，众多悠悠然，召伯则能劳来劝说以先之。”

三、《毛诗故训传笺》曰：“营谢转餫之役，有负任者，有挽辇者，有将车者，有牵傍牛者。”

四、《毛诗故训传笺》曰：“集犹成也。盖犹皆也。……其所为南行之事既成，召伯则皆告之云：可归哉。刺今王使民行役，曾无休止时。”高亨《诗经今注》：“盖同盍，何不；云，助词。”

五、《毛诗故训传笺》曰：“步行曰徒。召伯营谢邑，以兵众行。其士卒有步行者，有御兵车者。五百人为旅，五旅为师。”

六、处：居。

七、肃肃：严正之貌。谢：邑名，在今河南。营：治。

八、烈烈：威武貌。征：行。《毛诗故训传笺》曰：“美召伯治谢邑，则使之严正，将师旅行则有威武也。”

九、原：广平之地。隰：低湿之地。《毛诗故训传》曰：“土治曰平，水治曰清。”《毛诗故训传笺》曰：“召伯营谢邑，相其原隰之宜，通其水泉之利。”

【解题】

这是一首讽刺周幽王的诗。《诗序》曰：“《黍苗》，刺幽王也。不能膏润天下，卿士不能行召伯之职焉。”召伯：姓姬，名虎，周宣王、幽王的大臣，封于召国，伯爵。《毛诗故训传笺》曰：“陈宣王之德、召伯之功，以刺幽王及其群臣废此恩泽事业也。”

孔颖达《毛诗正义》曰：“作《黍苗》诗者，刺幽王也。以幽王不能如阴雨膏泽润及天下，其下卿士又不能行召伯之职以劳来士。众臣之废职，由君失所任，故陈召伯之事以刺之也。膏润者，以君之恩惠及下，似雨泽之润于物。然水之润物，又似脂膏，故言膏润也。此叙君臣互文以相见，言卿士不能行召伯之职，则王不能膏润天下，谓不能如宣王也。以《经》言召伯，不言宣王，故叙因而互文以见义也。此皆反《经》而叙之。”

朱熹《诗序辨说》说：“此宣王时美召穆公之诗，非刺幽王也。”

王先谦《诗三家义集疏》说：“三家说曰，召伯述职，劳来诸侯也。”

隰桑

隰桑有阿，其叶有难。一
既见君子，其乐如何。二
隰桑有阿，其叶有沃。三
既见君子，云何不乐。四
隰桑有阿，其叶有幽。五
既见君子，德音孔胶。六
心乎爱矣，遐不谓矣？七
中心藏之，何日忘之！

【注释】

一、隰桑：长在低湿地的桑树。朱熹《诗集传》曰：“隰，下湿之处，宜桑者也。”阿：通“婀”，柔美貌。《毛诗故训传》曰：“阿然，美貌。”王先谦《诗三家义集疏》曰：“有阿，即阿阿也。故《毛诗故训传笺》中读为阿阿。《经》中累字多参用‘有’字，与累字无异。”有难：即难难，茂盛的样子。《毛诗故训传》曰：“难然，盛貌。有以利人也。”朱熹《诗集传》曰：“阿，美貌。难，盛貌。皆言枝叶条垂之状。”《毛诗故训传笺》曰：“隰中之桑，枝条阿阿然长美，其叶又茂盛可以庇荫人。兴者，喻时贤人君子不用而野处，有覆养之德也。正以隰桑兴者，反求此义，则原上之桑，枝叶不能然，以刺时小人在位，无德于民。”

二、君子：女子的丈夫。程俊英《诗经译注》曰：“《诗经》中的君子有二义：一为称贵族，一为妻称夫。”《毛诗故训传笺》曰：“思在野之君子，而得见其在位，喜乐无度。”《诗集传》曰：“此喜见君子之诗。言隰桑有阿，则其叶有难矣。既见君子，则其乐如何哉！词意大概与《菁莪》相类。然所谓君子，则不知其何所指矣。或曰比也。下章放（fǎng音仿）此。”

三、沃：光泽柔润的样子。《毛诗故训传》曰：“沃，柔也。”朱熹《诗集传》曰：“沃，光泽貌。”

四、幽：通“黝”，黑色。《毛诗故训传》曰：“幽，黑色也。”

五、德音：好听的话。程俊英《诗经译注》曰：“按《诗经》中德音有二义：一为好名誉，《小戎》的‘秩秩德音’。一为好听的话，如《谷风》的‘德音莫違’。这里乃指后者而言。”

六、孔胶：很牢固。《毛诗故训传》曰：“胶，固也。”《毛诗故训传笺》曰：“君子在位，民附仰之，其教令之行甚坚固也。”

七、遐：何。朱熹《诗集传》曰：“遐，与‘何’同。《表记》作‘瑕’。郑氏《注》曰：‘瑕之言胡也。’”《毛诗故训传笺》曰：“遐，远。谓勤藏善也。我心爱此君子，君子虽远在野，岂能不勤思之乎？宜思之也。我心善此君子，又诚不能忘也。孔子曰：‘爱之能勿劳乎？忠焉能勿诲乎？’”谓：告诉。朱熹《诗集传》曰：“谓，犹‘告’也。言我中心诚爱君子，而既见之，则何不遂以告之。而但中心藏之，将何使日而忘之耶！《楚辞》所谓‘思公子兮未敢言’，意盖如此。爱之根于中者深，故发之迟而存之久也。”

【解题】

这是一首讽刺周幽王时小人在位、君子在野之诗。《诗序》曰：“《隰桑》，刺幽王也。小人在位，君子在野，思见君子，尽心以事之。”

孔颖达《毛诗正义》曰：“君子在野，《经》上三章上二句是也。言小人在位，无德于民，是亦小人在位之事也。思见君子，尽心以事之者，即上三章下二句及卒章是也。”

方玉润《诗经原始》曰：“《序》谓‘刺幽王’，《辩说》以为‘非刺诗’。然桑而曰隰，则以兴贤人君子之在野者可知。夫以贤人君子而隐处岩阿，则朝廷之上所处非贤人君子之俦又可知。诗不喜在位廷臣，而思野处贤士，以至中藏心写，无日能忘，则当日朝政为何如哉？故《序》言亦未可以厚非。特此皆言外意，诗中原未尝露，似亦不必据此为说，徒伤诗人忠厚意耳。

白华

白华菅兮，白茅束兮。一
之子之远，俾我独兮！二
英英白云，露彼菅茅。三

天步艰难，之子不犹。[四]
滮池北流，浸彼稻田。[五]
啸歌伤怀，念彼硕人。[六]
樵彼桑薪，卬烘于煁。[七]
维彼硕人，实劳我心。[八]
鼓钟于宫，声闻于外。[九]
念子懆懆，视我迈迈。[十]
有鹙在梁，有鹤在林。[十一]
维彼硕人，实劳我心。
鸳鸯在梁，戢其左翼。[十二]
之子无良，二三其德。[十三]
有扁斯石，履之卑兮。[十四]
之子之远，俾我疷兮。[十五]

【注释】

一、华：同“花”。菅（jiān音间）：植物名。白茅：草名。束：捆。《毛诗故训传》曰：“兴也。白华，野菅也。已沤为菅。”《毛诗故训传笺》曰：“白华於野已沤，名之为菅。菅柔忍中用矣，而更取白茅收束之。茅比於白华为脆。兴者，喻王取於申，申后礼仪备，任妃后之事。而更纳褒姒，褒姒为孽，将至灭国。”

二、之子：一说指幽王，《毛诗故训传笺》曰：“之子，斥幽王也。”一说指女子的爱人。褚斌杰《诗经全注》曰：“之子：那个人，指女子的情侣。”之远：到远方。程俊英《诗经译注》：“远，疏远，指离弃。”俾：使。《毛诗故训传笺》曰：“俾，使也。王之远外我，不复答耦我，意欲使我独也。老而无子曰独。后褒姒谮申后之子，宜咎奔申。”朱熹《诗集传》曰：

“幽王娶申女以为后，又得褒姒而黜申后，故申后作此诗。言白华为菅，则白茅为束。二物至微，犹必相须为用。何之子之远，而俾我独耶？”

三、英英：白云的样子。《毛诗故训传》曰：“英英，白云貌。露亦有云，言天地之气，无微不著，无不覆养。”朱熹《诗集传》曰：“英英，轻明之貌。”露：润泽。《毛诗故训传笺》曰：“白云下露，养彼可以为菅之茅，使与白华之菅相乱易，犹天下妖气生褒姒，使申后见黜。”朱熹《诗集传》曰：“白云，水土轻清之气。当夜而上腾者也。露，即其散而下降者也。”

四、天步：时运，天命。《毛诗故训传》曰：“步，行。”艰难：不顺。犹：图谋。《毛诗故训传》曰：“犹，可也。”《毛诗故训传笺》曰：“犹，图也。天行此艰难之妖久矣，王不图其变之所由尔。昔夏之衰，有二龙之妖，卜藏其漦。周厉王发而观之，化为玄鼋。童女遇之，当宣王时而生女，惧而弃之。后褒人有献而入之幽王，幽王嬖之，是谓褒姒。”朱熹《诗集传》曰：“步，行也。天步，犹言时运也。犹，图也。或曰：犹，如也。言云之泽物，无微不被。今时运艰难，而之子不图，不如白云之露菅茅也。”

五、滮（biāo音标）：水流貌。《毛诗故训传》曰：“滮，流貌。”今人多以为滮流为古水名，在今陕西西安市西北。《毛诗故训传笺》曰：“池水之泽，浸润稻田，使之生殖。喻王无恩意于申后，滮池之不如也。丰、镐之间，水北流。”

六、啸：撮口吹出声音。程俊英《诗集传》曰：“啸歌，号哭而歌。”伤怀：伤心。硕人：高大的人。一说指褒姒。《毛诗故训传笺》曰：“硕，大也。妖大之人，谓褒姒也。申后见黜，褒姒之所为，故忧伤而念之。”一说指幽王。朱熹《诗集传》：“硕人，尊大之称。亦谓幽王也。”朱熹《诗集传》又曰：“言小水微流，尚能浸灌。王之尊大，而反不能通其宠泽，所以使我啸歌伤怀而念之也。”

七、樵：砍伐。朱熹《诗集传》曰：“樵，采也。”薪：柴火。《毛诗故训传》曰：“桑薪，宜以养人者也。”朱熹《诗集传》曰：“桑薪，薪之善者也。”卬：我。《毛诗故训传》曰：“卬，我。”烘：火烧。《毛诗故训传》曰：“烘，燎也。”煁（chén音辰）：火炉。《毛诗故训传》曰：“煁，烓灶也。”《毛诗故训传笺》曰：“人之樵，取彼桑薪，宜以炊饔膳之爨，以养食人。桑薪，薪之善者也，我反以燎于烓灶，用照事物而已。喻王始以礼取申后，申后礼仪备。今反黜之，使为卑贱之事，亦犹是。”

八、劳：牵念。《毛诗正义》曰：“有人樵取于彼桑木之薪，不以炊爨，云我用之燎于煁灶，照物而已。桑薪，薪之善者，宜以炊爨而养人，今不以炊爨，反燎于煁灶，失其所也。以兴幽王娉纳彼申国之女，不以为后，反黜之使为卑贱之事而已。申女之有德，宜居王后之位，而母养天下。今不以当尊，反黜为卑贱，非其宜矣。申后之见黜，褒姒之由，故恶褒姒，言彼妖大之人褒姒，由此而废申后，实劳病我之心。”朱熹《诗集传》曰：“煁，燎也。煁，无釜之灶，可燎而不可烹饪者也。桑薪宜以烹饪，而但为燎烛，以比嫡后之尊，而反见卑贱也。”马瑞辰《毛诗传笺通释》曰：“诗人每以薪喻昏姻，薪之为言新也。此诗‘樵彼桑薪，卬烘于煁’，盖以桑薪之见用于煁竈，喻幽王之新得褒姒而宠爱之。下文‘维彼硕人，实劳我心’，乃言申后之不见礼，为可忧耳。《传》《笺》谓《诗》以桑薪喻申后，似非诗义。”

九、鼓：敲。闻：传布。《毛诗故训传》曰：“有诸宫中，必形见于外。”《毛诗故训传笺》曰：“王失礼于外，而下国闻知而化之。王弗能治，如鸣鼓钟于宫中，而欲外人不闻，亦不可止。”

十、懆懆：忧愁不安的样子。迈迈：疏远的样子。《毛诗故训传》曰：“迈，不说也。”《毛诗故训传笺》曰：“此言申后之忠于王也。念之懆懆然，欲谏正之。王反不说（yuè音阅）于其所言。”朱熹《诗集传》曰：“迈迈，不顾也。”陆德明《经典释文》曰：“迈如字，《韩诗》及《说文》并作“忡忡”，孚吠反，又孚葛反，又匹代反。《韩诗》云：‘意不说好也。’许云：‘很怒也。’”

十一、鹙（qiū音秋）：鸟名。秃鹙。梁：断水捕鱼的堰。《毛诗故训传》

曰：“鹙，秃鹫也。”《毛诗故训传笺》曰：“鹙也，鹤也，皆以鱼为美食者也。鹙之性贪恶，而今在梁。鹤洁白，而反在林。兴王养褒姒而馁申后，近恶而远善。”朱熹《诗集传》曰：“苏氏曰：‘鹙、鹤，皆以鱼为食，然鹤之于鹙，清浊则有闲矣。今鹙在梁，而鹤在林，鹙则饱，而鹤则饥矣。幽王进褒姒而黜申后，譬之养鹙而弃鹤也。’”褚斌杰《诗经全注》曰：“两句以鹙、鹤各得其所，反衬自己处境不幸。”

十二、戢：收敛，止息。《毛诗故训传笺》曰：“戢，敛也。敛左翼者，谓右掩左也。鸟之雌雄不可别者，以翼右掩左雄，左掩右雌，阴阳相下之义也。夫妇之道，亦以礼义相下，以成家道。”朱熹《诗集传》曰：“戢其左翼，言不失其常也。”马瑞辰《毛诗传笺通释》曰：“《笺》以诗为刺幽王，故专据雄者而言，以戢其左翼为以右掩左。然为鸳鸯匹鸟，飞则为双，止则相耦，《鸳鸯》篇亦曰，‘鸳鸯在梁，戢其左翼’，不得专指雄者言也。”

十三、无良：没有良心。二三其德：三心二意，反复无常。《毛诗故训传笺》曰：“良，善也。王无答耦已之善意，而变移其心志，令我怨旷。”朱熹《诗集传》曰：“良，善也。二三其德，则鸳鸯之不如也。”

十四、有扁：即扁扁，扁平的样子。履：踩踏。卑：低下。《毛诗故训传》曰：“扁扁，乘石貌。王乘车履石。”《毛诗故训传笺》曰：“王后出入之礼与王同，其行登车以履石。申后始时亦然，今见黜而卑贱。”

十五、俾：使。疷：病。《毛诗故训传》曰：“疷，病也。”《毛诗故训传笺》曰：“王之远外我，欲使我困病。”《毛诗正义》曰：“作者以王黜申后，故睹其昔日所乘之石而伤之。言有扁扁然升之以乘车者，此石也，申后尝履之。今忽然见黜而卑，不复得履之，是其所以可伤也。之子幽王之远外我申后，欲使我申后困病兮，故伤之。”朱熹《诗集传》曰：“有扁然而卑之石，则履之者亦卑矣。如妾之贱，则宠之者亦贱矣。是以之子之远，而俾我疷也。”

【解题】

这是一首讽刺周幽王以无道，以妾为妻、以孽代宗的诗。《诗序》曰：“《白华》，周人刺幽后也。幽王取申女以为后，又得褒姒而黜申后，故下国化之，以妾为妻，以孽代宗，而王弗能治，周人为之作是诗也。”《毛诗故训传笺》曰：“申，姜姓之国也。褒姒，褒人所入之女，姒其字也，是谓幽后。孽，支庶也。宗，适子也。王不能治，己不正故也。”

孔颖达《毛诗正义》曰：“《白华》诗者，周人所作，以刺幽王之后也。幽王之后，褒姒也。以幽王初取申女以为后，后得褒姒而黜退申后。褒姒，妾也。王黜申后而立之，由此，故下国诸侯化而效之，皆以妾为妻，以支庶之孽代本适之宗，而幽王弗能治而正之，使天下败乱，皆幽后所致，故周人为之而作《白华》之诗以刺之也。”

朱熹《诗集传》曰：“幽王娶申女以为后，又得褒姒而黜申后，故申后作此诗。”

绵蛮

绵蛮黄鸟，止于丘阿。一
道之云远，我劳如何！二
饮之食之，教之诲之。
命彼后车，谓之载之。三
绵蛮黄鸟，止于丘隅。四
岂敢惮行，畏不能趋。五
饮之食之，教之诲之。
命彼后车，谓之载之。

绵蛮黄鸟，止于丘侧。[六]
岂敢惮行，畏不能极。[七]
饮之食之，教之诲之。
命彼后车，谓之载之。

【注释】

一、绵蛮：鸟叫声。朱熹《诗集传》曰："绵蛮，鸟声。"一说为小鸟的样子。《毛诗故训传》曰："兴也。绵蛮，小鸟貌。"丘阿：山坡弯曲的地方。《毛诗故训传》曰："丘阿，曲阿也。鸟止于阿，人止于仁。"《毛诗故训传笺》曰："止，谓飞行所止托也。兴者，小鸟知止于丘之曲阿静安之处而托息焉，喻小臣择卿大夫有仁厚之德者而依属焉。"

二、云：语助词。

三、后车：后边的车，这里指副车，随从的车。《毛诗故训传笺》曰："后车，倅车也。"谓：叫。之：指驾驶后车的人。载：装载。之：我。《毛诗故训传笺》曰："在国依属于卿大夫之仁者。至于为末介，从而行，道路远矣，我罢（pí音疲）劳则卿大夫之恩宜如何乎？渴则予之饮，饥则予之食，事未至则豫教之，临事则诲之，车败则命后车载之。"朱熹《诗集传》曰："此微贱劳苦，而思有所托者，为鸟言以自比也。盖曰：绵蛮之黄鸟自言，止于丘阿，而不能前，盖道远而劳甚矣。当是时也，有能饮之食之教之诲之、又命后车以载之者乎？"

四、隅：角。《毛诗故训传笺》曰："丘隅，丘角也。"

五、惮：害怕。朱熹《诗集传》曰："惮，畏也。"趋：快走。朱熹《诗集传》曰："趋，疾行也。"《毛诗故训传笺》曰："惮，难也。我罢劳，车又败，岂敢难徒行乎？畏不能及时疾至也。"

六、侧：旁。《毛诗故训传笺》曰："丘侧，丘旁也。"

七、极：至。《毛诗故训传笺》曰："极，至也。"

【解题】

这是一首讽刺乱世的诗。《诗序》曰："《绵蛮》，微臣刺乱也。大臣不用仁心，遗忘微贱，不肯饮食教载之，故作是诗也。"《毛诗故训传笺》曰："微臣，谓士也。古者卿大夫出行，士为末介。士之禄薄，或困乏于资财，则当赒赡之。幽王之时，国乱礼废恩薄，大不念小，尊不恤贱，故本其乱而刺之。"

孔颖达《毛诗正义》曰："《绵蛮》诗者，周之微贱之臣所作，以刺当时之乱也。以时大臣卿大夫等皆不用仁爱之心，而多遗弃忽忘微贱之臣。至于共行不肯饮食教载之，谓在道困乏，渴则不与之饮，饥则不与之食，不教之以事，不载之以车。大不念小，尊不恤贱，是国政昏乱所致，故作是《绵蛮》之诗以刺之也。"

朱熹《诗集传》曰："此微贱劳苦，而思有所托者，为鸟言以自比也。"

瓠叶

幡幡瓠叶，采之亨之。一
君子有酒，酌言尝之。二
有兔斯首，炮之燔之。三
君子有酒，酌言献之。四
有兔斯首，燔之炙之。五
君子有酒，酌言酢之。六

有兔斯首，燔之炮之。
君子有酒，酌言酬之。七

【注释】

一、幡幡：反复翻动的样子。《毛诗故训传》曰：“幡幡，瓠叶貌。庶人之菜也。”瓠（hù音户）：蔬类名，即瓠瓜。褚斌杰《诗经全注》曰：“瓠瓜，即葫芦，可食。”亨：烹饪。《毛诗故训传笺》曰：“亨，熟也。”褚斌杰《诗经全注》曰：“通‘烹’。”

二、言：语助词。

三、斯首：一说为白首。《毛诗故训传笺》曰：“斯，白也，今俗语‘斯白’之字作‘鲜’，齐、鲁之间声近斯。有兔白首者，兔之小者也。”一说为一兔。朱熹《诗集传》曰：“有兔斯首，一兔也。犹数鱼以尾也。”一说斯为语助词。马瑞辰《毛诗传笺通释》曰：“古者乡饮酒礼、乡射礼、燕礼、大射礼，皆行士一献之礼，其牲用狗。据此诗‘有兔斯首’，则庶人一献之礼其牲概用兔也。斯乃句中语助……《笺》训为白首，失之。”炮（páo音刨）：用烂泥涂裹食物置火中煨烤。燔：烤，炙。《毛诗故训传》曰：“毛曰炮。加火曰燔。”《毛诗故训传笺》曰：“炮之燔之者，将以为饮酒之羞也。饮酒之礼，既奏酒于宾，乃荐羞。每酌言言者，礼不下庶人，庶人依士礼，立宾主为酌名。”褚斌杰《诗经全注》曰：“炮，带毛包上泥煨熟。燔，烤熟。”

四、献：献给。《毛诗故训传》曰：“献，奏也。”朱熹《诗集传》曰：“献，献之于宾也。”

五、炙：烘烤，烘干。《毛诗故训传》曰：“炕火曰炙。”《毛诗故训传笺》曰：“凡治兔之宜，鲜者毛炮之，柔者炙之，干者燔之。”

六、酢：以酒回敬主人。《毛诗故训传》曰：“酢，报也。”《毛诗故训传笺》曰：“报者，宾既卒爵，洗而酌主人也。”

七、酬：劝酒，敬酒。《毛诗故训传》曰："酬，道饮也。"《毛诗故训传笺》曰："主人既卒酢爵，又酌自饮，卒爵复酌进宾，犹今俗之劝酒。"

【解题】

这是一首讽刺幽王违背礼治的诗。《诗序》曰："《瓠叶》，大夫刺幽王也。上弃礼而不能行，虽有牲牢饔饩，不肯用也。故思古之人，不以微薄废礼焉。"《毛诗故训传笺》曰："牛羊豕为牲，系养者曰牢，熟曰饔，腥曰饩，生曰牵。不肯用者，自养厚而薄于宾客。"

孔颖达《毛诗正义》曰："《瓠叶》诗者，周大夫所作，以刺幽王也。以在上位者弃其养宾之礼而不能行，虽有牲牢饔饩之物，而不肯用之以行礼。故作诗者思古之人，不以菹羞微薄而废其礼焉。言古之人，贱者尚不以微薄废礼，则当时贵者行之可知。由上行其礼以化下，反驳今上弃其礼而不行也。今在上者尚弃礼不行，卑贱者废之，明矣。举轻以见重，是作者之深意也。《经》四章，皆上二句言菹羞之薄，下二句言行礼之事，是古之人不以微薄废礼也。"

渐渐之石

渐渐之石，维其高矣。一
山川悠远，维其劳矣。二
武人东征，不皇朝矣。三
渐渐之石，维其卒矣。四
山川悠远，曷其没矣？五
武人东征，不皇出矣。六

有豕白蹢，烝涉波矣。七
月离于毕，俾滂沱矣。八
武人东征，不皇他矣。九

【注释】

一、渐渐：今作“巉巉”，《毛诗故训传》云：“渐渐，山石高峻。”《毛诗故训传笺》以为，“以山石之高不可登而上，喻戎狄之不可得而伐”。

二、劳：意同“辽”，言广阔之意，《毛诗故训传笺》、三家《诗》、马瑞辰《毛诗传笺通释》皆持此说。《毛诗正义》云：“劳矣，当为劳苦。”以上说：东征之途，山高路远，故不胜劳矣。

三、武人：指将帅。皇：同“遑”，闲暇。朱熹《诗集传》曰：“遑，暇也。言无朝旦之暇也。”马瑞辰《毛诗传笺通释》曰：“诗言‘不皇朝’者，甚言其东征急迫，言不暇至朝也。”

四、卒：《毛诗故训传笺》云：“卒者，崔嵬也，谓山巅之末也。”另有一说认为“卒”借为“崒”，“维其卒矣”犹言“维其高矣”，指高峻而危险。

五、曷：为何。没：穷尽，尽头。

六、不皇出：指只知深入敌阵而无暇考虑生还的事。

七、豕：猪也。蹢（dí音敌）：蹄子。烝：众多。涉波：指渡河。《毛诗故训传》曰：“将久雨，则豕进涉水波。”古人认为天将下大雨，群猪就渡河。

八、毕：星宿名。《毛诗故训传》云：“月离阴星则雨。”因此是下雨的征兆。滂沱：大雨的样子。《毛诗故训传笺》以为“荆舒之人似众豕”，豕之性能水，遇此天将大雨，则此东征困难重重。

九、他：其他的事。朱熹《诗集传》云：“豕涉波、月离于毕，将雨之验也。此言久役，又逢大雨，甚劳苦而不暇及他事也。”褚斌杰《诗经全注》曰：“二句谓冒雨前行，无暇他顾。”

【解题】

这是一首讽刺周幽王不体恤征战将士的诗。《诗序》曰：“《渐渐之石》，下国刺幽王也。戎狄叛之，荆舒不至，乃命将率东征。役久病于外，故作是诗也。”《毛诗故训传笺》曰：“荆，谓楚也。舒，舒鸠、舒鄝、舒庸之属。役，谓士卒也。”

孔颖达《毛诗正义》曰：“《渐渐之石》诗者，下国所作，以刺幽王也。以幽王无道，西戎北狄共违叛之，荆楚之群舒又不来至，乃命将率东行征伐之。其役人士卒已久而疲病，劳苦于外，故作是《渐渐之石》诗以刺之。下国，诸侯之言，对天子为上，故称下国也。言下国者，此诗下国之人所作，未必即诸侯之身作之。幽王之役人自病，而下国作诗刺之者，王师出征，亦使诸侯从己。诸侯之人亦病，故刺之也。”

朱熹《诗集传》曰：“将帅出征，经历险远，不堪劳苦，而作此诗也。”

苕之华

苕之华，芸其黄矣。[一]
心之忧矣，维其伤矣！[二]
苕之华，其叶青青。[三]
知我如此，不如无生！[四]
牂羊坟首，三星在罶。[五]

人可以食，鲜可以饱！六

【注释】

一、苕（tiáo音条）：植物名，又名凌霄花。《毛诗故训传》曰："兴也。苕，陵苕也。"《毛诗故训传笺》云："陵苕之华，紫赤而繁。兴者，陵苕之干喻如京师也，其华犹诸夏也，故或谓诸夏为诸华。"孔颖达《毛诗正义》曰："《释草》云：'苕，陵苕。黄华蔈（biāo音标），白华茇。'舍人曰：'苕，陵苕也。黄华名蔈。白华名茇。别华色之名也。'某氏曰：《本草》云'陵苬，一名陵苕。'陆玑《疏》云：'一名鼠尾，生下湿水中，七八月中华紫，似今紫草。华可染皂，煮以沐发即黑。'"陈奂《诗毛氏传疏》曰："奂在杭州西湖葛林园中见陵苕花，藤本蔓生，依古柏树，直至树头。五六月中花盛黄色，俗谓之即凌霄花。"华：花。芸其：即芸芸，深黄的样子。《毛诗故训传》曰："将落则黄。"《毛诗故训传笺》曰："华衰则黄，犹诸侯之师旅罢病将败，则京师孤弱。"《经义述闻》曰："是苕华本有黄者，岂待将落而始黄哉？诗人之起兴，往往感物之短而叹人之衰。……物自盛而人自衰，诗人所以叹也。"

二、维、其：语助词。伤：悲伤。

三、青青：茂盛的样子，同"菁菁"。《毛诗故训传》曰："华落，叶青青然。"《毛诗故训传笺》云："京师以诸夏为障蔽。今陵苕之华衰而叶见青青然，喻诸侯微弱，而王之臣当出见也。"

四、无生：不出生。《毛诗故训传笺》云："我，我王也。知王之为政如此，则己之生不如不生也。自伤逢今世之难，忧闵之甚。"

五、牂羊：母羊。《毛诗故训传》曰："牂羊，牝羊也。"孔颖达《毛诗正义》曰："《释畜》云：'羊牡羒，牝牂。'故知牂羊，牝羊也。"坟：大。《毛诗故训传》曰："坟，大也。"朱熹《诗集传》曰："羊瘠则首大也。”意为羊的头本来是很小的，因为饥饿身体瘦小而显得头大。《毛诗故训传笺》曰：“‘牂羊坟首’，言无是道也。”三星：即参星，二十八星宿之一。这里泛指星光。罶：捕鱼竹器。朱熹《诗集传》曰：“罶，笱也。罶中无鱼而水静，但见三星之光而已。”

六、人可以食：一说此句意为人即使可以勉强得到些食物；一说为人吃人，王照圆《诗说》曰：“人可以食，食人也。”鲜：少。《毛诗故训传》曰：“治日少而乱日多。”《毛诗故训传笺》云：“今者，士卒人人于晏早皆可以食矣。时饥馑，军兴乏少，无可以饱之者。”朱熹《诗集传》曰：“苟且得食足矣，岂可望其饱哉？”

【解题】

这是一首怜悯周室衰亡的诗。《诗序》曰：“《苕之华》，大夫闵时也。幽王之时，西戎东夷交侵中国，师旅并起，因之以饥馑。君子闵周室之将亡，伤己逢之，故作是诗也。”《毛诗故训传笺》曰：“师旅并起者，诸侯或出师，或出旅，以助王距戎与夷也。大夫将师出，见戎夷之侵周而闵之。今当其难，自伤近危亡。”

孔颖达《毛诗正义》曰：“言西戎东夷交侵中国，不言南蛮北狄者，下篇序曰：‘西夷交侵中国’，则蛮狄亦侵。《序》于上下相互以明耳。言‘西戎东夷交侵中国，师旅并起’，即《序》首章上二句之事。‘因之以饥馑’，卒章下二句是也。‘闵周室之将亡’，卒章上二句是也。‘伤己逢之’，即首章下二句是也。《经》《序》倒者，《序》以由师旅饥馑致周室之亡，所以伤之。《经》则因文以弘义，逢师旅而己伤，乃覆言可伤之事，故言因以饥馑于下，明其弥是可伤。各自为义次也。”

姚际恒《诗经通论》曰：“此遭时饥乱之作，深悲其不幸而生此诗也。”

王照圆《诗说》曰：“尝读诗至《苕之华》‘知我如此，不如无生’二语极为深痛。盖与‘尚寐无讹’‘尚寐无觉’之句，同其悲悼也。然苕华芸黄尚未写得十分深痛，至牂羊坟首、三星在罶，真极为深痛矣，不忍卒读矣。”

何草不黄

何草不黄？何日不行？[一]
何人不将？经营四方。[二]
何草不玄？何人不矜？[三]
哀我征夫，独为匪民。[四]
匪兕匪虎，率彼旷野。[五]
哀我征夫，朝夕不暇。[六]
有芃者狐，率彼幽草。[七]
有栈之车，行彼周道。[八]

【注释】

一、行：奔走。首二句的意思是没有草儿不枯黄，没有一日不是奔走于道路。《毛诗故训传笺》曰：“用兵不息，军旅自岁始，草生而出，至岁晚矣，何草而不黄乎？言草皆黄也。于是之间，将率何日不行乎？言常行劳苦之甚。”

二、将：行。《毛诗故训传》曰：“言万民无不从役。”以上说：没有人不从役，往来辛苦地奔走四方。

三、玄：赤黑色，这里指草枯烂之时的颜色。马瑞辰《毛诗传笺通释》曰：“《尔雅·释诂》曰：‘玄黄，病也。马病谓之玄黄，草病亦谓之玄黄，其义一也。’”矜：通“鳏”，无妻之人。《毛诗故训传笺》曰：“无妻曰矜。从役者皆过时不得归，故谓之矜。”

四、哀：可怜。匪：通“非”。匪民：非人，这里指遭受非人待遇，不被当作人看待。《毛诗故训传笺》曰：“古者师出不逾时，所以厚民之性也。今则草玄至于黄，黄至于玄，此岂非民乎？”

五、彼：一释为“彼”，马瑞辰《毛诗传笺通释》曰：“匪、彼古通用。‘匪兕匪虎’，犹言‘彼兕彼虎’也。兕虎野兽，固宜其率彼旷野，以兴征夫之不宜疲于征役也。”兕：犀牛。率：沿着。孔颖达《毛诗正义》曰：“言我此役人，若是野兽，可常在外。今非是兕，非是虎，何为久不得归，常循彼空野之中，与兕虎禽兽无异乎？”

六、暇：空闲。以上说：可怜我这征夫啊，早晚忙碌没有空闲。

七、有芃：草木茂盛的样子。《毛诗故训传》曰：“芃，小兽貌。”朱熹《诗集传》曰：“芃，尾长貌。”马瑞辰《毛诗传笺通释》曰：“芃本种草丛蔟之貌，狐毛之丛杂似之，故曰‘有芃者狐’。”所以，这里应该是指狐毛蓬松丛杂。幽草：深草。

八、栈：巀之假借。马瑞辰《毛诗传笺通释》曰：“有栈之车与有芃者狐皆形容之词。据《说文》曰：‘巀，尤高也。从山，栈声。’则栈当为车高之貌。”车：指征夫坐的役车。周道：大道。朱熹《诗集传》曰：“周道，大道也。言不得休息也。”

【解题】

这是诸侯国的人讽刺周幽王的诗。《诗序》曰：“《何草不黄》，下国刺幽王也。四夷交侵，中国背叛，用兵不息，视民如禽兽。君子忧之，故作是诗也。”征夫行役艰辛，人民苦于行役，心有愁怨。

孔颖达《毛诗正义》曰：“上言下国，后云君子，则作者下国君子也。君子无尊卑之限，国君以下，有德者皆是也。言‘四夷交侵，中国背叛’，序其用兵之意，于《经》无所当也。用兵不息，上二章是也。视民如禽兽，下二章是也。《经》言虎兕及狐，止有兽耳，言禽以足句，且散则兽亦名禽也。”

朱熹《诗集传》曰：“周室将亡，征役不息，行者苦之，故作此诗。”与《诗序》所言有所不同，今人多从之。诗中以野草的枯黄喻征夫的辛劳憔悴，通过连续发问和情景描写，感情强烈，道出征夫的悲苦。方玉润在《诗经原始》眉批中说这是“亡国之音哀以思”“诗境至此，穷仄极矣。”

詩經

大雅

《大雅》，《孔子诗论》称为《大夏》，共三十一篇，其中前十八篇为正大雅，自《民劳》以下十三篇为变大雅。《大雅》的内容都关乎周王朝的重要政治活动和事件，其产生时代，大致贯穿了西周的大部分时代。

《诗序》曰：言天下之事，形四方之风，谓之雅。雅者，正也，言王政之所由废兴也。政有小大，故有小雅焉，有大雅焉。”

《小大雅谱》曰：“小雅、大雅者，周室居西都丰、镐之时诗也。始祖后稷，由神气而生，有播种之功于民。公刘至于太王、王季，历及千载，越异代，而别世载其功业，为天下所归。文王受命，武王遂定天下。盛德之隆，大雅之初，起自《文王》，至于《文王有声》，据盛隆而推原天命，上述祖考之美。……此二雅逆顺之次，要于极贤圣之情，著天道之助，如此而已矣。又大雅《生民》下及《卷阿》，小雅《南有嘉鱼》下及《菁菁者莪》，周公、成王之时诗也。传曰‘文王基之，武王凿之，周公内之’，谓其道同，终始相成，比而合之，故大雅十八篇、小雅十六为正经。其用于乐，国君以小雅，天子以大雅，然而飨宾或上取，燕或下就。何者？天子飨元侯，歌《肆夏》，合《文王》。诸侯歌《文王》，合《鹿鸣》。诸侯于邻国之君，与天子于诸侯同。天子、诸侯燕群臣及聘问之宾，皆歌《鹿鸣》合乡乐。此其著略，大校见在书籍。礼乐崩坏，不可得详。大雅《民劳》、小雅《六月》之后，皆谓之变雅，美恶各以其时，亦显善惩过，正之次也。”

朱熹《诗集传》曰：“雅者，正也，正乐之歌也。其篇本有大小之殊，而先儒说，又各有正变之别，以今考之，正小雅，燕飨之乐也。正大雅，会朝之乐，受禧陈戒之辞也。故或欢欣和说，以尽群下之情，或恭敬齐庄，以发先王之德。词气不同，音节亦异，多周公制作时所定也。及其变也，则事未必同，而各以其声附之，其次序时世，则有不可考者矣。雅颂无诸国别，故以十篇为一卷，而谓之什，犹军法以十人为什也。”

文王之什

陆德明《经典释文·毛诗音义》曰："自此以下，至《卷阿》十八篇，是文王、武王、成王、周公之正大雅。据盛隆之时而推序天命，上述祖考之美，皆国之大事，故为正大雅焉。《文王》至《灵台》八篇是文王之《大雅》，《下武》至《文王有声》二篇是武王之《大雅》。"

文王

文王在上，於昭于天。[一]
周虽旧邦，其命维新。[二]
有周不显，帝命不时。[三]
文王陟降，在帝左右。[四]
亹亹文王，令闻不已。[五]
陈锡哉周，侯文王孙子。[六]
文王孙子，本支百世。[七]
凡周之士，不显亦世。[八]

世之不显，厥犹翼翼。[九]
思皇多士，生此王国。[十]
王国克生，维周之桢。[十一]
济济多士，文王以宁。[十二]
穆穆文王，於缉熙敬止。[十三]
假哉天命，有商孙子。[十四]
商之孙子，其丽不亿。[十五]
上帝既命，侯于周服。[十六]
侯服于周，天命靡常。[十七]
殷士肤敏，祼将于京。[十八]
厥作祼将，常服黼冔。[十九]
王之荩臣，无念尔祖！[二十]
无念尔祖，聿修厥德。[二十一]
永言配命，自求多福。[二十二]
殷之未丧师，克配上帝。[二十三]
宜鉴于殷，骏命不易。[二十四]
命之不易，无遏尔躬。[二十五]
宣昭义问，有虞殷自天。[二十六]
上天之载，无声无臭。[二十七]
仪刑文王，万邦作孚。[二十八]

【注释】

一、《毛诗故训传》曰：“在上，在民上也。於，叹辞。昭，见也。”《毛诗故训传笺》曰：“文王初为西伯，有功于民，其德著见于天，故天命之以为王，使君天下也。”

二、《毛诗故训传笺》曰：“大王聿来胥宇而国于周，王迹起矣，而未有天命。至文王而受命。言新者，美之也。”

三、《毛诗故训传》曰：“不显，显也。显，光也。不时，时也。时，是也。”《毛诗故训传笺》曰：“周之德不光明乎？光明矣。天命之不是乎？又是矣。”马瑞辰《毛诗传笺通释》曰：“读为烝，美也。”高亨《诗经今注》：“善。”

四、《毛诗故训传》曰：“言文王升接天，下接人也。”《毛诗故训传笺》：“在，察也。文王能观知天意，顺其所为，从而行之。”

五、亹亹（wěi音伟）：勤勉不倦。令：善。

六、陈锡：《毛诗故训传笺》曰：“敷恩惠之施。”马瑞辰《毛诗传笺通释》曰：“重赐，言赐之多。”哉：《鲁诗》《韩诗》作“载”；《毛诗正义》曰：“文王能布陈大利，以赐子孙，于是又载行周道，致有天下。以此德泽，流于后世。维文王孙之与子，皆受而行之。”

七、本：本宗。支：支子。《毛诗故训传笺》曰：“其子孙，适（同“嫡”）为天子，庶为诸侯，皆百世。”

八、《毛诗故训传》曰：“不世显德乎！士者世禄也。”《毛诗故训传笺》曰：“凡周之士，谓其臣有光明之德者，亦得世世在位，重其功也。”

九、厥：其。犹：谋。翼翼：恭敬谨慎。

十、思：发语词，一说愿。皇：天，一说美。

十一、维：是。桢：干，坚韧木材。《毛诗故训传笺》曰：“此邦能生之，则是我周之干事之臣。”

十二、济济：《毛诗故训传》曰：“多威仪也。”

十三、穆穆：《毛诗故训传》曰：“穆穆，美也。缉熙，光明也。”

《毛诗故训传笺》曰：“穆穆乎文王，有天子之容。於美乎！又能敬其光明之德。”高亨《诗经今注》：“缉熙，奋发前进。”

十四、假：《毛诗故训传》曰：固，马瑞辰《毛诗传笺通释》训为“大”。孔颖达《毛诗正义》：“言尊贤爱士，心能坚固，故天命之，使臣有商之孙子而代殷也。”

十五、丽：数。《毛诗故训传笺》曰：“商之孙子，其数不徒亿，多言之也。”

十六、《毛诗故训传》曰：“上帝既命文王之后，维归于周而臣服之。”《毛诗故训传笺》曰：“至天已命支王之后，乃为君于周之九服之中。言众之不如德也。”

十七、靡：无。《毛诗故训传笺》曰：“无常者，善则就之，恶则去之。”

十八、殷士：《毛诗故训传》曰：“殷士，殷侯也。肤，美。敏，疾也。祼（guàn音灌），灌鬯也。周人尚臭。将，行。京，大也。”《毛诗故训传笺》曰：“殷之臣壮美而敏，来助周祭。”于省吾《泽螺居诗经新证》：“即黾敏的转语，勉也。”高亨《诗经今注》“肤读为薄，勉”。

十九、常：通尚。黼：礼服上白与黑相间的斧形花纹，这里指代殷服。冔（xǔ音许）：殷冠名。《毛诗故训传笺》曰：“其助祭自服殷之服，明文王以德不以强。”

二十、荩臣：《毛诗故训传》曰：“荩，进也。无念，念也。”《毛诗故训传笺》曰：“今王之进用臣，当念女祖为之法。王，斥成王。”于省吾《泽螺居诗经新证》：“无念尔祖”指周人劝殷士弃旧图新，不要怀念商人的先祖。

二十一、无：《鲁诗》作“毋”。聿：《鲁诗》作“述”；朱熹《诗集传》认为是发语词，高亨《诗经今注》“犹惟也”。

二十二、永：《毛诗故训传》曰：“永，长。言，我也。我长配天命而行，尔庶国亦当自求多福。”《毛诗故训传笺》曰：“长，犹常也。王既述修祖德，常言当配天命而行，则福禄自来。”言：一说助词。

二十三、师：《毛诗故训传笺》曰：“师，众也。殷自纣父之前，未丧天下之时，皆能配天而行，故不亡也。”

二十四、宜：《齐诗》作“仪”。骏：《齐诗》作“峻；大”。《毛诗故训传笺》曰：“宜以殷王贤愚为镜。天之大命，不可改易。”朱熹《诗集传》曰：“天命之难保”。

二十五、遏：止。《毛诗故训传笺》曰：“天之大命已不可改易矣，当使子孙长行之，无终女身则止。”

二十六、义：善，礼义。有：又。《毛诗故训传》曰：“长行之者，常布明其善，声闻于天下。又度殷之所以顺天，言殷王行不顺天，为天所去，当度此事，终当顺天也。”《毛诗故训传笺》曰：“偏明以礼义问老成人，又度殷所以顺天之事而施行之。”高亨《诗经今注》曰：“言其败亡殷朝，乃出自天命”。

二十七、载：《鲁诗》作“縡；事”。《毛诗故训传笺》曰：“天之道，难知也。耳不闻声音，鼻不闻香臭。”

二十八、仪：象。刑：《鲁诗》作“形；法”。邦：《齐诗》作“国”。孚：信。《毛诗故训传笺》曰：“仪法文王之事，则天下咸信而顺之。”

【解题】

这是一首赞扬周文王历史功绩的史诗。《诗序》曰：“《文王》，文王受命作周也。”《毛诗故训传笺》曰：“受命，受天命而王天下，制立周邦。”

孔颖达《毛诗正义》曰：“作《文王》诗者，言文王能受天之命，而造立周邦，故作此《文王》之诗，以歌述其事也。”

朱熹《诗集传》曰：“周公追述文王之德，明周家所以受命而代商者，皆由于此，以戒成王。”

大明

明明在下，赫赫在上。[一]
天难忱斯，不易维王。[二]
天位殷适，使不挟四方。[三]
挚仲氏任，自彼殷商，[四]
来嫁于周，曰嫔于京。[五]
乃及王季，维德之行。[六]
大任有身，生此文王。[七]
维此文王，小心翼翼。[八]
昭事上帝，聿怀多福。[九]
厥德不回，以受方国。[十]
天监在下，有命既集。[十一]
文王初载，天作之合。[十二]
在郃之阳，在渭之涘。[十三]
文王嘉止，大邦有子。[十四]
大邦有子，伣天之妹。[十五]
文定厥祥，亲迎于渭。[十六]
造舟为梁，不显其光。[十七]
有命自天，命此文王。[十八]

于周于京，缵女维莘。十九
长子维行，笃生武王。二十
保右命尔，燮伐大商。二十一
殷商之旅，其会如林。二十二
矢于牧野，维予侯兴。二十三
上帝临女，无贰尔心。二十四
牧野洋洋，檀车煌煌，驷骠彭彭。二十五
维师尚父，时维鹰扬。二十六
凉彼武王，肆伐大商，会朝清明。二十七

【注释】

一、明明：光明辉煌的样子。《毛诗故训传》："明明，察也。"《毛诗故训传笺》云："明明者，文王、武王施明德于天下，其征应炤皙见于天，谓三辰效验。"朱熹《诗集传》曰："明明，德之明也。"赫赫：闪耀显赫的样子。朱熹《诗集传》曰："赫赫，命之显也。"《毛诗故训传》："文王之德，明明于下，故赫赫然着见于天。"

二、难：难以。忱：揣度。《毛诗故训传》："忱，信也。纣居天位，而殷之正适也。"褚斌杰《诗经全注》曰："相信。这句说天道无常，实在是难测难信的。"不易：不容易。

三、天位：天子之位。朱熹《诗集传》曰："天位，天子之位也。"适：同"嫡"，子孙。朱熹《诗集传》曰："殷适，殷之适嗣也。"褚斌杰《诗经全注》曰："此处指殷纣王。"挟：掌控。《毛诗故训传》："挟，达也。"朱熹《诗集传》曰："挟，有也。"《毛诗故训传笺》："天之意难信矣，不可改易者，天子也。今纣居天位，而又殷之正适，以其为恶，乃弃绝之，使教令不行于四方，四方共叛之。是天命无常，维德是予耳。言此者，厚美周也。”朱熹《诗集传》曰：“此亦周公戒成王之诗。将陈文武受命，故先言在下者有明明之德，则在上者有赫赫之命，达于上下，去就无常，此天之所以难忱，而为君之所以不易也。纣居天位，为殷嗣，乃使之不得挟四方而有之，盖以此尔。”

四、挚：国名。朱熹《诗集传》曰：“挚，国名。”仲：排行第二。朱熹《诗集传》曰：“仲，中女也。”任：姓。朱熹《诗集传》曰：“任，挚国姓也。殷商，商之诸侯也。”《毛诗故训传》：“挚国任姓之中女也。”

五、嫔：妇。京：都城。《毛诗故训传》：“京，大也。”《毛诗故训传笺》云：“京，周国之地，小别名也。”朱熹《诗集传》曰：“曰嫔于京，叠言以释上句之意，犹曰‘厘降二女于妫汭，嫔于虞’也。”褚斌杰《诗经全注》曰：“这句是说在周的京邑做了新妇。”

六、及：到。《毛诗故训传笺》云：“及，与也。”王季：周先祖之一。《毛诗故训传》：“王季，大王之子，文王之父也。”《毛诗故训传笺》：“挚国中女曰大任，从殷商之畿内，嫁为妇于周之京，配王季，而与之共行仁义之德，同志意也。”

七、大任：即上章提到的仲氏任。《毛诗故训传》曰：“大任，仲任也。”有身：怀孕。《毛诗故训传》曰：“身，重也。”《毛诗故训传笺》：“重，谓怀孕也。”朱熹《诗集传》曰：“将言文王之圣，而追本其所从来者如此。盖曰自其父母而已然矣。”

八、小心翼翼：谨慎谦恭的样子。《毛诗故训传笺》：“小心翼翼，恭慎貌。”朱熹《诗集传》曰：“即前篇之所谓敬也。文王之德于此为盛。”

九、昭：明。《毛诗故训传笺》曰：“昭，明。”褚斌杰《诗经全注》曰：“指心地光明。”聿：助词，一说为述。《毛诗故训传笺》曰：“聿，述。”怀：招来。朱熹《诗集传》曰：“怀，来。”一说为思，《毛诗故训传笺》曰：“怀，思也。”

十、回：反。不回即不违反。《毛诗故训传》曰：“回，违也。”朱熹《诗集传》曰：“邪也。”方国：四方归顺之国。《毛诗故训传》曰：“方国，四方来附者。此言文王之有德，亦由父母也。”

十一、监：看管。《诗集传》曰：“监，视。”集：降临。《毛诗故训传》曰：“集，就。”褚斌杰《诗经全注》曰：“集，止，降临。这里说天命又降临在文王身上。”

十二、初载：初即位。《毛诗故训传》曰：“载，识。”朱熹《诗集传》曰：“载，年。”褚斌杰《诗经全注》曰：“初载，刚成年。”合：匹配。《毛诗故训传》曰：“合，配也。”褚斌杰《诗经全注》曰：“此指上天使他和大姒借为夫妇。”

十三、郃（hé音和）：古本作“洽”，水名。渭：水名。《毛诗故训传》曰：“洽，水也。渭，水也。”朱熹《诗集传》曰：“洽，水名，本在今同州郃阳夏阳县，今流已绝，故去‘水’而加‘邑’。渭水亦迳此入河也。”涘：水边。《毛诗故训传》曰：“涘，厓也。”褚斌杰《诗经全注》曰：“涘，水滨。”《毛诗故训传笺》曰：“天监视善恶于下，其命将有所依就，则豫福助之，于文王生适有所识，则为之生配于气势之处，使必有贤才。谓生大姒。”朱熹《诗集传》曰：“将言武王伐商之事，故此又推其本，而言天之监照实在于下，其命既集于周矣。故于文王之初年，而默定其配，所以郃阳、渭涘，当文王将昏之期，而大邦有子也。盖曰非人之所能为矣。”

十四、嘉：美好。《毛诗故训传》曰：“嘉，美也。”《毛诗故训传笺》曰：“文王闻大姒之贤，则美之曰：大邦有子女可以为妃。乃求昏。”褚斌杰《诗经全注》曰：“嘉，嘉礼，指婚礼。”

十五、伣（qiàn音欠）：好比，如同。《毛诗故训传》曰：“伣，磬也。”《毛诗故训传笺》曰：“既使问名，还则卜之。又知大姒之贤，尊之如天之有女弟。”《诗集传》曰：“伣，磬也。《韩诗》作‘磬’。《说文》云：‘伣，譬喻也。’孔氏曰：如今俗语譬喻物，曰磬作，然也。”

十六、文：卜相，占卜之相。《毛诗故训传笺》曰："文定厥祥，言大姒之有文德也。"朱熹《诗集传》曰："文，礼。"祥：好的兆头。《毛诗故训传笺》曰："祥，善也。问名之后，卜而得吉，则文王以礼定其吉祥，谓使纳币也。亲迎于渭，言贤圣之配也。"朱熹《诗集传》曰："祥，吉也。言卜得吉，而以纳币之礼定其祥也。"迎：迎亲。褚斌杰《诗经全注》曰："文定厥祥，指占得吉祥之日，举行纳聘之礼。"

十七、造：制作。朱熹《诗集传》曰："造，作。"梁，桥。朱熹《诗集传》曰："作船于水，比之，而加版于其上，以通行者，即今之浮桥也。"《毛诗故训传笺》曰："贤女配圣人，得其宜，故备礼也。言受命之宜王基，乃始于是也。天子造舟，诸侯维舟，大夫方舟，士特舟。造舟然后可以显其光辉。迎大姒而更为梁者，欲其昭著，示后世敬昏礼也。不明乎其礼之有光辉，美之也。天子造舟，周制也，殷时未有等制。"

十八、自：来自。命：天命降临。

十九、缵：继承。《毛诗故训传》曰："缵，继也。"一说为美好。褚斌杰《诗经全注》曰："假借为'女赞'，美好。马氏《通释》曰：'缵女为好女，犹言淑女、硕女、静女，皆美德之称。'"莘：国名。《毛诗故训传》曰："莘，大姒国也。"

二十、长子：长女。《毛诗故训传》曰："长子，长女也，能行大任之德焉。"《毛诗故训传笺》："天为将命文王，君天下于周京之地，故亦为作合使继大任之女事于莘国，莘国之长女大姒则配文王，维德之行。"朱熹《诗集传》曰："长子，长女大姒也。"行：出嫁。朱熹《诗集传》曰："行，嫁。言既生文王，而又生武王也。"笃：厚。褚斌杰《诗经全注》曰："是说蒙上天的厚恩，生育了武王。"

二十一、右：佑助。《毛诗故训传》曰："右，助。"燮：协同。《毛诗故训传》曰："燮，和也。"《毛诗故训传笺》曰："天降气于大姒，厚生圣子武王，安而助之，又遂命之尔，使协和伐殷之事。协和伐殷之事，谓合位三五也。”朱熹《诗集传》曰：“言天既命文王于周之京矣，而克缵大任之女事者，维此莘国，以其长女来嫁于我也。天又笃厚之，使生武王。保之助之命之，而使之顺天命以伐商也。”

二十二、旅：众，此处指军队。《毛诗故训传》曰：“旅，众也。”如林：形容众多。《毛诗故训传》曰：“如林，言众而不为用也。”朱熹《诗集传》曰：“如林，言众也。《书》曰：‘受率其旅若林。’”

二十三、矢：陈列。《毛诗故训传》：“矢，陈。”褚斌杰《诗经全注》曰：“誓师。”牧野：地名。朱熹《诗集传》曰：“牧野，在朝歌南七十里。”予侯：我部族。朱熹《诗集传》曰：“侯，维。”褚斌杰《诗经全注》曰：“侯，乃。”兴：兴起。《毛诗故训传》曰：“兴，起也。言天下之望周也。”《毛诗故训传笺》曰：“殷盛合其兵众，陈于商郊之牧野，而天乃予诸侯有德者当起为天子。”褚斌杰《诗经全注》曰：“兴，振兴。”

二十四、临：看着。《毛诗故训传笺》曰：“临，视也。”贰：改变心意。褚斌杰《诗经全注》曰：“二心。”女：尔，你。女，武王也，都指周王。《毛诗故训传》曰：“言无敢怀贰心也。天护视女，伐纣必克，无有疑心。”朱熹《诗集传》曰：“此章言武王伐纣之时，纣众会集如林，以拒武王，而皆陈于牧野，则维我之师为有兴起之势耳。然众心犹恐武王以众寡之不敌而有所疑也，故勉之曰：‘上帝临汝，毋贰尔心。’盖知天命之必然，而赞其决也。然武王非必有所疑也，设言以见众心之同，非武王之得已耳。”

二十五、洋洋：广大的样子。《毛诗故训传》：“洋洋，广也。”朱熹《诗集传》曰：“洋洋，广大之貌。”檀车：檀木做的车。朱熹《诗集传》曰：“檀，坚木，宜为车者。”煌煌：鲜明闪耀的样子。《毛诗故训传》曰：“煌煌，明也。”驷骠：指马。《毛诗故训传》曰：“骝马白腹曰骠。”彭彭：强壮貌。《毛诗故训传笺》曰：“言其战地宽广，明不用权诈也。兵车鲜明，马又强，则暇且整。”

二十六、师：军师。《毛诗故训传》曰：“师，大师（太师）也。”尚父：姜尚，吕望也。《毛诗故训传》曰："尚父，可尚可父。"《毛诗故训传笺》曰："尚父，吕望也，尊称焉。"朱熹《诗集传》曰："师尚父，太公望，为大师（太师）而号尚父也。"鹰扬：如鹰之飞扬。《毛诗故训传》曰："鹰扬，如鹰之飞扬也。"《毛诗故训传笺》曰："鹰，鸷鸟也。佐武王者，为之上将。"朱熹《诗集传》曰："鹰扬，如鹰之飞扬而将击，言其猛也。"

二十七、凉：辅佐。《毛诗故训传》曰："凉，佐也。"朱熹《诗集传》曰："凉，《汉书》作'亮'，佐助也。"肆：发兵。《毛诗故训传》曰："肆，疾也。"朱熹《诗集传》曰："肆，纵兵也。"会：会合。《毛诗故训传》曰："会甲也。"朱熹《诗集传》曰："会朝，会战之旦也。"清明：天下清明，离乱不再。《毛诗故训传》曰："不崇朝而天下清明。"《毛诗故训传笺》曰："以天期已至，兵甲之强，师率之武，故今伐殷，合兵以清明。《尚书·牧誓》曰："时甲子昧爽，武王朝至于商郊牧野，乃誓。"朱熹《诗集传》曰："此章言武王师众之盛，将帅之贤，伐商以除秽浊，不崇朝而天下清明。所以终首章之意也。"褚斌杰《诗经全注》曰："澄清天下。"

【解题】

这是一首赞扬周文王历史功绩的诗。《诗序》曰："《大明》，文王有明德，故天复命武王也。"《毛诗故训传笺》曰："二圣相承，其明德日以广大，故曰'大明'。"

孔颖达《毛诗正义》曰："作《大明》诗者，言文王有明德，由其德当上天，故天复命武王焉。言复更命武王，以对前命文王，言文王有明德，则武王亦有明德，互相见也。"

褚斌杰《诗经全注》曰："这是追述周王朝开国历史的一篇史诗。诗歌叙述了王季与太任、文王与太姒的结婚生子以及武王灭商的胜利，内容十分丰富，特别是诗中对著名的牧野之战的描写，气势宏大，堪称是一幅古战图。"

绵

绵绵瓜瓞，民之初生。自土沮漆。[一]
古公亶父，陶复陶穴，未有家室。[二]
古公亶父，来朝走马。[三]
率西水浒，至于岐下。[四]
爰及姜女，聿来胥宇。[五]
周原膴膴，堇荼如饴。[六]
爰始爰谋，爰契我龟，[七]
曰止曰时，筑室于兹。[八]
乃慰乃止，乃左乃右，[九]
乃疆乃理，乃宣乃亩。[十]
自西徂东，周爰执事。[十一]
乃召司空，乃召司徒，俾立室家。[十二]
其绳则直，缩版以载，作庙翼翼。[十三]
捄之陾陾，度之薨薨，[十四]
筑之登登，削屡冯冯。[十五]
百堵皆兴，鼛鼓弗胜。[十六]
乃立皋门，皋门有伉。[十七]
乃立应门，应门将将。[十八]
乃立冢土，戎丑攸行。[十九]
肆不殄厥愠，亦不陨厥问。[二十]
柞棫拔矣，行道兑矣。[二十一]
混夷駾矣，维其喙矣！[二十二]
虞芮质厥成，文王蹶厥生。[二十三]

予曰有疏附，予曰有先后。二十四
予曰有奔奏，予曰有御侮！二十五

【注释】

一、绵：不绝，不断。《毛诗故训传》曰："绵绵，不绝貌。"瓜：大瓜。瓞（dié音叠）：小瓜。《毛诗故训传》曰："瓜，绍也。瓞，瓝（bó音搏）也。"《毛诗故训传笺》："瓜之本实，继先岁之瓜，必小，状似瓝，故谓之瓞。绵绵然若将无长大时。"朱熹《诗集传》曰："大曰瓜，小曰瓞。瓜之近本初生者，常小。其蔓不绝，至末而后大也。"民：周民。《毛诗故训传》曰："民，周民也。"自：从。朱熹《诗集传》曰："自，从。"土：通"杜"，古水名。一说为地名。《毛诗故训传》曰："土，居也。"朱熹《诗集传》曰："土，地也。"沮、漆：水名。《毛诗故训传》曰："沮，水。漆，水也。"朱熹《诗集传》曰："沮、漆，二水名，在豳地。"《毛诗故训传笺》曰："兴者，喻后稷乃帝喾之胄，封于邰。其后公刘失职，迁于豳，居沮、漆之地，历世亦绵绵然。至大王而德益盛，得其民心而生王业。故本周之兴，自于沮、漆也。"

二、古公亶父：周文王的祖父，又称太王。《毛诗故训传》曰："古公，豳公也。古，言久也。亶父，字。或殷以名言，质也。古公处豳，狄人侵之。事之以皮币，不得免焉。事之以犬马，不得免焉。事之以珠玉，不得免焉。乃属其耆老而告之曰：'狄人之所欲者，吾土地。吾闻之君子，不以其所养人而害人。二三子何患乎无君？'去之。逾梁山，邑于岐山之下。豳人曰：'仁人之君，不可失也。'从之如归市。陶其土而复之，陶其壤而穴之。室内曰家。未有寝庙，亦未敢有家室。"《毛诗故训传笺》曰："古公，据文王本其祖也。诸侯之臣，称其君曰公。"朱熹《诗集传》曰："古公，号也。亶父，名也。或曰，字也。后乃追称太王焉。"程俊英《诗经译注》曰："古公亶父，文王的祖父。初居豳，后被戎狄侵略，迁居在岐山之下，定国号曰周。到武王伐纣定天下，追尊他为太王。古公，号。亶父，名或字。”陶：通“掏”，掏挖。复：通“覆”，地室。《说文·穴部》引作“覆”。《商君书·徕民》曰：“人之复阴阳泽水者过半。”朱师辙《解诂》：“复借为‘覆’，地室也。”于省吾《泽螺居诗经新证·陶复陶穴》解为“开掘于住穴之内的窦窖”。一说为从旁掏洞。朱骏声《说文通训定声》曰：“凡直穿曰穴，旁穿曰覆。”穴：从地面向下掏洞。朱熹《诗集传》曰：“穴，土室也。”家室：房屋。《毛诗故训传笺》：“复者，复于土上，凿地曰穴，皆如陶然。本其在豳时也。《传》自古公处豳而下，为二章发。”《毛诗正义》曰：“绵绵然不绝者，是瓜绍之瓞。瓜之本实继先岁之瓜，岁岁相继，恒小于本，若将无复长大之时也。以喻后稷乃帝喾天子之胄，封为诸侯，后更迁于豳，国世世渐微，若将无复兴盛之时也。至于大王，其德渐盛，得其民心，而初始生此王业，乃不复为微。此事在何时乎？乃用居于沮、漆二水之傍已则然矣。居沮、漆者，复是何人乎？乃是我文王之先祖，久古之公号为覵父者。于漆、沮之傍，其为宅舍才作陶复、陶穴而居之。所以然者，以其国土未大，人众不多，未敢有其家室，故且穴、复而居之。”朱熹《诗集传》曰：“豳地近西戎而苦寒，故其俗如此，此亦周公戒成王之诗。追述大王始迁岐周，以开王业，而文王因之以受天命也。此其首章言瓜之先小后大，以比周人始生于漆沮之上，而古公之时，居于窑灶土室之中，其国甚小，至文王而后大也。”

三、来朝：第二天早上。走马：驱马。《毛诗故训传笺》：“‘来朝走马’，言其辟（作“避”解）恶早且疾也。”马瑞辰《毛诗传笺通释》曰：“《说文》曰：‘趣，疾也。’走马即趣马之假借，故《笺》以早释来朝，而以疾释走。”

四、率：沿着。《毛诗故训传》曰：“率，循也。”西：豳之西。水：漆水。浒：水边。《毛诗故训传》曰：“浒，水厓也。”朱熹《诗集传》曰：“浒，水涯也。漆沮之侧也。”《毛诗故训传笺》曰：“循西水厓沮、漆水侧也。”岐下：岐山之下。朱熹《诗集传》曰：“岐下，岐山之下也。”

五、爰：于是。及：与。《毛诗故训传笺》曰：“爰，于。及，与。”姜女：指古公亶父的妻子太姜。《毛诗故训传》："姜女，太姜也。"朱熹《诗集传》曰："姜女，大王妃也。"聿：语助词。《毛诗故训传笺》曰："聿，自也。"胥：观察。《毛诗故训传》"胥，相。"宇：屋子。《毛诗故训传》曰："宇，居也。"朱熹《诗集传》曰："宇，宅也。"《毛诗故训传笺》曰："于是与其妃大姜自来相可居者，著大姜之贤知也。"《毛诗正义》曰："文王之先，久古之公曰亶父者，避狄之难，其来以早朝之时，疾走其马，循西方水崖漆、沮之侧，东行而至于岐山之下。于是与其妃姜姓之女曰大姜者，自来相土地之可居者。言大王既得民心，避恶早而且疾，又有贤妃之助，故能克成王业。"朱熹《诗集传》曰："孟子曰：'太王居邠，狄人侵之。事之以皮币珠玉犬马而不得免。乃属其耆老而告之曰："狄人之所欲者，吾土地也。吾闻之也，君子不以其所以养人者害人。二三子何患乎无君？我将去之，去邠踰梁山，邑于岐山之下居焉。"邠人曰："仁人也，不可失也。"从之者如归市。'"

六、周：地名，在陕西岐山南，为周的发祥地。原：平地。《毛诗故训传笺》："周原，沮、漆之间也。"膴膴：土地肥美的样子。《毛诗故训传》："膴膴，美也。"堇（jǐn音仅）：植物名。荼：苦菜。《毛诗故训传》："堇，菜也。荼，苦菜也。"饴：饴糖。朱熹《诗集传》曰："饴，饧也。"《毛诗故训传笺》曰："广平曰原。周之原地，在岐山之南，膴膴然肥美。其所生菜，虽有性苦者，皆甘如饴也。此地将可居，故于是始与豳人之从己者谋。谋从，又于是契灼其龟而卜之，卜之则又从矣。"

七、爰：于是。始：谋。马瑞辰《毛诗传笺通释》曰："始亦谋也。始谋谓之始，犹终谋谓之究。'爰始爰谋'犹言'是究是图也'。《尔雅》基、肇皆训为始，又皆训谋。则始与谋义正相成耳。"契：刻，谓占卜时以刀凿刻龟甲。朱熹《诗集传》曰："契，所以然火而灼龟者也。仪礼所谓楚焞是也。或曰以刀刻龟甲，欲钻之处也。"朱熹《诗集传》曰："言周原土地之美，虽物之苦者亦甘。于是大王始与豳人之从己者谋居之，又契龟而卜之。既得吉兆乃告其民曰：'可以止于是而筑室矣。'"

八、曰：发语词，一说指龟兆所显示的内容。止：居住。时：同“是”，此。朱熹《诗集传》曰：“或曰时，谓土功之时也。”于兹：在此。《毛诗故训传笺》曰：“时，是。兹，此也。卜从则曰可止居于是，可作室家于此，定民心也。”《毛诗正义》曰：“上言来相可居，又述所相之处，言岐山之南，周之原地膴膴然，其土地皆肥美也。其地所生堇荼之菜，虽性本苦，今尽甘如饴味然。大王见其如此，知其可居，于是始欲居之，于是与豳人从己者谋之。人谋既从，于是契灼我龟而卜之。龟卜又吉，大王乃告从己者曰：‘可止居于是，可筑室于此。’告之此言，所以定民之心，令止而不复去也。”

九、慰：安心。《毛诗故训传》曰：“慰，安。爰，于也。”乃左乃右：指安排居民的居住区域。朱熹《诗集传》曰：“左右、东西列之也。”

十、疆：划定界限。理：治理，整理。朱熹《诗集传》曰：“疆，谓画其大界。理，谓别其条理也。”宣：一说为耕种，一说为泄导沟洫，一说为分散居住。《毛诗故训传笺》：“时耕曰宣。”朱熹《诗集传》曰：“宣，布散而居也。或曰，导其沟洫也。”亩：整治农田。朱熹《诗集传》曰：“亩，治其田畴也。”

十一、徂：往。《毛诗故训传笺》：“徂，往也。”朱熹《诗集传》曰：“自西徂东，自西水浒而徂东也。”周：普遍。朱熹《诗集传》曰：“周，徧也。言靡事不为也。”执事：从事工作。《毛诗故训传笺》“民心定，乃安隐其居，乃左右而处之，乃疆理其经界，乃时耕其田亩。于是从西方而往东之人皆于周执事，竞出力也。”

十二、司空：古代掌管营造国都的官吏。司徒：古代掌管土地、劳役等事务的官吏。《毛诗故训传笺》：“司空、司徒，卿官也。司空掌营国邑，司徒掌徒役之事，故召之使立室家之位处。”俾：使。《毛诗故训传笺》曰：“俾，使也。”

十三、绳：木工用以测定直线的墨线。《毛诗故训传》：“言不失绳直也。”朱熹《诗集传》曰：“绳，所以为直。凡营度位处，皆先以绳正之，既正则束版而筑也。”缩：捆绑。《毛诗故训传》：“乘谓之缩。”朱熹《诗集传》曰：“缩，束也。”版：供建筑或其他使用的木板。载：同“栽”，树立。朱熹《诗集传》曰：“载，上下相承也。言以索束版，投土筑讫，则升下而上，以相承载也。”马瑞辰《毛诗传笺通释》曰：“载通作栽。”庙：宗庙。《毛诗故训传》曰：“君子将营宫室，宗庙为先，廄库为次，居室为后。”翼翼：恭敬的样子。朱熹《诗集传》曰：“翼翼，严正也。”《毛诗故训传笺》曰：“绳者，营其广轮方制之正也。既正则以索缩其筑版，上下相承而起。庙成则严显翼翼然。乘，声之误，当为‘绳’也。”

十四、捄（jū音居）：盛土于器。《毛诗故训传》：“捄，虆也。”《毛诗故训传笺》曰：“捄，捊也。”朱熹《诗集传》曰：“捄，盛土于器也。”陾陾（réng音仍）：众多的样子。《毛诗故训传》：“陾陾，众也。”度：指筑墙时向筑版内投土。《毛诗故训传》：“度，居也。言百姓之劝勉也。”《毛诗故训传笺》曰：“度，犹投也。筑墙者捊聚壤土，盛之以虆，而投诸版中。”朱熹《诗集传》曰：“度，投土于版也。”马瑞辰《毛诗传笺通释》曰：“《笺》云投诸版中，与《韩诗》训填义近。既填而后筑之，正见诗言有序。”薨薨（hōng音哄）：投土的声音。朱熹《诗集传》曰：“薨薨，众声也。”

十五、筑：捣土使坚实。登登：捣土声。《毛诗故训传》：“登登，用力也。”朱熹《诗集传》曰：“登登，相应声。”削：削平。屡：同“娄”，土墙隆起的地方。朱熹《诗集传》曰：“削屡，墙成而削治重复也。”冯冯（píng音平）：削土的声音。《毛诗故训传》：“削墙锻屡之声冯冯然。”朱熹《诗集传》曰：“冯冯，墙坚声。”

十六、百堵：许多面墙。《毛诗故训传笺》曰：“五版为堵。”兴：动工修建。《毛诗故训传笺》曰：“兴，起也。此言治宫室也。”鼛：大鼓名。《毛诗故训传》：“鼛，大鼓也，长一丈二尺。或鼛或鼓，言劝事乐功也。”《毛诗故训传笺》曰：“百堵同时起，鼛鼓不能止之，使休息也。凡大鼓之侧有小鼓，谓之应声、朔声。《周礼》曰：‘以鼛鼓鼓役事。’”朱熹《诗集传》曰："鼛鼓，长一丈二尺，以鼓役事弗胜者，言其乐事劝功，鼓不能止也。"程俊英《诗经译注》曰："建筑的时候敲鼛鼓，为了给劳动者助兴劝役，但劳动时人多声大，大鼓声反而不能胜过劳动声。"

十七、皋门：城门。《毛诗故训传》："王之郭门曰皋门。"伉：高的样子。《毛诗故训传》："伉，高貌。"

十八、应门：王宫正门。《毛诗故训传》："王之正门曰应门。"将将：庄严高大的样子。《毛诗故训传》曰："将将，严正也。美大王作郭门以致皋门，作正门以致应门焉。"朱熹《诗集传》曰："大王之时，未有制度，特作二门，其名如此。及周有天下，遂尊以为天子之门，而诸侯不得立焉。"

十九、冢：大。土：指社神，地神。《毛诗故训传》："冢，大。冢土，大社也。"朱熹《诗集传》曰："冢土，大社也。亦大王所立，而后因以为天子之制也。"戎：大。丑：众多。《毛诗故训传》曰："丑，众也。"《毛诗故训传》："起大事，动大众，必先有事乎社而后出，谓之宜。美大王之社，遂为大社也。"攸：所。行：往。

二十、肆：表示从古到今。《毛诗故训传》："肆、故，今也。"朱熹《诗集传》曰："肆，故今也。犹言遂也。承上起下之辞。"殄：灭绝，绝尽。朱熹《诗集传》曰："殄，绝。"厥：其，指狄人。愠（yùn音运）：含怒，怨恨。《毛诗故训传》："愠，恚。"陨：坠，丧失。朱熹《诗集传》曰："陨，坠也。"问：同"闻"，声誉。《毛诗故训传笺》："小聘曰问。"朱熹《诗集传》曰："问、闻通，谓声誉也。"

二十一、柞：木名。棫（yù音玉）：木名，即白桵。《毛诗故训传笺》："柞，栎也。棫，白桵也。文王见太王立冢土，有用大众之义，故不绝去其恚恶恶人之心，亦不废其聘问邻国之礼。今以柞棫生柯叶之时，使大夫将师旅出聘问。其行道士众兑然，不有征伐之意。"朱熹《诗集传》曰："柞，栎也。枝长叶盛，丛生有刺。棫，白桵也。小木亦丛生有刺。"兑：通畅。《毛诗故训传》曰："兑，成蹊也。"朱熹《诗集传》曰："兑，通也。始通道于柞棫之间也。”

二十二、混（kūn音昆）夷：古民族名，亦作“昆夷”。駾（tuì音退）：马行疾貌，引申为行疾、奔窜。喙：喘息、喘气。《毛诗故训传》曰：“駾，突。喙、息也。”《毛诗故训传笺》曰：“混夷，夷狄国也。见文王之使者，将士众过己国，则惶怖惊走，奔突入此柞棫之中而逃，甚困剧也。是之谓一年伐混夷，太王辟狄；文王伐混夷，成道兴国，其志一也。”《毛诗正义》曰：“以大王立社，有用众之义，故今文王不绝其怨恚恶人之心，欲征伐无道也。亦不坠其转问之礼，欲亲人善邻也。言其威德兼行，不忝前业，不废其聘问之使。于柞棫之木拔然生柯叶矣，以此之时，将其师旅，行于道路兑然矣。言无征伐之心也。但所聘之国，路近混夷，混夷谓将伐己，乃惊走而奔突矣。混夷逃怖，如是维其困剧矣。”

二十三、虞：古国名。舜之先封于虞，故城在今山西省平陆县东北。周武王克殷，封古公亶父之子虞仲的后人于此，是为西虞。芮：古国名，也作“内”；周文王时建立，姬姓；在今陕西省大荔县朝邑城。质：请人评判是非而求公正。成：平息。《毛诗故训传》：“质，成也。成，平也。”蹶（guì音贵）：感动，感召。《毛诗故训传》：“蹶，动也。虞、芮之君，相与争田，久而不平，乃相谓曰：‘西伯，仁人也，盍往质焉？’乃相与朝周。入其竟，则耕者让畔，行者让路。入其邑，男女异路，班白不提挈。入其朝，士让为大夫，大夫让为卿。二国之君，感而相谓曰：‘我等小人，不可以履君子之庭。’乃相让，以其所争田为间田而退。天下闻之，而归者四十余国。”厥：其。生：同“性”。《毛诗故训传笺》曰：“虞、芮之质平，而文王动其绵绵民初生之道，谓广其德而王业大。”朱熹《诗集传》曰：“蹶生，未详其义。或曰蹶，动而疾也。生，犹起也。”

二十四、予：周人自称。《毛诗故训传笺》：“予，我也，诗人自我也。”曰：语助词。疏附：率下亲上，使群臣亲近归附的人。《毛诗故训传》：“率下亲上曰疏附。”先后：辅佐王的臣。《毛诗故训传》：“相道前后曰先后。”

二十五、奔奏：奔走效力的臣。御侮：抵御外侮的臣。《毛诗故训传》曰："喻德宣誉曰奔奏，武臣折冲曰御侮。"《毛诗故训传笺》："文王之德所以至然者，我念之曰：此亦由有疏附、先后、奏奔、御侮之臣力也。疏附，使疏者亲也。奔奏，使人归趋之。"朱熹《诗集传》曰："言混夷既服，而虞芮来质其讼之成。于是诸侯归周者众，而文王由此动其兴起之势。是虽其德之盛，然亦由有此四臣之助而然。故各以予曰起之，其辞繁而不杀者，所以深叹其得人之盛也。"

【解题】

这是一首颂扬古公亶父功绩的史诗。《诗序》曰："《绵》，文王之兴，本由大王也。"

孔颖达《毛诗正义》曰："作《绵》诗者，言文王之兴本之于太王也。太王作王业之本，文王得因之以兴。今见文王之兴，本其上世之事，所以美太王也。《经》九章。上七章言太王得人心，生王业，乃避狄居岐，作寝庙门社，是本太王。下二章乃言文王兴之事。叙以诗为文王而作，故先言文王之兴，而又追而本之。各自为势，故文倒也。"

棫朴

芃芃棫朴，薪之槱之。一
济济辟王，左右趣之。二
济济辟王，左右奉璋。三
奉璋峨峨，髦士攸宜。四

渒彼泾舟，烝徒楫之。五
周王于迈，六师及之。六
倬彼云汉，为章于天。七
周王寿考，遐不作人。八
追琢其章，金玉其相。九
勉勉我王，纲纪四方。十

【注释】

一、芃芃：草木茂盛的样子。《毛诗故训传》：“芃芃，木盛貌。”棫：树木名。《毛诗故训传》：“棫，白桵也。”朴：树木名。《毛诗故训传》：“朴，枹木也。”一说为丛生，朱熹《诗集传》：“朴，丛生也。”按“芃芃”已形容草木茂盛貌，此处“朴”当与“棫”并言，为树木名。槱（yǒu音有）：聚积木柴以备燃烧。《毛诗故训传》：“槱，积也。”《说文·木部》曰：“槱，积木燎也。”《毛诗故训传笺》：“至祭皇天上帝及三辰，则聚积以燎之。”马瑞辰《毛诗传笺通释》曰：“古者燔柴以祭天神。”这里是指周王出师之前，燔烧木柴举行祭天仪式。

二、济济：仪容庄严恭敬貌。《毛诗故训传笺》：“文王临祭祀，其容济济然敬。”辟王：君王，这里指周文王。《毛诗故训传笺》：“辟，君也。”左右：指身边诸臣。趣：同“趋”，《齐诗》作“趋”，趋附，奔赴。《毛诗故训传》：“趣，趋也。”《毛诗故训传笺》：“左右之诸臣，皆促疾于事，谓相助积薪。”以上说：文王庄严地祭祀，身边诸臣奔赴助祭。

三、奉：双手捧着。璋：古代的一种贵重玉器。《毛诗故训传》：“半圭曰璋。”此处璋有二解，一说为璋瓒，用于祭祀。《毛诗故训传笺》：“璋，璋瓒也。祭祀之礼，王祼以圭瓒，诸臣助之，亚祼以璋瓒。”一说为用于军事用兵。马瑞辰《毛诗传笺通释》云：“此诗下章言六师及之，则上言奉璋，当是发兵之事。故《传》惟言半圭曰璋，不以为祭祀所用之璋瓒耳。”按：虽诗中提到周王发兵出征之事，但此处为征前祭祀，当释为璋瓒更合适。

四、峨峨：指左右助祭盛服庄严的样子。《毛诗故训传》：“峨峨，盛壮也。”髦士：俊秀之士，指助祭的周王臣属。《毛诗故训传》：“髦，俊也。”攸：所。宜：适合。《毛诗正义》：“此臣奉璋之时，其容仪峨峨然甚盛壮矣，乃是俊士所宜。”

五、淠（pì音僻）：船行水中的样子。《毛诗故训传》：“淠，舟行貌。”王先谦《诗三家义集疏》曰：“《玉篇》曰：‘淠，水声也。’言军舟浮泾而行，众徒鼓楫，水声淠淠然也。”泾：水名。烝徒：众人，这里指众船夫。《毛诗故训传笺》曰：“烝，众也。”楫：船桨，这里用作动词，划船。王先谦《诗三家义集疏》曰：“军舟浮泾而行，众徒鼓楫，水声淠淠然。”

六、于：往。迈：行。这里是指周文王出征伐崇之事。《毛诗故训传笺》：“周王往行谓出兵征伐也。”六师：六军，《毛诗故训传》：“天子六军。”古代二千五百人为师。及：随同。周文王伐崇，六军兵士随之出征。

七、倬：高大显明的样子。《毛诗故训传》：“倬，大也。”云汉：银河。《毛诗故训传》：“云汉，天河也。”章：花纹。这两句是说：银河在天上交错华美，绚烂多彩。

八、寿考：长寿。朱熹《诗集传》曰：“文王九十七乃终，故言寿考。”遐：通“何”。作人：指培育人才。孔颖达《毛诗正义》：“作人者，变旧造新之意。”朱熹《诗集传》曰：“遐，与‘何’同。”王先谦《诗三家义集疏》曰：“遐、瑕同声，‘遐不’犹‘瑕不’，即‘胡不’也。‘遐不作人’与‘胡不万年’同意，言周王在位日久，年已寿考，德教涵育，作养人材众多，左右王业，众皆仰之如云汉之在天也。”

九、追：“雕”的假借，《鲁诗》作“雕”。追琢即为雕琢。《毛诗故训传》：“追，雕也。金曰雕，玉曰琢。”章：外表。相：本质。王先谦《诗三家义集疏》曰：“‘雕琢其章’者，皆鲁训，言其文美也。‘金玉其相’者，据鲁训，言其质美也，皆赞美文王之词也。”

十、勉勉：三家《诗》作“亹亹”（wěi音伟），勤勉不懈怠的样子。纲纪：纲指渔网上的总绳，纪指丝的头绪。《毛诗故训传笺》曰：“以罔罟喻为政，张之为纲，理之为纪。”这里“纲纪”指治理国家。

【解题】

这是一首颂扬周文王功绩的史诗。《诗序》曰：“《棫朴》，文王能官人也。”知人善任之诗。诗中描写文王出征伐崇之前庄严肃穆地举行祭天仪式，群臣毕至，相与助祭，仪容威严有度。

《诗序》仅言“文王能官人也”，周文王能够任用贤才。但诗中“周王于迈，六师及之”等句实述出征之事。汪龙《毛诗异义》言：“国之大事，在祀与戎，举此二者以明贤才之用。”

朱熹《诗集传》曰：“此诗前三章言文王之德，为人所归。后二章言文王之德，有以振作纲纪天下之人，而人归之。”盖写出征前祭祀文王与群臣仪容之庄严，亦显周文王能用贤才，征伐诸侯，治理国家，皆为称颂周王之辞。

旱麓

瞻彼旱麓，榛楛济济。一
岂弟君子，干禄岂弟。二
瑟彼玉瓒，黄流在中。三
岂弟君子，福禄攸降。四
鸢飞戾天，鱼跃于渊。五

岂弟君子，遐不作人。
清酒既载，骍牡既备。
以享以祀，以介景福。
瑟彼柞棫，民所燎矣。
岂弟君子，神所劳矣。
莫莫葛藟，施于条枚。
岂弟君子，求福不回。

【注释】

一、旱麓：旱山脚下。《毛诗故训传》：“旱，山名也。麓，山足也。”榛楛（hù音户）：即灌木丛。朱熹《诗集传》：“榛，似栗而小。楛，似荆而赤。”褚斌杰《诗经全注》：“榛，一种丛生灌木。楛，荆类树木。榛楛连举，指灌木丛生。”济济：众多的意思。《毛诗故训传笺》云：“旱山之足，林木茂盛者，得山云雨之润泽也。喻周邦之民独丰乐者，被其君德教。”

二、岂弟：即恺悌，《毛诗故训传笺》云：“乐易之德。”指平和近人，含有对人充满仁心爱意的意思。君子：《毛诗故训传笺》云：“君子，谓大王、王季。”干禄：干，求的意思。《毛诗故训传笺》云：“以有乐易之德施于民，故其求禄亦得乐易。”

三、瑟：《毛诗故训传笺》云：“瑟，洁鲜貌。”指洁净鲜亮的样子。玉瓒（zàn音赞）：一种玉做的灌酒器具。《毛诗故训传》：“玉瓒，圭瓒也。”褚斌杰《诗经全注》曰：“古代以圭为柄的灌酒器，类似玉勺。”黄流：《毛诗故训传》：“黄金所以饰流鬯也。”《毛诗故训传笺》云：“黄流，秬（jù音具）鬯也。”《毛诗正义》曰：“秬音巨，黑黍也。鬯，敕亮反。以黑黍米捣郁金草，取汁而煮之，和酿其酒，其气芬香调畅，故谓之秬鬯。”

四、攸：所。降：《毛诗故训传笺》训为“下”。

五、《毛诗故训传》："言其上下察也。""《毛诗故训传笺》云："鸢，鸱之类，鸟之贪恶者也。飞而至天，喻恶人远去，不为民害也。鱼跳跃于渊中，喻民喜得所。"朱熹《诗集传》："鸢，鸱类。戾，至也。"

六、遐不作人：遐，远也，朱熹《诗集传》训为"何"。《毛诗故训传笺》云："言大王、王季之德近于变化，使如新作人。"朱熹《诗集传》："岂（kǎi音楷）弟君子，而何不作人乎？言其必作人也。"王先谦《诗三家义集疏》："诗云：'鸢飞戾天，鱼跃于渊。恺悌君子，胡不作人？'"岂弟：恺悌。《国语、周语》引作"恺悌君子"。恺：乐；悌：善兄弟。

七、既载：言酒已备好。《毛诗故训传笺》云："既载，谓已在尊中也。"骍牡：赤色的公牛。褚斌杰《诗经全注》曰："周人尚赤，祭祀时用红色的公牛。"既备：既载。朱熹《诗集传》曰："备，全具也。"

八、介：助词。景：大的意思。《毛诗故训传》："言祀所以得福也。"

九、瑟：众多的意思。《毛诗故训传》："瑟，众貌。"燎：《毛诗故训传笺》云："柞棫之所以茂盛者，乃人熂燎除其旁草，养治之，使无害也。"《毛诗正义》曰："燎，《说文》作'尞'，一云：'祡祭天也。'又云：'燎，放火也。'《字林》同。"

十、劳：《毛诗故训传笺》云："劳，劳来，犹言佑助。"朱熹《诗集传》："劳，慰抚也。"

十一、莫莫：《毛诗故训传笺》训为"施貌"，朱熹《诗集传》训为"盛貌"。葛藟：一种蔓生植物。施（yì音义）：指攀附。《毛诗故训传笺》："葛也藟也，延蔓于木之枚本而茂盛。喻子孙依缘先人之功而起。"条：树枝。枚：树干。

十二、不回：《毛诗故训传笺》："不回者，不违先祖之道。"朱熹《诗集传》："回，邪也。"王先谦《诗三家义集疏》："《吕览·知分篇》高注：'莫莫，葛藟之貌，延蔓于条枚之上，得其性也。乐易之君子，求福不以邪道，顺于天性，以正直受大福。’”

【解题】

这是一首颂扬先周领导功绩的史诗。《诗序》曰：“《旱麓》，受祖也。周之先祖，世修后稷、公刘之业。大王、王季，申以百福干禄焉。”

后稷，姬姓，名弃，生于稷山（今山西稷山县），母姜嫄。后稷为尧舜时农官，封于邰（今陕西武功县）。公刘，后稷之子不窋（zhú音竹）之孙，其父鞠，生子庆节，为周文王先祖，由北豳（今甘肃庆阳县、宁县）迁豳（今陕西彬县、旬邑县）。

孔颖达《毛诗正义》曰：“作《旱麓》诗者，言文王受其祖之功业也。又言其祖功业所以有可受者，以此周之先祖，能世修后稷、公刘之功业。谓大王以前，先公皆修此二君之业，以至于大王、王季，重以得天之百福、所求之禄焉。文王得受其基业，增而广之，以王有天下，故作此诗，歌大王、王季得禄之事也。”

思齐

思齐大任，文王之母。一
思媚周姜，京室之妇。二
大姒嗣徽音，则百斯男。三
惠于宗公，神罔时怨，神罔时恫。四
刑于寡妻，至于兄弟，以御于家邦。五
雝雝在宫，肃肃在庙。六

不显亦临，无射亦保。七
肆戎疾不殄，烈假不遐。八
不闻亦式，不谏亦入。九
肆成人有德，小子有造。十
古之人无斁，誉髦斯士。十一

【注释】

一、思：语首助词。齐：同“斋”，端庄、肃敬。大任：即太任，文王的母亲。

二、媚：《毛诗故训传》曰：“爱也。”《说文》曰：“媚，说也。”说即悦；《广雅》曰：“媚，好也。”爱、悦、好，意思都是说其德行之美好。周姜：即太姜，文王的祖母。京室：王室。

三、大姒：即太姒，文王之妃。嗣：嗣续、继承。徽：美好。音：声誉。百：言其多，非实指，《毛诗故训传》曰：“大姒十子，众妾则宜百子也。”斯：语助词。

四、惠：指顺从。宗公：《毛诗故训传》云“宗，神也”，即先公、祖先。马瑞辰《毛诗传笺通释》曰：“言其久则曰古公，言其尊则曰宗公。”神：先公的神灵。罔：无。时：所。马瑞辰《毛诗传笺通释》曰：“时与所，古同义通用。”怨：怨言，不满。恫：《毛诗故训传》云“痛也”，指痛心、伤心。

五、刑：法也，作动词用，《毛诗故训传笺》云：“文王以礼法接待其妻。”寡妻：指嫡妻。御：《毛诗故训传》训为迎，迎犹进至、推及，言遍及整个家邦，《毛诗故训传笺》训“为治，失之”。

六、雍雍：和睦的样子。宫：先秦时期指家。肃肃：恭敬貌。庙：宗庙，祭祀的地方。

七、不显：不明显。临：临视，视察。无射：没有射击的才能。射，古代六艺之一，是贵族们需要掌握的一项重要技能。另有一说，不、无皆为语助词，不显即显也，无射即射也。保：《毛诗故训传笺》曰：居也，指居高位。

八、肆：语助词，有所以的意思。戎：《毛诗故训传》云“大也”，戎疾即大难。另一说戎疾指西戎的祸患。不：语助词，不殄即殄。殄：断绝，《毛诗故训传笺》曰：“故今大疾害人者，不绝之而自绝也。”烈：《毛诗故训传》曰：为业，指辉煌的功业。假：言其大。不遐：即遐，深远的意思。

九、闻：闻达。式：起用。谏：谏诤。入：采纳。《毛诗故训传笺》云：“文王之祀于宗庙，有仁义之行而不闻达者，亦用之助祭；有孝悌之行而不能谏诤者，亦得入。言其使人器之，不求备也。”另有一说，两个“不”字皆为语助词，不闻即闻，不谏即谏，则此二句是说闻善言则用之，进谏则纳之。

十、成人：《毛诗故训传笺》谓“士大夫也”，或指成年人，或指受过教育的君子，与下句“小人”相对。德：美德。小人：与上句“成人”相对，或指儿童未成年人，或指“君子小人”之小人。有造：即有为、有成。

十一、古之人：指文王。斁：厌倦。《毛诗故训传》云：“古之人无厌于有名誉之俊士。”誉：美名，有声望，这里作动词用。髦：即俊才，有才之士。《毛诗故训传笺》云：“令此士皆有名誉于天下，成其俊乂之美也。”

【解题】

这是一首颂扬周文王功绩之母德性之诗，说明文王又圣母，才能成其圣德的诗。《诗序》曰：“《思齐》，文王所以圣也。”《毛诗故训传笺》曰：“言非但天性，德有所由成。”

孔颖达《毛诗正义》曰：“作《思齐》诗者，言文王所以得圣，由其贤母所生。文王自天性当圣，圣亦由母大贤，故歌咏其母。言文王之圣，有所以而然也。《经》四章，首章言大任德行纯备，故能生此文王，是其所以圣也。二章以下，言文王德当神明，施化家国，下民变恶为善，小大皆有所成，是其圣之事也。”

皇矣

皇矣上帝，临下有赫。[一]
监观四方，求民之莫。[二]
维此二国，其政不获。[三]
维彼四国，爰究爰度。[四]
上帝耆之，憎其式廓。[五]
乃眷西顾，此维与宅。[六]
作之屏之，其菑其翳。[七]
修之平之，其灌其栵。[八]
启之辟之，其柽其椐。[九]
攘之剔之，其檿其柘。[十]
帝迁明德，串夷载路。[十一]
天立厥配，受命既固。[十二]
帝省其山，柞棫斯拔，松柏斯兑。[十三]
帝作邦作对，自大伯、王季。[十四]
维此王季，因心则友。[十五]
则友其兄，则笃其庆，载锡之光。[十六]
受禄无丧，奄有四方。[十七]
维此王季，帝度其心。[十八]

貊其德音，其德克明。
克明克类，克长克君。
王此大邦，克顺克比。
比于文王，其德靡悔。
既受帝祉，施于孙子。
帝谓文王，无然畔援，
无然歆羡，诞先登于岸。
密人不恭，敢距大邦，
侵阮徂共。王赫斯怒，
爰整其旅，以按徂旅。
以笃于周祜，以对于天下。
依其在京，侵自阮疆。
陟我高冈，无矢我陵，我陵我阿。
无饮我泉，我泉我池。
度其鲜原，居岐之阳，在渭之将。
万邦之方，下民之王。
帝谓文王，予怀明德。
不大声以色，不长夏以革。
不识不知，顺帝之则。
帝谓文王，询尔仇方。
同尔兄弟，以尔钩援。
与尔临冲，以伐崇墉。
临冲闲闲，崇墉言言。
执讯连连，攸馘安安。
是类是祃，是致是附，四方以无侮。

临冲茀茀，崇墉仡仡。四十四
是伐是肆，是绝是忽，四方以无拂。四十五

【注释】

一、皇：光明，伟大。《毛诗故训传》："皇，大。"临下：自上视下，从高处俯视。《毛诗故训传笺》云："临，视也。"有赫：即赫赫，明亮的样子。《毛诗故训传笺》："大矣！天之视天下，赫然甚明。"

二、监观：监视，视察。莫：求：寻访。莫：通"瘼"，疾苦。《说文》曰："瘼，病也。"《鲁诗》《齐诗》作"瘼"。一说为安定。《毛诗故训传》："莫，定也。"《毛诗故训传笺》："以殷纣之暴乱，乃监察天下之众国，求民之定，谓所归就也。"袁梅《诗经译注》曰："莫，嗼之借字。《说文》曰：'嗼，啾嗼也'。按：'嗼，即'寂寞'，寂寞无声是由于安定，故'嗼'训'定'。"

三、维：通"惟"，想到；《鲁诗》作"惟"。二国：二即上国，指夏、殷；上国犹前朝。"二"，古"上"字。《毛诗故训传》："二国，殷、夏也。"一说指商朝与诸侯国。《毛诗故训传笺》："二国，谓今殷纣及崇侯也。"一说，二国指郃、豳二地。范家相《诗渖》曰："二国，郃与豳也。"另说，二国指商、周。姚际恒《诗经通论》曰："'二国'，商、周也。'获'，得也。商、周之政大不相得，于是悉反之，承上天监民定而言。旧解二因为夏、商；不应远及夏。且'此'者，本国及纣云也；若夏、商，亦不云'此'矣。"不获：不得民心。《毛诗故训传笺》："获，得也。"

四、四国：四方的国家。《毛诗故训传笺》："四国，谓密也、阮也、徂也、共也。"爰：于是。究：考虑，谋划。度（duó音夺）：估计，揣度。《毛诗故训传笺》："度亦谋也。殷、崇之君，其行暴乱，不得于天心。密、阮、徂、共之君，于是又助之谋。言同于恶也。"林义光《诗经通解》曰："究度四国，谓就四方之国而究度之，以求可作民主之人。其究度之者，天也。"

五、耆（zhǐ音纸）：意向。王符《潜夫论》引作“指”。朱熹《诗集传》曰：“或曰，耆，致也。”林义光《诗经通解》曰：“之言指，谓意之所向也。言上帝究度四国之后，意向于周，以为可作民主。”一说为厌恶，《毛诗故训传》：“耆，恶也。”《毛诗正义》：“耆者，老也，人皆恶己之老，故耆为恶也。王肃云：‘恶桀、纣之不德也。’肃于此乃连桀、纣言，以桀、纣行同。自此以上，其文皆可兼桀。虽文可兼之，意不恶桀也。”憎：增的假借字，扩大。式：语助词。廓：疆域。朱熹《诗集传》曰：“式廓，犹言规模也。又“苟上帝之所欲致者，则增大其疆境之规模”。一说为扩大，《毛诗故训传》：“廓，大也。憎其用大位，行大政。”

六、眷：本指回头看的样子，引申为关怀。《鲁诗》作“睠”。陈奂《诗毛氏传疏》曰：“眷，顾貌。”西顾：指注意西方的岐周。《毛诗故训传》：“顾，顾西土也。”此：指岐周之地。维：语助词。与：给予。宅：居住。《毛诗故训传》：宅，居也。马瑞辰《毛诗传笺通释》：宅为“度”之通假字，意为审度。

七、作：拔去，通柞，一说通“槎”，《说文》曰：“槎，衺斫也。”。之：指树木。屏：通摒，除去。其：代词，那些。菑（zī音资）：直立的枯树。翳（yì音易）：倒在地上的枯树。《韩诗》作“殪”，云：“因也，因高填下也。”《毛诗故训传》：“木立死曰菑，自毙为翳。”《毛诗正义》：“《释木》云：‘立死，菑。毙者，翳。’李巡曰：‘以当死害生曰菑。毙，死也。’郭璞曰：‘翳，树荫翳覆地者也。’然则以立死之木，妨他木生长，为木之害，故曰菑也。自毙者，生禾自倒，枝叶覆地为荫翳，故曰翳也。《尔雅》直云‘毙者’，传以其非人毙之，故曰‘自毙’。”

八、修：修剪。平：削平。灌：灌木。《毛诗故训传》：“灌，丛生也。”栵（lì音力）：指砍伐后在老树桩上再生的树枝。朱熹《诗集传》曰：“栵，行生者也。”王引之《经义述闻》曰：“栵，读为烈，斩而复生者也。”一说为栭树。《毛诗故训传》：“栵，栭也。”

九、启：开发。辟：开辟。柽（chēng音称）：树名，即河柳。《毛诗故训传》："柽，河柳也。"孔颖达《毛诗正义》："某氏云：'河柳谓河傍赤茎小杨也。'陆玑《疏》云：'河傍皮正赤如绛，一名雨师。枝叶似松。'"椐（jū音居）：树名，又称灵寿树。孔颖达《毛诗正义》："孙炎曰：'积肿节可以作杖。'陆玑《疏》云：'节中肿似扶老，今人以为马鞭及杖。弘农共牝山甚有之。'"

十、攘（rǎng音嚷）：排除。剔：剔除。檿（yǎn音演）：树名，又叫山桑。《毛诗故训传》："檿，山桑也。"郭璞《尔雅注》曰："檿桑，柘属，材中为弓。"《周礼·冬官·考工记》云："弓人取干柘为上，檿桑次之。"柘（zhè音这）：树名，又叫黄桑。

十一、帝：上帝。迁：迁移，有改换的意思。明德：品德光明的人，这里指太王。此句意为上帝的心由殷王转到了太王身上。《毛诗故训传》："徙就文王之德也。"胡承珙《毛诗后笺》曰："帝迁明德，言天去殷即周。"串夷：即昆夷，又名西戎。《毛诗故训传笺》："串夷即混夷，西戎国名也。"马瑞辰《毛诗传笺通释》曰："串即毌字之隶变。贯、毌古今字。昆、贯双声，畎与昆、贯亦双声，故知串夷、混夷为一，皆畎夷之假借，或又省作犬夷，皆一音之转。患字从串得音，故串夷或作患夷，亦同音假借字耳。"载路：指败逃。载：就，则。路：露的假借字，意为败。马瑞辰《毛诗传笺通释》曰："《方言》《广雅》并云，露，败也。……《管子·四时篇》曰，'国家乃路。路当为败，败与瘠义相近，瘠之即败之也。露义又近疲。……罢与疲同，罢亦露也。诗谓帝迁明德，串夷则瘠败罢惫而去。'"

十二、厥：其。配：配天的君主。《毛诗故训传》："配，媲也。"马瑞辰《毛诗传笺通释》曰："《传》，配，媲也。《笺》，天既顾文王，又为之生贤妃，谓大姒也。《释文》，配本亦作妃，音同。瑞辰按，妃、配古通用。作配者，妃之假借。配之本义，《说文》训为酒色耳。下章'帝作邦作对'，《传》，对，配也。《笺》，作配，谓为生明君也。'天立厥配'，正与'作对'同义。谓立君以配天也、古以受天命为天子'配天'。……《文王篇》

‘殷之未丧师，克配上帝’。配上帝，亦配天也。‘天立厥配’，宜指文王配天而言。胡承珙曰，妃之为媲，不必定谓男女配偶。毛训配为媲，正当为配天之义，不得如《笺》以为贤妃。”受命：接受天命。固：巩固，或训为安定。

十三、省（xǐng音醒）：察看。山：指岐山。柞、棫：树名。拔：拔除。兑：挺直、高大的样子。

十四、作邦：创建了周国。作对：指配以明君，义与“立配”同。《毛诗故训传》：“对，配也。”《毛诗故训传笺》：“作，为也。天为邦，谓兴周国也。作配，谓为生明君也。”大伯：即太伯，太王古公亶父的长子。王季：太王少子，名季历。《史记·周本纪》曰：“古公有长子曰太伯，次曰虞仲。太姜生少子季历，季历娶太任，皆贤妇人，生昌，有圣瑞。古公曰：‘我世当有兴者，其在昌乎？’长子太伯、虞仲知古公欲立季历以传昌，乃二人亡如荆蛮，文身断发，以让季历。古公卒，季历立，是为公季。公季修古公遗道，笃于行义，诸侯顺之。公季卒，子昌立，是为西伯。”

十五、因：本心。朱熹《诗集传》曰：“因心，非勉强也。”一说，“因”为“姻”，意为仁爱。《毛诗故训传》：“因，亲也。”陈奂《诗毛氏传疏》曰：“因，古姻字，如‘旧姻’作‘旧因’之例，因训亲，亲心即仁心。《说文》，仁，亲也。《中庸》云：仁者人也。亲亲为大，善兄弟曰友。”姚际恒《诗经通论》曰：“‘因心’者，王季因大王之心也，故受大伯之让而不辞，则是能友矣。”友：友爱。《毛诗故训传》：“善兄弟曰友。”陈奂《诗毛氏传疏》曰：“大伯让于王季，王季克循亲亲之心，以善事大伯。《蓼萧》传云：‘为兄亦宜，所谓善兄弟也。’”

十六、笃：厚，增加。《毛诗故训传笺》云：“笃，厚。”庆：福。《毛诗故训传》：“庆，善。”载：乃。锡：赐予。光：光荣。朱熹《诗集传》曰：“然以太伯而避王季，则王季疑于不友，故又特言王季所以友其兄者。乃因其心之自然，而无待于勉强。既受大伯之让，则益修其德，以厚周家之庆，而与其兄以让德之光。”一说，“光”训“大”，指大位。

［日］细井徇《诗经名物图解》　荇菜《周南·关雎》

［日］细井徇《诗经名物图解》　桃《周南·桃夭》

[日]细井徇《诗经名物图解》　梅《召南·摽有梅》

[日] 细井徇《诗经名物图解》　荷华《郑风·山有扶苏》

［日］细井徇《诗经名物图解》　栝楼（果臝）《豳风·东山》

［日］细井徇《诗经名物图解》　堇《大雅·绵》

[日]细井徇《诗经名物图解》　笋《大雅·韩奕》

［日］细井徇《诗经名物图解》　茆《鲁颂·泮水》

［日］细井徇《诗经名物图解》　雀《召南·行露》

［日］细井徇《诗经名物图解》　流离《邶风·旄丘》

［日］细井徇《诗经名物图解》　蟋蟀《唐风·蟋蟀》

[日] 细井徇《诗经名物图解》　蠋《豳风·东山》

［日］细井徇《诗经名物图解》　蜩《豳风·七月》

［日］细井徇《诗经名物图解》　蛇《小雅·斯干》

[日] 细井徇《诗经名物图解》　龟《小雅·小旻》

［日］细井徇《诗经名物图解》　蜾蠃《小雅·小宛》

十七、禄：福禄。丧：丧失。《毛诗故训传》："丧，亡。"奄：覆盖，包括。马瑞辰《毛诗传笺通释》曰："按《周颂·执竞》，奄有四方。《传》，奄，同也。《尔雅·释言》，荒，奄也。又，弇，盖也。弇，同也。弇，奄古通用。《说文》，奄，覆也，大有余也。从大、申。申，展也。又，俺，大也。俺与奄声近而义同，盖奄之义本为大，大则无所不覆，故同谓之奄，覆与盖均谓之奄，大则无所不有，故荒为奄，即为有。（《鲁颂》曰：《毛传》荒，有也。）又按：奄、有，义本相成而诂各有当，如《樛木》诗'葛藟荒之'，《毛传》荒，奄也。当为奄覆，若云奄有、奄大、奄同，则不词矣。《书》'惟荒度土功'。郑注，光，奄也。当为奄大。若云奄有、奄同，则不词矣。至此诗及《执竞》并云'奄有四方'。《閟宫》诗'奄有下国''奄有下土''奄有龟蒙'，《玄鸟》诗'奄有九有'，盖以奄、有二字连文，奄即有也。奄即为有，而复称之曰"奄有"，犹抚本为有，（《广雅》，抚，有也。）而《经》《传》亦连称抚有也。奄训有者，亦语词，犹'有虞''有周'之比。《毛传》或训大，或训同，失其义矣。"一说为大，《毛诗故训传》："奄，大也。"四方：指四方之国，犹天下。

十八、维此王季：一说，王季当为文王之误，一说王季当不误。三家《诗》王季当作文王。《毛诗正义》："此云'维此王季'，彼言'唯此文王'者，经涉乱离，师有异读，后人因即存之，不敢追改。今王肃注及《韩诗》亦作'文王'，是异读之验。"陈奂《诗毛氏传疏》曰："'文王'，各本作'王季'，昭二十八年《左传》引《诗》作'唯此文王'。《正义》云，今王肃注及《韩诗》亦作'文王'。《公刘》，《传》言'文王之无悔'。《礼记·乐记》注，言'文王之德'。皆此诗作文王之证。"王先谦《诗三家义集疏》曰："三家'王季'作'文王'者：徐干《中论·务本篇》云，《诗》陈文王之德，曰'维此文王'。干用《鲁诗》，是《鲁》作文王。《礼·乐记》引《诗》'莫其德音'十句。郑注，言文王之德皆能如此。是《齐》作'文王'。孔《疏》云，今《韩诗》亦作'文王'。是三家皆作'文王'之证。昭二十八年《左传》引《诗》作'维此文王'。《传》作'王季’，王肃申《毛》，改文王，郑《笺》仍作‘王季’，是《毛》本如此，不必为掩护也。”马瑞辰《毛诗传笺通释》曰：“今按《左传》及《韩诗》《毛诗》作‘文王’是也。”度：忖度。《毛诗故训传》：“心能制义曰度”。朱熹《诗集传》曰：“言上帝制王季之心，使有尺寸能度义。”

十九、貊（mò音莫）：一说通“寞”，意为清静。《毛诗故训传》：“貊，静也。”一说通“漠”，意为广布。《毛诗正义》曰：“《左传》《乐记》《韩诗》中的貊皆作‘莫’。《释诂》云：‘貊、莫，定也。’郭璞曰：‘皆静定也。’义俱为定，声又相近，读非一师，故字异也。定是静义，故云‘貊，静’。杜预云‘莫然清静’，取此传为说也。”克：能。明：明察是非。朱熹《诗集传》曰：“克明，能察是非也。”

二十、克类：能区分善恶的类别。《毛诗故训传笺》：“类，善也。勤施无私曰类。”朱熹《诗集传》曰：“克类，能分善恶也。”克长：能教诲不倦。克君：能为君王。《毛诗故训传笺》：“诲不倦曰长，赏庆刑威曰君。”

二十一、王（wàng音忘）：动词，称王。大邦：指周。顺：使民顺从。比：使民亲附。一说，比为选择好的来跟从。《毛诗故训传》：“慈和徧服曰顺，择善而从曰比。”一说，比为上下和乐。朱熹《诗集传》曰：“比，上下相亲也。”

二十二、比于文王：跟从文王。靡悔：无悔。《毛诗故训传笺》云：“靡，无也。王季之德，比于文王，无有所悔也。必比于文王，盛德以圣人为匹。”一说为无恨。陈奂《诗毛氏传疏》曰：“谓文王之德不为人恨。”一说悔同晦。马瑞辰《毛诗传笺通释》曰：“按，悔当为晦之假借。《尚书·洪范》曰，贞曰悔。郑注，悔之言晦也。段玉裁、桂馥并曰，晦犹终也。《释名》，晦，灰也。火死为灰，月光尽似之也。是晦之义为终为尽，此诗‘靡悔’，正当训晦。‘其德靡悔’，犹云‘其德不已’。故下即继以‘既受帝祉，施于孙子。’”

二十三、帝祉：上天赐予的福。《毛诗故训传笺》云：“帝，天也。祉，福也。”施（yì音义）：延续。《毛诗故训传笺》：“施，犹易也，延也。”孙子：即子孙。

二十四、谓：说。此为假托上帝的口气。无：同毋，不要。然：这样，一说为语助词，无义。畔援：《毛诗故训传》：“无是畔道，无是援取。”《毛诗故训传笺》云：“畔援，犹拔扈也。”《齐诗》作畔换，《韩诗》云：“畔援，武强也。……畔援，通作畔换。”马瑞辰《毛诗传笺通释》曰：“《汉书·叙传》曰，项氏畔换。师古注，畔换，强恣之貌。犹言跋扈也。引《诗》‘无然畔换’，又作‘泮奂’‘叛换’。《卷阿》诗‘泮奂尔游矣’。《笺》泮奂，自然放恣之貌。……畔换二字叠韵，《传》分畔援为二，失之。”一说，畔援为徘徊不前之意。吴闿生《诗义会通》云：“畔援，见屈原《九章》，乃徘徊不进之意。”

二十五、歆羡：贪羡，指非分的贪欲和企图。朱熹《诗集传》曰：“歆，欲之动也。羡，爱慕也。言肆情以狥物也。”诞：发语词。先登于岸：先占据高位。《毛诗故训传》：“岸，高位也。”《毛诗正义》：“《释丘》云：‘重厓曰岸。’岸是高地，故以喻高位。一说，岸为讼，先登于岸即先平诉讼。马瑞辰《毛诗传笺通释》曰：“《笺》诞，大。登，成。岸，讼也。欲广大德美者，当先平狱讼、正曲直也。瑞辰按，《笺》训岸为讼是也。‘诞’者，语词。训‘大’，亦语词也。……先登于岸，谓先平狱讼。即《书》传所称文王一年断虞、芮之讼也。争田者，非畔援即歆羡。帝谓文王无信纵其畔援、歆羡，正所以平其狱讼耳。”

二十六、密：古国名，曰密须，简称密，在今甘肃灵台县西。《毛诗正义》：“定四年《左传》曰‘密须之鼓’，是也。毛以徂为往，故云‘侵阮遂往侵共’。以阮、共为周地，为密须所侵，故王肃云：‘密须氏，姞姓之国也，乃不恭其职，敢兴兵相逆大国，侵周地。’”不恭：不顺从，不恭敬。距：同拒，抗拒。大邦：大国，指周。

二十七、阮：古国名，在今甘肃泾川县。徂：往，到。陈奂《诗毛氏传疏》云：“《传》训徂为往，侵阮侵共，是密须侵我周之属国。故下文即言伐密须，徂旅之师所以讨其不共（恭）也。”《毛诗故训传笺》说徂亦为国名。《毛诗故训传笺》云：“阮也、徂也、共也，三国犯周，而文王伐之。”共：古国名，在今甘肃泾川县北。《毛诗故训传》：“国有密须氏，侵阮遂往侵共。”赫怒：勃然大怒。斯：语助词。

二十八、爰：于是。旅：军队。《竹书纪年》曰：“帝辛三十三年，密人侵阮，西伯帅师伐密。”按：遏的假借字，阻止住。《毛诗故训传》：“按，止也。”旅：莒的假借，古国名。《毛诗正义》引王肃云：“密人之来侵也，侵阮遂往侵共，遂往侵旅，故‘王赫斯怒’，于是整其师以止徂旅之寇。侵阮、徂、共，文次不便，不得复说旅，故于此而见焉。上曰‘徂共’，此曰‘徂旅’，又为周王之所御，其密人亦可知也。省烦之义，诗人之微意也。”

二十九、笃：巩固。祜：福。对：扬威。《广雅·释诂》曰：“对，扬也。”一说，对为对答，即报答。《毛诗故训传笺》：“对，答也。文王赫然与其群臣尽怒曰：整其军旅而出，以却止徂国之兵众，以厚周当王之福，以答天下乡（xiàng音向）周之望。”一说，对即遂，即安定。《毛诗故训传》：“对，遂也。”陈奂《诗毛氏传疏》曰：“将为遂，遂又为安。《孟子》云：‘文王一怒而安天下之民。’即其义也。”

三十、依：通殷，形容强盛的样子。王引之《经义述闻》曰：“今按‘依’，兵盛貌。‘依其’者，形容之辞。言文王之众，依然其在京地也。依之言殷也。……《小雅·出车篇》‘杨柳依依’。（按：当为《小雅·采薇篇》）薛君《韩诗章句》曰，依依，盛貌。《车舝篇》，‘依彼平林’，《毛传》曰，依，茂木貌。木盛谓之‘依’，犹兵盛谓之‘依’也。《周颂·载芟篇》，‘有依其士’，‘依’亦壮盛之貌。言农夫壮盛，足任耕作。”京：指周京。《毛诗故训传》：“京，大阜也”。《毛诗故训传笺》云：“京，周地名。”侵：通寝，休整。马瑞辰《毛诗传笺通释》曰：“按戴震《毛郑诗考正》曰，疑‘侵’当‘寝兵’只之‘寝’，息兵也。字形相似，又因上文侵阮而遂致讹。今按戴氏疑‘侵’当为‘寝’是也。古文多省字，‘寝’即可假借作‘侵’，不必其为讹字耳。‘依其在京’是已还兵于周京，则‘侵自阮疆’，是追述其息兵于阮疆之始。《毛传》以侵阮者为密须，则周人伐密所以救阮，不得言侵阮也。”一说，侵为进入。意为周兵进入阮境，阻止密人占领阮地。王夫之《诗经稗疏》云：“……许慎说，侵，渐进也。从人手执帚，如扫之渐进，即《公羊》之所谓犄也。……知‘侵’为加兵境上之名矣。陈奂亦意为侵为侵入之意。”

三十一、陟：登。《毛诗故训传笺》：“陟，登也。”矢：陈，此指陈兵。《毛诗故训传》：“矢，陈也。”《毛诗故训传笺》：“矢犹当也。”陵：山陵。以下三句是警告密人的话。阿：大陵曰阿。一说阿为山曲处。

三十二、度：规划。鲜：通“巘”，小山。原：平原。陈奂《诗毛氏传疏》曰：“小山分析而不与大山相连属者曰鲜。鲜谓山之小者，原谓地之平者。”

三十三、阳：古时候山的南边谓阳。将：侧，旁边。《毛诗故训传》：将，侧也。陈奂《诗毛氏传疏》曰：“将之为言墙也。《尔雅》曰：‘毕，堂墙。’堂墙为山崖边侧之名，其水崖边侧亦如是也。”

三十四、方：法则，榜样。王：君王。

三十五、予：上帝自称。怀：眷顾。明德：指品德美好。

三十六、不大声以色：即不疾言厉色。《毛诗正义》：“不大其音声以见于颜色而加人。郑玄注《礼记·中庸》云：‘言我归有明德者，以其不大声为严厉之色以威我也。’”不长夏以革：即不依赖扑刑和鞭刑，即宽刑罚。夏：通榎，指夏楚，即榎木和荆条，古人用以体罚的工具，所以夏在这里指一种刑罚，又称扑刑，打板子。《礼记·学记》曰：“夏、楚二物，收其威也。”以：与，和。革：鞭革之刑。《尚书·舜典》曰：“鞭作官刑。”按：古人扑朴不分。马瑞辰《毛诗传笺通释》曰：“不长夏以革者，不齐之以刑也。夏谓夏楚，朴作教刑也。革谓鞭革，鞭作官刑也。”

三十七、不知不识：顺其自然，不自作主张。陈奂《诗毛氏传疏》曰："言文王性与天合。"朱熹《诗集传》："又能不作聪明，以循天理。"马瑞辰《毛诗传笺通释》曰："不识不知，《笺》其为人不识古不如今。瑞辰按：《吕氏春秋·本生篇》，若此人者，不言而信，不谋而当，不虑而得，高诱注引《诗》'不识不知'为证。……又《修务篇》，性命可悦，不待学问而合于道者，尧、舜、文王也。高注并引《诗》'不认不知，顺帝之则'。是知《诗》言'不识不知'，正谓生而知之，无待于识古知今。"顺：顺应。则：法则。

三十八、询：询问，指商议。《毛诗故训传笺》云："询，谋也。"仇：匹。《毛诗故训传》："仇，匹也。"方：邦国。仇方：指同盟国；一说仇方指邻国。《毛诗故训传笺》："仇方，谓旁国。"

三十九、同：会同，协同一致。兄弟：指同姓的兄弟之国。《毛诗故训传笺》："诸侯为暴乱大恶者，女当谋征讨之，以和协女兄弟之国，率与之往。亲亲则万志齐心一也。"钩援：古代一种攻城的器具。《毛诗故训传》："钩，钩梯也，所以钩引上城者。"一说为云梯，朱熹《诗集传》曰："钩援，钩梯也。所以钩引上城，所谓云梯者也。"马瑞辰《毛诗传笺通释》曰："《墨子·备城门篇》，禽滑厘按曰，今之世常所以攻者：临（一）、钩（二）、冲（三）、梯（四）……敢问守此十二者奈何？分钩与梯为二，则钩非即云梯明矣。《六韬·军用篇》，有飞钩，长八寸，钩芒长四寸，柄长六尺。……盖即此诗之钩。《传》云，钩，钩梯者，谓以钩钩梯而上，故又申言之曰，所以钩引上城者。非谓钩即梯也。《正义》谓钩援即云梯。失之。"又，俞樾《群经平议》谓"钩、援均兵器名，曲者曰钩，直者曰援。亦可信"。

四十、临：临车。冲：冲车。《毛诗故训传》："临，临车也。冲，冲车也。"《毛诗正义》："临者，在上临下之名；冲者，从傍冲突之称，故知二车不同。兵书有作临车、冲车之法，《墨子》有备冲之篇，知临、冲俱是车也。"崇：古国名。袁梅《诗经译注》曰："崇本来是商朝西部的重要同姓诸侯，故地在今陕西省西安以西，到崇侯虎时，为周文王所灭。”墉：城。

四十一、闲闲：舒缓的样子。朱熹《诗集传》曰：“闲闲，徐缓也。又，动摇的样子。”《毛诗故训传》：“闲闲，动摇也。或曰，强盛的样子。”言言：高大的样子。《毛诗故训传》：“言言，高大也。”

四十二、执：捉拿。讯：俘虏，一说为受讯问的俘虏，或指讯问俘虏。《毛诗故训传笺》：“讯，言也。执所生得者而言问之。”连连：连续不断的样子。《毛诗故训传》：“连连，徐也。”攸：发语词。馘（guó音国）：指割下所杀敌人的左耳，用来计功。《毛诗故训传》：“馘，获也。不服者，杀而献其左耳曰馘。”安安：不轻暴的样子。朱熹《诗集传》曰：“安安，不轻暴也。”

四十三、是：于是。类：通禷，出征时祭天典礼。《毛诗正义》：“《释天》云：‘是类是祃，师祭也。’《王制》云：‘天子将出，类乎上帝，祃于所征之地。’言类乎上帝，则类祭祭天也。祭天而谓之类者，《尚书》夏侯、欧阳说，以事类祭之，在南方，就南郊祭之。《春官·肆师》注云：‘类，礼依郊祀而为之。’是用《尚书》说为义也。”祃：出师后军中祭天。《毛诗故训传》：“于内曰类，于野曰祃。”陈奂《诗毛氏传疏》曰：“野是征国之野。先禷后祃，依行师之次序也。”一说，在所征服的地方祭天。《礼记·王制》曰：“祃于所征之地。”致：招致，招抚。一说，致为送还。马瑞辰《毛诗传笺通释》曰：“致者，致人民土地。《说文》曰：‘致，送也。’送而后付之曰致。已克而不取之谓也。”附：归附。《毛诗故训传》：“致，致其社稷群臣。附，附其先祖，为之立后，尊其尊而亲其亲。”四方：指四方之国。侮：侮慢，欺侮，侵侮。

四十四、茀茀：强盛的样子。仡仡（yì音亿）：高大的样子。王先谦《诗三家义集疏》曰：“《韩诗》曰，仡仡，摇也。”

四十五、伐：攻伐。肆：纵兵。一说突然攻击，《毛诗故训传》：“肆，疾也。”绝：灭绝。忽：消灭。《毛诗故训传》：“忽，灭也。”拂：违抗。

《释文》引王肃曰："拂，违也。"

【解题】

这是一首颂扬先周领导人功绩的史诗，说明周代领导人世代修德，是天命所祐。《诗序》曰："《皇矣》，美周也。天监代殷，莫若周。周世世修德，莫若文王。"《毛诗故训传笺》："天视四方可以代殷王天下者，维有周耳。世世修行道德，维有文王盛耳。"

孔颖达《毛诗正义》曰："作《皇矣》诗者，美周也。以天监视善恶于下，就诸国之内，求可以代殷为天子者，莫若于周。言周最可以代殷也。周所以善者，以天下诸国世世修德，莫有若文王者也，故作此诗以美之也。"

朱熹《诗集传》曰："此诗叙大王、大伯、王季之德，以及文王伐密伐崇之事也。"

灵台

经始灵台，经之营之。一
庶民攻之，不日成之。二
经始勿亟，庶民子来。三
王在灵囿，麀鹿攸伏。四
麀鹿濯濯，白鸟翯翯。五
王在灵沼，於牣鱼跃。六
虡业维枞，贲鼓维镛。七
於论钟鼓，於乐辟廱。八

於论钟鼓，於乐辟廱。
鼍鼓逢逢，矇瞍奏公。[九]

【注释】

一、经始：开始。灵台：高台。《毛诗故训传》："神之精明者称灵，四方而高曰台。"《毛诗正义》曰："灵是神之别名，对则有精粗之异，故辨之云'神之精明者'。称灵，则灵之为称，就神中精者而名也。"《毛诗正义》又曰："非天子不得作灵台。"服虔《左传》注："天子曰灵台，诸侯曰观台。"程俊英等《诗经注析》曰："灵台，台名，将房子造在高地上，似后世了望台。当时亦名'观台'。"朱熹《诗集传》曰："谓之灵者，言其倏然而成，如神灵之所为也。"经：测量。《毛诗故训传》："经，度之也。"《毛诗正义》曰："谓经理而量度之。"营：表，建立标记。朱熹《诗集传》曰："表。"褚斌杰《诗经全注》："营造。"

二、攻：筑造。《毛诗故训传》："作也。"《毛诗正义》曰："攻作，谓庶民筑作之。"不日有成：不设期限而建成。《毛诗正义》曰："谓不设期日，已成功，言民心乐为之也。"《毛诗故训传笺》云："文王应天命，度始灵台之基趾，营表其位。众民则筑作，不设期日而成之。言说文王之德，劝其事，忘己劳也。"

三、亟：急。子：像儿子一样。朱熹《诗集传》曰："虽文王心恐烦民，而民心乐之，如子趣父事，不照自来也。"

四、囿：古代帝王豢养禽兽以供游玩的园林。《毛诗故训传》："所以域养禽兽也。天子百里，诸侯四十里。灵囿，言灵道行于囿也。"麀：牝鹿，即雌鹿。《毛诗故训传》："麀，牝也。"《尔雅·释兽》曰："鹿牡麚、牝麀。"攸：所，语助词。伏：驯顺，服从。朱熹《诗集传》曰："安其所处，不惊扰也。"

五、濯濯（zhuó音卓）：《毛诗故训传》：“娱游也。”一说，肥美的样子。翯翯（hè音贺）：肥白而有光泽的样子。《毛诗故训传》：“肥泽也。”吕忱《字林》曰：“鸟白肥泽曰翯。”

六、灵沼：沼，池塘。《毛诗故训传》：“池也。灵沼，言灵道行于沼也。”於：语气词。牣：满。《毛诗故训传》：“满也。”《毛诗故训传笺》云：“灵沼之水，鱼盈满其中，皆跳跃，亦言得其所。”

七、虡（jù音具）：程俊英等《诗经注析》曰：“悬挂钟磬的木架的直柱子。”《毛诗故训传》：“植者曰虡，横者曰栒。”《毛诗故训传笺》云：“虡也、栒也，所以悬钟鼓也。设大版于上，刻画以为饰。”孔颖达《毛诗正义》曰：“《释器》云：‘木谓之虡。’孙炎曰：‘虡栒之植，所以悬钟磬也。’郭璞曰：‘悬钟磬之木，植者名为虡。’然则悬钟磬者，两端有植木，其上有横木，谓直立者为虡，谓横牵者为栒。栒上加之大版，为之饰。”业：装在虡上面的大板。《毛诗故训传》：“大版也。”《尔雅·释器》曰：“大版谓之业。”枞（cōng音聪）：业上面的一排锯齿，用来悬挂钟磬。《毛诗故训传》：“崇牙也。”孙炎注：“业所以饰栒，刻板捷业，如锯齿也。其悬钟磬之处，又以彩色为大牙，其状隆然，谓之崇牙。”贲：大。《毛诗故训传》：“贲，大鼓也。”《周礼·冬官·韗人》曰：“鼓长八尺，鼓四尺，中围加三之一，谓鼖（fén音坟）鼓。”《周礼注疏》云：“大鼓谓之鼖。”镛（yōng音雍）：大钟。《毛诗正义》疏：“《释乐》曰：‘大钟谓之镛。’李巡：‘大钟音声大。镛，大也。’”

八、论：思。《毛诗故训传》：“思也。”一说，伦也，得其伦理。辟廱（yōng同雍）：周天子建于水上的离宫。《毛诗故训传》：“水旋丘如碧曰辟雍，以节观者。”《毛诗正义》曰：“水旋丘如璧者，璧体圆而内有孔，此水亦圆而内有地，犹如璧然。土之高者曰丘，此水内之地未必高于水外，正谓水下而地高，故以丘言之。以水绕丘所以节约观者，令在外而观也。”一说，周王朝为贵族子弟设立的学校。朱熹《诗集传》曰：“辟，璧通。廱，泽也。天子之学，大射行礼之处。”

九、鼍（tuó音陀）：扬子鳄。其皮可以制作鼓面。《毛诗故训传》："鱼属。"陆玑《毛诗草木鸟兽虫鱼疏》曰："形似蜥蜴，四足长丈余，甲如铠，皮坚厚，宜冒鼓。"《毛诗正义》曰："《月令》曰：'季夏，命渔师伐蛟取鼍。'渔师，取鱼之官，故知鼍是鱼之类属也。《书传》注云：'鼍如蜥蜴，长六七尺。'陆玑《疏》云：'鼍形似水蜥蜴，四足长丈余，生卵大如鹅卵，甲如铠甲，今合乐鼍鱼甲是也。其皮坚，可以冒鼓。'《月令》注亦云：'鼍皮可以冒鼓也。'"逢逢：鼓声。《毛诗故训传》："和也。"张揖《埤苍》云："鼓声也。"矇瞍（sǒu音叟）：盲人。《毛诗故训传》："有眸子而无见曰蒙。无眸子曰瞍。"《毛诗正义》曰："蒙、瞍皆无目之名，就无目之中以为等级。蒙者，言其蒙蒙然无所见，故知有眸子而无见曰蒙，即今之青盲者也。蒙有眸子，则瞍当无，故云'无眸子曰瞍'。"朱熹《诗集传》曰："古者乐师皆以瞽者为之，以其善听而审于音也。"公：事。《毛诗故训传》："事也。"

【解题】

这是一首颂扬周文王得民拥护之诗。《诗序》曰："《灵台》，民始附也。文王受命，而民乐其有灵德，以及鸟兽昆虫焉。"

《毛诗故训传笺》："民者，冥也。其见仁道迟，故于是乃附也。天子有灵台者，所以观祲象，察气之妖祥也。文王受命，而作邑于丰，立灵台。《春秋传》曰：'公既视朔，遂登观台以望，而书云物，为备故也。'"

孔颖达《毛诗正义》曰："作《灵台》诗者，言民始附也。文王受天之所命，而民乐有其神灵之德，以及鸟兽昆虫焉。以文王德及昆虫，民归附之，故作此诗以歌其事也。"

朱熹《诗集传》曰："国之有台，所以望氛祲，察灾祥，时观游，节劳佚也。文王之台，方其经度营表之际，而庶民已来作之，所以不终日而成也。"

下武

下武维周，世有哲王。一
三后在天，王配于京。二
王配于京，世德作求。三
永言配命，成王之孚。四
成王之孚，下土之式。五
永言孝思，孝思维则。六
媚兹一人，应侯顺德。七
永言孝思，昭哉嗣服。八
昭兹来许，绳其祖武。九
於万斯年，受天之祜。十
受天之祜，四方来贺。
於万斯年，不遐有佐！十一

【注释】

一、下：后；一说为大，高亨《诗经今注》："当读为夏，大也。"武：继承。哲：智。《毛诗故训传笺》曰："后人能继先祖者，维有周家最大，世世益有明知之王，谓大王、王季、文王稍就盛也。"

二、三后：大王、王季、文王。王：《毛诗故训传》作武王；高亨《诗经今注》作成王。《毛诗故训传笺》曰："此三后既没登遐，精气在天矣。武王又能配行其道于京，谓镐京也。"

三、作求：《毛诗故训传笺》曰："作，为。求，终也。武王配行三后之道于镐京者，以其世世积德，庶为终成其大功。"求：马瑞辰《毛诗传笺通释》读为逑，匹也，配也；高亨《诗经今注》读为傅捄，法也。

四、《毛诗故训传笺》曰："永，长。言，我也。命，犹教令也。孚，信也。此为武王言也。今长我之配行三后之教令者，欲成我周家王道之信也。"一说言为助词。成王之孚：高亨《诗经今注》指周成王之治。

五、下土：天下。式：法则。《毛诗故训传笺》曰："王道尚信，则天下以为法，勤行之。"

六、维：《鲁诗》作"惟"。《毛诗故训传笺》曰："长我孝心之所思。所思者，其维则三后之所行。"一说言、思为助词。

七、媚：爱。兹：此。一人：《毛诗故训传》以为指天子，即武王；高亨《诗经今注》指成王。应：当。侯：维。顺：《鲁诗》作"慎"。《毛诗故训传笺》曰："可爱乎武王，能当此顺德。谓能成其祖考之功也。"一说应侯为武王子，封于应；高亨《诗经今注》曰："言应侯能够遵循道德，爱此成王。"

八、昭：光明；高亨《诗经今注》曰："当读为劭，勤勉也。"《毛诗故训传笺》："服，事也。明哉，武王之嗣行祖考之事。谓伐纣定天下。"

九、兹：《毛诗故训传笺》训为"此"；三家《诗》作"哉"。来：《毛诗故训传笺》训为"勤"；马瑞辰《毛诗传笺通释》曰："哉与兹声同，来，犹后也，后犹嗣也，来许犹云后进。"许：进；三家《诗》作"御"。绳：《毛诗故训传》训为"戒"，朱熹《诗集传》训为"继"。武：迹。《毛诗故训传笺》曰："武王能明此勤行，进于善道，戒慎其祖考所履践之迹，美其终成之。"高亨《诗经今注》曰："昭兹来许"，"言应侯勤勉地来侍候天子"。

十、斯：助词。《毛诗故训传笺》曰："祜，福也。天下乐仰武王之德，欲其寿考之言也。"

十一、《毛诗正义》曰："又得於此万年之寿，岂不远有佐助之乎！言有远方夷狄来佐助之也。"《毛诗故训传笺》曰："言其辅佐之臣，亦宜蒙其余福也。”一说遐，何；佐，助；朱熹《诗集传》曰：“盖云岂不有助乎。”一说遐，何；佐，差；高亨《诗经今注》曰：“不遐有佐即不有遐佐，言不曾有什么差错”。

【解题】

这是一首颂扬周武王能继承周文王之德的诗。《诗序》曰：“《下武》，继文也。武王有圣德，复受天命，能昭先人之功焉。”《毛诗故训传笺》曰：“继文者，继文王之王业而成之。”

《毛诗正义》曰：“《经》六章，皆言武王益有明智，配先人之道，成其孝思，继嗣祖考之迹，皆是继文能昭先人之功焉。《经》云‘三后在天，王配于京’，则武王所继，自大王、王季皆是矣。而《序》独云‘继文’者，作者以周道积基，故本之于三后，言‘世有哲王’，见积德之深远，其实美武王能继，唯在文王也。大王、王季虽修德创业，为后世所因，而未有天命，非开基之主，不足使武王圣人继之。又此篇在《文王》诗后，故诗言‘继文’，著其功之大，且见篇之次也。文王已受天命，故言‘复受’，为亚前之辞。武王之受天命，白鱼入舟是也。”

高亨《诗经今注》说此诗“先歌颂成王的德，然后歌颂应侯的德，并为应侯祝福”。陈子展《诗经直解》说“康王即位，诸侯来贺，歌颂先世太王、王季、文武、成王之德，并及康王善继善述之孝而作”。

文王有声

文王有声，遹骏有声。[一]
遹求厥宁，遹观厥成。[二]

文王烝哉！[三]

文王受命，有此武功。[四]

既伐于崇，作邑于丰。[五]

文王烝哉！

筑城伊淢，作丰伊匹。[六]

匪棘其欲，遹追来孝。[七]

王后烝哉！[八]

王公伊濯，维丰之垣。[九]

四方攸同，王后维翰。[十]

王后烝哉！

丰水东注，维禹之绩。[十一]

四方攸同，皇王维辟。[十二]

皇王烝哉！[十三]

镐京辟廱，自西自东，[十四]

自南自北，无思不服。[十五]

皇王烝哉！

考卜维王，宅是镐京。[十六]

维龟正之，武王成之。[十七]

武王烝哉！

丰水有芑，武王岂不仕？[十八]

诒厥孙谋，以燕翼子。[十九]

武王烝哉！[二十]

【注释】

一、有声：有好的名声。遹：助词，无实义。《毛诗故训传笺》："遹，述。"朱熹《诗集传》曰："遹，义未详，疑与'聿'同，发语辞。"骏，大。《毛诗故训传笺》："骏，大。"

二、求：力图，追求。《毛诗故训传笺》："求，终。"厥：其，代指天下。宁：安宁，天下太平。观：审视，查看。一说为多。《毛诗故训传笺》："观，多也。"成：成功，成就的大业。《毛诗故训传笺》："文王有令闻之声者，乃述行有令闻之声之道所致也。所述者，谓大王、王季也。又述行终其安民之道，又述行多其成民之德，言周德之世益盛。"

三、烝：得君之道。《毛诗故训传笺》："烝，君也。君哉者，言其诚得人君之道。"朱熹《诗集传》曰："此诗言文王迁丰，武王迁镐之事。而首章推本之曰：'文王之有声也，甚大乎其有声也。盖以求天下之安宁，而观其成功耳。文王之德如是，信乎其克君也哉！'"

四、武功：指文王征战四方的军功。《毛诗故训传笺》："武功，谓伐四国及崇之功也。"

五、作邑：重新建都，指迁都。丰：地名。《毛诗故训传笺》："作邑者，徙都于丰，以应天命。"朱熹《诗集传》曰："作邑，徙都也。丰，即崇国之地，在今鄠（hù音互）县杜陵西南。"

六、伊：语助词。淢（yù音玉）：古代井田方十里曰成，淢为成之间的沟。《毛诗故训传》："淢，成沟也。"《毛诗故训传笺》："方十里曰成。淢，其沟也，广深各八尺。"陆德明《经典释文》曰："成间有淢，字又作'洫'，《韩诗》云：'洫，深池。'"朱熹《诗集传》曰："淢，成沟也。方十里为成，成间有沟，深广各八尺。"匹：配。《毛诗故训传》："匹，配也。"朱熹《诗集传》曰："匹，称。"

七、棘：通"急"，《毛诗故训传笺》："棘，急。"欲：私欲，贪欲。

来：助词，《毛诗故训传笺》："来，勤也。"《毛诗故训传笺》："文王受命而犹不自足，筑丰邑之城，大小适与成偶，大于诸侯，小于天子之制。此非以急成从己之欲，欲广都邑，乃述追王季勤孝之行，进其业也。"

八、王后：后亦是君、主之意，指文王。《毛诗故训传》："后，君也。"《毛诗故训传笺》："变谥言王后者，非其盛事，不以义谥。"朱熹《诗集传》曰："王后，亦指文王也。言文王营丰邑之城，因旧沟为限而筑之，其作邑居，亦称其城而不侈大，皆非急成己之所欲也，特追先人之志，而来致其孝耳。"

九、公：公事，功业。《毛诗故训传笺》："公，事也。"朱熹《诗集传》曰："公，功也。"濯，盛大。《毛诗故训传》："濯，大。"《韩诗》云："美也。"朱熹《诗集传》曰："濯，著明也。王之功所以著明者，以其能筑此丰之垣故尔。四方于是来归，而以文王为桢干也。"垣：城墙。

十、翰：通"干"（gàn音赣），草木的茎干，引申为骨干。《毛诗故训传》："翰，干也。"《毛诗故训传笺》："文王述行大王、王季之王业，其事益大。作邑于丰，城之既成，又垣之，立宫室，乃为天下所同心而归之。王后为之干者，正其政教，定其法度。"

十一、丰水：水名。朱熹《诗集传》曰："丰水东北流，径丰邑之东入渭，而注于河。"绩：成就，功业。《毛诗故训传》："绩，业。"《毛诗故训传笺》："绩，功。"

十二、皇，大。《毛诗故训传》："皇，大也。"朱熹《诗集传》曰："皇王，有天下之号，指武王也。言丰水东注，由禹之功。故四方得以来同于此，而以武王为君。此武王未作镐京时也。"辟，君。《毛诗故训传笺》："辟，君也。昔尧时洪水，而丰水亦泛滥为害。禹治之，使入渭，东注于河，禹之功也。文王、武王今得作邑于其旁地，为天下所同心而归。大王为之君，乃由禹之功，故引美之。丰邑在丰水之西，镐京在丰水之东。"

十三、《毛诗故训传笺》："变王后言大王者，武王之事又益大。"

十四、镐京：武王迁都后的都城名。朱熹《诗集传》曰：“镐京，武王所营也，在丰水东，去丰邑二十五里。”《毛诗故训传》：“武王作邑于镐京。”自：来自。《毛诗故训传笺》：“自，由也。”

十五、思：助词，无义。《毛诗故训传笺》：“武王于镐京行辟廱之礼，自四方来观者，皆感化其德，心无不归服者。”朱熹《诗集传》曰：“张子曰：‘周家自后稷居邰，公刘居豳，大王邑岐，而文王则迁于丰，至武王又居于镐。当是时，民之归者日众，其地有不能容，不得不迁也。’此言武王徙居镐京，讲学行礼，而天下自服也。”

十六、考：稽。《毛诗故训传笺》：“考，犹稽也。”卜：占卜。宅：居，这里指定都。《毛诗故训传笺》：“宅，居也。”

十七、龟：占卜的一种。正：决断。朱熹《诗集传》曰：“正，决也。”成：完成定都。朱熹《诗集传》曰：“成之，作邑居也。”《毛诗故训传笺》：“稽疑之法，必契灼龟而卜之。武王卜居是镐京之地，龟则正之，谓得吉兆，武王遂居之。修三后之德，以伐纣定天下，成龟兆之占，功莫大于此。”

十八、芑：草名。《毛诗故训传》：“芑，草也。”一说通“杞”，杞柳。褚斌杰《诗经全注》曰：“芑：杞柳。”仕：事，有所为。《毛诗故训传》：“仕，事。”《毛诗故训传笺》：“丰水犹以其润泽生草，武王岂不以其功业为事乎？”

十九、诒：遗留。《毛诗故训传笺》：“诒，犹传也。”孙：谦顺，恭顺。朱熹《诗集传》曰：“孙，逊。”《毛诗故训传笺》：“孙，顺也。以之为事，故传其所以顺天下之谋，以安其敬事之子孙，谓使行之也。《书》曰：‘厥考翼，其肯曰：我有后，弗弃基？’”燕：安定。《毛诗故训传》：“燕，安。”翼：帮助辅佐。《毛诗故训传》：“翼，敬也。”褚斌杰《诗经全注》曰：“这句是说，使后世子孙能安享其国，受到帮助。”子：后辈。朱熹《诗集传》曰：“指成王。”

二十、《毛诗故训传笺》：“上言皇王而变言武王者，皇，大也，始大其业，至武王伐纣成之，故言武王也。”朱熹《诗集传》曰：“镐京犹在丰水下流，故取以起兴。言丰水犹有芑，武王岂无所事乎？‘诒厥孙谋，以燕翼子’，武则王之事也。谋及其孙，则子可以无事矣。或曰赋也。言丰水之傍，生物繁茂，武王岂不欲有事于此哉？但以欲遗孙谋，以安翼子，故不得而不迁耳。”

【解题】

这是一首颂扬周文王和周武王的诗，说周文王有德，伐崇后迁都丰，而周武王能继承周文王之德性，替天行道，伐纣后迁都镐。《诗序》曰：“《文王有声》，继伐也。武王能广文王之声，卒其伐功也。”《毛诗故训传笺》：“继伐者，文王伐崇，而武王伐纣。”

孔颖达《毛诗正义》曰：“《经》八章，上四章言文王之事，下四章言武王继之，是继伐。首章言文王有声，武王则道广于文王，是能广文王令闻之声。二章言文王伐崇，武王则伐纣以定天下，是卒其伐功。经虽无武王广声、卒伐之事，于理则有，故《序》言亦以转互相明也。上四章言文王有令闻之声、成名之德，作丰邑以追孝心，同四方而正法度，所为不止于伐崇也。下四章言武王君天下，服四方，定镐京而成卜兆，传善谋以安后世，所为不止于伐纣。唯以继伐言之者，以其所施之事，皆伐之功，故言继伐以总之。”

朱熹《诗集传》曰：“此诗以武功称文王。至于武王，则言皇王维辟、无思不服而已。盖文王既造厥始，则武王续而终之无难也。又以见文王之文，非不足于武。而武王之有天下，非以力取之也。”

褚斌杰《诗经全注》曰：“这首诗颂美文王、武王迁都，使周族发达的丰功伟业。周初文王伐崇后迁都丰，武王伐纣后迁都镐，都是周族历史上的两件大事。诗的每章都用感叹句，赞颂之声可闻。全诗描写细腻，富于感情，并有一定的史料价值。”

生民之什

陆德明《经典释文·毛诗音义》曰：“自《生民》至《卷阿》八篇，成王、周公之正大雅。”

生民

厥初生民，时维姜嫄。[一]
生民如何？克禋克祀，以弗无子。[二]
履帝武敏歆，攸介攸止。[三]
载震载夙，载生载育，时维后稷。[四]
诞弥厥月，先生如达。[五]
不坼不副，无菑无害。[六]
以赫厥灵，上帝不宁。[七]
不康禋祀，居然生子。[八]
诞寘之隘巷，牛羊腓字之。[九]
诞寘之平林，会伐平林。[十]
诞寘之寒冰，鸟覆翼之。[十一]

鸟乃去矣，后稷呱矣。[十二]

实覃实讦，厥声载路。[十三]

诞实匍匐，克岐克嶷，以就口食。[十四]

蓺之荏菽，荏菽旆旆。[十五]

禾役穟穟，麻麦幪幪，瓜瓞唪唪。[十六]

诞后稷之穑，有相之道。[十七]

茀厥丰草，种之黄茂。[十八]

实方实苞，实种实褎，实发实秀，[十九]

实坚实好，实颖实栗。[二十]

即有部家室。[二十一]

诞降嘉种，维秬维秠，维穈维艺。[二十二]

恒之秬秠，是获是亩；[二十三]

恒之穈艺，是任是负，以归肇祀。[二十四]

诞我祀如何？或春或揄，或簸或蹂。[二十五]

释之叟叟，烝之浮浮。[二十六]

载谋载惟，取萧祭脂。[二十七]

取羝以軷，载燔载烈。[二十八]

以兴嗣岁。[二十九]

卬盛于豆，于豆于登，其香始升。[三十]

上帝居歆，胡臭亶时。[三十一]

后稷肇祀，庶无罪悔，以迄于今。[三十二]

【注释】

一、厥初：其初。《毛诗故训传笺》曰：“厥，其。初，始。”生民：

后稷。《毛诗故训传》曰："生民，本后稷也。"时：是。维：语助词。姜嫄（yuán音原）：周朝祖先后稷母的名字。《毛诗故训传》曰："姜，姓也。后稷之母配高辛氏帝焉。"《毛诗故训传笺》曰："时，是也。言周之始祖，其生之者，是姜嫄也。姜姓者，炎帝之后。有女名嫄，当尧之时，为高辛氏之世妃，本后稷之初生，故谓之生民。"

二、克：能。《毛诗故训传笺》曰："克，能也。"禋：祭名。升烟祭天以求福。祀：古代对神鬼、先祖所举行的祭礼。弗：通"祓"，除去不祥。无子：《毛诗故训传》曰："弗，去也。去无子，求有子，古者必立郊禖焉。玄鸟至之日，以大牢祠于郊禖，天子亲往，后妃率九嫔御。乃礼天子所御，带以弓韣，授以弓矢，于郊禖之前。"《毛诗故训传笺》曰："弗之言祓也。姜嫄之生后稷，如何乎？乃禋祀上帝于郊禖，以祓除其无子之疾，而得其福也。能者，言齐肃当神明意也。二王之后，得用天子之礼。"

三、履：践踏。《毛诗故训传》曰："履，践也。"帝：上帝。《毛诗故训传》曰："帝，高辛氏之帝也。"《毛诗故训传笺》曰："帝，上帝也。"武：足迹。《毛诗故训传》曰："武，迹。"敏：同"拇"，足大趾。《毛诗故训传》曰："敏，疾也。从于帝而见于天，将事齐敏也。"《毛诗故训传笺》曰："敏，拇也。"歆：一说为飨。《毛诗故训传》曰："歆，飨。"一说为惊异的样子。朱熹《诗集传》曰："歆，动也。犹惊异也。"一说同"欣"，欣喜激动。攸：语助词。介：边际，界。《毛诗故训传》曰："介，大也。"《毛诗故训传笺》曰："介，左右也。"马瑞辰《毛诗传笺通释》曰："介之言界，谓别居也。"袁梅《诗经译注》曰："介：犹'界'，指分隔居住，别居、独处。又'介'与'个'通用。《吕氏春秋》高注：'左右房谓之个。个犹隔也。'即东西厢（侧室）。又，余冠英先生认为本句意谓祭祀后休息。"一说同"祄"，神保佑。《集韵》曰："祄，祐也。"止：停留。《毛诗故训传》曰："攸止，福禄所止也。"一说同"祉"，神降福。《尔雅·释诂》曰："祉，福也。"

四、载：语助词。震：同"娠"，怀孕。《毛诗故训传》曰："震，动。”朱熹《诗集传》曰：“震，娠也。”夙：同“肃”，肃敬、严肃。《毛诗故训传笺》曰：“夙之言肃也。”朱熹《诗集传》曰：“夙，肃也。生子者，及月辰居侧室也。”《毛诗故训传》曰：“夙，早。”生：分娩。育：哺育。《毛诗故训传》曰：“育，长也。”朱熹《诗集传》曰：“育，养也。”时：是。后稷：周人始祖，名弃，发明农业。《毛诗故训传》曰：“后稷播百谷以利民。”《毛诗故训传笺》曰：“祀郊禖之时，时则有大神之迹，姜嫄履之，足不能满。履其拇指之处，心体歆歆然。其左右所止住，如有人道感己者也。于是遂有身，而肃戒不复御。后则生子而养长之，名曰弃。舜臣尧而举之，是为后稷。”朱熹《诗集传》曰：“姜嫄出祀郊禖见大人迹，而履其拇，遂歆歆然如有人道之感，于是即其所大所止之处，而震动有娠，乃周人所由以生之始也。周公制礼，尊后稷以配天。故作此诗，以推本其始生之祥，明其受命于天，固有以异于常人也。然巨迹之说，先儒或颇疑之。而张子曰：‘天地之始，固未尝先有人也，则人固有化而生者矣，盖天地之气生之也。’苏氏亦曰：‘凡物之异于常物者，其取天地之气常多。’故其生也或异。麒麟之生，异于犬羊、蛟龙之生，异于鱼鳖。物固有然者矣，神人之生，而有以异于人。何足怪哉？斯言得之矣。”

五、诞：发语词。朱熹《诗集传》曰：“诞，发语辞。”弥：满。《毛诗故训传》曰：“弥，终。”朱熹《诗集传》曰：“弥，终也，终十月之期也。”先生：指头胎。朱熹《诗集传》曰：“先生，首生也。”如：同“而”。达：顺利。《毛诗故训传》曰：“达生也，姜嫄之子先生者也。”《毛诗故训传笺》曰：“达，羊子也。大矣后稷之在其母，终人道十月而生。生如达之生，言易也。”朱熹《诗集传》曰：“达，小羊也。羊子，易生无留难也。”

六、坼（chè音彻）：裂开，分裂。副（pì音辟）：割裂。朱熹《诗集传》曰：“坼、副，皆裂也。”菑（zāi音哉）：灾害，灾难。《毛诗故训传》曰：“言易也。凡人在母，母则病。生则拆副菑害其母，横逆人道。”

七、赫：显示。厥：其，指后稷。灵：灵异。宁：安。《毛诗故训传》

曰："赫，显也。不宁，宁也。"

八、康：安。《毛诗故训传》曰："不康，康也。"《毛诗故训传笺》曰："康、宁皆安也。姜嫄以赫然显著之征，其有神灵审矣。此乃天帝之气也，心犹不安之。又不安徒以禋祀而无人道，居默然自生子，惧时人不信也。"朱熹《诗集传》曰："居然，犹徒然也。凡人之生，必坼副灾害其母，而首生之子尤难。今姜嫄首生后稷，如羊子之易，无坼副灾害之苦，是显其灵异也。上帝岂不宁乎？岂不康我之禋祀乎？而使我无人道，而徒然生是子也。"

九、寘（zhì音至）：弃置。《毛诗故训传》曰："寘，置。"隘巷：狭窄小巷。腓：同"庇"，庇荫。《毛诗故训传》曰："腓，辟。"字：乳哺；养育。《毛诗故训传》曰："字，爱也。天生后稷，异之于人，欲以显其灵也。帝不顺天，是不明也，故承天意而异之于天下。"《毛诗故训传笺》曰："天异之，故姜嫄置后稷于牛羊之径，亦所以异之。"

十、平林：平原上的树林。会：恰逢。《毛诗故训传》曰："牛羊而辟人者，理也。置之平林，又为人所收取之。"朱熹《诗集传》曰："会，值也。值人伐木而收之。"

十一、覆翼：用翅膀覆盖。《毛诗故训传》曰："大鸟来，一翼覆之，一翼藉之，人而收取之，又其理也，故置之于寒冰。"

十二、呱（gū音估）：小儿哭声。朱熹《诗集传》曰："呱，啼声也。"《毛诗故训传》曰："于是知有天异，往取之矣。后稷呱呱然而泣。"《毛诗正义》曰："上言后稷之生，此言弃稷之事。言可美大矣，弃此后稷，置之于狭隘巷中，牛羊共避而怜爱之。婴儿未有所知，当为牛羊所践，今乃避而爱之，故可美大矣。以牛羊避人，理之常也，又置之平林，可美大矣。又弃此后稷，置之平地林木之中，会值有人往伐乎林，伐木之人见而收取之。婴儿之在林野，当为鸟兽所害，乃值人收取，是可美大矣。又以人之取人，乃是常理，复置之寒冰，可美大矣。复弃后稷朝旦于寒冰之上，有鸟以翼覆、以翼藉之。

鸟非人类，而覆藉人，是可美大矣。既知有神人往收取，鸟乃飞去矣。后稷遂呱呱然而泣矣。此其有神灵之验也。”

十三、实：是。覃（tán音谈）：长。讦（xū音虚）：大。载：充满。《毛诗故训传》曰：“覃，长。讦，大。路，大也。”朱熹《诗集传》曰：“覃，长。讦，大。载，满也。满路，言其声之大也。”《毛诗故训传笺》曰：“实之言适也。覃，谓始能坐也。讦，谓张口呜呼也。是时声音则已大矣。”

十四、匍匐：伏地爬行。岐：知意。嶷（nì音逆）：能识别事物，幼小聪慧。《毛诗故训传》曰：“岐，知意也。嶷，识也。”就：趋往。《毛诗故训传笺》曰：“能匍匍，则岐岐然意有所知也。其貌嶷嶷然，有所识别也。以此至于能就众人口自食，谓六七岁时。”朱熹《诗集传》曰：“无人道而生子，或者以为不祥，故弃之而有此异也。于是始收而养之。”

十五、蓺：《毛诗故训传笺》曰：“蓺，树也。”荏菽：大豆。《毛诗故训传》曰：“荏菽，戎菽也。”《毛诗故训传笺》曰：“戎菽，大豆也。就口食之时，则有种殖之志，言天性也。”旆旆：茂盛的样子。《毛诗故训传》曰：“旆旆然，长也。”一说枝叶扬起的样子。朱熹《诗集传》曰：“旆旆，枝旟扬起也。”

十六、禾役：行列，亦指排成行列。《毛诗故训传》曰：“役，列也。”《毛诗正义》：“种禾则使有行列，其苗则穟穟然美好。”一说通“颖”，禾茎。穟穟（suì音遂）：禾穗成熟下垂貌。《毛诗故训传》曰：“穟穟，苗美好也。”幪幪（měng音猛）：茂密的样子。《毛诗故训传》曰：“幪幪然，茂盛也。”瓜：大瓜。瓞：小瓜。唪唪（běng音绷）：同“菶菶”，果实众多的样子。马瑞辰《毛诗传笺通释》曰：“唪唪即菶菶之假借。”《毛诗故训传》曰：“唪唪然，多实也。”朱熹《诗集传》曰：“言后稷能食时，已有种殖之志。盖其天性然也。史记曰：‘弃为儿时，其游戏好种殖麻麦，麻麦美。及为成人，遂好耕农。尧举以为农师。’”

十七、穑：泛指耕耘收种。相：相助。《毛诗故训传》曰：“相，助也。”道：办法。《毛诗故训传笺》曰：“大矣，后稷之掌稼穑，有见助之道。谓若神助之力也。”朱熹《诗集传》曰：“相，助也。言尽人力之助也。”

十八、茀：除草。丰草：茂盛的草。黄茂：嘉谷。《毛诗故训传》曰：“茀，治也。黄，嘉谷也。茂，美也。”朱熹《诗集传》曰：“黄茂，嘉谷也。”

十九、方：禾苗吐芽。苞：含苞。《毛诗故训传》曰：“方，极亩也。苞，本也。”马瑞辰《毛诗传笺通释》曰：“按《广雅·释诂》，方，始也。方为苗生之始，犹才为草木之初。方之言分也，放也。谷种得气始分放也。苞之言包，程氏瑶田谓‘谷始生苗，包而未舒’是也。……方为谷始吐芽，苞则渐含苞矣。”程俊英《诗经译注》曰：“方，谷种开始露白。苞，谷种吐芽，苗将出未出时。”种：本指头发短少貌，此指禾苗稀疏。一说同“肿”，禾苗肥大粗壮。孔颖达《毛诗正义》曰：“《庄子》说木之肥大云‘雍肿无用’，故以种为雍肿，谓苗之肥盛也。”褎（yòu音又）：禾苗渐长的样子。《毛诗故训传》曰：“褎，长也。”孔颖达《毛诗正义》曰：“褎者，禾长之貌，故言长也。”发：禾茎舒发长高。《毛诗故训传》曰：“发，尽发也。”孔颖达《毛诗正义》曰：“发者，穗生于苗，初发苗生也。以上言苗之极亩平均则发者，非独一茎发耳，故言‘尽发’。则褎亦尽长，秀颖好慄皆亦尽然。举一以明上下也。”秀：禾类植物开花抽穗。《毛诗故训传》曰：“不荣而实曰秀。”朱熹《诗集传》曰：“秀，始穟也。”

二十、坚：谷粒坚硬。好：谷粒形状颜色美好。朱熹《诗集传》曰：“坚，其实坚也。好，形味好也。”颖：禾穗下垂的样子。栗：谷粒多的样子。《毛诗故训传》曰：“颖，垂颖也。栗，其实栗栗然。”

二十一、即：往。邰（tái音台）：古国名，周始祖后稷至公刘定居于此，在今陕西省武功县西南。家室：定居。《毛诗故训传》曰：“邰，姜嫄之国也。尧见天因邰而生后稷，故国后稷于邰。”《毛诗故训传笺》曰：“后稷教民除治茂草，使种黍稷。黍稷生则茂好，轨则大成。以此成功，尧改封于邰，就其成国之家室无变更也。”朱熹《诗集传》曰：“邰，后稷之母家也。岂其或灭或迁，而遂以其地封后稷欤，言后稷之穑如此。故尧以其有功于民，封于邰。使即其母家而居之，以主姜嫄之祀，故周人亦世祀姜嫄焉。”

二十二、降：天降，赐予。嘉种：好的种子。《毛诗故训传》曰：“天降嘉种。”《毛诗故训传笺》曰：“天应尧之显后稷，故为之下嘉种。”维：是。秬：黑黍。古人视为嘉谷。秠（pī音披）：黑黍的一种。每个壳中有二颗米。穈（mén音门）：粟的一种。芑：粟之一种，茎白色，又名白粱粟。《毛诗故训传》曰：“秬，黑黍也。秠，一稃二米也。穈，赤苗也。芑，白苗也。”

二十三、恒：同“亘”，遍。《毛诗故训传》曰：“恒，徧。”朱熹《诗集传》曰：“恒，徧也。谓徧种之也。”获：收割。亩：堆在田亩中。

二十四、任：抱。《毛诗故训传笺》曰：“任，犹抱也。”一说为肩挑。朱熹《诗集传》曰：“任，肩任也。负，背负也。”负：背。归：回家。肇：开始。祀：祭祀。《毛诗故训传》曰：“肇，始也。始归郊祀也。”《毛诗故训传笺》曰：“肇，郊之神位也。后稷以天为己下此四谷之故，则遍种之，成熟则获而亩计之，抱负以归，于郊祀天。得祀天者，二王之后也。”朱熹《诗集传》曰：“既成则获而栖之于亩，任负而归，以供祭祀也。秬、秠言获、亩，穈、芑言任、负，互文耳。肇，始也，稷始受国为祭主，故曰肇祀。”

二十五、舂（chōng音冲）：用杵臼捣去谷物的皮壳。揄（yóu音由）：舀取。《毛诗故训传》曰：“揄，抒臼也。”簸（bǒ音跛）：扬米去糠。蹂（róu音柔）：搓揉。《毛诗故训传》曰：“或簸糠者，或蹂黍者。”朱熹《诗集传》曰：“簸，扬去糠也。蹂，蹂禾取谷以继之也。”

二十六、释：淘米。叟叟：淘米的声音。《毛诗故训传》曰：“释，淅米也。叟叟，声也。”烝：同“蒸”，蒸煮。浮浮：蒸煮时热气上升的样子。《毛诗故训传》曰：“浮浮，气也。”《毛诗故训传笺》曰：“大矣，我后稷之祀天如何乎！美而将说其事也。舂而抒出之，簸之又润湿之，将复舂之，趣于凿也。释之烝之，以为酒及簠簋之实。”

二十七、谋：计划。朱熹《诗集传》曰：“谋，卜日择士也。”惟：考虑。《毛诗故训传笺》曰：“惟，思也。”萧：蒿类植物的一种，即艾蒿。朱熹《诗集传》曰：“萧，蒿也。宗庙之祭，取萧合膟膋（lǚ liǎo肠上的脂肪）爇（ruò点燃）之，使臭达墙屋也。”脂：牛肠脂。《毛诗故训传》曰：“尝之日，涖卜来岁之芟，狝之日，涖卜来岁之戒，社之日，涖卜来岁之稼，所以兴来而继往也。谷熟而谋，陈祭而卜矣。取萧合黍稷，臭达墙屋。既奠而后爇萧合馨香也。”

二十八、羝（dī音低）：公羊。《毛诗故训传》曰：“羝，牡羊也。”軷（bá音拔）：古代出行时祭路神谓之“軷”。《毛诗故训传》曰：“軷，道祭也。”朱熹《诗集传》曰：“軷，祭行道之神也。”燔：烧。烈：烤。《毛诗故训传》曰：“傅火曰燔，贯之加于火曰烈。”《毛诗故训传笺》曰：“烈之言烂也。后稷既为郊祀之酒及其米，则诹谋其日，思念其礼。至其时，取萧草与祭牲之脂，爇之于行神之位。馨香既闻，取羝羊之体以祭神。”

二十九、兴：兴旺。嗣岁：来年。《毛诗故训传》曰：“兴来岁继往岁也。”《毛诗故训传笺》曰：“嗣岁，今新岁也。以先岁之物齐敬犯軷而祀天者，将求新岁之丰年也。孟春之令曰：‘乃择元日，祈谷于上帝。’”朱熹《诗集传》曰：“燔，传诸火也。烈，贯之而加于火也。四者皆祭祀之事。所以兴来岁而继往岁也。”

三十、卬：我。《毛诗故训传》曰：“卬，我也。”豆：古代食器，亦用作装酒肉的祭器。登：古代祭器名。《毛诗故训传》曰：“木曰豆，瓦曰登。豆，荐菹醢也。登，大羹也。”《毛诗故训传笺》曰：“祀天用瓦豆，陶器质也。”朱熹《诗集传》曰：“木曰豆，以荐菹醢也。瓦曰登，以荐大羹也。”

三十一、胡：大。臭：香，香气。朱熹《诗集传》曰：“臭，香。”一说为气味。亶：确实。《毛诗故训传笺》曰：“亶，诚也。我后稷盛菹醢之属，当于豆者、于登者，其馨香始上行，上帝则安而歆享之，何芳臭之诚得其时乎？美之也。”时：善，好。

三十二、庶：幸。迄：至。《毛诗故训传》曰：“迄，至也。”《毛诗故训传笺》曰：“后稷肇祀上帝于郊，而天下众民咸得其所，无有罪过也。子孙蒙其福，以至于今，故推以配天焉。”朱熹《诗集传》曰：“此章言其尊祖配天之祭。其香始升，而上帝已安而享之，言应之疾也。此何但芳臭之荐信得其时哉？盖自后稷之肇祀，则庶无罪悔，而至于今矣。曾氏曰：‘自后稷肇祀以来前后相承，兢兢业业，惟恐一有罪悔，获戾于天。阅数百年，而此心不易。’或曰庶无罪悔，以迄于今，言周人世世用心如此也。”

【解题】

这是一首有关周民族始祖后稷身世功绩的史诗。《诗序》曰：“《生民》，尊祖也。后稷生于姜嫄，文、武之功起于后稷，故推以配天焉。《毛诗故训传笺》曰：“姜，姓。嫄，名。有邰氏之女，帝喾元妃，后稷母也。”

孔颖达《毛诗正义》曰：“作《生民》诗者，言尊祖也。《序》又言尊祖之意。以后稷生于姜嫄而来，其文王受命，武王除乱，以定天下之功，其兆本起由于后稷。及周公、成王致大平、制礼，以王功起于后稷，故推举之以配天，谓配夏正郊天焉。祭天而以祖配祭者，天无形象，推人道以事之，当得人为之主。《礼记》称‘万物本于天，人本于祖’，俱为其本，可以相配，是故王者皆以祖配天，是同祖于天，故为尊也。祖之定名，父之父耳。但祖者始也，己所从始也，自父之父以上皆得称焉。此后稷之于成王，乃十七世祖也。不言姜嫄生后稷者，《经》称‘厥初生民，时维姜嫄’，是据后稷本之姜嫄，故《序》亦顺《经》而为文也。言文、武之功起于后稷者，《周语》云：‘后稷勤周，十五世而兴。’是后稷勤行功业，为周室开基也。《中候·稷起》注云：‘尧受《河图》《洛书》，后稷有名录，苗裔当王。’是后稷子孙当王，名见《图》《书》也。文既因之，武亦因之，故并言‘文、武之功起于后稷’也。《经》八章，上三章言后稷生之所由显异之事，是后稷生于姜嫄也。下五章言后稷长而有功，见其得以配天之意。其言‘推以配天’，结上‘尊祖’之言，于《经》无所当也。”

行苇

敦彼行苇，牛羊勿践履。一
方苞方体，维叶泥泥。二
戚戚兄弟，莫远具尔。三
或肆之筵，或授之几。四
肆筵设席，授几有缉御。五
或献或酢，洗爵奠斝。六
醓醢以荐，或燔或炙。七
嘉殽脾臄，或歌或咢。八
敦弓既坚，四鍭既钧，九
舍矢既均，序宾以贤。十
敦弓既句，既挟四鍭。十一
四鍭如树，序宾以不侮。十二
曾孙维主，酒醴维醹，十三
酌以大斗，以祈黄耇。十四
黄耇台背，以引以翼。十五
寿考维祺，以介景福。十六

【注释】

一、敦：苇草丛生的样子。《毛诗故训传》曰："聚貌。"《毛诗正义》曰："《周礼》以苇好丛生而谓之丛物，故言'敦，聚貌'。"践履：践踏。行：道路。《毛诗故训传》曰："行，道也。"苇：芦苇。

二、方：正。程俊英等《诗经注析》曰："方才，开始。"苞：芦苇初生的样子。《毛诗故训传笺》曰："苞，茂也。"程俊英等《诗经注析》曰："芦苇初生如竹笋的含苞。"体：《毛诗故训传笺》曰："体，成形也。"维：发语词。泥泥：芦苇柔顺茂盛的样子。朱熹《诗集传》曰："柔泽貌。"

三、戚戚：亲热的样子。《毛诗故训传》曰："内相亲也。"《毛诗正义》曰："戚戚，犹亲亲。然亲其所亲，起于心内，故言内相亲也。"莫：无。具：《毛诗故训传笺》曰："具犹俱也。"尔：同"迩"。《毛诗故训传笺》曰："尔谓进之也。"《毛诗正义》曰："迩是近义，谓揖而进之，令自近也。"《燕礼》注云："迩，近也。揖而移之近之。"

四、肆：陈设。《尔雅·释诂》曰："肆，陈。"筵：筵席。几：程俊英等《诗经注析》曰："矮脚的小木桌，老人可用以凭靠身体。"《毛诗故训传笺》曰："年稚者，为设宴而已。老者，加之以几。"

五、设席：《毛诗故训传》曰："重席也。"程俊英等《诗经注析》曰："古人席地而坐，在席上再加一层或二层席，以示尊重。"缉御：在旁侍候，连续不停。《毛诗故训传笺》曰："缉，犹续也。御，侍也。"《毛诗正义》曰："缉绩者，连续之，故缉犹续也。凡御者皆侍其侧，故御为侍也。"朱熹《诗集传》曰："有相续代而侍者，言不乏使也。"

六、献、酢：《毛诗故训传笺》曰："进酒于客曰献，客答之曰酢。"洗：主客献酢之后，在主人再给客人敬酒之前，要先将杯子洗一洗。爵：古代青铜制的是三脚酒杯。奠：客人饮完酒将酒杯放在筵席上。斝（jiǎ音甲）：古代青铜制的酒器。《毛诗故训传》曰："爵也。夏曰醆，殷曰斝，周曰爵。"

七、醓（tǎn音坦）：肉汁。《周礼·天官·醓人》曰："醓，肉汁也。"醢（hǎi音海）：肉酱。《尔雅·释器》曰："肉谓之醢。"李巡注："以肉作酱曰醢。"荐：进献。燔、炙：烤肉。《毛诗故训传笺》曰："燔用肉，炙用肝。"

八、嘉：美。一说加，《毛诗正义》曰："燔炙是正馔，以脾函（内脏与舌）为加助，故谓之嘉。"臄（jué音绝）：口边肉。一说舌。朱熹《诗集传》曰："口上肉也。"《毛诗故训传》曰："函也。"《说文》曰："函，舌也。"《通俗文》曰："口上曰臄，口下曰函。"歌：《毛诗故训传》曰："歌者，比于琴瑟也。"咢（è音恶）：《尔雅》曰："咢，徒击鼓谓之咢。"

九、敦弓：《毛诗故训传》曰："画弓也。"《毛诗正义》曰："敦与雕，古今之异。雕是画饰之义，故云'敦弓，画弓也'。"周代天子用敦弓。坚：坚固。鍭（hóu音侯）：箭的一种，以金属为箭头，箭尾饰以羽毛。《毛诗故训传》曰："矢参亭。"《毛诗正义》曰："参亭，谓三分矢，一在前，二在后，轻重钧亭。四矢皆然，故言'四鍭既钧'"。钧：箭的首尾重量调和叫做"钧"。

十、舍：释，放。均：所发之矢皆射中。序宾以贤：《毛诗故训传》曰："言宾客次序皆贤。"序，排列座位的次序。

十一、句：张弓。《说文》作"彀"，云："张弓曰彀。"挟：接。程俊英等《诗经注析》曰："指箭与弓弦相接，即俗所谓的'箭在弦上'。"树：指箭竖立的样子。

十二、不侮：《毛诗故训传笺》曰："不侮者，敬也。"

十三、曾孙：指周成王。朱熹《诗集传》曰："主祭者之称。"醴：甜酒。程俊英等《诗经注析》曰："醴，如今之甜酒酿。"醹（rú音如）：醇厚的酒。《说文》曰："醹，厚酒。"

十四、酌：斟酒。大斗：一种取酒器。《毛诗故训传》曰："大斗，长三尺也。”《毛诗正义》曰：“大斗长三尺，谓其柄也。”祈：告。《尔雅·释诂》曰：“祈，告也。”黄耇：老人之称。

十五、台背：老人。《毛诗故训传》曰：“大老也。”《毛诗故训传笺》曰：“台之言鲐也，大老则背有鲐文。”《尔雅·释诂》云：“鲐背、耇、老，寿也。”舍人注曰：“老人气衰，皮肤消瘠，背若鲐鱼也。”程俊英《诗经译注》曰：“老年人背有黑纹，故称老人为台背。”褚斌杰《诗经全注》为驼背。引：在前面引导。翼：在一旁扶持。

十六、寿考：长寿。祺：吉祥。《毛诗故训传》曰：“吉也。”介：求，祈求。景：高，大。

【解题】

这是一首赞扬周天子仁德忠厚传统的诗，《诗序》曰：“《行苇》，忠厚也。周家忠厚，仁及草木，故能内睦九族，外尊事黄耇，养老乞言，以成其福禄焉。”《毛诗故训传笺》曰：“九族，自已上至高祖，下至玄孙之亲也。黄，黄发也。耇，冻梨也。乞言，从求善言可以为政者，敦史受之。”

孔颖达《毛诗正义》曰：“作《行苇》诗者，言忠诚而笃厚也。言周家积世能为忠诚笃厚之行，其仁恩及于草木。以草木之微，尚加爱惜，况在于人，爱之必甚。以此仁爱之深，故能内则亲睦九族之亲，外则尊事其黄发之耇，以礼恭敬养此老人，就乞善言，所以为政，以成其周之王室之福禄焉。此是成王之时，则美成王之忠厚矣。不言成王者，欲见先世皆然，非独成王，故即言周家以广之。九族是王近亲，黄耇则及他姓，故言内外以别之。”

朱熹《诗集传》曰：“疑此祭毕，而燕父兄耆老之诗。故言敦彼行苇，而牛羊勿践履，则方苞方体，而叶泥泥矣。戚戚兄弟，而莫远具尔，则或肆之筵，而或授之几矣。此方言其开燕设席之初，而殷懃笃厚之意，蔼然已见于言语之外矣。读者详之。”

既醉

既醉以酒，既饱以德。[一]
君子万年，介尔景福。[二]
既醉以酒，尔殽既将。[三]
君子万年，介尔昭明。[四]
昭明有融，高朗令终。[五]
令终有俶，公尸嘉告。[六]
其告维何？笾豆静嘉。[七]
朋友攸摄，摄以威仪。[八]
威仪孔时，君子有孝子。[九]
孝子不匮，永锡尔类。[十]
其类维何？室家之壸。[十一]
君子万年，永锡祚胤。[十二]
其胤维何？天被尔禄。[十三]
君子万年，景命有仆。[十四]
其仆维何？釐尔女士。[十五]
釐尔女士，从以孙子。[十六]

【注释】

一、既：既已、已经的意思。《毛诗故训传》曰：“既者，尽其礼，终其事。”《毛诗故训传笺》曰：“礼，谓旅酬之属。事，谓惠施先后及归俎之类。”

二、君子：《毛诗故训传笺》曰：“君子，斥成王也。成王，女有万年之寿，天又助女以大福，谓五福也。”介：助词。景：大。

三、殽：《毛诗故训传笺》曰：“殽，谓牲体也。”程俊英《诗经注析》、褚斌杰《诗经全注》等则训为佳肴、菜肴。将：《毛诗故训传》训为行也。马瑞辰《毛诗传笺通释》曰：“《尔雅·释言》曰：‘将，送也。’孙炎曰：‘将，行之送也。’将为送，故犹转为行。《广雅·释诂》曰：‘将，行也。’义本《毛传》。然古但云行酒，不闻行殽。将、臧声相近，臧为美，将亦美也。《广雅·释诂》曰：‘将，美也。’《破斧》诗‘亦孔之将’，《经义述闻》言犹‘亦孔之臧’，是也。窃谓‘尔殽既将’，将亦为美，犹言‘尔殽既嘉’耳。”

四、昭明：光明的意思。朱熹《诗集传》曰：“昭明，犹光大也。”

五、融：光亮。一说长久。《毛诗故训传》训为长，指长远的意思。有：又。朗：《毛诗故训传》曰：“朗，明也。”高明、光明之意。令终：令，善也。《毛诗故训传》曰：“始于飨燕，终于享祀。”《毛诗故训传笺》曰：“天既助女以光明之道，又使之长。有高明之誉，而以善名终，是其长也。”

六、俶：《毛诗故训传》曰：“俶，始也。”《毛诗故训传笺》曰：“俶，犹厚也。既始有善令，终又厚之。”公尸：公，君也。尸，祭祀时代替祖先的形象接受祭祀的那个人称为尸，祖先若是君主，则称为公尸。《毛诗故训传》曰：“公尸天子以卿，言诸侯也。公尸以善言告之，谓嘏辞也。诸侯有功德者，入为天子卿大夫，故云‘公尸’。”马瑞辰《毛诗传笺通释》曰：“《祭统》曰：‘尸在庙中则全于君。’《尔雅》皇、公皆训为君。《诗》或言皇尸，或言公尸，皆取尸在庙则全于君之义，不取诸侯称公之义。”

七、笾豆：《毛诗故训传》曰：“恒豆之菹，水草之和也。其醢，陆产之物也。加豆，陆产也。其醢，水物也。笾豆之荐，水土之品也。不敢用常亵味而贵多品。所以交于神明者，言道之遍至也。”静嘉：《毛诗故训传笺》曰：“洁清而美。”指食物醇美。马瑞辰《毛诗传笺通释》曰：“靖嘉犹言柔嘉，柔为善，静即靖之假借，亦善也。”

八、朋友：同门曰朋，同志曰友。《毛诗故训传笺》曰：“朋友，谓群臣同志好者也。”攸：则。袁梅《诗经译注》：“攸。犹‘是’。”摄：佐助。《毛诗故训传》曰：“言相摄佐者，以威仪也。”朱熹《诗集传》曰：“而朋友相摄佐者，又皆有威仪当神意也。自此至终篇皆述尸告之辞。”这里指陪同祭祀。

九、孔：大。时：合时，适时，合适，适宜。《毛诗故训传笺》曰：“孔，甚也。言成王之臣威仪甚得其宜，皆君子之人，有孝子之行。”马瑞辰《毛诗传笺通释》曰：“《广雅·释诂》曰：‘时，善也。’时、善以双声为义，‘威仪孔时’犹言‘饮酒孔嘉’也。《笺》训为宜，宜亦善也……首二章及五六章‘君子’皆指成王，则此章‘君子有孝子’亦指成王。有者，又也言君子又为孝子也。”

十、匮：《毛诗故训传》训为竭，指衰竭之意。永：长。类：《毛诗故训传》训为善。马瑞辰则认为：“善可为法，法亦取其相肖，故类又训法。即”指法则。

十一、壸（kǔn音捆）：壸，广也。《毛诗故训传笺》曰：“壸之言梱也。其与女之族类云何乎？室家先以相梱致，已乃及于天下。”朱熹《诗集传》曰：“壸，宫中之巷也。言深远而严肃也。”

十二、胤（yìn音印）：《毛诗故训传》训为嗣，指子孙。《毛诗故训传笺》曰：“成王女有万年之寿，天又长予女福祚至于子孙。”朱熹《诗集传》曰：“祚，福禄也。胤，子孙也。锡之以善。莫大于此。”

十三、禄：福。《毛诗故训传笺》曰：“天予女福祚至于子孙，云何乎？天覆被女以禄位，使禄临天下。”

十四、仆：《毛诗故训传》训为附，附属的意思。《毛诗故训传笺》曰：“成王女既有万年之寿，天之大命又附着于女，谓使为政教也。”

十五、釐（lài音赖）：《毛诗故训传》训为予，指赐予、给予之意。《毛诗故训传笺》曰："天之大命附着于女云何乎？予女以女而有士行者，谓生淑媛使为之妃。"

十六、从：随也，随从的意思。《毛诗故训传笺》曰："天既予女以女而有士行者，又使生贤知之子孙以随之，谓传世也。"马瑞辰《毛诗传笺通释》曰："《尔雅·释诂》曰：'从，重也。'"

【解题】

这是一首赞扬周天子不为酒困、保持君子之德的诗。《诗序》曰："《既醉》，大平也。醉酒饱德，人有士君子之行焉。"《毛诗故训传笺》曰："成王祭宗庙，旅酬下遍群臣，至于无算爵，故云醉焉。乃见十伦之义，志意充满，是谓之饱德。"

孔颖达《毛诗正义》曰："作《既醉》诗者，言太平也。谓四方宁静而无事，此则平之大者，故谓太平也。成王之祭宗庙，群臣助之。至于祭末，莫不醉足于酒，厌饱其德。既荷德泽，莫不自修，人皆有士君子之行焉。能使一朝之臣尽为君子，以此教民大安乐，故作此诗以歌其事也。"

朱熹《诗集传》曰："此父兄所以答《行苇》之诗。言享其饮食恩惠之厚，而愿其受福如此也。"

凫鹥

凫鹥在泾，公尸来燕来宁。一
尔酒既清，尔殽既馨，公尸燕饮，福禄来成。二
凫鹥在沙，公尸来燕来宜。三

尔酒既多，尔殽既嘉，公尸燕饮，福禄来为。[四]

凫鹥在渚，公尸来燕来处。[五]

尔酒既湑，尔殽伊脯，公尸燕饮，福禄来下。[六]

凫鹥在潨，公尸来燕来宗。[七]

既燕于宗，福禄攸降，公尸燕饮，福禄来崇。[八]

凫鹥在亹，公尸来止熏熏。[九]

旨酒欣欣，燔炙芬芬，公尸燕饮，无有后艰。[十]

【注释】

一、凫：水鸟，样子像鸭。鹥（yī音医）：鸥鸟。泾：指河水，《毛诗故训传笺》云："泾，水中也。"公：君也。燕：同"宴"，指宴饮。宁：安慰。

二、尔：指周王。《毛诗故训传笺》云："尔者，女，成王也。"馨：香。成：成全，帮助。《毛诗故训传笺》曰："祖考以福禄来成女。"

三、沙：指水边。宜：《毛诗故训传》云宜其事也，指应顺主人的邀请。

四、嘉：美。为：意同上一章的"成"，《毛诗故训传笺》云："为，犹助也，助成王也。"指帮助。

五、渚：水中的沙洲。处：《毛诗故训传》训为止，指安处，有安享的意思。

六、湑：指过滤后的酒，形容酒清。《毛诗故训传笺》曰："湑，酒之泲（jǐ音几）者也。"脯：指干肉。下：孔颖达《毛诗正义》曰："下而与之。"

七、潨（zhōng音中）：指众水交汇的地方。《毛诗故训传》云："水，会也。"宗：尊也，指受到尊崇、尊敬。

八、宗：这里指宗庙。《毛诗故训传笺》曰："宗，社宗也。"攸：语助词。崇：《毛诗故训传》云："重也"，指重重的福禄，言其多。

九、亹（mén音门）：《毛诗故训传》云“山绝水也”，《毛诗故训传笺》云“亹之言门也”，指水峡两岸对峙如门的地方。熏熏：微醉貌，《毛诗故训传》云“和悦也”，指欢乐的样子。《毛诗故训传笺》曰：“熏熏，坐不安之意。”

十、旨酒：美酒。欣欣，欣欣然，高兴欢乐的样子。燔，指烧肉。炙，指烤肉。芬芬：形容肉的香味。艰：艰难、不幸。后艰：即后患。无有后艰，《毛诗故训传》云“言不敢多祈也”，指只求以后没有太多的灾难，不敢奢求更多。

【解题】

这是一首赞扬周天子有宁静和平的君子之德的诗歌。《诗序》曰：“《凫鹥》，守成也。太平之君子，能持盈守成，神祇祖考安乐之也。”《毛诗故训传笺》曰：“君子，斥指成王也。言君子者，太平之时则皆然，非独成王也。”

孔颖达《毛诗正义》曰：“作《凫鹥》诗者，言保守成功，不使失坠也。致太平之君子成王，能执持其盈满，守掌其成功，则神祇祖考皆安宁而爱乐之矣，故作此诗以歌其事也。上篇言太平，此篇言守成，即守此太平之成功也。太师次篇，见有此义，叙者述其次意，故言太平之君子，亦乘上篇而为势也。王者之驭天下，太平是功之所极。物极则反，或将丧之。成之既难，守亦不易，故所以美其能守之也。执而不释谓之持，主而不失谓之守。持是手执之，守是身护之。盈者如器实满，故言持。成者如物积聚，故言守。持守之义，亦相通也，故《易》注云：‘持一不惑曰守。’是守亦持也。”

假乐

假乐君子，显显令德。一
宜民宜人，受禄于天。二
保右命之，自天申之。三
干禄百福，子孙千亿。四
穆穆皇皇，宜君宜王。五
不愆不忘，率由旧章。六
威仪抑抑，德音秩秩。七
无怨无恶，率由群匹。八
受福无疆，四方之纲。九
之纲之纪，燕及朋友。十
百辟卿士，媚于天子。十一
不解于位，民之攸塈。十二

【注释】

一、假：借为嘉，赞美。《毛诗故训传》曰：“假，嘉也。”《左传》《礼记》《中庸》都引作“嘉乐”。乐：喜爱。显显：光明的样子。《齐诗》作“宪”。令德：美好的品德。

二、宜：适合。民：平民。人：在位的贵族。《毛诗故训传》曰：“宜民宜人，宜安民，宜官人也。”此句是说：周王能安抚百姓，使官吏能各得其所。

三、保右：即保佑。右：《齐诗》作“佑”。命：指受天命。申：重复。《毛诗故训传》曰：“申，重也。”陈奂《诗毛氏传疏》曰：“申之，言申之以福禄也。”

四、干：祈求。或作“千”，俞樾《群经平议》曰：“‘干’字疑‘千’字之误，千禄百福，言福禄之多也。”千亿：虚指，言其多也。王充《论衡·儒增篇》曰：“百与千，数之大者也。实欲言十则言百，百则言千也。是与《书》言‘协和万邦’、《诗》曰‘子孙千亿’同一意也。”

五、穆穆：指神态肃穆的样子。皇皇：指仪表堂皇。君、王：皆作动词，以为做天下的君王。《毛诗故训传笺》曰：“天子穆穆，诸侯皇皇。成王行显显之令德，求禄得百福，其子孙亦勤行而求之，得禄千亿，故或为诸侯，或为天子，言皆相勖以道。”

六、愆：过失。忘：疏漏。马瑞辰《毛诗传笺通释》曰：“哀十六年《左传》，礼失则昏，名失则愆。失志为昏，失所为愆。愆即《诗》之愆。《说文》，忘，不识也。与昏义相近。又按，愆为过，遗失亦过。故《孟子》引《诗》‘不愆不忘’，而统以‘过’字释之。”率：遵循。旧章：旧有的法度规章，指先王之法。

七、威仪：仪容举止。抑抑：懿懿的假借，庄美的样子。《毛诗故训传》曰：“抑抑，美也。”德音：政教法令。秩秩：有条不紊。《毛诗故训传》曰：“秩秩，有常也。”

八、无怨无恶：无私怨，无憎恶。朱熹《诗集传》曰：“又能无私怨恶以任众贤。”群匹：众多贤能之人，一说为群臣。《毛诗故训传笺》曰：“循用群臣之贤者，其行能匹耦已之心。”朱熹《诗集传》曰：“匹，类也。”马瑞辰《毛诗传笺通释》曰：“按，群匹二字平列而同义。《国语》，兽三为群。《广雅·释诂》，匹，二也。……今按《说文》，群，辈也。人曰群匹，正与兽之曰群丑，曰群友者同义。对言责群为三，匹为二；通言则群匹一也。……此诗上章‘率由旧章’为法祖；此章‘率由群匹’为从众。《春秋繁露》董仲舒曰，百物皆有合偶，偶之、合之、仇之、匹之善矣。引《诗》‘率由群匹’为证，皆以‘群匹’为合偶、仇匹之称。朱子《集传》训匹为类，是也。《毛诗故训传笺》义未免迂曲。”

九、纲：本义为网上的大绳，这里引申为统领。一说纲犹纲纪。

十、之纲之纪：即四方之纲，四方之纪的省文。纪：本义为理出蚕丝的首端，引申为治理。孔颖达《毛诗正义》曰："纲纪者，以结网喻为政，故知谓立法度以理治之。"燕：宴请。朋友：这里指群臣。

十一、百辟：指诸侯。卿士：指朝中群臣。《毛诗故训传笺》曰："百辟，畿内诸侯也。卿士，卿之有事也。"媚：爱戴。

十二、不解（xiè音谢）：即不懈，不懈怠。攸：所。塈（jì音既）：休息。《毛诗故训传》曰："塈，息也。"《毛诗故训传笺》曰："成王以恩意及群臣，群臣故皆爱之，不解于其职位。民之所以休息，由此也。"

【解题】

这是一首赞美周成王的诗。《诗序》曰："《假乐》，嘉成王也。"《鲁诗》曰："美宣王。"因此一组诗皆为赞扬周成王，所以还是以赞扬周成王更可靠。周成王诵（？—前1021年），周朝第二位君主，周武王发之子，姜子牙外孙，在位22年。周成王与周康王时期是周天子德治的黄金时期，"刑错四十余年不用"，社会安定，人民幸福，被称为"成康之治"。

孔颖达《毛诗正义》曰："作《假乐》诗者，所以嘉美成王也。《经》之所云，皆是嘉也。正诗例不言美，以见为《经》之正，因训假为嘉，故转《经》以见义，且乘上篇为次，以其能守成功，故于此嘉美之也。"

朱熹《诗集传》曰："疑此即公尸之所以答《凫鹥》者也。"

方玉润《诗经原始》曰："其所用既无考证，诗意亦未显露，故不知其为何王，亦莫定其为何用矣。《序》云嘉成王，以其诗次成王之世而言也。《集传》疑即疑公尸之所以答《凫鹥》，又以其篇在《凫鹥》后而言也。至何玄子更以为祭武王之诗，则因《中庸》引《诗》以证舜，故疑为下章之武王咏也。皆臆测也，而何可以为据哉？"

公刘

笃公刘，匪居匪康。[一]
乃埸埸乃疆，乃积乃仓。[二]
乃裹糇粮，于橐于囊，思辑用光。[三]
弓矢斯张，干戈戚扬，爰方启行。[四]
笃公刘，于胥斯原，既庶既繁，
既顺乃宣，而无永叹。[五]
陟则在巘，复降在原。[六]
何以舟之？维玉及瑶，鞞琫容刀。[七]
笃公刘，逝彼百泉，瞻彼溥原，[八]
乃陟南冈，乃觏于京。[九]
京师之野，于时处处，于时庐旅，[十]
于时言言，于时语语。[十一]
笃公刘，于京斯依。[十二]
跄跄济济，俾筵俾几。[十三]
既登乃依，乃造其曹。[十四]
执豕于牢，酌之用匏。[十五]
食之饮之，君之宗之。[十六]
笃公刘，既溥既长，既景乃冈，[十七]
相其阴阳，观其流泉。[十八]
其军三单，度其隰原，彻田为粮。[十九]
度其夕阳，豳居允荒。[二十]
笃公刘，于豳斯馆。[二十一]
涉渭为乱，取厉取锻。[二十二]

止基乃理，爰众爰有。二十三
夹其皇涧，遡其过涧。二十四
止旅乃密，芮鞫之即。二十五

【注释】

一、公刘：周人的祖先。《毛诗故训传笺》曰："公刘者，后稷之曾孙也。夏之始衰，见迫逐，迁于豳，而有居民之道。"笃：厚道、忠诚。《毛诗故训传》曰："厚也。"《毛诗正义》曰："以公刘君厚爱其民，叹其能厚，故每章言'笃'，以冠'公刘'之上。"匪：不。居、康：安宁，安乐。

二、埸、疆：田的边界，此处用作动词，修理田的边界。朱熹《诗集传》曰："埸、疆，田畔。"程俊英等《诗经注析》曰："埸，田界。疆，田的大界。"积：朱熹《诗集传》曰："露积也。"程俊英等《诗经注析》曰："亦名庾，露天积粮处。"仓：仓库。积、仓在此处用作动词。

三、裹：包裹，包装。糇粮：干粮。朱熹《诗集传》曰："糇，食。粮，糗。"程俊英等《诗经注析》曰："糇粮，干粮。"橐、囊：分别指没底的口袋和有底的口袋。《毛诗故训传》曰："大曰橐，小曰囊。"《说文》曰："无底曰橐，有底曰囊。"思：发语词。辑：和睦。《尔雅·释诂》曰："辑，和也。"用光：用，以；光，光显。《毛诗故训传》曰："言民相和睦以显于时也。"

四、斯：语助词。干：盾牌。《毛诗故训传笺》曰："盾也。"戈：古代的主要兵器。《毛诗故训传笺》曰："句（即"钩"也）矛戟也。"戚：古代兵器名。斧的一种。《毛诗故训传》曰："斧也。"扬：钺。《毛诗故训传》曰："钺也。"爰：曰。

五、胥：观察，视察。《毛诗故训传》曰："相。"原：平原。《尔雅·释诂》曰："广平曰原。"李巡注："广平谓土地宽博而平正也。"庶、繁：多。朱熹《诗集传》曰：“谓居之者乐也。”

顺：一说安。朱熹《诗集传》曰：“顺，安。”一说归顺。程俊英等《诗经注析》曰：“顺，民心归顺。”宣：《毛诗故训传》曰：“遍也。”《毛诗正义》曰：“‘乃宣’之文，在‘既顺’之下，顺谓顺事，则宣谓遍耕。”朱熹《诗集传》曰：“言居之遍也。”马瑞辰《毛诗传笺通释》训为宣畅、舒畅。永叹：长叹。

六、陟：登高。巘（yǎn音演）：小山。《毛诗故训传》曰：“小山，别于大山也。”朱熹《诗集传》山顶。《毛诗正义》：巘为上大下小之山，参阅。降：下。

七、舟：佩戴。《毛诗故训传》曰：“带也。”鞞琫：鞞，刀鞘；琫，刀鞘上的饰物。《毛诗正义》曰：“鞞者，刀鞘之名。琫者，鞘之上饰。”容刀：佩刀。朱熹《诗集传》曰：“容饰之刀也。”陈奂《诗毛氏传疏》曰：“佩刀以为容，故曰容饰也。”

八、逝：去，往。百泉：泉水多的地方。瞻：望。溥：广大。《毛诗故训传》：“溥，大。”《毛诗故训传笺》曰：“溥，广也。”

九、冈：《毛诗故训传笺》曰：“山脊曰冈。”陈奂《诗毛氏传疏》曰：“山脊曰冈。冈即豳山之冈也。豳山在百泉之南，故曰南冈。”觏：看，见。京：高丘。《毛诗故训传笺》曰：“绝高曰京。”

十、京师：帝王所居的都城。朱熹《诗集传》曰：“师，众也。京师，高丘而聚居也。所谓京师者，盖起于此，其后世因以所都为京师也。”时：是，此地。处处：于此处建立宫室而居住。庐：房舍。《毛诗故训传》曰：“庐，寄也。”旅：旅宾。

十一、言、语：《毛诗故训传笺》曰：“直言曰言，论难曰语。”程俊英等《诗经注析》曰：“言言、语语，均是重言，以见言语之喧哗，犹言‘人声鼎沸’。”

十二、于京斯依：依，依靠、依凭。此处指公刘依京而建宫室。

十三、跄跄：行走有节奏的样子。济济：行为举止有礼仪的样子。《毛诗故训传笺》曰："士大夫之威仪也。"《礼记·曲礼下》云："凡行容，大夫济济，士跄跄。"朱熹《诗集传》曰："群臣有威仪貌。"俾：使。筵，铺在地上的坐席。俾筵俾几：使人为之设筵设几。

十四、既登乃依：此处指登筵依几。造：同"祰"，祭祀名。程俊英等《诗经注析》曰："三家《诗》作告，均祰之假借。《说文》曰：'祰，告祭也。'"曹：群集，群牧之处也。《毛诗故训传》曰："群也。"

十五、执：抓，捉。牢：猪圈。酌：斟酒。匏：匏爵，一种酒器。程俊英等《诗经注析》曰："葫芦。葫芦一剖为二作酒器，称匏爵。"

十六、宗：尊。朱熹《诗集传》曰："宗，尊也，主也。嫡子孙主祭祀，而族人尊之为主也。"

十七、既溥既长：形容土地广大。朱熹《诗集传》曰："言其芟夷垦辟，土地既广而且长也。"景：靠日影定方位。朱熹《诗集传》曰："考日景以正四方也。"冈：此处用作动词，登上山冈。朱熹《诗集传》曰："登高以望也。"

十八、相：看。阴阳：阴，山之北；阳，山之南。朱熹《诗集传》曰："向背寒暖之宜也。"流泉：朱熹《诗集传》曰："水泉灌溉之利也。"

十九、三单：三军相互代替。单：轮流代替。《毛诗故训传》曰："单，相袭也。"彻：治理。彻田，治理田地。朱熹《诗集传》曰："彻，通也。一井之田九百亩，八家皆私百亩，同养公田，耕则通力而作，收则计亩而分也。周之彻法自此始，其后周公盖因而修之耳。"

二十、夕阳：山之西面。朱熹《诗集传》曰："山西曰夕阳。"允：信，实在，表示程度。荒：大。

二十一、馆：客舍。此处用作动词，建造房舍。《毛诗故训传》曰：

“馆，舍也。”《毛诗正义》曰：“礼有公馆、私馆。馆者，宫室之名。为馆所以止舍其中，故云舍也。”

二十二、乱：朱熹《诗集传》曰：“舟之载流横渡者也。”《毛诗正义》曰：“‘正绝流曰乱。’《释水》文。孙炎曰：‘直横渡也。’然则水以流为顺，横度则绝其流，故为乱。”厉、锻：《毛诗正义》曰：“厉者，磨刀剑之名。”“锻，冶铁之名。”程俊英等《诗经注析》曰：“厉，粗糙坚硬的磨刀石。锻，捶物的大石。”

二十三、止基乃理：《毛诗故训传笺》曰：“止基，作宫室之功止，而后疆理其田野。”朱熹《诗集传》曰：“止，停止。基，定也。”众：形容人多。有：形容财物富足。

二十四、皇、过：涧名。遡：向，面对。《毛诗故训传》曰：“乡（xiàng音向）也。”

二十五、密：安定。《毛诗故训传》曰：“安也。”《尔雅·释诂》曰：“密、康，静也。康，安也。”芮（ruì音瑞）：芮，河流向内凹的地方。鞫：河流向外凸出地方。孔颖达《毛诗正义》曰：“芮，水内也。鞫，水外也。”一说，芮为水名。朱熹《诗集传》曰：“芮，水名，出吴山西北，东入泾。”《周礼·职方》作“汭”。

【解题】

这是一首赞扬周先祖公刘事迹的史诗。《诗序》曰：“《公刘》，召康公戒成王也。成王将莅政，戒以民事，美公刘之厚于民，而献是诗也。”《毛诗故训传笺》曰：“公刘者，后稷之曾孙也。夏之始衰，见迫逐，迁于豳，而有居民之道。成王始幼少，周公居摄政，反归之。成王将涖政，召公与周公相成王为左右。召公惧成王尚幼稚，不留意于治民之事，故作诗美公刘，以深戒之也。”公刘，不窋之孙，鞠之子，庆节之父。由北豳（今甘肃庆阳县、宁县）

迁豳（陕西省彬州、旬邑县）。

孔颖达《毛诗正义》曰："《公刘》诗者，召康公所作，以戒成王。武王既崩，成王幼弱，周公摄政，七年而反归之。今成王将欲涖临其政，召公以王年尚幼，恐其不能留意于民，故戒之以治民之事。美往昔公刘之爱厚于民，欲王亦如公刘，而献是《公刘》之诗，以戒成王。"

朱熹《诗集传》曰："旧说召康公以成王将莅政，当戒以民事。故咏公刘之事，以告之曰，厚哉公刘之于民也，其在西戎不敢宁居，治其田畴，实其仓廪，既富且强。于是裹其糇粮，思以辑和其民人，而光显其国家。然后以其弓矢斧钺之备，爰始启行，而迁都豳焉。盖亦不出其封内也。"

泂酌

洞酌彼行潦，挹彼注兹，可以餴饎。一
岂弟君子，民之父母。二
洞酌彼行潦，挹彼注兹，可以濯罍。三
岂弟君子，民之攸归。四
洞酌彼行潦，挹彼注兹，可以濯溉。五
岂弟君子，民之攸塈。六

【注释】

一、泂：远。酌：以瓢舀取。行潦（lǎo音老）：雨水形成的流水。高亨《诗经今注》说行借为洐（xíng音形），水沟；潦，积水。挹：舀取。餴（fēn音芬）：以水浇初步蒸过的饭使蒸熟。饎：酒食。《毛诗故训传笺》曰："流潦，水之薄者也，远酌取之，投大器之中，又挹之注之于此小器，而可以沃酒食之餴者，以有忠信之德、齐洁之诚，以荐之故也。”

二、岂弟：《鲁诗》《韩诗》作“恺悌”，《齐诗》或作“凯弟”。

三、濯：洗涤。罍（léi音雷）：祭器。

四、攸：助词，所。

五、溉：浇注、灌溉。《毛诗故训传》训为“清”；王引之《经义述闻》引王念孙《广雅疏证》说读为“概”，意为盛酒的漆器。

六、塈（jì音既）：归宿，取。《毛诗故训传笺》训为“息”；一说借为“悉”，高亨《诗经今注》云：古“爱”字。

【解题】

这是一篇召公教导周成王的诗。《诗序》曰：“《泂酌》，召康公戒成王也。言皇天亲有德、飨有道也。”

孔颖达《毛诗正义》曰：“尊者莫过上天，犹以道德降灵亲飨，是王不可以无德，故戒王使修行之。天言皇天者，以尊称名之，重其事也。道、德相对，则在身为德，施行为道，故《中候》云‘皇道帝德’，为内外优劣，散则通也。亲飨者，谓亲爱其人，飨其祭祀，亦为相接成也。《经》三章，皆上三句言薄物可以荐神，是亲飨之也；下二句言与民为父母，是有道德也。”

朱熹《诗集传》曰：“旧说以为，召康公戒成王。”

王先谦《诗三家义集疏》曰：“三家以诗为公刘作。盖以戎狄浊乱之区而公刘居之，譬如行潦可谓浊矣。公刘挹而注之，则浊者不浊，清者自清。”高亨《诗经今注》曰：“这是一首为周王或诸侯颂德的诗。”孙作云《诗经研究》：“是时王在祭祀祖先以后，举行宴会，受宴的诸侯、族人对时王的嘏词。”

卷阿

有卷者阿，飘风自南。[一]
岂弟君子，来游来歌，以矢其音。[二]
伴奂尔游矣，优游尔休矣。[三]
岂弟君子，俾尔弥尔性，似先公酋矣。[四]
尔土宇昄章，亦孔之厚矣。[五]
岂弟君子，俾尔弥尔性，百神尔主矣。[六]
尔受命长矣，茀禄尔康矣。[七]
岂弟君子，俾尔弥尔性，纯嘏尔常矣。[八]
有冯有翼，有孝有德，以引以翼。[九]
岂弟君子，四方为则。[十]
颙颙卬卬，如圭如璋，令闻令望。[十一]
岂弟君子，四方为纲。[十二]
凤皇于飞，翙翙其羽，亦集爰止。[十三]
蔼蔼王多吉士，维君子使，媚于天子。[十四]
凤皇于飞，翙翙其羽，亦傅于天。[十五]
蔼蔼王多吉人，维君子命，媚于庶人。[十六]
凤皇鸣矣，于彼高冈。[十七]
梧桐生矣，于彼朝阳。[十八]
菶菶萋萋，雝雝喈喈。[十九]
君子之车，既庶且多。[二十]
君子之马，既闲且驰。[二十一]
矢诗不多，维以遂歌。[二十二]

【注释】

一、卷：曲。《毛诗故训传》曰："卷，曲也。"阿：大。朱熹《诗集传》曰："阿，大陵也。"飘风：回风。《毛诗故训传》曰："飘风，回风也。恶人被德化而消，犹飘风之入曲阿也。"《毛诗故训传笺》曰："大陵曰阿。有大陵卷然而曲，回风从长养之方来入之。兴者，喻王当屈体以待贤者，贤者则猥来就之，如飘风之入曲阿然。其来也，为长养民。"自南：来自南方。

二、岂弟：同"恺悌"，平易近人的样子。君子：指成王。朱熹《诗集传》曰："指王。"矢：陈。《毛诗故训传》曰："矢，陈也。"《毛诗故训传笺》曰："王能待贤者如是，则乐易之君子来就王游，而歌以陈出其声。音言其将以乐王也，感王之善心也。"朱熹《诗集传》曰："此诗旧说召康公作。疑公从成王游，歌于卷阿之上，因王之歌而作此以为戒。此章总叙以发端也。"

三、伴奂：悠闲自得的样子。《毛诗故训传》曰："伴奂，广大有文章也。"《毛诗故训传笺》曰："伴奂，自纵弛之意也。贤者既来，王以才官秩之，各任其职。女则得伴奂而优自休息也。孔子曰：'无为而治者，其舜也与！恭己正南面而已。'言任贤故逸也。"朱熹《诗集传》曰："伴奂，优游闲暇之意。"尔：指称王。《诗集传》曰："尔、君子，皆指王也。"优游：同"伴奂"，闲暇之意。

四、《毛诗故训传笺》曰："俾，使也。乐易之君子来在位，乃使女终女之性命，无困病之忧，嗣先君之功而终成之。"弥：终。《毛诗故训传》曰："弥，终也。"性：命。朱熹《诗集传》曰："性，犹命也。"似：同"嗣"，继续，承嗣。《毛诗故训传》曰："似，嗣也。"酋：假借为"猷"，功业。《毛诗故训传》曰："酋，终也。"朱熹《诗集传》曰："言尔既伴奂优游矣，又呼而告之，言使尔终其寿命，似先君善始而善终也。自此至第四章，皆极言寿考福禄之盛，以广王心而歆动之。五章以后，乃告以所以致此之由也。"

五、土宇：土地和房屋。《毛诗故训传笺》曰："土宇，谓居民以土地屋宅也。"昄（bǎn音版）章：一说为大明，即疆界分明。昄，大；章，花纹，此为明之意。《毛诗故训传》曰："昄，大也。"一说为版图。朱熹《诗集传》曰："昄章，大明也。或曰：昄当作'版'，版章，犹版图也。"孔：甚，十分。《毛诗故训传笺》曰："孔，甚也。女得贤者，与之为治，使居宅民大得其法则，王恩惠亦甚厚矣。劝之使然。"厚：厚待。

六、百神：天地间众鬼神。主：主事，受百神辅佐。《毛诗故训传笺》曰："使女为百神主，谓群神受飨而佐之。"朱熹《诗集传》曰："言尔土宇昄章既甚厚矣，又使尔终其身常为天地山川鬼神之主也。"一说同"注"，关注。

七、受命：受天命。长：久长。茀：同"福"，福气。《毛诗故训传笺》云："茀，福。"朱熹《诗集传》曰："茀、嘏皆福也。"康：安。《毛诗故训传笺》曰："康，安也。女得贤者，与之承顺天地，则受久长之命，福禄又安女。"

八、纯：大。《毛诗故训传笺》曰："纯，大也。予福曰嘏。使女大受神之福以为常。"嘏：大福。《毛诗故训传》曰："嘏，大也。"常：即长，长久。《诗集传》曰："常，常享之也。"

九、冯（píng音平）：凭，依凭。《毛诗故训传笺》曰："冯，冯几也。"朱熹《诗集传》曰："冯，谓可为依者。"翼：佐助。《毛诗故训传》曰："有冯有翼，道可冯依，以为辅翼也。"《毛诗故训传笺》曰："翼，助也。"朱熹《诗集传》曰："翼，谓可为辅者。"引：引导向前。朱熹《诗集传》曰："引，导其前也。"翼：恭敬，《毛诗故训传》曰："翼，敬也。"一说辅佐。朱熹《诗集传》曰："翼，相其左右也。"《毛诗故训传笺》曰："有孝，斥成王也。有德，谓群臣也。王之祭祀，择贤者以为尸，尊之。豫撰几，择佐食。庙中有孝子，有群臣。尸之入也，使祝赞道之，扶翼之。尸至，设几佐令入助之。尸者，神象，故事之如祖考。"朱熹《诗集传》曰："言得贤以自辅如此，则其德日修，则四方以为则矣。自此章以下，乃言所以致上章福禄之由也。”

十、则：法，效仿。《毛诗故训传笺》曰：“则，法也。王之臣，有是乐易之君子，则天下莫不放效以为法。”

十一、颙颙：温和的样子。《毛诗故训传》曰：“颙颙，温貌。”卬卬：气宇轩昂的样子。《毛诗故训传》曰：“卬卬，盛貌。”如圭如璋：像玉一样。以玉之洁白温润比德君子。令：美好。《毛诗故训传笺》曰：“令，善也。王有贤臣，与之以礼义相切瑳，体貌则颙颙然敬顺，志气则卬卬然高朗，如玉之圭璋也。人闻之则有善声誉，人望之则有善威仪，德行相副。”闻：名声。朱熹《诗集传》曰：“令闻，善誉也。”望：名望。朱熹《诗集传》曰：“令望，威仪可望法也。”

十二、纲：如同则。纲举则目张。《毛诗故训传笺》曰：“纲者能张众目。”朱熹《诗集传》曰：“承上章，言得冯翼孝德之助，则能如此，而四方以为纲矣。”

十三、凤皇：即“凤凰”，神鸟名。祥瑞之兆。《毛诗故训传》曰：“凤皇灵鸟仁瑞也。雄曰凤，雌曰皇。”翙翙（huì音会）：鸟振动翅膀的声音。《毛诗故训传》曰：“翙翙，众多也。”《毛诗故训传笺》曰：“翙翙，羽声也。……凤皇往飞，翙翙然，亦与众鸟集于所止。众鸟慕凤皇而来，喻贤者所在，群士皆慕而往仕也。因时凤皇至，故以喻焉。”

十四、蔼蔼：众多的样子。《毛诗故训传》曰：“蔼蔼，犹济济也。”朱熹《诗集传》曰：“蔼蔼，众多也。”吉士：贤才。使：任用。媚：爱。《毛诗故训传笺》曰：“媚，爱也。王之朝多善士蔼蔼然，君子在上位者率化之，使之亲爱天子，奉职尽力。”朱熹《诗集传》曰：“媚，顺爱也。”

十五、傅：靠近，迫近。《毛诗故训传笺》曰：“傅，犹戾也。”

十六、命：同使，受命，效命。《毛诗故训传笺》曰：“命，犹使也。善士亲爱庶人，谓抚扰之，令不失职。”庶人：民众。朱熹《诗集传》曰：“媚于庶人，顺爱于民也。”

十七、高冈：高山。

十八、梧桐：树名。传说凤凰非梧桐不栖。《毛诗故训传》曰：“梧桐，柔木也。山东曰朝阳。梧桐不生山冈，太平而后生朝阳。”《毛诗故训传笺》曰：“凤皇鸣于山脊之上者，居高视下，观可集止。喻贤者待礼乃行，翔而后集。梧桐生者，犹明君出也。生于朝阳者，被温仁之气，亦君德也。凤皇之性，非梧桐不栖，非竹实不食。”

十九、菶菶（běng音绷）萋萋：形容梧桐茂盛。雝雝喈喈：形容凤凰欢鸣。《毛诗故训传》曰：“梧桐盛也，凤皇鸣也。臣竭其力，则地极其化，天下和洽，则凤皇乐德。”《毛诗故训传笺》曰：“菶菶萋萋，喻君德盛也。雝雝喈喈，喻民臣和协。”

二十、庶：众。

二十一、既闲且驰：形容马既闲适从容又不失威仪。《毛诗故训传》曰：“上能锡以车马，行中节，驰中法也。”《毛诗故训传笺》曰：“庶，众。闲，习也。今贤者在位，王锡其车众多矣，其马又闲习于威仪能驰矣。大夫有乘马，有贰车。”朱熹《诗集传》曰：“承上章之兴也。菶菶萋萋，则雝雝喈喈矣。君子之车马，则既众多而闲习矣。”

二十二、矢：陈。歌：配乐而诵。《毛诗故训传》曰：“明王使公卿献诗以陈其志，遂为工师之歌焉。”《毛诗故训传笺》曰：“我陈作此诗，不复多也。欲令遂为乐歌，王日听之，则不损今之成功也。”

【解题】

这是一首召康公教诲周成王的诗。《诗序》曰：“《卷阿》，召康公戒成王也。言求贤用吉士也。”召康公，名奭，又称召公、邵公、召伯、召公奭，周武王之弟。武王灭商，召公封于蓟（今北京），建立燕国，派长子克监国，康公在镐京（今西安）辅政，周成王时，为太保。

孔颖达《毛诗正义》曰：“《说文》云：‘贤，坚也。’以其人能坚正，然后可以为人臣，故字从臣。吉者，善也。吉士亦是贤人，但《序》者别其文以足句，亦因《经》有‘吉士’之文故也。《经》十章，皆言求贤用吉士之事。”

朱熹《诗集传》曰：“此诗旧说亦召康公作。疑公从成王游歌于卷阿之上，因王之歌而作此以为戒。”

民劳

民亦劳止，汔可小康。[一]
惠此中国，以绥四方。[二]
无纵诡随，以谨无良。[三]
式遏寇虐，憯不畏明。[四]
柔远能迩，以定我王。[五]
民亦劳止，汔可小休。[六]
惠此中国，以为民逑。[七]
无纵诡随，以谨惛怓。[八]
式遏寇虐，无俾民忧。[九]
无弃尔劳，以为王休。[十]
民亦劳止，汔可小息。[十一]
惠此京师，以绥四国。[十二]

无纵诡随，以谨罔极。[十三]
式遏寇虐，无俾作慝。[十四]
敬慎威仪，以近有德。[十五]
民亦劳止，汔可小愒。[十六]
惠此中国，俾民忧泄。[十七]
无纵诡随，以谨丑厉。[十八]
式遏寇虐，无俾正败。[十九]
戎虽小子，而式弘大。[二十]
民亦劳止，汔可小安。[二十一]
惠此中国，国无有残。[二十二]
无纵诡随，以谨缱绻。[二十三]
式遏寇虐，无俾正反。[二十四]
王欲玉女，是用大谏。[二十五]

【注释】

一、亦、止：语助词。汔（qì音汽）：一说为危。《毛诗故训传》曰：“汔，危也。”一说为差不多。《毛诗故训传笺》曰：“汔，几也。”于省吾《泽螺居诗经新证》认为同“乞”，求。康：安。

二、惠：爱。《毛诗故训传笺》曰：“惠，爱也。”中国：周王畿。四方：各诸侯国。《毛诗故训传》曰：“中国，京师也。四方，诸夏也。”朱熹《诗集传》曰：“中国，京师也。四方，诸夏也。京师，诸夏之根本也。”绥：安。《毛诗故训传笺》曰：“康、绥皆安也。今周民罢劳矣，王几可以小安之乎？爱京师之人以安天下，京师者，诸夏之根本。”

三、无：勿，不要。纵：同“从”，听从。陈奂《诗毛氏传疏》曰：“纵，当依《左传》作‘从’。《毛诗故训传笺》以听释从，其字不误也。”

诡随：狡诈的人。《毛诗故训传》曰："诡随，诡人之善、随人之恶者。"朱熹《诗集传》曰："诡随，不顾是非，而妄随人也。"谨：慎，小心提防。《毛诗故训传笺》曰："谨，犹慎也。"朱熹《诗集传》曰："谨，敛束之意。"无良：无良之人，恶人。《毛诗故训传》曰："以谨无良，慎小以惩大也。"

四、式：发语词。遏：制止。寇虐：残害人民的人。《毛诗故训传笺》曰："式，用。遏，止也。"憯：曾。《毛诗故训传》曰："憯，曾也。"明：法。陈奂《诗毛氏传疏》曰："明，犹法也。"一说为高明显宠者。陈子展《雅颂选译》："《史记集解》引马注曰，'高明显宠者，不枉法畏之。此云畏明，与彼云畏高明，义同。言为寇虐者必遏止之，不以其高明而畏之也。'"一说为明显。朱熹《诗集传》曰："明，天之明命也。"《毛诗故训传笺》曰："王为政无听于诡人之善不肯行而随人之恶者，以此敕慎无善之人，又用此止为寇虐、曾不畏敬明白之刑罚者，疾时有之。"

五、柔：安抚。《毛诗故训传》曰："柔，安也。"远：远方之人。能：亲近。马瑞辰《毛诗传笺通释》曰："能与柔义相近，柔之义为安，为善，能亦安也，善也。"王引之《经义述闻》曰："古者谓相善为相能。"迩：近处的人。《毛诗故训传笺》曰："能，犹伽也，迩，近也。安远方之国，顺伽其近者，当以此定我周家为王之功。言我者，同姓亲也。"朱熹《诗集传》："《序》说以此为召穆公刺厉王之诗。以今考之，乃同列相戒之词耳。未必专为刺王而发，然其忧时感事之意，亦可见矣。苏氏曰：'人未有无故而妄从人者，维无良之人，将悦其君而窃其权，以为寇虐，则为之。'故无纵诡随，则无良之人肃，而寇虐无畏之人止，然后柔远能迩，而王室定矣。穆公，名虎，康公之后。厉王，名胡。成王七世孙也。"

六、休：休息，安定。《毛诗故训传》曰："休，定也。"《毛诗故训传笺》曰："休，止息也。"

七、逑（qiú音求）：聚合。《毛诗故训传》曰："逑，合也。"《毛诗故训传笺》曰："合，聚也。"

八、惛（hūn音昏）怓（náo音挠）：一说为乱臣。《毛诗故训传》曰："惛怓，大乱也。"一说为喧哗。《毛诗故训传笺》曰："惛怓，犹喧哗也，谓好争讼者也。"

九、俾：《毛诗故训传笺》曰："俾，使也。"

十、无：勿，不要。尔：指执政者。劳：功劳。《毛诗故训传笺》曰："劳，犹功也。"朱熹《诗集传》曰："劳，犹功也。言无弃尔之前功也。"休：美好。《毛诗故训传》曰："休，美也。"《毛诗故训传笺》曰："无废女始时勤政事之功，以为女王之美。述其始时者，诱掖之也。"

十一、息：休息、止息。《毛诗故训传》曰："息，止也。"

十二、京师：同前之"中国"。以绥四国：即以绥四方。

十三、罔极：没有准则。罔：无。极：准则。《毛诗故训传笺》曰："罔，无。极，中也。无中，所行不得中正。"朱熹《诗集传》曰："罔极，为恶无穷极之人也。"

十四、慝（tè音特）：恶。《毛诗故训传》曰："慝，恶也。"

十五、敬慎：恭敬谨慎。威仪：容貌举止。有德：有德之人。《毛诗故训传》曰："求近德也。"朱熹《诗集传》曰："有德，有德之人也。"

十六、愒：休息。《毛诗故训传》曰："愒，息。"

十七、泄：消除。《毛诗故训传》曰："泄，去也。"《毛诗故训传笺》曰："泄，犹出也，发也。"

十八、丑厉：恶人。《毛诗故训传》曰："丑，众。厉，危也。"《毛诗故训传笺》曰："厉，恶也。"马瑞辰《毛诗传笺通释》曰："丑、厉二字同义，丑亦恶也。古者美丑、好丑多对言，《毛诗故训传》训丑为众，失之。"

十九、正：同"政"。败：败坏。一说正败为正道败坏。朱熹《诗集传》

曰："正败，正道败坏也。"

二十、戎：你。《毛诗故训传》曰："戎，大也。"《毛诗故训传笺》曰："戎，犹女也。"马瑞辰《毛诗传笺通释》曰："戎、女一声之转，故《毛诗故训传笺》以戎为女之假借。"小子：年轻人，指执政者周王。式：作用。弘：大。《毛诗故训传笺》曰："式，用也。弘，犹广也。今王女虽小子自遇，而女用事于天下甚广大也。《易》曰：'君子出其言善，则千里之外应之。况其迩者乎？出其言不善，则千里之外违之，况其迩者乎？'是以此戒之。"朱熹《诗集传》曰："戎，汝也。言汝虽小子，而其所为甚广大，不可不谨也。"

二十一、安：安定。

二十二、残：害。《毛诗故训传》曰："贼义曰残。"《毛诗故训传笺》曰："王爱此京师之人，则天下邦国之君不为残酷。"

二十三、缱（qiǎn音浅）绻（quǎn音犬）：谓相结牢固，不离散。这里指结党营私。朱熹《诗集传》曰："缱绻，小人之固结其君者也。"

二十四、正反：犹"正败"，即政治颠覆。陈奂《诗毛氏传疏》曰："反，覆也。覆，颠覆也。"王引之《经义述闻》："无俾正反，正，亦当读为政，谓政事颠覆也。"

二十五、玉：玉石。女：美女，女色。林义光《诗经通解》曰："玉女，谓财货与女色也。"一说为爱汝，玉：爱；女：同"汝"。是用：因此。大谏：大力劝告。《毛诗故训传笺》曰："玉者，君子比德焉。王乎！我欲令女如玉然，故作是诗，用大谏正女。此穆公至忠之言。"朱熹《诗集传》曰："玉，宝爱之意。言王欲以女为玉，而宝爱之。故我用王之意，大谏正于女。盖托为王意以相戒也。"马瑞辰《毛诗传笺通释》曰："因思《礼记》'请君之玉女'，玉女亦当读畜，即好女，犹云淑女也。"

【解题】

这是召穆公讽谏周厉王的诗。《诗序》曰：“《民劳》，召穆公刺厉王也。”召穆公虎，召幽伯之子，母为召姜，召公奭次子的后人。周厉王时，曾多次劝谏周厉王不听，国人革命，厉王被流放。召穆公立太子，为天子，即周宣王。宣王时，召穆公与周定公辅佐王室，号称“共和”，并与方叔等分别伐楚与淮夷。《毛诗故训传笺》曰：“厉王，成王七世孙也。时赋敛重数，繇役烦多，人民劳苦，轻为奸宄，强陵弱，众暴寡，作寇害，故穆公以刺之。”

孔颖达《毛诗正义》曰：“《经》五章，上四句言民劳之须安，次四句言寇虐之当止，下二句言王当行善政以安民，皆是刺王之事。”

板

上帝板板，下民卒瘅。[一]
出话不然，为犹不远。[二]
靡圣管管，不实于亶。[三]
犹之未远，是用大谏。[四]
天之方难，无然宪宪。[五]
天之方蹶，无然泄泄。[六]
辞之辑矣，民之洽矣。[七]
辞之怿矣，民之莫矣。[八]
我虽异事，及尔同寮。[九]
我即尔谋，听我嚣嚣。[十]
我言维服，勿以为笑。[十一]

先民有言，询于刍荛。[十二]
天之方虐，无然谑谑。[十三]
老夫灌灌，小子蹻蹻。[十四]
匪我言耄，尔用忧谑。[十五]
多将熇熇，不可救药。[十六]
天之方懠，无为夸毗。[十七]
威仪卒迷，善人载尸。[十八]
民之方殿屎，则莫我敢葵。[十九]
丧乱蔑资，曾莫惠我师。[二十]
天之牖民，如埙如篪，如璋如圭，如取如携。[二十一]
携无曰益，牖民孔易。[二十二]
民之多辟，自无立辟。[二十三]
价人维藩，大师维垣，大邦维屏，大宗维翰。[二十四]
怀德维宁，宗子维城。
无俾城坏，无独斯畏。[二十五]
敬天之怒，无敢戏豫。[二十六]
敬天之渝，无敢驰驱。[二十七]
昊天曰明，及尔出王。[二十八]
昊天曰旦，及尔游衍。[二十九]

【注释】

一、上帝：喻指周王。《毛诗故训传》曰：“上帝，以称王者也。”板板：乖戾，反常，违反正道。《鲁诗》作“版版”。《毛诗故训传》曰：“板板，反也。”《毛诗正义》曰：“《释训》云：‘板板，僻也。’邪僻即反戾之义，故为反也。”下民：下方之民，与“上帝”对文。卒（cuì音翠）瘅（dàn音但）：卒，又作“瘁”，《韩诗外传》引作“瘁瘅”，劳苦困病。马瑞辰《毛诗传笺通释》曰：“卒与瘁同，病也。”瘅：因劳成病。《毛诗故训传》曰：“瘅，病也。”

二、话：好话。《毛诗故训传》曰：“话，善言也。”不然：不以为是，即谓不从善言。《毛诗故训传笺》曰：“其出善言而不行之也。”犹：又作“猷”，或“繇”，一训为“道”，指政策、政令。《毛诗故训传》曰：“犹，道也。”言王朝令夕改，所行政令不能久远。一训为“谋”，指谋略。《毛诗故训传笺》曰：“犹，谋也。”《毛诗正义》曰：“以言不远，则为不能深知远事，故《易·传》以犹为谋。”言王为谋不深，不能久远。

三、靡：无。管管：无所依据。《毛诗故训传》曰：“管管，无所依系。”《毛诗故训传笺》更进一步言指自以为是貌：“王无圣人之法度，管管然以心自恣，不能用实于诚信之言，言行相违也。”马瑞辰《毛诗传笺通释》曰：“管管为悹悹之假，《说文》曰：‘悹（guàn音贯），忧也。’《广雅》作‘悺’，亦云‘忧也’。字通作‘懽’（huàn患的古字），《释训》曰：‘懽懽，愮愮，忧无告也。’《玉篇》《广韵》悹字下云：‘悹悹，忧无告也。’是悹悹即懽懽也。又通作痯，《尔雅》曰：‘痯痯，病也。’并与《毛诗故训传》‘无所依系’义近。……《广雅·释训》曰：‘管管，浴也。’浴与欲古通用，浴即欲之假借，其义当本三家。欲即恣也，与《毛诗故训传笺》训‘以心自恣’正合，《毛诗故训传笺》义亦本三家也。”亶：诚实，诚信。此言其不讲诚信，言行不符。《毛诗故训传》曰：“亶，诚也。”《毛诗故训传笺》曰：“不能用实于诚信之言，言行相违也。”

四、犹之未远：与上文“为犹不远”义同。是用：犹“是以”，因此。大谏：大力劝谏。《毛诗故训传笺》曰：“王之谋不能图远，用是故我大谏王也。”《毛诗正义》曰：“言大谏，谓其谏之深。”

五、天之方难：上天正降下灾难。无然：不要这样。宪宪：喜悦的样子。《毛诗故训传》曰：“宪宪，犹欣欣也。”马瑞辰《毛诗传笺通释》曰：

“宪、欣二字双声，宪宪即欣欣之假借，欣通作䜣，《说文》曰：‘䜣，喜也。’字从言，疑有喜言之。”

六、蹶（guì音贵）：动，动乱。《毛诗故训传》曰：“蹶，动也。”泄泄（yì音义）：多嘴的样子，此言要慎言。王先谦《诗三家义集疏》曰：“《尔雅·释文》亦云：‘泄泄，或作呭。’《说文》曰：‘呭，多言也。’‘詍，多言也。’并引此诗。《说文》曰：‘泄，水名。’呭，詍正字，泄借字。”《毛诗故训传》曰：“泄泄，犹沓沓也。”《说文》曰：“沓，语多沓沓也。”是沓沓亦为多言。

七、辞：指王朝政令之辞。《毛诗故训传笺》曰：“辞，辞气，谓政教也。”辑：《毛诗故训传》曰：“辑，和。”指缓和，和顺。洽：《毛诗故训传》曰：“洽，合。”指团结和谐。

八、怿：借为“殬”，败坏。莫：通“瘼”，病，指百姓受疾苦。王先谦《诗三家义集疏》曰：“朱彬云：‘怿，读为殬。’《说文》曰：‘殬，败也。’‘殬’借作‘怿’，犹‘殬’借作‘斁’与‘择’也。‘莫’读为‘瘼’，训‘病’。四语兼善恶言，词和则民合，词病则民病。”另一说，《毛诗故训传》言：“怿，悦。莫，定也。”意与上二句类，政令和悦，百姓才会安定和谐。按此处上二句当与下二句相对，兼言善恶，故取前一解释。

九、我：诗人自称。异事：即事异，所事者异，从事不同的职务。朱熹《诗集传》曰：“异事，不同职也。”及：与。同寮：即同僚，同事。《毛诗故训传》曰：“寮，官也。”此言与你们同在朝为官。

十、我即尔谋：即，往就。谋：商量，图谋。嚣嚣：傲慢不听别人言的样子。《韩诗》作“謷謷”，《鲁诗》作“敖敖”，皆为假借字。《毛诗故训传》曰：“嚣嚣，犹謷謷也。”孔颖达《疏》曰：“嚣嚣者，是不听之状。”

十一、维：是。服：《毛诗故训传笺》曰：“服，事也。”《毛诗故训传笺》训服为事。若直言“我言维事”，则不辞。故必以乃今之急事增成其义。非诗意也。此处“‘服’乃指‘治’，合理可行的建议。”勿以为笑：无为笑也。笑，戏笑。以上说：我的言论都是一些合理可行的建议，不要对此戏笑。陈奂《诗毛氏传疏》曰："言我言有可说之道，无为笑也。"

十二、先民：古人。询：询问，请教。刍（chú音除）：本指喂牲口的草，后引申为割草，这里指割草的人。荛（ráo音饶）：本指柴草，后引申为打柴，这里指打柴的人。《毛诗故训传》曰："刍荛，薪采者。"《毛诗故训传笺》曰："古之贤者有言，有疑事当与薪采者谋之。匹夫匹妇或知及之，况于我乎！"以上说：古人曾言要向割草打柴之人请教。

十三、虐：肆虐，指降灾。谑谑：喜乐。《毛诗故训传》曰："谑谑然，喜乐。"《毛诗正义》曰："此言谑谑，犹上宪宪。见王为恶如喜乐之，故为喜乐也。"

十四、老夫：诗人自称。灌灌：诚恳的样子。《鲁诗》作"懽"。《毛诗故训传》曰："灌灌，犹款款也。"《毛诗正义》曰："《释训》云：'灌灌，忧无告也。'解其言灌灌之意耳，非解灌灌之义，故云：'犹款款'。言己至诚款实而告之，但彼不受用，即是无所告耳。"马瑞辰《毛诗传笺通释》曰："灌、款以叠韵为训。胡承珙谓灌为懽之借，故《说文》引《尔雅》正作'懽懽'。"小子：年轻人，这里指周厉王。蹻蹻（jiǎo音脚）：骄傲的样子。《毛诗故训传》曰："蹻蹻，骄貌。"以上说：老夫我一片诚意，你这小子却是傲慢无礼之貌。

十五、耄（mào音冒）：年老，古代称八十岁为耄。《毛诗故训传》曰："八十曰耄。"这里指老人昏乱之言。朱熹《诗集传》曰："耄，老而昏也。"忧谑：以忧为戏谑。陈奂《诗毛氏传疏》曰："尔用忧谑，言因女之谑谑然，喜乐用是忧也。"以上说：我所言的不是老人昏乱之言，你们却反拿本应担忧的事来取笑戏谑。

十六、熇熇（hè音贺）：火势猛烈的样子。《毛诗故训传》曰："熇熇然，炽盛也。"陈奂《诗毛氏传疏》引《韩诗外传》云："夫重臣群下者，人主之心腹支体也。心腹支体无疾则人主无疾矣，故非有贤医莫能治也。"以上说：

所行错误恶事越多，炽盛如火，终将不可救药。

十七、懠（qí音齐）：大怒。《毛诗故训传》曰：“懠，怒也。”夸毗：指谄媚迎合，卑躬屈膝。《毛诗故训传》曰：“夸毗，体柔人也。”朱熹《诗集传》曰：“夸，大。毗，附也。小人之于人，不以大言夸之，则以谀言毗之也。”马瑞辰《毛诗传笺通释》曰：“孙炎云：‘夸毗，屈己卑身，以柔顺人也。’义正与《毛诗故训传》同。”

十八、威仪卒迷：威仪尽迷乱不存。卒：尽。迷：迷乱。载：则。尸：无所作为如同行尸。朱熹《诗集传》：“尸，则不言不为，饮食而已者也。”

十九、殿屎：呻吟，叹息。《毛诗故训传》曰：“殿屎，呻吟也。”马瑞辰《毛诗传笺通释》曰：“《说文》引《诗》作‘唸吚’者正字，《诗》及《尔雅》作‘殿屎’者，假借字也。”莫我敢葵：即“我莫敢葵”。葵：《毛诗故训传笺》曰：“葵，揆也。”揣度：推测。《毛诗正义》曰：“故今天下之民方欲愁苦而呻吟矣，汝君臣忽然则莫有察我民敢能揆度知其情者。”以上说：人民正痛苦地呻吟叹息，却没有人敢于体察实情。

二十、蔑：无。资：资财。曾：何。惠：施惠。师：指民众。《毛诗故训传笺》曰：“其遭丧祸，又素以赋敛空虚，无财货以共其事。穷困如此，又曾不肯惠施以周赡众民，言无恩也。”以上说：遭逢丧乱，人民财尽穷困，怎么不来施惠救助民众？

二十一、牖（yǒu音有）：通“诱”，诱导，引导。王先谦《诗三家义集疏》曰：“三家‘牖’作‘诱’。”《毛诗故训传》曰：“牖，道也。”又，朱熹《诗集传》曰：“牖，开明也。犹言天启其心也。”亦通。埙（xūn音熏）：古代一种陶制的乐器，六孔。篪（chí音迟）：古代的一种竹制乐器，像笛子，八孔。埙篪二者之音相应和。《毛诗故训传》曰：“如埙如篪，言相和也。”璋：古代的一种玉器。圭：古代帝王诸侯举行礼仪时所用的一种玉器，上尖下方。半圭为璋，这里指二者相应合。《毛诗故训传》曰：“如璋如圭，言相合也。”如取如携：如同取物、携物，物必相随。《毛诗故训传》曰：“如取如携，言必从也。”《毛诗故训传笺》曰：“王之道民以礼义，则民和合而从之如此。”

二十二、益：“隘”的假借，阻碍，言携物不会遇阻，不是什么难事。马瑞辰《毛诗传笺通释》曰：“按，携犹取叶。取民之道以治民，非于民有所增益，即《中庸》以人治人。故下即接以‘牖民孔易’矣。”孔易：很容易。

二十三、辟：上句“辟”字，犹“僻”，邪僻。下句“辟”字，法也。马瑞辰《毛诗传笺通释》曰：“按卢氏《释文考证》云，《后汉书·张衡传》《家语·子路初见篇》《玉篇·人部》《一切经音义》九、《文选注》三，皆引作‘多僻’。段玉裁曰，‘《毛诗故训传》辟，法也’；之上不言辟，僻也。’”盖汉时《毛诗》，本上作僻，下作辟。故《毛诗故训传笺》云‘多为邪僻’。……谓邪僻之世，不可执法以绳人。”

二十四、价人：善人，大人，与下大师、大邦、大宗为一类。《鲁诗》作“介”。《毛诗故训传》曰：“价，善也。”维：是。藩：藩篱，引申为屏障。《毛诗故训传》曰：“藩，屏也。”《毛诗正义》曰：“藩者，园圃之篱，可以屏蔽行者，故以藩为屏也。”大师：大众。垣：墙。马瑞辰《毛诗传笺通释》曰：“此诗三句连言大，皆当读如大小之大。首句‘价人维藩’，价亦大也，不应‘大师’大字独音泰。且介人为贤臣，则三公皆在其内，不应重言大师。大师宜谓大众，‘大师维垣’独云众志成城也。”大邦：大国，强大的诸侯国。《毛诗故训传笺》曰：“大邦，成国诸侯也。”屏：屏障。大宗：周王的同姓宗族。《毛诗故训传笺》曰：“大宗，王之同姓之适子也。王当用公卿诸侯及宗室之贵者为藩屏垣干，为辅弼，无疏远之。”翰：栋梁。《毛诗故训传》曰：“翰，干也。”

二十五、怀德维宁：怀，和也。宗子：周王的嫡子。无俾：无使。独：孤独，孤立。斯：是。畏：可怕。朱熹《诗集传》曰：“言是六者（按指上文六句），皆君之所恃以安，而德其本也。有德，则得是五者之助，不然，则亲戚叛之而城坏。城坏，则藩垣屏翰，皆坏而独居。独居而所可畏者至矣。”以上说：以德行团结人民和宗族诸侯，国家就会安宁。

二十六、敬：《鲁诗》作“畏”，敬畏。戏豫：贪于嬉戏安逸。《毛诗故训传》曰：“戏豫，逸豫也。”

二十七、渝：变，指天灾。《毛诗故训传笺》曰：“渝，变也。”驰驱：放纵胡为。《毛诗故训传》曰：“驰驱，自恣也。”

二十八、昊天：上天。曰：语助词。明：明亮，明察。及：与。出王：出往，来往。《毛诗故训传》曰：“王，往。”

二十九、旦：《毛诗故训传》曰：“旦，明。”游衍：游逛，漫游。《毛诗故训传》曰：“游，行。衍，溢也。”马瑞辰《毛诗传笺通释》曰：“游衍，即放散之义。溢与散，义正相成。”《毛诗故训传笺》曰：“昊天在上，人仰之皆谓之明，常与女出入往来，游溢相从，视女所行善恶，可不慎乎！”以上说：上天是明察的，你漫衍无行，上天都能看到，因此要知畏惧。

【解题】

这是凡伯讽谏周厉王之诗。《诗序》曰：“《板》，凡伯刺厉王也。”凡伯是凡国诸侯，商代甲骨卜辞即有“凡”这个地名，周成王时封周公庶子于凡，伯爵，都城在河南辉县市云门镇凡城村附近。《毛诗故训传笺》曰：“凡伯，周同姓，周公之胤也。入为王卿士。”凡伯是周王室世卿，《左传·隐公七年》载戎人朝见周王，凡伯收了戎人的贡礼却不礼遇戎人，公元前716年，凡伯出使鲁国，返周时在楚丘（今山东曹县东南）遭戎人劫持。

孔颖达《毛诗正义》曰：“僖二十四年《左传》曰：‘凡、蒋、邢、茅、胙、祭，周公之胤也。’知为王卿士者，以《经》云：‘我虽异事，及尔同寮。’是为王官也。以其伯爵，故宜为卿士。《瞻仰》，凡伯之刺幽王。《春秋》隐七年，‘天王使凡伯来聘’。世在王朝，盖畿内之国。杜预云：‘汲郡共县东南有凡城。’共县于汉属河内郡，盖在周东都之畿内也。”

荡之什

荡

荡荡上帝，下民之辟。[一]
疾威上帝，其命多辟。[二]
天生烝民，其命匪谌。[三]
靡不有初，鲜克有终。[四]
文王曰咨，咨汝殷商！[五]
曾是强御，曾是掊克，[六]
曾是在位，曾是在服。[七]
天降滔德，女兴是力。[八]
文王曰咨，咨女殷商！
而秉义类，强御多怼。[九]
流言以对，寇攘式内。[十]
侯作侯祝，靡届靡究。[十一]
文王曰咨，咨女殷商！
女炰烋于中国，敛怨以为德。[十二]
不明尔德，时无背无侧。[十三]
尔德不明，以无陪无卿。[十四]

文王曰咨，咨女殷商！
天不湎尔以酒，不义从式。[十五]
既愆尔止，靡明靡晦，[十六]
式号式呼，俾昼作夜。[十七]
文王曰咨，咨女殷商！
如蜩如螗，如沸如羹。[十八]
小大近丧，人尚乎由行。[十九]
内奰于中国，覃及鬼方。[二十]
文王曰咨，咨女殷商！
匪上帝不时，殷不用旧。[二十一]
虽无老成人，尚有典刑。[二十二]
曾是莫听，大命以倾。[二十三]
文王曰咨，咨女殷商！
人亦有言："颠沛之揭，[二十四]
枝叶未有害，本实先拨。"[二十五]
殷鉴不远，在夏后之世。[二十六]

【注释】

一、荡荡：一说为洪水泛滥的样子，一说为政治败坏的样子。《毛诗故训传笺》曰："荡荡，法度废坏之貌。"朱熹《诗集传》曰："荡荡，广大貌。"马瑞辰《毛诗传笺通释》曰："荡荡本流水放散之貌，《尧典》'荡荡怀山襄陵'是也。又引申为法度废坏之貌，故此《诗序》云'天下荡荡，无纲纪文章'。"上帝：指周王。《毛诗故训传》曰："上帝以托君王也。"辟：君王。《毛诗故训传》曰："辟，君也。"《毛诗故训传笺》曰："厉王乃以此居人上，为天下之君，言其无可则象之甚。”

二、疾威：剥削欺压。《毛诗故训传》曰：“疾病人矣，威罪人矣。”《毛诗故训传笺》曰：“疾病人者，重赋敛也。威罪人者，峻刑法也。”命：一说为君主的命令。《毛诗故训传笺》曰：“政教。”褚斌杰《诗经全注》曰：“指政令。”一说为人之天性。马瑞辰《毛诗传笺通释》曰：“命当读如‘天命之谓性’之命，谓天命之初本善，而其后有初鲜终，故言‘其命匪谌’……《笺》以为人君之教命，失之。”多辟：多邪僻不正。朱熹《诗集传》曰：“多邪僻。”褚斌杰《诗经全注》曰：“通僻，多僻，多邪僻不正。”

三、烝：众多。《毛诗故训传笺》曰：“烝，众。”谌（chén音陈）：确实。《毛诗故训传》曰：“谌，诚也。”《毛诗故训传笺》曰：“天之生此众民，其教道之，非当以诚信使之忠厚乎？”朱熹《诗集传》曰：“谌，信也。”

四、靡：不。褚斌杰《诗经全注》曰：“靡，无，没有。”初：指人善良的本性。鲜克：很少能够。《毛诗故训传笺》曰：“鲜，寡。克，能也。”有终：自始至终保持本性。朱熹《诗集传》曰：“盖天生众民，其命有不可信者。盖其降命之初，无有不善。而人少能以善道自终。”

五、咨：感叹。《毛诗故训传》曰：“咨，嗟也。”马瑞辰《毛诗传笺通释》曰：“《说文》咨云：‘谋事曰咨。’又：‘呲，嗟也。’……咨为呲之假借字。”殷商：指纣王。《毛诗故训传笺》曰：“厉王弭谤，穆公朝廷之臣，不敢斥言王之恶，故上陈文王咨嗟殷纣以切刺之。”

六、强御：蛮横强硬。《毛诗故训传》曰：“强御，强梁御善也。”《毛诗正义》曰：“强梁者，任威使气之貌。御善者，见善事而抗御之。是心不向善，不从教化之人也。”掊（pòu）克：自大。《毛诗故训传》曰：“掊克，自伐而好胜人也。”《毛诗正义》曰：“自伐解掊，好胜解克。定本‘倍’作‘掊’，掊即倍也。倍者，不自量度，谓己兼倍于人而自矜伐。《论语》云

‘原无伐善’，是也。”

七、服：事。《毛诗故训传笺》曰：“执职事。”马瑞辰《毛诗传笺通释》曰：“《尔雅》曰：‘服，事也。’《说文》曰：‘事，职也。’……在服犹云在职、在任、在官，与上‘在位’同义。”

八、天：一说为上天，一说为君主。《毛诗故训传》曰：“天，君。”滔：败坏道德。《毛诗故训传》曰：“滔，慢也。”女兴是力：君主任用败坏道德的大臣，他们做尽坏事。《毛诗故训传笺》曰：“厉王施倨慢之化，女群臣又相与而力为之。言竞于恶。”

九、而：通“尔”，你。朱熹《诗集传》曰：“而，亦汝也。”义类：善类，善良的人们。《毛诗故训传笺》曰：“义之言宜也。类，善。”怼：怨恨。朱熹《诗集传》曰：“怼，怨也。”

十、对：一说为对付、对待，一说为于是，如《毛诗故训传》曰：“对，遂也。”式内：一说式为用，用于内。《毛诗故训传笺》曰：“式，用也。寇盗攘窃为奸宄者，而王信之，使用事于内。”马瑞辰《毛诗传笺通释》曰：“诗四句皆谓王用善人，则为群小所谮毁也。《尔雅释言》曰：‘怼，怨也。’‘对，遂也。’‘强御多怼’，谓王用善人则强御多怼怨。因怼怨遂为流言于外，以遂其谗毁之心，复为寇盗攘窃于内。至下言‘侯作侯祝’，则终至以诅祝，靡有究极矣。《笺》说失之。”一说式为语助词。

十一、侯：于是。《毛诗故训传笺》曰：“侯，维也。”褚斌杰《诗经全注》曰：“侯，维，于是。”作、祝：诅咒。《毛诗故训传》曰：“作、祝，诅也。”届：极点。《毛诗故训传》曰：“届，极。”究：终结。《毛诗故训传》曰：“究，穷也。”朱熹《诗集传》曰：“言汝当用善类，而反任此暴虐多怨之人，使用流言以应对，则是为寇盗攘窃，而反居内矣。是以致怨谤之无极也。”

十二、炰烋（xiāo音消）：咆哮。《毛诗故训传》曰：“炰烋，犹彭亨也。”《毛诗故训传笺》曰：“炰烋，自矜气健之貌。”马瑞辰《毛诗传笺通释》

曰："炰烋二字叠韵，烋字《说文》所无。炰烋通作咆哮……咆哮本为怒声，又引申为骄貌，故传以彭亨释之。彭亨即炰烋转。干宝《易注》曰：'彭亨，骄满貌。'"敛怨以为德：《毛诗故训传笺》曰："敛聚群不逞作怨之人，谓之有德而任用之。"朱熹《诗集传》曰："敛怨以为德，多为可怨之事，而反自以为德也。"

十三、不明尔德：褚斌杰《诗经全注》曰："不光大你的德行。"无背无侧：没有贤臣在旁辅佐。《毛诗故训传》曰："背无臣，侧无人也。"《毛诗故训传笺》曰："无臣、无人，谓贤者不用。"

十四、无陪无卿：没有贤臣辅弼。《毛诗故训传》曰："无陪贰也，无卿士也。"

十五、湎：沉湎。朱熹《诗集传》曰："湎，饮酒变色也。"马瑞辰《毛诗传笺通释》曰："《说文》曰：'湎，湛于酒也。'湛与沉同，沉之言淫也。湎，犹酗也。"义：应该。《毛诗故训传》曰："义，宜也。"式：用。《毛诗故训传笺》曰："式，法也。不宜从而法行之。"朱熹《诗集传》曰："言天不使尔沉湎于酒，而惟不义是从而用也。"

十六、愆：罪过、错误。《毛诗故训传笺》曰："愆，过也。"止：举止。朱熹《诗集传》曰："止，容止也。"靡明靡晦：不分昼夜。《毛诗故训传笺》曰："不为明晦，无有止息也。"

十七、俾昼作夜：不分昼夜，纵欲无度。《毛诗故训传》曰："使昼为夜也。"

十八、蜩螗：虫叫。《毛诗故训传》曰："蜩，蝉也。螗，蝘也。"《毛诗故训传笺》曰："饮酒号呼之声，如蜩螗之鸣。"如沸如羹：如同汤水沸腾般吵闹。《毛诗故训传笺》曰："其笑语沓沓，又如汤之沸，羹之方熟。"

十九、小大近丧：大事小事都做不成。《毛诗故训传笺》曰："且丧亡。"朱熹《诗集传》曰："小者大者，几于丧亡矣。"人尚乎由行：他们还在执迷不悟。《毛诗故训传笺》曰：“言居人上，欲用行是道也。”《毛诗故训传笺》曰：“殷纣之时，君臣失道如此，且丧亡矣。时人化之甚，尚欲从而行之，不知其非。”

二十、奰（bì音闭）：愤怒。《毛诗故训传》曰：“奰，怒也。不醉而怒曰奰。”覃：延伸。朱熹《诗集传》曰：“覃、延也。”鬼方：远方的国家。《毛诗故训传》曰：“鬼方，远方也。”朱熹《诗集传》曰：“鬼方，远夷之国也。言自近及远、无不怨怒也。”

二十一、不时：一说为时机不对。《毛诗故训传笺》曰：“不得其时。”一说为不善。马瑞辰《毛诗传笺通释》曰：“《广雅》亦云：‘时，善也。’匪上帝不时，犹云非上帝不善耳。”殷不用旧：纣王不用旧典。《毛诗故训传笺》曰：“此言纣之乱，乃不用先王之故法之所致。”

二十二、老成人：熟悉旧典的老臣。《毛诗故训传笺》曰：“老成人，谓若伊尹、伊陟、臣扈之属。”典刑：先王留下的旧典。《毛诗故训传笺》曰：“有常事故法可案用也。”

二十三、莫听：不听从。《毛诗故训传笺》曰：“莫，无也。朝廷君臣皆任喜怒，曾无用典刑治事者。”

二十四、颠沛：颠仆、摔倒。《毛诗故训传》曰：“颠，仆。沛，拔也。”揭：颠倒。《毛诗故训传》曰：“揭，见根貌。”《毛诗故训传笺》曰：“揭，蹶貌。”

二十五、拨：断绝。《毛诗故训传笺》云：“拨，犹绝也。言大木揭然将蹶，枝叶未有折伤，其根本实先绝，乃相随俱颠拔。喻纣之官职虽俱存，纣诛亦皆死。”

二十六、《毛诗故训传笺》曰：“此言殷之明镜不远也，近在夏后之世，谓汤诛桀也。后武王诛纣。今之王者，何以不用为戒！”朱熹《诗集传》曰：“殷鉴在夏盖为文王叹纣之辞。然周鉴之在殷亦可知矣。”

【解题】

这是召穆公所作的一首感叹周室衰败的诗。《诗序》曰：“《荡》，召穆公伤周室大坏也。厉王无道，天下荡荡，无纲纪文章，故作是诗也。”

孔颖达《毛诗正义》曰：“《荡》诗者，召穆公所作，以伤周室之大坏也。以厉王无人君之道，行其恶政，反乱先王之政，致使天下荡荡然，法度废灭，无复有纲纪文章，是周之王室大坏败也。故穆公作是《荡》诗以伤之。伤者，刺外之有余哀也，其恨深于刺也。”

抑

抑抑威仪，维德之隅。[一]
人亦有言，靡哲不愚。[二]
庶人之愚，亦职维疾。[三]
哲人之愚，亦维斯戾。[四]
无竞维人，四方其训之。[五]
有觉德行，四国顺之。[六]
讦谟定命，远犹辰告。[七]
敬慎威仪，维民之则。[八]
其在于今，兴迷乱于政。[九]
颠覆厥德，荒湛于酒。[十]
女虽湛乐从，弗念厥绍。[十一]
罔敷求先王，克共明刑。[十二]
肆皇天弗尚，如彼泉流，无沦胥以亡。[十三]

夙兴夜寐，洒埽庭内，维民之章。[十四]
修尔车马，弓矢戎兵，用戒戎作，用逷蛮方。[十五]
质尔人民，谨尔侯度，用戒不虞。[十六]
慎尔出话，敬尔威仪，无不柔嘉。[十七]
白圭之玷，尚可磨也，斯言之玷，不可为也。[十八]
无易由言，无曰苟矣。[十九]
莫扪朕舌，言不可逝矣。[二十]
无言不雠，无德不报。[二十一]
惠于朋友，庶民小子。[二十二]
子孙绳绳，万民靡不承。[二十三]
视尔友君子，辑柔尔颜，不遐有愆。[二十四]
相在尔室，尚不愧于屋漏。[二十五]
无曰不显，莫予云觏。[二十六]
神之格思，不可度思，矧可射思。[二十七]
辟尔为德，俾臧俾嘉。[二十八]
淑慎尔止，不愆于仪。[二十九]
不僭不贼，鲜不为则。[三十]
投我以桃，报之以李。[三十一]
彼童而角，实虹小子。[三十二]
荏染柔木，言缗之丝。[三十三]
温温恭人，维德之基。[三十四]
其维哲人，告之话言，顺德之行。[三十五]
其维愚人，覆谓我僭，民各有心。[三十六]
於乎小子，未知臧否。[三十七]
匪手携之，言示之事。[三十八]

匪面命之，言提其耳。[三十九]

借曰未知，亦既抱子。[四十]

民之靡盈，谁夙知而莫成。[四十一]

昊天孔昭，我生靡乐。[四十二]

视尔梦梦，我心惨惨。[四十三]

诲尔谆谆，听我藐藐。[四十四]

匪用为教，覆用为虐。[四十五]

借曰未知，亦聿既耄。[四十六]

於乎小子，告尔旧止，听用我谋，庶无大悔。[四十七]

天方艰难，曰丧厥国。[四十八]

取譬不远，昊天不忒。[四十九]

回遹其德，俾民大棘。[五十]

【注释】

一、抑抑：《毛诗故训传》训为密，指周密、严密之意。威仪：容止礼节。隅：原指屋角，引申为德行端正。《毛诗故训传笺》云："人密审于威仪抑抑然，是其德必严正也。"

二、靡：没有。哲：贤哲。靡哲不愚，《毛诗故训传》云："国有道则知，国无道则愚。"

三、庶人：即众人，一般人。亦：语助词。职：主要。维：是。疾：病，可以理解为通病。《毛诗故训传笺》云："众人性无知，以愚为主，言是其常也。"

四、戾：罪也，这里意为畏罪。以上说：贤哲之人装糊涂，也是因为邦国无道。又马瑞辰《毛诗传笺通释》按："戾对疾言，正当训善。诗盖言庶人之愚是真愚，故以愚为疾；哲人以愚成哲，斯以愚为善耳。”

五、竞：强也。维：由于。训《毛诗故训传》云“教也”，指教化。《毛诗故训传笺》云：“人君为政，无强于得贤人。得贤人则天下教化。”

六、觉：《毛诗故训传》训为“直”，《毛诗故训传笺》训为“大”，指高大、正直。顺：顺从、归顺。

七、讦（xū音需）：《毛诗故训传》训为“大”，指远大。谟：《毛诗故训传》云“谋”，指谋略。朱熹《诗集传》云：“大谋，谓不为一身之谋，而有天下之虑也。”定：审定。命：即令，指政令。犹：《毛诗故训传笺》云“图也”，指谋略。远犹：指远谋、宏图。朱熹《诗集传》云：“远谋，谓不为一时之计，而为长久之规也。”辰，时也，及时的意思。以上说：用远大的谋略审定政令，宏图远谋要及时告知人民。

八、敬慎威仪：当敬慎其举动威仪。维：为，是。则：法则。

九、于今：指当今厉王之时。兴：《毛诗故训传笺》云：“兴，犹尊尚也。王尊尚小人，迷乱于政事者。”

十、颠覆：倾败、败坏。厥：其，指周王。德：德性、功德。湛（dān音单）：沉湎。

十一、女：你。虽：同“惟”，只。乐从：玩乐放纵。弗：不。念：念及、考虑。厥：其。绍：《毛诗故训传》训为“继”，指继承，即继承先王的功业。

十二、罔：不、无。敷：广泛。先王：指先王之道。克：能够。共：《毛诗故训传》训为“执”，指执行。明刑“明法也。孔颖达《毛诗正义》云：“汝何故无心欲广索先王之道，及能执守明白法度之贤人而用之乎？责其不用贤者，而与小人荒耽。”

十三、肆：《毛诗故训传笺》曰：“肆，故今也。”有所以的意思。尚：《毛诗故训传笺》训为“高尚”，但马瑞辰《毛诗传笺通释》、王先谦《诗三家义集释》以及今人程俊英《诗经注析》、褚斌杰《诗经全注》皆释为“保佑”之意。沦：《毛诗故训传》训为“率”，指相率。胥：皆也。

十四、夙兴夜寐：指早起晚睡。埽：同“扫帚”之“扫”。庭：指庭院。内：指内室。章：《毛诗故训传笺》云“文章法度也”，可理解为规范、表率。此句是说：领导人要起早贪黑，打扫庭院，须勤恤政事，为民作出表率。

十五、戎兵：指兵器。戒：准备。戎：战事。作：起，指发生战事。逷（tì音替）：指制服、剪除。《毛诗故训传笺》云：“逷当作‘剔’。剔，治也。”马瑞辰《毛诗传笺通释》曰：“训剔为治，治犹除也。”蛮方，边远地区的异族。

十六、上一句言向外，接下来两句言向内。质：安定。谨：谨慎。侯度，《毛诗故训传笺》训为为君之法度。戒：准备。不虞：不测，《毛诗故训传笺》曰：“不亿度而至之事。”

十七、话：《毛诗故训传》云：“话，善言也。”《毛诗故训传笺》则云：“言，谓教令也。”指对人民的教令要谨慎。柔嘉：柔善嘉美，指出话柔善，威仪嘉美。

十八、玷：白玉上的小瑕疵。《毛诗故训传笺》云：“玉之缺，尚可磨鑢而平，人君政教一失，谁能反覆之。”

十九、易：轻易。由：于。苟：苟且、随便。《毛诗故训传笺》曰：“女无轻易于教令，无曰苟且如是。”

二十、莫：无。扪：《毛诗故训传》训“持也”，指把持住。朕：先秦时期一般用来自称。逝：往、去的意思。

二十一、雠（chóu音愁），《毛诗故训传》训为“用”，指有善言则用之的意思。另有朱熹《诗集传》等释“雠”为酬答，即应答、对答之意，亦通。

二十二、惠：顺及。朋友：指在朝的群臣。庶民：指普通百姓。小子：指庶民之子弟。

二十三、绳绳：《毛诗故训传笺》训为“戒”，指敬戒、谨慎。靡：没有。承：承顺，顺从。

二十四、友君子：即前面提到的“朋友”，指在朝的群臣或诸侯卿大夫。辑：《毛诗故训传》训为“和”，指和颜悦色。柔：《毛诗故训传笺》云“安”，即和安之意，这里作动词用。遐：《毛诗故训传笺》训为“远”，王先谦《诗三家义集疏》云：“‘不遐’与‘遐不’意同，犹言‘不无’也。”愆：过错。

二十五、相：同“视”。在尔室：指在你的宗庙之室。屋漏：《毛诗故训传》云：“西北隅谓之屋漏”，王先谦《诗三家义集疏》引黄山云：“故室中日光所入处亦得名漏。……不愧屋漏，即言不愧于神明。神不可知，以天明之，犹言不愧于天。天亦不可知，以日明之。”据此，屋漏指神明。

二十六、不显：不明显处，意指身处隐蔽看不见的地方。云：语助词。莫：没有人。觏：见。予觏：即觏予，见我。

二十七、格：至也，即到的意思。思：语助词。度：揣测。矧，《毛诗故训传笺》训为“况”，何况、况且之意。射（yì音易）：厌也，讨厌、厌弃之意。《毛诗故训传笺》曰：“神之来至去止，不可度知，况可于祭末而有厌倦乎！”

二十八、辟：《毛诗故训传笺》云“法也”，指规范、审度。臧：善。嘉：美。

二十九、淑：美善。慎：谨慎。止：容止。《毛诗故训传笺》云：“又当善慎女之容止，不可过差于威仪。”

三十、僭：僭越，越轨。贼：残害。鲜：少。则：法，效法。

三十一、投：赠。《毛诗故训传笺》曰：“此言善往则善来，人无行而不得其报也。”

三十二、童：没有角的羊。而：以，以为。而角：以为有角。虹：《毛诗故训传》云“溃也”，溃败、溃乱的意思。小子：指周天子，《毛诗故训传笺》引《礼》云：“天子未除丧称小子。”实虹小子：实际上溃乱小子之政。

三十三、荏染：朱熹《诗集传》云“柔貌”，指柔韧。言，语助词。缗（mín音民）：《毛诗故训传》训为“被”，朱熹《诗集传》云：“缗，纶也，被之纶以为弓也。”丝：弓弦。

三十四、温温：指宽厚温顺的样子。《毛诗故训传》云：“宽柔也。”基：基本、基础。

三十五、话言：陈奂《诗毛氏传疏》曰：“话，当为诂字之误也。《释文》引《说文》曰‘告之诂言’，云诂，故言也。”《毛诗故训传》曰：“话言，古之善言也。”告：语、告诉。顺德而行：指循善德之言而行。《毛诗故训传笺》云：“语贤知之人以善言则顺行之。”

三十六、覆：《毛诗故训传笺》云“犹反也”，指反而的意思。谮：《毛诗故训传笺》训为“不信”，指不诚信、不诚实。此句拿愚人跟上句的贤人对比，故《毛诗故训传笺》云：“告愚人反谓我不信，民各有心，二者意不同。”

三十七、於乎：即呜呼，叹词。臧否：指善恶、是非。

三十八、匪：有“非但……而且……”的递进语气。手携之：手把手地领着他。示：指点、指示。事：具体事例。以上说：非但手把手地带领他辨别善恶是非，而且以具体的事例指点他。

三十九、面：当面。命：教诲、教导。以上说：非但当着他的面教导他，还提着他的耳朵警示他。

四十、借：《毛诗故训传》训为“假也”，借曰即假如说。以上说：假如说周王你年幼无知，但实际上已经长大抱上儿子了。

四十一、民：泛指人。盈：满，满意。夙：早。莫：古代同“暮”，晚也。《毛诗故训传笺》云：“万民之意，皆持不满于王，谁早有所知而反晚成与。言王之无成，本无知故也。”

四十二、孔：甚也。昭：明显。《毛诗故训传笺》云：“昊天乎，乃甚明察，我生无可乐也。”

四十三、尔：指周王。梦梦：昏昏然糊涂的样子。惨惨：《毛诗故训传》云“犹不乐也”，指忧愁苦闷的样子。

四十四、诲：劝导。谆谆：言辞恳切，诲之不倦。藐藐：指不在意、听不进去的样子。《毛诗故训传》曰：“藐藐然，不入也。”

四十五、匪：同“非”。教：教令。覆：反而。虐：《毛诗故训传笺》训为“妨害”，另有一说认为“虐”是“谑”的假借字，指戏谑、开玩笑，如马瑞辰《毛诗传笺通释》按：“诗盖言不用其言为教令，反用其言为戏谑耳。”

四十六、聿（yù音欲）：一说为“述”，《毛诗正义》云：“《尔雅》之训聿为述也，亦为自也。”另有认为“聿”是助词的说法。耄：指年老，古人八十岁称为耄。

四十七、《毛诗故训传笺》曰：“旧，久也。止，辞也。”旧止：指先王的礼法诫语。庶：《毛诗故训传笺》训为幸，含有希望的意思。悔：悔恨。

四十八、艰难：艰难之事，指灾异。丧：灭亡。厥：其。

四十九、取譬：打比方，举例说明。忒：差错。以上说：上天向来是不会有偏差的。

五十、回遹：指邪僻。棘：朱熹《诗集传》训为“急”，即困急，指使民甚为困急。《毛诗正义》云：“王何以不效昊天有常，反为无常，而邪僻其德，贪暴税敛，而使下民资财皆尽，甚大困急。我以是故而谏王也。”

【解题】

这是一首卫武公讽谏周厉王的诗。卫武公和（约前852年—前758年），卫釐侯之子，卫共伯之弟，卫国第十一位君主，公元前812年至公元前758年在位。卫釐侯喜欢公子和，赐给公子和大量财产，公元前813年，卫釐侯去世，太子余即位，此即卫共伯。公子和收买甲士，在卫釐侯墓地袭击卫共伯，卫共伯自杀，公子和即位，为卫武公。在位期间，因勤王有功，晋升公爵。《诗序》曰："《抑》，卫武公刺厉王，亦以自警也。"《毛诗故训传笺》曰："自警者，如彼泉流，无渝胥以亡。"据《国语·楚语上》载，卫武公作是诗时已九十五岁。诗成后，卫武公常吟诵该诗，以自警戒。

孔颖达《毛诗正义》曰："《抑》诗者，卫武公所所作，以刺厉王也。虽志在刺王，亦所以自警戒己身。以王之为恶，将致灭亡，群臣随之，己亦沦陷，故《笺》指而言之。"

朱熹《诗集传》曰："卫武公作此诗，使人日诵于其侧，以自警。"又曰："《楚语》左史倚相曰，'昔卫武公年数九十五矣，犹箴儆于国曰，自卿以下，至于师长士，苟在朝者，无谓我老耄而舍我。必恭恪于朝夕，以交戒我。在舆有旅贲之规，位宁有官师之典，倚几有诵训之谏，居寝有亵御之箴，临事有瞽史之导，宴居有师工之诵。史不失书，蒙不失诵，以训御之。于是作《懿》戒以自儆。及其没也，谓之睿圣武公。'韦昭曰：'懿读为抑。'即此篇也。董氏曰：'侯包言，武公行年九十有五，犹使人日诵是诗，而不离于其侧。'然则《序》说为刺厉王者，误矣。"

桑柔

菀彼桑柔，其下侯旬。一
捋采其刘，瘼此下民。二
不殄心忧，仓兄填兮。三
倬彼昊天，宁不我矜！四

四牡骙骙，旟旐有翩。[五]
乱生不夷，靡国不泯。[六]
民靡有黎，具祸以烬。[七]
於乎有哀，国步斯频！[八]
国步蔑资，天不我将。[九]
靡所止疑，云徂何往？[十]
君子实维，秉心无竞。[十一]
谁生厉阶？至今为梗。[十二]
忧心慇慇，念我土宇。[十三]
我生不辰，逢天僤怒。[十四]
自西徂东，靡所定处。[十五]
多我觏痻，孔棘我圉。[十六]
为谋为毖，乱况斯削。[十七]
告尔忧恤，诲尔序爵。[十八]
谁能执热，逝不以濯？[十九]
其何能淑，载胥及溺。[二十]
如彼溯风，亦孔之僾。[二十一]
民有肃心，荓云不逮。[二十二]
好是稼穑，力民代食。[二十三]
稼穑维宝，代食维好。[二十四]
天降丧乱，灭我立王。[二十五]
降此蟊贼，稼穑卒痒。[二十六]
哀恫中国，具赘卒荒。[二十七]
靡有旅力，以念穹苍。[二十八]
维此惠君，民人所瞻。[二十九]

秉心宣犹，考慎其相。[三十]
维彼不顺，自独俾臧，[三十一]
自有肺肠，俾民卒狂。[三十二]
瞻彼中林，甡甡其鹿。[三十三]
朋友已谮，不胥以穀。[三十四]
人亦有言：“进退维谷。”[三十五]
维此圣人，瞻言百里。[三十六]
维彼愚人，覆狂以喜。[三十七]
匪言不能，胡斯畏忌？[三十八]
维此良人，弗求弗迪。[三十九]
维彼忍心，是顾是复。[四十]
民之贪乱，宁为荼毒。[四十一]
大风有隧，有空大谷。[四十二]
维此良人，作为式穀。[四十三]
维彼不顺，征以中垢。[四十四]
大风有隧，贪人败类。[四十五]
听言则对，诵言如醉。[四十六]
匪用其良，覆俾我悖。[四十七]
嗟尔朋友，予岂不知而作。[四十八]
如彼飞虫，时亦弋获。[四十九]
既之阴女，反予来赫。[五十]
民之罔极，职凉善背。[五十一]
为民不利，如云不克。[五十二]
民之回遹，职竞用力。[五十三]
民之未戾，职盗为寇。[五十四]

凉曰不可，复背善詈。五十五
虽曰匪予，既作尔歌。五十六

【注释】

一、菀（wǎn音晚）：茂盛的样子。《毛诗故训传》曰：“菀，茂貌。”《毛诗故训传笺》云：“桑之柔濡，其叶菀然茂盛，谓蚕始生时也。”桑柔：即柔桑，柔嫩的桑树。其下：指柔桑之下。侯：维，是。旬：树荫遍布。《毛诗故训传》曰：“旬，言阴（yìn音印）均也。”《鲁诗》作“洵”。《毛诗故训传笺》曰：“人庇阴其下者，均得其所。”孔颖达《毛诗正义》曰：“《释言》云：‘洵，均也。’某氏引此诗，李巡曰：‘洵，遍之均也。’则旬是均之义，故云‘言荫（yìn音印）均也’。”

二、捋（luō音啰）：用手脱取树叶等物。刘：残，指树叶剥落而稀疏。《毛诗故训传》曰：“刘，爆烁而希（同‘稀’）也。”孔颖达《毛诗正义》曰：“《释诂》云：‘毗、刘、爆，烁也。’舍人曰：‘毗、刘、爆，烁之意也。木枝叶稀疏不均为爆烁。’郭璞曰：‘谓树木叶缺落荫疏爆烁也。’刘者，叶之稀疏爆烁之意，故云‘爆烁而稀也’。”陈奂《诗毛氏传疏》曰：“《毛诗故训传》本《尔雅》释《经》‘刘’字，而必益其义云‘暴乐而希’者，思乐犹剥落，即希疏之意也。《尔雅》释《经》‘刘’字，而又必益其辞云‘毗刘’者，盖‘毗’之言‘庇’也。杀削枝叶曰‘刘’，枝叶可庇人而杀削之不能庇，是曰‘毗刘’。”马瑞辰《毛诗传笺通释》曰：“‘刘’与‘离’双声，《诗》‘有女仳离’，‘仳离’即‘毗刘’之转声，木之稀疏曰‘毗刘’，人之离散曰‘仳离’，其义一也。‘爆烁’者，稀疏之貌，故《尔雅》以释‘毗刘’。今《尔雅》本作‘暴乐’者，省借字也。又单言之曰‘暴’。宣六年《公羊传》‘是活我于暴桑下者也’是也。”瘼：病苦，忧患。以上三句是兴，诗人以桑树被采干净，使人失去树荫来比喻人民失去庇护。《毛诗故训传笺》曰：“及已捋采之，则叶爆烁而疏，人息其下，则病于爆烁。兴者，喻民当被王之恩惠，群臣恣放，损王之德。”

三、殄：灭绝。《毛诗故训传笺》曰：“殄，绝也。民心之忧无绝已，丧亡之道滋久长。”仓兄：通“怆怳”，凄凉冷落，怅恨失意的样子。《毛诗故训传》曰：“仓，丧也。兄，滋也。”马瑞辰《毛诗传笺通释》曰：“……‘仓兄’迭韵，即‘沧况’之省借。《说文》，沧，寒也。况，寒水也。《系传》，怆怳，寒凉貌。怆亦沧也。……《列子》‘沧沧凉凉’，‘沧凉’犹‘沧况’，古‘况’字多作‘兄’。故《释文》云：兄，本亦作‘况’。‘沧况’通作‘怆怳’。刘向《九辨》‘怆怳懭悢兮’，王逸注，中情怅恨意不得也。又通作‘仓皇’。”填：填塞，滞塞于怀。一说通“陈”，意为长久。《毛诗故训传》曰：“填，久也。”

四、倬：广大而光明的样子。宁：何，难道。矜：怜悯。不我矜即不矜我，意为难道不怜悯我吗？

五、四牡：驾车的四匹公马。骙骙（kuí音葵）：马强壮的样子。一说马匹奔跑不停息的样子。《毛诗故训传》曰：“骙骙，不息也。”旟：古代一种画有鸟隼的旗帜。旐：古代一种画有龟蛇的旗帜。《毛诗故训传》曰：“鸟隼曰旟，龟蛇曰旐。”翩：旗帜在空中迎风飘动的样子。《毛诗故训传》曰：“翩翩，在路不息也。”陈奂《诗毛氏传疏》曰：“刺王暴虐，以致累用兵革，无有止息也。”

六、夷：平息。不夷：即乱，不太平。

六、靡：没有。泯：通“惛”，乱。王引之《经义述闻》曰：“泯，乱也。承上乱生不夷，故云靡国不乱耳。”

七、民靡有黎：即靡有黎民。此句意为人口大量减少。姚际恒《诗经通论》曰：“民靡有黎，犹‘周余黎民，靡有孑遗’之意。”具：同俱，全，都。烬：灰烬。王引之《经义述闻》曰：“黎，众也。言民多死于祸乱，不复如前日之众多，但留余烬尔。”

八、於乎：即呜呼，叹声。哀：哀伤。

九、国步：国运，国家的脚步，国家的前途。斯：语助词。频：急促，指危急。蔑：无，没有。资：帮助，依靠，一说为资财。一说资为济的假借，意为安定。我将：即将我，将意为扶助，帮助。

十、靡所：无处。疑：定息。云：发语词。《毛诗故训传笺》曰："国家为政，行此轻蔑民之资用，是天不养我也。我从兵役，无有止息时。今复云行，当何之往也？"朱熹《诗集传》曰："国将危亡，天不我养。居无所定，徂无所往。"以上说没有地方可以安身，想走也不知道往哪里去。

十一、君子：指当时的贵族。实：是。维：为，所为、所做。秉心：存心。无竞：无争，不同人争权夺利。朱熹《诗集传》曰："争然非君子之有争心也。"一说，竞为强、顽固之意。陈奂《诗毛氏传疏》曰："言君子之所为，其操心甚强固也。"

十二、厉阶：祸患之阶，即祸端之意。梗：灾害。朱熹《诗集传》曰："谁实为此祸阶，使至今为病乎？盖曰祸有根原，其所从来也远矣。"

十三、慇慇（yīn音因）：忧伤的样子。《鲁诗》作"隐隐"。土宇：土地房屋，指家乡。

十四、不辰：不时。此句即生不逢时之意。《毛诗故训传笺》曰："云：辰，时也。此士卒从军久，劳苦自伤之言。"僤（dàn音但）：大。

十五、定处：安定的住处。与上章"止疑"同义。

十六、觏：遇见。痻（mín音民）：病，灾难。棘：通急，危急。圉：指边疆。此句即我圉孔急，意为边疆也非常危急。

十七、谋：谋虑。毖：戒慎。《毛诗故训传》曰："毖，慎也。"《毛诗故训传笺》曰："女为军旅之谋，为重慎兵事也。"乱况：祸乱的状况。斯：则，乃。削：减少。马瑞辰《毛诗传笺通释》曰："乱况，犹乱状也。诗盖言在上者如善其谋，慎其事，乱状斯能消减耳。"

十八、告：劝告。尔：指当权者。忧恤：忧虑国事，体恤百姓。《毛诗故训传笺》曰：“恤，亦忧也。”诲：教诲。序爵：计功授爵，审定次序。序，作动词，有排序之意。《毛诗故训传笺》云：“我语女以忧天下之忧，教女以次序贤能之爵。”

十九、执：救治。热：炎热，此处比喻国家受的苦难。马瑞辰《毛诗传笺通释》曰：“《公羊》隐七年传：‘不与夷狄之执中国也。’何注：‘执者，治之也。’救亦治也。执热即治热，亦即救热。言谁能救热而不以濯也。”逝：发语词。濯：洗涤，引申为用水浇，或者沐浴。《毛诗故训传》曰：“濯，所以救热也。礼，亦所以救乱也。”《毛诗故训传笺》曰：“其为之当如手持热物之用濯，谓治国之道，当用贤者。”

二十、淑：善。何能淑：怎样才能变好。《毛诗故训传笺》曰：“淑，善。”载：则，就。胥：相，相与。朱熹《诗集传》曰：“贤者之能已乱，犹濯之能解热耳。不然则其何能善哉？相与入于陷溺而已。”

二十一、溯风：逆风。溯或作“遡”，意为面向。僾（ài音爱）：气逆，喘不过气来，窒息。《毛诗故训传》曰：“僾，唈。”《毛诗故训传笺》曰：“今王之为政，见之使人唈然，如乡（xiàng音向）疾风，不能息也。”

二十二、肃心：进取心，一说向善之心。《毛诗故训传笺》云：“肃，进。”荓（pīng音乒）：使。《毛诗故训传》曰：“荓，使也。”云：语助词。不逮：不及。《毛诗故训传笺》曰：“王为政，民有进于善道之心，当任用之，反却退之，使不及门。”马瑞辰《毛诗传笺通释》曰：“使有不逮，即使有不行耳。”

二十三、好（hào音号）：喜爱。稼穑：播种粮食和收割粮食，这里泛指农事。力民：出力与民共同耕作。代食：以稼穑所获代替靠俸禄吃饭。《毛诗故训传》曰：“‘力民代食’，代无功者食天禄也。”一说指那些不事生产的官僚按例吃人民代耕养活的粮食。

二十四、宝：珍宝。代食维好：《毛诗故训传笺》曰：“此言王不尚贤，但贵吝啬之人，与爱代食者而已。”朱熹《诗集传》曰：“苏氏曰：‘君子视厉王之乱，闷然如遡风之人唈而不能息。虽有欲进之心，皆使之曰：世乱矣，非吾所能及也。于是退而稼穑尽其筋力，与民同事，以代禄食而已。’当是时也，仕进之忧，甚于稼穑之劳。故曰：稼穑维宝，代食维好。言虽劳而无患也。”

二十五、灭我立王：要灭掉我们所立的王。陈奂《诗毛氏传疏》曰：“立王义未闻，或谓天之所立谓之立王。灭我立王，言残灭之道本出于王也。一说，立，古位字。……此责王之词。”又，马瑞辰《毛诗传笺通释》曰：“立、粒古通用。……王犹长也。……粒王犹云谷长，谓天先残灭其五谷之长。”

二十六、蟊贼：吃谷物的害虫。《毛诗故训传笺》曰：“虫食苗根曰蟊，食节曰贼。”或说蟊贼为一物。牟应震《毛诗物名考》曰：“蟊贼，禾茎内虫也，人不及见，故曰蟊贼。……蟊贼自是一物。”或者以蟊贼比喻贪酷的统治者。朱熹《诗集传》曰：“言天降丧乱，固已灭我所立之王矣，又降此蟊贼，则我之稼穑又病，而不得以代食矣。”卒：都，尽。痒（yáng音羊）：病，害。《毛诗故训传笺》曰：“卒，尽。痒，病也。天下丧乱，国家之灾，以穷尽我王所恃而立者，谓虫孽为害，五谷尽病。”

二十七、哀恫（tōng音通）：哀痛。中国：指西周王畿之地。具：都。赘（zhuì音坠）：相连接。荒：饥荒。马瑞辰《诗毛氏传疏》曰：“……具赘卒荒，承上文‘降此蟊贼，稼穑卒痒’言之，犹云‘饥谨荐臻’耳，不作空虚解也。”

二十八、旅：同“膂”，膂力，即力量。念：感念。苍穹：指上天。《毛诗故训传》曰：“穹苍，苍天。”孔颖达《毛诗正义》曰：“‘穹苍，苍天’，《释天》文。李巡曰：‘古时人质，仰视天形穹隆而高，色苍苍然，故曰穹苍。’是也。”朱熹《诗集传》曰：“穹苍，天也。穹，言其形；苍，言其色。”

二十九、惠君：爱民之君，一说通情达理的君王，一说顺于道理的君王，总之，是个好君王。瞻：仰慕。马瑞辰《毛诗传笺通释》曰："……瞻与彰，一声之转。……彰，见也，明也。谓为民人所共见也。"

三十、秉心：持心，存心。宣：光明。犹：顺达。一说意为谋划，谋略。马瑞辰《毛诗传笺通释》曰："《方言》曰：'犹，道也。'道之言导。导，通也，达也。秉心宣犹，言其持心明且顺耳。"考：考察。慎：审慎。相：辅佐之臣。《毛诗故训传笺》曰："相，助也。维至德顺民之君，为百姓所瞻仰者，乃执正心，举事遍谋于众，又考诚其辅相之行，然后用之。言择贤之审。"

三十一、不顺：不顺从民意，一说不顺从道理。王先谦《诗三家义集疏》曰："不顺与惠君对举，不顺即不惠也。"自独：即独自。臧：善。《毛诗故训传笺》云："臧，善也。彼不施顺道之君，自多足独谓贤，言其所任之臣皆善人也。"王先谦《诗三家义集疏》曰："自独俾臧，自独以所使者为臧也。民视君为效法，不善而以为善，是使民惑矣。"陈奂《诗毛氏传疏》云："《吕览·知度篇》，人主自智而愚人，自巧而拙人。高注云，自智谓人愚，自巧谓人拙。即引此诗。案：高以自独俾臧为自智自巧，而以俾民卒狂为愚人拙人。《毛传》义或然也。"林义光《诗经通解》曰："考慎其相，言不仅求自利，亦必思利人，与下文自独俾臧相对。自独俾臧，使己独利也。"

三十二、自有肺肠：指存有私心偏见，自以为是。狂：迷惑，狂乱。《毛诗故训传笺》曰："自有肺肠行其心中之所欲，乃使民尽迷惑如狂，是又不宣犹（作"明智"解）。"

三十三、瞻：望。中林：即林中。甡（shēn音身）甡：众多的样子。《毛诗故训传》曰："甡甡，众多也。"《毛诗故训传笺》曰："视彼林中，其鹿相辈耦行，甡甡然众多。今朝廷群臣皆相欺背，皆不相与以善道，言其鹿之不如。"

三十四、谮：同"僭"，互相欺骗。一说意为谗言。不胥：不相助。榖：善。林义光《诗经通解》曰："言朋友僭伪太过，不能相与以善，不如林中之鹿尚能群居。”

三十五、进退维谷：进退都是山谷，比喻陷入困境。《毛诗故训传笺》曰：“谷，穷也。前无明君，却迫罪役，故穷也。”马瑞辰《毛诗传笺通释》曰：“阮宫保曰，谷乃穀之假借。《尔雅》曰：东风谓之谷风。郭注，谷之言穀。《书·尧典》，昧谷。《周礼·缝人》注引作柳穀。皆谷、穀同声通用之证。进退维穀，穀，善也。此乃古语。”

三十六、维：发语词。圣人：犹哲人。一说圣人为有创造的人，《礼记·乐记》曰：“故知礼乐之情者能作，识礼乐之文者能述，作者之谓圣，述者之谓明。明、圣者，述、作之谓也。”瞻：远望。百里：指有远见。《毛诗故训传》曰：“瞻言百里，远虑也。”《毛诗故训传笺》曰：“圣人所视而言者百里，言见事远而王不用。”

三十七、愚人：指周厉王，一说指周厉王宠信的人。复：反。狂：狂诞，狂荡。以：而。喜：沾沾自喜。《毛诗故训传笺》曰：“有愚暗之人，为王言其事，浅且近耳，王反迷惑信用之而喜。”朱熹《诗集传》曰：“愚人不知祸之将至，而反狂以喜。”

三十八、匪言不能：即匪不能言，不是不能说话。胡：何，为什么。斯：这样，如此。畏忌：害怕，顾忌。《国语》曰：“厉王得卫巫，使监谤者，以告，则杀之。国人不敢告，道路以目。”《毛诗故训传笺》曰：“胡之言何也。贤者见此事之是非，非不能分别皂白言之于王也。然不言之，何也？此畏惧犯颜得罪罚。”

三十九、良人：善良的人，一说指上章之圣人。求：奢求。迪：干进，向上爬。《毛诗故训传》曰：“迪，进也。”《毛诗故训传笺》云：“良，善也。国有善人，王不求索，不进用之。”

四十、忍心：即内心残忍，不良之人，一说指上章之愚人。顾：瞻前顾后。复：反复无常。陈奂《诗毛氏传疏》曰：“彼忍心之人，惟是瞻顾反复无常德也。”《毛诗故训传笺》曰：“忍为恶之心者，王反顾念而重复之，言其忽贤者而爱小人。”

四十一、贪乱：贪婪，混乱。《毛诗故训传笺》曰：“贪，犹欲也。”宁：胡，何，为什么。或训为乃。荼：苦菜。毒：毒螫之虫。荼毒在此引申为残害的行为。孔颖达《毛诗正义》曰：“荼，苦，叶毒者。螫虫、荼毒皆恶物，故比恶行。”《毛诗故训传笺》曰：“天下之民，苦王之政，欲其乱亡，故安为苦毒之行相侵暴，愠恚使之然。”

四十二、隧：风势迅疾的样子。王引之《经义述闻》曰：“《楚辞·九歌》，冲风起兮横波。王逸注曰，冲，隧也。隧风，大波涌起。据此，则古谓冲风为隧风。隧风，即遗风也。《吕氏春秋·本味篇》，遗风之乘。高诱注曰，行迅谓之遗风。《文选·圣主得贤臣颂》，追奔电，逐遗风。李善注曰，遗风，风之疾者。遗与隧，古同声而通用。……隧之言迅疾也。有隧，形容其迅疾也。”有空：形容大谷空旷的样子。王引之《经义述闻》曰：“有空，亦形容大谷之辞也。《小雅·白驹篇》，在彼空谷。《毛诗故训传》曰，空，大也。言大风之状则有隧矣，大谷之状则有空矣。”《毛诗故训传笺》云：“西风谓之大风。大风之行，有所从而来，必从大空谷之中。喻贤愚之所行，各由其性。”

四十三、作为：所作所为。式：用，以。穀：善。马瑞辰《毛诗传笺通释》曰：“言良人之作为，皆用以善道也。”

四十四、征：行。中垢：中多污垢秽行。一说，垢当读为诟，意为耻辱。王引之《经义述闻》曰：“垢，当读为诟。诟，耻辱也。……不顺之人，行不顺之事以得耻辱，故曰征以中诟。”《毛诗故训传》曰：“中垢，言暗冥也。”《毛诗故训传笺》曰：“征，行也。贤者在朝则用其善道，不顺之人则行暗冥，受性于天，不可变也。”

四十五、贪人：贪婪残暴之人。败：残害。类：同类，指善人。胡承珙《毛诗后笺》曰：“传训类为善者，善即为善类。败类者，为贪人能败善人耳。”一说，类为种类，败类即败德之类。

四十六、听言：顺从的话，恭维自己的话。对：对答。《毛诗故训传笺》曰："对，答也。贪恶之人，见道听之言则应答之。"马瑞辰《毛诗传笺通释》"按：《说文》，听，聆也。从相听也。《广雅》，听，聆从也。听言谓顺从之言，即誉言也。……《尔雅·释言》，对，遂也。……《毛诗故训传笺》说失之。"诵言：指讽刺劝诫的话。醉：像喝醉酒似的昏然而不醒悟。陈奂《诗毛氏传疏》曰："听言指贪人，诵言指良人。王闻贪人听从之言，则对答如流；而闻良人庄诵之言，则懵然若醉酒不省人事。"马瑞辰《毛诗传笺通释》曰："《说文》，诵，讽也。《楚语》，倚几有诵，训之谏。又曰，使工诵读于朝。诵言即讽谏之言也。《诗》言贪人好誉而恶谏，闻誉言则答，闻谏言则如醉。与《雨无正》'听言则答，谮言则退'义同。"

四十七、良：讽谏的良言，亦指诵言。一说指良人。覆：反而。俾：通睥，睥睨。悖：作乱。《毛诗故训传》曰："覆，反也。"《毛诗故训传笺》云："居上位而不用善，反使我为悖逆之行，是形其败类之验。"

四十八、嗟：叹声词。朋友：同朝的大臣，同僚。予岂不知而作：难道我不知道你等的所作所为吗？《毛诗故训传笺》云："嗟尔朋友者，亲而切瑳之也。而犹女也。我岂不知女所行者，恶与直知之。"一说意为我难道不知道情况而作歌以刺吗？

四十九、飞虫：飞鸟。一说飞虫指飞翔之"桃虫"，即鷦鷯。王夫之《诗经稗疏》："虫之飞者，扑之而已，无容弋而获之。弋者，生丝缴矢，所以射鸟，非所以获虫者也。飞虫，盖即拼飞之桃虫——鷦鷯也。"又，牟应震《毛诗物名考》曰："桃虫，即鷦鷯也。……桃虫名其色也。以草根马尾为巢光圆可爱，其卵当腰有红丝，宛转纠结如绘。"弋：本指带丝绳的箭。弋获：指被射中。马瑞辰《毛诗传笺通释》曰："《诗》以飞鸟之难射，时亦以弋射获之。喻贪人之难知，时亦以窥测得之耳。"《毛诗故训传笺》曰："直知之，女所行如是，犹鸟飞行自恣东西南北，时亦为弋射者所得。言放纵久无所拘制，则将遇伺女之间者，得诛女也。"

五十、既：已经。阴：通谙，意为洞悉，了解。一说为荫之假借，意为庇护。女：通“汝”，你们。反予来赫：即反来赫予。赫：恐吓，威胁。《毛诗故训传笺》云：“之，往也。口距人谓之赫。我恐女见弋获，既往复阴女，谓启告之以患难也，女反赫我，出言悖怒，不受忠告。”

五十一、罔极：没有法则。职：专门。凉：通谅，语助词。陈奂《诗毛氏传疏》曰：“《毛诗故训传》以薄诂凉。全《诗》中‘薄’字皆语词，无实义，则‘凉’亦为语词矣。”一说凉为刻薄。善背：反复无常。一说善于背叛统治者。善，又训“大，多”。以上说：人们的言行没有准则，不循正道，背信反复。《毛诗故训传笺》曰：“民之行失其中者，主由为政者信用小人，工相欺违。”

五十二、不利：不利于人民的事。云：语助词。克：胜。《毛诗故训传笺》云：“克，胜也。为政者害民，如恐不得其胜，言至酷也。”回遹：邪僻。

五十三、竞：并，或训为争。用力：使用暴力。《毛诗故训传笺》云：“竞，逐也。言民之行维邪者，主由为政者逐用强力相尚故也。言民愁困，用生多端。”

五十四、戾：善。《广雅·释诂》曰：“戾，善也。”或训为“定”。《毛诗故训传》曰：“戾，定也。”《毛诗故训传笺》云：“为政者主作盗贼为寇害，令民心动摇不安定也。”职盗为寇：即职为盗寇，指专门作盗贼。

五十五、凉：语气词，一说通“谅”，意为诚恳。曰不可：有人说不可以这样。林义光《诗经通解》曰：“凉曰不可者，正告知以不可也。”复：反而。背：违背。一说为背后。善詈（lì音力）：大骂。《毛诗故训传笺》云：“善，犹大也。我谏止之以信，言女所行者不可。反背我而大詈。言距己谏之甚。”

五十六、虽曰匪予：以我言为非。姚际恒《诗经通论》：“谓虽必以予言为非。”既：最终。作尔歌：为你作歌。陈奂《诗毛氏传疏》曰：“此芮伯自明其歌以讽刺厉王也。”《毛诗故训传笺》云：“予，我也。女虽抵距己言，此政非我所为。我已作女所行之歌，女当受之而改悔。”

【解题】

这是芮伯所作讽谏周厉王的一首诗。芮国是西周诸侯国，周武王时卿士芮伯良夫的封地，在今陕西省大荔县朝邑镇。《史记·秦本纪》载秦穆公二十年（公元前640年），芮国被秦所灭。《诗序》曰：“《桑柔》，芮伯刺厉王也。”《史记·周本纪》载厉王胡好利，近荣夷公，该诗批评天子与民争利之事。

孔颖达《毛诗正义》曰：“《书序》云：‘巢伯来朝，芮伯作《旅巢命》。’武王时也。《顾命》‘同召六卿，芮伯在焉’，成王时也。桓九年‘王使虢仲、芮伯伐曲沃’，桓王时也。此又厉王之时。世在王朝，常为卿士，故知是畿内诸侯，为王卿士也。《书叙》注云：‘芮伯，周同姓国，在畿内。’则芮伯姬姓也。”

王符《潜夫论·遏利篇》曰：“昔周厉王好专利，芮良夫谏而不入，退赋《桑柔》之诗以讽。言是大风也，必将有遂；是贪民也，必将败其类。王又不悟，故遂流于彘。”

朱熹《诗集传》曰：“旧说此为芮伯刺厉王而作。《春秋传》亦曰，芮良夫之诗。则其说是也。”

姚际恒《诗经通论》曰：“《左传》文元年，秦穆公引诗句称‘芮良夫之诗’，故《诗序》谓‘芮伯刺厉王’。何玄子曰，‘篇中不敢斥言王，而但斥当时执政者信用非人，贪利生事，以致祸及，大抵为荣夷公辈发也。’”

云汉

倬彼云汉，昭回于天。一
王曰於乎，何辜今之人！二
天降丧乱，饥馑荐臻。三
靡神不举，靡爱斯牲。四
圭璧既卒，宁莫我听？！五
旱既大甚，蕴隆爞爞。六
不殄禋祀，自郊徂宫。七
上下奠瘗，靡神不宗。八
后稷不克，上帝不临。九
耗斁下土，宁丁我躬。十
旱既太甚，则不可推。十一
兢兢业业，如霆如雷。十二
周余黎民，靡有孑遗。十三
昊天上帝，则不我遗。十四
胡不相畏？先祖于摧。十五
旱既太甚，则不可沮。十六
赫赫炎炎，云我无所。十七
大命近止，靡瞻靡顾。十八
群公先正，则不我助。十九
父母先祖，胡宁忍予？二十
旱既太甚，涤涤山川。二十一
旱魃为虐，如惔如焚。二十二
我心惮暑，忧心如熏。二十三

群公先正，则不我闻。二十四
昊天上帝，宁俾我遁？二十五
旱既太甚，黾勉畏去。二十六
胡宁瘨我以旱？憯不知其故。二十七
祈年孔夙，方社不莫。二十八
昊天上帝，则不我虞。二十九
敬恭明神，宜无悔怒。三十
旱既太甚，散无友纪。三十一
鞫哉庶正，疚哉冢宰。三十二
趣马师氏，膳夫左右。三十三
靡人不周，无不能止。三十四
瞻卬昊天，云如何里！三十五
瞻卬昊天，有嘒其星。三十六
大夫君子，昭假无赢。三十七
大命近止，无弃尔成。三十八
何求为我，以戾庶正。三十九
瞻卬昊天，曷惠其宁！四十

【注释】

一、倬：浩大。《毛诗正义》曰："倬，陟角反，王肃云：'著也。'《说文》云：'著，大也。'"

二、王：周宣王。於乎：呜呼，感叹词。云汉：天河。《毛诗正义》曰："《河图括地象》云：'河精上为天汉。'是天河河水光之精气也。望其候者，谓望天之星辰及风云之气，冀见雨之征候也。惟言望云汉者，以天河水气与雨为类，睹天之水气，伤地之无雨。"昭：光。朱熹《诗集传》曰："言其光随而转也。”回：转。《毛诗故训传》曰：“转也。”辜：罪。

三、荐：原作薦，又。《毛诗故训传》曰：“重。”《毛诗正义》曰：“《释言》云：‘荐，再也。’僖十三年《左传》曰：‘晋荐饥。’《释天》云：‘仍饥为荐。’此薦与荐，字异义同，故为重也。”臻：至，极。

四、靡：没有。举：祭祀。《礼记·王制》注：“举，犹祭也。”靡神不举：没有不祭祀的神明，即所有神明都祭祀。朱熹《诗集传》曰：“国有凶灾，索鬼神而祭之也。”靡爱斯牲：祭祀时不吝啬三牲。《毛诗正义》曰：“天地五帝，当用特牲。其余诸神，或用太牢，或用少牢。三牲皆用，故言无所爱于三牲也。”

五、圭璧既卒：祭神的圭璧已经用尽。圭、璧：祭祀所用的玉器。卒：尽。程俊英等《诗经注析》曰：“祭天神则堆柴焚玉，祭山神则埋玉于山脚或地中，祭水神则沉玉于水，祭人鬼则藏玉。”《毛诗正义》曰：“《典瑞》云：‘四圭有邸以祀天，两圭有邸以祀地，祼圭有瓒以祀先王，圭璧以祀日月星辰，璋邸射以祀山川。’皆是祭神所用，故云‘礼神之圭璧已尽矣’。礼神之圭器，自有多名，言圭璧为其总称。”宁：何，为什么。

六、大：同“太”。蕴隆爞爞（chóng音虫）：蕴，暑气郁结的样子。隆，雷声。爞爞，热气熏人貌。《毛诗正义》曰：“蕴蕴，暑气附人之气，故云‘而暑’。温字定本作‘蕴’。隆隆是雷声不绝之状，故云‘而雷’。爞爞是热气蒸人之貌，故云‘而热’。以蕴、隆貌状宜重言，故复言之也。暑热大同。蕴，平常之热，爞爞又甚热，故暑热异其文。《释训》云：‘爞爞，薰也。’郭璞曰：‘旱热薰炙人也。’”

七、郊：郊外。祭祀天神在郊外举行。徂：到，至。宫：《毛诗故训传笺》曰：“宗庙。”祭祀祖先在宗庙举行。

八、奠：陈列祭品，祭天之礼。瘗：埋葬祭品，祭地之礼。《毛诗正义》曰：“天言奠，其礼见燔其物。地言瘗，其物亦奠其礼也。”宗：尊。

九、克：《毛诗故训传笺》曰："克当作刻。刻，识也。"后稷不克：指先祖后稷不识我祈祷的精诚。一说胜过。朱熹《诗集传》曰："言后稷欲救此灾而不能胜也。"临：朱熹《诗集传》曰："享也。"上帝不临：指上帝不享用我的祭品。一说降临。程俊英等《诗经注析》曰："降临而保佑人们。"

十、耗：消耗。《毛诗正义》曰："《韩诗》云：恶也。"斁：败坏。《毛诗故训传》曰："败也。"下土：人间。丁：遭遇。《毛诗故训传》曰："当也。"宁丁我躬：为什么让我碰上这种灾难。躬：亲自，自身。

十一、推：离开，远离。《毛诗故训传》曰："推，去也。"《毛诗正义》曰："推为远离之辞，故为去也。"

十二、兢兢：恐惧的样子。《毛诗故训传》曰："兢兢，恐也。"《毛诗正义》曰："《释训》云：'兢兢，戒也。'以恐怖而后戒惧，故为恐也。"业业：《毛诗故训传》曰："危也。"如霆如雷：此处形容百姓的恐惧犹如雷霆鼓发于天，形容恐惧的程度。朱熹《诗集传》曰："言畏之甚也。"

十三、孑遗：《毛诗故训传》曰："孑然遗失也。"孑，孤独的样子。《毛诗正义》曰："言靡有孑遗，谓无有孑然得遗漏。"朱熹《诗集传》曰："孑，无右臂貌。"

十四、遗：遗漏。程俊英《诗经注析》训为"赠送"。

十五、摧：毁灭。《毛诗故训传》曰："摧，至也。"以上说：先祖为什么不相互畏惧呢？如果他们的子孙灭绝了，那么就没有人祭祀他们了。

十六、沮：止。《毛诗故训传》曰："沮，止也。"《毛诗正义》曰："沮者，止坏谋虑之言，故为止也。"

十七、赫赫：旱气。《毛诗故训传》曰："旱气也。"炎炎：热气。《毛诗故训传》曰："热气也。"《毛诗正义》曰："赫赫，燥热之状，故为旱气。《释训》云：'炎炎，薰也。'郭璞曰：'旱热薰炙人。'是炎炎为热气也。"无所：没有容身之处。

十八、大命近止：《毛诗故训传》曰："民近死亡也。"《毛诗正义》曰："命者，人所禀受之度，死则谓之命尽。今言'大命近止'，言期不远将澌，故为民近死亡。大者，多众之辞，故《笺》以为众民之命。"

十九、群公：前代诸侯的神。先正：前代贤明的神。《毛诗故训传》曰："百辟卿士也。"《毛诗正义》曰："《月令》'仲夏，乃命百官雩祀百辟卿士有益于民者'。注云：'百辟卿士，古之上公以下，若勾龙、后稷之类。'彼以《经》无群公之文，故郑注百辟之文兼群公矣。此则群公与先正别文，故以先正为卿士以下。"

二十、父母：周朝开国帝王的神，即周文王、周武王。《毛诗故训传》曰："先祖文、武，为民父母也。"《毛诗正义》曰："凡在民上，皆欲为民父母，但他人称之，唯谓受命安民者也。于民则为父母，于周则为先祖，故言先祖文、武。"

二十一、涤涤：草木旱死，山秃水尽。《毛诗故训传》曰："旱气也。言山无木，川无水。"

二十二、魃（bá音拔）：古代传说中的旱神。《毛诗故训传》曰："旱神也。"惔：火烧。《毛诗故训传》曰："燎之也。"《说文》曰："炎燎也。"

二十三、惮：害怕。《毛诗故训传》曰："惮，劳也。"《毛诗故训传笺》曰："惮，犹畏也。"闻：问的假借字，体恤慰问。马瑞辰《毛诗传笺通释》曰："闻，当读问。闻犹恤问也。"熏：《毛诗故训传》曰："灼也。"

二十五、遁：逃。

二十六、黾勉：勉力。《毛诗故训传笺》曰："急祷请也。"《毛诗正义》曰："勉力事神。"黾勉畏去：努力侍奉神明而仍有担忧。

二十七、瘨：灾病；困苦。《毛诗故训传笺》曰："病也。"憯：曾。《毛诗故训传笺》曰："天何曾病我以旱，曾不知为政所失而致此害。"

二十八、祈年：祈祷丰年。朱熹《诗集传》曰：“春秋祈谷于上帝，孟冬祈来年于天宗是也。”夙：早。方：祭四方。社：祭土神。莫：同“暮”，晚。

二十九、虞：体恤揣度。《毛诗故训传笺》曰：“度也。”

三十、悔：恨。

三十一、散无友纪：散，离散。友纪：纲纪。

三十二、鞫：穷困。《毛诗故训传笺》曰：“鞫，穷也。”庶正：百官之长。《毛诗故训传笺》曰：“众官之长也。”疚：忧伤，忧虑。一说为病，《毛诗故训传笺》曰：“病也。”冢宰：相当于后世的宰相。

三十三、趣马：养马的官。师氏：负责王宫守卫的官。膳夫：掌管天子饮食的官。朱熹《诗集传》曰：“岁凶，年谷不登，则趣马不秣，师氏弛其兵，驰道不除，祭事不县，膳夫撤膳，左右布而不修，大夫食粮，士饮酒不乐。”

三十四、周：周济。《毛诗故训传》曰：“救也。”无不能止：无，没有。不能，没有能力。止，停止。指诸侯百官没有一人言称自己没有能力而停止救济百姓的。

三十五、卬：“仰”的假借字，抬头。里：忧愁。《毛诗故训传笺》曰：“忧也。”

三十六、嘒：形容星光微小而明亮。一说众星聚集的样子。《毛诗故训传》曰：“众星貌。”一说明亮的样子。

三十七、昭：明。假：至。《毛诗故训传》曰：“至也。”《毛诗故训传笺》曰：“升也。”昭假：《毛诗正义》引王肃云：“昭其至诚于天下。”无赢：没有私心。

三十八、成：成功。

三十九、戾：安定。《毛诗故训传》曰：“定也。”

四十、曷：何时。《毛诗故训传笺》曰：“何也。”惠：施惠。惠其宁：

施我以安宁。程俊英《诗经注析》曰："惠，语助词。"

【解题】

这是仍叔所写的一首赞扬周宣王的诗。仍叔为周大夫。《诗序》曰："《云汉》，仍叔美宣王也。宣王承厉王之烈，内有拨乱之志，遇灾而惧，侧身修行，欲销去之。天下喜于王化复行，百姓见忧，故作是诗也。"周宣王二年（前826年）至六年（前822年）周大旱，宣王为此日夜忧心，修德以减轻民众灾难，并求神祈雨。此诗是周大夫仍伯赞颂了宣王一心为民的情怀。《毛诗故训传笺》曰："仍叔，周大夫也。《春秋》鲁桓公五年，'夏，天王使仍叔之子来聘'。"

孔颖达《毛诗正义》曰："《云汉》诗者，周大夫仍叔所作，以美宣王也。以宣王承其父厉王衰乱之余政，内有治乱之志，遇此旱灾，而益忧惧，侧己身以修德行，欲以善政而销去之。天下之民见其如此，喜于王者之化复能施行。百姓见王所忧矜，故仍叔述民之情，作是《云汉》之诗以美之也。"

朱熹《诗集传》曰："旧说以为宣王承厉王之烈，内有拨乱之志。遇灾而惧，侧身修行，欲销去之。天下喜于王化复行，百姓见忧。故仍叔作此诗以美之。言云汉者，夜晴则天河明。故述王仰诉于天之词如此也。"

崧高

崧高维岳，骏极于天。[一]
维岳降神，生甫及申。[二]
维申及甫，维周之翰。[三]

四国于蕃，四方于宣。[四]
亹亹申伯，王缵之事。[五]
于邑于谢，南国是式。[六]
王命召伯，定申伯之宅。[七]
登是南邦，世执其功。[八]
王命申伯："式是南邦，因是谢人，以作尔庸。"[九]
王命召伯，彻申伯土田。[十]
王命傅御，迁其私人。[十一]
申伯之功，召伯是营。
有俶其城，寝庙既成。[十二]
既成藐藐，王锡申伯。
四牡蹻蹻，钩膺濯濯。[十三]
王遣申伯，路车乘马。[十四]
我图尔居，莫如南土。[十五]
锡尔介圭，以作尔宝。[十六]
往近王舅，南土是保。[十七]
申伯信迈，王饯于郿。[十八]
申伯还南，谢于诚归。[十九]
王命召伯，彻申伯土疆。
以峙其粻，式遄其行。[二十]
申伯番番，既入于谢，徒御啴啴。[二十一]
周邦咸喜，戎有良翰。[二十二]
不显申伯，王之元舅，文武是宪。[二十三]
申伯之德，柔惠且直。
揉此万邦，闻于四国。[二十四]

吉甫作诵，其诗孔硕。二十五
其风肆好，以赠申伯。二十六

【注释】

一、崧：山大而高，三家《诗》作“嵩”。《毛诗故训传》曰：“岳，四岳也。东岳岱，南岳衡，西岳华，北岳恒。”骏：大，三家《诗》作“峻”。

二、《毛诗故训传》曰：“尧之时，姜氏为四伯，掌四岳之祀，述诸侯之职。于周则有甫、有申、有齐、有许也。……岳降神灵，和气以生，申甫之大功。”

三、翰：干。《毛诗故训传笺》曰：“申，申伯也。甫，甫侯也。皆以贤知入为周之桢干之臣。”高亨《诗经今注》：“翰。辅翼。”

四、《毛诗故训传笺》曰：“四国有难，则往扞御之，为之蕃屏。四方恩泽不至，则往宣畅之。”《韩诗》“蕃”作“藩”。马瑞辰《毛诗传笺通释》曰：“宣与藩对言，宣当为垣之假借。”

五、亹亹（wěi音伟）：勤勉貌。缵：继；《韩诗》作“践”，任也；《鲁诗》作“荐”。《毛诗故训传笺》曰：“亹亹然勉于德不倦之臣有申伯，以贤入为王之卿士，佐王有功。王又欲使继其故诸侯之事。”

六、于：往。谢：《毛诗故训传》曰：“谢，周之南国也。”《鲁诗》作“序”。式：法。《毛诗故训传笺》曰：“往作邑于谢，南方之国皆统理施其法度。时改大其邑，使为侯伯，故云然。”

七、召伯：召虎，周宣王大臣。之：往。《毛诗故训传笺》曰：“申伯忠臣，不欲离王室，故王使召公定其宅，令往居谢。”

八、登：成。功：事。《毛诗故训传笺》曰：“成法度于南邦，世世持其政事，传子孙也。”

九、庸：《毛诗故训传》训为“城”；《毛诗故训传笺》训为“功”。《毛诗故训传笺》曰：“召公（原本作‘伯’）既定申伯之居，王乃亲命之，使为法度于南邦。今因是故谢邑之人而为国，以起女之功劳，言尤章显也。”此召公与周初召公非一人，而是祖孙关系。

十、彻：治。《毛诗故训传笺》曰：“治者，正其井牧，定其赋税。”

十一、傅御：治事之官，《毛诗故训传笺》“谓冢宰也”。私人：家臣。

十二、俶：《毛诗故训传》训为“作”。马瑞辰《毛诗传笺通释》曰：“《说文》曰：‘俶，善也。’‘有俶’，谓城缮修之貌。”《毛诗故训传笺》曰：“申伯居谢之事，召公营其位而作城郭及寝庙，定其人神所处。”

十三、藐藐：《毛诗故训传》训为“美貌”；朱熹《诗集传》训为“深貌”。四牡：指四匹驾车的公马。蹻蹻：强盛，骄壮貌。钩膺：樊缨，套在马胸前的带饰。濯濯：光明貌。《毛诗故训传笺》曰：“召公营位，筑之已成，以形貌告于王。王乃赐申伯，为将遣之。”

十四、路车：大车。乘（shèng音胜）马：四马。《毛诗故训传笺》曰：“王以正礼遣申伯之国，故复有车马之赐。”

十五、《毛诗故训传笺》曰：“因告之曰：‘我谋女之所处，无如南土之最善。’”

十六、《毛诗故训传》曰：“宝，瑞也。”孔颖达《毛诗正义》曰：毛以为，“又特赐汝以大圭，谓桓圭九寸者也，以为汝之执瑞。”《毛诗故训传笺》曰：“圭长尺二寸谓之介，非诸侯之圭，故以为宝。诸侯之瑞圭自九寸而下。”《鲁诗》“介”作“玠”。

十七、近（jì音计）：《毛诗故训传》“已也”；孔颖达《毛诗正义》曰：“以命往之国，不复得与之相近，故《传》为已，以为辞也。”阮元《十三经校勘记》：“《六经正误》云：‘记，《说文》作䢍，丌音基，辵音绰。今作迈，音记，字讹作近。不敢改也。’”《毛诗故训传》曰：“申伯，宣王之舅也。”《毛诗故训传笺》曰：“保，守也，安也。”

十八、迈：《毛诗故训传笺》曰：“迈，行也。申伯之意不欲离王室，王告语之复重，于是意解而信行。饯，送行饮酒也。”郿（méi音梅）：地名，故城在今陕西眉县东北。

十九、还南：《毛诗故训传笺》曰：“还南者，北就王命于岐周而还反也。谢于诚归，诚归于谢。”朱熹《诗集传》曰：“言信迈诚归，以见王之数留，疑于行之不果故也。”

二十、峙：储备。《毛诗故训传笺》曰：“粻（zhāng音张），粮。式，用。遄，速也。王使召公治申伯土界之所至，峙其粮者，令庐市有止宿之委积，用是速申伯之行。”

二十一、番番（bō音波）：勇武貌。《毛诗故训传》曰：“诸侯有大功则赐虎贲徒御。啴啴，徒行者、御车者啴啴喜乐也。”《毛诗故训传笺》曰：“申伯之貌有威武番番然，其入谢国，车徒之行啴啴安舒，言得礼也。《礼》，入国不驰。”《鲁诗》“谢”亦作“徐”。

二十二、《毛诗故训传笺》曰：“周，遍也。戎，犹女也。翰，干也。申伯入谢，遍邦内皆喜曰：女乎，有善君也。相庆之言。”

二十三、不：一说大，通“丕”。显：孔颖达《毛诗正义》曰：“今有大良善干事之君申伯，既受封而为民所悦如是，岂不光显申伯乎！言实光显矣。又叹美申伯，此王之长舅，文人武人皆于是以为表宪而法则之也。言申伯有文有武，可为人之表式也。”朱熹《诗集传》曰：“或曰：‘申伯能以文王武王为法也。’”

二十四、《毛诗故训传笺》曰：“揉，顺也。四国，犹言四方也。”

二十五、《毛诗故训传》曰：“吉甫，尹吉甫也。作是工师之诵也。”孔：很。硕：大。

二十六、《毛诗故训传》曰：“肆，长也。赠，增也。”孔颖达《毛诗正义》曰："毛以为，'以此诗增长申伯之美。言使申伯歌诵此诗，见人言己之美，更复自强不息，以增德行也。'"《毛诗故训传笺》曰："言其诗之意甚美大，风切申伯，又使之长行善道。以此赠申伯者，送之令以为乐。"

【解题】

这是尹吉甫所赠送给周宣王之舅申伯之诗，诗中赞美了周宣王能够继承先王之功，天下太平，亲爱诸侯，百姓安宁。《诗序》曰："《崧高》，尹吉甫美宣王也。天下复平，能建国亲诸侯，褒赏申伯焉。"《毛诗故训传笺》曰："尹吉甫、申伯，皆周之卿士也。尹，官氏。申，国名。"尹吉甫（前852—前775），尹国国君，字吉父，一作吉甫，兮氏，名甲，全文作兮甲、兮伯吉甫。本姓姞，封于尹（今山西隰县），所以又称尹吉甫。申伯，姜姓诸侯国，封底在今河南南阳市。姬姓与姜姓为婚姻。

孔颖达《毛诗正义》曰："《崧高》诗者，周之卿士尹吉甫所作，以美宣王也。以厉王之乱，天下不安。今宣王兴起先王之功，使天下复得平定，能建立邦国，亲爱诸侯，而褒崇赏赐申国之伯焉。以其褒赏得宜，故尹吉甫作此《崧高》之诗以美之也。"

朱熹《诗集传》曰："宣王之舅申伯出封于谢。而尹吉甫作诗以送之。"

烝民

天生烝民，有物有则。一
民之秉彝，好是懿德。二
天监有周，昭假于下。三

保兹天子，生仲山甫。[四]
仲山甫之德，柔嘉维则。[五]
令仪令色，小心翼翼。[六]
古训是式，威仪是力。[七]
天子是若，明命使赋。[八]
王命仲山甫，式是百辟。[九]
缵戎祖考，王躬是保。[十]
出纳王命，王之喉舌。[十一]
赋政于外，四方爰发。[十二]
肃肃王命，仲山甫将之。[十三]
邦国若否，仲山甫明之。[十四]
既明且哲，以保其身。[十五]
夙夜匪解，以事一人。[十六]
人亦有言，柔则茹之，刚则吐之。[十七]
维仲山甫，柔亦不茹，刚亦不吐。
不侮矜寡，不畏强御。[十八]
人亦有言，德輶如毛，民鲜克举之。[十九]
我仪图之，维仲山甫举之，爱莫助之。[二十]
衮职有阙，维仲山甫补之。[二十一]
仲山甫出祖，四牡业业，征夫捷捷，每怀靡及。[二十二]
四牡彭彭，八鸾锵锵。[二十三]
王命仲山甫，城彼东方。[二十四]
四牡骙骙，八鸾喈喈。[二十五]
仲山甫徂齐，式遄其归。[二十六]
吉甫作诵，穆如清风。[二十七]

仲山甫永怀，以慰其心。二十八

【注释】

一、烝：《孟子·告子上》引作“蒸”，众。民：蔡邕《胡广黄琼颂》作“人”。物：本义为杂色的牛，这里泛指世间万物。则：法则。

二、秉：禀赋。彝（yí音姨）：常理。《孟子·告子上》作“夷”。好（hào音号）：喜爱。懿德：美德。《毛诗故训传》说：“彝，常。懿，美也。”

三、监：监临。一作“临”。有：语助词，无实义。有周：周王朝。昭：光明。假：至，指神灵降临。下：下土，指人间。

四、仲山甫：周宣王大臣。以上说：上天保佑周王，因此使仲山甫出生作辅弼之臣。

五、柔嘉：温和善良。则：法则。以上说：仲山甫德行美好有法度。

六、令：美、善。仪：仪容。色：面部表情。《毛诗故训传笺》：“令，善也。善威仪，善颜色，容貌翼翼然恭敬。”

七、古训：指先王之道。《毛诗故训传》说：“训，道。”式：法，榜样。威仪：礼仪。力：勉力。

八、若：顺从。明命：英明的政令。赋：通“敷”，颁布。

九、百辟：百君，指各国诸侯。

十、缵：一作“纂”，继。戎：一作“尔”，你。躬：身。王躬：指周王本人。

十一、出：指颁布王命。纳：指接受呈报。喉舌：代言人之意，指仲山甫处在非常重要的位置。《毛诗故训传》说：“喉舌，冢宰也。”

十二、赋政：颁布命令。爰：乃，于是。发：指遵照执行。

十三、肃肃：《后汉书·郎觊传》作“赫赫”。《毛诗古训传笺》曰：“萧萧，敬也。”严肃。将：执行。

十四、若：顺。否（pǐ音匹）：不顺。明：知晓。

十五、明、哲：聪明睿智。

十六、夙夜：早晚，指为政勤勉虔敬。匪：通“非”。解：通“懈”，懈怠。事：侍奉。一人：指周王。

十七、茹：吃。柔则茹之，刚则吐之：软的就吃掉，硬的则吐出，欺软怕硬之意。

十八、侮：欺侮。矜：同“鳏”，老而无妻。《左传·昭公六年》作“鳏”。寡：年老无夫之人。矜寡：这里用来指孤弱无助者。强御：强横之人。

十九、德：官德。輶（yóu音油）：古代一种轻便的车，这里形容“德”之轻。鲜：少。克：能。举：举起它。以上说：做个有德之人虽然不难，但很少有人能做到。

二十、仪图：揣度。爱：敬爱。莫助之：没有什么可以相助。以上说：道德无形，没有什么可以相助。

二十一、衮：古代王侯所穿的绣有龙纹的礼服，这里代指周王。职：通“适”，偶然。阙：过失。《毛诗故训传》曰：“有衮冕者，君之上服也。仲山甫补之，善补过也。”

二十二、出祖：出行祭祀路神。《毛诗故训传笺》：“视者，将行犯軷之祭也。”这里指仲山甫奉王命出行。业业：马强壮的样子。《毛诗故训传》曰：“业业，言高大也。”征夫：随行的使臣。捷捷：形容行动迅疾。《毛诗故训传》曰：“捷捷，言乐事也。”朱熹《诗集传》说：“捷捷，疾貌。”每：常。怀：思，虑。靡及：不及。以上说：使臣们时时思虑尚未完成的使命。

二十三、彭彭：形容马强壮，行走有力。《毛诗故训传笺》：“彭彭，行貌。锵锵，鸣声。”鸾（luán音栾）：古代车马上的车铃。四匹马八个鸾铃。锵锵（qiāng音枪）：指铃声。

二十四、城：用作动词，筑城。

二十五、骙骙（kuí音葵）：形容马壮健。喈喈：形容铃声和谐。

二十六、徂：往。式：乃。遄：迅速。

二十七、吉甫：尹吉甫，周宣王的大臣。甫，或作“父”。诵：歌，指这首诗。穆：和美。

二十八、永：长。怀：思。仲山甫远行，长思王室之意。

【题解】

周宣王派仲山甫去齐地筑城，临行时尹吉甫作此诗送别，诗中赞扬了周宣王任贤使能，周室中兴。《诗序》曰：“《烝民》尹吉甫美宣王也。任贤使能，周室中兴焉。”仲山甫，一作仲山父。仲山甫是周太王古公亶父的后人，周宣王时受荐入王室，任卿士，位居百官之首。封于樊。又称樊仲山甫、樊仲山、樊穆仲。

孔颖达《毛诗正义》曰：“《烝民》诗者，尹吉甫所作，以美宣王也。以宣王能亲任贤德，用使能人贤能在官，职事修理。周室既衰，中道复兴，故美之也。任贤使能者，任谓委仗之，使谓作用之，虽大意为同，而细理小别。有德谓之贤，有伎谓之能，故太宰八统，‘三曰进贤，四曰使能’。注云：‘贤，有善行者也。能，多才艺者也。’是贤能相对为小别，散则皆相通也。《经》八章，皆言仲山甫有美德，王能任用之，是任贤使能也。褒赏申伯，指斥其人。此不言任用山甫者，见王所使任非独一人而已，故言贤能以广之。《韩奕》之序，不言锡命韩侯，义亦然。《崧高》之序，已有建国、亲诸侯为之广大，故指言申伯焉。由其任贤使能，故得周室中兴。中兴之事，于《经》

无所当也。”

朱熹《诗集传》曰：“宣王命樊侯仲山甫筑城于齐，而尹吉甫作诗以送之。”

韩奕

奕奕梁山，维禹甸之。一
有倬其道，韩侯受命，二
王亲命之：“缵戎祖考，无废朕命。三
夙夜匪解，虔共尔位。四
朕命不易，干不庭方，以佐戎辟。”五
四牡奕奕，孔修且张。六
韩侯入觐，以其介圭，入觐于王。七
王锡韩侯，淑旂绥章，八
簟茀错衡，玄衮赤舄，九
钩膺镂钖，鞹鞃浅幭，鞗革金厄。十
韩侯出祖，出宿于屠。十一
显父饯之，清酒百壶。十二
其殽维何？炰鳖鲜鱼。十三
其蔌维何？维笋及蒲。十四
其赠维何？乘马路车。十五
笾豆有且，侯氏燕胥。十六
韩侯取妻，汾王之甥，蹶父之子。十七

韩侯迎止，于蹶之里。[十八]
百两彭彭，八鸾锵锵，不显其光。[十九]
诸娣从之，祁祁如云。[二十]
韩侯顾之，烂其盈门。[二十一]
蹶父孔武，靡国不到。[二十二]
为韩姞相攸，莫如韩乐。[二十三]
孔乐韩土，川泽訏訏，[二十四]
鲂鱮甫甫，麀鹿噳噳，[二十五]
有熊有罴，有猫有虎。[二十六]
庆既令居，韩姞燕誉。[二十七]
溥彼韩城，燕师所完。[二十八]
以先祖受命，因时百蛮。[二十九]
王锡韩侯，其追其貊，[三十]
奄受北国，因以其伯。[三十一]
实墉实壑，实亩实藉。[三十二]
献其貔皮，赤豹黄罴。[三十三]

【注释】

一、奕奕：大的样子。《毛诗故训传》曰："奕奕，大也。"梁山：地名。朱熹《诗集传》曰："梁山，韩之镇也。今在同州韩城县。"一说为吕梁山。陈奂《诗毛氏传疏》曰："梁即吕梁也。"维：语助词。甸：治理。《毛诗故训传》曰："甸，治也。禹治梁山，除水灾。"

二、有倬：即倬倬，高大的样子。《毛诗故训传》曰："有倬其道，有倬然之道者也。"韩侯：程俊英《诗经译注》曰："韩侯，春秋前有二韩：一受封于武王之世，在今陕西韩城县南，春秋时被晋国所并。一受封于成王之世，武世子封于此。在今河北固安县南，即此诗的韩侯（据陈奂的考证）。”朱熹《诗集传》曰：“韩，国名。侯爵，武王之后也。”受命：受封，受爵命。《毛诗故训传》曰：“宣王平大乱，命诸侯。……受命，受命为侯伯也。”朱熹《诗集传》曰：“受命，盖即位除丧，以士服入见天子，而听命也。”《毛诗故训传笺》曰：“梁山之野，尧时俱遭洪水。禹甸之者，决除其灾，使成平田，定贡赋于天子。周有厉王之乱，天下失职。今有倬然者，明复禹之功者，韩侯受王命为侯伯。”

三、缵：继。朱熹《诗集传》曰：“缵，继。”戎：你。朱熹《诗集传》曰：“戎，汝也。言王锡命之，使继世而为诸侯也。”《毛诗故训传笺》曰：“戎，犹女也。”祖考：祖先。无：勿，不要。废：废弃。朕：我。《毛诗故训传笺》曰：“朕，我也。”命：爵命。

四、夙夜：早晚。匪解：不要懈怠。解同“懈”，懈怠。虔：恭敬，诚心。朱熹《诗集传》曰：“虔，敬。”共：同“恭”，恭敬。《毛诗故训传笺》曰：“之‘恭’字或作‘共’。”

五、易：改变。干：正，平服。正同“征”，征伐。朱熹《诗集传》曰：“易，改。榦，正也。”不庭方：不来朝见周王的诸侯国。“庭”同“廷”，“方”即诸侯国。朱熹《诗集传》曰：“不庭方，不来庭之国。”辟：君王。《毛诗故训传笺》曰：“我之所命者，勿改易不行，当为不直，违失法度之方。作桢榦而正之，以佐助女君。女君，王自谓也。”孔颖达《毛诗正义》曰：“以其言山之形，而云奕奕，故知大也。甸者，田也。治为平田，故云‘甸，治’。大禹之功，功在治水、故知治梁山、除水灾谓治山傍之地、有水之处，使成平田也。又本韩侯受命之意，宣王平大乱谓平定厉王之乱政，而命诸侯，谓择诸侯贤者而命之，故有倬然之道者韩侯，受命为侯伯也。以其命之，使‘干不庭方’，又言‘因以其伯’，故知为侯伯，谓为州牧也。以其言‘奄受北国’，知非东西大伯也。言宣王平大乱者，本其命诸侯所由耳。不以平乱比治水也。”朱熹《诗集传》曰：“此又戒之，以修其职业之词也。韩侯初立来朝，始受王命而归。诗人作此以送之，《序》亦以为尹吉甫作，今未有据。下篇云召穆公，凡伯者放此。”

六、修：长。张：大。《毛诗故训传》曰：“修，长。张，大。”

七、觐（jìn音尽）：诸侯秋季朝见天子，泛称朝见帝王。《毛诗故训传》曰：“觐，见也。”《毛诗故训传笺》曰：“诸侯秋见天子曰觐。”介圭：大圭，古代玉制的礼器。朱熹《诗集传》曰：“介圭，封圭，执之为贽，以合瑞于王也。”《毛诗故训传笺》曰：“韩侯乘长大之四牡，奕奕然以时觐于宣王。觐于宣王而奉享礼，贡国所出之宝，善其尊宣王以常职来也。《书》曰：‘黑水西河，其贡璆琳琅玕。’此觐乃受命，先言受命者，显其美也。”

八、锡：赐予。《毛诗故训传笺》曰：“韩侯以常职来朝享之故，故多锡以厚之。”淑：美好的。《毛诗故训传》曰：“淑，善也。”旂：古代画有两龙并在竿头悬铃的旗。《毛诗故训传》曰：“交龙为旂。”《毛诗故训传笺》曰：“善旂，旂之善色者也。”绥章：旗杆头上染色的羽毛或旄牛尾。《毛诗故训传》曰：“绥，大绥也。”《毛诗故训传笺》曰：“绥，所引以登车，有采章也。”朱熹《诗集传》曰：“绥章，染鸟羽或旄牛尾为之，注于旗竿之首，为表章者也。”一说为文采斐然。马瑞辰《毛诗传笺通释》曰：“淑旗与绥章对文。王尚书谓绥者文貌，引《荀子·儒效篇》‘绥绥兮其有文章也’，谓绥绥即文章之貌，其说是也。”

九、簟：竹席。茀：古代车上的遮蔽物。《毛诗故训传笺》曰：“簟茀，漆簟以为车蔽，今之藩也。”错衡：涂有文饰的车辕前端的横木。《毛诗故训传》曰：“错衡，文衡也。”玄：赤黑色，后多用以指黑色。衮：古代帝王及上公穿的绘有卷龙的礼服。赤舄：红色的以木为复底的鞋。

十、钩膺：套在马胸前的带饰。《毛诗故训传笺》曰：“钩膺，樊缨也。”镂：刻。钖（yáng音阳）：马额上皮革饰物，上缀金属，半月形，马走动时振动有声。《毛诗故训传》曰：“镂钖，有金镂其钖也。”朱熹《诗集传》曰：“镂，刻金也。马眉上饰曰钖，今当卢也。”鞹（kuò音括）：去毛的皮，皮革。鞃（hóng音红）：车轼中段的把手处。《毛诗故训传》曰：“鞹，革也。鞃，轼中也。”朱熹《诗集传》曰：“鞹，去毛之革也。鞃，式中也。谓两较之间，横木可凭者，以鞹持之，使牢固也。”浅：浅色的皮毛。幭（miè音灭）：古代车轼上的覆盖物。《毛诗故训传》曰：“浅，虎皮浅毛也。幭，覆式也。”朱熹《诗集传》曰：“浅，虎皮也。幭，覆式也。字一作幦，又作幎。以有毛之皮，覆式上也。”鞗（tiáo音条）革：马笼头。《毛诗故训传笺》曰：“鞗革，谓辔也，以金为小环，往往缠搤之。”朱熹《诗集传》曰：“鞗革，辔首也。”厄：同“轭”，车辕前端驾在马颈上的横木。朱熹《诗集传》曰：“金厄，以金为环，缠搤辔首也。”

十一、出祖：出行祭祀路神。朱熹《诗集传》曰：“既覲而反国必祖者，尊其所往去，则如始行焉。”宿：住宿。屠：地名。《毛诗故训传》曰：“屠，地名也。”

十二、显父：人名。朱熹《诗集传》曰：“显父，周之卿士也。”一说为有好品德的人。《毛诗故训传》曰：“显父，有显德者也。”马瑞辰《毛诗传笺通释》曰：“显父犹尚父、尼父之比，皆古所云‘见字’者也。《毛诗故训传》以为有显德，失之。下章蹶父亦为且字，《正义》以为蹶氏父字，亦非。”饯（jiàn音见）：设酒食送行，古代一种礼仪。百壶：形容多。《毛诗故训传笺》曰：“祖将去而犯軷也。既覲而反国，必祖者，尊其所往，去则如始行焉。祖于国外，毕乃出宿，示行不留于是也。显父，周之卿士也。饯送之，故有酒。”

十三、殽：同“肴”，带骨的熟肉。炰：蒸煮。《毛诗故训传笺》曰：“炰鳖，以火熟之也。”

十四、蔌（sù音速）：蔬菜的总称。《毛诗故训传》曰：“蔌，菜殽也。”笋：竹的嫩芽，可作菜。蒲：水生植物，可作菜。《毛诗故训传》曰：“笋，竹也。蒲，蒲蒻也。”《毛诗故训传笺》曰：“笋，竹萌也。蒲，深蒲也。”

十五、乘马：四匹马。路车：诸侯所乘的车。《毛诗故训传笺》曰：“赠，送也。王既使显父饯之，又使送以车马，所以赠厚意也。人君之车曰路车，所驾之马曰乘马。”

十六、笾：古代祭祀和宴会时盛果脯的竹器，形状像木制的豆。豆：古代食器。且：多。《毛诗故训传》曰：“且，多貌。”侯氏：韩侯。朱熹《诗集传》曰：“侯氏，觐礼诸侯来朝者之称。”陈奂《诗毛氏传疏》曰：“凡诸侯觐王曰侯氏。”燕胥：安乐。朱熹《诗集传》曰：“胥，相也。或曰，语辞。”《毛诗故训传笺》曰：“诸侯在京师未去者，于显父饯之时，皆来相与燕，其笾豆且然荣其多也。”

十七、汾王：大王。《毛诗故训传》曰：“汾，大也。”一说为厉王。《毛诗故训传笺》曰：“汾王，厉王也。厉王流于彘，彘在汾水之上，故时人因以号之，犹言莒郊公、黎比公也。”马瑞辰《毛诗传笺通释》曰：“汾者，坟之假借，故《毛诗故训传》训为大。《毛诗故训传》泛言大王，但以为美称耳，未尝专指厉王。”蹶（guì音贵）父：周朝卿士。《毛诗故训传》曰：“蹶父，卿士也。”朱熹《诗集传》曰：“蹶父，周之卿士，姞姓也。”

十八、迎：迎娶。止：语助词。马瑞辰《毛诗传笺通释》曰：“《五经异义》引《春秋·公羊》说云：‘自天子至于庶人，娶皆当亲迎。’”里：邑里。《毛诗故训传》曰：“里，邑也。”《毛诗故训传笺》曰：“于蹶之里，蹶父之里。”

十九、百两：即百辆，车多。《毛诗故训传笺》曰：“百两，百乘。”彭彭：众多的样子。鸾：铃；车铃。锵锵：车铃声。不：通“丕”，大。《毛诗故训传笺》曰：“不显，显也。”

二十、娣（dì音地）：古代诸侯嫁女，以同姓女陪嫁，诸妹和诸侄随从出嫁为妾。《毛诗故训传》曰：“诸娣，众妾也。”《毛诗故训传笺》曰：“媵者必娣侄从之，独言娣者，举其贵者。”朱熹《诗集传》曰：“诸娣，诸侯一娶九女，二国媵之，皆有娣侄也。”祁祁：众多的样子。《毛诗故训传》曰：“祁祁，徐靓也。如云，言众多也。诸侯一取九女，二国媵之。”

二十一、顾：回头看，这里指曲顾之礼。迎亲时，三顾而引其妻上车。

《毛诗故训传》曰："顾之，曲顾道义也。"孔颖达《毛诗正义》曰："以君子不妄顾视，而言'韩侯顾之'，则于礼当顾，故云'曲顾道义'。谓既受女揖，以出门及升车授绥之时当曲顾以道引其妻之礼义。于是之时，则有曲顾也。"马瑞辰《毛诗传笺通释》曰："《列女传》曰：'齐孝公迎华氏之长女孟姬于其父母，三顾而出，亲授之绥，自御轮三，曲顾姬兴，遂纳于宫。'"烂：灿烂。《毛诗故训传笺》曰："烂烂，粲然鲜明且众多之貌。"盈门：满门。

二十二、孔武：很勇武。靡：无。

二十三、韩姞（jí音及）：即蹶父的女儿，因为嫁给韩侯，所以叫韩姞。《毛诗故训传》曰："姞，蹶父姓也。"朱熹《诗集传》曰："韩姞，蹶父之子，韩侯妻也。"相：看。攸：所。《毛诗故训传笺》曰："相，视。攸，所也。"朱熹《诗集传》曰："相攸，择可嫁之所也。"莫如韩乐：没有比韩国更安乐的地方。《毛诗故训传笺》曰："蹶父甚武健，为王使于天下，国国皆至。为其女韩侯夫人姞氏视其所居，韩国最乐。"

二十四、讦讦：广大的样子。《毛诗故训传》曰："讦讦，大也。"

二十五、鲂：鱼名，鳊鱼。鲊：鲢鱼。甫甫：大而肥美的样子。《毛诗故训传》曰："甫甫然，大也。"麀：雌鹿。鹿：雄鹿。噳噳（yǔ音雨）：鹿聚集的样子。《毛诗故训传》曰："噳噳然，众也。"褚斌杰《诗经全注》："象声词，为鹿的叫声。"

二十六、罴：熊的一种。《毛诗故训传笺》曰："甚乐矣，韩之国土也。川泽宽大，众鱼禽兽备有，言饶富也。"

二十七、庆：喜庆。令居：美好的居住地方。燕：安。誉：同"豫"，欢乐。《毛诗故训传笺》曰："庆，善也。蹶父既善韩之国土，使韩姞嫁焉而居之，韩姞则安之，尽其妇道，有显誉。"朱熹《诗集传》曰："庆，喜。令，善也。喜其有此善居也。燕，安。誉，乐也。"

二十八、溥（pǔ音普）：广大，大。《毛诗故训传笺》曰："溥，大。"燕师：燕国的民众。一说燕为安，《毛诗故训传笺》曰："燕，安也。大矣彼韩国之城，乃古平安时，众民之所筑完。"《毛诗故训传》曰："师，众也。"朱熹《诗集传》曰："燕，召公之国也。师，众也。"完：修筑，修缮。

二十九、先祖：韩侯的祖先。受命：接受周王的册封为周的诸侯。《毛诗故训传笺》曰："韩侯之先祖，武王之子也。"因：依靠。时：同"是"，这。一说为司，掌管。百蛮：北方少数民族部落。《毛诗故训传》曰："因时百蛮，长是蛮服之百国也。"

三十、追：古国名，我国西北方少数民族所建。貊：古国名，我国西北方少数民族所建。《毛诗故训传》曰："追、貊，戎狄国也。"

三十一、奄：覆盖。引申为尽，包括。因以其伯：所以封他为方伯。一方诸侯之长称为方伯。《毛诗故训传笺》曰："韩侯先祖有功德者，受先王之命，封为韩侯，居韩城，为侯伯。其州界外接蛮服。因见使时节，百蛮贡献之往来。后君微弱，用失其业。今王以韩侯先祖之事如是，而韩侯贤，故于入觐使复其先祖之旧职，赐之蛮服追貊之戎狄，令抚柔。其所受王畿北面之国，因以其先祖侯伯之事尽予之，皆美其为人子孙，能兴复先祖之功。其后追也、貊也，为猃狁所逼，稍稍东迁。"

三十二、实：于是。墉（yōng音拥）：城墙，此处用为动词，修筑城墙。壑（hè音贺）：指城壕，即护城河。此处用为动词，挖护城河。《毛诗故训传》曰："实墉实壑，言高其城、深其壑也。"亩：田亩，此用为动词，整治田亩。藉：同"籍"，赋税。此用为动词，按簿籍收税。《毛诗故训传笺》曰："藉，税也。韩侯之先祖微弱，所受之国多灭绝。今复旧职，兴灭国，继绝世，故筑治是城，濬修是壑，井牧是田亩，收敛是赋税，使如故常。"

三十三、貔（pí音皮）：猛兽名，像虎。《毛诗故训传》曰："貔，猛兽也。追、貊之国来贡，而侯伯总领之。"朱熹《诗集传》曰："韩初封时，召公为司空，王命以其众为筑此城。如召伯营谢、山甫城齐、春秋诸侯城邢城楚丘之类也。王以韩侯之先，因是百蛮而长之。故锡之追、貊，使为之伯，以修其城池，治其田亩，正其税法，而贡其所有于王也。”

【解题】

这是尹吉甫所写赞美周宣王能用苋菜韩侯，振兴天下的诗。《诗序》曰：“《韩奕》，尹吉甫美宣王也。能锡命诸侯。”《毛诗故训传笺》曰：“梁山于韩国之山最高大，为国之镇，祈望祀焉。故美大其貌奕奕然，谓之韩奕也。梁山，今左冯翊夏阳西北。韩，姬姓之国也，后为晋所灭，故大夫韩氏以为邑名焉。幽王九年，王室始骚。郑桓公问于史伯曰：‘周衰，其孰兴乎？’对曰：‘武实昭文之功，文之祚尽，武其嗣乎？武王之子应韩不在其晋乎？’”周宣王励精图治，命韩侯扩建韩城。此诗写韩侯受封入觐之事。

孔颖达《毛诗正义》曰：“《韩奕》诗者，尹吉甫所作，以美宣王也。美其能锡命诸侯，谓赏赐韩侯，命为侯伯也。不言韩侯者，欲见宣王之所锡命，非独一国而已，故变言诸侯以广之。”

朱熹《诗集传》曰：“韩侯初立来朝，始受王命而归。诗人作此以送之。《序》亦以为尹吉甫作。今未有据。”

江汉

江汉浮浮，武夫滔滔。一
匪安匪游，淮夷来求。二
既出我车，既设我旟。三
匪安匪舒，淮夷来铺。四

江汉汤汤，武夫洸洸。[五]
经营四方，告成于王。[六]
四方既平，王国庶定。[七]
时靡有争，王心载宁。[八]
江汉之浒，王命召虎：[九]
式辟四方，彻我疆土。[十]
匪疚匪棘，王国来极。[十一]
于疆于理，至于南海。[十二]
王命召虎：来旬来宣。[十三]
文武受命，召公维翰。[十四]
无曰予小子，召公是似。[十五]
肇敏戎公，用锡尔祉。[十六]
釐尔圭瓒，秬鬯一卣。[十七]
告于文人，锡山土田。[十八]
于周受命，自召祖命。[十九]
虎拜稽首，天子万年！[二十]
虎拜稽首，对扬王休。[二十一]
作召公考，天子万寿！[二十二]
明明天子，令闻不已。[二十三]
矢其文德，洽此四国。[二十四]

【注释】

一、江：长江。汉：汉水。浮浮：人多的样子。《毛诗故训传》曰：“浮浮，众强貌。”《鲁诗》作“陶陶”。武夫：指出征淮夷的兵士。滔滔：水盛大的样子。《毛诗故训传》曰："滔滔，广大貌。"陈奂《诗毛氏传疏》曰："……经传各本皆误。当作'江汉滔滔，武夫浮浮'。"一些学者认为浮浮、滔滔应颠倒为是，江汉之水滔滔广大，武夫众多强盛。按此说基本可取。

二、匪：非。《毛诗故训传笺》曰："匪，非也。"游：游乐。淮夷：指淮河下游的夷人。《毛诗故训传》曰："淮夷，东国，在淮浦而夷行也。"求：通"纠"。诛求：征讨。马瑞辰《毛诗传笺通释》曰："求与鸠、纠古同声通用。《论语》曰：'桓公九合诸侯'，即僖二十六年《左传》所云'桓公是以纠合诸侯而谋其不协也'。……求合亦即纠合之异文。是知求之言纠，纠者绳治之名，与讨同义。《说文》《广雅》并曰：'讨，治也。''淮夷来求'犹云淮夷是纠是讨耳。讨为治，拨与平亦为治。训求为讨，正与《序》言'拨乱'及'平淮夷'义合。求之义又转为诛求，《说文》曰：'诛，讨也。'藩讨责通可曰诛，亦可通言求矣。"这句意思是面对淮夷，不敢安乐，不敢游玩而有懈怠。

三、出车：出动兵车。设旟：竖起画有鸟隼的旗子。

四、来铺：一说铺为痡之假借，病。《毛诗故训传》曰："铺，病也。"一说为停止，《方言》曰："铺，止也。"指军队驻扎在淮夷境内。马瑞辰《毛诗传笺通释》曰："来铺，犹言是止。上言来求，谓讨治之；下言来铺，谓止其地。义正相承。"

五、汤汤：水势浩大的样子。洸洸：威武的样子。《毛诗故训传》曰："洸洸，武貌。"王先谦《诗三家义集疏》曰："《释训》曰：'洸洸、赳赳，武也。'《释文》'樊光本"洸洸"作"僙僙"。'是作'洸'乃顺毛所改，此鲁作'僙'。郝懿行云：'声借之字，古无正体，即"僙"亦或体。'是也。《盐铁论·徭役篇》'《诗》云："武夫潢潢，经营四方。"故饬四境，所以安中国也。'桓习《齐诗》，是齐作'潢'。"

六、经营：治理。告成于王：将取得的成就上告给君王。

七、庶：庶几，表示希望之意。朱熹《诗集传》曰："庶，幸也。"定：

安定。

八、时：是。载：乃，就。以上说：这样，就没有战争动乱，君王的心就可以得到安宁。

九、浒：水岸边。《毛诗故训传笺》曰：“浒，水涯也。”召虎：召穆公名虎。《毛诗故训传》曰：“召虎，召穆公也。”陈奂《诗毛氏传疏》曰：“王命召虎，言王既命召虎平淮夷，而又命其镇抚南国也。”

十、式：句首语气词。辟：开辟。彻：治理。朱熹《诗集传》曰：“言江汉既平，王又命召公辟四方之侵地，而治其疆界。”

十一、疚：病。《毛诗故训传笺》曰：“疚，病。”棘：急。《毛诗故训传笺》曰：“棘，急。非可以兵病害之也，非可以兵急躁切之也。”来极：是极。极：中，准则。《毛诗故训传笺》曰：“极，中也。”以上说：四方之国都要奉周王朝的典章制度为准则。

十二、于：乃，于是。这句是说于是划分边界，治理田地。至于南海：统治一直到达南海。

十三、来：是。旬：通“徇”（xùn音讯），巡行。巡视各地。《毛诗故训传》曰：“旬，遍也。”宣：宣布，宣示。以上说：巡视各地，宣布王命。朱熹《诗集传》曰：“遍治其事，以布王命。”陈奂《诗毛氏传疏》曰：“来旬来宣，言遍示功德于四方也。”

十四、文武受命：指文王、武王均受命于天而成为王。召公：召康公奭，文王子，辅佐武王灭商，封地召，谥康公，为召穆公之祖。维：是。翰：“干”之借字，骨干，栋梁。

十五、无曰予小子：不要说我只是个年轻人，意即不要小看我。似：通“嗣”，继承。这句话是宣王训示召虎的。孔颖达《毛诗正义》曰：“汝无得言曰我小子耳。汝之所为者，乃召公之功是嗣。言其堪继康公也。”

十六、肇：开始。敏：敏捷。戎：大。公：通“功”，事功。此句言令召穆公应尽快开始建立功业。用：则。锡：赐。祉：福祉。

十七、釐：赏赐。《毛诗故训传》曰："釐，赐也。"圭瓒：一种用玉做柄的酒勺。秬：黑黍。鬯：古代用于祭祀的一种香酒。《毛诗故训传》曰："鬯，香草也。筑煮合而郁之曰鬯。"秬鬯即为用黑黍酿成的香酒。卣（yǒu音有）：青铜器，古代用以盛酒。

十八、告：告祭。文人：先祖有文德之人。《毛诗故训传笺》曰："王赐召虎以鬯酒一樽，使以祭其宗庙，告其先祖诸有德美见记者。"锡山土田：指宣王册封赏赐给召康公山川田地。

十九、于：往，至。周：岐周。《毛诗故训传笺》曰："周，岐周也。"受命：接受册命。自：用。召祖：召康公。这句意思是对召虎用从前册封先祖召康公时的礼仪册封。

二十、虎：指召虎。拜：拜谢。稽首：磕头。这是古代极其恭敬的一种礼节。天子万年：此为召虎受封之后的拜辞。孔颖达《毛诗正义》曰："虎既受命，即拜而稽首，称言使天子得万年之寿。臣蒙君恩，无以报答，故愿君长寿而已。"

二十一、对：报答，答谢。扬：颂扬。王休：周王之美命。《毛诗故训传笺》曰："休，美。"

二十二、召公：指召康公。考：考成。《毛诗故训传》曰："考，成。"陈奂《诗毛氏传疏》曰："考训成。作召公考，谓虎能为召公成王休故事也。"朱熹《诗集传》曰："作康公之庙器，而勒王策命之辞，以考其成。"

二十三、明明：勉勉。令闻：盛誉，美名。不已：不停止，指长久流传。

二十四、矢：施。文德：对武功而言，指礼乐教化。洽：协和，融洽。马瑞辰《毛诗传笺通释》曰："《礼记·孔子间居》引《诗》作'协此四国'。"以上说：通过周王的教化，使四方之国都能融洽和睦相处。

【解题】

这是尹吉甫写的赞美周宣王补弊起废，兴衰拨乱，命召伯虎带兵讨伐淮夷的一首诗。《诗序》曰："《江汉》，尹吉甫美宣王也。能兴衰拨乱，命召公平淮夷。"周宣王五年（前824年），方叔伐楚，迫使楚国臣服。六年（前823年），召穆公率师伐淮夷，大破淮夷。这首诗记述了召穆公奉宣王之命平定淮夷之事。古今有些学者考证，认为此篇或为"召伯虎簋铭"。《诗序》所言宣王命召虎带兵征伐淮夷之事与诗合。

孔颖达《毛诗正义》曰："《江汉》诗者，尹吉甫所作，以美宣王也。以宣王承厉王衰乱之后，能兴起此衰，拨治此乱。于时淮水之上有夷不服，王命其臣召公为将，使将兵而往平定淮夷，故美之也。淮夷不服，是衰乱之事，而命将平定，是兴拨之事也。此实平定淮夷耳，而言兴衰拨乱者，见宣王之所兴拨，非独淮夷而已，故言兴拨以广之。《经》六章，皆是命召公平淮夷之事。"

朱熹《诗集传》曰："宣王命召穆公平淮南之夷，诗人美之。"

常武

赫赫明明，王命卿士，一
南仲大祖，大师皇父：二
"整我六师，以修我戎。三
既敬既戒，惠此南国。"四
王谓尹氏，命程伯休父：五
"左右陈行，戒我师旅。六
率彼淮浦，省此徐土。七

不留不处，三事就绪。”[八]
赫赫业业，有严天子。[九]
王舒保作，匪绍匪游。[十]
徐方绎骚，震惊徐方，[十一]
如雷如霆，徐方震惊。[十二]
王奋厥武，如震如怒。[十三]
进厥虎臣，阚如虓虎。[十四]
铺敦淮溃，仍执丑虏。[十五]
截彼淮浦，王师之所。[十六]
王旅啴啴，如飞如翰，[十七]
如江如汉，如山之苞，[十八]
如川之流，绵绵翼翼，[十九]
不测不克，濯征徐国。[二十]
王犹允塞，徐方既来。[二十一]
徐方既同，天子之功。[二十二]
四方既平，徐方来庭。[二十三]
徐方不回，王曰还归。

【注释】

一、赫赫：显著盛大。《毛诗故训传》曰：“赫赫然，盛也。”明明：明智，明察。《毛诗故训传》曰：“明明然，察也。”《毛诗故训传笺》曰：“显著乎，昭察乎，宣王之命卿士为大将也。”

二、南仲大祖：在太祖庙中举行任命南仲为将领的仪式。《毛诗故训传》曰：“王命南仲于大祖。”《毛诗故训传笺》曰：“命将必本其祖者，因有世功，于是尤显。”大师皇父：任命皇父为大师。《毛诗故训传》曰：“皇甫为大师”。《毛诗故训传笺》曰：“南仲，文王时武臣也。……乃用其以南仲为大祖者，今大师皇父是也。”王先谦《诗三家义集疏》曰：“古人赐命必于庙，《白虎通·爵篇》曰：‘封诸侯于庙者，示不自专也，明法度皆祖之制也。《诗》云：‘王命卿士，南仲大祖。’……《潜夫论·叙录》‘蛮夷猾夏，古今所患。宣王中兴，南仲征边。’《史记》亦言南仲翊宣王时。皆鲁说也。《汉书·古今人表》有南中，次周宣王世，列上下，即南仲。此齐说也。如文王时别有南仲，马、班岂容知而不载，明出毛诗臆说，别无凭证，众所不信……皇父并命，亦在太祖之庙，故以‘太祖’之文处其中，句例多如此。”

三、整我六师：《毛诗故训传笺》曰：“整齐六军之众，治其兵甲之事。”朱熹《诗集传》曰：“戎，兵器也。”

四、警：警戒，警惕。《毛诗故训传笺》曰：“敬之言警也。警戒六军之众。”马瑞辰《毛诗传笺通释》曰：“警与儆音义并同，故《说文》警、儆二字均训为戒。”惠：施加恩惠。《毛诗故训传笺》曰：“以惠淮浦之旁国。谓敕以无暴掠为之害也。”

五、尹氏：掌管册封官制的王官。《毛诗故训传》曰：“尹氏掌命卿士。”《毛诗故训传笺》曰：“尹氏，天子世大夫也。”程伯休父：《毛诗故训传》曰：“程伯休父始命为大司马。”

六、陈行：《毛诗故训传笺》曰：“王使大夫尹氏策命程伯休父于军将行治兵之时，使其士众左右陈列而敕戒之。”

七、率：沿着。《毛诗故训传笺》曰：“率，循也。循彼淮浦之旁，省视徐国之土地叛逆者。”

八、不留不处：不会长久驻扎、留守。《毛诗故训传笺》曰：“告淮浦徐土之民云：不久处于是也。”三事：《毛诗故训传》曰：“诛其君，吊其民，为之立三有事之臣。”就绪：一切安排妥当。《毛诗故训传笺》曰：“绪，业也。女三农之事皆就其业。”

九、业业：一说为勤勉，《毛诗故训传》曰："业业然，动也。"一说为盛大，朱熹《诗集传》曰："业业，大也。"严：有威严。《毛诗故训传》曰："严然而威。"朱熹《诗集传》曰："严，威也。"《毛诗故训传笺》曰："王之军行，其貌赫赫、业业然，有尊严于天子之威，谓闻见者莫不惮之。"

十、舒：舒缓。《毛诗故训传》曰："舒，徐也。"保：安然，安稳。《毛诗故训传》曰："保，安也。"作：行进。《毛诗故训传笺》曰："作，行也。"《毛诗故训传笺》曰："王舒安，谓军行三十里。"朱熹《诗集传》曰："言王师舒徐而安行也。"匪绍：不松懈。《毛诗故训传笺》曰："非解缓也。"匪游：不闲游。《毛诗故训传笺》曰："非敖游也。"

十一、徐方：国名。绎：一说为陈列。《毛诗故训传》曰："绎，陈。"《毛诗故训传笺》曰："绎当作驿。"一说为震动。马瑞辰《毛诗传笺通释》曰："《说文》曰：'绎，抽丝也。'抽丝则有动义，引申为扰动之称，与'搔'之训'扰'同义。绎骚连言，犹震惊并举也。"震：震动，震惊。《毛诗故训传笺》曰："震，动也。以惊动徐国。"骚：震动，扰动。《毛诗故训传》曰："骚，动也。"《毛诗故训传笺》曰："徐国传遽之驿见之，知王兵必克，驰走以相恐动。"

十二、《毛诗故训传笺》曰："如雷霆之恐怖人然，徐国则惊动而将服罪。"

十三、奋：振奋。《毛诗故训传笺》曰："奋扬。王奋扬其威武。"如震如怒：像雷声一样震动。《毛诗故训传笺》曰："而震雷其声，而勃怒其色。"马瑞辰《毛诗传笺通释》曰："训'震'为'威'，义与'怒'同。"

十四、进：进前。《毛诗故训传笺》曰："进，前也。"阚（hǎn音喊）：愤怒的样子。朱熹《诗集传》曰："阚，奋怒之貌。"虓（xiāo音消）：虎怒吼的样子。《毛诗故训传》曰："虎之自怒虓然。"朱熹《诗集传》曰："虓，虎之自怒也。"

十五、铺敦：陈列，部署。《毛诗故训传笺》曰："陈屯其兵。"濆（fén

音坟）：水边。《毛诗故训传》曰："渍，涯。"仍：靠近。《毛诗故训传》曰："仍，就。"丑：人数众多。《毛诗故训传笺》曰："丑，众也。"虏：俘虏。《毛诗故训传》曰："虏，服也。"《毛诗故训传笺》曰："陈屯其兵于淮水大防之上以临敌，就执其众之降服者也。"

十六、截：治理平定。《毛诗故训传》曰："截，治也。"《毛诗故训传笺》曰："治淮之旁国有罪者，就王师而断之。"

十七、啴啴：茂盛的样子。《毛诗故训传》曰："啴啴然，盛也。"《毛诗故训传笺》曰："啴啴，闲暇有余力之貌。"如飞如翰：王师行动迅速，如同飞鸟。《毛诗故训传》曰："疾如飞，挚如翰。"《毛诗故训传笺》曰："其行疾，自发举如鸟之飞也。翰，其中豪俊也。"褚斌杰《诗经全注》曰："翰，高飞。"

十八、苞：根本。《毛诗故训传》曰："苞，本也。"《毛诗故训传笺》曰："江汉以喻盛大也，山本以喻不可惊动也。"

十九、如川之流：《毛诗故训传笺》曰："川流以喻不可御也。"绵绵：连绵不断。《毛诗故训传》曰："绵绵，靓也。"翼翼：小心谨慎。《毛诗故训传》曰："翼翼，敬也。"《毛诗故训传笺》曰："王兵安靓且皆敬。"

二十、不测不克：一说为不可猜度，不可战胜。《毛诗故训传笺》曰："其势不可测度，不可攻胜。"一说为不潜行，不急迫。马瑞辰《毛诗传笺通释》曰："测当为侧之假借。《淮南子·原道训》'侧，溪谷之间'高注：'侧，伏也。'不侧者，谓其师不隐伏也。《说文》曰：'克，急也。'不克者，谓其师不急迫也。"濯：大。《毛诗故训传》曰："濯，大也。"《毛诗故训传笺》曰："既服淮浦矣，今又以大征徐国，言必胜也。"

二十一、犹：谋划。《毛诗故训传》曰："犹，谋也。"《毛诗故训传笺》曰："犹，尚。"允：确实。《毛诗故训传笺》曰："允，信也。"塞：充实。《毛诗故训传笺》曰："实满。"朱熹《诗集传》曰："塞，实也。"既来：来投诚。《毛诗故训传笺》曰："兵未陈而徐国已来告服，所谓'善战者不陈’。”马瑞辰《毛诗传笺通释》曰：“‘来’与‘徕’通。《广雅·释诂》曰：‘徕，顺也。’‘顺’与‘归、怀义’相通，顺犹服也，既来即是既服。笺以‘来告服’增其成义，失之。”

二十二、同：来周贡献。马瑞《毛诗传笺通释》曰：“同，集也，谓同集于朝也。《说文》曰：‘同，会合也。’”

二十三、来庭：来到朝廷。《毛诗故训传》曰：“来王庭也。”朱熹《诗集传》曰：“庭朝。”马瑞辰《毛诗传笺通释》曰：“《尔雅·释诂》曰：‘庭，直也。’……古以诸侯不直者为不庭。”回：违背。《毛诗故训传笺》曰：“回，犹违也。”还归：班师回朝。《毛诗故训传笺》曰：“还归，振旅也。”朱熹《诗集传》曰：“班师而归。”马瑞辰《毛诗传笺通释》曰：“《周语》‘动匮百姓，以逞其违’，《晋语》‘若有违质，教将不入’，韦昭并注曰‘违，邪也。’”

【解题】

这是召穆公赞美周宣王率军亲征平定叛乱的一首诗。《诗序》曰：“《常武》，召穆公美宣王也。有常德以立武事，因以为戒然。”应即指周宣王命召伯虎平淮夷之事。《毛诗故训传笺》曰：“戒者，‘王舒保作，匪绍匪游，徐方绎骚’。”

孔颖达《毛诗正义》曰：“《常武》诗者，召穆公所作，以美宣王也。《经》无‘常武’之字，故又解之云：美其有常德之故，以立此武功征伐之事，故名为《常武》。非直美之，又因以为戒，戒之使常然。”

朱熹《诗集传》曰：“宣王自将以伐淮北之夷，而命卿士之谓南仲为大祖兼大师，而字皇父者，整治其从行之六军，修其戎事，以除淮夷之乱，而惠此南方之国。诗人作此以美之。必言南仲大祖者，称其世功以美大之也。”

瞻卬

瞻卬昊天，则不我惠。
孔填不宁，降此大厉。
邦靡有定，士民其瘵。
蟊贼蟊疾，靡有夷届。
罪罟不收，靡有夷瘳。
人有土田，女反有之。
人有民人，女复夺之。
此宜无罪，女反收之。
彼宜有罪，女复说之。
哲夫成城，哲妇倾城。
懿厥哲妇，为枭为鸱。
妇有长舌，维厉之阶。
乱匪降自天，生自妇人。
匪教匪诲，时维妇寺。
鞫人忮忒，谮始竟背。
岂曰不极，伊胡为慝。
如贾三倍，君子是识。
妇无公事，休其蚕织。
天何以刺？何神不富？
舍尔介狄，维予胥忌。
不吊不祥，威仪不类。
人之云亡，邦国殄瘁。
天之降罔，维其优矣。

人之云亡，心之忧矣。
天之降罔，维其几矣。[二十四]
人之云亡，心之悲矣。
觱沸槛泉，维其深矣。[二十五]
心之忧矣，宁自今矣？[二十六]
不自我先，不自我后。[二十七]
藐藐昊天，无不克巩。[二十八]
无忝皇祖，式救尔后。[二十九]

【注释】

一、卬：通“仰”，瞻卬即瞻仰。昊天：《毛诗故训传》云“斥王也”，指周幽王。不我惠：即不惠我。惠：爱也。

二、填：《毛诗故训传》训“久”，通“尘”，《尔雅·释诂》云：“尘，久也。”《毛诗正义》曰：“古书填与尘同，故以为久。”宁：安宁。大厉：大祸乱，《毛诗故训传》曰：“厉，恶也。”《毛诗正义》云：“今甚久矣，天下不安。言不安以来已久也。王又乃下此大恶之政，以败乱之。”

三、邦：国家。定：安定。士民：指士和庶民。瘵：《毛诗故训传》训为“病”。

四、蟊：吃庄稼的害虫。贼、疾：皆指害。夷：朱熹《诗集传》训“平”。届：《毛诗故训传笺》训“极”，指终极、止息。夷届即平息。

五、罪罟：《毛诗故训传》云“设罪以为罟”，指像织网一样设立罪刑，言名目繁多。收：收敛。瘳（chōu音抽）：《毛诗故训传》训“愈也”，指病愈，犹言终止、结束。

六、土田：指土地。反：反而。有之：夺取。《广雅·释诂》曰：“有，取也。”

七、民人：指人口。复：反而。夺之：犹言“取之”，指夺取之意。

八、宜：应当。收：拘收、拘捕。

九、说：通“脱”，与“收”相反，指赦免、开脱。

十、城：指国。成：指立。倾：倾乱，倾覆。哲妇：多谋虑的妇人。《毛诗故训传笺》云：“哲谓多谋虑也。丈夫，阳也。阳动故多谋虑则成国。妇人，阴也。阴静故多谋虑乃乱国。”

十一、懿：通“噫”，叹词。《毛诗故训传笺》云：“懿，有所痛伤之声也。”厥：其，指幽王。哲妇，这里指幽王身边多谋虑的褒姒。枭、鸱：皆指恶鸟。

十二、长舌：指搬弄是非。维：是。厉：指上文中提到的“降此大厉”之“厉”。阶：朱熹《诗集传》云“梯也”，指阶梯，含有根源的意思。

十三、匪：非。匪教匪诲：《毛诗故训传笺》云“非有人教王为乱”，指并非另外有人教诲幽王做坏事。

十四、时：是。寺：《毛诗故训传》训“近”，通“侍”，指近侍。

十五、鞫：《毛诗故训传笺》训“穷”，指穷诘、穷究。忮：害，指害人的手法。忒：变化、变幻无常之意。谮始竟背：《毛诗故训传笺》曰：“谮，不信也。竟，犹终也。……始于不信，终于背违。”朱熹《集传诗》亦训“谮”为“不信”。另马瑞辰《毛诗传笺通释》按：“谮，毁也，数也。谓始谮毁人而终自背之也。始谮毁人乃竟终背之，是责人则明，责己则暗也。谮始所以为忮，竟背所以为忒也。《笺》以僭为不信，失之。”

十六、岂：难道。极：朱熹《诗集传》训为“已”。朱熹《诗集传》云：“亦不复自谓其言之放恣，无所极已，而反曰：是何足为慝乎。”慝：恶也。

十七、贾：商贾，指做买卖。三倍：泛指获利很多。识：知也。《毛诗故训传笺》曰："贾物而有三倍之利者，小人所宜知也。君子反知之，非其宜也。"言这些君子利欲熏心而忘了务本，孔子曰："君子喻于义，小人喻于利。"

十八、公事：指政事。休：息也，指停下来。《毛诗故训传》云："妇人无与外政，虽王后犹以蚕织为事。"这里是指褒姒一妇道人家停止了蚕织的正事，却插手朝廷的事情。

十九、刺：责备。富：《毛诗故训传》训为"福"，指福佑。以上说：天为何责备周王？神为何不再福佑周王。《毛诗故训传笺》云："王之为政，既无过恶，天何以责王见变异乎？神何以不福王而有灾害也？"

二十、舍：舍弃。介：《毛诗故训传笺》训"甲也"。介狄：即披甲的夷狄。维：通"惟"，只。胥忌：相互忌恨。

二十一、吊：指慰问抚恤、善待的意思。朱熹《诗集传》云："吊，闵也。"不吊不祥：不善待招致不祥的灾难。威仪：指礼节。类：善。

二十二、人：指朝中贤人。云：《毛诗故训传笺》训为"言"，另有一说认为是语助词，皆通。亡：奔亡，出走。邦国：指国家。殄：《毛诗故训传》训为"尽"。瘁：病、困病。另一说，殄、瘁皆指困病、憔悴。

二十三、罔：同"网"，用来代指罪名。降罔：即降下罪名加之于民。优：《毛诗故训传》训为"渥"，多的意思。

二十四、几：《毛诗故训传》训"危也"，指危险。《毛诗正义》云："上言优者，谓自天降而多也。此言几者，谓至人身而危。二者相接成也。"

二十五、觱沸：指泉水沸腾上涌的样子。槛泉：泛滥四溢之泉。槛：滥的借字，泛滥。《毛诗故训传笺》云："涌泉之源，所由者深，喻己忧所从来久也。"

二十六、宁：难道。以上说：心中的忧虑难道是自今天才有的吗？

二十七、《毛诗正义》云："我之所忧，忧此恶政。怨恨何故不从我之先，何故不从我之后，而正当我之身也？”作者感叹生不逢时。

二十八、藐藐：高远的样子。克：能够。巩：巩固。

二十九、忝：辱没，愧对。皇祖：指先王。式：《毛诗故训传笺》云“用也”，指用此昊天之藐藐美德。救：挽救。后：子孙后代。

【解题】

这是凡伯所写的一首讽谏周幽王坏乱国政的诗。《诗序》曰：“《瞻卬》，凡伯刺幽王大坏也。”《毛诗故训传笺》曰：“凡伯，天子大夫也。《春秋》鲁隐公七年，‘冬，天王使凡伯来聘。’”

孔颖达《毛诗正义》曰：“幽王承父宣王中兴之后，以行恶政之故，而令周道废坏，故刺之也。《经》七章，所陈皆刺大坏之事。”

朱熹《诗集传》曰：“此刺幽王嬖褒姒，任奄人以致乱之诗。”

召旻

旻天疾威，天笃降丧。一
瘨我饥馑，民卒流亡。我居圉卒荒。二
天降罪罟，蟊贼内讧。三
昏椓靡共，溃溃回遹，实靖夷我邦。四
皋皋訿訿，曾不知其玷。五
兢兢业业，孔填不宁，我位孔贬。六
如彼岁旱，草不溃茂，如彼栖苴。七

我相此邦，无不溃止。[八]
维昔之富不如时，维今之疚不如兹。[九]
彼疏斯粺，胡不自替？职兄斯引。[十]
池之竭矣，不云自频？[十一]
泉之竭矣，不云自中？[十二]
溥斯害矣，职兄斯弘，不灾我躬。[十三]
昔先王受命，有如召公，日辟国百里；[十四]
今也日蹙国百里，於乎哀哉！[十五]
维今之人，不尚有旧？[十六]

【注释】

一、旻天：苍天，上天。《尔雅·释天》曰：“秋为旻天。”《毛诗故训传笺》曰：“天，斥王也。”疾威：暴虐。笃：厚，多，严重。丧：死丧祸乱。胡承珙《毛诗后笺》曰：“李氏《集解》谓毛、郑以天斥王，为自生风波，后儒多从之。谓天即指上天，为无所归咎之辞。承珙按《韩诗外传》云，威有三术。道德之威存乎众心，暴察之威存乎脆弱，狂妄之威存乎灭亡。故威名同而吉凶之效远矣，故不可不审察也。引《诗》曰‘旻天疾威，天笃降丧’。据此正以威为人君所为。则《韩诗》亦必以此旻天为斥王。郑义盖本于韩也。”

二、瘨：害，灾降。《毛诗故训传笺》曰：“瘨，病也。病乎幽王之为政也。急行暴虐之法，厚下丧乱之教，谓重赋税也。”卒：尽。《毛诗故训传笺》曰：“病中国以饥馑，令民尽流移。”居：国中。朱熹《诗集传》曰：“居，国中也。”一说为发语词。圉：边疆。《韩诗》作“御”。《毛诗故训传》曰：“圉，垂也。”卒荒：尽遭荒灾。《毛诗故训传笺》云：“荒，虚也。国中至边竟，以此故尽空虚。”

三、罟：网。此句意为上天降下这刑罪之网。蟊贼：原指吃庄稼的害虫，这里比喻作恶多端的官僚。内讧（hòng音哄）：内部自相争斗。《毛诗故训传》曰：“讧，溃也。”《毛诗故训传笺》云：“讧，争讼相陷入之言也。王施刑罪，以罗网天下众为残酷之人。虽外以害人，又自内争相谗恶。”

四、昏：混乱。椓（zhuó音浊）：同“诼”，谗言伤害别人。《毛诗故训传》曰：“椓，夭椓也。”陈奂《诗毛氏传疏》曰：“夭椓者，残害侵削之谓，合二字成义。”靡共：不能正常供职。陈奂《诗毛氏传疏》曰：“靡，不也。不共，言不共职事也。”溃溃：“愦”的假借字，混乱。回遹：邪僻。《毛诗故训传笺》曰：“皆溃溃然，维邪是行者。”实：实在。靖：图谋。夷：夷平，一说为发语词。我邦：我的国家。《毛诗故训传笺》曰：“皆谋夷灭王之国。”

五、皋皋：通“譹”，欺诈诳骗。訿訿：“訿”通“呰”，诋毁诽谤。马瑞辰《毛诗传笺通释》曰：“皋皋訿訿，皆极言小人谗毁人之状。”曾：乃。玷：本指玉上的斑点，这里指人的缺点。《毛诗故训传笺》曰：“玷，缺也。王政已大坏，小人在位，曾不知大道之缺。”朱熹《诗集传》曰：“言小人在为，所为如此，而王不知其缺。”

六、兢兢业业：本为戒慎恐惧的样子，后引申为做事谨慎勤勉。《毛诗故训传笺》云：“兢兢，戒也。业业，危也。天下之人，戒惧危怖甚久矣。”填（chén音辰）：久。朱熹《诗集传》曰：“填，久也。”我位：我的职位。孔贬：大遭贬黜。朱熹《诗集传》曰：“至于戒敬恐惧甚病而不宁者，其位乃更见贬黜。其颠倒错乱之甚如此。”

七、溃茂：茂盛。《毛诗故训传》曰：“溃，遂也。”《毛诗故训传笺》云：“‘溃茂’之‘溃’当作‘汇’。汇，茂貌。”马瑞辰《毛诗传笺通释》云：“溃、遂迭韵字，溃即遂之音近假借。……《广韵》，遂，达也。遂者，草之畅达，与茂义相成。《毛诗故训传笺》以‘溃’为‘汇’，不若《毛诗故训传》训‘遂’为‘善’。”姚际恒《诗经通论》曰：“‘溃茂’及‘溃止’之溃，皆训散乱义。曹氏曰：‘草散乱则茂盛。故岁旱无雨泽，则草不溃茂。’旧以上‘沥’字训‘遂’，下‘溃’字训‘乱’，非矣。”栖：伏在地面上。苴（chá音茶）：枯草。《毛诗故训传》曰：“苴，水中浮草也。”《毛诗故训传笺》曰：“王无恩惠于天下，天下之人如旱岁之草，皆枯槁无润泽，如树上之栖苴。”马瑞辰《毛诗传笺通释》曰：“按，《楚辞·九章》‘草苴比而不芳。’王逸注：生曰草，枯曰苴。苴通作蒩。《管子·轻重篇》‘请君伐薪。’房注：草枯曰蒩，又通作柤。《一切经音义》引《诗》‘如彼栖柤’。又引《通俗文》‘刈余曰柤。’柤即查字，音槎，亦与槎字通用。张参《五经文字》，苴，七余反，又音查，见《诗·大雅》即指此诗。……栖，盖草枯之状。草之生曰兴、曰作，则其枯可谓之栖。《释文》，栖，谓栖息。盖谓枯草偃卧，有似栖息也。又，栖、摧声近，栖之言摧折也。《毛传》不解栖字。《正义》谓栖为浮义。失之，《笺》以为树上栖苴，亦非。”

八、相：视。溃：乱。《毛诗故训传笺》云：“溃，乱也。无不乱者，言皆乱也。《春秋传》曰：‘国乱曰溃，邑乱曰叛。’”止：语气词。一说与溃同义。马瑞辰《毛诗传笺通释》云：“按溃者讃之假借。《释言》，讧，溃也。《说文》，讧，溃也。此溃即讃之证。《说文》，讃，中止也。……是溃、止二字同义。胡承珙曰，止者陷也。中止，犹言内陷也。今按陷犹败也。是止亦溃败之义。《毛诗故训传》《毛诗故训传笺》皆不释止字，盖以止为语词，不知止亦溃也。”

九、维：发语词。《毛诗故训传》曰：“往者富仁贤，今也富谗佞。”《毛诗故训传笺》云：“富，福也。时，今时也。”疚：贫病，穷困，通“宊”。《说文》曰：“宊，贫病也。”兹：此。《毛诗故训传笺》云：“兹，此也。此者，此古昔明王。”王先谦《诗三家义集疏》曰：“诗言昔日之富，家给人足，不如今日之困穷。今日之疚，仁贤疏退，不如此时之尤甚。”

十、疏：粗糙的米。粺（bài音败）：精米。《毛诗故训传》曰：“彼宜食疏，今反食精粺。”《毛诗故训传笺》云：“疏，粗也，谓粝米也。职，主也。彼贤者禄薄食粗，而此昏椓之党反食精粺。”此句比喻小人得势。胡：为何。替：废退。《毛诗故训传笺》曰：“女小人耳，何不自废退，使贤者得进？”职：尚，还在。兄（kuàng音况）：同“况”，更加。斯：语气词。引：长，延长。《毛诗故训传笺》曰：“乃兹复主长此为乱之事乎？责之也。”

十一、竭：干涸。频：同“濒”，水边。《毛诗故训传》曰：“频，厓也。”《毛诗故训传笺》云：“频，当作‘滨’。厓，犹外也。自，由也。池水之溢，由外灌焉。今池竭，人不言由外无益者与？言由之也。喻王犹池也，政之乱，由外无贤臣益之。”

十二、自中：泉内。《毛诗故训传》曰：“泉水从中以益者也。”《毛诗故训传笺》曰：“泉者，中水生则益深，水不生则竭。喻王犹泉也，政之乱，又由内无贤妃益之。”朱熹《诗集传》曰：“池，水之钟（意为“盅”）也。泉，水之发也。故池之竭，由外之不入。泉之竭，由内之不出。言祸乱有所从起。”

十三、溥：普遍。《毛诗故训传笺》云：“溥，犹徧也。今时徧有此内外之害矣。”弘：大。灾：古本作“烖”，同“灾”，意为殃及。此句意为这场灾难怎能不殃及我呢？

十四、先王：指文王、武王。《毛诗故训传笺》曰：“先王受命，谓文王、武王时也。”陈奂《诗毛氏传疏》以为指宣王。受命：承受天命为王。有如：《毛诗故训传笺》曰：“言‘有如’者，时贤臣多，非独召公也。”召公：召康公，周文王、周武王时的大臣。陈奂《诗毛氏传疏》以为指召穆公。日：每天。辟：开辟。朱熹《诗集传》曰：“所谓日辟国百里云者，言文王之化，自北而南，至于江汉之间，服从之国日以益众。及虞芮质成，而其旁诸侯，闻之相帅归周者，四十余国焉。”

十五、蹙：缩小。朱熹《诗集传》曰：“蹙，促也。……促国，盖犬戎内侵，诸侯外畔也。”於乎：即呜呼，叹词。

十六、维：发语词。今之人：指昏君佞臣。不尚：不崇尚。旧：指有贤德的老臣。《毛诗故训传笺》云："哀哉，哀其不高尚贤者，尊任有旧德之臣，将以丧亡其国。"朱熹《诗集传》曰："今世虽乱，岂不犹有旧德可用之人哉？言有之而不用耳。"一说指旧日先王之章法。

【解题】

这是凡伯所写讽谏周幽王时国政太坏，无圣君贤臣的一首诗。《诗序》曰："《召旻》，凡伯刺幽王大坏也。旻，闵也，闵天下无如召公之臣也。"

孔颖达《毛诗正义》曰："《召旻》诗者，周卿士凡国之伯所作，以刺幽王大坏也。又解名篇之义，是闵伤当时天下无如文、武之世召康公之臣。以时无贤臣，深可痛伤，故以《召旻》名篇。其叙大坏之意，《经》七章皆大坏之事也。"

朱熹《诗集传》曰："此刺幽王任用小人以致饥馑侵削之诗也。"

詩經

周颂

《周颂》三十一篇，是西周初年祭祀天地农神及先祖之诗。《诗序》说：“颂者，美盛德之形容，以其成功告于神明者也。”颂诗都是表彰先圣王美德之诗。《周颂谱》曰：“《周颂》者，周室成功致太平德洽之诗。其作在周公摄政、成王即位之初。颂之言容。天子之德，光被四表，格于上下，无不覆焘，无不持载，此之谓容。于是和乐兴焉，颂声乃作。《礼运》曰：‘政也者，君之所以藏身也。’是故夫政必本于天，殽以降命。命降于社之谓殽地，降于祖庙之谓仁义，降于山川之谓兴作，降于五祀之谓制度。又曰：‘故祭帝于郊，所以定天位；祀社于国，所以列地利；祖庙，所以本仁；山川，所以傧鬼神；五祀，所以本事。’又曰：‘礼行于郊，而百神受职焉。礼行于社，而百货可极焉。礼行于祖庙，而孝慈服焉。礼行于五祀，而正法则焉。’故自郊、社、祖庙、山川、五祀、义之修，礼之藏也。”

清庙之什

清庙

於穆清庙，肃雍显相。一
济济多士，秉文之德。二
对越在天，骏奔走在庙。三
不显不承，无射于人斯。四

【注释】

一、於（wū音乌）：叹词，即呜呼。《毛诗故训传》曰：“於，叹辞也。”穆：壮美，美好。《毛诗故训传》曰：“穆，美。”朱熹《诗集传》曰：“深远也。”都是夸赞文王德行。清庙：《毛诗故训传笺》曰：“清庙者，祭有清明之德者之宫也，谓祭文王也。天德清明，文王象焉。”朱熹《诗集传》则言：“清，清静也。”前者之说更贴切。肃：敬肃。《毛诗故训传》曰：“肃，敬。”雍：和谐。《毛诗故训传》曰：“雍，和。”显：高贵显赫。朱熹《诗集传》曰：“显，明。”相：助祭的卿相。朱熹《诗集传》曰：“相，助也，谓助祭之公卿诸侯。”

二、济济：多的样子。朱熹《诗集传》曰：“济济，众也。”方玉润《诗经原始》则认为：“济济，亦只是仪度整齐。”指威仪整齐的样子。多士：指众多参与祭祀之士。秉：执行。文之德：一说为文王之德，一说为文德之人，皆通。孔颖达《毛诗正义》曰："《经》云'秉文之德'，谓多士执文王之德，故传申其意，言此多士皆是执文德之人也。"

三、对越：报答宣扬。在天：文王在天之灵。骏：疾，迅速。《尔雅·释诂》曰："骏，速也。"朱熹《诗集传》曰："骏，大而疾也。"孔颖达《毛诗正义》曰："庙中奔走以疾为敬。"

四、不：通"丕"，大。显：光耀，显扬。承：继承。朱熹《诗集传》曰："承，尊奉也。"此言文王之德，后继有人。无射（yì音义）：不被厌弃。"射"为"斁"之假借字，《齐诗》作"斁"。斯：语气词。朱熹《诗集传》曰："斯，语辞。"

【解题】

《清庙》作为颂之始，是一篇赞美周文王功德的祭祀颂歌。《诗序》曰："《清庙》，祀文王也。周公既成洛邑，朝诸侯，率以祀文王焉。"

《毛诗故训传笺》曰："清庙者，祭有清明之德者之宫也，谓祭文王也。天德清明，文王象焉，故祭之而歌此诗也。庙之言貌也，死者精神不可得而见，但以生时之居，立宫室象貌为之耳。成洛邑，居摄五年时。"

孔颖达《毛诗正义》曰："《清庙》诗者，祀文王之乐歌也。《序》又申说祀之时节，周公摄王之政，营邑于洛。既已成此洛邑，于是大朝诸侯。既受其朝，又率之而至于清庙，以祀此文王焉。以其祀之得礼，诗人歌咏其事，而作此《清庙》之诗，后乃用之于乐，以为常歌也。《周礼》四时之祭，其祭者，春曰祀。因春是四时之首，故以祀为通名。《楚茨》《经》云'烝尝'，《序》称'祭祀'，是秋冬之祭亦以祀目之。此祀文王，自当在春余，《序》之称祀，不必皆春祀也。以《王制》之法及《郑志》所云：殷礼，春礿，夏禘。四时皆无祀名。而《商颂》之《序》亦称祀者，子夏生于周世，因以周法言之。《那》与《烈祖》皆云'烝尝'，而《序》称为祀，是祀为通名也。案

《召诰》经《序》营洛邑者，乃是召公所为；而云周公既成洛邑者，以周公摄行王事，君统臣功，故以周公为主。既成洛邑，在居摄五年，其朝诸侯则在六年。《明堂位》所云‘周公践天子之位，以治天下，六年朝诸侯于明堂’，即此时也。成洛邑后年始朝诸侯，而此系之成洛邑者，以洛邑既成之后，朝事莫此之先，故系之也。此朝诸侯在明堂之上，于时之位，五等四夷莫不咸在。言率之以祀文王，则朝者悉皆助祭。《序》虽文主诸侯，其实亦有四夷，但四夷世乃一见，助祭非常，故略而不言之耳。诸侯之朝，当依服数而至，明堂之位，得夷夏并在者，以其礼乐初成，将颁度量，故特使俱至，异于常朝也。《顾命》诸侯见王之礼，召公率西方诸侯，毕公率东方诸侯，则率诸侯者皆二伯为之。此言率者，谓周公使二伯率之，以从周公祀文王也。文王之庙，虽四时常祀，而礼特异于常。诸侯皆在，祭事最盛，诗人述此祭而为此诗，故《序》备言其事。此《经》所陈，皆是祀文王之事。其言成洛邑，朝诸侯，自明祀之时节，于《经》无所当也。”

此诗只有八句，言简意赅，辞清意显地赞颂文王功业。开头两句主要写宗庙的庄严肃穆和助祭官员的庄重威仪。中间四句写祭祀官员们为颂扬文王在天之灵而虔诚地忙碌奔走。最后两句则赞颂了文王的美好德业，不被人们所忘记。

维天之命

维天之命，於穆不已。一
於乎不显，文王之德之纯！二
假以溢我，我其收之。三
骏惠我文王，曾孙笃之。四

【注释】

一、维：同“惟”，想。陈奂《诗毛氏传疏》曰：“《释文》引《韩诗》云：‘维，念也。’《文选》欧阳建《临终诗》引《薛君章句》云：‘惟，念也。’惟与维通。”《说文》和《方言》均训“惟”为“思”。命：天道。《毛诗故训传笺》云：“命犹道也。天之道於乎美哉！动而不止，行而不已。”於（wū音乌）：语助词。穆：美好。不已：不止。

二、於乎：即呜呼，叹词。不显：即丕显，光明显耀之意，详见《清庙》注。文王：即周文王。纯：本义为丝，这里引申为纯粹、不杂。《说文》曰：“纯，美丝也。”朱熹《诗集传》曰：“纯，不杂也。”一说，纯意为明。马瑞辰《毛诗传笺通释》曰：“按《说文》，焞，明也。引《春秋传》曰，焞，耀天地。纯与焞通用。《汉书·扬雄传》，光纯天地。纯亦明也。此承上‘於乎不显’言之，不显，显也。显，明也。纯亦明也。文与明义相引中。《方言》《广雅》并曰，纯，文也。《中庸》引此诗而释之曰，盖曰文王之所以为文也。纯亦不已。正训纯为文。《说文》，纯，丝也。崔觐《说易》曰，不杂曰纯。纯本美丝之称，假以状德之明而不杂，故义为明、为文、又为大耳。”此句赞美文王的德行。

三、假：嘉，美。溢：满而外流。《毛诗故训传》曰：“假，嘉。溢，慎。”《毛诗故训传笺》曰：“纯亦不已也。溢，盈溢之言也。於乎不光明与，文王之施德教之无倦已，美其与天同功也。”陈奂《诗毛氏传疏》曰：“传训假为嘉，与《嘉乐》《雍》同。溢，慎。《释诂文》舍人注云，溢，行之慎也。假以溢我，言以嘉美之道戒慎于我也。”又，马瑞辰《毛诗传笺通释》：“此诗溢、谧、恤三字通用。犹《尧典》惟刑之卹哉，《史记》作静，《今文尚书》作诫也。《尔雅·释诂》，溢，慎；谧，静也。……静与竫通。《说文》，竫，安竫也。《广雅》，静，安也。慎与静，古亦同义。诗言溢我，即慎我也。慎我，即静我也。静我，即安我。犹《诗》言绥我眉寿。绥亦安也。假以溢我，正谓善以绥我。《左传》言恤我者，恤当为侐之假借。

《说文》，侐，静也。正与溢、谧并训静者同义。惟《毛诗故训传笺》训为盈溢，与《毛诗故训传》异义。”收：受，承受。《毛诗故训传》曰：“收，聚也。”《毛诗故训传笺》曰：“以嘉美之道，饶衍与我，我其聚敛之，以制法度，以大顺我文王之意，谓为《周礼》六官之职也。《书》曰：‘考朕昭子刑，乃单文祖德。’”

四、骏惠：驯服。马瑞辰《毛诗传笺通释》曰：“……按，惠，顺也。骏当为驯之假借，驯亦顺也。骏、惠二字平列，皆为顺。犹劬劳同为劳，尽瘁、殄瘁同为劳也。”曾孙：自孙以下的都叫曾孙，这里泛指后世子孙。笃：厚，忠实。《毛诗故训传》曰：“成王能厚行之也。”《毛诗故训传笺》云：“曾，犹重也。自孙之子而下，事先祖皆称曾孙。是言曾孙，欲使后王皆厚行之，非维今也。”

【解题】

这是一首祭祀文王、告知天下太平之诗。《诗序》曰：“《维天之命》，大平告文王也。”《毛诗故训传笺》曰：“告大平者，居摄五年之末也。文王受命，不卒而崩。今天下大平，故承其意而告之，明六年制礼作乐。”

孔颖达《毛诗正义》曰：“《维天之命》诗者，大平告文王之乐歌也。以文王受命，造立周邦，未及大平而崩，不得制礼作乐。今周公摄政，继父之业，致得大平，将欲作乐制礼。其所制作，皆是文王之意，故以大平之时，告于文王，谓设祭以告文王之庙。言今已大平，已将制作，诗人述其事而为此歌焉。《经》陈文王德有余衍，周公收以制礼，顺文王之意，使后世行之，是所告之事也。”

陈奂《诗毛氏传疏》曰：“《书·洛诰大传》云：‘周公摄政，六年制礼作乐，七年致政。’《维天之命》，制礼也。《维清》，作乐也。《烈文》，致政也。三诗并列，正与《大传》节次合，然则，《维天之命》当作于六年末矣。”

维清

维清缉熙，文王之典。一
肇禋，迄用有成，维周之祯。二

【注释】

一、维：发语词。清：清明。朱熹《诗集传》曰：“清，清明也。”缉熙：光明。《毛诗故训传笺》曰：“缉熙，光明也。天下之所以无败乱之政而清明者，乃文王有征伐之法故也。文王受命，七年五伐也。”朱熹《诗集传》曰：“缉，续。熙，明。”典：典章制度。《毛诗故训传》曰：“典，法也。”

二、肇（zhào音赵）：开始。《毛诗故训传》曰：“肇，始。”禋：祭名，升烟祭天以求福。这里泛指祭祀。《毛诗故训传》曰：“禋，祀也。”《毛诗故训传笺》曰：“文王受命，始祭天而枝伐也。《周礼》以禋祀祀昊天上帝。”迄：至。《毛诗故训传》曰：“迄，至。”用：以。成：成功。维：是。祯（zhēn音真）：吉祥。《毛诗故训传》曰：“祯，祥也。”《毛诗故训传笺》曰：“文王造此征伐之法，至今用之而有成功，谓伐纣克胜也。征伐之法，乃周家得天下之吉祥。”

【解题】

这是一首祭祀周文王的诗，是在祭祀时演奏的《象舞》之乐。《诗序》曰：“《维清》，奏《象舞》也。”《毛诗故训传笺》曰：“《象舞》，象用兵时刺伐之舞，武王制焉。”

孔颖达《毛诗正义》曰：“《维清》诗者，奏《象舞》之歌乐也。谓文王时有击刺之法，武王作乐，象而为舞，号其乐曰《象舞》。至周公、成王之时，用而奏之于庙。诗人以今大平由彼五伐，睹其奏而思其本，故述之而为此歌焉。《时迈》《般》《桓》之等，皆武王时事，成王之世乃颂之。此《象舞》武王所制，以为成王之时奏之，成王之时颂之，理亦可矣。但武王既制此乐，其法遂传于后，春秋之世，季札观乐，见舞《象》，是后于成王之世犹尚奏之，可知颂必大平乃为，明是睹之而作。又此诗所述，述其作乐所象，不言初成新奏，以此知奏在成王之世，作者见而歌之也。

朱熹《诗集传》曰："此亦祭文王之诗。言所当清明而缉熙者，文王之典也。故自始祀至今有成，实惟周之祯祥也。然此诗疑有阙文焉。"

烈文

烈文辟公，锡兹祉福。一
惠我无疆，子孙保之。二
无封靡于尔邦，维王其崇之。三
念兹戎功，继序其皇之。四
无竞维人，四方其训之。五
不显维德，百辟其刑之。六
於乎前王不忘。七

【注释】

一、烈：光明。《毛诗故训传》曰："烈，光也。"程俊英等《诗经注析》曰："烈，武功。《说文》曰：'烈，火猛也。'这是本义。引申为功绩之义。这里指武功。"文：文德。程俊英等《诗经注析》曰："指道德修养等。”辟公：诸侯，百辟卿士。锡：赐。兹：这。祉：福。

二、惠：《毛诗故训传》曰：“惠，爱也。”一说，顺。陈奂《诗毛氏传疏》曰：“盖言诸侯皆能训顺我周，故长保其子孙世世获福也。”疆：边界。

三、封：大。《毛诗故训传》曰：“封，大也。”孔颖达《毛诗正义》曰：“定四年《左传》云：‘吴为封豕长蛇。’封与长为类，则封豕为大豕，故封为大也。”朱熹《诗集传》曰：“封，专利以自封殖也。”靡：累。《毛诗故训传》曰：“靡，累也。”孔颖达《毛诗正义》曰：“靡谓侈靡，奢侈淫靡是罪累之事，故靡为累也。”朱熹《诗集传》曰：“靡，奢侈也。”崇：《毛诗故训传》曰：“崇，立也。”孔颖达《毛诗正义》曰：“‘崇，高也。’高是立之义，故以崇为立也。”

四、戎：《毛诗故训传》曰：“戎，大。”序：通“续”。继序：即继承。皇：光大。《毛诗故训传》曰：“皇，美也。”《毛诗故训传笺》曰：“皇，君也。”朱熹《诗集传》曰：“皇，大也。”

五、竞：强。维：是。人：贤人。四方：指天下诸侯。训：《毛诗故训传》曰：“训，道也。”孔颖达《毛诗正义》曰：“教训者，所以导诱人，故训为道也。”

六、不：通“丕”，大。显：光明。刑：通“行”，遵从，服从。

七、於乎：表赞美的语气词。前王：指周武王。不忘：指不忘武王之德。

【解题】

这是周成王在祭祀时发表诫勉诸侯言论的诗。《诗序》曰：“烈文，成王即政，诸侯助祭也。”《毛诗故训传笺》曰：“新王即政，必以朝享之礼祭于祖考，告嗣位也。”

孔颖达《毛诗正义》曰：“《烈文》诗者，成王即政，诸侯助祭之乐歌也。谓周公居摄七年，致政成王，成王乃以明年岁首即此为君之政，于是用朝享之礼祭于祖考，有诸侯助王之祭。既祭，因而戒之。诗人述其戒辞，而为此歌焉。《经》之所陈，皆戒辞也。武王崩之明年，与周公归政明年，俱得为成王即政。但此篇敕戒诸侯，用赏罚以为己任，非复丧中之辞，故知是致政之后年之事也。

褚斌杰《诗经全注》曰："周成王即位亲政，有大功劳的诸侯前来助祭，这是成王在祭奠上戒勉众诸侯的诗。诗中劝诫他们在邦域内不要犯大罪，要尊重王室，要牢记前王的大功，并发扬光大，做有德的贤人。"

天作

天作高山，大王荒之。一
彼作矣，文王康之。二
彼徂矣，岐有夷之行，子孙保之！三

【注释】

一、作：生。《毛诗故训传》曰："作，生。天生万物于高山，大王行道，能大天之所作也。"高山：指岐山。《毛诗故训传笺》曰："高山，谓岐山也。《书》曰：'道岍及岐，至于荆山。'天生此高山，使兴云雨，以利万物。大王自豳迁焉，则能尊大之，广其德泽。居之一年成邑，二年成都，三年五倍其初。"大王：即太王，指古公亶父。荒：垦荒。朱熹《诗集传》曰："荒，治。"

二、彼：指古公亶父。作：经营，治理。康：安乐。朱熹《诗集传》曰："康，安。"

三、彼：指民众。《毛诗故训传笺》曰：“彼，万民也。”《毛诗故训传笺》曰：“徂，往。”岐：岐山。夷：平坦。《毛诗故训传》曰：“夷，易也。”朱熹《诗集传》曰：“夷，平。”行：道路。《毛诗故训传笺》曰：“行，道也。”《毛诗故训传笺》曰：“彼万民居岐邦者，皆筑作宫室，以为常居，文王则能安之。后之往者，又以岐邦之君有佼易之道故也。《易》曰：‘乾以易知，坤以简能。易则易知，简则易从。易知则有亲，易从则有功。有亲则可久，有功则可大。可久则贤人之德，可大则贤人之业。’以此订大王、文王之道，卓尔与天地合其德。”

【解题】

这是一首祭祀古公亶父和周文王的诗。《诗序》曰：“《天作》，祀先王先公也。”《毛诗故训传笺》曰：“先王，谓大王已下。先公，诸盩（chóu音酬）至不窋。”

孔颖达《毛诗正义》曰：“《天作》诗者，祀先王先公之乐歌也。谓周公、成王之时，祭祀先王先公，诗人以今太平是先祖之力，故因此祭，述其事而作歌焉。

褚斌杰《诗经全注》曰：“这是祭周太王的诗。周文王的祖父太王率民由豳地迁至岐山，垦荒定居，成为周族的发祥地。嗣后，文王继续经营，万民归顺。末句戒勉后王要永保基业。”

昊天有成命

昊天有成命，二后受之。一
成王不敢康，夙夜基命宥密。二

於缉熙，单厥心，肆其靖之。[三]

【注释】

一、昊天：上天。《毛诗故训传笺》曰：“昊天，天大号也。”有成命：有明确的命令。《毛诗故训传笺》曰：“有成命者，言周自后稷之生而已有王命也。”马瑞辰《毛诗传笺通释》曰：“《尔雅·释诂》曰：‘明，成也。’《臣工篇》‘将受厥明’，明亦成也。成命，犹言明命。”二后：两位君王。《毛诗故训传》曰：“二后，文、武也。”

二、成王：周成王。一说为成就王的功业。《毛诗故训传笺》曰：“成此王功。”马瑞辰《毛诗传笺通释》曰：“《晋语》引此诗，韦昭注：‘谓文武修己自勤，成其王功，非谓周成王身也。’说与《笺》同。但考叔向说是诗曰：‘是道成王之德也。成王，能明文昭，能定武烈者也。’二后指文武，则成王自指周成王无疑。”康：安。《毛诗故训传笺》曰：“安逸。”基命：开始获得天命。《毛诗故训传》曰：“基，始。命，信。”《毛诗故训传笺》曰：“早夜始信顺天命，不敢解倦。”朱熹《诗集传》曰：“基，积累于下以承藉乎上者也。”宥密：宽和宁静之政。《毛诗故训传》曰：“宥，宽。密，宁也。”《毛诗故训传笺》曰：“行宽仁安静之政以定天下。宽仁所以止苛刻也，安静所以息暴乱也。”马瑞辰《毛诗传笺通释》曰：“叔向曰：‘夙夜，恭也。基，始也。命，信也。宥，宽也。密，宁也。’后总释之曰：‘其中也。恭俭信宽，帅归于宁。’恭信宽宁，承上夙夜、命、宥、密五字言，不应独去基字，令增俭字。”

三、缉熙：光明。《毛诗故训传》曰：“缉，明。熙，广。”《毛诗故训传笺》曰：“广当为光。於美乎，此成王之德也，既光明矣，又能厚其心矣。”单：笃厚。《毛诗故训传》曰：“单，厚。”肆：于是。《毛诗故训传》曰：“肆，固。”《毛诗故训传笺》曰：“固当为故字之误也，故于其功终能和安之。”靖：安定。《毛诗故训传》曰：“靖，和也。”《毛诗故训传笺》曰："谓夙夜自勤，至于天下太平。"朱熹《诗集传》曰："静，安也。"

【解题】

这是一首郊祀天地的诗。《诗序》曰："《昊天有成命》，郊祀天地也。"古代于郊外祭祀天地，南郊祭天，北郊祭地。郊谓大祀，祀为群祀。《尔雅·释天》云："天曰燔柴，祭地曰瘗埋。"孔颖达《疏》曰："天神在上，非燔柴不足以达之；地示在下，非瘗埋不足以达之。"郊祀祭天是中国古代国家宗教的中心，帝王通过"绝地天通"获得沟通神圣世界与世俗国家的独占权，以之作为王权合法性的基础和终极来源。

孔颖达《毛诗正义》曰："《昊天有成命》诗者，郊祀天地之乐歌也。谓于南郊祀所感之天神，于北郊祭神州之地祇也。天地神祇佑助周室，文、武受其灵命，王有天下。诗人见其郊祀，思此二王能受天之命，勤行道德，故述之而为此歌焉。"

我将

我将我享，维羊维牛，维天其右之。一
仪式刑文王之典，日靖四方。二
伊嘏文王，既右飨之。三
我其夙夜，畏天之威，于时保之。四

【注释】

一、将：指奉献的意思。《毛诗故训传笺》云：“将，犹奉也。”享：祭献。维：是。右：同“佑”，佑护、佑助。

二、仪、式、刑：朱熹《诗集传》皆训为“法”，指效法。另《毛诗故训传》训“刑”为“法”，训“仪”为“善”，《毛诗正义》训“式”为“用”，并引王肃云：“善用法文王之常道。”典：《毛诗故训传》训为“常”，指典章制度等恒常不变之道。靖：《毛诗故训传》训“谋也”，《毛诗故训传笺》训“治也”，指谋求治理四方。

三、嘏：《毛诗故训传》训为“大”，马瑞辰《毛诗传笺通释》曰：“此诗‘伊嘏文王’犹言大哉文王。”另《毛诗故训传笺》训为“受福”，指神受福于文王。《毛诗正义》云：“既佑助飨之，是释其所以致福之意。……谓神受其德，故降与之福也。”右：佑助。飨：指神享用祭品，以降福保佑。

四、夙：早。畏：敬畏。威：威力。时：《毛诗故训传笺》云“是也”。之：指国家。以上说：我从早到晚对天威心怀敬畏，于是保有我们的国家。

【解题】

这是一首祭祀周文王的诗。《诗序》曰：“《我将》，祀文王于明堂也。”明堂是古代帝王宣明政教的地方。凡朝会、祭祀、庆赏、选士、养老、教学等大典，都在此举行。明堂创始于黄帝，夏代叫“世室”，商代叫“重屋”，周代才叫“明堂”。据《逸周书·明堂解》，明堂是周公所建，目的是为明诸侯之尊卑，所以在明堂朝见诸侯。“明堂方百一十二尺，高四尺，阶广六尺三寸。室居中方百尺，室中方六十尺，户高八尺，广四尺。东应门，南库门，西皋门，北雉门。东方曰青阳，南方曰明堂，西方曰总章，北方曰玄堂，中央曰太庙。左为左介，右为右介。”天子于明堂朝见诸侯时，各人的站位为：“天子之位，负斧扆，南面立。率公卿士，侍于左右。三公之位，中阶之前，北面东上，诸侯之位，阼阶之东，西面北上。诸伯之位，西阶之西，东面北上。诸子之位，门内之东，北面东上。诸男之位，门内之西，北面东上。九夷之国，东门之外，西面北上。八蛮之国，南门之外，北面东上。六戎之国，西门之外，东面南上。五狄之国，北门之外，南面东上。四塞九采之国，世告至者，应门之外，北而东上。宗周明堂之位也。”

孔颖达《毛诗正义》曰：“《我将》诗者，祀文王于明堂之乐歌也。谓祭五帝之神于明堂，以文王配而祀之。以今之大平，由此明堂所配之文王，故诗人因其配祭，述其事而为此歌焉。”

时迈

时迈其邦，昊天其子之。[一]
实右序有周。薄言震之，[二]
莫不震叠。怀柔百神，[三]
及河乔岳。允王维后！[四]
明昭有周，式序在位。[五]
载戢干戈，载櫜弓矢，[六]
我求懿德，肆于时夏。[七]
允王保之。[八]

【注释】

一、时：按时。一说，时犹“是”，发语词，无义。迈：行巡。《说文》曰：“迈，远行也。”《毛诗故训传笺》曰：“武王既定天下，时出行其邦国，谓巡守也。”其邦：指各诸侯国。昊天：上天。子之：看作儿子，子为动词。朱熹《诗集传》曰：“天其子我乎哉？盖不敢必也。”

二、实：是。右：佑助。序：帮助。有周：即周，有在此为语助词，无义。《毛诗故训传笺》曰：“天其子爱之，右助次序其事，谓多生贤知，使为之臣也。”马瑞辰《毛诗传笺通释》曰：“实右序有周，犹言实佑助有周也。右序二字同义。”薄言：语助词。震：指以武力震慑。之：指殷商及其属国。

三、震：《韩诗》作“振”，振动。叠：通“慑”，恐惧。《毛诗故训传》曰：“叠，惧。”陈奂《诗毛氏传疏》曰：“叠者，慑之假借字。《说文》曰：‘慑，惧也。读若叠。’”《毛诗故训传笺》曰：“其兵所征伐，甫动之以威，则莫不动惧而服者。言其威武，又见畏也。”怀：来。柔：安抚。《毛诗故训传》曰：“怀，来。柔，安。”《说文》曰：“柔，木曲直也。”段玉裁注：“柔之引申为凡弱之称，凡抚安之称。”百神：指天地山川众神灵。

四、及：至，到。河：黄河。乔岳：高山。《毛诗故训传》曰：“乔，高也。高岳，岱宗也。”《毛诗故训传笺》曰：“王行巡守，其至方岳之下，来安群神，望于山川，皆以尊卑祭之。”允：诚然，确实。王：指周武王。维：是。后：君主。《毛诗故训传笺》曰：“信哉，武王之宜为君，美之也。”朱熹《诗集传》曰：“则是信乎，周王之为天下君矣。”

五、明昭：光明显著。《毛诗故训传》曰：“明矣，知未然也。昭然，不疑也。”《毛诗故训传笺》曰：“昭，见也。王巡守，而明见天之子有周家也。”式：发语词。序：顺序。在位：指在位的诸侯。此句意为确定在位诸侯之顺序而封赏他们。一说此句指诸侯都能称职。《毛诗故训传笺》曰：“以其有俊乂，用次第处位。言此者，著天其子爱之，右序之效也。”

六、载：则。戢：聚敛，收藏。《毛诗故训传》曰：“戢，聚也。”《说文》曰：“戢，臧兵也。”段玉裁注：“聚与藏义相成，聚而藏之也。”干戈：指兵器。櫜（gāo音高）：盛弓箭的袋子，这里作为动词，指把弓箭装入袋子中。《毛诗故训传》曰："橐，韬也。"《毛诗故训传笺》云："载之言则也。王巡守而天下咸服，兵不复用，此又著震叠之效也。"以上两句意为偃武修文。

七、求：寻求。懿德：美德。《尔雅·释诂》曰："懿，美也。"肆：施行。时：是，这。夏：中国。朱熹《诗集传》曰："夏，中国也。言求懿美之德以布陈于中国。"一说，夏意为大。《毛诗故训传》曰："夏，大也。"《毛诗故训传笺》曰："懿，美。肆，陈也。我武王求有美德之士而任用之，故陈其功，于是夏而歌之。乐歌大者称夏。"

八、允王保之：相信武王能保护好国家。《毛诗故训传笺》云："允，信也。信哉，武王之德，能长保此时夏之美。"朱熹《诗集传》曰："信乎，王之能保天命也。"

【解题】

这是一首描写天子封禅的诗。《诗序》曰："《时迈》，巡守告祭柴望也。"《毛诗故训传笺》曰："巡守告祭者，天子巡行邦国，至于方岳之下而封禅也。《书》曰：'岁二月，东巡守，至于岱宗，柴。望秩于山川，遍于群神。'"

孔颖达《毛诗正义》曰："《时迈》诗者，巡守告祭柴望之乐歌也。谓武王既定天下，而巡行其守土诸侯，至于方岳之下，乃作告至之祭，为柴望之礼。柴祭昊天，望祭山川。巡守而安祀百神，乃是王者盛事。周公既致太平，追念武王之业，故述其事而为此歌焉。"

执竞

执竞武王，无竞维烈。一
不显成康，上帝是皇。二
自彼成康，奄有四方，斤斤其明。三
钟鼓喤喤，磬筦将将，降福穰穰。四
降福简简，威仪反反。五
既醉既饱，福禄来反。六

【注释】

一、执竞：秉持强道，自强不息。竞，强。《毛诗故训传笺》曰：“竞，强也。”褚斌杰《诗经全注》“以武力制服强敌”，指武王伐纣。无：没有。烈：功业，此处指武王伐纣的功业。朱熹《诗集传》曰：“言武王持其自强不息之心，故其功烈之盛，天下莫得而竞。”

二、显：显耀。《毛诗故训传》曰：“显，光也。”成：成大功。康：安，此处指武王成就王业而安其祖考。一说，成，周成王；康，周康王。皇：美，此处指上天赞美周武王。《毛诗故训传》曰：“美也。”

三、自：用，因为。《毛诗正义》曰：“训‘自’为‘用’。故云‘用彼成安之道’。”程俊英等《诗经注析》训“自”为“从”。奄：覆盖，拥有。《毛诗故训传》曰：“奄，同也。”《毛诗正义》曰：“又云：‘奄，盖也。’郑于《閟宫》《玄鸟》笺皆以奄为覆。覆盖四方，同为己有，与传不异也。”《说文》曰：“奄，覆也，大有余也。”四方：指天下。斤斤：明察的样子。《毛诗故训传》曰：“斤斤，明察也。”《尔雅・释训》曰：“明明、斤斤，察也。”程俊英等《诗经注析》曰：“斤斤，听听的省借，精明貌。”

四、喤喤（huáng音黄）、将将：象声词。《毛诗故训传》曰：“喤喤，和也。将将，集也。”孔颖达《毛诗正义》曰：“谓与诸声相和，与诸声合集也。”陈奂《诗毛氏传疏》曰：“云‘和’者，谓钟与鼓声相应和。”磬：古代的一种打击乐器，用美石或者玉制成。筦（guǎn音管）：一种吹奏乐器。穰穰（rǎng音嚷）：众多，此处形容福禄众多。《尔雅·释训》舍人曰：“穰穰，众多之福也。”朱熹《诗集传》曰：“言今作乐以祭而受福也。”

五、简简：宏大的样子。《毛诗故训传》曰：“简简，大也。”《毛诗正义》曰：“‘简，大’，《释训》文。李巡注：‘简简，降福之大也。’”威仪：祭祀时的礼仪。反反：《毛诗故训传笺》曰：“顺习之貌。”程俊英等《诗经注析》曰：“昄昄的假借字，慎重。”高亨《诗经今注》曰：“反反，借为辨辨，有节有序貌。”

六、既醉既饱：指参与祭祀的大臣。一说，指神明醉饱。反：反复回报。《毛诗故训传》曰：“复也。”朱熹《诗集传》曰：“言受福之多而愈益谨重。是以既醉既饱，而福禄之来，反复而不厌也。”

【解题】

这是一首祭祀周武王的诗。《诗序》曰：“《执竞》，祀武王也。”《毛诗故训传笺》曰：“执，持也。《韩诗》云：‘执，服也。’”

孔颖达《毛诗正义》曰：“《执竞》诗者，祀武王之乐歌也。谓周公、成王之时，既致太平，祀于武王之庙。时人以今得太平，由武王所致，故因其祀，述其功，而为此歌焉。《经》之所陈，皆述武王生时之功也。”

朱熹《诗集传》曰：“此昭王以后之诗。《国语》说见前篇。”

思文

思文后稷，克配彼天。[一]
立我烝民，莫匪尔极。[二]
贻我来牟，帝命率育。[三]
无此疆尔界，陈常于时夏。[四]

【注释】

一、思：助词。一说意为思念，《毛诗故训传笺》曰："周公思先祖有文德者，后稷之功能配天。"文：有文德。后稷：详见《大雅·生民》注。克：能。《说文》曰："克，肩也。"段玉裁注："肩谓任，任事以肩，故任谓之肩，亦谓之克。"《尔雅·释言》曰："克，能也。"配天：指配享于天。一说指祭祀的一种。程俊英等《诗经注析》曰："配，祔祭。"

二、立：通粒，指谷粒，此处用作动词，指以谷粒为食。《毛诗故训传笺》曰："立，当作'粒'。烝民：众民。匪：非。极：准则。一说极表程度。朱熹《诗集传》曰："极，至也。德之至也。"此句意为无不以你为准则。

三、贻：留下，遗留。来牟：泛指麦类。来：小麦；牟：大麦。朱熹《诗集传》曰："来，小麦；牟，大麦也。"马瑞辰《毛诗传笺通释》曰："牟麦为双声，来麦为叠韵，合牟来则为麦。焦氏循曰'麦为牟来之合声，犹终葵之为锥。牟来倒为来牟，方音相转，往往倒称，其说是也。'"《鲁诗》作"诒我厘麰"，《齐诗》作"诒我来麰"。一说"嘉，当为'喜'字之误，来、厘、喜古声相近，故《毛诗》作'来'，而《刘向传》作'厘牟'，《韩诗》作'喜牟'。"率：皆，全。育：养。朱熹《诗集传》曰："率，遍。育，养也。……乃上帝之命，以此遍养下民者。"

四、无此疆尔界：此句意为不分彼此的疆界，一视同仁。陈奂《诗毛氏传疏》曰："无此疆界者，言后稷布种之功尽天下之疆界，无有此尔也。"界：《韩诗》作"介"。陈：布，推行。常：典章，制度。《国语·越语》曰："常，典法也。"此处指农政。时：是。夏：指中国。马瑞辰《毛诗传笺通释》曰："陈常于时夏，谓陈农政于中夏也。"

【解题】

这是一首祭祀周先祖后稷的诗。《诗序》曰："《思文》，后稷配天也。"

孔颖达《毛诗正义》曰："《思文》诗者，后稷配天之乐歌也。周公既已制礼，推后稷以配所感之帝，祭于南郊。既已祀之，因述后稷之德可以配天之意，而为此歌焉。《经》皆陈后稷有德可以配天之事。"

王先谦《诗三家义集疏》曰："鲁说曰：'《思文》，一章八句。后稷配天之所歌也。齐说曰：'周公向成王，天道大洽，制礼作乐，郊祀后稷以配天。'韩说盖同。"

臣工之什

臣工

嗟嗟臣工，敬尔在公。一
王釐尔成，来咨来茹。二
嗟嗟保介，维莫之春。三
亦又何求？如何新畬。四
於皇来牟，将受厥明。五
明昭上帝，迄用康年。六
命我众人，庤乃钱镈，奄观铚艾。七

【注释】

一、嗟嗟：叹词。《毛诗故训传》曰："嗟嗟，敕之也。"朱熹《诗集传》曰："嗟嗟，重叹以深敕之也。"臣工：群臣百官。一说多指诸侯卿大夫。《毛诗故训传笺》曰："臣，谓诸侯也。"《毛诗故训传》曰："工，官也。"朱熹《诗集传》曰："臣工，群臣百官也。"敬：恭敬。尔：指臣工。公：公事。《毛诗故训传》曰："公，君也。"朱熹《诗集传》曰："公，公家也。"

二、釐：同"赉"，赐予。《毛诗故训传》曰："釐，理。"朱熹《诗集传》曰："釐，赐也。"成：成法。朱熹《诗集传》曰："成，成法也。"这里指农田的耕种之法。咨：咨询。茹：度，思考。《毛诗故训传笺》曰："咨，谋。茹，度也。"

三、保介：田官。郭沫若《由周代农事诗论到周代社会》曰："所谓'保介'，……应该就是后来的田畯，也就是田官。介者，界省；保介者，保护田界之人。"一说为披甲执锐保卫天子之武士。《毛诗故训传笺》曰："保介，车右也。《月令》'孟春，天子亲载耒耜，措之于参保介之御间'。……介，甲也。车右，勇力之士，被甲执兵也。"朱熹《诗集传》曰："介，见《月令》《吕览》，其说不同，然皆为籍田而言，盖农官之副也。"马瑞辰《毛诗传笺通释》曰："按天子、诸侯孟春劝农，保介为同车之人，故自车中戒之。《毛诗故训传笺》据《月令》释为车右，是也。"维：语气词。莫：同"暮"，即春末。周历的暮春即夏历的初春。《毛诗故训传笺》曰："莫，晚也。周之季春，于夏为孟春。诸侯朝周之春，故晚春遣之。"朱熹《诗集传》曰："莫春，斗柄建辰，夏正之三月也。"

四、亦：助词。又：同"有"。求：要求。新：即新田，开垦两年的田。一说新为动词，义为"使之新"。程俊英《诗经译注》曰："古时实行轮种，种过的田在休闲几年后再种，故称新畬。"畬（yú音余）：开垦过三年的田地，熟田。《毛诗故训传》曰："田，二岁曰新，三岁曰畬。"后泛指田地。《毛诗故训传笺》曰："敕其车右以时事，女归，当何求于民？将如新田、畬田何急？其教农趋时也。"

五、於：赞叹词。皇：美好。朱熹《诗集传》曰："於皇，叹美之词。"来：小麦。牟：同"麰"，大麦。受：得到。厥：其。明：成，指收成。朱熹《诗集传》曰："明，上帝之明赐也，言麦将熟也。"

六、明昭：光明显赫。迄：至。《毛诗故训传笺》曰："迄，至也。"用：以。康年：丰年。《毛诗故训传》曰："康，乐也。"朱熹《诗集传》曰："康年，犹丰年也。"《毛诗故训传笺》曰："于美乎，赤乌以牟麦俱来，故我周家大受其光明。谓为珍瑞，天下所休庆也。此瑞乃明见于天，至今用之，有乐岁，五谷丰熟。”

七、众人：农夫。朱熹《诗集传》曰：“众人，甸徒也。”庤（zhì音至）：储备，储藏。钱（jiǎn音剪）：古农具名，臿属，似今之铁铲。镈（bó音博）：古代除草的一种短柄锄。一说，阔口锄。奄：同。《毛诗故训传笺》曰：“奄，久。”铚（zhì音至）：短镰刀。艾：通“刈”，收割、收获。《毛诗故训传》曰：“庤，具。钱，铫。镈，耨。铚，获也。”《毛诗故训传笺》曰：“教我庶民，具女田器，终久必多铚艾，劝之也。”

【解题】

这是一首诸侯助祭的有关祭祀的诗。《诗序》曰：“《臣工》，诸侯助祭遣于庙也。”

孔颖达《毛诗正义》曰：“《臣工》诗者，诸侯助祭遣于庙之乐歌也。谓周公、成王之时，诸侯以礼春朝，因助天子之祭。事毕将归，天子戒敕而遣之于庙。诗人述其事而作此歌焉。此诸侯来朝，行朝享之礼已终，天子飨食燕赐之事又毕，唯待祭讫而去，故于祭之末，因在庙中遣之。

朱熹《诗集传》曰：“此戒农官之诗，先言王有成法以赐女，女当来咨度也。”

噫嘻

噫嘻成王，既昭假尔，一
率时农夫，播厥百谷。二

骏发尔私，终三十里。三
亦服尔耕，十千维耦。四

【注释】

一、噫嘻：赞叹声。《毛诗故训传》曰：“噫，叹也。嘻，和也。”《毛诗故训传笺》曰：“噫嘻，有所多大（尽其所能）之声也。”朱熹《诗集传》曰：“噫嘻，亦叹词也。”既：已。昭：光明。假：同“格”，至，降临。《毛诗故训传笺》曰：“假，至也。”朱熹《诗集传》曰：“假，格也。”尔：你，指农官。朱熹《诗集传》曰：“尔，田官也。”一说指先王先公，一说为语助词。程俊英《诗经译注》曰：“尔，语助词，与‘矣’同。有人说，诗中三个‘尔’字，都是指先王先公。有人说都是指田官。”

二、率：率领。时：是，这。朱熹《诗集传》曰：“时，是。”播：播种。厥：其。百谷：泛指各种谷物。《毛诗故训传笺》曰：“播，犹种也。噫嘻乎能成周王之功，其德已著至矣。谓光被四表，格于上下也。又能率是主田之吏农夫，使民耕田而种百谷也。”

三、骏：迅速。发：发动，指开始耕种。《毛诗故训传笺》曰：“骏，疾也。发，伐也。”朱熹《诗集传》曰：“发，耕也。”尔：指农夫。私：一说指私田。《毛诗故训传》曰：“私，民田也。言上欲富其民而让于下，欲民之大发其私田耳。”朱熹《诗集传》曰：“私，私田也。”一说同“耜”，为古代耕地的农具。终：尽。三十里：方圆三十里。《毛诗故训传》曰：“终三十里，言各极其望也。”朱熹《诗集传》曰：“三十里，万夫之地，四方有川，内方三十三里有奇，言三十里，举成数也。”

四、服：从事。十千：万人。耦（ǒu音偶）：二人并肩而耕。朱熹《诗集传》曰：“耦，二人并耕也。”《毛诗故训传笺》曰：“使民疾耕，发其私田，竟三十里者，一部一吏主之，于是民大事耕其私田，万耦同时举也。《周礼》曰：‘凡治野田，夫间有遂，遂上有径；十夫有沟，沟上有畛；百夫有洫，洫上有涂；千夫有浍，浍上有道；万夫有川，川上有路。’计此万夫之地，方三十三里少半里也。耜广五寸，二耜为耦。一川之间万夫，故有万耦。耕言三十里者，举其成数。”

【解题】

这是一首祭祀上帝祈祷农业丰收的诗。《诗序》曰：“《噫嘻》，春夏祈谷于上帝也。”

《毛诗故训传笺》曰：“祈，犹祷也，求也。《月令》‘孟春祈谷于上帝，夏则龙见而雩’是与？”

孔颖达《毛诗正义》曰：“《噫嘻》诗者，春夏祈谷于上帝之乐歌也。谓周公、成王之时，春郊夏雩，以祷求膏雨而成其谷实，为此祭于上帝。诗人述其事而作此歌焉。《经》陈播种耕田之事，是重谷为之祈祷，戒民使勤农业，故作者因其祷祭而述其农事。”

朱熹《诗集传》曰：“此连上篇亦戒农官之词。”

振鹭

振鹭于飞，于彼西雝。一
我客戾止，亦有斯容。二
在彼无恶，在此无斁。三
庶几夙夜，以永终誉。四

【注释】

一、振：鸟群飞貌。朱熹《诗集传》曰：“振，群飞貌。”鹭：水鸟名。《毛诗故训传》曰：“鹭，白鸟也。”西雝：西边的水泽。《毛诗故训传》曰：“雝，泽也。”

二、客：宾客，这里指周王朝的诸侯臣子。《毛诗故训传》曰：“客，二王之后。”戾：至。止：句尾语气词。亦有斯容：指宾客也有像鹭这样高洁的仪容。《毛诗故训传笺》曰：“白鸟集于西雝之泽，言所集得其处也。兴者，喻杞、宋之君有洁白之德，来助祭于周之庙，得礼之宜也。其至止亦有此容，言威仪之善如鹭然。”陈奂《诗毛氏传疏》曰：“斯，此也。此，鹭也。言客有此洁白之容也。”

三、在彼：指在诸侯国之地。无恶：没有怨恨憎恶之人。《毛诗故训传笺》曰：“在彼，谓居其国无怨恶之者。”在此：指宾客来到周王朝之地。无斁：无厌，没有人厌恶。《毛诗故训传笺》曰：“在此，谓其来朝，人皆爱敬之，无厌之者。”

四、庶几：表示希望或可能。夙夜：早晚。意思是希望你们能够早晚勤勉于政事。以永终誉：以长久地享受众人对你们的赞誉。《毛诗故训传笺》曰：“永，长也。誉，声美也。”马瑞辰《毛诗传笺通释》曰：“终与众双声，古通用。《后汉书·崔骃传》曰：‘岂可不庶几夙夜，以永众誉。’义本三家《诗》。《毛诗》作‘终’，即‘众’字之假借。”

【解题】

这是一首夏、殷后代来助祭的祭祀诗。《诗序》曰：“《振鹭》，二王之后来助祭也。”《毛诗故训传笺》曰：“二王，夏、殷也。其后，杞也，宋也。”

孔颖达《毛诗正义》曰：“《振鹭》诗者，二王之后来助祭之乐歌也。谓周公、成王之时，已致大平，诸侯助祭，二王之后亦在其中，能尽礼备仪，尊崇王室，故诗人述其事而为此歌焉。天子之祭，诸侯皆助，独美二王之后来助祭者，以先代之后，一旦事人，自非圣德服之，则彼情未适。今二王之后，助祭得宜，是其敬服时王，故能尽礼。客主之美，光益王室，所以特歌颂之。”

朱熹《诗集传》曰：“此二王之后来助祭之诗。”

丰年

丰年多黍多稌。一
亦有高廪，万亿及秭。二
为酒为醴，烝畀祖妣，三
以洽百礼，降福孔皆。四

【注释】

一、丰年：丰收之年。《毛诗故训传》曰：“丰，大。”《毛诗故训传笺》曰：“丰年，大有年也。”稌（tú音涂）：稻子。《毛诗故训传》曰：“稌，稻也。”

二、亦：一说为大。《毛诗故训传笺》曰：“亦，大也。”一说为语助词。廪：粮仓。《毛诗故训传》曰：“廪，所以藏齍盛之穗也。”万、秭：数目巨大。《毛诗故训传》曰：“数万至万曰亿，数亿至亿曰秭。”《毛诗故训传笺》曰：“万亿及秭，以言谷数多。”

三、醴：甜酒。袁梅《诗经译注》曰：“古代一种速成的甜酒。”烝畀：进献。《毛诗故训传笺》曰：“烝，进。畀，予也。”祖妣：祖先。褚斌杰《诗经全注》曰：“先祖先妣，世代男女祖先。”

四、洽：完备。朱熹《诗集传》曰：“洽，备也。”皆：完全。《毛诗故训传》曰：“皆，遍也。”《毛诗正义》曰：“以会其百众之礼，谓牲玉币帛之属，合用以祭，故神又下予之福，甚周遍矣。”

【解题】

这是一首庆祝丰收的祭祀诗。《诗序》曰：“《丰年》，秋冬报也。”

孔颖达《毛诗正义》曰：“《丰年》诗者，秋冬报之乐歌也。谓周公、成王之时，致太平而大丰熟，秋冬尝、烝，报祭宗庙。诗人述其事而为此歌焉。《经》言年丰而多获黍稻，为酒醴以进与祖妣，是报之事也。言“烝畀祖妣”，则是祭于宗庙。但作者主美其报，故不言祀庙耳。不言祈而言报者，所以追养继孝，义不祈于父祖。至秋冬物成，以为鬼神之助，故归功而称报，亦孝子之情也。作者见其然，而主意于报，故此《序》特言报耳。其时则不然，故《那》与《烈祖》实为烝尝，而《序》称为祀，以义不取于报故也。其天地社稷之神，虽则常祭，谓之祈报，故《噫嘻》《载芟》《良耜》之等，与宗庙异也。”

有瞽

有瞽有瞽，在周之庭。一
设业设虡，崇牙树羽。二
应田县鼓，鞉磬柷圉。三
既备乃奏，箫管备举。四
喤喤厥声，肃雍和鸣，先祖是听。五

我客戾止，永观厥成。六

【注释】

一、有：语助词。瞽：《毛诗故训传》训“乐官也”，指盲人，古代常以盲人充任乐官。庭：指庙庭。

二、设：架设。业：《毛诗故训传》云“大板也”，指悬挂钟磬等乐器的木架横梁上的木板。虡（jù音巨）：指悬挂乐器的木架的竖直立柱。崇牙：指业上面所刻的锯齿。树羽：《毛诗故训传》云“置羽也”，朱熹《诗集传》云“置五彩之羽于崇牙之上也”，指为崇牙装饰五彩的羽毛。

三、应：小鼓名。田：大鼓名。县鼓：即悬鼓，一种可悬挂的鼓。鞉（táo音桃），《毛诗正义》引《春官·小师》云：“鞉，如鼓而小，持其柄摇之，傍耳还自击是也。”指一种有柄有两耳的小摇鼓。磬：玉石制作的板状打击乐器。柷（zhù音祝）：郭璞《尔雅注》云：“柷如漆筒，方二尺四寸，深一尺八寸，中有椎柄，连底挏之，令左右击。”指一种打击乐器，用来表示演奏的开始。圉：亦作“敔”，一种乐器。《尔雅·释乐》郭璞注云：“敔如伏虎，背上有二十七鉏铻（jǔ yǔ音举与），长尺摞（lì音粒）之刻以木。”用来表示演奏的结束。

四、既：已经。备：齐备。乃：于是。箫管：竹制的管乐器，用以吹奏。

五、喤喤：形容乐声洪亮和谐。厥：其。肃雍：形容乐声肃穆庄重。

六、我客：《毛诗故训传笺》云“二王之后也”，朱熹《诗集传》云：“独言二王后者，犹言虞宾在位，我有嘉客。盖尤以是为盛耳。”戾：至。止：语助词。观：视也。成：朱喜《集传诗》云“乐阕也”，指乐曲奏毕。《毛诗故训传笺》云：“谓深感于和乐，遂入善道，终无愆过。”

【解题】

这是一首祭祀祖先的祭祀诗。《诗序》曰："《有瞽》，始作乐而合乎祖也。"《毛诗故训传笺》曰："王者治定制礼，功成作乐。合者，大合诸乐而奏之。"

孔颖达《毛诗正义》曰："《有瞽》诗者，始作乐而合于太祖之乐歌也。谓周公摄政六年，制礼作乐，一代之乐功成，而合诸乐器于太祖之庙，奏之，告神以知和否。诗人述其事而为此歌焉。《经》皆言合诸乐器奏之事也。言合于太祖，则特告太祖，不因祭祀，且不告余庙。以乐初成，故于最尊之庙奏之耳。"

潜

猗与漆沮，潜有多鱼。一
有鳣有鲔，鲦鲿鰋鲤。二
以享以祀，以介景福。三

【注释】

一、猗（yī音一）与：赞叹词，犹"猗兮"，相当于今天的"啊呀"。《毛诗故训传笺》云："猗与，叹美之言也。"漆、沮（jū音居）：岐周时二水名。《毛诗故训传》曰："漆、沮，岐周之二水也。"潜：深水中。一说为放在水中供鱼栖息的柴堆。《毛诗故训传》曰："潜，糁也。"孔颖达《毛诗正义》曰："《释器》云：'糁谓之涔。'李巡曰：'今以木投水中养鱼曰涔。'孙炎曰：'积柴养鱼曰槮。'郭璞曰：'今之作槮者，聚积柴木于水中，鱼得寒入其里藏隐，因以簿围捕取之。'槮字诸家本作'米'边，《尔雅》作'木'

边，积柴之义也。然则槮用木，不用米，当从木为正也。涔、潜，古今字。”朱熹《诗集传》曰：“潜，槮也。盖积柴养鱼，使得隐藏避寒，因以薄围取之也。或曰，藏之深也。”又名鱼池。王先谦《诗三家义集疏》曰：“列木水中，鱼得藏隐，有若池然，故曰鱼池。”《鲁诗》《韩诗》作“涔”。

二、鳣：鲟鳇鱼。鲔：鲟鱼。《毛诗故训传笺》曰：“鳣，大鲤也。鲔，鮥也。”此注详见于《卫风·硕人》。鲦（tiáo音条）：鱼名，也叫白条鱼，银白色，背部有硬鳍。鲿（cháng音尝）：也叫黄颊鱼，无鳞。鰋（yǎn音眼）：鲇鱼。《毛诗故训传笺》曰：“鲦，白鲦也。鰋，鲇也。”孔颖达《毛诗正义》曰：“鳣、鲔已释于《卫风》。言白鲦、鰋鲇，以时验而言之也。《释鱼》有鰋，郭璞曰：‘今鰋，额白鱼也。’”

三、享：献，上供。介：祈求，或曰通“匄（丐）”。郭沫若《由周代农事诗论到周代社会》曰：“介字假借为丐，求也。金文中用丐字。”景：大。《毛诗故训传笺》曰：“景，大也。“《说文》曰：“景，日光也。”段玉裁注：“《尔雅》《毛诗故训传》皆曰：景，大也。其引申之义也。”

【解题】

这是一首献鱼于祭祀的诗。《诗序》曰：“《潜》，季冬荐鱼，春献鲔也。”《毛诗故训传笺》曰：“冬鱼之性定，春鲔新来，荐献之者，谓于宗庙也。”

孔颖达《毛诗正义》曰：“《潜》诗者，季冬荐鱼，春献鲔之乐歌也。谓周公、成王太平之时，季冬荐鱼于宗庙，至春又献鲔。泽及潜逃鱼皆肥美，献之先祖，神明降福。作者述其事而为此歌焉。”

朱熹《诗集传》曰：“此武王祭文王之诗。”

雝

有来雝雝，至止肃肃。一
相维辟公，天子穆穆。二
於荐广牡，相予肆祀。三
假哉皇考！绥予孝子。四
宣哲维人，文武维后。五
燕及皇天，克昌厥后。六
绥我眉寿，介以繁祉。七
既右烈考，亦右文母。八

【注释】

一、有：语助词。雍雍：和睦的样子。《毛诗故训传笺》曰："雍雍，和也。"至：指诸侯等到了宗庙。止：语助词。肃肃：恭敬的样子。《毛诗故训传笺》曰："肃肃，敬也。"

二、相：《毛诗故训传》曰："相，助。"这里指助祭。辟公：指诸侯。助祭的是诸侯。朱熹《诗集传》曰："辟公，诸侯也。"孔颖达《毛诗正义》曰："毛以为，有是从彼本国而来，其颜色雍雍然而柔和。既至止于此，则容貌肃肃然而恭敬。助祭事者，维为国君之诸公。"穆穆：仪容肃穆端正。朱熹《诗集传》曰："穆穆，天子之容也。"

三、於：赞叹声。荐：进献。广：大。牡：雄牲。朱熹《诗集传》曰："广牡，大牲也。"予：周王自称。肆：陈列，陈列祭祀时所需的牺牲。《毛诗故训传笺》曰："於进大牡之牲，百辟与诸侯又助我陈祭祀之馔，言得天下之欢心。"朱熹《诗集传》曰："肆，陈。"一说为祭名。

四、假：《毛诗故训传》释为"假，嘉也"。朱熹《诗集传》曰："假，大也。”皆通。皇考：对已死去父亲的美称，这里指文王。《礼记·曲礼下》曰：“生曰父、曰母、曰妻，死曰考、曰妣、曰嫔。”绥：安抚。陈奂《诗毛氏传疏》曰：“绥，读‘以绥后禄’之绥。绥，安也。”孝子：武王自称。

五、宣哲：《毛诗故训传笺》曰：“宣，遍也。”马瑞辰《毛诗传笺通释》曰：“宣、哲平列。朱子《集传》训‘宣’为‘通’，训‘哲’为‘知’，是也。宣之言显；显，明也。‘宣哲，犹言‘明哲’也。’”按此处当是夸赞文王为人明智。维人：为人。文武：这里指文德武功。后：君王。这一句赞颂文王为王文德武功兼备。

六、燕：安。《毛诗故训传》曰：“燕，安也。”克：能。昌：昌盛。这句言文王文德武功兼备，能治国安民，使安定上及于天，文王昌盛他的后代。《毛诗故训传笺》曰：“王之德，安及皇天，谓降瑞应，无变异也。”

七、绥：赏赐。眉寿：长寿。介：助。繁祉：多福。《毛诗故训传笺》曰：“又能昌大其子孙，安助之以考寿与多福禄。”以上说：赐我以长寿，助佑我以多福。

八、右：一说为“佑”，保佑。《毛诗故训传笺》曰：“子孙所以得考寿与多福者，乃以见右助于光明之考与文德之母，归美焉。”指在天的盛德父母保佑我。另一说为“右”通“侑”，劝食，指希望先父母的神灵好好享用祭品。烈：光明。《毛诗故训传笺》曰：“烈，光也。”烈考为对已死先父的美称。文母：文德之母。《毛诗故训传》曰：“文母，大姒也。”指文王妻、武王母大姒。

【解题】

这是一首祭祖诗。《诗序》曰：“《雍》，禘大祖也。”

孔颖达《毛诗正义》曰：“《雍》者，禘大祖之乐歌也。谓周公、成王太平之时，禘祭大祖之庙。诗人以今之太平，由此大祖，故因其祭，述其事，而为此歌焉。”

朱熹《诗集传》曰：“《周礼》乐师及彻，帅学士而歌彻。说者以为即此诗。《论语》亦曰以雍彻。然则此盖彻祭所歌，而亦名为彻也。”

《论语·八佾》载：“子曰：‘禘自既灌而往者，吾不欲观之矣。’”又载：“或问禘之说。子曰：‘不知也。知其说者之于天下也，其如示诸斯乎！’指其掌。”《论语注疏》引孔安国曰：“禘、祫之礼，为序昭穆，故毁庙之主及群庙之主皆合食于太祖。灌者，酌郁鬯灌于太祖，以降神也。既灌之后，列尊卑，序昭穆。而鲁逆祀，跻僖公，乱昭穆，故不欲观之矣。”又引包咸曰：“孔子谓或人，言知禘礼之说者，于天下之事，如指示掌中之物，言其易了。”

载见

载见辟王，曰求厥章。一
龙旂阳阳，和铃央央。二
鞗革有鸧，休有烈光。三
率见昭考，以孝以享。四
以介眉寿，永言保之，思皇多祜。五
烈文辟公，绥以多福，俾缉熙于纯嘏。六

【注释】

一、载：始，一说发语词。《毛诗故训传》曰：“载，始也。”《毛诗故训传笺》曰：“诸侯始见君王，谓见成王也。”方玉润《诗经原始》曰：“《序》谓‘始见乎武王之庙也’，毛苌训‘载’为‘始’，朱子以为恐未然，故以‘载’作发语词。姚氏谓《集传》既训‘载’为‘则’，则不当云发语词。若为虚字之‘则’，则乃承接之词，岂可作发语用一虚字也，而诸儒辩论莫定，其他可知。然从毛、郑训‘始’者多，则以下文‘率见昭考’与首句相应故也。……朱氏善曰，诸侯之来朝，将以禀受法度也，而我率之以祀武王，何也？盖先王者，法度之所从出，而宗庙者，又礼法之所内施也。此又读书别有所见，亦实诗中要义，不可不参观而并详焉者也。”辟王：犹君王，此指周成王。曰：同“聿”，语助词。厥：其。章：典章制度。《毛诗故训传笺》曰：“曰求其章者，求车服礼仪之文章制度也。”一说表统一法令。

二、龙旂：画有交龙图形的旗。阳阳：色彩鲜明的样子，一说通“飏飏”，形容龙旂飘扬。《毛诗故训传》曰：“龙旂阳阳，言有文章也。”《毛诗故训传笺》曰：“交龙为旂。”和铃：车铃，挂在车轼的铃称“和”，挂在车衡的称“铃”，铃即鸾。《毛诗故训传》曰：“和在轼前，铃在旂上。”一说，旂上曰铃。孔颖达《毛诗正义》曰：“《释天》云：‘有铃曰旂。’李巡曰：‘以铃着旐端。’郭璞曰：‘悬铃于竿头，画交龙于旒。’是铃在旂上。”央央：形容铃声和谐。朱熹《诗集传》曰：“央央，声和也。”

三、鞗（tiáo音条）革：辔头。有鸧（qiāng音枪）：即鸧鸧，玉碰击的声音，此处用来形容辔头上的饰玉互相撞击所发出的和美声。《毛诗故训传》曰：“鞗革有鸧，言有法度也。”《毛诗故训传笺》曰：“鞗革，辔首也。鸧，金饰貌。”朱熹《诗集传》曰：“有鸧，声和也。”方玉润《诗经原始》曰：“姚氏际恒曰，有鸧，《毛诗故训传》谓有法度，郑谓金饰貌。……《集传》谓声和。盖本《商颂》‘八鸾鸧鸧’而言也。当于后二说求之，郑说言其貌，《集传》言其声。盖辔首必以金饰，像鸧而又有声，故合二说而义乃备也。”休：美。烈光：明亮光辉。《毛诗故训传笺》曰：“休者，休然盛壮。”

四、率：带领。昭考：指周武王。《毛诗故训传》曰：“昭考，武王也。”朱熹《诗集传》曰：“昭考，武王也。庙制，太祖居中，左昭右穆。周庙文王当穆，武王当昭。故书称穆考文王。而此诗及《访落》，皆谓武王为昭考。此乃言王率诸侯，以祭武王庙也。”孝、享：二字义同，指奉献祭品。

《毛诗故训传》曰："享，献也。"马瑞辰《毛诗传笺通释》曰："二字同义，合言之则为孝享。"

五、介：祈求。眉寿：长寿。言：语助词。思：语助词。皇：指周成王，一说，大，美。《毛诗故训传笺》曰："言，我。皇，君也。"高亨《周颂考释》曰："皇疑当读为况，二字古通用。《书·无逸》，'则皇目敬德'。孔颖达《毛诗正义》曰：'王肃本皇作况。'《秦誓》：'我皇多有之。'《公羊传》文公十二年，'皇'作'况'。并其证。《国语·鲁语》：'况使臣以大礼。'《晋语》：'而嘉其况。'韦注，'况，赐也。'后制字作贶。《说文》：'贶，赐也。'《尔雅·释诂》：'祜，福也。'此祈先王赐以多福。"祜：福。此句意为愿君王赐福后代。

六、烈文：指武功文德。烈：功业、业绩；文：文治之才德。辟公：诸侯。详见《烈文》注。绥：安，赐。《说文》曰："绥，车中靶也。"段玉裁注："《论语》曰：'升车必正立执绥。'周生烈曰：'正立执绥，所以为安。'"缉熙：光明的样子。纯嘏：大福。《毛诗故训传笺》云："俾，使。纯，大也。祭有十伦之义，成王乃光文百辟与诸侯，安之以多福，使光明于大嘏之意。天子受福曰大嘏，辞有福祚之言。"

【解题】

这是一首祭祀周武王的诗。《诗序》曰："《载见》，诸侯始见乎武王庙也。"

孔颖达《毛诗正义》曰："《载见》诗者，诸侯始见武王庙之乐歌也。谓周公居摄七年，而归政成王。成王即政，诸侯来朝，于是率之以祭武王之庙。诗人述其事而为此歌焉。《经》言诸侯来朝，车服有法，助祭得福，皆为见庙而言，故举见庙以总之。"

陈奂《诗毛氏传疏》曰："成王新执政，率百辟见于昭庙。武王主丧毕入祢庙，而诸侯于是乎始见之，此共乐歌也。"

有客

有客有客，亦白其马。一
有萋有且，敦琢其旅。二
有客宿宿，有客信信。三
言授之縶，以縶其马。四
薄言追之，左右绥之。五
既有淫威，降福孔夷。六

【注释】

一、客：指宋微子。朱熹《诗集传》曰："客，微子也。周既灭商，封微子于宋，以祀其先王，而以客礼待之，不敢臣也。"《毛诗故训传笺》曰："有客有客，重言之者，异之也。"亦：语助词。白其马：即其马白。朱熹《诗集传》曰："亦，语辞也。殷尚白，修其礼物，仍殷之旧也。"《毛诗故训传笺》曰："亦，亦武庚也。武庚为二王后，乘殷之马，乃叛而诛，不肖之甚也。今微子代之，亦乘殷之马，独贤而见尊异，故言亦驳而美之。"

二、有萋有且（jū音居）：恭敬貌。《毛诗故训传》曰："萋且，敬慎貌。"一说，众盛貌。马瑞辰《毛诗传笺通释》："萋、且双声字，皆以状从者之盛。……且与居同部义近，且且犹言裾裾。"《荀子》杨倞注："裾裾，盛服貌。草之盛曰萋萋，服之盛曰裾裾，人之盛曰萋且，其义一也。"敦琢：即雕琢，此为选择。孔颖达《毛诗正义》曰："敦琢，治玉之名。人而言敦琢，故为选择。"旅：同"侣"，指随行人员，同行者。朱熹《诗集传》曰："旅，其卿大夫从行者也。"《毛诗故训传笺》曰："其来威仪萋萋且且，尽心力于其事。又选择众臣卿大夫之贤者，与之朝王。言敦琢者，以贤美之，故玉言之。"

三、宿：住一夜。信：谓连宿两夜。《毛诗故训传》曰：“一宿曰宿，再宿曰信。”

四、言：语助词。授：给予。絷（zhí音执）：绳索，下句“絷”为动词，意为用绳索拴住马足。《毛诗故训传》曰：“欲絷其马而留之。”《毛诗故训传笺》曰：“絷，绊也。周之君臣皆爱微子，其所馆宿，可以去矣，而言绊其马，意各殷勤。”

五、薄言：语助词。追：追还。朱熹《诗集传》曰：“追之，已去而复还之，爱之无已也。”左右：指周王的大臣。绥：安。《毛诗故训传笺》曰：“追，送也。于微子去，王始言饯送之，左右之。臣又欲从而安乐之，厚之无已。”

六、淫：大。威：德。《毛诗故训传》曰：“淫，大。威，则。”《毛诗故训传笺》曰：“既有大则，谓用殷正朔行其礼乐，如天子也。”朱熹《诗集传》曰：“淫威，未详。旧说：淫，大也。统承先王，用天子礼乐，所谓淫威也。”一说指大的祸患。吴闿生《诗义会通》曰：“淫威者，犹云奇祸。”夷：大。《毛诗故训传笺》曰：“神与之福，又甚易也。言动作而有度。”

【解题】

这是一首微子助祭的祭祀诗。微子，知启，帝乙长子，纣王帝辛长兄，封于微。商亡后，周封微子于商代旧都商丘，建立宋国，后世称微子为宋微子。微子去世后，其弟仲衍为国君，称宋微仲。《诗序》曰：“《有客》，微子来见祖庙也。”《毛诗故训传笺》曰：“成王既黜殷命，杀武庚，命微子代殷后。既受命，来朝而见也。”

孔颖达《毛诗正义》曰：“《有客》诗者，微子来见于祖庙之乐歌也。谓周公摄政二年，杀武庚，命微子代为殷后，乃来朝而见于周之祖庙。诗人因其来见，述其美德而为此歌焉。《经》之所陈，皆说微子之美。虽因见庙而歌，其意不美在庙，故《经》无庙事。为周太平之歌，而述微子之美者，言王者所封得人，即为王者之美，故歌之也。言见于祖庙，必是助祭。《序》不言所祭之名，不指所在之庙，无得而知之也。”

武

於皇武王，无竞维烈。一
允文文王，克开厥后。二
嗣武受之，胜殷遏刘，耆定尔功。三

【注释】

一、於（wū音乌）：叹词。皇：大。朱熹《诗集传》曰：“於，叹词。皇，大。”竞：强。维：是。烈：功业。《毛诗故训传》曰：“烈，业也。”《毛诗故训传笺》曰：“皇，君也。於乎君哉，武王也，无强乎其克商之功业，言其强也。”

二、允：确实。文：有文德。文王：周文王。克：能。开：开创。厥后：其后，指其后世子孙的基业。《毛诗故训传笺》曰：“信有文德哉，武王也，能开其子孙之基绪。”

三、嗣：继。武：周武王。受：承受。遏刘：二字同义，即消灭，灭绝之意。马瑞辰《毛诗传笺通释》曰：“‘胜殷遏刘’，谓胜殷而灭杀之，犹《周语》云‘蔑杀其民人’也。遏、刘二字平列。”《毛诗故训传》曰：“刘，杀。”《毛诗故训传笺》曰：“遏，止。”耆（zhǐ音纸）：致使，达到。定尔功：《毛诗故训传笺》曰：“嗣子武王，受文王之业，举兵伐殷而胜之，以止天下之暴虐而杀人者，年老乃定女之此功。言不汲汲于诛纣，须暇五年。”孔颖达《毛诗正义》曰："王肃云：'致定其大功，谓诛纣定天下。'"

【解题】

这是周公所作祭祀周武王丰功丰绩的诗。《诗序》曰："《武》，奏《大武》也。"《毛诗故训传笺》曰："《大武》，周公作乐所为舞也。"这是周公所作祭祀周武王的《大武》乐系五篇之一。

孔颖达《毛诗正义》曰："《武》诗者，奏《大武》之乐歌也。谓周公摄政六年之时，象武王伐纣之事，作《大武》之乐既成，而于庙奏之。诗人睹其奏而思武功，故述其事而作此歌焉。《经》之所陈，皆武王生时之功也。直言其奏，不言其所奏之庙。作者虽因奏作歌，其意不在于庙，故不言庙。此与《有瞽》及《酌》或是一时之事，但作者之意，各有主耳。"

闵予小子之什

闵予小子

闵予小子，遭家不造，嬛嬛在疚。[一]
於乎皇考，永世克孝。[二]
念兹皇祖，陟降庭止。[三]
维予小子，夙夜敬止。[四]
於乎皇王！继序思不忘。[五]

【注释】

一、闵：通“悯”，忧怜。《毛诗故训传》曰：“闵，病。”《毛诗故训传笺》曰：“闵，悼伤之言也。”予小子：这里是成王自称。小子：古代年幼者的自称。不造：不善，不幸。程俊英等《诗经注析》曰：“《说文》曰：‘造，就也。’由成就义引伸为‘达到’‘至’义，再引伸为‘善’义。”此处指成王遭武王之丧。嬛嬛（qióng音穷）：通“茕茕”，《韩诗》作“惸”，孤独无所依的样子。疚：内心忧患痛苦致病。《毛诗故训传》曰：“疚，病也。”这句的意思是孤独无所依地深陷于忧苦之中。

二、皇考：伟大的先父，这里指周武王。永世：永久。克：能。

三、兹：此。皇祖：指周文王。陟降：上下，升降。庭：通“廷”，直。

《毛诗故训传》曰："庭，直也。"这里称颂文王陟降臣子，能够公平正直。马瑞辰《毛诗传笺通释》曰："'陟降庭止'与'夙夜敬止'相对成文。庭，直也。盖谓文王陟降群臣皆以直道。"止：语气词。一说"庭"指庭中，谓文王灵魂常升降于庭中。朱熹《诗集传》曰："承上文言武王之孝，思念文王，常若见其陟降于庭。"

四、夙夜：从早到晚。敬：恭敬谨慎。《毛诗故训传笺》曰："敬，慎也。"

五、皇王：此当兼指先王文王、武王。序：同"绪"，事业，功业。《毛诗故训传》曰："序，绪也。"陈奂《诗毛氏传疏》曰："《尔雅》曰：'叙，绪也。'序与叙通。继绪犹缵绪。《閟宫》'缵禹之绪'，《毛诗故训传》曰：'绪，业也。'绪、业一义之引申。"这句的意思是要继承先王功业不遗忘。

【解题】

这是一首祭祀周武王的诗。《诗序》曰："《闵予小子》，嗣王朝于庙也。"《毛诗故训传笺》曰："嗣王者，谓成王也。除武王之丧，将始即政，朝于庙也。"

孔颖达《毛诗正义》曰："《闵予小子》诗者，嗣王朝于庙之乐歌也。谓成王嗣父为王，朝于宗庙，自言当嗣之意。诗人述其事而作此诗歌焉。"

朱熹《诗集传》曰："此成王除丧朝庙所作。疑后世遂以为嗣王朝庙之乐。后三篇放此。"

这首诗是周成王告庙之时的颂诗。周武王灭商建立周朝不久即离世，其子成王在祭祀祖庙之时，哀悼亡父，颂扬先祖美德，并立下誓言要继承先人大业，为圣世明王。

访落

访予落止，率时昭考。一
於乎悠哉，朕未有艾。二
将予就之，继犹判涣。三
维予小子，未堪家多难。四
绍庭上下，陟降厥家。五
休矣皇考，以保明其身。六

【注释】

一、访：咨询咨问。《毛诗故训传》曰："访，谋。"落：开始。《毛诗故训传》曰："落，始。"《毛诗故训传笺》曰："成王始即政，自以承圣父之业，惧不能遵其道德，故于庙中与群臣谋我始即政之事。"率：遵循。《毛诗故训传》曰："率，循。"时：是，这。《毛诗故训传》曰："时，是。"昭：昭明，发扬光大。《毛诗故训传笺》曰："昭，明。当循是明德之考所施行。"

二、悠：悠远。《毛诗故训传》曰："悠，远。"艾：经历。《毛诗故训传笺》曰："艾，数。於乎远哉，我于是未有数。言远不可及也。"朱熹《诗集传》曰："然而其道远矣，予不能及也。"

三、将：扶持。《毛诗故训传笺》曰："扶将。"就：遵从。马瑞辰《毛诗传笺通释》曰："就当训因。《说文》曰：'因，就也。'《小尔雅》曰：'因，就也。'二字互训。《毛诗故训传笺》曰：'扶将我就其典法而行之'，即因其典法而行之也。"犹：一说为遵从。《毛诗故训传》曰："犹，道。"一说为图谋。《毛诗故训传笺》曰："犹，图也。"判涣：涣散。《毛诗故训传》曰："判，分；涣，散也。"《毛诗故训传笺》曰："女扶将我，就其典法而行之。继续其业，图我所失，分散者收敛之。"朱熹《诗集传》

曰："将使予勉强以就之。而所以继之者，犹恐其判涣而不合也。"

四、《毛诗故训传笺》曰："多，众也。我小子耳，未任统理国家众难成之事，必有任贤待年长大之志。难成之事，谓诸政有业未平者。"

五、绍：继承。《毛诗故训传笺》曰："绍，继也。"庭：正直。袁梅《诗经译注》曰："庭，直。"上下：升降。袁梅《诗经译注》曰："上下，犹陟降。"厥家：这些大夫。《毛诗故训传笺》曰："厥家，谓群臣也。继文王陟降庭止之道，上下群臣之职以次序者。"

六、《毛诗故训传笺》曰："美矣，我君考武王，能以此道尊安其身。谓定天下，居天子之位。"朱熹《诗集传》曰："保，安。明，显也。"马瑞辰《毛诗传笺通释》曰："《尔雅·释诂》曰：'孟，勉也。''孟'古音读如'芒'，与'明'音近……'孟'为'勉'，'明'亦'勉'也。……谓以皇考之休美保勉其身也。"

【解题】

这是一首成王朝庙与群臣谋事的祭祀诗。《诗序》曰："《访落》，嗣王谋于庙也。"

孔颖达《毛诗正义》曰："《访落》诗者，嗣王谋于庙之乐歌也。谓成王既朝庙，而与群臣谋事。诗人述之而为此歌焉。"

朱熹《诗集传》曰："成王既朝于庙，因作此诗。"

敬之

敬之敬之，天维显思，命不易哉！一

无曰高高在上，陟降厥士，日监在兹。[二]

维予小子，不聪敬止。[三]

日就月将，学有缉熙于光明。[四]

佛时仔肩，示我显德行。[五]

【注释】

一、敬：即戒，敬戒之意，马瑞辰《毛诗传笺通释》曰：“‘敬之敬之’犹云‘戒之戒之’”。维：是。显：《毛诗故训传》训“见”，《毛诗故训传笺》训“光”，朱熹《诗集传》训“明”，即光明之意。思：语助词。命：天命，借指国运。易：变易。《毛诗正义》曰：“天乃光明，去恶与善。谓天道去恶人，与善人，其事光明，不暗昧也。其吉凶不可变易，谓善则予之吉，恶则加之凶。此事一定，终不变易，言天之可畏也。”

二、陟：升。士：《毛诗故训传》云“事也”。监：即监视。兹：此。朱熹《诗集传》云：“无谓其高而不吾察，当知其聪明明畏，常若陟降于吾之所为，而无日不临监于此者。不可以不敬也。”

三、小子：指天子。予小子：周王自称。不聪敬止：意为不聪达而未能敬也。

四、将：《毛诗故训传》训“行也”。日就月将言当习之以积渐也。缉熙：《毛诗故训传笺》云“光明也”，马瑞辰《毛诗传笺通释》曰：“缉熙当谓积渐广大以至于光明。”从后说。

五、佛：通“弼”，辅助的意思。时：是、此的意思。仔肩：《毛诗故训传笺》云“任也”，指重任。朱熹《诗集传》曰：“此乃自为答之言曰：我不聪而未能敬也。然愿学焉，庶几日有所就，月有所进，续而明之，以至于光明。又赖群臣辅助我所负荷之任，而示我以显明之德行，则庶乎其可及尔。”

【解题】

这是一首群臣进戒新任天子的祭祀诗。《诗序》曰："《敬之》，群臣进戒嗣王也。"

孔颖达《毛诗正义》曰："《敬之》诗者，群臣进戒嗣王之乐歌也。谓成王朝庙，与群臣谋事，群臣因在庙而进戒嗣王。诗人述其事，而作此歌焉。"

高亨《诗经今注》曰："这也是周成王所作的悔过告庙的诗。"

程俊英《诗经译注》曰："这是成王自戒并告群臣的诗。"

小毖

予其惩，而毖后患。一
莫予荓蜂，自求辛螫。二
肇允彼桃虫，拚飞维鸟。三
未堪家多难，予又集于蓼。四

【注释】

一、予：成王自称。其：语助词。惩：警戒。朱熹《诗集传》曰："惩，有所伤而知戒也。"毖（bì音必）：谨慎。《毛诗故训传》曰："毖，慎也。""予其惩，而毖后患"一句的断句有两种，一为在"而"字断句。段玉裁《毛诗故训传定本》曰："疏于'而'字断句，各本皆云《小毖》一章八句。"一为此句为一句，不断。

二、荓（píng音平）：致使。朱熹《诗集传》曰："荓，使。"《毛诗故训传》曰："荓蜂，掣曳也，引申为扶助。"孔颖达《毛诗正义》曰："孙炎曰：‘谓相掣曳入于恶也。’彼作‘甹夆’，古今字耳。王肃云：‘以言才薄，莫之藩援，则自得辛毒。’孙毓云：‘群臣无肯牵引扶助我，我则自得辛螫之毒。’此二家以荓蜂为掣曳为善，自求为王身自求。案《传》本无此意，故同之郑说。”辛：辛辣的毒刺。一说为辛苦。螫（shì音是）：蜂以毒尾刺人。《毛诗故训传笺》曰：“女如是，徒自求辛苦毒螫之害耳，谓将有刑诛。”一说，辛螫意为辛苦的事。陈奂《诗毛氏传疏》曰：“辛螫，《释文》引《韩诗》作‘辛赦’，云‘赦，事也。’辛螫，谓辛苦之事也。”

三、肇：始。允：信，或为语助词。彼：那。桃虫：鷦鷯，鸟名。《毛诗故训传》曰：“桃虫，鷦也，鸟之始小终大者。”《毛诗故训传笺》云：“肇，始。允，信也。始者信以彼管、蔡之属，虽有流言之罪，如鷦鸟之小，不登诛之，后反叛而作乱，犹鷦之翻飞为大鸟也。鷦之所为鸟，题肩也，或曰鸮，皆恶声之鸟。”孔颖达《毛诗正义》曰：“陆玑《疏》云：‘今鷦鷯是也。微小于黄雀，其雏化而为雕，故俗语鷦鷯生雕。’言始小终大者，始为桃虫，长大而为鷦鸟，以喻小恶不诛，成为大恶。《传》言始小终大，其文得与《笺》同。”拚（fān音翻）飞：即翻飞，形容大鸟高空飞翔的样子。朱熹《诗集传》曰：“拚，飞貌。”陈奂《诗毛氏传疏》曰：“拚，疑当作翻。《文选》陆机《赠冯文熊诗》、刘琨《答卢谌诗》注引《毛诗》皆作翻。又谢瞻《经张子房庙诗》注引《薛君章句》曰：‘翻，飞貌。’是其证。”以上说虽然鷦鷯翻飞，但仍是一小鸟。

四、未堪家多难：见《访落》注四。予：成王。《毛诗故训传》曰：“予，我也。”陈奂《诗毛氏传疏》曰：“《传》训‘予’为‘我’。我，成王自我也。篇中三‘予’字同。”集：本义为鸟栖息木上，引申为会合。《毛诗故训传笺》云：“集，会也。未任统理我国家众难成之事，谓使周公居摄时也。我又会于辛苦，遇三监及淮夷之难也。”孔颖达《毛诗正义》曰：“‘集，会。’《释言》文：‘会谓逢遇之也。’”蓼（liǎo音了）：草名，味道辛苦。此句比喻陷入困境。孔颖达《毛诗正义》曰：“上以翻飞为喻，谓长恶使成。此云‘又集于蓼’，谓逢其叛逆。”

【解题】

这是一首新天子求助群臣的祭祀诗。《诗序》曰：“《小毖》，嗣王求助也。”《毛诗故训传笺》曰：“毖，慎也。天下之事，当慎其小。小时而不慎，后为祸大，故成王求忠臣早辅助己为政，以救患难。”

孔颖达《毛诗正义》曰：“《小毖》诗者，嗣王求助之乐歌也。谓周公归政之后，成王初始嗣位，因祭在庙，而求群臣助己。诗人述其事而作此歌焉。《经》言创艾往过，戒慎将来，是求助之事也。毛以上三篇亦为归政后事，于《访落》言谋于庙，则进戒求助，亦在庙中，与上一时之事。郑以上三篇居摄之前，此在归政之后，然而颂之大判，皆由神明而兴，此盖亦因祭在庙而求助也。”

朱熹《诗集传》曰：“此亦《访落》之意。”

方玉润《诗经原始》曰：“《小毖》，成王惩管蔡之祸而自儆也。”

载芟

载芟载柞，其耕泽泽。一
千耦其耘，徂隰徂畛。二
侯主侯伯，侯亚侯旅，侯强侯以。三
有嗿其馌，思媚其妇，有依其士。四
有略其耜，俶载南亩。五
播厥百谷，实函斯活。六
驿驿其达，有厌其杰。七
厌厌其苗，绵绵其麃。八

载获济济，有实其积，万亿及秭。[九]
为酒为醴，烝畀祖妣，以洽百礼。[十]
有飶其香，邦家之光。[十一]
有椒其馨，胡考之宁。[十二]
匪且有且，匪今斯今，振古如兹。[十三]

【注释】

一、载：开始。芟（shān音山）：除草。柞：砍树。《毛诗故训传》曰："除草曰芟，除木曰柞。"泽泽：土壤松散的样子。程俊英等《诗经注析》曰："《鲁诗》作'郝郝'，都是释释的假借，土松散润泽貌。姚际恒《诗经通论》曰：'泽泽，谓方春土脉动，润泽可耕之。'"朱熹《诗集传》曰："泽泽，解散也。"

二、耦：二人并耕。耘：除草。朱熹《诗集传》曰："耘，去苗间草也。"徂：往。隰：低湿之地。一说为新开垦的田。《毛诗故训传笺》曰："隰谓新发田也。"畛（zhěn音枕）：田间小路。

三、侯：发语词。主：家长。《毛诗故训传》曰："主，家长也。"伯：长子。《毛诗故训传》曰："伯，长子也。"亚：指长子之后的仲叔诸子。《毛诗故训传》曰："亚，仲叔也。"旅：朱熹《诗集传》曰："旅，众子弟也。"强：《毛诗故训传》曰："强，强力也。"指强壮有力的劳力。以：雇佣的劳动力。《毛诗故训传》曰："以，用也。"马瑞辰《毛诗传笺通释》曰："'侯强侯以'，皆在'移用其民'之列。'强'谓强有力者，既自治其田，复有余力治人之田。'以'则佣赁，专为人用，此其异也。"

四、有：发语词。嗿（tǎn音坦）：《毛诗故训传》曰："嗿，众貌。"朱熹《诗集传》则释为"众饮食声"，即为吃东西时发出的声音。馌：送到田间的饭食。《毛诗故训传笺》曰："馌，馈饷也。"思：发语词。媚：美好貌。依：一说为爱，指送饭的美好妇人依恋在男子身旁。朱熹《诗集传》曰："依，爱。"一说为壮盛貌。王引之《经义述闻》曰："依之言殷也。马融《易》注：'殷，盛也。'有殷，为壮盛之貌。"

五、略：锋利。《毛诗故训传》曰："略，利也。"耜：古代跟犁上的铧相似的东西。俶：开始。朱熹《诗集传》曰："俶，始。"这里可以引申为起土。载：朱熹《诗集传》曰："载，事也。"指从事耕种。

六、百谷：各种各样谷物。实：种子。函：含。《毛诗故训传笺》曰："函，含也。"孔颖达《毛诗正义》曰："函者，容藏之义，故转为含，犹人口含之也。"活：生。孔颖达《毛诗正义》曰："活者，生活，故为生。"这句话是说：种子含有生气，种在土里就能很好萌芽生长。孔颖达《毛诗正义》曰："言种子内含生气，种之必生也。"

七、驿驿：《鲁诗》作"绎绎"，连续不断的样子。达：指苗破土而出。《毛诗故训传》曰："达，射也。"孔颖达《毛诗正义》曰："苗生达地则射而出，故以达为射。《释训》云：'驿驿，生也。'舍人曰：'谷皆生之貌。'是'驿驿其达'谓苗生达地也。"厌：美好貌。马瑞辰《毛诗传笺通释》曰："'厌'当即'曆'之省。《说文》《广雅》并云：'曆，好也。'故曆然为特美貌，以别于下之'厌厌'也。"杰：《毛诗故训传笺》曰："杰，先长者。"这句是指先长出的好禾苗。

八、厌厌：禾苗整齐茂盛的样子。《毛诗故训传笺》曰："厌厌其苗，众齐等也。"绵绵：连绵不断的样子。朱熹《诗集传》曰："绵绵，详密也。"麃（biāo音标）：耘，除草。《毛诗故训传》曰："麃，耘也。"陈奂《诗毛氏传疏》曰："除草谓之耘，亦谓之穮，《诗》作麃，古文假借字。"一说麃指穗。孔颖达《毛诗正义》曰："麃是芸之别名，绵绵是麃之貌。"

九、载：发语词。获：收获。济济：众多貌。有实：满满的样子。积：指谷物堆积。亿：古代一亿为十万。秭：古代指一万亿。《毛诗故训传笺》曰："其积之乃万亿及秭，言得多也。"

十、醴：一种甜酒。烝：献。畀：给予。祖妣：祖先。洽：合。《毛诗故训传笺》曰："洽，合也。"百礼：各种祭祀的礼仪。

十一、飶（bì音必）：指祭品香气浓郁。《毛诗故训传》曰："飶，芬香也。"王先谦《诗三家义集疏》引阮元说"飶、苾皆从必，义同馥。"这两句的意思是：祭品丰盛优质，为我们家族增添荣光。《毛诗故训传笺》曰："芬香之酒醴，飨燕宾客，则多得其欢心，于国家有荣誉。"

十二、椒：本指一种芳香植物，这里还是表达香气浓郁的意思。《毛诗故训传》曰："椒，犹飶也。"馨：香气远播。《说文》曰："馨，香之远闻也。"胡考：指长寿老人。《毛诗故训传》曰："胡，寿也。考，成也。"宁：安宁。《毛诗故训传笺》曰："宁，安也。以芬香之酒醴，祭于祖妣，则多得其福右。"这两句的意思是：用丰优的酒食祭祀祖先，神灵会赐予福祉，老人安宁。

十三、匪：非。且：《毛诗故训传》曰："且，此也。"匪且有且：不是此时才有这样的祭祀之事。匪今斯今：不是今天才有这样祭祀之事。振古：自古。振古如兹：这是自古以来就有的。《毛诗故训传》曰："振，自也。"

【解题】

这是一首祈佑社稷的祭祀诗，强调农事及国家之根本大事。《诗序》曰："《载芟》，春籍田而祈社稷也。"《毛诗故训传笺》曰："籍田，甸师氏所掌。王载耒耜所耕之田，天子千亩，诸侯百亩。籍之言借也，借民力治之，故谓之籍田。"

孔颖达《毛诗正义》曰："《载芟》诗者，春籍田而祈社稷之乐歌也。谓周公、成王太平之时，王者于春时亲耕籍田，以劝农业，又祈求社稷，使获其年丰岁稔。诗人述其丰熟之事，而为此歌焉。《经》陈下民乐治田业，收获弘多。酿为酒醴，用以祭祀。是由王者耕籍田、祈社稷、劝之使然，故《序》本其多获所由，言其作颂之意。《经》则主说年丰，故其言不及籍、社，所以《经》

《序》有异也。”

朱熹《诗集传》曰：“此诗未详所用。然辞意与丰年相似。其用应亦不殊。”

良耜

畟畟良耜，俶载南亩。一
播厥百谷，实函斯活。二
或来瞻女，载筐及筥。三
其饷伊黍，其笠伊纠。四
其镈斯赵，以薅荼蓼。五
荼蓼朽止，黍稷茂止。六
获之挃挃，积之栗栗。七
其崇如墉，其比如栉，以开百室。八
百室盈止，妇子宁止。九
杀时犉牡，有捄其角。十
以似以续，续古之人。十一

【注释】

一、畟畟（cè音策）：耜入土深耕的样子。《毛诗故训传》曰：“畟畟，犹测测也。”胡承珙《毛诗后笺》曰：“凡如深者，必以渐而进。《尔雅》曰：‘深，测也。’《说文》曰：‘测，深所至也。’畟畟、测测，皆状农人深耕之貌。”良耜：好的耒耜。《毛诗故训传笺》曰：“良，善也。”耜：犁头。

《释文》曰："耜音似，田器也。"俶载：郑读为炽菑，义为农事伊始。《毛诗故训传笺》云："农人测测以利善之耜，炽菑是南亩也，种此百谷，其种皆成好。含生气，言得其时。"

二、百谷：指各种粮食。函：含。活：生。

三、或：有人。此指农夫的妇子。瞻：通"赡"，供养，此指送饭食来吃。女：即汝，你，此指在田间耕作的农夫。《毛诗故训传笺》云："瞻，视也。有来视女，谓妇子来馌者也。"载：背。筐、筥：竹编容器，筐为方，筥为圆，这里都指送饭用的容器。《毛诗故训传笺》曰："筐筥，所以盛黍也。丰年之时，虽贱者犹食黍。"

四、饷：古本作饟（xiǎng音响），送给人吃的食物。《说文》曰："周人谓饷曰饷。"段玉裁注："《周颂》曰'其饷伊黍，正周人语也。'《释诂》曰：'饷，馈也。'"《齐诗》作"饷"。伊：是。黍：小米，此指小米饭。笠：斗笠。《毛诗故训传》曰："笠，所以御暑雨也。"纠：纠结缠绕。一说为编织。《说文》曰："纠，三合绳也。"陈乔枞《三家诗遗说考》曰："谓以草为笠，其绳维三合之耳。"

五、镈：一种除草松土的农具，和今天的锄很像，详见《臣工》注七。赵：锋利。《毛诗故训传》曰："赵，刺也。"薅（hāo音蒿）：除草。《说文》曰："薅，披田草也。"段玉裁注："披者，迫地削去之也。"荼：此指野草。蓼（liǎo音了）：杂草。《毛诗故训传》："蓼，水草也。"孔颖达《毛诗正义》曰："蓼是秽草，荼亦秽草，非苦菜也。《释草》云：'荼，委叶。'舍人曰：'荼，一名委叶。某氏引此诗，则此荼谓委叶也。'王肃云：'荼，陆秽。蓼，水草。'然则所由田有原有隰，故并举水陆秽草。"《毛诗故训传笺》曰："馌者，见戴纠然之笠，以田器刺地，薅去荼蓼之事。言闵其勤苦。"

六、朽：朽烂。止：语气词。茂：茂盛。

七、挃挃（zhì音至）：收割庄稼时发出的声音。《毛诗故训传》曰："挃挃，获声也。”陈奂《诗毛氏传疏》曰：“《释名》作铚铚，云：‘断禾穗声也。’挃、铚声义相近。”积：露积，指堆积在露天的粮食。栗栗：众多的样子。《毛诗故训传》曰：“栗栗，众多也。”三家《诗》作“秩秩”，意为众多且有序的样子。

八、崇：高。墉：城墙，此句形容堆起的粮食像城墙一样高。比：紧密排列。栉（zhì音至）：梳子。《说文》曰：“栉，梳篦之总名也。”此处用来形容粮食排列得像梳篦的齿一样紧密整齐。开：打开。百：形容多。室：指储存粮食的仓库。《毛诗故训传笺》曰：“百室，一族也。草秽既除而禾稼茂，禾稼茂而谷成熟，谷成熟而积聚多。如墉也，如栉也，以言积之高大，且相比迫也。其已治之，则百家开户纳之。千耦其耘，辈作尚众也。一族同时纳谷，亲亲也。百室者，出必共洫间而耕，入必共族中而居，又有祭酺合醵之欢。”

九、盈：满。妇子：妇女和孩子。宁：安宁，指农事完毕后的安闲。一说指妇女和孩子不用再去田间送饭了。

十、时：是，这。犉（chún音纯）：牛长七尺为犉，一说黄牛黑唇。《毛诗故训传》曰：“黄牛黑唇曰犉。”犉牡：大公牛，用来作祭品。马瑞辰《毛诗传笺通释》曰：“《尔雅·释畜》曰：‘黑唇犉。’又，‘牛七尺为犉’……此诗及《无羊》诗‘九十其犉’，皆当以‘牛七尺曰犉’释之。犉谓牛之大者，犉牡犹言广牡。广亦大也。”姚际恒《诗经通论》曰：“是王者以大牢祭也。”捄（qiú音求）：通“斛”，双角弯曲的样子。《毛诗故训传笺》云：“捄，角貌。”

十一、似：通“嗣”，与续义同。似续：祭祀念念连续不断。《毛诗故训传》曰：“以似以续，嗣前岁，续往事也。”《毛诗故训传笺》曰：“五谷毕入，妇子则安，无行馌之事，于是杀牲报祭社稷。嗣前岁者，复求有丰年也。续往事者，复以养人也。”孔颖达《毛诗正义》曰：“似训为嗣，嗣续俱是继前之言，故为嗣前岁、续往岁之事。前、往，一也，皆求明年，使续今年。据明年而言，故谓今年为前、往也。”古之人：指先祖。此句意为继承先祖传统，世世代代举行祭祀，永不废替。

【解题】

这是一首祭祀社稷的诗，表达了丰收的喜悦和对社稷之神的感激。《诗序》曰：“《良耜》，秋报社稷也。”

孔颖达《毛诗正义》曰：“《良耜》诗者，秋报社稷之乐歌也。谓周公、成王太平之时，年谷丰稔，以为由社稷之所祐，故于秋物既成，王者乃祭社稷之神，以报生长之功。诗人述其事而作此歌焉。”

高亨《诗经今注》曰：“这篇是周王在秋收以后，用新谷祭祀社（土神）稷（谷神）所唱的乐歌。”

丝衣

丝衣其紑，载弁俅俅。[一]
自堂徂基，自羊徂牛；[二]
鼐鼎及鼒，兕觥其觩。[三]
旨酒思柔。[四]
不吴不敖，胡考之休！[五]

【注释】

一、丝衣：祭服。《毛诗故训传》曰：“丝衣，祭服也。”紑（fóu音否）：鲜洁的样子。《毛诗故训传》曰：“紑，洁鲜貌。”载：同“戴”。《毛诗故训传笺》曰：“载，犹戴也。”弁（biàn音变）：古代贵族戴的一种帽子。《毛诗故训传笺》曰："弁，爵弁也。爵弁而祭于王，士服也。"俅俅（qiú音求）：一说为恭顺的样子。《毛诗故训传》曰："俅俅，恭顺貌。"一说为冠上装饰美丽的样子。《说文》曰："俅，冠饰貌。"

二、堂：庙堂。徂：往。基：建筑物的根脚。《毛诗故训传》曰："基，门塾之基。"一说同"畿"，指门槛。马瑞辰《毛诗传笺通释》曰："畿之言期限也。期、畿、基，古同音，故畿可借作基。"

三、鼐（nài音奈）：大鼎。鼎：古代炊器，又为盛熟牲之器。鼒（zī音滋）：小口的鼎。《毛诗故训传》曰："大鼎谓之鼐，小鼎谓之鼒。"《毛诗故训传笺》曰："绎礼轻，使士升门堂，视壶濯及笾豆之属，降往于基，告濯具，又视牲，从羊之牛，反，告充，已，乃举鼎幂告洁，礼之次也。鼎圜弇上谓之鼒。"兕觥：用兕牛角做的酒杯。兕：古代兽名，皮厚，可以制甲。觩：兽角弯曲的样子。

四、旨酒：美酒。思：语助词。柔：柔和。朱熹《诗集传》曰："思，语辞。柔，和也。"《毛诗故训传笺》曰："柔，安也。"

五、吴：喧哗。敖：通"傲"，傲慢。胡考：长寿。休：美。《毛诗故训传》曰："吴，哗也。考，成也。"《毛诗故训传笺》曰："绎之旅士用兕觥变于祭也。饮美酒者皆思自安，不欢哗，不敖慢也，此得寿考之休征。"

【解题】

这是一首描述周天子祭祀宗庙之神后祭祀灵星之神的祭祀诗，是周代贵族举行宾尸之礼时所用禾歌。《诗序》曰："《丝衣》，绎宾尸也。高子曰：'灵星之尸也。'"《毛诗故训传笺》曰："绎，又祭也。天子诸侯曰绎，以祭之明日。卿大夫曰宾尸，与祭同日。周曰绎，商谓之肜。"

孔颖达《毛诗正义》曰："《丝衣》诗者，绎宾尸之乐歌也。谓周公、成王太平之时，祭宗庙之明日，又设祭事，以寻绎昨日之祭，谓之为绎。以宾事所祭之尸，行之得礼。诗人述其事而为此歌焉。《经》之所陈，皆绎祭始末之事也。”

高亨《诗经今注》曰：“这篇是周王举行养老之礼所唱的乐歌。周王每年设宴请贵族和士阶层的老年人吃一次，叫做养老。”

程俊英《诗经译注》曰：“这是周王在秋收以后祭祀土神谷神的乐歌。”

酌

於铄王师，遵养时晦。一
时纯熙矣，是用大介。二
我龙受之，蹻蹻王之造。载用有嗣，三
实维尔公允师。四

【注释】

一、於（wū音乌）：叹词。铄（shuò音朔）：同“烁”，辉煌、美盛的样子。《毛诗故训传》曰：“铄，美。”朱熹《诗集传》曰：“铄，盛。”王师：王的军队。遵：循。养：隐，一说为取。时：时势，一说为是。晦：守，一说为隐蔽。《毛诗故训传》曰：“遵，率。养，取。晦，昧也。”褚斌杰《诗经全注》：“遵养时晦”即“遵时养晦”，意为待时而动。

二、时：是。纯：大。熙：光明。《毛诗故训传笺》曰：“纯，大。熙，兴。”是用：因此。介：铠甲。朱熹《诗集传》曰：“介，甲也，所谓一戎衣也。”一说为助。《毛诗故训传笺》曰：“介，助也。於美乎文王之用师，率殷之叛国以事纣，养是暗昧之君，以老其恶，是周道大兴，而天下归往矣，故有致死之士助之。”一说为善。马瑞辰《毛诗传笺通释》曰：“《尔雅·释诂》曰：‘介，善也。’大介即大善，犹大祥也。”

三、我：祭者自称，一说为“我周”。龙：同“宠”，光宠、荣耀。《毛诗故训传》曰：“龙，和也。”《毛诗故训传笺》曰：“龙，宠也。来助我者，我宠而受用之。”受：承受。蹻蹻：壮健、勇武的样子。王：武王。造：为，创造功业。《毛诗故训传》曰：“蹻蹻，武貌。造，为也。”《毛诗故训传笺》曰：“蹻蹻之士，皆争来造王，王则用之。”载：则。用：用于。有：语助词。嗣：继承。《毛诗故训传笺》曰：“有嗣，传相致。”

四、实：是。维：语助词。尔：你，指武王。公：事。《毛诗故训传》曰：“公，事也。”允：诚信。师：王师。《毛诗故训传笺》曰：“允，信也。王之事所以举兵克胜者，实维女之事信，得用师之道。”一说允为语助词。马瑞辰《毛诗传笺通释》曰：“允犹用也，语词之用也。师当训为师法之师。允师犹言用师也。”

【解题】

这是《大武》之乐的一篇，歌颂武王伐纣，解民于倒悬的祭祀诗。《诗序》曰：“《酌》，告成《大武》也。言能酌先祖之道，以养天下也。”《毛诗故训传笺》曰：“周公居摄六年，制礼作乐，归政成王，乃后祭于庙而奏之。其始成告之而已。”

孔颖达《毛诗正义》曰：“《酌》诗者，告成《大武》之乐歌也。谓周公摄政六年，象武王之事，作《大武》之乐既成，而告于庙。作者睹其乐成，而思其武功，述之而作此歌焉。此《经》无酌字，《序》又说明‘酌’之意，言武王能酌取先祖之道，以养天下之民，故名篇为《酌》。”

桓

绥万邦，娄丰年。天命匪解。一
桓桓武王，保有厥士。于以四方，克定厥家。二
於昭于天，皇以间之。三

【注释】

一、绥：安定。《毛诗故训传笺》曰：“绥，安也。”万邦：万国，指天下。娄：屡次。《毛诗故训传笺》曰：“娄，亟也。”匪：不。解：通“懈”，懈怠，懈倦。

二、桓桓：威武的样子。朱熹《诗集传》曰：“桓桓，武貌。”士：《毛诗故训传》曰：“士，事也。”一说，士为土之误。马瑞辰《毛诗传笺通释》曰：“士与土形近，古多互伪。保土，犹言‘保邦’也。作‘士’者，盖以形近而伪。”

三、於：感叹词，读作“乌”。于：《毛诗故训传笺》曰：“于，曰也。”昭：光明。皇：《毛诗故训传笺》曰：“皇，君也。”一说为美。间：代替，指代替殷商。《毛诗故训传》曰：“间，代也。”

【解题】

这是一首武王伐纣前祈祷兵事的祭祀诗。也是《大武》乐亲的一篇。《诗序》曰：“《桓》，讲武类祃也。桓，武志也。”类和祃都是军队打仗前的祭祀。《毛诗故训传笺》曰：“类也，祃也，皆师祭也。”

孔颖达《毛诗正义》曰：“《桓》诗者，讲武类祃之乐歌也。谓武王将欲伐殷，陈列六军，讲习武事，又为类祭于上帝，为祃祭于所征之地。治兵祭神，然后克纣。至周公、成王太平之时，诗人追述其事而为此歌焉。”

朱熹《诗集传》曰："《春秋传》以此为大武之六章。则今之篇次，盖已失其旧矣。又篇内已有武王之谥，则其谓武王时作者亦误矣。《序》以为讲武类祃之诗。岂后世取其义而用之于其事也欤。"

赉

文王既勤止，我应受之。一
敷时绎思，我徂维求定。二
时周之命，於绎思。三

【注释】

一、勤：勤劳。《毛诗故训传》曰："勤，劳。"止：通"之"。袁梅《诗经译注》曰："止，犹之。"应：应该。《毛诗故训传》曰："应，当。"《毛诗故训传笺》曰："文王既劳心于政事，以有天下之业，我当而受之。"

二、敷：普遍。《毛诗故训传笺》云："敷，犹遍也。"时：这。朱熹《诗集传》曰："时，是也。"绎：一说为陈列。《毛诗故训传》曰："绎，陈也。"一说为寻找。朱熹《诗集传》曰："绎，寻绎也。"徂：往。《毛诗故训传笺》曰："往敷是文王之劳心，能陈绎而行之。今我往以此求定，谓安天下也。"

三、《毛诗故训传笺》曰："劳心者，是周之所以受天命，而王之所由也。于女诸臣受封者，陈绎而思行之，以文王之功业敕劝之。"朱熹《诗集传》曰："绎思，寻绎而思念也。此颂文武之功，而言其大封功臣之意也。言文王之勤劳天下至矣，其子孙受而有之，然而不敢专也。布此文王功德之在人，而可绎思者，以赉有功，而往求天下之安定，又以为凡此皆周之命，而非复商之旧矣。遂叹美之，而欲诸臣受封赏者，绎思文王之德而不忘也。”马瑞辰《毛诗传笺通释》曰：“时与承一声之转，古亦通用。……‘时周之命’即承周之命也。”

【解题】

这是一首武王伐纣胜利后在宗庙大封功臣的祭祀诗。是《大武》乐章之一。《诗序》曰：“《赉》，大封于庙也。赉，予也，言所以锡予善人也。”《毛诗故训传笺》曰：“大封，武王伐纣时，封诸臣有功者。”

孔颖达《毛诗正义》曰：“《赉》诗者，大封于庙之乐歌也。谓武王既伐纣，于庙中大封有功之臣以为诸侯。周公、成王大平之时，诗人追述其事而为此歌焉。《经》无“赉”字，《序》又说其名篇之意。赉，予也。言所以锡予善德之人，故名篇曰《赉》。”

朱熹《诗集传》曰：“《春秋传》以此为《大武》之三章，而《序》以为大封于庙之诗。”

般

於皇时周，陟其高山，一
嶞山乔岳，允犹翕河。二
敷天之下，裒时之对，时周之命。三

【注释】

一、於：赞叹词，《毛诗故训传笺》云："於乎美哉。"皇：君。时：是，这。陟：登。

二、嶞（duò音堕）山：山形狭而长。《毛诗故训传》云"山之嶞嶞小者也"，指小山。乔：《毛诗故训传》训"高"，乔岳即高山。允：语助词，另有一说为"诚然"。朱熹《诗集传》云："或曰，允，信也。"犹：还有。翕：《毛诗故训传》云"合也"，指合祭。

三、敷：通"普"，裒（póu音抔）：《毛诗故训传》云"聚也"，《毛诗故训传笺》云"众也"，指众山川之神。时：如是。对：《毛诗故训传笺》云"配也"，指配祭。时：是。命：天命。另有朱熹、马瑞辰、褚斌杰等人认为，此句是指天下众诸侯聚于此地，对答王命，听从周王之命。

【解题】

这是周天子祭祀四岳与河海之神的诗，也被认为是《大武》乐章的一篇。《诗序》曰："《般》，巡守而祀四岳河海也。"《毛诗故训传笺》曰："般，乐也。"

孔颖达《毛诗正义》曰："《般》诗者，巡守而祀四岳河海之乐歌也。谓武王既定天下，巡行诸侯所守之土，祭祀四岳河海之神。神皆飨其祭祀，降之福助。至周公、成王太平之时，诗人述其事而作此歌焉。"

高亨《诗经今注》曰："《般》是《大武》舞曲的第四章，叙写武王平服南国后大一统的景象。"

程俊英《诗经译注》曰："这是一首周王巡狩祭祀山川的乐歌，是大武的第四章。"

詩經

鲁颂

《鲁颂》是春秋时期赞美鲁僖公的一组诗。孔颖达认为《鲁颂》四篇都是史克所作。《鲁颂》实际上相当于鲁风。孔子整理《诗经》，以鲁周公之国，因此《鲁诗》入颂。

鲁僖公，公元前659至公元前627年在位，姬姓，名申，鲁庄公之子。是春秋时鲁国有作为的一位君主。

《鲁颂谱》曰："鲁者，少昊挚之墟也。国中有大庭氏之库，则大庭氏亦居兹乎？在周公归政成王，封其元子伯禽于鲁。其封域在《禹贡》徐州大野蒙羽之野。自后政衰，国事多废。十九世至僖公，当周惠王、襄王时，而遵伯禽之法，养四种之马，牧于坰野。尊贤禄士，修泮宫，崇礼教。僖十六年冬，会诸侯于淮上，谋东略，公遂伐淮夷。僖二十年，新作南门，又修姜嫄之庙。至于复鲁旧制，未遍而薨。国人美其功，季孙行父请命于周，而作其颂。文公十三年，太室屋坏。初，成王以周公有太平制典法之勋，命鲁郊祭天三望，如天子之礼，故孔子录其诗之颂，同于王者之后。问者曰：'列国作诗，未有请于周者。行父请之，何也？'曰：'周尊鲁，巡守述职，不陈其诗。至于臣颂君功，乐周室之闻，是以行父请焉。'周之不陈其诗者，为忧耳。其有大罪，侯伯监之，行人书之，亦示觉焉。"

駉

駉駉牡马，在坰之野。[一]
薄言駉者，有驈有皇，[二]
有骊有黄，以车彭彭。[三]
思无疆，思马斯臧。[四]
駉駉牡马，在垧之野。
薄言駉者，有骓有駓，[五]
有骍有骐，以车伾伾。[六]
思无期，思马斯才。[七]
駉駉牡马，在垧之野。
薄言駉者，有驒有骆，[八]
有骝有雒，以车绎绎。[九]
思无斁，思马斯作。[十]
駉駉牡马，在垧之野。
薄言駉者，有骃有騢，[十一]
有驔有鱼，以车祛祛。[十二]
思无邪，思马斯徂。[十三]

【注释】

一、駉駉（jiōng音扃）：形容马肥壮的样子。《说文》作“驍”，又作“駫”。《毛诗故训传》曰：“駉駉，良马腹干肥张也。”牡马：壮马。陈奂《诗毛氏传疏》曰：“牡马，谓壮大之马。犹四马之称四牡，不必读为牝牡之牡也。”垧（jiōng音扃）：远郊外。《毛诗故训传》曰：“坰，远野也。邑外曰郊，郊外曰野，野外曰林，林外曰坰。”《毛诗故训传笺》云：“必牧于坰野者，辟民居与良田也。”

二、薄言：语助词。驈（yù音遇）：指两股间有白毛的黑马。皇：指黄白色的马。《鲁诗》作“騜”。

三、骊：纯黑色的马。黄：指黄色杂有赤色的马。《毛诗故训传》曰：“骊马白跨曰驈，黄白曰皇，纯黑曰骊，黄骍曰黄。”以车：以之驾车。王先谦《诗三家义集疏》曰：“以，用也。用车以驾。”彭彭：强壮有力的样子。《毛诗故训传》曰：“彭彭，有力有容也。”《毛诗故训传笺》云：“坰之牧地，水草既美，牧人又良，饮食得其时，则自肥健耳。”

四、思：语助词，下各句同，一说谋虑。无疆：无边，形容马力强，能跑很远。王先谦《诗三家义集疏》曰：“思无疆者，言僖公思虑深微，无有疆畔。即牧马之法亦皆尽善，致斯蕃庶，与《定之方中》诗美卫文公‘匪直也人，秉心塞渊，騋牝三千’同意。”思：发语词。王先谦《诗三家义集疏》曰：“上‘思’，思虑；下‘思’，语词。”斯：这样。臧：善，好，美。《毛诗故训传笺》云：“臧，善也。僖公之思遵伯禽之法，反复思之，无有竟已，乃至于思马斯善，多其所及广博。”

五、骓（zhuī音追）：毛色苍白相杂的马。駓（pī音披）：黄白相杂的马。《毛诗故训传》曰：“苍白杂毛曰骓，黄白杂毛曰駓。”

六、骍：赤黄色的马。骐（qí音其）：青黑色相间像棋盘格子的马。《毛诗故训传》曰：“赤黄曰骍，苍祺曰骐。”伾伾（pī音披）：有力的样子。《毛诗故训传》曰：“伾伾，有力也。”孔颖达《毛诗正义》曰：“此章言戎马，戎马贵多力，故云‘伾伾，有力’。”

七、无期：无期限。一说指马久奔不停，一说指考虑得长远没有期限。才：同“材”，作动词，指成材。《毛诗故训传》曰：“才，多材也。”朱熹《诗集传》曰：“材力也。”王先谦《诗三家义集疏》曰：“思无期者，思虑远长，无有期限，即马亦多成材也。”一说，才指马聪明灵巧。

八、驒（tuó音驼）：青黑色而有白鳞花纹的马。骆：白身黑鬣的马。《毛诗故训传》曰："青骊驎曰驒。白马黑鬣曰骆。"

九、骝（liú音留）：赤身黑鬣的马。雒（luò音落）：黑身白鬣的马。《毛诗故训传》曰："赤身黑鬣曰骝，黑身白鬣曰雒。"绎绎：马善走的样子。《毛诗故训传》曰："绎绎，善走也。"孔颖达《毛诗正义》曰："此章言'田马，田猎尚疾'，故言'绎绎，善走'。"

十、斁：厌倦。王先谦《诗三家义集疏》曰："思无斁者，思之详审无有厌倦。"作：奋起。朱熹《诗集传》曰："作，奋起也。"《毛诗故训传》曰："作，始也。"《毛诗故训传笺》云："斁，厌也。思遵伯禽之法，无厌倦也。作，谓牧之使可乘驾也。"

十一、骃（yīn音因）：浅黑和白色相杂的马。騢（xiá音霞）：赤白杂毛的马。《毛诗故训传》曰："阴白杂毛曰骃，彤白杂毛曰騢。"

十二、驔（diàn音店）：脚胫有长豪的马。鱼：两眼眶有白圈的马。《毛诗故训传》曰："豪骭曰驔。二目白曰鱼。"祛祛（qū音区）：强健的样子。《毛诗故训传》曰："祛祛，强健也。"孔颖达《毛诗正义》曰："此章言驽马主以给官中之役，贵其肥壮，故曰'祛祛，强健也'。"

十三、思无邪：思虑没有邪曲。王先谦《诗三家义集疏》曰："思无邪者，思之真正无有邪曲。"袁梅《诗经译注》："邪应读作余，通余，有饱足的意思。"一说，无邪指不偏邪，指马的步子正、体态好。徂：行，指善走。《毛诗故训传笺》云："徂，犹行也。思遵伯禽之法，专心无复邪意也。牧马使可走行。"

【解题】

这是一首赞扬鲁僖公能继承伯禽美德的诗。伯禽，又称禽父，周文王昌之孙，周公旦长子，武王发之侄。武王伐纣后，周公受封于鲁，派长子伯禽监国，周公留周辅政。伯禽在位四十六年。《诗序》曰：“《駉》，颂僖公也。僖公能遵伯禽之法，俭以足用，宽以爱民，务农重谷，牧于坰野，鲁人尊之，于是季孙行父请命于周，而史克作是颂。”《毛诗故训传笺》曰：“季孙行父，季文子也。史克，鲁史也。”

孔颖达《毛诗正义》曰：“作《駉》诗者，颂僖公也。僖公能遵伯禽之法。伯禽者，鲁之始封贤君，其法可传于后。僖公以前，莫能遵用。至于僖公，乃遵奉行之。故能性自节俭，以足其用情；又宽恕以爱于民，务勤农业，贵重田谷，牧其马于坰远之野，使不害民田，其为美政如此，故既薨之后，鲁国之人慕而尊之。于是卿有季孙氏名行父者，请于周，言鲁为天子所优，不陈其诗，不得作风，今僖公身有盛德，请为作颂。既为天子所许，而史官名克者，作是《駉》诗之颂，以颂美僖公也。定本、《集本》皆重有僖公字。言能遵伯禽之法者，伯禽贤君，其法非一，僖公每事遵奉，序者总以为言也。不言遵周公之法者，以周公圣人，身不之鲁。鲁国之所施行，皆是伯禽之法，故系之于伯禽，以见贤能慕贤之意也。俭者，约于养身，为费寡少，故能畜聚货财，以足诸用。宽者，缓于驭物，政不苛猛，故能明慎刑罚，以爱下民。此虽僖公本性，亦遵伯禽为然也。务农，谓止舍劳役，尽力耕耘。重谷，谓爱惜禾黍，不妄损费。其事是一，但所从言之异耳。由其务农，故牧于坰远之野，使避民居与良田，即四章上二句是也。其下六句，是因言牧在于坰野，即说诸马肥健，僖公思使之善，终说牧马之事也。俭以足用，宽以爱民，说僖公之德，与务农重谷为首引耳，于《经》无所当也。僖公之爱民务农，遵伯禽之法，非独牧马而已。以马畜之贱，尚思使之善，则其于人事，无所不思明矣。‘鲁人尊之’以下，以诸侯而作颂诗为非常，故说其作颂之意。虽复主序此篇，其义亦通于下三篇，亦是行父所请，史克所作也。此言鲁人尊之，谓既薨之后，尊重之也。”

方玉润《诗经原始》曰：“喻育贤也。”

有駜

有駜有駜，駜彼乘黄。[一]
夙夜在公，在公明明。[二]
振振鹭，鹭于下。[三]
鼓咽咽，醉言舞。[四]
于胥乐兮！[五]
有駜有駜，駜彼乘牡。[六]
夙夜在公，在公饮酒。
振振鹭，鹭于飞。[七]
鼓咽咽，醉言归。
于胥乐兮！
有駜有駜，駜彼乘駽。[八]
夙夜在公，在公载燕。[九]
自今以始，岁其有。[十]
君子有穀，诒孙子。[十一]
于胥乐兮！

【注释】

一、駜（bì音必）：肥壮强有力的马。《毛诗故训传》曰：“駜，马肥强貌。”乘：四马驾车为一乘。黄：黄马。这句的意思是乘坐良马驾的车。陈奂《诗毛氏传疏》曰：“乘黄，四黄马。駜者，群臣所乘四黄马之貌。”

二、公：办公的处所。明明：一说为辨志明察。《毛诗故训传笺》曰：“在于公之所，但明义明德也。《礼记》曰：‘大学之道，在明明德。’”朱熹《诗集传》曰：“明明，辨志也。”另一说为勤勉。陈奂《诗毛氏传疏》

曰：“明明，犹勉勉也。”马瑞辰《毛诗传笺通释》曰：“明、勉一声之转，明明即勉勉之假借，谓其在公尽力也。《笺》训为‘明明德’，失之。”

三、振振：群鸟振翅而飞的样子。《毛诗故训传》曰：“振，振群飞貌。”鹭：白鹭。《毛诗故训传》曰：“鹭，白鸟也。”这里当指舞者持白鹭的羽毛。朱熹《诗集传》曰：“鹭，鹭羽。舞者所持，或坐或伏，如鹭之下也。”

四、咽咽：形容鼓声有节奏。朱熹《诗集传》曰：“咽与渊同，鼓声之深长也。”言：语助词。醉言舞：醉而起舞。

五、于：句首发语词。胥：皆，都。《毛诗故训传笺》曰：“胥，皆也。”朱熹《诗集传》曰：“胥，相也，醉而起舞以相乐也。此燕饮而颂祷之辞也。”指大家一起醉舞狂欢，亦通。

六、牡：公马。

七、鹭于飞：朱熹《诗集传》曰：“舞者振作鹭羽如飞也。”

八、駽（xuān音宣）：青黑色的马。孔颖达《毛诗正义》曰：“《释畜》云：‘青骊，駽。’舍人曰：‘青骊马今名駽马也。’孙炎曰：‘色青黑之间。’郭璞曰：‘今之铁骢也。’”

九、载：则。《毛诗故训传笺》曰：“载之则也。”燕：通“宴”，宴饮。

十、有：朱熹《诗集传》曰：“有，有年也。”指丰收。以上说：从今以后，希望年年都丰收。

十一、穀：指福禄。朱熹《诗集传》曰：“穀，善也。或曰，禄也。”诒：遗留。《毛诗故训传笺》曰：“诒，遗也。”以上说：君子将福禄留给子孙后代。

【解题】

这是一首颂扬鲁僖公君臣燕饮的颂诗。《诗序》曰："《有驳》，颂僖公君臣之有道也。有道者，以礼义相与之谓也。"《毛诗故训传笺》曰："有道者，以礼义相与之谓也。"

孔颖达《毛诗正义》曰："君以恩惠及臣，臣则尽忠事君，君臣相与皆有礼矣，是君臣有道也。《经》三章皆陈君能禄食其臣，臣能忧念事君，夙夜在公，是有道之事也。此主颂僖公而兼言臣者，明君之所为美，由与臣有道，道成于臣，故连臣而言之。"

朱熹《诗集传》曰："此燕饮而颂祷之词也。"

泮水

思乐泮水，薄采其芹。[一]
鲁侯戾止，言观其旂。[二]
其旂茷茷，鸾声哕哕。[三]
无小无大，从公于迈。[四]
思乐泮水，薄采其藻。
鲁侯戾止，其马蹻蹻。
其马蹻蹻，其音昭昭。[五]
载色载笑，匪怒伊教。[六]
思乐泮水，薄采其茆。[七]
鲁侯戾止，在泮饮酒。
既饮旨酒，永锡难老。[八]

顺彼长道，屈此群丑。[九]
穆穆鲁侯，敬明其德，
敬慎威仪，维民之则。[十]
允文允武，昭假烈祖。[十一]
靡有不孝，自求伊祜。[十二]
明明鲁侯，克明其德。
既作泮宫，淮夷攸服。[十三]
矫矫虎臣，在泮献馘。[十四]
淑问如皋陶，在泮献囚。[十五]
济济多士，克广德心。[十六]
桓桓于征，狄彼东南。[十七]
烝烝皇皇，不吴不扬。[十八]
不告于讻，在泮献功。[十九]
角弓其觩，束矢其搜。[二十]
戎车孔博，徒御无斁。[二十一]
既克淮夷，孔淑不逆。[二十二]
式固尔犹，淮夷卒获。[二十三]
翩彼飞鸮，集于泮林。[二十四]
食我桑黮，怀我好音。[二十五]
憬彼淮夷，来献其琛。[二十六]
元龟象齿，大赂南金。[二十七]

【注释】

一、思：发语词。泮（pàn音判）水：《毛诗故训传》曰：“泮水，泮宫之水也。”《毛诗故训传笺》曰：“泮之言半也。半水者，盖东西门以南通水，北无也。”薄：急忙，赶快。芹：水芹菜。

二、鲁侯：指鲁僖公。戾：《毛诗故训传》训为“来”；朱熹《诗集传》训为“至”。止：《毛诗故训传》训为“至”；高亨《诗经今注》认为语气词。言：助词。旂：古代画有两龙并在竿头悬铃的旗。《毛诗故训传》曰：“言观其旂，言法则其文章也。”

三、茷茷（pèi音沛）：朱熹云“飞扬也”。唐莫尧认为通“旆”，旗下垂貌；《毛诗故训传》“言有法度也”。鸾：通“銮”车铃，三家《诗》作“銮”。哕哕：《齐诗》《韩诗》作“钺”，亦作“鐬”；指铃声有节奏。

四、无小无大：不论臣位尊卑。于：《毛诗故训传笺》训为“往”；高亨《诗经今注》犹“以”。迈：行。

五、蹻：健壮，勇武。《毛诗故训传》曰：“其马蹻蹻，言强盛也。”《毛诗故训传笺》曰：“其音昭昭，僖公之德音。”

六、匪：非。伊：《毛诗故训传笺训为》训为“此”；高亨《诗经今注》训为“是”。《毛诗故训传笺》曰：“僖公之至泮宫，和颜色而笑语，非有所怒，于是有所教化也。”

七、茆（mǎo音卯）：凫葵，生于水中，嫩叶可食，又名莼菜。

八、锡：赐。《毛诗故训传笺》曰：“在泮饮酒者，征先生君子与之行饮酒之礼，而因以谋事也。已饮美酒，而长赐其难使老。难使老者，最寿考也。”

九、屈：收。丑：《毛诗故训传》“众也”；一说恶人。《毛诗故训传笺》曰：“顺从长远，屈治丑恶也。是时淮夷叛逆，既谋之于泮宫，则从彼远道往伐之，治此群为恶之人。”孔颖达《毛诗正义》曰：“毛云收此群众，则是不斥淮夷，当谓顺行长远之道，收敛鲁国之民人也。”

十、则：《毛诗故训传笺》曰：“则，法也。僖公之行，民之所法效也。”

十一、允：《毛诗故训传笺》训为“信”，确实；一说助词。假：至。《毛诗故训传笺》曰：“僖公信文矣，为修泮宫也；信武矣，为伐淮夷也。其聪明乃至于美祖之德，谓遵伯禽之法。”

十二、靡：无。伊：助词。祜：福。《毛诗故训传笺》曰：“国人无不法效之者，皆庶几力行，自求福禄。”

十三、克明其德：《毛诗故训传笺》曰：“克，能。攸，所也。言僖公能明其德，修泮宫而德化行，于是伐淮夷，所以能服也。”

十四、矫矫：勇武貌。馘（guó音国）：古代战争中割取所杀敌人的左耳以计数献功，这里指割下的耳朵。

十五、淑：善。囚：俘虏。《毛诗故训传笺》曰：“僖公既伐淮夷而反，在泮宫使武臣献馘。又使善听狱之吏如皋陶者献囚。言伐有功，所任得其人。”

十六、济济：众多貌。《毛诗故训传笺》曰：“多士，谓虎臣及如皋陶之属。”克广德心：能发扬光大善意之心。

十七、桓桓：威武貌。狄：王肃训为“达”；同“挞”，挞伐，征讨。《毛诗故训传笺》当作“剔”，“治也”；《韩诗》作“鬄”。东南：指淮夷。

十八、烝烝：《毛诗故训传》“厚也”；《毛诗故训传笺》“犹进进也”。皇皇：《毛诗故训传》“美也”；《毛诗故训传笺》当作“暀暀”，“犹往往也”。吴：音“哗”，与“娱”通。《毛诗正义》：“欢哗为声，故以娱为哗也。”《毛诗故训传笺》训为“哗也”；《鲁诗》作“虞”。扬：《毛诗故训传》“伤也”；《毛诗故训传笺》训为“大声”；《鲁诗》作“阳”。孔颖达《毛诗正义》曰：“毛以为，‘此多士之德，烝烝然而厚，皇皇然而美，不为过误，不有损伤。’”《毛诗故训传笺》曰：“言多士之于伐淮夷，皆劝之，有进进往往之心，不欢哗，不大声。”

十九、讻（xiōng音凶）：讼。《毛诗故训传笺》曰：“僖公还在泮宫，又无以争讼之事告于治讼之官者，皆自献其功。”

二十、觩：《毛诗故训传》“弛貌”；《毛诗故训传笺》训为“持弦急貌”；高亨《诗经今注》训为“弓弯曲貌”。搜：《毛诗故训传》训为“众多”；《毛诗故训传笺》训为“劲疾”。束矢：《毛诗故训传》曰：“五十矢为束。”孔颖达《毛诗正义》曰：“毛以为，‘多士以威武而往伐，淮夷望而即服。故角弓其觩然弛而不张，束矢其搜然众而不用’……‘郑以为，既言服而献功，更陈克捷之势。言僖公之伐淮夷也，以角为弓，其张则觩然而持弦甚急；所束之矢，其发则搜然而劲又且疾。’”

二十一、孔：很。博：《毛诗故训传笺》当作“傅”，“甚傅致者，言安利也”。斁：厌倦。《毛诗故训传笺》曰：“徒行者，御车者，皆敬其事，又无厌倦也。”

二十二、既克：已克。淮夷：古时居于淮河流域的部族。不逆：没有违逆行为。《毛诗故训传笺》曰：“僖公以此兵众伐淮夷而胜之，其士卒甚顺军法而善，无有为逆者，谓堙井刊木之类。”

二十三、式：《毛诗故训传笺》用，一说助词。犹：《毛诗正义》引王肃云“道”；《毛诗故训传笺》曰“谋”。卒：终，终于。《毛诗正义》引王肃云：“鲁侯能固执其大道，卒以得淮夷。”获：获取。《毛诗故训传笺》曰：“用坚固女军谋之故，故淮夷尽可获服也。谋，谓度己之德，虑彼之罪，以出兵也。”

二十四、翩：飞貌。鸮：又名猫头鹰，《毛诗故训传》“恶声之鸟也”。

二十五、黮（shèn音甚）：桑实。怀：归；高亨《诗经今注》借为“馈”，赠予。《毛诗故训传笺》曰：“言鸮恒恶鸣，今来止于泮水之木上，食其桑黮。为此之故，故改其鸣，归就我以善音。喻人感于恩则化也。”

二十六、憬（jǐng音景）：《鲁诗》《韩诗》作“犷”；《毛诗故训传》“远行貌”；朱熹《集传诗》训为“觉悟”。琛：宝。

二十七、大：广。《毛诗故训传》曰：“元龟尺二寸。赂，遗也。南，谓荆杨也。”《毛诗故训传笺》曰：“大，犹广也。广赂者，赂君及卿大夫也。荆杨之州，贡金三品。”俞樾《群经平议》曰：“赂，借为璐，玉也。”

【解题】

这是一首赞扬鲁僖公重视教育、修缮泮宫的诗。《诗序》曰：“《泮水》，颂僖公能修泮宫也。”

孔颖达《毛诗正义》曰：“泮宫，学名。能修其宫，又修其化。《经》八章，言民思往泮水、乐见僖公，至于克服淮夷、恶人感化，皆修泮宫所致，故《序》言能修泮宫以总之。”

朱熹《诗集传》曰：“此饮于泮宫而颂祷之词也。”

程俊英《诗经译注》曰：“这是一首赞美鲁公胜淮夷以后，在泮宫祝捷庆功，宴请宾客的诗歌。”

閟宫

閟宫有侐，实实枚枚。一
赫赫姜嫄，其德不回。二
上帝是依，无灾无害。三
弥月不迟，是生后稷，降之百福：四
黍稷重穋，稙稺菽麦。五

奄有下国，俾民稼穑。[六]
有稷有黍，有稻有秬。[七]
奄有下土，缵禹之绪。[八]
后稷之孙，实维大王。[九]
居岐之阳，实始翦商。[十]
至于文、武，缵大王之绪。[十一]
致天之届，于牧之野。[十二]
“无贰无虞，上帝临女！”[十三]
敦商之旅，克咸厥功。[十四]
王曰叔父，建尔元子，俾侯于鲁。[十五]
大启尔宇，为周室辅。[十六]
乃命鲁公，俾侯于东，[十七]
锡之山川，土田附庸。[十八]
周公之孙，庄公之子，[十九]
龙旂承祀，六辔耳耳，[二十]
春秋匪解，享祀不忒。[二十一]
皇皇后帝，皇祖后稷，享以骍牺，[二十二]
是飨是宜，降福既多。[二十三]
周公皇祖，亦其福女。[二十四]
秋而载尝，夏而楅衡。[二十五]
白牡骍刚，牺尊将将。[二十六]
毛炰胾羹，笾豆大房。[二十七]
万舞洋洋，孝孙有庆。[二十八]
俾尔炽而昌，俾尔寿而臧。[二十九]
保彼东方，鲁邦是常。[三十]

不亏不崩，不震不腾；[三十一]
三寿作朋，如冈如陵。[三十二]
公车千乘，朱英绿縢，二矛重弓。[三十三]
公徒三万，贝胄朱綅，烝徒增增。[三十四]
戎狄是膺，荆舒是惩，则莫我敢承。[三十五]
俾尔昌而炽，俾尔寿而富。
黄发台背，寿胥与试。[三十六]
俾尔昌而大，俾尔耆而艾。[三十七]
万有千岁，眉寿无有害。[三十八]
泰山岩岩，鲁邦所詹。[三十九]
奄有龟蒙，遂荒大东，[四十]
至于海邦，淮夷来同。[四十一]
莫不率从，鲁侯之功。[四十二]
保有凫绎，遂荒徐宅。[四十三]
至于海邦，淮夷蛮貊。[四十四]
及彼南夷，莫不率从。[四十五]
莫敢不诺，鲁侯是若。[四十六]
天锡公纯嘏，眉寿保鲁。[四十七]
居常与许，复周公之宇。[四十八]
鲁侯燕喜，令妻寿母。[四十九]
宜大夫庶士，邦国是有。[五十]
既多受祉，黄发儿齿。[五十一]
徂来之松，新甫之柏，[五十二]
是断是度，是寻是尺。[五十三]
松桷有舄，路寝孔硕。[五十四]

新庙奕奕，奚斯所作。五十五
孔曼且硕，万民是若。五十六

【注释】

一、閟（bì音必）宫：一说閟为关闭之意，閟宫指祖庙。《毛诗故训传》曰：“閟，闭也。先妣姜嫄之庙，在周常闭而无事。孟仲子曰：‘是禖宫也。’”一说閟同“祕”，为神之意，閟宫即神宫。《毛诗故训传笺》曰：“閟，神也。姜嫄神所依，故庙曰神宫。”朱熹《诗集传》曰：“閟，深闭也。宫，庙也。”二者意思稍有分歧，但都是指供奉姜嫄的庙宇。有侐（xù音续）：清静的样子。《毛诗故训传》曰：“侐，清静也。”实实：广大的样子。《毛诗故训传》曰：“实实，广大也。”一说为坚固的样子。朱熹《诗集传》曰：“实实，巩固也。”枚枚：紧密的样子。《毛诗故训传》曰：“枚枚，砻（lóng音龙）密也。”朱熹《诗集传》曰：“枚枚，砻密也。时盖修之，故诗人歌咏其事，以为颂祷之词，而推本后稷之生，而下及于僖公耳。”一说为闲暇无人的样子。《释文》曰：“枚枚，闲暇无人之貌。”

二、赫赫：显耀。姜嫄：周朝祖先后稷母的名字。《毛诗故训传笺》曰：“赫赫乎显著，姜嫄也。”回：邪，邪恶。朱熹《诗集传》曰：“回，邪也。”

三、依：依靠。一说眷顾。朱熹《诗集传》曰：“依，犹眷顾也。”上帝是依：依靠上帝的保佑或者说是上帝眷顾姜嫄。《毛诗故训传》曰：“上帝是依，依其子孙也。”《毛诗故训传笺》曰：“依，依其身也。……其德贞正不回邪，天用是冯依而降精气，其任之又无灾害，不坼不副（pì音辟），终人道十月而生子，不迟晚。”

四、弥月：满月。不迟：按时生子。百福：多种福。

五、重（tóng音同）：通“穜”，先种后熟的谷物。稑（lù音路）：后种先熟的谷物。稙（zhī音知）：先种的谷物。穉（zhì音至）：后种的谷物。《毛诗故训传》曰："先种曰稙，后种曰穉。"菽：豆类的总称。

六、奄：覆盖。引申为尽，包括。下国：天下。朱熹《诗集传》曰："奄有下国，封于邰也。"稼穑：耕作，种植庄稼。穑泛指耕耘收种。《毛诗故训传笺》曰："奄，犹覆也。姜嫄用是而生子后稷，天神多予之福，以五谷终覆盖天下，使民知稼穑之道。言其不空生也。后稷生而名弃，长大，尧登用之，使居稷官，民赖其功。后虽作司马，天下犹以后稷称焉。"

七、秬：黑黍。古人视为嘉谷。《毛诗故训传笺》曰："秬，黑黍也。"

八、缵：继承。绪：事业。《毛诗故训传》曰："绪，业也。"《毛诗故训传笺》曰："绪，事也。尧时洪水为灾，民不粒食。天神多予后稷以五谷。禹平水土，乃教民播种之，于是天下大有，故云继禹之事也。美之，故申说以明之。"朱熹《诗集传》曰："绪，业也，禹治洪水既平，后稷乃播种百谷。"

九、大王：即太王，古公亶父。陆德明《经典释文》曰："'大'音'泰'。后'大王''大平'皆同。"

十、岐：山名，在今陕西。阳：山的南面和水的北面为阳。居岐之阳：古公亶父因受戎狄的逼迫，带领族人自豳地迁到岐山之南的周原定居。翦：灭除。《毛诗故训传》曰："翦，齐也。"《毛诗故训传笺》曰："翦，断也。大王自豳徙居岐阳，四方之民咸归往之，于时而有王迹，故云是始断商。"朱熹《诗集传》曰："翦，断也。大王自豳徙居岐阳，四方之民，咸归往之。于是而王迹始著，盖有翦商之渐矣。"

十一、文、武：周文王、周武王。

十二、致：完成，实施。一说为招致。届：通"殛"，诛伐。一说届为"极度"。《毛诗故训传笺》曰："届，极。"朱熹《诗集传》曰："届，极也，犹言穷极也。"致天之届：代替上天对商进行诛伐。于：在。牧之野：即牧野，地名。

十三、贰：二心。虞：忧虑。《毛诗故训传》曰："虞，误也。"《毛诗故训传笺》曰："虞，度也。"临：监视。女：你。《毛诗故训传笺》曰："文王、武王继大王之事，至受命致大平，天所以罚，殛纣于商郊牧野，其时之民皆乐武王之如是，故戒之云：无有二心也，无复计度也。天视护女，至则克胜。"朱熹《诗集传》曰："虞，虑也。无贰无虞，上帝临女，犹《大明》云'上帝临女，无贰尔心'也。"

十四、敦：聚拢的样子。俾：使。旅：军队。《毛诗故训传》曰："敦，治。旅，众。"克：能。咸：都。厥功：其功，即伐纣灭商。《毛诗故训传》曰："咸，同也。武王克殷，而治商之臣民，使得其所，能同其功于先祖也。后稷、大王、文王亦周公之祖考也。伐纣，周公又与焉，故述之以美大鲁。"朱熹《诗集传》曰："咸，同也。言辅佐之臣，同有其功，而周公亦与焉也。"

十五、王：周成王。《毛诗故训传》曰："王，成王也。"叔父：周公。《毛诗故训传笺》曰："叔父，谓周公也。"建：立。元子：长子，这里指伯禽。《毛诗故训传》曰："元，首。"朱熹《诗集传》曰："元子，鲁公伯禽也。"侯：动词，作诸侯。《毛诗故训传笺》曰："成王告周公曰：'叔父，我立女首子，使为君于鲁。'谓欲封伯禽也。"

十六、启：开拓。宇：疆域。朱熹《诗集传》曰："启，开。宇，居也。"辅：辅助。《毛诗故训传笺》曰："封鲁公以为周公后，故云'大开女居，以为我周家之辅'。谓封以方七百里，欲其强于众国。"

十七、东：东方。《毛诗故训传笺》曰："东，东藩，鲁国也。"

十八、锡：赐予。附庸：附属国。朱熹《诗集传》曰："附庸，犹属城也，小国不能自达于天子，而附于大国也。上章既告周公以封伯禽之意，此乃言其命鲁公而封之也。"《毛诗故训传笺》曰："既告周公以封伯禽之意，乃策命伯禽，使为君于东，加赐之以山川、土田及附庸，令专统之。《王制》曰：'名山大川不以封诸侯，附庸则不得专臣也。'"

十九、周公之孙：指鲁僖公。孙：后裔。《毛诗故训传》曰："周公之孙，庄公之子，谓僖公也。"朱熹《诗集传》曰："庄公之子，其一闵公，其一僖公。知此是僖公者，闵公在位不久，未有可颂，此必是僖公也。"

二十、旂：古代画有两龙并在竿头悬铃的旗，祭祀时候用。承祀：继承祭祀之礼。《毛诗故训传笺》曰："交龙为旂。承祀，谓视祭事也。"六辔：六条马缰绳。《毛诗故训传笺》曰："四马，故六辔。"褚斌杰《诗经全注》曰："古代四马一车，马各二辔，两匹骖马只有外辔（内辔系于轼前），御者手执六辔。"耳耳：美盛的样子。《毛诗故训传》曰："耳耳然至盛也。"

二十一、春秋：指四时。《毛诗故训传笺》曰："春秋，犹言四时也。"匪解：不懈。享祀：祭祀。不忒：无差错。《毛诗故训传笺》曰："忒，变也。"朱熹《诗集传》曰："忒，过差也。"

二十二、皇皇：伟大、光明的样子。后帝：上帝。皇祖：伟大的始祖。骍：赤色。牺：古代祭祀用的纯色牲畜。《毛诗故训传》曰："骍，赤。牺，纯也。"朱熹《诗集传》曰："成王以周公有大功于王室，故命鲁公以夏正孟春，郊祀上帝，配以后稷，牲用骍牡。"

二十三、飨：通"享"，神鬼享用祭品。宜：适宜。一说飨、宜为两种祭祀名。《毛诗故训传笺》曰："皇皇后帝，谓天也。成王以周公功大，命鲁郊祭天，亦配之以君祖后稷，其牲用赤牛纯色，与天子同也。天亦飨之宜之，多予之福。"

二十四、福：降福。女：你，指鲁僖公。

二十五、载：开始。尝：秋祭。《毛诗故训传》曰："诸侯夏禘则不礿，秋祫则不尝，唯天子兼之。"《毛诗故训传笺》曰："载，始也。秋将尝祭，于夏则养牲。……秋尝而言始者，秋物新成，尚之也。"朱熹《诗集传》曰："尝，秋祭名。"楅（bī音逼）衡：加在牛角上用以控制牛的横木。一说牛栏。《毛诗故训传》曰："楅衡，设牛角以楅之也。"朱熹《诗集传》曰："楅衡，施于牛角，所以止触也。《周礼·封人》云：凡祭，饰其牛牲，设其楅衡是也。秋将尝，而夏楅衡其牛，言夙戒也。”

二十六、白牡：白色的公牛。刚：通“犅”，公牛。《毛诗故训传》曰：“白牡，周公牲也。骍刚，鲁公牲也。”牺尊：刻有牛形纹饰的古盛酒器，用作祭祀或宴享的礼器。《毛诗故训传》曰：“牺尊，有沙饰也。”朱熹《诗集传》曰：“牺尊，画牛于尊腹也。或曰，尊作牛形，凿其背以受酒也。”将将（qiāng音枪）：同“锵锵”，青铜酒器碰撞时发出的清脆声音。

二十七、毛炰：把带毛的肉用泥裹住在火上烧烤。《毛诗故训传》曰：“毛炰，豚也。”朱熹《诗集传》曰：“毛炰，《周礼》‘封人祭祀有毛炰之豚。’注云：‘爓（xún音寻）去其毛，而炰之也。’”胾（zì音自）羹：肉羹，肉汤。《毛诗故训传》曰：“胾，肉也。羹，大羹、铏羹也。”朱熹《诗集传》曰：“羹，大羹、铏羹也。大羹，大古之羹，湆煮肉汁不和，盛之以登，贵其质也。铏羹，肉汁之有菜和者也，盛之铏器，故曰铏羹。”笾：古代祭祀和宴会时盛果脯的竹器，形状像木制的豆。豆：古代食器。亦用作装酒肉的祭器。大房：一种盛牲体用的礼器。《毛诗故训传》曰：“大房，半体之俎也。”《毛诗故训传笺》曰：“大房，玉饰俎也，其制足间有横，下有柎，似乎堂后有房然。”

二十八、万舞：古代舞名。《毛诗故训传笺》曰：“万舞，干舞也。”洋洋：盛大的样子。《毛诗故训传》曰：“洋洋，众多也。”孝孙：指鲁僖公。有庆：有福。

二十九、俾：《毛诗故训传笺》曰：“俾，使。”炽而昌：兴旺昌盛。寿：长寿。《毛诗故训传》曰：“寿，考也。”臧：《毛诗故训传笺》曰：“臧，善。”

三十、常：常守，即永恒长久。《毛诗故训传笺》曰：“常，守也。”

三十一、亏：亏损。崩：崩坏。《毛诗故训传笺》曰：“亏、崩皆谓毁坏也。”震：震荡。腾：沸腾，即乱。《毛诗故训传》曰：“震，动也。腾，乘也。”《毛诗故训传笺》曰：“震、腾皆谓僭逾相侵犯也。”

三十二、三寿：指上寿、中寿、下寿。《文选》李善注引《养生经》曰："上寿百二十，中寿百年，下寿八十。"一说为三卿。《毛诗故训传笺》曰："三寿，三卿也。"朱熹《诗集传》曰："三寿，未详，郑氏曰：'三卿也。'或曰，愿公寿与冈、陵等而为三也。"作朋：作比。如冈如陵：像山陵那样坚固长久。《毛诗故训传笺》曰："冈，陵，取坚固也。"

三十三、乘：车子。春秋时多指兵车，包括一车四马。《毛诗故训传》曰："大国之赋千乘。"朱熹《诗集传》曰："千乘，大国之赋也。成方十里，出革车一乘，甲士三人，左持弓，右持矛，中人御，步卒七十二人，将重车者二十五人。千乘之地，则三百十六里有奇也。"程俊英《诗经译注》曰："当时所谓一乘是兵车一辆，配备甲士十人，步卒二十人。（鲁国军制）"朱英：即朱缨，长矛头上的红缨。绿縢（téng音疼）：缠绕在弓上的绿绳。《毛诗故训传》曰："朱英，矛饰也。縢，绳也。"朱熹《诗集传》曰："朱英，所以饰矛；绿縢，所以约弓也。"二矛：指插在战车两旁的长矛。重弓：两只弓，手拿一只，一只备用。《毛诗故训传》曰："重弓，重于鬯中也。"《毛诗故训传笺》曰："二矛重弓，备折坏也。兵车之法，左人持弓，右人持矛，中人御。"朱熹《诗集传》曰："二矛，夷矛酋矛也。重弓，备折坏也。"

三十四、徒：步卒。朱熹《诗集传》曰："徒，步卒也。"胄（zhòu音宙）：古代作战时战士所戴的头盔。贝胄即用贝壳装饰头盔。《毛诗故训传》曰："贝胄，贝饰也。"朱綅（qīn音亲）：红线。《毛诗故训传》曰："朱綅，以朱綅缀之。"烝：多。《毛诗故训传笺》曰："烝，进也。徒进行增增然。"增增：多的样子。《毛诗故训传》曰："增增，众也。"

三十五、戎狄：指西戎、北狄。朱熹《诗集传》曰："戎，西戎。狄，北狄。"膺：抵挡，防范。《毛诗故训传》曰："膺，当。"荆：古国名，春秋时楚国的旧称。舒：春秋时国名，故地在今安徽省庐江县西南，是楚的属国。朱熹《诗集传》曰："荆，楚之别号。舒，其与国也。"惩：惩罚。莫我敢承：即莫敢承我，没人敢抵御我。承：抵御。《毛诗故训传》曰："承，止。"朱熹《诗集传》曰："承，御也。"《毛诗故训传笺》曰："僖公与齐桓举义兵，北当戎与狄，南艾荆及群舒，天下无敢御之。”

三十六、黄发：指老人，老人的头发颜色黄。台背：驼背，指老人。一说台同“鲐”指老人的背像鲐鱼一样有黑纹。胥：相。试：比。《毛诗故训传笺》曰：“此庆僖公勇于用兵，讨有罪也。黄发台背，皆寿征也。胥，相也。寿而相与试，谓讲气力，不衰倦。”朱熹《诗集传》曰：“僖公尝从齐桓公伐楚，故以此美之。而祝其昌大寿考也，‘寿胥与试’之义未详。王氏曰：‘寿考者，相与为公用也。’苏氏曰：‘愿其寿而相与试其才力，以为用也。’”

三十七、耆（qí音其）：古称六十岁曰耆，亦泛指寿考。艾：古称五十岁为艾，亦指年老的人。《礼记·曲礼》曰：“五十曰艾，六十曰耆。”《说文》段玉裁注却认为七十岁以上的人称为“耆”。

三十八、眉寿：长寿。《毛诗故训传笺》曰：“眉寿，秀眉亦寿征。”无有害：没有灾害。《毛诗故训传笺》曰：“此又庆僖公勇于用兵，讨有罪也。中时鲁微弱，为邻国所侵削。今乃复其故，故喜而重庆之。”

三十九、岩岩：山高峻的样子。詹：同“瞻”，瞻仰。朱熹《诗集传》曰：“詹，与瞻同。”

四十、奄：覆盖。引申为尽，包括。《毛诗故训传笺》曰：“奄，覆。”龟蒙：龟山、蒙山，两座山都在鲁国境内。《毛诗故训传》曰：“龟，山也。蒙，山也。”遂：于是。荒：占有。《毛诗故训传》曰：“荒，有也。”《毛诗故训传笺》曰：“荒，奄也。”大东：鲁极东的土地。《毛诗故训传笺》曰：“大东，极东。”

四十一、海邦：靠近海的国家。《毛诗故训传笺》曰：“海邦，近海之国也。”淮夷：淮河流域的少数民族。来同：来归顺。《毛诗故训传笺》曰：“来同，为同盟也。”

四十二、率从：相继服从。《毛诗故训传笺》曰：“率从，相率从于中国也。”鲁侯：鲁僖公。《毛诗故训传笺》曰：“鲁侯，谓僖公。”

四十三、凫、绎：山名。《毛诗故训传》曰：“凫，山也。绎，山也。”徐：古国名。宅：居。《毛诗故训传》曰：“宅，居也。”朱熹《诗集传》曰：“宅，居也，谓徐国也。”

四十四、蛮貊：一说指东南方的异族，亦指淮夷。一说为周朝对异族的蔑称。《毛诗故训传》曰：“淮夷蛮貊，如夷行也。”

四十五、南夷：指荆、舒等南方各部族。《毛诗故训传》曰：“南夷，荆楚也。”

四十六、诺：应诺，此指顺从。《毛诗故训传笺》曰：“诺，应辞也。是若者，是僖公所谓顺也。”鲁侯是若：唯鲁侯是从。若：顺从。《毛诗故训传》曰：“若，顺也。”

四十七、锡：赐予。纯嘏：大福。嘏同“祜”，福。《毛诗故训传笺》曰：“纯，大也。受福曰嘏。”

四十八、居：占有。常与许：指常邑和许邑，都在鲁国境内。《毛诗故训传》曰：“常、许，鲁南鄙、西鄙。”《毛诗故训传笺》曰：“许，许田也，鲁朝宿之邑也。常或作‘尝’，在薛之旁。《春秋》鲁庄公三十一年‘筑台于薛’是与？周公有尝邑，所由未闻也。六国时，齐有孟尝君，食邑于薛。”朱熹《诗集传》曰：“常或作尝，在薛之旁，许，许田也，鲁朝宿之邑也，皆鲁之故地。”复：恢复。宇：疆域，领土。常、许本是周公封鲁时鲁所有，后来被齐国、郑国占领，在鲁僖公的时候收复。朱熹《诗集传》曰：“见侵于诸侯而未复者，故鲁人以是愿僖公也。”

四十九、燕喜：安乐。《毛诗故训传笺》曰：“燕，燕饮也。”令妻寿母：妻子美好贤惠，母亲长寿。令：美好。《毛诗故训传笺》曰：“令，善也。喜公燕饮于内寝，则善其妻，寿其母，谓为之祝庆也。”朱熹《诗集传》曰：“令妻，令善之妻，声姜也。寿母，寿考之母，成风也。闵公八岁被弑，必是未娶，其母叔姜亦应未老，此言令妻寿母，又可见公为僖公无疑也。”

五十、宜：善待。有：保有。《毛诗故训传笺》曰："与群臣燕，则欲与之相宜，亦祝庆也。是有，犹常有也。"

五十一、祉：福。儿：同"齯"（ní音尼），指老人牙齿落后再新生的牙齿，代表长寿。《毛诗故训传笺》曰："儿齿，亦寿征。"朱熹《诗集传》曰："儿齿，齿落更生细者，亦寿征也。"一说为老人的牙齿。《说文》曰："齯，老人齿也。"

五十二、徂来：山名，在鲁国境内，亦作"徂徕"。新甫：山名，在鲁国境内，亦名"梁甫"。《毛诗故训传》曰："徂徕，山也。新甫，山也。"

五十三、断：砍断。度：通"剫"，砍木，削治木料。马瑞辰《毛诗传笺通释》曰："度者，剫之省借。《说文》，剫，判也。《广雅》，剫，分也。"一说为测量。寻：古代长度单位，一般为八尺。《毛诗故训传》曰："八尺曰寻。"袁梅《诗经译注》曰："意谓：整治木料时，长的用'寻'来量，短的用'尺'来量。或谓：有截成长度一寻的和长度一尺的各种木料。"

五十四、桷（jué音绝）：方形的屋椽。《毛诗故训传》曰："桷，榱（cuī音催）也。"有舄：大的样子。《毛诗故训传》曰："舄，大貌。"路寝：正寝，指君王处理政事的宫殿。《毛诗故训传》曰："路寝，正寝也。"孔：很。硕：大。《毛诗故训传笺》曰："孔，甚。硕，大也。"

五十五、新庙：鲁闵公之庙。《毛诗故训传》曰："新庙，闵公庙也。有大夫公子奚斯者，作是庙也。"一说为鲁僖公修的庙。《毛诗故训传笺》曰："修旧曰新。新者，姜嫄庙也。僖公承衰乱之政，修周公伯禽之教，故治正寝，上新姜嫄之庙。姜嫄之庙，庙之先也。"朱熹《诗集传》曰："新庙，僖公所修之庙。"奕奕：高大的样子。《毛诗故训传笺》曰："奕奕，姣美也。"一说为同"绎绎"，相连的样子。三家《诗》皆作"绎绎"。奚斯：人名，鲁国大夫。作：作此诗。《毛诗故训传》《毛诗故训传笺》皆以为是奚斯作庙。《毛诗故训传》曰："有大夫公子奚斯者，作是庙也。"《毛诗故训传笺》曰："奚斯作者，教护属功课章程也。至文公之时，大室屋坏。"

五十六、孔：很。曼：长。《毛诗故训传》曰：“曼，长也。”《毛诗故训传笺》曰：“曼，修也，广也。”此谓诗长而美。若：顺。《毛诗故训传笺》曰：“国人谓之顺也。”朱熹《诗集传》曰：“万民是若，顺万民之望也。”

【解题】

这是一首赞扬鲁僖公修建閟宫的诗。《诗序》曰：“《閟宫》，颂僖公能复周公之宇也。”也有人说这首诗的作者是鲁国大夫奚斯。奚斯是鲁僖公时人，即公子鱼。

孔颖达《毛诗正义》曰：“作《閟宫》诗者，颂美僖公能复周公之宇，谓复周公之时土地居处也。《明堂位》曰：‘成王以周公为有勋劳于天下，是以封周公于曲阜，地方七百里，革车千乘。’是周公之时，土境特大，异于其余诸侯也。伯禽之后，君德渐衰，邻国侵削，境界狭小。至今僖公有德，更能复之，故作诗以颂之也。复周公之宇，虽辞出于《经》，而《经》之所言，止为常许。此则总序篇义，与《经》小殊。其言复周公之宇，主以境界为辞，但僖公所行善事皆是复，故非独土地而已。自三章‘周公之孙’以下，皆述僖公之德。作者将美僖公，追述远祖，上陈姜嫄、后稷，至于文、武、大王，爰及成王封建之辞，鲁公受赐之命，言其所以有鲁之由，与僖公之事为首引耳。《序》者以其非颂所主之意，故从而略之。”

詩經

商颂

《商颂》是西周初期整理的祭祀商朝先圣的一组诗。《国语·鲁语下》闵马父曰：“……昔正考父校商之名颂十二篇于周大师，以《那》为首，其辑之乱曰：‘自古在昔，先民有作。温恭朝夕，执事有恪。’”又《诗序》曰：“《那》，祀成汤也。微子至于戴公，其间礼乐废坏。有正考甫者，得《商颂》十二篇于周之大师，以《那》为首。”则《商颂》应传自商代，其写作时代，应在商汤之时或略晚。

《史记·殷本纪》曰：“契长而佐禹治水有功。帝舜乃命契曰：‘百姓不亲，五品不训，汝为司徒而敬敷五教，五教在宽。’封于商，赐姓子氏。契兴于唐、虞、大禹之际，功业著于百姓，百姓以平。”

《商颂谱》曰：“商者，契所封之地。有娀氏之女名简狄者，吞鳦卵而生契。尧之末年，舜举为司徒，有五教之功，乃赐姓而封之。世有官守，十四世至汤，则受命伐夏桀，定天下。后世有中宗者，严恭寅畏，天命自度，治民祗惧，不敢荒宁。后有高宗者，旧劳于外，爰洎小人。作其即位，乃或谅暗，三年不言，言乃雍。不敢荒宁，嘉静殷邦。至于小大，无时或怨。此三王有受命中兴之功，时有作诗颂之者。商德之坏，武王伐纣，乃以陶唐氏火正阏伯之墟，封纣兄微子启为宋公，代武庚为商后。其封域在《禹贡》徐州泗滨，西及豫州明（或作盟）猪之野。自后政衰，散亡商之礼乐。七世至戴公时，当宣王，大夫正考父者，校商之名颂十二篇于周大师，以《那》为首，归以祀其先王。孔子录《诗》之时，则得五篇而已，乃列之以备三颂，著为后王之义，监三代之成功，法莫大于是矣。问者曰：‘列国政衰则变风作，宋何独无乎？’曰：‘有焉，乃不录之。王者之后，时王所客也，巡守述职，不陈其诗，亦示无贬黜，客之义也。’又问曰：‘周大师何由得《商颂》？’曰：‘周用六代之乐，故有之。’”

那

猗与那与，置我鞉鼓。一
奏鼓简简，衎我烈祖。二
汤孙奏假，绥我思成。三
鞉鼓渊渊，嘒嘒管声，四
既和且平，依我磬声。五
於赫汤孙，穆穆厥声，六
庸鼓有斁，万舞有奕。七
我有嘉客，亦不夷怿。八
自古在昔，先民有作。九
温恭朝夕，执事有恪。十
顾予烝尝，汤孙之将。十一

【注释】

一、猗（ē音婀）、那（nuó音挪）：美盛的样子。《毛诗故训传》曰：“猗，叹辞。那，多也。”马瑞辰《毛诗传笺通释》曰：“猗、那二字叠韵，皆美盛之貌，通作猗傩、阿傩。草木之美盛曰猗傩，乐之美盛曰猗那，其义一也。”与：同“欤”，叹词。置：通“植”，树立，竖立。鞉（táo音桃）鼓：有柄的小鼓。《毛诗故训传》曰：“鞉鼓，乐之所成也。夏后氏足鼓，殷人置鼓，周人县鼓。”《毛诗故训传笺》曰：“置读曰植。植鞉鼓者，为楹贯而树之。美汤受命伐桀，定天下而作《濩》乐，故叹之。多其改夏之制，乃始植我殷家之乐鞉与鼓也。鞉虽不植，贯而摇之，亦植之类。”

二、奏鼓：击鼓。简简：鼓声。《毛诗故训传笺》曰：“奏鼓，奏堂下之乐也。”衎：乐，欢乐。《毛诗故训传》曰：“衎，乐也。”烈祖：有功业的祖先，这里指汤。《毛诗故训传》曰："烈祖，汤有功烈之祖也。"《毛诗故训传笺》曰："烈祖，汤也。"

三、汤孙：商汤的子孙。一说指太甲。《毛诗故训传笺》曰："汤孙，太甲也。"一说指主祭者，朱熹《诗集传》曰："汤孙，主祀之时王也。"一说指太甲以下都可以称为汤孙，马瑞辰《毛诗传笺通释》曰："《传》以汤孙指汤，与《玄鸟》诗'在武丁孙子'，王肃释《传》言'在武丁之为人孙子'正同。然言汤为人子孙，节其文为汤孙，则不词。'在武丁孙子'，王尚书言武丁当做武王，亦不得言武王为人孙子也。《那》祀成汤，曰汤孙，《烈祖》祀中宗，为太戊，亦曰汤孙，则不得如《笺》以汤孙为太甲。汤孙盖泛言汤之孙子耳。"奏：进。假：致，指祭者致神。绥：赐予。思：语助词。成：完备。马瑞辰《毛诗传笺通释》曰："成为备，即为福。"程俊英《诗经译注》曰："成，指生长成功的地方。"《毛诗故训传笺》曰："绥，安也。以金奏堂下诸县，其声和大简简然，以乐我功烈之祖成汤。汤孙太甲又奏升堂之乐，弦歌之，乃安我心所思而成之。谓神明来格也。《礼记》曰：'齐之日，思其居处，思其笑语，思其志意，思其所乐，思其所嗜。齐三日，乃见其所为齐者。祭之日，入室，僾然必有见于其位；周旋出户，肃然必有闻乎其容声；出户而听，忾然必有闻乎其叹息之声。'此之谓思成。"

四、渊渊：鼓声深远。嘒嘒：管声嘹亮。《毛诗故训传》曰："嘒嘒然，和也。"朱熹《诗集传》曰："渊渊，深远也。嘒嘒，清亮也。"

五、既和且平：乐声和谐庄重。《毛诗故训传》曰："平，正平也。"依：依从。《毛诗故训传》曰："依，倚也。"磬（qìng音庆）：古代打击乐器。《毛诗故训传》曰："磬，声之清者也，以象万物之成。周尚臭，殷尚声。"《毛诗故训传笺》曰："磬，玉磬也。堂下诸县与诸管声皆和平不相夺伦，又与玉磬之声相依，亦谓和平也。玉磬尊，故异言之。"朱熹《诗集传》曰："磬，玉磬也。堂上升歌之乐，非石磬也。"

六、於（wū音乌）：语言词，表示赞美。《毛诗故训传笺》曰："於，盛矣！”赫：显赫。《毛诗故训传》曰：“於赫汤孙，盛矣，汤为人子孙也。”穆穆：和美。《毛诗故训传笺》曰：“穆穆，美也。”厥：其。

七、庸：大钟，后作“镛”。斁：盛貌。《毛诗故训传》曰：“斁斁然，盛也。”《毛诗故训传笺》曰：“其声钟鼓则斁斁然有次序。”万舞：舞名。褚斌杰《诗经全注》曰：“万舞：包括干舞（武舞），羽舞（文舞）的大型舞蹈。”有奕：即奕奕，闲习。《毛诗故训传》曰：“奕奕然，闲也。”《毛诗故训传笺》：“其干舞又闲习。”一说，谓有次序。朱熹《诗集传》曰：“奕奕然，有次序也。”

八、嘉客：指助祭者。《毛诗故训传笺》曰：“嘉客，谓二王后及诸侯来助祭者。”朱熹《诗集传》曰：“嘉客，先代之后，来助祭者也。”不：通“丕”，大。夷怿：喜悦。《毛诗故训传》曰：“夷，说也。”《毛诗故训传笺》曰：“我客之来助祭者，亦不说怿乎。言说怿也。”

九、自古：从古以来。在昔：在以前。作：指祭祀。《毛诗故训传》曰：“先王称之曰自古，古曰在昔，昔曰先民。有作，有所作也。”《毛诗故训传笺》曰：“乃大古而有此助祭礼，礼非专于今也。”

十、温恭：温文恭敬的样子。朝夕：早晚。执事：执行祭祀的人。恪（kè音客）：恭敬，恭谨。《毛诗故训传》曰：“恪，敬也。”《毛诗故训传笺》曰：“其礼仪温温然恭敬，执事荐馔则又敬也。”

十一、顾：光顾。《毛诗故训传笺》曰：“顾，犹念也。”烝尝：祭祀名。冬祭曰烝，秋祭曰尝。将：奉献。朱熹《诗集传》曰：“将，奉也。言汤其尚顾我烝尝哉，此汤孙之所奉者。”一说为扶助。《毛诗故训传笺》曰：“将，犹扶助也。嘉客念我殷家有时祭之事而来者，乃太甲之扶助也，序助者来之意也。”

【解题】

这是殷商后裔歌颂商汤功业的祭祀诗。其创作时代应该在商代，甚至可以推溯到商汤略晚。《诗序》曰："《那》，祀成汤也。微子至于戴公，其间礼乐废坏。有正考甫者，得《商颂》十二篇于周之大师（太师），以《那》为首。"《毛诗故训传笺》曰："礼乐废坏者，君怠慢于为政，不修祭祀、朝聘、养贤、待宾之事，有司忘其礼之仪制，乐师失其声之曲折，由是散亡也。自正考甫至孔子之时，又无七篇矣。正考甫，孔子之先也，其祖弗甫何，以有宋而授厉公。"

《史记·殷本纪》载："成汤，自契至汤八迁。汤始居亳……当是时，夏桀为虐政淫荒，而诸侯昆吾氏为乱。汤乃兴师率诸侯，伊尹从汤，汤自把钺以伐昆吾，遂伐桀。汤曰：'格女众庶，来，女悉听朕言。匪台小子敢行举乱，有夏多罪，予维闻女众言，夏氏有罪。予畏上帝，不敢不正。今夏多罪，天命殛之。今女有众，女曰："我君不恤我众，舍我啬事而割政。"女其曰："有罪，其奈何？"夏王率止众力，率夺夏国。有众率怠不和，曰："是日何时丧？予与女皆亡"！夏德若兹，今朕必往。尔尚及予一人致天之罚，予其大理女。女毋不信，朕不食言。女不从誓言，予则帑僇（nú lù音奴戮）女，无有攸赦。'以告令师，作《汤誓》。于是汤曰'吾甚武'，号曰武王。桀败于有娀之虚，桀奔于鸣条，夏师败绩。汤既胜夏，欲迁其社，不可，作夏社。伊尹报。于是诸侯毕服，汤乃践天子位，平定海内。"

孔颖达《毛诗正义》曰："《那》诗者，祀成汤之乐歌也。成汤创业垂统，制礼作乐。及其崩也，后世以时祀之。诗人述其功业而作此歌也。又总序《商颂》废兴所由。言微子至于戴公之时，其间十有余世，其有君暗政衰，致使礼乐废坏，令《商颂》散亡。至戴公之时，其大夫有名曰正考父者，得《商颂》十二篇于周之大师。此十二篇以《那》为首，是故孔子录《诗》之时，得其五篇，列之以备三颂也。《殷本纪》云：'主癸生天乙，是为成汤。'案《中候·雒予命》云：'天乙在亳。'注云：'天乙，汤名。'是郑以汤之名为天乙也，则成汤非复名也。《周书·谥法》者，周公所为。《礼记·檀弓》

云：‘死谥，周道也。’则自殷以上，未有谥法，盖生为其号，死因为谥耳。《谥法》曰：‘安民立政曰成，除残去虐曰汤’。盖以天乙有此行，故号曰成汤也。《长发》称‘武王载旆’，又呼汤为武王者，以其伐桀革命，成就武功，故以武名之，非其号谥也。《国语》云：‘校商之名颂十二篇。’此云：‘得《商颂》十二篇。’谓于周之大师校定真伪，是从大师而得之也。言得之大师，以《那》为首，则大师先以《那》为首矣。且殷之创基，成汤为首，《那》序云‘祀成汤’，明知无先《那》者，故知大师以《那》为首也。《经》之所陈，皆是祀汤之事。毛以终篇皆论汤之生存所行之事，郑以‘奏鼓’以下言汤孙太甲祭汤之时有此美事，亦是祀汤而有此事，故《序》总云‘祀成汤也’。”

孔颖达《毛诗正义》又曰：“毛以为，成汤崩后，祀于其庙。诗人美汤功业，述而叹之曰：猗与，汤之功亦甚多，而能制作《护》乐，植立我殷家鞉与鼓也。既立一代之乐，用之以祭其先。祭之时，庙中奏此鞉鼓，其声简简然而和大也，以乐我有功烈之祖。汤之上祖有功烈者，谓契、冥、相士之属也。既以乐祭祖，而德当神明，故更述汤功，美其奏乐。言汤之能为人子孙也，奏此大乐以祭鬼神，故得降福，安我所思而得成也。思之所成者，正谓万福来宜，天下和平也。又述祭时之乐，其鞉鼓之声渊渊而和也，嘒嘒然而清烈者，是其管籥之声。诸乐之音既以和谐，且复齐平，不相夺伦，又依倚我玉磬之声，与之和合。以其乐音和谐，更复叹美成汤。於乎！赫然盛矣者，乃汤之为人之子孙也。穆穆然而美者，其乐之音声，大钟之镛与所植之鼓有斁然而盛，执其干戈为万舞者有奕然而闲习。言其用乐之得宜也。于此之时，有王者之后及诸侯来助汤祭，我有嘉善之宾客矣。其助祭也，岂亦不夷悦而怿乐乎！言其夷悦而怿乐也。此助祭之法，乃从上古在于昔代先王之民，有作此助祭之礼，非专于今。故此嘉客依礼来助祭，其仪温温然而恭敬，早朝向夕在于宾位，其执事荐馔则有恭敬。此嘉宾所以来顾念我此烝、尝之时祭者，正以汤为人之子孙，亦有显大之德所致也。以汤能制作礼乐，善为子孙，嘉客助祭，鬼神降福，故陈其功德以歌颂之也。”

孔颖达《毛诗正义》又曰：“郑以‘奏鼓’以下皆述汤孙祭汤之事。烈祖正谓成汤，是殷家有功烈之祖也。汤孙奏假，谓太甲奏升堂之乐。绥我思成，谓神明来格，安我所思得成也。於赫汤孙，美太甲之盛。顾予烝尝，谓嘉客念太甲之祭。汤孙之将，言来为扶助太甲。唯此为异。其文义略同。”

烈祖

嗟嗟烈祖！有秩斯祜，一
申锡无疆，及尔斯所。二
既载清酤，赉我思成。三
亦有和羹，既戒既平。四
鬷假无言，时靡有争。五
绥我眉寿，黄耇无疆。六
约軧错衡，八鸾鸧鸧。七
以假以享，我受命溥将。八
自天降康，丰年穰穰。九
来假来飨，降福无疆。十
顾予烝尝，汤孙之将。十一

【注释】

一、嗟嗟：表示赞叹的语气词。《毛诗故训传笺》曰：“重言嗟嗟，美叹之深。”烈祖：指成汤。秩：《毛诗故训传》曰：“秩，常。”祜：福。《毛诗故训传笺》曰：“祜，福也。”

二、申：重。《毛诗故训传》曰：“申，重。”锡：赐。疆：边界。尔：

主祭之君，指中宗。《毛诗故训传笺》曰：“女，女中宗也。言承汤之业，能兴之也。”斯所：此处。

三、载：设置。酤：酒。《毛诗故训传》曰：“酤，酒。”赉（lài音赖）：赏赐。《毛诗故训传》曰：“赉，赐。”斯：语气词。成：程俊英等《诗经注析》曰：“福。”《毛诗故训传笺》曰：“嗟嗟乎！我功烈之祖成汤，既有此王天下之常福，天又重赐之以无竟界之期，其福乃及女之此所。……既载清酒于尊，酌以祼献，而神灵来至。我致齐之所，思则用成。”

四、和羹：调和的汤。《毛诗故训传笺》曰：“和羹者，五味调，腥熟得节，食之于人性安和，喻诸侯有和顺之德也。”朱熹《诗集传》曰：“礼仪于祭祀宴享之始，每言羹定，盖以羹熟为节，然后行礼。”戒：通“届”。《毛诗故训传》曰：“戒，至。”平：和平。

五、鬷（zōng音宗）：通“奏”，奏进。一说为总，《毛诗故训传》曰：“鬷，总。……总大，无言无争也。”假：大。《毛诗故训传》曰：“大也。”一说同“格”，至。

六、绥：赐。眉寿：长寿。黄耇：长寿。

七、约軧（dǐ音底）：车轮的装饰。《毛诗故训传笺》曰：“毂饰也。”错衡：车辕上以花纹装饰。衡：车辕前端的横木。鸾：通“銮”，车横上的铃。鸧鸧：同“锵锵”，銮铃的声音。《毛诗故训传》曰：“八鸾鸧鸧，言文德之有声也。”

八、享：献。《毛诗故训传笺》曰：“享，献也。”我：指天子。溥：广。将：帮助，辅助。《毛诗故训传笺》曰：“将，犹助也。”

九、穰穰（rǎng音嚷）：多的样子。《毛诗故训传笺》曰：“诸侯来助祭者，乘篆（通“瑑”，隆起的花纹）毂金饰错衡之车，驾四马，其鸾鸧鸧然声和。言车服之得其正也。以此来朝，升堂献其国之所有，于我受政教，至祭祀又溥助我。言得万国之欢心也。天于是下平安之福，使年丰。”

十、飨：享用祭品。《毛诗故训传笺》曰：“飨，谓献酒使神享之也。”

十一、《毛诗故训传笺》曰：“此祭中宗，诸侯来助之。所言汤孙之将者，中宗之享此祭，由汤之功，故本言之。”

【解题】

此诗为祭祀中宗之作。《诗序》曰：“《烈祖》，祀中宗也。”《毛诗故训传笺》曰：“中宗，殷王大戊，汤之玄孙也。有桑穀之异，惧而修德，殷道复兴，故表显之，号为中宗。”

《史记·殷本纪》曰：“帝雍已崩，弟太戊立，是为帝太戊。帝太戊立伊陟为相。亳有祥，桑穀共生于朝，一暮大拱。帝太戊惧，问伊陟。伊陟曰：‘臣闻妖不胜德，帝之政其有阙与？帝其修德。’太戊从之，而祥桑枯死而去。伊陟赞言于巫咸。巫咸治王家有成，作咸艾，作太戊。帝太戊赞伊陟于庙，言弗臣，伊陟让，作原命。殷复兴，诸侯归之，故称中宗。”

孔颖达《毛诗正义》曰：“毛以为，中宗崩后，子孙祀之。中宗之有天下，乃由成汤创业，作者述成汤之功，言其福流于后，故言‘嗟嗟乎，我功烈之祖成汤’也。有常者，是此王天下之福，言当常王天下也。成汤既有此福，天又重赐我商家以无疆境之期，故得及尔中宗以此处所也。谓能成汤之业，复使中兴也。中宗既有此业，故祭祀之。既载清酒于樽，酌以祼献，以其洁敬之故，神明赐之我所思而得成。亦谓万福来宜，天下和平也。其祭之时，非直群臣而已，亦有和羹也。羹者，五味调和，以喻诸侯有和顺之德。此和顺诸侯来在庙中，既肃敬而戒至矣，既齐立于列位矣，莫不总集大众而能寂然无言语者，于时凡在庙中无有争讼者，以此故神灵安我孝子以秀眉之寿，使得黄发耇老无有疆境之福也。既言在庙助祭，又本其初来之时，所乘之车以朱篆约其长毂之軧，以采饰错置于衡之上，其八鸾之声则锵锵然。以其大礼而来，以献国之所有，于我殷王受其政教之命。至祭祀之时，又溥来助祭。由此得万国之欢心，故从天下平安之福，故获得丰年穰穰然而每物丰多也。既言天使之丰，又说神降之福。中宗之神来至其坐矣，来享其祭矣，乃下与大福，无有疆境也。又言诸侯所以来故。念我此烝、尝之时祭者，乃由汤善为人子孙，亦显大之所致也。此祭中宗，而引汤善为子孙者，以汤是商家王业之所起，故归功于汤。”

又曰：“郑以赉我思成，谓神灵来至，我孝子所思得成也。鬷假无言，谓总集升堂皆无言语也。以假以享，谓来朝升堂献国之所有也。来假，谓诸侯来升堂献酒。来飨，谓神来歆飨之。汤孙之将，正谓此时设祭之君，诸侯来扶助之。然则此时祭者，当是中宗子孙。而云汤孙者，中宗之飨此祭，由汤之功，故本言之。虽中宗子孙，亦是汤远孙，故亦得言汤孙也。唯此为异。其文义略同。”

玄鸟

天命玄鸟，降而生商，宅殷土芒芒。[一]
古帝命武汤，正域彼四方。[二]
方命厥后，奄有九有。[三]
商之先后，受命不殆，在武丁孙子。[四]
武丁孙子，武王靡不胜。[五]
龙旂十乘，大糦是承。[六]
邦畿千里，维民所止，肇域彼四海。[七]
四海来假，来假祁祁。[八]
景员维河，殷受命咸宜，百禄是何。[九]

【注释】

一、天命玄鸟：简狄吞玄鸟卵而生契，是天意。《毛诗故训传》曰："玄鸟，鳦也。春分，玄鸟降。汤之先祖有娀氏女简狄配高辛氏帝，帝率与之祈于郊禖而生契，故本其为天所命，以玄鸟至而生焉。"降：下。《毛诗故训传笺》曰："降，下也。天使鳦下而生商者，谓鳦遗卵，娀氏之女简狄吞之而生契。"宅：居住。《毛诗故训传笺》曰："宅，居。"芒芒：广大的样子。《毛诗故训传》曰："芒芒，大貌。"《毛诗故训传笺》曰："居亳之殷地而受命，国日以广大芒芒然。"

二、古帝：上帝。《毛诗故训传笺》曰："古帝，天也。"命武汤：降命给威武的商汤。《毛诗故训传笺》曰："天帝命有威武之德者成汤。"正域：长久地治理国家。《毛诗故训传》曰："正，长。域，有也。"《毛诗故训传笺》曰："使之长有邦域，为政于天下。"

三、方命厥后：刚命令他作君主。《毛诗故训传笺》曰："方命其君，谓偏告诸侯也。"奄有：全部拥有。褚斌杰《诗经全注》曰："奄有，尽有。"九有：九州，天下。《毛诗故训传》曰："九有，九州也。"《毛诗故训传笺》曰："汤有是德，故覆有九州，为之王也。"

四、先后：先君。《毛诗故训传笺》曰："后，君也。商之先君。"殆：松懈。《毛诗故训传笺》曰："懈怠。"武丁：商王武丁。《毛诗故训传》曰："武丁，高宗名。"《毛诗故训传笺》曰："商之先君受天命而行之不解殆者，在高宗之孙子。言高宗兴汤之功，法度明也。"马瑞辰《毛诗传笺通释》曰："王尚书曰：'《经》文两言武丁，疑皆为武王之伪，而武王靡不胜则武丁之伪。盖商之先君受命，不怠者在汤之孙子，故曰在武王孙子。武王孙子犹《那》之言汤孙也。'"

五、胜：胜任。《毛诗故训传》曰："胜，任也。"《毛诗故训传笺》曰："高宗之孙子有武功、有王德于天下者，无所不胜服。"

六、旂：画有交龙的旗帜。《毛诗故训传笺》曰："交龙为旂。"糦（chì音赤）：丰盛的酒食。《毛诗故训传笺》曰："糦，黍稷也。乃有诸侯建龙旂者十乘，奉承黍稷而进之者，亦言得诸侯之欢心。"褚斌杰《诗经全注》曰："指酒食。"

七、畿：疆域。《毛诗故训传》曰："畿，疆也。"马瑞辰《毛诗传笺通释》曰："邦、畿二字同义。邦者，封之假借。《小尔雅》曰：'封，界也。'"止：居住。《毛诗故训传笺》曰："止犹居也。"肇：一说为开始。《毛诗故训传笺》曰："肇，当作'兆'。王畿千里之内，其民居安，乃后兆域正天下之经界。言其为政自内及外。"一说为疆域。马瑞辰《毛诗传笺通释》曰："肇、兆古同音通用。《尔雅释言》曰：'兆，域也。'《尚书大传》'兆十有二州'，郑注：'兆，域也。'"

八、假：至、到。《毛诗故训传笺》曰："假，至也。"祁祁：众多的样子。《毛诗故训传笺》曰："祁祁，众多也。天下既蒙王之政令，皆得其所，而来朝觐贡献。其至也祁祁然众多。"

九、景员：大。《毛诗故训传》曰："景，大。员，均。"《毛诗故训传笺》曰："员，古文作'云'。"河：一说通"何"。《毛诗故训传笺》曰："河之言何也。"一说为黄河。何：通"荷"，承担。《毛诗故训传》曰："何，任也。"《毛诗故训传笺》曰："其所贡于殷大至，所云维言何乎？言殷王之受命皆其宜也。百禄是何，谓当担负天之多福。"

【解题】

这是祭祀商朝祖先的诗歌。内容涉及到商始祖契的诞生，商汤放桀，武丁中兴等内容。《诗序》曰："《玄鸟》，祀高宗也。"《毛诗故训传笺》曰："祀当为祫。祫，合也。高宗，殷王武丁，中宗玄孙之孙也。有雊雉之异，又惧而修德，殷道复兴，故亦表显之，号为高宗。云崩而始合祭于契之庙，歌是诗焉。古者，君丧三年既毕，禘于其庙，而后祫祭于太祖。明年春，禘于群庙。自此之后，五年而再殷祭。一禘一祫，《春秋》谓之大事。"

《史记·殷本纪》曰："殷契，母曰简狄，有娀氏之女，为帝喾次妃。三人行浴，见玄鸟堕其卵，简狄取吞之，因孕生契。"又曰："帝武丁即位，思复兴殷，而未得其佐。三年不言，政事决定于冢宰，以观国风。武丁夜梦得圣人，名曰说。以梦所见视群臣百吏，皆非也。于是乃使百工营求之野，得说于傅险中。是时说为胥靡，筑于傅险。见于武丁，武丁曰是也。得而与之语，果圣人，举以为相，殷国大治。故遂以傅险姓之，号曰傅说。帝武丁祭成汤，明日，有飞雉登鼎耳而呴，武丁惧。祖己曰：'王勿忧，先修政事。'祖己乃训王曰：'唯天监下典厥义，降年有永有不永，非天夭民，中绝其命。民有不若德，不听罪，天既附命正厥德，乃曰其奈何。呜呼！王嗣敬民，罔非天继，常祀毋礼于弃道。'武丁修政行德，天下咸欢，殷道复兴。"

孔颖达《毛诗正义》曰："《玄鸟》诗者，祀高宗之乐歌也。郑以祀为祫，谓高宗崩，三年丧毕，始为祫祭于契之庙。诗人述其事而作此歌焉，以高宗上能兴汤之功，下能垂法后世，故经远本玄鸟生契。帝命武汤，言高宗能兴其功业，又述武丁孙子无不胜服，四海来至，百禄所归。言高宗之功，泽流后世，因祫祭而美其事，故《序》言祫以总之。毛无破字之理，未必以此为祫。或与《殷武》同为时祀，但所述之事自有广狭耳。"

长发

濬哲维商，长发其祥。一
洪水芒芒，禹敷下土方。二
外大国是疆，幅陨既长。三
有娀方将，帝立子生商。四
玄王桓拨，受小国是达，受大国是达。五

率履不越，遂视既发。[六]
相土烈烈，海外有截。[七]
帝命不违，至于汤齐。[八]
汤降不迟，圣敬日跻。[九]
昭假迟迟，上帝是祇。[十]
帝命式于九围。[十一]
受小球大球，为下国缀旒，何天之休。[十二]
不竞不絿，不刚不柔，敷政优优，百禄是遒。[十三]
受小共大共，为下国骏厖，何天之龙。[十四]
敷奏其勇，不震不动，不戁不竦，百禄是总。[十五]
武王载旆，有虔秉钺，如火烈烈，则莫我敢曷。[十六]
苞有三蘖，莫遂莫达。[十七]
九有有截，韦顾既伐，昆吾夏桀。[十八]
昔在中叶，有震且业。[十九]
允也天子，降予卿士。[二十]
实维阿衡，实左右商王。[二十一]

【注释】

一、濬（jùn音俊）：通“睿”，濬哲即睿哲，英明、明智的意思。《毛诗故训传》《毛诗故训传笺》训“濬”为“深”，濬哲指“深智”，亦通。维：是。长：《毛诗故训传笺》云“犹久也”。发：发现。祥：《毛诗故训传笺》训为“祯祥”，指吉祥的征兆。

二、芒芒：即茫茫，言其广阔。禹：大禹。敷：治理。敷下土：指平治水土。方：朱熹《诗集传》云“四方也”，指大禹治水以正四方。

三、大国：指夏王朝。外大国：朱熹《诗集传》云“远诸侯也”，指夏王朝统治区域以外。疆：疆域。幅：指外幅广阔。陨：《毛诗故训传》训为“均”，《毛诗故训传笺》训为“圆”，从后者。“幅陨”即“幅员”，指疆域、版图。长：指远而大。

四、有娀：即有娀氏之女简狄，商王朝的始祖契的母亲。将：《毛诗故训传》曰“大也”，指长大之时。帝：《毛诗故训传笺》云“黑帝也”。商：指契。《毛诗正义》云：“有娀氏之女，方欲长大之时，天为之生立其子，而使之生商。”朱熹《诗集传》云：“言商世世有濬哲之君。其受命之祥，发见也久矣。方禹治洪水，以外大国为中国之竟，而幅员广大之时，有娀氏始大。故帝立其女之子，而造商室也。盖契于是时，始为舜司徒，掌布五教于四方。而商之受命实基于此。”

五、玄王：指契。《毛诗故训传笺》云：“承黑帝而立子，故谓契为玄王。”桓：《毛诗故训传》训为“大”，指广大、扩大。拨：《毛诗故训传》训为“治”，指政治。受：受封。受小国：指尧帝之时，商受封为小国。受大国：指舜帝之时，商成为了大国。达：朱熹《诗集传》云“通也”，《毛诗故训传笺》云“皆能达其教令”。

六、率：《毛诗故训传笺》训为“循”，指遵“循”。履：《毛诗故训传》云“礼也”，王先谦《诗三家义集疏》：“三家‘履’作‘礼’。”越：逾越、僭越。遂：乃。视：视察。发：《毛诗故训传笺》云“行也”，指实行。

七、相土：《毛诗故训传》云“契孙也”，指契的孙子。《毛诗故训传笺》云：“相土居夏后之世，承契之业，入为王官之伯，出长诸侯。”烈烈：《毛诗故训传》云：“威也。”指威武的样子。海外：四海之外。截：《毛诗故训传笺》云“整齐也”，指四海之外都截然整齐。

八、帝命不违：即不违帝命。汤：指成汤。齐：齐一、一样。马瑞辰《毛诗传笺通释》云：“正训齐为先后齐一。”

九、降：《毛诗故训传笺》训为“下”，指尊贤下士。不迟：《毛诗故训传》云“言疾也”，指迅疾。另外，朱熹《诗集传》训“降”为“降生”，云：“汤之生也，应期而降。”则“不迟”即正当其时，亦通。圣敬：圣明恭敬之德。跻：《毛诗故训传》云“升也”，指与日俱进。

十、昭假：马瑞辰《毛诗传笺通释》曰：“言其精诚之显达曰昭假。”指虔诚祷告。迟迟：指长久。朱熹《诗集传》云：“昭假于天，久而不息。”祗：《毛诗故训传笺》训为“敬”，指成汤唯上帝是敬。

十一、式：《毛诗故训传笺》训“用也”，指用事。九围：《毛诗故训传》云“九州也”，指天下。

十二、球：《毛诗故训传》云“玉也”。《毛诗故训传笺》云：“汤既为天所命，则受小玉，谓尺二寸圭也。受大玉，谓珽也，长三尺。”朱熹《诗集传》云：“小球、大球之义，未详，或曰小国大国所贽之玉也。郑氏曰：小球，镇圭，尺有二寸。大球，大圭，三尺也。皆天子之所执也。”下国：指诸侯。缀旒：《毛诗故训传》云：“缀，表。旒，章也。”指表率、榜样的意思。何：通“荷”，指荷负、担负。休：《毛诗故训传笺》训“美也”，指美誉。

十三、竞：《毛诗故训传笺》云：“竞，逐也。不逐，不与人争前后。”不竞即不争。絿（qiú音求）：《毛诗故训传》云“急也”，不絿即不急躁。不刚不柔：不太刚猛也不太柔弱。敷政：指布政、施政。优优：《毛诗故训传》云“和也”，指宽和的样子。百禄：即百福。遒：《毛诗故训传》云“聚也”，指聚集于一身。

十四、共：《毛诗故训传》云“法也”，指法则。另，朱熹《诗集传》云：“或曰小国大国所共之贡也。”骏厖（máng音忙）：《毛诗故训传》云：“骏，大。厖，厚。”指为诸侯作高大厚德之君。龙：《毛诗故训传笺》云：“龙当作‘宠’。宠，荣名之谓。”指荣宠。

十五、敷奏：施展。不震不动：镇定自如。不戁（nán音难）不竦：《毛诗故训传》云："戁，恐。竦，惧也。"指不恐惧。总：同"遒"，指聚集。

十六、武王：指成汤。载：开始。旆：《毛诗故训传》云"旗也"，指树起旌旗征伐不义。虔：《毛诗故训传》训"固也"，指坚固的样子。秉：持。钺：指兵器。烈烈：威武的样子。曷：《毛诗故训传》云"害也"。莫我敢曷：即莫敢曷我，谁人敢害我。

十七、苞：《毛诗故训传》训"本也"，即树的本，这里指夏桀。蘖（niè音孽）：树的枝条，指后面提到的韦氏、顾氏、昆吾氏，三国党同夏桀为恶。朱熹《诗集传》云："言一本生三蘖也。本则夏桀，蘖则韦也、顾也、昆吾也，皆桀之党也。"遂、达：意思相近，指草木生长的样子。这里比喻不能使三国存在、发展。

十八、九有：即九州。有截：意同"海外有截"之有截，见注七，指统一。韦、顾、昆吾：即上章提到的三蘖。《毛诗故训传笺》云："三国党于桀恶。汤先伐韦、顾，克之。昆吾、夏桀则同时诛也。"

十九、中叶：即中世，《毛诗故训传笺》云"中世谓相土也"，指相土统治时期。震：《毛诗故训传笺》云"犹威也"，有震即震震、威武的样子。业：《毛诗故训传》云"危也"，朱熹《诗集传》训为"大"，马瑞辰引《尔雅·释诂》云："'业，大也。''有震有业'即言其有威且大耳。"

二十、允：信。天子：指成汤。降：降生。《毛诗故训传笺》云："谓生贤佐也。"

二十一、阿衡：伊尹的官号。左右：《毛诗故训传》云"助也"，指辅助。商王：指成汤。

【解题】

这是赞扬殷王举行大禘的诗歌。大禘是殷王纪念始祖成汤的大祭典。该诗追述了上朝始祖后契的历史以及成汤放桀、伊尹辅政的历史。《诗序》曰：

“《长发》，大禘也。”《毛诗故训传笺》曰：“大禘，郊祭天也。《礼记》曰：‘王者禘其祖之所自出，以其祖配之。’是谓也。”

孔颖达《毛诗正义》曰：“《长发》诗者，大禘之乐歌也。禘者，祭天之名，谓殷王高宗之时，以正岁之正月，祭其所感之帝于南郊。诗人因其祭也。而歌此诗焉。《经》陈洪水之时，已有将王之兆。玄王政教大行，相土威服海外。至于成汤，受天明命，诛除元恶，王有天下，又得贤臣为之辅佐。此皆天之所祐，故歌咏天德。因此大禘而为颂，故言大禘以总之。《经》无高宗之事而为高宗之颂者，以高宗禘祭得礼，因美之而为此颂，故为高宗之诗。但作者主言天德，止述商有天下之由，故其言不及高宗，此则郑之意耳。王肃以大禘为殷祭，谓禘祭宗庙，非祭天也。毛氏既无明训，未知意与谁同。”

殷武

挞彼殷武，奋伐荆楚。[一]
罙入其阻，裒荆之旅，[二]
有截其所，汤孙之绪。[三]
维女荆楚，居国南乡。[四]
昔有成汤，自彼氐羌，[五]
莫敢不来享，莫敢不来王，曰商是常。[六]
天命多辟，设都于禹之绩。[七]
岁事来辟，勿予祸适，稼穑匪解。[八]
天命降监，下民有严。[九]
不僭不滥，不敢怠遑。[十]
命于下国，封建厥福。[十一]

商邑翼翼，四方之极。[十二]
赫赫厥声，濯濯厥灵。[十三]
寿考且宁，以保我后生。[十四]
陟彼景山，松柏丸丸。[十五]
是断是迁，方斲是虔。[十六]
松桷有梴，旅楹有闲。[十七]
寝成孔安。[十八]

【注释】

一、挞（tà音踏）：勇武的样子。殷武：指殷王武丁。《毛诗故训传》曰："挞，疾意也。殷武，殷王武丁也。"陈奂《诗毛氏传疏》曰："高宗都亳，殷则称殷。挞伐则称武。故《传》谓殷武为殷王武丁也。"奋伐：奋起讨伐。荆楚：指南楚之地。《毛诗故训传》曰："荆楚，荆州之楚国也。"

二、罙（shēn音深）：深的本字。阻：险阻。裒（póu音抔）：捊（póu音抔）的别体，训为"聚"或"取"，引申为俘获。王引之《经义述闻》曰："与'俘'通。"旅：指军队。《毛诗故训传笺》云："有钟鼓曰伐。罙，冒也。殷道衰而楚人叛，高宗挞然奋扬威武，出兵伐之。冒入其险阻，谓逾方城之隘，克其军率而俘虏其士众。"

三、截：指截取划一。其所：指荆楚。此句意为统一了荆楚之地。汤孙：成汤的子孙，在此指武丁。绪：功业，业绩。《毛诗故训传笺》曰："绪，业也。"朱熹《诗集传》曰："盖自盘庚没，而殷道衰，楚人叛之。高宗挞然用武，以伐其国。入其险阻，以致其众尽平其地，使截然齐一。皆高宗之功也。《易》曰：高宗伐鬼方，三年克之，盖谓此欤。"

四、维：发语词。女：汝，你。南乡：南方。此句意为荆楚居于我国的南方。皮锡瑞《经学通论》曰："国，即宋国。此似敌国相争之词，楚在宋南，故曰南乡。”

五、成汤：汤号。马瑞辰《毛诗传笺通释》曰：“成汤仍当为生时之号，《史记》曰：‘汤曰，吾甚武，号为武王。’或始以武为号，及武功既成之后，又号为‘成’耳。”自彼：自那远方而来。氐（dī音低）、羌（qiāng音枪）：中国古代西方的两个少数民族名。《毛诗故训传笺》云：“氐羌，夷狄国在西方者也。”

六、享：进贡。《毛诗故训传笺》曰：“享，献也。”王：作动词，读为去声，意为朝拜王。《毛诗故训传笺》曰：“世见曰王。维女楚国，近在荆州之域，居中国之南方，而背叛乎？”曰：发语词。常：长，一说遵从。《毛诗故训传笺》曰：“成汤之时，乃氐羌远夷之国来献来见，曰‘商王是吾常君也’。此所用责楚之义，女乃远夷之不如。”朱熹《诗集传》曰：“昔成汤之世，虽氐羌之远，犹莫敢不来朝，曰此商之常礼也，况汝荆楚曷敢不至哉。”

七、多辟：诸侯。设都：建都邑。于：在。禹之绩：禹所治之地。“绩”通“迹”。陈奂《诗毛氏传疏》曰：“九州皆经禹治，因称禹迹。”

八、岁事：指诸侯每年朝见之事。来辟：来朝。《毛诗故训传笺》曰：“来辟，犹来王也。”予：施。祸：通过，罪。适：通谪，谴责。王引之《经义述闻》曰：“予，犹施也。祸，读为过。《广雅》曰：‘谪，过谪也。’勿予过责，言不施过责。”稼穑：指农事劳动。匪解：不懈怠。王先谦《诗三家义集疏》曰：“但令其岁时来旺，不施过责，惟告之以劝民稼穑而已。”《毛诗故训传笺》曰：“天命乃令天下众君诸侯立都于禹所治之功，以岁时来朝觐于我殷王者，勿罪过与之祸适，徒敕以劝民稼穑，非可解倦。时楚不修诸侯之职，此所用告晓楚之义也。”

九、降：《毛诗故训传笺》曰：“降，下。”监：监察。下民：天下之民。严：同“俨”，有严即俨俨，意为守法严谨的样子。陈奂《诗毛氏传疏》曰：“严，读为俨，《尔雅》曰：‘俨，敬也。’《荀子·儒效篇》曰：‘严严乎其能敬而已。’杨倞注：‘严或为俨。’”

十、僭：罪过，差错。不滥：不恣意妄为。马瑞辰《毛诗传笺通释》曰："《说文》曰：'僭，儗也。'僭之本义为以下儗上，引申之为过差。滥者嬿之假借，《说文》曰：'嬿，过差也。'僭、滥二字同义。"怠：懈怠。遑：偷闲，偷懒。《毛诗故训传笺》曰："遑，暇也。"

十一、下国：指各诸侯国。封：大。《毛诗故训传》曰："封，大也。"建：建立。厥福：享有福禄。《毛诗故训传笺》曰："天命乃下视下民，有严明之君，能明德慎罚，不敢怠惰。自暇于政事者，则命之于小国，以为天子。大立其福，谓命汤使由七十里王天下也。时楚僭号王位，此又所用告晓楚之义。"朱熹《诗集传》曰："天命之以天下，而大建其福。此高宗所以受命而中兴也。"

十二、商邑：商的都邑。三家《诗》"商"作"京"。《毛诗故训传》曰："商邑，京师也。"《白虎通·京师篇》曰："夏曰夏邑，殷曰商邑，周曰京师。"翼翼：严整的样子。朱熹《诗集传》曰："商邑，王都也。翼翼，整敕貌。"四方：指四方诸侯国。极：中，法。三家《诗》作"四方是则。"《毛诗故训传笺》云："极，中也。商邑之礼俗翼翼然可则效，乃四方之中正也。"

十三、赫赫：显赫的样子。声：名声。濯濯：光辉的样子。朱熹《诗集传》曰："光明也。"灵：指武丁之神灵。

十四、寿考：长寿。宁：安宁。朱熹《诗集传》曰："寿考且宁云者，盖高宗之享国，五十有九年。"一说，此句和下句为倒装，意为求神灵保佑我商朝的后世子孙长寿康宁。保：保佑。我：指商。后生：后世子孙。朱熹《诗集传》曰："我后生，谓后嗣子孙也。"

十五、陟：登。景山：大山。一说为山名。朱熹《诗集传》曰："山名，商所都也。"丸丸：树干光滑挺直的样子。《毛诗故训传》曰："丸丸，易直也。"

十六、是：于是，乃。断：斩伐，把树木锯断。迁：搬运，把锯断的树木搬下山。方：是。马瑞辰《毛诗传笺通释》曰：“方，犹是也。或言方，或言是，互文以见参差。”斲（zhuó音浊）：用斧头砍。虔：指用刀来削。马瑞辰《毛诗传笺通释》曰：“虔，当读如虔刘之虔。《方言》‘虔，杀也。’……《淮南·说林》譬犹‘削足而适履，杀头而便冠高’。高注：‘杀犹削也。’……‘是断是迁’，是斩伐木于削山之时，‘方斲是虔’，是削伐木于作室之际。”

十七、松桷：松木消称的方形椽子。有梴（chán音蝉）；即梴梴，木长长的样子。《毛诗故训传》曰：“梴，长貌。”旅：众多。一说，陈列。《毛诗故训传》曰：“旅，陈也。”一说，旅为鑢之假借，意为磨。《广雅·释诂》曰：“鑢，磨也。”楹：柱子。有闲：即闲闲，粗大的样子。朱熹《诗集传》曰：“闲，闲然而大也。”

十八、寝成：指建起的高宗武丁庙。孔安：很适合高宗武丁之神来安享。朱熹《诗集传》曰：“安，所以安高宗之神也。”

【解题】

这是一首祭祀高宗武丁的诗。诗中记载了高宗中兴的文治武功，并写到为高宗建立宗庙的情况。《诗序》曰：“《殷武》，祀高宗也。”

孔颖达《毛诗正义》曰：“《殷武》诗者，祀高宗之乐歌也。高宗前世，殷道中衰，宫室不修，荆楚背叛。高宗有德，中兴殷道，伐荆楚，修宫室。既崩之后，子孙美之。诗人追述其功而歌此诗也。《经》六章，首章言伐楚之功，二章言责楚之义，三章、四章、五章述其告晓荆楚，卒章言其修治寝庙，皆是高宗生存所行，故于祀而言之，以美高宗也。”